U0636363

湖北省学术著作
出版专项资金

Hubei Special Funds for
Academic Publications

新中国儿童文学

（1949—2019） 下

Children's Literature
of New China
in 70 Years

王泉根　主编

长江出版传媒

长江少年儿童出版社

第七辑

70年儿童文学系统工程

导　言

　　儿童文学关系到民族下一代精神生命的健康成长与良好人性基础的养成，是文学建设的"希望工程""阳光工程""铸魂工程"，需要全社会的关心和投入。

　　用系统论的观点考察，儿童文学无疑是一项系统工程建设，包括文学内部研究与外部研究两大块。就儿童文学的"内部研究"而言，涉及作家研究、文本研究、创作心理与思想研究、文学体裁研究等，本书第三、四、五、六辑所选文章，大致属于儿童文学的"内部研究"；就儿童文学的"外部研究"而言，则涉及儿童文学的编辑出版、教学研究、阅读推广等多个层面，这说明儿童文学是一个需要由多种专业人才与相关行业共同参与建设的"综合工程"。本辑所选文章正是属于这一范畴。七十年儿童文学的历史进程表明，儿童文学的发展繁荣，离不开高等学校的教学研究，离不开出版机构的编辑传播，离不开学校、社区、家庭、政府职能部门的儿童文学阅读推广活动。只有当这些部门都"心往一处想，劲往一处使"时，中国儿童文学才能出现良性发展的态势。

　　"好风凭借力，送我上青天。"七十年中国儿童文学，正是凭借系统工程建设中方方面面力量的推动，才得以发展繁荣、飞扬上升的。

谈童话与小学语文教学

陈伯吹

一、怎样认识寓言和童话

"寓言"和"童话",都是文学部门中的一种文艺形式。

追溯它们的产生,不仅已经流传了好几个世纪,甚至于经历了千年之久。它们是古代劳动人民的口头文学,保存在人民大众的口头上,日复一日,年复一年,经常在删改或增加的变动和发展之中,所以同一个主题,可能演化成好多种的作品,这就证明了寓言和童话是人民的集体创作,深入又普遍地流传在民间。

这些朴素的或者是瑰丽的作品诉说了人民的思想、感情以及他们的愿望,表现了人民的苦难生活和他们幻想的幸福生活,以及他们为了改善生活而做的英勇斗争。

所以肯定地说:这一些古老的寓言和童话,有它们的文学的价值和教育的价值。如果看见作品里出现了神仙,就说是迷信;出现了国王,就说是封建;出现了各种各样的奇迹,就说是不科学……那就是犯了反历史主义和教条主义的错误,是用了粗暴的态度去对待寓言和童话了。

现代的寓言和童话,是个人的创作,是现代人民的思想和生活的反映。一般地被称作文学的寓言和童话。

寓言和童话的形式,有它们独特的艺术上的优点,而这一优点又恰恰结合着儿童文学的特点,也结合着儿童教育的教学原则。所以世界各国不仅保存了各民族的丰富的寓言和童话,还创作了现代的新的寓言和童话。

所谓寓言和童话的独特的艺术上的优点,概括地说,是它们的"拟人"的写法把人类以外的动植物和其他一切无生命的东西人格化了,运用了鸟言兽语,采取了客体的侧面的讽喻,就具备了巨大的暗示和说服的力量。

作为文学作品的寓言和童话,思想性与艺术性是一致的而且统一的。谁也不能这么说:寓言和童话的思想性是低的,艺术性是高的。

那些古老的富有人情味和人民性的民间的寓言和童话,对于作为现代人民的读者,因为无论在生活、思想、工作、环境各方面和古代人民的距离过于遥远,所以感染力比较弱,还可能不感觉到亲切,并且不容易理解。然而这并不是寓言和童话本身的缺点。

寓言和童话,在文学的宫里,永远有它们的地位,而且有它们光辉的前途。

二、怎样进行语文教学

作为一个语文教师，当他在进行语文教学的时候，必然地要贯彻着培养马克思列宁主义的宇宙观和共产主义的革命道德，培养爱国主义的精神；培养热爱祖国的语言和文学的目的。

问题在于怎样通过文学作品来达到这一目的。

这就要从作品中的具体事件和人物形象来体验和理解，并且从这些事件和形象上获得感受，把作品的（也就是作者的）思想、感情和想象引导进入读者的生活内部。

这一文艺欣赏的美感教育，本身也正是一种思想教育。

凯洛夫在他的《教育学》中非常清楚地说："指导阅读的人的任务之一，是发展开始阅读者的想象力，鼓舞他去想象作家所描写的生活与自然界的能力；使他看见和听见这样的生活。自然界的景象，人物性格，各种条件下的生活——所有这一切，在儿童意识里都会引起了某种态度，而鼓舞他全部的感觉和情绪。这种情绪上的反应，这种由想象而领会的形象所产生的情绪上的反应和主观的反应，乃是艺术阅读的心理上的主要因素。"

这样说，在语言教学中，必须唤起学生们的想象去体味作品中的人物形象，从而引导他们去领会作品中的思想内容。从感性的认识逐步提高到理性的认识。

如果教师不从作品中人物的具体形象引导学生们去认识主题，而是以自己主观认识所得出的结论，随便加以阐发，虽然谈得头头是道，表面上看是加强了思想教育；但是在实际效果上，却正是把政治思想作为一种附加物，外在地、生硬地掺杂到文学艺术作品中去，把"贯彻思想教育"教条化，并且庸俗化了。

目前在语文教学中无可讳言地存在着一种偏向，以为思想教育就只是端正思想而已，培养情感是属于美育范围，不是语文教学的任务；至于丰富想象，由于机械地应用实事求是的科学态度的错误观点，更加被忽视了。

其次，语文教学还有一个重要的目的，那就是对于语文的本身，在小学校里特别要重视发展语言和丰富语汇的语言教学。

本来文学是语言的艺术，文学的建筑材料就是语言。一个好的作家必然是语言的巨匠；一篇好的作品必然是一些具体的、生动的、干净的、美丽的语言。教师也就必须要善于领导学生们领略文学作品中的语言的色泽，学习语言的规律，熟悉怎样用语言去描写人物的形象，表达自己的思想和情感。

据说在苏联，即使是小学校的低年级学生，也在朗读并且背诵伟大诗人普希金的童话诗《渔夫和金鱼的故事》中的诗句：

> 云儿在天空中荡漾，
> 木桶在大海上飘荡。

有些文学作品，特别是诗歌和童话，是进行语言教学的好材料，这里可以举出苏联的著名的儿童文学作家马尔夏克。以他获得斯大林文学奖金的那部"诗集"中的一首《笨耗子的故事》为例。原文是童话诗，它的大意如此：

> 大耗子唱催眠歌要小耗子睡觉，但是声音太尖，小耗子听得不舒服，不肯睡觉。
> 于是去请鸭子来，声音太笨；请蛤蟆来，声音太响；请母猪来，声音太粗，请

母马来,声音太大;请鱼来,声音太轻;最后请了猫来,声音真好听,小耗子听得真舒服,迷迷糊糊地睡着了。

但是大耗子回来看看小床上,小耗子不见了。

这首诗充分给小学生练习语言的机会,而且认识各种动物的叫声,美妙而有趣。进行教学的时候,教师要适当戏剧化地、有表情地进行教学,效果一定非常好。

去年曾经有一位搞翻译的同志,亲自在夏令营的"文学小组"里,向少年队员同志们朗诵,立刻收获了爱好文学、爱好诗歌的效果。

可是在深究内容进行讨论的时候,就有少年同志们提出意见。"猫是要吃耗子的。事实上大耗子不可能去请猫来唱催眠歌给小耗子听,这个故事根本不合理,这篇童话诗也根本不成立。"

这几位少年同志的对于童话的意见,也代表了目前一部分教师和其他人士对于寓言和童话的意见。如果大耗子不去请猫来当它孩子的保姆,那就显不出它是一只"笨耗子"了。童话和寓言原是假想的、虚构的故事啊!

童话是借想象的揣拟来表现真理的。在童话世界里的"童话",不可能在现实世界里实现成为事实。我们尽可能要求写得合情合理,却不能用科学的尺度去衡量。如果这样,"飞行毯""万能桌"这一类美丽的想象,都要从童话中被撵出去,童话也就根本被取消了。《笨耗子的故事》的主题思想非常突出,而"语言的效用"又那么强,那么好。本来是童话,借物喻人,只要比喻能起作用,何必刻板地追究被借喻的事物呢?

三、怎样理解语文课本中的《三只熊》

自从《三只熊》在小学第三册语文课本中被发现了问题以后,各方面已经发表过不少的意见。

正面的意见有:培养儿童的想象力和初步的阅读能力。还有:培养儿童的勇敢和机智。还有:丰富儿童的语汇,以及练习说话。

反面的意见有:小姑娘的行为是错误的,自私自利,侵占剥削,不足为训。还有:年纪很小的小姑娘,独自闯到很远的森林去玩是不对的。还有:这篇童话没有思想性,无从进行思想教育。

我的主观意见是这样:

《三只熊》是一个老故事(应该说是民间童话)。它和《三只猪》《狼和七只小山羊》,还有《小面人》和《拔萝下》,同样不知道它们究竟有了多少年龄,究竟诞生在什么地方。反正这些是属于"民间文学"或"民俗学"上的专题研究,这里可不用做考证式的钻研。

根据我记忆所及,《三只熊》在30多年前,已经在当时的幼稚园里被作为"谈话课"的故事材料,在全国各大城市非常普遍,所以曾经被编选在《幼稚园故事集》(张雪门编,世界书局版)里;后来又有了单行本《三只熊》(沈百英译,商务印书馆版)。这些都是根据英文本翻译或者重述的。

天才的伟大作家列·托尔斯泰除了他那些不朽的文学杰作以外,还曾经认真地编写了许多的民间故事,为儿童们编辑了教科读物,这一篇也被编写在里面,而且还在他的大手笔底下重新写过。

现在人民教育出版社编辑出版的小学第三册语文课本中这一篇,是取材于苏联小学用的《阅读课本》（列·托尔斯泰的一些短篇寓言、故事被选入在第一册和第二册中的有十多篇）译写的。而《阅读课本》在苏联是被当作小学学生们的教科读物。这样说，这一篇童话的教育价值是早被肯定了的。

如果用理解民间文学的观点去理解《三只熊》，那么，"自私自利"和"侵占剥削"的说法是否成立，还可以考虑。古代人民大众的私有财产观念是不发达的，因纽特人到如今还在过着原始的共产生活。我们接受文学遗产，要在历史具体情况的基础上进行批评。

如果说《三只熊》中的主人公毁坏了人家的财物，行为恶劣。那么，我们在整篇童话中还看不出这个小姑娘是有计划、有目的地坐坏了小椅子，搞乱了"熊"家的生活。虽然说应该用"效果"来检查"动机"，但是她的错误究竟不是有意识的，这样地被认为错误，还是属于现代社会的人的意识形态的道德范畴。可是作品在人物描写的真实性上，倒是把一个女孩子的天真烂漫的形象，恰如其分地描绘了出来。

如果说这篇童话没有思想性，无从进行思想教育。那么，现代人民学习古代人民的集体创作的口头文学作品，在欣赏体味以后，就应该以"正面"的思想教育去补充它。这是要依靠语文教师的主导力量了。

《三只熊》被广泛地普遍地流传下来，绝不是偶然的，自有它的文学艺术的价值。而且也还有它的教育价值。

首先是在语言方面：原文中公熊、母熊、小熊都有它们的名字。当它们回家时，"谁喝过我的碗！""谁坐过我的椅！""谁躺过我的床！"时，三只熊说出了三种不同的声音和语调，而在语句上又是大同小异地反复着。这和上面所举的《笨耗子的故事》，在运用"语音效果"方面是异曲同工的。

其次在思维方面：依次述说大熊、中熊、小熊；大碗、中碗、小碗；大椅、中椅、小椅；大床、中床、小床；先喝了，后坐了，再躺了……次序分明，这对于小学生有助于澄清他们的思路，训练他们思想的条理，以及逻辑推理的能力。

还有在想象方面：小姑娘在森林里，看见了一所小屋子。小屋子里有两间房间，餐室和卧室。餐室里有桌椅，卧室里有床铺。桌上有碗，碗里有汤……这样逐步扩大了儿童生活的视野，从已知的引进到未知的，从熟悉的过渡到陌生的，从旧的跨入到新的，使读者（或是听者）能够用艺术家的眼光去看世界，这是非常重要的，最后将启示改造大自然面貌的幻想——运河、防风林、水力发电站、森林里的城市、沙漠上的草原……这些就是人类的幻想的现实。

所以《三只熊》本身是民间童话改写的文学作品，作为语文教材，毫无可以批评之处。但是，用来编选作新中国小学二年级学生学习的语文课本中的课文，是否也毫无问题呢？不，这应该要有它相应的条件的。

第一，民间童话的内容，反映古代人民的思想、生活、风俗、习惯、环境。这和现代读者的现实生活的距离较远，未免脱离实际，因而常常有不能理解的地方，作为全国性的正规的小学语文课本，是否要选取这样的教材，有慎重考虑的必要。在原则上应该多编选些具有高度思想性和艺术性的现代的新型童话。

第二，翻译的文学作品（不仅寓言和童话如此），常常存在着空间的限制，有些地方性很显著的事物，对于读者会产生隔膜的茫然的感觉，尤其对于年幼的儿童更成问题。在原则上应该多编选一些适当的祖国的寓言和童话。

第三，类似《三只熊》这一形式的童话，与其作为语文教材进行阅读，不如作为语言教材进行说话，作为在幼儿园及小学校一年级里进行比较单纯的语言教学。教师可以运用声音的技巧（包括声调、表情、音韵等）进行教学，对于校正语音，发展语言，丰富语汇，这一系列的语言教学工作，可以收事半功倍的效果。在原则上应该作为略读教材而不是精读教材。

第四，《三只熊》在语文教学进行中的重点，是不是在于结合"知识教育"。这是一个不能同意的见解。这篇童话并不是通过文艺形式传达知识的"科学童话"，像苏联的瑞特柯夫、比安基、普里希文等作家所写的那些作品。推而至于、即使像《乌鸦喝瓶子里的水》《狐狸不吃酸葡萄》和《鹬蚌相争》等等寓言作品，也都不是的。因为作品主题的要求，不是在于使用一些题材来说明和介绍自然的或社会的科学知识，相反的，是表达一种思想。因而有机会进行知识教育是副目的，是副的教育作用。

（原载《文汇报》1953 年 4 月 21 日）

谈寓言与小学语文教学

陈伯吹

一、寓言的意义

"寓言"是文学作品的一种体裁（样式）。特别在儿童文学领域里颇受小读者欢迎。

就其形式来说，它好像是"童话"，却又不是。童话的情节比它曲折，幻想比它丰富，趣味比它浓厚，可是教训的味道却没有它明显，浓重，犹如"良贾深藏若虚"，耐人寻味。

就其内容来说，它好像是"故事"——尤其是像"动物故事"，但也不是。动物故事主要在于描述某种动物的性格、状貌、生活习惯、体态上特异之点，以及它们和人类的关系，所以它是一种知识性的文艺读物，思想性没有寓言那么强。

就其作品结构来说，它好像是"小说"，但仍然不是。小说的内容比它复杂得多，篇幅比它扩大好几倍，甚至好几百倍，描写的对象绝大部分以"人"为主体，描写的面非常广阔，而想象的成分则没有它这么多。

就其体式方面来说，它好像是格言、谚语，又像座右铭，然而也不是。后者没有它具体、生动、完整，寓教育于故事中。

那么，"寓言"在成人文学和儿童文学中究竟是什么样的一种作品呢？

"寓言"是作家采用"拟人"的艺术手法，把人类以外的有生命的动、植物（包括鸟、兽、虫、鱼、花、草、树木、细菌等）和无生命的矿物，予以"人格化"，通过生动的艺术形象，单纯的故事情节、精辟的文学语言、紧凑的短小篇幅，写成具有讽喻之义的文学作品，嘲笑某些人的愚蠢、粗鲁、懒惰、轻佻、谄媚、狡猾、虚伪、骄傲，嘲笑自私自利、忘恩负义，嘲笑对于周围的人抱幸灾乐祸的态度，嘲笑对于同志和朋友的冷漠无情，嘲笑不善于看出自己生活里的缺点，不能发现新鲜事物。反过来说，"寓言"在积极方面，是教育读者要热爱劳动，讲文明礼貌，拥护和平，珍惜友谊，等等。

现在把被称为"寓言之父"的伊索所写的一篇最著名的、传诵得最普遍的寓言"狐狸和乌鸦"（初级小学语文课本曾经改写采用）录写在下面，老师可以根据上面所说的，理论结合实际地来加以分析研究，从而了解和认识"寓言"究竟是一种什么样的儿童文学作品。

一只乌鸦，衔着一块肉，蹲在树枝上。

一只狐狸看见了，很想吃到那块肉。他高声喊着："这只乌鸦，形状美丽，面貌又可爱。哦，只要他的声音和他面貌一样漂亮，真配做鸟中的皇后了！"

乌鸦听了，急于要表示自己声音的美好，就大叫一声，肉掉了下去。

狐狸很快吃到了肉，对乌鸦说："亲爱的乌鸦，你的声音很不错，可是你的聪明太不够啦！"

二、寓言和儿童文学和小学语文教科书

"寓言"这一种文学作品,怎么会被邀请进入儿童文学之宫,并且被延为上宾地采编入小学语文教科书中的呢(按苏联编印的小学《阅读课本》,在第一、第二册中大量地采用克雷洛夫、列夫·托尔斯泰的寓言故事),它们这种"血缘关系"的构成,是由寓言本身的特点所致。

首先,寓言是比较简短而且朴素的文章,它没有复杂的内容,也没有华丽的辞藻,这种文学作品,恰恰适合于10岁内儿童的阅读程度,在课外没有老师、辅导员的指导,也能够独立地自学阅读,而且能够了解它,接受它的含义。

其次,寓言虽然是讽刺文学,但它含有道德教训。这教训的赠予,妙在不是正言厉色,却让读者在哑然失笑之后,严肃体会之中,接受了它的教育意义;这比正面教训产生的效果更加大,印象更加深刻,而不会惹起反感。对于小读者来说,用这样的"方式"进行思想品德教育,往往事半而功倍。因此寓言不仅仅是良好的读物,而且是良好的教育工具。

第三,天才的作家和教育家马卡连柯说:"儿童是永远喜爱阅读动物故事的。"寓言虽然并不是全部都是描述动物披上了人的衣饰,说着人所说的话,做着人所做的事的,也有描述人和动物在一块儿的,如《中山狼》《涸辙之鲋》等等;也有完全描述人类的,如《南郭先生吹竽》《愚公移山》等;也有描述植物的,如《橡树和芦苇》《树叶和树根》;也有描述无生命的,如《风和太阳》《池沼和河流》等。但是可以肯定说,绝大多数的寓言,是述说动植物故事的寓言,这是非常符合儿童阅读心理的。

第四,寓言原来是人民的创作,有着生动鲜明的活的口头语言,一个真正的寓言作家,写寓言的时候,必然会努力地保存它,并且创造性地运用它,这在丰富儿童语言,发展儿童语言上,提供了极好的材料与学习的机会。

第五,寓言这种短小精彩的文学作品可以作为小学生学习语文,练习写作的范例。

为儿童做事是美好的

——祝北京师范大学中国儿童文学研究中心成立

高洪波

各位专家、老师：

大家早上好！

很高兴来参加"北京师范大学中国儿童文学研究中心成立大会暨儿童文学研讨会"。首先，我谨代表中国作家协会书记处和中国作家协会儿童文学委员会对北京师范大学中国儿童文学研究中心的成立表示衷心的祝贺。

儿童文学关涉民族的未来，"五四"时期"新文化运动"的先驱者在发出"救救孩子"呼吁的同时，就积极投入现代性儿童文学的奠基与建设。新时期儿童文学作家更是把儿童文学与塑造未来民族性格联系在一起。人的一生最早接触的文学就是儿童文学，儿童文学对于少年儿童的人格塑造和精神生命的健康成长有着极其重要的作用。最近，《中共中央国务院关于进一步加强和改进未成年人思想道德建设的若干意见》指出："要积极推动少儿文化艺术繁荣健康发展。加强少儿文艺创作、表演队伍建设，注重培养少儿文艺骨干力量。鼓励作家、艺术家肩负起培养和教育下一代的历史责任，多创作思想内容健康、富有艺术感染力的少儿作品。加大政府对少儿艺术演出的政策扶持力度，增强少儿艺术表演团体发展活力。文化、教育、共青团、妇联、文联、作协等有关职能部门和人民团体要认真履行各自的职责，党委宣传部门要加强指导协调，大力繁荣和发展少儿文化艺术。""两会"期间，全国政协委员、著名作家王巨才的关于《重视儿童文学学科建设与儿童素质教育》的提案引起了教育部的高度重视，教育部批示要高等院校特别是师范院校重视儿童文学教学与研究。年前，中国作家协会儿童文学委员会20多位委员也在《文艺报》《人民日报》发出了《吁请全社会关注儿童文学学科建设与素质教育的呼吁书》，建议直接培养中小学师资的各类师范院校都应开设儿童文学课程，加强人文素质教育，并大力培养儿童文学博士生、硕士生等高层次人才。的确，高等院校在对未成年人的教育、少年儿童文学的发展和繁荣方面担负着重要使命。北京师范大学作为全国重点大学和师范院校的排头兵，为我国的教育事业和文学事业的发展做出了重大贡献，同时具有发展少儿文学的学科优势和人才优势。今天，在党中央国务院非常重视未成年人的健康成长与少儿读物，在全社会迫切需要儿童文学的形势下，北京师范大学中国儿童文学研究中心的成立可谓适逢其时，意义非常重大。

我们高兴地看到，具有百年历史和优秀传统的北京师范大学一直大力扶持、培养儿童文学学科建设和儿童文学教学研究。中华人民共和国成立之初，北京师范大学中文系就成立了中国高校第一个儿童文学教研室，著名作家、翻译家、学者穆木天担任教研室主任，著名儿童文学家陈伯吹先生担任过北京师范大学的儿童文学客座教授。之后，在浦漫汀、张美妮等教授的精心耕耘下,北京师范大学儿童文学教学与研究一直居于全国前列,并于 1984 年开始招收儿童文学硕士生。进入 21 世纪,王泉根教授成为中国第一个儿童文学博士生导师,并于 2001 年开始招收中国第一届儿童文学博士生。2003 年,北京师范大学又在全国招收第一届科幻文学硕士生,这对于当代文学和文化研究都具有积极的现实意义,也是高等教育与研究生培养的一个重大突破。近 20 年来,北京师范大学培养的儿童文学硕士、博士遍布全国重要的少儿出版社、报纸杂志和高校教学研究岗位。其中有的担任了出版社总编辑,有的担任了报纸主编,还有的成了教授和知名学者。先后在儿童文学教研室执教的浦漫汀、张美妮教授等主编的图书和汤锐、王泉根教授的学术专著还多次获得了国家图书奖、国家图书奖提名奖和全国高校人文社科优秀成果奖等全国性大奖;浦漫汀教授荣获了宋庆龄儿童文学奖特殊贡献奖;王泉根教授还独力承担或主持了国家社科基金项目、教育部社科规划项目、北京市社科研究规划项目等研究课题。北京师范大学儿童文学教研室还积极开展对外学术交流,除了教研室的老师出国访问讲学外,1999 年以来,还先后邀请了瑞典斯德哥尔摩大学教授、国际儿童文学研究会会长玛利亚・尼古拉耶娃,美国圣地亚哥大学教授阿丽达・艾丽森,日本圣和大学博士生导师、儿童文学理论家鸟越信,澳大利亚麦考里大学儿童文学博士生导师约翰・斯蒂芬斯教授等,前来北京师范大学儿童文学教研室访问、交流、授课。应该说,北京师范大学一直是中国儿童文学教学与研究的中心。在 21 世纪里,北京师范大学中国儿童文学学科随着陈晖博士后、吴岩博士的加盟,将会在儿童文学的教学、研究和人才培养方面发挥更大的作用。

今天是个美好的日子,因为我们这个会议做的工作是为了中国亿万少年儿童的健康成长,为儿童做事是美好的。我们衷心希望北京师范大学、北京师范大学文学院一如既往地支持和重视儿童文学的教学、研究与学科建设,把北京师范大学中国儿童文学研究中心办成名副其实的全国性研究中心,为发展我国少儿文艺事业,为贯彻《中共中央国务院关于进一步加强和改进未成年人思想道德建设的若干意见》发挥自己应有的作用,做出自己应有的贡献。

希望北京师范大学文学院、北京师范大学中国儿童文学研究中心加强与中国作家协会以及中国作协儿童文学委员会的交流与合作。中国当代文学应当走向社会,关注社会,关注当下。当代文学与儿童文学的教学研究应当成为高校文学教学面向社会、服务社会的一个窗口。衷心期待中国儿童文学研究中心为发展中国儿童文学事业以及中国儿童文学学科建设取得更大的成就!

谢谢!

（原载《作家通讯》2004 年第 2 期）

走在光荣的荆棘路上

——我与浙江师范大学的儿童文学教学

蒋　风

童话作家贺宜先生生前曾把旧中国儿童文学的命运比作那不幸的辛地丽拉；从事儿童文学研究以来，我也把自己当作一只丑小鸭，只求有一个生存的空间，做一点有意义的工作，就心满意足了。近年来，幸运之神特别眷顾我，从杨唤儿童文学特殊贡献奖、国际格林奖评委的入选，到今年获得宋庆龄儿童文学奖特殊贡献奖，丑小鸭似乎变成了白天鹅，我感到惊喜，感到幸福，又觉得受之有愧，因为我只不过做了点应该做的事。

从 1943 年在《青年日报》上发表童话诗《落水的鸭子》算起，我已经在被安徒生称为"光荣的荆棘路"上走过了整整 60 年。其间，虽然风雨相伴、挫折不断、误解相随，我总是一如既往，痴心不改。

童话让我第一次体会到孩子的乐趣

斯紫辉是我小学三年级的班主任，她是教数学的，同时每周为我们上一节故事课。她用整整一个学期给我们讲亚米契斯的《爱的教育》，断断续续地讲了《佛罗伦萨小抄写匠》《爸爸的看护者》《小石匠》等。裘里亚、马尔柯、西西洛等一个个鲜明生动的人物形象在我年幼的心里深深地扎下了根，让我第一次在美妙的童话世界里找到了欢乐，第一次体味到了孩子的乐趣。有一次开班会，斯老师用故事中主人公的名字为班里的同学命名。我没有被命名到，委屈得几乎掉泪。斯老师看到了，忙把我叫到一边，"检讨"自己太粗心，又给我戴了一大串高帽子。之后，斯老师在她的《爱的教育》上题了字，郑重地把书送给了我。

这件事影响了我一生。如果说我身上有一些值得肯定的东西，那都离不开《爱的教育》和斯紫辉老师。

让我初步意识到儿童文学和儿童读物对一个人成长的影响，还是抗日战争胜利以后。1947 年，我在《申报》上看到一则消息：三个孩子受宣扬"得道成仙"的神怪连环画的毒害，结伴离家去四川峨眉山求仙学道，最后跳崖"升天"以致粉身碎骨。这一惨剧对我的震撼很大，我从而想到要为孩子们写健康的读物，开始沿着这条"光荣的荆棘路"走去。

从儿童文学创作转向理论研究

20 世纪 50 年代学苏联，全国各师范院校纷纷在大学里开设儿童文学课程。因为以前写过儿童文学作品，省教育厅就要求我顶替吕漠野先生，与任明耀先生合作在浙江师院（即后来的杭州大学）开设儿童文学课。就这样，我成为中华人民共和国第一批走上大学儿童文学讲坛的拓荒者之一，从儿童文学创作转向理论研究。

这是一门"卑微"的学科，在大学中文系里被认为是"小儿科"，普遍不受重视。这又是一门年轻的学科，没有现成的教材，除了从苏联译介过来的点滴资料外，什么参考书也没有。我白手起家，从中外文学遗产中点点滴滴搜寻、整理、积累，整整花了两年时间完成了一本粗糙的"儿童文学教材"。其中关于中国儿童文学部分，整理成《中国儿童文学讲话》一书，于1959年出版，出版不到两个月便售完，后又连印4次，被学术界认为是"一本中国儿童文学史的雏形"。随后和任明耀先生合编《儿童文学参考资料》，完成《鲁迅论儿童教育和儿童文学》等书。我想，做学问就得从一点一滴积累开始，滴水聚集，就能成湖；小小的火星，终有一天会燃起熊熊大火。

当我正想把儿童文学当作一门学问来做的时候，大学里的儿童文学课却被精简了，这种状况一直持续到1978年。20年间我被迫改教民间文学、现当代文学，但对儿童文学的痴心不改，利用业余时间进行儿童文学研究，先后发表了百余篇论文，没想到却因此受到批判，甚至失去自由长达3年之久。但即使在"牛棚"里，我也常常以背诵童谣、儿歌来驱散心中的压抑，在苦中做乐时做一些思考，走出"牛棚"便写成了一本小书《儿歌浅谈》。我认为，选定了一个目标，不管在任何环境中都要坚持，路只有在前进者脚下才会缩短。

儿童文学给我无穷的想象力和创造力

扎根儿童文学60年，如果说我在学术研究、人才培养、学科建设、对外交流、社会组织等方面取得了一些成绩，究其原因，除对儿童文学几近痴迷的热爱，就是敢于想人之所未想、做人之所未做的勇气和魄力，这也是儿童文学所赐，是它给了我无穷的想象力和创造力。

"文革"十年动乱，儿童文学园地一片荒芜。针对少年儿童生活里出现的严重书荒，1978年全国首届少年儿童出版工作座谈会提出，师范院校应恢复开设儿童文学课，有条件的学校可以招收儿童文学硕士研究生等建议。严文井专门召集陈伯吹、贺宜、金近和我等人开了个小会，商议编写系统的《儿童文学概论》，并推我执行这一任务。

这次旨在重振儿童文学雄风的盛会使我深受鼓舞。回校后，在征得学校领导的同意后，在一无人力、二无资金、三无设备的情况下，我在中文系恢复开设儿童文学课，同时以讲师的身份招收儿童文学硕士生；另一方面积极筹建全国第一个儿童文学研究室和儿童文学专业资料室，并着手编写新中国第一本《儿童文学概论》。当时有人持不同意见："人家副教授对招研究生都感到胆怯，不敢应允，一个讲师居然敢招硕士研究生？"我想，面对儿童文学人才严重匮乏的状况，我为什么不勇敢地试一试呢？

事实证明，没有当时的先人一步，就不可能有后来浙江师范大学儿童文学在全国的中心地位。起点高、立意新，这是我做任何工作包括读书、做学问的追求。

随后，我发动并组织北京师范大学、华中师范大学等合作编写儿童文学教材，并亲自主持编写了儿童文学硕士研究生系列教材——《儿童文学概论》《儿童文学教程》《儿童文学原理》《中国现代儿童文学史》《中国当代儿童文学史》等，至今仍被不少院校选作教材。

1982年，在教育部和浙江省文教厅、浙江师范大学院领导的支持下，我积极筹办全国首期幼师、普师儿童文学师资进修班，后又举行了两期，学员遍及25个省、市，共140人，把儿童文学的学术种子撒向全国，后来以进修学员为基础成立了全国师范院校儿童文学研究会。

1984 年,我担任了浙江师范大学校长,在行政工作和教学工作的闲暇之余,仍潜心徜徉于心爱的儿童文学园地,坚持著述。迄今已创作了 200 多万字的各类儿童文学作品,出版了 30 多部儿童文学教育方面的专著和 3 卷大辞典。许多人对我大做难登大雅之堂的"小儿科"不理解,其实我做出这样的选择理由很简单:儿童是祖国的未来和民族的希望,儿童文学是他们成长过程中最早接触的教科书。儿童文学不仅仅是美好的明天的童话,更是一个极其严肃的主题。为了这最有希望的事业寂寞、辛劳,不也是一种幸福吗?

看到年轻学者的成长,是我最大的快乐

儿童文学是一门年轻的学科,至今还处于拓荒阶段,为了它的繁荣,就需要一批批新人努力耕耘。1962 年起,在我主持浙江省作家协会儿童文学小组的 30 年间,发现新人、培养新人是第一位的工作。浙江省一批顶尖的儿童文学作家,如冰波、谢华、夏辇生、屠再华、龚泽华、王铨美、李想、赵海虹……最初的舞台就是儿童文学创作委员会每年暑假期间的笔会。浙江师范大学中文系八一届毕业生谢华在《我的儿童文学摇篮》一书中回忆:"大约是 1981 年的夏天,蒋老师第一次把我的几篇作品带到了浙江省的儿童文学年会上,然后在开学的时候,带给我许多鼓励和希望。终于在第二年的夏天,我在蒋风老师的推荐下,参加浙江省作协的儿童文学年会,也是从那以后,我从浙师大的儿童文学摇篮中走出来了,走向了儿童文学创作的更加广阔的天地。"

1978 年起,我还带了 10 届 20 余名儿童文学研究生,他们毕业后活跃在儿童文学界,成为国内一流的儿童文学理论骨干,如吴其南、王泉根、汤锐、方卫平、潘延、韩进等。1988 年首次全国儿童文学理论评奖,6 名获奖者中有 4 名是我的学生;第 10 届国际儿童文学学术会议上,有 5 名学生论文入选交流。沈芬是我招收的非学历儿童文学研究生,在参加学习后开始科学童话写作,如今已出了一套科学童话集,不久前还在全国科普创作评奖中获得大奖。看到年轻的儿童文学家一步步成长,我颇感欣慰。

推动儿童文学走出国门,走向世界

任何一门学科的发展,都离不开中外交流,有交流才能进步,有交流才会发展。1987 年,我邀请日本儿童文学著名学者鸟越信教授来浙江师范大学为研究生讲授《日本儿童文学史》课程,这在当时是人们想都不敢想的事。1990 年,在我的建议下,亚洲儿童文学研究会成立。1993 年 2 月,我应聘到日本国际儿童文学馆担任专家级客座研究员,做为期半年的研究。近 20 年来,我先后 40 次应邀赴美、日、韩、新、马等国家和港、澳、台地区访问讲学或出席国际会议,曾先后在香港大学、香港中文大学、韩国檀国大学、台湾台东师院开课讲学。今年 12 月,我将再度应邀赴马来西亚,在吉隆坡、彭亨、关丹、槟城、新山、诗巫、沙捞越、古晋等地做巡回演讲。

异常活跃的对外交流给我带来学术水平的提升,也给我带来快乐和荣誉。当然我也付出了双倍的辛劳,这绝不是在花径上踱踱方步所能得到的。

一人办一个中心、一份报纸

1994 年我离休了。难道身体健康、思维敏捷的我,从此只能坐享清福养老了吗?珍

惜光阴可使生命变得更有价值。我想在有生之年，再为社会奉献一点余热。干什么好？当然要在已结了不解之缘的儿童文学事业中寻找。

1994 年下半年，我便单枪匹马筹建一个民办研究机构——中国儿童文学研究中心，专门招收免费的非学历儿童文学研究生。学员自学为主、面授为辅，修完 6 门课程，完成作业，最后通过结业论文答辩，便发给结业证书。消息一传开，报名者纷至沓来，第一届就招了 39 名，至今已招了 8 届，学员共 300 多人，来自中国、新加坡、马来西亚和日本等不同国家。香港大学儿童文学高级讲师兼作家孙慧玲、香港某幼儿园园长叶俊声，也穿越千山万水，借鸿雁传送求学之愿望。看着这些热情洋溢的信件，我备受鼓舞，热爱儿童文学的还是大有人在！

为了更方便地联系函授学员，我又自费办了一份《儿童文学信息》报，免费赠送给学员与有关单位和个人，至今已出 26 期。从编稿、出报到邮寄，几乎全部由我一个人承担，每期 3000 至 3500 份，要花费我一至两个月的离休工资。有人说我太傻了，有福不知道享，却赔钱、花精力做这种事。"大智和大愚，相距咫尺远。"我却认为自己傻得有意义，能为别人做一些有益的工作就是幸福，而且一旦得到它，就够受用一辈子了。

在孩子心中播撒诗歌的种子

如何使小朋友在接受文学熏陶的同时，健康地发展情感，是我离休后关注的课题。从 20 世纪 90 年代开始，我从金华起步，先后在金华少儿图书馆、金师附小、金华市青少年宫，继而扩大到省内、国内直至马来西亚的华人孩子中播撒诗的种子。同时，我还在儿童报刊开辟了《蒋爷爷教你学写诗》《儿童诗点评》等专栏连载，让更多的孩子热爱诗，学习写诗，并在诗美的影响下成为一个德、智、体、美全面发展的人才。教小朋友写诗，首先要打破诗的神秘感，诗就是要在生活中发现美，美是无处不在的，引导孩子发现美，再表现出来，那就是诗。去年我在金华市青少年宫举办了"蒋风爷爷教你学写诗"系列讲座，共四讲，并做了四次写诗练习。第一次练习只从百余篇作业中选出两首比较认可的作品，第二次练习也只选了六七份，第三四次练习就出乎意料地收到一大堆好诗。后来青少年宫编选出版了《童心在这里飞翔》。后记中说："我宫成功地举办了'蒋风爷爷教你学写诗'系列讲座，极大程度地激发了小文学爱好者们纯真、率朴、明朗、欢快的情感，他们既学会了如何欣赏儿童诗，也能大胆地用简洁、生动的语言传达着自己那被激活的诗心。"这不仅使我感到欣慰，也让我和孩子们一起品尝到了收获的快乐。

人的一生是很短的，短暂的岁月要求我们好好领会生活的进程。在我从事儿童文学创作、教学、研究的岁月中，走在光荣的荆棘路上，我将一步一步奋然前行，尽一个人所能尽的最大努力，不折不挠地为自己、也为儿童文学事业开拓道路。

（原载《中国儿童文学》2004 年第 4 期）

新世纪儿童文学学科建设面临的机遇与挑战

王泉根

在我的印象中，全国性的高校儿童文学教学研讨会还是在 18 年以前开过的。18 年之前——1985 年 7 月，全国高校儿童文学教学研讨会在辽宁大连召开，今天我们到会的部分老师如湖南师大的李晓湘教授等，都曾参加了。18 年一晃而过，在我的记忆中，这 18 年间我们再也没有开过这样的专门性会议了。当然，与儿童文学理论研究或某种教学活动有关的活动还是有的，例如 1992 年广州师范学院儿童文学研究所承办的"华文儿童文学研讨会"，又如 1999 年北京师范大学中文系召开的"首届海峡两岸儿童文学教学研讨会"等。但就全国高校的儿童文学教学研讨会而言，我们确实已有 18 年没有开了。所以，今天——2003 年 9 月 24 日，星期三，我们来自全国 30 多所高校、师专的老师会聚春城昆明，参加由北京师范大学中国儿童文学研究中心和昆明师范专科学校联合主办的新世纪第一次全国高校儿童文学教学研讨会，确实感到来之不易，机会难得，我们的内心充满了激动和感动。我们对会议的承办单位——昆明师范专科学校民族儿童文学研究所的老师们所做出的努力和辛勤筹备表示由衷的感谢。如果没有他们的努力，这样的会议恐怕还要再等上数年才能召开。会议主持人专门安排了今天下午的半天时间，邀我就"新世纪中国儿童文学学科建设面临的机遇与挑战"做一主题发言。下面，我就利用这一来之不易的宝贵时间，与各位老师和朋友展开一次对话，把我对高校儿童文学学科建设，主要是教学研究方面的一些思路，做一个抛砖引玉的发言。

我想就以下三方面谈一谈自己的看法：

一、我国高校儿童文学教学研究的历史性回顾；

二、进入新世纪以后，中国儿童文学学科面临的机遇与挑战；

三、面对新的机遇和挑战，我们需要做些什么，我们能够做些什么，我们应该如何去做。

一、我国儿童文学教学研究的历史性回顾

我想用几个时间点来简单谈谈我国儿童文学教学研究到底是怎样一步一步地走到了今天。我认为以下几个时间点对我国儿童文学学科建设的发展进程具有历史性的意义。

第一个时间点是 1923 年。这一年，上海商务印书馆出版了我国第一部儿童文学教材《儿童文学概论》，这也是我国第一部儿童文学基础理论著作。两位作者魏寿镛与周侯予当时都在江苏无锡的一所师范学校任教。全书分编为 6 章，分别论述了儿童文学的性质、要素、来源、分类、教学法以及儿童对文学的需要等问题。1924 年，中华书局也出版了另一种版本的由朱鼎元著的《儿童文学概论》。这说明"五四"以后不久，儿童文学教学研究已经进入了我国的教育系统，当时主要是中等师范学校的领域。考据历史，我们发现，20 世纪二三十年代我国的学校教学，主要是小学语文与幼儿师范、普通师范重视儿

童文学已蔚然成风。儿童文学不但是小学语文课本的主要教材资源,而且开展了对儿童文学教材、教法的研讨。学习儿童文学,讲演儿童文学,研究儿童文学,这是当时教育界的一种"时尚"。对此,儿童教育研究专家吴研因在 1935 年写的《清末以来我国小学教科书概观》一文(原文参见王泉根评选的《中国现代儿童文学文论选》,广西人民出版社 1989年版)做过详尽论述。1947 年,陈伯吹发表的《儿童读物的编著与供应》一文,对学校儿童文学教学研究的重要性提出了十分深刻的见解。他认为"编著儿童读物是一种专门性的工作,需要专门的人才",而人才的培养在 20 世纪 40 年代就"已经到了急不可待的时机",因而必须在高等师范院校以及教育学院等开设"儿童文学"或"儿童读物"课程,并应"规定为'必修课目',这样数年以后,也许会人才辈出,而优秀的儿童读物,也会琳琅满目,美不胜收了"。陈伯吹先生早在将近 60 年前就已经明确意识到了培养儿童文学人才的重要性与紧迫性,呼吁高校尤其是师范院校应将儿童文学列为必修课程。儿童文学是一项系统工程建设,牵涉到创作、评论、出版、社会应用与推广,而学校教学则是系统工程建设的中枢与重中之重,因为如果没有人才的培养,整个儿童文学建设尤其是评论、出版与社会推广,就难以有效地进行下去。可是,将近 60 年过去了,陈伯吹先生当年的殷殷期待与热切呼吁又如何呢? 使人难以置信的是,我们今天仍要为高校儿童文学学科的生存权而呼吁!

　　第二个时间点是 1952 年。这一年,北京师范大学中文系由于钟敬文的倡导,在全国高校率先建立了儿童文学教研室,首任主任是著名外国文学专家、翻译家、文艺评论家和作家穆木天教授,同时他还兼任外国文学教研室主任。20 世纪 50 年代初,时任人民教育出版社编审的著名儿童文学家陈伯吹,受邀担任北京师范大学儿童文学教研室兼职教授,他还出版了《师范学校儿童文学讲授提纲》(1957)一书。所以北京师范大学的儿童文学,一开局就是由一些顶级的人物在做。北京师范大学不但主办过儿童文学进修班,培养了新中国最初的儿童文学师资人才,而且还在教材建设、理论研究等方面走在前面。1956 年出版的由穆木天等编的两卷本《儿童文学参考资料》,是当时国内最重要的儿童文学教参读物。在教育部的重视与北京师范大学的影响下,20 世纪 50 年代不少师范院校及有的综合性大学纷纷开设儿童文学课程,其中华东师范学院(今华东师范大学)、东北师范大学、西南师范学院(今西南师范大学)、厦门大学、浙江师范学院(今浙江师范大学)等,都有相当的师资实力,儿童文学教学研究搞得有声有色。但使人扼腕的是,20 世纪 50 年代末、60 年代初,由于"学制要缩短,教育要革命",儿童文学课程便不明不白地被取消了,十年"文革"更是一片空白。1977 年"文革"结束恢复高考招生制度以后,当时担任北京师范大学中文系主任的钟敬文先生,马上在中文系提出,在需要恢复的课程中,首批应有儿童文学,而且应开成必修课。他认为师范院校不开儿童文学课是毫无道理的,十足的无知。钟老去年一百高寿时去世。钟老在世时,我经常去拜访他,有过很多接触。钟老曾亲口对我说:他当时做系主任时,系里有的领导和老师不太赞成把儿童文学开成必修课,但钟老坚持要开成必修,他说:"我在这个问题上就不讲民主了,我要独断了。"就这样把事情定了下来。钟老的这一决断,其意义不仅仅是一所学校的一个学科的发展问题,实际上是涉及一个全国性的问题。因为北京师范大学是全国师范院校的龙头老大,由于其在"文革"以后很快恢复了儿童文学课程,所以很快影响到各地的师范院校。1982 年,北京师范大学受教育部委托,举办了"全国高校儿童文学教师进修班",有 35 名教师参加了为期一年的学习,这批教师以后大多成为各地高校儿童文学教学研究的骨干

力量，如彭斯远、高云鹏、朱自强、李晓湘、吴继路、林飞、许平辛、李丽、金万石等。

第三个时间点是1982年。这一年有两部《儿童文学概论》同时出版，一部是北京师范大学、华中师范学院、浙江师范学院、杭州大学、河南大学等五院校教师集体编撰的《儿童文学概论》，由四川少年儿童出版社出版。这是1949年以后我国第一部作为高校教材的《儿童文学概论》。尽管今天看来这部教材有这样那样的不足，但它的出版，及时满足了"文革"以后各地高校儿童文学开课的急需，因而这部教材影响很大。同年，蒋风先生个人在湖南少年儿童出版社也出版了《儿童文学概论》。这两部《概论》对促进20世纪80年代的儿童文学教学研究具有极其重要的作用，功不可没。

1982年这一时间点还有一件事必须记录：这一年，浙江师范学院中文系蒋风先生公开招收了"文革"结束恢复高考制度后的首批中国现当代文学专业儿童文学研究方向硕士研究生——来自北京师范大学的汤锐与来自西南师范大学的王泉根。虽然蒋风先生已在1979年招收了第一位研究生吴其南，但据吴其南介绍：他是"阴差阳错"，由于当时浙江师范学院还没有资质独立招收研究生，因而是与杭州大学中文系联合招收的，吴其南报考的是杭州大学中文系现代文学研究专业，经商量，由杭州大学转至浙江师范学院蒋风名下。所以蒋风先生公开招收儿童文学方向研究生是在1982年。1984年12月，吴其南、汤锐与本人以儿童文学为题的论文参加了由杭州大学中文系中国现当代文学专业举行的硕士学位论文答辩，三人获得杭州大学（今已归入浙江大学）文学硕士学位。这也是我国第一批儿童文学方向的硕士研究生。我认为，蒋风先生在开创我国高校儿童文学研究生培养方面，作出了艰苦努力与重要贡献。正是从浙江师范大学开始，我国新时期儿童文学研究生的培养才逐步走上正轨，形成特色。20世纪八九十年代，自浙江师范大学始，先后招收过儿童文学研究生的高校有北京师范大学、西南师范大学、东北师范大学、南京师范大学、上海师范大学、重庆师范大学、沈阳师范大学等。2003年依然招生的有北京师范大学、浙江师范大学、上海师范大学、重庆师范大学与沈阳师范大学。关于儿童文学研究生的培养，20世纪50年代初东北师范大学蒋锡金教授也曾招收过一人（姜郁文，1954年研究生毕业），但真正形成规模与培养特色则是在20世纪八九十年代。

第四个时间点是1985年。位于内陆西南重庆的四川外语学院创建了我国第一个儿童文学研究所——外国儿童文学研究所，同时还出版了不定期的研究刊物《外国儿童文学研究》（但十分遗憾，该所后因所长去俄罗斯而于20世纪90年代初期停办）。1989年，浙江师范大学中文系儿童文学研究室（创建于1979年）扩大建制，改为儿童文学研究所，首任所长是蒋风先生，以后为黄云生、方卫平。这个研究所坚持到今天，历经曲折，实属不易。1987年12月，广州师范学院（今广州大学）陈子典也创办了儿童文学研究室，后也扩大为研究所，由班马接任所长（但该所后因组建广州大学而被撤销，实在可惜）。进入20世纪90年代，重庆师范学院（今重庆师范大学）彭斯远创建了西部儿童文学研究所，昆明师范专科学校初等教育一系在前几年也创建了民族儿童文学研究所。据我所知，吉林延边大学韩语系的几位老师创建有韩国儿童文学研究所，内蒙古包头师范学院也有一个儿童文学研究所，天津理工大学外语学院于2003年年末也创建了外国儿童文学研究所。当然，以上诸所情况不一，如浙江师范大学的研究所是一独立实体，其余各所有的挂靠在所在院系，有的是松散的研究组合。但无论如何，儿童文学研究所是儿童文学学科建设的重要力量，对儿童文学教学研究与人才凝聚都具有重要作用。

第五个时间点是2001年。北京师范大学决定面向全国及台港澳招收中国现当代文学专业儿童文学方向的博士研究生；2003年又决定招收中国现当代文学专业科幻文学方向的硕士研究生，这在我国高等教学研究生培养史上都是第一次，都是具有填补空白意义的突破。这两个举措产生了很大影响，首都各大媒体包括新华社、中央电视台、《光明日报》等都曾做了广泛报道和积极评价。其中有关招收科幻文学研究生的举措，还给科幻文学与科普界带来了"震动性"的影响效应，可以说是给复苏中的中国科幻文学注入了一剂强心针。众所周知，科幻文学自20世纪80年代中期起一直处于低落状态，20世纪90年代后期随着科幻文学新锐作家的出现局面才有所改观，现在北京师范大学决定将科幻文学作为研究生教学的内容，培养高层次的科幻文学理论人才，这无疑是给科幻文学送去了春风化雨，难怪科幻文学界会如此兴奋与激动！这次到会的吴岩副教授，是我们北京师范大学中国儿童文学研究中心的副主任与科幻文学硕士生导师，有关科幻文学的现状，我们将请吴岩老师为大家做一介绍。北京师范大学的儿童文学研究生培养正在有序进行，今年正在北京师范大学就读的有8位儿童文学博士生（其中一位来自台湾），10位硕士研究生，2位科幻文学硕士研究生；此外我们还招收了9位"以同等学力申请硕士学位"的进修教师，这是教育部指定办的班，通过考试录取的。这次到会的河北邢台学院曹文英副教授就是其中之一。我为什么要对北京师范大学做如此详细的介绍呢？因为我们认为，作为全国重点大学和全国师范院校排头兵的北京师范大学，对于儿童文学学科建设与研究生培养工作的状况如何，无疑具有全局性的意义与示范、辐射的作用。只要儿童文学学科在北京师范大学不倒，这个学科就一定会得到发展！

以上是我对我国高校儿童文学学科建设的简单回顾。通过这五个时间点，我们可以看到一条发展的线索，我们的儿童文学学科是如何从小到大、从弱到强，非常艰难、非常坎坷地一步一步走到今天的。

二、新世纪中国儿童文学学科面临的机遇与挑战

中国儿童文学学科艰难地走过了20世纪，进入21世纪以后，我们依然感到步履沉重，甚至有举步维艰之叹。那么，我们的危机与困境到底是什么？我们的希望与机遇又在何方？对此，我们应做出一个尽可能客观的、冷静的实事求是的分析。少说空话，多干实事，这就是我们应有的姿态。刚才我提到，从表面上看，我们的儿童文学教学研究好像十分热闹，我们也培养了很多硕士研究生，我初步估算已有四五十人了。应该说，我们已尽心尽力，工作做得相当出色。但是实际上，我国高校的儿童文学教学研究走到今天已经举步维艰，非常吃力，面临着许多困难，甚至是危机重重。下面就直言不讳谈谈我的看法。

（一）困境与危机

儿童文学学科面临的困境是多方面的，既有学科内部的原因，也有外部生态环境的原因。为什么我国儿童文学学科长期处于弱势地位，老是"长不大"，难以建立自己科学的具有中国特色、时代精神、原创意识的儿童文学学科体系，在世界儿童文学教学研究中占有我们应有的地位？我认为，根据我国的实情，儿童文学学科所处的外部生态环境的弱化与无奈，不能不说是重要原因。

第一，儿童文学学科在高校学科专业设置中长期没有地位，长期要为它的生存权而呼吁而奔走而求爷爷告奶奶。

尽管谈到人类未来在于下一代，振兴中华民族的希望在于下一代，教育要面向未来、

面对下一代,我们都振振有词,但一旦遇到具体问题,却总难以落实,这很明显地体现在对儿童文学学科的看法和设置上。"文革"以前的情况这里就不谈了。1976年"文革"结束以后,儿童文学开始在一些高校陆续复苏,由于当时所有的学科专业都处于拨乱反正、重整旗鼓的特殊时期,都在摸索、实践与重建,因而当时还不存在学科位置问题,只要有关中文系、有关校方教学主管部门扶持和重视,儿童文学学科就同样会有生存、发展的机遇。明显的例子,如北京师范大学中文系在"文革"结束后就立即恢复儿童文学教研室,并将儿童文学作为本科生的必修课;又如浙江师范学院,1979年就在中文系设立了儿童文学研究室。但进入20世纪八九十年代,尤其是90年代,随着高校学科专业建设设置的逐步完善,尤其是学位制度和研究生培养制度的建立和完善,这时问题就完全不一样了,一个学科的生存发展,不再取决于所在单位的重视不重视,而在于国务院学位委员会办公室设置的《学科专业目录》中有没有位置。有就好办,没有就寸步难行。我们的儿童文学学科就是在这一节骨眼上、关键点上出了问题,而且是生死攸关的大问题。为了更清楚地说明这一点,我们有必要理清一下我国有关学科、专业到底是怎么设置的。

所谓学科、专业,就是指"二级学科"。比如中国文学是一级学科,中国现当代文学、中国古代文学就是二级学科。

据我的观察,我国现行学科专业分类有两套系统:一套是由国家技术监督局于1992年11月发布实施的《国家标准学科分类与代码》;另一套系统是由国务院学位委员会于1997年颁布实施的《授予博士、硕士学位和培养研究生的学科、专业目录》。

按照《国家标准学科分类与代码》,在"文学"一级学科门下,设置了25个二级学科,其中属于中国文学的有11个,属于世界文学的有14个。世界文学的二级学科这里就不介绍了,属于中国文学范围的11个二级学科是:1.文学理论;2.文艺美学;3.文学批评;4.比较文学;5.中国古代文学史;6.中国近代文学史;7.中国现代文学史;8.中国各体文学;9.中国民间文学;10.中国儿童文学;11.中国少数民族文学。在此学科分类中,中国儿童文学是与文学理论、古代文学、现代文学、民间文学等享受同样"级别待遇",具有同等地位的并列学科。这就充分肯定了儿童文学的重要性及其应有的学科地位。必须说明的是,在国家社会科学基金会设置的学科分类中,儿童文学同样也是二级学科。我在今年暑假期间收到由我们北京师范大学社科处转来的一份要我填写的《国家社科基金项目同行评议专家登记表》,并附有一份《2003年度国家社会科学基金同行评议专家库数据代码表》。此《代码表》所列的正是学科分类,其中中国文学一级学科门下,也同样分列为11个二级学科,分别是:1.文学理论;2.文艺美学;3.文学批评;4.古代文学;5.近代文学;6.现代文学;7.各体文学;8.民间文学;9.儿童文学;10.少数民族文学;11.中国文学其他学科。在这里,儿童文学同样具有二级学科的重要地位。

但是,在《授予博士、硕士学位和培养研究生的学科、专业目录》中,儿童文学的学科地位则被不明不白地取消了。按此《目录》,在"文学"门类下设中国语言文学、外国语言文学、新闻传播学、艺术学四个一级学科29个二级学科。其中中国语言文学一级学科下设8个二级学科,分别是:1.文艺学;2.语言学及应用语言学;3.汉语言文字学;4.中国古典文献学;5.中国古代文学;6.中国现当代文学;7.中国少数民族语言文学;8.比较文学与世界文学。按此目录,儿童文学、民间文学都不是二级学科,也就是都从中国语言文学中被注销了"户口",被出局了。那么儿童文学到哪里去了呢?我们在由高等教育出版社1999年出版的《授予博士硕士学位和培养研究生的学科、专业简介》一书中,好不容易在

"中国现当代文学"的专业介绍栏内，找到了如下一节文字："课程设置:硕士学位专业课:鲁迅研究，重要作家研究，现当代文学比较研究，中外现代文学平行比较研究，当代各体文学专题研究，戏剧影视理论专题研究，现代文学思潮专题研究，儿童文学作家作品研究，港台文学专题研究，影视文学专题研究。"

——这就是儿童文学的"地位"。充其量，儿童文学最多也只不过是中国现当代文学二级学科下面的一个研究方向而已。

问题的关键在于，全国各高校的学科专业目录分类也就是所谓一级学科、二级学科的设置，所执行的是国务院学位委员办公室与教育部研究生工作办公室（实际上一个单位两块牌子，合署办公）所下发的《授予博士硕士学位和培养研究生的学科、专业目录》。千万不可小视这个学科专业目录，小视这个学科定级，这是事关某个学科生死存亡的大事，因为管我们全国高校学科命运的正是这份《学科专业目录》！

按照《学科专业目录》的学科设置与定级，二级学科是关键之关键，核心之核心，重中之重。

因为，二级学科是申报博士点、硕士点的依据。按照教育部的有关文件精神与实际运作，只有上了《学科专业目录》的二级学科，才可以申报博士点、硕士点，《学科专业目录》上没有的，就不能申报。所以这份《学科专业目录》是全国各地高校申报博士点、硕士点的唯一依据与指挥棒，你要实现博士点零的突破，你要增加新的学位点，你要提高学校的办学层次，首先就要依据这份《学科专业目录》，看看里面有没有这个"二级学科"。有，就好办，就组建学科梯队，外引（引进人才）内联（联合相关专业），创造条件，向上申报；没有，就甭想，晾一边去，《学科专业目录》上都找不到你这个学科，怎么可以申报博士点、硕士点呢？所以二级学科的设置与否，实在关系着学科的命运。我这里举一个典型例子:众所周知，民间文学学科是在20世纪"五四"中逐步发展起来的新兴学科，是新文学运动的产物，凡是熟悉中国民间文学的都知道这段历史。民间文学一直是作为高校中文系的专业课程之一。20世纪80年代，北京师范大学中文系的民间文学研究被教育部确定为"国家重点学科"，钟敬文先生是这一学科的带头人，他是享有国际声誉的民间文艺研究专家，被誉为"中国民俗学之父"。但是，1997年制定的《学科专业目录》一经公布，民间文学领域犹如发生了大地震，为什么？"中国民间文学"二级学科的地位被取消了，学科专业中找不到它！这事就大了，钟老就急了，北京师范大学就急了。民间文学连二级学科都不是了，那还谈什么"国家重点学科"？后来，北京师范大学中文系将学位办公室有关处室的官员请到钟老家里（钟老当时已94岁），由钟老向他们上了一天的课，讲民间文学的重要性，他们这才明白民间文学学科原来是怎么一回事，而不是北京师范大学"因人设庙"（原以为北京师范大学因有钟敬文先生的存在，才将民间文学作为重点学科的）。但学科设置已经确定，无法更改，最后采取一个折中的补救办法:在社会学一级学科门下的民俗学二级学科中，加一括号，注明:"含民间文学"。所以从1997年《学科专业目录》公布实施以来，民间文学已不在中国语言文学一级学科门下，而是归属到社会学一级学科门下的民俗学中去了。这给民间文学学科建设造成了严重影响，出现了"会稽不收，山阴不管"的尴尬局面。更严重的问题是，以前开设民间文学的各地高校中文系教师，纷纷被迫"下岗"或"转岗"（转上民俗学），造成师资严重流失。为了拯救民间文学学科，中国文联的刘锡诚先生、华中师范大学的刘守华教授，都曾在报刊呼吁抢救民间文学学科（刘锡诚文章题目是《为民间文学的生存向国家学位委员会进一言》，刘守华的文章题目是

《困境中挣扎的民间文学学科》,分别刊于 2001 年 12 月 8 日与 2002 年 1 月 19 日《文艺报》)。而钟敬文先生在 2002 年 1 月百岁高寿临终前所做的最后一件事,就是给教育部和国务院学位办写信,要求将民俗学升格为一级学科,因为只有将民俗学升格为一级学科,括号中所含的民间文学才有重新恢复为二级学科的希望。钟老当时躺在北京友谊医院的病床上,握着颤抖的笔,生怕写不好字,先在别的纸上试写了几次,最后才在信上签名。这是钟老的绝笔。这件事是钟老的弟子万建中教授亲口对我讲的,我听了不禁落泪。

民间文学与儿童文学都是"五四"的产物,这两个学科之间有着密切联系与共同点。但无论如何没有想到的是,这两个学科都在 1997 年从中国语言文学一级学科门下除名了。民间文学的状况还算好的,因为它毕竟还可以挂靠在民俗学门下,而儿童文学则成了"弃儿",成了找不到家的流浪儿,现在勉强"寄养"在中国现当代文学二级学科门下,在研究生招生方面,成为它的一个方向。但我们知道,儿童文学是具有自己独立学科体系的,它包括儿童文学理论、儿童文学文体学、中国儿童文学、外国儿童文学、民间儿童文学、儿童文学与儿童教育、儿童心理学等。现在归在现当代文学门下(而且还只是"寄养"),显然极大地束缚了它的发展,外国儿童文学怎么办? 古代儿童文学要不要研究? 在研究生招生和培养中我们就遇到了困难。由于儿童文学作为中国现当代文学专业的一个方向,招生试卷就很为难,因为硕士研究生两门专业考试中规定有一门必须是二级学科的试题,也就是现当代文学。如果教研室老师比较理解,有可能出一点儿童文学方面的试题,如果命题老师对儿童文学不感兴趣,那就不会有这方面的题目,因此就会出现儿童文学基础好、一心要报考儿童文学的考生,可能由于在现当代文学方面稍偏了一点,而无法录取,录取的反倒是儿童文学专业欠缺甚至从来没有接触过这一学科的考生。这样,学生吃力,导师也吃力。一个在本科阶段从来没有接触过儿童文学的学生,现在突然要攻读这一专业,这自然要重新补习,从基础打起,这比一个本科阶段已学过儿童文学而且产生浓厚兴趣的学生显然要吃力得多。

第二,学科危机的严重性还表现在儿童文学师资队伍的急剧萎缩。

由于《学科专业目录》中不存在儿童文学,因而儿童文学的处境可以说是危机重重,朝不保夕。为什么这样说呢? 因为如上所述《学科专业目录》不但是申报博士点、硕士点的依据,而且实际上也是各地高校中文系科设置研究生、本科生课程的依据,同时还是学校人事部门给教师定岗定编、设不设教授岗位的依据,自然更是要不要成立教研室、是不是需要有儿童文学教师的依据。正因为《学科专业目录》中找不到儿童文学,由此产生了一系列连锁性的消极后果,最严重的是师资严重流失、空缺。据我的了解,现在全国高校,专职的儿童文学教师大概不会超过 5 个人,浙江师范大学情况最好,这次开会我听周晓波介绍,她所在的浙江师范大学儿童文学研究所,现在有 3 个正式编制:方卫平、郑欢欢和她本人。现在全国各地高校的中文系、文学院设有儿童文学教研室的,恐怕再也找不到了。我们今天到会的老师们,虽然都从事儿童文学,但绝大多数都是兼职,他(她)在系里还有别的专业课要上。如李晓湘老师在湖南师范大学中文系已讲了 20 多年儿童文学,但她的主课则是古代文学唐宋段,她的"户口"也在古代文学教研室。20 世纪 80 年代初期,"全国儿童文学教学研究会"曾先后在吉林市、兰州、大连召开过 3 届年会,当时每届年会都有一二百人参加,可谓热气腾腾、人丁兴旺,而且绝大多数都是来自各地师范大学、师范院校中文系、教育系的老师,由此可见当时儿童文学师资队伍的盛况。但时至今日,儿童文学师资已急剧流失、萎缩。不少大学由于某位老师的退休或教研室合并,就再也无人开课,大有"人存政兴,人亡政息"的悲氛,这是非常伤心的事——连教师都没有了,还谈什么儿童文学学科建设? 教育部直属的6所师范大学,除了北京师范大学一直在坚持外,东北师范大学随着高云鹏教授退休、朱自强调走,恐怕已后继无人了,而华东师范大学、陕西师范大学、华中师范大学一直是空白,西南师范大学现在也是空白。教育部直属的全国重点师范大学尚且如此,那么下面各省市的师范大学、师范学院也就可想而知了。现在只有少数师范大学还在坚持儿童文学,情况最好的是北京师范大学、浙江师范大学、东北师范大学、沈阳师范大学、上海师范大学、重庆师范大学和湖南师范大学。江苏是东部的发达地区,高校众多,以前南京师范大学郁炳隆教授在开设儿童文学,但自郁教授退休以后,从此无人接棒。江苏某大学文学院有一位年轻老师对儿童文学很有研究,她多次向院里提出要开儿童文学课,但院长却对她说:"你开什么儿童文学啊,儿童文学是没有前途的学科,你就搞现当代文学好了。"她十分伤心,那天给我打了很长时间的电话。我听了十分气愤但也无奈,只好安慰她一步步来。华东地区是我国经济文化教育最发达的地区之一,现在除了浙江、上海以外,江苏、山东、安徽、江西、福建等5省师范院校的儿童文学都是一片空白,因而今天的会议这5个省的师范院校都没人参加。为什么我们很多老师想开设儿童文学但总不能成功? 主要原因是系里不支持、不重视。系里为什么不支持? 理由很简单也很充分:二级学科名单上没有,就没必要开这个课。这是一种非常功利,但也非常务实的做法,当系主任总希望把系里的学科建设搞上去,但你儿童文学连二级学科都不是,搞得最好也不能申报硕士点,那不是瞎忙乎、瞎操心吗? 所以我们也不能怪系里院里不重视,系主任、院长也有他的难处。今天到会的温州师范学院吴其南教授,他本身就是中文系系主任,是我国第一批儿童文学方向的硕士生,新时期儿童文学理论研究的一员干将,最近他的一篇论文《20世纪中国文学中的儿童形象》被《新华文摘》第9期转载了,很不容易。但老吴在温州师范学院从来不开儿童文学课程,这岂不是教育资源的极大浪费? 老吴说他当了系主任以后有他的难处,他只能迁就现状,去发展那些可以申报硕士点的二级学科,实现"零的突破"。今年温州师范学院中文系的文艺学等终于获准了硕士点,这就是系主任的成绩。老吴如果也在系里抓儿童文学,肯定没人支持,这就是现实。

上面我谈到,自20世纪80年代以来,北京师范大学等校培养的儿童文学方向硕士研究生,少说也有四五十人,光是从我名下毕业的就已有10人,但这么多的儿童文学专业人才只有极少数留在高校从事本专业的教学,绝大多数都去了出版社、报社或去做公务员、企业文秘。我们好不容易培养出来的儿童文学人才,大多数改了行,与儿童文学"拜拜"了。这种教学资源、人才资源的流失与浪费实在使人心痛,但问题不在于我们的研究生不想在高校从事儿童文学专业,而是没有什么学校愿意进儿童文学教师,占中文系的编制。所以问题还是出在那个"二级学科"的设置上。假如儿童文学成了二级学科,我相信有很多师范院校的中文系都是会需要这方面的师资的,我们培养的研究生将会供不应求。我这里带来一份资料,据《光明日报》2002年3月24日一篇文章的统计,截至2001年,我国共有19所重点师范大学,90所师范学院,101所师专,570所中师,138所教育学院,此外还有1866所教师进修学校。这么多的师大、师院、师专、中师、教院,其主要任务就是培养中小学教师与幼儿教师,青少年读物与儿童文学自然应是必须开设的课程。据我所知,台湾地区早在20世纪七八十年代就将儿童文学列为全台3所师大、9所师院学生的必修课程之一,而且不论文理系科的学生都要修满学分。那么,我们到底有

多少学校在开设儿童文学呢？恐怕最乐观的估计不会超过五六十所，即使有老师开课，也大多是兼上，临时需要上讲台而已。现实就是如此。

第三，儿童文学学科的危机还表现在教材短缺、学术交流停滞等方面。

自从 1982 年北京师范大学等 5 院校合作的《儿童文学概论》出版以后，事隔 9 年，北京师范大学浦漫汀、张美妮教授等合著的《儿童文学教程》于 1991 年 5 月由山东文艺出版社出版，同时还出版了配套的《中国儿童文学作品选》《外国儿童文学作品选》。这套教材被列入国家教委"七五"规划的高校文科教材之中。但从此以后，国内再也没有出版过全国统编的，被列为教育部文科教材的儿童文学教材了。当然，各地自己编写的作为局部范围内使用的教材还是有的。十多年过去了，儿童文学的作品生产、理论研究已发生了不少变化，但我们还拿不出像样的新编教材。高等教育出版社会同教育部有关部门，从世纪之交开始已陆续组编了总名为"面向 21 世纪课程教材"的大规模高校教材出版规划，其中，中文各专业教材已基本出齐，但没有儿童文学。原因还是那个"二级学科"，由于儿童文学不是二级学科，因而也就没人会想到需要"面向 21 世纪"的新教材，自然也就不能列入出版规划。

说来说去还是那个"二级学科"。学科定级像一双无形的手紧紧地卡住了儿童文学的脖子，又有谁会想起还有这个学科？我们是欲罢不能，欲哭无泪啊。

刚才我谈到，自从 1985 年大连会议以后，我们已有 18 年没有开过专门性的高校儿童文学教学研讨会了。老师们请想想，18 年啊！一个人能有多少个 18 年？一个学科 18 年没有像样的学术交流活动，这个学科被人遗忘也就相差不远了。我们不是不愿坐在一起，切磋研讨，共谋发展。原因是我们没有位置，开会拿不出钱，到哪里去申请？因而去年 8 月我去大连参加第六届亚洲儿童文学大会时，与王昆建老师谈起此事，十分伤心：全国高校的儿童文学教学研讨活动已经中断 17 年了。王昆建老师听后十分激动，她说"我们来承办这次会议"。说干就干，王老师回昆明师范学院后就立即筹措起来，昆明师范专科学校初等教育一系系主任、民族儿童文学研究所所长李晋德教授全力支持。会议原定在今年 4 月下旬召开，各地有 70 多位老师准备来，其中包括十多位台湾、香港高校的老师，但后来因为"非典"的原因没有开成。经过努力，我们的会议终于在现在——9 月下旬成功召开了。这是 21 世纪的第一次高校儿童文学教学研讨会，虽然由于会议改期等原因，到会的老师比原定的要少，但我们毕竟走到了一起，中断 18 年的学术交流终于又接上了血脉。因而我们到会的所有老师都非常感激昆明师范专科学校，感谢他们的辛劳筹备。

（二）希望与机遇

以上我直言不讳地讲了儿童文学学科所遭遇的困境与危机，不免使人有些泄气，但却是实话实说。我们必须正视现实看到问题，而无须回避。那么，是不是我们这个学科就没有希望了，没有发展机遇了？绝对不是那么回事。只要世界上有儿童，就会有儿童文学，只要有儿童文学，就有儿童文学学科的存在与发展。进入 21 世纪以来，虽然我们这门学科还是困难重重，但希望和机遇已经与 21 世纪的朝阳一起腾空而起，而且希望与机遇还是很大的。这不是我们关起门来自我安慰。我想从以下现象谈谈我们这一学科正在出现的转机。

第一，教育部已开始重视儿童文学了。

这是最近的消息，是对儿童文学非常重要的一件事。中国作家协会党组副书记、全国政协委员、著名作家王巨才先生，接受中国作家协会儿童文学委员会的委托，在今年3月召开的全国政协十届一次会议上，提交了关于重视儿童文学学科建议的提案。

8月20日，教育部〔2003〕322号文，对王巨才委员的提案做出了答复，全文如下：

对全国政协十届一次会议第1012号提案的答复

王巨才委员：

您提出的关于重视儿童文学学科建设的提案收悉，现答复如下：

非常同意您的意见。儿童文学应是高校中文系特别是师范院校中文系学生必修的教学内容之一。但是近年来，由于种种原因，高校确实存在从事文学教学与科研的教师相对匮乏，学科发展不景气的现象，即使是师范院校中文系，一般情况下儿童文学的内容大多在中国现当代文学和外国文学课程中涉及。因此，对于中小学语文教师的培养中，加强儿童文学方面教育是非常重要的。我们将就您所提出的意见，会同高等学校中文学科教学指导委员会等专家组织，共同研究解决办法，并建议有关高校做好如下工作：（1）结合学校学分制改革，开设儿童文学选修课程，鼓励学生修足一定学分的内容；（2）建议高校加强对中国现当代文学和外国文学教师的培训，提高他们的儿童文学修养。

至于由教育部出面组织编写儿童文学教材问题，过去教育部制订的教材编写规划中是有这方面的选题的，但在《高等教育法》颁布实施以后，高等学校有权编写选用教材。现在，教育部只负责制订教材规划、组织专家评选优秀教材奖，不再统一组织编写教材，但我们也可以通过专家组织建议高校重视这方面的教材建设，并通过教材的评审和推荐，使高质量的教材得以推广。

感谢您对高等教育的关心与支持！

[中华人民共和国教育部（印）]

2003年8月20日

当我看到这份由中国作家协会传送给我的《答复》的复印件以后，一个晚上没有睡好觉，相信我们在座的每位老师也一定会感到非常高兴的。因为教育部已经充分肯定了儿童文学学科的重要性，《答复》中提到了两个"非常"："非常同意您的意见。儿童文学应是高校中文系特别是师范院校中文系学生必修的教学内容之一。""对于中小学语文教师的培养中，加强儿童文学方面教育是非常重要的。"这两个"非常"实际上指出了高校儿童文学教学研究两个极其重要的内容：第一是加强校内学生特别是中文系学生的儿童文学课程教学；第二是开展校外培训，即对广大中小学语文教师进行儿童文学方面的教育。如果这两个"非常"真正落到了实处，那我们的儿童文学学科就会忙碌起来，紧张起来，我们终于回到了我们应有的学科位置，有了应有的用武之地。教育部有了这个明确的意见，倘若再冷落儿童文学，于情于理都讲不过去。这就是儿童文学学科在21世纪出现的转机——一个重大而难得的转机。

第二，目前我国正在进行的中小学语文教育改革和语文新课标的实施，给高校儿童文学教学创造了巨大的发展空间。

教育部给王巨才委员的《答复》不是凌虚蹈空，而是针对我国目前的教育现状、教育发展趋势提出来的。《答复》中特别提到要对中小学语文教师加强儿童文学教育，而且"是非常重要"。这一"非常重要"所针对的正是目前我国正在全面推行的中小学语文教育改革和新课程标准的全面实施这一现实。这给儿童文学学科提供了十分难得的发展机遇与空间，一个儿童文学全社会推广和应用的局面正在出现。我认为，当下这场中小学语文教育改革以及新课标的实施，至少给我们儿童文学带来了以下几方面的机遇与变化。

（1）儿童文学作为中小学语文课程资源已被大量选入到新编教材和必读书目之中。试以教育部公布的《全日制义务教育语文课程标准》所规定的20种学生必读书目，也就是6年小学3年初中这9年间学生应当阅读的书目为例，至少有9种都是儿童文学范畴内的，其中有：《中国古代寓言故事》、《中国古代神话传说》、《安徒生童话精选》、《格林童话精选》、《伊索寓言精选》、《克雷洛夫寓言精选》、《鲁滨孙漂流记》、《格列佛游记》、高尔基小说《童年》。此外，20种书目中的古典名著幻想小说《西游记》与冰心的小诗《繁星·春水》，也属于广义儿童文学的范畴。

（2）儿童文学与中小学语文教育改革的紧密关系还直接体现在《九年义务教育小学语文教育大纲》对语文课程的教学要求中。《大纲》规定："低年级课文要注重儿童化，贴近儿童用语，充分考虑儿童经验世界和想象世界的联系，语文课文的类型以童话、寓言、诗歌、故事为主。中高年级课文题材的风格应该多样化，要有一定数量的科普作品。"《大纲》中规定的童话、寓言、诗歌（实际就是儿童诗）、故事以及科学文艺等，都是儿童文学文体，这充分说明：小学语文课文的儿童文学化已成为一种必然趋势。儿童文学与中小学语文课文的接受对象都是少年儿童，都必须充分考虑到少年儿童的特征与接受心理，包括他们的年龄特征、思维特征、社会化特征，契合他们的经验世界和想象世界的联系。因此，从根本上说，小学语文实现儿童文学化是符合儿童教育的科学经验和心理规律的。但在过去，小学语文要不要儿童文学化是很有争议的。实际上在很长一般时间内，我国的小学语文课文突出的是成人化、政治化与不符合儿童教育规律的工具理性主义、功利主义。中小学语文教育改革势在必行，不改不行，改就得符合时代发展与教育规律，契合少年儿童（中小学生）精神生命健康成长的科学需求。我在这里介绍一个背景：小学语文课文"要注重儿童化"这一观点是由我们北京师范大学提出来的。前几年讨论制订语文新课标与教学大纲时，全国分为北方片与南方片，南方片有上海、武汉两个点；北方片在北京，由北京师范大学中文系牵头，再加上东北的吉林教育学院。北方片的多次讨论我都参加了。著名学者、现代文学研究专家王富仁教授还是北方片的顾问，他以前曾当过多年中学语文教师，因而十分关心中小学语文教学改革，不但参加讨论还写了不少文章阐述自己的观点。北方片在讨论语文课文改革时，就曾提出小学语文课文应"儿童文学化"或"儿童化"的意见，强调小学生（儿童）的年龄特点和接受心理。现在，这一"儿童化"的建议终于被教学大纲采纳了。新的大纲、新的课程标准的实施，确实给儿童文学带来了新的发展机遇。

（3）随着中小学语文教育的改革和新课标的实施，儿童文学作为课外阅读或延伸读物正被大量应用、出版。教育部2002年颁布的《语文课程标准》明确规定必须加强学生的课外阅读："要求学生9年课外阅读总量达到400万字以上。"并提出了"适合学生阅读的各类图书的建议书目"，其中有大量读物正是我们熟知的中外儿童文学名著。为了适应新课标实施的需要，同时也为了抓住这巨大的出版商机，各地出版部门尤其是教育与少儿出版社，纷纷瞄准书市，组织专家学者编选相关读物，例如人民教育出版社等联合出版了"语文新课标必读"丛书60种。我也曾应邀为辽宁教育出版社主编了《中小学生语文素养文库》中的小学部分，分别为童话、寓言、科幻、诗歌、散文、故事等，实际上就是适合小学生阅读的各类儿童文学佳作，当然每篇作品都按课外阅读的要求，设计有导读、思考题等。因此，根据新课标选编出版的中小学生课外读物，实际上是一种儿童文学的全社会推广，中外优秀儿童文学作品正通过新课标的实施源源不断地走进课堂，走进孩子们的精神世界。

第三，儿童文学学科出现转机与希望还体现在教育部对"学科专业设置"已有所调整，出台了新的举措。

2002年10月24日，国务院学位委员会、教育部下发了《关于做好博士学位授权一级学科范围内自主设置学科、专业工作的几点意见》。这一文件指出："为进一步加强学科建设，调整学科、专业结构，促进新兴、交叉学科的发展，经研究，决定开展在博士学位授权一级学科内自主设置学科、专业的改革试点工作。""自主设置学科、专业的试点工作，仅限于在国务院学位委员会批准的博士学位授权一级学科范围内进行。学位授予单位可以根据有关规定，按照自主设置的学科、专业招收、培养博士或硕士学位研究生。对于此类一级学科授权点，现行《学科、专业目录》中相应一级学科下的学科、专业作为自主设置学科、专业时的参考。""学科、专业的设置是高层次人才培养和学科建设过程中的基础性工作。学科、专业的设置要符合学科建设、科技发展和人才培养的规律，主动适应经济建设和社会发展的需要。""要注意发挥《学科、专业目录》中学科、专业设置和划分的指导作用，设置《学科、专业目录》外的学科、专业，要注意从本单位学科建设和保证研究生培养质量的全局出发，统筹规划，严格论证，避免学科、专业设置的随意性。""学位授予单位决定设置的《学科、专业目录》以外的学科、专业，须报国务院学位委员会办公室备案。国务院学位委员会办公室在备案截止日期（按：国务院学位办接受备案材料时间为每年的11月1日至12月31日）后30个工作日内未作其他批复的，即为同意备案。"

根据国务院学位委员会、教育部的这一文件精神，学科、专业（即二级学科）的设置将不再受1997年颁发的《学科、专业目录》的限制，在此目录以外，也可以自行设置新的二级学科。当然这不是哪所学校想设置就可设置的，文件规定必须是"国务院学位委员会批准的博士学位授权一级学科范围内"，也即该校某一学科已经取得了"博士学位授权"的一级学科，方有资格自主设置二级学科。试以中国语言文学一级学科为例，北京大学、北京师范大学、南京大学、复旦大学等高校的中文系都已取得了一级学科授权，即一级学科下属的8个二级学科（学科、专业）均可授予博士学位、硕士学位。那么这些高校的中文系如果根据学科建设发展的需要，就可以在8个二级学科以外再增设新的二级学科。这就给一级学科授权单位放开了手脚，给予了机会；同时新增设的二级学科不用审批，只需报国务院学位委员会办公室备案即可。这一文件精神无疑给中国儿童文学学科重新恢复为二级学科带来了希望与机遇。我相信，只要我们儿童文学界的同仁们努力奋进，多做实事，认认真真搞好我们的学科建设，中国儿童文学重新恢复为二级学科是完全有可能的。

第四，20世纪八九十年代以来，尤其是进入市场经济的90年代以来，我国儿童文学与整个当代文学、当代文化一样，已发生了很大的变革与变化，这为儿童文学研究提供了很多课题，同时也对学科建设提出了更新更高的要求。

儿童文学学科，从根本上说要面对儿童文学创作生产、出版传播、社会需求这一现实。如果像十年"文革"那样一片空白，那我们岂不是巧妇难为无米之炊，连研究对象都不存在了，更遑论学科建设。今天我们所面对的儿童文学可以说是一派生机勃勃的局面，无论创作、出版、传播、批评、对外交流都呈现出一种良性循环的态势，这是我们做研究的基础，使我们有了大可用武的平台。今天上午我们邀请吴然、沈石溪两位作家谈云南儿童文学创作现状与动物小说。这两位作家的创作都是一流的，吴然的散文、沈石溪的动物小说都具有全国性的影响，获过不少国内大奖，他们的作品还被选入中小学语文教材。但是，对他们作品的研究工作却做得很少，这就是我们理论批评的责任。我们缺少对当下创作现象的深度批评，缺少对一流作家的跟踪研究。无论是对曹文轩、秦文君、班马、董宏猷、张之路，以及沈石溪、吴然等，我们都很少有如同成人文学作家批评那样的有观点、有深度、有说服力的论文。对这些一线作家尚且如此，对其他作家尤其是对正在出道的年轻作家，就更缺乏积极的批评和帮助了。作家最怕什么？出书以后你"骂"他一顿（当然批评要有理）没有关系，最怕泥牛入海，没人理他，读者不认，评论家不认，这是最可悲哀的事情。我认为，积极介入当下文学批评，是我们的责任，也是学科建设的重要方面。我经常要求我的研究生关心创作现状，参与作家作品批评，因而我的不少研究生都写过儿童文学书评与批评，《文艺报》《中华读书报》《中国图书商报·书评周刊》《中国教育报》《中国图书评论》等经常会有北京师范大学儿童文学研究生写的文章。我的一个博士生谭旭东今年"六一"前后在《人民日报》《光明日报》上发表了两篇批评当下儿童文学创作现象的文章，产生了积极的反响。因而不少出版社与作家，经常会将新书寄给我们，希望得到北京师范大学儿童文学师生的关注。实际上我们今天在座的很多老师都非常忙碌，不断会接到电话，收到赠书，希望儿童文学创作得到理论批评的有力支持。我认为这是我们应当积极承担的，是我们的责任。

新时期儿童文学的发展思潮、创作现象、文体建设、美学嬗变、东西方交流等，都为我们的研究提供了新的课题与要求，我们要做的事实在很多。北京师范大学由于得到河北少年儿童出版社的支持，最近将要出版《中国新时期儿童文学研究》的新著。这是我承担的教育部人文社会科学研究"九五"规划项目的结题成果，这一项目得到了很多老师的支持，在座的吴其南、马力、周晓波教授等都提供了研究论文。我们这个项目确实花了大力气，做得非常辛苦。全书将近1000页，100余万字，分为几个板块。第一部分是宏观研究，涉及新时期儿童文学的深层拓展、观念更新、审美追求、对外交流、系统工程建设等；第二部分是文体研究，篇幅较多，对新时期儿童文学的各类文体——少年小说、童话寓言、科幻文学、诗歌散文、幼儿文学等，都做了专门性的研究；第三部分是地域研究，对主要省市和台湾地区儿童文学20世纪八九十年代以来的演进态势，进行了系统考察；第四部分是传媒研究，对儿童文学出版、报刊等媒体的综述性分析，并有热点问题的专题调研，如《花季·雨季》就有深度调查报告，《哈利·波特》的出版传播也有调查；第五部分是文献研究，这部分做得相当辛苦，比如其中的"1977到2000年间的儿童文学纪事"，就要查阅这20多年间的相关报刊资料；还有一份"中国作家协会中的儿童文学作家名录"，我们要求精确到作家最近最新的工作单位或行踪，因而做起来相当费力。此外，书前还有二三十幅珍贵的历史照片，见证了新时期儿童文学的要事、大事。可以说，这部专著是对中国新时期儿童文学做了一个系统的有学理深度的梳理（全书的主体框架是由数十篇专题论文构成的），一个带有总结性的评判。今后，谁凡是要认识或研究中国20世纪后半叶的儿童文学,就绕不开这部书。韩蓓女士作为这部书的责任编辑,投入了大量精力,这次她也来昆明参加我们的会议,并带来了这部书的封面设计和部分校样(因书正在厂里印刷之中,还没能拿到样书)。封面设计做得非常有学术味,与我们这部厚重的论著十分吻合。我当时曾和韩蓓商量,要把封面设计成富有学术味的,我们的儿童文学研究成果绝不是轻飘飘的。这部专著的出版,在当代文学研究领域相信也会引起"震动",将近1000页的论著放在那里,谁还能小视儿童文学? 儿童文学学科应当有志气有魄力与别的学科叫板, 比试比试。我们要做就把它做成一流。我们有没有这个信心? 我们应当有,而且必须有! 因为 21 世纪中国儿童文学学科建设正面临着发展的机遇和希望,而机遇只对已经做好准备的人才有意义。

以上是我下午想谈的第二个方面:我们儿童文学面临的机遇和挑战。

三、面对新的机遇和挑战,我们应该做些什么,
我们能够做些什么

这次从北京来昆明的飞机上,我一直在考虑这个问题。其实,从去年暑假在大连与王昆建老师商议筹备这次会议起,就开始考虑了。我们好不容易走到了一起,既然会议办成了,我们就需要做一些务实的事情。去年我就向王昆建提出,我们这个会议要开成务实的会,开放型的会,讨论问题、解决问题的会。所以我们在会议通知上不要求大家一定要带论文到大会上来宣读,但一定要带问题来,把我们教学的情况、研究的题目、存在的问题都带来,大家一起对话、交流、磋商、寻求对策。说一千道一万,一切都要我们脚踏实地地努力。我始终信奉"少说空话,多干实事"这一信条,空谈玄谈没有用,谈了半天解决什么问题呢? 心动不如行动,务实地干,就是最有效的。面对新世纪新的形势、新的机遇与挑战,我们应该做些什么? 能够做些什么? 我想提出以下几点看法,供老师和朋友们参考。

第一,我们要团结起来,我们需要加强彼此之间的交流、对话与沟通。

开创新世纪中国儿童文学的新局面,共建高校儿童文学学科,这不是靠哪一个人、哪几个人或哪所学校就能做成的。儿童文学学科建设是我们共同的事业,需要依靠大家一起来做。因此,我呼吁高校儿童文学界要团结起来。我们的师大与师专,我们的高师与中师,我们的南方与北方,我们的理论研究与作家编辑,都要团结起来,形成合力,把儿童文学做强做大。儿童文学学科本身好像已是很瘦弱的人了,再也经不起风吹雨打,假如我们自己不争气,不团结,人家再打你几拳那就真的起不来了。团结是为了凝聚力量,这就需要我们加强彼此之间的交流、对话与沟通。信息时代交流尤显重要。这次我来昆明,在会下听到有的老师开玩笑说,总算找到组织了。原先很多老师都是在自己的省里各自为战,自己一个人在摸索儿童文学教学,好像散兵游勇,因为我们 18 年没有开会了。散兵游勇,各自摸索,想找点资料,商量问题都不容易。开会虽然只是一种形式,会上并不能解决太多的东西。但这个形式还是很重要的,有了这个形式,我们才能坐在一起,彼此了解,互相激发,其实很多观点、很多思路都是在互相碰撞、对话中迸发出来的。比如研究论文的题目,像上午沈石溪谈到他创作动物小说的三个阶段,从写人与动物的关系,到专写动物世界,再到通过"动物行为学"的科学眼光重新审视动物世界,这就对我们很有启示,不仅对于研究沈石溪的动物小说,而且对动物小说的审美创造,都是很有意义的一个题目。再比如这次会议来了很多新面孔,武汉来的老师最多,江汉大学一共来了四

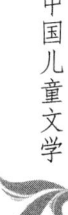

位老师,我笑说江汉大学派来了代表团。为什么江汉大学对儿童文学这么重视呢?我们一对话情况就出来了。原来江汉大学是由武汉教育学院、武汉师范学校以及幼儿师范等校合并而成的,这些学校以前就要开设儿童文学课程,合校以后儿童文学进一步得到了加强。这给了我一个很重要的启示:高校儿童文学教学研究的新领域、新拓展正在那些由中师、普师、幼师、教育学院等,或因合校,或因升格而重组的新兴师范院校、大学里面,随着中等师范学校系统在新一轮教育改革中的改制(淘汰或被师院合并),儿童文学教学研究必将在新兴师范院校找到用武之地,这是儿童文学学科建设一个极其重要的新的生长点。我的这一看法得到了承办我们这次会议的东道主——昆明师范专科学校老师们的肯定:今天的昆明师范专科是由以前的昆明师范学校、昆明幼儿师范学校等合并而成的,儿童文学的教学传统在重新组建的新学校得到了充分发扬光大,新学校不但将儿童文学开成全校文科学生的必修课,而且还在初等教育一系成立了民族儿童文学研究所。这就是会议与交流带给我们的启示,带给我们新的信心和希望。由此足见交流沟通的重要。我们有不少老师在报到当天就提出:希望我们这种性质的会议不要中断,不要再过18年开一次。当然不会再过18年了,已有广州、福州来的老师提议:明年到他们学校去开。

第二,我们要积极争取儿童文学应有的学科地位,努力做好儿童文学学科建设的各项工作。

教育部给全国政协委员的《答复》以及国务院学位委员会关于二级学科设置的新举措,给了我们重建儿童文学学科很大的希望与机遇,我们要抓住机遇,积极创造条件,争取重新恢复儿童文学二级学科的应有位置。学科建设搞得好不好,不在于学科大小,而在于我们有没有实力。民间文学在中文系的学科专业中是小学科,但由于北京师范大学钟敬文先生的学术贡献与师资队伍实力,就把这个学科做大了,成了国家重点学科。中南有一所师大的老师儿童文学课讲得很棒,在中文系开选修课,一开全校就有几百个学生来选课,而对面教室开古代文学选修课的老师却听者寥寥,弄得那位老师很尴尬,大家都在一个系,面子上不好看,于是这位儿童文学老师就尽量动员分一些学生去选那位老师的古代文学。学科建设最终要靠实力说话,我们要努力争取儿童文学在本校、本系、本单位的地位,用我们的实力、我们的成绩去说话。我们不讲空话,我们的专著放在那里,我们的论文放在那里,我们的讲课成绩放在那里,谁能小看儿童文学?温州师范学院科研成果被《新华文摘》转载"零的突破"靠的是什么?靠的就是我们吴其南教授写"儿童形象"的那一篇论文。

关于儿童文学的学科建设,我想再谈几句。我认为儿童文学学科建设应当包括以下四个方面,或者说我们需要从以下四个方面去加以努力。

一是努力建立具有中国特色、时代精神、原创品格的儿童文学理论体系,也就是抓好儿童文学基础理论的研究。基础研究是学科建设的基本点与支撑点。我们要努力汲取当代国外儿童文学理论研究的新成果、新观点、新方法,结合我们本国的文学现实,开拓思维空间,不断深化和推进儿童文学基础理论的研究。

二是建立科学的多层次的开放的儿童文学课程体系。这包括研究生课程,师范大学(师范学院)中文系专业的本科生课程;面向师范院校全校学生的选修课程;师专系统的大专生课程;中师系统的中师生课程;教育学院系统的中小学教师培训课程等。课程研究是学科建设的载体与实践,也是基础研究理论成果的具体深化与应用。课程研究不仅需要编写新的适应教育现状与时代变革的新教材,同时也要研究教学方法(如运用多媒体进行教学)以及学生的实际能力的培养(如中师、幼师系统的儿童文学教学,更需要指导学生具体分析作品甚至自己动手创作童话儿歌的能力)。

三是积极介入当下儿童文学的社会化推广与应用,这包括从事儿童文学批评,参与少儿读物的编选出版,儿童文学作品尤其是经典名著的课外辅导、社区辅导等。在这方面,台湾地区的一些做法值得我们借鉴,如他们在社区举办"妈妈读书会""好书大家读"等活动,通过家长这一中介,将儿童文学读物推广到孩子们中间去。儿童文学社会化推广和应用是学科建设的应用研究,这是将学术智慧转化为大众接受的必然途径。

四是做好研究生培养工作,这是学科建设的"希望工程"。研究生是高层次理论研究人才的后备力量与学科建设的薪火传人。我们在研究生培养方面,除了理论知识传授和学术训练以外,我认为还必须加强他们为儿童文学事业默默奉献的专业意识和"殉道"精神的养成。中国的儿童文学理论研究实在太需要有一大批有抱负、有能力,有立志奉献给儿童文学事业的年轻人来接棒了。

第三,鉴于我国教学改革的现状与儿童文学社会化推广的需要,我们有一件重要的工作亟须马上去做,这就是对广大中小学语文教师进行儿童文学培训。这是十分务实的工作。

上面我谈到,中小学语文教育的改革尤其是语文新课标的全面实施,已向广大中小学尤其是小学语文教师提出了必须提高儿童文学理论修养与基础知识装备的要求,今后,凡是不懂得什么是儿童文学,搞不清童话寓言是怎么回事的教师,就很难胜任新课标的教学,老一套的教学方法已经行不通了。我在这里向大家讲一个事实:我曾经应邀在北京教育学院给全国中小学语文骨干教师班的老师们开课。第一天上课时,我做了一个统计,我问在座的老师有没有学过儿童文学(在读大学时学过,或以后进修过、自学过)?结果没有一个老师举手。这使我十分震惊。骨干教师尚且如此,一般教师更不用提了。我给他们讲了儿童文学的基本原理、文体知识,并结合具体教材分析了课文。他们说:"王老师你讲得太好了,太新鲜了。"我说不是我讲得好,而是你们没有学过儿童文学而已,假如你们在师范大学学过儿童文学,肯定会比我讲得更好。他们为什么感到我讲课很新鲜呢?因为我是按照儿童文学的文体特征与儿童的接受心理讲解课文的。比如安徒生童话《皇帝的新装》,我根本不讲什么中心思想、段落大意、字词句篇,而是根据童话的审美艺术,分析了这篇作品的"夸张性、三段式与对比手法"。其中的对比主要表现在成人世界和儿童世界的对比上:当全城老百姓都在高喊"皇帝的新装真漂亮"时,却有一个小孩向他爸爸提出了质疑:"皇帝什么都没有穿啊!"正是孩子的这一句话,彻底揭穿了成人世界的虚伪、阴暗和自欺欺人。这里的对比是隐形的对比。我这样分析以后,他们对《皇帝的新装》的理解就不一样了,原来这是童话,童话要讲出童话艺术的特征。而以前语文老师差不多都是按"字词句篇、语(法)修(辞)逻(辑)文(学知识)"这一套去讲的,还有什么段落大意、中心思想,以不变应万变,这怎能不使学生厌恶语文课呢?优秀的文学作品是作家饱含着生命激情写成的,是一气贯通的,有精神、有生命在里面,这是一条不容肢解的全牛,一个生命整体。你怎么可以把一条牛分成几个方面,说这是牛头、牛腿、牛蹄、牛尾,那还有这头牛吗?语文教育的改革,新课标的实施,迫切要求广大语文教师转变教学方法,真正掌握教学的科学艺术规律。试想,新课标以及课外读物中使用了那么多的儿童文学作品,再不把握儿童文学能行吗?所以,我们的儿童文学全社会普

及工作，首先就要向广大中小学语文教师普及，从中小学抓起。在这方面，我们的师大、师专、教育学院有很多工作可以做，等着我们去做。据我所知，不少师范院校，如浙江师范大学等，正在为中小学语文教师的学历升等以及专业培训忙得不亦乐乎，寒暑假都在忙于办班。我们希望，儿童文学应当成为中小学语文教师最重要的培训内容之一。

老师们、朋友们，以上我从三个方面谈了我对"21世纪儿童文学学科面临的机遇和挑战"的看法。总而言之，我们有许多事情要做，许多事情正等着我们去做。进入新时期以后，社会发生了变化，时代不同了。现在是市场经济时代，和计划经济时代不同。计划经济时代是上面安排你事情你就去做，市场经济时代是要我们自己主动去找事情做。你找到了事情，你成功了，你就是强者。你无所事事，当然只能下岗被淘汰。所以我想，我们的儿童文学学科要做强做大，同样需要我们自己去找事情做——儿童文学是关系着民族未来一代的精神生命质量、关系着人类希望和前景的大事情，我们没有理由不把它做好。由于时间关系，我就讲到这里，因为没有准备讲稿，所以讲得很啰唆，缺少头绪。但有一点是可以肯定的，我是非常真诚的，这真诚就是我对我们这个学科的热爱，对儿童文学事业的热爱，对于我来说，甚至有一种"殉道"的精神在里面。让我们以我们的坚韧与实践，不懈地探索儿童文学作为一门学科和一门理论体系的合法性、合理性，为学科建设的发展做出我们卓越的贡献。

（原载《学术界》2004年第5期）

儿童文学与语文教育关系论

王 蕾

文学教育历来是语文教育的重要组成部分。在基础教育中，由于学习者的接受特点，儿童文学在文学教育中占据着特殊位置，尤其是对于小学阶段的学习者而言显得尤为重要。在目前新一轮的语文课程改革中，儿童文学的重要性已引起了教育界的充分重视，在课程设计、教师培训、课程资源开发等方面都出现了一些令人鼓舞的现象。比如，北京师范大学出版社在编写新版小学语文教材时，将儿童文学理论家王泉根教授的《儿童文学与中小学语文教材选文工作研究》作为整个教材编写工作的理论支持，同时在教材中选入多篇中外儿童文学的名家名篇。又比如，北京师范大学、浙江师范大学的儿童文学专业"多渠道、多层次地开展相关的教师培训课程，为教师编写儿童文学教材，向小学教师普及儿童文学理论知识，介绍儿童文学的内容、特点、功能、作用，介绍中外儿童文学的发展历史、代表作家作品等，组织教师在实践中摸索儿童文学的教学方法，指导教师组织学生开展课外阅读活动，以全面提高小学教师的儿童文学修养"。①此外，依据教育部 2001 年 6 月 7 日颁布的《基础教育课程改革纲要（试行）》制定的《全日制义务教育语文课程标准（实验稿）》，在阶段目标中对小学一至二年级的阅读目标提出了 10 项要求，其中第 6 项明确指出学生的阅读文类为"浅近的童话、寓言、故事"，由此可见，儿童文学的重要文体之一的童话、寓言已经受到小学语文教育的重视与关注。根据有关学者的统计数据显示，目前人教版、北师大版、江苏版与河北教育版的 4 种小学语文教材中，童话文体在整个语文教材篇目中所占的比例明显提升，比如，人教版的一年级下册中，"童话文体的篇数由 1995 年版的 7 篇增加到 2001 年实验版的 14 篇，上升了 18 个百分点，占到课文总数的 41%"。②儿童文学作为一种重要的课程资源在小学语文教育中扮演着越来越重要的角色。

一

文学在学生发展中具有重要的意义。

文学是最古老的艺术形式之一，它源于生活又高于生活，它是人类价值观的体现。学生通过阅读文学作品可以丰富自己的人生体验、了解人类的历史与文化、弥补自身经验的不足。

文学对基础教育阶段的学生具有德育、美育、智育等功能。具体地说：

文学作品是人的本质力量的具体化，优秀的文学作品具有高度的精神感召力，可以净化人的心灵，促进人与人之间的理解和信任；

文学作品是人类审美意识、审美理想和审美体验的集中体现，它可以传达给处在成长期的学生，并且经由学生自身的情感和经验内化为他们自己的审美体验；

文学是人类的精神创造，文学的欣赏需要调动学生的形象思维，需要丰富的联想力和想象力，它可以促进学生的智力发育。

由于文学教育可以促进学生德育、美育、智育多方面的发展，因此它应该受到教育工作者的重视。我们常常提到，21世纪呼唤新的人才观，那么，新型人才的素养应该包括一定的文学素养，从人的全面发展的角度来看，文学素养也应该是一个健全的人的基本素养。

文学历来是语文教育的重要内容。

人类早已认识到文学教育的重要性与必要性。在世界范围内，许多世纪以来文学课就是学校课程的一部分。以往，学生主要通过阅读经典文学作品学习识字，或者学习外语——例如拉丁语，或者获得宗教知识，或者学习阅读方法。直到20世纪，文学成为一门独立的学科，文学教育才走上关注文学自身的道路。学生通过阅读文学作品主要是为了体验、感悟和学会评价。

西方的母语教育一直有重视文学教育的传统，虽然随着社会生活的发展，人们日益感到应加强母语教学的实际应用色彩，但文学教育仍然受到普遍的重视。一种共同的看法是在母语教学中把语言教育与文学教育加以区分，这和张志公先生提出的从初中开始在语文课之外增设文学课的看法是一致的。例如在美国，由全美英语教师委员会制定、对美国中小学的英语教学具有指导意义的《英语教学纲要》(1982)指出："英语研究包括语言知识本身，包括作为交际手段的英语应用的发展，以及对文学作品所表现的语言艺术的欣赏。"这份纲要把语言应用与文学欣赏区分开来，要求通过文学教育，使学生认识到文学是人类经历的一面镜子，把文学当作与他人联系的方式，从与文学相连的复杂事物中获得洞察力。德国的母语教学分为德语课和文学课，法国也十分重视文学作品和文学史的教学。至于苏联，十年制的中小学语文教学一直采用两套教材，即俄语和文学。文学教材又分为《祖国语言》(一至三年级用)、《祖国文学》(四至七年级用)和《俄苏文学》(八至十年级用)。

中国有着悠久的文学传统，唐诗、宋词、元曲、明清小说等都是我们宝贵的文学遗产。中国传统语文教育也是十分重视文学教育的，能够吟诗作赋一直是显示一个人有文化的重要标准，不过，传统的文学教育是和历史、经学教育等糅合在一起的。20世纪以来的文学教育则是作为语文教育的一部分存在的，我国的语文教材中也选用了大量的文学作品。

1956年，我国曾经学习苏联母语教学的模式，把语文课分为语言和文学两科，并为此编写了两套教材——语言教材和文学教材。现在语文界一种普遍的看法是：1956年的分科是失败的。但是究竟失败在哪里，有没有合理的成分，却很少被研究。其实，即使那次分科教学不成功，也不能因此而否定文学教育在基础教育中应有的位置。目前在基础教育阶段应当重新认识文学教育的地位、功能，应当重视基础教育阶段的文学教育。

二

从学习者的接受特点出发，儿童文学在基础教育阶段的文学教育中担当着极其重要的角色。

不论是从文学在人的发展中所产生的重要作用这一角度出发，还是从中外母语教学的历史演变来观察，文学教育都是教育的一个重要组成部分。那么在基础教育中，考虑到学习者的心理发展、审美趣味等特点，儿童文学应该成为文学教育的主要载体。

什么是儿童？ 1989 年 11 月联合国大会通过的《联合国儿童权利公约》界定："儿童是指 18 岁以下的任何人。"什么是儿童文学？ 儿童文学是指专为 18 岁以下未成年人精神、生命、健康、成长服务，并适合他们审美接受心理与阅读经验的文学。众所周知，中小学语文教学的教学对象正是 18 岁以下的学生，因而在很大程度上，儿童文学与语文教学可以说是"一体两面"之事。儿童文学理应成为语文教学，尤其是小学语文教学的主体教学资源。儿童文学作为语文教学主体资源所具备的特别优势，来自儿童文学自身的性质与特征：

（一）儿童文学是以儿童为本位的文学

儿童文学是指"在文学艺术领域，举凡专为吸引、提升少年儿童鉴赏文学的需要而创作的，且具有适应儿童本体审美意识之艺术精神的文学"。①儿童文学独立于成人文学之外，从本质上是因为它将儿童当作首要的读者对象，对儿童文学的儿童中心、儿童本位立场，儿童文学作家们都有明确的认同并反映于他们的创作中。特别是现在的儿童文学作家经过长期的探索已经认识到，为儿童写作并不是把成人的思想、信条强加给儿童。儿童文学必须要让儿童读者能够理解和领会，儿童文学的内容和结构都应该符合并激发儿童的兴趣，儿童文学作家必须了解儿童读者的年龄特征、身心发展特征、思维特征与社会化特征。在具有文学才能的同时还需持有与儿童共鸣的思想和心绪。

作为儿童本位的文学，所有体裁的儿童文学作品，都会尽可能贴近儿童的生活和心理，反映儿童的现实生活和想象世界，表达儿童的情感和愿望，具有儿童乐于体验、能够接受的审美情趣，尤其对于学龄初期的儿童，儿童文学具有天然的亲和力和吸引力，是其他品种读物不可替代、无法比拟的。

（二）儿童文学是具有教育性的文学

虽然儿童文学已不再被视为教化儿童的工具和手段，现在的儿童文学也摆脱了过去教育和想象矛盾冲突的处境，教育性还是隐含在儿童文学的内容和形式之中，当然，人类社会，包括儿童文学世界，对教育的理解业已发生了深刻的变化。

《联合国儿童权利公约》认为教育的目的应该是：最充分地发展儿童的个性、天赋、智能和体能；培养对人权和基本自由以及《联合国宪章》所载各种原则的尊重；培养儿童对其父母、自身的文化背景、语言和价值观、居住国的民族价值观、原籍国以及不同于本国的其他文明的尊重；培养儿童本着各国人民、族裔、民族和宗教群体以及原为土著居民之间的谅解、和平、宽容、男女平等和友好的精神，在自由社会里过有责任感的生活；培养对自然环境的尊重。

事实上，早在公约签订之前，世界儿童文学已经多样化地呈现了上述理念。与 19 世纪的儿童文学相比，20 世纪的儿童文学明显更具有社会的、文化的责任感，注重沟通儿童与现实、历史、未来的联系，注重向儿童表达人与人相互间的平等、友爱、宽容、理解以及人与自然的和谐相处，注重培养和增进儿童的审美意识和审美能力，以全面促进儿童精神和个性的成长。儿童文学之所以和先进教育思想同步，因为它是人类提供给后代的精神产品，传达着社会的理想，也凝聚着人类最进步的文化和文明，即使儿童文学不再承担宣传成人的思想、向儿童进行直接的道德教育的任务而转向想象和娱乐，但其陶冶性情、培育心智的作用，它对儿童审美的熏陶和浸染，对儿童情感、态度、价值观的潜移默化的正面影响，也是非常突出的。

小学的语文资源，需要直接呈现给成长期的儿童，对思想性、教育性有着很高的要

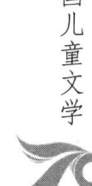

求，在这一点上，儿童文学已经具有明显的优势。与此同时，由于儿童文学向儿童传达的多是人类社会的基本美德、共同理想，不会受到意识形态的专制影响，不同国家、不同民族、不同宗教信仰背景的儿童文学在传播、交流方面享有更为广泛的自由，儿童文学这一资源也因此更为丰富，应用上更为便利，可以很大程度上满足语文教学的需要。

（三）儿童文学是特别重视语言艺术的文学

儿童文学对于小学语文的资源优势还突出表现在语言方面。

儿童文学和成人文学一样，都是语言的艺术。在文学中，语言是第一要素，它和各种事实、生活现象一起，构成文学的材料，文学中鲜活的人物形象、生动的故事情节，作者深刻的思想和感情、艺术风格和个性，都必须通过语言呈现和表达。由于儿童文学是以儿童为主要读者对象的文学，因而对语言美有着更高的要求。

俄罗斯著名作家列夫·托尔斯泰晚年专门为乡村儿童写作，这位语言大师吃惊地发现，他需要花在语言上的工夫比创作成人文学作品时更多。为了让故事字字句句都做到"精彩、简洁、淳朴，最主要的是明确"，他转而向民间文学学习语言，努力让自己的故事语言"明确、清晰、美丽和温和"。①实际上，儿童文学的语言必须把简明、规范和鲜明、生动结合起来，同时还要符合儿童的审美趣味，这样才能吸引儿童，让他们感悟到语言的艺术魅力、感悟到文学语言的艺术美。从世界范围看，各个国家的儿童文学作品，都显示了其本民族语言特有的个性，具有较高的艺术品质，成为儿童学习语言最理想的范本。

儿童文学在儿童成长的各个年龄段，都直接参与儿童的语言学习。学龄前期，儿歌、童话、故事，由教师或家长以口头讲述方式提供给儿童；学龄初期、中期，儿童则自主阅读童话、小说，在口语、书面语言两个领域，儿童文学对儿童语言学习的影响都非常深刻。

小学语文作为为儿童开设的基础教育课程，致力于学生语文素养的形成和发展，特别强调语言学习中的工具性和人文性的统一。针对我们汉语言文字的特点，即使小学阶段，语文的学习也开始注重语感和整体把握能力的培养，为了实现这一目标，学生需要直接接触大量的语言材料，通过具体的语言学习活动，掌握本民族语言运用的能力。在语感、整体把握，在人文与工具的统一方面，文学作品尤其是儿童文学作品较之一般的语言材料，优势相当明显，也更形象、更生动，能够激发学生学习语言的热情和主动性。大量的调查证实，小学阶段语文素养较高的学生，都有从小阅读儿童文学的经验。要将小学语文建设成开放而有活力的课程，推动小学学生进行自主、探究的语文学习，全面提高小学生的语文素养，应该重视开发和利用儿童文学资源，以促进课程目标的最终实现。

（四）儿童文学是传递人类价值的文学

各国的儿童文学当然也具有意识形态性，"有着自己明确的美学原则"，但同时也反映一些共同的国际主题，如亲近自然、保护环境、热爱和平、国际理解、种族和解，儿童文学比其他种类的文学更适宜表现、也更能表现这些主题。法国史学家波尔·阿扎尔曾说："儿童们阅读安徒生的美丽童话，并不只是度过愉快的时光，他们也从中自觉到做人的准则，以及作为人必须承担的重担责任。"希腊儿童文学作家洛蒂·皮特罗维茨在 1986 年日本 IBBY（国际儿童读物协会）发言中也强调，儿童文学是一座桥梁，是沟通儿童与现实、儿童与历史、儿童与未来、儿童与成年人、儿童与儿童之间的精神桥梁，在这个"桥梁"的概念中，包含了理解、抚慰、拯救、引导等不同的功能。在社会道德价值上，儿童文学中传达的也多是人类共通的基本美德，如诚信、勇敢、合作、宽容等。

结　语

日本社会活动家池田大作曾谈到，童话往往成为构建人性基础的重要方式，如果幼年时期受过相同童话的熏陶，那么在人格最根本的基础部分，仍保持着共同的成分。《语文课程标准》中提出语文课程是工具性与人文性的统一，儿童文学在人文性上有着不可取代的作用，儿童文学在陶冶性情、增进美感，对儿童情感、态度、价值观产生潜移默化的影响方面具有十分明显的优势，从而在语文教育中占据越来越重要的位置。

[注释]
①②王泉根：《儿童文学与小学语文教学》，广东教育出版社 2006 年版。
③王泉根：《现代中国儿童文学主潮》，重庆出版社 2000 年版。
④韦苇：《世界儿童文学史概述》，浙江少年儿童出版社 1986 年版。

（原载《西南民族大学学报》2008 年第 8 期）

儿童文学推广的现状及相关策略

陈　晖

儿童文学推广,主要是指面对儿童读者、宣传儿童文学作家作品、推动儿童开展儿童文学作品阅读的活动。早在 20 世纪 70 年代,国际上就已将儿童文学"发展自己机构设施的能力",作为判断一个国家儿童文学是否成熟的尺度,而这些包括"出版社、剧场、图书馆、巡回故事员、评论员、期刊、图书周、展览会、奖金"在内的机构和设施,主要从事的工作是儿童文学推广。考察我国的儿童文学推广,我们会发现:我们的出版社、期刊、图书周、展览会、奖金,已有了相当的规模;而我们的儿童剧场、儿童图书馆,数量少,活动开展不充分;我们目前还没有直接面对儿童的巡回故事员和评论员。从总体上说,中国儿童文学推广和现状不够理想,专业的儿童文学推广人员,为儿童组织的、专门的儿童文学推广活动,都明显不足。

中国儿童文学推广不足的主要成因

一、中国儿童文学的"非儿童本位"倾向

中国儿童文学对推广的忽略从根本上说是对儿童读者的一种忽略。或者,中国儿童文学推广活动的不足本身也是中国儿童文学"非儿童本位"倾向的一种反映。

中国儿童文学的"非儿童本位"在创作上就有鲜明体现。理论界一直有模糊儿童文学与成人文学界限的主张,伴随少年文学的兴盛,儿童文学的内容和形式趋向成人化的程度不断加深,与少年文学的"丰收"形成对比的是童年期文学的"歉收",后者显然更要求儿童特征。当儿童文学主要通过向成人文学领域拓展表现空间来提升艺术品质,必然走向成人化。成人化在一定程度上会影响儿童对作品的阅读,造成儿童读者对儿童文学的疏离。相应的作品即使进行推广,也不会收到好的效果。

在儿童文学研究和评论方面,"非儿童本位"倾向也较为突出。我们推出儿童文学新作,一般不通过媒体向儿童直接宣传,多数在儿童文学界内发布消息,通常召开同行参加的作家作品研讨会,而不是面向儿童的作品发布会。作家对儿童文学作品的评介,除了少量鉴赏、点评类文章,很少能够在提供给儿童阅读的报纸杂志上见到,像近年受到关注作家梅子涵、彭懿的"子涵讲童书""魔幻教室"等专栏,只刊登于业界报纸版面。本来这些指导儿童阅读的文章,特别具有儿童文学普及推广作用,现在除非结集出版,儿童读者基本没有可能读到。我们的儿童文学评奖基本是由成人主持、参与,很少能集合广大儿童读者的意见,成人视角、成人标准在所难免,从部分获奖儿童文学作品的"叫好不叫座"中,可以看到成人评价体系和儿童评价体系的明显分离。中国儿童文学的研究,主要偏重于作品的文本研究和作家的风格研究,读物接受的研究更多停留于理论层面,与推广密切相关的读者阅读调查研究,不仅不被理论界重视,获得的研究成果也没有起到干预、指导创作的作用。

儿童文学界至今还没有给予儿童文学推广以应有的地位。其实，中国的儿童文学作家、评论家、研究者，都不同程度地参与了一些面向读者的儿童文学推广活动，像座谈会、讲座、签名售书等，但一直没有形成合力和系统工程。我们还没有建立推广儿童文学的工作机制、统一组织和规划全国的儿童文学推广活动，类似国外推行的"儿童文学阅读计划"。因为重视程度不够，相关的理论研究也没有开展。新近出版的《中国儿童文学五人谈》中，几位学者讨论当前儿童文学创作、研究，针对性地提出和探讨了中国儿童文学的诸多症结问题，却没有专门关注儿童文学推广。

虽然不能把是否重视儿童文学推广与是否重视儿童读者等同起来，但两者之间应该有密切的关系。对中国儿童文学来说，回归儿童本位，可以先从广泛开展直接面向儿童的儿童文学推广做起。

二、儿童读物现行的出版、发行体制

中国儿童文学界较少直接参与儿童文学推广，可能有一个潜在的原因，他们更多将儿童文学推广看作商业活动，至少是与出版利润有关的活动。比如儿童文学研究者、评论者就一直努力捍卫"纯学术"研究和批评，特别不愿意成为"出版社的政宣组和广告公司"。读物的推广的确具有一定的商业性，它能够引导图书消费，间接带来出版利润。其实，中国儿童文学推广的不足，不是其商业性太强的缘故，恰恰是其商业性太弱造成的，与出版业对推广的商业驱动不够有关。而出版方过低的儿童文学推广需求则源自中国现行的出版发行制度和发行模式。

在过去相当长的一段时间内，儿童读物的发行主要走政府和教育机构的"官方途径"，特别是教育类读物，也包括儿童文学读物。在操作上，出版社在讨论选题时往往把文学读物的"滞销"预计在内，会调配部分来自教育类读物的利润，填补文学读物的利润缺损。在大部分出版社，文学作品的定位是社会效益，走精品路线、追求艺术品位或争取获奖。当出版机构出版文学读物，习惯于"贴补"，不计较亏损，基本放弃出版利润的获取时，面向读者进行市场推广的必要性自然降低了许多。

实施教育减负后，政府和教育机构不再直接参与教育类读物发行，各出版机构有了更多的压力。出版社除了继续谋求和学校的合作，主要依托大型图书看样订货会，或沿原有的新华书店渠道发行，或以折扣方式运作各级发行商自办发行。出版社的新举措包括通过专家和媒体进行市场推广，却没有启动直接面向儿童读者的"销售"推广。其中的原因可能是出版机构缺乏相关的专业人员，也没有"直销产品"的许可。前面已经提到，这种广告性质的宣传实际上是被儿童文学业界人士抵制的，同时因为阵地的限制，由传媒发布出来的信息也不能直接到达儿童读物的消费群体——即便是儿童的家长也难以接收到。应该说，哪怕是儿童文学读物的广告市场，现在也没有真正形成。

单从商业角度说，儿童文学推广最大受益者是出版机构，在经济利益驱动一切的商品社会中，推广活动当然有赖于商家的启动。作为商家，一旦它们认识到或被迫认识到启动儿童文学推广的商业前景和必要性，它们就将参与相关活动。未来几年，随着中国加入WTO，儿童读物出版会进一步对外开放，大量涌入的引进版图书会使出版业面临更大的生存压力，可以预见，出版机构必将越来越多地进入儿童读物推广。

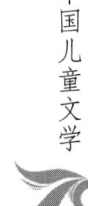

儿童文学推广不足的相关影响

一、儿童文学推广与儿童文学的阅读效应

目前，中国儿童自主阅读中的缺失和偏废日益严重，有媒体披露，记者最近走访过北京市的一些小学，发现多数小朋友"对'蜡笔小新''樱桃小丸子'等非常熟悉，但是对'正统儿童文学'知之甚少"。他们认为现在的许多儿童文学作品"想象力不够""故事虚假""干巴巴的""太弱智"。20 世纪 90 年代的中国有不少优秀的儿童文学作品问世，像曹文轩、秦文君、张之路、周锐等作家的小说和童话，还有收入"大幻想文学"等书系的、多种具有探索性的新锐作品，既有较高艺术水准，也有较强的可读性；20 世纪 90 年代我们还出版了"国际安徒生奖获奖作家书系""纽伯瑞儿童文学奖丛书"等相当数量从国外翻译、引进的世界儿童文学佳作。阅读、了解儿童文学的读者不应该得出这样的片面的印象和结论。儿童读者的调查结果从一个侧面说明了，大多数儿童没有真正介入儿童文学作品的阅读，中国儿童文学的阅读效应没有很好地实现。

对阅读效应不佳的问题，儿童文学界给予过充分关注，但偏重于从作品内容形式做出检讨，归之于内容的艰涩或艺术的前卫，一直没有在儿童文学推广的欠缺方面找原因。

事实上，进入"e 时代"、读图时代之后，儿童的阅读已经完全不同于过去。对现在的儿童来说，经典的阅读，文本的阅读，已失去了过往一直拥有的吸引力和感召力，不仅儿童阅读习惯需要特别的培养，儿童的阅读活动也非常依赖成人的组织，推动和指导。当代哪怕最优秀的儿童文学作品，已不能再期待单纯凭借作品自身的资质就能"不胫而走"，而需要通过专业的儿童文学推广，才能广泛地被儿童接受。众所周知，"哈利·波特"的风靡，媒体的造势和炒作起了很大作用。可以下结论，未来儿童文学阅读效应的实现，将越来越依靠儿童文学推广。

二、儿童文学的阅读效应与儿童文学的创作、出版

图书成为商品后，市场效益与读者的阅读效应直接联系，阅读效应的实现成了出版流程顺畅运转的重要环节。儿童文学读物因为没有教育读物的"升学附加值"，创作、出版更多依赖读者的阅读效应。理想的阅读效应会使儿童文学沿着"读者需求—出版机构出版—作家创作—读者需求"的走向良性互动，不良的阅读效应，会造成"读者流失—出版萎缩—创作沉寂—读者流失"恶性循环。长期以来，儿童文学类读物的出版和创作一直受到了来自市场的制约和影响。中国现在超过 30 家儿童读物的专业出版机构，每年出版的纯文学作品、特别是原创作品数量十分有限，出版社对于不具备成熟市场的文学新作相当审慎，更愿意选择出版读者市场相对稳定的、出版社称之为"常销书"的各种文学经典，甚至是重复出版经典改编本以减低市场风险。缺少了出版方的有效激励和扶持，作家特别是新人作家和创作积极性和创作活力势必受抑。

在明确了儿童文学的推广，阅读效应、读者市场、出版、创作之间的密切关系之后，我们也就能够深刻认识到儿童文学的推广不足对儿童文学长远的消极影响，进而对儿童文学发展和进步的高度关注、重视儿童文学的推广。

未来儿童文学推广可能建立的机制和实施策略

一、建立商业性质的儿童读物推广机构

伴随着教育、出版的改革和发展,在市场需求的刺激下,中国专门从事儿童读物的推广机构将应运而生,专业化儿童文学推广会由此起步。它们极有可能从各家出版机构的市场发行部门衍生出来,逐步脱离特定的出版机构,成为专业从事儿童读物营销的经济实体。它们应具有以下的特征:

(一)采取商业运作模式,进行市场推广

推广机构不管冠以什么样的名称,从事的主要经营业务应该是包含儿童文学在内的儿童读物商业推广,通过开展各种形式的活动,促进儿童读物的销售。无论是否代理某特定出版机构的业务,它应该部分或完全获得对推销读物的独立选择权。它的商业利润不直接来自读者消费群体,而来自出版方原属于分销商的折扣或发行费用,还会视具体情况给予读者一定幅度的优惠,读者的利益不会受到影响。这种"直销"会在一定程度上冲击新华书店原有的发行业务和发行模式,必然将书店也导入儿童文学的市场推广。

(二)公正性和专业信誉

为了保证赢得市场份额和商业利润,儿童读物推广机构会高度重视所推荐读物品质和质量,并尽可能使它的推广具有较高专业水准,因为推广方式越贴近儿童读者、越灵活多样,推广的效果就越理想。重视品牌、有信誉的推广公司所进行的儿童文学推广,会建立在对儿童文学作品独有的艺术形态和美学标准作准确定位的基础上,会立足于推介本国和国际的最优秀儿童文学作品。这样也就能保证商业性的儿童文学推广,对儿童文学来说,有更深远的价值和意义——促进儿童文学创作和出版的繁荣。

(三)运作方式

在运作上,儿童读物推广机构应谋求与儿童读物的文化推广机构的合作。当然,它们不能再像过去那样与教育机构、学校直接合作,但可以通过经济赞助,参与或介入其他机构开展的活动,还可以借鉴其他文化推广活动的工作模式,开展自主业务,比如租用公共场所办展销会,成立网站、读者俱乐部,发布、派送信息和广告,举办免费的阅读指导讲座,聘请业务员进行入户直销等。儿童阅读推广机构还可以量身制定相应的推广计划、向出版机构反馈需求信息,逐步参与出版方的选题策划和论证。

二、儿童文学的文化推广

显然,儿童文学的推广不能完全依赖商业性的儿童读物推广机构,社会还需要进一步动员力量、完善机制,大力推进儿童文学的文化推广。一些儿童工作机构和文化机构应发挥主导作用。

(一)儿童图书机构和设施

目前,各省市都建立了专门的儿童图书馆,儿童活动中心、少年宫都有儿童阅览室、图书室等设施,除借阅图书,这些场所都有一些传统的儿童文学活动,如举办讲座或培训班、文学社团活动、进行读书比赛、办专刊等。受经费、场地等条件的限制,这些活动都有不定期、小规模的特点,活动形式也比较单调,同时不具有广泛性和普及性,广大的农村儿童基本没有参与的机会。经费的解决途径主要靠政府增加财政拨款,或争取社会力量的支持,在发掘自身的潜力、丰富活动的内容和形式等方面,这些机构还有很多工作可以做,比如,通过流动的图书车,图书馆可以更广泛、更直接面向乡村、社区和学校的儿童开放。

（二）儿童文学工作机构

儿童文学工作机构应该成为儿童文学推广的重要组织者，它们不仅具有自身的专业优势，在整合儿童文学的人力物力，协调创作、出版、宣传方面也非常便利，儿童文学工作机构还有其他机构所不具有的号召力，组织儿童文学创作的竞赛或评奖活动、开展全国范围甚至国际合作的儿童文学推广。包括"图书周""巡回故事员""故事妈妈"在内的儿童文学推广活动，可以由儿童文学机构统一安排、实施和运作。

（三）传媒

商业推广和文化推广都离不开传媒的参与。媒体在影响力、园地、联系读者、进行相关市场调查、发布图书信息、反馈信息方面，有其他机构不具有的优长。作为各机构的阵地和工具，传媒将在儿童文学推广的各环节、各领域发挥作用。应该特别注意调动那些直接服务于儿童的媒体，像电视台、电台、报纸、杂志，最大限度利用、借助其在儿童中的感召力，进行儿童文学的推广和普及。

（四）学校

学校不再充当读物的发行渠道后，介入带有商业性的儿童文学推广会特别慎重，但学校会自觉承担儿童文学的文化推广责任。现在，各中小学都在全面推行素质教育、改革基础教育，实施新的语文课程标准后，儿童文学已全面进入小学语文课堂教学和课外阅读，教师完全可以结合其本职工作进行儿童文学推广。随着教师在儿童文学推广上发挥越来越突出的作用，教师将面临自身儿童文学修养不足的问题，这也是学校能否在儿童文学推广方面有所作为的关键。应优先考虑教师接受儿童文学的专业辅导和培训。

儿童文学的商业推广与儿童文学的文化推广很难截然分开，但就文化推广而言，其目的、任务和承担的责任与商业推广还是有本质的不同。也许，商业推广应该尽可能包含文化推广的内容，儿童文学的文化推广却应该尽量排除商业性，如果渗透过多的商业因素，文化推广是无法完成特有的使命的。

三、培养从事儿童文学推广的人力资源

要开展专业的儿童文学推广，必须有专业化、职业化的人力资源。专业化是指其从业人员必须有专业的儿童文学素养，比如，应该对儿童文学的概念、特点、功能、意义有准确的理念；对中外优秀儿童文学作家作品有系统的了解和感知；对儿童文学作品思想艺术价值有个性化的体验，并能够与儿童进行阅读感受的沟通和交流。根据需要，一些推广人员还应具备儿童心理学的知识。职业化是指要培养从事儿童文学推广职业的人员，并对他们的工作进行职业化的培训、评估和管理。

众多从事儿童文学的专业人士，包括作家、评论家和研究者必然加入儿童文学推广工作，儿童文学的商业推广和文化推广都将依赖他们的参与。推广的专业化和职业化会大幅度增加他们与儿童直接交流的机会，对于他们来说，收获是双重的，他们的作品走向了儿童，他们的创作和研究也走向了儿童。而走向儿童，是儿童文学发展的必由之路。

（原载《中国少儿出版》2002年第4期）

以儿童阅读运动推动儿童文学发展

王 林

儿童阅读的重要性

(一)对儿童发展的重要性

在人类历史上,知识的累积从来没有像过去 100 年来这样惊人。从 1961 年到 1981 年,这 20 年间所累积的知识几乎是过去 2000 年的总和。从 1981 年到现在,知识又几乎增加了一倍,这都是前人无法想象的。知识的快速累积,科技的突飞猛进,科学家对于未来世界的预测都不敢超过 5 年。

孩子必须具有足够的能力,才能面对未来复杂多变的社会变革。在这样的形势下,死记硬背将无法适应新时代的学习需求,取而代之的将是资料的搜集、整合、应用与创新的能力。只有善于学习并终身学习的人,才不会被淘汰。而这种能力的形成,首先有赖于从小培养阅读习惯,在大量的课外阅读中获取知识。1983 年,在美国教育部的帮助下,由知名专家学者组成了"阅读委员会",在详读一万多份有关阅读的报告后,委员会发布了名为《成为阅读大国》的报告,认为阅读是所有课程的核心和基础。教育家们也发现,儿童的阅读能力与未来的学习成绩有密切关联。学生的阅读经验越丰富,阅读能力越强,越有利于各方面的学习,而且学生开始阅读的时间越早,对学生越有利。

近年来,在一些国家和地区,已经将儿童阅读作为一项重要的教育政策来实施。美国总统克林顿依据相关研究指出,小学三年级之前必须具备良好的阅读能力,这是未来学习成功与否的关键。因此,美国教育部曾陆续提出"挑战美国阅读""卓越阅读方案"。布什总统上任后,提出"不让任何一个孩子落在后面"的教育改革方案,并且将"阅读优先"作为政策主轴,拨款 50 亿美元,希望在 5 年内,让美国所有学童在小学三年级以前具备基本阅读能力。2003 年初,英国教育部发出号召,要把儿童阅读进行到底,从电视到网络,到处都看得到政府宣传阅读的信息。日本文部省把 2000 年定为"儿童阅读年",拨款资助民间团体举办儿童讲故事的活动,2001 年底,日本儿童阅读推进法颁布,指定 4 月 23 日为日本儿童阅读日。德国因为本国学生在参加国际学生评量计划(Programme for International Student Assessment,PISA)的比赛中成绩不好,举国哗然,引为奇耻大辱,教改声浪高涨。知名的《明镜周刊》年初更触目惊心地以《德国学生很笨吗》为封面专题,针砭德国教育体系。中国台湾也把 2000 年定为"儿童阅读年",近年来在推广儿童阅读方面积累了很多经验。

中国对儿童阅读的重视是远远不够的。儿童阅读在电视、多媒体的冲击下,更是岌岌可危。而阅读能力的高低,影响知识经济中各国的竞争力,如果能在这个高度上来认识儿童阅读,我们就会更有行动的力量。

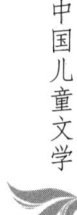

（二）对儿童文学发展的重要性

出版对于儿童文学发展的重要性是不言而喻的，它是作家表达思想，与儿童进行精神沟通的平台。但是，目前儿童文学的出版在很多出版社已经成为"鸡肋"，一方面是书店的退货，一方面是发行部的抱怨，让编辑在申报原创儿童文学的选题时无不踌躇再三。实力较强的出版社偶尔出版原创儿童文学图书也是为了实现"社会效益"，实力较弱的出版社干脆就停止开发此类选题。不但是本土的儿童文学作品销售困难，就连引进版的、曾经是国外畅销书的儿童文学作品也同样销量平平，如中国少年儿童出版总社的《纽伯瑞儿童文学奖丛书》、河北少年儿童出版社的《国际安徒生奖获奖作家书系》、明天出版社的《漂流瓶丛书》、译林出版社的《译林少儿文库》、华夏出版社的《金羊毛丛书》的销量均不可观；除了几位知名的儿童文学作家外，许多作家出版作品很困难，不但是新作家，就是老作家也会遭遇这些情况，例如重庆的柯愈勋、张继楼、蒲华清等老作家因此才自费办起了《中国儿童诗》，自费出版《中国儿童诗文丛》。但这样并非长远之计，因为没有一项事业是可以永远靠热情与奉献支撑下去的。

儿童文学作品出版困难的原因，自然是多方面的，我以为最根本的原因还是缺少了解儿童文学、热爱儿童文学、知晓儿童文学作用的人群。在语文教师中，由于中师教育体系的缺陷，对儿童文学了解的人不多，有一些面向他们的教材也缺乏实用性（例如缺少在教学中如何运用儿童文学作品的内容）；在家长中，由于教育观念的限制（过多地关注知识类读物或教辅资料），对儿童文学作品往往也没有了解的兴趣；在儿童图书销售人员中，知晓何为好的儿童文学作品的人员也不多，往往是书畅销了他们才反应过来；在图书管理员中，包括少儿图书馆的工作人员在内，都普遍缺乏识别与推介优秀儿童文学作品的能力；编辑虽然好一些，但在图书的推广策略上还比较欠缺，因为推广策略远非写点书评、登点广告那么简单，而包括能否走进语文教学，走进儿童的阅读视野。在这样的情况下，儿童对儿童文学自然了解就更少（这里并不是指理论上的了解，而是指对作品的鉴别能力和对优秀作品的知晓程度），以至于在学生中形成了一个"亚文化阅读圈"，即学生中流传的"畅销书"往往都不是我们希望孩子过多看的，如校园鬼故事和非法出版的日本卡通。

试想，如果我们都沉下心来多干点实事，造就更多儿童文学的"阅读人口"，我们的儿童文学出版和儿童文学创作将走出作家—编辑—销售相互埋怨的怪圈，迎来一个崭新的境界。

（三）对语文教育改革的重要性

从2001年起，我国开始进行语文课程改革，这是中华人民共和国成立以来的第八次课程改革，也是力度最大的一次。新颁布的《语文课程标准》逐步取代过去的《语文教学大纲》，成为指导语文教学的纲领性文件。《语文课程标准》比较重视儿童阅读，对课外阅读的总量做出了明确规定——在整个小学阶段，课外阅读总量应该不少于145万字，并推荐了一些课外阅读作品，如《安徒生童话》《格林童话》《伊索寓言》《克雷洛夫寓言》、冰心的《繁星·春水》、吴承恩的《西游记》、笛福的《鲁滨孙漂流记》、斯威夫特的《格列佛游记》等。除此之外，《语文课程标准》还在其他许多地方提到课外阅读问题，如在"教学建议"部分，提出要"培养学生广泛的阅读兴趣，扩大阅读面，增加阅读量，提倡少做题，多读书，好读书，读好书，读整本的书，鼓励学生自主选择阅读材料"。同时，《语文课程标准》还鼓励老师自主开发课程资源。

在语文课程改革中，儿童文学应当是语文教材的主体。在《语文课程标准》中，对各学段阅读都提出了具体建议。第一学段（一至二年级），学生的阅读文类被明确指定为"阅读浅近的童话、寓言、故事""诵读儿歌、童谣和浅近的古诗"，这意味着儿童文学至少在小学低年级段已成为学生阅读的主要内容。仅以人教版低年级课标实验教材为例，课文为儿童文学作品的是：一年级上册有 15 篇，占全部课文的 75%；一年级下册有 25 篇，占全部课文的 73%；二年级上册有 20 篇，占全部课文的 58%；二年级下册有 17 篇，占全部课文的 53%；这些统计数字尚不包括拼音部分的儿歌和"语文园地"中的阅读短文。在中高年级的教材中，还推荐了不少优秀的儿童文学作品，包括沈石溪、秦文君、斯比丽、比安基等中外儿童文学作家的作品。通过教材，让学生感受、了解儿童文学，是推广儿童文学的重要途径。

在语文课程资源中，儿童文学也应是当仁不让的主体。目前的主要问题有两个：一是教师教"教材"的思想仍然很重，对课外阅读只做泛泛的布置；二是小学语文老师缺乏对儿童文学的足够了解，更缺乏如何在教学中使用儿童文学作品的常识。

试想，如果能够推进儿童阅读运动，那么对当前的语文课程改革也是相当有帮助的。

推广儿童阅读的几种方式

（一）班级读书会

班级读书会这一方式的目的是希望老师将儿童文学引入到正式的语文课堂中，事先布置学生阅读某一本书或某一类书，然后在班上讨论。班级读书会有一个"选书—阅读—讨论"的完整过程。目前班级读书会在江苏苏州和扬州开展得非常不错，这两个城市都提出了"书香校园"和"书香班级"的创建计划，各种读书活动都开展得有声有色。例如，2004 年 9 月 19 日在扬州举办了"首届中国儿童阅读教育论坛"，在论坛上除了有儿童文学阅读竞赛、各领域的专家演讲外，还发布了《中国儿童阅读教育宣言和行动纲领》，并邀请台湾和大陆的老师同台竞技，上课的内容都是《了不起的狐狸爸爸》《鲁滨孙漂流记》《城南旧事》等儿童文学作品。该论坛还将每年举办一次。

班级读书会如果能开展起来，对儿童文学的推广和语文教育的发展都非常有好处。但目前还有如下困难：第一，老师的教学观念仍需改变，教语文就是教语文教材的观念，在大部分老师中仍然存在；第二，老师缺少儿童文学方面的知识，对真正优秀的儿童文学作品了解不多；第三，由于教育"一费制"的推行，在购书经费上存在问题；第四，老师缺乏指导学生阅读讨论的技巧，容易把班级读书会的讨论课上成另一种形式的传统语文课；第五，评价机制没有建立。

（二）亲子阅读活动

亲子阅读活动是学龄前儿童接触儿童文学的主要途径，通过父母念读故事，孩子学习语言，发展思维。各种研究都表明，有"听读"故事习惯的孩子更容易形成良好的阅读能力。在英国每年都举办"寝前故事活动"，鼓励妈妈在睡觉前给孩子念读。

亲子阅读活动是在家庭中推广儿童文学的主要途径。但目前还有如下困难：第一，父母多是从自己的阅读印象出发，选择的儿童文学作品大多比较陈旧；第二，父母缺乏朗读的技巧和与孩子沟通讨论作品的技巧；第三，父母选取的图书偏重于知识性，而在人文性上较弱。

（三）社区读书会

社区不但形成了新的居住关系，还形成了新的人际关系。在一些社区，有人开始通过建立社区读书会来推进社区文化建设。例如，北京的银枫家园，建立了两个读书会，一个是儿童读书会，一个是成人读书会。儿童读书会成立于 2004 年 5 月 1 日，在半年时间里坚持每周日上午给孩子念读故事并和孩子们一起表演。

北京目前有大大小小 3000 多个社区，全国的社区共有数十万个，如果社区读书会能够以儿童图书作为活动的材料，那么对儿童文学阅读的推广将起到很大的促进作用。目前社会读书会开展活动时的困难有：第一，缺乏热心的、对儿童文学比较了解的读书会带头人；第二，在时间上保证读书会的活动有一定困难；第三，读书会基本上还仅存在于高档社区。

推进儿童阅读运动是一项系统工程

在推动儿童阅读运动的过程中，我和我的同道们遭遇到许多困难，深深感到儿童阅读是一项系统工程，需要教育部门、出版社、儿童图书馆、儿童文学作家、儿童文学理论界、家长的合作。关于进一步推进儿童阅读运动，我有如下思考：

（1）要依靠民间的力量。在计划经济体制下，办成某一件事情，一定要借助政府的力量，所以才会总讲"领导重视"之类的话。如果领导不重视，一件事情就往往会流产，办事的人则开始抱怨。我以为推广儿童阅读要 just do it，因为抱怨往往成为懈怠的理由。通过网络，我认识了阿甲、徐冬梅、林静等一大批热爱儿童文学而且相当了解儿童文学的朋友，他们都是一些有宗教情怀、不计酬劳的人。真正热爱儿童文学、深知儿童阅读的重要性的人，才会努力实践而不是等、靠、要。通过网络，我相信他们的影响力也会越来越大。从台湾推广儿童阅读的经验也可以看出，儿童阅读运动是先起于民间，然后才引起教育部门的重视的。

（2）出版社的付出与获利。出版社不要太各自为政，只宣传本社的书，而是应该放眼大局，通过提升全社会儿童的阅读品质来改变图书的品质，形成良好的阅读氛围。出版社对儿童文学作品的宣传不能只限于一些出版界的专业媒体，还应该针对教师的专业读物做一些宣传。

（3）儿童文学理论界的任务。我以为，儿童阅读运动是儿童文学和教育的联姻。但是，新时期的儿童文学理论界似乎一直耻言教育，只言文学。我以为这样是舍弃掉了推广儿童文学最有效的渠道，理论只在高蹈中自我言说。翻看国外儿童文学的理论刊物，大量的文章都是谈儿童文学作品在教学中的实际运用。为此，也应该向有关部门申请，在小学语文教师的在职培训中，加入儿童文学的内容。

（4）公正而独立的荐书机制。目前国内缺乏一个权威的、长期的面向老师、家长、儿童的荐书单位。由政府组织的此类活动，常常成为某些利益集团的分享品。在此方面，台湾的"好书大家读"活动的历次成功举办，值得我们借鉴。由《民生报》、儿童文学学会在 1991 年发起的这项活动，迄今已经举办了 46 次（始为每两个月一次，后改为一季度一次），有近 2000 册作品被推荐，评委的眼光都相当开放。该项活动已经成为教师、家长为孩子买书的重要依据。

结　语

"没有不爱读书的孩子,只有不会引导的大人。"的确,在多媒体的环境中,图书,特别是文学书,在吸引孩子方面处于下风,但是,我们也应该看到,喜爱书的孩子一生都会亲近书,因为它给孩子提供了丰富的人生经验和奇妙的想象。随着中小学语文教育的改革,老师们对儿童阅读比以前更加重视。这时,需要有责任感的老师、有鉴赏力的父母、有文化情怀的出版社和关切现实的学者来共同推进儿童阅读运动。

我坚信:行动,就一定有改变。

（原载中国作家协会儿童文学委员会选编《光荣与使命:2004 全国儿童文学创作会议论文集》,明天出版社 2005 年版）

新中国儿童文学 70 年（1949—2019）

让幼儿文学走进幼儿园

陈琼辉

一、一个原本不该成为问题的问题

幼儿园的教育对象是幼儿，幼儿教育有赖于幼儿文学，幼儿教师应该向幼儿传播幼儿文学，对于这一点，大概不会有人提出异议。因此，有意识地传播幼儿文学，主动积极地利用幼儿文学进行教学和游戏活动自是题中应有之义。然而，本应是情理之中的事情，有时却出人意表，这不能不引起我们的注意和省思。

笔者最近走访了武汉和北京两地的一些幼儿园，并与部分幼儿教师进行了座谈，调查幼儿教师的幼儿文学修养，探询幼儿文学与幼儿园工作的关系，结果却出乎意料。大多数幼儿教师都是毕业于正规的幼儿师范学校（这是令人欣喜的），他们大都学过幼儿文学这门课程，但是他们的幼儿文学修养只是刚刚起步，文本阅读量少之又少，所学理论知识基本"还给老师了"，我尝试着问了他们几个简单的理论问题，没有一个问题能得到令人满意的答复。他们甚至认为幼儿文学在幼儿园工作中作用不大，可问及他们平时是否给孩子们讲故事，是否经常念诵儿歌、儿童诗时，回答却又是肯定的。这真让人摸不着头脑！我反复思索，只能说幼儿教师们并没有真正明白幼儿文学与幼儿园工作的密切关系，或者说根本就没有幼儿文学这个概念。工作中他们运用和传播着幼儿文学，但这并非一种自觉、自主的行为。他们没有意识到给幼儿讲述一个有趣的故事，教孩子们念诵一首动听的诗歌就是在向他们传播幼儿文学，没有意识到在组织主题活动时经常穿插一些儿歌和故事就是在运用这幼儿文学。

笔者翻阅了武汉市江汉大学实验师范学院附属幼儿园、武汉市常青实验幼儿园、常青阳光幼儿园等好几所幼儿园的主题活动计划，内容和形式应该说是丰富多彩、新颖生动的，如"认识四季""我要上学了""走进花的海洋""和动物做朋友""花伞天地"等，却从未发现诸如"在童话里飞""诗歌的美丽""嗅嗅文学的香味儿"这些与幼儿文学有关的主题活动。老师们想让孩子们认识社会、认识自然，为什么就没有想到要让他们认识文学呢？幼儿文学与幼儿精神生活密切相关，将伴随他们一起成长，却没有成为幼儿教师们关注的对象和幼儿园活动的主题，着实让人费解！我们今天强调幼儿的素质教育，强调从小培养幼儿良好的阅读习惯和阅读兴趣，幼儿文学却没有真正走进幼儿园，这不能不触发我们幼教工作者和幼儿文学作家们的思考。让幼儿文学走进幼儿园，这个原本不成问题的问题成了一个有待幼儿教师解决的问题。

二、幼儿和幼儿教师离不开幼儿文学

幼儿文学指的是专门为学龄前期的儿童和学龄初期七八岁的儿童所创作的文学，它是适合幼儿欣赏的文学，是幼儿的重要精神食粮。在幼儿的成长过程中，他们不仅需要物质营养，也需要精神营养，需要吟诵、阅读、听赏、游戏，我们不能想象没有幼儿文学的幼儿期将是怎样的无趣、乏味和暗淡。多少优美的儿歌、动人的故事伴随着一代又一代的幼儿度过了快乐的童年。孩子们天生就为那音韵和谐的歌谣如醉如痴，著名儿童文学理论家彭斯远教授曾说："从小习惯了汉字发音的孩子，对于音韵的美有着一种直觉的向往"。[①]事实正是如此，这些歌谣给有机会接触它的幼儿留下了关于文学美的最初印象，童年时很多有趣快乐的记忆都与音韵和谐的歌谣、美丽而浪漫的童话故事、神话故事等关联在一起，这些优美动人的作品让幼儿初步品尝到了文学的甘甜，感受到了文学作品的魅力。

幼儿离不开幼儿文学，幼儿教师同样离不开幼儿文学。作为孩子们成长期的重要他人，家长和幼儿教师也需要利用幼儿文学教育引导幼儿。幼儿教师是幼儿的启蒙教育者，是幼儿成长期的重要他人。著名学前教育专家庞丽娟教授在其《教师与儿童发展》一书中开篇即指出："重要他人……是对儿童身心发展具有重要影响的个人或群体，他们构成儿童成长环境中最重要的组成部分，同时也是推动儿童发展最具动力的因素，因而在个体的生存与发展中具有关键性意义。"[②]幼儿的生活范围主要是家庭和幼儿园，所以家长和老师必然成为幼儿成长过程中的主要他人，幼儿接触什么东西很大程度上取决于他人的引导。因此，幼儿文学要真正走进幼儿生活主要靠这些"他人"的引导。一个合格的幼儿教师除了必须牢固掌握相应的幼教专业知识如幼儿教育学、幼儿心理学、幼儿卫生学等以外，同时还应具备一定的幼儿文学修养。

幼儿教师和幼儿文学的服务对象都是幼儿，他们之间有着必然的密切关系。幼儿教师是幼儿文学的传播者、创作者，幼儿文学既是幼儿教师的教学内容，也是他们的教学辅助媒介。要让一个牙牙学语的幼儿从一个自然人成长为一个社会人，需要学习的东西太多太多，如何认识社会、认识自然，如何去爱，去发现美、欣赏美等，这是一个庞大的工程，幼儿文学可以在其中担当很重要的一部分工作。幼儿文学具有韵律和节奏的音乐美，趣味性强，带有感情色彩，它给幼儿美的享受，提高感受美欣赏美的能力，培养幼儿良好的习惯和品行，增长知识、促进幼儿语言和思维的发展，寓教于乐，让幼儿宣泄不安获得快乐。幼儿文学丰富多彩、包罗万象、妙趣横生，而且是专门为幼儿创作、深受幼儿欢迎，它以其独特的方式为幼儿认识世界提供了一个平台，打开了一扇窗口。一个合格的幼儿教师必须具备良好的幼儿文学修养，才能够引导幼儿走进绚丽多彩的幼儿文学天地。

在笔者的倡导下，武汉市武昌区机关幼儿园陈薇老师曾在自己带的大班做了一次尝试，开展了一次幼儿散文欣赏活动，设计这个活动时，她心里是惴惴不安的，不知道孩子们是否会感兴趣，活动效果会是怎样。当时使用的散文是她自己创作的《月亮的秘密》，结果证明她的担心是多余的，孩子们对那优美而又充满诗情画意的散文表现出了极大的兴趣，听得入迷，诵得动情，并且展开他们想象的翅膀争先恐后地去描绘散文中的意境，表现出对月亮秘密的极大兴趣，孩子们的思绪都被带到那神秘的月球上去了。整个活动过程气氛热烈，孩子们的主动性和积极性被充分调动起来了，这个活动后来在区级比赛中一举夺魁！评委们说，它最大的优点是让人耳目一新，文学欣赏也可以成为活动主题，甚至连他们都没有料到这些五六岁的孩子们脑子里会有那么些可爱的东西，孩子们对散文的热情、他们丰富的想象力是那样令人惊异！这确实是个十分有益的尝试，它证明了孩子们对于幼儿文学的极大兴趣，幼儿文学作品赏析完全可以成为幼儿园的活动主题。

三、幼儿文学是幼儿教育的教学内容和重要媒介

有个老师说，我们在幼儿园里最能吸引孩子们兴趣的就是故事欣赏，不管教室里多么吵，多么乱，只要说下面开始听故事，孩子们立刻就可以安静下来。但是目前幼儿园还只是把故事欣赏用在调节气氛、调动孩子们的积极性上，并没有把故事欣赏当作活动主题，也就是说幼儿故事还只是作为一种教学手段出现。这显然是一个观念上的误区！这说明在幼儿园的幼儿教育中，观念和现状都不容乐观。在幼儿园里，幼儿文学应该作为教学内容出现，这是不容置疑的！文学的启蒙是一件多么重要、多么有趣的事情，孩子们那么喜欢文学，幼儿教师们为什么就不能把它列为活动主题呢？

在幼儿园里，我们可以开展很多以幼儿文学为主题的活动，如幼儿诗歌朗诵活动、幼儿故事欣赏、表演活动、看图编故事活动、幼儿戏剧表演活动等。对于孩子们来说，亲身参与文学活动一定能够给他们带来极大的愉悦感，激发他们对于文学的兴趣。在这些活动中，要把幼儿文学与音乐、舞蹈、美术结合起来，我们还可以把文学活动和其他活动结合起来开展，如认识活动、探索活动等，互相交会，我们的主题活动就会是立体的、丰富多彩的。

在幼儿园里，幼儿文学自然还可以作为教育媒介出现，幼儿教师可以借助文学来达到教育的目的，也就是通常所说的"寓教于乐"。1999年10月，联合国教科文组织下属的一个工作机构在一次国际学生活动中，通过活动得出了一个结论：最受孩子们欢迎的教育方式是在游戏中的教育。③幼儿最主要的活动方式就是游戏，我们对幼儿的教育就应该在游戏中进行，边玩边学，玩中学，学中玩，学玩结合。比如说要教育孩子们互相帮助，一个《小公鸡和小鸭子》的故事就可以让他们有所认识；要让孩子们学会礼貌用语，一个《魔语》的故事就会给他们以启发；《瓜瓜吃瓜》会让孩子们认识到人人都应该爱护公共卫生，不能随地乱扔果皮……幼儿文题材丰富多样，只要老师们愿意找一定可以找到满意的作品来作为教学媒介。这既是作为媒介进行主题和游戏活动，然而这又未尝不是进行幼儿文学教育活动，可以说是一举两得。作为媒介的形式和作为教学的内容往往难解难分，你中有我，我中有你，相互融合在一起而彼此起促进作用。

笔者到过不下10所幼儿园进行观摩，我所看到的每次主题活动，或者公开课上，无一例外地都或多或少地用到了幼儿文学。尤其是活动的开端和结尾，经常是以师生一起边做动作边念诵儿歌进行的，或者先用故事把幼儿的眼睛抓住，活动的形式大多是以游戏的方式开展，经常穿插着一些朗朗上口的儿歌，效果很不错，孩子们兴趣浓厚，总是意犹未尽。在进行语言活动时，幼儿文学被作为辅助工具是很普遍的，例如在训练幼儿正确发出平舌音时，教师们就选择了字头歌《砍蚊子》：树下铺张大席子，／狗熊睡了一阵子，／飞来一只大蚊子，／吓得狗熊缩脖子，／狗熊气得拿斧子，／用足力气砍蚊子，／还没砍着大蚊子，／砍出一身汗珠子，／狗熊不肯动脑子，／两脚一蹬扔斧子，／急急忙忙扔斧子，／卷起席子当帐子。在不断诵读这首妙趣横生的儿歌时，孩子们的舌头、嘴唇被训练得十分灵活。

课后我和老师们交流，每当我问及他们是怎么想到运用幼儿文学作品来组织活动、吸引幼儿，或者"你认为在主题活动中幼儿文学有什么作用"时，大多数老师都诧异地望着我。原来他们并没有意识到运用了幼儿文学，没有这个概念，他们认为儿歌就是儿歌，故事就是故事，孩子们喜欢，对组织活动很有帮助就采用了，根本就没往幼儿文学上想。

明明白白被作为重要媒介运用着,却没被认识。真让人啼笑皆非,幼儿文学倘若有灵一定会叫屈！由此看来,幼儿教师对幼儿文学还没有一个整体的认识,尤其是对它的审美功能、认识功能、愉悦功能、教育功能缺乏足够的理性认识。试想幼儿教育怎能离得开幼儿文学呢？离开了幼儿文学的幼儿教育是有缺憾的教育,是枯燥的教育,是生硬的教育,甚至可以说是永远也不可能成功的教育。

四、期待幼儿文学在幼儿园里生根开花

鉴于幼儿园里幼儿文学的教育现状,如何让幼儿文学走进幼儿园,在幼儿园里生根开花,将是今后幼儿师范教育和各级教育管理机构必须认真面对的重要课题。我们在对幼儿教师进行继续教育时,应该扎扎实实地补上幼儿文学这一课。我和许多幼儿教师谈到这个问题时,他们都认为确实缺乏这方面的训练。据了解,目前在幼儿教师的各类培训中,没有与幼儿文学有关的课程内容,对小学语文教师的培训倒是有儿童文学的课程,这应该引起相关教育部门的重视。只有开设了有关幼儿文学的相关课程,才能提高幼儿教育的理论素养,进而在教育活动中将理论与实践相结合,才能自觉地传播幼儿文学,自觉地利用幼儿文学。只有提高了幼儿教育的理论素养,才能使他们在理论的指导下,更好地把握教育实践,最大限度地提高教育效益。老师们还说,幼儿园主题活动的设计中,活动内容和形式往往要听从上级主管部门、主管教学的园长的指导意见。所以我们还须提醒幼教协会、学前教育研究机构等部门,在对园长们进行培训时也应该涉及幼儿文学内容,在指导幼儿园设计主题活动时不要忘了幼儿文学这块瑰宝,这实在是不该也不能被忽视的。

除了传播幼儿文学外,幼儿教师还可以尝试创作或改编幼儿文学作品。幼儿教师成天和孩子们待在一起,有着既鲜活又丰富的第一手材料,现实生活中孩子们的童真、童趣很容易激活老师们内心潜藏的童年情结,进而激发他们的创作激情。孩子们特别乐意出现在故事里边,也最爱看写孩子的作品,而不是其他题材的作品,更何况是写他们自己的呢？幼儿教师如果注意观察、收集、整理,一定可以写出具有生命力并深受孩子们欢迎的好作品来。我们的儿童文学作家中就有不少是从中小学、幼儿园教师中产生的,如秦文君、郑春华、张微等,像胡莲娟老师从事幼教工作几十年,她写的《狮子先生,再见》《会动的"鞋带"》《老鞋匠》等,其素材都是来自幼儿园的教育生活,她善于捕捉和孩子们相处时的点点火花,又有一颗善感的心,因而她的作品清新自然、真实感人,具有浓郁的幼儿生活气息。

当然,我们不是说所有的幼儿教师都可以或者说应该成为幼儿文学作家,这显然是不现实的,我们只是鼓励幼儿教师进行这种尝试,创作或改编出工作中需要的作品来。现在已经有许多教师开始在这方面进行尝试了,他们编写了一些儿歌用来组织教学,组织活动。北京师范大学附属幼儿园的王伟莹老师就做着这样的工作,为了培养幼儿进餐的良好习惯,教会幼儿吃饭的正确方法,她编了儿歌《吃饭》:拿起勺,扶着碗。／我们自己来吃饭。／大口吃,不用喂,／不掉饭粒不浪费;为了让孩子们学习洗手的方法,培养生活自理能力,她创作了儿歌《洗手》:洗手卷卷袖,／（打开水龙头）／把手冲湿啰。／（关上水龙头）／抹抹香肥皂,／擦擦手心和手背,／还有小小手指间。／（打开水龙头,）／冲掉白沫沫,／（关上水龙头）／小手甩三下,／一、二、三,／双双小手干净啰！这些儿歌富有生活气息,生动活泼,朗朗上口,简洁实用,并且可以边念诵边做动作。尽管这些

作品在艺术上或许还嫌稚嫩、粗浅，但不能否认的这是一个可喜的起步。

幼儿教师还可以和孩子们一起进行创作实践，这也是孩子们十分乐意做的一件事情。故事改编、小小散文创作、儿歌创作、图画故事的创作都是可以集体进行的，关键是我们要相信幼儿，相信他们非凡的想象力，挖掘他们充满童稚的、原汁原味的"幼稚"语言，要善于激发幼儿的创作灵感，在工作中这种创作实践会给老师和孩子们带来意想不到的乐趣及意外的惊喜，而且还会在一些孩子心中撒播下文学的种子。这些作品也许离真正意义上的幼儿文学还有距离，甚至还不能称之为"文学"，但这确实是一种有益且有趣的工作，教师们完全可以从中发现火花，再经过文学的加工处理，也许就可以成为真正的幼儿文学作品了。

如何传播幼儿文学、幼儿文学如何走进幼儿园、走进幼儿生活，历来都是幼儿文学作家们十分关注也一直没有得到满意解决的问题。在强调素质教育的今天，更应该成为幼儿教师们关注的问题。对孩子们我们还有许多事情要做，对幼儿文学，我们应该可以做更多的事情，高尔基曾经说："幼儿文学是快乐的文学。"④我们有责任努力让幼儿文学滋润每个幼小的心灵，让更多的快乐陪伴孩子们走过他们人生中最美丽的幼儿期。哪一天幼儿教师能够自觉主动地把他们的教育教学工作与幼儿文学融合起来，那么，幼儿园里幼儿文学的春天就真的来到了，幼儿文学就真正走进了幼儿教育天地，走进了幼儿心中。我们期盼着这一天的早日来到，期盼着幼儿有充分的机会享受幼儿文学的甘露和芬芳！

[注释]

①彭斯远：《儿童文学散论》，重庆出版社 1985 年版。

②庞丽娟：《教师与儿童发展》，北京师范大学出版社 2003 年版。

③郑尚：《最受欢迎的教育方式》，《师道》2004 年版。

④[英]密德魏杰娃：《高尔基论儿童文学》，中国青年出版社 1956 年版。

（原载《学前教育研究》2005 年第 6 期）

阅读经典　亲近母语

——论阅读《百年百部中国儿童文学经典书系》的意义

许军娥

一、文学经典的含义

什么是文学经典？什么是儿童文学经典？我国著名文学理论家、北京大学谢冕教授说"文学从来都是庄严的、崇高的"，"文学以审美的方式表达人生，它的审美作用、它带给人们的美的享受，文学经典代表了我们民族文学的成就，是经过历代读者长期反复阅读鉴赏而筛选出来的文学精华"。[①]"经典是指那种能够穿越具体时代的价值观念、美学观念，在价值与美学维度上呈现出一定的普适性的文学文本。它体现了文学文本作为历史事件对当下生存主体在美学维度上产生的重大影响，体现了作为个体的文学文本对历史的穿越。表现在具体的历史语境与文化语境中就是那些在该语境中处于中心地位，具有权威性、神圣性、根本性、典范性的文学文本。"[②]文学经典都以较为完美的形式充分体现了一个民族较为稳定的道德观念、价值取向、思想情感和审美理想。

经典，应该是经过时间的检验、历史的沉淀和选择，在一代又一代读者中产生了广泛影响并具有较为久远的思想价值和艺术生命力的精品力作。经典应该具有内涵的丰富性，具有实质上的创造性，具有时空的跨越性，具有无限的可读性。

二、《百年百部中国儿童文学经典书系》整体形象

湖北少年儿童出版社在2006—2007年全力推出《百年百部中国儿童文学经典书系》（以下简称《百年经典》），其目录如下：

第一辑：

叶圣陶《稻草人》

冰　心《寄小读者》

张天翼《宝葫芦的秘密》

严文井《"下次开船"港》

金　近《狐狸打猎人的故事》

黄庆云《奇异的红星》

管　桦《小英雄雨来》

金　江《乌鸦兄弟》

子　敏《小太阳》

洪汛涛《神笔马良》

柯　岩《帽子的秘密》

邱　勋《微山湖上》

金　波《推开窗子看见你》

林焕彰《妹妹的红雨鞋》

张之路《第三军团》

董宏猷《一百个中国孩子的梦》

高洪波《我喜欢你，狐狸》

沈石溪《狼王梦》

周　锐《拿苍蝇拍的红桃王子》

曹文轩《草房子》

秦文君《男生贾里》

黄蓓佳《我要做好孩子》

冰　波《窗下的树皮小屋》

常新港《独船》

彭学军《你是我的妹》

第二辑：

陈伯吹《一只想飞的猫》

郭　风《孙悟空在我们村里》

任溶溶《给巨人的书》

郑文光《飞向人马座》

任大星《三个铜板豆腐》

任大霖《蟋蟀》

葛翠林《野葡萄》

孙幼军《小布头奇遇记》

刘厚明《黑箭》

韩辉光《校园喜剧》

樊发稼《春雨的悄悄话》

刘先平《大熊猫传奇》

吴　然《天使的花房》

金曾豪《苍狼》

王宜振《少年抒情诗》

桂文亚《班长下台》

梅子涵《女儿的故事》

谢武彰《赤脚走过田野》

班　马《巫师的沉船》

李　潼《少年噶玛兰》

刘健屏《今年你七岁》

张品成《赤色小子》

郑春华《大头儿子和小头爸爸》

汤素兰《阁楼精灵》

第三辑：

颜一烟《盐丁儿》

叶君健《真假皇帝》

林海音《城南旧事》

包　蕾《猪八戒新传》

杲向真《小胖和小松》

吴梦起《老鼠看下棋》

圣　野《欢迎小雨点》

鲁　兵《下巴上的洞洞》

萧　平《三月雪》

宗　璞《宗璞童话》

赵燕翼《小燕子和它的三邻居》

李心田《闪闪的红星》

沈虎根《小师弟》

鹿　子《遥遥黄河源》

苏叔阳《我们的母亲叫中国》

夏有志《普来维梯彻公司》

叶永烈《小灵通漫游未来》

诸志祥《黑猫警长》

李凤杰《针眼里逃出的生命》

葛　冰《大脸猫·小糊涂神》

郑允钦《吃耳朵的妖精》

孙云晓《16 岁的思索》

杨红樱《寻找快活林》

祁　智《芝麻开门》

第四辑：

丰子恺《少年音乐和美术故事》

高士其《我们的土壤妈妈》

袁　静《小黑马的故事》

胡　奇《五彩路》

袁　鹰《时光老人的礼物》

徐光耀《小兵张嘎》

田　地《我爱我的祖国》

于　之《小麋鹿学本领》

刘兴诗《美洲来的哥伦布》

杨　啸《小山子的故事》

谷　应《从滇池飞出的旋律》

李建树《蓝军越过防线》

北　董《青蛙爬进了教室》

罗辰生《"大将"和美妞》

　　　刘保法《中学生圆舞曲》

　　　肖复兴《青春奏鸣曲》

　　　竹　林《竹林村的孩子们》

　　　左　泓《危险的森林》

　　　徐　鲁《我们这个年纪的梦》

　　　张　洁《敲门的女孩子》

　　　薛　涛《随蒲公英一起飞的女孩》

　　　殷健灵《纸人》

　　　鲁迅等《从百草园到三味书屋——现代儿童文学选（1902—1949）》

　　　阮章竞等《金色的海螺——当代儿童文学选（1949—1965）》

　　　庄之明等《新星女队一号——当代儿童文学选（1978—　　）》

　　《百年经典》高端编选委员会按照这样的原则选编入围作品：看其作品的社会效果、艺术质量、受少年儿童欢迎的程度和对少年儿童影响的广度，是否具有历久弥新的艺术魅力，穿越时空界限的精神生命力；看其对中国儿童文学发展的贡献，包括语言上的独特创造，文体上的卓越建树，艺术个性上的鲜明特色，表现手法上的突出作为，儿童文学史上的地位意义；看作家的创作姿态，是否出于高度的文化担当与美学责任，是否长期关心未成年人的精神食粮，长期从事儿童文学创作。

　　作为中国儿童文学界的一个世纪工程，《百年经典》拥有许多"第一"。它是国内第一次由当今国内最权威的儿童文学专家严文井、束沛德、金波、樊发稼、张之路、王泉根、高洪波、曹文轩组成高端选编委员会进行编选的；第一次精选精编了20世纪初至今100年间100位中国儿童文学作家的100部优秀儿童文学原创作品；第一次对20世纪初叶以来中国儿童文学现代化进程的百年回顾、梳理和总结；是有史以来第一次中国原创儿童文学作品的集大成出版工程；第一次全景式呈现海峡两岸多民族文化特色。它不仅是用我们民族自己的原始经典儿童文学来培育广大少年儿童精神生命的健康成长，更是用具体行动贯彻落实中央关于加强和改进未成年人思想道德建设的决策。这是一个将现代中国儿童文学精品重塑新生的推广工程，更是一个具有重要现实意义和历史价值的文化积累与传承工程。

　　《百年经典》是中国现当代儿童文学宝库一串熠熠闪光的明珠；是"中国儿童文学世纪长城"的生动展示。它既是研究中国现当代儿童文学的权威文本，又是广大未成年人最优秀的儿童文学读物。

　　王泉根教授撰文论述："现代中国儿童文学已经走过了整整一个世纪的道路，形成了自身鲜明的民族特色、时代规范与审美追求。这主要有：始终直面中国社会的现实人生，紧贴中国的大地，强调儿童文学对未成年人的认识、教化功能与作家的社会责任意识，不断追求民族化与现代化的统一，思想性、艺术性与儿童性的统一，追求儿童文学至善至美至爱的文学品质。百年中国儿童文学的经典作品哺育了一代又一代少年儿童，今天依然是培育中华民族未来代精神生命健康成长的宝贵财富。"③束沛德认为："经典，应该是经过时间的检验、历史的沉淀和选择，在一代又一代读者中产生了广泛影响并具有较为久远的思想价值和艺术生命力的精品力作。"《百年经典》中的作品具有"弘扬真善美、讲究独创性、关注影响力、精粹性强、涵盖面广、存史价值高、赏览功用大……为研究中国儿文学留下了系统、完整的资料"。④樊发稼认为"这套书系,在中国少儿图书出版史上是有开创性的,独一无二的,堪称蔚为奇观的特大少儿出版工程;是中国现当代儿童文学宝库一串熠熠闪光的明珠;向世人实实在在地展示了一个世纪中国儿童文学创作的巨大成就;是对一百年来中国儿童文学全面的、系统的回顾和梳理;是百年中国儿童文学发展史的具体呈现;是'中国儿童文学世纪长城'的生动展示。"⑤《文艺报》2005年12月31日刊登的《百年沉淀 百部经典》一文认为这套书系具有"经典性、权威性、可读性、开放性"。这套书系对培育中华民族下一代健全的精神性格、文化心理、国民素质将产生更加积极、深广的潜移默化的作用和影响,它将成为儿童成长道路上的精神维生素。

《关于深化教育改革全面推进素质教育的决定》指出,实施素质教育就是要"造就'有理想、有道德、有文化、有纪律'的德智体美等全面发展的社会主义事业建设者和接班人"。素质教育的实质和核心被概括为造就"全面发展"的人。其中,加强儿童文学教育必将促进新一轮的素质教育。中国儿童文学经典的阅读推广,可以说是素质教育的一大举措。

伊格尔顿曾提醒我们:"其实,不管是哪个时代,所谓的'文学经典'以及'民族文学'的无可怀疑的伟大传统,都不得不被认为是一个由特定人群出于特定理由而在某一时代形成的构造物。"⑥在今天这个消费社会里,在读图时代,当人们越来越崇尚实在的物质,越来越远离精神的家园,我们又能到哪里去寻找精神的皈依?因此,我们更需要重提儿童文学经典的意义。经典能维护人类的纯真、完美和进步,给人类带来灵性、激情和希望,拒绝和批判人类生存中的堕落、腐朽、畸形和异化,促进人类精神结构、深层心理和积极人性的发展与完善。

儿童文学经典具有重要的精神价值,能为儿童重构精神家园,给予幼小心灵的慰藉和信仰的寄托,提高他们的生活质量和精神品格,使人诗意地栖居。因此,面对这些经典,我们有责任大声疾呼"重返经典""重读经典"。

中小学生为什么要阅读儿童文学经典?阅读《百年经典》的现实意义是什么?只有阅读和学习这些文化经典,人类社会的发展才会走上真正的捷径。人类文化事业犹如薪火相济,代代相传,前人遗留下的火种,我们只有不断地给其添油续薪,才可能使其得到发扬光大。

三、中小学生儿童文学经典阅读现状审视

历史的车轮进入21世纪,我们正逐渐进入数字化时代、读图时代,确切地说,我们正处在一个速成时代和快餐时代,浮躁和肤浅是我们这个时代的典型特征。大量的蜂拥而至的信息使人痴迷,又使人茫然。太多的物质欲望令人躁动不安,趋之若鹜。这种氛围深刻地影响了人们的一切生活,影响着人的阅读心理。书店里摆满了五花八门的名著精华本、缩写本,各种粗糙劣质的卡通漫画吸引了大量中小学生;多媒体网络文学、影碟光盘(有垃圾信息,如暴力色情)等,像潘多拉魔盒被打开一样,无遮拦地向学生涌来,迎合了学生们追求轻松与时尚的心理需求。笔者通过对一些学校青少年阅读情况的调查分析,发现青少年阅读存在这些问题:

(一)功利性阅读左右着中小学生的视野

教育部三令五申地提出中小学教育要素质化。可是,放眼望去,我们的中小学教育是每日都在重演着"素质教育轰轰烈烈,应试教育扎扎实实"的剧目,我们的教育是呼喊着把学生变成"考试的机器"。我们的家长和学校的老师都把学校当作生产人才的工厂。

家长"望子成龙""望女成凤"，学校看重的是自己的"名牌效应"。在这样的大气候下，家长和老师更看重孩子每一次考试的成绩与排名，期望孩子成为十八般"武艺"高强的出类拔萃的天才儿童，于是孩子周一到周五是整日沉浸在"题海战术"之中；家长给孩子买书决不会吝啬！但买什么书必须经过家长的严格"审查"。这种急功近利的思想使学生的课外阅读直接变成了课堂教学的第二战场。家长们对教材辅导类读物是"情有独钟"，青少年的阅读时间让一本本的教材辅导所充斥。而对文学性较强的课外读物则相对冷漠！甚至视为"闲书"加以封杀。⑦教育应该让儿童学会生活，学会发展，学会生存。不管家长还是老师，如果是真心疼爱孩子，就应该让儿童在儿童文学经典的阅读中快乐学习，健康成长！

（二）模糊不清的阅读理念成为时尚

学习压力的巨大，使得青少年比较喜欢读影视、体育、时装和爱情婚姻类报刊，以及言情、武侠、侦探和科幻小说。很多青少年讲起金庸、古龙、琼瑶、韩寒和郭敬明来如数家珍，一些花花绿绿的来自日本的言情系列卡通漫画本，如《灌篮高手》《仙子情侣》《梦幻情人》等是青少年的热爱。透过这种现象我们似乎看到青少年甚至一代人的审美情趣的跌落，说明了青少年在自我选择中的不成熟、盲目性，反映了课外阅读面过于狭窄的不良倾向。通过调查，发现青少年认真读过中国儿童文学经典，或是熟悉现当代名家名作的却寥寥无几。商业化时代的到来使阅读也充满了浓厚的商业气息，在广告和时尚的引导下，读者身不由己且心甘情愿地投身于消费的潮流中。此时阅读的意义纯粹是为了娱乐和消遣。这是值得我们教育工作者引起重视的一个问题。

（三）大众媒体侵袭了中学生的阅读空间

大众媒体是由一些组织和技术构成的，专业化群体凭借这些机构和技术，通过技术手段（如报刊、广播、电视等）向为数众多、各不相同而又分布广泛的受众传播符号的内容。印刷品、电影、唱片、收音机、电视等都属于大众传媒。它具有系统性、公众性和开放性的特征。今天的儿童被叫作"传媒的一代"。⑧大众传媒对儿童的影响可以说无处不在，无所不包，对儿童的社会化产生了广泛的影响。在现代社会，每一种媒体的普及都会影响儿童的成长。1982年，美国纽约大学教授尼尔·波兹曼出版了《童年的消逝》一书，提出"以电视为中心的媒介环境正在导致童年在北美的消逝。"方建移在书中说道：调查数据表明，4～14岁儿童平均每天接触电视的时间为2.22小时，从幼儿园到初中毕业，儿童接触电视的时间长达一万多小时，远远超过学习任何一门课程的时间。电视作为目前最主要的传播媒介之一，对人类尤其是少年儿童的生活和成长产生着深刻的影响。⑨在21世纪的今天，现代信息业无孔不入的传播渠道，肆无忌惮地破坏着童年的生态环境，特别是电视打开了儿童通往成人生活的视窗，模糊了成人世界与儿童世界，使孩子过早成人化。儿童被来自成人世界的信息包围的时候，也就是儿童被逐出儿童乐园的时候，儿童成了一代"成人化的儿童"，大众传媒对学生最大的负面影响力，主要是对学生阅读的影响。

（四）语文老师的儿童文学素养制约着中小学生的阅读

在长期以来的语文教学实践活动中，由于语文教师缺乏儿童文学理念，因此往往忽略儿童文学自身的独特性，将选入教材的儿童文学作品与成人文学作品同等对待，用成人世界的充满社会功利性的经验去分析儿童文学作品，使得"儿童文学教育成人化"。

语文教师对儿童文学教育在整个语文教育活动中的重要性的认识，缺少科学性，系统性。语文教师知识结构体系中儿童文学知识方面的匮乏，难以在教学活动中引导学生真正享受到儿童文学的阅读乐趣，导致难以充分发挥儿童文学的启蒙作用。语文老师的儿童文学素养制约着青少年的儿童文学阅读水平的提高。

中小学生这种令人担忧的阅读现状，难道不应该引起我们的深思吗？我们要及时提倡"阅读经典、亲近母语"。同时，要培养语文教师的儿童文学素养。

四、阅读百年百部中国儿童经典的意义探寻

中国儿童文学经典无疑是我们民族特定时代的重要文化成果。在中国儿童文学发展史上，儿童文学作家用自己的才情和智慧创造了一座座文学丰碑。这些儿童文学经典作品哺育了一代又一代少年儿童，今天依然是培育中华民族下一代精神生命健康成长的珍贵财富。《百年经典》这套丛书系统地梳理了现代百年中国儿童文学原创生产的脉络，对于促进当下儿童文学的发展具有重要的现实意义和借鉴作用。同时，对于促进当下文学的主流阅读同样具有积极意义和重要价值。

（一）阅读《百年经典》，走进历史，亲近作家，把握主流阅读

少年儿童通过阅读《百年经典》，欣赏到中国儿童文学五代作家创造的充满鲜活的中国特色与审美趣味的艺术篇章，认识叶圣陶、冰心、张天翼、陈伯吹、严文井、曹文轩、秦文君这样的足以显示百年中国儿童文学已经达到的水平的标志性作家，以及一大批各具特色的著名儿童文学作家，从而能亲近中国的儿童文学作家、体悟他们的艺术水平，学习与感受优美而规范的文学语言。

（二）阅读《百年经典》，健康、快乐成长，奠定人性基础

"文学即人学"，文学教育具有"育人"的优越性。高尔基说："文学的目的就是帮助人了解他自己；就是提高人的信心，激发他追求真理的要求；就是和人们中间的卑俗做斗争，并善于在人民中间找到好的东西；就是在人们的灵魂中唤起羞耻、愤怒和英勇，并想尽办法变得高尚有力，使他们能够以神圣尚美的精神鼓舞自己的生活。"⑩美国文学巨匠梭罗说：经典著作是"年代最久和最好的书"，是"独一无二、永不腐朽的神迹谕意"。它们"记录下人类最崇高的思想"，并且"如此精练、如此纯粹，宛如霞光一般美丽"。因此，阅读经典是"一种高尚的心智历练"，必须像"运动员要经常锻炼一样，终身不辍，持之以恒"。⑪《百年经典》是现代中国儿童文学中的精品，阅读它，可以打造少年儿童良好的人性基础。

王泉根教授说："文学是人学，儿童文学是人之初的文学。儿童文学是人生最早接受的文学。那些曾经深深感动过儿童的作品，将使人终生难忘，终生受惠。在今天这个传媒多元的时代，我们特别需要向广大少年儿童提倡文学阅读。文学阅读不同于知识书、图画书、教科书的阅读。文学是以血肉丰满的人物形象和动人心弦的艺术意境，是以审美的力量、情感的力量、精神的力量、语言的力量打动人、感染人、影响人的。"⑫阅读《百年经典》能够提升儿童的道德，增进儿童的智慧，培养儿童感受美、欣赏美和创造美的能力，使儿童的语言更文雅，知识更全面，情感更丰富，品格更完善，理想更宏大，意志更坚定，行动更有力。

少年儿童阅读《百年经典》，让他们回到经典，必须在一天中的某一个时刻，让他们的眼睛接触那些文字，让自己的心灵接触那一个个高贵的生命，让他们放飞自己心灵。让阅读《百年经典》成为一种生命需要，让他们的灵魂自由穿梭在美妙无比的文字中，让生命的历史深度或底蕴不断提升，在阅读中成长，在成长中阅读。让《百年经典》时时召唤

着他们的心灵,照耀着他们的心路历程。

[注释]

①谢冕:《文学经典的魅力不会消失》,《北京时报》2001 年 1 月 10 日。

②刘晗:《文学经典的建构及其当下的命运》,《吉首大学学报》2003 年第 3 期。

③⑫王泉根:《百年中国儿童文学的历史经验与人文价值》,《重庆社会科学》2006 年第 7 期。

④束沛德:《百年百部儿童文学经典的价值》,《文汇读书周报》2006 年 1 月 27 日。

⑤樊发稼:《儿童文学世纪长城的生动展示》,《文汇读书周报》2006 年 6 月 1 日。

⑥伊格尔顿:《二十世纪西方文学理论》,陕西师范大学出版社 1987 年版。

⑦郝月梅:《儿童文学与小学语文教育》,《山东教育学院学报》2003 年第 3 期。

⑧⑨方建移等:《社会教育与儿童社会性发展》,浙江教育出版社 2005 年版。

⑩高尔基:《高尔基选集(第 2 卷)》,人民文学出版社 1983 年版。

⑪亨利·戴维·梭罗:《瓦尔登湖》,当代世界出版社 2003 年版。

（原载《昆明师范高等专科学校学报》2007 年第 2 期，收入本书时有改动）

儿童文学阅读教学的理论和方法

朱自强

一、理论建构的重要性

小学语文教育教学的观念正在发生深刻的改变。其最重要的标志之一是锐意改革的小学语文教师正在有意识、有规模地将儿童文学引入小学语文阅读教学的实践。笔者所说的"儿童文学"并不是指语文教材中似是而非的所谓教材体"儿童文学",而是指那些自然的、优秀的儿童文学作品。在小学语文阅读教学实践的现场,有越来越多的语文教师重视并运用儿童文学这一珍贵的语文教育资源。

以笔者对目前小学语文阅读教学运用儿童文学的情况来看,虽然也有一些很到位的方法上的操作,但是,自觉、高效的儿童文学阅读教学方法还常常出现缺失。造成这样一种现状的直接原因,就是小学语文教育研究领域对儿童文学阅读教学的方法,在理论上缺乏自觉、深入的思考和建构,在实践上缺乏系统性的总结。

小学语文阅读教学主要包括两大板块,一个是儿童文学阅读教学,另一个是说明文阅读教学。小学语文阅读教学研究,如果不具体化为儿童文学阅读教学法和说明文阅读教学法,都将是不同程度的不接地气的隔山打虎、隔靴搔痒式研究,对于小学语文教师的阅读教学实践,难以提供更为直接、更为有效的帮助。

因此,小学语文阅读教学法研究,应该具体化为儿童文学阅读教学法的研究(当然,教材编写也应该尽快实现儿童文学化)和说明文教学法研究,而小学语文儿童文学阅读教学研究,应该尽快进入一个方法论的阶段。

什么是方法论? 简单地说,就是自觉地用某种方法来观察事物和处理问题,并取得很高的效率。在古希腊语言里,"方法"这一概念是由"沿着"和"道路"两个词组合而成,意为"遵循某一道路",而到达某一个目标。因此,方法指引、帮助我们走向正确的道路。

方法论会对一系列具体的方法进行分析研究、系统总结并最终提出较为一般性的原则。进行方法论研究,就需要进入理论的层面。

理论是什么呢? 按照爱因斯坦的说法,理论决定着我们所能观察的问题。美国文学理论家乔纳森·卡勒在他的《文学理论入门》里说:"一般说来,要称得上是一种理论,它必须不是一个显而易见的解释。这还不够,它还应该包含一定的错综性……一个理论必须不仅仅是一种推测;它不能一望即知;在诸多因素中,它涉及一种系统的错综关系;而且要证实或推翻都不是一件容易事。"卡勒针对福柯关于"性"的论述著作《性史》一书说:"正因为它给从事其他领域的人以启迪,并且已经被大家借鉴,它才能成为理论。"举阐释儿童文学的话语为例,"儿童文学就是大人写给小孩子看的文学"就不是理论,而是"显而易见的解释","儿童文学是现代文学""儿童文学是儿童本位的文学"则是理论,因为它们"不能一望即知""涉及一种系统的错综关系""要证实或推翻它都不是一件容易事"。

无论是何种学术研究(包括实践性学术研究),建构理论都非常重要。按照爱因斯坦的说法,理论决定着我们所能观察的问题。对小学语文文学阅读而言,没有理论,就没有方法。没有具有高度的理论,就没有高度有效的方法。只有建构理论,才能帮助我们看清儿童文学阅读教学的方向,以及厘清设计阅读教学法所应该遵循的原则。没有理论的儿童文学阅读教学法研究,既是语焉不详的,也是词不达意的。

笔者认为方法论就是自觉地用某种方法来观察事物和处理问题,这个"某种方法"对于跨学科的语文教育来说,就不是单一的某一种理论,而是整合多个学科理论资源的方法。作为小学语文教学论的儿童文学阅读教学法研究,同样需要具有跨学科的理论整合性。

二、儿童文学阅读教学法的理论资源

笔者在《小学语文儿童文学教学法》一书中,建构的是具有整体性、普遍性的儿童文学阅读教学法。研究这样的儿童文学教学法,必须首先建构儿童文学阅读教学理论,这是进行具体的儿童文学阅读教学法研究的基础,它既是儿童文学阅读教学的具体方法研究的理论指导,也是儿童文学教学法的有机组成部分。

研究儿童文学教学法,必须建构自己的语文观、学生观、教师观、文章观、阅读观、文学观、儿童文学观。在建构这些观念时,所学习、借鉴的理论资源主要有以下几个方面:卢梭、福禄培尔、杜威、蒙台梭利等人的教育哲学思想;维特根斯坦、海德格尔、乔姆斯基等人的语言哲学;索绪尔的结构主义语言学;维果茨基、乔姆斯基、斯蒂芬·平克等人的心理语言学;认知心理学(主要是皮亚杰的儿童认知心理学与加登纳的儿童审美认知心理学,两者可以形成很好的互补);古德曼、克拉生、钱伯斯等人的阅读学(其中古德曼的全语言理论对笔者的影响最大);希利斯·米勒、乔纳森·卡勒等人的文学理论。这里需要说明的是,儿童文学的理论资源就出自笔者多年建构的"儿童本位"的儿童文学理论,儿童文学理论集中体现在《经典这样告诉我们》《儿童文学概论》这两本著作中。

笔者所借鉴、汲取的理论资源都来自全球有着很大影响的顶尖思想家、学者所提出的学说。在进行理论论述时,有时会比较密集地引述他们的观点,这是因为这些观点具有很强的说服力。有了这些理论的支持,笔者对自己建构的儿童文学阅读教学法有了更大的信心。

三、儿童文学阅读教学法的理论基石

在借鉴、汲取上述理论资源的时候,要注意整合性,努力将其融会贯通地运用于自身的理论建构之中,对那些观点的引用具有"六经注我"的意图。在"儿童文学阅读理论"中,论述了小学语文教育"三观",即语文观、学生观(儿童观)、教师观,阐述了儿童文学的语文教育价值,提出了儿童文学阅读教学应该遵循的"六大原则",梳理出儿童文学分级阅读的"五个规律",以此建构出儿童文学阅读理论。这是儿童文学阅读教学法的理论基石。儿童文学阅读理论给儿童文学教学法的建构以自觉、准绳和有效性。

有什么样的语文观,就有什么样的教学方法。笔者针对"工具论"语文观,提出了"建构论"语文观。"建构论"语文观是儿童文学阅读教学法的理论基石中的基石。可以说,如果没有提出"建构论"语文观,本书所提出的儿童文学阅读理论以及以这一理论为指导而建构的儿童文学阅读教学法就难以成立。

不知道国外是否也用"建构论"这一词语来表述语文观，不过在思考"建构论"语文观时，笔者的确是受到了皮亚杰的儿童认知发展理论，维特根斯坦、海德格尔等人的语言哲学，维果茨基、乔姆斯基、斯蒂芬·平克等人的心理语言学的直接影响。笔者认为语言具有建构性这一思想已经蕴含于他们的学说之中，再加上对"工具论"语文观进行反思这一现实需求的激发，才提炼出了"建构"这一概念。对笔者而言，由于发展出"建构论"语文观，对语文教育的本质的认识，实有陶渊明在《桃花源记》里所描述的"豁然开朗"之感。

可以肯定地说———语文教育（包括中、小学）的最高原理是语言的建构性和创造性。

小学语文教育是儿童教育的一个特定的领域。我在《小学语文文学教育》一书中曾说过："对儿童的研究先于对语文教育的研究，儿童研究是语文教育研究的原点和基石。"二十几年来，在儿童文学、儿童教育、语文教育研究中，笔者一直主张的是"儿童本位"的儿童观。儿童文学阅读理论、儿童文学阅读教学法研究所立足的根基也是"儿童本位"的儿童观。

这里要特别谈一谈在小学语文儿童文学阅读教学研究中，儿童文学知识结构的重要性。坦率地说，目前的小学语文儿童文学阅读教学研究，甚至是整个小学语文教育教学研究，之所以存在语焉不详、词不达意、隔靴搔痒的问题，一个重要原因是儿童文学知识结构的缺失。在某种程度上，儿童文学知识结构的缺失几乎成了小学语文阅读教学的阿喀琉斯腱。

我们知道，即使是在同一个研究领域，每个人建构理论学说的学术资源都是有所不同的，这一方面是由于任何人都有视野上的局限，一方面是由于不同的主体性选择。但是，对于小学语文儿童文学阅读教学研究来说，有一些不可或缺的知识结构，其中就有儿童文学理论。

理论决定着我们所能观察到的问题。是否拥有儿童文学知识结构，决定着我们能否将儿童文学文本当作"儿童文学"来教。一个文本是儿童文学还是成人文学，并不是客观的，不言自明的。作品以什么性质和形式存在，是作家的文本预设与读者的接受和建构共同对话、商谈的结果，建构出的是超越"实体"文本的崭新文本。在这个崭新文本的建构中，读者的阅读阐释起着至关重要的作用。以安徒生童话为例，在一个没有任何儿童文学知识和经验的原始部落人那里，读安徒生的童话，自然不会将其作为儿童文学来看待。再比如《搜神记》里的《李寄》，在现代人这里，很可能将其视为"童话"，可是在古代人眼里，它却不是童话，而是"志怪"。

小学语文教师也好，小学语文教育研究者也好，如果面对儿童文学阅读文本，没有儿童文学理论知识，就没有一种重要的眼光，儿童文学文本所特有的很多语文教育资源就会从眼前消失，于是教学工作、研究工作常常不免有买椟还珠之遗憾。

儿童文学知识会给我们带来判断儿童文学阅读文本之优劣的眼光。笔者在《小学语文教材七人谈》一书中指出的《小雨蛙等信》《小珊迪》《手捧空花盆的孩子》等课文存在的思想或艺术上的问题，就是凭借儿童文学的审美眼光。

尤为重要的一点是，儿童文学阅读教学要想把语文教育落到实处，就必须进行艺术表现形式方面的分析，而要把握好这一教学环节，儿童文学理论特别是文体学方面的知识就发挥着非常重要的作用。然而，儿童文学阅读教学的现状是儿童文学文体学是缺位的。人们往往用"记叙文"这个概念遮蔽了儿童文学中的各种文体。一旦十分丰富的叙

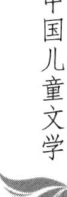

事性文体变成了单一的"记叙文"时,阅读教学的语言形式分析就难以落实了。

小学语文阅读教学研究需要接地气！最重要的是了解所教的"东西"是什么。不懂儿童文学,在方法论上是结构性缺失。缺失了儿童文学理念和操作,儿童文学阅读教学研究就成了空中楼阁。

如上所述,在建构小学语文儿童文学阅读教学理论和教学法时,"建构论"语文观、"儿童本位"的儿童观、儿童文学观是最为根本的理论基石。

四、儿童文学阅读教学法的实践性

小学语文教学论具有理论和实践紧密结合的性质,因此,儿童文学阅读教学法研究,既需要进入跨学科的理论层面,又需要植根于小学语文的阅读教学实践,如此建构的儿童文学阅读教学法才具有实践上的操作性。不具有实用性、应用性的教学法,就不是真正的教学法。

笔者所研究、提出的儿童文学阅读教学法不是高高在上的理论,而是在理论指导下接地气的实践活动。

首先对儿童文学阅读教学法的思考、研究立足于理论,来自实践。

笔者曾经做过近两年的初中语文教师,积累了一定的语文教学实践经验,最起码是有直接具体的语文教学体验。在东北师范大学工作期间,经常作为指导教师带领学生到学校进行语文教学实习,其间少不了进行语文阅读教学方法上的探讨。近年来,时常受邀为学前儿童和小学儿童讲故事或做关于读书的报告,非常喜欢做的一件事就是针对所讲的故事提问题,与孩子们讨论。这一经验也在儿童文学阅读教学法研究工作中受益匪浅。

近十年来,笔者不断受邀参加各种各样、大大小小的儿童阅读论坛、语文教学研讨会,这些活动往往都有儿童文学阅读教学观摩课。有时还专门到学校去听语文课。语文老师们丰富、生动的阅读教学实践既是进行儿童文学阅读教学法研究的对象,也是给思考带来启发甚至是灵感的源头活水。在介绍、评价这些教学实践的课例时,有一些是表达的批评性意见,但是,所说的"源头活水"也包括那些被批评的教学实践。

重视实践、重视经验、理论与实践相结合,学理与经验相融合,避免闭门造车、纸上谈兵,这是进行儿童文学读教学法研究的明确意识。

其次,在建构儿童文学阅读教学法时,重视其本身所具有的可实践性。

钱伯斯在《打造儿童阅读环境》一书中说:"谈论图书大概有两种形式,一种是非正式的,属于朋友之间漫无目的的闲谈;另一种则是教室或研讨会中的正式讨论,是较具思考性的形式。……在这里,我要强调的重点其实就是如何帮助孩子成为一位成熟的读者。……必须要声明的一点是,我当然不希望阅读沦为一项催眠或者消磨时间的活动,尽管孩子们老是如此以为。我所期望的是阅读让孩子们学会思考。"我们所讨论的儿童文学阅读教学当然属于钱伯斯所说的"较具思考性的形式",其重点在于"讨论",目的在于"让孩子们学会思考"。它有别于布鲁纳所批评的"讲授法教学"———"教学方法的目标就是尽可能地引导而去发现。用讲授法教学然后又去检测学生对所讲授内容的掌握情况,必然产生死坐板凳的学习者……"

如何才能保证在教师的"引导"下,由学生去"发现"呢？那就是要使学生成为运用儿童文学阅读教学法的课堂里的实践主体。语文教师运用教学法在"引导",而语文知识

（非书本知识）的"发现"者是学生。

在近年小学语文教育教学改革中，与"语言"不同的"言语"概念越来越深入教师的教学意识之中。"言语"具有个人性和实践性，语文能力必须在言语实践活动中获得，而不能指望通过语言知识（主要指书本知识）的学习而获得。因此以学生为本的合作性探究、对话性教学成为许多语文教师进行教学改革的课题。合作与对话也是建构儿童文学教学法的着眼点。作为持着"儿童本位"的儿童观的人，当然认为学生是学习的主体。儿童文学教学法是由教师建构并组织实施的，但是，学生语文能力的提高，靠的还是自身的语文学习实践。

五、儿童文学阅读教学法的实用性

设计、提出儿童文学阅读教学法，首先是要增加语文学习的乐趣。如果这些教学法将小学生的儿童文学阅读的过程变得不像儿童文学本身那么妙趣横生，笔者宁愿不写这篇讨论儿童文学阅读教学法的文章。十几年前，编著《快乐语文读本》（小学·12卷）时，所作的序的题目就是"把学习的快乐还给孩子"。序中说："《快乐语文读本》所主张的快乐不是单纯的感官娱乐，而是一种心灵愉悦、精神满足的状态。快乐不是对学习的消解，而是对学习的深度激活；快乐也不是思考的对立面，因为思考本身就是一种快乐，而快乐本身也能够成为一种思考。《快乐语文读本》蕴含的快乐是多元的：游戏性、幽默感、驰骋想象、心灵感动、人生智慧、知识探求等，都是这套读本的快乐元素。"在思考、建构儿童文学教学法时，当然要继续遵循自己的这一主张。

儿童文学教学法是一种阅读策略，它与自由阅读不同。提倡自由自主阅读的斯蒂芬·克拉生教授说："当孩子因乐趣而阅读，当他们'上了书本的钩'时，便不自主地、不费力地学会所有大家关心的语言能力。他们会培养出适当的阅读能力、学得大量词汇、发展出理解力、使用复杂的语法结构、建立好的写作风格，同时有不错的拼写能力。虽然只有自主阅读无法保证孩子取得最高水平的语文能力，但是至少确定能达到可接受的水平，也可以提供处理烦琐文字工作所需的能力。没有自主阅读，我怀疑孩子根本就没有机会培养好的语言能力。"儿童的自由自主的阅读非常重要，必须得到保证。不过，正如克拉生所说的，"只有自主阅读无法保证孩子取得最高水平的语文能力"，语文课上教师的阅读指导如果方法得当，就能为学生"取得最高水平的语文能力"助一臂之力。当然，如果教师的阅读指导是错误的，也会给学生语文能力的提高制造障碍，这样的事情也是经常发生的。正因如此，研究阅读教学的合理、有效的方法才大有意义，并且势在必行。

笔者设计、提出儿童文学阅读教学法，当然是要提高学生阅读的质量，提高语文学习的成效，即为了让"孩子取得最高水平的语文能力"。

一般来说（也有特殊情况），教学法没有正确与错误之分，但是，在效果上有有效和无效、高效和低效之分，有效果好和效果差之分。提出的儿童文学阅读教学法，着眼的是它的有效性、高效性。在讨论儿童文学教学法时，介绍、评价了很多教学实例，不仅选择优质、高效的教学实例，也选择低质、低效，甚至是无效、反效果的教学实例，目的就是要说清楚什么样的教学方法好，什么样的教学方法不好。

笔者认为，只要称为"教学法"就必须具有实用性。在讨论儿童文学教学法时，特别重视的是它们的可操作性。提出的这些阅读教学法，在命名上很多都是全新的，比如"纲举目张法""欲言又止法""从善如流法""天真的阅读法""文化研究法"，但是其内容却不

完全是首创。这些方法，在儿童文学的阅读教学实践中都在一定程度上被运用着，比如提问法、朗读法是每个语文教师都在运用的方法。也就是说，很多方法都有阅读教学实践的基础，笔者所做的是提取、总结，将其上升到一定的理论和方法的层面。所谓理论、方法，就是不仅知其然，而且知其所以然。

拿教师提问（发问）教学法为例，可能有不少老师会有疑问，只要上课不就一定会提问吗？提问也是教学方法？想说的是，教师的提问里面是有学问的，明白了提问里的门道，提问就成了一种非常有效的方法。相反，如果盲目地提问就不是一种方法，而错误的提问非但不是方法，反倒成了语文学习的阻碍。所以，在论述教师提问（发问）教学法时，笔者提出了六个具体的标准，依据这些标准来提问，围绕其提问所展开的阅读教学就会更为有效。

在提出某种教学法之后，还要尽量说明什么样的文本适合运用这种教学法，使之更便于教师操作。比如讨论到复述教学法，这种方法特别适合运用于故事、童话、小说、叙事散文等叙事性作品；讨论到推演教学法，需要选用可预测性强的阅读文本；讨论到表演教学法，具有矛盾冲突的戏剧性叙事作品适合使用表演教学法，因为这样的作品有人物对话多、动作性强的特点，很适合"舞台"表演。

语文阅读教学方法研究，需要的不是空泛的、理念性的言辞，而是基于明晰的理念、明确的目的，可以进行具体操作的有效方法。这种方法应该含有应对实践现场和具体过程的技术性分析。为了保证提出的教学法的实用性，笔者还重视对教学实例的介绍、分析和评价。对教学现场中教师们的具体表现，从某一教学方法的角度进行研究，提出具体的、直截了当的评价，以使读者感受到教学法的实用性。

最后，想强调的是，探究、建构这些比较具体的教学方法的目的是想使儿童文学的阅读变得更有趣、更生动、更高效，而不是相反。笔者相信所建构、阐述的教学法具有这样作用，当然，也愿意接受读者的检验，而最重要、最根本的是要接受儿童文学阅读教学的实践来检验。

对笔者而言，本篇所做的小学语文儿童文学阅读教学法研究只是一个重要的开始，将在今后不断思考、探究，更广泛、深入地进入儿童文学阅读教学的现场，与语文教师们一起去发展更为丰富、更为有效的儿童文学阅读教学法，能确保教学针对性与有效性的教学内容。

（原载《语文教学通讯》2016年1月）

加强地方高校儿童文学课程建设的构想与实践

邓 琴

儿童文学是文学大系统中的分支,是为满足儿童独特精神需求和成长需要而为儿童创作和提供的特殊文学作品,在儿童的成长和教育中扮演着重要角色。随着基础教育课程改革的纵深发展,与儿童教育具有天然血缘关系的儿童文学与中小学语文教学改革的紧密性是不言而喻的。成了中小学语文教学主要课程资源的儿童文学在中小学语文教育中越发凸现其重要性,儿童文学正在全面进入中小学语文教学,一个儿童文学全社会推广和应用的局面正在出现。如何让儿童文学为提高儿童素质服务?地方高校小学教育、学前教育专业如何适应新形势的要求,积极推进儿童文学课程建设,切实加强儿童文学学科,培养适应基础教育发展需要的新时代优质师资成为专业课程建设中不可回避的课题。

一、加强地方高校儿童文学课程建设的现实意义

(一)加强儿童文学课程建设是实现应用型人才培养目标的需要

应用型人才培养模式是一种以能力为中心,以培养技术应用型专门人才为目标的不同于传统教学模式的新型教学形式。培养应用型人才是新建地方本科院校的核心目标。地方高校教师教育的培养目标就小学教育语文方向、学前教育专业来说,就是要培养合格、优秀的"下得去、留得住、用得上"的小学语文教师和幼儿园师资。儿童文学所具有的先天的多元教育功能,在儿童教育过程中发挥着重要而独特的作用。如何有效地发挥儿童文学对儿童所具有的多种功能与作用,地方高校的儿童文学课程显然肩负着不可推卸的重任。通过儿童文学课程的教学,使师范生系统掌握必备的儿童文学知识,具有分析、鉴赏、创编和教学儿童文学作品的能力,形成较高的儿童文学素养,拓宽专业视野,使得他们能够通过文学作品来更好地理解儿童、热爱儿童,提高作为中小学教育、幼儿教育工作者的基本素质,更好地适应和胜任幼儿教育、小学教育工作,成为一个合格、优秀的幼儿教育、中小学教育工作者。因此,积极推进儿童文学课程建设,培养具有良好的儿童文学素养、掌握娴熟的文学教育实践技能的优质师资,成为应用型人才培养机制中亟待解决的课题。

(二)加强儿童文学课程建设是凸显专业特色的需要

儿童文学是地方高校小学教育专业语文方向、学前教育专业的一门重要的专业必修课,课程建设与实施的质量如何,关系着师范生走上工作岗位后在教学实践中的能力与水平。儿童文学作品是中小学语文教育和幼儿园教育的重要课程资源,儿童文学以其独有的美学特质对不同年龄段的孩子们进行着语言教育、人性教育、审美教育、情感教育乃至文化知识教育。儿童文学相关基础理论知识的储备和组织儿童文学教学活动的能力的要求对师范生能否胜任中小学语文、幼儿园语言文学活动的教学提出了严峻的挑战,

对儿童文学素养和能力提出了更高的要求。有效的儿童文学教学，实际上是为师范生日后的教学实践活动打下坚实的基础，为他们在未来的教学生涯中能够得心应手地对学生进行儿童文学的阅读指导和文学熏陶做好必要的准备。因此先天就具有师范教育性质的儿童文学，非常有必要得到进一步的重视，投入规模性建设，使之成为高师学生知识结构中不可或缺的一环，这是基础教育改革与发展的迫切需要，也是小学教育专业语文方向、学前教育专业建设发展的必然趋势。

（三）加强儿童文学课程建设是教师专业化发展的需要

儿童文学素养是中小学、幼儿园教师与师范生的一种重要职业素养，具体内容包括厚实的儿童文学理论功底和研究精神，广阔的儿童文学视野，较强的策划组织儿童文学阅读活动、创作活动以及表演活动的能力。随着儿童文学在儿童精神成长和人格形成中的重要作用日益彰显，教师的儿童文学素养问题，也越来越受到人们的关注与重视，在一定程度上已成了衡量教师专业化水平的一个重要标准。从某种意义来说，教师的儿童文学素养的高低，是当下基础教育课程改革成败的关键，全面提升小学教育专业语文方向、学前教育专业学生的儿童文学素养也就成为人才培养的重要内容。很显然，仅仅依靠现有的一门课程《儿童文学概论》是无法完成这样的教学目标的，为适应新形势需要，构建全新的儿童文学课程体系刻不容缓。

二、当前地方高校儿童文学课程建设的现状透视

（一）儿童文学课程在高校课程设置中处于边缘化的位置，重视不够

由于中国儿童文学学科挂靠在中国现当代文学二级学科名下，因而在师范院校文科教学的整体计划和课程设置中，部分高校儿童文学课程没有被列为专业核心课程得到应有的重视，处在边缘化的位置。这种状况，不仅不利于儿童文学自身的发展，还不利于充分有效地发挥儿童文学在师范教育、语文教育中的重要作用，势必会影响到儿童文学专业人才的培养和儿童文学的全方位发展。

（二）高校儿童文学课程师资缺乏，没有形成一支高水平的专业教学团队

当下开设儿童文学的各高校普遍缺乏高层次的儿童文学人才，缺乏儿童文学课程的专任教师，相当一部分学校由现当代文学、古典文学、文学概论、语文教学法的老师兼任，绝大多数师范院校则以一名教师支撑整个教学。由于教儿童文学被人视为"小儿科"，教师专业成长、学科建设发展都会受到无形的影响，任课教师没有专业归属感，因而儿童文学教师大多是半路出家，专业化不强，孤军奋战，教师队伍稳定性差，流失严重，难成梯队。

（三）高校儿童文学课程结构单一，课程体系有待进一步完善

现行的儿童文学课程往往单一地以对学科理论的掌握为基本目标，与基础教育、幼儿教育的教育教学的实际存在严重的脱节状态，课程内容过于注重学科知识与学科理论的教学，忽视了课程内容的丰富多彩性与实践性，课程结构单一，多数高校仅以一门学时仅50来节的《儿童文学概论》支撑整个学科内容，这在一定程度上导致了师范生毕业后在教学实践中没能很好地具备甄别、鉴赏、应用儿童文学作品的素养和能力，缺乏教学的灵活性和创造性。

（四）高校儿童文学课程教学改革步子缓慢，沿袭传统教学模式

近年来，经过不断的努力和探索，高校儿童文学教学有了长足的发展，儿童文学课程也已成为绝大部分师范院校的必修课或选修课课程而日益受到重视。但是与其他学科

相比,高校儿童文学教学改革的步子仍较为缓慢。一方面课程任课教师教学观念还没有得到根本的转变,教学方法单一,沿袭多年的传统教学模式仍然没有太多的改观,闭门造车,缺乏交流。只注重理论知识的传授,而忽视了儿童文学实践性、特殊性的特点,重文学史轻作品,重讲授轻实践。教师缺乏应有的童心和童趣,学生学习的主动性和积极性调动不起。教师对课外课程资源的整合、开发、利用严重不足,教学手段落后,基于信息技术的儿童文学教学模式的改革与构建的力度有待加强。另一方面学生对这门课程的学习缺乏足够的重视,没有充分阅读儿童文学作品,对儿童文学专题性的讨论缺乏充分的准备,流于形式,对各类儿童文学文体的写作训练也是应付了事,学习被动,习惯于满堂灌、填鸭式的教学模式。其直接结果是学生的整体语言感悟能力低,不具备基本的审美能力和应用能力。

(五)高校儿童文学课程与儿童教育实践严重脱节,中小学语文教师、幼儿园教师儿童文学素养缺失

儿童文学在语文教育、幼儿教育中扮演着越来越重要的角色,中小学语文课文的儿童文学化已成为一种必然趋势的同时,当前中小学语文教师、幼儿园教师的儿童文学素养却不容乐观。广大教师的知识结构体系中儿童文学知识匮乏,无法判断优秀的儿童文学作家和作品,不知道怎样向学生推荐中外儿童文学读物,不能有效地指导学生的阅读实践,儿童文学教学方式单一,更谈不上在教学活动中引导学生真正享受到儿童文学的阅读乐趣,因而难以充分发挥儿童文学的启蒙作用。中小学语文教师、幼儿园教师在儿童文学素养方面的缺乏,严重影响着语文教学的效果和幼儿童身心的发展。

三、加强地方高校儿童文学课程建设的构想与实践

(一)提高学科地位,摆脱儿童文学课程"边缘化"境遇,确立核心课程地位

中国儿童文学至今仍然难以成为高校教育的一个重要的组成部分,其中一个重要的原因在于没有获得学科教育上的地位。儿童文学是独立的文学门类,其内容包括了外国儿童文学、中国儿童文学、民间儿童文学等等,有自成体系的文学理论和审美标准。将儿童文学列为独立的二级学科,各地高校尤其是师范院校、初教教育学院、学前教育学院才会切实重视这门学科,继而配备相关的儿童文学师资,开设开足儿童文学课程。因而,及时调整学科设置是解决儿童文学在学科体制中被弱化和轻视的关键问题。解决这一根本性的问题,高校学科体系中的儿童文学的地位才会有根本的改变,儿童文学课程也才能在整个教学设置中占有一席之地,成为地方高校学科建设中的一门重要的核心课程。

(二)加强教学团队建设,努力打造高素质、业务精湛的教师团队

(1)提升任课教师素质,提升教师儿童文学研究的学术水平。学科地位是与儿童文学教师的学术地位相依存的,提高与强化教学科研能力是必不可少的关键环节,为此可通过学历提升、进修访学等多种形式,以应对当前国内高校儿童文学师资严重不足的局面。

(2)儿童文学硕士、博士是儿童文学课程师资的重要来源,通过加大对儿童文学方向的硕士、博士研究生的培养力度,解决儿童文学课程师资的源头问题。在培养中,除了理论知识传授和学术训练以外,还必须注重形成为儿童文学事业默默奉献的专业意识。

(3)稳定儿童文学教师队伍,吸引更多的有识之士加入行列中来,组建年龄结构、学历结构与职称结构搭配比较合理的教师团队。

此外,可通过聘任兼职教师,增强师资力量。很多儿童文学作家、理论家、编辑从事过中小学教育工作,既有深厚的儿童文学素养,又有着扎实的教学功底,这是儿童文学师资的一个重要资源,可聘请到高校讲授儿童文学课程。

(三)改变课程结构单一的课程格局,构建系列化、结构化儿童文学"课程群"

重知识、轻能力,重理论、轻实践,是儿童文学课程教学多年来一直存在的突出问题,这是与应用型人才培养目标相悖的。因此,对儿童文学课程体系的建构应凸显课程的理论性与实践性、开放性与创造性。对课程的目标、内容进行重新定位与调整,对课程实施的方式方法上进行改革。"课程群"不是简单的课程集合,是基于知识体系构筑的有机的课程体系模块。围绕儿童文学课程的教学目标,"课程群"由三个模块和三个系列构成:三个模块即专业必修课、专业限选课、任意选修课,相对应的三个系列包括儿童文学基础理论课程、儿童文学的教育研究类课程以及儿童文学延伸拓展类课程。具体的课程设置:以"儿童文学概论"课为基础理论主干课,同步设计"中外儿童文学精品选讲""儿童文学阅读与指导""儿童文学创编与指导""儿童文学与小学语文教育""儿童文学与幼儿教育""儿童文学阅读指导与教学设计""图画书的欣赏与创作"等相互呼应、相互支撑的系列课程,以此形成系列化,结构化"课程群",帮助师范生完善知识与技能的建构,实现师范生儿童文学素养的提高和教学能力的提升,共同建构优秀中小学语文师资、幼儿园师资的培养机制,最终达成应用型人才的培养目标。

(四)打破传统教学模式的弊端,构建基于信息技术的儿童文学个性化教学模式

建立大儿童文学观,精选教学内容,及时把学科最新发展引入教学,改进教学方法和教学手段,形成以讲授为主的多种教学方法,即鉴赏分析法、分组讨论、读书指导、案例教学、问题性教学、研究性学习、合作学习结合的立体的教学方法体系,充分利用现代教育技术手段,利用网络资源,将儿童文学课程与网络信息技术整合在一起,开发与利用课程教学资源库,建构与实践了基于信息技术的儿童文学课程个性化教学模式,构建以儿童文学课程内容为中心、以多媒体(计算机、视听、视频设备)为节点、以网络为桥梁,应用多媒体技术开发成为可随时调整教学环节和自选式、互动式的儿童文学课程多媒体网络动态个性化教学平台。

同时,利用"雨课堂""微助教"等现代教学工具开展混合式教学改革,不断完善课程的线上线下教学资源库,增强教学的直观性和实效性。使教学内容由封闭走向开放,激发学生的学习能动性,顺应课程应用型人才培养的趋势。

(五)与中小学语文教育、幼儿教育深度融合,发挥高校引领作用,以培训为载体,提高教师儿童文学素养

随着素质教育和语文新课程改革的不断推进,中外优秀儿童文学作品正通过新课标的实施源源不断地走进课堂,走进孩子们的精神世界。儿童文学成为中小学语文教育、幼儿教育的重要资源与高校儿童文学课程与中小学、幼儿教育实践严重脱节的矛盾日趋凸显。加强儿童文学课程与中小学语文教育、幼儿教育的深度融合,发挥高校引领作用,以培训为载体,提升教师的儿童文学素养,促进教师专业化发展,成为高校儿童文学课程建设中不可回避的重要课题。

在教育部、财政部启动实施的"中小学教师国家级培训计划"中,提高教师儿童文学素养在提高语文教师教学能力中占有很大的比重。笔者所在的学校承担了培训任务,取得了良好的培训效果。培训专家为学员系统讲授儿童文学教学理论,引领学员梳理语文教材中不同文体的儿童文学作品,提升学员儿童文学文本解读能力,结合案例分析,厘清不同文体的儿童文学文本解读理论与方法,为学员们开辟了新视野。同时,安排学员观摩名师儿童文学语文课堂教学,开展儿童文学教学探讨课,提高儿童文学教学实践水平,强化专业意识。通过培训学习研修,学员普遍反映在教学中,系统学习和运用儿童文学的规律,使儿童文学与语文教育水乳交融结合在一起,真正实现儿童文学与语文教育"一体两面"的资源转化,最大限度地提升了儿童文学素养。

  总之,基于应用型人才培养的高校儿童文学的课程的建设,应摆脱"边缘化"课程境遇,确立核心课程地位,加强教学团队建设、构建系列化、结构化课程群,打破传统教学模式的弊端,构建基于信息技术的儿童文学个性化教学模式,与中小学语文教育、幼儿教育深度融合,以培养适应基础教育发展需要的优质师资。

(原载邓琴著《广西儿童文学探论》,东北师范出版社 2019 年版)

中国儿童文学的传播与推广

余 人

据有关部门统计，目前中国大陆 580 多家出版社中有 530 多家在出版少儿图书，被戏称为"举国体制"。中国少儿出版"大国崛起"，已经成为我国整个出版行业中最具活力、最具潜力、发展最快、竞争最激烈的一个出版板块，成为一支拉动并提升中国出版业的重要力量。[①] 而在少儿出版中儿童文学图书的市场占有率排在第一位，是典型的"绩优股""活力股"，也是"潜力股"。但从影响力来看，中国儿童文学至今尚未打造出国际知名品牌，影响力非常有限。丹麦有安徒生童话，德国有格林童话，瑞典有林格伦童话，英国有"哈利·波特"，日本有《窗边的小豆豆》，奥地利有"冒险小虎队"，捷克有"鼹鼠的故事"……这些是让全世界的孩子都喜闻乐见的作品，有些不仅孩子爱看，成年人也爱看，可谓老少咸宜。但中国至今却没有产生影响世界的儿童文学作家与作品，这与我们人口大国、经济大国的地位是不相称的。

是中国缺少优秀的儿童文学作家与作品吗？未必如此。笔者认为我们缺少的是积极、有效的传播与推广，因此埋没了很多优秀的儿童文学作家与作品。中国文学界、出版界经常从文本的角度来分析、评论、探讨中国儿童文学的现状与发展，本文试图从传播与推广的角度来做一些探讨，希望能抛砖引玉，引起业内外有志之士更多的关注与思考。

一、中国儿童文学传播与推广的意义

关于儿童文学特别是中国儿童文学的重要性，在中国文学界、文化界已有比较统一的认识和一定程度的重视，有很多专家和学者做过相当精辟的论述。北京大学中文系曹文轩教授认为，"儿童文学作家是未来民族性格的塑造者"，"儿童文学的使命在于为人类提供良好的人性基础"，儿童文学"关系着未来民族的生命精神与国民素质"，[②] 儿童文学影响、培养和塑造着祖国未来的接班人和建设者。——这是从国家、民族未来发展的高度来认识和阐述的，可谓高屋建瓴、振聋发聩。

但从整个社会来讲，儿童文学特别是中国儿童文学的重要性并没有引起国人的足够重视与普遍关注，中国儿童文学在国人的心目中地位不高，甚至有时被认为可有可无。丹麦人把他们的安徒生、瑞典人把他们的林格伦、德国人把他们的格林兄弟看作是国宝级的文学家，但中国人从未把某位中国儿童文学作家看作我们国宝级的文学家。鲁迅、叶圣陶、冰心等前辈文学大师写有许多脍炙人口、影响深远的儿童文学作品，但他们的"名垂青史"很大程度上并不是因为他们的儿童文学作品，而是因为他们的成人文学作品。国内权威的中国文学史包括中国现代文学史、中国当代文学史基本上不提中国儿童文学。

造成这种情况的原因并非在于中国缺乏优秀的儿童文学作家与作品，而是缺少对优秀儿童文学作家的宣传、对优秀儿童文学作品的传播与推广。优秀的儿童文学作品没有很好地展示出来，没有发挥其应有的作用和影响。也因为好作品没有得到应有的重视和回报从而影响了后创作者、创造者的积极性，形成了一种恶性循环。不少优秀的儿童文学作家转入成人文学创作或者改行从事其他职业就说明了这个问题。

所以，强力传播与推广对儿童文学特别是中国儿童文学的普及与繁荣意义深远。

纵观世界儿童文学，凡是有世界影响力的莫不做了强力的传播与推广。以"哈利·波特"为例，图书、电视、电影、主题公园、玩具、服装……凡是能涉猎的，开发商几乎都做了尝试与探索，并取得了非常不俗的业绩。甚至还有以"哈利·波特"命名的火车，其传播与推广可谓无孔不入，其影响也就被扩大到几乎是无处不在。然而国内的儿童文学作品，却很少有做过类似媒体融合与立体开发的，其传播与推广的力度与效果自然相差甚远，不可相提并论。我们和发达国家在这方面的差距不是文化本身的差距，更多的是文化传播力的差距。

中国儿童文学的载体一般就是图书与杂志，中国儿童文学作品在杂志上发表或者以图书的形式出版以后，最常见的一种现象就是把杂志或图书放在书店里、书摊上销售。在 20 世纪这种销售基本上是自然销售，缺乏主动的、有针对性的、强有力的传播与推广，因而杂志和图书的销量一般来说十分有限；近年来这种情况有较大改观，但总体来说，中国儿童文学的传播与推广依然非常有限、屡弱。销量的有限决定了读者的有限，读者的有限也就决定了作品的影响力有限。一本销量为 5000 册的儿童文学图书，如果每册有5 名小读者阅读，它不过影响 25000 名小读者而已（要知道中国目前大约有 3.67 亿儿童），这本书再精彩、再经典，它的影响力又有多大？ 所以，我们必须向发达国家学习，对中国儿童文学多做强力传播与推广，以扩大其影响，发挥其应有的作用。

二、中国儿童文学传播与推广的三种方式

中国儿童文学的传播与推广目前大致有三种方式：教育推广、组织推广、企业推广。

（一）教育推广

教育推广是通过教育的手段来进行推广，主要是把优秀的儿童文学作品编入教材让孩子来学习、阅读、表演，这是一种基础推广、强制性推广，也是一种大面积的强力推广，因为凡是入学的孩子都能读到作品。这种推广不仅能训练孩子对儿童文学的认识与感知，打下比较扎实的知识基础与阅读底蕴，而且能培养孩子的人生观、审美观，提高他们感知世界、理解他人的情商，甚至能影响孩子的一生。比如《小蝌蚪找妈妈》《乌鸦喝水》《小马过河》《小猫钓鱼》《神笔马良》等幼儿故事、童话故事之所以能够深入人心、影响几代读者甚至达到家喻户晓的程度，主要是因为它们曾经被编入小学语文教材，为广大学生所阅读、学习和喜爱。但这种教育推广也是一种有限推广，因为被编入教材和课外补充读物的儿童文学作品毕竟是少数的、有限的优秀作品。而且中国的教育体制、教师队伍自身的儿童文学素养等因素也影响、决定着教育推广的层次与水平。

教育推广要解决三件事情：一是教育理念的确立与更新，二是教材的编写，三是教师队伍的培训。

（1）教育理念的确立与更新。是指教育界乃至整个社会的教育理念是否重视中国儿童文学的普及与推广。这应该是与教育政策、教材的编写、教师队伍的培训等相配套的、相融合的，应该由相关的教育部门和教学部门来配合解决理念的融入与教师的培训。同时，如果能够通过相关的组织与媒体把先进的儿童文学教育理念传播、融入和渗透到家长、教育工作者和社会各界人士中去，那么中国儿童文学的推广与普及将会得到更大的推进，中国儿童文学的创新能力以及中国文化软实力都会相应地得到激发与提高。

（2）教材的编写。一是在现有的小学和初中（特别是小学）语文教材中增加和提高儿童文学的分量与比重，改变或改进语文教学的指导思想与侧重点，从过去以语言教学、认知教学、传授知识为主转向以人文教学、培养能力为主，重在培养孩子的综合素质与人文情怀。笔者认为，以后的小学语文教材和初中语文教材的编写、修订应更多地吸收教育学家、语言学家和儿童文学作家与理论家来共同参与，从而确保先进的儿童文学教育理念和足够多的优秀儿童文学作品能够被注入和选进教材，供教师教学和孩子学习。因为教材的编写与修订涉及教学体制的改革与教学机制的变化，还有课程的设置、教师的配置、与其他课程的协调等，是一个非常复杂的系统工程，是一种典型的政府行为。所以有专家建议最好由教育部牵头或者由教育部授权某些机构来统筹安排与协调，来组织各类专家与学者负责落实与实施。最近几年的小学语文教材和初中语文教材在修订的过程中这方面已有较多改观和加强。

二是编写专门的儿童文学推广教材。这个工作已经展开。据笔者了解，已经面世的有北京师范大学出版社出版的由陈晖主编的《中国儿童文学阅读推广计划：儿童的文学世界——我的文学课》，分学龄前、小学一至六年级，共七册，已出齐。相信不久会有更多的版本上市，供学校和学生选用。

（3）教师队伍的培训。也分两种情况：一是提高小学和初中语文教师的儿童文学素养，二是培养专门的儿童文学教学的教师。针对教师培训的相关教材，已出版的有广东教育出版社出版的王泉根等人所著的《儿童文学与中小学语文教学》，新世纪出版社出版的陈晖的《通向儿童文学之路》，东北师范大学出版社出版的朱自强的《小学语文文学教育》，江苏教育出版社出版的郑荔所著的学前教育专业大学教材《儿童文学》等。教师的儿童文学素养决定着儿童文学的教学水平与推广实效，需要教育主管部门的宏观决策、指导与具体落实才能真正取得实效。

（二）组织推广

组织推广是社会各类公益组织或者社会团体组织举办的儿童阅读推广活动，是相对宽松、也相对灵活的一种推广方式，它们基本上是一种公益性质或微营利、半营利性质的社会活动，是对家长、老师、学生的儿童文学阅读的一种指导与推动。目前我们的相关组织大致有两类，一类是各地社会化程度较高的少年儿童图书馆、少年宫等公益性组织；一类是各地自行组织的儿童文学读书会、儿童文学阅读推广会等民间组织。

（1）少年儿童图书馆、少年宫等公益性组织。这类组织多是政府的、国有的，它们要解决的是理念的确立与更新，并积极推进各种相关活动的开展。以少儿图书馆为例，如果确定了先进的儿童文学推广理念，一方面图书馆可以大量购进优秀的儿童文学图书（纸质图书或电子图书），以备孩子们选阅；另一方面图书馆可以出面牵头、组织开展各种和儿童文学有关的阅读、讨论、报告、表演、比赛、游戏等活动。这将是孩子们课堂学习的极大补充。同时针对家长开展一系列的活动，提高家长的儿童文学素养，家长的学养与水平往往决定着孩子的学养与水平。少儿图书馆的优势，一是有充足的经费、固定的场所与时间，二是信誉好，能较好地赢得家长和孩子的认同、欢迎与喜爱。劣势是缺乏忧患意识与进取意识，如果相关工作人员抱着多一事不如少一事的态度，或者对儿童文学及儿童文学推广知之甚少，则难以开展有创意的、高质量的活动，对儿童文学的传播与推广所起的促进作用将十分有限。

（2）儿童文学读书会、儿童文学阅读推广会等民间组织。这类组织的优势一是大都有较先进的理念与明确的目标,二是组织相关活动的能力强,三是能吸引和团结一大批专家、学者,有较大的号召力。劣势是经费来源不稳定(多靠自筹资金或社会捐赠),人手有限,力量不均衡。目前国内做得最有影响的大概要数江苏扬州的亲近母语文化教育有限公司(这是一家从事儿童阅读研发、教育、推广和服务的科研型企业),他们组织专家定期或不定期地到各地学校去做巡回演讲,邀请相关儿童文学作家和评论家与孩子、老师和家长交流、沟通,做出了不少成绩,得到了社会的诸多关注与肯定,甚至还出版了自己的教材《亲近母语全阅读:儿童阅读成长计划》(小学一至六年级共六册,徐冬梅主编,长春出版社出版),可谓声势浩大。其他如红泥巴读书俱乐部、蒲公英儿童阅读推广网、蓝袋鼠亲子文化网、萤火虫读书会等也做得有声有色。

(三)企业推广

企业推广,即出版社、文化公司、书店、书城、批发商、零售商、开发商等为了图书(纸质的或非纸质的图书)和相关产品的更多销售所做的推广,如果推而广之还包括其他行业进行的与儿童文学相关联的电影、电视、动画、服装、玩具、游戏、工艺品、旅游业等方面的开发与推广。这是一种以营利为目的的商业化或半商业化的推广,也是把文化和商业相结合的一种较为特殊的商业推广或者文化推广活动。企业推广是目前做得较为专业、较为常态化的一种儿童文学推广方式,也是目前较多为社会所诟病的一种推广方式。下面以少儿出版业为例谈谈企业推广的几个特点:

(1)企业推广自觉化。计划经济时代,少儿出版社和新华书店是事业单位,儿童文学图书的推广与营销是一种自发的行为,也就是儿童文学图书生产出来以后放在书店,任其自然销售,是读者(孩子或孩子家长)自然选择儿童文学图书。改革开放以后,计划经济时代逐渐为市场经济时代所取代,少儿出版社和新华书店的身份也由过去的事业单位变为事业单位企业管理,再变为企业单位,儿童文学图书的推广也逐渐由过去的自发行为变为自觉行为。也就是说,儿童文学图书的生产与销售逐渐由过去的计划生产、自然销售变为在出版社的精心策划与组织下根据市场的需要进行生产,在出版社与书店的通力合作与大力推广下进行销售。这时的推广策略与推广力度往往决定着儿童文学图书销售的数量与速度,也决定着图书所负载的儿童文学的影响有多大。这时的推广与营销是由出版方主导、市场选择、读者鉴别挑选的商业与文化相结合的行为,甚至是出版社、书店高度自觉的商业行为。

(2)企业推广重要化。儿童文学图书和其他图书一样,由编辑、印制、发行三个环节形成一个完整的生产流程。但发到书店的图书如果没有及时销售出去则要被退回给出版社,这样出版社的库存积压就会越来越大。怎么办?于是推广与营销应运而生,成为整个图书运作流程(图书策划、生产、流通)中的一个重要环节,成为图书从物流到资金流再到新的物流的一个关键阶段,也是图书完成销售、创造利润、体现价值的手段与方法。推广逐渐成为企业的文化创意与核心竞争力的一部分。

(3)企业推广专业化。少儿出版社、各地书店、网上书店等的儿童文学推广做得越来越专业,具体表现为:一是机构逐渐健全,越来越多的少儿出版社与书店设立专门的推广部或企划部,有专人负责宣传、推广,且任务明确、目标明确、费用明确、赢利模式明确;二是有理论作指导和支撑,有计划性、针对性,富有成果,比如把图书推广分为预热、告知、评论、后续四个阶段来进行,不同的图书有不同的推广方法,有书讯、书评、选载、连载等常规宣传和网络推广、影视评介等特色宣传,对行业下游有鼓舞和示范作用,对图书的销

售拉动也十分明显；三是善于沟通，精于合作，有与内部同仁的交流、协调、互助和与外部同行的协商、谈判、共赢；四是善于研究，富有创意，比如书名和广告词朗朗上口，便于孩子们口口相传，借力传播。

（4）企业推广立体化。少儿出版社与书店的推广从平面化走向立体化的趋势非常明显。过去多侧重于选择报刊这种较为单一的媒体与形式来做相关图书的告知与推广，现在通过广播、电视、网络、新媒体、流媒体以及通过开展各种活动来做推广已十分常见。

三、中国儿童文学传播与推广的几种策略

中国儿童文学需要加大传播与推广的力度，在这个过程中，从政府到企业，从组织到个人，都要有一定的策略。有计划、有步骤、有策略，就能做到按部就班，事半功倍。否则，很容易人浮于事，坐失良机。

（一）政府引导

政府鼓励什么、支持什么、倡导什么，应该有政策导向和政策倾斜。比如日本，对翻译、推广日本儿童文学作品有突出贡献的企业与个人，无论本国的还是外国的，日本政府都会给予一定的资金扶持与奖励，他们成立了相应的推荐机构、评审机构、评奖机构，个人和企业也可以主动申请资金扶持、申请参加评奖。比如法国，鼓励并补贴中国出版机构引进法国的版权，几乎成了法国驻华大使馆文化专员的一项主要工作，他们的补贴款数额并不算大，但效果十分明显，近10年来法国版权大量输入中国。③ 这些法国版权的作品自然也包括法国儿童文学。

中国政府如果能够对中国儿童文学的推广与普及制定战略目标、实施方略、奖励措施、引导方案等，从政策上加以指导、引导与鼓励，将极大地促进中国儿童文学的传播与推广，提升我们国家的文化软实力。比如国家广电总局规定，各级各地电视台少儿频道在晚上黄金时段必须播放国产故事片、动画片，这对本土儿童文学创作和原创动画制作无疑是利好消息。类似的政策再多一些，中国儿童文学的繁荣就大有希望。

（二）行业管理

从理论上讲，中国儿童文学作家、作品是由中国作家协会儿童文学委员会管理，但实际上儿委会既管不了作家也管不了作品，只能从政策上、专业上做宏观的指导。中国儿童文学的作家培养、作品出版、作品改编、作品传播、形象授权等还有赖于少儿出版社、少儿影视公司、中小学校、少儿图书馆、版权代理公司、民间推广组织等。如果这些行业在管理上有计划、有策略，既有宏观长远目标又有微观细节落实，既有行业法规约束，又有行业协会推进，这无疑会推动中国儿童文学的发展与繁荣。行业管理策略包括本行业的积极推动和邻近行业的资源整合、通力合作等。比如少儿出版业、少儿影视业鼓励原创，对本土儿童文学作家就意味着机会与平台。

（三）专家谋划

发达国家的儿童文学及其传播之所以做得有声有色、成绩卓著，原因之一是有各方面的专家关注、研究、挖掘儿童文学，并为之出谋划策。而中国，据笔者观察，似乎只有儿童文学评论家在关注、研究儿童文学，且只关注、研究儿童文学的文本内容这一块，对儿童文学的传播与推广方面的关注与研究极少。笔者搜索、查阅相关资料时，发现国内研究儿童文学传播与推广的文献少得可怜。

与儿童文学相关的各类专家，如儿童文学评论家、出版家、推广人、传播学学者、新媒体

研发者、广告人、童装设计师、儿童玩具开发商等,如果能较多地关注、研究中国儿童文学及其传播,必将极大地推动和促进中国儿童文学的发展与繁荣。目前国内专家较多关注中国儿童文学的创作,却较少关注中国儿童文学的传播;除了业内专家之外,相邻专业的专家较少关注中国儿童文学,甚至是漠不关心或者熟视无睹(如传播学学者关注、研究中国儿童文学传播现象与规律的极少)。各方面的专家(不仅仅是儿童文学方面的专家)如果从理论上给中国儿童文学的创作与传播给予更多的关注、研究与指导,从实践中给中国儿童文学的传播与推广给予更多的关注、支持与合作,比如直接投资儿童文学作品的改编、演绎,包括使用其形象研发、生产衍生产品,必将吸引更多的各方面的开发商来投资和服务中国儿童文学。

(四)企业营销

企业从营销的角度来研究和把握儿童文学的传播规律与推广策略,这可以使传播更专业化、更富有实效。从目前的情况来看,企业最有可能从专业的、市场的、发展的、战略战术的角度来调查研究、精打细算、量身定做,来推广与传播中国儿童文学,以保证效果最佳化、利益最大化。企业的主体意识强,对媒体熟悉,对自己所生产的儿童文学作品的内容与特色明了,要传播给哪些特定的人群、要达到什么样的目的与效果更是了然于心,所以我们的企业做中国儿童文学的传播与推广具有天然的基础与优势。我认为应该与国际接轨,用世界的眼光与全球的视野来做中国儿童文学,在营销手段、传播技巧、推广实效等方面出新出奇。需要注意的是,企业做传播与推广时容易做成纯商业化的推广而淡化或者失去儿童文学的审美功能、教育功能等,从而导致更多的作家与作品追求纯粹的愉悦功能,而忽视作品的思想内涵与艺术内涵,由"市场化"陷入"娱乐化",这也是目前最为社会所质疑与诟病的现象之一。

(五)打造精品

商业社会"快餐文化"风行,浮躁的社会催生诸多浮躁作家与作品,浮躁的作家、作品则进一步推波助澜导致社会更加浮躁。很多作家认为现在很多作品是"速朽"作品,中国儿童文学也不例外。有人把这些现象归罪于商业化浪潮。商业化的功与过不在本文讨论范围之内,本文不再赘述。但作家、出版机构的精品意识与精品策略确实是推广与传播的基础。没有好作品、新作品,一切推广与传播都是无米之炊、无本之木、无源之水。中国儿童文学作家人才辈出,已有许多儿童文学作家成绩斐然,硕果累累。但进入 21 世纪后,中国儿童文学作家仍需耐得住寂寞,要有过去"十年磨一剑"的精品意识,真正打造出精品,才有利于后续的推广与传播,才能占领国内、国际市场,真正影响世界。

关于中国儿童文学的传播与推广,还有很多问题值得我们去认真思考与深入研究,比如传播成本、传播动力、传播手段、传播技巧、传播合力、传播效率、传播阻力、传播误区、传播数字化、传播立体化、传播产业化,等等。希望笔者以上的粗浅思考能抛砖引玉,引起更多的人来关注、思考和研究中国儿童文学的传播与推广,从而推动中国儿童文学的良性发展与繁荣进步,提升我们的文化软实力。

[注释]

①海飞:《中国少儿出版进入"童书蓝海"时代》,《中国新闻出版报》2011 年 9 月 5 日。

②王泉根:《现代中国儿童文学主潮》,重庆出版社 2000 年版。

③聂震宁:《我的出版思维》,河北教育出版社 2004 年版,第 416 页。

(原载《中国出版》2012 年第 9 期)

做好儿童文学编辑

金 近

国家出版局这次开办了少儿读物编辑读书会,这做法很好。要我来谈谈,我就谈三个问题。

第一个问题是儿童文学和现实生活。这里说的现实生活主要是指儿童生活。儿童文学是要反映生活的,童话也要反映生活。100多年前安徒生写的童话是反映了生活的,尽管他反映的是当时的生活,但我们现在还喜欢看,这就是艺术。小说、诗歌也是这样。

儿童生活无非是家庭、学校、社会这几个方面,是指孩子所能接触到的生活。社会也不是孤立的单是儿童的社会,社会的有些政治生活,儿童也是要参与的,比如天安门事件,就有孩子结伴去悼念周总理。你要写,这完全可以,问题是怎么写法,要考虑孩子们看了会起什么作用。如果写得凄凄惨惨的,最后还打个问号,让读者自己去猜想,像进了迷宫,那就不妥当了。作品应当给读者以力量,给予指出方向,使他得到一个明确的认识。这就是说,儿童生活是和成人生活扭在一起的,而不是孤立存在的,我们写给孩子看,不能用大人文学某些表现手法来代替儿童文学。

儿童文学要描写孩子自己本身的事情,但是有些应当扩大他的视野,丰富他的思想感情,应该把有些大人生活中的事情也告诉他。但是你要从孩子的角度来观察,来描写,使他能够接受。

去年全国儿童文学评奖,有的同志提出,现在的儿童文学严重地回避现实,说是写童话就是一个原因。我不同意这种看法。可能有一些童话是缺乏现实意义的,如旧的民间故事,完全是老一套,没有新的意思加进去,这可以说是回避现实,但这样的作品很少见到。童话的表现形式不能像小说那样直截了当,它要借某一种故事情节,经过夸张、幻想的手法,达到教育的目的。按照他那样说,凡是童话都是回避现实的,那就都不要写童话了。

儿童文学的作者或编辑,要接触现实生活,这是对的,问题是怎么接触?有些重大问题也可以接触到,如《人妖之间》,像王守信那样的大贪污犯,孩子们当中是不会有的,因此儿童文学就不能像《人妖之间》那样来反映现实生活。有的同志认为,反映现实生活就是揭露阴暗面,那样才会有轰轰烈烈的作品,这样说是不确切的。儿童文学中揭露阴暗面,也要让孩子看到光明的东西。东北有三个孩子到蛇岛去,这种事如果能写好,那也是能在孩子们当中轰动的事情。他们要想当科学家,把买书本的钱当路费到蛇岛去,这在我们当代的孩子中,是一种自豪,代表我们这个民族的有理想、有志气的孩子,这是很好的。我们把它写成小说、剧本都可以,这可能在大人当中也会轰动起来。

一些老作家,包括外国的作家,像契诃夫、马克·吐温,他们的儿童文学也反映一些大人的东西,他们从孩子的角度写。比如契诃夫写一个厨娘要出嫁,这个厨娘对孩子很好,这孩子就总是对新郎看不惯,希望厨娘留在自己家里。这是从孩子的角度写的。鲁迅翻译的《坏孩子和别的奇闻》里的《坏孩子》,写到一个孩子,看见他姐姐和男朋友谈恋爱,怎样抓住这个秘密得到便宜,充分反映了孩子的心理,还是有现实意义的。现在如果要写这样的题材也可以,但要使孩子能理解,用孩子的思想感情来写这些东西。

儿童文学要强调正面教育,但也不能排除反面教育。有时一个作品里,特别是长篇,正反面都在一起,也有些专门写反面的。正反面的概念如何更确切、更科学的解释,还不是很明确的。比如《西游记》里面,有些东西是反面的、批判的,也有正面的。问题还是在于怎么写,不管是正面反面,要写得很突出,使人看出问题在哪里。从生活出发,往往有这种情况,这人真的干了坏事,有时看起来不像坏事,也有些是干好事当中做了一些错事,特别是成长过程中的孩子,你不能说从一开始就很正确。"四人帮"时期的儿童文学中,有些作品把一些不爱学习,成天跟老师造反的孩子当正面英雄来写,这就是非颠倒了。我看到一篇小说,反映老师和学生一起参加劳动,作品把老师写得笨头笨脑,让学生去教训老师,你说这样的老师怎么还能去教育学生呢?这样的东西写到文艺作品里去,小孩能够得到什么教育?只能助长他们搞无政府主义。

孩子还是要受教育的,不管怎么聪明,不要把他写得神乎其神,变成神童,有些孩子本来是有才能的,但盲目地吹捧,就毁了这个孩子。所以文艺作品要从实际生活出发,孩子终究是孩子,我们要从各方面给予正确的教育。

我认为,不管写正面还是写反面,写好了都有教育意义。当然,对孩子应当强调正面教育。但是要使他思想开阔一些,也需要让他知道一些社会上反面的东西,从中得到一些教益。在反映这些反面东西的时候,分寸要掌握好,这在儿童文学中应该比成人文学更要注意一些,要重视社会效果。

一个时代不同于另一个时代的孩子。20 世纪 50 年代有 50 年代孩子的特点,80 年代有 80 年代孩子的特点。当然对于文艺作品来说,20 世纪 50 年代好的作品对当前还是有教育意义的,有些作品再过 100 年还有它的生命力。但是的确这个时代不同于那个时代。比如 20 世纪 80 年代的孩子对红领巾的热爱程度,就没有 50 年代的孩子戴上红领巾的自豪感、光荣感强烈。

所以文艺作品与时代是有密切关系的,我们应当根据不同时代的孩子的特点来反映生活,这样的文艺作品才有生命力。为什么现在我们还在再版 20 世纪 50 年代甚至中华人民共和国成立前出版的书,它们之所以能流传下来,就是因为作品写出来的东西想得比较长远,抓住了本质的东西。哪怕写反面的,他也抓住了本质的东西,挖掘得比较深,那是若干年以后都不会失掉意义的。

讲到《岳飞传》,有些人认为它是儿童文学,我想只能承认它是通俗文学。《岳飞传》《杨家将》改写以后,如果符合孩子的思想感情,也可以成为儿童文学。但是通俗文学不能代替儿童文学。如果有些搞通俗文学的人真愿意搞儿童文学,应该鼓励。民间故事,有的是给大人看的,有的是给孩子看的。有些民间故事,如果不经过搞儿童文学的编辑、作者加工修改,直接给孩子看就不怎么行。有的虽然孩子们也喜欢看,但不一定能起到跟大人相同的作用。一些古典的东西,只要适合孩子们看的,还是需要的。有的可以取其一部分改写,这工作是必要的。比如《聊斋》,应该让孩子们知道。可以通过改写,更适合孩子们看,这工作需要有人做。

总之，你搞通俗文学也好，搞儿童文学也好，首先要熟悉孩子。一个编辑如果熟悉孩子、了解孩子，对于帮助作者改好东西是很有必要的。作者应该写他熟悉的生活，编辑也应该有时间接触这方面的生活，光看稿子是不够的，因此，编辑最好有一定的时间去接触孩子。

还有一个问题，多年来，我们对儿童文学的教育意义强调得有些过分了。不是说不要强调，而是说不能只强调政治思想、教育意义，而忽视艺术特点。成人文学也存在同样的问题。特别是1958年以后，强调抓重大题材，谁抓到了所谓重大题材，这个作品就成功了一半。那时候作家都跑鞍钢，大庆、大寨也都挤满了。落后地方或者不出名的地方就没人去。先进地区的英雄人物、劳动模范写好了有教育意义，落后地方你去写，写好了同样有意义。但是当时怕写出来出版社不要，或者怕评论界批评受不了。

同时，那个时候写的英雄人物，都是百分之百的正确，没有人物的性格、个性，好的话都让给英雄去讲。一个人的话体现着一个人的性格，这个人的话套到那个人的头上就不像了。"四人帮"更把英雄人物当成了神来写。教育意义和艺术特点，应该是结合在一起的，不可分割的。你写的虽然是重大题材，如果没有一个好的表现方法、构思，一个好的故事情节，人物的性格不能很好地塑造出来，你这个作品的题材再重大也不行，是没有生命力的。儿童文学也是这样。1960年老作家茅盾同志写了《六〇年少年儿童文学漫谈》，我觉得他指出的问题是对的，他批评当时儿童文学创作的五句话："政治挂了帅，艺术脱了班；故事公式化，人物概念化，文字干巴巴。"直到今天还是值得我们重视的。

写儿童的东西一定要有儿童特点，如高尔基写《童年》，写他父亲死了，妈妈哭得厉害，他外婆也哭，但他自己看到父亲死了，怎么和平常睡觉似的，看到他父亲的脚丫子伸了出来。儿童就知道这些，是符合儿童特点的。我小时候在农村看到一家人家的父亲死了，母亲叫她的儿子跪下来，他就是跪着不哭，母亲就打他，问他为什么不哭。孩子的感情还不到那个阶段，他想不到以后再也见不到父亲了，还以为和平常一样睡下了。儿童看问题，想东西，这些都是结合实际生活的问题。你离开这些去强调政治思想，强调教育作用，那还是空的。现在编辑和作者都注意到这个问题了。

过去我们强调政治，"四人帮"的时候不光强调政治，还一概强调阶级斗争，没有写阶级斗争，这篇东西就不行，这怎么不出概念化的东西？现在的儿童文学创作当中，题材、形式还是不够开阔。儿童是活泼有趣的，儿童文学也应该是活泼有趣的，我们可以从孩子的生活当中吸取好多东西来写。我们的儿童文学，要从儿童生活的实际出发，从儿童生活的范围来反映，要有儿童的思想感情，儿童趣味。

第二个问题，谈谈儿童文学编辑的基本功。儿童文学的编辑也好，作者也好，没有基本功是不行的。三百六十行，行行都有基本功。搞儿童文学编辑的基本功，应该知道得更多一些，一般文学知识都应该知道，外国文学史、中国文学史也应该知道。除了这些以外，优秀的儿童文学作品，如安徒生的、格林的作品都应该读读。国内的，如叶圣陶的、冰心的、张天翼的、严文井的、陈伯吹的、贺宜的作品也都应该熟悉，看一些代表作。我觉得，一个编辑他的知识越广博，处理问题、处理稿子越有好处。我自己也感到，有时拿起笔来感到知识不足，说明我的基本功没有练好。

有的人认为儿童文学比较容易掌握，因此作者还是不少的。但能够坚持下去的不多，队伍不能稳定，搞着搞着就搞成人文学去了。当然开始搞儿童文学，后来转到搞成人文学，这也是允许的。但是最好能有一些人坚持下去，或者能两者兼顾。我们应该欢迎更多的人来搞儿童文学。但是,搞儿童文学也并不容易,在某种意义上讲,搞儿童文学比搞成人文学花的工夫还要多。茅盾同志生前就讲过这样的话,儿童文学最难写,儿童文学最重要,中国的儿童文学大有希望。

要为儿童文学造舆论。现在儿童文学的形势还是不错的,评奖什么的,经常在举行,说明大家还是重视的。但是这只是奖励,提倡大家来写。更重要的应该是怎么来写好儿童文学,编辑同志应该多帮助年轻的作者掌握儿童文学的基本功。使一个新作者了解,应该去熟悉孩子,写东西应该多看些东西。我经常接到一些人的来信,他们非常热爱儿童文学,热爱童话,问我应该怎么写,这是很难答复的,但说明需要有人去帮助他们。帮助作者也是编辑的基本功。

儿童文学作品自从庐山那次会议以来,数量多了,质量也有提高。但整体来讲,如何提高质量还需要努力。现在新编辑不少,怎么样帮助他们提高,要采取一些办法,这是直接关系到儿童读物质量的问题。搞儿童文学的,外国也好,中国也好,近代的一些老作家,他们的知识面是相当广的,古今中外的知识都懂。我们也应该尽量使自己的知识面开阔一些,对工作(编辑)、写作都是有帮助的。有些东西表面上与你的工作没有直接关系,其实都是有帮助,有联系的。

再就是要注意当前的文学动态。比如说,有人提出"意识流"能不能用到儿童文学上去? 都可以探讨研究的,哪些是好的,哪些是不好的? 意识流最早提出来什么东西? 最好也要熟悉。朦胧诗也是大家争论很多的问题。到底什么叫朦胧诗? 现在我们也还说不清,但是也应该去研究。也可能有某一个作者寄来一首朦胧诗,要给他提意见也好提。所以一个时期的一种文学的倾向,有争论的问题,我们都应该关心一下,知道一些,但要独立思考,有自己的见解。

其次是儿童文学编辑的事业心问题,要有"俯首甘为孺子牛"的精神,甘当无名英雄。现在有的编辑同志不安心搞编辑工作,热衷于自己搞创作。当然编辑写东西是可以的,但是不能本末倒置,把写东西放在首位,那就编不好东西。特别是年轻的编辑同志,首先要树立一种对编辑工作的事业心,一心一意地怎么样把编辑工作搞好,拿到一个稿子以后,怎么样通过你的手,更受孩子们欢迎。这里有三者的关系:儿童需要文学,文学需要作家,作家需要编辑。读者、作者、编辑这三者是有密切关系的,缺一不可。作者写好一部稿子要与读者见面,要经过很多手续,其中重要的一环是编辑。

听说现在的来稿是很多的,这就需要编辑沙里淘金。有时可能在一大堆来稿当中,很难发现可用的,但你也不能不看,有的好作品可能就掺杂在里面。这里当然有一个方法的问题:怎么样更有效的工作。有的东西拿到的时候可能还是一块金砂,能不能变成一块很好的金子,这就要看我们编辑的本事了。

对作者的工作,现在有的出版社是做得不错的。一部书稿拿到手以后,要看看作者的潜力怎么样,了解作者的生活基础怎么样,文字能力强不强,能不能改得更好些。交换书稿的意见不能光靠书信来往,有时可以找来当面谈谈,写信也要写得亲切些,具体些,工作做得细致些,使他能够接受正确的意见。有这么一种情况,有的作者的第一篇稿子决定着他今后是不是当作家。有的稿子你抓住了,尽管还有缺点,经过修改、加工,新书出来了,读者反映也不错,作者受到了鼓励,从此就走上了创作的道路。也有的原来很有基础的一部稿子,不注意一下退回去了,退稿信又写得简单,作者就失去了信心,从此就再也不搞创作了。

新中国儿童文学

稿件的加工，关系着编辑的文字能力问题，稿子经你润饰以后，能不能起到锦上添花的作用，这也是编辑的艺术技巧。有些作品原来像璞玉一样比较粗糙，怎么给它琢磨琢磨，看起来功夫不太大，但是磨在哪里好？这个地方原来有缺点，琢磨琢磨就好了。弄得不好，缺点更大了。这也是编辑的基本功硬不硬的问题。

加工稿子中还有这么一个问题，有些有自己风格的作家的东西，要注意顺着他自己的风格，而且稿子最好是让作者自己去改，包括年轻的作者。这样，一个作品出来才会有特色。

第三个问题，谈谈编辑和作者的关系。编辑和作者的关系，也就是伯乐和千里马的关系。有的同志说，伯乐比千里马还难找，世上有伯乐然后有千里马，千里马常有，而伯乐不常有。这说明编辑工作很重要。现在往往是编辑做了很多工作，评奖的时候只有作者出名份，没有人说这部书是谁编的。当然我们不能计较这个名，问题是怎么样使更多的人来当好无名英雄，当好伯乐，使编辑工作受到人们的重视和尊重。

从历史上看，伯乐还是不少的。比如萧军、萧红是鲁迅先生发现的；丁玲同志是叶圣陶同志在《小说月报》发了她的第一篇东西，现在她见了叶老都叫老师。有的作者对第一个发现他的编辑，他是一辈子也不会忘记的。我的第一篇童话是 1936 年写的，1937 年在《小朋友》上发表的。我至今印象还很深，当时拿到这一期刊物感到特别亲切，色彩都觉得更好看些，有自己的一篇东西用铅字印在上面，特别高兴，对编辑的帮助有一种感激的心情。茅盾同志发现了茹志鹃，最早的一篇文章，谈到茹志鹃的风格，评价相当高。还有好多老作家都做过伯乐。

编辑和作者的感情应该是同志式的感情，知心朋友的感情。有的还称之为老师与学生的感情，非常亲切的。我们把这个关系搞好了，对文学事业是个很大的推动。为什么俄国 19 世纪的文学那么繁荣，好东西出了不少？原因在于跟编辑和作者的关系搞得好，评论家跟作者的关系搞得好是分不开的。

像我这样的年纪，要说是马，也是匹平凡的老马了，但也有这样一种感情。我是 1964年以后就没有写东西了。"文化大革命"后的第一篇作品是发表在《人民文学》1977 年的4 月号上的。这是重新来个第一次，我还记得清清楚楚，那一期《人民文学》拿到后也是那种感受，觉得特别亲切。当时童话还没有发表过，《人民文学》的一个编辑同志来约稿子，拿到约稿信我特别高兴。我说童话要不要，我只有童话。当时"四人帮"尽管垮台了，但大家对童话还有一种看法。他说行啊，童话拿来好了。发表以后，就像 1937 年在《小朋友》上看到第一篇作品那样一种感情。不论是新作者也好，老作者也好，编辑和作者的关系要有一种思想上的交流，要有共同的语言，共同的感情。编辑看到一个好作品，高兴得不得了，就像自己写了好作品一样。对作品的不足之处也要如实地指出来。要建立起这样一种很诚恳很亲热的感情。

对一些能写作的编辑同志，在做好本职工作的前提下，可以鼓励他们去写，他通过创作实践，尝到了甜酸苦辣，也有助于他做好编辑工作。

这些年来，编辑工作中掺杂了一些不好的东西，比如拉关系，文艺界叫它"交换文学"。这种关系很不好。华君武同志画了个漫画，叫"拍手歌"：南约北的稿，北约南的稿；你约我的稿，我约你的稿。这幅漫画很形象。这种风气应该去掉，它对我们的事业起一种腐蚀作用。当然互相间用些稿子，只要是好的，也没什么关系，这里说的是不要有某种特殊意义的"关系稿"。有的作者为了自己的作品能发表，千方百计和编辑拉关系，送土特产。

这就庸俗化了，不是对读者负责的态度。

再就是编辑不能把自己的爱好强加给读者，做编辑看问题要客观，心胸要开阔，要能容纳各种流派的东西。只要思想健康，内容没有问题，表现形式、艺术技巧可以百花齐放。否则就不容易和作者搞好关系，而且会把很多好东西都排挤掉了。

在跟作者的交往中还可能碰到这种情况，你给他提了意见，他也不答复你，他意见一大堆，满肚子牢骚，这就是工作没有做到家。给作者写信提意见要考虑到对方的接受能力，应该以平等的态度，采取交换意见的方式，要做到互相尊重，互相爱护，互相帮助，真诚相见。

现在儿童读物的繁荣情况，不比20世纪50年代差，数量增加了，有相当一部分读物质量也不错。但我们不能就此满足了，还要继续提高质量。儿童文学在现在的基础上要进一步繁荣，首先要靠作家们深入生活，写出好东西来。但在很大程度上还要靠编辑同志。编辑同志是无名英雄，是伯乐，也是保姆，特别对新作者来说是保姆。即使老作家也要尽量为他提供条件，写出更多的好东西来。这就需要任劳任怨。编辑和作者对文学事业的贡献来说，实际上是差不多的。有的作者的东西写得再好，没有一个好编辑来编，也会受影响，有的本来可以提高一步的也没法提高。所以编辑本身也要提高个人能力。以后评奖的话，也可以考虑评编辑奖。像《365夜》，点子出得好，编辑工作也做得好，这就是一种贡献，应该受到鼓励。

最后，我认为还可以考虑办一个编辑学校。编辑也有青黄不接的问题。年纪大的退休了，大量新的进来，传帮带又脱了节，还有"四人帮"的流毒在起坏作用。这种编辑读书会办得好，对繁荣出版事业可以起到很好的推动作用。

编辑工作应该积累资料。好的编辑经验应该流传下去。还可以请一些老编辑写回忆录，这也是财富。

今天我就讲这些，供同志们参考。

1981年7月

（原载《儿童文学研究》1983年总第12辑）

改革开放 30 年中国少儿出版的四大变化

海飞

少年儿童是民族的未来，是国家的未来。少年儿童是人类自身的希望。作为未来和希望，广大少年儿童是我国改革开放 30 年中最受厚爱、最受关注的一个群体。同样，专门为广大少年儿童提供健康向上的精神食粮的少儿出版业，也是我国改革开放 30 年中最受厚爱、最受关注的一个文化产业。30 年来，中国少儿出版，从小到大，从弱到强，从紧缺出版到繁荣出版，从只有版权输入到成为屹立于世界东方的少儿出版大国，发生了根本性的天翻地覆的变化。

变化一：中国少儿出版受到党和国家的高度重视和厚爱，
成为得道多助、厚重发展的出版文化产业

改革开放前，经过十年"文化大革命"动乱的中国少儿出版和其他图书出版一样，受到严重摧残。原有的图书被封存，新版图书绝迹，广大少年儿童几乎无书可看，小学复课开学后连一本小字典也买不到，只有一些内容枯燥、文字呆板、政治术语成堆、孩子们不爱看的公式化、概念化的"批判类"读物，"书荒"严重。到 1977 年，有着两亿少年儿童读者的一个偌大中国，只出版了 192 种少儿读物。

改革开放一声春雷，党和国家高度重视和厚爱少儿出版，带来了我国少儿出版的春天。

1978 年 10 月 11 日至 19 日，国家出版局在江西庐山召开了全国少年儿童出版工作座谈会。这次庐山会议是一次解放思想，拨乱反正，实事求是，勇闯禁区，迎接少儿读物出版春天的标志性会议。会议制订了 1978 年至 1980 年 3 年重点少儿读物的出版规划，提出了 1979 年"六一"儿童节前出版 1000 种少儿读物，3 年内出版 29 套丛书的振奋人心的奋斗目标。在改革开放的推动下和全国少儿出版工作者的努力下，这一目标顺利实现。

在改革开放的历史进程中，党和国家的主要领导人高度重视和厚爱少儿出版。1995 年 8 月 28 日，江泽民总书记致信上海美术电影制片厂，指出："用优秀的作品鼓舞人，是文化战线的重要任务。少年儿童是中华民族的希望和未来。实现我国社会主义现代化建设第三步战略目标的历史重任，最终将落在这一代少年儿童身上。帮助他们从小树立起为中华民族全面振兴建功立业的远大志向，把他们培养成为有理想、有道德、有文化、有纪律的社会主义新人，是文艺工作者的历史责任。"1996 年 6 月 1 日，江泽民总书记又为中国少年儿童出版社建社 40 周年题词："出版更多优秀作品 鼓舞少年儿童奋发向上"。2001 年 11 月 4 日，胡锦涛同志致信《中国少年报》，祝贺《中国少年报》创刊 50 周年，信中说："《中国少年报》作为少先队的队报，肩负着教育培养少年儿童的神圣职责。"希望《中国少年报》"面向现代化，面向世界，面向未来，发扬创新求实的精神，进一步办出

自己的特色和风格,努力帮助少年儿童树立远大理想,打好知识基础,培养优良品德,使中国少年报更好地成为党教育引导少年儿童的重要阵地,成为广大少年儿童的良师益友"。正是党和国家主要领导人这种充满前瞻、充满希望和关怀,使改革开放后的中国少儿出版充满着生机和活力。

厚重少儿出版,使少儿出版得道多助,中央有关部门把少儿读物与电影电视、长篇小说作为"三大件"来抓。中宣部和国家新闻出版署从1994年起连续5年每年召开一次少儿出版工作会议,从性质地位、出版理念、改革思路、重点工程、整体质量、面向农村等各个层面为少儿出版定性、定位,凸显了少儿出版的重要地位。国家新闻出版总署在制定和实施《"九五"国家重点图书出版规划》中,专门把少儿读物出版作为"需要特别重视的内容"的第五条、把少儿读物出版作为四个单列的子系统规划之一来规划。在被称为"1200工程"的国家"九五"规划的1200个项目中,列入少儿读物选题85种,占规划总数的7%。在国家"十五"规划和"十一五"规划中,少儿读物选题的比例更是不断增加。为了大力发展有中国特色的优秀儿童动画出版物,1996年6月24日,中宣部、国家新闻出版总署启动了"中国儿童动画出版工程",亦即"5155工程",建立华东、华北、中南、东北、西部5个动画出版基地,出版15套重点大型系列动画图书,创办《中国卡通》等五种动画期刊,有力地推动了中国卡通读物的发展,并为21世纪初中国动漫的发展打下了基础。1996年10月,中宣部、国家新闻出版总署联合主办了"中国少儿出版物成就展",29个展团、两万余种少儿读物,充分展示了我国改革开放以来少儿出版的丰硕成果,并为21世纪少儿出版业的发展描绘了灿烂的前景。

对少年儿童和少儿出版事业深深的厚爱和关注,是一个成熟的政党和一个负责任的大国的重要标志之一。正是这种厚爱和关注,使少儿出版在改革开放的30年中凸显厚重,凸显活力,这也是我国少儿出版健康快速发展的根本基础。

变化二:中国少儿出版从小到大,从弱到强,成为格局合理、体系完备的出版文化产业

"南有上少,北有中少",这是改革开放之前我国专业少儿出版社的基本格局。1952年12月,中华人民共和国第一家少儿读物专业出版社少年儿童出版社在上海成立。少年儿童出版社是以上海的新儿童书店为基础,吸收中华书局、商务印书馆和大东书局的儿童读物编辑出版部门合并成立的一家公私合营性质的出版社。1955年8月4日,毛泽东主席对建国初期儿童读物奇缺的状况做了重要批示,并就团中央《关于当前少年儿童读物奇缺问题的报告》做了指示,要求有关部门认真对待这一问题,迅速改进工作,大量地创作、出版、发行少年儿童读物。9月16日,《人民日报》发表了《大量创作、出版、发行少年儿童读物》的社论。1956年6月1日,团中央在北京创办了中国少年儿童出版社。"南北两少社"为新中国少儿出版的发展做出过长远的历史性的贡献,但在"文革"中也遭受到停办停业的重创。

改革开放前的1977年,全国只有两家专业少儿社,200多人的少儿出版专业编辑队伍,200多人的儿童文学作者队伍,编辑出版192种少儿图书。当时的中国少儿出版,是纯粹的供不应求的小出版。

改革开放春风化雨,少儿出版如雨后春笋般的茁壮成长。一大批地方专业少儿社在改革开放大潮中相继诞生,迅速崛起,并且拥有着美好向上的社名:如新蕾出版社、明天

出版社、希望出版社、接力出版社、海燕出版社、未来出版社、晨光出版社、新世纪出版社、二十一世纪出版社、海豚出版社、童趣出版公司等。少儿出版社编辑、发行队伍和儿童文学创作队伍也在迅猛发展。到2008年，全国有34家专业少儿社，260多家少儿报刊社，6000多专业从业人员，5000多儿童文学作者和画家，分别比1977年增加17倍、30倍和25倍。同时，全国570多家出版社有521家设有少儿读物编辑部门，有的大学出版社还专门成立了儿童出版分社，如外语教学与研究出版社和东北师范大学出版社等。随着改革开放的不断深化，我国少儿出版体制机制正在发生深刻的变化：一是全国性的专业少儿出版分工已经被打破，1977年，专业少儿社出版的图书占全国少儿图书市场份额的74.6%，2007年则降到30.3%；二是全国少儿出版的体制机制变了，中国少年儿童出版社在2000年5月与中国少年报社实现了强强联合，组建了中国首家儿童传媒集团——中国少年儿童新闻出版总社，30多家地方少儿社也相继进入地方出版集团，走上集团化发展的轨道，并且有浙江少年儿童出版社、接力出版社、辽宁少年儿童出版社等十多家专业少儿社实现了转企改制，探索产业化发展的新路。目前的中国，已经是一个年出版1万多种少儿图书，260多种少儿报刊，年销售6亿多册读物、销售额达40亿人民币，有着3.67亿未成年人读者市场的少儿出版大国。

少儿出版的蓬勃发展，也催生着少儿出版行业协会的发展。1986年，在国家新闻出版总署的大力支持下，我国加入被誉为少儿出版界小联合国的国际儿童读物联盟（IBBY），并成立了国际儿童读物联盟中国分会（CBBY），开启了中国少儿出版对外交流的大门，由改革开放前的闭关锁国，发展到与全世界50多个国家和地区的600多家出版单位建立友好往来。1994年，在中国出版工作者协会的大力支持下，成立了中国出版协会少年儿童读物出版工作委员会，其以"联合、保护、协调、发展"为宗旨，每年召开一次主任会议和全国少儿出版社社长年会，传达贯彻党和国家的出版方针政策，研究讨论全国少儿出版的现状和发展方向；每年举行一次全国少儿社图书交易会，为专业少儿社打造一个展示出版成果、交流出版信息、开拓出版市场的平台；每年评选一次"中国少儿出版十件大事"，真实记录中国少儿出版在改革开放中的发展进程；1997年7月1日，创办了一份综合性应用理论刊物《中国少儿出版》，努力宣传解读出版政策，探索提高少儿出版理论，交流传递少儿出版经验信息，推动加强少儿出版国际交往，团结凝聚少儿出版的作者、编辑、读者队伍，成了独树一帜的出版理论刊物。

改革开放30年，中国的少儿出版从一棵出版小树苗，成长为出版格局合理、出版体系完备的强势出版文化产业，"小儿科"成就了令人瞩目的大气候。

变化三：中国少儿出版从短缺到繁荣、从简陋到精致，成为市场活跃、名品荟萃的出版文化产业

改革开放30年，少儿出版从短缺到繁荣，从简陋到精致，是整个出版界数量增长最快、品种增长最快、质量提升最快的出版门类之一。1977年，全国出版少年儿童读物图书品种192种，1979年上升到1100种，1980年为2400种，1989年为3598种，1991年达到4000种，1992年为4605种，1994年近6000种，2000年7004种，一路攀升。告别了"站不起来、亮不起来"的简陋时代，不仅在国内书店里是最醒目、最亮丽的一道风景线，而且在国际市场上也是独具中国特色、中国风格的一道风景线。以国家新闻出版总署公布的最近全国少儿读物出版情况看，2006年，全国出版少儿读物9376种（初版5630种）、

印数 19975 万册、972961 千印张,总定价 179501 万元;全国出版少儿期刊 98 种,平均期印数 1116 万册,每种期印数 11.39 万册,总印数 22108 万册,总印张 605644 千印张;全国少儿录音带 1834 种,1161.44 万盒;全国少儿激光唱盘(CD)799 种,464.63 万张;全国少儿高密度激光唱盘(DVD-A)两种,5500 张;全国少儿录像带六种,1.02 万盒;全国少儿数码激光视盘(VCD)2231 种,数量 2464.82 万张;全国高密度激光视盘(DVD-V)279 种,631.81 万张;全国少儿图书销售 3.51 亿册,34.1 亿元;全国少儿读物出口 67750 种次,50.74 万册,122.51 万美元;全国少儿读物进口 19646 种次,32.52 万册,241.43 万美元。数据充分显示,我国的少儿读物市场已经进入一个品种齐全、应有尽有、质量良好、丰富多彩的繁荣局面,中华人民共和国成立初期 12 个儿童 1 册书的短缺出版时代一去不复返了,有的家庭也开始有了自己的儿童藏书了。

改革开放 30 年,成就了一批优秀出版社、一批优秀少儿出版家、一批优秀儿童文学作家画家,一批优秀儿童读物。中国少年儿童出版社、少年儿童出版社、浙江少年儿童出版社、接力出版社等先后被评为全国优秀出版单位。有 7 名少儿出版人获中国韬奋出版奖,20 多名少儿出版人获全国百佳出版工作者,12 名少儿社社长走上更重要的领导岗位,数百种少儿读物获中国图书三大奖,近千种少儿读物获全国优秀儿童文学奖。30 年来,爱国主义少儿图书光彩照人,中少版的《共和国领袖故事》《我们的母亲叫中国》《中国二十世纪三大伟人》,湘少版的《中国革命史话》《精神之火》,浙少版的《中华英杰》,冀少版的《赤子丛书》,二十一世纪版的《光辉的旗帜》《画说"资本论"》等展现了少儿图书出版的主旋律,全国每年平均出版 800 多种(套)爱国主义图书,成了少年儿童爱国主义教育的"底气"。30 年来,我国原创儿童文学快速成长,力作丛生,名家层出。著名作家秦文君,潜心儿童文学创作 25 年,出版了 40 多部著作,计 400 多万字,先后 50 多次获各种图书奖,有十多部中长篇小说被改编成电影或电视剧,其中《男生贾里》出版十多年来,一版再版,畅销全国,累计印行了 120 万册。著名作家曹文轩,是北京大学的教授,几十年如一日坚守儿童文学的纯文学创作,坚持给儿童以"真善美"的文学熏陶,创作出了《草房子》《山羊不吃天堂草》《细米》《青铜葵花》等一大批精品力作。著名作家张之路,写作 30 年,出书 30 部,并有 10 多部拍成了儿童电影和电视剧,他的《霹雳贝贝》《第三军团》《有老鼠牌铅笔吗》等图书深受广大少年儿童喜欢。四川女作家杨红樱创作的《淘气包马小跳》系列,开创了中国儿童文学畅销书品牌,杨红樱的小说创作着眼儿童,贴近校园,以小学生为作品主角,基调幽默、快乐、轻松,使"淘气包马小跳"成了孩子们的"文学明星",《淘气包马小跳》印行 1100 万册,并被改编成卡通片话剧,法文版由菲利浦比基那出版社出版。同时,"马小跳"成了"网络明星",网上相关评论有 130 余万项,还有了马小跳的官方网站,是国内唯一的在销售册数和销售码洋上可以与《哈利·波特》系列一争高下的原创儿童文学。30 年来,我国的少儿科普读物也有长足的发展,在全国少儿图书选题中,科普图书的比例不断升高,如 1996 年占 11%,2000 年占 21%,2006 年占 24%。被誉为"中国百科奇迹"的浙教版《中国少年儿童百科全书》,7 年重印 20 多次,连续 4 年名列全国十大畅销书之列,累计发行 170 多万套,总码洋超过 1 亿元。30 年来,我国的低幼读物和动漫读物蓬勃发展,改革开放带来的社会进步和经济发展,为精美的少儿低幼读物和相对现代化的动漫读物的发展带来了机遇,开辟了市场。图文并茂、制作精良的图画书和低幼期刊得到了变得富裕起来的家庭父母的青睐,成了亲子共读的首选。中国少年儿童新闻出版总社的《幼儿画报》,集结了高洪波、金波等全国最优秀的童话作家及最优

秀的插图画家，推出一批深受儿童喜欢的"红袋鼠"等艺术形象，月期发行量高达130多万册。著名儿童插图画家吴带生被誉为"嘟嘟熊之父"，他创作的憨态可掬、毛茸茸的"嘟嘟熊"以及他主编的《婴儿画报》及品牌化的《嘟嘟熊画报》，成了家长的育儿助手和广大儿童的启蒙读物。而我国的动漫读物进入21世纪以来更是如鱼得水，迅速成长，如《蓝猫》系列、《哪吒传奇》系列、《虹猫蓝兔》系列等，为丰富多彩的少儿出版业增添了新的色彩。

变化四：中国少儿出版从封闭到开放、从只有引进到开始输出，成为大国崛起、影响世界的出版文化产业

改革开放是我们党和国家的基本国策，改革开放是紧密相连的一个整体的两个方面。30年来，我国的少儿出版一直坚持从改革中开放，在开放中改革，从封闭走向开放，从引进走向输出，成为具有一定国际影响力的大国形象的开放性出版文化产业。

改革开放30年来，我国的少儿出版对外开放经历了三个时期。

第一个时期是1978年至1990年的"摸着石头过河"的初创期。1979年，中国少年儿童出版社与少年儿童出版社重新翻译出版了一些在"文革"中被禁锢的国外优秀少儿图书，并尝试对外版权合作。少年儿童出版社的中国原创童话《宝船》等成了首批输出日本的少儿图书。1981年4月，中国少年儿童出版社组建了改革开放后首支出访团，与南斯拉夫达成了合作出版《周恩来的故事》《中国民间故事》等协议。紧接着，一些非少儿专业出版社也出版了一批国外优秀儿童读物和输出中国优秀儿童图书，如外文出版社的《叶圣陶童话选》被译成多种外国文字出版。同时，一些相关的对外合作交流活动也开始起步。1979年，在联合国教科文组织的亚洲文化中心举办的东京野间儿童画插图比赛中，我国送展的《三打白骨精》《小蝌蚪找妈妈》等少儿图书获奖。

第二个时期是从1991年《中华人民共和国著作权法》实施到1999年的发展期。1992年，我国成为《保护文学和艺术作品伯尔尼公约》与《世界版权公约》的成员国，我国的少儿出版也进入了一个更加开放和更加规范的国际化进程。从全国出版界看，1990年我国的版权引进图书不足1000种，而到2000年，超过7000种，其中少儿图书的引进也由1990年的不足100种增加到2000年的超过800种。在这一时期，我国少儿出版社大踏步走出国门，频频参加德国法兰克福书展、意大利博洛尼亚儿童书展等国际书展，并在北京先后举行了两次国际儿童书展。

第三个时期是进入21世纪后中国加入世界贸易组织、全方位与世界接轨带来的繁荣期。我国少儿出版迅速进入世界少儿出版圈，国际少儿出版商也高度重视中国这个巨大的童书市场，大量的国外优秀少儿读物和畅销书被引进国内，中国优秀少儿读物也开始走出国门，并且一些重要国际会议和活动也在中国举行。如人民文学出版社引进了著名英国女作家罗琳女士风靡全球的畅销书《哈利·波特》系列，连续27个月居全国销售排行榜榜首，中国少年儿童出版社引进比利时的《丁丁历险记》和瑞典的《林格伦作品集》两大系列，浙江少年儿童出版社引进了《冒险小虎队》丛书，接力社引进了《鸡皮疙瘩》系列，河北少年儿童出版社引进了《国际安徒生文学奖书系》，希望社引进了《史努比》系列，二十一世纪出版社引进了《大幻想文学》系列等。2005年是著名丹麦作家安徒生诞辰200周年，据不完全统计，截至2005年，全国出版了200多种安徒生童话图书，发行量高达1000多万册。大批优秀少儿读物引进出版，成为21世纪初中国少儿图书市场一道亮丽的风景线，也使广大中国小读者与世界各国的小读者一起站在了同一阅读起跑线上。

随着对外合作开放的不断深入，我国少儿图书也开始了走出国门的努力，30年来，我国有2000多种少儿图书实现了海外版权输出，其中少年儿童出版社600多种，中国少年儿童出版社490多种，江苏少年儿童出版社460多种，浙江少年儿童出版社210多种。2007年，全国引进少儿图书近千种，输出600多种。同时，少儿图书对外开放正向着多元共赢的方向发展，如版权投入分成、合作出版投资分成、合作出版同持版权、合作出版系列开发、版权代理合作等，合作开放，百花齐放，多姿多彩。

中国少儿出版的飞速发展和中国少儿出版的大国地位，越来越受到全球的关注。1996年以来，国际儿童读物联盟（IBBY）的历任主席曾多次向中国分会提出，希望能在人口最多、儿童读者群最大的中国举行一次国际儿童读物联盟世界大会。经过10年的准备，2006年9月20日至23日，国际儿童读物联盟（IBBY）第30届世界大会在中国澳门举行。大会的主题是"儿童文学与社会发展"，9个分会场议题是"我们的文学——儿童论坛""国际少儿出版高峰论坛""儿童文学与道德规范""儿童文学与理想世界""儿童的自由与空间""儿童读物与多媒体时代""儿童绘本的发展趋势""哈利·波特现象的思考""弱势儿童的阅读"。来自54个国家的500多名代表出席会议。与大会同时进行的有"安徒生奖展览""IBBY荣誉名册展览""BIB布拉迪斯拉发少儿插图双年展""书籍为了非洲展""亚洲儿童图书展""中国少儿精品图书展"等10个展览。此次大会凸显了三个特色：一是儿童特色，首次开放儿童论坛，17名儿童走上IBBY大会讲坛，儿童自己主持，儿童自己演讲，开IBBY大会先河；二是亚洲特色，中国是继日本、印度之后第三个在亚洲举办IBBY大会的国家，为亚洲增光添彩；三是中国特色，让世界各国朋友对改革开放后的中国少儿读物有个面对面的直接接触。这次大会被誉为IBBY历史上"最成功""最美妙"的一次大会，大大提升了中国少儿出版在全球的大国地位，也大大推动了中国少儿出版的国际化进程，是改革开放之后的中国真正走向少儿出版大国的重要标志。

改革开放，未有穷期；少儿出版，任重道远。改革开放30年，中国少儿出版取得了根本性的翻天覆地的变化，成了在全世界具有一定影响力的少儿出版大国。但是，我们要清醒地看到，与时代迅猛发展的需要相比，与亿万少年儿童健康成长的阅读需求相比，与全球出版业激烈的市场竞争相比，中国的少儿出版业差距还很大。我国的少儿出版要站在时代新的起点上，要高举中国特色社会主义伟大旗帜，继续深化改革，全力推进少儿出版业的大发展大繁荣，要实现传统纸媒体出版向现代多媒体出版的过渡，要培养和造就一支既具民族特色又有国际水平的儿童文学作家队伍和插图画家队伍，要有我们中国的安徒生、罗琳，要培养和造就一个讲政治、懂业务、懂市场、会经营、会管理、现代化素质高、国际交往能力强的新的少儿出版家群体，要努力编辑出版一批深受少年儿童读者喜爱、深受市场欢迎的精品读物、畅销读物、经典读物，要主动汇入世界少儿出版主流，让我们这个拥有灿烂文化和古文明的中国，拥有最大小读者群的发展中大国，真正成为少儿出版强国。

（原载《中国少儿出版》2008年第1期）

从新时期三套丛书看出版对中国儿童文学的推动

孙建江

在百年中国儿童文学的发展进程中，改革开放这 30 年无论从哪方面说都值得大书特书。30 年之于百年，不仅是自然时段的延续，更是一个特殊时代标本的呈现。30 年，中国儿童文学与整个中国文学一样，经历了从封闭、单一到开放、多元的历史转折。30 年，中国儿童文学基本上完成了从"文学教育"到"艺术实验"，从"艺术实验"到"儿童本位"的转变。30 年，中国儿童文学变得更好看耐看，变得更接近现代意义上的儿童文学了。

中国儿童文学这 30 年来的发展，可以从不同的维度总结，可以从创作的维度总结，可以从批评的维度总结，也可以从创作和批评以外的维度总结——这方面，我以为，出版的维度无论如何是不能忽视的。

说起来，创作和出版，是一种彼此依存又十分奇妙的关系。很多时候，出版只是创作的一种呈现，作家的创作成果交由出版社出版而已。这个时候，出版是被动的。但有的时候，出版又会显示出强大引领性和主导性。它可以有效地聚合起充沛的创作资源，集中呈现将要出现而未出现的创作景观和潮流。而这个时候，出版的作用就不再是被动的了。

创作和出版关系的奇妙性还在于：有的时候，出版行为（选题、内容、愿景）本身很有意义，但它们对创作并不起什么实际的推动作用，这样的出版行为对创作来说，自然称不上是有效的出版行为；有的时候，出版行为本身并没有伴随着口号和宣言，但却实实在在促进了创作的繁荣和发展。

因此，考察出版之于创作的意义，不是看发表了什么宣言，提出了什么口号，安排了什么与之相配的会议，而是看对创作实际起到过什么真正的推动作用。

30 年来，对儿童文学创作起到重要推动作用的出版行为不少。本文讨论的是其中最具代表性的三套丛书的出版。

第一套丛书："中华当代长篇少年小说创作丛书"（1989—1995）

出版的推动，说到底只是一种外力的作用。如果作者本身没有创作冲动，没有足够的积累，没有强烈的倾诉愿望——一句话：没有内在的动力，所有外力都白搭。但"中华当代长篇少年小说创作丛书"的出版恰逢其时，它在中国儿童文学作者最需要外力推动的时候及时出现了。我理解这就是出版的力量。

这套丛书由江苏少年儿童出版社 1989 年底推出第一种，此后陆续推出，至 1995 年，共推出 18 种，是 20 世纪 90 年代中期之前规模最大的一套原创儿童文学丛书。

很多时候，历史会特别垂青第一个吃螃蟹的人——特别是，当这个第一个吃螃蟹人的行为暗合了时代的发展需求。20世纪90年代初中期，历史把这份垂青给了"中华当代长篇少年小说创作丛书"。

也许有人并不认为这套丛书有什么价值，而且，以今天的眼光看这套丛书的选题含量似乎也不高。它没有什么特别的地方，仅仅是一个文体分类丛书而已。但这恰恰反映了转型初期"粗放型"的文化特质。

其实，只要了解当时的出版大环境，我们就不难发现这套丛书对于儿童文学创作的意义。

说这套丛书属文体分类丛书自然是不错的。但要知道，在中国少儿出版史上，还不曾有人以文体分类形式如此大规模地出版过儿童文学原创丛书。20世纪初，商务印书馆出版了孙毓修编译的、冠名"童话"的丛书，但囿于当时对童话的理解，这套丛书实际上是不分文体的儿童读物丛书。所收作品，主体部分是外国儿童读物的编译，少量为中国历史故事的改写，均非原创新作。当代的少儿出版，当然出版过儿童文学丛书，但那大多为不分文体的作品集丛书，或者某位著名作家的系列文集，而且是旧作结集出版。

再有就是，这套丛书是中国少儿出版史上第一套以中青年作家为主体的长篇原创丛书。这一点绝对不能忽视，因为这是一种新的代际传承观念转变的标志。在这套丛书中，除了一两位老作家，其余清一色系当时最为活跃的中青年作家：张微、夏有志、沈石溪、杨福庆、金曾豪、程玮、赵立中、黄世衡、秦文君、左泓、曹文轩、陈丹燕、董宏猷、常新港、张之路、班马……这些作家中，有不少如今已成了中国儿童文学的中流砥柱。

在20世纪80年代末90年代初，上述这些中青作家创作的作品主要的发表园地是报纸和刊物，有机会出书的人不多，即使作品有幸出版，大多也是中短篇集子。但事实上，这些作者无论是中年，还是青年，都被"文革"整整耽搁了10年。10年的磨难，使他们积攒了丰富的人生历练和创作冲动。这一次可以直接出书，而且是全面展示自己创作才华的长篇少年小说创作，其刺激和冲动可想而知。

于是，中国儿童文学界积压了10年的文学理想开始齐集性地喷发了。

在编辑策略上，这套丛书呈一种开放的态势。每本书的勒口上赫然透露着重要信息：第一辑书名和作者名，第二辑书名和作者名，第三辑书名和作者名……这有强烈的暗示性。其暗示性在于：收入丛书的作者几乎是从未出版过长篇的中青年作者，他们能出书，那么只要有实力，我也能出书。这对有志于长篇少年小说创作的众多中青年作者的诱惑力是巨大的。而且这个暗示长达6年之久。

还有一点不能不说，这套丛书除了平装本，居然还有羡煞不知多少中青年作者的精装本。作品能出版精装本，这在今天看来已算不上是什么特别稀罕的事情。但在当年绝对不是普通事件。因为在当时，别说中青年作者，就是著名老作家，也没几人可以享受"精装"的待遇。"精装"在当时实际上就是一种符号，就是一种级别、身份和创作地位的象征。不难想象这对初出茅庐、还不太有名的中青年作者有着怎样的吸引力。

老实说，在那个特殊时期，无论是谁，无论是名牌大社还是无名小社，谁率先推出此等规模的丛书，谁就能聚合起当时中国最优秀的一批中青年作家，谁就能成功。这是时代使然。

"中华当代长篇少年小说创作丛书"推出后的几年内，江苏少年儿童出版社又陆续推出了"中华当代童话新作丛书""中华当代科幻小说丛书""中华当代儿童文学理论丛书"等3套丛书。一时间，聚集起了一批中青年儿童文学作家和中青年儿童文学理论家，儿

新中国儿童文学

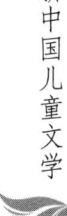

童文学图书的出版掀起了一个小高潮。

当然，出版的推动，说到底只是一种外力的作用。如果作者本身没有创作冲动，没有足够的积累，没有强烈的倾诉愿望——一句话：没有内在的动力，所有外力都白搭。但这套丛书的出版躬逢其时，它在中国儿童文学作者最需要外力推动的时候及时出现了。我理解这就是出版的力量。

丛书中的不少作品如今已成了中国当代儿童文学史上绕不过去的存在。比如，《一个女孩》（陈丹燕）、《山羊不吃天堂草》（曹文轩）、《六年级大逃亡》（班马）、《少女的红发卡》（程玮）、《孤女俱乐部》（秦文君）、《坎坷学校》（张之路）、《一只猎雕的遭遇》（沈石溪）、《十四岁的森林》（董宏猷），等等。丛书的整体质量由此可见一斑。

但是我们也必须说，这套丛书的推出在当时也有一定的便利条件，那就是当时整个中国出版尚处于从计划经济向市场经济转型的思想启蒙阶段，还没有真正有经济效益的硬性指标要求。只要出版社有庞大的教材教辅出版利润支撑，出版几套很可能亏本的儿童文学丛书是绝对没有问题的。

经济压力不大，也不能不说是这套丛书出版得以持续6年的一个重要原因。这套丛书除其中几种连印若干次，印到了数万册，绝大多数印数在几千册，有的作品首印仅一两千册。从投入产出比例看，显然入不敷出。

随着市场化的日益深入，出版社经济效益日益凸显，儿童文学图书在少儿出版中的地位日渐衰微。像江苏少年儿童出版社那样不论经济效益、大规模地推出儿童文学创作丛书的出版行为已绝无可能重现了。

但是时代的脚步并没有停歇。无论你愿意还是不愿意，儿童文学的创作，都必然要与市场经济制约下的少儿出版紧密联系在一起。

第二套丛书："中国幽默儿童文学创作丛书"（1993—2008）

"中国幽默儿童文学创作丛书"从最初的叫好不叫座到后来的叫好又叫座，成了中国持续出版时间最长，持续影响力最大的一套原创儿童文学丛书，这说明：在读者方面，阅读趋向的多元化已开始呈现；在出版方面，图书的市场化意义正日益凸显；在儿童文学创作方面，多样性写作已变得越来越重要。中国儿童文学进入了常态的发展。

"中国幽默儿童文学创作丛书"由浙江少年儿童出版社1993年开始推出，首批推出5种，至2008年，已持续出版15年，推出作品60余种。目前，仍在继续往下出版。这是中国持续出版时间最长、持续影响力最大的一套原创儿童文学丛书。

这套书的出版是一个奇迹，而这套书能从1993年持续出版到今天（2008年）更是一个奇迹。

解读这个奇迹的发生，我以为必须从中国儿童文学的整体结构、人们的观念变革和市场经济制约下的少儿出版三方面着手进行。

近百年来，中国儿童文学出现过许多精品力作，也产生过许多重要的创作类别，比如，以写实为主要特征的创作类别，以讽刺为主要特征的创作类别，以反思为主要特征的创作类别，以抒情为主要特征的创作类别等，但却迟迟没有出现以幽默为主要特征的、让人们普遍认可接受的创作类别。这不能不说是中国儿童文学整体结构上的一种缺失。

尽管在中国儿童文学史上出现过一些擅长表现作品幽默特质的杰出人物。比如 20 世纪三四十年代的张天翼、五六十年代的任溶溶。但他们这方面的努力并未得到人们应有的肯定、重视和推崇，以至他们纵然天分极高，也只能"戴着镣铐跳舞"，在有限的空间里做有限的文章。他们这方面的努力迟迟未能形成一种群体优势，成为一种潮流。

这种整体结构上的缺失，当然与中国的文化传统有关。中国是一个有着"诗教"传统的国度。强调"文以载道"，注重文学的教化功能。这本身并没有什么错。任何文学作品都有教化作用。但当"文以载道"观被绝对化、单一化、片面化后，往往会演变成为凌驾于艺术之上的教化诉求。这种情形在 20 世纪六七十年代的"文革"期间发展到极致。这显然与"文以载道"观之本意"道"必须通达"文"传递的要旨是相背离的，也是与文学创作原则不相符的。在这样的文艺观的影响下，人们自然对幽默避而远之，认为幽默缺乏教化性，没有直接的教育目的，甚至把幽默等同于轻浮、轻飘、轻佻，或干脆等同于有害。

而改革开放最重要的意义首先是人们观念的变革。进入新时期后，人们的思想空前活跃，拨乱反正，实事求是。人们不再视幽默为可怕的禁地，不再视幽默为创作的包袱。社会对幽默的评价日渐积极正常，幽默彰显的恰恰是中国儿童乐观、豁达、勇于并善于面对困难的精神气度。

这是"中国幽默儿童文学创作丛书"能够问世并持续出版至今的最为重要的思想认识的前提。没有这一观念的改变，人们很难想象幽默儿童文学创作会在 20 世纪 90 年代初中期齐集性地出现，以至形成今天的创作潮流。

中国儿童文学需要幽默，中国儿童文学的全面发展离不开幽默儿童文学的参与。而幽默对于儿童读者来说具有天然的亲和力，幽默儿童文学图书的市场潜力正待开发。出版社把握住了这一时代需求和历史机遇。

于是，1993 年"中国幽默儿童文学创作丛书"应运而生。

该丛书首批推出张之路、周锐、葛冰、李建树和庄大伟这 5 位作家的 5 部作品。体裁涉及小说和童话。首印各 7000 余册。丛书推出后，获得了较好的社会反响。张之路的《有老鼠牌铅笔吗》荣获中国作家协会第三届全国优秀儿童文学奖。

但是坦白说，丛书首批推出后并没有获得完全的成功。丛书迟迟没能获得市场的认可。而市场经济制约下的少儿出版若其图书产品不能获得市场的认可，那么，再美好的文化理想也是难以实现的。

这就是我为什么要特别强调"市场经济制约下的少儿出版"。出版是经济行为，经济行为有自己的经济运行规则：创作是精神劳作，精神劳作无须顾及经济运行规则。这也是少儿出版有效推动儿童文学创作最难把握的地方。虽然丛书获得了专家的肯定，但销售情况却不理想，叫好不叫座。

其实，20 世纪 90 年代中期正是儿童文学图书出版的低谷期。其时，许多少儿社的文学编辑室纷纷撤销或合并。儿童文学图书的出版普遍呈萧条态势。无独有偶，1993 年，秦文君具有幽默特质的长篇小说《男生贾里》在少年儿童出版社出版，印数仅 2000 册。这与若干年后该书风靡校园实有天壤之别。

就在这套书出版后不久，因内部调整，浙江少年儿童出版社最大一块赢利图书——教材教辅开始剥离，并逐年递减，至 1997 年全部取消。出版社被完全推向了市场。这意味着，丛书如果自身无法赢利就不能重印。这是这套丛书问世后面临的严峻现实。

好在这个时间不长。1998 年，"中国幽默儿童文学创作丛书"第二批再次推出。如

新中国儿童文学

果说，1993年推出第一批丛书还带有尝试的性质，那么5年后，推出第二批丛书则完全是信心满满，有备而来。这一次，一次性推出了任溶溶、孙幼军、高洪波、张之路、梅子涵、董宏猷、韩辉光、李建树、金曾豪、杨红樱、汤素兰、任哥舒的12部原创新作。体裁涉及小说、童话和诗歌。为一套并不为人看好的非主流丛书的创作聚集起了如此整齐的老中青作者出场阵容，这在当时可以说是绝无仅有的。或许，这本身就预示着什么。

为了把书做好，出版社这次从装帧设计到内文用纸都甚为讲究，还特别在每本书中大胆地附了四个页码的作家生活照。而在此之前，还不曾有什么儿童文学丛书敢如此"奢侈"地附上作家四个页码的生活照。这对作者和读者都有不小的吸引力。并且平装本和精装本同时推出。

果然，此次与上次5本书的命运有了很大的不同。这批书甫一面世，即好评如潮。荣获全国优秀少儿图书奖、冰心儿童图书奖、宋庆龄儿童文学奖、中国作家协会全国优秀儿童文学奖、文化部蒲公英奖金奖等奖。

然而，与上次5本书最大的不同还在于，这12本书开始获得了市场的认可。丛书首印各1万册，面市不到半年，即开始重印。随后，连连重印。至2003年，单本最高印次达9次，单本最高印量达5万余册。连两本诗集也连印5次，各印到了25000册。12本书的平均销量在4万册以上。2000年，第一批5本书重版再印，市场亦开始接纳。新版首印各8000册后，两个月后即再印，此后连连重印，销量一路攀高。同样的5本书，7年前与7年后，市场的认可度已不可同日而语。这说明，在读者方面，阅读趋向的多元化已开始呈现；在出版方面，图书的市场化意义正日益凸显；在儿童文学创作方面，多样性写作已变得越来越重要。中国儿童文学开始进入了常态的发展。

自2003年起，丛书在原有的基础上，又做了进一步拓展——变原来的"面上铺开"为"深度发掘"，即选定某位作家，对其作品进行系列化开发，比如，任溶溶系列、周锐系列、董宏猷系列、秦文君系列、汤素兰系列、萧萍系列……这些系列推出后，效果甚好。单本多在四五万册以上，最高的单本已愈20万册。由于建立起了良好的品牌形象，丛书的发展步入了良性循环。基本上，凡列入该系列的作品，都能获得社会和市场的认可。

"中国幽默儿童文学创作丛书"推出后，在中国引发了幽默儿童文学的创作潮流。如今，以"幽默""开心"（或相近意思）为特质的儿童文学原创图书或丛书已不计其数，数不胜数。幽默儿童文学成了众出版社竞相出版的对象。

而这一切在20世纪90年代初是难以想象的。

第三套丛书："大幻想丛书"（1998—1999）

如果没有出版社的参与，结果会是如何。如果没有出版社的参与，20世纪90年代末中国儿童文学界就不可能齐集性地出现一批"幻想文学"作品，90年代末中国儿童文学界不能出现一批"幻想文学"作品，我们今天的中国儿童文学就不是现在的模样了。在这个历史节点上，出版对创作的意义再次凸显了出来，"大幻想丛书"功不可没。

"大幻想丛书"由二十一世纪出版社1998年开始推出，第一辑推出作品7种。次年跟进第二辑，推出作品8种。两年时间共推出了作品15种。虽然这套书的规模不算特别大，持续出版的时间也不长，但这套书对中国儿童文学的推动和影响力绝对不能低估。

中国儿童文学当然不乏幻想能力。即使是"写实的幻想""小说的幻想""小说童话"或"亦真亦幻",数十年前也已然存在。张天翼20世纪50年代创作的《宝葫芦的秘密》就采用了这种幻想的手法。但我们也不能不说,这方面的作品太少了。而且也一直没能形成创作的共识,更别说形成儿童文学创作的潮流了。

作为20世纪初中期以来西方儿童文学界发展较快的一种创作类别,"幻想文学"的成果及其特殊的艺术魅力是毋庸置疑的。

20世纪80年代初,陈丹燕写过一篇论文叫《让生活扑进童话——西方现代童话创作的一个新倾向》。这篇论文以《小王子》《夏洛的网》《蟋蟀在时报广场》《小老鼠斯图亚特》《奇怪的大鸡蛋》《雄师·女巫和衣柜》等大量的西方儿童文学为例,论述了"写实"大量介入"幻想"的童话的可能性和可行性。陈丹燕论述的虽然是西方童话,但她的用意却也很明确,她希望我国也能有这种类型的作品出现。她在论文结尾时这样说:"让生活扑进童话,这散发着浓郁时代气息的创作倾向,也必然地会给我国的童话创作带来巨大的助力。"20世纪90年代初,朱自强以"小说童话"来论述日本这类强调"写实"性的幻想性作品。后来朱自强把这类幻想性的作品改称为"幻想小说"。此后,是班马、彭懿两位对这类作品大力倡导、呼吁和举荐。班马把这类作品的艺术特色归纳为"小说—童话互融",称之为"亦真亦幻";彭懿则干脆把这类作品叫作Fantasy,或幻想文学。

这是"大幻想丛书"出版前学术界对"幻想文学"的认知和研究的大致脉络。

可以说,"幻想文学"在中国的出现是迟早的事。但以何种形式出现,是单品种出现,还是以丛书的面貌出现;何时出现,是20世纪90年代末出现,还是新世纪初出现,这是完全不能预设的。这时,出版的力量就显现出来了。因为这时,唯有出版社可以组成起群体的力量并在规定时间内集中推出一批作品。

二十一世纪出版社正是在20世纪90年代末这个时间点上敏锐地把握住了这一难得的机遇。他们果断采纳了班马有关出版"幻想文学"丛书的策划方案,一连推出了两辑15本"大幻想丛书"。为出好这套丛书,二十一世纪出版社还专门举办了以"幻想文学"为中心议题的"跨世纪中国少年小说研讨会",以此为丛书的出版创造舆论氛围和热身。正如该丛书的总策划彭懿和班马在总策划导言中说:"我们不想掩饰这一场中国少年小说'世纪突破'艺术行动的成功性。我们更感念这一场中国少年小说作家'主力集结'的共识性。由此,我们也欣慰于这一场艺术嬗变发生在'1997年'的时机性。有的大事件不但必须要发生,而且常常发生得恰到好处。因此,我还有幸于这一次由二十一世纪出版社召开'跨世纪中国少年小说研讨会'(三清山)的历史时遇——这件大事最终发生得实在很精彩,遇合美妙,达成了我们的精彩配合。这件事情的做起,是长期准备和历史时机的结果。"

这的确是"长期准备和历史时机的结果"。

巧的是,也是在这一时间段,浙江少年儿童出版社正筹措重新再推"中国幽默儿童文学创作丛书"。中国少儿出版史上两套最重要的儿童文学丛书在同一时间段发力,实为一段佳话。其实,这一巧合正是进入市场经济后原创儿童文学图书开始觉醒的一个重要标志。进入21世纪后,原创儿童文学图书逐渐由原来的配角成了少儿图书市场的主角就是最好的证明。

"大幻想丛书"第一辑推出了班马、彭懿、秦文君、彭学军、韦伶、薛涛、张洁7位作家的7部原创作品,第二辑推出了张之路、彭懿、左泓、张品成、牧铃、殷健灵、魏海滨、戴臻

8位作家的8部原创作品。14位作家的15部创作作品齐集性推出，这在当时的儿童文学界绝对是一件大事。

试想，如果没有出版社的参与，结果会是如何。如果没有出版社的参与，20世纪90年代末中国儿童文学界就不可能齐集性地出现一批"幻想文学"作品，90年代末中国儿童文学界不能出现一批"幻想文学"作品，我们今天的中国儿童文学就不是现在的模样了。

在这个历史节点上，出版对创作的意义再次凸显了出来。

这套丛书第一辑7本1998年推出后，同年重印一次，第二辑1999年推出后，未再重印。具体印数不详（丛书版权页未标明印数）。不过从第二辑推出后未再重印这一情形看，市场的反应应该不是很理想。这多少有些遗憾。如果这套丛书的市场业绩良好，能持续出版若干年，其影响力显然会更大。但这就是历史，这就是市场经济制约下的少儿出版。谁也无法改变。

"大幻想丛书"完成了自己阶段性的历史使命。

其出版意义在于：第一，"幻想文学"在中国的出现有其必然性，出版社敏锐地把握住了这一机遇，让其很快成为现实。第二，丛书的出版对于总体偏重于写实主义的中国儿童文学是一种合理补充。第三，丛书的出版极大地推动了中国"幻想文学"的创作和发展。第四，丛书的出版表明中国儿童文学正以积极态势融入世界儿童文学的整体格局。第五，这套丛书没有完全为市场接受，这表明市场经济制约下的少儿出版有其特殊性。高品质的儿童文学图书如何寻找市场的突破口，这是所有少儿出版从业者必须面对的问题。

值得一提的是，"大幻想丛书"推出不久，罗琳创作的具有鲜明幻想特质的《哈利·波特》开始风靡全球，并登陆中国。但此时的中国的儿童文学界对"幻想文学"已不再陌生了。

如今，"幻想文学"创作已成为不少写作者的自觉选择。"幻想文学"作品不再零星散落，而是时时可见了。"幻想文学"业已成为中国儿童文学整体结构中不可或缺的组成部分。

这一切，"大幻想丛书"功不可没。

儿童文学创作离不开出版。儿童文学的发展永远需要出版的积极介入。

（原载《文艺报》2008年12月16日）

儿童文学出版新趋向及价值诉求

韩 进

出版是联系创作与市场的桥梁，出版人是沟通作者与读者的纽带。从出版的角度回望儿童文学，出发点是要落到促进儿童文学创作上，落到出版如何更好地为创作服务，如何更好地引导读者阅读；出版人如何与作家、读者形成良好互动，如何构建创作、出版、市场、读者等出版要素之间互动互利的积极关系，如何合力打造一个有利于儿童文学创作与出版的产业链，如何营造一种有利于儿童文学又好又快发展的和谐环境。

大众化趋向：更加娱乐化、新闻化、通俗化

近两年来，儿童文学出版保持引进版畅销书、原创儿童文学、重组名家名作"三分天下"的基本格局，总体感觉平淡无奇，没有大波澜，没有大事件，缺少热点，缺少亮点。但静心搜索，又能感觉其间的暗流涌动以及由此形成的"新现实"，即在市场化转型、新媒体挤压、快餐阅读引领下，儿童文学出版正迅速与娱乐场、新闻场相联通，表现出娱乐化、新闻化、通俗化的大众化出版趋向，纯文学出版被功利出版、浮躁出版逼向一隅，成为需用心经营的美好愿景。

综合北京开卷市场信息和行业其他有关数据，近 5 年来童书市场整体表现持续上扬，2003 年、2004 年出版童书数量约占图书市场总份额的 8.5%，2005 年、2006 年上升到 9.5%，2007 年达到 11%，同比增长 24.40%。

分析童书市场各板块竞争力之此消彼长，会发现儿童文学市场份额随大势持续走强，对童书市场贡献率呈增长态势。有媒体指出，2007 年，儿童文学作品约占整个童书码洋的半壁江山（接近 50%），在 100 种畅销童书排行中，儿童文学约占 80%；在前 50 名中，约占 90%；前 10 名全部是儿童文学作品，单品种销售册数在 8 万至 30 万之间。《虹猫蓝兔七侠传》《淘气包马小跳》《哈利·波特》《超级冒险小虎队》和《小鲤鱼历险记》等一批所谓的"儿童文学畅销书"，成为拉动 2007 年我国图书零售市场快速增长的主力军。

然而，从学术的儿童文学研究的视角看，在我们平时阅读印象中那些有价值、有分量的儿童文学作家作品，并不在排行之列；那些非典型的儿童文学，诸如影视联动的动漫作品和引进版玄幻作品则大行其道。这让人联想到在专业分工越来越细的今天，在出版社市场化转型和读者娱乐化阅读的双重挤压下，已有的"儿童文学场"开始明显地发生倾斜，"文学的"阅读与"大众的"阅读分野从来没有像今天这样突出分明，这给当下儿童文学的教学、批评、评奖、研究带来新的问题，甚至动摇学术界对儿童文学既有的一些基本认识，让人感到繁华背后有明显危机。

儿童文学需要发展，需要与时俱进，但长久形成的儿童文学得以独立的那些基本的艺术标准不能动摇。降低进入儿童文学的艺术门槛，便会导致真正的儿童文学开始走向衰退。

三大突围：绘本文学、网络出版、走出国门

（一）绘本文学成为一种明显的出版现象

有人把 2007 年称为"绘本丰收年"。绘本这一出版形式经过 10 年来的倡导，特别是近 3 年来的出版实践与市场预热，原来三五千册出版社不敢印，现在印到三五万册的为数不鲜，《猜猜我有多爱你》《逃家小兔》《活了 100 万次的猫》等经典绘本，都有非常好的市场业绩。

很多作家热衷绘本创作，众多出版者亲昵绘本出版，一大批读者追捧绘本"悦"读，引导了儿童文学概念的大转变：将绘本作为"幼儿文学"的一种典型样式，作为一种时尚的新型儿童文学来推广。

出版社关注绘本出版不再是追赶时髦的行为，更多的是从国际童书市场发展大势中得到启示，抢先投入，抢占先机，为的是抢占未来童书市场的制高点。但出版社的行为决策又不是孤立的，首先得益于经济的持续发展，极大地激发了大众对文化的需求，提高了大众购买力，促进了消费观念转变，出版投入也有了经济保障；另一方面，"70 后""80 后"父母群开始成长起来，他们文化素质高，观念新，对图书选择的标准也越来越高，消费追求唯美时尚，已经成为绘本读者群的主体。文化繁荣程度与经济发展水平一般成正比关系，这不仅仅因为文化建设、文化发展需要经济投入做后盾，还因为经济持续增长提高大众购买力，这一点突出表现在绘本出版的成长性上。

（二）网络写作渐成儿童文学新的出版方向

近年来，以网络出版、手机出版为主要表现形式的新媒体出版异军突起，形成与传统单一纸介质出版分庭抗礼的态势，而且传统出版受制于新媒体出版的案例已经非常普遍。

网络用户的主体和儿童文学服务的对象都是青少年，网络与儿童文学出版的融合是必然趋势，虽然目前出版与网络的结合主要表现在在线组稿、在线编辑、在线阅读及销售宣传某些重要的出版环节，但各专业少年儿童出版社都在积极主动地谋划童书数字出版工程，必将给儿童文学出版带来革命性的转折。

这里要说的是必须得到尊重与重视的民间网络写作现象——冲破"自办出版社"政策瓶颈的作家网站。几乎所有的有影响的儿童文学作家都有自己的网站，他们自由地发表自己的作品，自由地讨论创作心得，自由地交流观念看法；他们还通过播客、博客的形式直接与网络的读者沟通交流，最能了解读者的需求，最能贴近生活、贴近心灵。面对多层次的网络读者，特别是少年儿童和有一定文化素养的年轻人这一消费主体，儿童文学网络出版对普及社会儿童观和儿童文学意识，提升儿童文学作家知名度和儿童文学认知度，扩大儿童文学传播，促进儿童文学销售，有着明显的积极作用。

（三）"走出去"拓展中国儿童文学的国际影响

文化是属于全人类的，出版"走出去"是提升一国文化软实力的重要途径，而儿童文学被认为是最具有世界性的文学，是最容易"走出去"的文学门类，关键在于作品水平、作家实力、出版社品牌。

中国还不是儿童文学出版强国。近年来，为了让中国儿童文学真正走出国门，走向世界，重点是走进欧美市场，走进非华文地区，儿童文学作家和出版人一起付出了巨大努力，取得了令人欣慰的成果。如郑渊洁的"皮皮鲁总动员系列"（30 册）和童话《魔法小仙子》，黄蓓佳的《我要做好孩子》《亲亲我的妈妈》，曹文轩的《山羊不吃天堂草》《青铜葵

花》，金波的《和树谈心》《影子人》，杨红樱的"淘气包马小跳"系列（12 册），张天翼的代表作《宝葫芦的秘密》《大林和小林》《秃秃大王》等都被国外出版社买走了版权。

由于语言、文化、审美习惯、价值观念的不同，以往"走出去"的目标市场主要在华文地区。但近两年出现了重大转折，美国、英国、德国、意大利、法国、瑞士、澳大利亚、加拿大、韩国、越南等欧美及非华文市场逐渐成为主要输出地。

出版繁荣：儿童文学大发展的前提

出版社为什么要出版儿童文学？这值得观察和研究。

事实上，几乎所有的出版机构，不分国有、民营，都有儿童读物出版，但真正涉及原创儿童文学出版的，还非常少，更多的出版社将儿童文学出版的重点放在经典儿童文学作品的整理和重组出版上，放在与学校教育配合的课外儿童文学读物的出版上，他们的目标很明显，就是教育市场，追求的是经济效益。

原创儿童文学出版一般有较大的市场风险，而名家原创新作的出版成本往往居高不下，非品牌出版社一般难有资源拿到名家新作，很多中小出版社往往没有经济实力与营销能力来出版名家新作。在出版"微利时代"，"唯利是图"是出版企业的唯一选择。很多出版社不愿意在原创儿童文学方面冒险，更多地转向对已有儿童文学经典的重述重组，转向对当代国外儿童文学畅销书的引进。

对于一家专业少年儿童出版社来说，出版原创儿童文学是它义不容辞的职责所在。长期坚持原创儿童文学出版，不仅在业界有良好的声誉，而且会有更多优质的作家资源，能够带动非儿童文学的出版，从而形成良性循环，为出版社整体出版水平的提高与综合竞争力的形成，创造良好环境。

原创儿童文学作品多，被列入国家新闻出版总署每年扶持的"三个一百"原创出版工程的机会就更多，入选国家新闻出版总署每年"六一"前"向全国青少年推荐百种优秀出版物"的可能性就更大，评为国家"三大图书奖"的概率就更高。所以，从理论上说，少儿出版社坚持并加大原创儿童文学出版，有百利而无一害。

实际上，很少有出版社能长期坚持下来，其中重要的原因可能有二：

一是没有人做。想做还要会做，想做还要有能力做，缺乏理解并热爱儿童文学出版的社长老总，缺乏一支了解并热爱儿童文学出版的编辑队伍。

二是没有坚持。胜利往往在于努力一下的坚持之中，但大多数出版机构不能在低谷中坚持，在困境中坚持，改弦更张，前功尽弃。呼唤经典，呼唤新人，呼唤精品，呼唤对儿童文学的坚守，成为当前儿童文学出版最紧迫的任务。

很多非少儿专业的出版社出版原创儿童文学，看重的就是它巨大的潜在市场。这些出版社的儿童文学作品往往一试成功，一夜成名，要影响有影响，要市场有市场，叫好又叫座，让专业少儿社的负责人汗颜。为什么非专业的有时比专业的做得更好？也许越是专业的，越是狭隘的；越是专业的，越是保守的。思想不够解放，眼界不够远大，心胸不够开阔，能力缺乏持续提高，这可能是重要的原因所在。

十分明显，儿童文学这座大厦是由创作（作者）、出版（出版者）、发行（发行者）、阅读（读者）共同支撑起来的。要找寻儿童文学繁荣的动力，不能不从这四个矢量来考量；要评议儿童文学发展的得失，也不能不从这四个方面来探讨。这也表明儿童文学的发生发展实际上有一个内在动力结构，人们可以通过研讨四大流程的"互动共生"的结构关系，

寻找当下加快儿童文学大发展大繁荣的着力点、突破口，也就是笔者在2006年青岛原创儿童文学会议期间呼吁的"构建原创儿童文学创作与出版的和谐生态"。

作为中间环节的出版，承上启下，使儿童文学生产的过程得以顺利进行，对上游的创作与下游的市场有着积极的引导作用。我国出版实行审批制，出版社对作家作品能否出版有生杀大权，而且很多情况下，出版社组织策划选题，邀请作家创作，包销作家作品，制造市场热点，引导读者消费，因而，从某种意义上说，市场繁荣和创作繁荣，首先直接表现为出版繁荣。繁荣的首要表现是"量"的增长，有规模有市场，是基本面的数量指标；核心是"质"的提升，有品牌、有品位。质是核心，是本质面的水平指标。一个时期的儿童文学成就，最终取决于精品的数量以及精品所达到的艺术高度。

只有被阅读的作品才是文学史的一部分。可以说，在眼花缭乱、繁花似锦的卖场陈列中，真正能让人主动购买、主动阅读的作品可能不多；给人印象深刻、让人感动、口耳相传的好作品可能更少；被当作儿童文学精品、进入儿童文学经典、能够传之久远的优秀作品更是凤毛麟角。这种基本作品非常多、优秀作品非常少、经典作品很难找的"非常态结构"，表明我们的儿童文学出版还没有进入良性循环和良好发展阶段。

有论者提出，中国已经步入了"儿童文学出版大国"。几乎所有的儿童文学作家都有作品出版，甚至有的一年中有二三十部；所有的书店都有儿童文学读物出售，而且摆在很好的位置；所有的媒体都在热议儿童文学，形成了一种文化时尚；似乎儿童文学作家已经开始成为社会最尊敬的人，儿童文学出版开始成为社会最受关注的领域，儿童文学作品开始成为老少皆宜的馈赠礼品，儿童文学工作者开始受到社会的普遍尊重。所有这些，似乎在传达了一个令人振奋的"儿童文学走向繁荣"的春天气息。

其实，作为一名儿童文学出版经营者，我所亲历体会到的是另一番情形。我国儿童文学整体仍然处于自发、无序、自由发展的状态，在出版社改企转型与市场主体重塑的起步阶段，出版社不仅要满足市场需求与读者需求，同时，还要无条件地需要满足政府与社会赋予出版的政治任务与社会责任，要在政府与市场、社会效益与经济效益划定的方圆规矩内施展拳脚。

通过多方努力，当下中国儿童文学出版有了几许鹅黄的春意，但真正春天的到来，无疑还需要全社会，特别是儿童文学的作者、出版者付出巨大的努力。

（原载《文艺报》2009年1月10日）

试论理想的出版文化对儿童文学的未来建构

陈苗苗

"每一本书都应当获利"几乎成为出版社求生存、图发展的经营理念。在当今竞争日益激烈的少儿出版生态环境之中,少儿出版人如何在"文化理想"与"经营现实"中博弈?没有利润,出版社就没法生存和发展。而当出版社陷身于利润的旋涡中,忽视少儿出版的文化属性时,往往很难站在一个更高的平台来展望自身的发展。

少儿出版的读者对象是世界的未来。麦克米伦公司童书部总监凯特·威尔逊曾指出,目前 12 ~ 15 岁之间的少年只把购买力的 6% 花在图书上,这一比例低于衣物、音乐和运动的消费数字。要想改变这一比例,就需要由出版商、书商和图书馆联合起来,培养少年人的阅读习惯。由此可见,少儿出版所需要做的不是从其他出版社那里抢占市场份额。行业内竞争再激烈,市场的蛋糕照样还是那么大,所进行的不过是内部利益的再分配而已。重要的是拓宽市场的边界,将原本属于儿童其他消费的市场份额引入图书消费中,让少年儿童把他们的消费更多地转移到图书消费中来。

怎么吸引少儿读者的消费? 畅销书是不是硬道理? 少儿读者喜欢是不是唯一标准?加拿大儿童文学学者培利·诺德曼说过:"文学文本替孩子重现整个世界,以及他们自己在该世界中所处之地位。如果重现得够逼真,就会变成儿童读者所相信他们身处的世界。"[①]日本儿童文学学者上笙一郎从另一个角度阐述了自己对儿童文学精神向度的看法:"儿童文学要使儿童读者达到的,是具有健全的理性和判断力,富于丰富的感性的境界,就是说,要使灵长类的人类的能力得到最高度的发展。所谓引导儿童发育成健全的社会的人,如果儿童生活在其中的现实社会是完全理想的,在这种情况下,就是要使儿童成长为一个能享受人生全部价值的成熟的人。反之,如果国家社会有缺陷、不理想,那就是要培养儿童具有认清这种社会本质的能力和克服社会缺陷的理性的力量和行动力。"[②]

安徒生于 1835 年元旦在写给朋友的信中说:"我现在开始写给孩子们的童话了,你要知道,我要争取未来的一代! "这是对儿童文学的一种坚守和抱负,也是少儿出版应该担负的文化使命。美国哈泼林斯出版社资深编辑沃尔夫曾尖锐地指出,如果出版者的兴趣是不计任何代价求取暴利,那么干脆去卖鞋子算了,至少卖不出的鞋子,还可以留着自己穿。

虽然在文化和商业的矛盾中博弈,但多数中国少儿出版人内心中还是坚守着一个文化理想:儿童文学出版是两代人之间的精神对话的实现,出版人要努力提高儿童文学生产、消费质量,因为这不仅有助于创造优秀的中国儿童文化,更能塑造我们民族的未来性格。那么,如何提高儿童文学产品的质量呢? 文化是孕育质量的关键,"'文化'无形的软件,是比组织中其他任何硬件都要硬的东西,是组织、企业提高产品质量的关键。"[③]

我们知道,出版文化的形成要素有三:以经营为目的的出版业者、受雇于出版业者的编辑人员和提供稿件的作者。这三者的素质是决定出版文化的内容和性质的主要因素。

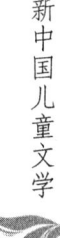

同时，利用出版文化中读者的素质，以及流通机构的素质，也是不可忽视的因素。所以，要建设理想的出版文化，就要使出版文化中的这些形成要素——出版人、作者、读者、经销商都不断增值、积极参与、改善自己的活动，从而形成浓厚的出版文化氛围，这样才能真正提高儿童文学质量，使儿童文学出版健康、可持续发展。

一、文化生产：协调生命阅读与休闲阅读的比例

"中国有3.67亿的未成年人，他们是儿童文学工作者潜在的同盟。如果我们争取到了他们，孩子爱读我们的书，这当然好，但是还不够，只有读了我们的作品后视野宽广了，心灵丰富了，一切改变了，这才是我们的理想。"④现在一些儿童文学作品艺术含金量下降，与少儿出版人的浮躁心态不无关系。在20世纪90年代初期，第四代儿童文学作家们曾积极探索儿童文学的文体内涵、美学品质，他们大量借鉴那些来自意识流、象征主义、荒诞派等西方现代派创作手法，大胆进行文体试验，"儿童文学品种之间的横向渗透之后，出现了散文化的淡化情节小说、童话与小说双重结构互为渗透的童话体小说或者小说化童话、多元体第一人称小说和新闻化的纪实小说等文体的新品种"⑤。儿童文学作家汤锐评价说："第四代儿童文学作家们在那个时代，是个奇异的文学群体，他们由上一个时代孕育，自这一个时代脱颖而出，朝气蓬勃、带着一身叛逆的气息，在这一方文学的广原上留下了太多的或热情或感伤，或焦灼或嬉闹的痕迹。"⑥如果说当时第四代儿童文学作家是在相当明确的创新意识指导下有条不紊地去进行文体实验的话，今天的儿童文学创作态势更倾向于向儿童读者市场靠拢，走艺术与大众结合之路。到了21世纪，儿童读者观念从来没有像今天这样大量涌入儿童文学作家的创作视野，内容上创新的作品越来越多，但艺术上创新的作品却明显减少。

曾有研究者将那些追求深度表现、注重形式、向少年儿童表达出生命的诗意的儿童文学划分为"纯儿童文学"，而将那些过于倾向于满足儿童本位、追求市场效应的作品是"通俗儿童文学"。但任何儿童文学作品都是创作主体的某种外化，同时也都要面向少儿读者，所谓的深度和市场效应并不是矛盾双方，二者的相对性既存在于纯文学中，也存在于通俗文学中。此外，除去意识形态或市场炒作的一时效应外，经典的儿童文学也往往具有双重性：既反映儿童世界的审美诉求和价值取向，也反过来影响儿童审美文化，使之形成相对稳固的审美习惯和价值认同。

所以，如果从作品或者作者角度来做这种划分，很难有科学性。但是这两个体系又确实存在，几乎每个出版社都存在这两个体系，所不同的是这两个体系所占的比例问题。影响这两个体系之比例的是少儿图书出版人。目前中国儿童文学出版存在的不平衡就是通俗型（休闲阅读型）儿童文学占领了少儿图书排行榜太多的位置，对少年儿童造成强势传播效果，因为少儿消费者的"趋同"心理非常强，这种现象令儿童文学研究者担忧。

的确，少儿读者作为文学消费者，他们有权和成人读者一样享有快乐阅读、休闲阅读的权利，因为他们每天面对着成长的烦恼，他们需要阅读带来的情绪的释放。但如果过多地进行浅显的娱乐阅读，势必会浪费少儿读者们的阅读时光。美国学者马尔库塞在《单向度人》中说"真正的艺术是拒绝的艺术、抗议的艺术，即对现存事物的拒绝和抗议"。⑦在他看来，艺术就是超越，艺术的存在价值就是给我们提高了另一个可能的世界；另一种向度是诗意的向度，如果说超越带给我们陌生化的精神世界，那么诗意的向度就是在人文关怀中展示出深层次的精神追求。

儿童文学研究者希望中国的少年儿童可以在具有超越向度、诗意向度的作品中,感受到超越带来的陌生化的精神世界,感受到人文关怀中所展示出的深层次的精神追求,即所谓生命阅读。很多少儿图书出版人一直在坚守这样的出版理想。比如,引进版少儿图书中,有中国少年儿童出版总社出版的"纽伯瑞奖儿童文学丛书"和"林格伦的作品系列""彼得兔系列",春风文艺出版社出版的"内斯比特系列"和"雅诺什系列",接力出版社的《活了一百万次的猫》《森林里来了个陌生人》,少年儿童出版社的"怪医杜立特系列",二十一世纪出版社的《毛毛》、"米切儿·恩德系列作品"、"布鲁诺和布茨系列丛书",明天出版社的"漂流瓶丛书",河北少年儿童出版社的"国际安徒生奖获奖作家作品书系"等世界经典儿童文学作品。其中,《窗边的小豆豆》是日本著名作家、联合国儿童基金会亲善大使黑柳彻子的代表作,作品以博大的人文情怀审视和再现了我们童年的经历,不仅带给少儿读者笑声和感动,还为现代教育的发展注入了新的活力,是20世纪全球最有影响的作品之一。《小王子》是20世纪流传最广的童话,自1943年发表以来,其销售量达2500万册,还被拍成电影,做成CD盘。整篇童话含蓄、空灵、别致,引发读者对生命与爱的思考。出版界引进这些国外经典儿童文学作品,是推动中国当代儿童文学创作与研究向国际水平发展的强大动力。

　　优化儿童文学格局首先要重视选题的整体结构,出版社应该注意休闲阅读和生命阅读的出版比例平衡。对于一个出版社来讲,真正的良性的生产结构应该是"金字塔"式的,经典作品、常销书应该是底座,畅销书是塔尖。常销书从长远来看,是一种更久远的畅销书,是出版社的金字招牌,也是检验一个出版社是否优秀的重要标准。从国内儿童文学作家的角度来审视,有些作家的作品实际上是畅销书和常销书的一种混合。如曹文轩的"纯美小说系列"、春风文艺出版社出版的"小布老虎丛书"、金波的《乌丢丢的奇遇》、秦文君的"小香咕系列"、周锐的"幽默系列"等,这些少儿图书的一版再版,可以证明少儿读者的阅读能力是有很大开拓空间的,同时也证明了纯儿童文学照样可以成为畅销书。

　　这些常销书的重新出版或者整合出版,都能形成品牌效应,而品牌经营正是少儿出版面对市场挑战的最大法宝,也是近年来国内外少儿图书出版的主流发展趋向。既能做好书,又能卖好书,才是出版人的本领,日本出版人长冈义幸云:"无论是从制作者的主观愿望出发,还是从对外宣传的口号来看,出版社出'好书'都是理所应当的事。如果瞄准仅有的销售渠道,只是反复生产简单书籍,那就令人扫兴了。卖能够卖的,不是我们的使命,因为有卖不动的书,所以才需要卖。"⑧这番话是在经历了出版大崩溃后对出版文化的一种反思。

　　目前,我国原创儿童读物中积累的"长命书"不及欧美、日本的深厚。有资料显示,日本能长销25年以上的少儿读物有1923种。秦文君说:"'长命书'很能体现欧美、日本出版模式的先进和对传承本国文化的注重,对作品评价标尺的公允,长命书有益于提高儿童文学读物的社会覆盖率和社会影响力。"⑨

二、编辑文化:支撑儿童文学半壁江山

　　日本学者鹫尾贤在谈到"编辑力"时说:"从创意、策划一直谈到人际关系,对发行人和书店老板来说,选择出版发行的时机、刊发正反面书评、主流媒体榜单发放、书店书架位置排列、电影改编、作者代言,图书营销手法的优劣有可能使一部平庸之作登上榜单之巅,也有可能使一部卓越之作跌入销量谷底。"⑩

20世纪五六十年代中国儿童文学出了那么多经典力作，与我国老一代少儿图书编辑的编辑文化建设有很大关系。比如，《365夜》这部70万字的幼儿读物于1980年10月问世，得到广大父母和不同年龄阶段孩子的青睐，遂成为1981年的畅销书，而且经久不衰，逐年重印，目前至今累计印数已达500多万套，这个品牌的成功首先来自高含量的文化编辑之功。当时中国幼儿极度缺乏阅读养料，鲁兵就想："我们何不来编辑一部大型幼儿故事集，以满足嗷嗷待哺的孩子和为之焦急的父母们呢？"经过多次遴选与反复研究，最后从近千篇作品中确定了365篇。其中有产生于原始社会的神话，有公元前6世纪的伊索寓言和我国先秦寓言，还有流传了无数年代的民间故事以及古典作家的佳作。鲁兵说："这些故事是人类智慧的结晶，历千百年而依然光彩照人。不知道'夸父逐日''精卫填海'，也不知道'小红帽''灰姑娘'，可能是个缺乏起码的文化教养的人。"①

因为工作量巨大，可想而知编辑要付出多少努力，但正因为编辑文化含量高，《365夜》才经久不衰，之后又诞生了《365夜儿歌》和《365夜谜语》，印数也都超过了百万。除了《365夜》，针对当时原创幼儿文学的稿源危机，鲁兵还提出"从幼儿园中来，到幼儿园中去"的方针，当时为幼儿文学写作的屈指可数的几位老作家，因为搁笔10年，而且年事已高，很难再到幼儿园去体验生活，即使人人动笔，数量也有限。为解决稿源危机，鲁兵同室内编辑经过调查研究，决定把作者工作的重点转移到幼儿园老师方面，提出"选题从幼儿园来，作者从幼儿园来"的方针。难能可贵的是："鲁兵和编辑同仁随即深入到市内各幼儿园作摸底工作，然后组织起全市性的幼儿园教师创作学习班，进行耐心而艰苦的培训，对习作略有可取者，就与之共同研究，反复帮助修改，直到达到发表水平。经过一年多的细致工作，一批从未写过文学作品的教师，终于在写作上取得成绩。他们创作的作品既有生活气息，又富教育意义，而且切合孩子们的实际，显出新鲜、活泼、生动、有趣的艺术特色，仅低幼编辑室就为他们出版了几十种。他们的作品还在全国许多低幼文学的刊物上发表，有的教师还参加了作家协会。对此，鲁兵总结道：'实践证明，在幼儿园老师中间大有人才，幼儿文学创作大有希望。这支力量有如异军突起，必将以自己的成长和自己的成绩，引起文学界的重视。'"②

对于编辑在出版文化中的重要作用，陈伯吹说："他们支撑了儿童文学天下的半壁江山。"他还告诫编辑有六种事情不要做，做了会危害儿童文学事业，其中第六种就是"部分编辑由于鼓励、提供了一种'类型'的写法，使作品像是从一个模型里铸出来的"，他说："编辑要抱着专业精神，鼓励创作多样化"。③陈伯吹的这份告诫称得上真知灼见，从儿童文学编辑角度思考怎样形成健康的儿童文学生产格局。

目前，在原创儿童文学出版领域做得比较好的编辑，基本上都是功底深厚的专业人士，有的本身就是儿童文学作家，作家也偏爱与这样的编辑合作，他们也会从这样的文化合作中受益。儿童文学评论家也喜欢和这样的编辑合作，儿童文学研究成规模、有系统的展示有赖于功底深厚的专业编辑介入，湖南少年儿童社的《世界儿童文学研究丛书》、湖北少年儿童出版社（现长江少年儿童出版社）的《儿童文学新论丛书》等，这些著作投入学术心力之巨是显而易见的，没有深厚的专业功底是没法担当编辑工作的。总之，文化生产的重要一环是文化编辑，中国原创儿童文学的每一次繁荣都离不开优秀出版者的心血，只有具备了一定的文化素质和思想艺术修养，才有可能把握儿童文学发展、推动儿童文学高品位多层次繁荣。

提到编辑的专业素养，欧洲少儿出版业一直是在深厚完备的早教理论体系支撑下发展起来的。编辑的专业性体现在他们具备深厚的早教理论功底,一个少儿出版编辑可以准确地告诉你 18 个月和 28 个月的孩子认知结构有何不同、分别需要读什么、分别适合读什么。欧洲少儿出版编辑会从儿童的成长形态和认知发展出发直接决定推出何种产品,他们对儿童发育特征的了解程度不亚于成长医师。

三、文化推广阅读:促成儿童读者与作家之间的精神对话

儿童在文学阅读中通常是以自我为中心的,他们的分析、理解、选择和接受往往和作者的初衷大相径庭,当作家倾注了满腔的热情进行文体实验的探索,热衷于尝试各种艺术手法时,儿童读者的接受效果可能并不尽如人意,或者干脆冷落了这些艺术的追求。在 20 世纪 80 年代末、90 年代初,儿童文学作家们感受到了这种阅读反弹力,艺术上创新的作品没法像"魔弹"⑭一样进入儿童的心灵,连"皮下注射"都是一种奢求。

"儿童阅读儿童文学作品并不是一个被动认识的过程,而是一个主动选择、参与和再创造的过程,也是一个儿童自我内在生命本质力量自由显现的过程,因此读者在儿童文学的实现过程中也是自我中心的、具有主体性的"。⑮

既然如此,成人作家和作为儿童的读者如何通过作品达到内在生命本质力量的沟通和交流?这就涉及少儿出版的传播机制、传播渠道,不能过度降低儿童文学作品的精神向度和美学追求,不能为了市场覆盖率而一味迁就他们的审美诉求,应该是两者之间有一定艺术高度、有一定文化高度的精神对话。这个精神对话的实现,很大程度上要借助出版传播的文化营销力量。

文化营销模式有自己的特点:文化营销为产业合作,不会急功近利,在一季或者一年出现变数,造成对终端客户利益的伤害,它会耐心地和终端一起发展。用文化营销的方式确立自己的社会品牌价值。不可否认,在推行文化营销的具体阶段,会遇到较多的问题,但可通过培训、工作指导、文化渗透等方法解决。

西方发达国家的出版社在文化营销、文化推广方面进行了多年的努力,已经培育出比较成熟的土壤。1995 年,联合国教科文组织宣布 4 月 23 日为"世界读书日"。"世界读书日"自从宣布实行以来,很快成为国内外普遍的通行做法,参与这项活动的国家和地区已经超过 100 个。

因为自从 20 世纪 80 年代以来,随着网络媒体在全世界的迅速发展以及包括电视、电影在内的其他声像媒体的竞争,人们尤其是青少年用在阅读书本上的时间大幅度减少。据美国帕提依集团调查公司的研究发现,1984 年以来,年轻人每年的阅读时间由以前的 500 小时降到了 250 小时,同时他们玩视频游戏所花的时间却由 100 小时增长到了 500 小时,而看电视的时间更是加倍增长,达到了 1000 小时。⑯

正是由于儿童阅读兴趣的降低,让越来越多的出版社看到了自己所面临的危机,于是很多出版团体就开始和政府力量、社会力量结成统一战线,为儿童组织读书节和书展。比如,为响应联合国教科文组织发起的"世界书香和版权日(World Book And Copyright Day)"的活动,英国以及爱尔兰的大型童书出版社都会举办阅读推广活动,旨在提高儿童对于阅读的兴趣。而在加拿大的阅读周里,出版社则和学校老师及图书馆一道联合举办各类比赛和活动,澳大利亚的读书日活动更是聚焦于新生代的阅读培养上,童书出版社和儿童图书协会联合举办"阅读周"活动,每年都会设置不同的主题,如 2003 年的主题为"故事的海洋(Oceans of Stories)",在这个活动上,各类为母亲和孩子设计的讲故事的

书受欢迎。在日本，出版社除了举办读书节和组织书展外，还直接参与到儿童的阅读活动中来。如日本最大的出版社讲谈社，在2000年为纪念自己创业90周年，租借了能装载350册图画书的卡车，到全国的幼儿园、图书馆和书店进行巡回展览和提供阅读服务。美国从1998年开始还发起了"全国诗歌月"活动，每年4月举行的"全国诗歌月"也是孩子们的节日，诗人、家长、老师，甚至一些电视明星都利用4月诗歌节之机鼓励孩子们阅读诗歌并尝试写出自己的诗句。5～17岁的孩子们都被吸引前来参加，站到麦克风前和大家共同分享自己喜爱的诗歌。诗人们还会现场签售自己的最新诗作。诗歌月同时也是儿童图书出版商们的盛大节日，他们都把4月看作是发行和推广最新诗歌图书及其衍生产品的最佳时机。

西方发达国家的出版社联合政府力量、社会力量在阅读活动上的积极培养，对提高其国内儿童阅读能力有极大的帮助。

中国儿童的文学阅读情况怎样呢？《中国儿童早期阅读现状和对策研究报告》显示：西方发达国家的儿童在6个月时就开始阅读，而中国内地儿童普遍要到2岁左右才开始阅读活动；美国儿童在4岁后就进入独立自主地大量阅读阶段，而中国儿童平均到8岁才能到达这个水平。九年义务教育语文课程标准中规定，9年期间，学生课外读书量要达到400万字，如果每本书是10万字，就是9年读书量为40本，平均每人每年读书不足5本。

最近两三年，内地出版社联合政府力量、社会力量推动儿童阅读活动的脚步逐渐加快起来。虽然，国内各种条件还不够完善，出版社、图书馆体系或者学校还不能做到专业精准的阅读服务，但是借鉴国外少儿出版业在阅读推广中的成功经验，内地少儿出版和儿童读者、老师、家长间的互动关系已得到极大改善。出版社配合儿童文学进语文教材的契机，请更多的儿童文学作家走进校园和师生交流，通过共读一本书的活动，使儿童们品尝到更富有文化含量的阅读，并在阅读中完成与作家的精神对话。

下面摘录了老师们几则语文课课堂笔记，笔记上清晰地记载了儿童在阅读中和作家进行精神对话的全过程——在阅读了金波的《乌丢丢的奇遇》后，老师提出问题1："已经死了的塑像为什么能牵住雕塑家的手呢？"学生1："因为雕塑家在这个雕塑身上倾入了自己的心血、灵魂。"学生2："因为乌丢丢和吟痴老人有一双能发现生命的眼睛。例如乌丢丢03页写道：一个挑担子的老爷爷的雕塑在乌丢丢眼里变成了他最熟悉的演木偶戏的布袋老爷爷。在乌丢丢和吟痴老人，每一尊塑像都是活的。"学生3："我觉得少女塑像的复活是因为它经历了被爱与爱。就像乌丢丢一样，之前都在接受别人对他的爱，比如演木偶戏的布袋老爷爷、珍儿、吟痴老人。后面几章是写他回报爱。"老师还对作者金波的十四行诗提出问题："那首十四行回环诗真的是作者从河里捞到的吗？"让学生们对金波先生的创作动机进行回答，学生1："我觉得金波爷爷是想让读者特别关注这首诗，让读者在读完整本书的时候再去读读这首诗。"学生2："其实，我觉得吟痴老人就是金波爷爷自己。这首诗本来就是金波爷爷自己创作的。"学生3："我觉得这条河是一种象征的说法，生活就是一条河，酸甜苦辣什么都有，金波爷爷从生活这条河里感悟到这首诗。"学生4："我想金波爷爷是一个爱诗的人。他是说从诗的河流里面看到了这首诗，我觉得特别好。这本书实际上是这首诗的具体故事。"[①]

还有一则笔记来自曹文轩《草房子》班级读书会实录：老师请学生各自扮演书中的一个角色并确认自己的身份，老师："你们是——组1：秃鹤；组2：桑桑；组3：细马；组4：杜小康。"接下来是师生之间展开《草房子》情境对话。老师："请问,为什么你认为自己是最幸福的人?"秃鹤:"因为没有头发,演出的时候我用自己的缺点赢得了自己的自尊,所以我觉得最幸福。"杜小康:"虽然我家很穷,但我和桑桑有那么深的友谊。当我生活条件特别差的时候,我没办法再读书,但桑桑一点不怪我,还鼓励我读书,有这么一个好朋友,难道我不是一个幸福的人吗?"细马:"我的父亲去世了,但我有一个非常爱我的妈妈,并且对我来说不读书是非常快乐的……放羊后回到家有妈妈……所以我觉得自己最幸福。"桑桑:"因为我得到了人生最美好的东西——生命,所以我最幸福。"⑱

出版社和学校合作开展儿童文学文化阅读,能有效提高儿童文学的传播效果,最重要的是促成儿童读者与作家之间的精神对话,而这种精神对话正是儿童文学产生的意义所在。王泉根教授说:"儿童文学整体上是由'大人写给小孩看'的文学,人类之所以要创作出儿童文学,还在于需要通过这种适合儿童思维特征和乐于接受的文学形式,来与下一代进行精神沟通与对话,在沟通和对话中,传达人类社会对下一代所寄予的文化期待。"⑲

国内的少儿出版机构近几年在文化阅读方面确实做出了很多耕耘,他们把这项工作当成是儿童文学推广的后期部分,对于幼儿文学和少儿文学,出版社大量借鉴欧美国家的经验进行阅读辅导,不再限于卖场展示、广告宣传等形式,而是直接深入到幼儿园或者中小学进行推广,直接和读者终端进行对话。这样做不仅可以了解读者需求,也有助于树立出版机构的品牌形象。华东师范大学出版社少儿部从 8 年前就开始做幼儿园阅读教育工作,他们比较早地尝试将儿童文学生产、销售和幼儿园阅读辅导有机结合起来,在幼儿园为老师做图画书阅读示范,以主题阅读的方式为老师解决教学资源、教学方法等方面的实际问题,老师、家长和孩子都很满意,同时也客观上促进了图书的销售。

目前,采用民间路线的方式来推广儿童阅读活动的机构或群体在内地日渐形成气候,他们不仅成为推动阅读的重要力量,而且成为少儿出版领域新的营销渠道。这个渠道包括儿童文学创作者、幼教机构、图书馆、少儿出版机构、育儿杂志、儿童网站、俱乐部以及一大批热心妈妈。比如,近几年在大都市和沿海发达地区,新型童书坊正悄然兴起。不同于传统儿童书店的刻板,新型童书坊从图书内容到店堂陈列、举办活动都令人耳目一新。广州市少年宫与学而优书店共同策划的广州市首间概念式"童书坊",主要面向 4 至 12 岁的儿童,占地面积 200 多平方米,常备 6000 余种图书。2005 年开业的北京蒲蒲兰绘本馆是北京蒲蒲兰文化发展有限公司在中国开设的第一家儿童书店,该公司由日本著名儿童读物出版社白杨社于 2004 年 7 月在中国投资设立,定位为"儿童文化企业",主要经营经典儿童读物,策划、执行儿童早期阅读活动,开发版权交易市场与项目代理,设计制作益智类玩具等。"童书坊"概念目前正在向各个城市做推广。

出版机构要承担起儿童阅读辅导中的重要角色。阅读是可以辅导的,经济合作与发展组织日前在比利时首都布鲁塞尔公布的一份报告显示,在有世界 40 多个国家参与的国际学生评介项目中,芬兰儿童的文学阅读能力居世界前列。这个能力离不开芬兰的出版社和学校多年来联手为儿童所做的阅读辅导,芬兰全国完善的图书馆网络向所有人免费提供阅读服务,各市镇为了鼓励儿童大量阅读,每年都对借书最多的孩子给予奖励。

在 20 世纪五六十年代,我国的少儿出版机构其实就在努力建立社会阅读指导体系,上海人民出版社副总编辑苏颂兴满怀深情地回忆了当年陈伯吹先生在学校搞座谈对他一生的影响,"我要缅怀一个人,那就是从前少年儿童出版社副社长陈伯吹老先生。在我还是一个中学生的时候,我在距离少年儿童出版社不远的黄浦中学上学,我清楚地记得,

 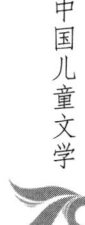

那时候,陈老每周坚持带着新书到学校中和我们座谈,不仅免费把新书交给我们阅读,还和我们讲解图书内容,传递阅读技巧。当时陈老已经是知名的文学家,他的许多童话我们非常喜欢,就是这样一位文学家,突然出现在我的生活里,和我们讲书、看书、谈书,对我们的影响极其深远。这样的一个阅读小组,让我毕生走上了文字工作的道路。今天,如果陈老地下有知,知道我在上海人民出版社担任副总编辑,他也会觉得慰藉。从这个事情,我想指出的是,阅读习惯的培养有赖于社会阅读指导体系的建立,这样一个体系的确立,是出版社和读者互动交流的良好渠道,是出版社产品服务的重要体现。"㉓

出版社主动承担起儿童文学的阅读推广工作的原因,从文化目的来说,是为了让更多的儿童能够在梦想的诗学中成长,另一方面是商业目的,面对电子媒介的冲击必须去开拓更广阔儿童文学读者市场。尽管文化阅读活动的动机离不开市场成分,但阅读辅导活动的结果确实提高了中国儿童的文学阅读能力,提高了中国家长对儿童文学水准的鉴别能力。在儿童文学阅读辅导没有像今天这样成长起来之前,很多中国家长认为,只有"安徒生童话""格林童话"之类才是儿童应看的儿童文学经典,对于其他中外儿童文学大师基本没有太多的了解。幼儿文学、少儿文学的主要购买者是家长,如果家长自身都对什么是儿童文学没有概念的话,又怎能去感染陶冶孩子呢?

另外,由于社会发展不平衡,在地区差距、城乡差距、贫富差距背景下,中国儿童的阅读教育获得严重不足,除去那些能够接受正常学前教育的儿童,中国有将近2000万的流动儿童,6000万的残障儿童,以及为数更为庞大的农村儿童,由于经济条件的限制,文学对他们而言是昂贵的奢侈品。另外,像"童书坊"等坚持先进教育理念的童书阅读推广书店,选择地点一般都位于城市高档社区。这样一来,中国城市儿童和农村儿童在媒介传播效果上"知沟"会不会越拉越大? 目前少儿出版机构正在通过一些公益活动来弥补"知沟",比如把图书输送到偏远的地区,那里的孩子因为贫穷看不到图书,甚至也不知道《哈利·波特》,但他们有权利享有和城市儿童一样的阅读机会,出版机构应多做些公益活动捐赠图书或者鼓励儿童文学作家多去中小城市和农村为那里的儿童做阅读推广工作,文化营销不应忽略农村儿童读者。

[注释]

① 培利·诺德曼:《阅读儿童文学的兴趣》,天卫文化图书有限公司2000年版,第115页。

② 上笙一郎:《儿童文学引论》,四川少年儿童出版社1983年版,第12页。

③ 石川馨:《质量管理》,中国人民大学出版社1979年版。

④ 秦文君:《儿童文学:点亮世界的光芒》,《中国图书商报》2006年12月16日。

⑤ 周晓波:《儿童文学文体分类的历史性和新基点》,《浙江师范大学学报》1993年第2期。

⑥⑮ 汤锐:《比较儿童文学初探》,江苏少年儿童出版社1995年版。

⑦ 马尔库塞:《单向度人》,上海译文出版社2006年版。

⑧ [日]长冈义幸:《出版大冒险》,国际文化出版公司2006年版。

⑨ 秦文君:《拿什么感动今天的孩子》,《中国教育报》2007年3月4日。

⑩ 鸢尾贤也:《编辑力》,中国人民大学出版社2007年版。

⑪ 鲁兵:《炉边锁记》,《儿童文学研究》1980年第6期。

⑫ 鲁兵:《教育儿童文学》,上海少年儿童出版社1992年版。

⑬ 王宜清:《陈伯吹论》,少年儿童出版社2006年版。

⑭ 传播被视为魔弹,它可以毫无阻拦地传递观念、情感、意识和欲望。见张隆栋:《大众传播学总论》,中国人民大学出版社1998年版,第156页。

⑯李琳:《美国出版商面临的新挑战》,《出版参考》2004 年 6 月。

⑰蒋学晶:《507 班<乌丢丢的奇遇>读书原始记录》,《语文新天地》2006 年 5 月。

⑱蒋学晶:《<草房子>班级阅读会实录》,《语文新天地》2006 年 3 月。

⑲王泉根:《论儿童文学的基本美学特征》,《北京师范大学学报》2006 年 2 月。

⑳苏颂兴:《出版,能给未成年人提供什么》,《新民晚报》2005 年 12 月 26 日。

（原载《中国儿童文化》2009 年第 5 期）

新中国少儿期刊 50 年

吴乐平

一、新中国 50 年来的少儿期刊

新中国期刊出版天空中，少儿期刊始终是耀眼的繁星。少儿期刊作为少儿新闻出版工作中的重要组成部分，1949 年以来，一直受到党和国家的高度重视，在整个新闻出版工作中处于十分重要的地位。中华人民共和国成立不久，伴随着新中国建设和发展的步伐，少儿期刊事业开始起步。这个时期，一批深受少年儿童欢迎和喜爱的刊物相继创办和恢复创办。如 1950 年由青年出版社首先恢复出版了于 1930 年上海开明书店创办的《中学生》杂志，揭开了新中国少儿期刊发展的序幕。以后，又陆续有《小朋友》在原中华书局 1922 年创办的基础上复刊。《儿童时代》由中国福利会重新创办。《新儿童》杂志由广东团省委接办并改名为《少先队员》，成为我国最早的少先队队刊之一。在东北、西南也同时有青年团东北工委于 1950 年在沈阳创办的《好孩子》、青年团西南工委在重庆创办的《红领巾》等刊物问世。新中国的少儿期刊开始走向健康发展的轨道。随后，在北京、上海等地又有《少年文艺》《我们爱科学》《儿童文学》《小朋友》等著名少儿期刊出现。少儿期刊阵容逐渐壮大，并且有了一定规模的发展，在全国小读者中引起了较大的反响。

这个时期的少儿期刊主要特点是，在对全国少年儿童进行爱国主义教育、社会主义教育和革命传统教育等方面发挥了重要作用，弘扬了新中国少年儿童的精神风貌。其中特别是对小英雄刘文学、龙梅、玉荣、张高谦等一批当时的优秀少年典型的宣传，鼓舞和激励了一代少年儿童，在他们心灵上打下深深的烙印，促进了少年儿童的全面发展。这个时期的少儿期刊，从品种结构上看，多系综合性少先队队刊和纯文学、科学性期刊；从读者对象年龄区分上看，比较含糊，从小学到中学都包容在一本期刊里面；从数量上看，全国仅有 13 种，显得比较单薄；从办刊人员组成上看，专职较少，兼职较多，还未形成自己的独立阵容和体系；期刊的内容存在不少问题，如刊物说教气氛比较浓厚，少儿期刊的特点不够鲜明，缺乏形象感染力，少儿期刊的功能发挥不够。这一时期少儿期刊发展也有起伏，创刊、停刊和复刊现象时有发生。其主要原因是经济形势所致。但是到了 1966 年以后，由于"文革"的爆发，在 10 年时间内，几乎所有的少儿期刊都被迫停刊。少儿期刊园地一片荒芜。直至 20 世纪 70 年代，才有了几份少儿期刊重新出现。如北京创办的《北京儿童》《北京少年》和武汉出版的《武汉儿童》等杂志。这时的少儿期刊政治气氛浓，导向严重失误，办刊方式也极其单调，犹如沙漠中的小苗，成长十分困难，发挥的作用也不大。

少儿期刊的真正繁荣、发展和兴旺是从 1977 年以后开始的，其标志是 1978 年的庐山"全国少儿读物出版工作座谈会"。从此以后，一大批少儿期刊如雨后春笋般在神州大地上涌现。这一时期，我国少儿期刊无论是在数量上还是品种上，都大大超过前两个阶段。新创刊的少儿期刊大体可分为四类：文学类期刊、知识类期刊、综合类期刊和教学辅导类期刊。进入 20 世纪 90 年代以后，又出现了一批独具特色的动画类（卡通）期刊。从 1977 年到 1979 年，全国新创办少儿期刊 7 家，同时恢复出版了一批旧的少儿期刊；1980 年到 1989 年，全国新创办少儿期刊 54 家；1990 年到 1998 年，全国新创办少儿期刊 45 家。这样，目前我国总共有少儿期刊 126 家，此外还有 100 多种面向中小学生的教学辅导类期刊。直接从事少儿期刊编辑出版工作的专职人员多达千余人。少儿期刊开始真正成为一支蔚为壮观的出版方面军。这一时期，全国少儿期刊的门类齐全、品种丰富、服务对象广泛精细、社会效益和经济效益明显。少儿期刊几乎涵盖了少儿生活的各个领域，刊物遍布全国各省市许多民族地区也出版了用本民族文字印制的少儿期刊。如内蒙古的《纳荷芽》、新疆的《雏鹰》和吉林的《朝鲜族中学生》等。全国少儿期刊发行量年均高达 1.9 亿册，平均每种期刊发行 14 万册。全国少儿期刊发行量在百万册以上的有 5 种，如湖北的《小学生天地》、浙江的《中学生天地》、广东的《第二课堂》和《少先队员》等，都名列全国期刊过百万大户名册，其中不少期刊进入全国期刊方阵期刊行列（如《中学生》等）和全国百种重点社科期刊行列（如《小朋友》《巨人》《中国卡通》《小学生天地》等）。全国有十几种少儿期刊期发行量长期维持在 50 万至 100 万之间。少儿期刊的年总盈利为 2800 万元。特别值得一提的是不少少儿期刊还出现集团化发展的趋势。可以毫无愧色地说，少儿期刊无论是社会效益还是经济效益都创造了中华人民共和国成立以来最好的成绩，都值得在中华人民共和国的出版史册上大书一笔。少儿期刊已经进入蓬勃发展的最好历史时期。

二、新中国 50 年少儿期刊的主要经验

回顾新中国 50 年来的少儿期刊，其发展过程给我们以许多宝贵的启示：少儿期刊是少儿读物中的一个重要门类，它具有贴近少年儿童、内容丰富多彩、形式灵活多样、编排新颖别致、风格异彩纷呈、刊外活动多样化等特点，因而受到广大少年儿童的喜爱和欢迎，成为孩子们不可缺少的精神食粮。正因为如此，党和国家把少儿期刊的出版工作提到事关民族素质的战略高度。党的三代领导核心都曾对少儿读物出版工作提出明确要求和殷切期望。20 世纪 50 年代，新中国建设百废待兴，身为国家领袖的毛泽东同志虽然公务繁忙，但仍然关心新中国少年儿童的健康成长，关心少儿读物出版的状况。1955 年 8 月，中共中央书记处第一办公室编印的《情况简报》第 334 号上，刊登《儿童读物奇缺，有关部门重视不够》的材料，毛泽东同志阅后亲笔批示，将简报转给当时的中央有关部门，请他们设法解决。毛泽东同志还多次为少儿报刊题名或题词，以此来关心包括少儿期刊在内的少儿读物的健康发展。邓小平同志在建立和领导实践有中国特色的社会主义理论的伟大活动中，非常关心和重视少年儿童的成长，多次强调少儿读物出版工作要为培育"四有"新人、搞好社会主义精神文明建设服务。党的第三代领导核心江泽民同志一贯关心重视少儿出版工作，指出此事事关青少年的成长，事关中华民族素质的提高。江总书记在 1996 年"六一"前夕题词："出版更多优秀作品，鼓舞少年儿童奋发向上。"根据江总书记的指示，中央宣传思想工作领导小组把少儿读物出版与电影、长篇小说这"三大件"作为一个系统工作来统一规划、大力推进。各级党委和政府也给予少儿期刊一些优惠政策，支持少儿期刊的改革和发展。在几次报刊业治理工作中，不少行业或门类的报刊都有所减少，而少儿期刊不仅巩固了阵地，而且数量上还有发展。少儿期刊在创办

过程中，始终坚持正确的舆论导向，始终坚持质量第一、教育第一。在办刊实践中，注重针对性，强调少儿特点，定位日益准确，结构逐步优化，尤其注意刊物个性和特色的形成，在不断地发展中日益成熟。相对于 20 世纪 50 年代、60 年代我国少儿期刊内容大多为综合性的，读者年龄段区分不够严格的情况，20 世纪 80 年代和 90 年代的我国少儿期刊更加注重刊物的个性、读者选择和形象定位；少儿期刊在外包装和编校质量方面也有新变化。一些刊物可以同发达国家的同类刊物相媲美。所办刊物对培育一代新人起到了春风化雨的作用，成为孕育跨世纪人才的大课堂。少儿期刊在适应读者要求，做好两个效益的有机结合方面也是明显走在一些成人期刊的前面。多数少儿期刊的经济状况令人乐观。我国 126 家少儿期刊仅有 10 家亏损，只占总数的 8%。况且这 10 家少儿期刊还有不少是新创办的，尚未打开局面，运作几年后仍然有望扭转亏损状况。此外，少儿期刊还不断发掘其存在功能，办刊方式和手段也趋于现代化、多样化。所有这些，均构成我国当代少儿期刊一道道亮丽的风景线。

三、我国少儿期刊存在的问题和发展建议

半个世纪的漫长道路，新中国的少儿期刊留下了辉煌的足迹。但是，也存在一些问题和不足，主要是：

（1）部分少儿期刊主旋律不够鲜明有力。这多反映在一些少儿期刊对国家大事和党的工作大局报道的分量不足，或者是对小读者对国家大事的关注点研究不够，因此报道的力度不大。特别是表现主旋律的原创性优秀作品数量较少，影响不大。

（2）少儿期刊整体质量不平衡。在几百种少儿期刊中，真正有分量、有影响的优秀期刊或名牌期刊不多。不少少儿期刊在栏目、题材或者表现形式上风格相似，缺乏特色。一些少儿期刊缺乏时代特征和对当代少儿的准确了解与把握。

（3）少儿期刊的市场定位、读者定位、内容定位及结构失衡。我国现有的 126 种少儿期刊（不含教辅类期刊）中，科技类、科普类期刊仅有十来种，不到 10%。现有少儿期刊中，专门为农村小读者办的期刊一份也没有。两亿多农村孩子被置于少儿期刊市场之外。其余一些专门知识的如电脑、体育、军事、旅游的少儿期刊也极少。而现有期刊中，综合性的占了一半以上，在相当长一段时期内，在我国少儿期刊品种结构中教辅类期刊风头渐旺，其中特别是助考类的刊物过多，内容重复，与其他刊物之间的比例失调。从长远看，影响了人类文化的传播、交流和提高，也造成巨大的资源浪费。

（4）动画类期刊虽然经 1995 年中宣部和国家新闻出版总署联合启动的"5155"工程以后，有了较大的发展，但从根本上来说，仍未改变我国儿童受日本、欧美动画读物影响的局面。目前少儿卡通期刊还有待于不断形成特色，尽快摆脱模仿的痕迹，培育市场，扩大发行。

（5）少儿期刊在外部环境和市场培育上还存在相当多的问题。诸如少儿期刊在社会地位上不及成人刊物高，少儿期刊出版尚未引起有关部门的足够重视。少儿期刊出版工作者在政治上、经济上、工作上的待遇有待提高。在一些期刊的评奖工作中，少儿期刊被忽略的现象时有发生。在发行市场上，一些单位或部门画地为牢，大搞地方保护，或利用行政手段开展不公平竞争，造成少儿期刊市场发展的不完善和失衡。上述这些，应当引起足够的重视和改进。

展望我国少儿期刊的发展前景，在新世纪里可谓任重道远。摆在少儿期刊工作者面

前的历史课题是：坚持正确的舆论导向，全面提高期刊质量，深入研究办刊规律，不断扩大经营规模，造就合格的编辑出版队伍，营造良好社会环境，更好地为3亿多少年儿童服务。为此，我们要做到以下几点：

（1）坚持党和国家的教育方针和出版方针，当前尤其要以素质教育为基本导向，以育人为宗旨，配合国家"跨世纪素质教育工作"，为全面提高国民素质和民族创新能力服务。

（2）要在办刊中坚持创新，树立精品意识，不断提高期刊质量。少儿期刊工作者要在现有基础上努力把自己的刊物办成精品，在定位准确、导向正确、生动有趣、不断变革、严格校对、印刷精美和扩大发行上狠下功夫。

（3）要深入研究办刊规律，提高从业人员的素质，在办刊过程中勤于思考，掌握少儿期刊的办刊规律，真正按照少儿年龄特征、理解能力和阅读兴趣去办刊。

（4）要以创新的意识不断开拓少儿期刊产业，要使多数少儿期刊在改革内部管理体制和经营机制的基础上，尽快走上自收自支、自主经营、自我发展的良性循环道路。要加快经济增长方式的转变，切实提高集约化水平，走集团化发展的路子。这是少儿期刊走向新的繁荣的有效途径。我国现有少儿期刊中，有相当一批是属于出版系统和教育系统主办，发展集团化经营，应当有一定条件。比如，中国少年儿童出版社所办的7个少儿期刊，年总利润达300万元；少年儿童出版社所办的10个少儿期刊，年总利润超过700万元，充分展示了集团化办刊的巨大优势。

（5）要努力培育高素质的少儿期刊编辑出版队伍，要按照江总书记提出的政治强、业务精、纪律严、作风正的要求，运用各种方法和途径，不断提高少儿期刊编辑出版人员的政治、业务素质。1998年中国少年儿童报刊工作者协会首次在全国范围内评出优秀少儿报刊工作者。以后每四年评一次。中宣部和国家新闻出版总署也已同意，在"中国期刊奖"这一期刊界的最高评奖项目中，设立"少儿期刊奖"分项，以表彰先进，倡导争优。在全国百家重点社科期刊建设和中国期刊方阵建设工程中，也将专设少儿期刊为一个单独类别。少儿期刊应当抓住这些机会，努力完善自身。

（6）要下功夫解决"少儿期刊成人化"问题，这是少儿期刊长期以来没有解决好的问题。一方面在内容上，许多少儿期刊不适合少儿阅读，在形式上也远离孩子。少儿期刊回归孩子，这是当前少儿期刊出版必须研究的重要课题。研究当今少儿期刊的新特征、新形态、新规律，寻找切入当代少儿心扉的时代亮点，是当代少儿期刊生存发展的重要基础。少儿期刊应当以此作为长期追求的目标。另一方面，我国加入WTO和知识经济的发展也对少儿期刊提出了新的要求，多媒体时代的来临更使少儿期刊面临严峻的挑战。所有这些，都值得少儿期刊人研究和关注。

总之，新中国少儿期刊的50年，是很值得回味和总结的50年，是激励少儿期刊工作者不断探索和前进的50年。面对新世纪，我国少儿期刊界同仁一定会以新的姿态，昂首阔步，努力开拓，以新的工作局面迎接新中国下一个更加辉煌的50年的到来。

（原载《编辑学刊》1999年第3期）

《文艺报·儿童文学评论》出刊百期

高洪波

《文艺报》的"儿童文学评论专版"，竟在不知不觉中出版了100期！以每期5000字计算，已有50万字的儿童文学评论文章借助于中国作家协会这份具有悠久历史的机关报得以推出。若将这50万言收集出版，也是一本厚重的大书。

作为一名儿童文学作家，我深深地为《文艺报》这种大力支持和扶持儿童文学事业的举措所感动，这是对儿童文学事业的一种有效地推动。我们可以对版面、版式或某些不尽如人意的文章不满意，也可对《文艺报》的编者们提出更高的要求，但出满了100期儿童文学评论专版，坚持了10余年的舆论阵地，扫描着、关注着中国当代儿童文学事业的兴衰起落，仅凭这一点，《文艺报》就了不起！

儿童文学事业的发达与否，是衡量一个国家、一个民族文明程度与现代化程度发达与否的重要标志之一。高尔基曾很幽默地说过："爱孩子，这是母鸡也会的。可是，要善于教育他们——就成为国家大事了，这需要有才能和渊博的生活知识。"毫无疑问，儿童文学事业是我国的社会主义文学事业的重要组成部分，说是"国家大事"，在我看来毫不夸张，因为孩子是我们的未来和希望，任何伟大的政党和牢固的基业，都需要可靠的接班人一代又一代来完成与实现它的既定目标与方针大计，这如同接力棒，中途掉棒，前功尽弃——我们常说的坚持党的基本路线一百年不动摇，一百年，起码是五代到六代人的接力事业，百年光阴，说长则长，说短也短，如果对下一代的教育事业掉以轻心，后果是不堪想象的。

也许我们过分强调了儿童文学的教育功能，如果回归文学自身，自然还有许多值得深入研究的新的课题，如20世纪90年代儿童及儿童文学的特点，如儿童文学读者层面因影视文化的冲击而日渐萎缩，再如儿童文学创作中因分类日益精细引起的生态不平衡现象，以及这支近500人的创作队伍水土流失与后继乏人问题……这些问题当然不是一次座谈会所能解决的，但我希望借助《文艺报》这块珍贵的阵地，能及时地、高屋建瓴地组织一些讨论和研究，把那些对儿童文学作家具有指导意义的精神传导下去，把一些创作中鲜活的问题展示出来，而且我格外希望这些问题能够吸引更多的作家来思索和投入解决的过程，既然中国有三亿多少年儿童，我想任何一个有责任感的作家都会对他们怀有一份真诚和尽义务的权利，当年美国作家辛格在接受诺贝尔文学奖时，曾以"我为什么要替孩子写作"为题发表演讲，他核心的观点是："只要涉及的是真正的文学，儿童便是最佳的读者。"他还指出：上乘的儿童文学便是唯一的希望，因为许多成人文学如江水东流似的消逝。

高尔基与辛格属于不同意识形态下指导创作的作家，但在儿童文学这一共同的观点上，说出了他们之所以成为大作家的秘密所在。

如果5200名中国作家协会会员，每年能为孩子们写一篇倾注自己艺术才华的优秀儿童文学作品，或是诗歌，或是童话、小说及散文、报告文学，直至电影、电视剧本，当然，对《文艺报》而言，最需要的是言之有物、犀利明快的评论文章，我相信将是三亿多少年儿童的福音。

我更盼望出现这样一种局面：儿童文学创作已成为每一位作家心灵的自觉，成为他事业的自豪，而不是一种集体无意识的自卑。

儿童文学到了不再需要任何人大声疾呼全民重视时，她真正繁荣的时代才算出现和到来，我们要为这一辉煌目标的实现而努力。这将是几代人的劳作。

（选自高洪波著《红蜻蜓少年随笔丛书·为青春祝福》，湖北少年儿童出版社1999年版）

《儿童文学选刊》12 年

周 晓

一

20 世纪 80 年代初,出版社一度实行给予编辑人员每年一定期限的进修假制度。我首次获得此项难得的假期时兴高采烈。当时我对儿童文学的发展状况颇有研讨的兴趣,此前已就创作中存在的问题方面在《人民日报》和《文艺报》上发表了两篇文章,很想就成就方面也试着做一番论评。于是, 按计划开始在家读作品和写作。不料闭门不出仅一周,我忽然不得不匆匆回出版社上班,投入到一项紧张的工作中去。其时为 1980 年岁末。

事情是这样的:鉴于全国儿童文学创作已从"文革"动乱所造成的废墟上复苏,并已进入起步发展阶段,任大霖同志提议我社创办一份名为《儿童文学选刊》的新刊物,并向当时的社长陈向明同志和文艺编辑室主任施雁冰同志建议,由我担任责任编辑并负责筹备工作。这将是继天津《小说月报》、北京《小说选刊》之后国内第三家创作荟萃性刊物。我十分乐意受命筹办这份新期刊。中止进修假(其后再也未能获此"享受")诚为可惜,但天降"小任"于斯人,是更值得庆幸的事:我依稀感到,这将是一份在儿童文学界大有发挥余地的刊物。因此,对于这项工作,我是全身心投入的。

拟订新刊物的宗旨、方针,是和调查研究同时开始的。当时百废待兴,在新时期文学"井喷"式的发展势头推动下,少年儿童文学报刊也如雨后春笋般涌现,全国性和各地有一定影响力的少儿报刊不下二三十种。办一个选刊,及时集纳散见于众多报刊上的各种样式的儿童文学佳作,向读者提供集中阅读、赏览的方便,是切合时宜的。不过,这里有一个读者对象问题。无疑《儿童文学选刊》应该"老少咸宜",但仍应确定:以少年读者为主,抑或以成人读者为主? 在一次征求意见的座谈会上,作家任溶溶先生说,似乎无须再办一个以孩子为服务对象的刊物,在上海,给不同年龄层次的少年儿童看的报刊,可以说已经"配套成龙";他主张新创办的选刊,可考虑办成供儿童文学工作者阅读的刊物,印数不求多,但求在推动儿童文学创作的繁荣发展方面起作用。听取了种种意见,又经过出版社由社、室两级领导的充分研究,终于定下了下述原则:在为读者提供集中阅读的便利的前提下,《儿童文学选刊》应该及时反映新时期儿童文学发展的面貌,主要供儿童文学工作者、习作者、爱好者阅读,同时兼顾少年读者的需要。并决定:先作为季刊出版,于适当时机改为双月刊;《选刊》由任大霖终审,实即第一任主编。

转眼便是 1981 年新春,距作为季刊应于 3 月间创刊只有两个多月时间。在这短促的筹备期间,几乎无所谓节假日,记得《发刊的话》就是在春节的爆竹声中赶写的。当时,在文艺编辑室可谓群策群力,除指定朱家栋、廖励平两位以部分精力协助我工作以外,室内多数编辑也都挤时间参与阅读 1980 年一年间的儿童文学报刊,做最初的作品筛选工作。记得创刊号上的一组诗歌,就是当时在文艺编辑室工作的黎焕颐同志选的。这种工作方式,继续到这年冬天青年编辑周基亭同志调来,才算有了相对固定的编辑人手;而正式成为一个编辑组,则是两年后郑开慧同志调入之后的事。

创刊号比预定出版期晚了半个多月于 4 月出版。当时上海排版印刷全面紧张,《选刊》创刊第一年的四期刊物不得不远至重庆排印;这一年,我和姜英(当时文艺室副主任、《选刊》复审)以及周基亭同志,都曾仆仆于沪渝道上。

据传,《选刊》创刊号问世后,一位兄弟出版社负责人击桌叹曰:"我们也议论过办这份刊物的事,可是光是议而不行! 上海却一下子办起来了!"

《儿童文学选刊》从倡议到出刊,时间不足 5 个月。议而决,决而行,这大约可算得是少年儿童出版社的一个传统风格吧。

二

不能说《儿童文学选刊》以成人读者为主兼顾少年读者的方针是唯一正确的方针。倘颠倒过来,以孩子为主要服务对象,是完全可以办成另外一份面貌不同的选刊的。不过,在实际工作过程中,我们很快发现了以前者为方针的一个明显的好处:我们这样做,避免了和兄弟少儿报刊争夺读者(20 世纪 80 年代中期曾经发生过众多文学期刊和选刊类刊物尖锐激烈的纷争,前者为稳住自己的读者、保持印数,而对后者实施种种限制);不仅避免了,还得到兄弟报刊的支持,他们以有作品被选载为荣。我们和他们之间是一种"相得益彰"的关系,一直保持着良好的联系。

顾名思义,选刊的主要工作在于选,这主要取决于选者的眼力——以敏锐审视创作发展的眼光衡量作品,以及相应的艺术鉴赏力;同时,不讲情面也至关重要。我不敢说我们《选刊》是最不讲"照顾"的刊物,但不讲照顾确是我们选作品的一条重要准则。出于种种原因取稿时有所照顾,这在一般文学报刊是难免的,但《选刊》倘也讲照顾,就不成其为选刊了。这一点,已成为编辑们的共识,宁可开罪于某些作者,我们对此始终信守不渝。倘说《选刊》具有一定的权威性,我想这便是原因之一。

《选刊》创刊一周年时,作家张微在一篇文章中写下了以下一段话:"……《儿童文学选刊》应运而生,几期下来,编辑者目光四射,能够以有限的篇幅,把儿童文学创作发展上之'一斑'提供给我们窥探,确实是下了一番功夫的……刊物到手以后,我总要一篇篇仔细阅读,看看想想,揣摩别家的长处,内省自己的缺陷。"这,与其说是对《选刊》工作的肯定、鼓励,不如说是对《选刊》提出了严格的要求,是热切的期待。每一忆起这段话,我总仿佛看到作家们殷殷的目光,工作时,手里的笔也变得沉重起来……

在整个《选刊》的工作中,有一点不妨着重说一下。于推崇中老作家佳作的同时,选刊确是给新人新作以更多的关注和扶持。我们选载了一批又一批新作者的优秀的或有新意、有特色的作品,并分别辅以评论、讨论、创作谈等等推介的形式,使这些新人在儿童文学界充分地"亮相",为他们创造更多的发挥创作才能的机会。打个比方,如果说新人佳作在刊物上初次揭载,这刊物无异于是把这位新作者扶上马,而《选刊》的选载推介,则是催马扬鞭,使之奋蹄奔腾。常常有这样的情况:某一新人的作品一经重点选载,约稿便纷至沓来。有人说,倘作品屡经《选刊》选载和评论,其作者便似乎具有了某种"身份"。有些地区甚至以此作为一些作者晋升职称、聘为专业创作人员,以及列为地区政协委员的依据之一。倘说这只是少数的并不普遍的个例,那么,因选载而大大增强从事儿童文学的信心,因奋发而在创作上卓有建树,这样的作者却是为数颇多的。

《儿童文学选刊》作为季刊刊行3年之后,在基本上形成了被称为"中国儿童文学的窗口",是一份"有活力有个性"的刊物之后,于1984年起改为双月刊。由于任大霖同志请假专事创作,刊物的终审也改由姜英同志继任。

三

依据以成人读者为主兼顾少年读者的既定方针,我们便可以在儿童文学创作发展过程中的探索创新方面,予以较多的注视并给予及时的反应,从而在创作的突破与进一步的发展上,发挥较为特殊的作用。

就认识较为明确和影响也较为明显而言,这是从1983年注意选载有争议的作品,和突出编排思想上或艺术上较为特异的作品开始的。与选载作品同时,在"笔谈会"极有限的篇幅中,发表针对具体的作品如《祭蛇》《我要我的雕刻刀》《今夜月儿明》《独船》《鱼幻》《黑发》《长河一少年》《六年级大逃亡》等的论辩短文,也组织过《现代童话创作漫谈》这样持续多期的讨论,上述言论文章所占篇幅不多,却愈来愈引起儿童文学界朋友们的瞩目。《儿童文学》主编王一地同志一次说:"我每收到《选刊》,总是立即先翻至卷末,浏览'笔谈会'上的争鸣文章,然后再读其他。"至1987年,遂改设"探索与争鸣"栏,专事选载探索性(也称实验性)作品及其论争短稿。

在这方面,我想坦率地说,对于《选刊》的以上做法,这在评价上是有歧见的,在儿童文学界(包括出版社内部),甚至于可以说是褒贬殊异。褒之者极而言之,《选刊》领导儿童文学创作新潮流;贬之者云,《选刊》将儿童文学创作引入歧途,"导向"有问题。这里,我不想做任何说明和辩解,我只想说,路既已这么走过来了,《选刊》在推动新时期儿童文学创作的嬗变出新上所起的正面的和负面的作用,还是留待读者、作家和文学史家们去评说吧。

《选刊》登载的评论与作家谈创作的文章,数量有限,但其被引用、被论及的频率,却仅次于专业的理论刊物《儿童文学研究》。《选刊》早期曾尝试发表对年度创作作宏观考察式的评论,1988年正式设"年度创作论评"专栏,以补"佳作选评""新人新作选评"只能作单篇作品评论的不足,约请作家评论家纵论一年间的创作,酣畅无忌地作一家言。这些较有分量的评论已有10余篇,论及小说、童话、诗歌、报告文学等主要样式。此举虽非首创,但逐年坚持并对众多作者具有较普遍的启发作用,以及在文化积累方面具有某种文献意义,却属鲜见。

四

已经过去多年,20世纪80年代半叶,有两次创作座谈活动至今仍为与会者所怀念。1983年5月,在江苏省委宣传部和江阴市委、江苏作家协会、江苏少年儿童出版社的支持下,《选刊》在江阴市邀请江苏一批中青年儿童小说作家举行座谈,意图是为江苏儿童文学创作十分活跃的可喜现象推波助澜,并借以影响全国的创作。1985年是观念更新和创作均更趋活跃的一年,是年11月,《选刊》与贵州人民出版社联合于贵阳花溪召开创作座谈会,17个省市的40余位作家(大部分为青年作家)出席。时任贵州省委书记的胡锦涛同志,特意拨冗会见与会作家并出席座谈,发表了热情的讲话。这两次规模不同的会议,会前我们都进行了细致的准备,会议日程分别为三至四天,而用于座谈研讨的时间都达到四至五个半天，是两次认真而又气氛活跃的座谈活动。两次会后，我们又迅速在《选刊》上发表了主要发言的摘要（有些发言后来不断为研究者所引用）。不少当时尚属初露头角、现今已相当知名的青年作家，还常常以怀念之情谈起当年的初度欢聚和坦诚切磋。

近几年，由于各地创作研讨活动已趋频繁，也由于人手不足，《选刊》未再组织此类活动。最近的一次活动是 10 年刊庆。1990 年 11 月 13 日，为纪念《选刊》创刊 10 周年，我们在青草葱绿、嫩竹苍翠的出版社大草坪，举行了一次别开生面的招待会；是时丽日中天，莅沪参加"'90 上海儿童文学研讨会"的来自全国各地及日本、德国的作家、出版家 100 余人，在温暖的秋阳下，出席了刊庆活动。中外嘉宾云集，《选刊》"三生有幸"。招待会独特、隆重而欢快、简朴，洋溢着亲切、热烈的气氛。

凡座谈、研讨或纪念活动，都精心策划、认真进行，这大约也可算是少年儿童出版社的又一传统风格吧。

至创刊 10 周年时，《选刊》编辑力量已有较大变化。这之前，施雁冰同志被聘为主编，我为副主编，负责终审工作；因出版社聘任郑开慧同志为文艺编辑室主任、周基亭同志为总编助理及《巨人》编辑室主任，他们已先后调离；现在作为编辑工作主力的是青年编辑王蔚骏和郑春华同志。

五

如今，《儿童文学选刊》又长两岁；创刊 12 年，弹指一挥间。

近两三年的《选刊》面貌有所刷新，薄弱环节如低幼文学、童年文学和诗歌等的选载有所加强，版面较前有了一些变化。但不如人意处尚多，如言论时断时续，编排章法有时不够精细，刊物印刷质量则始终是一个有待改进的问题等。

《选刊》业已拥有一批为数可观的读者，作为"中国儿童文学的窗口"，其影响已及于海内外。有一些作品由于《选刊》的介绍而得以在台湾等地转载。不少海内外的研究文章以《选刊》对作品的选载作为评论的依据。我读到一些纵论中国当代儿童文学发展的论文，尤其是最近读到的一本《中国当代儿童文学史》，我发现这些论文和专著，所论新时期以来的作家作品，竟大半属于《选刊》选载的范围之内。对此，我一则以喜一则以忧。所喜自不待言，这是《选刊》具有一定权威性的又一证明；然而，过分的信任每每使人担忧，进而还不能不使人深感肩上担子的沉重。毫无疑问，在今后《选刊》的作品编选和言论工作中，我们只有更加殚精竭虑、兢兢业业，而决不能掉以轻心、草率从事！

当前，在 20 世纪 90 年代改革开放新形势下，面对市场经济大潮，刊物应如何既维持和发扬固有特色，又如何以开拓的精神扩大读者面，增加信息量，适应更广大读者多方面的需求？我们将在调查研究过程中逐步改进，并酝酿对整个工作做相应调整。因此，我们热诚欢迎新老读者向我们提出宝贵的意见和建议。

《儿童文学选刊》12 岁了。回顾以往，为的是策励将来，我们理应更加努力！

（原载《儿童文学选刊》1993 年第 1 期）

少儿数字出版的趋势与展望

崔昕平

一、中国儿童文学当代传播的数字化征程"启"而未"发"

在 21 世纪之初，数字化给我们带来了巨大的刺激，但并没有带来多少冲击。少儿出版界也曾诞生被业界评为"吃了第一口螃蟹"的创意策划——朝花少年儿童出版社的《你好，花脸道！》。与作品配套，策划者建立了网上虚拟的"花脸道初中部"，读者不仅可以看到纸质媒介的图书，还可以进入网络虚拟的校园生活，自由地发表意见，得到反馈，并参与故事的发展。作品被称为国内第一部"双媒互动小说"。但是，《你好，花脸道！》并没有达到预期的效果，原因很现实，"首先是中学生网民实在很少，据一份调查报告表明全国仅有 2 万余人；其次是网站内容更新不够快，二次访问率很低"。①

同时，大多数家长认为网络对孩子具有无穷大诱惑并潜在无限多危机，还伤害儿童正在发育的视力，所以儿童参与数字阅读行为的概率极低。

这一切，使一股在传统少儿出版领域蠢蠢欲动的数字化浪潮，变身成了一棵依附在根深叶茂的纸媒出版传播大树上的柔嫩新枝，看似新鲜，却注定"边缘化"。21 世纪 10 年间，当我们执着地固守着传统，并且在传统少儿出版与儿童文学阅读培养方面硕果累累之时，与数字出版渐行渐远。

二、传统少儿出版数字化发展过程中的问题

（一）问题描述

首先，存在"划地观望"的心态。传统的出版单位本应该是数字出版的主体，但事实上大多数都在观望阶段，似乎热闹是别人的，守好少儿读物这片网络净土可以安然无忧。在 2010 年 9 月的全国少年儿童图书交易会"数字出版与少儿文化创意产业发展"高峰论坛上，仍有观点认为：尽管有一些儿童数字化产品出现，但是不会对传统的纸质图书形成太大的威胁，儿童数字化阅读时间还早；在很长一段时间内，数字出版不会对少儿出版产生太大的冲击。专业少儿出版社还是应该立足于传统少儿的文化积累，扎扎实实地做好传统图书资源的开发。

其次，或孤身摸索，或止于小试。有的少儿出版社尝试丰富自己的网站，加入与小读者的网络互动，或者开发相关物态产业链；有的开始向数字出版商提供部分内容资源。虽然多数少儿出版社都拥有自己的主页，很多还开设了网上书店，甚至拥有电子图书，但网页内容更新很慢，网络建设的持续性投入不足，数据平台的作用没有得到有效发挥。

（二）局限性分析

首先，我们不能乐观地估计儿童数字化阅读为时尚早。因为我们面对的儿童，是在

新媒体时代诞生的儿童。在 2010 北京国际出版论坛儿童图书出版分论坛上，马竺柯（意大利）谈道："我们发现儿童读物市场在过去的 5 年中发生了巨大变化。我们现在面对的是新一代的儿童，即所谓的'多媒体儿童'。"[②]

多媒体时代的儿童，可以通过不同的媒介来获取信息，他们不再像纸媒时代成长的人那样对纸媒怀有区别于其他媒体的偏爱。相反，儿童具有与新媒体天然的亲和力，他们对新媒体的适应能力、运用能力都超越他们的父辈。

其次，少儿出版界可引以为荣的"文化积累"，不能作为应对数字出版的安身立命之本。因为那些缺少内容资源的网络公司，正在以"圈地"的方式，积极与作家签约，获取未来的内容资源。当网络公司数字版权在握，以 eBook 形式在线发售，传统纸媒出版社的作用将被数字出版"边缘化"。

再次，联合某网站开展数字化加工并授权的举措，使得传统出版社的后期销售转而依靠网站运营，销售平台变得不透明，并且无法参与。传统出版社仅仅成为数字出版的"内容提供商"，在产业链上将滑向弱势地位。

最后，数字出版需要较高的技术进行二次加工，进行版权保护，并需要阅读器以支持阅读终端，需要搭建电子商务平台进行销售。这些工作都要求出版社设立专门的技术部门和网站运营部门，拥有大量的资金投入和专业数字出版人才。靠某家少儿社一己之力开拓数字平台，尚显艰难。

三、少儿出版数字化变革的举措设想

虽然人们还在纸上谈兵地争论到底是"纸墨书香"好还是"数字阅读"妙，但在一片争论声中，数字出版蓬勃发展。我们已经置身于数字化的时代：快速浏览、精读、消费式阅读、实用型阅读等多种状态并存；纸媒、数码终端等多种形式并存，儿童阅读也无法"例外"；面对出版业第三次转型，我们无法只着眼于仍眷恋纸质媒体的读者。少儿出版界必须行动起来，发挥优势，拓展优势，寻求数字化时代新的发展模式。

（一）发挥内容积淀优势，获得儿童文学作家数字版权

在出版界，我们都常常听到这样一句口号："内容为王"。从传播学角度看，一个基本的传播包括内容、形式和媒介三部分；从运动关系来看，三部分呈倒三角形态，内容在底层，形式在中间，媒介在上层。同一个内容可以用不同的形式、媒介来表现，而不同的形式、媒介都是基于内容的衍化和发展。

回顾我国出版发展史，每次转型都体现为：为适应该时代技术发展和阅读需求的变化，出版物由一个载体向另一个或多个载体形式转变，而出版物的内核——内容价值恒定。因此，在传统出版向数字出版转型的过程中，最重要的仍是"内容"。新中国成立以来，中国的专业少儿出版社从南有"上少"，北有"中少"的局面发展到各省纷纷成立专业少儿出版社，几十年积淀下来的文献资源、版权资源、作者资源都是重要的内容优势，是许多数字出版企业所不具备的资源。

但是，除了"内容为王"，更应关注的是"版权为王"。目前，一些网站已重金购买作家作品的数字版权，通过网络和数字终端进行收费阅读。并且，这种模式已经赢利。越来越多的网络公司开始在这片版权领域开疆拓土。比如盛大文学旗下的云中书城已经拥有近 700 亿字原创文学内容、300 万部版权作品。儿童文学界的作家，如杨红樱、曹文轩、沈石溪等都拥有骄人的市场号召力。不久的将来，网络运营商势必转向这些"金矿"的版

权争夺。少儿出版社应该在这场数字版权争夺中,发挥资源积淀的优势,抢先签约,成为儿童文学作家数字版权的代理人。

同时,当下数字出版带给作家的最大问题,就是版权版税的问题。阎连科曾经感叹自己对数字出版的"新鲜"与"恐惧",因为"在所有的网站,可能都能看到我的小说,但都和我没有任何关系",他"希望有好的公司能帮助我们这一代作家走进城里去,不再对数字出版那么无知,但是也不要让我们特别地介入进去,可以腾出时间进行阅读、写作,腾出时间喝茶、聊天"。这个作家期待的"好公司",已经是不少数字出版领域的打拼者努力的方向。专业少儿社与儿童文学作家签订数字版权协议,形成某作家版权专属代理关系,积极应对作家版税为零的"被数字出版"局面。此一举措,将更紧密地拥有和保护宝贵的儿童文学作家资源。

（二）发挥业内联合优势,搭建少儿出版专属数据平台

数字出版时代,创建数字技术平台具有核心意义。目前中国数字出版的瓶颈就在于缺乏统一的数字出版格式:txt、pdf、doc 等开放格式,无法保护版权;为了保护版权,数字出版商各自为战,针对每种阅读器开发专门的插件,不但造成成本浪费,还使消费者的体验度降低。有没有海量的内容平台,决定着数字终端产品的市场占有量。

传统出版产业链条上,销售商已经行动起来了。比如四川新华文轩推出了数字出版平台九月网,利用纸书优势和强大的销售渠道,以严肃阅读为切入点,积极开展 eBook 和纸质书的联合促销。再如当当网于 2010 年 10 月 29 日火速成立出版物数字业务部,并积极招聘电子书内容合作人才、运营人才在年底之前和多数出版社协商先开放 30%图书内容免费阅读和下载,2011 年推出手机图书下载小额收费业务。当当网联合总裁兼数字部总经理李国庆的话值得思索:"数字业务在 3 年后将蓬勃发展,出版业产业链上下游都要主动迎接这场革命,做变革的引领者,否则将错失这个历史机遇。"③

下游已经行动,出版社必须警觉了。亚马逊网上书城的例子极具说服力。现在的亚马逊已成为"出版商",拥有与出版商同样的定价权;它改变了传统纸书和数字图书的出版次序,先出数字图书,后出纸质书,利润与作者按比例分成,无须与其他出版商分享。我国目前做在线出版的也都是一些网络公司,他们最大的特点是拥有多渠道的互联网平台,有良好的网络运营能力。一旦网络运营商掌控版权,并形成一支强大的网络编辑队伍,传统出版社的存在价值将大大衰减。

所以,建立数字出版平台,是当下最关键的问题。未来的态势可以这样描述:要么,网络发行商兼并传统出版商;要么,传统出版商尽快身兼数字出版发行商。基于专业少儿社的多年的积淀,我们更期待后者,儿童的家长们更信赖后者。专业少儿出版社拥有经营多年的出版联合体,应该联合起来,抢先形成自己的平台,实现联合体内部资源的共建共享,形成独立的专业少儿数字品牌,形成"买少儿 eBook,到少儿专属数据平台"的局面。

目前,不少大的专业少儿大社早已经有网上平台,展示众多图书。如果在此基础上,进一步联合研发终端产品,联合体内各少儿社统一数字解读格式,将会使这个少儿专属数据平台切实形成海量资源的聚合。并且,统一的数字解读格式,不但大大有利于对儿童文学作家数字版权的保护,而且一个儿童只需购买一种数字终端产品,就可以畅游各少儿社的数字阅读资源,充分满足儿童各年龄段的阅读需要。

（三）发挥网络互动特性,开发多种信息整合调度渠道

在数字化时代,网络带给我们无限大的创意空间。少儿数字出版领域的建设,两个方面的渠道拓展必不可少。

首先是立体化互动的创意。提供单纯的纸质书和电子书，还没有充分利用网络带给我们的发展机遇。有的网络公司已经尝试了成功的运作。比如上海淘米网络科技有限公司开发的儿童太空探险虚拟社区娱乐产品"赛尔号"，近来风靡全国，淘米网总注册用户数量已经过亿。在这样的背景下，江苏少年儿童出版社与上海淘米公司的合作，深度开发"赛尔号"品牌，推出纸媒《塞尔号精灵传说》系列和《赛尔号冒险王》小说系列，迅速登上了纸媒少儿图书排行榜。这个实例让我们看到了纸媒与网络互相借力的强大效应。这是一条更加丰富立体的渠道，它也让我们认识到，孩子们除了玩网络游戏，除了跟着这个虚拟游戏天马行空地"做梦"，仍然需要纸媒的文学作品陪伴他们，享受一种"静态的玩"。如果出版社能够整合优秀的作家资源，进行这样的互动开发，将是对新媒体时代儿童阅读习惯的良性跟进。

其次是链接功能的开发。网页文本制作中，可以设计关于某些名词、人物、事件的链接，点击链接即可获得相关的拓展信息。这是网络媒介的又一个优势所在。在少儿出版数字化的过程中，该优势具有极高的利用价值。在 eBook 形式的儿童文学作品中，可以针对性地设置相关知识、信息链接和小读者的感受、评价链接。这不但在无形中拓展了儿童阅读接受信息的视野和容量，而且满足了小读者个性化和交互性的需求。这样一个立体化的信息体系，是电子书又一个值得关注的价值增长点。

因此，在强大的网络技术背景下少儿数字出版强大的娱乐功能、互动效果，是传统出版形态无法达到的，有待开拓者大胆地尝试和不断地开发利用。

（四）发挥少儿社品牌优势，营建小读者综合阅读场域

在出版业，渠道为王的观念深入人心。新世纪，少儿出版社纷纷通过各种方式搭建渠道，与终端接通。这个终端，不仅仅是过去意义上的销售商，而是最终端的读者。比如运用建立读者俱乐部的方式，与小读者形成直接联系，并通过一系列的增值服务，使小读者追随该出版社。

在数字出版的时代，单纯的、传统的销售场所——书店将越来越失去销售力。但这并不意味着一个可以与纸质书面对面做出选择、可以随意浏览并试阅、可以与朋友消磨时间、可以与读者交流甚至与作家交流的场所不具有吸引力。近年来，每每在休息日，我们都会在各种书店里看到孩子们三五成群"泡"书店的场景。他们或随意翻阅浏览，或捧书席地而坐，细细品味。是儿童缺乏图书馆这样的场所吗？客观讲，我国的少儿图书馆并不够多；但是，问题不在于少儿图书馆供不应求，而是门可罗雀。这个落差缘何产生呢？首先是目前少儿图书馆藏书质量不尽如人意。一些少儿馆尽管藏书量很大，但是没有专业指导，要么是根据家长的需求，购买大量的教辅教参，只有短期效应，不能吸引孩子；要么是购买当下的流行小说，又被家长禁止；还有就是少儿馆从布局、设施到借阅程序，多沿袭着成人馆服务模式，没有针对儿童去设计。最后，没有专为儿童的阅读指导者或儿童成长的专家，很难正确地引导孩子的阅读。④

这种现象让我联想到这个词——"氛围为王"。在武汉"数字出版与少儿文化创意产业发展"高峰论坛上，王泉根教授曾强调："少儿文化创意产业就是指直接以少年儿童为服务对象、消费群体，为少年儿童量身打造的文化创意产业。"孩子们缺少这样一种场所：一群爱书的孩子聚在一起，共同拥有一个很有氛围的"书吧"。这里可以充分关注和照顾儿童的需要，布置得温馨、生动、可爱；这里可以陈列出版社的各种书、各种形式的书，和

各种衍生产品，并可以翻阅、浏览、把玩和购买；这里可以以出版社为纽带，邀请签约作家、邀请儿童文学评论家、儿童教育家与儿童开展荐书、读书、交流等多种互动。

这样一个充满氛围的场所，在数字出版的进程中将变得极为重要。它将是出版社应该搭建的又一个平台——实体的平台。这样一种专业少儿社提供的儿童文学阅读体验场所，不但将售书、荐书、交流、活动融为一体，而且成为数字化时代儿童可以全方位真切感受文学魅力、阅读魅力的"时尚"去处。这个平台的价值，将大于各出版社在各地设立的发行部。这个平台的存在，将充分凸显少儿社的专业优势和儿童本位的服务意识，提升少儿社的文化凝聚力，吸引最终端的少儿读者，提升他们的阅读满意度，激发他们的阅读兴趣值。

四、结语

面对数字化大潮，我们必须求变。传统少儿出版业必须尽快投身数字出版产业建设，那种固守传统纸质出版，乐观估计少儿出版数字化尚需时日，或执着于让孩子们从电视、电脑、网络游戏和多媒体的阅读环境中"回归"到传统纸质阅读，都注定是一种向后看的姿态。

过去的几个世纪，我国"儿童"的发现，"儿童文学"的本土开拓，"儿童出版"的专业建设都大大晚于西方。而新世纪，面对数字出版与数字阅读，我国与西方的差距仅在毫厘，美国诞生首部eBook不过是2001年的事情，亚马逊公司电子书的赢利也不过刚刚开始。国外的领跑者已经看到巨大的市场潜力，我们也必须抛弃观望与固守，迎头赶上。

【注释】

① 王林：《利用与创新：谈"花脸道"网站的特点》，《中国少儿出版》2000年第2期。
② 王玉娟：《多元化应对儿童阅读跨媒介出版是主要方向》，《中国新闻出版报》2010年08月29日。
③ 廖小珊：《当当进军电子书将先开放30%图书内容阅读》，《中国新闻出版报》2011年11月19日。
④ 刘婵：《少儿图书馆为何缺乏吸引力》，《中国文化报》2010年10月26日。

（原载《中国出版》2011年第10期）

改革开放 40 年，少儿出版全景图

盛 娟 余若歆 周 贺

2018 年时逢改革开放 40 周年。40 年，没有任何一个行业能够"置身事外"，作为一个为少年儿童提供精神食粮和成长动力的行业，少儿出版 40 年来的发展非常值得被记录和书写。

40 年来，少儿出版从仅有 700 多个品种一路走来，遭遇过波折、经历过爆发、回归于理性，已成为国内出版业中最具活力和成长性的板块。种种发展离不开政策的支持和激励，这是少儿出版快速健康发展的基础和前提。

40 年来，原本只有两家少儿出版机构的童书市场，逐渐形成"村村点火""户户冒烟"的竞争局面。参与主体的多元化使得童书市场呈现出一片繁荣景象，格局合理、体系完备，"小儿科"成就了令人瞩目的"大气候"。

40 年来，从儿童文学、科普图书、低幼读物到图画书、动漫书、网游书、立体书、AR 书，少儿图书品类日渐齐全、丰富多元，成为书店里最醒目、最亮丽的一道风景线。

40 年来，国际合作中的苦与甜，萦绕在少儿出版人心间。被动地接受与学习，变为积极的开放与输出，少儿出版国际地位的提升让全球童书界刮起了一股"中国风"。

合着改革的节拍，少儿出版人栉风沐雨，筚路蓝缕，敏锐地抓住了发展机遇，在改革中成就精彩，实现价值。谨以此文献给那些在为少儿出版事业的发展贡献青春和热血的人们！

一、政策红利：助推中国少儿出版"大国崛起"

在改革开放大潮的推动下，中国少儿出版实现了"大国崛起"，无论是品种规模、市场份额、增长速度，还是阅读人群基数，都充分证明了我国是个少儿出版大国。中国少儿出版高速发展的背后，离不开政府的高度重视和丰厚的政策红利：正是由于党和国家的厚爱和关注，少儿出版在改革开放的 40 年中才得以凸显活力，这也是我国少儿出版健康快速发展的根本基础。

（一）"庐山会议"开启少儿出版新篇章

1978 年，中国共产党召开十一届三中全会，改革开放的序幕正式拉开。改革开放一声春雷，将童书出版带入飞跃发展的春天，此前停滞不前的少儿出版开始了根本性的、翻天覆地的变革。

1978 年 10 月，国家出版局在江西庐山召开"全国少年儿童读物出版工作座谈会"，探讨今后少儿读物的发展规划，并制定了 1978—1980 年 3 年重点出版规划，提出了"1979 年'六一'儿童节前出版 1000 种少儿读物、3 年内出版 29 套丛书"的奋斗目标。

"庐山会议"的召开，翻开了新时期少儿出版的新篇章。会议后，国务院的批示文件中明确规定，"有条件的省、市应该设立少儿出版社，没有条件的可先设立少儿编辑室，以

增加少儿读物的出版"。自1979年起,少儿出版社如雨后春笋般在全国各地建立起来。

1978年12月,国务院《关于加强少年儿童读物出版工作的报告》中,要求有关部门都要关心和重视少年儿童读物的出版工作;1981年,国家出版局在山东泰安召开"第二次全国少年儿童读物出版工作会议",会议主题是繁荣少儿读物创作;同年,为了繁荣创作,提高少儿读物出版水平,设立少儿读物奖基金,国家出版局发出《关于全国优秀少年儿童文学读物评奖的通知》,于1982年举行评奖活动。

1986年,在国家新闻出版总署的大力支持下,我国加入了被誉为少儿出版界"小联合国"的国际儿童读物联盟,开启了中国少儿出版对外交流的大门。

经过十余年的发展,少儿出版的图书品种由改革开放前的不足千种增加到1989年的3598种,中国少儿出版得到了长足发展,并为下一步发展奠定了坚实的基础。

(二)出版规划,推动少儿出版新发展

从"八五"出版规划开始,新闻出版署专门设定了未成年读物出版子计划,将少儿出版列入国家重点出版规划中统筹考虑。在书号资源配置、出版物评奖、国家出版基金资助等方面对优秀的少儿出版单位和出版物给予政策支持,鼓励优质少儿出版单位做大做强。

国家新闻出版总署在制定和实施《"九五"国家重点图书出版规划》中,将少儿读物出版列入"需要特别重视的内容",把少儿读物出版作为4个单列的子系统规划之一来规划。此外,中宣部和国家新闻出版署从1994年起连续5年召开少儿出版工作会议,从性质地位、出版理念、改革思路、重点工程、整体质量、面向农村等各个层面为少儿出版定性、定位,凸显了少儿出版的重要地位。

为了鼓励具有中国特色的优秀儿童动画出版物的创作,1996年6月,中宣部、国家新闻出版总署启动"中国儿童动画出版工程",即"5155工程",提出"建立5个动画出版基地,出版15套重点大型系列动画图书,5种动画期刊"的规划,为21世纪初中国动漫业的繁荣发展打下基础。

此外,在新闻出版署的大力支持下,1990年,国际儿童读物联盟中国分会在北京成立,此后少儿出版物的版权贸易活动日趋活跃。

1996年10月,中宣部、新闻出版署联合主办的"中国少儿出版物成就展",展出少儿图书、少儿报刊、少儿音像制品和电子出版物等2万余种,此次展览既展示了我国少儿读物出版繁荣发展的丰硕成果,也激励了全体少儿出版工作者的工作热情,使少儿出版以崭新的姿态迈向21世纪。

(三)转企改制,成就少儿出版新成果

21世纪初的中国出版业,是涌动着历史性跃变、最具改革活力的领域。2000年,根据党的十五大提出的新闻出版要"加强管理,优化结构,提高质量"的要求和全国宣传部长工作会议确立的"发展新闻出版业,抓住机遇,组建新闻出版集团"的思路,在中宣部、新闻出版署的支持下,中国少年儿童新闻出版总社组建,成为少儿出版界首家新闻出版集团,也为少儿出版的转企改制和集团化发展起到了示范作用。

2006年,《中共中央、国务院关于深化文化体制改革的若干意见》指出,按照现代企业制度的要求,加快推进国有文化企业的公司制改造,完善法人治理结构,此后各少儿出版社开启了转企改制工作。2010年,出版业全面完成转企改制,各少儿出版社成为市场主体,开始进入发展的新时代。同年,国家新闻出版总署号召将少儿出版打造成建设出

版强国的生力军,少儿出版的重要性日益凸显。

为了推动我国"原创童书崛起",2006年,国家新闻出版总署启动"三个一百"原创图书出版工程,其中就有一个"一百"是文艺与少儿类原创图书。这一年,中宣部和国家新闻出版总署发出《关于进一步加强和改进未成年人出版物出版工作的意见》,《意见》表示要加大政策投入,建立有利于未成年人优秀读物出版发行的长效机制。国家新闻出版总署将在书号、刊号、版号等出版资源和资金、评奖奖励等方面对未成年人出版物予以倾斜和支持,鼓励多出精品。

为引导青少年健康阅读,营造有利于青少年健康成长的文化氛围和社会风尚,2004年起,国家新闻出版总署开始每年向全国青少年推荐100种优秀图书。经过多年发展,此项活动已成为推动全民阅读的重要力量,并建立了一种长效机制,产生了良好的品牌效应和社会影响力。

在出版管理部门的政策扶持、举措支持和全体少儿出版人的共同努力下,"十一五"期间,少儿出版增速明显,少儿图书市场从2007年开始保持着两位数的超高增长率,迎来了少儿出版"黄金十年",预示着中国正朝着少儿出版大国的方向稳步前行。

(四)全民阅读,迎来少儿出版新时代

党的十八大以来,中宣部和国家新闻出版广电总局等相关部门相继推出和完善了各项举措,扎实推进少儿出版的繁荣发展。

自2014年《政府工作报告》中首次提出"倡导全民阅读"后,"全民阅读"连续5年被写入《政府工作报告》。2014年5月,国家新闻出版广电总局发出《关于开展"百社千校书香童年"阅读活动的通知》,遴选出全国100家出版单位,与全国各地1000所小学共同开展"百社千校书香童年"阅读活动。

此外,在全民阅读氛围下,社会各界开展的书香城市、校园阅读、基础阅读、分级阅读、亲近母语等活动以及民间阅读推广人、"点灯人"等自发组织的活动,推动少儿出版成为最为活跃的出版板块。

2014年12月,中宣部和国家新闻出版广电总局首次联合在北京召开全国少儿出版工作会议,研究部署新形势下加强和改进少儿出版、促进少儿出版繁荣发展的举措。作为少儿出版界规格最高的会议,其召开充分体现了党和国家对少儿出版工作的重视。

2014年,中央审议通过《关于推动传统媒体和新兴媒体融合发展的指导意见》,推动传统少儿出版和数字出版、网络出版的融合发展。少儿出版逐步实现传统媒体与新兴媒体在内容、渠道、经营等方面的深度融合,少儿出版逐步成为融新技术与文化创意于一体的"朝阳产业"。

近年来,国家大力实施少儿出版"走出去"战略,加强与各国少儿出版界的交流,通过实施"经典中国国际出版工程""丝路书香出版工程"等,培育具有自主知识产权的知名少儿出版品牌。2013年11月,首届中国上海国际童书展成功举办,5年来,书展在提升中国少儿出版的国际传播力、竞争力和影响力,推动中外童书出版交流合作等方面发挥了积极作用。

二、少儿出版竞争格局:从"两帅称霸"到"举国体制"

从改革开放之前"二帅称霸",到20世纪末"四狼夺子",再到当下出版、教育、培训、数字、阅读等多行业共同参与,少儿出版市场嬗变至今,竞争已然不只是儿童读物出版的竞争,既是传统出版商向阅读服务商转型的路径选择,也是不同竞争势力之间资本、机制、运营等的多元较量。

（一）少儿出版"正规军"崛起

40年前,国内的少儿出版正规军只有上海的少年儿童出版社(简称"上少社")和北京的中国少年儿童出版社(简称"中少社")两家,被称为"南有上少、北有中少"。新中国成立以来的重点儿童读物从这"一南一北"流向华夏大地。

改革开放的一声春雷,让整个出版业进入了恢复期,中国少儿出版事业也从此开始了真正意义上的发展。从1979年新蕾出版社成为改革开放后第一家成立的专业少儿出版社开始,明天出版社(简称"明天社")、希望出版社、接力出版社(简称"接力社")、未来出版社等地方专业少儿社开始登上历史舞台,从社名就能看出其蕴含着为祖国花朵提供精神食粮的希冀。改革开放后5年,全国出版社从1977年的82家增长到1982年的214家,而少儿出版社则在1985年达到20多家,出书品种达4192种,印数高达9.17万册。后来,各省陆续成立专业少儿社,到20世纪末,作为少儿出版市场主力军的专业少儿出版队伍基本形成,且格局保持至今。

专业少儿社的崛起,一改过去少儿出版作为各人民出版社分支存在的境地,逐步成为全国图书市场中的独立大板块,除了全国2/3的童书出自专业少儿社之外,更重要的是树立起了专业少儿出版的金字招牌。

有了政策红利和良好创作氛围的加持,彼时初出茅庐的专业少儿社如何才能更快地站稳脚跟?于是,行业协会应运而生,开始为"新生儿"保驾护航。1994年,中国出版协会少年儿童读物工作委员会(简称"版协少读工委")成立,每年召开的主任会议和全国少儿社社长工作会议(由"全国少儿社社长联谊会"演变而来)成为"上传下达"的窗口和指路明灯,每年举行的少儿图书订货会则成为专业少儿社展示成果、交流信息的阵地。直到1999年,原来分片举行的少儿图书订货会被合成大一统的全国订货会,2007年改称为"全国少儿图书交易会"。山东省作家协会副主席、明天社原社长刘海栖曾回忆说:"当时的交易会对于别的出版社可能是竞技场,但对于明天社来说是培训班,是编辑与同行交流学习、开阔眼界的地方,参会结束后社内还要做专题总结,这对明天社的一步步发展影响深远。"

专业少儿社在茁壮成长的过程中,对内抱团取暖,对外开放交流。早在1986年,我国就加入了国家儿童读物联盟(简称"IBBY"),并于1990年在北京成立了IBBY中国分会(简称"CBBY"),彻底打开了中国少儿出版国际化的大门。1996年,当图画书刚开始进入中国市场,未受到重视之时,CBBY举办了以表彰推介图画书为主的第一届"小松树奖"评选活动。从长远来看,这次活动对于推动图画书在中国的繁荣起到了重要的引导作用。1998年,版协少读工委和CBBY联合组团参加IBBY世界大会和意大利博洛尼亚国际童书展,中国少儿出版对外交流进入新阶段。直到2018年,中国成为该书展主宾国,使得中国少儿出版再次引起世界关注,中国少儿出版的大国地位愈发坚固。

（二）"四狼夺子"的市场混战

少儿出版发展大潮滚滚向前,1999年,全国少儿读物看样订货会的图书交易码洋达7600余万元,同比增长86%,创下历史新高。跨入新世纪以后,少儿出版成为出版市场竞争最激烈的板块,越来越多的"淘金者"涌入,专业少儿社"一省一社"的分布导致难以形成合力,其少儿出版市场的主体地位面临挑战,新的市场竞争格局正在构建。

中国出版协会原副主席海飞从 1993 年进入少儿出版领域起，一直是行业的观察者和引领者，他将 21 世纪初的少儿出版格局形容成"四狼夺子"：从抱团取暖到彼此争锋的专业少儿社、依托充分资源和品牌优势入局少儿领域的非专业少儿社、在文化体制改革下焕发生机的民营出版策划机构，以及试图在中国市场开疆拓土的外国出版巨头，这 4 匹"狼"陷入少儿出版市场混战中。

自从 20 世纪 90 年代初，"非专业少儿社禁止出版少儿图书"的政策桎梏被打破后，许多非专业少儿社开始入局少儿出版领域。2002 年，国内 569 家出版社中，就有 523 家在出版少儿读物。整体而言，一些非专业少儿社结合本社特色和擅长领域，实现了少儿出版特色出版板块的补充，在一定程度上加速了少儿出版 21 世纪初"黄金十年"的到来。其中，人民文学出版社出版的"哈利·波特"系列不仅连续 23 个月霸占童书排行榜榜首，还在国内掀起引进外版超级畅销书的风潮。而作为专业少儿社之外的一股力量，非专业少儿社始终徘徊在版协少读工委的组织之外。直到 2010 年，以外语教学与研究出版社、青岛出版社等 8 家社组成的中国童书联盟成立，这股力量在组织上与专业少儿社正式形成对垒。

被海飞称为"独狼"的民营出版策划机构，崛起于 21 世纪初，那时它们中的大多数还被称为"个体书商"。之后随着《关于进一步推进新闻出版体制改革的指导意见》等政策的落地实施，蒲公英、蒲蒲兰、耕林、步印、爱心树等一大批机构，依靠强烈的品牌辨识度、灵活的机制迅速在少儿出版市场站稳脚跟，出版品种和人员配备较少、重印率高、退货率低是其最鲜明的特质。在内容上，他们绕开并不占优势的儿童文学，从引进版绘本、科普读物入手，精耕细作；在营销发行上，则得益于线上渠道的崛起，并通过亲子阅读、跨界玩法等寻找新的发展空间，但这些鱼贯而入的民营机构中也有一些过分注重经济效益、扰乱市场的行为。

在竞争过程中，以资本为纽带的联姻也为国内少儿出版市场注入了活力，比如版协少读工委成员单位之一的童趣出版有限公司，由丹麦艾阁萌集团公司和人民邮电出版社合资设立，是我国第一家合资出版企业。后来，麦克米伦出版集团与二十一世纪出版社（简称"二十一世纪社"）共同投资的麦克米伦世纪咨询服务有限公司，江苏凤凰出版集团与阿歇特图书出版集团设立的凤凰阿歇特文化发展（北京）有限公司陆续成立。

（三）"多龙戏珠"何处突围

经历了改革开放初期的爆发式增长，到 21 世纪前的市场短暂萎缩，再到 2002 年以后几乎每年保持 10% 以上的增长速度，业界呼唤"童书大时代"到来。从短缺到扩大规模，从"书荒"到"供过于求"，从"求同"到"存异"，少儿出版已经成长为中国图书市场最大的出版板块。

目前形成了以专业少儿社为龙头，教育出版社、大学出版社、文艺出版社、专业出版社以及民营出版策划机构为补充的出版格局；同时，随着越来越多互联网内容创业者的涌入，数字阅读、听书、动画书、亲子阅读课程等新形态的少儿阅读产品，让"青少年大出版"的理念深入人心。但是，这个市场的天花板在哪？如何在互联网时代重构少儿文化产业链？知名财经记者吴晓波曾用"水大鱼大"形容 2008—2018 年高速发展和风起云涌的中国社会。以此类比的话，当前的少儿出版竞争格局确实"水大"，但谁才是水中的"大鱼"，尚未可知。

在"四狼夺子"时期，各方势力的来势汹汹，给了规模性增长后的专业少儿社一次突

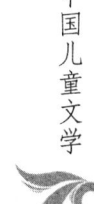

新中国儿童文学

破创新的机会,他们开始转变观念,尝试机制、体制创新,谋求发展方向:比如通过区域联盟,打响市场品牌。组建于 1986 年的华东六省少儿出版联合体在多年的相互扶持中,让社长会、订货会、发行小分队变成驱动共同发展的"三驾马车",各社逐渐找到自己的市场定位,形成品牌号召力。其中,安徽少年儿童出版社成为近年来少儿出版界的一匹黑马;明天社单品效益高,基本完成了从"品种数量"向"质量效益"的转型;浙江少年儿童出版社连续 15 年领跑全国少儿图书市场。

通过设立异地分支机构,尝试跨地区经营。2001 年,明天社进京,开启了少儿出版圈的异地"跑马圈地"进程。同年,接力社在北京创立《闪亮学生报》,并由原作家出版社副社长白冰担任总编辑,通过本社教材教辅、北京公司市场书实现"两条腿走路"。此后,二十一世纪社、安徽少年儿童出版社(简称"安少社")、河北少年儿童出版社、四川少年儿童出版社(简称"川少社")等主流少儿社均在北京"安家落户"。

少儿出版的集团化进程加快,品牌影响力提升。在 21 世纪的开局之年,中少社和《中国少年报》社重组成中国少年儿童新闻出版总社,现已形成拥有几大图书出版中心、"5 报 13 刊"、青少年阅读体验大世界"1 实体"的专业少儿传媒集团。此后,长江少年儿童出版社(集团)有限公司、二十一世纪出版社集团、时代少儿文化发展有限公司相继成立,在少儿文化产业转型、国际化发展升级方面一路领先。少儿出版集团不断改革创新,也逐步探索出了适合自身的发展模式。

中小型专业少儿社发力,向"第一方阵"迈进。近年来,一部《米小圈上学记》让身处西南的川少社长期坚持"品牌立社"、优化产品结构布局开花结果。2017 年,川少社年生产规模和销售码洋第一次双双突破 6 亿元、第一次拥有了年销量上千万册的超级畅销书、产品第一次登上开卷全国少儿图书畅销榜前 10 位,共实现"5 个第一次"的突破。辽宁少年儿童出版社对标安少社,通过设立在京分支机构和发力原创文学、绘本、动漫等板块持续发力;沉寂已久的中国和平出版社也通过"小白鸽童书馆"重回专业少儿出版。

少儿出版的"飞跃式"发展,可以从最直观的数字看出:1977 年,全国少儿读物共计 752 种,而在 40 年后,这一数字已达到 4 万多;从开卷监测数据来看,少儿图书占整体图书零售市场的比重从 1999 年的 8.7%增长到 2017 年的 24.64%。除了参与主体更加丰富之外,目前国内已形成国家、社会、民间多层面的阅读推广队伍,而对于原创力量的培养,仅仅在 2017 年,就有江苏凤凰少年儿童出版社的"曹文轩儿童文学奖",接力社的接力杯金波幼儿文学奖、接力杯曹文轩儿童小说奖、二十一世纪社的"中文原创 YA 文学奖"等大奖,这些奖项的设立为作家资源的培育和积累奠定了基础。

三、"百花齐放"的童书品类养成记

1978 年,全国出版少儿读物 1062 种;2017 年,这一数字一跃增至 42441 种。40 年间,这种飞跃式的增长令少儿出版从短缺走向繁荣,新中国成立初期"12 名儿童 1 本书"的时代一去不复返;与此同时,主题图书、儿童文学、儿童绘本、科普百科、低幼读物、卡通动漫等细分品类从弱到强、从无到有,构成了品类齐全、应有尽有、质量良好、丰富多彩的"童书大时代"。

(一)"数说"少儿出版这些年

少儿出版是出版业中数量增长最快、品种增长最快、质量提升最快的细分门类之一。1977 年改革开放之前,全国仅出版少儿读物 752 种;1979 年上升到 1100 种;1980 年超过 2400 种;1982 年突破 3600 种;1991 年达到 4539 种;2000 年超过 7000 种;2007 年突破 10000 种;2011 年超过 20000 种;2012 年突破 30000 种;2016 年达 40000 种以上……虽有起伏,但一路攀升。

尤其在 1978—1985 年,全国少儿读物出版数量逐年增加,个别年份增幅达 40%以上,这与改革开放后国家积极推动少儿出版的相关政策密不可分。1986 年,全国少儿读物出版数量出现改革开放以来的首次下滑,下滑幅度达 17.75%。据相关资料记载,当年连环画的库存量不断上涨,全国新华书店的连环画库存达 2 亿多元,约占总存货量的 15%,供过于求、积压严重。此后的 10 年间,全国少儿读物出版数量一直在起伏中前行。1997 年,全国出版少儿读物超过 5000 种;21 世纪的开启带来了少儿出版的"黄金十年",此后,少儿读物市场规模连续 18 年平均每年以两位数的超高速度增长,成为中国出版重要的领涨力量。这期间涌现出了一批优秀出版社、优秀少儿出版家、优秀儿童文学作家和画家以及一大批优秀少儿读物。

2010 年被业界称为少儿出版"强国元年",据国家新闻出版总署公布的《2010 年全国图书选题分析综述》显示,2010 年,全国有 519 家出版社申报少儿类选题,参与率达 90%;出版少儿读物接近 4 万种,占全国图书出版品种数的 14.6%。从规模上看,我国已经成为世界上的少儿读物出版大国,国家新闻出版总署号召向建设少儿出版强国迈进。

2016 年,少儿出版"新黄金十年"来临。据国家新闻出版总署发布的《2017 年新闻出版产业分析报告》显示,2017 年全国出版新版少儿图书 2.3 万种,减少 2588 种,降低 10.2%;重印少儿图书 2.0 万种,增加 1390 种,增长 7.6%。2017 年,全国少儿图书单品种平均印数 19323 册(张),较 2016 年增加 1498 册(张)。其中,新版图书 14552 册(张),减少 589 册(张);重印图书 24878 册(张),增加 3322 册(张)。《没头脑和不高兴》《动物小说大王沈石溪品藏书系・狼王梦》《曹文轩纯美小说・草房子》《米小圈上学记》等 18 种童书当年累计印数均达到或超过 100 万册。

中国少儿出版告别了"站不起来、亮不起来"的简陋时代,成了书店里最显眼、最亮丽的一道风景线。新时代的少儿出版不仅要在数量上满足 4 亿左右少年儿童的阅读需求,还要在质量上满足他们对于更优质精神产品的渴求。少儿出版开始向着高质量、可持续的发展目标迈进,正在从数量规模增长型发展向质量效益增长型发展转型。

(二)日渐丰富多元的童书品类

回首改革开放初期,童书出版非常有限。1978 年,《红领巾》《儿童时代》《花蕾》《中国少年报》相继复刊,与《儿童文学》《少年文艺》等一批经典儿童期刊一道,成为当时少年儿童的宝贵精神食粮。

供给与需求之间的巨大矛盾体现在包括童书出版在内的方方面面,虽然在 1978 年"全国少年儿童读物出版工作座谈会"上,提出了 1979 年"六一"儿童节前,出版 1000 种少儿读物、3 年内出版 29 套丛书的奋斗目标,但改革开放初期的少儿读物仍以期刊和连环画为主,题材方面则更多为儿歌、童话等低幼读物,如人民文学出版社(简称"人文社")《春风吹来的童话》、北京出版社《外国童话选》等。

20 世纪 80 年代,中青年作家们的创作激情如同井喷,形成了一波具有思想启蒙特色和广泛影响力的"人性、个性、成长"的儿童文学思潮。曹文轩、张之路、郑渊洁、董宏猷、梅子涵、沈石溪等知名儿童文学作家纷纷崭露头角,所以这一时期又被称为"儿童文学创作的黄金时代",人才济济,蔚为壮观。一批儿童文学经典读物影响了一代又一代

新中国儿童文学

人，流传至今。20 世纪 90 年代，出版业迎来市场经济大潮。由于独生子女教育的刚需推动，儿童文学创作和出版再次开启了新一轮盛世，一直延续到现在。而在这个新的黄金时代中，60 后、70 后作家也加入儿童文学作家队伍的骨干力量之中，如汤素兰、徐鲁、杨鹏、杨红樱等。

除了儿童文学作品外，低幼读物、科幻小说等题材也逐渐兴起。大部头科普丛书在20 世纪 90 年代风靡全国，尤其是浙江教育出版社的《中国少年儿童百科全书》和少年儿童出版社的《十万个为什么》。前者历时 5 年精心编纂，于 1991 年"六一"儿童节期间面市，一经出版，便畅销全国，连续四届被评为"全国优秀畅销书"。后者则是迄今为止已有50 多年历史的经典科普品牌。

世纪之交，在国内外童书界的不断交流中，图画书这一舶来品作为崭新的童书出版形态被引入国内。各项国际大奖获奖作品及世界各国的优秀图画书，如《彼得兔的故事》《不一样的卡梅拉》等先后在国内被翻译出版。短短十余年间，市场对图画书从质疑到认可再到推崇，经历了一段"爬坡"的过程。与此同时，在吸收了国外同行先进经验的基础上，富有中国特色的本土图画书逐渐崛起，其规模之大、题材之多、品种之丰，令人耳目一新，生活类、认知类、成长类、科普类等各种类型的图画书应运而生。经过多年的培育和发展，目前，我国的原创图画书已经引起了国际相关奖项和全球市场的关注，从"引进来"到"走出去"，童书大国的影响力便在这一来一去间逐渐形成。

进入童书出版新时代，儿童文学、图画书、科普、低幼、动漫等细分品类百花齐放。童书领域的主题出版渐热，中国少年儿童新闻出版总社（简称"中少总社"）"伟大也要有人懂"系列等成为少年儿童爱国主义教育的"底气"；儿童阅读心理需求的细化促进了童诗板块的兴起，中信出版社的《给孩子的诗》是其中的代表；分级阅读概念逐渐被国内接受后，桥梁书受到重视，明天出版社"金谷粒桥梁书"自 2012 年出版以来，已形成品牌；对传统文化的重视使得《中国诗词大会》《中国国家博物馆儿童历史百科绘本》等图书持续热销；新技术的应用和推广叩开了童书出版融合发展的大门，AR、VR 技术为童书和儿童阅读带来了更多可能。

（三）40 年来童书市场名品荟萃

1978 年，上海教育出版社出版了改革开放后的第一本现代童话集《童话选》，由此拉开了 40 年来童书出版名品荟萃的历史。这一时期，童话、童诗、短篇儿童文学作品成为童书市场上的主要品种，《儿童诗》《外国儿童短篇小说选》等相继出现，恰逢其时且质量上乘，迅速满足了国内少年儿童读者的阅读需求。

伴随着改革开放的不断深入，海峡两岸童书出版交流逐渐开启，1984 年，福建人民出版社出版《有翅膀的歌声》，其中编选了 80 首台湾童诗。

20 世纪 90 年代，素质教育逐渐引起了全社会的重视。1993 年，秦文君长篇小说《男生贾里》由上少社出版，《女生贾梅》由安徽少年儿童出版社出版，这两部作品以生动有趣的故事勾勒出一幅幅当代中学生的生活画面，被认为是"开校园小说先河"的作品。3 年后，深圳女高中生郁秀创作的长篇小说《花季·雨季》出版，发行后风行各地，成为当年儿童文学创作出版的热点。

这一时期，我国成为《保护文学和艺术作品伯尔尼公约》和《世界版权公约》的成员国，版权意识觉醒。1997 年，江苏少年儿童出版社（简称"苏少社"）与沈石溪签约，买断沈石溪未来 10 年动物小说作品的出版权，并出版了囊括沈石溪前期所有动物小说的《中国动物小说大王沈石溪文集》10卷本，该事件在出版界产生轰动效应。当时，一次性买断一位作家的10年创作版权在国内尚属首次。

"千禧年"前后，童书出版的发展呈现出三大趋势：第一，各出版机构纷纷开启大书系出版项目。如春风文艺出版社"小布老虎"丛书于1998年推出首批作品，包括秦文君《调皮的日子》和陈丹燕《我妈妈是精灵》；湖北少年儿童出版社（现长江少年儿童出版社）"百年百部中国儿童文学经典书系"也于2006年启动，出版100种原创儿童文学经典。第二，引进版童书在市场上占据主导地位。长篇幻想文学"哈利·波特"系列风行全球，成为世界童书出版界的传奇。2000年，人文社将其前3部引入国内。2003年的畅销童书榜TOP10全是引进版童书，包括"哈利·波特"系列、"鸡皮疙瘩"系列、"冒险小虎队"系列等。

2003年，杨红樱《淘气包马小跳》横空出世，该系列共20种，于2009年出齐，开创了中国原创儿童文学畅销书品牌。2004年的畅销童书榜TOP30中，《淘气包马小跳》上榜11种，颠覆了引进版童书占据主导地位的局面。《淘气包马小跳》也成为国内唯一可在销售册数与销售码洋上与"哈利·波特"系列一争高下的原创儿童文学作品。

近年来，越来越多的作家投入到儿童文学创作中来，涌现了一批优秀的原创儿童文学作品，如希望出版社《少年的荣耀》、安少社《面包男孩》等。

图画书进入国内童书市场后，这一童书新形态对亲子阅读的促进作用有目共睹。2008年，少儿出版人在原创图画书领域投入了大量精力和财力，苏少社"我真棒幼儿成长"系列、明天社"杨红樱亲子绘本故事"系列、中少总社"睡前十分钟"系列等标志着原创图画书品质的大幅提升，尤其是连环画出版社《荷花回来了》被评为2008年度"中国最美的书"，并代表中国参加2009年德国莱比锡"世界最美的书"评选。这些作品中凸显的中国元素、中国风格打破了西方图画书在我国的垄断。同年，业界还举行了"中国原创图画书发展论坛"，国内图画书阅读出版热逐渐走向理性建设时期。

互联网时代，读者阅读场景的多元化促使出版人谋求数字化转型。其实早在1999年，少儿出版便做出了融合发展方面的尝试，朝华少年儿童出版社出版了我国第一部以纸质媒体和电子媒体互动阅读的双媒体互动小说《你好，花脸道》，开创了网络时代儿童文学创作与出版的新形式。

此后，少儿出版在创新出版形态上多次尝试，2014年的《地图（人文版）》、2016年的《墙书》、2017年的《小鸡球球成长绘本》AR特别版……各种新概念童书多以声光电面貌出现，满足孩子对充满科技元素的新生活的渴望。

对于少儿出版未来的发展趋势，知名少儿出版人海飞曾表示："融合创新，寻找新动能，成为中国童书出版高质量发展的重要途径。这就需要少儿出版人突出互联网、大数据时代的'儿童服务'，实现从童书的内容产品生产到儿童成长的全方位、产业链服务的新时代转型。"

四、少儿出版国际化：从"西风倒"到"东风劲"

在业界期待的"童书大时代"正徐徐前来的呼声下，与国际接轨成为中国少儿出版向世界展示发展活力的重要方式：从版权合作"牛刀小试"到一场展会输出版权800余种；从20世纪90年代引进外版畅销书到原创品牌林立；从单向版权引进到国际同步出版、国际合作组稿常态化；从国外出版商入华、创建合资少儿出版机构到国内少儿出版机构走出国门，在欧美市场攻城略地；从曹文轩荣获国际安徒生奖作家奖，到熊亮、郁蓉、九儿、黑眯等中青年画家不断在国际舞台崭露头角；从首次组团参加意大利博洛尼亚国际童书展（简称"博洛尼亚童书展"），到作为主宾国大放异彩。少儿出版"走出去"在党和政府的大力支持下、在一代代少儿出版人的自力更生中，进入了发展新纪元。

（一）量的增长，国际童书市场初探

40 年来，中国少儿出版的国际化进程，既是自身不断发展壮大的过程，也是其国际地位从边缘化到主流阵营的转身。

改革开放的春风为沉寂已久的少儿出版带来了一缕暖意：1980 年，我国首次组团参加博洛尼亚童书展；1986 年，在新闻出版署的大力支持下，我国加入国际儿童读物联盟（简称"IBBY"），1991 年国际儿童读物联盟中国分会成立（简称"CBBY"），正式开启了中国少儿出版对外交流的大门。

中国少儿出版参与国际少儿出版市场最原始、最基础的方式就是版权输出。那么在图书品种数量少、品牌影响力尚未打响的 40 年前，中国少儿出版又是如何试水国际市场的？知名少儿出版人海飞曾在其童书理论著作《童书大时代》中，将 20 世纪 80 年代末到 90 年代初这一时期称为少儿出版对外开放的初创期。1979 年，《宝传》《中国民间故事选》《叶圣陶童话选》等原创童书版权开始输出到日本、南斯拉夫等国家。

随着 20 世纪 90 年代《中华人民共和国著作权法》颁布、中国成为《世界版权公约》成员国等政策立法的实施，少儿图书版权引进数量激增，国际交流也变得频繁。同时，在 CBBY 的组织下，国内少儿出版机构通过法兰克福书展、博洛尼亚童书展等平台，逐步推动少儿读物"走出去"。截至 20 世纪末，我国平均每年出版少儿读物 1 万种，少儿期刊 223 种，从某种意义上说，"中国已成为世界少儿出版大国"。但整体而言，这一时期，中国尚未在国际童书市场形成自己的话语权和影响力，更多的是扮演学习者和参与者的角色。

（二）质的变化，在"喝洋奶"中孕育新生

可以说，在经历了初创期和发展期后，国内少儿出版已凝聚成一股向上的力量，蓄势待发。进入 21 世纪后，少儿出版真正进入了业界所默认的"黄金十年"。迄今为止，少儿出版人对"黄金十年"并没有统一的时间界定，有人认为是指"2004—2013 年"，也有人认为是"2002—2011 年"。我们且将 21 世纪的头十年看作童书市场快速生长、少儿出版大国地位真正确立、世界话语权加大的"黄金时代"。

新世纪头一年发生的两件事对中国少儿出版的国际化具有重要意义。这一年，中国展团在博洛尼亚童书展共达成版权协议 155 项，引进版权 124 种，版权输出 31 种。而这一组数字也在一定程度上成为"中国'买空了'国外累积多年的优秀版权"的最大注脚。这次"窥探"，让中国少儿出版人看到：除儿童文学作品外，各类"图画书"已经成为国际儿童读物的新审美标准；设立像博洛尼亚儿童读物大奖一样的创作奖项仍是国内原创培育的"处女地"；此外，以 DK 为代表的科普读物、各类玩具书、电子书等品类展现出新的活力。同年 9 月，CBBY 申办第 30 届 IBBY 年会的申请得到应许，为 6 年后中国少儿出版得到世界关注埋下一颗大"彩蛋"。

"黄金十年"初期，"丁丁历险记"、"哈利•波特"系列、"鸡皮疙瘩"系列、"冒险小虎队"系列等大批引进版图书的流入，不仅开阔了国内少儿读者的眼界，也让国内少儿出版机构从"拿来主义"中学习到畅销书的打造经验。随着新闻出版"走出去"在 2003 年被确

定为行业改革发展的五大战略之一,少儿出版真正迈开了"走出去"的步伐。

2006年9月,来自54个国家和地区的500多名童书专业人士首次齐聚澳门,参加第30届IBBY大会,这次世界少儿出版盛会让中国少儿出版的国际地位持续攀升,甚至为后来国际安徒生奖花落中国儿童文学作家助力。这一阶段,中国少儿出版在一定程度上完成了由"中国加工"到"中国制造"的转变,少儿出版的对外开放也由引进借鉴为主转向"引进来"和"走出去"双向互动的新阶段。《中国出版年鉴》所显示的"少儿图书版权引进输出比从2005年起逐年下降,2015年已经下降至1.9∶1"就是最好例证。

(三)初露峥嵘,多元模式共鼓"中国风"

如果说,今年3月中国作为第55届博洛尼亚童书展主宾国在展会上大放异彩,让中国少儿出版人感到扬眉吐气的话,那么,已连续举办5届的上海国际童书展已牵手博洛尼亚童书展主办方的举动,就是西方童书界对中国少儿出版的接纳和"另眼相看"。无论是亚太地区的中国香港、中国台湾以及日本、韩国,还是欧美等多个地区,中国少儿出版对外交流的触角已经延伸到每一个可能产生合作的地方,而对外合作方式也逐渐从单一产品"走出去",迈向产品、项目、资本、文化等多种模式并行阶段。

目前而言,版权输出依然是"走出去"的基本形式,中国少儿图书版权输出的品种越来越多,举例来说,仅中国少年儿童新闻出版总社(简称"中少总社")一社去年版权输出项目就达418项,较5年前增长了10倍。

而项目"走出去"既可"独立成章",也可成为探索其他"走出去"模式的基石。在2015年浙江少年儿童出版社(简称"浙少社")收购澳大利亚新前沿出版社(NFP)之前,浙少社出版的"花婆婆方素珍·原创绘本馆"收录了新前沿出版社的《爱书的孩子》,最终通过版权输入实现了资本输出。随着中外交流愈加频繁,项目"走出去"的优势愈加明显,能使中外双方在项目合作中取长补短。同时,中国出版与国际出版的融合程度越来越高,江苏凤凰少年儿童出版社通过海外组稿、合作出版的方式,更好地实现了资源的互通。该社在2017年博洛尼亚童书展期间正式启动大型国际合作出版项目"美丽童年国际儿童小说书系",目前已出版第一部作品《十四岁的旅行》。

基于国家经济实力的壮大、国际文化影响力的提高、企业自身经营实力的增强,许多实力强劲的少儿出版社通过资本"走出去"的方式打开海外出版市场的大门,以海外并购或设立海外分支机构两种形式为主。比如,安徽少年儿童出版社在贝鲁特成立的时代未来有限责任公司(合资)、接力出版社的埃及分社、明天出版社的英国伦敦月光出版社(合资)、浙少社的新前沿出版社欧洲公司。

少儿出版"走出去"的核心是中华文化"走出去",基于此前提,当前愈加开放的国际合作机制为文化"走出去"助力。国际合作不能局限在建立国外分支机构方面,而是要贯穿出版的全链条,从图书版权发展到数字版权、品牌授权及周边衍生的合作,中少总社近年来对原创图画书"中图外文""中文外图"形式的探索就是很好的诠释。同时,合作的国家不局限于欧美发达国家,合作的地域更加广泛,比如与北欧的瑞典、丹麦、挪威,东北亚的俄罗斯、白俄罗斯,南美洲的巴西、阿根廷,非洲的埃及等国家的合作逐渐增多。

"两岸猿声啼不住,轻舟已过万重山"。海飞曾在演讲中多次强调,"大凡伟大的历史变革和社会进步,都会带来一个欣欣向荣的文化大时代。比如英国的工业革命带来维多利亚经济文化的全盛时期,现代意义的儿童文学和儿童文学理论诞生于英国;而第二次世界大战后,美国出现了奥斯卡、迪士尼等一系列世界级的美式文化品牌,儿童文学及童书出版业进入了以纽伯瑞、凯迪克为标志的多姿多彩的'美国时代'"。在参与国际化的过程中,中国迎来属于自己的"童书大时代"也并非遥不可及。

五、40 本经典童书,记录少儿出版 40 年

从 1978 年到 2018 年,改革开放已走过整整 40 年。当个体体验与大时代的脉搏共同跳动,让我们回眸 40 年来几代童书出版人与读者共同经历的岁月,品味一本本好书背后,中国少儿出版的峥嵘发展。

每个人心中都有独家的童年记忆和代表这段记忆的经典童书,商务君通过京东、当当、孔夫子旧书网、豆瓣和开卷数据,对 40 年来的经典童书进行梳理总结。针对同一品种多个版本的情况,商务君优先选择了首版或者市场影响力较大的版本。此次总结或有遗珠之憾,但也能在一定程度上反映 40 年来童书出版发展的历程。

(一)1978—1988 年:经典涌现

1.《小灵通漫游未来》

作者:叶永烈;出版社:少年儿童出版社;出版时间:1978 年。《小灵通漫游未来》是 1978 年后国内的第一部科幻小说,也是作家叶永烈的科幻处女作。该书陆续出版了蒙文版、朝文版,及 4 种不同版本的连环画,成了不少读者进入科学殿堂的启蒙读物。

2.《中国历史故事集》

作者:林汉达;出版社:中国少年儿童出版社;出版时间:1962 年初版,1978 年重印。《中国历史故事集》首次出版于 1962 年,1978 年后大量重印,成为图书紧缺时代小读者不可或缺的精神食粮。这套书迄今仍在不断再版重印,在读者中产生了很大影响。

3.《列宁童年的故事》

作者:孙荃、吴燕生;出版社:人民美术出版社;出版时间:1979 年。《列宁童年的故事》是 20 世纪 70 年代末 80 年代初的连环画代表作品之一,承载了"80 后"一代的童年回忆。

4.《上下五千年》

作者:林汉达、曹余章/编;出版社:少年儿童出版社;出版时间:1979 年。在 1978 年召开的"庐山会议"上,国家出版局提出了 1979 年"六一"儿童节前出版 1000 种少儿读物、3 年内出版 29 套丛书的奋斗目标,揭开了少儿出版的新篇章。1979 年出版的《上下五千年》是其中颇具代表性的历史启蒙读物,同时也具有开天辟地的意义,在此之后,出版界大批"五千年"书系问世。

5.《乔装打扮》

作者:叶永烈;出版社:群众出版社;出版时间:1980 年。《乔装打扮》是叶永烈"惊险科学幻想系列"小说中的第一本,作者首次尝试将惊险悬疑情节的设置融入科幻小说,风靡一时。

6.《365 夜系列》

作者:鲁兵主编;出版社:少年儿童出版社;出版时间:1981 年。鲁兵主编的《365 夜系列》是 20 世纪 80 年代风靡一时的低幼读物,该书突破了幼儿读物只供孩子自己阅读的框架,首创了由父母读给孩子听的形式,首版印数就达 5 万套。

7."共和国领袖故事"丛书

作者:权延赤等/编 ;出版社:中国少年儿童出版社;出版时间:1982 年。1982 年间

世的"共和国领袖故事"丛书经过10年精心撰写编辑而成,是当时深受小读者喜爱的主题出版物。

8.《长袜子皮皮的故事》

作者:[瑞典]阿·林格伦;出版社:少年儿童出版社;出版时间:1983年。1983年,少年儿童出版社引进了国际安徒生奖获得者林格伦的《长袜子皮皮的故事》,2005年,同名动画片在中央电视台播出,为几代中国儿童的童年留下了深刻的回忆。

9.《安徒生童话》

作者:[丹麦]安徒生;出版社:少年儿童出版社;出版时间:1986年。1986年,《安徒生童话》被引进中国,打开了少年儿童观察世界的通道。

10.《黑猫警长》

作者:诸志详;出版社:上海人民美术出版社;出版时间:1987年。1987年,诸志详创作的《黑猫警长》一书出版后,根据图书改编的动画片热播,多个版本图书陆续推出,使得黑猫警长成为大众耳熟能详的经典卡通形象。

(二)1989—1998年:名家崛起

11.《一百个中国孩子的梦》

作者:董宏猷;出版社:江西少年儿童出版社;出版时间:1989年。《一百个中国孩子的梦》是董宏猷的代表作,作者用风味独具的梦,装扮了20世纪80年代中国儿童的童年生活。本书曾获中国图书奖、全国优秀儿童文学奖、中宣部"五个一工程"奖等,还曾代表中国参加国际儿童图书评奖。

12.《十二生肖童话》

作者:郑渊洁;出版社:湖南少年儿童出版社(2015年由浙江少年儿童出版社出版);出版时间:1989年。1989年,"童话大王"郑渊洁的《十二生肖童话》在儿童读者中引起了强烈反响,至今仍在不断重版。

13.《霹雳贝贝》

作者:张之路;出版时间:少年儿童出版社;出版社:1989年。1988年,一部名叫《霹雳贝贝》的儿童科幻电影在国内放映,形成了罕见的轰动效应,1989年同名图书《霹雳贝贝》出版,这本书成为"80后"一代不可磨灭的儿时记忆。

14.《中国少年儿童百科全书》

作者:林崇德、李春生/主编;出版社:浙江教育出版社;出版时间:1991年。有"中国百科奇迹"之称的《中国少年儿童百科全书》由浙江教育出版社历时5年编辑出版,1991年"六一"期间,该书在北京、上海、杭州等地一上市即被抢购一空。这是新中国第一套专门为少年儿童编写的百科全书,曾被《焦点访谈》重点报道,被誉为国内图书市场的"常青树"。

15.《七龙珠》

作者:[日]鸟山明;出版社:海南摄影美术出版社;出版时间:1992年。《七龙珠》是日本漫画家鸟山明在《周刊少年JUMP》杂志上连载的漫画作品,被引进到中国后,受到了中国小读者的欢迎。以《七龙珠》为代表的日本漫画在20世纪90年代成为少儿出版领域的重要细分品类。

16.《男生贾里》

作者:秦文君;出版社:少年儿童出版社;出版时间:1993年。出版于1993年的《男

生贾里》陪伴几代少年儿童走过了美好童年,获奖无数,历经20多年畅销不衰,还先后被改编为电影和电视剧搬上荧屏。

17.《科幻列车系列丛书》

作者:刘兴诗/主编;出版社:福建少年儿童出版社;出版时间:1997年。1997年,刘兴诗主编的"科幻列车系列"丛书出版,并被列入"国家九五规划重点图书",延续了20世纪80年代中国科幻文学创作的黄金时期。这本书的出版方福建少年儿童出版社也逐渐成为中国科幻图书出版的主要阵地。

18.《草房子》

作者:曹文轩;出版社:江苏少年儿童出版社;出版时间:1997年。曹文轩是新时期以来最出色的儿童文学作家之一,而《草房子》则是他当之无愧的代表作,自1997年首次出版后畅销至今,斩获了国内大大小小几十个奖项,2016年,曹文轩获得国际安徒生奖,他是首位获得该奖项的中国作家。

19."中国幽默儿童文学创作"丛书

作者:张之路、韩辉光等;出版社:浙江少年儿童出版社;出版时间:1998年。1998年,"中国幽默儿童文学创作"丛书出版,一经面世,即好评如潮,荣获了第10届冰心儿童图书奖、第5届宋庆龄儿童文学奖等奖项。同时,这套书也获得了市场的认可,丛书首印各10000册,面世不到半年即开始重印,随后又连连重印。"中国幽默儿童文学创作"丛书推出后,还在国内引发了幽默儿童文学的创作潮流。

（三）1999—2008年:佳作迭出

20.《十万个为什么》（新世纪版）

作者:卢嘉锡/主编;出版社:少年儿童出版社;出版时间:1999年。自20世纪60年代首次出版以来,少儿科普读物《十万个为什么》经久不衰,1998年荣获国家科技进步二等奖,1999年,少年儿童出版社推出《十万个为什么》新世纪版。2013年,少年儿童出版社又出版了《十万个为什么》第六版。

21."哈利·波特"系列

作者:[英]J.K.罗琳;出版社:人民文学出版社;出版时间:2000年。21世纪,少儿出版迎来了最好的发展时期,不断涌现出精品力作。从这一时期开始,一些出版社斥巨资下大力引进多种畅销童书,其中最具代表性的当属2000年出版的"哈利·波特"系列,经人民文学出版社引进国内,畅销至今。

22.《丁丁历险记》

作者:[比]埃尔热;出版社:中国少年儿童新闻出版总社;出版时间:2001年。2001年,中国少年儿童新闻出版总社引进了比利时国宝级漫画《丁丁历险记》,收获了大批"丁丁迷"。

23."鸡皮疙瘩"丛书

作者:[美]R.L.斯坦;出版社:接力出版社;出版时间:2002年。2002年,接力出版社和美国金桃子出版公司联袂推出全球热销书2.7亿册的"鸡皮疙瘩"丛书"的中文版,与人民文学出版社的"哈利·波特"系列、浙江少年儿童出版社的"冒险小虎队系列"一起,被并称为中国少儿引进读物事业里的三座高峰。

24.《窗边的小豆豆》

作者:[日]黑柳彻子;出版社:南海出版公司;出版时间:2003年。2003年,《窗边的小豆豆》被新经典文化公司引进后,累计销售超过千万册,成为现象级的畅销书,并入选了全国九年义务教育小学语文课本。

25．"冒险小虎队系列"

作者:[奥地利]托马斯・布热齐纳;出版社:浙江少年儿童出版社;出版时间:2005年。2005年,"冒险小虎队系列"一经推出即登上了当月全国少儿畅销书排行榜首位,截至2008年即售出800余万册,打破了由"哈利・波特"创造的700万册畅销纪录。

26．《神奇校车》

作者:[美]乔安娜・柯尔布;出版社:四川少年儿童出版社;出版时间:2005年。全球销量超过3亿册的《神奇校车》被引进中国后,也很快征服了中国大小读者的心,并入选了2005年新闻出版总署向青少年推荐的100种优秀图书。

27．《不一样的卡梅拉》

作者:[法]克利斯提昂・约里波瓦著,克利斯提昂・艾利施绘;郑迪蔚译;出版社:二十一世纪出版社;出版时间:2006年。2006年,二十一世纪出版社将全球畅销图画书《不一样的卡梅拉》引进中国,该套书一经出版就在中国引发了一股阅读旋风,截至2012年,累计销量已突破1000万册。

28．《好饿的毛毛虫》

作者:[美]卡尔;出版社:明天出版社;出版时间:2008年。2008年由明天出版社引进的立体洞洞书《好饿的毛毛虫》是一本幼儿享受多种阅读乐趣的玩具书,受到了家长和小朋友的喜爱。

29．《猜猜我有多爱你》

作者:[爱尔兰]山姆・麦克布雷尼著,[英]安妮塔・婕朗绘,梅子涵译;出版社:明天出版社;出版时间:2008年。2008年,明天出版社出版的图画书《猜猜我有多爱你》是畅销图画书中的代表。

30．《大头儿子和小头爸爸全集》

作者:郑春华;出版社:少年儿童出版社;出版时间:2000年。《大头儿子和小头爸爸》是儿童作家郑春华于1990年创作的系列图书,1995年,同名动画片在中央电视台播出,成为"90后"一代不可磨灭的童年记忆。2000年,少年儿童出版社出版了《大头儿子和小头爸爸全集》。

31．《淘气包马小跳》

作者:杨红樱;出版社:接力出版社(2013年由浙江少年儿童出版社出版);出版时间:2003年。2003—2007年,杨红樱创作的《淘气包马小跳》系列,打造了中国儿童文学畅销书品牌。《淘气包马小跳》是唯一可以在销售册数和销售码洋方面与"哈利・波特"系列媲美的原创儿童文学作品。

32．《笑猫日记》

作者:杨红樱;出版社:明天出版社;出版时间:2006年。《笑猫日记》是著名作家杨红樱的另一部经典代表作品,自问世起就出现了全国热读现象,截至目前共出版了24册,总销量超过6000万册,成了中国儿童文学、少儿出版史上的一个现象级产品。

33．《喜羊羊与灰太狼》

作者:广州原创动力动画设计有限公司;出版社:童趣出版有限公司;出版时间:2007年。在国产原创动漫图书领域,也涌现了一大批深受少年儿童喜爱,富有中国特色的作品,《喜羊羊与灰太狼》动画片播出后,同名图书经童趣出版有限公司出版,成为热销动漫图书。

34.《狼王梦》

作者:沈石溪;出版社:浙江少年儿童出版社;出版时间:2008年。"动物小说大王"沈石溪的代表作《狼王梦》带热了国内动物小说市场,如今,市场上的同名版本已多达十余种,2008年浙江少年儿童出版社出版的"动物小说大王沈石溪·品藏书系"中收录的是目前最受读者欢迎的版本。

（四）2009—2018年:多元创新

35.《暮光之城》

作者:[美]梅尔著,覃学岚、孙郁根、李寅等译;出版社:接力出版社;出版时间:2009年。2009年,后"哈利·波特时代"的魔幻巨著《暮光之城》被引进中国,受到了中国读者的喜爱,让很多小读者成为"暮粉"。

36.《植物大战僵尸》

作者:笑江南编绘;出版社:中国少年儿童新闻出版总社;出版时间:2012年。互联网时代总是充满创新,图书的内容与形式更加多元,出版与其他内容产业的联系也更加紧密。2012年,中少总社与美国"植物大战僵尸"游戏开发商宝开公司合作,邀请5位著名儿童文学作家进行游戏故事的本土化、儿童化、个性化创作,先后出版了"植物大战僵尸"一系列图书,上市当年发行码洋过亿元。

37.《米小圈上学记》

作者:北猫;出版社:四川少年儿童出版社;出版时间:2012年。同年诞生的另一种畅销书——《米小圈上学记》是四川少年儿童出版社重点打造的原创精品文学读物,经过几年的精心培育,该系列图书从2015年开始销售稳步上升,并在2016年引爆童书市场。

38."芭比公主故事系列"

作者:[美]美泰公司 编;出版社:长江少年儿童出版社;图书公司:海豚传媒;出版时间:2012年。2012年海豚传媒引进的"芭比公主故事系列"营造的浪漫、唯美的梦幻童话世界吸引了大量女孩子。

39.《小猪佩奇》

作者:[英]英国快乐瓢虫出版公司 改编;出版社:安徽少年儿童出版社;出版时间:2013年。《小猪佩奇》于2013年被进入中国,同名图书由安徽少年儿童出版社出版,5年销售码洋近10亿元,小猪佩奇已成为一个家喻户晓的IP。

40.《地图(人文版)》

作者:[波]亚历山德拉·米热林斯卡、丹尼尔·米热林斯基;出版社:贵州人民出版社;出版时间:2014年。2014年,《地图(人文版)》被蒲公英童书馆引进中国,历时3年,销量已突破百万册,成为一本超级畅销书。

（原载《出版商务周报》2018年11月8日）

新中国童书出版 70 年发展史

海 飞

70 年来,新中国童书出版业在党和国家的高度重视下,特别是在改革开放的大力推动下茁壮成长,从短缺到繁荣,从弱小到强盛,从封闭到开放,再到井喷式发展,创造了进入 21 世纪以来连续 20 年两位数高速增长的奇迹,成为中国出版强劲的领涨力量,成为一个格局合理、体系完备、市场活跃的朝阳出版文化产业。

中国已经成为一个年出版 4 万多种、品种世界第一,年总印数 8 亿多册、在销品种 30 多万种、销售额达 200 多亿元人民币,拥有 3.67 亿未成年人读者,与世界上 100 多个国家有着友好出版交往的童书出版大国。

童书出版是神圣又美丽的事业,具有鲜明中国特色和时代特色的新中国童书出版,是绽放在新中国大地上一朵美丽的出版之花。

共和国初创:童书出版艰难起步

1949 年 10 月 1 日,中华人民共和国的成立使有着五千年历史的文明古国翻开了崭新的历史篇章。百废待兴,百业待举。党和国家高度重视新中国出版事业的发展,中华人民共和国成立的第二个月,即 1949 年 11 月,国家就成立了出版总署,开始新中国出版业的起步、规划、发展。作为社会主义新中国出版业重要组成部分的少儿出版,也开始起步。

初创的新中国家底非常薄,出版业在刚刚散去战争硝烟的废墟上起步。中华人民共和国成立初期,中国的出版中心在以上海为代表的江南地区,全国只有 211 家出版社,其中,国营出版社 27 家,私营出版社 184 家,出版物品种少、质量差,远远不能满足翻身得解放、当家做主人的广大人民群众的需求。

以童书出版物为例,1950 年全国出版的少儿读物仅有 466 种,总印数 573 万余册,其中种数的 70%、印数的 59% 是私营出版社出版的。而且,当时全国 6 岁至 15 岁的少年儿童约 1 亿,平均 17 个少年儿童读者才有 1 册少儿读物,呈现一种严重的缺书少刊的书荒现象。

新中国的出版业艰难起步,迎难而上。出版总署一手抓统一全国的新华书店,把解放区新华书店成功的发行渠道推广到全国;一手抓出版社的公私合营、国营出版社的新建,并把全国的出版中心转移到首都北京。

新中国的少儿出版也纳入这个进程中。1952 年 12 月,新中国第一家专业少儿出版社——少年儿童出版社在上海成立。1954 年,全国基本完成了对私营少儿出版业的社会主义改造,新版再版少儿图书 1260 种,印行 1369 万册,其中国营出版社和公私合营出版社出版的品种数占 60%,印数占 80.4%。少年儿童的图书拥有量也有所提高,增长到平均 5 个小读者有 1 册图书。

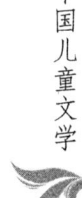

但全国少儿图书奇缺的现象依旧十分严重：一是书店里无少儿图书新书可购，流通的是中华人民共和国成立前的一些旧小说和武侠图书；二是投机商人开设地下书店、马路书摊，推销的是一些内容不健康、色情淫秽、凶杀格斗、低俗荒诞、误人子弟的有害读物；三是在为数极少的少儿图书中，存在着儿童文学图书少、知识性读物少、中低年级读物少、学龄前儿童读物更少的"四少现象"；四是少年儿童读者最多的广大农村，几乎处于没有少年儿童课外读物的无书可读的"高度饥渴"状态。

中华人民共和国成立初期少年儿童读物严重缺乏的状况，引起党和国家各有关部门的重视。1955 年 8 月 15 日，共青团中央书记处向党中央呈报了《关于当前少年儿童读物奇缺问题的报告》，在汇报了河北、江苏、山东等地有关情况后，提出了"大力繁荣儿童文学创作"和"加强儿童读物出版力量"的措施。

团中央决定，继续办好上海的少年儿童出版社，加强小学中年级及学前儿童读物出版，此外，在北京创办中国少年儿童出版社，加强小学高年级和初中学生读物的出版，并建议江苏、浙江、山东、河北等 15 个省份的人民出版社设立儿童读物编辑室，加强全国儿童读物的出版，同时还提出适当提高稿酬标准、加强发行和宣传工作、增设儿童阅读场所等建议。

1955 年 8 月 27 日，党中央批转了团中央的报告，要求全国有关方面积极地、有计划地改善少儿读物的写作、翻译、出版和发行工作。

1955 年 10 月 5 日，国务院机构设置调整后负责管理出版的文化部党组，向党中央呈送报告，提出了加强少儿读物出版发行工作的 4 条改进措施。一是大力增加少儿读物的品种和印数。计划在之后两年中，品种逐年增加 25%，印数逐年增加 20%，稿酬从千字 5 元至 15 元提高到 10 元至 30 元（当时文字最高稿酬一般为 25 元），并支付印数稿酬。二是增强少儿读物出版力量。在成立中央级少年儿童出版社的同时，加强人民美术、人民教育、通俗读物、音乐等中央级出版社和上海新美术出版社的少儿读物出版，各地方出版社也要注意组织当地作家写作少儿读物，逐步建立少儿读物编辑室或编辑小组。三是改进少儿读物的用纸和印刷质量，降低少儿读物定价。四是采取多种措施，加强少儿读物的发行工作。

1956 年 6 月 1 日，团中央创办的中国少年儿童出版社在北京成立。这是中国第二家专业少儿出版社，从此形成了"南有上少，北有中少"的少儿出版新格局及"科普读物找上少，思想教育读物找中少"的少儿读物内容新格局。

1960 年 2 月 26 日，针对 1957 年至 1959 年全国少儿读物在品种、质量和发展中出现的新问题，如 3 年出版了 5937 种少儿读物，总印数 1.89 亿册，虽然品种、印数增加显著，但思想性、艺术性不高，知识读物缺乏，文学读物题材面窄，低年级和学龄前读物、画册少，农村少儿书少，印制质量差、图片不清等，文化部党组和共青团中央书记处联合向党中央呈送了《进一步改善少年儿童读物的报告》，提出了许多改进意见。1960 年 3 月 5 日，党中央同意并向全国批转了这份报告。1960 年至 1965 年，全国共出版了少儿读物 4967 种，总印数 2.73 亿册，少儿读物的出版质量有一定程度的提高。

从 1949 年到 1965 年，中华人民共和国成立 16 年，有了自己的少儿出版业。16 年间，全国共出版少年儿童读物 19671 种，其中新版 10723 种，总印数 6.71 亿册，总印张 10.48 亿印张。16 年间，全国涌现出了一批深受少年儿童读者欢迎的优秀儿童读物和作家。

如儿童文学读物中，有张天翼的《罗文应的故事》《宝葫芦的秘密》，徐光耀的《小兵张嘎》,华山、刘继卣的《鸡毛信》,秦兆阳的《小燕子万里飞行记》,贺宜的《小公鸡历险记》,洪汛涛的《神笔马良》,孙幼军的《小布头奇遇记》,任德耀的《马兰花》等。

低幼读物中,有张士杰的《渔童》,方慧珍、璐德的《小蝌蚪找妈妈》,张乐平的《三毛流浪记》《三毛迎解放》等。

科普读物中,有高士其的《细菌世界探险记》《和传染病作斗争》,以及郭沫若作序,钱学森、李四光、竺可桢、茅以升、华罗庚等几十位科学家撰写的《科学家谈 21 世纪》等。

特别是 1960 年 7 月,上海的少年儿童出版社开始出版中国少儿科普读物的扛鼎之作《十万个为什么》,用少年儿童最喜欢的问答式体例收集了 1484 个问题,仅 1960 年 7 月至 1964 年 4 月,总发行 580 多万册,有 19 个省份租型,并出版了蒙古、维吾尔、哈萨克、朝鲜文等文版及盲文版,版权输出到越南、印尼等国。

白手起家,从无到有,从小到大,新中国的童书业,伴随着共和国初创的豪迈步伐,脚踏实地地起步了。

改革开放:童书出版飞跃成长

1966 年,"文革"开始,这使刚刚起步的新中国童书业遭受极大的损失,童书业停步了,出现了新的严重的书荒。

"文革"后期,全国各地要求恢复童书业的呼声越来越强烈,党和国家领导人也对少儿出版予以了极大关注。1971 年全国出版工作座谈会召开以后,根据"旧书也可选一点好的出版"的指示,被停业的中国青年出版社和中国少年儿童出版社的部分工作人员,奉命从"五七"干校回京,成立图书清理小组,着手清理"文革"前图书,准备重印。

1975 年 10 月,中国青年出版社和中国少年儿童出版社开始恢复出版业务,全国各地方出版社也逐渐恢复少儿读物的出版业务。

1978 年中国共产党十一届三中全会制定了以经济建设为中心的党的基本路线,我国进入到一个全新的改革开放的历史时期。改革开放一声春雷,带来了我国童书业飞跃发展的春天,经历过新中国初创时期起步和"文革"时期停步的少儿出版,发生了根本性的翻天覆地的变化。改革开放 40 多年来,中国少儿出版发生了四大变化。

变化一:中国少儿出版受到党和国家的高度重视和厚爱,成为得道多助、厚重发展的出版文化产业

1978 年 5 月初,"文革"后恢复设置的国家出版局邀请北京、上海、广东等地出版社座谈少儿读物出版工作,对全国少儿出版中的问题进行梳理。1978 年 5 月 28 日,国家出版局委托人民文学出版社在北京召开少儿作家座谈会,会议呼吁作家们打破精神枷锁,拿起笔来,为孩子写作,把孩子们从书荒中救出来。

1978 年 10 月 11 日至 19 日,国家出版局在江西庐山召开全国少年儿童出版工作座谈会,这次庐山会议是一次解放思想、拨乱反正、实事求是、勇闯禁区、迎接少儿读物出版春天的标志性会议。会议制定了 1978 年至 1980 年 3 年重点少儿读物的出版规划,提出了 1979 年"六一"儿童节前出版 1000 种少儿读物、3 年内出版 29 套丛书的振奋人心的奋斗目标。在改革开放的推动下和全国少儿出版工作者的努力下,这一目标顺利实现。

中央有关部门把少儿读物与电影电视、长篇小说作为"三大件"来抓。中宣部和国家新闻出版总署从 1994 年起连续 5 年每年召开一次少儿出版工作会议,从性质地位、出版理念、改革思路、重点工程、整体质量、面向农村等各个层面为少儿出版定性、定位,凸显了少儿出版的重要地位。

国家新闻出版总署在制定和实施《"九五"国家重点图书出版规划》中，专门把少儿读物出版作为"需要特别重视的内容"的第 5 条、作为 4 个单列的子系统规划之一来规划。在被称为"1200 工程"的国家"九五"规划的 1200 个项目中，列入少儿读物选题 85 种，占规划总数的 7%。在国家"十五"规划和"十一五"规划中，少儿读物选题的比例更是不断增加。

为了大力发展有中国特色的优秀儿童动画出版物，1996 年 6 月 24 日，中宣部、国家新闻出版总署启动了中国儿童动画出版工程，即"5155 工程"，建立华东、华北、中南、东北、西部 5 个动画出版基地，出版 15 套重点大型系列动画图书，创办《中国卡通》等 5 种动画期刊，有力地推动了中国卡通读物的发展，并为 21 世纪初中国动漫的发展打下了基础。

1996 年 10 月，中宣部、国家新闻出版总署联合主办了中国少儿出版物成就展，29 个展团、两万余种少儿读物，充分展示了我国改革开放以来少儿出版的丰硕成果，并为新世纪少儿出版业的发展描绘了灿烂的前景。

变化二：中国少儿出版从小到大、从弱到强，成为格局合理、体系完备的出版文化产业

"南有上少，北有中少"是改革开放之前我国专业少儿出版社的基本格局。两家专业少儿社，200 多人的少儿出版专业编辑队伍，200 多人的儿童文学作者队伍，编辑出版 752 种少儿图书，当时的中国少儿出版，是纯粹的供不应求的小出版。

改革开放春风化雨，少儿出版如雨后春笋般茁壮成长。一大批地方专业少儿社在改革开放大潮中相继诞生，迅速崛起，并且拥有着美好向上的社名，如新蕾出版社、明天出版社、希望出版社等。

少儿出版社编辑、发行队伍和儿童文学创作队伍也在迅猛发展。到 2008 年，全国有 34 家专业少儿社，260 多家少儿报刊社，6000 多名专业从业人员，5000 多位儿童文学作家和画家。同时，全国 570 多家出版社有 521 家设有少儿读物编辑部门，有的大学出版社还专门成立了儿童出版分社，如外语教学与研究出版社和东北师范大学出版社等。

随着改革开放的不断深化，我国少儿出版体制机制正在发生深刻变化，一方面，全国性的专业少儿出版分工已经被打破，1977 年，专业少儿社出版的图书占全国少儿图书市场份额的 74.6%，2007 年则降到 30.3%。另一方面，全国少儿出版的体制机制变了。

中国少年儿童出版社在 2000 年 5 月与中国少年报社实现了强强联合，组建了中国首家儿童传媒集团——中国少年儿童新闻出版总社。30 多家地方少儿社也相继进入地方出版集团，走上集团化发展的轨道。全国专业少儿社实现了转企改制，探索产业化发展的新路。

少儿出版的蓬勃发展，也催生着少儿出版行业协会的发展。1986 年，在国家新闻出版总署的大力支持下，我国加入被誉为少儿出版界小联合国的国际儿童读物联盟（IBBY），并成立了国际儿童读物联盟中国分会（CBBY），开启了中国少儿出版对外交流的大门，由改革开放前的闭关锁国，发展到与全世界 100 多个国家和地区的 600 多家出版单位建立友好往来。

1994 年，在中国出版工作者协会的大力支持下，成立了中国版协少儿读物出版工作委员会，该委员会以"联合、保护、协调、发展"为宗旨，每年召开一次主任会议和全国少儿出版社社长年会，传达贯彻党和国家的出版方针政策，研究讨论全国少儿出版的现状和发展方向；每年举行一次全国少儿图书交易会，为专业少儿社打造一个展示出版成果、交流出版信息、开拓出版市场的平台；每年评选一次"中国少儿出版 10 件大事"，真实记录中国少儿出版在改革开放中的发展进程。1997 年 7 月 1 日，委员会创办了一份综合性应用理论刊物《中国少儿出版》，努力宣传解读出版政策。

变化三：中国少儿出版从短缺到繁荣、从简陋到精致，成为市场最活跃、名品荟萃的出版文化产业

改革开放 40 多年，少儿出版从短缺到繁荣、从简陋到精致，是整个出版界数量增长最快、品种增长最快、质量提升最快的出版门类之一。

1977 年，全国出版少年儿童图书品种 752 种，1979 年上升到 1100 种，1980 年为 2400 种，1989 年为 3598 种，1991 年达到 4000 种，1992 年为 4605 种，1994 年近 6000 种，2000 年 7004 种，一路攀升。告别了"站不起来、亮不起来"的简陋时代，少儿出版不仅在国内书店里是最醒目、最亮丽的一道风景线，而且在国际市场上也是独具中国特色、中国风格的一道风景线。

从国家新闻出版总署公布的全国少儿读物出版情况来看，2006 年，全国出版少儿读物 9376 种（初版 5630 种），印数 19975 万册，972961 千印张，总定价 179501 万元；全国出版少儿期刊 98 种，平均期印数 1116 万册，每种期印数 11.39 万册，总印数 22108 万册，总印张 605644 千印张；全国少儿录音带 1834 种，1161.44 万盒；全国少儿激光唱盘（CD）799 种，464.63 万张；全国少儿高密度激光唱盘（DVD—A）2 种，5500 张；全国少儿录像带 6 种，1.02 万盒；全国少儿数码激光视盘（VCD）2231 种，2464.82 万张；全国高密度激光视盘（DVD—V）279 种，631.81 万张；全国少儿图书销售 3.51 亿册，34.1 亿元；全国少儿读物出口 67750 种次，50.74 万册，122.51 万美元；全国少儿读物进口 19646 种次，32.52 万册，241.43 万美元。

数字充分显示，我国的少儿读物市场已经进入一个品种齐全、应有尽有、质量良好、丰富多彩的繁荣局面，建国初期 17 个儿童 1 册书的短缺出版时代一去不复返了，有的家庭也开始有了自己的儿童藏书了。

改革开放 40 多年，成就了一批优秀出版社、一批优秀少儿出版家、一批优秀儿童文学作家画家、一批优秀儿童读物。中国少年儿童出版社、少年儿童出版社、浙江少年儿童出版社、接力出版社等先后被评为全国优秀出版单位。有 10 多名少儿出版人获韬奋出版奖，20 多名少儿出版人获评全国百佳出版工作者，30 多名少儿社社长走上更重要的领导岗位，数百种少儿读物获国家图书三大奖，近千种少儿读物获全国各种优秀儿童文学奖。

40 多年来，爱国主义少儿图书光彩照人，《共和国领袖故事》《中国革命史话》《中华英杰》等展现了少儿图书出版的主旋律，全国每年平均出版 800 多种（套）爱国主义图书，成了少年儿童爱国主义教育的"底气"。

40 多年来，我国原创儿童文学快速成长，力作丛生，名家层出。

作家秦文君潜心儿童文学创作 35 年，出版了 60 多部著作，计 800 多万字，先后 70 多次获各种图书奖，其中《男生贾里》出版 20 多年来，一版再版，畅销全国，累计印行了 220 万册。

作家曹文轩是北京大学的教授，创作出了《草房子》《青铜葵花》《山羊不吃天堂草》《细米》等一大批精品力作。其中，《草房子》再版 500 多次，每年销售 120 万册，2018 年

销售 150 万册；《青铜葵花》再版 200 多次，版权输出英国、德国、意大利等 20 多国。2016年，曹文轩荣获国际安徒生奖。

作家张之路写作 40 年，出书 40 多部，并有 10 多部拍成了儿童电影和电视剧，他的《霹雳贝贝》《第三军团》《有老鼠牌铅笔吗？》等图书深受广大少年儿童喜爱。

作家杨红樱创作的"淘气包马小跳"系列、《笑猫日记》等都是中国儿童文学畅销书品牌。"淘气包马小跳"印行 8000 多万册；《笑猫日记》出版 13 年，现已出版 25 册，发行量突破 7000 万册，销售码洋达 10 多亿元人民币。

2008 年，二十一世纪出版社完成了"童话大王"郑渊洁 30 年童话创作的大集结，实现了"皮皮鲁总动员"系列 54 册"整舰起航"，累计销量达 2000 多万册，销售码洋 4 亿多元。

湖北少年儿童出版社推出了《百年百部中国儿童文学经典书系》，强势展示了中国本土优秀儿童文学精品。

40 多年来，我国的少儿科普读物也有了长足发展，在全国少儿图书选题中，科普图书的比例不断升高，如 1996 年占 11%，2000 年占 21%，2006 年占 24%。被誉为"中国百科奇迹"的浙教版《中国少年儿童百科全书》，7 年重印 20 多次，连续 4 年名列全国十大畅销书之列，累计发行 170 多万套，总码洋超过 1 亿元。

40 多年来，我国的低幼读物和动漫读物蓬勃发展，改革开放带来的社会进步和经济发展，为精美的少儿低幼读物和相对现代化的动漫读物的发展带来了机遇，开辟了市场。图文并茂、制作精良的图画书和低幼期刊得到了变得富裕起来的家庭父母的青睐，成了亲子共读的首选。

中国少年儿童新闻出版总社的《幼儿画报》，汇集了高洪波、金波等全国优秀童话作家及插图画家，推出一批深受儿童喜爱的"红袋鼠"等艺术形象，月期发行量最高时达 170多万册。儿童插图画家吴带生被誉为"嘟嘟熊之父"，他创作的憨态可掬、毛茸茸的"嘟嘟熊"，以及他主编的《婴儿画报》及品牌化的《嘟嘟熊画报》，成了家长的育儿助手和广大儿童的启蒙读物。

我国的动漫读物进入 21 世纪以来更是如鱼得水，迅速成长。国产原创动漫图书出版 900 多种，发行 6000 多万册，并涌现出了一大批深受少年儿童读者喜爱、富有中国特色的优秀作品，如"蓝猫"系列、"哪吒传奇"系列等，为丰富多彩的少儿出版业增添了新的色彩。

变化四：中国少儿出版从封闭到开放、从只有引进到开始输出，成为大国崛起、影响世界的出版文化产业

改革开放 40 多年来，我国的少儿出版对外开放经历了 3 个时期。

第一个时期是 1978 年至 1990 年的"摸着石头过河"的初创期。1979 年，中国少年儿童出版社与少年儿童出版社重新翻译出版了一些在"文革"中被禁的国外优秀少儿图书，并尝试对外版权合作。少年儿童出版社的中国原创童话《宝船》等成了首批输出日本的少儿图书。1981 年 4 月，中国少年儿童出版社组建了改革开放后首支出访团，与前南斯拉夫达成了合作出版《周恩来的故事》《中国民间故事》等协议。紧接着，一些非少儿专业出版社也出版了一批国外优秀儿童读物和输出中国优秀儿童图书，如外文出版社的《叶圣陶童话选》被译成多种外国文字出版。同时，一些相关的对外合作交流活动也开始起步。1979 年，联合国教科文组织在亚洲文化中心举办东京野间儿童画书插图比赛，我国送展的《三打白骨精》《小蝌蚪找妈妈》等少儿图书获奖。

第二个时期是从1991年《中华人民共和国著作权法》实施到20世纪末的1999年的发展期。1992年，我国成为《保护文学和艺术作品伯尔尼公约》与《世界版权公约》的成员国，我国的少儿出版也进入了一个更加开放和更加规范的国际化进程。从全国出版界来看，1990年我国的版权引进图书不足1000种，而到2000年已超过7000种，其中少儿图书的引进也由1990年的不足100种增加到2000年的超过800种。这一时期，我国少儿出版社大踏步走出国门，频频参加德国法兰克福书展、意大利博洛尼亚儿童书展等国际书展，并在北京举办了两次国际儿童书展。

第三个时期是进入21世纪后中国加入世界贸易组织、全方位与世界接轨带来的繁荣期。我国少儿出版迅速进入世界少儿出版圈，国际少儿出版商也高度重视中国这个巨大的童书市场，大量的国外优秀少儿读物和畅销书被引进国内，中国优秀少儿读物也开始走出国门，一些重要国际会议和活动也在中国举行。

我国是全球童书版权引进第一大国，年平均输入6000种至8000种。如人民文学出版社引进了英国女作家J.K.罗琳风靡全球的畅销书"哈利·波特"系列，连续27个月居全国销售排行榜榜首。中国少年儿童出版社引进比利时的《丁丁历险记》和瑞典的《林格伦作品集》，浙江少年儿童出版社引进了"冒险小虎队"丛书，接力出版社引进了"鸡皮疙瘩"系列、"蓝精灵"系列，安徽少年儿童出版社引进了"国际安徒生文学奖书系"，希望出版社引进了"史努比"系列，二十一世纪出版社引进了"大幻想文学"系列等。2005年是丹麦作家安徒生200周年诞辰，据不完全统计，截至2005年，我国出版了200多种安徒生童话图书，发行量高达1000多万册。大批国际优秀少儿读物引进出版，成为21世纪初中国少儿图书市场一道亮丽的风景线，也使广大中国小读者与世界各国的小读者站在了同一阅读起跑线上。

随着对外合作开放的不断深入，我国少儿图书也开始了走出国门的努力，40多年来，我国有4000多种少儿图书实现了海外版权输出。目前，引进输出比例越来越接近。同时，少儿图书对外开放正向着多元共赢的方向发展，如版权投入分成、合作出版投资分成、合作出版同持版权、合作出版系列开发、版权代理合作等，合作开放，百花齐放，多姿多彩。

中国少儿出版的飞速发展和中国少儿出版的大国地位，也越来越受到全球的关注。1996年以来，IBBY的历任主席曾多次向中国分会提出，希望能在人口最多、儿童读者群最大的中国举行一次国际儿童读物联盟世界大会。经过10年的准备，2006年9月20日至23日，IBBY第30届世界大会在中国澳门举行，来自54个国家的500多名代表出席会议。与大会同时进行的有"安徒生奖展览""IBBY荣誉名册展览"等10个展览。2017年，中国籍人士张明舟当选IBBY主席。

新时代：童书出版高质量发展

2012年11月，党的十八大召开，标志着新中国进入建设中国特色社会主义的新时代。中国高速度发展的童书出版，进入了新的发展阶段，突破了以"年"的概念来界定发展进程，进入了可以而且也能够以"时代"的概念来界定的发展进程。中国迎来了一个高质量发展的童书大时代，一个真正属于中国的童书大时代。

2014年12月9日，中宣部和国家新闻出版广电总局在北京召开了全国少儿出版工作会议。2015年7月9日，中宣部和中国作协又在北京召开了全国儿童文学创作出版座谈会。

高质量发展的中国童书，有7个重要标志。

标志之一：主题出版旗帜鲜明

童书出版高质量发展，必须旗帜鲜明地做亮做强主题出版。许多少年儿童出版社都自觉地把主题出版作为出版要务和出版工程来抓，出版了一批富有时代特色的高质量图书。如中国少年儿童新闻出版总社推出了"伟大也要有人懂"系列，以及《新时代国情教育读本》、"美丽中国·从家乡出发"系列等，用符合时代特色的书写向中国小读者讲述中国故事，也输出到海外，引起国外许多小读者的强烈反响。

标志之二："中国好书"精品迭出

图书，是出版最根本的呈现。高质量出版的社会化表现，是出版读者喜闻乐见的优秀图书，是出版质量上乘的精品图书，是出版彰显文化传承的传世经典。

进入新时代，为促进精品图书的出版，除了"五个一工程"奖、中国出版政府奖、中华优秀出版物奖等国家级奖项外，在中宣部出版局指导下，中国图书评论学会推出了"中国好书"月评和年评。并且，中宣部出版局专门设立了鼓励中青年作家原创的"优秀儿童文学出版工程"。多出好书，多出精品图书，追求社会效益与经济效益的高度统一，成了新时代童书出版的重要风向标。

新时代需要代表人民心声的好书，新时代需要镌刻时代印记的好书，新时代需要呼唤从文学高原走向文学高峰的好书。新时代的中国童书出版涌现出了一批精品力作，如《我的儿子皮卡》《艾晚的水仙球》《少年与海》《奔跑的女孩》等，这些精品力作，都闪耀着新时代儿童文学创作和童书出版的绚丽光彩。

标志之三：新出版格局充满活力

进入21世纪以来，中国童书的出版格局被业界称为是"举国体制"的出版格局，580多家出版社有550多家在出童书，几乎社社出童书，但也有人认为这是满天星式的、散沙型的出版格局。在童书高质量发展中，这个格局正在发生变化。

2013年，地处华中的长江少年儿童出版社（集团）应运而生，是由湖北少年儿童出版社跟海豚传媒公司组成了法人联合体的少儿出版集团。2014年12月1日，地处华东的二十一世纪出版社集团挂牌，它是内生裂变的法人实体集团。2015年11月28日，被誉为童书出版界"黑马"的安徽少年儿童出版社与安徽时代漫游文化公司联合，组建了时代少儿文化发展有限公司。而上溯到2000年5月23日，中国少年儿童出版社和中国少年报社强强联合，组建了中国少年儿童新闻出版总社，实际上这是一个地处北京的跨媒体的国家级少儿出版集团。4家集团，每家的年产值10多亿元人民币，加起来50多亿元人民币，占整个少儿出版总产值的1/4。中国童书出版格局分散、个头不大、实力不强的局面终于有了改观。

除此之外，童书出版的专业化格局进一步强化。如"华东六少"抱团发展，专业出版的视野更加开阔，专业出版的水准不断提升。2015年4月，浙江少年儿童出版社成立了文学分社，举起了儿童文学出版的大旗。福建少年儿童出版社依托特殊的海峡区位优势，加强海峡两岸儿童文学的交流合作，推出"台湾童书馆"大型系列丛书，开创了高专业度高集中度的出版新格局。同时，一些非少儿专业出版社以及民营、外资的童书策划机构也在迅速崛起，如新经典、小中信、童趣、蒲公英、果麦、魔法象、蒲蒲兰、北斗等应运而生。

标志之四："童书出版+"的融合发展竞争模式

融合创新，寻找新动能，是中国童书出版高质量发展的重要途径，为童书出版走向新的发展平台提供了崭新的机遇和无限的可能。

随着互联网时代的到来，传统的童书出版进入了"童书出版+"的融合发展竞争模式。如长江少年儿童出版社集团推出了"童书出版+学前教育"的发展模式，他们组建了"长江学习工场"，建立了我国幼教领域的首个"云平台"，线上线下结合，集幼儿园管理系统、课程系统、培训系统、家园互动系统、学习社区游戏系统、点读产品系统和B2C电子商务平台于一体。他们推动成立了湖北省学前教育研究会"幼儿园课程与教学专业委员会"，研发了深受幼儿园欢迎的"边做边学"系列玩教具。搞得有声有色，做得有滋有味。

又如外语教学与研究出版社少儿分社充分利用外研社外语教育优势，做"童书出版+幼儿园"的"打包教育服务"。他们打了两个包，一个是图画书的包，一个是幼儿学英语的包。进幼儿园，一岁的小孩看什么图画书、学什么英语，两岁的小孩看什么图画书、学什么英语，一直分级到上小学以前。他们专门培训了一批讲师，都是硕士生以上的，英语说得好，图画书也讲得好。他们一个省一个省去做，最近在昆明发展了60多家幼儿园。教材包都是送的，不靠图书挣钱，靠教育挣钱。

再如江西高校出版社北京出版中心，他们做的则是"童书出版+儿童玩具+智能开发的手工类产品"或称"童书出版+非书品"。他们已经有49种产品版权输出到越南等东南亚国家。其中，"毛毛刷编织"系列很有新意、很有创意，只要动动手，就可以随心所欲地编织出形态各异的形象来，深受少年儿童的喜爱，寓教于乐，健心益智。

随着中国出版产业集团化和出版产业上市浪潮的到来，"童书出版+资本"的模式也应运而生。现在全国许多童书出版社背靠集团公司、上市公司，资本雄厚，通过资本运作，盘活出版资源，布局数字出版，布局IP业务。

标志之五：图画书出版朝气蓬勃

新世纪中国童书出版"黄金十年"，是以儿童文学创作出版的火爆为标志的。新世纪第二个童书出版"黄金十年"，除了儿童文学图书依然火爆外，图画书出版的蓬勃发展，是新时代童书出版的一个重要标志。

一是图画书出版品种飞速增长。从选题申报来看，目前，我国图画书年引进约2000种，原创约2000种，共计4000多种。全国童书年出版4万种，图画书约占1/10。本土图画书的作家和画家开始崛起，有的作者自编自画，直接与国际图画书创作模式接轨。

二是图画书出版质量不断提升。有的本土原创图画书已经引起国际同行的关注，有的图画书在国际上获奖，如《团圆》《云朵一样的八哥》《辫子》《羽毛》《别让太阳掉下来》等。

三是图画书有了不断壮大的创作队伍、翻译队伍和专业的、学术的研究中心。我国原本就是个连环画大国，加上大学美术专业设置广泛，画家队伍力量丰厚。特别是一些年轻画家，自编自画，富于创新，出手不凡。同时，图画书研究机构也应运而生，2015年，北京师范大学成立了中国原创图画书研究中心，这是我国第一个专业的、学术的图画书研究机构，并且发布优秀原创图画书年度TOP10排行榜。

四是图画书有了自己的奖项。过去，我国的童书奖主要是儿童文学图书奖和科普图书奖，图画书则没有专门的奖项。而现在，香港设立了"丰子恺儿童图画书奖"，台湾设立了"信谊图画书奖"，上海"陈伯吹国际儿童文学奖"设立了专门的图画书奖，北京设立了"张乐平奖"，北师大和时代出版集团设立了中国原创图画书"时代奖"，北方出版集团和鲁迅美术学院设立了"小麒麟奖"等。这些专业奖项的设立，极大地推动了原创图画书的发展。

新中国儿童文学

五是图画书市场既现代又接地气。图画书和其他童书不同，它的市场不在地面书店，而在网络书店和民间绘本馆。当当网、京东网以及遍布全国的数以万计的民间绘本馆和图书馆，是图画书的"超市"，并且现在出现了手机微信群、朋友圈销售的时尚模式。

六是我国在互联网时代创新制定了具有国际先进水平的ISLI标准，并于2014年创建了国际插画平台助画方略公司（Illusalon）。2015年10月，助画方略公司与法兰克福书展联手创立了全球插画奖。2016年6月，全球插画奖正式向全球发起征集。2016年9月，大奖组委会征集到了50多个国家逾万幅参赛作品，并将获奖作品在法兰克福书展上展出。助画方略公司推出插画师服务平台，为插画师、出版社、作者、作品等提供全球性的原动力。

标志之六：国际合作异彩纷呈

我国的童书出版国际化发展很快，已经不是简单的你卖我买的版权贸易的单一模式了，大致可以归纳为5种模式。

一是合作出书。例如，二十一世纪出版社把波兰画家麦克·格雷涅茨请到南昌，整整6个月，合作出版了《好困好困的蛇》等一批图画书；与日本铅笔画家木下晋牵手，合作出版了图画书《熊猫的故事》。来自巴西的安徒生奖插画奖获得者罗杰·米罗与曹文轩合作创作出版了《羽毛》《柠檬蝶》等图画书。英籍华人插画家郁蓉与秦文君合作创作出版了《我是花木兰》。西班牙插画家哈维尔·萨巴拉与金波合作创作了《我要飞》。阿根廷插画家耶尔·弗兰克尔与张之路合作创作了《小黑与小白》。这些图书质量上乘，国际影响力大。合作出书，是中国文化和外国文化的碰撞与融合。

二是合作办出版公司。如二十一世纪出版社与国际出版机构麦克米伦出版公司合作，2011年成立了北京二十一世纪麦克米伦文化公司，出版了"不老泉"系列等图书。这是一种重要的出版机构之间的合作模式。

三是建立战略合作关系。如二十一世纪出版社与德国的青少年文化研究院建立了战略合作关系，与德国的蒂奈曼出版社结为兄弟出版社。中国少年儿童新闻出版总社聘请国际儿童读物联盟安徒生奖评委会主席亚当娜做总社的战略顾问。

四是举办中国的国际童书展，设立中国的国际儿童文学大奖。2013年，我国上海设立并举办了首届中国上海国际童书展（CCBF），在亚洲乃至全球产生了巨大的影响。2014年，中国上海国际童书展把原先的"陈伯吹儿童文学奖"升格为"陈伯吹国际儿童文学奖"，不仅向中国的优秀作家颁奖，而且也向优秀的外国作家颁奖。举办中国的国际童书展，设立中国的儿童文学国际大奖，非常重要，极大地提升了中国儿童文学创作和童书出版的国际形象。

五是走出国门，构建"一带一路"童书出版平台。"一带一路"倡议是我国实现中国梦的重大战略决策，也是我国童书走向世界的重要平台。2015年8月27日，浙江少年儿童出版社并购了澳大利亚新前沿出版社，成为我国第一家并购外国出版社的专业少儿社，把中国童书出版的触角伸向澳大利亚市场。2015年8月28日，接力出版社成立了埃及分社，这是我国专业少儿社首次在国外建立分社。2015年9月3日，安徽少年儿童出版社与黎巴嫩数字未来公司在黎巴嫩首都贝鲁特合资成立了时代未来有限责任公司，迈出了推广"丝路童书国际合作联盟"的第一步。

标志之七：儿童阅读的春天

进入21世纪以来，特别是进入新时代以来，我国的儿童阅读迎来了前所未有的历史时期,迎来了阅读的春天。据 2018 年全国国民阅读调查报告权威发布,我国 0~17 岁未成年人图书阅读率为 80.4%,人均图书阅读量为 8.91 本,与新中国成立之初 17 个孩子 1 本书相比较,毫无疑问,今非昔比,天壤之别。我国的儿童阅读的春天,是由"三大推动"带来的。

一是国家推动。在中国特色社会主义体系中,国家推动毫无疑问是强有力的"第一推动"。中宣部在"五个一工程"奖的图书奖中,专门设立了儿童文学图书和社会主义核心价值观图书的门类;在中国图书评论学会发布的"中国好书"月评和年评中,专门规定了童书的获评比例,并在每年中央电视台举办的"中国好书"颁奖晚会上重点推介。在所有国家级图书评奖中,都凸显了童书获评的比例。国家新闻出版署也联合各部委用国家产业政策支持实体书店的存在和发展。

二是社会推动。社会推动,指的是社会团体、社会机构对儿童阅读的推动。中国版协、中国作协等,都结合自己的社会分工、社会角色、社会特点,推出了一系列针对性强、社会效果好、生动活泼的儿童阅读活动,如"少先队读书活动""女童阅读活动"等,形成了强大的社会合力,打造了良好的社会舆论氛围和阅读环境。

三是民间推动。民间推动,指的是民间机构、民间个体、社区家庭对儿童阅读的推动。民间机构如北京的新阅读研究所,在广泛征集专家意见和发动网络民主投票的基础上,认真研制出了由 40 本基础阅读书目和 60 本推荐阅读书目组成的《中国幼儿基础阅读书目》,以及由 30 本基础阅读书目和 70 本推荐阅读书目组成的《中国小学生基础阅读书目》。深圳的爱阅公益基金会为改善小学图书馆的图书品质,推出了由 4000 本书组成的《爱阅小学图书馆基本配备书目》。一批由专家、学者、教授、作家、评论家组成的儿童阅读推广人、"点灯人"、"妈妈导读师"等,长年累月地活跃在学校、社区、家庭,与老师、家长、学生、儿童面对面地进行阅读推广,播撒阅读的种子,点亮儿童的心灵。雨后春笋般的绘本馆,以及成千上万的"故事妈妈""故事爸爸",为亲子阅读、书香家庭构建了最接地气的书香社会。

中华人民共和国成立 70 年来,巨大的经济社会变革,不仅给中国带来了天翻地覆的变化,也给世界带来了一股改天换地的强大的东方力量。中国的童书出版已经成功实现了 21 世纪初连续 20 年的两位数超高速增长,我们完全有可能迎来一个真正属于中国的童书大时代。

"不忘本来,吸收外来,面向未来。"我们期盼着在世界格局中真正属于中国的童书大时代,我们在新时代中不懈努力。

2443

(原载《国际出版周报》2019 年 10 月 14 日)

论自媒体时代童书的传播方式嬗变及其传播效果

王家勇

　　自媒体应是在大众传媒背景下兴起的一种新媒体形式，大众传播媒介（Mass media）的核心内涵是传播方式的演变，很显然，当下大众传媒的主要传播方式是电子传播，而极速发展的各类电子传播平台就使得对普罗大众更具普适性的自媒体兴盛了起来。两位美国学者谢因·波曼与克里斯·威理斯定义"自媒体"："是普通大众经由数字科技强化、与全球知识体系相连之后，一种开始理解普通大众如何提供与分享他们自身的事实、新闻的途径。"[①]诚然，自媒体确实具有个人化、平民化和自主化等特征，但其毕竟仍处于既有的社会传播权力关系之下，万事不逾矩，自媒体亦如此。那么，在自媒体时代一种被社会广泛关注的传播物——童书的传播方式会有哪些变化？其新的传播方式会有哪些社会规约以及其传播效果又会如何呢？

一、童书传播方式的嬗变

　　在自媒体时代到来之前，"童书是一个极度依赖传统传播方式（即纸质媒体）的文学形态……这与人类固有的阅读传统习惯有关，同时也与家长在儿童和现代传媒之间人为设置的某些障壁有关"[②]，的确是这样的，人类真正意义上的阅读就是从纸媒开始的，纸媒这种传统传播方式会给人非常直接的阅读感官刺激，翻动书页的触觉、纸张中隐含的自然气息和清淡的墨香、字里行间随时添写的读书心得……这些都是人类着迷于纸媒传播方式的原因。这种传统传播方式在童书的阅读传播中更显其重要意义，因为童书的阅读接受者儿童的思维、认识机制尚不成熟，他们对世界的观察是直观的、具象的，而纸媒这种实物存在恰恰能够很好地适应儿童的这种直觉思维类型，成为儿童的一种实实在在的伙伴式的存在，这是虚拟的电子传播媒介所做不到的。人类的童年和人的童年都是首先从接触纸媒传播方式开始的，这似乎已经成为一种集体无意识隐于我们的潜意识中，进而成为人类的一种思维惯式和本能天性，即阅读要依赖于纸媒传播方式。

　　但是，大众传媒背景下自媒体兴盛后，童书的传统传播方式受到了严重的挑战。首先，自媒体平台的种类繁多，比如博客、微博、微信、论坛、贴吧等等，因其私人化、全民化、自由化等特性而使得人人都有可能成为电子童书的制造者和传播者，在自媒体平台上，原有的纸媒童书作家、童书评论家、家长、教师甚至是儿童自身都成了童书自媒体传播方式的参与者，这是传统纸媒童书传播方式所做不到的，因为纸媒童书的制造者和传播者相对比较局限，只能是作家和出版发行机构等，再加之纸媒传播又受到相对比较严格的政府、市场审查和过滤，传播的速度、广度和自由度都远远不及自媒体。其次，自媒体童书传播方式的交互性也是传统传播方式难以企及的，"在自媒体的平台上，每一个用户都是既可以发布信息同时又接受其他用户信息的节点，他们之间的互动又会增加新的信息，改变信息的传播路径和状态，所有这些信息都是全面开放共享的"[③]，比如某位作家在博客上发表了一篇作品,而儿童读者首先会以信息接收者的身份对作品进行阅读并利用自媒体的技术优势与作家进行直接互动,随后,儿童读者又在自己的博客等自媒体上分享了对这篇作品的感受后便又成了信息的发布者,这种信息发布者和接受者的身份交互使得自媒体平台对这篇作品形成了庞大的信息网,其影响力也会迅速扩大。当然,按照接受美学的观点,纸媒童书传播方式中也有这种作家和读者间的交互关系,只不过相比于自媒体传播方式,其是隐蔽的、间接的、被动的,甚至很多时候是难以完成的。总之,自媒体童书传播方式比传统纸媒童书传播方式有很多的优势,这也是纸媒童书发展越来越萎靡和原创性日益枯竭的重要原因之一。

当然,自媒体童书传播方式也并非全无问题。一方面,这种全新的童书传播方式的自由度是极高的,也缺乏正规的监管,这会导致自媒体童书资源的良莠不齐。纸媒童书传播方式中,儿童阅读童书的选择权通常在成人手中,而在自媒体童书传播方式中,由于自媒体平台的开放性,使得儿童可以自由阅读这些电子资源,成人是控制不住的,那些"有毒的""有色的"不健康的阅读资源也会随之进入儿童的视野,这对儿童启蒙教育所带来的不良影响是不言而喻的,自媒体童书传播方式的安全性是摆在我们面前的一个亟待解决的严峻问题。另一方面,自媒体童书传播方式有极强的共享性,正如著名媒体文化研究者尼尔·波兹曼在评价 20 世纪 80 年代的新媒体——电视时所说:"电视是一种敞开大门的技术,不存在物质、经济、认知和想象力上的种种约束。6 岁的儿童和 60 岁的成年人具备同等的资格来感受电视所提供的一切。……它排除了世俗知识的排他性,因此,也排除了儿童和成人之间的一个根本的不同。"④ 显然,自媒体作为当今的新媒体形式,与当年的电视一样是一种更为"敞开大门的技术",其对儿童和成人都是平等的,成人可以通过自媒体来获得知识,儿童也可以以同样的方式获得同样的知识,儿童可以知道成人所知道的一切,既然如此,儿童和成人还有什么差别呢? 尼尔·波兹曼表达了对新媒体下"纯真"童年日渐消逝的深切忧虑,而在自媒体时代,这种忧虑则更为深切。其实,这个问题已经涉及自媒体童书传播方式的效果了。

二、童书传播效果的呈现

自媒体童书传播方式的效果主要还是体现在这种童书的接受者——儿童的身上,尽管这种新媒体传播方式存在这样或那样的问题,但其对儿童的审美、教育、娱乐等功能仍然是不可或缺的,这是儿童对其提出的要求,也是整个社会对其提出的要求。社会可分为四种结构,即受托系统、社会共有性、经济和政治,而其中的受托系统"系指将文化(如规范、价值观)转移至行动者身上并确保行动者将之内化的方式,来执行模式维持和潜在功能"⑤。自媒体就是一种典型的受托系统,其将某些价值观等转移到行动者(即作家)身上并确保行动者将其内化,从而影响作家的文本创作。也就是说,绝大部分的自媒体童书创作者和摘录者都必定会遵照其所在社会的某些普适的价值观来规约自己的行为,以确保他们的自媒体童书能够获得良好的传播效果并维系整个社会的健康有序发展。

自媒体童书传播方式的传播效果主要体现在两个方面:首先是对儿童进行良好的教育教化。传播学大师拉斯韦尔曾将传播的基本功能之一定为"传承社会遗产",即"大众传媒在传播知识、价值以及行为规范方面具有的作用……人的终生社会化的需要和认知发展的需要都离不开传媒的教化"⑥,很显然,自媒体童书是对传统纸媒童书的极大补充,它以其优势更好更快地完成着对儿童的启蒙教化。比如中国少年儿童出版社于 2014 年出版的重点图书、著名作家于立极的《美丽心灵》，在书末加入了一种全新的自媒体传播方式，即出版社为读者提供了两种自媒体平台：微信"中少社优上悦读吧"和QQ群"优上悦读家族"，在这两个自媒体平台上，有小说精彩章节的展示、有作家与读者的互动交流、有出版社为弘扬正确"三观"而发布的极具社会正能量的小故事等，这种全新的传播和阅读方式甚至比阅读纸本小说所带来的启蒙教化效果还要迅速和广泛，这也许是作者和出版者始料未及的。其次是张扬童书的游戏精神。席勒在其《审美教育书简》中说道："在人的一切状态中，正是游戏而且只有游戏才使人成为完全的人，使人的双重天性一下子发挥出来……说到底，只有当人是完全意义上的人，他才游戏，只有当人游戏时，他才完全是人。"⑦也就是说，游戏是人的本能天性，而游戏精神正是童书的本质特征之一，没有游戏和游戏精神，童年将会败坏，童书也将失效。自媒体童书传播方式中就有对游戏精神的倡导和体现，比如有的作家将自己的童书录制成有声读物或者制作成视频作品上传到自媒体平台上，儿童点击收听（看）就仿佛是平日里在父母的伴读声中游戏或入梦；有的作家或出版社则将童书制成网游、电游上传到自媒体平台上，让儿童似身临其境般地徜徉于童书的游戏世界中……很显然，这些游戏手段和对游戏精神的彰显是纸媒童书难以做到的。

另外，值得我们注意的是，自媒体童书在传播过程中也可能出现某些负面效果。因为自媒体童书是依靠电子传播方式进行的，而电子传播就需要相应的电子设备作为载体，比如电脑、手机等，这些电子设备的大量长期使用是必然会对儿童的身心健康成长带来不良影响的。就身体而言，各种"电脑病""手机病"多数不都是在自媒体的发展过程中出现的吗？就心理而言，儿童长时间游走于自媒体上，会缺乏与社会人的正常交往，不利于儿童社会化的进行，同时也会造成儿童的心理自闭甚至是抑郁，这种事例并不鲜见。特别是父母与孩子的交流会因为自媒体的介入而大量减少，毕竟家长的伴读和自媒体的自读还是两种完全不同的方式，很简单的一个问题就是：儿童在自媒体上阅读童书时突然就书中内容提问而周围又无成人该怎么办？

三、自媒体童书传播的制约因素

前文我们探讨了童书传播方式的嬗变和自媒体童书传播方式的效果，那么，自媒体这种全新的童书传播方式就真的可以"自由、随意、不受控制的肆意传播"吗？答案当然是否定的。童书（儿童文学）是文学的一种类型，其不像在自媒体上传播个人状态、小道消息、名人绯闻、事件新闻等那样自由，因为其毕竟还要遵循文学的本体特质、人文情怀和社会政治规约。

就拿中国的自媒体童书传播而言，在大众传媒的时代背景和中国文学的现代性体验下，童书的传播一直受到政治权力话语和经济力量下的文学过滤体系与文学生产习惯的深刻制约。中国文学在"左翼"革命文学正式成为文坛主流后，又经过了《讲话》、"十七年"甚至是"文革"时期的各种文艺政策规制后，便让政治话语成了不可替代、不可动摇和不可挑战的权威。2012年的5月23日是纪念《讲话》七十周年的日子，"政治标准第一、艺术标准第二"的文学创作原则仍让人记忆犹新，政治权力话语对文学创作与传播的控制和把持是历史的必然选择和时代的迫切要求，是无可厚非的，但这种文学生产模式却成了一种思维惯式深深地影响着早已身处不同时代的当下童书创作与出版，当然也包括自媒体童书的制造和传播。万事不逾矩，是最基本的政治要求和文学原则，也是童书创作、出版与传播的第一道过滤器。正如福柯在其"权力话语理论"中所表达的思想："主体行为对权力的反抗是一面，在反抗的同时，又以受体的身份出现，即对强势话语主体表现出认同或屈从的立场。"⑤就像一部分人反对将"死亡"等内容写入童书就是对政治权力话语的"认同或屈从"，因为主流话语体系认为"死亡"的书写和张扬是不利于儿童的身心健康的，很显然，这种"认同或屈从"是有碍童书的创作和传播的，因为无论"生"还是"死"都是人类必经的生命体验，有意回避是没有道理的，而与其背道而驰于作品中书写"死亡"等内容的作品则是对权力的一种反抗，在无伤正统"三观"的前提下，这种反抗倒成了一种原创的契机。所以说，这种政治权力话语既有"压制性"，又有"激发性"。同时，市场经济体制下各种自媒体平台在经济利益的支配下，成了童书创作和传播的第二道过滤器。尽管这些自媒体平台也知道求新、求异、求真的童书创作是更具生命力的，但在更为强大的政治权力话语面前，他们也不得不忍痛割爱地屏蔽掉了某些原创的有意味的内容，因为我们知道"越是原创性强的作品，越是对文学体制既定成规的冒犯，会表现出对原有文化体制的疏离、背叛，甚至冲击"⑧。所以，就目前的文化体制而言，各种自媒体平台还没有这样的勇气，几乎所有的自媒体在后台都有一些限定的关键词，如果我们在自媒体上发布了这些关键词，那么，我们发表的内容将自动进入审查程序甚至会被直接屏蔽掉。其实，这也是自媒体平台的一种自我保护、一种对自身利益的维护，同时也是整个社会对所有社会人的言行规范，同样是无可厚非的。总之，过滤是必需的，但也在一定程度上影响了当下自媒体童书创作与传播的自由性和积极性。

我们姑且不论自媒体的兴起是对媒介的分化还是整合，也不论当下时兴的观点"自媒体等新媒体与既有的不平等的社会传播权力的关系"，我们只论自媒体这种新的传播方式对童书传播的影响以及对儿童的传播效果，显而易见，自媒体童书传播方式相比传统纸媒童书具有自己的先天优势，比如传播速度快范围广、参与主体不受限制、接受主体儿童更易接受、良好的互动性等等，但其存在漏洞的安全性、较低的原创性、模糊的未来成长前景等同样值得我们予以观照。我仍然最为赞同尼尔·波兹曼的观点，那就是自媒体这样的新媒体在童书传播过程中的作用是毋庸讳言的，但童书最根本的还是要尽量保有儿童的天性，只有这样，"纯真"的童年才不会消逝。

[注释]

①邓新民：《自媒体：新媒体发展的最新阶段及其特点》，《探索》2002 年第 2 期。

②王家勇：《关于童书的原创性思考》，《出版发行研究》2014 年第 10 期。

③喻国明：《微博：一种新传播形态的考察——影响力模型和社会性应用》，人民日报出版社 2011 年版。

④尼尔·波兹曼：《童年的消逝》，广西师范大学出版社 2004 年第 2 期。

⑤乔治·瑞泽尔：《当代社会学理论及其古典根源》，北京大学出版社，2005 年第 74 期。

⑥杨金鑫：《大众传媒与受众的教育引导：兼论大众传媒教化与消闲功能的平衡》，《学习与探索》2009 年第 7 期。

⑦席勒：《审美教育书简》，上海人民出版社 2003 年版。

⑧王泽龙：《论 20 世纪 40、50 年代中国现代文学转型原因》，《文艺研究》2003 年第 5 期。

⑨房伟：《"原创性焦虑"与异端的缺失》，《艺术广角》2011 年第 4 期。

（原载《出版广角》2015 年第 7 期）

第八辑

70年中外儿童文学交流互鉴

第八辑

导　言

　　儿童文学首先且主要是"为儿童服务"的文学，它是成人社会的一种自觉的文化创造行为。现代意义上的儿童文学形态是人类社会晚近才有的事实，18 世纪下半叶，儿童文学才以一种明确和独立的形式出现，发展至今也还不到 300 年的时间。儿童是全人类的始基，他们的发展就是人类未来的发展。世界各国对童年生命与童年精神的不断勘探与塑型，由此提供的为儿童服务的文化产品，在世界范围内针对所有早期生命（其实也覆盖了很多成人）共享交流，其内涵的基准价值要素必然是全人类的，能够穿越文化阻隔，自由实现童年生命的心灵相通。因此，儿童文学在构建人类命运共同体的过程中具有不可替代的特性与功能价值。

　　基于此，中外儿童文学的交流互鉴在儿童文学事业领域永远处于非常关键的位置。中国现代儿童文学的发生就是外源受动的结果，以积极借鉴为基础，逐渐立足国情与自身的文化传统，走出了一条中国儿童文学主体性建设的自觉道路。新中国儿童文学七十年与外国儿童文学的关系，从来也都是一个开放交流、双向互动的关系。

　　20 世纪五六十年代与苏联、东欧儿童文学的交往是中外儿童文学交流的重点，苏联儿童文学对中国儿童文学产生了多方面的重要影响。改革开放的八九十年代，儿童文学对外交流的重心转向西方欧美国家，译介西方儿童文学形成热潮，且译介呈多元化、系统化、序列化趋势。进入 21 世纪，中国儿童文学经历了黄金十年的快速发展，有关"中国儿童文学走出去""中国儿童文学走向世界的意义""中国儿童文学的国际化"越来越成为童书出版及儿童文学界热议的话题。随着少儿图书版权资源和自主知识产权的积累,中国在原创童书对外输出、童书插画艺术国际交流、童书创作的国际合作等领域均取得了突破性的成绩。

在"一带一路"倡议与构建人类命运共同体的崭新时代背景下,中国童书已经成为中国文化走出去的重要板块,在参与世界童年文化建设中发挥着非常重要的作用。国际安徒生奖评委会主席帕齐·亚当娜表示:"在未来十年内,中国可能成为世界少儿出版的最重要的力量。"

本辑选录了一些从学科学术发展角度研究中外儿童文学交流互鉴的文章,这些文章有国别儿童文学的影响比较研究,有儿童文学的国际传播研究,也有中外儿童观差异研究,特别聚焦中外儿童文学译介过程中的互动研究,从交流互鉴层面涉及儿童文学的创作、出版、翻译、传播,以及理论建设等诸多向度。特别值得关注思考的是,按照文章出现的先后顺序看变化趋势,从早期的受影响,到21世纪以来中国儿童文学事业突飞猛进,大量原创作品走出国门,进入世界儿童文学领域,开始实现童书出版的中国梦,这中间经历了巨大的历史飞跃,新中国儿童文学七十年整体发展彰显出充分的文化自信。

谈外国儿童文学作品在中国

陈伯吹

有人问："中国有没有儿童文学传统？"或者问："中国的儿童文学的传统在哪里？"这是一个不简单的、不容易回答而且应该慎重回答的问题。当然，这是个在"中国儿童文学成长发展史"上，必须涉及而且必须回答的问题。但是，这应该在做了广泛深入的调查研究和缜密的科学分析以后，才能得出一个相当的结论来回答的吧。

现在且把这样的重大问题暂时搁在一边，先来试试谈一下"外国儿童文学作品在中国的情况和影响"，作为一篇"资料性"的文字，供研究这个问题的工作者作为一个参考，绝非是像有些批评家们所批评的妄想端出"外国儿童文学移植论"的意图。

在我手头并没有什么资料，如今只能凭个人记忆所及，拉杂谈谈。挂一漏万，甚至还有错误，自知在所难免。不过，所以愿意提出这种肤浅而又不成熟的看法来，一方面固然意在抛砖引玉，作为儿童文学方面可能"争鸣"起来的问题；从而他方面也可能为中国儿童文学史提供微乎其微的"沧海之一粟"的资料。

一

谁也不能不承认：文学是人生活中的一个组成部分，"儿童文学"既然是一种文学作品，那么，它也是儿童生活中不可缺少的一部分，这是谁也不会再有疑问的。根据这样的逻辑，应该说有儿童就应该有儿童文学，可是从文学史、教育史上看，它诞生得比较晚，这和人类历史上的奴隶社会、封建社会的不重视，不爱护，视儿童为个人、家庭、家族的私有财产有着密切的必然的关系。即使在后来，文学作品中有了不少能给儿童阅读的篇页了，却还是长期的默默无闻，因为既没有人关心它，就没有人认识它，扶持它，更没有人有意识地创作它。等到它以"儿童文学"的这名正言顺的身份和资格，来跟广大的读者见面的时候，却首先在"教育"的舞台上露脸亮相。

这是不足为奇的事。一种新事物的出现，往往由于客观殷切的需要，才应运而出。儿童文学当然也不会例外。

证诸有良好传统的苏联儿童文学，它一开始就受到俄罗斯进步的民主主义文艺批评家别林斯基、车尔尼雪夫斯基和杜勃罗留波夫等的重视，并且从教育的基地出发，去评论它，指导它，让它很好地成长壮大起来。而俄罗斯的进步教育家乌申斯基，更在教育工作实践中创造性地运用它，发展它。这就使它有了名声——"儿童文学"，在教育界上巩固了立足之地。然后，这个教育大家庭中的"螟蛉子"，重新又找回到了它的嫡亲的老家"文学"园地里去。它本来是从文学派生出来的。直到现在，它成为作家和教师所共同抚养的可爱的"宠儿"。

世界上最早的第一本有插图的儿童书籍，就是扬·夸美纽斯（1592—1670）在300多年前写的《世界图解》。而在世界各国的文学史和教育史里，都可能找出这样大同小异的

"蛛丝马迹"来，因而可以按图索骥地依稀看出儿童文学发展的路线和方向。

我们的儿童文学是否也是先在教育园地里被认识，被重视，被提出来的呢？这是一个值得讨论研究的问题。

自从"儿童教育"抬起头来，被认为"基础教育"，逐渐发展，处于重要地位以后，儿童的教科书和读物相应地也就受到了重视。教材，被认为进行教育的首要问题，而且是个最有力的思想教育的工具。

但是，教材并非"眉毛胡子一把抓"的那种东西，必须经过严格的选择，不仅要配合教育的目的，还要适合儿童的心理发展与生理成长、理解能力和接受能力。而我们曾经相袭沿用了几百年的《三字经》《百家姓》《千字文》《千家诗》和《神童诗》，等等，在将近一个世纪以前，已经不合乎需要而被撵到图书馆的参考阅览室里去了，成为教科书的历史上的名字。

旧的被淘汰了，新的一时接不上来。文化毕竟是积累的东西，一时急不出来的。急火会烧焦锅子里的东西。在这种情况下，不得不另辟蹊径了。于是，《伊索寓言》由于它的寓意浅，篇幅短，适合儿童阅读，首先幸运地做了被恭请光临的贵宾。

我们直到现在还可以在教科书里找到《龟兔竞走》《知了借粮》《农夫和蛇》《狐狸和酸葡萄》《牧童和狼》等篇的原译或改写的教材。

这把"金钥匙"被发现以后，大门一开，采用外国儿童文学作品作为小学语文教科书里的课文的道路就逐渐地畅通了。

于是笛福的《鲁滨孙漂流记》，曾被压缩节写成连续三课的短篇故事；斯威夫特的《格列佛游记》，其中《小人国》部分，也被节选了格列佛在里列浦特，被千百个小人儿拆墙运进城去的那个动人的场面；安徒生的《卖火柴的女孩》和《皇帝的新衣》，王尔德的《快乐王子》，都被整篇地选用。都德的《最后一课》和《塞根先生的羊》，亚米契斯的《爱的教育》中的《少年笔耕》，托尔斯泰的《三问题》和《鸡蛋那么大的一粒谷》等等，接着也被发现、被采用作课文和教材了。

而贝洛的《鹅妈妈的故事》中的《小红帽》《灰姑娘》（一译《辛特拉》和《穿靴子的猫》；格林兄弟的《童话和家庭故事》中的《金鹅》《大拇指》和《不莱梅镇音乐家》；还有那些著名的《拔萝卜》《三只熊》《三只猪》《狼和七只小山羊》等等美丽有趣的童话，在一个很长时期内被幼儿园和小学低年级老师作为讲故事的蓝本。有的到今天还一直在继续着。

我们两种最早的儿童期刊（它们都是周刊）：《儿童世界》和《小朋友》，于1922年先后创刊。郑振铎先生在写的《儿童世界宣言》中，说明刊物的部分内容，将从《伊索寓言》《天方夜谭》（一译：《一千零一夜》），《印度神话》和《爱尔兰童话》等作品中选译。并说明刊物企图弥补儿童除了教科书以外，没有自己的读物的缺憾。

与此同时，孙毓修、唐小圃、赵宗预等选译出版了《俄国童话集》《托尔斯泰故事集》，以及《小鼓》《小王子》《无猫国》和《怪石洞》，等等，编成了一套小册子，作为小学生的课外补充读物。

而在另一方面，胡怀琛编写了《中国寓言》；中华书局出版了上百册从演义小说中取材编写的《小小说》。这不能不说是由于前者的刺激，引起了后者对从外国翻译来的儿童读物做竞赛。

1931年中华儿童教育社争论过儿童读物中的"鸟言兽语"问题：尚仲衣就举了吉卜林的《象儿子》作例证，来反对儿童文学读物必须以鸟言兽语的"拟人"写法才能唤起儿童的阅读兴趣。但是吴研因、陈鹤琴也列举中外教科书的课文内容,反驳了否定鸟言兽语的说法。虽然这场论战没有得出结论来,但是在他们运用的材料中,却客观地、如实地说明了当时外来作品在教材上所占有的地位。

从这些简单的、不完整的叙述里,可以看出外国儿童文学、特别是那些古典的作品,它们多半是寓言、童话和民间故事(间或选用点儿神话传说),当时在中国小学语文教材上,曾经作为大量取材的仓库之一,因而在当时的思想教育上也起过一定程度的影响。

正像伟大的高尔基所说的:"我所具有的优点都要感谢书籍。……在我读到书籍的时候,我是不能不感到深刻的感动和兴奋的喜悦的。"那么,在我身上,如果还有什么优点的话:热爱祖国,憧憬光明,肯刻苦耐劳,殷切要求进步,可以说这些都是文学作品对我所起的教育和教养作用;而我的从事儿童文学工作,也和这些优秀的作品对我深刻的感染和强烈的美的诱惑分不开的。就在今天回忆起来,我对于它们还是津津乐道的。

还记得在反动政权统治的年代里,卖国政府方一面囚禁屠杀爱国的进步人士,一方面向侵略的急先锋日本军阀卑躬屈膝,以致丧权辱国。当我们这一代还是小学生的时候,读了《最后一课》《柏林之围》《少年爱国者》和《四个小鼓手》等等作品,愈加引起了"天下兴亡,匹夫有责"的爱国主义思想,因而强烈地同仇敌忾,也愈加憎恨卖国汉奸,仇视帝国主义。(当然,我们也读了不少自己祖国所有的爱国教材,例如:《汪踦国荡》《弦高犒秦师》《梁红玉击鼓战金山》、岳飞的《满江红》和文天祥的《正气歌》,以及《史可法殉难梅花岭》,等等,这些是更加亲切地鼓舞着爱国热情的巨大的动力。)

更记得当我已经在学校里担任教学工作的时期,我们几个教语文的教师,在"国语教科书"以外,还采用了厚厚的一册《爱的教育》(按原文书名应译作《心》或《一个意大利小学生的日记》),作为补充读物,凭借文学作品的艺术感染力量,使全校二百多师生,亲如一家人。在学校教育上所发生的那些尊敬老师、爱护同学、勤奋学习和遵守纪律等等问题,都迎刃而解。我的同事好友徐学文还写了一本《给小朋友的信》,描述学校里由于阅读《爱的教育》后所发生的每一件事实——说来真是个奇迹,连最顽劣的学生竟也衷心地敬爱起辛苦的老师来了。我的朋友王志成同志也写了一本《爱的教育实施记》,从教师的教学工作角度出发去检验《爱的教育》的教育效果,应该怎样来运用这一"文学教学"的有效工具。这两本书,先后都由开明书店出版,时在1928—1929年。

这一时期,关于"教育性"的儿童文学作品翻译出版得特别多:有《苦儿努力记》(一译《苦儿流浪记》),《苦女奋斗记》《孩子的心》《好孩子》《母亲的故事》,还有《续爱的教育》,等等。当然,时代在不断地前进,社会一直在向前发展,从今天来说,这些所谓儿童的教育文学读物,它们已经不太适合于今天新社会的要求,但并不是可以"一刀两段"地说毫无用处了。如果有目的地、有选择地把它们作为新儿童的文学欣赏读物,应该尽量利用它们合理的有用的内容,对于那些不能教育和培养社会主义新人,而且多半是唯心主义的资产阶级的道德观,和共产主义思想教育相背道而驰的,又应该严格地撷其精华,弃其糟粕。而这些编写翻译的读物,也可见得当时的一般作为进步的文化教育工作者,在思想上免不了还有着时代的局限性。

从上面一些零星的事实看来,那些优秀的外国儿童文学作品,在一个时期内,的确曾经在咱们小学教育的舞台上扮演过比较重要的角色,而它的"观众"——小读者也的确曾经被激动地在思想上和感情上起过变化,起过教育的作用。

然而这里毫没有"今不如昔"的意思。恰好相反,事实证明"今胜于昔"。

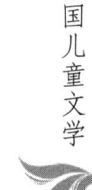

今天，我们常常听到学校里有"铁木儿小组""卓娅班""保尔·柯察金班"，等等命名的班（不要忘记也有以我们自己的英雄命名的，"刘胡兰班""董存瑞班""黄继光班"，等等）。当然，先进的具有世界意义的苏联儿童文学作品，在四五十年代所起的作用，比较起来是更加深刻而且广泛的。不过，目前我们自己创作的儿童文学作品也愈来愈多了，对读者来说，它们比较外国的应该更加亲切和亲密些，起的教育作用应该更加大些。然而事实上还不尽然，这理由很简单，文学教育的效果，当然要取决于作品本身的质量。鉴于这样的事实我们的儿童文学工作者同志们，真是任重而道远哪。

二

现在，让我们的话题从教育的"学校教材"转到文学的"作品改写"方面来吧。

仍然先从《伊索寓言》谈起。这些简短有趣、寓意浅显的寓言，在小学语文教科书里占有了相当地位之后，就自然而然地使人联想起我们自己也有丰富的优秀的寓言作品，特别是先秦诸子的寓言《涸辙之鲋》《守株待兔》《歧路亡羊》《揠苗助长》《狐假虎威》《愚公移山》等等，只因为用古文言来写，才不适合于儿童阅读，形成"货弃于地"的状态。至此，逐渐被关心儿童精神食粮的作家、编辑，还有教师，大家动手用白话文来改写，这么一来，就有这种寓言的改写本出版了。而同时，拉芳登、莱辛、克雷洛夫、陀罗雪维支等等的寓言，也更多地陆续被翻译过来。

从"寓言"这个点扩大开来，那些《搜神记》《左传》《战国策》《吕氏春秋》《史记》《世说新语》等书。凡是其中内容有可以写给儿童读的，讲给儿童听的，都把它们改写成为儿童的神话故事、历史故事、寓言故事等等的读物。当时搜集改写得比较好、比较完整的，数中华书局出版的一套《儿童古今通》。

从这个面再扩大开来，天地更加广阔了。那些著名的文学遗产如：《西游记》《三国演义》《水浒传》《镜花缘》《聊斋志异》《儒林外史》和《说岳全传》等书，也都成为节选改写的对象，甚至在《红楼梦》《唐宋传奇》也尽可能摘写它一个章节、一个断片。这一"传统"直到今天，还是我们儿童文学中一支有力的"勘测开垦队伍"。

目前，它正在转向民间童话和传说方面去，做一番搜集、整理、改写的工作。《神笔马良》《石门开》《金斧头》《太阳瓜》《马兰花》《马头琴》《红水河》等等，都是这方面努力的成绩。尤其还要注意到在兄弟民族地区，发掘劳动人民的丰富的口头创作，这是民间文学的一条康庄大道，但也是儿童文学发展的一条渠道。而新中国成立后出版得较多的各国民间故事的译本，正在这方面起推波助澜的作用。

让我们今天的新儿童，能够有机会多阅读、多欣赏祖国的文学遗产，不仅是好的，而且是必要的。让他们看到勤劳勇敢的祖先们披荆斩棘，劳动创造，和自然界做艰苦的斗争，争取有利的生存条件；同时向奴隶主、封建主，以及其他奴役人民的统治阶层做长期的英勇激烈的不妥协的斗争，来争取生活的改善和自由民主的权利。这些自然斗争和阶级斗争的历史知识和艺术形象，应该多多让孩子们知道、记取，因为他们是伟大社会主义建设事业的接班人。

鲁迅先生曾经翻译很多外国的文学作品。他老人家在百忙之中，也没有忘怀介绍苏联的儿童文学。他花了相当多宝贵的时间，把班台莱耶夫的《表》译了出来。诚如他在"序文"里所说的："供孩子们的父母、师长以及教育家、童话作家来参考。"果然，这个译本就引起了儿童文学界的注意，在创作题材上和表现人物上有了影响。不久，就看到了我们作家自己创作的《少年印刷工》《大鼻子的故事》《一个练习生》《小红灯笼的梦》《小癞痢》等等。儿童文学作品中的人物，不再是常见的家庭里的好儿子、学校里的好学生了；而以无产阶级的工人子弟，以及被"三座大山"压垮了家庭的流浪儿童，还有生活鞭挞下、饥饿线上挣扎的童工等，作为表现作品主题的小主人公了。无疑地，这是向儿童文学注射了一针新的血液，从而产生了新的蓬勃生长的力量。这是正在抗日战争前夜的那些形势险恶的日子里。

在这儿再可以提一笔的，鲁迅先生在介绍《表》以前，也还曾经翻译过《爱罗先珂童话集》。这位"叫彻人间的无所不爱，然而不得所爱的悲哀"的、蒙着"悲哀的面纱"的诗人所写的童话，带着伤感的气氛，有着忧郁的调子，幻想成分不强，故事平坦，节奏也缓慢，一般说来，思想含义较深，不是儿童所能领会的，情节也不会使儿童喜爱。所以依鲁迅先生的意见，只选译《狭的笼》《池边》《雕的心》《春夜的梦》等四篇，然而就是这些篇页，也只有相当初中以上程度的读者才能理解和接受。

我总觉得叶圣陶先生在1928—1932年里所写的两个童话集：《古代英雄的石象》和《稻草人》，无论读他的《小白船》《芳儿的梦》《梧桐子》《鲤鱼的遇险》等篇，也多少有这样的味儿。而且，早在爱罗先珂童话被翻译以前，王尔德的"新童话"已经被介绍过来，其中《快乐王子》《自私的巨人》《夜莺与玫瑰》，是为一般爱好文艺的读者们所熟悉的，印象相当深，影响也相当大。因而叶先生那样诗意、美丽和朴素的作品，是否也受了这两位童话作家的影响呢？也可能叶先生与爱罗先珂在写童话的时代和社会背景都差不离，所以在题材上、风格上也很接近吧。曾经就这件事和叶先生闲谈过这样的问题。他回答得好："当然说不出有什么直接的影响，在执笔的时候也没有想到过它们；可是既然看过，不能就说绝对没有影响。正像厨子调味儿，即使调的是单纯的某一种味儿，也多少会有些旁的吧。"

接着，佩秋、曹靖华翻译盖达尔的《远方》，金人翻译莫吉列夫斯卡雅根据富尔曼诺夫的《恰巴耶夫》改写的《小夏伯阳》，夏懿翻译班台莱耶夫的《文件》相继出版。其时正是领土日蹙，国难日深，这些作品不仅直接对小读者灌输革命斗争思想，进行爱国主义教育，也对儿童文学的创作方向有所启示，有所鼓舞。于是我也提笔写了《华家的儿子》《火线上的孩子们》，此外还有《少年英雄》等，这些作品虽然写得还不成熟，但以抗击敌人为内容的作品与读者见面了，也在年幼的一代，起过非常微弱的宣传鼓动作用。

其时"左翼作家联盟"早已经成立，为人民服务、为革命斗争的文艺作品，遭到了反动政权野蛮粗暴的搜查和禁止，作家更受到了极其残酷的白色恐怖的迫害。《小彼得》作者至尔·妙伦的另一个译本《真理的城》，被禁止发行，书店被查封。在这敌我激烈斗争的情势之下，讽刺性的小说继着短小精悍的"杂文"出世了。而反映在儿童文学创作上，则为富有幽默感的童话。《大林和小林》《秃秃大王》《阿丽思小姐》和《波罗乔少爷》《小顽童》《小癞痢》《野小鬼》《凯旋门》等，都在这个时期出版了。同时，在这个前进的主流旁边，出现了一条支流（这条支流终于汇流入主流，是以后的事）。

自从"沈阳事变"以后，由于敌人不断地侵犯挑衅，部分爱国的将士，曾经不顾卖国政权的"不抵抗"的命令而奋勇迎击，因为缺乏飞机、大炮、坦克，武器配备悬殊，不可能坚守阵地，就引起了短视者们的错误的"科学救国论"。如果认为只要科学普及、发达，有了飞机、大炮，就能够击退侵略的敌人，这无异舍本逐末，见木不见林，不认识人民的思想觉悟的力量，迷信唯武器论，盲目地救国是救不了的！事实证明，必须政权在人民的手里，打

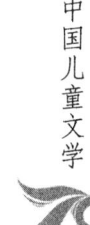
新中国儿童文学
70年 1949—2019

倒帝国主义和他们的傀儡，革命才能保证彻底胜利。但是这个颇为天真幼稚的想法，在当时的儿童文学界也得到了反应。这倒可以说明文艺的确是观念形态的产物。

虽然如此，从另一个角度来看，"重视科学"总是种好现象。其时苏联著名的科学通俗读物作家伊林的著作：《五年计划故事》《几点钟》《黑和白》（一译：《书的故事》）、《灯的故事》（一译，《不夜天》）和《十万个为什么》（一译：《一间房子里的旅行》）等等，就迅速地被介绍过来。甚至同一原书，竟有两种、三种以上的译本，可见得当时重视科学读物的情况了。不过，这些好书，无论在内容和形式上，至少要有初中程度才能阅读，所以在儿童方面还是个空白。于是陶行知和丁柱中等，在当时新创办的儿童书局出版了上百种的儿童科学读物，编成一套"儿童科学"丛书，采取饶有科学趣味的事物为题材，用理论结合实际的方式写作了《水的把戏》《空气的把戏》等等小册子。可惜这一些有关科学知识技术的书，没有能够紧密地结合政治思想来写，是个美中不足的缺点。这是和当时作者与编者的思想局限性，以及客观的环境有关系。因此，还在陆续地翻译出版伊林的著作《人和山》《人怎样变成巨人》《汽车的故事》等书。到了新中国成立以后，瑞特柯夫的《我看见了什么？》和他的《鸟和兽的故事》；以及比安基的《动物的故事和童话》《森林报》，还有普利施文的《太阳的宝库》和恰鲁欣的科学小故事，都被介绍过来。而在这方面我们的创作，近年来也有了相当良好的进展，出版了《我们的土壤妈妈》《揭开小人国的秘密》《太阳的工作》《十一个奇怪的人》《非洲魔术师》《科学家谈二十一世纪》《小黑鳗游大海》《太阳探险记》《割掉鼻子的大象》《三号游泳选手的秘密》等等。从后一部分作品看来，它们还带有"科学幻想小说"的气息。这还不是由于儒勒·凡尔纳作品的影响（鲁迅先生译过他的《月界旅行》和《地底旅行》，那还是早在清光绪二十九至三十二年的事）。他的《气球上的五星期》《神秘岛》和《格兰特船长的儿女》等作品最近才陆续翻译出版；但是苏联最近出的齐奥尔科夫斯基的《在月球上》、奥霍特尼柯夫的《探索新世界》和涅姆卓夫斯基的《金窖》等书，似乎对儿童科学作家们的诱惑力更大了一些。

由于党和政府的关怀并支持，新中国成立以后，儿童文学创作在量上增加了好几十倍；外国作品也有了相当大数字的译本。在新中国成立初期，甚至一度超过了创作出版的数量。其中绝大部分是优秀的苏联儿童文学作品，包括著名的诗人、作家马雅可夫斯基、盖达尔、马尔夏克、卡泰耶夫、楚柯夫斯基、奥谢耶娃、伊凡年柯、伏隆柯娃、施瓦尔茨等在内的作品。这份巨大的宝贵的文化财产，不仅具有指导的意义，也具有示范的性质，特别对于中国儿童文学创作有着广泛深远的影响。而它的光辉灿烂，恰好和资本主义国家中有的在宣传战争、歌颂暴力、诲淫诲盗、挑拨种族仇恨的这种毒害少年儿童的乌烟瘴气的黄色读物，形成一个极端相反的、极其鲜明的对照，这已经是人所尽知。而且对于那些坏书，是曾经作为洪水猛兽来斗争过的。至于目前世界上进步的儿童文学，是不可能用几百、几千个字来叙述，应该另写专题的文字，做比较充分些、详尽些的介绍，本文只能简单提及。

今天，中国儿童文学正在前所未有的良好的环境中成长起来，一方面固然应该独立思考，独立创作；他方面对于世界各国的儿童文学名著，特别是古典名著，无论在题材内容的选择上，艺术手法的运用上，还应该多多观摩、借鉴，多多学习、研究，来提高我们作品的质量。但是我们坚决反对没有一定比重的"厚古薄今"的片面性的做法，以及"月亮也是外国的好"的盲目崇拜，犯"崇外轻中"的错误。

目前一般青年的儿童文学工作者中，可能还有人没有读过世界上一些著名的儿童文学作品：例如贝洛、斯威夫特、拉斯伯、霍夫曼，格林、奥陀耶夫斯基、乔·治桑、豪夫、安徒生和王尔德的童话，以及金斯莱的《水孩子》、罗斯金的《金河王》、柯罗提的《木偶奇遇记》、卡洛尔的《艾丽思漫游奇境记》、鲍姆的《绿野仙踪》、罗夫汀的《多立德兽医的冒险故事》、拉格勒夫的《尼尔斯奇遇记》和罗大里的《洋葱头历险记》，等等著名的童话；小说方面笛福的《鲁滨孙漂流记》，斯蒂文森的《金银岛》《诱拐》和《黑箭》，斯比丽的《小夏蒂》，马克·吐温的《汤姆·索耶历险记》和《哈克贝利·费恩历险记》，托尔斯泰的《高加索的俘虏》，吉卜林的《丛林集》等等。它们几乎是被忘却了。

有的同志认为这些作品的思想性不够，就不想阅读，也不想知道。这不是以历史唯物主义的观点、态度，去严肃认真地对待古典儿童文学作品了。正像前些日子有人对待《格林童话》那样，由于自己片面地认识理解而得出错误的结论以后，就出诸粗暴的批评（《人民日报》1952 年 7 月 3 日的《文化生活简评》）是事，还是不免有的。其实，作家的文学修养是十分重要的。"我们决不可拒绝继承和借鉴古人和外国人。"

如果"百花齐放"的方针也适用于翻译文学的话，那么，我们对于一些翻译的古典儿童文学作品，是否应该用马列主义的文艺理论来重新估价一下呢？

这个，不仅仅是儿童文学工作者向外国古典儿童文学进行有批判的学习和提高文学修养的问题，也是我们的新生一代在精神食粮上是否应该丰富多样以获得多种"维生素"的问题，而在真理愈辩愈明的"百家争鸣"声中，已经是提出讨论研究的时候了。

（原载陈伯吹著《儿童文学简论》，长江文艺出版社 1959 年版，1982 年第 2 版）

小英雄人物的塑造

——谈盖达尔的儿童文学创作

阎 纲

苏联著名的儿童文学作家盖达尔，离开我们将近 18 个年头了，他的作品，却依然活着。

盖达尔勇敢地打击敌人，精心地描绘出苏维埃小英雄的可爱形象；他是战士，又是作家。他一手拿枪，一手握笔，同时运用两种武器，一直到死。

盖达尔于 1904 年出生在库尔斯克省的一个小城里。他的父亲 1917 年在前线被敌人枪杀，使幼小的盖达尔受到极大的刺激。盖达尔于次年（14 岁时）参加红军，英勇战斗在彼得留洛夫前线、波兰前线、高加索前线和蒙古边境，多次受伤。1923 年重病，被迫退伍。他给伏龙芝将军写信要求留在部队，未获批准。伏龙芝将军建议他从事写作，因为他的信——申请书显示了他的写作才能。盖达尔听从了劝告，开始文学生涯，1925 年发表《森林的兄弟们》。此后，便一发而不可抑止，在短短 15 年里写了 20 多本作品。著名的有 1926 年的《革命军事委员会》、1930 年的《学校》、1939 年的《丘克和盖克》、1941 年的《雪堡司令》和《铁木儿和他的队伍》等。卫国战争开始，他迫切请求参军，因其健康在内战时期过度损坏而未获批准。1941 年 8 月，他以《共青团真理报》记者的身份赴西南前线，写通讯以涨士气。9 月，他参加哥里洛夫游击队，当机枪手，一个月后，光荣牺牲。他的遗骸现在在坎涅夫城内，和塔拉斯·谢甫琴科的鹰墓并列，面对着高耸的第聂伯河的断崖。

盖达尔曾在蒙古边境上率领红军快速部队追击过白匪，建立过功绩。"盖达尔"，这个他后来起的笔名，在蒙古语中是"勇往直前的骑士"，是"指挥员"。盖达尔一生的经历和创作，使人高兴地感到，这个名字和作者本人的作为是何等相称啊！

写 小 英 雄

打开盖达尔的作品，好像检阅一批批列队而来的苏联娃娃兵；他们英姿勃勃，一对眼睛闪耀出智慧的光芒。

也可能与作者的经历和气质有关系，盖达尔作品中的主人公们，大多是这些勇敢、机智、乐观、对生活前途充满希望和自信的小英雄人物。他们像作者自己，更像勇敢的苏维埃人。这些形象的典型性，赋予他的作品以强大的生命力。

读一读作者的《学校》吧，你会为格拉柯夫的成长庆幸了再庆幸。格拉柯夫并没有做出什么惊天动地的丰功伟业，也没有什么突出的个人才干，但他有一种可贵的精神，那就是从小开始，紧紧地跟着时代的脚步，追随着进步的潮流一往无前。尽管他当初是不自觉的，尽管他也曾犯过大大小小的过错，可是当他觉悟了，承认了错误之后，他的态度是积极的、主动的。最后,可爱的格拉柯夫终于培养出自己的勇敢精神,成为游击队里一名称职的战士。

要是说格拉柯夫是一个血肉丰满、形象完整的小英雄形象,那么《雪堡司令》里的铁木儿则是一个外表平常而多内秀的小勇士了。比之格拉柯夫,作者给他的笔墨不算多,但他生活中的一次次的闪光,却异常明亮。

铁木儿和萨沙两大阵营之间进行着激烈的"战争",双方都下决心攻克对方的营垒。不料,萨沙病倒了,可是他顽强的战斗意志和必胜的决心却丝毫没有减弱,他抱病攻打铁木儿的雪堡。当铁木儿看见勇武而可怜的萨沙昏昏欲倒的时候,他不顾战友们的斥责,以优势的兵力主动放弃阵地,致使我方的雪堡被萨沙部队破坏殆尽。这是怎么一回事呢?

"你干吗故意放弃堡垒呀?"
"……我这样做才感到轻松一些。"
后来萨沙的姐姐席尼雅问他:
"堡垒你是故意放弃的吗? 你干吗这样做呢?"
"你的弟弟在生病。除了这个……还有一个原因,可是我不对你讲。"

原来萨沙的父亲失踪了,萨沙家并不知道。我们的小英雄就是出于对红军叔叔的无限敬爱,才主动败给"敌人"的。

雪战,不过是冬天孩子们一种考验勇敢的游戏,似乎是平淡无奇的。可是,一场儿戏在盖达尔的笔下,却如此地高尚、出色! 铁木儿的英勇机智和孩子式的高尚情操被浮雕般地表现出来。但铁木儿这个形象塑造的最后完成,还在于他制造了一封假电报。电报上面写着:"我活着,很健康,祝贺新年。爸爸。"他装扮成邮差,"眼睛里含着泪水",把这份深情凝成的安慰送到"敌人"的家里。

这就是敌对方面司令官所做的一切。普普通通的游戏,普普通通的孩子,又是多么不普通啊!

再让我们看看《铁木儿和他的队伍》里的铁木儿吧。这是盖达尔后期作品中的主人公,这一形象对于作者似乎更为理想。铁木儿组织了一个集团,但和《雪堡司令》里的集团不同,它是秘密的。虽然也是进行战斗,却超出了孩子间游戏的性质、直接造福社会了。

人们奇怪,谁家有了困难,马上就被暗暗解决了,这善良的人到底是谁呢?

我很喜欢他们的一次秘密会议,这里不妨偷听几句:

"34号住宅的花园,苹果被野孩子们偷光了。"……
"是谁的房子?"铁木儿一边说着一边翻开漆布包皮的小本子。
"红军士兵克留科夫的房子……"
"这可能是谁干的事?"
"这是克瓦金和他的绰号'大人物'的助手干的事……"
"又是克瓦金!"铁木儿沉思着说,"葛伊卡,你跟他谈判过吗?"
"谈判过。"
"怎么样呢?"
"给了他两个嘴巴。"

"他呢？"

"他偿给我两个嘴巴。"

"……一点用处也没有。好啦，我们另想办法对付克瓦金。继续谈下去吧。"

"25号住宅卖牛奶的老太太的儿子去参加骑兵队。"……

"……她家门上前天就画上我们的记号了，柯洛格尔契柯夫，是你去画的吗？"

"是我。"

"为什么你画的五角星的左上角斜在那里，像一只水蛭？事情要做，就要把它做好……继续说下去。"

"……54号住宅丢了一只羊……"

"停一停，谁的房子？"

"红军兵士保罗古里耶夫的房子……"

"必须把羊找到！"铁木儿命令说，"我派你们一组四个人：你……你，你和你。弟兄们，还有什么话吗？"

"22号住宅有个小姑娘总在哭。"……

"……她有多大岁数？"

"四岁。"

"真麻烦，要是个大人……可是她才四岁……怎么办？是哪一家？"

"是巴甫洛夫少尉的家。就是不久前在边境上阵亡的那个。"……

铁木儿想了想。"好……这事由我自己办。你们不要管了。"

……

要知道，这不过是一群孩子啊！看他们组织得多严密（还有放哨的呢）！会开得多有意义、多干脆！他们唯一目的是做好事，特别是对军属。谁是军属，他们给谁的门上画一个红五星作为记号，"这就是说……从这时起，这一家人便在我们的守卫、保护之下了"。这也就是那只羊为什么"必须找到"，也就是铁木儿为什么严厉地要求把红星画好的原因。只要是好事，不管大事、小事、杂事，也不管好做或难做，他们一概承包下来。铁木儿自己选了最难做的一件事，他帮助的是一位阵亡红军的家属。他怎么去从事这件极其严肃的工作，以及怎样饱含着深沉的感情，都是可想而知的。

这不过是一群10岁左右的孩子，按说，还是淘气的时候呢！

看得出来，《学校》里格拉柯夫的塑造，很大程度上是在真人基础上的加工；《雪堡司令》里的铁木儿就带有作者更多的创造了；而《铁木儿和他的队伍》中的铁木儿，却是较高的、艺术典型化的结果，是对当时苏维埃少年儿童性格的集中塑造。因而，你或许在现实生活中找不到他，但他植根于生活真实，比生活更高更美，因而更真实。在这里，作者鲜明而强烈的共产主义情感在很大程度上得到表现，作者的现实主义胜利了！

其次，像《革命军事委员会》中的箕姆卡和齐冈，《让它发光》中的叶菲姆和微耳卡，《远方》中的王西迦，《军事秘密》中的阿力卡，《林中烟》中的伏洛佳等一系列的人物，都是一棵棵开始经受，而且准备不断经受住生活风霜考验的小小松树，他们在苏维埃灿烂阳光的照耀下，逐渐拔节成长；现在是幼苗，将来必定长成参天大树。

创造出苏维埃红色小英雄形象，这是盖达尔10多本儿童文学作品最主要的成就，也是他对于苏联和全世界儿童文学宝贵的贡献。但是，这些小英雄人物的形象是怎样创造出来的呢？他们都有些什么特点？

写成长

在文学创作上，谁也不能生硬地向作者规定英雄人物应该怎样去写。例如写不写他们的顽皮和稚气？写不写缺点、落后面？写不写转变、成长？是把他们写得富有儿童情趣，还是写成小大人？这些问题的提出，本身就是烦琐哲学、主观主义。写与不写，这样写与那样写，这是作者自己的事，作者有权根据自己接触的具体题材和具体人物，来创造出各色各样的英雄人物，正像现实生活本身那样。谁要把丰富多彩的广阔的题材简单化，或刻板地强求一律，谁就破坏了文学创作的客观规律，就束缚住了作者的手脚。

盖达尔是很得意写小人物的成长的，孩子们在他的笔下带着自己的情趣较快地成长。这是不是儿童文学人物塑造的一条规律性的东西？这里暂且不说，我们提倡百花齐放。不过，盖达尔通过辛勤耕耘开放的这朵花如此的鲜艳硕大，足以引起我们培育者和观赏者的重视。

写人物的成长，是盖达尔 10 多册儿童文学作品的显著特点之一。他笔下的小主人公从出场到入场，变化总是很大的。有的人物，也许作者为了突出他的优秀品质，一出场后就是高尚的；但他的性格仍然处于不断发展深化之中。关于人物成长的描写，在盖达尔的作品中占据了相当多的部分，而盖达尔的重要成就也正在这里。我们看看这方面成就最大的作品《学校》吧。

小主人公格拉柯夫在作品开头，还是个淘气的孩子，政治上十分幼稚，甚至对沙皇寄托了希望；但是在作品最后，当他生命垂危的时候，他却毫不动摇的向往"快乐的生活"和布尔什维克自觉的战斗。人物成长起来了，到这时，你会完全信赖他将来的作为，可以毫无顾忌地把保卫祖国的重担交付给他。但这一切是怎样得来的呢？你为什么那样信赖他呢？我以为，深刻细致地描述了人物成长的过程，是个重要的原因。

格拉柯夫原是一个工艺学校的学生，天真无邪，因为接受旧俄学校的教育，尊敬沙皇，不满意他的父亲，因为父亲是沙皇军营中的一个"逃兵"。从这里，我们看见了在反动的、宗教的教育下青少年们被蒙蔽的精神状态。是爸爸和杰克陀向他灌输了革命真理，才使他"开了眼界，知道了许多事情"。他向革命迈出了第一步。接着，他又在二月革命后各色各样资产阶级党派宣传面前迟疑了，因为他的水平还不可能使他在如此复杂的政治问题面前识别真假。这时，杰克陀开导了他。从此，他就对牺牲了的父亲赠给他的礼物——毛瑟枪产生了特殊的感情。他逃走了，在打死一个白匪以后参加了红军。他迈出了第二步。

在红军里，他虽然忠心耿耿，但并不是一个可靠的战士。他的失职，致使优秀的红军战士丘白克牺牲；他错信了人，跟着粗野的、不听从命令的非陀阿犯了严重的错误，葬送了自己战友的生命。最后，才在指挥员希巴洛夫的亲切教导下成长起来，终于迈出第三步——真正自觉地踏上革命道路。

这样的成长过程，为时固然很短，经历却很曲折；虽然曲折，然而并不停滞，而是一步一个脚印，踏踏实实地循序渐进。人物的成长是细致的、可信的。在这一过程的描写中，不乏丰富的情节和惊心动魄的战斗场面，生动地表现了当时的生活真实。1917 年，是俄国革命史上动荡的年代，思想上、政治上、军事上的斗争异常复杂和尖锐。把人物放在这样的社会背景上让他锻炼，促其成长，不但丰富了人物的形象，也反映了历史的面貌。

再如《远方》中的白季迦。这原是一个很好的孩子，总是带着孩子特有的乐观情趣和遐想追求新的、更有意义的生活；但他的性格中也有不坚强的一面。他偷走了工程人员的指南针。在藏指南针时发现有人谋杀了集体农庄主席。他怕偷指南针的事被人发觉，连那件暗杀的大案子也瞒了起来。小小的孩子背负不了这么大的重担，他变得孤独和憔悴了。后来，在已故集体农庄主席的好友、老红军谢大伯的优秀品质影响下，他怀着对牺牲了的老战士的无限敬意，义无反顾地报告了杀人犯，坦白了自己的过错。

其他如《革命军事委员会》里的箕姆卡，《鼓手的命运》里的"我"，《军事秘密》里的乌拉吉克等，作者都是让他们在成长过程中慢慢和读者结识，而后博得读者的喜爱的。

固然，对于创作这种独创性的劳动来说，我们不能向作者强求一种写法；不过我对盖达尔从成长过程来表现小英雄人物的写法却是推崇的。我觉得，少年儿童，因为年龄、经历和教养的限制，比起成年人来，在各个方面，尤其在政治方面总是不成熟的。他们对于自己生活中的一切感到新鲜，对自己周围的一切都愿意观察、体验和认识。他们热切欢迎社会给他们以影响、感染、培养和教导。他们之所以干出了大大小小的成绩，也只能是这种社会作用的结果。作家细致、真实而令人信服地写出这个受影响、受教育的过程，就能对年龄相当的少年儿童们的思想感情发生实际而有效的潜移默化的作用。他们会觉得作品中的小朋友原来不过也和自己一样，只是人家力求上进、见义勇为，才逐渐成长起来；人家可以做到的，自己为什么不能做到？英雄人物并不是高不可攀、可望而不可即的。这就是作品教育作用的所在。因而，我以为，儿童文学作家在塑造自己心爱的小英雄形象的时候，比起塑造大英雄形象来，经常着重于他们的成长和发展过程的描写，似乎更为需要。这方面，盖达尔的作品，尤其是《学校》，给了我们许多宝贵的启示。正因为格拉柯夫是从那样崎岖的生活道路上锻炼出来的，所以他的形象才这样真实、可信。

写儿童，像儿童，自己化为儿童，而又高于儿童

儿童文学创作和其他创作一样，真实性是它的基础。儿童文学主要是写儿童，因而它严格地要求：写儿童，必须像儿童；写儿童，贵在有儿童的思想、儿童的情趣、儿童的行为、儿童的语言、儿童的爱好和习惯。离开这一切，就是取消了儿童文学。

盖达尔的儿童文学创作之所以受到如此广泛的喜爱，正因为他严格地顾及了这些特点。一打开他的作品，人们立刻会掉进欢乐的、调皮的、富于生气和纯美的孩子群中，就好像许多股清澈的细流在你周围得意地翻腾着它那被阳光照得透亮的浪花，面对着他们，人们更爱生活了，怎能不笑逐颜开？

听听盖克讲的话吧（见《丘克和盖克》）。当他们夜里睡在林海雪原里的时候，忽然听到一只熊在窗外经过的声音，盖克咕哝开了："凶恶的熊，你来干什么？我们乘了这么久的车子来看爸爸，你却要把我们一口吞下去，叫我们永远见不到爸爸吗？……不，趁现在还没有人拿着很准的枪和锋利的军刀来杀死你的时候，你快滚开吧！"

你看，他多有趣、多机灵啊！他把熊拟人化了，一边骂它不讲道理、不懂人情，骂得可凶呢；一边又威胁它、说服它，为它留了条后路，劝它早早逃走。完全是孩子所想的、所讲的；而且是此时此刻想的、讲的。不用问，听见这些话，你准能猜中他大约是几岁的孩子。别看这是个刻画的细节，它显示出作者很高的才能。没有对儿童的心灵世界进行深入的观察和体会，是万难如此熟练地掌握住小小儿童这样细致的心理活动的。

这本书的译本也有叫作《电报》的,原因是这两个调皮鬼丢失了爸爸拍来的电报,害得妈妈早去了10多天,引起一系列的麻烦。当妈妈因电报的事询问丘克、盖克时,他们的表演和表情可逗人啦!

"孩子们,我不在家的时候,你们收到过什么电报吗?"

……没有一声回答。

"回答我呀,淘气的家伙!"妈妈说道,"当我不在家的时候,你们一定收到了电报,但没有把它交给我是不是?"

又过去了几秒钟,然后从暖炕上发出了均匀而又和谐的号哭。丘克发出了又低又单调的哭声,盖克呢,却发出了比较尖细的,而且带着颤抖的哭声。

"真要命!"妈妈叫道,"真要把我送到坟墓里去了!好啦,别再拉你们的汽笛了吧,把事情的经过好好说给我听。"

可是,丘克和盖克一听到妈妈要进坟墓,就哭得格外响亮了。过了好久,他们才互相抢着说话,一面毫不羞耻地把过错推诿对方,一面把这不快的故事说了出来。

这样的描写,可算太精彩了!小孩子总是难于作假的,他们经不住层层追逼,就节节退守,直到最后无法招架、无法掩藏。盖达尔写他们哭了,哭得何其伤心!孩子们因预料到一场不可避免的灾祸将要来到的恐惧不安的心情,全部被高明的作者暗示出来了,而着墨却不多。最后,他们以为妈妈真要进坟墓而更加伤心害怕,只好具实地招认,就更加突出了小小儿童出于对妈妈的爱、化大错为小错的幼稚可爱的心情。至于他们互相间"毫不羞耻地把过错推诿给对方",则又一次地写出了他们固有的淘气劲。

这实在是观察得入了微、到了家。这里,我们揣摩到儿童文学创作的一个诀窍:要把儿童写得像,描得真,作者必须设身处地,化自己为儿童,以儿童的眼光看世界,看具体环境中的一切。这样,你的小人物才可能写得栩栩如生。

又如《远方》中的白季迦,偷了指南针以后,小公民的责任心使他羞愧。当他听到他偷的正是盼望已久的工程队的东西的时候,心里更加痛苦,但他仍然没有勇气承认错误,这件事,人们怀疑谢梨儿了,父亲打了谢梨儿。谢梨儿虽是他的"敌人",他却一再说:"难道可以打吗?"后来他把指南针放在林中,怂恿工程队到那里去寻找……这样的事,只有孩子们才能做得出来。

盖达尔作品中的小主人,虽然做出了优异的成绩(如铁木儿等),但它完全是孩子们力所能及的,并没有超出孩子能力的范围。作者对他们虽然一再夸不绝口,但他夸奖得有分寸。他的描写,尽力适合孩子们的特点和口吻,不让孩子说大人的话,做大人的事。他们的功绩,往往是在成年人的影响或帮助下得到的。这也就是盖达尔作品中为什么常常出现老战士形象的原因,关于这一点,下面还要谈到。

光是化自己为儿童还不够,它只能是作家塑造小人物的一个基础。写儿童无非是要对儿童进行思想教育。因此,创作时化自己为儿童之后,紧接着的重要问题就是:又要高于儿童,以致使你能够驾驭你的题材,有意识地引导你的人物按照生活固有的规律前进。但是提高要有基础和方向,基础和方向是什么呢?既然是写儿童,出发点就应该是儿童,就得在儿童的思想基础上和认识水平上,结合他们的年龄特点、生活特点等,逐步向你所

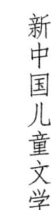

站的高度和方向因势利导、循序渐进。这样一来，就对儿童文学作家的政治思想修养提出了严格的要求。这个要求是必要的。只有这样，你的创作才不仅仅具有生活的真实性，而且富于深刻的思想性；不仅仅能够教育儿童，而且为儿童所喜爱。

关于这个问题，别林斯基讲过很精辟的意见。他说，儿童文学作家必须具备"高尚的、博爱的、温和的、安详的、和孩提一样纯真的心灵，具备高深的、博学的智能，具备对于事物的明确见解，同时不仅要有生动的想象力，而且要有生动的、富于诗意的、能够以生气勃勃而美丽多彩的形象来表现一切事物的幻想力。热爱儿童，深刻地认识各种年龄儿童的需要、特点和差异，这当然也是最重要的条件之一"。

不用说，盖达尔不但能够这么做，已经这么做了，而且做得很好。最突出的例子，就是苏维埃儿童典型形象的铁木儿的创造（见《铁木儿和他的队伍》）。现实生活中，你可能找不到铁木儿本人，但你绝不怀疑他在这个社会存在的现实性。他使人爱怜，也使人敬慕。他很真实，又很高尚，十分自然地激发起人们向他学习的迫切愿望。苏联儿童中间开展的铁木儿式的爱国主义运动，充分证明了这一点。

写儿童，像儿童，自己化为儿童，又高于儿童，我觉得这是盖达尔作品最成功的地方。要写儿童文学，要学习盖达尔，这一点是忽略不得的。

写成年人，写社会背景

除了许多突出的孩子形象以外，在盖达尔的作品中，成年人（布尔什维克）的形象，如丘白克、希巴洛夫（《学校》），叶戈尔、伊凡（《远方》），谢尔捷（《军事秘密》），马克西莫夫、高列（《雪堡司令》），也是令人难忘的。

既然写孩子的成长过程被儿童文学作家盖达尔看得如此重要，那么作为孩子们的导师和指路人的成年人形象，尤其是布尔什维克的形象，作为一种影响孩子们成长的社会力量，自然也会受到盖达尔高度的重视。这种力量往往是催促孩子们成长的决定性因素。事实上，苏联也好，中国也好，许多老干部，都曾有过英雄的少年时期，或英雄的儿童时期。要问他们是谁一手扶养大的，他们会不假思索地回答：是布尔什维克，是苏维埃，是共产党人，是革命的爷爷、奶奶、爸爸、妈妈、叔叔、阿姨。党和社会培养了祖辈、父辈，现在，他们出于革命者的责任感，也在不遗余力地培养着下一代。因而当格拉柯夫说"我是自己参加红军的"，而且被选入了"这个最真实，最革命的集团"，并为此"非常骄傲"，觉得"了不起"，企图博得丘白克的夸奖的时候，丘白克变得严厉起来了："你自己？胡说？……是你的生活造成的——这样你才来了。你的父亲被枪决了，这是第一条；你跟那种人常来往，这是第二条；你……""这样说来，我只是……我不是一个红军？""笨货！支队为什么不需要你？……重要的是你现在怎样。我告诉你只是要你不要太得意。一般的说，你这人并不坏。你有我们这种人的血气。……"这就是社会对孩子父亲般严格的教导。再听听指导员希巴洛夫对格拉柯夫讲的话："丘白克——唉，跟他在一起，你可以学到些东西，非陀阿却是一个不可信任的人……你应该跟大家紧紧联系在一起。一个人单独起来的时候，就会迷失方向，找不到正路。说真话，你应该加入党才行，那样做才能明了你的责任，不再犯错误。"格拉柯夫就是在这样的教导之下，自觉起来了。最早对他启蒙的是布尔什维克爸爸，后来是革命者杰克陀，再就是优秀战士、像严父一样的丘白克和指挥员希巴洛夫。离开这些人的培养，离开这样一个比一般学校更好的革命社会的学校，单凭格拉柯夫自己是无论如何也不可能长大长高的。这样的描写，就使这棵小松树枝叶茂密地成长起来,小小人物的形象的血肉,也自然丰满了起来了。

塑造成年人的形象,并不是盖达尔创作中人物刻画的重点。他们所占的篇幅虽然不多,地位却十分重要。作者对他们的描写格外严肃慎重,一丝不苟。这样,我们就在盖达尔的作品中看到了鲜明、亲切、令人尊敬的成年人形象。

上面我们说过,作者不仅要化为儿童,更重要的是高于儿童。这个"高"字,在盖达尔的作品中,经常是巧妙地体现在这些成年人的形象之中,在很大程度上,他们在替作者说话。

在社会背景的描写上,盖达尔并不像有些作品那样,采取连篇累牍、直接叙说的办法。在确定了社会背景,典型环境之后,他就把人物投进去活动,让周围环境在他们身上留下印迹,因而在人物描写之中,时代的特点和生活气息——扑面而来,既自然,又简练。这是因为作者对各个革命时期各类人物的精神风貌经过静观默察,自己又有亲身的经历和体验,这极其有利于他创造时代的人物。我们不妨回想一下盖达尔的所有的儿童文学作品,它们几乎全不注明年代,但你只要懂得点苏联革命历史,读不到几页,就会知道事情发生在什么时期。

总之,通过对成年人、社会背景的描写,我们清晰地看到盖达尔作品中的小小松树,是在怎样的力量培养下、什么精神影响下成长起来,怎样在阳光照耀下成长壮大,以及为什么他们前途无量!

巧妙的艺术构思,抒情的生活哲理

读盖达尔的作品,首先一个感觉是:它是上乘的艺术品,正由于此,我们被作者引进他的生活氛围的精神境界。盖达尔是让凝练了的生活形象本身向我们讲话、宣传真理,他的作品慑服人心的巨大说服力,都是由此产生的。

在我读过的盖达尔的十三本小说中,极少发现有枯燥沉闷的描写。其中有好多本,如《学校》《远方》《丘克和盖克》《铁木儿和他的伙伴》《雪堡司令》《一块烫石头》等,读过之后,还想再读。他的作品的结构很严谨,看得出来是经过了一番剪裁、布局的巧思和匠心。情节的开展步步深入,波澜起伏,始终引人入胜,不留给读者喘息的余地。我们时而为孩子们战斗的激烈而紧张(尽管你知道他们在玩耍),时而为他们幼稚的行动(只有孩子们才做得出的)发出会心的微笑,时而为他们第一次的、孩提式的功绩(对他们是不容易的)赞叹不已……盖达尔在艺术描写上的长处很多,这里,我只想谈谈他的艺术构思,以及在这种构思中如何有力地巧妙地透露精辟的生活哲理。

拿《雪堡司令》来说吧。这里有两个战场在战斗:铁木儿与萨沙的游戏战,和萨沙父亲马克西莫夫上尉与芬兰白军的搏斗。这里有两幅画:作品开头上尉未婚妻尼娜画的"通向共产主义平坦道路"的画,和作品最后上尉在赴战场途中一个突然发生的战斗场景(也权作一幅画吧)。上尉在离家上前线去的时候,也正是萨沙整装上阵的时候,爸爸和儿子相互祝贺了胜利。接着是两个战场激烈的战斗。战斗中困难很多,但是大家都具有勇敢精神,在战斗中顽强地锻炼自己。对于尼娜的画,上尉并不喜欢,因为她画面上的道路"太平坦了""没有障碍,没有战斗"。当司机高列和上尉在崎岖道路上行进,高列不同意上尉对这幅画的批评时,芬兰白匪突然袭来,高列受伤了,上尉救了他。他们继续英勇战斗,直到红军飞机赶走了白匪。最后,高列伤愈回家对尼娜说"路要曲折得多"的时候,也是铁木儿和萨沙经过激烈战斗,在战斗中建立了深厚友谊、正在亲切交谈的时候。正在这个时候，上尉从战场上发布命令，一排炮火射了出去。结束作品的，是这样一个场面：萨沙部队在欢送铁木儿部队出发寻找新的堡垒。作品在这里，深刻地说明了一个哲理：生活的道路不是平平坦坦的，你看，一个新的、曲折艰险的行程不是接着开始了吗？

短短的作品，寓意多么深刻，又多么容易使人接受！

这种巧妙的构思，也表现在《远方》里：一个偏僻的小车站，有两个孩子，他们时常向往着列车驰去的远方，向往着那里的工厂、机器、学校……不久，附近农村成立了农庄，工程队也开始修建工厂，偏僻的小站，立时呈现出一片兴旺的景象。苏维埃土地是一个整体，他们向往的"远方"，原来就在他们的眼前。最后，作者以老红军（被害的农庄主席）的葬礼和工厂奠基典礼同时举行的悲壮、狂欢相交揉的场面为作品作结。作者在这里说话了："没有艰苦而坚定的努力，没有顽强而残酷的斗争——在这斗争里会有个别的失败和牺牲——就不能创造新的生活，不能建设新生活。"

《军事秘密》中穿插的关于英勇不屈、为国捐躯的小孩基巴里的童话故事，实际上也为作品的主题起了画龙点睛的作用。

抒情的哲理，存在于盖达尔大多数作品之中，例如《丘克和盖克》最后对"幸福"的理解；《让它发光》最后叶菲姆卡告诉母亲理想的远景；《军事秘密》最后娜塔莎面对着一排排出征的红军无限的感触……

最集中地阐明作者一种哲理的，是他生前未发表过的一篇童话《一块烫石头》。这块烫石头，谁若砸碎它，谁便返老还童，生命重新开始。可是没有人能砸碎它。满头白发的老头子在国内战争中腿打断了，牙打掉了，脸被砍了，现在又老了，给农庄编筐子。但依瓦世喀小孩怎样劝他，他也不愿砸碎那块石头，他珍惜自己光荣的历史："傻依瓦世喀，难道这不是幸福吗？我还要另一个生命做什么呢？我还要另一个青春做什么呢？我的生命和青春过得虽困苦，却是既光辉又荣耀啊！"烫石头一直躺在山上，谁也不去动它。

盖达尔作品的构思，是为了更有说服力地表现他的哲理，他的哲理，无非是为了更深刻地阐明他的思想——共产主义理想。没有深入地观察生活和描写生活的作家，没有把自己的作品加工、制作为艺术品的作家，只凭干巴巴的几条道理，再怎样也不能打动读者的心，更不用说打动小读者的心。盖达尔曾说过："要是没有技巧、没有窍门，你的滚热的心就会像一颗没有目的、没有意义地发射出去的信号弹一样，一下子突然燃烧起来，立刻又熄灭了，什么也没有表现，白白地消耗掉了。"也有一些作品，自然主义地、不厌其烦地写了些孩子们嬉笑怒骂的生活琐事，描写得再逼真没有了，但读来乏味无聊。这样的作品有什么用呢？作家何必要写这样的作品呢？文以载道，无文无道，无所谓文学。盖达尔极力避免这两种偏向，他把对生活的真实描绘和深邃的生活哲理水乳交融地结合在一起了。

战士，作家，素材，题材

盖达尔 14 岁参加了红军，在革命的大学校里逐渐成长为成熟的布尔什维克战士。一直到牺牲，他手里从来没有离开过武器，或者是枪，或者是笔。他的成长，正经历了俄国革命暴风骤雨般炽热的年代。对盖达尔来说，他的少年时期、青年时期、壮年时期，都是在革命激流的漩涡中破浪凫过的。他本身就是一本写不完的书。

这样丰富的经历，为盖达尔的创作提供了大量宝贵的素材。他自小参加革命，作为一个小孩子在那样的环境下的心理活动、语言习惯，他自然是再熟悉不过了；也正因为他自小参加革命一直到成长为坚强的布尔什维克战士,他也深刻地体会到一个苏维埃公民的精神世界和他们真正的革命责任感。因而,盖达尔不但十分自然地写出了丰富生动的小英雄的可爱形象,而且也写出了布尔什维克式的、堪为师表的大英雄的可敬形象。

内战以后,盖达尔从事创作了,虽然他有丰富的生活积累,可他并不满足这些,他又开始了作家的观察和体验,而且十分刻苦,许多关于盖达尔的故事充分证明了这一点。他结识了无数的少年儿童。他不是生活的旁观者,他了解自己的责任,所以在和孩子们相处的时候,他总是帮助他们、教导他们,他成为孩子中最受爱戴的老师。他们之间的过从甚密,感情很浓,彼此的了解更多,写作的素材源源不绝地流来,提起笔来简直是左右逢源。通向生活的道路畅通,创作的生命常青。可见,对于一个儿童文学作家,深入生活、积累素材是如何的重要了。盖达尔的成就告诉我们,盖达尔式的全身心的投入、刻苦不懈的精巧构想,是通向艺术之宫的必由之路。

同奥斯特洛夫斯基一样,盖达尔进行创作,并不是为创作而创作,他之所以从事创作,无非是换上另一种武器,继续履行他战士的义务。他仍然是一位指挥官,不过指挥的是另一个兵团,更大的社会兵团。对于盖达尔这样的作家来说,他首先是一名战士,然后才是一位作家。盖达尔曾经幽默地说过:"……就让后代的人们想到,在世界上曾有这样一些人,'狡猾'地把自己称为儿童读物作家,而实际上他们却是为训练坚强的红星近卫军而从事斗争吧!"这句意味深长的话,就是盖达尔本人的写照。

这样,我们就不奇怪了,为什么在盖达尔的作品里找不出孩子间无谓的吵闹,无聊的嬉笑怒骂一类毫无意义的描写。他除了对紧张的战斗、危险离奇的境遇的描写以外,也写了许多儿童们日常生活中轻松愉快,富于情趣的乐事。作者的题材是广泛的,但他把它们洗刷得很干净,表现得很健康;至于深刻的思想性就更不待说了,血管里流出来的总是血,不管它转换成什么方式。像《蓝色的杯子》,只不过写一个小女孩因生妈妈的气,和爸爸一起出走的故事。看起来似乎索然无味,但当后来,爸爸在路上无意间讲起了他和妈妈如何恋爱的故事、妈妈如何关心他的时候,小女孩说话了:"好爸爸,我们是不应该离开家里的,妈妈是爱我们的……我们饶恕她吧!"到这时候,你不会觉得乏味了,反而觉得味道很浓。小女孩那天真的像水一样清亮纯净的心灵,分外使人疼爱。

学习盖达尔

盖达尔儿童文学创作的成就是多方面的,我觉得最主要的成就,在于他塑造出许多苏维埃的英雄儿童形象。

这一群可爱的形象,作者使他们的个性化达到这种程度:富于年龄特征、民族特征、地区特征、语言特征,他们是真正的孩子,而不是成人的替身。

这是一群可爱的形象,从他们的身上,人们看见了苏维埃性格是从哪里开始形成的,如何形成的。他们体现了祖国的未来和希望,人们可以绝对放心地把将来的一切交付他们执掌。在《学校》的最后,作者假借指挥员希巴洛夫的口问格拉柯夫道:"你多大了?""快十六了。""正中我意……马拉金,你知道十五岁是什么意思? 那表示说他会看到你我看不到的事情……"这本来是列宁的意思,作者在此处借用,显然是寄托了无限的情意。这是老红军,也是作者对儿童一代的期望:革命为了下一代,事业需要后人继承!

盖达尔的期望没有落空,15 岁的孩子如今长大成人了。他们被培养成为盖达尔所致力培养的"红星近卫军",他们的名字是:奥列格、丹娘、卓娅、马特洛索夫……

盖达尔不但以他的作品，也以他的风格和气质教育了成千上万国内外的儿童。他是以战士的姿态和精神描写战士，他和作品中的战士一样，始终保持着战士的光荣。当此"六一"儿童节的前夕，对于这样一位专心致志、不遗余力地培养"红星近卫军"的作家，我们热忱地纪念他、学习他。

盖达尔——"勇往直前的骑士"！

（原载《世界文学》1959 年第 5 期）

安徒生在中国①

叶君健

童话作家安徒生,是今天在中国普遍受到读者喜爱的西方作家之一。他的童话,即在丹麦文中所谓的 Eventyr,以全集、选集、成年人版和幼儿版等形式出版的各种版本,其总印数近百万册,小孩子爱读,成年人和老年人也很欣赏。这些童话是一个多世纪以前写的,在今天社会主义的中国,居然受到如此众多的人的欢迎,这不能不说是一种很有意义的现象。

安徒生被介绍到中国来,是在 20 世纪 20 年代初,那时正是中国新文学运动开始的时候。新文学运动又名"文学革命"。它是在当时政治思想和社会思想巨大变动的推动下产生的。当时中国正处于一种半殖民地半封建的状态之下,内有军阀混战和封建买办官僚与地主阶级相结合所进行的对人民的残酷剥削,外有帝国主义粗暴的压迫和干涉;处于水深火热的中国人民正迫切地要求社会改革,甚至革命。作为中国人民先进部分的知识分子正迫切地要求社会改革,甚至革命。作为中国人民先进部分的知识分子,便于1919 年 5 月 4 日在首都北京举行了规模巨大的示威,强烈地表达出人民的这个要求。示威的表面动机是反对当时政府丧权辱国的外交,而实际意义却是更为深刻。那时列强正在凡尔赛宫重新布置第一次世界大战后的世界秩序。中国原是站在协约国一边,属于胜利者的行列。德国在战前曾经霸占了一些中国领土,如山东半岛,和攫取了一些特权。在处理战败的德国时,凡尔赛和约的缔造者,本应把这些领土还给中国,并撤销那些特权,但他们却在日本的压力之下,确定把它们转让给日本。这种无视中国人民的正当权益的行为,对中国人民当然是极大的侮辱。所以,五四运动便逐渐发展成为对内反对腐败政府,对外抗拒帝国主义压迫的巨大政治运动。它的口号是"民主"和"科学"。

在文学方面,它则表现为"文学革命",这就是把文学从传统士大夫抒发私人情趣的旧框框里解脱出来,而把它引向现实的人生,作为表现人民疾苦和推动社会进步的一种力量。它最初的变化主要表现在文学表现形式的改革方面:人民的口语代替了旧式文人专用的文言文,西方文学的各种表现形式,如小说、诗歌、戏剧也被引进来。逐渐,内容也起了变化:社会问题成了作家主要关心的问题。我们现在所理解的儿童文学也是在这个背景下产生的。中国的儿童文学本来有很悠久的历史。它主要是以口传的形式,在奶奶、阿姨们中间扩散开来。但中国没有出现过一个贝洛或格林兄弟,因此这些口头儿童文学也没有被记载下来,作为一种书写的文学,它却一直没有太大的发展。这主要是由于在旧时代,儿童一开始识字就被迫读以孔教为中心的"四书五经",其目的是要把他们教养成为封建伦理和社会制度的卫道士。充满幻想的,以仙女、巫婆、王子和其他冒险故事为内容的童话,自然被认为是荒诞不经,根本不让孩子看,因此也就没有人记载这类作品,更谈不上创作儿童文学了。

只有到了五四运动开始以后,儿童文学才被正式认为是文学的一个品种,才开始有

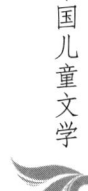

作家尝试为儿童写作品。正如新文学的其他品种一样，新儿童文学也从外国儿童文学中吸取营养，从中得到借鉴。外国的儿童文学作品，特别是西方的，便开始被翻译过来。当然，安徒生是首先受到重视的，他的作品开始成为中国儿童的读物，也成了中国儿童文学作家的参考。译者大都是当时有影响的作家。但这些作品却都是从英文、法文或日文转译过来的，其忠实性，无论从内容或风格上讲，都受到了一定的局限。安徒生本来的面目自然也不能完全如实地反映出来。他虽然已经为中国的读者和文学界所知，但当时他的作品却并没能广泛地流传开来。当然这也受到了当时中国社会实际情况的影响。

只有到了1953年，也就是社会主义的新中国成立四年以后，安徒生的作品才开始广泛地流传。新译本出现了，第一部是一个小本子：《没有画的画册》。它是直接从丹麦文译过来的。虽然它没有立即在小读者中引起太大的兴趣，但是却受到了文学界的重视。在这本小书中，中国文学界发现安徒生是个诗人。他在中国文学界的形象因而也起了变化：他那些"讲给小孩子听的故事"，不仅充满了丰富的想象，而且还洋溢着极度敏感、天真而又沉思和颇具哲学意味的诗情。的确，新的中译本也是从这个角度译出来的。无论从风格、语言或意境方面讲，译者始终把他的作品当作诗来处理，这是对他的作品的一种新的认识和解释。在这个基础上，安徒生的作品便对中国的读者显出它异乎寻常的魅力。于是这些作品便按照它们原先发表的次序一本接着一本地在中国的书籍市场上出现了。

他早期的童话，也就是他1835年到1845年这10年间所写的童话，如《打火匣》《豌豆上的公主》《海的女儿》《拇指姑娘》《小克劳斯和大克劳斯》《小伊达的花儿》《丑小鸭》《白雪公主》《皇帝的新装》《夜莺》和《野天鹅》等，迷住了中国的小读者。他们在这些童话中发现了一个新天地，一个充满了幻想、诗情、温暖和人道的世界。他们天真无邪的心灵与故事中那些人物的脉搏以同样的节奏跳动，他们分担这些人物的喜怒哀乐，对他们的行为和命运时而感到同情，时而表示惋惜，时而觉得惊愕。他们真正进入了这些人物的感情和生活之中。但他们又不是和这些人物浑然一体，他们仍然能和这些人物保持一定的距离，对他们的善和恶做出一定的判断，而决定自己对他们的爱憎。换一句话说，他们在欣赏和接受这些作品的快感的同时，也从中受到了启发和教育。

中国新兴的儿童文学作家，把安徒生的童话当作借鉴，也是基于它们所具有的这些特点，评论家们也认为它们是具有欣赏价值很高的读物，适于今天中国儿童的消化能力。尽管从教育的意义上讲，这些儿童要被培养成为新的社会主义的接班人，有趣的是，他们发现安徒生的作品与这个目标也不矛盾。所以在四五年内，这些作品便以单行本的形式全部出齐。1958年又以全集的形式在中国的书店出售，与世界其他古典名著并列——这也是中国第一部安徒生的童话全集，收集了他在这方面的全部作品，共168篇。接着，中国社会科学院的外国文学研究所又从中选出一部分，编了一个标准选集，收入该所编的《世界古典名著丛书》。至于其他以不同年龄读者为对象的各种选本，也相继不断问世。有不少的故事还被改编成为以一般群众为对象的"连环画"，其印数之大，现在很难作出精确的估计。

安徒生的童话所反映的生活和思想内容，当然与他所处的时代是分不开的。要求从中找出与今天中国社会主义精神相适应的东西，看来是不实际的。但中国的读者和评论家却在这些作品中发现某些素质，它们超越了时代，是永恒的，对今天中国的读者，特别是幼小读者，仍然具有启发的功能；对他们性格和情操的陶冶，也能发挥深刻的作用，与今天的社会主义精神并不相违背,甚至还能起相辅相成的作用。以《海的女儿》这个故事为例,它的主人公是王子和一位实际上并不存在的海底公主。从表面上看,这个故事发生在一个远古时代,充满了封建气味,两位主人公也属于统治阶层,所处的生活环境与一般的群众有极大的悬殊,理应受到社会主义国家的读者的批判。

但中国的读者却在他们身上发现出不受时代和阶级观点影响的东西:人类优良的品质,特别是在那位海的女儿的身上。从故事情节本身来看,海的女儿的坎坷遭遇足以博得人们深切的同情,对于那些善感的小读者来说,甚至还可以勾出他们的眼泪。但中国的评论家认为,她感人的地方不在于她所受到的苦难,而在于她的顽强追求——追求一个人类的不灭的灵魂。她这样做无疑是源于她对王子的爱,但中国读者对此却有不同的理解:她爱这个王子,并不因为这个年轻人是出自皇族,而是因为他是文明和文化的化身。换一句话说,他是高等动物"人"的象征,代表作为"人"所应具有的特点,以区别于其他的动物,包括出身于水族的她的家族。因此她对"人"的灵魂的追求就具有比"爱"更深的意义了。通过她的这种追求,读者可以意识到做一个"人"之可贵,因而也体会到作为"人",我们应该如何珍视自己在动物界中所具有的高等地位而争取在品德方面做一个与"人"的称号相称的——也就是一个有"灵魂"的人。这是中国读者在这篇优美的故事中所发现的真正主题。这个主题对我们今天的人类还有现实意义,对于正在建设社会主义、追求一个美好未来的中国人就更有意义了。

当然,海的女儿是海底动物。她不可能变成人,更不可能获得一个"人"的灵魂,因而她对王子的爱最后也以悲剧告终。她本来也可以改变自己的命运,再恢复她海底公主的形体,如果她接受祖母和姐妹们的忠告,在王子新婚之夜用尖刀刺进王子的心房,让他的血溅到自己的脚上,使自己的鱼尾复原。事实上,她的祖母和姐妹们已经送给了她这把尖刀,但她拒绝这样做,而自己投入海水中去,变成泡沫。这种珍惜别人的幸福而不惜自己献身的牺牲精神,在今天社会主义的中国被普遍地视为一种高尚的品质,每个公民应当争取使它成为自己性格的一个组成部分。所以海的女儿的这种勇敢的行为对今天的中国青少年们有很大的启发意义。

这个例子也说明了,安徒生的童话在今天的中国并没有失去它们的时代意义。虽然它们已经是很老很老的了,但中国的读者仍然在其中发现出新意。安徒生有许多作品还洋溢着民主主义精神,歌颂社会进步,表彰那些对人类文明做出过贡献的人,倡导世界和平和人民之间的友谊,这些特点对中国今天的读者来说仍然起着鼓舞的作用,因而安徒生本人,在中国读者的感情中也显得非常亲切。中国现在正以全副精神进行现代化的建设,需要大量人才来使这个计划变为现实。学习知识是今天中国少年一个重要的任务,因此在他们中间,学习氛围非常浓厚。不少年轻人在自己的事业中争取攀登高峰,希望在人类各项知识领域里取得成就,为中国为人类作出贡献。但攀登高峰的道路从来都是不平坦的,上面免不了布有荆棘,尽管今天的中国社会在这方面提供了有利的条件。安徒生一篇不太被人注意的童话《光荣的荆棘路》已经在这方面提出了警告,但同时也对他们给予了热情的鼓励。中国的青少年在这个故事中发现了珍贵的信息,因而非常喜爱它。一个销行极广的刊物《青年文摘》转载了它《青年文摘》转载了它,使它得以为更多的青少年所传诵,它也就成为许多青年集会上讨论的题目,因为它直接联系他们和他们国家所面临的实际问题。

上面所举的例子,足以说明为什么安徒生的童话在今天的中国仍拥有广大的读者和

新中国儿童文学

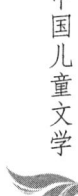

被评论家所称颂的原因。这当然不是说中国读者理解和解释安徒生的作品是从实用主义的角度出发。我们不要忘记，读者是把这些作品当作文学作品来阅读，而不是作为课本或教育材料。他们是以欣赏的心情去接触它们，从对它们的阅读中得到快感，受到感染，进入作品中去，从而从中获得教益。安徒生的作品是以情和艺术感动人，中国的读者也是从这个角度去读它的。此外，安徒生在他的作品中所表现出的他那特有的气质，他那天真朴素的激情和富于沉思的哲学脾性，也很适合中国读者的口味，因而容易吸引他们。

也许是由于今天的中国，作为一个离开半殖民地半封建的旧社会不是太远的发展中国家，所处的历史阶段与安徒生所处的时代距离还不是太悬殊，安徒生的童话中所反映的当时丹麦的社会生活和他本人对这种生活的看法，对中国今天的读者来说，仍然相当亲切。像《卖火柴的小女孩》《单身汉的睡帽》和《柳树下的梦》这类安徒生在中年和晚年所写的作品，在中国的读者心中，倒好像是与昨天中国社会所发生的事情有类似的地方。特别是《卖火柴的小女孩》，它在中国的幼小读者中一直在引起强烈的反响，而成为一个家喻户晓的故事。中国的中央电视台曾把它编为电视剧在全国放映，北京的芭蕾舞学校也把它改编为芭蕾舞剧，在北京公演。在我动身到这里来的前一个月，我在我国南方湖南省的一个县图书馆参加了一个小学生的晚会。有一个小学生表演了《卖火柴的小女孩》这个故事。在结尾那儿，她根据她的理解给这个故事赋予了新意。她说：

"瞧卖火柴小女孩的悲惨夭折，这是在我祖父那一代的孩子中常发生的事——祖父曾经不止一次给我讲过这样的事。很幸运，这样的事现在在我们中间没有了。但我们不要忘记，我们得好好读书，好好地学习知识，好叫我们将来能成为有用的人，把我们的国家建设得更富强、合理，叫这样悲惨的事永远也不要发生。"

由此可见，安徒生的童话与中国儿童的生活、思想和愿望结合得很紧密。它们进入了今天中国青少年的感情与生活中，因而与一般的外国童话不同，在中国的土壤中扎下了根。不仅如此，它们的影响也同样扩大到了中年人和老年人中间，有许多人从它们中找到不少值得在生活中深思、回味和受到启发的东西。这些东西有时只是用一句话或两句话表达出来，但可以深刻地留在人们的记忆中，长期不会忘记。这些警语般的词句，精炼地表达了安徒生对人生的观察和体会。它们也可以帮助人们更深切地了解安徒生和哺育他的国家和人民。这些警语式的话语和思想片段，在他的作品中可以说俯拾即是，随处可以找到。

如他写的第一篇童话《打火匣》，故事情节并不复杂，语言也很朴素，但其中却有许多语句闪烁着智慧的光芒和对人生的洞察力，耐人寻味。如出身低微，但曾经一度享受过豪华生活的那位士兵，花光了钱，"只剩下两个铜板了。因此他就不得不从那些漂亮的房间里搬出来，住到屋顶下的一间阁楼里去。同时他也只好自己擦自己的皮鞋，自己用缝纫针补自己的皮鞋了。他的朋友谁也不来看他了，因为走上去要爬很高的梯子"。在同一个故事里，他又用同样的寥寥几句，勾勒出那位皇后的能干："不过皇后是一个非常聪明的女人。她不仅会坐四轮马车，她还能做些别的事。她取出一把金剪刀，把一块绸子剪成几片，缝了一个精致的小袋，在袋里装满了很细的荞麦粉。"就是在那个《卖火柴的小女》的悲惨的故事里，我们也可以发现同样使人啼笑皆非的描述，如："那是一双非常大的拖鞋——那么大，她的妈妈一直在穿着。在她匆忙越过街道的时候，两辆马车飞快地闯过来，吓得她把鞋子都跑落了。有一只鞋她怎样也找不到，另一只又被一个男孩子捡起来抢跑了。他还说，等他将来有了孩子的时候，他可以把它当作一个摇篮使用。"

在另一个叫作《恋人》的故事里，一个陀螺对他正在追求中的"恋人"球儿吹嘘自己出身华贵，他俩做了这样一段对话：

"不过我是桃花心木做的，而且还是市长亲自把我车出来的。他自己有一个车床，他做这种工作时感到极大的愉快。"

"我能相信这话吗？"球儿问。

"如果我撒谎，那么愿上帝不叫人来抽我！"陀螺回答说。

被人来抽，在陀螺看来，是它最大的光荣。如果不是出身高贵，他是没有资格来享受这种光荣的特权的。这种幽默感，这种自我嘲弄，与中国人的性格，几乎可以说有一种血缘关系。这种对我们人生尖刻而又温暖的评论，中国人能够充分欣赏，正如欣赏他们自己的某些荒唐和可笑的言行一样——事实上，这也是一种哀而不伤的自我批评。

在他晚期一篇叫《幸运的贝尔》的自传性的作品中，安徒生对这篇故事的主人公贝尔在对"美"的追求取得了成就后死去时，作了这样的描述："像索福克里斯在奥林匹亚竞技的时候一样，像多瓦尔生在剧院里听见的交响乐的时候一样……他心里一根动脉管爆炸了，像闪电似的，他在这儿的日子结束了——在人间的欢乐中，在完成了他对人间的任务以后，没有丝毫痛苦地结束了。他比成千上万的人都要幸运！"

这里所谈的是对"幸运"的理解——在人生的最后的一刻对这个常用词的理解。中国人的人生哲学虽然与西方不同，但他们在圆满地完成了人生应完成的任务后，而离开这个世界时所感到的满足，即所谓"安息"，却与安徒生所指出的"幸运"感有很接近的地方。这是一种积极的人生态度，虽然它涉及"死"，它使人们有勇气正视人生和人生道路上的荆棘，坚定地、有信心地努力为完成人生所应完成的责任而前进。安徒生在他的作品里形象化地表达出这种人生的责任感，对今天中国的读者们仍有极大的感染力。我有一位从事科学的朋友，他每天在开始工作前，在吃早饭的时候，总要读一篇安徒生的童话，为他要进入这一天的工作做精神上的准备，同时取得投身工作的一种心境。这是每个今天的中国人在建设他们的国家，改变贫穷落后的面貌的过程中，都希望具有的一种心境。

安徒生就这样成为今天中国男女老少所喜爱的一个西方作家。他的童话作品，像许多古今中外优秀的文学作品一样，成了中国人民精神食粮的一个组成部分。它们适应了中国的环境，因而也无形中成了中国文化的一部分。对于中国的新兴的儿童文学家来说，这些童话在他们的创作中也起了应有的影响，正如其他外国人民所创造的文化成果在中国同样起了它们应有的影响一样。有时这个影响还相当可观，在中国文化的发展史上起了关键的作用，如我在这篇报告开头所提到的新"文学革命"一样。这也证明一个事实，即世界上任何国家的人民在文化上所取得的成就，都是超越国界和时间的限制的。它们都是人类的共同财富，因而也理所当然地为全人类所享用，作为他们自己文化创造的营养和借鉴。

这就是今天中国人民对任何其他人民的创造所持有的态度。安徒生的作品在中国的广泛流传只不过是这方面的一个生动的说明。当然中国也不乏故步自封的顽固派，他们拒绝外来的东西，在不幸他们暂时取得了掌权地位的时候，他们甚至还可以搞一套闭关锁国的勾当，使中国与世界人民隔离开来，如在过去不太久的"文化大革命"期间那样。但在历史的长河中，这只不过是一瞬间，迟早会被推到历史的垃圾堆中去的，现在就是如此。我们的国家现在在有意识地推行开放政策,有意识地吸收外国人民在科技和文化方面的成就,使它们适应中国的环境和人民的需要,以推动国家在现代化的道路上前进。这将不仅有益于人民之间的交流、理解和合作,也有利于世界和平和整个人类文明的繁荣和发展。

[注释]

①这篇文章原是作者 1985 年 8 月在联邦德国奥格斯堡举行的第 70 届国际世界语大会所举办的"会期大学"作的一篇报告。该会的参加者有 2000 多人,特约请了各学科的专家为会众做报告。这篇报告的目的是想说明中国对安徒生所作的、具有中国特色的评价以及中国对外国文学遗产的态度和政策。但它对于我们理解安徒生及其作品也有参考价值。

（原载《浙江师范大学学报》1986 年儿童文学专辑）

中西童话类型的演变

周晓波

在丹麦首都哥本哈根的入海口，有一座金色的铜像在水面闪闪发光。它不是什么开国元勋，也不是什么英雄豪杰，而是一个美丽的姑娘。她没有一般人的腿，而只有一条漂亮的鱼尾。她坐在石头上，眼望着茫茫的大海沉思。她是谁？原来她就是"海的女儿"——人鱼姑娘，是安徒生所塑造的不朽的童话形象。这位伟大的童话大师何曾想到童话在他手里竟然完成了两个世纪的伟大跳跃，脱胎于民间童话的现代童话在他笔下渐趋成形，从此开始了童话的新纪元。

中西童话都毫无例外地经历了由神话、传说→民间童话→现代童话（或称文学童话）→当代童话的发展道路，而其中最关键的，由民间童话到现代童话的突破性的开创，是出自安徒生之手。19世纪中叶，西欧的现代文明和汹涌澎湃的批判现实主义浪潮，冲击着这位始终对儿童怀着一颗赤诚之心的作家对于童话的创新和改造。那不朽的铜像便是当之无愧的物证。就像人们永远不会忘记这座铜像一样，人们永远记着伟大的安徒生。中国童话尽管也经历了这几个相似的历史阶段，中国民间童话的历史同样源远流长，但由于长期封闭，直到20世纪初，在西方新学的影响和五四运动的冲击下，才由叶圣陶先生的《稻草人》开创了中国现实主义童话的道路。中西童话尽管在发展阶段的时间上有先后，但是比较它们在各个相同阶段上的童话类型，却有着许多惊人的相似之处。这在交通比较发达，中西文化互相渗透的现当代，自然不足为奇，但在古代自成封闭的中西两块地域中，这一现象就不能不令人感到惊奇了。我们不否定民间童话流传的极强生命力，但也不能不通过中西文化、中西思想观对童话的渗入的比较去发现其中的某些奥秘。美丽的神话和传说毕竟只是童话可溯的历史渊源，还算不上真正的童话。所以考察童话类型的演变，我们得先从古老的童话，也就是长期流传于人们口头的民间童话开始。

中西民间童话类型的比较

翻阅中西民间童话，我们不难发现它们有着许多共同的东西。尽管东西方思想、文化是那么不同，但在民间童话的结构、语言、形象等方面却常有一些传统的表现方式，比如一定的组织手法（善恶、报应、重重磨难之后获得幸福等）；共通反复使用的法宝（宝物、奇遇、仙人助法等）；常用的结构法（三段式、回旋法等），以及一些故事传统的习惯用语（"从前""很久很久以前""九沟九湾""九山九岭""九百九十九天"等），这些特定的表现方式对形成东西方民间童话的固定类型影响极大。但是东西方不同的文化背景、思想观念，以及风俗习惯等又使这些相似的固定类型表现出某些细致的差别。比如在东方众人皆知的民间童话"老虎外婆型"，在西方则为家喻户晓的"小红帽型"，两者内容都是述说小女孩智胜猛兽。但一个用的是"老虎"形象，一个则以"老狼"的形象出现。这就是不同地域的自然生态不同所产生的结果；而西方的"白雪公主型"和东方的"白鹅女型"，均表

现受继母迫害的小姑娘经受磨难之后，最终靠神灵的托庇得到了幸福。然而"白雪公主"的高雅、娇嫩和"白鹅女"的善良、纯朴又代表了东西方民族不同的理想追求；西方的"天鹅处女型"与东方的"蛇郎型""田螺姑娘型"大都表现仙女与凡人的结合、离异，只是一个表现得更浪漫些，而另一个则表现得更朴实些，这也是因东西方民族不同的文化心理所形成的；西方的"两兄弟型"和东方的"三兄弟型"，体现小弟弟的机智、聪明、勤劳、勇敢是它们共同的主题，但一个表现得较为幽默，而另一个则更为忠厚些；中国著名的"七兄弟型"表达了团结一致的力量，充分体现了东方民族提倡和睦团结，而西方则赞赏勇敢的"小缝衣匠型"和"士兵型"，体现了西方民族不同的个性，提倡依靠个人奋斗，敢闯无畏；另外在表现和歌颂忠贞不渝的爱情方面，西方有典型的"灰姑娘型"；东方则有著名的"白蛇传型"；在争取婚姻自主方面，东方尽管在正统的封建道德规范上是不允许的，但在民间童话中则与西方一样是完全开放的，受到称赞的，体现了人民共同美好的愿望。东西方都有的"三根金头发型"（中国又称为"淌来儿"，格林童话又称为"幸运儿"）有着惊人的相似，情节、人物、结构大体一致，只是由于民情世俗和民族心理的不同，所以在童话形象和社会结构的安排上有所不同。民间童话的类型还有很多，例如"大拇指型""负心汉型""青蛙王子型"等等，这些类型东西方尽管相似，但由于产生的文化背景和风俗习惯的不同，所以在细节上东西方说法有些区别，例如：王子变成了英俊聪明的英雄，公主变成了富家的女儿，和尚代替了牧师，圣女玛丽换成了幸运女神，帮助人的神通常换作龙王等等。这些细节特征使东西方童话类型各自保持了自己独特的民族风格。那么东西方民间童话为什么会形成这些相似的特定类型，而在童话之源的神话和以后发展的文学童话中，这种固定类型又很少见，是什么原因形成了民间童话类型的一定的国际性呢？有人说它们同出一语系（印度或阿拉伯语系），又有人说是出于人类处在相同社会发展阶段上，所经历的某种共通的生产生活方式和社会心理而形成的，这两类说法可以解释一些童话类型的现象。但还应当注意的是民间童话所流传的共同的方式，无论东西方都是通过人们口头流传的方式一代一代加以完善。这种相同的说故事形式久而久之形成了某些特定的表现手法（如前所述），而人类社会某些共通的伦理道德观念又极易形成某些情节相似，内容相似的故事，这样，一些较为固定的故事类型也就不约而同形成了。此外也不能忽视古代东西方文化交流对民间童话的互相渗透和影响。西域曾是通往欧洲的大门，从后人搜集的民间童话看，维吾尔族、蒙古族等西部民间童话与西欧童话最为接近，童话类型也最为相似。而与此同时，西域与内地的经济文化交流自然也不可避免地对民间口传的童话产生影响，这种互相渗透使民间童话的类型就更为接近和稳固。民间童话类型的演化是一种长期而缓慢的文化进程，除了数量的增加和故事情节的完善，几千年来几乎无根本性的变化。给童话带来一场真正革命的是18、19世纪西方资本主义世界的飞速发展，以及随之而形成的西方新文学思潮的强有力的冲击，伟大的童话作家安徒生以及与他同时代的其他一些作家，以他们无与伦比的远见卓识和非凡的创造才能，冲破了传统童话类型的层层束缚，为民间童话类型向现代童话的过渡闯出了一条新路。

由传统童话类型向现代童话演化中的中西童话

童话由类型化转为风格化，是民间童话向文学童话过渡的关键。安徒生的整个童话创作鲜明地印着这两个阶段童话的烙印。早期童话依安徒生自己说："都是取材于幼时听过的老故事，不过是用我自己的态度写的罢了"（《我的一生》）。尽管安徒生在这些童话中融入了自己丰富的想象，进行了艺术的再加工，但民间童话类型化的影子仍十分明显。例如《大克劳斯和小克劳斯》类同于"两兄弟型"；《拇指姑娘》则相似于"大拇指型"；《打火匣》类似于"贫民与公主结合型"……尽管安徒生的童话创作脱胎于民间童话，但无疑民间童话的文学和艺术的素质陶冶了安徒生，对民间童话的艺术再创造为他以后的自由创作打下了坚实的基础。

19世纪中叶，西方风起云涌的社会生活，使安徒生这个从底层生活中挣扎出来的人民的作家不能不视而不见。当他强烈地意识到民间童话的传统类型已不足以表现丰富的社会生活和内心情感时，他的童话创作开始转向对现实社会的剖析和思考，迈入了现实主义的道路。如果说安徒生的《海的女儿》《野天鹅》等童话还略含有民间童话的意韵的话，那么他后来的《丑小鸭》《卖火柴的小女孩》《柳树下的梦》等童话是不折不扣的现实主义童话，反映了安徒生个人奋斗的道路，以及那一时代下层人民不幸的命运。从《海的女儿》《野天鹅》等童话起，安徒生的童话已逐渐形成了自己独特的风格：优美抒情的笔调，隐含着的淡淡的忧郁，以及揭露和嘲讽的不动声色的幽默。这一独特风格的形成使他赢得了广泛的小读者，其童话登上了艺术殿堂。同时，他的笔调也更如行云流水，挥洒自如，既展示了社会生活的丰富多彩，又充满着童话幻想的深邃意境，完全摆脱了传统童话类型的束缚。

此外，19世纪的其他一些作家亦为童话进入现代童话的轨道作出了努力。英国诗人王尔德以他的《快乐王子》等多篇童话力作为现代童话增添了光辉。他的童话深刻地触及时弊，塑造了"快乐王子""小燕子"等丰满的童话形象，而且以他唯美主义的诗风奠定了他的童话风格。他的童话有着诗意般的美，语言富有音乐感，而且在美丽的辞藻中隐含着深刻的哲理性，给人以深深地思索。

德国作家华尔格的《闵豪森奇遇记》和意大利作家柯罗提的《木偶奇遇记》、英国作家卡洛尔的《艾丽思漫游奇境记》等童话，又以大胆的夸张和离奇的情节开创了奇幻和异想天开式的童话风格；而豪夫的童话则以辛辣的讽刺、泼辣犀利的文风著称。

总之，真正形成了作家自己的创作风格，才使童话有了一场真正的革命——彻底摆脱传统童话类型的束缚，进入现代童话创作的进程。时代造就了一代作家，同样也促使了童话的革新。

与西方比较，中国童话的这一转折点来得稍晚些，这一转折也可说是深受西方现实主义童话的影响。因为中国并没有出现像安徒生这样的集大成者，直到"五四"时期才在新思潮的冲击下完成了由民间童话向现代童话的过渡。叶圣陶首先打破了这一沉寂，开创了中国现实主义童话创作的道路。不过叶圣陶也不是突然就冒出了《稻草人》这样的现实主义力作的，他的早期童话《小白船》等包含着浓厚的理想主义色彩。但是他崇尚的"为人生而艺术"的主张，使他不能不正视旧中国黑暗的现实，所以创作《稻草人》正是叶圣陶思想发展的必然产物。

当然，叶圣陶走上现实主义童话创作之路也与他借鉴西洋童话不可分开。他自己也曾说过，他是由于受到安徒生、王尔德、格林兄弟童话的影响才"有了自己来试一试的想头"（《我和儿童文学》）。叶圣陶早期的童话风格明显地映着安徒生童话风格的影子，但是他绝不是拜倒在西洋童话面前，他说："对于外国文学，模仿或袭取是自堕魔道。但感受而消化之，却是极其重要。"因此他的童话显然不是"西化"的产物，而是深深植根于中国现实的土壤，有着自己浓郁的中国作风与中国气派，完全是"中国化"的童话。他的童

话的题材大都来源于中国下层人民生活，例如《稻草人》，描写了破产农民的悲惨遭遇；《火车头的经历》反映了爱国学生的示威请愿运动；即使是与安徒生童话同名的《皇帝的新衣》，我们感受到的也完全是中国人民争取民主、自由和反抗残酷腐朽的封建统治的呼喊……他的童话所展现的人物的生活环境与乡土风光、道德理想等风景画、风俗画是我们民族特有的文化传统和心理素质的具体表现，充满着浓厚的民族生活气息。例如《快乐的人》《蚕和蚂蚁》《稻草人》等童话中所描写的美丽的乡村田园风光；《画眉鸟》中所出现的"弯弯曲曲的胡同"和"悠悠荡荡"的三弦声，以及《慈儿》中老乞丐对慈儿"小官人"的称呼等等。这一切无不洋溢着中国鲜明的民族情调与风尚，人们无论如何也不会把它视为"西洋童话"。而叶圣陶的功绩正在于"给中国的童话开了一条自己创作的路"（鲁迅），因此中国现代童话尽管借鉴于西方而脱胎，但它一经形成就完全以自己独特的风格和面貌出现在中国的土地上。

而中国令人惋惜的是"之后响应者并不多"，长时期形不成一股巨大的冲击波，这一发展极为缓慢，直到20世纪30年代才以张天翼的《大林和小林》《秃秃大王》《金鸭帝国》等童话力作将现实主义童话再次推入一个新的高潮。张天翼童话的风格全然没有叶圣陶童话风格中的那种淡淡的抒情、隐含的忧思，而以截然不同的大胆夸张和辛辣幽默的讽刺为特色独树一帜。

同是继承现实主义传统，在如何反映现实的问题上，张天翼有着自己独特的理解和崭新的角度。他认为作家应当"抛弃""旧的个人的抒情和身边的近事的描写"，而从现实社会的"整个结构"着眼去"认识现实，把握现实，深入现实"（《一点意见》——《现实文学》第一期）。因此，张天翼尽管积累着丰富的创作题材，但他并不停留在对琐事的描绘，并不满足于仅仅对黑暗现实的各种现象的揭示，而是从现实社会的整体构架、本质精神上去把握，将复杂的人生画面组织进20世纪30年代中国社会明确的阶级对立的两大社会结构中去。童话《大林和小林》最典型也最成功地展现了这个艺术世界。它通过一对孪生兄弟所走的不同道路，揭示了两种不同的社会生活和两个对立阶级尖锐的矛盾冲突。如果说《大林和小林》是一幅时代社会本质精神的横断面，那么《金鸭帝国》就是一幅不折不扣的社会发展规律的纵深图。在引子部分，他对人类发展的三个社会形态做了童话式的概括。而正文部分则围绕一个名谓"大粪王"的资本家的发迹史，展示出资本主义的演变发展过程。总之，张天翼的全部童话显示了现实主义精神的宏大深邃。他的童话虽然也借鉴了西方童话的某些形式，写了国王、公主、富翁等，但其批判现实主义的实质却体现着中国传统的民族批判精神，所展示的"社会相"亦完全是中国式的。在语言风格上，张天翼十分欣赏西方民族的幽默机智，他尤其推崇果戈理、契诃夫等人讽刺、夸张的语言艺术。然而他也欣赏《儒林外史》中的那种漫画式的淡淡的勾勒而又入木三分的刻画。他吸取了这些幽默大师的特长，创造了张天翼式的幽默夸张风格。正因为他独特的艺术风格和出色的童话创作，使他成为中国现代童话继叶圣陶之后的第二个里程碑。

中西童话跨入转折性的第二阶段虽然时间有先后，民族特色和风格情调各不相同，但是它们在艺术形式上的变化却是相似的。最根本的是由传统的比较固定的类型化转变为多色彩的、可供作家自由驰骋的风格化，显然后者的天地更开阔，也更灵活多变有特色。而从艺术手法上来看，民间童话中的魔幻法用得更多些，往往借助宝物、魔力对现实产生作用；而现代童话则夸张、奇幻法用得更多些。在形式上，民间童话的结构较为固定，三段式的反复结构成为最基本的结构形态；而现代童话则结构比较自由，没有固定的结构形态。另外在内容上，民间童话中自然力和兽性恐怖色彩比较浓；现代童话则现实生活和人情味更浓厚些。

总之，民间童话向现代童话的演化是时代、社会发展的必然，先进的思想文化和诱人的现实生活对童话的深刻影响。童话一旦摆脱了类型化的束缚，就有了反映现实生活的更大自由，作家幻想的领域更宽广了，笔触亦迅速地伸向纵深。而当童话进入第三代——当代童话的发展阶段时，则标志着我们时代的新的前进。

中西当代童话发展趋势

正如世界经济在第二次世界大战以后走向振兴，进入科技发展的飞跃阶段一样，科学技术的高度发展也给童话带来了新的春天。

当代童话实则亦是现代童话的延续和发展，就文学童话（或称创作童话）的本质来说它们是一致的，既继承了现代童话的现实主义精神实质和风格化的因素，而在艺术上又更多地向小说性格化和结构形式多变化发展，并逐步形成了东西方广泛融合的风格流派的新趋势。这体现了童话进一步的成熟和更有发展潜力的艺术前景。当代中西方童话由于社会形态的不同，各自表现出不同的倾向，前进的足迹也有所不同。

第二次世界大战以后，西方社会比较注重于科学技术的发展和生产力的提高，因此相对来说一般市民的生活比较稳定，这从童话中所反映的现实生活中可以窥见。童话家笔下很少能看到安徒生、王尔德童话中的那种淡淡的忧虑和怅惘，而换之以活泼、大胆、有趣、昂扬的儿童生活情调。童话与生活贴得更近了，作家几乎让幻想式的童话人物完全生活在现实社会中，然后再由这些童话人物所具有的特性，幻化出丰富有趣的故事情节；或直接让生活中的孩子到有趣的童话世界中去漫游、探险。例如瑞典女作家阿·林格伦的两个著名三部曲——"小飞人三部曲"和"长袜子皮皮三部曲"，童话人物"小飞人卡尔松"和"长袜子皮皮"来到了生活中的孩子们中间，"他们大胆不拘的个性以及特殊的本领，对孩子们产生了不小的影响，使生活变得十分有趣和奇异；英国作家艾伦·亚历山大·米尔恩的《小熊温尼·菩》及它的续作，亦成功地塑造了玩具小熊温尼·菩这个善良、勇敢、热情的童话人物；美国作家怀特的《夏洛的网》和《小老鼠斯图亚特》，创造了各具鲜明性格特征的蜘蛛夏洛、小猪威伯、老鼠谈波顿及小老鼠式的人物斯图亚特等童话人物形象。它们在平凡的现实生活中度过了不平凡的生活；而英国作家特拉弗斯又以他优美的笔调创造了关于"玛丽·波平斯阿姨"的两部童话，把随风而来又随风而去的保姆玛丽阿姨，刻画得十分有趣而又充满着神秘的幻想……这些作品显而易见的是非常注重塑造有个性有情感的童话人物，尽管他们是些幻想式的人物，但是他们的性格特征却是现实社会中的活生生的人。这是当代童话小说化的一个鲜明的特征，它使童话形象有了更高的艺术价值。

然而一般市民生活的温馨并不能取代下层人民的不幸和上层社会的骄奢，童话作家也并没忽视这两个阶层。英国女作家法杰恩的童话集《伦敦的街头摇篮曲》和《小书房》，意大利作家姜尼·罗大里的《洋葱头历险记》和《假话国历险记》，美国作家乔治·塞尔登的《蟋蟀奇遇记》等作品都不同程度地揭示了这两个贫富悬殊阶层的生活，对现实的剖析丝毫不亚于现代童话所开创的现实主义之锋芒。

值得注意的是西方当代童话在结构形式上的变化，许多童话由传统的幻想单线条转化为幻想、现实的双线结构，让现实生活在童话中得到逼真的再现，与幻想并驾齐驱。《蟋蟑奇遇记》《小老鼠斯图亚特》"小飞人三部曲"等作品均成功地运用了这种小说与童话相结合的结构法。这是童话艺术的又一个演进。

与西方当代童话所不同的是中国当代童话由于政治过多地干涉了童话,使童话在历次运动中经受了几起几伏的大动荡、大变化。童话曾被当作"复辟"和"影射"的靶子来抨击,亦曾被当作"棍子",成为政治运动的"工具"。但毕竟它的生命力是强大的,所以政治压力虽大,也不乏出现好作品,直到粉碎"四人帮"以后,童话才出现了真正的转机,得到了解放。当代中国童话出现过两个高潮期,一是20世纪50年代和60年代初,二是20世纪80年代。两个高潮期由于时代的不同,所以各自呈现为不同的特色。

处于第一高潮期的童话大致沿着两条创作道路进行,一条是走民族化的道路,吸收民间传说中的素材加以创新,赋予新的思想意义和新的人物形象。例如洪汛涛的《神笔马良》、葛翠琳的《野葡萄》、包蕾的《猪八戒新传》等童话。与传统类型的民间童话所不同的是,这些童话尽管取材于民间,但却融入了作家新的艺术创造,它们不再是单靠故事情节取胜,而是在情节发展中塑造有血有肉、富有新的思想含义的童话形象,突出了人的作用,自然宝物只有真正掌握在人的手里才能发挥它无穷的神力。马良、白鹅女等都是成功的童话形象。而另一条则是继承现代童话现实主义创作之路,密切反映新的生活和新的思想。例如张天翼的《宝葫芦的秘密》,严文井的《小溪流的歌》《"下次开船"港》,孙幼军的《小布头奇遇记》分别从不同角度反映了新时代的儿童生活。这一时期的童话总的格调是温馨的、平和的,与那一时代的气息相吻合。

20世纪80年代由于经济的振兴,文艺思想的开放,创作得到了更多的自由,童话也出现了真正的繁荣。一批具有新思想、富有创造力的新人涌入创作队伍,给童话带来了时代的新气息。20世纪80年代的中国童话有一个十分明显的倾向,就是在艺术形式和表现技巧上与西方童话非常接近,类似罗大里、林格伦式的童话十分盛行。例如郑渊洁的关于"皮皮鲁"和"鲁西西"的一系列童话,郭明志的《Q女王的魔法》,彭懿的系列童话《四十大盗新传》,周锐的《勇敢理发店》等。这些童话以幻想的奇特和夸张的大胆著称,情节离奇,有时近乎荒诞,俗称"热闹派"童话。而与此格调完全不同的另一些童话,则颇有安徒生抒情味风格,又有东方民族的清丽特色,这些童话也有一定市场,受到不同口味的读者的欢迎。例如赵冰波的《大海,梦着一个童话》《夏夜的梦》《窗下的树皮小屋》,葛翠琳的《飞翔的花孩子》《闪光的桥》等作品。此外还有其他一些风格的童话,如颇富哲理意味的吴梦起的《老鼠看下棋》等。为什么中国当代童话在经历了一番曲曲折折的道路之后,仍然向着西方童话靠拢,西方童话的风格、它的一些表现手法仍为我们所推崇?这会不会给人留下一个丧失了中国童话民族风格的印象呢?这问题不能简单地那么看,应当说它的产生是有一定历史背景的。"文革"十年几乎把童话磨砺得没有一点棱角,童话幻想的本质被扼杀在捕风捉影的无端纠缠中。粉碎"四人帮"以后,才为童话翻了案,但童话幻想的彩翼尚未完全振飞,而小读者却为当代西方童话那丰富离奇的幻想色彩迷住了。这一点不能不引起童话家的反思,为什么罗大里、林格伦等人的童话如此受到中外小读者的广泛欢迎,而我们的童话却被冷落一旁?关键正在于我们没有充分利用"幻想"这一童话振飞的翅膀,束缚住了自己的手脚。而后来使童话获得了新的生命力,使幻想的彩翼开始振飞,其中可以说是借鉴了西方童话的一些表现技巧的,但是它们的根是深深扎在中国自己的土地上,创造的童话形象和童话风格印着作家个人的性格特征及东方民族的风格气质。郑渊洁创造的"皮皮鲁"和"鲁西西"这两个童话形象,毫无疑问他们体现着新时期中国少年儿童的精神气质，来源于新的时代和新的生活。而赵冰波的童话尽管有着安徒生童话风格的一些抒情性的美感，但他却没有安徒生童话中的北欧民族的美的情调，没有安徒生童话的那种印着时代烙印的忧郁美。他的童话风格的抒情美体现着东方民族的清丽、活泼、明快的情调，洋溢着 20 世纪 80 年代少年儿童生活的活力。而葛翠琳的童话民族风味就更浓了。所以，20 世纪 80 年代的中国童话向西方靠拢不单纯是向西方借鉴学习的因素，实质上更主要的是人们对童话幻想本质的深刻反思，包含着我们自己深沉的思考，发挥我们自己的优势，才能使我国的童话和西方并进，真正走向世界。

最近老作家鲁兵在《童话报》推出他的虎年力作《虎娃》，通篇洋溢着浓郁的民族风格和情调，同时又包含着迷人的幻想和寓言式的深刻哲理。体现了中国当代童话的又一个新的发展倾向，值得引起童话家的深思。总之，我们既不可妄自菲薄，忽视了我们民族宝贵的东西，而又不可妄自尊大，盲目排外。这样才能真正为中国童话闯出一条自己的路。

中国当代童话的发展尽管曲折坎坷，但中西当代童话的发展最终仍趋向一致，它们没有沿着民间童话类型化的道路走下去，而是承继了现代童话所开创的风格化的道路，并且逐步形成了几种具有代表性的风格流派的倾向。例如所谓的"热闹派"及"抒情派""哲理派"等等。尽管这些"流派"还很不稳固、成熟，也难以说究竟以谁为代表，也尚无人来做总结、归纳、探索，但是这种明显的倾向性却已为许多人所首肯、默认。中西当代童话各种风格流派倾向的形成实则显示了童话发展的必然趋势，这一趋势应当引起人们的重视。

最后让我们来概括总结一下中西童话类型的演化之路。从以上分阶段的比较中，我们不难看出中西童话所走的道路基本趋向一致，这尽管与中西文化的互相交流、影响有关，但也不排除童话随着社会时代的演变而形成的自身的发展规律。时代的进化和现实生活对作家的巨大吸引力，使童话没有沿着类型化的道路发展，而转向了能体现作家自我和民族特性的风格化的道路，但是新的相类似的风格形成的具有倾向性的"流派"，是否又显示了童话演化的回环——导致新的类型化的出现？我们固然可以用"新的类型化"来标明这一现象，但是这一"类型化"与古老童话的类型化显然已是完全不同的含义了。它的概念要大得多，内涵也要丰富得多。文学流派的出现是风格发展的必然，是文学发展繁荣的标志，自然也显示了童话的繁荣发展。尽管中西童话类型的演化走的是一条曲折崎岖的道路，但无疑这是一条发展、进化的道路。"白雪公主"和"人鱼姑娘"的时代毕竟已经过去，新的童话必然以它时代的风貌展现于艺术之林。

（选自《浙江师范大学学报》1986 年儿童文学研究专辑）

新中国儿童文学

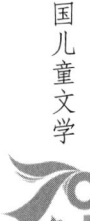

1949—2019

中西儿童文学的比较

汤　锐

一、同构复演及潜在分野

没有哪一种文学比儿童文学更令人清楚地见到其与古代艺术之间的直接联系了。无论是中国的还是西方的第一批儿童文学作品，往往取自上古神话或民间传说，或直录或改造，这最接近自然状态人生的文字，几乎还带有它所脱胎出来的原始艺术母体的一切痕迹。儿童文学是人类个体幼年时代的文学形式的综合文化载体，正如神话是人类种系幼年时代文学形式的综合文化载体。由于人类文明进化中的复演现象，它们负有相似性质的历史使命，即传达种族文化的基本要素；同时又由于人类生物进化的滞缓（现代人类所真正归属的智人种正处在亚种级生物进化尚未发生的阶段），种族的原始思维方式在个体早期认识建构中也发生着复演。这历史的、生理心理的双重复演使神话与儿童文学之间具有了某种程度的同构关系。这种同构复演主要体现在以下两个方面：一、如前所述，当儿童文学逐步获得独立的时期，总是首先大量取材于神话（或经民间流传、改造、派生出的传说），而作为幻想艺术的童话又总是先于其他体裁占据儿童文学的重要位置，这是外在的、形式方面的；二、神话作为一种综合文化信息体裁所负载的种族文化之"集体无意识"（文化基本要素经长期历史积淀而形成的普遍的社会文化心理）在儿童文学中的再现和延续，这是内在的。正是通过这种内在的同构复演，不同民族文化深处的精髓得以保存、传布、巩固和发展。

例如，在中国神话中，神祇的形象往往是朴素的、勤劳的农民英雄，如抡板斧开天辟地的盘古、用黄土造人的女娲、播五谷尝百草的炎帝等；神祇的形象又往往是某种伦理精神的化身，或仁慈（如女娲、炎帝、尧、舜），或坚毅勇敢（如刑天、后羿、夸父、精卫），或造福人类（如盘古、鲧、禹）；神祇们又大都相貌十分丑陋甚至恐怖，带有明显的原始图腾记忆的色彩；同时神的形象、事迹仅具有固定职能和类型化的特征。总之从中国神话对神祇的塑造来看，体现出了浓厚的农业经济色彩、务实的社会观念、伦理至上的士大夫式人格理想及重质轻文、崇尚理性的美学价值观。而在古希腊罗马神话中，神祇的形象却多不具备劳动者特征，他们抚琴饮酒、消闲游猎、谈情说爱、生活优裕，充满贵族气息；他们常常是个人至上、追求享乐、七情六欲俱全、高尚与邪恶并存；同时这些神祇们大都形貌俊美、风度优雅。因此从古希腊罗马神话中所体现出的是鲜明的城邦经济特征、民主化的社会观念、追求个性自由和完美的人格理想及注重形式美和肯定人生欢愉的浪漫主义审美价值观。

正由于儿童文学在一切文学种类中最接近于人类童年时代的文学形态，最接近于民族原始的文化气质，更忠实地保存了本民族文化中的基本要素，因此中西神话中两种迥异的美学性格便奠定了中西儿童文学不同的生命轨迹和美学风貌。

二、教化与归真

在中西儿童文学的起源、独立和发展的过程中,曾有过交织在一起的多种内在动机。如西方17世纪末的"古今之争"引出了贝洛童话,18世纪的启蒙运动导致的教育改革又收获了《爱弥儿》《泰勒马科斯历险记》等一批教育作品,接着爱国主义又带来了格林童话与豪夫童话,19世纪上半叶的浪漫主义运动则创造出以安徒生童话为代表的一大批儿童文学名作。这一过程在20世纪初的中国几乎重演了一遍,虽然短暂,但也有"五四"反封建的民主启蒙运动对儿童地位的发现和肯定,对旧教育体制的冲击,也有周作人、叶圣陶、赵景深等教育工作者对儿童文学的倡导和呼唤,也有郭沫若、冰心等深受浪漫主义熏陶的作家对儿童文学的笔耕建设。

但是上述几种历史力量对中西儿童文学所起作用的力度和方向并不完全一致。具体来看,中国的儿童文学更多地自觉负有初级教育的使命,这是它最初产生于小学校对白话文新教材的需求的时候就已注定,又为最初以小学教员身份进行儿童文学创作的人们所强化了的(当时研究儿童文学的权威人士周作人还特为此在北京孔德小学专门做了有关儿童文学在小学教材中之功用的演讲,将儿童文学干脆称作"小学校里的文学"),这最初的教育目的与中国传统的"树人"观念的融合,则对中国的儿童文学产生了长久而深刻的制约力。基于这种使命,中国的儿童文学便十分注重对儿童进行精神教化的功能,即通过道德评价的主题传递本民族的文化传统、传递本民族的人格理想。再进一步看,强调教化,并非儿童文学的发明,而是源自我们民族延续了数千年的文学传统。从《诗经》时代起(甚至可上溯至神话的时代),历代文人无不围绕文学的功能发表各种议论,诸如"兴、观、群、怨"(孔子)、"补短移化、助流政教"(司马迁)、"经夫妇、成孝敬、厚人伦、关教化、移风俗"(毛诗序)、"文以明道"(柳宗元)、"道者文之根本,文者道之枝叶"(朱熹)等观点,形成了中国文学特有的载道传统。在此传统导引之下,中国的儿童文学树人的使命自然是与生俱来,教化也自然成为其基本功能了,因此从20世纪20年代郭沫若的"儿童文学尤能于不知之间,引导儿童向上,启发其良知良能……是使儿童文学的提倡对于我国社会和国民,最是起死回春的特效药"(《儿童文学之管见》),以及郑振铎的"儿童文学为传达道德训条和儿童期必要智识的最好的工具"(《儿童文学的教授法》),乃至60年代的"教育儿童的文学"和20世纪80年代的"重新塑造民族性格"等观点的变迁,无不是中国儿童文学内在的"树人"使命感和鲜明的教化动机在不同历史条件下的延伸和变奏。

西方儿童文学的内在动力则更多地来自资产阶级民主启蒙运动和浪漫主义思潮。18世纪的启蒙主义者(如卢梭)"发现"并肯定了儿童的独立人格,肯定了童年文学的地位与价值,而厌倦古典主义的繁复与做作的19世纪浪漫主义作家们又进一步将返璞归真的愿望转向儿童文学,作为未经雕琢的自然本身,纯洁天真的童年成为美的对象受到膜拜和讴歌。因此在西方儿童文学的基本观念中,儿童对文学的内在需要得到了普遍的重视,对儿童的挚爱及使之快乐的动机调动起作家们全部幽默和想象的才智,并使他们的作品充满了童真的气息。有大量例子证明那些一流的、亲切的、充满趣味和欢笑的作品往往并非诞生于教训的、改造的动机,其中包括《安徒生童话》《艾丽思漫游奇境》《水孩子》《宝岛》《汤姆·索耶历险记》《长袜子皮皮》等脍炙人口的世界儿童文学名著。正像《不列颠百科全书·儿童文学条》曾指出的,西方的儿童文学虽然始终经历着说教与娱乐两种力量的矛盾交织,但是在其黄金时代,占了上风的显然是那些"目的是娱乐而非自我改造、是感情的抒发而非灌输知识"的作品。标榜"快乐"的原则和返璞归真的内在动机，正是西方儿童文学与中国儿童文学在创作意向上的迥异之处。

三、伦理与哲理

如前所述，还在中国神话的时代，伦理至上的意识就已透过神祇们的形象清晰地表达出来了。在中华民族悠悠数千载的文化传递之中，伦理性成为我们文化的特征与遗产始终保存和延续至今，并仍深刻地左右着现代中国的文化发展与社会生活，儿童文学本身的文化复演性质使这种传递通过"树人"的使命体现出来。"树人"意味着树立理想人格，而伦理教导以促成道德的自我更新便是"树人"的具体内容了。一如古代传说中敦厚仁慈、躬行孝悌的尧舜被奉为历代圣贤的楷模，我们的儿童文学在半个多世纪中也始终在塑造集各种美德（热爱集体、助人为乐、尊长爱幼、谦虚谨慎、富于自我牺牲精神等）于一身的小英雄或正朝上述方向努力的好孩子的形象，尤其是后者，往往体现出某种自我克制的精神——克制不符合道德理想的欲望、克制不符合道德规范的行为，人物总是在个人欲望与利他主义之间徘徊和选择，总是在灵魂深处不断自我否定（自我批评），以实现道德的净化。

相对于中国儿童文学浓厚的伦理氛围，在西方儿童文学的精神空间中，道德评价与伦理启蒙往往并非重要。还在古希腊神话的时代，关于诸神命运的种种描述就已远远超越了善恶伦理的辨析而具有鲜明的人本的、哲学的性质。这种源于古希腊的爱智精神及对人的关注，经过基督教神秘主义和中世纪玄思哲学的强化，在西方人的意识中便形成其特有的对人的本体和人生命运之类问题的普遍关注。这种意识通过启蒙主义者和浪漫派作家而渗透进西方儿童文学之中，便又形成了西方儿童文学人文色彩浓厚的、哲理性的精神特质。在 19 世纪，这种带人文色彩的哲理性的精神特质或表现为了获得一个人的灵魂而不惜舍弃一切的精神追求（如"海的女儿"），或表现为肯定自我、独立奋斗以实现人生价值的不懈努力（如"丑小鸭"），或表现为对人之心灵与生存自由的醉心强调（如"汤姆·索耶"和"哈克贝利·费恩"），或表现为嘲弄贵族与王权的平民意识及追求理趣的爱智精神（如"艾丽思"）等。到 20 世纪中期，上述精神特质又在一个新的哲学层次上表现了出来，即儿童观乃至儿童文学观在一定程度上的哲学认同。现代哲学、人类学、心理学的发达使人们注意到，儿童作为人类的原始状态，作为联系个体与种族、成长与发展的文化实体，以及童年所具有的文明初级阶段之复演和某种特殊文化形态之复演的性质，对于人类的自我认识有着超时空的科学参照价值，"儿童"这一概念由此而具有了丰富的文化哲学含义。所以在 20 世纪中后期的西方儿童文学中，常渗透着某种对人类生存现状的哲学象征和对现代少年精神生活的本体把握的创作图式。譬如在围绕"学会生存"这一时代主题而展开的三类作品中，第一类不同程度地从各个角度描绘了儿童或孤独、或忧郁的种种心理困惑，表现混沌而深刻的对本体生存状况的朦胧思索；第二类描写少年人面临来自社会的与家庭的、自然的挑战时积极进取的精神和坚定的个性；第三类表现成年人对少年儿童的抚慰、帮助和导引。其中尤以第一类作品明显地具有浓厚的存在主义哲学的色彩。

四、群体与个体

出于教化与树人的动机,中国儿童文学自然重视教导者——创作主体的群体代言人作用,重视创作过程中群体意识及规范意识的制约作用。如前所述,中国儿童文学有明确的功利性质,以传递本民族文化传统(载道)和塑造理想社会人格(树人)为坚定目标,以政治伦理型为主要精神特征,因此儿童文学的创作必定源自社会群体的需求,必定以表达某个时代、某个社会群体的理想为最高原则,作品的主题性质、题材范围、情节构思、人物塑造、语言表达等都有明确的规范,合乎伦理的范围。例如30年代的童话杰作《大林和小林》所表现的便是一种群体生活和阶级情感的展示,作者的创作激情主要并非源自个人生活体验,而是来自对群体生活的洞察和领悟、来自某种理论信念和政治斗争需要的动机。新中国30年来的儿童文学创作实践,也大都着意表达某种属于社会理想范围内的伦理情感,即对新中国的建设人才所需具备的公认的道德品质进行赞美,对违背这种道德品质的行为或思想进行批评。重视群体原则的前提在一定程度上阻止了对规范之外的主体内在世界做深入开掘的可能性,创作主体情感的自觉性潜在地服从于某种外在的、实用性的要求,因而在中国的儿童文学创作中,审美的或精神的内在空间往往是平面的、单层次的和容易导向雷同化的。20世纪80年代以来,渗透着个性解放意识的"重新塑造民族性格"主题的倡导,使人们注意到塑造民族性格是通过塑造每个作为个体的儿童的个性来达成的,个体的自由而充分的发展便是群体发展的前提,同时创作主体的艺术个性也开始得以发展和发挥。然而,这种个体意识的增强仍然是以种族的命运、群体的和谐为基本出发点和归宿的,即个体发展的意义和终极目的不在个体的自我实现,而在于民族命运的保证(赶上并超过发达国家、实现民族利益的目标),因此个体意识的加入在丰富了儿童文学的表现领域的同时也增强着群体性的使命感。

对重视审美愉悦功能和倡扬人文精神的西方儿童文学来讲,个体性的原则显然是占上风的,在此原则之下,创作主体对人生的主观思考和体验支配着他的创作意向与过程,作者的内在情感则是重要的表现对象。譬如安徒生的童话,基本上回荡着一个感情的主旋律,即他本人毕生追求真理、追求爱情、渴望自我实现、热爱生活又屡遭坎坷的特定生活所积郁起来的浓烈的人道感情。重视个体原则带来了深入开掘创作主体内心世界、表现丰富艺术个性的极大可能性。即使是在20世纪中期的生存命题将儿童个体与种族群体不可避免地缚在一起、儿童文学在哲学化了的群体意识观照下揭示出丰富深刻的童年的文化哲学内涵的时候,这种创作的出发点及其归宿仍是基于儿童个体的生存现状,试图解决其生存的困惑、抚慰其生存的孤独感、帮助其学会适应复杂的环境和保持生存的勇气。

五、日神和酒神

由于传统导向和内在动机的差异,由于创作出发点、创作心理和审美视野的差异,便必然地形成了中西儿童文学在审美标准和美学风貌方面的鲜明差异。

中国儿童文学的审美标准突出地集中于一点,即"和谐"与"平衡"的观念——教育与审美的平衡(实际上偏重教育)、一般规范与创作个性的平衡(实际上偏重规范)、现实生活与幻想的平衡(实际上偏重现实)、平易与怪诞的平衡(实际上偏重平易),等等。在上

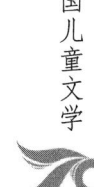

述"和谐"或"平衡"背后,存在着深刻的历史渊源,即早在神话阶段就已奠定的崇高理性、重质轻文、以严肃的想象为载道服务的、又为我们民族的文学先祖精辟地阐述过且代代相传的美学尺度——"中庸"——"喜怒哀乐之未发谓之中,发而皆中节谓之和。中也者,天下之大本也;和也者,天下之大道也。致中和,天地位焉,万物育焉"(《礼记·中庸》),孔子对此做过"乐而不淫,哀而不伤""思无邪""文质彬彬"等具体的阐释。这种美学尺度有力地制约着中国的儿童文学,使之在相当长的时期内强调表现一种有节制的社会性情感,避免流入神秘主义和纵欲的宣泄,强调想象的现实基础和符合"逻辑"规范,因此造就了大多数儿童文学作品端庄平实、温柔敦厚的美学风貌。

西方儿童文学的审美准则,显而易见与"中庸"的尺度相去甚远。古希腊神话之崇尚自然、赞美生命、歌颂冒险、肯定人生欢娱感,早已将古地中海民族民主的、现世的、个体至上的、开放的、浪漫的骑士文化传统(或曰海盗文化传统)表达得淋漓尽致;18世纪护卫童真、倡扬个性解放的启蒙主义者及19世纪讴歌天籁、偏爱神秘与怪异事物的浪漫作家们又将这种族的天性注入西方儿童文学之中,使之充满着荒诞离奇,或激情洋溢,或忧郁感伤,或热闹活泼等生动的气氛,像《闵希森奇遇记》那样的吹牛故事,《艾丽思漫游奇境记》那样的荒诞想象,以及小木偶彼诺乔、汤姆和哈克的淘气历险,除了纵情大笑之外,几乎见不到丝毫的感情节制。这种审美个性的自由发挥,便造就了西方儿童文学富于幻想、感情奔放、异彩纷呈的美学风貌。

[原载《浙江师大学报(社会科学报)1990年第4期]

中日儿童文学术语异同比较

朱自强

在文学艺术领域,用一种语言去表现另一种语言创造的世界是一件极其艰难而又危险的工作。凡是从事过文学翻译的人都知道,翻译是多么不可靠的东西。它总是违背原文,似乎不断地从原文中夺走某些价值,再将某些因素添加到原作上去。正是因此,在意大利才有"翻译者即是背叛者"这样的谚语。既然一种语言无法将另一种语言的意义彻底还原,那么研究母语以外的语言的文学,或者对母语文学与其他语言的文学进行比较研究的时候,精通对方的语言,从原作入手就成了保证研究具有科学性、准确性的重要和先决的条件。而对那些更多的通过翻译来了解不同语言的民族的文学的人来说,便要首先打消自己能够原原本本地了解对象的奢望,做好"上当受骗"的心理准备。

语言的这种尴尬也不无例外地横在汉语与日语之间。比如,汉语的小说很少使用连词,这使日本译者大伤脑筋,其译文有时不由自主地现出原本没有的接续关系。反过来,日语小说中的时态、敬语、男女用语也令中国译者不知所措。在学术性研究方面,汉语与日语之间的隔膜依然存在,只不过与表现人的思想、情感、心态的文学作品相比,其疏离程度小一些而已。

在中日儿童文学的交流中,语言既是桥梁,也是沟堑。凡是懂得对方的语言,同时又了解两国儿童文学的理论和文学史的人,都会感到双方使用的某些儿童文学术语,或是难以对接,或不能完全契合。我们绞尽脑汁去寻找与对方语言相对应的语汇,却常常词不达意,令人失望。这也不奇怪,人类是借助语言进行思维从而认识世界的,当不同文化背景下的不同民族对一种文学怀有不同理解时,当然首先表现出语言方面的疏离。不过事情总有它的另一面。如果循着中日两国儿童文学用语的疏离进行探究,反而更能披露各自的性格,而明确了彼此的性格,显然是为交流奠定了基础。

下面,我站在中国儿童文学接受日本儿童文学的立场上,阐述两国儿童文学的一些重要用语的异同。

日本:"童心主义"——中国:"童心主义"

日本儿童文学中的"童心主义"一语,指的是日本大正(1912—1926)后半期的儿童文学主流思想。"童心主义"将处于人生中的儿童期的纯真善感的心态称为"童心",把回归童心作为成年人的生活理想。历史地看,日本的童心主义同时包容着积极和消极的两个方面。

在 20 世纪的第二个 10 年里,半封建的日本近代社会掀起了被称之为"大正民主主义"的自由思想的浪潮。尊重儿童的人格和自由的近代儿童观取代了封建的儿童观,渗透进教育和儿童文化的领域。在这一时代的机运中,刊载童话、童谣作品的《赤鸟》于1918 年创刊。继此之后,《金船》(1919,后改为《金星》)、《童话》(1920)等杂志也告诞生。

这些杂志便成为童心主义儿童文学的主要舞台。

儿童拥有一个与成人不同的独自的心灵世界和生活领域，这一对儿童的发现，在日本大正时期的作家和诗人们那里，是以对"童心"的发现表现出来的。提倡创作"童心童语"的新童谣的北原白秋以及西条八十、野口雨情等诗人的童谣，小川未明、浜田广介、千叶省三等作家的童话，超越了各自资质和风格的差别，共同立于解放童心的理念之上。特别是童谣作品，与作曲结合在一起，相映生辉，绽放出童心艺术的花朵。

童心主义尽管本来具有歌颂儿童的内部世界的积极意义，但是，另一方面也产生了封闭在作为成年人怀旧的"童心"里面的倾向。尤其是童心主义的亚流思想，将"童心"与成人的世界隔离开来加以赞美，陷入逃避现实的观念论的泥淖，脱离了现实生活中的儿童。由于昭和初期无产阶级儿童文学对童心主义的批判以及时代的变化，童心主义急速地衰落了下去。但是"童心主义"一语仍然为现代日本儿童文学所承继使用着。正如人们面对那些将儿童单纯当作可爱的存在加以描写，缺乏真实感的甜蜜蜜的童话常说"这是童心主义"所显示的，在现代日本，人们往往从消极的意义方面使用"童心主义"一语。

中国早有"童心"一词。《左传·襄公三十一年》篇中就有"于是昭公十九年矣，犹有童心"之说。而作为一种思想观念的阐述，则首推李贽的"童心说"一文，尽管其所发并非儿童文学的议论。

进入现代，鲁迅等现代文学作家用过"童心"一语，不过中国儿童文学第一次"讨论""童心"问题是在1960年。1958年，陈伯吹在《儿童文学研究》（内部刊）第4期上发表了《漫谈当前儿童文学问题》一文，其中有这样的话："如果审读儿童文学作品不从'儿童观点'出发，不在'儿童情趣'上体会，不怀着一颗'童心'去欣赏鉴别，一定会有'沧海遗珠'的遗憾；……"到了1960年，随着文艺界对"修正主义文艺思想"的批判拉开帷幕，陈伯吹的上述观点也被作为"童心论"来批判。正如1980年重新讨论"童心论"时，陈伯吹所解释的，当时他所讲的"童心""也就是儿童的思想与感情的结晶体"。阅读有关"童心论"讨论的文章，可以清楚看到，陈伯吹以及其他人所说的"童心"，强调的只是成人对儿童的理解，而非哲学观念上的崇尚，因而与日本童心主义儿童文学所提倡的"童心"属于不同的次元。

中国的儿童文学，直到近年以前，一直没有"童心主义"一语。尽管在中国现代文学史上可以找到鲁迅、冰心、丰子恺等推崇赞美"童心"的作家，在他们的作品中可以体会到某些与日本童心主义儿童文学相似的心境，但是，在阶级斗争和抗日救亡的时代大洪流中，"童心"只能是转瞬即逝的浪花，无法像日本那样成为一个时代的主流的儿童文学思想。

据我所知，第一次将日本童心主义介绍到中国的是王敏的《日本儿童文学中的童心主义》；第一次将日本童心主义思想与中国作家崇尚"童心"的心境进行比较研究的是朱自强的《鲁迅的儿童观：儿童文学视角》；第一次从哲学观上论述儿童文学的"童心"问题的是班马的论著《中国儿童文学理论批评与构想》，稍晚其后的王泉根的论著《儿童文学的审美指令》与班马持相同意识阐述这一观念时，则进一步以"童心主义"取代了"童心"一语。由此，中国的儿童文学开始了对"童心主义"的思考。

班马、王泉根在人生哲学方面对"童心"或"童心主义"所做的思考基本同日本的"童心主义"思想位于同一次元，然而在作为儿童文学的创作方法来思考时，王泉根对新时期中国儿童文学创作中所谓"童心主义"现象的评价则有忽略"童心主义"负价值一面之嫌。比如,他所高度赞誉的曹文轩的"童心崇拜"的小说《红枣儿》《静静的小河湾》《静静的水、清清的水》《哑牛》,便流于对纯洁无瑕的"童心"的简单、浅层的赞美,是童心主义的亚流作品。

由于汉语与日语共同使用相同汉字的特点,目前我们直接用汉语的"童心主义"对应日语的"童心主义"一语。但是,这种文字表记上的便利却带来了潜在的危险,即容易产生一种错觉,以为中国对"童心主义"的理解与日本的"童心主义"概念是一致的。然而,正如前文所述,目前中国认识、理解的"童心主义"与日本的"童心主义"是两个意义不尽相同的概念。在这种情况下虽然在谈论日本儿童文学或对中日儿童文学进行比较时,用汉语的"童心主义"指谓了日语的"童心主义",但是,严格来讲,这里的"童心主义"并非"童心主义"。造成这种疏离的原因是由于两国对儿童文学在某些方面怀着不同的理解,拥有不同的儿童文学史。

日本:"フアンタジー"←→中国:

日本是一个善于吸收外来文化的国家。日语中大量外来语的存在便说明这一开放的接受态度。日语的"フアンタジー"一语来自英语中的 fantsy。"フアンタジー"有两个意思,一个意为幻想,一个是指一种文学体裁。这里谈论的是后者。

正如词源所显示的,"フアンタジー"这种文学体裁发源于英国。深受欧美儿童文学影响的日本从 1960 年石井桃子等人出版评论集《儿童与文学》起,开始使用"フアンタジー"这一概念,目前,"フアンタジー"在日本儿童文学界,已作为儿童文学的一种体裁而固定下来。日本学者神宫辉夫给"フアンタジー"下的定义可以代表一种普遍的认识:"包含着超自然的要素,以具有小说式的展开的故事,引起读者惊奇感觉的作品。"[①]日本"フアンタジー"的滥觞之作是佐藤晓的《谁也不知道的小小国》(1959)和乾富子的《树荫之家的小人们》(1959)。

然而,中国儿童文学界一直没有一个与日语"フアンタジー"相对应的文学体裁称谓。在中国,仍然普遍把"フアンタジー"作为"童话"来看待。这里因为,在创作方面,"フアンタジー"还没有作为文学体裁确立起来;在世界儿童文学史研究方面,还没有明确幻想型故事文学所走过的民间童话→文学童话→"フアンタジー"这三个历史阶段。当然,不是说中国连一篇自己的"フアンタジー"都没有,也不是说中国的研究者一点都没有注意到幻想型故事文学向"フアンタジー"的发展(关于这方面的情况请参见拙文《小说童话:一种新的文学体裁》[②])。然而,在把"フアンタジー"作为一种文学体裁来认识这一层次上,中国与日本相比则存在着明显的时间差。怀着改变中国在"フアンタジー"认识问题上,与欧美(包括日本)的非同步状况这一问题意识,我曾在《小说童话:一种新的文学体裁》一文中,抛砖引玉式地以"小说童话"作为与"フアンタジー"相对接的文学体裁用语,论述了在中国确立"小说童话"这一文体的依据、"小说童话"的本质、"小说童话"的成因及其艺术魅力。给"フアンタジー"一个对应的汉语名称并不难,难的是深刻理解它的本质,把握它后面的文学史背景,在创作上确立"フアンタジー"文体并在此基础上建立真正的文体批评式的作家、作品论。这显然需要一个不短不易的过程。没有这个过程,中国儿童文学是难以与日本儿童文学的"フアンタジー"进行精确(相对)对接的。

日本："童话" ←→ 中国："童话"

尽管有些研究者曾提出异议，但是我在经过考证之后，仍然认为周作人的"童话"一词"是从日本来的"这一说法是可信的。

中国第一次使用从日语词汇引进的"童话"一词是在1908年，见于孙毓修为商务印书馆主编的"童话"丛书。由于年代久远，"童话"丛书的原始出版物大多散佚，但根据赵景深所著《民间故事研究》一书对孙毓修所编童话来源的整理，我们可以了解到，《童话》中除了"《书呆子》和《寻快乐》似乎是沈德鸿的创作"外，其余"童话"均为编写、编译的中国历史故事、外国神话、童话、寓言和小说。即是说，孙毓修所用的"童话"便是儿童文学的代名词。"童话"一词后来经过周作人等学者的考证研究，范围逐渐收拢。到了新中国以后，儿童文学界几乎一致认为"童话"是一种特殊的幻想故事，即把幻想作为童话的最根本的艺术特征。

与中国儿童文学对"童话"的认识过程相比，日本的"童话"意义的变化更为复杂。虽然日语的"童话"一词的出现早于中国近100年（1810），但是江户时期的"童话"指的是从民间故事中选取的适合儿童的故事读物，而近代意义的日本儿童文学的诞生却是在岩谷小波出版《小狗阿黄》的1891年。尽管在明治时期，从事儿童教育的人士使用过"童话"一词，不过明治期文学领域里的人士以及后来的研究者都以"御伽噺（下文将作论述）来覆盖明治期的儿童文学。进入大正时代，铃木三重吉不满于以岩谷小波为代表的明治时期的"御伽噺"文笔上的粗糙，选材上的不全面，创刊了艺术杂志《赤鸟》，旨在创造"具有真正艺术价值的文笔流畅、优雅的童话和童谣。"从此日本儿童文学（叙事性作品）从"御伽噺"的时代进入了"童话"的时代。

从《赤鸟》上发表的"童话"可以看出，所谓"童话"既有表现幻想的"童话"，也有描写现实的"童话"。前者的代表性作家是小川未明，后者的代表性作家是坪田让治。从铃木三重吉把素材和表现方法完全不同的两类作品都纳入"童话"这一点可以肯定，对他而言，"童话"就是以具有艺术性的语言为儿童所创作的故事。这一对"童话"的理解为当时的日本儿童文学界所普遍接受，这样的"童话"不断产生，直到二战之后的"童话传统批判"发起为止，"童话"一语发挥着儿童文学的代名词的功能。

需要指出的是，三重吉所追求的艺术童话具有排除年龄大的儿童的特征。"童话"的"童"不是指所有的儿童，而是指年幼的儿童。另外从兼收并蓄幻想故事与现实故事这一点看，"童话"也不是文学体裁上的名称。

如果大正艺术儿童文学运动的组织者、领导者铃木三重吉在文学体裁上不是抱着如此模糊的认识，恐怕日本儿童文学的"童话"用语不会在漫长的时期里呈现着严重的暧昧和混沌的状态。可以说，这种暧昧和混沌即使在今天依然程度不同地存在着。

比如，以儿童小说《一串葡萄》争得日本近代儿童文学史上一席重要地位的文坛作家有岛武郎的儿童文学作品集《一串葡萄》便仍被称为"童话集"。但是，该集子中的作品均为小说和现实故事，没有一篇是表现幻想内容的。再如，讲谈社于1989年出版的新美南吉的儿童文学作品集《新美南吉童话大全》中，儿童小说也占了相当的比例。

通过上述分析可以看出，日语的"童话"含义十分暧昧，在很多情况下与汉语的"童话"显然不是能够对应的概念。日本进入昭和时期之后，开始出现将"童话"限定为包含幻想要素的故事性作品的倾向。

这样的主张大都出自专事儿童文学的人士。为了避免"童话"含义的暧昧,有时便在"童话"的前面冠以限制词。"生活童话"便是这样的语汇。从文学发展史的立场来看,"生活童话"是1930年前后发展起来的无产阶级儿童文学为伪装自己的阶级色彩而造出的名词,但是到了无产阶级儿童文学运动完全衰微下去的1935年前后,"生活童话"则广义指以写实手法描写儿童日常现实生活的作品。用日本学者上笙一郎的话说,这是因现实主义未得确立才应运而生的一种既非童话也非儿童小说的折中形式。"生活童话"在1953年早大童话会发起"童话传统批判"时,因被倡导现实主义小说创作方法的早大童话会的主将鸟越信和古田足日认为是与"私小说"同质的文学,受到激烈批判,从此销声匿迹,"生活童话"也成了死语。

在中国,尽管也曾有一些与日本的"生活童话"相近似的儿童故事,但由于没有日本"生活童话"那样的一种文学史的现象和过程,因而,目前中国的儿童文学用语中依然找不到与"生活童话"相对应的文学用语,而只好依凭汉语与日语使用相同汉字的天然条件将其译成"生活童话"。但是,如上所述,如果对日本儿童文学史缺乏了解,这种译法还是使人有些不知所云。

日本:"御伽嘘"←→中国:?

"御伽"是日语使用汉字自造的文学用语,在汉语中找不到与其相对应的固有词汇。"伽"的意思是不去睡觉而来讲述故事;"嘘"字则指为了不重复同一个内容而加进了新意的故事。以《小狗阿黄》(1891)拉开近代日本儿童文学帷幕的岩谷小波创造了"御伽嘘"这一用语指谓写给儿童的童话、故事。"御伽嘘"明确提出的标志是1894年1月号的《幼年杂志》所设立的"御伽嘘"专栏。岩谷小波笔下的"御伽嘘"既有神话传说、民间故事、传记的改写,也有如《小狗阿黄》那样的独自创作。而"御伽嘘"的主流则属于后者。

前文已述,日本儿童文学从明治期到大正期,是从"御伽嘘"的时代进入了"童话"的时代。那么,都是指谓写给儿童的童话和故事,为什么却使用了两个不同的用语呢?

在思想内容上岩谷小波的"御伽嘘"正如当时人们对《小狗阿黄》批判时指出的那样,包含着封建的道德观念,宣传的是仁义忠孝、劝善惩恶的陈旧的儒教思想,其塑造的少年英雄迎合了明治期国家富国强兵、个人出人头地的时代风潮;而大正期以《赤鸟》为代表的"童话"的思想基础则是个人主义、民主主义、人道主义的新思想,其响应的是不为国家的目标所左右,思考个人的生活,探索个人的生存方式的时代风潮。

在文学表现上,岩谷小波的"御伽嘘"正如其词源意义所显示的那样,具有民间文学讲述的性格,注重外向性,另外文笔比较粗糙;而大正时期以小川未明为代表的"童话"则摆脱了民间文学的讲述性,以优雅的文笔创造了一种内向的"诗意的""情感的"艺术世界。

以上可见,"御伽嘘"和"童话"虽然都是为儿童创作的童话、故事,但是其性质却有极大的区别。因此日本儿童文学以两个不同的用语来分别指谓,实在是符合儿童文学史的客观逻辑,科学而又合理。不过这却给具有不同的文学发展史和使用不同语言的中国儿童文学带来了困窘。把"御伽嘘"称为童话故事显然不科学,因为这样既无法显示"御伽嘘"的文学史的性格,也不能揭示其文体上的特质。另外,还极易与大正时期的"童话"相混淆。郎樱、徐效民在翻译上笙一郎的《儿童文学引论》时,因无法为"御伽嘘"找到一个相对应的汉语名称,而取其原文译为"御伽嘘",并在注释中加以简短说明。这种做法比较明智,缺点是"嘘字非中国现代汉语,在表记和识读上给不懂日语的人带来了不便。我个人有个想法,就是能否以"小波式童话故事"来对称"御伽噺"。不论是取日语原文还是用"小波式童话故事"或其他除"童话故事"以外的名称,要想使其固定为被普遍接受的用语,对日本儿童文学的"御伽噺"持有文学史和文体上的认识是必须的条件。

日本:"战争儿童文学"⟷中国:"战争儿童文学"

日本儿童文学中有"战争儿童文学"这一用语,指的是反对战争、希望和平的儿童文学作品。虽然有日本研究者指出应该用"反战和平儿童文学"代替"战争儿童文学"这样一个不准确的名称,但作为文学用语,"战争儿童文学"已经约定俗成。"战争儿童文学"的问题核心是日本侵华战争和太平洋战争。

中国儿童文学界以"战争儿童文学"来对应日本的"战争儿童文学"。但是,如果是不了解日本现代儿童文学面貌的人,便难以从汉语的"战争儿童文学"去准确把握日本的"战争儿童文学"这一概念。造成这一障碍主要有两个原因。

第一个原因。日本的"战争儿童文学"已经成为战后日本儿童文学的一个特殊而重要的创作领域。仅从 1980 年出版的石上正夫、时田功编著的《战争儿童文学 350 篇》一书便可以想见"战争儿童文学"的宏大规模。但在中国,虽然也有相当数量的表现战争的作品,如《鸡毛信》《小兵张嘎》《小马倌与大皮靴叔叔》等,但是作家,尤其是研究者并没有普遍地将战争儿童文学作为一种问题意识来探讨,因而也就没有形成这一概念。中日两国的不同态度是缘于双方与战争的不同关系。虽然日本侵华战争给中国人民带来的伤害和损失要远远超过侵略一方的日本,但中国最终是以反侵略战争的胜利者形象而出现的,即"战争胜利"挽救了中国。而日本则自食了战争惨败的恶果,美国在广岛、长崎投下的两颗原子弹,更是给日本民族心理上造成了长久的战争恐惧。在另一方面反而恰恰是"战败挽救了日本"。从败战中吸取教训,不再发动战争,成了日本民族的战后呼声(当然也有不甘心失败,企图卷土重来的军国主义者)。在上述两种心态下,自然在表现描写战争的儿童文学创作中表现出不同的旨趣和重视程度。中日两国的描写战争题材的儿童文学作品都有对战争的控诉,所不同的是对抗日英雄的歌颂和赞美往往成为中国儿童文学作品的主旋律,而对侵略战争的反省往往沉淀为日本"战争儿童文学"的底蕴。

第二个原因。在日本,是把"战争儿童文学"作为文学体裁的用语来使用的。而在中国,则把"战争儿童文学"理解为题材上的划分归类。这是因为中日两国在文学体裁上怀有不同的认识和理解。在日本,文学体裁除了有儿歌、小说、童话、儿童剧这样的与中国相通的体裁划分,还有另一种划分法,即在叙事性儿童文学作品中,分出动物故事、玩具故事、历史小说、冒险小说、家庭小说、学校小说、职业小说、侦探小说等。"战争儿童文学"便是基于后一种划分法的逻辑所生成的文学体裁。

只有在将日本"战争儿童文学"的上述特点纳入思维框架之后,汉语的"战争儿童文学"与日语的"战争儿童文学"才开始接轨,否则,即便使用相同的汉字去对应,概念的内涵也是断裂交错的。

日本:"少年小说"⟷中国:"少年小说"?

日语的"少年小说"与汉语的"少年小说"都是各自固有的儿童文学用语,尽管使用的早晚不同。虽然这两个用语的表记完全相同,但是并非在任何情况下意义都能契合。

在近代日本儿童文学史研究中，"少年小说"基本是大众儿童文学范畴中的用语。菅忠道的《日本的儿童文学》一书，在论述大正时期、昭和时期的大众儿童文学时，使用的便是"少年小说"这一用语。从该书中可知，活跃于当时的大众儿童文学作家佐藤红绿也是把自己的作品如《呵，把花儿插入玉杯》称为"少年小说"的。鸟越信的《日本儿童文学指南》以"大众的、通俗的少男少女小说"作为"大众儿童文学"的同义语。不满于历来的日本儿童文学史或者无视大众儿童文学或者偏重艺术儿童文学的状况的二上洋一，著述了通史式的评论著作《少年小说的谱系》，以"少年小说"作为"大众儿童文学"的同义语。

　　在中国，民国初年，受才子佳人小说、侦探小说、武侠小说、黑幕小说等大众通俗读物的影响而产生了"通俗的儿童读物"。由于后来的"五四"文学革命，"通俗的儿童读物"衰弱了下去，而到了 20 世纪 30 年代，又开始了巨大的复苏。尽管如此，中国的现代儿童文学史研究并没有将其纳入视野，而在中华人民共和国成立后，大众儿童文学则完全是一片空白。中国的儿童文学史研究既然没有大众儿童文学这一概念意识，当然也就没有能与日本的"少年小说"（大众儿童文学）相对应的用语。如果与日本的"少年小说"（大众儿童文学）相接轨，显然不能用"少年小说"，而只能用"大众儿童文学"或者"大众少年小说"这样的用语。

　　近代的日本儿童文学史中的艺术的儿童文学不使用"少年小说"而是以"童话"来指谓。到了战后，为促使艺术的儿童文学从"童话"发展到小说做出重要贡献的，是早大童话会发表的《少年文学宣言》。战后日本儿童文学中的"少年小说"（有时包括少女小说，有时则仅指少男小说，所以日本儿童文学用语中还有"少年少女小说"）用语基本上等同于中国从新时期开始广泛使用的"少年小说"。需要指出的是，日本儿童文学研究、评论中，有时使用"少年小说"用语，有时则以"リアリスム"（现实主义）来指谓我们中国所理解的现实主义的"少年小说"。

　　可见，日本儿童文学的"少年小说"（或"少年少女小说"）含义比较暧昧。确定其含义，必须看其具体论述指谓的对象，而不能简单地望文生义。汉语与日语使用相同的汉字，有时给两国儿童文学的沟通、交流提供了方便，但有时也是设下了"陷阱"。

　　中日两国儿童文学作为不同的存在，在交流的过程中，契合是相对的，疏离是绝对的。也许我们所能做的只是尽量将契合提高到最大值，将疏离降低到最小值。由于我从事日本儿童文学研究时日尚浅，知之不多，故以上比较不免流于模糊、肤浅，甚至也许尚存谬误，唯愿所论能成为引玉之砖。

[注释]
①神宫辉夫：《儿童文学的主将们》，日本广播电视出版协会 1989 年版。
②朱自强：《小说童话：一种新的文学体裁》，《东北大学报》，1992 年第 4 期。

（原载《东北大学报》1993 年第 5 期）

新中国儿童文学

中日战争儿童文学比较

桐　欣

从 1931 年"九一八"事变到 1945 年 8 月 15 日日本无条件投降，在中国国土上，中日两国进行了长达 14 年的战争，尤其是自 1937 年卢沟桥事变起，战争的硝烟弥漫整个中国的土地。对这场战争，中国一方称为"日本侵华战争""抗日战争"，日本一方则称为"日中战争"。尽管有极少数的日本人企图歪曲历史，但日本政府的外交辞令和绝大多数日本人民都明确承认"日中战争"是日本军国主义发动的侵略中国的战争。在这场战争中，仅从最可宝贵的人的生命的损害来看，堪称极为巨大、残酷的战争。这场战争不仅在当时极大地改变了中日两国各自的命运，而且至今在中日两国的政治、经济、文化、文学艺术等各个领域，仍是无法超越的存在。

在儿童文学的版图上，近年来中日两国交流最多，接触最深的便是以日本侵华战争为题材的战争儿童文学。仅从两国间正式的、大规模的学术研讨来看，1990 年 10 月，以"中日儿童文学的过去、现在及其未来"为主题的第一届中日儿童文学研讨会在日本大阪召开，在这届研讨会上，战争儿童文学成为两国儿童文学学者对话最为集中的问题；两年多以后的 1993 年 5 月，第二届中日儿童文学研讨会在中国上海举行，而此届大会的主题就是"战争儿童文学"。为了增进双方在战争儿童文学上的相互了解，深入战争儿童文学的比较研究，使本届研讨会取得更大成果，中日两方共同编集中文、日文两种版本的《战火中的孩子们》一书，中文版已赶在研讨会召开前出版。

中日儿童文学的大规模交流首先集中于战争儿童文学范畴，是有其必然逻辑的。对于具有 14 年的日本侵华战争历史的中日两国来说，要进行儿童文学的交流，战争儿童文学既是无法绕过又是最为切实的共同课题。另外，对于以人道正义精神为重要支撑点的儿童文学来说，关注、探讨摧残、毁灭人性的战争，当然是自己义不容辞的责任。

在战争儿童文学问题的认识上，中日两国既有契合，也有疏离。人类是借助语言进行思维从而认识世界的。当不同文化背景下的不同民族对一种文学怀有不同理解时，首先表现出语言方面的疏离。这种语言的疏离既是文学交流和比较研究的障碍，也是入口和桥梁。那么我们就先从"战争儿童文学"这一儿童文学用语入手，对中日两国战争儿童文学加以比较。

"战争儿童文学"一语来自日本语语汇。日本儿童文学中的"战争儿童文学"这一用语产生于 20 世纪 60 年代，指的是反对战争、希望和平的儿童文学作品。虽然有日本研究者指出，应该用"反战和平儿童文学"代替"战争儿童文学"这样一个不准确的名称，但作为文学用语，"战争儿童文学"已经约定俗成。日本的战争儿童文学的问题核心是日本侵华战争和太平洋战争。从题材的范围看，要比基本立足于本土的中国战争儿童文学要广博。在日本也有主张进一步扩大战争儿童文学外延的学者，如战争儿童文学研究专家长谷川潮便认为，战争儿童文学作为一种体裁，也应把所有描写战争的作品，包括战时下的少年小说等好战的作品也纳入其中。总之，日本的"战争儿童文学"已经成为战后日本儿童文学的一个特殊而重要的创作领域。仅从1980年出版的石上正夫、时田功编著的《战争儿童文学350篇》一书，便可以想见日本战争儿童文学的宏大规模。

在中国，以前并没有"战争儿童文学"这一用语。虽然也有相当数量的表现战争的作品，但是，作家尤其是研究者并没有普遍地将战争儿童文学作为一种理论问题来探讨，因而也就没有形成这一概念。"战争儿童文学"一语输入中国，并渐次成为中国儿童文学的问题意识是始于20世纪80年代末，从那时起，中国的儿童文学作家和研究者出访或留学日本，开始与日本儿童文学界进行频繁而实质性的交流，因而在"战争儿童文学"问题上发生了撞击。

可以这样认为，中国儿童文学对战争问题的思考和重视程度，从20世纪50年代至90年代是呈逐渐滑坡的趋势，这与日本在战败后的20年后"战争儿童文学"不断升温恰好形成强烈的反差，造成这种状况的原因，中国的研究者曾从几个方面考虑。第一，儿童文学作家在主观上重视不够，由于中国在日本侵华战争的最终是以胜利国的姿态出现的，这在某种程度上冲淡了中国作为弱国的意识，因而缺乏吸取惨痛的挨打教训的自省。第二，作家队伍新老交替带来的消极影响。一大批亲身经历过战火考验的老作家或去世，或创作精力衰竭，而年轻的作家由于缺乏战争体验而难以写出这一类型的作品。第三，儿童文学教育性淡化。过去的儿童文学作品确实有说教味太浓，图解思想，丧失文学品质的倾向，但有些作家矫枉过正，又走到另一极端，出现了淡化教育性的倾向，从而造成了战争儿童文学创作上的冷落和萧条。我们认为还有一个原因就是，进入20世纪80年代以来，改革开放的中国全力以赴进行现代化建设，处于这一大潮中的儿童文学更加关注的是今天和明天，而对过去了的战争历史则有顾之无暇之感。

正像在"战争儿童文学"这一语汇上所显露出的中日两国儿童文学对战争的不同心态一样，中日战争儿童文学作品也呈现出不同的风貌。在中国，反映日本侵华战争的儿童文学作品几乎与历史的进程同步。"七七"事变前7年，有代表性的作品可以举出茅盾的《儿子开会去了》《大鼻子的故事》，叶圣陶的《邻居》、老舍的《小坡的生日》、贺宜的《野小鬼》等；8年抗战期间，是"战争儿童文学"作品收获较丰的时期，这类作品主要产生于抗日根据地和解放区。著名的有华山的《鸡毛信》、管桦的《雨来没有死》、周而复的《晋察冀童话》、王玉胡的《英雄小八路》、韩作黎的《一支少年军》等。新中国成立以后，20世纪五六十年代是"战争儿童文学"的丰收时节。著名的有周而复的《西流水的孩子们》、郭墟的《杨司令的少先队》、颜一烟的《小马倌和大皮靴叔叔》、刘知侠的《"铁道游击队"的小队员们》、徐光耀的《小兵张嘎》、刘真的《我和小荣》等。这些作品中有些已成为新中国儿童文学的名著。从1966年起，由于"文革"，不仅"战争儿童文学"，整个儿童文学都进入了创作的空白期。经历了"文革"和文学艺术的复苏期之后，儿童文学也进入了一个新的时期，创作渐趋繁荣，理论研究活跃。但是恰恰在这个事业发展的时期，"战争儿童文学"创作却日渐衰微，仅出版了为数不多的中长篇小说和一些短篇小说。其中较有影响的有颜一烟的《盐丁儿》、严阵的《荒漠奇踪》等。

在日本，战后的"战争儿童文学"的真正有成果的时期是在1960年以后。战败后的15年间，有关战争的作品数量并不太多。代表这个时期的作品有竹山道雄的《缅甸的竖琴》和壶井荣的《二十四只眼睛》。日本"战争儿童文学"所以出现这15年的沉寂期的主要原因是：战前和战争中出现的专门从事儿童文学创作的作家中，有许多在战争中创作

了颂扬侵略战争的军国主义作品，他们在战后当然对战争绝口不谈，而另一些作家没能认识到战争对儿童来说也是极为关心的对象。

接近 20 世纪 60 年代时，一批在战争中度过了儿童时代、青少年时代的年轻人作为儿童文学作家成长起来，他们开始在儿童文学中探索如何表现战争。1959 年日本出版了两本有重大文学史意义的长篇战争儿童文学，即乾富子的《树荫之家的小人们》和柴田道子的《从峡谷底里来》，从而开始了真正的"战争儿童文学"时代。

20 世纪 60 年代以后，日本战争儿童文学发展的势头比较稳定、均衡。我们这里以表现题材的内容为线索，列举一些有代表性的重要作品。描写主人公在军队体验的作品有石川光男的《青草色的轮船》、长崎源之助的《傻子的星星》、山本和夫的《燃烧的湖》、前川康男的《小杨》；描写参加战争中的动员劳动、学生疏散体验的有安藤美纪夫的《蓝色的机翼》、柴田道子的《从峡谷底里来》、奥田继夫的《我的战场》、谷真介的《蜉蝣村庄》；以中国为舞台的作品有乙骨淑子的《笔架山》、那须田稔的《白桦与少女》、赤木由子的《柳絮飘飞的国家》、三木卓的《灭亡国的旅行》，另外前面提到的《傻子的星星》《燃烧的湖》《小杨》也是以中国为背景的作品。日本战争儿童文学还有两个极为重要的表现领域，即原子弹爆炸文学和空袭（指美军对日本本土的空袭）文学，前者有代表性的是由广岛儿童文学研究会四位同仁合编的短篇集《鹤飞的日子》、大野允子的《立在海上的虹》、大江秀的《每当八月来到的时候》、松谷美代子的《两个意达》，后者则以岩崎京子、早乙女胜元、今江祥智的有关作品为代表。

必须承认，中日两国创作战争儿童文学时，虽然反对战争、要求和平是双方共同的呼声，但是，由于战争的不同关系、不同的战争体验，双方又有着各自的立场。虽然日本侵华战争给中国人民带来了沉重灾难和巨大损失，但是，中国最终是以反侵略战争的胜利者的形象出现的，即"战争胜利"挽救了中国。用正义战争消灭非正义战争成了总是成为被侵略对象、被迫卷入战争的中华民族的生存立场。而日本，则自食了发动侵略战争的恶果。美军在广岛、长崎投下的两颗原子弹，更是给日本民族心理上造成了长久的战争恐惧。与"战争胜利"挽救了中国相反，是"战败"挽救了日本。从败战中吸取教训，不再发动侵略战争，成了日本民族的生存立场（当然，也有不甘心失败，企图卷土重来的军国主义者。知识分子中也有为军国主义招魂的人，比如写《大东亚战争肯定论》的林房雄）。在上述两种心态下，中日两国自然在"战争儿童文学"作品上表现出不同的问题意识和旨趣。从以上列举的中日两国的"战争儿童文学"作品来看，在总体上呈现着这样一个面貌——中日两国的"战争儿童文学"都有对战争的揭露与控诉，所不同的是，对抗日英雄的歌颂和赞美往往成为中国战争儿童文学的主旋律，而对侵略战争的批判和反省则沉淀为日本战争儿童文学的底蕴。

在对中日两国战争儿童文学进行比较时，我们不能忽略的一个重要问题是，作为日本人民，面对日本侵华战争和太平洋战争，他们有着加害者和受害者这样两个立场。

对中国人民来说，日本是加害者。我们必须始终从这一立场看待日本战争儿童文学中描写与日本侵华战争生活相关的作品。日本儿童文学作家在描写这一内容时的态度，对中国儿童文学学者来说是十分重要的。石井桃子的《阿信坐在云彩上》于 1958 年被翻译介绍到中国，但中译本删去了原作结尾处对日本侵华战争爆发后，阿信等人的生活经历的描写，从而改变了原作的面貌。我们推测，译者之所以做这样的删削，是因为这部分内容缺乏对日本发动的侵略战争的反省和批判。尽管石井桃子与小川未明、北原白秋等对侵略战争采取支持合作态度的儿童文学作家相比，头脑是清醒的，《阿信坐在云彩上》里也没有一句肯定侵略战争的语言，但是，对中国读者来说，仅此是不够的。只要作品缺乏对战争的反省和批判，在日本侵略战争中遭受巨大灾难的中国读者心灵的创伤就不能得到抚慰，因此对作品的结尾怀有抵抗感也是自然而然的。这样讲并不是主张写到那场战争的每一部作品都必须对中国谢罪。众所周知，乾富子的《树荫之家的小人们》(中译本书名为《小矮人奇遇》)、松谷美代子的《两个意达》中并没有对中国谢罪的话，然而，翻译介绍到中国却得到了很高的评价。在这个问题上，最重要的是，有无对战争的反省和批判。因此，我们能够理解《阿信坐在云彩上》的译者删除原作结尾的做法。而且我们认为，这一删除明确地表明了对战争缺乏反省和批判给《阿信坐在云彩上》的国际化过程带来了怎样的局限。

在日本侵华战争，尤其是太平洋战争中，日本人民在作为加害者的同时也成了受害者。日本人民一方面受到日本军国主义的战时管制和压迫之苦，一方面承受了广岛、长崎两颗原子弹和东京等城市的大空袭的灾难。在数量众多的原子弹儿童文学作品和空袭儿童文学作品中，几乎都表现出了强烈的受害者意识，对此也是可以理解并值得同情的，但是，问题的本质应该是，原子弹灾难也好，空袭灾难也好，对受害的日本人民来说，首先和主要应该负责的都是发动战争的日本政府和军国主义分子。另外，我们赞成有些日本儿童文学作家的观点，即今后应更加重视以加害者的意识创作的战争儿童文学作品。

在日本儿童文学者的战争儿童文学观中，也有我们所不能接受的观点。日本的儿童文学评论家西本鸡介的《战争儿童文学论》就认为："战争的罪恶是包括胜者、败者、加害者和被害者在内的全人类所应同样反省的事情。"①西本鸡介所说的战争，具体的就包括日本侵华战争。我们不懂的是，被日本侵略军的铁蹄蹂躏得国破家亡的中国人民(受害者、胜者)进行正义的抗日战争，有何需要"反省"之处。西本的这种战争抽象论在客观上是在减轻日本军国主义的罪责。西本鸡介还在对比了被列入战时国策文学作家的火野苇平的《麦子和士兵》和被誉为战后反战文学的典型之作的梅崎春生的《日末》之后，扬前者抑后者地说道："我们是不能把连进行战争的理由都不知道而一心一意地信奉圣战思想，挺身赴死的年轻人当作'没有意义的一个东西'来葬送的。因为这些年轻人的做法正是当时必须牺牲一切去参加战争的日本人心灵的真实姿态。"②西本鸡介的话令我们想起许多作品和影片中那些集体自杀或驾机与敌舰同归于尽的日本青年军人的疯狂面孔。尽管西本认为这种行为"充满了略带古风的正义感"和"祖国爱"，然而在无辜受害的中国人民的眼里，这种"日本人的心灵的真实姿态"是十分残忍而可憎的。将年轻人"一心一意信奉圣战思想"挺身赴死看作具有人生意义的西本鸡介，在评论壶井荣的《二十四只眼睛》时，无视大石老师嘱咐学生"不要去做为名誉战死的事"这句话，想来也不是没有原因的。

必须看到，军国主义的幽灵一直徘徊在战后的日本。长谷川潮曾指出："尽可能地想要抹杀这种本质(即日中战争的侵略性质——本文作者注)是现在的日本政府的态度。虽然这个政府也没有否定日中战争的存在，但围绕教科书审定事件冒出来的一些议论，什么侵略战争并不是只有日本才搞过，战争本来就是残酷的等等，也就可以清楚地看出，这种抹杀日中战争本质的倾向是很明显的。"③值得欣慰的是，日本儿童文学界对军国主义倾向的每一次抬头都进行了努力的批判和抵制。而这种反对战争要求和平的立场正是中日两国进行战争儿童文学交流的坚实基础。

[注释]

①②见《过渡期的儿童文学》，偕成社 1980 年版，第 183、196 页。

③ [日] 长谷川潮：《日中战争是如何被反映的》，《儿童文学研究》，1993 年第 6 期。

（原载《东北师大学报》1993 年第 5 期）

俄苏儿童文学与中国

韦苇

一

外国儿童文学读物传入我国，最早自推佛经故事，次早为伊索寓言，然后是《一千零一夜》中的关于辛巴德和阿里巴巴的故事。至于俄罗斯儿童文学读物，只知情况之被绍介，是始于夏丏尊先生 1921 年据日本西川勉的一篇文字译述的《俄国的童话文学》，其中提到德米特里耶夫、克雷洛夫、普希金、列夫·托尔斯泰、契诃夫的童话、寓言、小说作品，俄罗斯儿童读物名篇《猴子和眼镜》（克雷洛夫）、《渔夫和金鱼的故事》（普希金）、《两个农人》（列夫·托尔斯泰）、《渴睡》（契诃夫）夏文中都有梗概叙述。它们是俄罗斯儿童文学信息飞入我国的头一批春燕。

夏丏尊所译述的俄罗斯儿童文学情况是准确的。所憾后来并未能按夏文所示线索系统进行译介。到中华人民共和国成立后，由于鲁迅被尊奉为中国现代文学的先驱和奠基人，鲁迅译介的外国儿童文学读物和它们的原文作者就随之也被套上了神圣的光环。其实，鲁迅在这一方面之伟大，是在于忧虞当时少年儿童苦无好书可读，"弄到大家只能看富家儿和小瘪三所卖的春宫"，在于"在万不可缓的时候""竭力运输些切实的精神的食粮"，培养儿童"纯洁高尚的道德，广博自由容纳新潮流的精神"，同时"催进和鼓励着创作"。至于鲁迅对世界儿童文学作品的选择分明受着当时他本人和客观条件的限制。现在当我们有了了解世界儿童文学的便利条件之后，再来反观鲁迅当时所推介的外国儿童文学读物，遂即发现它们多半不在第一流。长期误解凡鲁迅所推介的都必是一流作品无疑，乃是后人自己的事。

鲁迅于 1935 年翻译出版的"译文丛书"之一的连卡·班台莱耶夫的中篇小说《表》的情形则不同。《表》在当时、在现在都算得上是优秀小说。但是后来提起苏联儿童文学就言必称班台莱耶夫，这又是与鲁迅无关的一种误解。不知何故，苏联的儿童文学史还不见有一部将班台莱耶夫列入第一流作家来叙述，他被置于这些作家之后的某个位置：高尔基、马雅可夫斯基、楚科夫斯基、马尔夏克、阿·托尔斯泰、盖达尔、瑞特科夫、巴尔托、米哈尔科夫、卡西里、卡塔耶夫、普里什文、帕乌斯托夫斯基、巴若夫、比安基、伊林、恰鲁申、伏隆柯娃、奥谢叶娃、诺索夫、勃拉盖妮娜、杜博夫、巴鲁兹金、阿列克辛、阿列克赛耶夫。随着我国对俄罗斯儿童文学的了解愈来愈详细，这种"言必称班台莱耶夫"的状况已消减于无。

像夏丏尊当年传递俄罗斯 19 世纪儿童文学读物信息一样，直接来自国外的资料总是更接近于真实。茅盾的《儿童文学在苏联》（1936）、《儿童诗人马尔夏克》（1947）、《马尔夏克谈儿童文学》（1947）被收在"茅盾儿童文学评论集"中，其实这三篇都是外国儿童文学资料译述。它们所反映的当时苏联儿童文学状况都是准确的。

70年 1949—2019

论及外国儿童文学对中国儿童文学影响之深广，是没有第二个国家可与俄罗斯相匹比的。1985年前，第一流和接近第一流的俄罗斯儿童文学作品大都被译成了汉文出版。外国儿童文学作品汉译工作做到这一步的，唯俄罗斯一国而已。如将《第四高度》《古丽娅的道路》（伊林娜）、《儿子的故事》（柯舍娃娅）、《普通一兵马特洛索夫》（茹尔巴）、《卓娅和舒拉的散事）（柯斯莫杰敏斯卡）包括在内，苏联儿童文学的汉译书籍出版量几乎是一个天文数字！其间，立了头功的是上海的两位儿童文学台柱：一位是任溶溶，一位是陈伯吹。其次是中国青年出版社。

中华人民共和国的成立，是一个有着本质意义的社会历史大变迁。这个变迁把健康、进步儿童文学读物奇缺的问题提到了政府面前。中华人民共和国成立之初的上海出版商多以营利为目的，40多个出版机构，唯"商务""中华""开明"比较严肃。1952年中国作家协会在上海一地出版的23000多种儿童文学读物中抽查了200多种，发现只有二十几种适合新中国儿童阅读。在这种情势之下，同"向苏联学习"的一整套决策相适应，一鼓作气把大批俄罗斯儿童文学读物译介给了中国少年儿童读者，以解他们的精神饥渴。于是，素有文学修养又有坚实外国语文基础的任溶溶被推到了全面积极地向中国少年儿童译荐俄苏儿童文学读物和理论的最前沿。任溶溶其时风华正茂、意气风发、精力丰沛，1950年底开始在《苏联儿童文艺丛刊》任编辑，1952年底开始主持少年儿童出版社的外国儿童文学读物出版工作。他卓有成效的译介、出版活动带动和调动了当时一批进步翻译家，诸如梦海、汝龙、李俍民、草婴、黄衣青、吴墨兰、鲍倏萍、吴朗西、孙广英等人的积极性，短短几年时间，就在中国少年儿童读者面前出现了开国以来儿童文学读物的第一条美丽的风景线，用任溶溶的话说是"眼前展现了一个新世界"。同时，这些使人耳目一新的作品给中国儿童文学创作者们树起了一批可资借鉴的楷模。它们对新中国儿童文学事业奠基和建设的作用和意义，唯亲历者才能做足够的充分的评估。至于后来中国的儿童文学创作者因为素质修养上的原因和当局要求他们为无休止的政治折腾服务的原因，其作品因非文学的、宣传的成分太重而被时间无情淘汰，那是中国人自己的事，同俄罗斯儿童文学没有内在联系。当有的中国人为政治折腾服务的作品被人遗忘，俄罗斯作家们奉献给儿童的卓杰之作依然矗立着，给今天的俄罗斯的和世界的儿童提供着启迪和欢笑。它们至今仍是"连大人也爱读"（别林斯基语）的作品，"伴着孩子们一块儿度过了儿童时代，又把年轻人送到广阔的生活中去"（波列伏依语）。

今日的俄罗斯正在为重新选择政治、经济体制而付出不可能不付出的代价。严肃文学的生产受到了空前严重的挑战。这样的岁月里，俄罗斯儿童文学的命运会怎样呢？我相信俄罗斯是一个有着优秀文化传统的、理智的民族。它不会像日本在侵华战争前和侵华战争中的"儿童文学"那样堕落为令人愤怒的东西。儿童文学的特殊性——儿童文学总是表现全人类共通的、最基础的精神要求——决定自己能相对平稳。诚然，俄罗斯儿童文学今天也不可能是完全平静的艺术港湾。但儿童文学污水横流如俄罗斯今日有的成人刊物那样也是不可能的。说现今俄罗斯有的作家失去理智、失去责任感可以理解，但孩子的父母不会失去保护自己孩子的理智和责任感。如果说日后的俄罗斯儿童文学会继20世纪七八十年代儿童文学之后发生大幅度的开放性变化，发生观念更新，那么这不是洪水猛兽。事实上变化和更新早已开始。

现在中国儿童文学似乎是处在言必称《艾丽思漫游奇境》的时代了。这言必称"艾丽丝"其实也是跟着英美人说的,并且是多少个年代前的英美人才那么说。应当承认,《艾丽思漫游奇境》中有几个片段确实仿佛是那位叫卡洛尔的数学家得了神授,非凡人所能作,它在世界现代童话的滥觞期(19世纪中叶)里所起的作用之巨大、意义之深远是不容人低估的。但是,今日的英美儿童还像一个多世纪前的儿童那样热衷于它吗?抽样调查表明:早已不是。

放开我的眼睛和心灵,遨游于世界儿童文学之广宇,我以为不曾对俄罗斯文学细加研究而贬论俄罗斯儿童文学是轻率的。贬论的根据和理由也只是耳闻俄罗斯儿童文学总是和教育缠结在一起。中国人心目中的"教育"和欧罗巴人心目中的"教育",其内涵和外延都不完全一致。儿童文学是一种特别强调读者对象的文学,是成人奉献给正处在受教育年龄的人们的文学。指出中国过去相当长一个时期里对教育的误解和误导(导向说教,导向宣传,导向非文学),确实是反拨的需要。唯有大力进行反拨工作,才能使我国的儿童文学回归艺术。但是,世界通常意义上的"教育"不是"瘟疫"的同义词,不是儿童文学一沾上"教育"则必瘟无疑。寓言的写作目的就明确地是为了要教给人一点什么,然而,儿童文学读物中流传时间最长、流传空间最广的恰恰是伊索寓言。写作《皮诺乔奇遇记》的目的就是为了让小读者不要撒谎、不要懒散、不要轻信,要爱学习、要有意志力、要听取有益的劝告、要做个好孩子,然而正是这部《皮诺乔奇遇记》,成了天底下读者最多的书之一。英国是快乐儿童文学的发源地,然而正是英国人把"教育"和"娱乐"并列标示在儿童文学高扬的旗帜上。

不错,俄罗斯儿童文学几十年来无论在理论上还是在实践上都紧紧扣住了教育。它强调儿童文学的读者对象是儿童,而儿童是人类的未来,正如高尔基所说:"我们总要衰老,会死去;他们将像新的明亮之火,燃烧在我们让出来的岗位上。正是他们使生活创造的火焰不灭。"(1910年给在布鲁塞尔举行的第三届家庭教育国际会议代表们的公开信)人类的未来不可逆转地将由今天还处在儿童期的人来安排,他们是未来的家长、教师、学者、工人、农人、战士。事关未来世界之命运,其责任何等重大,没有一个保持理智心灵的人会要求儿童文学放弃教育使命的。儿童文学作家的神圣使命之一就是把千百年来人民提炼出来的好品质,诸如勤劳、善良、诚实、勇敢、热爱生活、有意志力,有责任感等,把千百年来人民所积累起来的智慧、经验、教训等,通过尽可能完美的艺术途径交传给下一代。

希特勒法西斯这股血腥祸水涌往欧洲许多地方,都被它席卷而去。然而,当它涌到苏联,苏联的千百万青年站起来,成为卫国战争中的基干、中坚,往日的智慧勤劳的苏联青年,此时的热血奔涌的战士,他们筑成一堵人墙挡住了这股血腥祸水的漫溢;最后,也是苏联青年把红旗插上了作为德国法西斯巢穴象征的柏林国会大厦之巅。这不可能是一种历史的偶然。经过十多年苏联儿童文学的爱国主义和英雄主义激情感染和熏陶的苏联青年,使空前残酷的反法西斯战争由劣势转为优势,最终以胜利者的形象光荣地出现在世界人民面前。并且,战后仅用十来年时间就医治好战争创伤,从战争的废墟上屹立起来,还把人类第一颗人造地球卫星送上了天。

苏联儿童文学一贯强调艺术形象一定要有强有力的思想来支撑,强调作家应当用人民的悲欢苦乐、人间的五色百味来磨炼自己的思想。只有当作家的思想是敏锐而鲜明的时候，以这样的思想为支撑的文学作品才能在读者中引起强烈的共鸣。"艺术中的新东西，并不永远都是生活里的新东西，但永远都是对生活的新认识。""真正具有当代性的文学是人道主义的，信教人、同情人的文学，是为人的优秀品质感到骄傲，为生活中的缺陷和不完善，为许多的可能性未能实现而痛心疾首的文学"（语言文学博士 A · 博恰罗夫语）。20 世纪七八十年代俄罗斯的少年小说的相当一部分就是这样的文学。也就是说，俄罗斯儿童文学的教育性内容是随时代而发生着适应性变化的。

俄罗斯已经改朝换代了，俄罗斯儿童文学代替了以前被称之为苏联的儿童文学。事实上苏联儿童文学成就 96%以上是俄罗斯作家所建立的。因此当我们谈论俄罗斯儿童文学时，实际上也就涵盖了本来意义上的苏联儿童文学。现在人们会关心：强调教化功能的俄罗斯儿童文学会不会"过时"呢？这要审视俄罗斯儿童文学本身。最容易过时的东西是带宣传性的东西、非文学的东西。在过去的年代里，俄罗斯广大读者、出版者、研究者、评论家、文学家，他们一直在做着筛选、淘汰、提升、弘扬的工作，已进入文学史的作品，宣传成分应该已经很少而至于无，这还只是外部的原因。我们说这些优秀作品不会过时，主要是由于创造这些作品的作家们的内部原因。这内部原因有二：

首先，俄罗斯儿童文学作家们始终坚持由别林斯基建立起来、后经高尔基完善了的一整套以现实主义为主要特点的儿童文学理论。俄罗斯儿童文学作家们在深化道德情操、精神境界、高尚志趣、人生价值教育的同时，一时一刻也不曾忘记实现这种教育凭借的只能是"巨大的艺术感染力"，用艺术的力量"撬动少年儿童心理上的巨石"。他们一贯强调的是作品中要"注入作家的心血"，人物要有生活的真实和性格的真实，一贯强调的是表现现实的方式与方法，即风格、个性、想象力、形式，手段要有魅力，对少年儿童要有诱惑力。空洞说教、无冲突的幸福童年、粉饰现实、狭小的儿童天地、十全十美的理想儿童等都曾损害过俄罗斯儿童文学的艺术力量，但都被发现被克服、被抛弃了。

其次，如果说只有从真善美的心灵和艺术的天才中生长出来的文学作品才能存活得久远，那么，俄罗斯儿童文学作家们是不乏这样的心灵和天才的，俄罗斯儿童文学作品每年至少有 400 种被译传到国外，没有这样的心灵和天才，岂能吸引得了西方的译介者？

以强调教化功能为传统的苏联儿童文学，过去、现在和将来都能使少年儿童读者"认真地思考真理和正义、高尚与卑鄙、爱情与背叛、善与恶，思考个人对自己和对社会的责任，而更多地思考一个人活在世上为的什么，应该怎样活在世上"（莫佳肖夫语）。这样的文学不会是轻飘飘的，不会是没有分量的。人类正需要这样的文学。在西方，确有在评价苏联儿童文学时有过不公正的说法，但有思想分量和艺术分量的苏联儿童文学也确实已经在西方寻求到了应有的公正。例如德国法兰克福大学儿童文学研究所所长多德勒教授主编的大型《少年儿童文学百科全书》中，评述苏联儿童文学的条目占 45 页（评述中国儿童文学的条目占 5 页，评述美国儿童文学的条目占 40 页）。苏联儿童文学获得世界承认的状况由此可见一斑。

三

俄罗斯儿童文学由于种种原因，其各种文体发展并不平衡，不妨试以这样表述：

俄罗斯是少年儿童小说的大国；俄罗斯是大自然文学的强国；俄罗斯是儿童诗歌和幼儿文学的富国；俄罗斯是童话的中小国。

对俄罗斯儿童文学的研究,应当反映出上述不平衡的客观实际。

"大自然文学"是我在难于概括的情况下姑妄一用的新造名词。"大自然文学"主要包括两类:一类是动物文学和植物文学;另一类是表现"大自然与人"的文学。大自然文学在俄罗斯素有传统,著名作家屠格涅夫、阿克萨科夫、列夫·托尔斯泰、马明——西比利亚克、契诃夫、蒲宁、库普林、瑞特科夫等在19世纪和20世纪初就留下了一批弥足珍贵的文学遗产。

俄罗斯少年儿童文学读物中出版量和销售量最大最稳定的是大自然文学读物。创造这类作品的作家,首先是被尊奉为语言艺术大师的普里什文,曾与肖洛霍夫一起作为诺贝尔文学奖候选人的帕乌斯托夫斯基,被推举为动物文学大师的比安基,他们的作品在20世纪上半叶已显示了自己的强大:艺术魅力之强大和艺术生命力之强大。他们中的帕乌斯托夫斯基和普里什文不同程度地接受过浪漫主义文学的影响,他们的作品的艺术生命力远比奉行"社会主义现实主义"的有些作家的作品的艺术生命力要强大要持久,这实际上是一个很尖锐但很有价值的研究课题。正因为如此,西方世界对这三位作家怀有特殊的崇敬之情,并作了一些研究和探讨。而我国对这个作家群体尚未做专门的关注。

20世纪的20年代末和30年代,苏联的口号是"战胜大自然""征服大自然",而普里什文他们以为"大自然是慈母","大地是母亲",人类不是作为大自然的对立物而存在的,大自然是人类最亲密的朋友,人类与大自然的交流给人类带来了智慧、快乐和幸福。他们坚持认为不是颂扬"征服大自然是文学"的主题,而是"大自然就是文学"的主题。

新的生命科学的发展使作家们发现了把大自然中的生命世界人为地划分为有益一类和有害一类是应当断然摈弃的观念,于是上述作家的学生们、承继者们,诸如斯拉德科夫、萨哈尔诺夫、德米特里耶夫、斯涅革廖夫、希姆等人就提出了一种新的见解:人只有赋予大自然以深爱,人才能充分展示自己的崇高精神和美质,当人的心灵世界在与大自然的千丝万缕的联系中被表现,作品往往就更有艺术魅力。

（原载韦苇著《外国儿童文学发展史》,上海儿童出版社2007年版）

中日儿童文学交流的回顾及前瞻

蒋　风

中日两国的儿童文学,从严格意义上说,都是起步于 19 世纪末 20 世纪初,在发展过程中走过相似的历程,历史都不长。但是,这不等于说 20 世纪以前,中日两国都不存在儿童文学,其实它的存在可以追溯到遥远的古代,只不过是没有从成人文学和民间文学中独立出来而已。

要是从渊源上看,中日两国的儿童文学,各自都有悠久的文学传统和丰硕的成果,各具自成体系的特色。但在它们各自发展过程中,彼此并非孤立、隔绝、封闭的。相反倒是有着一个漫长的相互交流和融汇的过程。探索一下这个过程,总结一下经验,对两国儿童文学的发展都有促进作用,我深信这对走共同繁荣之路,为下一代造福,都有重大意义,也可为世界儿童文学做出应有的贡献。文学的繁荣发展,原因是多方面的。它是文学的内部因素与文学的外部因素推动与汇合的结果,儿童文学也不例外。中日两国儿童文学在历史上有过哪些交流? 相互借鉴的横向交流中作用如何? 有无规律可循? 本文拟通过中日两国儿童文学发展的历史思考,试图探索一些规律性的结论。只是以我目前的学识水平,要想科学地评价中国文学对日本儿童文学的影响和日本儿童文学对中国儿童文学的影响,都是力所不及的。因为这要阅读大量的文献资料,还要做十分细致的分析工作。因此,在这篇文章中,我只能勾画一个粗线条,提供一些线索,谈一些初步的看法,希望能供关心这一领域的学者们在这方面进行深入研究时参考。

一、日本儿童文学的发展与中国的影响

在探讨日本儿童文学与中国儿童文学的关系时,不能不追溯日本文学在发展中所受到的中国文学的影响。儿童文学是文学的有机组成部分,儿童文学的发展不仅与文学息息相关,而且是血肉相连的。因此探索日本儿童文学的发展与中国的影响,就不能不上溯到日中两国的文学交往关系。

从日本保存至今最早的汉文章《倭国王武至宋顺帝表》看,中国古代文学传入日本,并潜移默化地融化入日本文学的机制内,成为它发展的内在因素,也至少有 1500 多年的历史了。

古代日本是属于汉学文化圈的国家,中国历代诗歌、散文、小说、戏曲以及文论,流传到日本的种类和数量,是无法计量的。且自古以来,日本文学家都把钻研中国古典作品当作自己文学修养的重要内容。直到日本明治维新以前的日本学塾中,一直都用四书、《唐诗选》、《十八史略》、《古文真宝》等当作主要教材。中国的其他文学作品,如志怪笔记、白话小说之类也大量流入日本,被学生们当作课外文学读物而广泛流传,因此,上至《源氏物语》作者紫式部、《枕草子》的作者清少纳言,下至近代作家如芥川龙之介、夏目漱石、谷崎川一郎等,无不深受中国文学的影响。夏目漱石曾在它的《文学论》中谈道:"我少年时代便好学汉籍,尽管学习它的时间短,但朦胧之中已由《左传》《战国策》《史记》懂

得了文学就是这样的。"从历史看，日本文学对中国文学的学习和借鉴是悠久的。这种学习和借鉴大大丰富了日本文学的样式和风格，并在长期的交流、吸收、融合中形成了日本独特的传统。这是中日两国学术界都基本认同的。但是，日本文学的形成，又是在与中国很不相同的自然条件和人文环境中发展起来的，由于所处的地理位置和文化背景的特殊性，造成了它与中国文学之间的错综复杂关系，要分析、阐发这种已存在1000余年的文学现象，确实有许多困难。不过从现有史料看，受中国文学影响发展过来的日本文学传统，对后代日本儿童文学的形成和发展，还是能探索得到一些轨迹的。现试从作为日本儿童文学源头的几种主要文学样式做些深入的探讨。

神话是人类最古老的文学创作，也是儿童文学最原始的源头，中国和日本，作为东亚隔海相邻的两个伟大民族，在各自的文化的史前期，都曾经产生过丰富而美丽的神话，成为人类文化史上的瑰宝。可以想象，这些神话都是远古时代儿童不可缺少的精神食粮，自然成为儿童文学发生和发展的最初源头。中日两国神话各有其形成的本源，无论从气质和形态上看，都不尽相同。但由于中国开化较早，且又与日本一衣带水，交往较早，神话意识上的影响和交流是不可避免的。我们如果细加分析，便不难发现日本神话作为一个民族的原始文化观念，却是融合东亚诸民族原始观念的复合体，而其中最明显也是最活跃的因素，便是中国古代的文化。

在日本文学史上，最古代最原始的神话大多已经湮没，留存至今的也仅是零星片断的了。比较完整的是被记录在《古事记》和《日本书记》中的那些神话群系。据学者们研究，保存在这两本典籍中的日本神话群系，是一种"原始神话的变异体"，也就是说"以本民族最原始的文化观念为母体，又融进了异民族文化观念的若干因子而得以组成的一种神话"。①

以《古事记》为例。这是日本保存至今的第一部完整的文献，成书于公元712年。著者采用了"神世谱系"和"皇世谱系"为脉络的方式撰写，排列了史前社会的种种神话和传说，是一部把神话传说历史化了的作品。它在叙事方式上，明显留有仿照中国的"春秋三传"的迹象；在形态模式上，有学者把日本的"记纪神话"定为"高天原系神话"，他认为"这一形态模式的形成，与中国昆仑山神话群系有着一定的关系"②；在神话的哲学内蕴上，日本神话用阴阳分合的观念来阐述天地起源与神的形成，也正与中国早期古典哲学《周易》所说的"立天之道曰阴与阳，立地之道曰柔与刚"相契合。

这种影响来自何方？从史料说明，从公元前3世纪起，日本列岛已存在汉族归化人。近年在考古领域证明，从战国后期便有不少中国大陆居民向日本列岛迁徙，成为当地的归化人。

这些归化人不仅在生产技术上推动日本经济的发展，也在思想文化方面影响着日本，同时，中国西南地区少数民族逐渐南迁，与南洋土著相混合，又再由南洋北上迁徙来到日本列岛，成为今天日本人的另一始祖。这两支归化人把中国大陆原始文化带到日本，从这里，我们可以发现中国古代伏羲、女娲神话与日本二神创世神话之间的传导关系并找到其传播的轨迹。同样，我们也不难理解，中国盘古开天辟地神话与日本的山川地貌和五谷创生神话之间的某些关系，日本《古事记》神代卷中说日本的山川地貌是由伊邪那岐命与伊邪那美命的儿子迦具上神的尸体裂变的。这和中国《述异记》(梁朝任昉)说的中国四岳、江海、草木等天地万物是盘古尸变的，无论在构想或表现方面都十分相似。

民间传说故事是古代儿童最主要的文学营养，也是儿童文学的源头之一。从日本不少民间传说故事中，也同样可以找到受中国民间传说故事影响的痕迹。以日本最脍炙人口的《桃太郎》为例。日本学者伊藤清司曾写过一篇论文《桃太郎的故乡》，他认为流传在

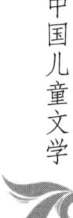

中国江南地区的《苹果郎》,"从果实中诞生、旅行,神奇的伙伴,战胜妖怪,以及与被解救的姑娘结婚。连在河边得到苹果这一点都与《桃太郎》有惊人相似之处,只是桃子与苹果的区别而已"③。其实,在中国各地还流传着许多主人公从桃核中出生的故事,如汉族的《八兄弟》、白族的《金龙报仇》、苗族的《桃李哥和魔法师的女儿》等都是。

又如,日本风行各地的《一寸法师》,在中国也有许多小小儿的故事。在山东就流传一个《枣核儿》的故事,大意如下:一对老夫妇,膝下无儿无女。有一天他俩吃馅饼时,吃到一颗枣核,竟从核中跳出一个小孩来。当地有个欺压老百姓的恶官,枣核小孩就跳进那恶官嘴里,在他躯体内狠狠地惩治了他一番,为大伙儿出了怨气,这个枣核小孩后来长成一个英俊的小伙子。

这个故事除开头部分内容稍有差异外,也与日本《一寸法师》十分相似。这是否也同样可做如此解释:随着大陆归化人向日本列岛迁徙,一些流传在中国人口头上的民间传说故事,被带到日本后又根据当地的风土人情加以本土化的结果。

物语是包括儿童文学在内的日本文学中一种特殊的体裁。日本文学史家把它当作文学的始祖,也是日本小说的原始式样。从世界文学的发展历史看,无论东方或西方,小说的产生都比较晚。到10世纪中期,日本文学中出现了"物语"这种文学体裁。所谓"物语",就是故事、杂谈之类。它是在改造古老的神话与传说传闻的基础上,注入当时当地现实生活的侧影,采用讲故事的方法,经文人的润饰而成的一种文学创作。

《竹取物语》是日本一部最具文学史意义的第一部物语,诞生于10世纪初叶,它取材于民间传说,是日本创造了假名(文字)以后,将民间故事传说经过有意的虚构和润色,提炼成文学形式的第一部文学作品,情节委婉动人,文字生动流畅。主人公赫映姬,本是月宫中的仙人,下凡来到人间,由于美貌绝伦,引来众多的求婚者,均被赫映姬的难题所难倒,最后于8月15日留下不死之药,飞升回到月宫中。整个故事极富浪漫的幻想色彩。它采用了中国神话传说中的人物嫦娥当原型,并把它改造成一个日本式的美女,作为故事的主人公,并把中国神话传说《嫦娥奔月》中的不死之药作为情节发展的一个因子,又和作为日本国家象征的富士山连接起来构成故事的结尾。这个日本最古老的物语,从它诞生不久,就成为一部童叟皆知、雅俗共赏的日本文学名著。

值得探索玩味的是,《竹取物语》与中国藏族的一个古老的故事《斑竹姑娘》几乎一模一样,从人物故事、情节结构,直到许多细节和故事中的道具,都有许多惊人的相似之处。

有人曾把两个故事的人物情节列表做过一番对照④:

	《竹取物语》	《斑竹姑娘》
情节结构	从竹子中出生的姑娘	从竹子中出生的姑娘
	给求婚者的难题及求婚者失败的原因	给求婚者的难题及求婚者失败的原因
	①去天竺取菩萨的石钵盂 ②去蓬莱取仙树 〕赝品 ③去大唐取火鼠裘 ④取龙额上的宝珠 ⑤取燕子子安贝 〕取不到的宝物	①去缅甸取打不破的金钟 ②去通天河取打不碎的玉树 〕赝品 ③去松潘取烧不烂的火鼠皮袍 ④取燕子金蛋 ⑤取龙额上的分水珠 〕取不到的宝物
	天皇巡幸	斑竹姑娘与郎巴成婚
	赫映姬羽化成仙	

	《竹取物语》	《斑竹姑娘》
人物	砍竹翁夫妇	郎巴母子
	赫映姬	斑竹姑娘
	石竹皇子	土司的儿子
	库特皇子	商人的儿子
	右大臣阿部御主人	官家的儿子
	大纳言大伴御行	胆小而喜欢吹牛的少年
	中纳言石上麻吕足	骄傲自大的少年
	天皇	
	仙长	

　　这两个故事的女主人公,都是以从竹子中诞生、转瞬长大成为一个美丽动人的姑娘为开端,吸引了许多求婚者,女主人公都是用5个相似的难题分别要求五个求婚者做到,从而引出5个小故事,叙述了5个求婚者为想得到主人公的允诺去解决难题,最后都宣告失败。从人物的出生到难题的内容,从难题中所求的宝物和产地到求婚者可悲的遭遇和结局,几乎如出一辙。尽管在世界文学史中,常常有不同的国家和民族,在社会经济和文化习俗相仿的历史时期,完全有可能产生非常相似的传说故事,但《竹取物语》和《斑竹姑娘》两者相似到如同从一个模型中倒出来似的相像,确实令人难以想象它们是从两个民族中各自独立形成的。两个故事不说它们情节结构上的惊人相似,就说5个难题中的任何一个,都可以从中国古代文献中或传说中找到它们的母体,如8月15夜月宫仙女临凡、赫映姬羽衣飞升、不死灵药、蓬莱玉树、大唐火鼠裘等等,都可从中国传说习俗中找到根源和印证。我们虽还缺少足够的证据推断《竹取物语》是完整地吸收融化《斑竹姑娘》的产物,但它们之间有着密切的血缘关系是毫无疑义的。这说明中国民间文学对日本古代文学的发展有着巨大而深远的影响。在这里还可肯定一点:日本以"物语"为代表的早期小说和古代儿童文学的民族形式的发展,是与不断吸取中国文化并加以改造,使之逐步日本化的过程同步的,《竹取物语》为我们提供了一个生动的实例。物语文学至今为止,仍是日本文学的一种重要体裁,也是当代日本儿童文学的一种重要样式,《竹取物语》这个实例又从另一个侧面说明中日儿童文学的交流极为深远的意义。

　　以物语和草子为代表的日本小说,其中就包含可以看作是日本古代儿童文学的作品,因为它虽不是专门为儿童创作的读物,但它却受到小读者的欢迎并占为己有,成为古代日本小读者的精神食粮。因此,当探寻日本古代儿童文学与中国文学的关系时,就不能不注意到这类作品。

　　由于日本后来不断派遣遣隋使、遣唐使到中国,大量的留学生也从中国接受文学教育,又带回大量包括志怪小说、唐传奇小说在内的典籍,使日本的物语和草子的写作深受影响。有人认为,日本的第一部志怪小说——浅井了意的《伽婢子》的产生,就是受瞿佑(1347—1433)的《剪灯新话》的影响。这本书先从中国传入朝鲜,在朝鲜受到知识阶层的广泛欢迎。在日本侵朝战争期间传入日本,1646年又在日本刊行于世,此后又有用书面语言译写的《剪灯新话》之类书籍风行,很受人们的欢迎,掀起了用汉文摹写这类故事的热潮,如1666年日本出版《伽婢子》等志怪小说集,就是这个热潮的开端,直到18世纪还出了不少续篇,可见这类志怪小说在日本拥有大量读者,无疑这当中也包括一部分少年

读者。在儿童文学尚未形成独立的文学分支之前,志怪小说自然就成了孩子们的选择读物的对象,不少适合少年心理的篇章就被孩子占为己有。因此,自《伽婢子》以后兴起的日本志怪小说,也就成了日本儿童文学的源头。

此外,《酉阳杂俎》《唐人说荟》《古今说海》《大唐西域记》等笔记小说,也跟志怪小说一样受到日本读者的欢迎,早在江户时期就有木版复刻本在日本印行。它们的普及使日本读者熟悉了中国的故事,而且也为中国通俗小说的流传铺平道路。

冈岛冠山(1674—1728)是日本传播中国通俗小说的先行者,早在1705年就把《英烈传》译成日文,用《通俗皇明英烈传》作书名在京都出版。他非常喜爱中国通俗小说,也十分推崇中国通俗小说作家罗贯中,不仅译了《通俗忠义水浒传》,还创作了《太平记演义》。

冠山的继承者如冈田白驹(1692—1767)、泽田一斋(1701—1782)等,又将《三言》《二拍》和《今古奇观》译成日文,接着《西游记》和一些中国短篇小说也被翻译在日本出版。

由志怪、演义到通俗小说等中国文学作品在日本受到读者的广泛欢迎,拥有包括少年儿童在内的广泛读者群。对日本文学有很大影响,特别是对小说结构影响最大。如上田秋成(1734—1809)的志怪小说集《雨月物语》(1786),就明显有《剪灯新话》和《三言》《二拍》的痕迹。泷泽马琴的《八犬传》就受到《水浒传》的极大影响。包括冯梦龙的《喻世明言》《警世通言》《醒世恒言》和凌濛初的《初刻拍案惊奇》《二刻拍案惊奇》的《三言》《二拍》,还导致日本产生了一种新的文学形式——"读本"。

在日本儿童文学史上作为童话研究始祖的泷泽马琴(1768—1848)和他的老师山东京传(1761—1816),都是当年最受读者欢迎的"读本"作家。在他俩的作品中,中国儒家的仁义思想和由中国传入日本的佛教的因果报应思想融合在一起。在马琴为自己写的序跋中,处处流露了冯梦龙、金圣叹、李渔等中国作家文学思想的影响。他非常喜爱中国通俗小说,特别推崇《水浒传》和《西游记》,他说:"《水浒传》《西游记》之奇且巧,其文绝妙,句句锦绣,实是稗史之大笔,和文之师表。"据依田学海的《谭海》记载,马琴24岁时,住在当时著名作家山东京传家里,"京传爱其才,待之甚厚",马琴也以师礼相视,曾慨然对京传曰"吾不能为官为医,不能为儒,宁作稗史小说著名后世,亦一快事也。"决心要写出与中国四大奇书相媲美的巨著。他的代表作《八犬传》对后世日本儿童文学的影响也是众所周知的。

在日本文学史上,借用中国的主题、题材和人物,写成的具有日本风格的故事,为数是不少的。单就日本儿童文学领域为限,鸟越信教授曾整理过一份《日本儿童文学における"中国"目录抄——1889至1945》,其中翻译、改编或改写中国的作品181种,由日本儿童文学家以中国为素材的作品共682种,有关中国儿童文学的批评或评论19种。

鸟越信于1990年在大阪举行的"中日儿童文学的过去、现在及其将来"学术讨论会上曾做过一个专题报告。在报告中,他特别提到"在大正时期童心主义及以其为背景的近代化方针之中问世的有芥川龙之介的《杜子春》(1920)和新美南吉的《张洪伦》(1931)。"

中国文学对日本从事儿童文学创作的作家之影响,芥川龙之介(1892—1927)确实是最为典型的。他不仅热爱中国古典诗歌,早在中学时代就怀有特殊的爱好,且从小就爱读《西游记》《水浒传》等深受中国小读者热爱的古典小说。1990年8月他曾写过一篇《爱读的书的印象》,他说:"做小孩子那会儿爱读的书,《西游记》是第一,它在今天也是我爱读的书。我认为,作为'比喻谈',像这样的杰作,在西洋一部也没有。即使班扬赫赫有名的《天路历程》,也毕竟不能和这部《西游记》相提并论。其次,《水浒传》也是爱读的书之一。这部书今天也爱读，有段时间曾经连《水浒传》里的108个豪杰的名字都全部背得下来。在那个时候，比起押川春浪的惊险小说什么的，这《水浒传》《西游记》对于我来说，是有趣得多了。"

这段话，清楚地说明了中国受小读者欢迎的古典小说，也强烈地撼动了日本小读者的心。同时也说明中国古典小说对日本作家的深远影响。芥川龙之介就是一个最好的典型。他吸取了中国文学作品的题材写出许多受日本儿童喜爱的新作，包括童话《杜子春》《黄粱梦》《仙人》等。

《杜子春》(1920)是芥川龙之介的代表作，曾被选作为日本小学国语课范文，至今仍在小读者手中流传。这篇童话题材来自唐代《续玄怪录》中的《杜子春传》，原作仅1750字，芥川通过自己的想象，把它扩展成10000余字。不仅对话生动，文字活泼，且景物描写充满了绘画色彩。不同于原作的一最大特色是，作家从读者对象是少年儿童的心理出发，省略了原作中那些复杂的人际关系的描写，使之更符合小读者的阅读兴趣。

明治维新以后，尽管中国古典小说在日本仍然得到译介，但由于1869年明治政府成立后，提出了以建立资产阶级民族国家为总目标，以"富国强兵、殖产兴业、文明开化"为内容，以学赶西方为方法的资本主义现代化路线，进行各方面的改革，在引进西方技术设备的同时，也相应引进西方近代文化，西方文学逐渐风行日本，因此西方文学比中国文学更有影响。随着西方文学在日本的传播、西方儿童文学也大量翻译介绍到日本，对近代日本儿童文学的出世，起了一个催生的作用。

二、中国现代儿童文学的诞生发展与日本的影响

早在遥远的中国古代就已有口头的民间儿童文学伴随着孩子们成长，在历代中国作家创作的成人文学作品中，也不乏儿童可读并受到孩子们喜爱的篇章，只是尚未有"儿童文学"这个词而已。但是，由于中国长期处在封建制度的禁锢之下，封建纲常名教束缚了儿童个性的健康发展，同时也严重阻碍了儿童生理与心理的探索研究，也阻碍了人们对儿童的发现和对儿童文学的倡导。因此使中国儿童文学长期处于一种蒙昧的、极不"自觉"的状态。

直到19世纪中叶，外国资本主义随着鸦片战争敲开了古老的中国大门，加速了封建社会的解体，萌发了资本主义因素，把一个封建社会变成了一个半封建社会，与此同时，帝国主义又用枪炮残酷地统治了中国，把一个独立的中国变成了半殖民地的国家。中国人民在英帝国主义的枪炮声中受到了前所未有的震撼。更为严峻的是列强纷纷仿效入侵中国，到1894年中日甲午战争失败，亡国之祸迫在眉睫。这时中国士大夫和知识分子阶层中的有识之士，才省悟到曾经走在世界文明先进行列的中国，如今在经济和文化上都已远远落后于西方。他们寻求救国救民之道，发出了改革内政、学习外国的呼声，形成了一股改良主义的时代思潮。

随着这股改良主义思潮而来的是人文主义的传播、启蒙运动的发展，妇女解放运动、儿童教育的倡导，这一切给提倡儿童文学创造了机遇。"这就是随着康有为(1858—1927)，梁启超(1875—1929)等人所领导的资产阶级改良运动同时兴起的改良主义文学运动。他们对于儿童文学的提倡，也就作为改良主义文学运动的一个重要方面，引起了人们的注意。"⑤

梁启超是中国最早自觉倡导儿童文学的先驱者，1898年戊戌变法失败，梁启超逃亡

日本，同年便在《清议报》上发表《译印政治小说序》，在这篇文章中，他引述康有为的话，认为"仅识字之人，有不读经，无有不读小说者，故六经不能教，当以小说教之；正史不能入，当以小说入之；语录不能喻，当以小说谕之；律例不能治，当以小说治之"。因此他认为"小说乃国民之灵魂"。指出"于是彼中辍学之子，黉塾之暇，手之口之。下而兵丁，而市侩，而农氓，而工匠，而车夫马卒，而妇女，而童孺，靡不手之口之。往往每一书出，而全国议论为之一变。"同年11月，梁启超还在日本横滨市创办《新小说》月刊，在第1号上就发表了《论小说与群治之关系》，又重申了文学与童孺的关系。他应该说是中国文学史上第一个从理论上阐述儿童文学意义的人。

梁启超不但在理论上倡导儿童文学，而且还在实践上身体力行，从事儿童文学作品的编译和创作，1902年，他在横滨翻译了法国儒勒·凡尔纳的科学小说《十五小豪杰》，这部小说先由英国人从法文译成英文，森田思轩又由英文译成日文，再由梁启超和当时在早稻田大学留学的罗普译成中文，在《新民丛报》上连载。这本原名《两年的假期》（1883年），森田思轩改名《十五少年》由博文馆刊行拥有广大少年读者群的东京《少年文学》第2卷第五期起刊出，立即引起巨大反响，全部刊载完后，由浅井忠插图出版单行本。这本译作和同是翻译少年文学的《小公子》（若松贱子译）一起，在日本儿童文学史上获得了明治时期有代表性的少年文学的地位。据说，梁启超看到这本书后就有了注意，一读之后，惊叹不已，像得到了盼望已久的好东西，立即热忱地译介给中国的少年读者。这是晚清儿童文学与日本明治儿童文学交流的一个典型事例。从20世纪初至"五四"时期，就是以传播西方儿童文学名著为主线，开展中日两国儿童文学交流，构成了中国现代儿童文学的科学启蒙。

中国现代儿童文学的萌芽过程中，外来影响无疑是个重要的促进因素。如果我们把西方儿童文学比作一个影响的光源，那么20世纪初的日本，就是把欧美儿童文学之光反射过来的一面镜子。郭沫若曾说过：中国现代文坛大半是日本留学生构筑的。

甲午战后，小小的日本战胜了一向夜郎自大的中国，清廷朝野对日本刮目相看，派遣了13名留学生首赴日本，开始了一个规模空前的留学运动。从这时起到抗日战争爆发为止的42年里，中国留日学生多达5万人，特别是1905年至1907年，留日学生总数已增至每年七八千人，到东瀛留学成了一种风气。这批留日学生中不少成了中国近代史上知名的思想家、文学家、艺术家、翻译家，如陈独秀、李大钊、鲁迅、郭沫若、周作人等，都是以日本国土为机缘去汲取西方文明的营养。还有一批诗人、作家如黄遵宪、夏丏尊、丰子恺、茅盾、巴金、王统照、蒋光慈、楼适夷等旅居过日本，也从那里获取了时代的先进信息，对于19世纪末到20世纪初的中国来说，日本确实成了一个传递信息的枢纽。单从文学领域看，从日本归来的中国留学生，几乎发起和参与了每一次文学活动，并造成了深远影响，儿童文学就是一个方面。

除上文提到的梁启超外，对中国现代儿童文学的诞生和发展起了催生作用的，首先要提到陈独秀（1880—1942）。辛亥革命前他在日本东京高等师范学堂留学，回国后发起新文化运动，他主编的《新青年》是当年中国的一个重要舆论阵地。作为新文化运动的先驱，从祖国与民族的前途出发，一开始就把儿童教育与深刻影响年幼一代成长的儿童文学，作为反对旧思想、旧道德、旧文学，提倡新思想、新道德、新文学的一个重要问题提了出来，热情赞助和推动着中国儿童文学的建设。早在"五四"时代，陈独秀就主张把儿童文学当作儿童问题来看。"记得1922年顷，《新青年》那时的主编陈仲甫先生（即陈独秀——笔者按)在私人的谈话中表示过这样的意见:他很不赞成'儿童文学运动'的人们仅仅直译格林童话或安徒生童话而忘记了'儿童文学'应该是'儿童问题'之一"⑥正因为陈独秀把儿童文学提到社会问题的高度来看待,在这种新的儿童观和儿童文学观的启发下,中国现代儿童文学的前奏曲才被高声吹响了。

在中国现代儿童文学史上作为拓荒者的鲁迅(1881—1936),也是日本留学生,1902年到日本,先学医,后弃医从文,希望用文学改良国民性。为了"以通俗的科学思想来挽救中国大部分麻木不仁的人",早在留日期间就致力于科学小说的翻译,他翻译的《月界旅行》和《地底旅行》,都是根据日译本重译的。1909年回国后,还从日文翻译论文《儿童之好奇心》和《儿童观念界之研究》和童话《桃色的云》等。1918年,他发表小说《狂人日记》,他大声疾呼"救救孩子"以"横眉冷对千夫指"的精神,勇猛地向一切残害少年儿童的反动势力做斗争,同时又以"俯首甘为孺子牛"的态度,积极倡导为少年儿童写作,培植抚育少年儿童作者,并亲自动手,在儿童文学批评、理论研究、翻译介绍等方面,呕心沥血,做出了卓越的贡献。

在中国提倡儿童文学最有力的要算周作人(1885—1968)了。他也是一位留日学生。据《周作人回忆录》记载:1906年他东渡到日本不久,就"得到高岛平三郎编的《歌咏儿童的文学》及其所著的《儿童研究》,才对于这方面感兴趣"。在日本留学期间,他还涉猎过英国安德鲁郎(Andrew Lang)(1844—1912)的著作,对民间童话故事产生了浓厚兴趣,同时,他又受到日本白桦派和武者小路实笃、有岛武郎、志贺直哉等人的文艺思想和人道主义观点的影响,从爱护幼者、卫护弱者的意识出发,开始接触和关心儿童文学,1909年,周作人还在日本留学期间,就与鲁迅合作出版《域外小说集》二集,第一集就是他译的王尔德的《安乐王子》,还在篇后介绍了"著者事略"。1911年他从日本回国在绍兴任教,一方面他热心地收集儿歌、童话,翻译安徒生童话;另一方面,运用他在日本掌握的民俗学和儿童学的知识,将儿童的研究开创了一个局面,陆续发表了《童话研究》《童话略论》《古童话释义》和《儿歌之研究》4篇论文,拉开了系统地研究儿童文学理论的序幕。但因当时儿童文学不被人们重视,周作人曾一度沉默。直到五四运动以后,在"五四精神"感召下,才又一次开始了他的儿童文学活动。他先后又发表了20多篇有关儿童文学的论文,较全面系统地对儿童文学的性质、特征、作用、创作方法以及各种儿童文学体裁做了研究。他从反封建思想出发,竭力鼓吹尊重儿童的独立人格,指出"儿童在生理上虽然和大人有点不同,但仍是完全的个人"。他充分肯定儿童文学在儿童教育中的作用,第一个提出"儿童的文学"的命题。他从儿童的精神需要出发,提出儿童文学只能是儿童本位的主张。周作人提倡的儿童文学明显也受到日本童心主义的影响,但他所主张的儿童本位的童心,不同于日本童心主义是成人以一种感伤的情调回首自己的儿童时代所产生的童心。他强调只有把儿童当作完全的个人,承认他们具有成人同样的人格,才能真正理解"儿童的世界",以此为立论根据的一系列论文,为中国草创时期的儿童文学理论奠定一个初步基础。特别值得一提的,在周作人等人首先是周作人富有系统性的倡导和努力,儿童文学一时风靡全中国,成为教育界、文学界、出版界最时髦、最新鲜的新生事物,儿童文学第一次以一种独立的文学形态出现在20世纪20年代初的中国文坛上。

徐傅霖(1878—1958)又名桌呆、半梅,江苏吴县人,小说家,是中国儿童文学史上最早从事儿童戏剧创作的作家之一。他从日本学体育回国后,除在商务印书馆编辑出版了《哑铃操》《徒手体操》等体育书籍外,几乎把毕生的精力献给中国儿童文学事业,开始在

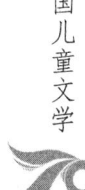

朱天民、殷佩斯先生主编的《少年杂志》上发表儿童剧如《心之花》《伯父》《催眠术》，在大东书局出版《儿童戏本》和《儿童小说》（二册），又翻译了日本神田丰穗著的书。如希腊民间童话《黑足童》《巨人塔》《小猎师》《木马谈》，罗马民间童话《桶七儿》、英国民间童话《三王冠》《豆藤梯》、法国民间童话《金发姬》《蔷薇姬》《惊人谈》、德国民间童话《白马将》《幸福花》《小人鼻》《驴公主》《恶戏术》《魔博士》《法螺君》《硬壳王》、匈牙利民间童话《铁王子》《羊形男》、南欧民间童话《梨伯爵》《金苹果》、北欧民间童话《牧羊童》《三难题》《三大刀》《少年国》《金色鸟》《黑学校》，俄国民间童话《指环魔》《大洪水》《吃炭男》《二王子》《极乐草》《魔卵缘》《马尾案》、非洲民间童话《大食童》《犬王子》，印度民间童话《卜人子》《林中女》，朝鲜民间童话《龙宫使》，土耳其民间童话《三驼背》等。从徐傅林的经历也许可以说留日学生得风气之先，从体育领域走进儿童文学王国，致力于外国儿童文学的全面介绍。

留学日本的中国学生对中国儿童文学做出建树的为数不少。如郭沫若（1982—1978）早在日本留学期间就写了《儿童文学之管见》（1921.1.11）。从儿童文学对整个社会改造的重要作用的高度，提出了"儿童文学之建设不可以一日缓"的观点。回国后，他创作了较多的儿童诗篇《天上的街市》《新月》《两个大星》、童话剧《广寒宫》、童话《一只手》等。又如李叔同（1880—1942）、欧阳予倩（1889—1962）等，在日本留学期间组织了春柳社，编演了《黑奴吁天录》《热血》等剧目，于是这种新颖的文学样式，开始扩大到少年儿童领域。再如穆木天（1900—1971）1918年怀着科学救国的幻想东渡日本留学，后受五四运动影响，改学文学，1921年开始文学活动，加入创造社，翻译了《王尔德童话》和法朗士的童话《蜜蜂》等，回国后曾在各大学任教，1952年调北京师范大学任教时，还招收过儿童文学进修班，主编了两集《儿童文学参考资料》。还有徐蔚南（1902—1952），江苏吴县人，早年留学日本，回国后曾担任世界书局编辑，主编过一套"ABC丛书"，其中包括赵景深著《童话学ABC》，谢六逸著《神话学ABC》，玄珠著《中国神话研究ABC》，汪倜然著《希腊神话ABC》，徐调孚著《儿童文学ABC》等。他还出版过童话《蛇郎》，长篇儿童小说《小泥鳅奋斗记》，翻译《印度童话集》、故事读本《寓言读本》《童话读本》、法国艾克多的儿童小说《孤零少年》（即《苦儿流浪记》）均由世界书局出版，还有谢六逸（1898—1945）1920年赴日本早稻田大学文科学习。早稻田大学是日本儿童文学的发祥地，他在这里跟儿童文学结下了姻缘，1922年写了第一部童话《一棵柿树》，当1928年徐蔚南正在世界书局主编"ABC丛书"时，谢六逸正在研究丰富多彩的日本神话，因此受约写《神话学ABC》，他以中日两国神话做比较研究，探索了神话的起源和本质，认为这是儿童文学的一个丰富的源泉。他十分重视神话的发掘和研究。他创作童话《慧星》在开明书局出版，还写过一本《日本故事集》，还翻译过《古事记》和《伊里亚特的故事》。还有黄源（1906—　）也是一位留学日本的作家，1929年回国后，专门从事文学翻译工作，曾译过日本芦谷重常的童话专著《世界童话研究》，1930年在日本华通书局出版。其实还可以举出杨度、黎列文、楼适夷、沈起予、任均、胡风等一长串名单，他们都在日本留学期间与儿童文学结下了或深或浅的不解之缘，为中国儿童文学事业做出了一定的贡献。

在儿童文学现代化的进程上，中日两国都受到西风东渐的影响，基本上处于同步状态，但由于日本明治维新取得成功，而中国康梁变法归于失败，种种因此而来的政治、经济等复杂因素影响，儿童文学由觉醒到自觉的进程，日本快于中国一步，中国留日学生得风气之先，在那些爱好文学的留学生中得到启迪，回国后投入儿童文学运动，因此成了中国现代儿童文学萌发的影响之一,也可说是主要的影响源。

　　始于译介西方儿童读物是中日两国儿童文学发展史的共同特点。明治维新以后,日本政府开始重视儿童教育,儿童的文学需要逐渐被人们所认识。以岩本善治、若松贱子为代表,开始以翻译的手段从欧美引进西方著名儿童文学作品,在这批欧化主义者当中,不少人本身都有很高的汉学素养,一直保持崇尚中国文化的风气,开始不少西方儿童读物如《伊索寓言》《天路历程》都是从中译本翻译或重译的。随着明治维新的"文化开明"潮流日趋隆盛。对西欧文化不加批判的礼赞,而对原有的传统的中国文化的排斥跟着日趋厉害。明治20年以后,中日两国文化交流也逐渐逆向发展,中国从日文重译儿童读物之风日盛。1901年,上海《教育世界》53号57号发表法国卢梭的《爱美耳钞》(即《爱弥儿》)原系日本山口小太郎、岛崎恒五郎译,日本中岛端重译。1965年,徐念慈根据日文转译了英国马斯太孟立描写一少年航海探险故事的《海外天》。1905年包天笑从日文转译了法国埃克多·马洛的《苦儿流浪记》,先在《教育杂志》连载,后在商务印书馆出版单行本。1909年,包天笑又从日文转译意大利亚米契斯的《爱的教育》之一部分,拼入自己部分创作,也是先在《教育杂志》连载,次年在商务印书馆出单行本,有的章节被选入当时的国文教科书。稍后还有唐小圃翻译的托尔斯泰的作品,在《少年杂志》上发表,殷佩斯还特地向少年读者推荐唐小圃译的这些"民话""小说"作品。这里所指的"民话",明显是借用日语词汇,也从一个侧面反映了日本的影响。唐小圃当年热衷于向小读者介绍俄国儿童文学,但他不懂俄文,所译作品就是从日译本转译的。但他的翻译态度是严肃的,在转译德米特里耶夫寓言时,特别声明"十篇寓言从日本升属梦译《俄国童话集》里选译,不是从俄文原本译出来的"。

　　从上举事例可以看出,从日文转译西方儿童读物成了中国文童文学现代化的另一影响源。日本是中国一衣带水的邻邦,同文同种,有着悠久的文化交往的历史传统,因此在中国吸取外来文化的过程中,具有独特的位置。从儿童文学的交流看,也不例外。20世纪初,押川春浪的科学小说《空中飞艇》《秘密电光艇》《千年后之世界》《铁世界》,井上圆了的《星球旅行记》等先后被译介给中国少年读者。林纾也翻译过德富健次郎的作品。

　　1891年,岩谷小波的《黄金丸》出版,在日本引起巨大反响,这标志独立的日本儿童文学的诞生。被誉为"日本的格林"的岩谷小波连续推出《日本民间故事》24卷、《日本童话》24卷、《世界民间故事》100卷,也被有选择地译介给中国小读者,从20世纪20年代到30年代,有许达年译的《日本童话集》(中华书局)、谢六逸译的《日本故事集》(世界书局)、清野编译的《日本童话》(儿童书局)、曹建华译的《日本童话》(商务印书馆)、韩侍桁译的《日本童话》(大东书局)等书出版。与此同时,搜集、整理、改写民间故事、童谣之风,也在中国传播开来。

　　正当岩谷小波式的童话故事风靡一时之际,受民主思潮的影响,儿童的地位受到社会应有的重视,儿童文学也相应地得到发展。在日本,吸引了一大批文坛的知名作家和诗人,如岛崎藤村、有岛武郎、秋田雨雀、志贺直哉、菊池宽、小川未明、芥川龙之介、北原白秋、西条八十、宇野浩二等,拿起笔来为孩子们创作文学作品,这也同样影响了中国五四运动中涌现出来的许多知名作家和诗人,如叶圣陶、冰心、周作人、郭沫若、茅盾、刘大白、刘半农、郑振铎、张天翼、许地山等,也都热心地为孩子们创作作品。

　　小川未明的《红船》以自己的创作艺术使童话从改写的模式中挣脱出来,叶圣陶的《稻草人》也摆脱了改写民间童话的模式,鲁迅评价它"给中国的童话开了一条自己创作

的路"。

　　小川未明、秋田雨雀、宇野浩二、古屋信子等作家的作品到 20 世纪 30 年代已被大量介绍到中国来，出版了徐尉南译《童话读本》(世界书局)、钱子衿译《日本少年文学集》(儿童书局)、许亦非译《现代日本童话集》(现代书局)、林雪清译《太阳与花园》(儿童书局)、孙百刚译《先生的坟》(开明书局)、张晓天译的《小川未明童话》《红雀》《鱼与天鹅》《天上老人》《黑人和红雪车》(新中国书店)等，其中如《红蜡烛和人鱼姑娘》之类的作品，在中国也几乎家喻户晓，坪田让治曾对小川的童话做过高度评价："在小川童话出现前，没有产生儿童文学的杰作。"这样出色的作品介绍到中国，对正在成长中的中国儿童文学不可能不产生影响。

　　1928 年 10 月，以小川未明为中心，聚集起一批反对资本主义的儿童文学作家，结成了新兴童话作家联盟，创办了《童话运动》，不久并入《少年战旗》，就以《少年战旗》为中心，展开无产阶级儿童文学运动，虽仅两年光景时间，但也影响到中国儿童文学文坛，站在"左联"旗帜下的作家们，如张天翼、应修人、肖三、胡也频、冯铿等，也都自觉地用无产阶级观点为孩子们创作作品。尤其明显的是桢本楠郎的无产阶级儿童文学理论就对当时的中国文学界左翼产生深刻的影响。鲁迅从德文翻译班台莱耶夫的《表》时，不仅参考了桢本楠郎的日译本《金时记》，而且还在《译者的话》里把他的序言全文照译过来，介绍给中国读者；强调桢本楠郎的话，"为了新的孩子们，是一定要给他新的作品，使着变化不停的新世界，不断的发荣滋长的"，所以鲁迅也怀着"不小的野心""要将这样崭新的童话介绍一点进中国来，以供孩子们的父母、师长，以及教育家、童话作家来参考"。仅此一例就可以看到桢本楠郎的儿童文学理论对中国的深远影响。

　　随着日本军国主义思想的抬头，思想统治日益强化，日本无产阶级儿童文学运动遭到残酷镇压，在这种高压形式下，日本儿童读物变成为强化法西斯意识和对外侵略服务的工具，当然也出不了有文学价值的好作品，而是出现了肃杀凋零的境况。另一方面，又因日本军国主义发动了侵华战争，损害了中国人民的感情，因此中日两国儿童文学的交流陷入了中断的泥淖。

　　第二次世界大战后，日本军国主义的毁灭，却给儿童文学带来了勃勃生机，作家们集结在民主主义旗帜下，揭开了历史的新页。战争结束不久就创作出一批令人瞩目的优秀之作，如石井桃子的《阿信坐在云彩上》、竹山道雄的《缅甸的竖琴》、壶井荣的《二十四只眼睛》等，还有稍后的乾富子的《小铁人奇遇》《企鹅故事》等都被很快地译介到中国来，这年代介绍到中国来的作品，还有川崎大治的《变成花呀，变成路！》、节子植的《大和尚和小和尚》、桢本楠郎的《三只红蛋》、德永直的《童年的故事》、坪田让治的《风波里的孩子》、平田义二的《春天的花圈》和一些民间童话的选集。

　　正当中国儿童文学界热衷于介绍日本儿童文学、并从中寻求借鉴的时候，却因中国文艺界的反修正主义风暴席卷过来，几乎把所有翻译过来的作品，都当作"资产阶级""修正主义"的东西而武断地完全否定和舍弃了，翻译日本儿童文学也被这种粗暴的思潮所淹没得销声匿迹，一直持续到"文化大革命"结束，中日两国儿童文学交流也在中国一方留一下了长长一段空白。

三、中日儿童文学交流的新阶段及其前景

　　第二次世界大战后，日本儿童文学界对战争期间军国主义追随者的罪恶活动，做了比

较彻底的清算,深深感受到战争给人类带来的灾难,一直把战争与儿童文学当作一个重大的议题,进行了多次的讨论,不仅为日本侵略者对中国人民的屠杀践踏感到内疚,而且认识到儿童文学是人生最早的教科书,保卫世界和平成了儿童文学家无可推卸的神圣职责。

中国儿童文学界则经历了十年"文化大革命"的动乱,清醒地认识到毁灭传统文化和敌视外来文化的做法都是十分愚蠢的行为。痛定思痛,拨乱反正,不仅应该珍视中国的传统文化遗产,还应善于学习、借鉴优秀的外来文化,从中吸取营养。著名作家严文井就曾说过:"我早就有这样一个愿望,就是想知道我的日本同行们怎样为孩子们写作,怎样用文学的力量来引导孩子们走向一个健康的精神世界。"⑦由于上述两种思潮的相交融会,实际上形成了一种共识:儿童文学是关系着一代人能否健康成长的伟大事业。中日两国一衣带水,加强交流有利于两国儿童文学的更快更好的发展,达到共同繁荣的目的,为人类走向美好的未来做出更大的贡献。基于以上认识,进入 20 世纪 80 年代后,中日两国的儿童文学交流不断加强,进入一个新阶段。

(一)作品的交流

1.日本儿童文学在中国

中国广大小读者对日本儿童文学作家并不陌生,对日本儿童文学作品非常喜爱。他们早就和桃太郎、一休、一寸法师交上了朋友,也把小川未明笔下的人鱼姑娘、石井桃子书中的阿信引为知己。

从 20 世纪 80 年代至今的 10 多年间,出版了近百种儿童文学著作。最引人注目的,当然要推松谷美代子的《龙子太郎》。这部获得国际安徒生奖的名著,1982 年江苏人民出版社出版了柯毅之的译本,1982 年黑龙江人民出版社又出版了王璞、林怀秋的译本。不仅出了书,还上了电视。龙太郎就不仅在日本广为人知,也成了中国小朋友所熟悉的童话人物。1985 年作者的另一部著名童话《两个意达》也由高林译出,在中国少年儿童出版社出版。这部描述反对原子战争的作品,以它强烈的现实意义,深受曾经历战争灾难的中国读者所关注,第一版就印了 44000 册之多。1989 年,季颖又翻译介绍了这位有着世界声誉的女作家另一个系列作品,即《百百和黑猫得儿》《百百和茜茜》《小茜茜》《茜茜和客人爸爸》连续在重庆出版社出版,也受到中国小读者的欢迎。

中川李枝子是又一位中国小读者耳熟能详的日本女作家。她的《不不园》在日本是一本很有影响的低幼童话,1981 年由四川少年儿童出版社出版中译本后,也风靡一时,除作者的幽默笔触引人耐读外,童话作家孙幼军的生动译笔,也为这本仅 5 万多字的系列童话在中国走红一时助了一臂之力。译者确实是花了一番心思的,他说:"这本书除了供家长和幼儿园老师读给小朋友听之外,对我们的童话创作也可提供某些借鉴。如果能有几位家长和幼儿园老师从中受到启发,也将我国幼儿园丰富多彩的生活写成童话,那就更令人高兴了。"儿童文学女作家郑春华可能就是在这一呼唤下,从托儿所老师的工作岗位上脱颖而出成为作家的一位代表。她从 1982 年开始发表以幼儿园孩子为题材的小说和童话而受到中国文学界的瞩目,走了跟中川枝子很相似的道路。

也许喜爱动物是儿童的一种天性,椋鸠十这位以描写动物而受到文坛尊敬的日本作家,他的作品是近年来在中国被介绍得最多的一位日本作家,他的作品由河北少年儿童出版社出了"椋鸠十动物故事丛书",已出了《太郎和阿黑》《金色的脚印》《矮猴兄弟》《山大王》《两只大雕》《野兽鸟》《孤岛的野狗》《阿黑的秘密》等多种,均由作家安伟邦翻译,遗憾的是由于安伟邦不幸逝世而中断,未能全出。与此同时,希望出版社出版了刘永珍

翻译的《月牙熊》《玛雅的一生》《鼠岛的故事》，申建中译的《斗牛瘦花》等，少年儿童出版社也出版了贡吉荣译的《鸟国哀犬》。作者描绘的种种动物，是那么的细致生动、出神入化，确实令中国小读者爱不释手。

在日本创造了第一次出版到当年 11 月就再版 38 次，销售 630 万册最高纪录的《窗边的阿彻》使黑柳彻子的声名不仅轰动了日本，也震撼了中国，仅 1983 年一年，中国就出版了未申、朱濂、王克智、陈喜儒和徐前四家译本，分别在中国展望出版社、湖南少年儿童出版社、辽宁少年儿童出版社和少年儿童出版社四家出版社出版，且几乎在同一季度内先后出版。这在中国儿童读物出版史上是一件破天荒的事。"一个低年级小学生日常的学校生活故事，居然写得如此引人入胜，是令人赞叹的。"儿童文学评论家周晓充分评价这本书的成就时说，"人们每每用'平淡无奇'来形容一些不以故事情节取胜的作品。《窗边的阿彻》竟写得平淡而有奇。这个奇就是新鲜有趣——'巴学园'这所新型学校环境的新鲜、有趣，尤其是小说对小主人公的个性、心理状态描述得十分新鲜有趣。"[⑧]这本半自传式的小说，以它的清新有趣的故事和亲切流畅的文笔，赢得了中国读者的好评，因此，她的另一部自传体小说《从中学生到名演员》也于 1986 年翻译出版，介绍给中国读者。

同世界上很多享有盛誉的作家一样，获得 1968 年度诺贝尔文学大奖的川端康成也曾怀着一颗纯真的童心为孩子们写作。他的儿童小说数量不多，但很有特色，也受到中国文学界的重视。如《班长探案》《校庆》《弟弟的秘密》《暑假作业》《歌鸲温泉》《信鸽展翅》等，均由朱惠安译出，结集于 1985 年在浙江少年儿童出版社出版。

近 10 多年来介绍给中国小读者的日本儿童小说，还有古田足日的《鼹鼠原野的小伙伴》（1981）、《一年级的大个子和二年级的小个子》（1983）、岩崎京子的《养蜂娃》（1982）、山花郁子的《难忘的童年》（1982）、加藤多一的《白围裙和白山羊》（1979）等。

在日本发展得较快的科幻小说，有一支庞大的作者队伍，作品以题材广泛、构思新颖、情节跌宕、文字清新受到中国读者的欢迎。中国的出版机构为适应小读者的需要而移译、介绍了龟山龙树、眉村卓、浜田圭子、丰田有恒、福岛正实、矢野彻等科幻作家的作品。

日本作家撰写适合儿童阅读的传记作品，也受到中国小读者的青睐，如浜野政雄的《贝多芬》，作者用一段段的小故事，通俗生动地描述了贝多芬艰苦奋斗的一生，简明扼要地介绍他那些光辉的音乐作品，中国孩子读起来津津有味。酒井友身的《世界探险怪杰——植村直己》的译本，在中国出版后，中国孩子的心，不仅为他那扣人心弦的探险经历所震撼，也为植村君的坚强毅力、非凡的勇气和无畏的献身精神所感动。

当然，最使中国小读者感兴趣的，还是日本作家写的童话，早就为中国读者所熟悉的小川未明、秋田雨雀、浜田广介、坪田让治、桢本楠郎、乾富子等老一辈作家的作品，近年又有新译本出版，如《红蜡烛和人鱼姑娘》（福建人民出版社）、《深山里的焰火》（云南人民出版社）、《巧克力天使》（吉林人民出版社）、《金色的稻穗》（福建人民出版社）、《银河铁道之夜》（西北大学出版社）、《一只长筒靴子》（湖南少儿出版社）、《黑魔马》（中国少年儿童出版社）、《魔鞭》（黑龙江人民出版社）、《小矮人奇遇》（少年儿童出版社）等，年轻一点日本童话作家的作品，如香山彬子的《金色的狮子》（1983，辽宁人民）、浜田系卫的《回到田野的蔷薇花》（1984，吉林人民出版社）、安房直子的《谁也看不见的阳台》（1986，辽宁少儿出版社）和《手绢上的花田》（1987，浙江少儿出版社）、佐藤晓的《神秘的小小国》（1986，少儿出版社）和《小不点儿狗》（1990，浙江少儿出版社）等。

此外，中国的儿童报刊也经常有日本儿童文学作品译载。近 10 多年来，如《儿童文学》就发表过路遥的《挂着的响铃》、森下真理的《别了,雷鸣街！》、浜田广介的《原野的小伙伴》《远方的彩虹》《小松鼠和小黑熊》,阿万喜美子的《我的飞机》、山下明生的《你就是爸爸的伞》、小仓明的《东京塔的帽子》、直藤觉的《我想要一棵大树》、乾富子的《小文鳎鱼生病了》、中野幸隆的《奶奶的家》、城户典子的《海的灯》、染谷户子的《好事》、小泽昭已的《受伤的萤火虫》等;《未来》登载了椋鸠十的《森林少女》、赤川次郎的《镜中恶魔》、室生犀星的《幼年时代》、宫泽贤治的《拉大提琴的高秋》等;《儿童时代》译载过的村山桂子的《还礼》、濑尾七重的《圣诞节前夜的礼物》、松谷美代子的《太阳公公生病了》、大野元子的《新的一天》、杉美纪子的《夜晚的水果店》等;《童话报》刊登过安房直子的《狐狸的窗户》、秋田雨雀的《白鸟之国》、坪田让治的《小狮子和小孔雀》、佐藤晓的《魔背心》、志贺直哉的《荣花和女孩》等;《少年文艺》介绍过的铃木喜代春的《"王牌"后面的友谊》、大石真的《三年级二班女生的生日会》、安房直子的《野蔷薇盛开的村庄》、池田大作的《少年与樱花》等;《少年报》也译载过数 10 篇日本儿童文学作品,其中包括小川未明的《黑猫》、秦敬的《一定要加油》等。

我国著名的日本文学研究家、翻译家如刘振瀛、李芒、卞立强、吴朗西、胡明树、楼适夷、瞿麦、安伟邦、吴念圣等,都热心地为孩子们翻译日本儿童文学作品。这些作品中的生动形象,在中国小读者心中留下美好的回忆。

近年来中国儿童文学界对日本文学理论研究方面成就也很关心,如上笙一郎的《儿童文学引论》、日本儿童文学学会编的《世界儿童文学概论》、鸟越信的《世界名著中的小主人公》等书,也在中国翻译出版,受到同行的关注。

2.中国儿童文学作品在日本

由于 19 世纪末日本提出"脱亚入欧"的口号,其影响之所及,至今阴影未散,再因经济大国的自豪感衍生的傲视态度,日本儿童文学界除少数热心人外,对于中国儿童文学基本上处于隔膜状态。尽管早在 20 世纪 30 年代,日本就曾译介过叶圣陶的《稻草人》和《古代英雄的石像》,20 世纪 40 年代介绍过老舍的《小坡的生日》、冰心的《寄小读者》《寂寞》《离家的一年》,1950 年,翻译出版了黄谷柳的《虾球传》(岛田政雄、富藤惠秀译,三一书房),1954 年又以"现代中国文学全集"(黄谷柳编)在河出书房出了同一译者以上、下卷版的另一译本。20 世纪 50 年代还翻译出版了张天翼的《罗文应的故事》《大灰狼》《蓉生在家里》《宝葫芦的秘密》、巴金的《长生塔》、严文井的《蚯蚓和蜜蜂的故事》、秦兆阳的《小燕子万里飞行记》、阮章竞的《金色的海螺》、肖平的《海的孩子》、魏金枝的《越早越好》、呆向真的《小胖和小松》、张有德的《五分》、任大霖的《蟋蟀》、任德耀的《马兰花》等,20 世纪 60 年代又出现了马烽的《韩梅梅》、于止的《失踪了的哥哥》、钟子芒的《孔雀的焰火》、冰心的《陶奇的暑假日记》、迟叔昌的《鲸的牧场》、包蕾的《火萤和金鱼》、高玉宝的《半夜鸡叫》、严文井的《下次开船港》《小溪流的歌》、任大星的《吕小钢和他的妹妹》、梁学政的《台湾少年之歌》、黎汝清的《3 号了望哨》等,20 世纪 70 年代还出版了萧建亨的《野菜栽培工厂》、鲁克的《新式渔船》、贺宜的《刘文学》、胡奇的《绿色的远方》、徐瑛的《向阳院的故事》、吴梦起的《小雁归队》等,创元社还曾翻译出版了《中国新儿童文学集》,作为"世界少年少女文学全集"之一,其中包括白小文的《爸爸的皮包》、任大星的《我的妹妹》、肖平的《海滨的孩子》、任大霖的《蟋蟀》、魏金枝的《越早越好》、呆向真的《小胖和小松》、张有德的《五分》、阮章竞的《金色的海螺》、任德耀的《马兰花》、陈伯吹的《一只想飞的猫》等。

尽管译介数量不少,也很及时,但由于儿童观和儿童文学观上的差异,明显存在着一

些缺陷和问题。例如，把郁达夫的《春夜》、鲁迅的《阿 Q 正传》、赵树理的《小二黑结婚》和《李家庄变迁》、冰心的《繁星》和《春水》、贺敬之等的《白毛女》、萧红的《手》，都当作儿童文学介绍给日本读者，就足以说明日本儿童文学界对中国儿童文学的情况不甚了解。

随着中国改革开放的步伐，经济有了飞速的发展，作为文化一个窗口的儿童文学，也引起了各国人民的兴趣。日本儿童文学界的朋友，也十分关注中国儿童文学的发展，对冲破自我封闭系统之后中国儿童文学主题和题材五光十色的多彩性和丰富性，增添了非常浓郁的兴趣，因此，日本朋友译介中国儿童文学作品的工作有了很大的发展，不仅翻译发表、出版中国的儿童小说、儿童诗歌、童话和报告文学作品，还发表了不少评介中国儿童文学的论文。

老一辈中国儿童文学作家的作品，如叶圣陶的《稻草人》、张天翼的《大林和小林》、冰心的《寄小读者》、老舍的《小坡的生日》、陈伯吹的《一只想飞的猫》、严文井的《“下次开船”港》等译本，都可以在日本书店里买到。甚至连陈衡哲的《小雨点》都能在日本找到译文。日本儿童文学评论界对张天翼的作品做了高度的评价："张天翼是很有才华的""通过他的一系列作品，不仅使叶绍钧的童话的思想性更加彻底，并且丰富了可以说是它的辅助因素的幻想性"。"在现实主义的童话中，他突破了谢冰心那种只写身边琐事和内心世界"的框框，以现实的事物为素材，而整个气氛却是非现实的，日本评论家伊藤敬一认为："不论从历史意义来说，还是从作品本身来说，我都将给《大林和小林》这篇作品以高度的评价"。日本评论家新岛淳良说："有他这样有才华的作家为儿童文学奠定了基础，以后的作家就可以安心沿着他所开辟的道路前进了。"⑨

陈伯吹的《一只想飞的猫》，在日本也获得高度的评价。日本著名儿童文学评论家足立卷一指出："作者把想象的世界扩展开去，没有流于一般化。""书中没有特别的说教和寓意，只是愉快地展现出孩子们喜爱的幻想和诙谐，通过动物之口，稍稍道出互相帮助和尊重集体的观念。但是，这些既没有生搬硬套，也没有矫揉造作"。

从数量上看，近 10 多年来，在日本介绍得更多的是中年作家的作品。如孙幼军的《小布头奇遇记》、任大霖的《蟋蟀》、任大星的《大钉靴奇闻》、杨啸的《野菊》、夏有志的《从山乡吹来的风》、叶永烈的《蹦蹦跳先生》、刘心武的《我是你的朋友》等，都受到日本小读者的欢迎。

更受到日本儿童文学界朋友们瞩目的是中国青年作家的作品。如彭懿的《外星人抢劫案》、刘健屏的《我爱我的雕刻刀》、曹文轩的《弓》、范锡林的《管书人》、郑渊洁的《鲁西西》、张秋生的《小巴掌童话》、郑春华的《紫罗兰幼儿园》、滕毓旭的《绿色的诗》、罗辰生的《早自修》等。程玮的《来自异国的孩子》日译本在日本出版后，得到日本同行的好评，1987年第 3 期《日本儿童文学》上发表评论，指出"这是一部以独特的主题和崭新的写作手法使人能一气读完的杰作"。

在日本有一支人数不多却热衷于中日友好、热爱中国儿童文学的翻译家，如君岛久子、百田弥荣子、石田稔、片桐园、山田须美子、河野孝子、笠原肇、马场与志子、水上平吉等，他们做了大量的译介工作。有精通汉文的翻译家如横川砂和子，她不仅把中国儿童文学作品译成日文发表，还把优秀的日本儿童文学作品译成中文寄给北京的《儿童文学》杂志发表，做了双重的交流工作。这里还应特别一提的是中由美子，她长期与中国儿童文学界人士保持经常的密切联系，全身心投入介绍中国儿童文学的工作，且特别关心中国青年儿童文学家的作品，她所翻译的几乎都是青年作家的作品，如程玮、冰波、金逸铭、陈益、周锐、陈丹燕、郑渊洁、常新港等人的作品。

日本有几个儿童文学期刊,也特别热心介绍中国儿童文学作品,如《世界的儿童们》,几乎每期都要刊登一二篇中国儿童文学作品,就我手边的资料看,7 号译载了金逸铭的《花孩子》,8 号又刊出金逸铭的《住在睫毛上的星星》和刘兴诗的《看不见的油画》,9 号发了陈益的《没有橹的小船》,10 号刊登了程玮的《白猫》和周锐的《发明家和阴谋家》,13 号刊出了郑渊洁的《皮皮鲁和金龟王子》,14 号登载了陈丹燕的《灾难的礼物》,15 号又发了金逸铭的《外婆的天鹅湖》,16 号再发了刘兴诗的《飞的花》和常新港的《荒火的辉煌》,17 号又刊了冰波的《窗下的树皮小屋》,18 号登了周锐的《瓜子信的故事》,19 号介绍了夏有志的《从山野吹来的风》,20 号发了陈模的《失去祖国的孩子》,21 号刊登沈振明的《农家子弟》,22 号载了葛冰的《奇异的鹦鹉》,23 号又发表了郑渊洁的《鲁西西和鸠子》,25 号再登周锐的《涂果酱的小房子》,26 号又译载了常新港的《咬人的夏天》,27 号再登了郑渊洁的《皮皮鲁蒙冤记》,28 号又译登了陈益的《禁区》,29 号刊登了鲁兵的《袋鼠妈妈没口袋》,30 号再译发了陈岸、陈丹燕的《后院的绿草地》,31 号再译登了金逸铭的《在蒲公英咖啡馆》。此外,如《散学儿童文学》《中国儿童文学》《中国儿童文化》《灯塔》《飞行教室》等刊物也经常译载中国儿童文学作品。

佑学社、启文社、福音馆、文研出版、福武书店等出版单位,都出过中国儿童文学专集或合集。有的出版机构还出版了系列的丛书介绍中国儿童文学,如太平出版株式会社就曾不止一次地出版了整套 12 卷本的"中国儿童文学"丛书,其中包括了黄谷柳的《虾球传》、茅盾的《少年印刷工》、胡奇的《绿色的远方》、任大星的《大街上的龙》、迟叔昌的《割掉鼻子的大象》、萧建亨的《来自地球人的信》、徐瑛的《向阳院的故事》等。

近年来,日本儿童文学也关心着中国儿童文学理论的进展,河野孝之等正在研究并着手编写《中国儿童文学史》。还出版了君岛久子的《中国神话》等专著。有的儿童文学刊物也翻译发表中国学者的论文,如彭懿的《八十年代的中国童话新动向》、朱自强的《中国儿童文学传统的批判和新时期儿童文学的介绍》、曹文轩的《儿童文学:觉醒、嬗变、困惑》、蒋风的《中国儿童文学研究的历史现状和未来》等。

由于日本儿童文学界朋友的热心介绍;日本小读者对孙悟空、小林、映晗、王葆、小布头、皮皮鲁、鲁西西等童话形象也都耳熟能详,我们期望着更多的中国作家笔下的童话人物,能成为日本小读者的好朋友。

(二)作家的互访

因战争等种种政治上的原因,使中日两国作家来往有过长时间的中断。进入 20 世纪 80 年代后,日本有不少儿童文学作家、翻译家先后到中国访问,了解中国儿童文学的情况。如 1981 年 3 月,以渡边茂男和君岛久子为正副团长的日本儿童文学家访华代表团,先后在京沪两地受到当地同行的热烈欢迎。同年,宇野浩二随日本作家访华,在上海访问时,陈伯吹陪同畅游黄浦江,进行了长达 4 小时的交谈,陈伯吹并将自己写的童话《一只想飞的猫》送给宇野浩二。回国后,宇野就找中国留日学生彭佳红一起翻译出来,介绍给日本小读者。1983 年,松谷美代子专程到中国哈尔滨,访问侵华日军 731 部队制造细菌战的工厂遗址。同年春天,椋鸠十来到中国,拜会了金近,两位同行畅所欲言,交谈了两国儿童文学情况,交流了创作经验。

中国儿童文学作家近年来也不断赴日访问,如 1982 年 4 月,葛翠琳随中国妇女代表团访问日本。1984 年,任大霖以作家身份到日本深入生活。1986 年 8 月,严文井、陈伯

吹在日本出席 IBBY20 届东京大会。1990 年,陈丹燕应邀访日。他们都在东京、大阪等地与日本同行座谈,愉快地交流了创作经验。

(三)学术交流

近年来,在儿童文学学术研究方面的交流,也十分频繁,1986 年 8 月,蒋风应大阪国际儿童文学馆之邀请,出席"儿童文学国际研究会议",次年即邀请国际儿童文学馆业务室长鸟越信教授访华,到浙江师范大学讲学一周,并就如何加强中日儿童文学交流问题做了探讨,蒋风建议中日两国轮流召开儿童文学研讨会,使交流经常化,因此有 1990 年 10 月在大阪举行的"中日儿童文学的过去、现在及将来"学术讨论会和 1993 年 5 月在上海举行的"战争与儿童文学"学术讨论会的召开。在此之前,1989 年 12 月,少年儿童出版社为前川康男、松居直的来访,专门组织了一次主题为"为什么要写儿童文学"的中日儿童文学学术讨论会。

这种交流双方都感到十分必要,因此,双方有儿童文学学术活动时,也常常个别邀请对方有关人士参加。如 1989 年夏天,浙江少年儿童出版社和海燕出版社在浙江莫干山召开儿童小说座谈会时,就邀请了中由美子参加。1990 年在上海召开"90 上海儿童文学国际研讨会"时,曾邀请中川正文、鸟越信等出席。1990 年 10 月和 1994 年 11 月两次在浙江召开金近作品讨论会时,也邀请了日本学者渡边雨玲等参加。

同样,日本召开儿童文学会议时,也常常邀请个别中国学者参加。如 1986 年 8 月由国际儿童文学馆召开的"儿童文学国际研究会议"和由日本儿童文学学会召开的"儿童文学研究国际恳谈会"都邀请蒋风参加。日本的中国儿童文学研究会,无论是关东例会或是关西例会,不仅经常讨论中国儿童文学作品,而且只要遇上有中国学者、作家在日本访问,都会被邀请去讲学,如朱自强、彭懿、陈丹燕、张锡昌、沈振明、游佩芸(台)、蒋风、曹文轩等,都曾被邀出席他们的关东例会或关西例会。

(四)组织建设

在回顾中日儿童文学交流的历史时,我们不能不对君岛久子、斋藤秋男、周乡博、新村彻、森乡博、百田弥荣子、石田稔、水上平吉等日本朋友表示崇高的敬意。他们早在 20 世纪 60 年代初就发起组织了中国儿童文学研究会,30 多年来一直坚持不懈地在研究、介绍、翻译中国的儿童文学和民间故事。这个组织开始只有 10 多名会员,现已发展到 50 多人,出版着两种刊物,即《中国儿童文学》和《中国儿童文学研究会通讯》。坚持每季度在东京或大阪召开一次关东例会或关西例会,认真探讨中国儿童文学创作和理论中的种种课题。目前在日本热心介绍中国儿童文学的人士,也几乎都是这个组织的成员。

1989 年 3 月,日本东京又有"日中儿童文学学术交流中心"的成立,选举前川康男为会长,太田大八、君岛久子、古田足日、松居直为副会长。同年 8 月,在中国上海,由陈伯吹、李楚城、任大霖、任溶溶、李仁晓、郑马、张锡昌等 7 人发起成立"中日儿童文学交流上海中心",由陈伯吹担任主任,李楚城、任大霖担任副主任。

上述两个组织抱着同样的宗旨,进行着相似的活动,都以相互推荐有代表性的作品及评论给有关的出版单位、报刊选用翻译发表、相互交换资料,举办专题讨论会,建立两国儿童文学作家、评论家之间的联系,编印交流通信等为工作重点。因此得到儿童文学界人士的热烈响应,大家都期待着通过这一渠道,促进两国儿童文学的交流,出现一个更加兴旺的新阶段。

从上述四个方面看,中日两国儿童文学交流确实已开始进入一个繁荣、兴旺的新阶段。

由于这种有益的交流是建立在相互关心、相互信任的基础上的,都能开诚布公地交换意见,诚恳地学习借鉴,感情十分融洽,逐步形成以下共识。

在人类进化的历史上,文化交流是经常的,也是必需的。几千年的人类文明史证明了这样一个事实,国家无论大小,历史不论长短,尽管深度有所不同,但每个国家都对人类文化做出了自己的贡献。每一个国家都是一方面接受别国的文化,一方面又把自己的文化输送给别的国家,从而既丰富了自己的文化,也丰富了人类共同的文化宝库。因此任何一国文化都是有其独特价值的,各国的精神产品都应成为全人类的共同财富。中日两国的文化交流历史悠久,在地理位置上又是一衣带水的近邻,儿童文学作为一种具有特殊意义的精神产品,加强交流更为必要。

早在 20 世纪 20 年代,日本著名学者白藤东湖在《什么是日本文化》的演讲中,曾批判某些日本人否定日本文化是不断地、有选择地吸收并消化外国文化而取得发展的历史,他认为"日本文化是靠着中国文化,经过长期的发展而逐渐形成的",并指出"东洋文化自古以来以中国为中心"。这种观点,也为中日两国儿童文学界人士基本上认同。中国著名学者季羡林在《〈中国传统小说在亚洲〉序》中指出:"就中国而论,我们立国于亚洲大陆垂数千年。我们这个勤劳、勇敢、智慧的民族创造出了光辉灿烂的文化,我们的国家是世界上少数文明古国之一。最难能可贵的是,我们的文化传统,经过了几千年的风风雨雨,始终没有中断。我们也是既接受又给予,从而既丰富了我们自己的文化,又对人类做出了自己的贡献"。季羡林的说法可说是白藤东湖观点的注释和注解。中国儿童文学界并不妄自尊大,对借鉴和吸收日本儿童文学的成就,表现了热忱。中国著名儿童文学家严文井就曾诚挚地希望"能够有更多的日本优秀儿童文学作品介绍到中国来",道出了中国儿童文学界的心声。

从以上的回顾中也可以证实中日两国儿童文学就是在悠久的文化交流中诞生、成长、发展的。从世界文学发展的历史也同样可以说明,任何国家真正有美学价值的文学,无不植根于本民族的土壤之中,同时又吸收外来民族的优秀文学之精华,并使之融合加以民族化的结果。儿童文学作为文学一支,当然也不例外。因此,中日两国儿童文学要出珍品,交流是不可缺少的。加强交流是促进中日两国儿童文学的一个必要条件。中国少年儿童出版社总编辑王一地在《中日儿童文学交流通讯》中表示:"日本的儿童文学无论创作还是出版,都有许多好经验值得我们中国儿童文学界和出版界学习、借鉴。中国儿童文学近几年也有长足的发展,呈现出空前活跃繁荣局面,无论作品的立意、题材,还是形式、艺术手法都在继承传统中有了广泛的拓展和新探索,积累了不少经验,虽然这些经验还有待去总结研究。因此,中日两国儿童文学事业如能通过更便当的渠道,促进相互学习、交流,对进一步共同向前发展,将是极为有益的。"在中日两国儿童文学界中,这种信赖和愿望,应该说是十分强烈的。

中日儿童文学交流还有更深远的意义,就是为中日两国世世代代友好奠定坚实的基础。日本军国主义者制造的战争阴影还笼罩在两国人民的心头。日本作家前川康男于1989 年 12 月访问上海时,曾坦率而诚恳地说过这样一段话:"在漫长的岁月中,我们日本人一直对中国人民进行了侵略式的虐待。现在即使道歉也难以赦免的。那粗暴的军靴,曾长期玷污了中国的大地。现在我是真心真意地向你们表示歉意。"但是,他说:"大人之间光靠握手是不够的。孩子们在感受了大人之间的心情后,两国孩子之间便会和

睦,相互理解。我认为如果从小时候起,不能自然而然并心心相印地进行友好接触,真正的和平就不会来临。我们的目的,在于不战和平,对战争实在厌恶了。"⑩我认为儿童文学的交流,有助于两国孩子之间的心灵沟通、增进相互之间的了解。人类最可贵的感情——相互理解和信任,只能建立在相互了解和信任的基础上。而且,必须从孩子开始。中日两国儿童文学的交流,能使两国儿童通过儿童文学读物增进了解,增进友谊,建立起友好的氛围,从小成为亲密的朋友。这对今后中日友好的进一步发展,定能起到难以估量的作用。严文井认为:"中日两国人民,从儿童时代起,就来增进彼此间的相互了解,共同享受智慧的成果,这可能是件费力的事,但是值得为之做的具有远见的工作;未来的历史将要证实这件工作的积极意义。"⑪我们希望通过中日两国儿童文学家的共同努力,实现中日世世代代友好下去的宏愿。

基于以上的共识,中日两国儿童文学交流的前景,是非常光辉灿烂的。过去已经做的,仅仅是一个开头,还有更多的工作等待我们去做。我想,至少下列几个方面都有待进一步加强:

一、及时沟通创作、评论、出版的信息。

二、相互推荐优秀作品并组织翻译出版。

三、组织学者、作家、评论家互访。

四、互派留学生进修、研习儿童文学。

五、互派教授讲学,合作进行科学研究。

六、经常组织共同感兴趣的问题,开展学术讨论会。

我们期待着这种交流工作更加具体,更加深入,更加有成效。

尽管我们的心头上还存在着这样那样的阴影,但对于历史来说,时间是最有情的。中日两国儿童文学界的同行们,通过时间的考验,已深深地感受到友谊是阳光,交流是生命。每一个明天都是希望,我们所从事的共同事业,就是充满希望的事业。

展望明天,因为有中日两国儿童文学的交流,中日两国定会世世代代友好下去,共同创造人类更美好的未来。

[注释]

① 严绍:《中日古代文学关系史稿》,湖南文艺出版社 1987 年版。

② 寺尾善雄:《中国传来的物语》,日本河出书房,1982 年版。

③ 伊藤清司:《桃太郎的故乡》,夏宇继译,《民族文学研究》1992 年 2 月号。

④ 斯英琪、厉振仪:《〈竹取物语〉与〈斑竹姑娘〉》,(《儿童文学研究》),少年儿童出版社 1981 年版。

⑤ 张香还:《中国儿童文学史》,浙江少年儿童出版主 1988 年版,第 3 页。

⑥ 茅盾:《关于"儿童文学"》,《文学月刊》,1955 年第二期。

⑦⑪ 严文井:《〈黑鹰马〉序》,见崔红叶译《黑鹰马:日本童话》,中国少年儿童出版社 1987 年版。

⑧ 周晓:《周晓评论选》,少年儿童出版社 1992 年版,第 222 页。

⑨ 沈承宽、黄侯兴、关福辉编:《张天翼研究资料》,中国社会科学出版社 1981 年版。

⑩ 前川康男:《为什么写儿童文学》,《儿童文学研究》1990 年第 4 期第 21 页。

（原载《文科教学》1995 年第 2 期）

开放的中国受惠于儿童文学的国际共享性

——在世界儿童文学大会上的主题发言

韦 苇

20世纪现代和后现代文艺思潮中产生的文学作品，有些实际上是象牙塔中的小圈子艺术。为了标新立异，它们不惜牺牲审美愉悦价值，不惜背弃社会大众。詹姆斯·乔伊斯（1882—1941）的代表作、名噪世界的《尤利西斯》（"Ulysses"），连 I.B.Singer 这样精通英文的诺贝尔文学奖得主，也说"需借助十部字典"才能读懂它的基本意思，而要解开它蕴含在其中晦奥的谜，从作家设置的十里迷雾中走出来，那就只有英语地区研究它的少数教授了。所以 Singer 不客气地嘲讽说，《尤利西斯》是乔伊斯"供给攻读博士的研究生撰写学位论文用的"。这种对社会大众来说明显丧失可读性的作品，在成人文学领域里尚可允许存在，而在儿童文学领域里是决不能指望觅得任何立足之地的。儿童完全凭自己的兴趣、好恶来选择文学读物：他们喜爱的作品，不管作者是谁，不管文学史对它如何评价，都视为自己的至宝；他们不青睐的作品，不管作者是谁，不管评论家对它如何赞赏，都会被扔得远远的。艺术内容和艺术表现形式适合儿童（young people）的心理需求和思维方式，在儿童文学中乃是至高无上、不二法门的创作准则。

因此，凡是盛传不衰、广为流布的优秀儿童文学作品，都无不具有历史的共享性和国际的共享性。

所谓儿童文学的国际共享性，也就是儿童文学的全人类共享性。儿童文学比成人文学更容易突破政治制度的界限和宗教信仰的樊篱，顺利地、迅速地、广泛地赢得他国、他民族的读者。无论在西方或东方，儿童文学总是最容易横向流传，最容易相互拥有。儿童文学所具有的这种国际共享性和全人类共享性，正是儿童文学作家们的幸运和荣耀之所在。

位于世界东方的中国，永远也不会忘记它在自己的历史上曾遭受过西方列强的凌辱和侵害，纵然是在今天，西方国家中有的人也戴着有色眼镜用傲视的目光看待我们的民族和我们民族的人民。但这不应该妨碍我们向西方的同行们学习对于我们有利、有益、有用的好东西。我可以在这里告诉来自世界各国的诸位同行：中国的儿童文学家们一方面继承本国足以令世人羡慕的悠久而卓越的文学传统，一方面用我们自己的眼睛和心灵，放胆地放手地全方位地向世界儿童文学宝库索取。现今中国的儿童文学正像广袤而肥沃的、被翻耕得十分松软的土地，任何从国界界碑以外飘飞而来的儿童文学优良种子，都可以、都能够在中国的土地上落地生根。在此，我仅举一个最容易被世界各国同行所理解的例子。林格伦的"长袜子皮皮"在她的祖国曾受到来自各方面的非议，受一些人排斥，被一些人拒绝，形成一股所谓"皮皮风波"。然而，中国有的儿童文学研究者却用林格伦的光荣名字来概括第二次世界大战以后的世界儿童文学，把近半个世纪以来的儿童文

学叫作"儿童文学的林格伦时代"。我认为林格伦可以享受这个殊荣，因为世界儿童文学的文学观念正是由于以林格伦为代表的一批文学大师的创作而发生了大幅度的改变。中国的儿童文学作家们充分理解皮皮身上所附丽的Dionysus（酒神）精神，用皮皮那种不仅是兴奋的而且是狂野的幻想来解放自己的想象力，发展中国儿童的天性。中国的这种儿童文学现状，可能会大出西方同行们的意料。那么，西方同行们正可以透过这个实例来了解开放的当今中国儿童文学。

中国儿童文学工作者们这样来把握西方儿童文学的本体性特征：

一、儿童文学是成人以语言为手段、用艺术描绘和情感传达，对未来一代所表现的美学关怀，它用文学的特殊方式把千百年来人民所积累起来的智慧和经验，把千百年来人民提炼出来的诸如勤劳、善良、诚实、勇敢、热爱生活、热爱祖国、有人道精神、有意志力、有责任感、有幽默感等优秀的人类品格，交传给未来的一代。

二、用适应儿童心理世界和思维特点的人物、故事和表现形式，来与儿童进行精神对话，实现作家对读者的文学期待。譬如人物、故事的游戏化，成人和动物的儿童化，等等。

三、儿童文学题旨和结尾的开放性、不确定性、象征性正成为一种趋势。

四、艺术荒诞性和生活真实性的合理扭结。

五、尽可能多地汲取和利用民间文学的因素来丰富自己的创作手段。

六、故事背景和故事环境的虚化和乌托邦化处理。

七、喜剧、侦探、科幻类文学的实践经验，被大量运用于儿童文学的创作。

由于这些儿童文学的本体特征反映了儿童文学的创作规律，它们因而也得到了中国儿童文学作家们的普遍认同，并且遵循它们，从而收获了喜人的艺术成果，从而增强了中国儿童文学的国际共享效应，从而使中国儿童文学得以与世界儿童文学同步发展。

（原载韦苇著《韦苇与儿童文学》，安徽少年儿童出版社2009年版）

当代中国儿童文学的外来影响与对外交流（1949—2000）

王泉根

中国当代文学及其独立组成部分的当代儿童文学是一个开放性的整体。这里的"开放性"有两层含义：一是指其作为一种仍在发展运动着的活的文学现象，在文学史的概念上不存在明确的下限时间界定；二是指其作为世界性文学的组成部分，由于当代世界交通信息的快速发展所导致的频繁的经济、文化交流及全球意识，已使每个国家的发展包括文学艺术，都已无法游离于世界文化大潮之外。就当代文学开放性的后一含义而言，这种开放不是单向地消极接受外来文化影响，而是双向互动的，既有积极"引进"的一面，也有努力"输出"的一面。

当代中国儿童文学与外国儿童文学的关系，从来就是一个开放交流、双向互动的关系。但就与具体国家、民族的儿童文学交流的密切程度与所受影响而言，则受制于1949年以后共和国特定时期的意识形态、对外关系与文学思潮。具体考察则可分为以下三个方面，也即三种交流路向：一是20世纪50年代与苏联、东欧儿童文学的交往；二是20世纪八九十年代与欧美国家为主流的西方儿童文学的交往；三是20世纪八九十年代与东南亚华人文化圈为主体的世界华文儿童文学的交往，以及与日本等亚洲国家儿童文学的交往。

儿童是人类的共同希望，儿童文学总是强调表现全人类共通的、最基础的精神要求与基本美德，因而儿童文学是没有国界的。相对于成人文学而言，当代中外儿童文学的交往所受非文学因素的干扰，比之中外成人文学的交往要少得多。

一、俄苏儿童文学：20世纪50年代的强势影响

由于20世纪90年代初期苏联社会的激烈变化，致使"苏联"已成为历史，苏联儿童文学也为俄罗斯儿童文学所取代。不过从文学史实考察，苏联儿童文学成就的96%以上是由俄罗斯作家所建立的，因此当我们谈论俄罗斯儿童文学时，实际上也就涵盖了本来意义上的苏联儿童文学[①]。为了论述的方便，本文有时将苏联儿童文学与俄罗斯儿童文学，统称为"俄苏儿童文学"。

苏联曾是世界儿童文学的重要创作基地与"出口"大国。据20世纪80年代统计，苏联国内有70多家出版社，用52种民族语言出版少儿读物，数量已超过100亿册，并大量向国外译介，俄苏优秀儿童文学作品几乎都被译成世界所有语言出版。[②]苏联儿童文学对中国儿童文学一直有着广泛而深刻的影响。从20世纪20年代末至50年代，苏联政治文化对中国社会的影响越来越大，苏联文学及其儿童文学也是如此。20世纪三四十年代，苏联儿童文学与理论话语逐渐进入中国，高尔基、马尔夏克、盖达尔、班台莱耶夫等人的著述深受中国儿童文学界的欢迎。20世纪50年代，由于中国奉行"学习苏联老大哥"的一边倒政策，苏联社会主义现实主义儿童文学蜂拥而入，大量翻译俄苏作品几乎成

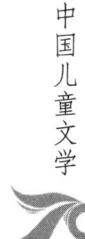

了一种浩大的运动。苏联儿童文学不但深刻影响着当代中国少年儿童的精神成长，而且几乎左右着中国儿童文学的发展走向。

史料显示，大量译介俄苏儿童文学是20世纪50年代中国少儿出版界、翻译界一道最为生动抢眼的风景线。共和国成立之初，有关部门曾对少儿读物做过多次较大规模的清理，认为有不少读物存在这样那样的问题，不适合新中国儿童阅读。清理后所出现的阅读空白与当时向苏联学习的一整套决策相适应，于是大量译介俄苏儿童文学以解中国儿童的精神饥渴，自然成为20世纪50年代中国儿童文学的重要活动。20世纪50年代的俄苏儿童文学翻译、出版，以上海、北京为基地，而1952年成立的新中国第一家少儿读物专业出版社——少年儿童出版社则是其时的译介中心。主要翻译家有任溶溶、陈伯吹、李俍民、曹靖华、汝龙、草婴、黄衣青、戈宝权、梦海、吴墨兰、鲍俟萍、吕漠野、穆木天、楼适夷、张广英等，经过短短几年努力，就将俄苏儿童文学的主要作品译入了进来，用任溶溶的话说是"眼前展现了一个新世界"。这种翻译热潮虽然后来在20世纪六七十年代因"反修防修"及"文化大革命"而中断，但"文革"后又被很快接续。

在俄苏儿童文学创作中，以张扬现实主义精神的少年儿童小说取得的成就最大，盖达尔、尼·诺索夫、阿列克辛是3位最具代表性的小说作家，20世纪60年代后的重要小说作家则有阿列克赛耶夫、巴鲁兹金、热列兹尼科夫、雷巴科夫、李哈诺夫、波戈廷等。"人与大自然"一向是俄苏儿童文学的传统内容，也是出版量最大最稳定的少儿读物。被誉为"动物文学大师"的比安基，曾与肖洛霍夫一起作为诺贝尔文学奖候选人提名的帕乌斯托夫斯基，以及酷爱旅行、探险、农艺的普里什文是俄苏大自然文学的3位巨匠。近20年来，大自然文学的主题已由征服自然转向保护自然，向少年儿童传达"大自然是慈母"的观念。俄苏儿童文学中的诗歌与幼儿文学创作也有相当成就，普希金、马雅可夫斯基、马尔夏克、米哈尔科夫等都为孩子们写过优秀的诗歌。相对而言，俄苏童话创作比较薄弱，这与庸俗社会学对儿童文学的干扰有关，但在20世纪七八十年代，由于摒弃"左"倾影响，童话创作生产力已被极大地激发出来。

经过几十年持续不断的努力，俄苏儿童文学已被广泛译介进来，从普希金的童话诗《渔夫和金鱼的故事》到比安基的《森林报》，从卡塔耶夫描写卫国战争的少年小说《团的儿子》到盖达尔的《远方》《丘克和盖克》，从阿·托尔斯泰为儿童编写的俄罗斯民间童话到曾被苏联禁止发表作品的作家如安·普拉东诺夫的小说《还有个妈妈》等，都走进了中国孩子们中间。外国儿童文学研究专家韦苇认为："论及外国儿童文学对中国儿童文学影响之深广，是没有第二个国家可与俄罗斯相匹比的。1985年前，第一流和接近第一流的俄罗斯儿童文学作品大都被译成中文出版。外国儿童文学作品汉译工作做到这一步的，唯俄罗斯一国而已。"[③]为了弥补20世纪六七十年代俄苏儿童文学译介的空缺，北京师范大学苏联文学研究所程正民等，又特意在20世纪90年代初，系统翻译了一部囊括苏联儿童文学发展史上各个时期的作品选集，包括从"十月革命"胜利初期直至20世纪90年代的新作，结集为《苏联时期儿童文学精选》由中国少年儿童出版社于1993年出版。

如果我们将《钢铁是怎样炼成的》（奥斯特洛夫斯基）、《卓娅和舒拉的故事》（柯斯莫杰米扬斯卡娅）、《普通一兵》（茹尔巴）、《古丽娅的道路》（伊林娜）、《儿子的故事》（柯舍娃娅）等描写苏联红军战士、青年英雄的青年文学读物包括在内，苏联青少年文学的汉译书籍出版几乎是一个天文数字！20世纪五六十年代的中国少年儿童可以说是在苏联儿童文学的影响下成长起来的。当时不少学校里有"卓娅班""保尔·柯察金班""铁木儿小组"等班组,其中对中国青少年影响最大的是长篇小说《钢铁是怎样炼成的》。在血与火考验中成长起来的穷苦家庭出身的作家奥斯特洛夫斯基,用深刻、细腻的笔触塑造了红军战士保尔·柯察金的生动形象。保尔最根本的人生主张与理想是为全人类的解放而奋斗献身,他的战胜困难、战胜自我、不屈不挠、奋发向上的人格魅力以及在坚持信念、坚持真理上表现出的超越死亡的钢铁般意志的"保尔精神"深深感动了几代读者。据资料,这部小说自1945年译入中国后,从1952年至1995年的44年间共印刷57次,光是人民文学出版社就发行了近300万册。1999年国庆50周年前夕,在北京举办的"感动共和国的50本书"群众投票评选活动中,该书位居第一。2000年3月,由中国人编导诠释、乌克兰演员担纲的20集电视连续剧《钢铁是怎样炼成的》在中央电视台播出,与电视剧同步推出的还有近10个版本的原著新版与连环画册等。保尔的故事与形象再一次风靡了中国。

众所周知,当代中国的文学理论曾深受"苏式文论"的影响。"苏式文论"既有哲学基础,又有基本范畴和成套概念(如本体论、作家论、作品论、创作论、文体论、批评鉴赏论等),同时又有严格的逻辑程序和相对完备的体例,有可供阐释和验证的经典文学作品,因而"苏式文论"在很长一个历史时期为中国文坛,尤其是高校的"文学概论"课所吸纳接受,甚至全盘照搬。有意味的是,"苏式儿童文学文论"也是如此,而且由于中国儿童文学理论基础本身的薄弱,更为儿童文学界看好。20世纪50年代,我国出版了15种左右的苏联儿童文学理论书籍,重要者如密德魏杰娃编的《高尔基论儿童文学》(中国青年出版社1956年版)、柯恩编的《苏联儿童文学论文集(第一集)》(中国青年出版社1954年版)、格列奇什尼科娃的《苏联儿童文学》(中国青年出版社1956年版)、凯洛尔等的《论苏联儿童文学的教育意义》(人民教育出版社1954年版)、杜伯罗维娜的《从儿童共产主义教育的任务看苏维埃儿童文学》(中国青年出版社1954年版)、伊林的《论儿童的科学读物》(中国青年出版社1953年版)、费·爱宾的《盖达尔的生平和创作》(少年儿童出版社1959年版)等。此外,北京师范大学中文系穆木天等编的两卷本《儿童文学参考资料》(北京师范大学1956年版)也以五分之三的篇幅收入了苏联儿童文学重要论文。这些翻译的理论著作在当时整个中国儿童文学界有着极其深刻的影响,并一直延续到20世纪80年代初期。

俄苏儿童文学忠实于由别林斯基建立起来的,后经高尔基、盖达尔等完善的传统。构成俄苏儿童文学理论体系的四大基本话语——坚持儿童文学的共产主义教育方向性原则;主张文学作品应适应少年儿童的年龄特征;强调儿童文学的教育作用必须通过"巨大的艺术感染力",用艺术的力量去"撬动少年儿童心理上的巨石";张扬现实主义的创作道路,帮助少年儿童树立正确的生活理想——不但在很大程度上规范着中国儿童文学的基本观念与理论框架,而且在很长一个时期里被内化为中国儿童文学的价值判断与审美尺度。如果说20世纪五六十年代由于中国儿童文学理论研究的薄弱,基本上是照搬照抄苏式儿童文学文论的话,那么到了20世纪70年代末80年代初,则是对苏式文论进行加工改制,以建构自己的理论体系,但在大框架上依然没有摆脱苏式文论的格局。例如,1982年出版的北师大等5院校合著《儿童文学概论》(四川少年儿童出版社出版)以及蒋风著的《儿童文学概论》(湖南少年儿童出版社出版),仍然把"教育的方向性"和"儿童年龄特征"作为儿童文学的两大基本特征。与此同时,鲁兵的《教育儿童的文学》(少年儿童出版社1982年版)与贺宜的《小百花园丁杂说》(少年儿童出版社1979年版),也依然坚

守着教育主义的命题："儿童文学是教育儿童的文学"，"儿童文学担负的任务跟儿童教育是完全一致的"，"儿童文学作为一种教育工具，它辅助学校教育，成为对广大少年儿童进行全面教育的完整的系统的教育部署的一个重要环节"。

在这里，我们一方面看到了"苏式文论"对中国儿童文学的强势性和支配性，但另一方面也正说明我们自身理论的孱弱与文化身份的缺失，在过分依赖外来文论话语的背后，暴露出儿童文学理论的僵化与滞后。问题的严重性还在于，俄苏儿童文学虽然在前进的道路上也曾出现过某些偏颇，但自 20 世纪六七十年代以来，他们已逐步摆脱某种美化生活和枯燥说教的陈套，开始进入一个新的探索时期，在坚持儿童文学教育性的同时，更加强调和重视审美性、趣味性以及作品的幽默性，亦即"寓教于乐"。当俄苏儿童文学已经随着时代的变化而发生着适应性变化时，中国儿童文学却在相当长一个时期里与"阶级斗争工具论"相契合，将儿童文学视为教育工具，滑向宣传，滑向非文学，这在十年"文革"中达至极点。"文革"后的 20 世纪 70 年代末、80 年代初也未见有多少改观。而俄苏儿童文学一贯强调的艺术形象一定要有强有力的思想来支撑，强调作家应当用人民的悲欢苦乐、人间的五色百味来磨炼自己的思想，强调作品中要"注入作家的心血"，人物要有生活的真实和性格的真实，这些俄苏儿童文学的基本观念却没有在我们的理论中发生多少影响。这种局面一直到 20 世纪 80 年代中期由于新潮儿童文学的冲击与挑战，这才有了根本转变。俄苏儿童文学对中国当代儿童文学的这种强势、复杂、胶着状态的影响关系，是其他任何国家的儿童文学所不能匹比的。

二、西方儿童文学：全球意识中的东西对话

中国当代儿童文学的对外交流，曾在 20 世纪六七十年代由于"反修防修"与"文化大革命"，而与整个中国当代文学的对外交流一样，受到严重干扰，甚至停顿。资料表明，自 1962 年 11 月少年儿童出版社出版苏联作家别利亚耶夫的科幻小说《平格尔的奇遇》以后，整整 18 年间，我国整体上很少出版外国儿童文学单行本，一直到 1981 年才开始恢复出版。①如果说俄苏儿童文学的译介只是在 20 世纪六七十年代受到干扰的话，那么西方儿童文学的译介则就长期不如人意，甚至出现了很长时间的空白。

中国人过去称"西方"为"西洋"，指大西洋两岸，也即欧美各国，因而典型含义上的"西方"不包括俄苏与东欧。以欧美国家为主流的西方儿童文学译介，曾在"五四"前后与 20 世纪 20 年代盛极一时。从 20 世纪 30 年代开始，由于中国新文学的发展同中国革命一样奉行"以俄为师"，俄国文学就成了中国文学家的目标②，以高尔基为代表的社会主义现实主义文学成为中国作家特别是左翼作家向往和学习的楷模，因而外国文学包括外国儿童文学的译介也就自然转向以俄苏为主。进入 20 世纪 50 年代，在一切以苏联为榜样的国情下，俄苏作品大倡特倡，而西方作品大为核减，除了一些西方古典童话与揭露西方世界阴暗面的批判现实主义儿童小说偶有出版外，20 世纪的现代儿童文学则几乎是一片空白。据北京国家图书馆所藏 1949 年以后出版的外国儿童文学出版书目统计，20 世纪 50 年代我国出版的西方儿童文学单行本数量情况是：英国童话 3 种，小说 7 种，诗歌 1 种，计 11 种；法国童话 11 种，小说 3 种，诗歌 1 种，动物故事 4 种，计 19 种；美国童话 2 种，小说 3 种，诗歌无，计 5 种；德国童话 8 种，小说 9 种，诗歌无，动物故事 2 种，计 19 种；意大利、丹麦、瑞典、挪威、芬兰等国童话 8 种，小说 2 种，诗歌无，计 10 种。⑤以上英、法、美、德、意及北欧诸国，在 20 世纪五六十年代总共只有 64 种儿童文学汉译单行本，这

与当时俄苏及东欧儿童文学汉译作品的铺天盖地之势形成鲜明对照。

进入改革开放的20世纪八九十年代，译介西方儿童文学再一次形成热潮，而且其翻译数量之多、门类之广、对中国儿童文学影响之深，远胜于"五四"前后与20世纪20年代的第一次译介热潮。综观这次热潮的译介与传播、影响状况，可以看出如下一些特点。

第一，译介走向多元化、系统化、序列化

第二次世界大战以后，特别是20世纪八九十年代，世界经济已经走向国际化、整体化，信息高速公路、电脑网络、数字化时代的到来已使整个地球连成一个整体（"地球村"），任何一种民族文化与民族文学都已卷入世界潮流之中而不可能孤立地存在。未来世界的发展将不会出现一个单一的普世文化，而是将有许多不同文化和文明相互并存。在人类历史上，全球政治将出现多极的和多文化的格局。历史与现实告诉人们：从民族文学走向世界文学，从中国儿童文学走向世界儿童文学，已是大势所趋。这种趋势使中国文学包括儿童文学从20世纪30年代至50年代单一的"以俄为师"一元模式中走了出来，把眼光投向更为广阔的世界各国、各民族文化的多元文学格局。由于俄苏文学在中国长期受到特殊重视并已有过广泛影响，相对降低了西方文学及西方儿童文学在国人与儿童心目中的地位，因而进入改革开放八面来风的20世纪八九十年代，增大西方文学与儿童文学的译介，也就自然成了一种必然趋势。20世纪八九十年代的打开国门，面向世界，主要是面向西方世界。

译介西方儿童文学的多元化、系统化、序列化趋向在20世纪80年代最重要的代表，当数由北京师范大学中文系儿童文学教研室策划，张美妮、浦漫汀等主编的《世界儿童小说名著文库》与《世界童话名著文库》两套大型丛书（新蕾出版社1982年、1989年版）。小说文库共12卷，440余万字，童话文库也是12卷，440余万字。这两套将近1000万字的大型丛书，基本上囊括了世界儿童文学的代表性作品，而且大多是20世纪五六十年代被搁置的西方儿童文学作品，这无论在中国出版史上还是儿童文学对外交流史上，都是第一次。为了说明这次译介事件对中国当代儿童文学对外交流多元取向的影响与整合，我们不厌其烦，特将其中之一的《世界儿童小说名著文库》各卷目录辑要如下：

第一卷为英国作品，有狄更斯长篇《雾都孤儿》，格林伍德长篇《流浪儿》，斯蒂文森长篇《金银岛》。第二卷为法国作品，有雨果长篇《悲惨世界》节选《法兰西小英雄》，都德《最后一课》等短篇三题，莫泊桑短篇《西蒙的爸爸》，菲利伯短篇二题，巴比塞短篇《小学教师》，马洛长篇《苦儿流浪记》，凡尔纳长篇《孤岛历险记》。第三卷有瑞士威思的长篇《新鲁滨孙漂流记》，斯比丽长篇《海蒂》，意大利亚米契斯长篇《爱的教育》。第四卷收入了俄罗斯屠格涅夫、托尔斯泰、马明·西比利亚克、柯罗连科、契诃夫、高尔基、库普林、安德列耶夫等的19篇短篇，波兰显克微支、罗马尼亚弗拉胡查、匈牙利莫里兹、费伦茨的5篇短篇，以及南斯拉夫布尔里奇·马佐兰尼奇的长篇《拉比齐出走记》，塞利什克尔长篇《蓝色海鸥号》等。第五、第六卷主要为美国作品，有马克·吐温的长篇《汤姆·索耶历险记》，肖洛姆·阿莱汉姆的中篇《莫吐儿》，槐尔特长篇《大草原上的小房子》，伯内特长篇《秘密花园》，沃克长篇《纽约少年》，狄杨长篇《校舍上的车轮》与中篇《小吉姆与他的大卷心菜》，以及杰克·伦敦、辛格、休士、奥台尔的短篇，加拿大蒙哥马利的长篇《绿山墙的安妮》，豪斯顿、奥布尔的短篇，阿根廷荣凯的短篇等。第七卷有英国哈纳特的长篇《羊毛包的秘密》、塞拉利尔的长篇《银剑》，法国多戴尔的长篇《谁也到不了的地方》与博斯科的中篇《大河的魅力》、戈西尼的中篇《小尼科拉和小伙伴们》等。第八卷有德国凯斯特纳长篇

《两个小路特》、里希特长篇《喇叭里的鸡蛋》以及意大利马尔科内、菲奥拉尔的短篇等。第九卷均是瑞典作家作品，有林格伦的中篇《淘气包艾米尔》《大侦探小卡莱》，林德长篇《一块石头子》，海尔堡中篇《幸福帽》，格里普中篇《艾尔韦斯和他的秘密》。第十卷收入了东欧国家波兰、捷克、匈牙利、罗马尼亚、南斯拉夫、保加利亚、阿尔巴尼亚等21位作家的中短篇小说40篇，重要者有罗马尼亚米·森廷布里亚努的《为什么》等15篇短篇，南斯拉夫安·英戈利奇的中篇《我的作文——PGC秘密协会的历史》，保加利亚兰·博希别克的中篇《苦孩子》等。第十一卷为苏联时期作家作品，有班台莱耶夫的中篇《表》，盖达尔的中篇《丘克和盖克》，诺索夫的中篇《马列耶夫在学校和家里》，热列兹尼科夫中篇《"稻草人"列娜》，以及德拉贡斯基与波戈廷的短篇等。第十二卷主要为日本作家作品，有黑柳彻子的长篇《窗边的小姑娘》、古田足日的中篇《鼹鼠原野的小伙伴》、加藤多一的中篇《白围裙和白山羊》与有岛武郎的短篇，另有澳大利亚拉伊森的中篇《我是跑马场老板》。

新蕾版《世界童话名著文库》12卷，涉及亚、欧、美等众多国家的童话名作，从古印度的《五卷书》、阿拉伯的《卡里来和笛木乃》到《一千零一夜》《阿里巴巴和四十大盗》《神灯》，从法国古典童话玛·阿希的《狐狸列那的故事》、夏尔·贝洛的《鹅妈妈的故事》到英国斯威夫特的《格列佛游记》、德国毕尔洛的《吹牛大王历险记》、格林兄弟的《格林童话》、豪夫的《豪夫童话》，从丹麦童话大师安徒生的《安徒生童话》到美国鲍姆的《绿野仙踪》、怀特的《夏洛的网》、哈里斯·佐尔的《白兔和他的敌人》，从意大利罗大里的《假话国历险记》、瑞典林格伦的《小飞人》到日本松谷美代子的《龙子太郎》、中川李枝子的《不不园》，从俄罗斯普希金童话、高尔基童话、比安基童话到墨西哥米莱亚·古埃多米勒、乌拉圭基罗加的童话等，将如此丰富多彩的世界童话名作荟萃在一起，可说是给中国儿童上了一席特别丰盛的佳筵。

20世纪八九十年代外国儿童文学的译介除了以开放胸襟多元输入外，还体现出系统化、序列化的运作。系统化表现在：对某一文体（如小说、童话）、某一地区（如欧洲）、某一经典作家作品（如《安徒生童话全集》）的系统性翻译，以求成龙配套，形成系列，甚至"一网打尽"。在这方面，由著名翻译家、儿童文学作家叶君健根据丹麦原文重译的《安徒生童话全集》与中国少年儿童出版社从美国原版直接引进的《纽伯瑞儿童文学丛书》是两个突出的例证。

作为世界儿童文学经典巨著与世界名著的安徒生童话，早在20世纪20年代初，就已开始介绍到中国，对中国现代儿童文学的发展产生过深刻影响。但很长一个时期，中国的译者全是通过英文或其他语种的转译，而作为丹麦作家安徒生则是用其母语丹麦文创作的。叶君健自1947年在英国剑桥大学从事欧洲文学研究时起，就开始了直接从丹麦文本翻译安徒生童话全集的工作，回国后全部译完，并于1953年起陆续出版。80年代初，叶君健又作了校订，并由中国少年儿童出版社一次性出齐多卷本《安徒生童话全集》，这是安徒生童话在中国最完整系统的经典版本，在中外儿童文学交流史上做出了非凡贡献。纽伯瑞（1713—1767）是英国著名出版家，因开创现代英美儿童文学出版业，而被西方誉为"儿童文学之父"。为纪念纽伯瑞，美国图书馆协会自1922年起特设立"纽伯瑞奖"，奖励上一年度的优秀儿童文学作品。此奖一直延续至今，从未空缺，因而成为美国最著名的儿童文学大奖，也是世界历史最悠久的儿童文学大奖。《纽伯瑞儿童文学丛书》所收录的均系该奖获奖作品，反映着现代儿童的生活世界，折射出时代精神的七彩强光,因而这是不同于安徒生、格林等古典童话的西方现代性儿童文学佳作。1998 年,中国少年儿童出版社直接从美国引进了这套丛书的 21 种,分为《探险·奇遇系列》《亲情·友爱系列》《童话·幻想系列》《动物·自然系列》,译介给中国小读者,同时也让中国儿童文学界感受到了西方现代儿童文学的精神风貌。

在外国儿童文学译介的系统化方面,需要特别加以关注的是 2000 年"六一"前夕,由河北少年儿童出版社精心策划、精心编译、精心印刷的《国际安徒生奖获奖作家书系》的隆重出版。这套书系首出 26 种,文体以小说、童话、诗歌为主,具体作者与书名如下:英国依列娜·法吉恩的《万花筒》,美国门德特·德琼的《六十个老爸的房子》,美国弗吉尼亚·汉弥尔顿的《但尔司·屈里尔之屋》《了不起的 M. C. 希金斯》,美国凯塞琳·帕特森的《我和我的双胞胎妹妹》《养女基里》,美国斯·奥台尔的《黑珍珠》《蓝色的海豚岛》《国王的五分之一》,意大利贾尼·罗大里的《打字机里出来的故事》《天上和人间的歌》《二十个童话加一个》《洋葱头历险记》《童话故事游戏》《圣诞树星球》《电话里的童话》,奥地利克里斯蒂娜·纽斯林格的《从罐头盒里出来的孩子》《狗来了》《伊尔莎出走了》,瑞典玛丽亚·格里珀的《吹玻璃工的两个孩子》《神秘的公寓》《艾尔韦斯的秘密》,挪威托摩脱·篙根的《保守秘密》,以色列尤里·奥莱夫的《从另一边来的人》《"巴勒斯坦王后"莉迪娅》《鸟雀街上的孤岛》。将国际安徒生奖历届获奖作家作品系统地、完整地、高质量地出版,这在中国还是第一次,在世界少儿出版史上也是第一次。这是世纪之交中外儿童文学交流的盛举,也是中国儿童文学界的重大文化工程、出版工程。为了庆贺这一书系的出版,2001 年 5 月 26 日,有关方面特在北京人民大会堂举行新书发布会,次日又召开研讨会。国际儿童读物联盟(IBBY)秘书长雷娜·迈森、国际安徒生奖评审委员会皮特·施耐克、国际儿童文学研究会主席玛丽亚·尼古拉耶娃以及来自美国、德国、中国的著名儿童文学作家、评论家、翻译家参加了研讨会。河北少年儿童出版社的这一出版行为对中外儿童文学交流做出了突出的贡献,其影响将是十分深刻的。此外,由山东明天出版社 2000 年 7 月出版的《世界经典童话全集》20 卷也是世纪之交的重要出版工程,全套丛书以地区分类,计北欧 3 卷、西欧 9 卷,南欧 1 卷,东欧 3 卷,美洲 1 卷,亚洲 2 卷,中国 1 卷,大致囊括了这些地区的主要童话名作。

序列化是指有意识有计划地投入外国儿童文学译介工程的整体建设,分门别类,协同互补,除了翻译作品,又有外国儿童文学资料工具书、西方儿童文学史、西方儿童文学研究专著的编撰出版。在资料工具书建设方面以下两种图书特别具有意义与价值,不能不专门提出(有关文学史与研究专著将在下文详论):

蒋风主编《世界儿童文学事典》——这是第一部由中国人编撰的世界性儿童文学百科类辞书,总计 190 万字,希望出版社 1992 年出版。全书分为九大部分。一、儿童文学理论及相关知识:又分为儿童文学的特征、本质及作用(收 68 则词条),儿童文学的创作与构成(59 则),儿童文学的种类和体裁(121 则),儿童文学的欣赏与批评(30 则),与儿童文学有关的知识(158 则)。二、儿童文学作家:分别介绍亚、欧、非、大洋洲、北美洲、南美洲 60 个国家约 1350 位作家,其中入选作家最多的有中国 395 人、日本 67 人、苏联 99 人、英国 255 人、美国 164 人。三、儿童文学作品及形象:按国家介绍重要作品、论著及文学形象,共约 950 则词条。四、儿童文学概貌:分别介绍中、日、英、德、法、苏联、美、澳大利亚等 61 个国家的儿童文学概况。五、儿童文学学术团体研究机构(60 则)。六、儿童文学奖:介绍了 181 种各国儿童文学奖。七、儿童读物出版者及机构:介绍了 76 家中外

儿童读物出版社、公司等。八、儿童报纸杂志丛书文库选本（232 则）。九、儿童文学史料拾零（73 则）。另有中国儿童文学的足迹及里程碑、外国儿童文学的足迹及里程碑、中国儿童文学研究文献、外国儿童文学研究中译文献、名家论儿童文学 5 个附录。

张美妮主编《世界儿童文学名著大典》——中国文史出版社 1991 年出版，全书分上下两卷，共 117 万字。上卷外国部分，介绍了（按本卷顺序）英国、法国、德国、意大利、丹麦、瑞典、挪威、芬兰、波兰、捷克斯洛伐克、匈牙利、罗马尼亚、南斯拉夫、保加利亚、希腊、西班牙、葡萄牙、瑞士、奥地利、比利时、荷兰、以色列、俄罗斯、苏联、日本、印度、巴基斯坦、孟加拉国、斯里兰卡、尼泊尔、缅甸、泰国、菲律宾、马来西亚、印度尼西亚、土耳其、伊朗、黎巴嫩、阿拉伯、埃及、尼日利亚、坦桑尼亚、美国、加拿大、古巴、智利、巴西、阿根廷、澳大利亚等 49 个国家和地区的 1135 篇（部）儿童文学作品，其中英、法、德、俄苏、美、日、印度等 7 国约占了五分之四的篇幅。下卷为中国部分。

多元化、系统化、序列化，一直是 20 世纪八九十年代中外儿童文学交流、译介工作所努力追求的目标，同时也成为中国少年儿童读物最重要、最稳定的出版工程之一。20 世纪 90 年代尤其是进入世纪之交的后半期，这方面的工作又相对加大了力度，国内 30 余家专业少儿读物出版社几乎都不同程度地推出了自己形成一定规模的世界儿童文学出版品。其中最重要的有：少年儿童出版社的《世界名著金库》25 种，北京少年儿童出版社的《世界少年文学精选丛书》53 种，接力出版社的《世界著名小说系列》少儿版 20 种，河北少年儿童出版社的《世界儿童文学名著传世本》16 种，重庆出版社的《外国童话名家精品文库》20 种，新世纪出版社的《世界经典儿童小说·故事珍藏文库》16 种，明天出版社的《漂流瓶丛书·外国最新少年小说、童话译丛》34 种，安徽少年儿童出版社的《世界著名童话丛书》20 种，北方妇女儿童出版社的《诺贝尔文学奖获奖作家儿童文学作品丛书》7 种；此外，中国妇女出版社也出版了《世界经典童话寓言珍藏文库》20 种、《卡尔·麦系列世界探险丛书》少儿版 22 种。以上举例只是笔者于 2000 年 1 月在"北京图书订货会"上所了解到的出版信息。虽然这些丛书里面不免有选题重复、资源浪费的现象，但如此铺天盖地的外国儿童文学作品大举涌入中国，这无疑为中国 3 亿多少年儿童提供了无限丰富的可供选择的精神食粮，同时也说明世纪之交的中国儿童文学已真正和世界儿童文学融为了一体。

第二，注重现代意识与全球意识，激扬中国儿童文学的创新精神

文学的现代意识本质上是时代意识，是体现我们这个正在发展变化着的时代所产生的价值观念、文化心理、审美风尚和创新精神。文学之需要现代意识，根本目的是使我们的文学不断获得时代的哺育与催化，激活创造性思维与创作生产力，体现今日风范，具有一种不断向上的生命气象。毋庸赘言，我们的外国儿童文学译介，在很长一个时期是比较偏重于"过去式"的，即偏重于西方古典童话寓言（如安徒生、格林、贝洛童话与伊索寓言）与 19 世纪至 20 世纪初的批判现实主义儿童小说（如狄更斯的《雾都孤儿》、马洛的《苦儿流浪记》、格林伍德的《流浪儿》等）。诚然，西方古典童话所体现的人性基本精神要求与批判现实主义小说对人生和社会的独特感悟与关怀，都是少年儿童精神生命成长所需要吸取的养分。但是，文学的发展离不开对现代人生存的言说，尤其是对现代人的心绪的具有"生命精神化"的价值追问，离不开以富于个性的活生生的艺术形象去有力地和有效地表现现代人的生存体验及其根本的历史缘由，离不开对新的叙事模式的探索、对新的文本形式的实验与对新的审美经验的追求，因而一味沉溺于文学的"过去式"，对文学的发展并非良策;更何况作为民族希望与人类生命延续的儿童文学接受对象——亿万少年儿童本身生命的成长更需要经历一个认识现世、体味人生的"社会化"过程。因而儿童文学尤其需要张扬现代意识,体现时代精神。20世纪八九十年代中国儿童文学的发展观念正是在这一点上明显高于20世纪五六十年代,优于20世纪五六十年代,由此出发,对外国儿童文学的译介也就必然将重心由古典转向现代,由批判现实主义的一元取向转向20世纪世界儿童文学的现实主义、现代主义、浪漫主义、游戏精神、绿色文化、科学创新乃至全球意识等的多元输入,注重多方位、多角度地介绍当代外国儿童文学作品本身所包含的时代精神、情感因素、审美趣味和文化内涵。

考察20世纪八九十年代中外儿童文学的译介、交流,最引人瞩目而且对新时期儿童文学产生实质性影响最大的,是以下三类作品:

第一类是有关体现现代世界教育潮流所倡扬的"学会做人"的理念,充分肯定具有创造性思维和鲜明个性的少儿形象的作品,这主要是少儿小说、童话等叙事性文学。

21世纪是知识经济的时代,高科技的时代,也是各国人力资源激烈竞争的时代。联合国教科文组织"国际21世纪教育委员会"针对整个人类的发展前景,郑重提出了21世纪教育的四大支柱,即"学会求知、学会做事、学会共处和学会做人"。四大支柱的核心与根本目的是学会做人。学会做人在这里已超越了单纯的道德、伦理意义上的"做人",而是包括了适合个人和社会需要的情感、精神、交际、亲和、合作、审美、体能、想象、创造、独立判断、批判精神等方面相对全面而充分的素质发展。现代社会的素质教育承认受教育者的个性差异,并肯定每个人的存在价值,使受教育者发现自己,了解自己,对自己充满信心。人的充分发展体现在个性发展、才智发展和素质发展三方面。个性的教育和个性化的教育观念正冲击着传统的集体化、标准化的教育体制。当代西方儿童文学尤其是小说类叙事性作品,围绕如何学会做人(现代人)、学会生存(社会化)的总主题,进行了长时期多方位的探索,并形成了一种广泛的创作潮流。这一潮流将关注的焦点集中在少年儿童精神生命的成长与个性的发展上,并将成长的过程置于广阔的现实社会背景之中,着力描写人与人之间的沟通与理解,两代人之间关系的改善,青春期的困惑与烦恼,以及社会病灶(如酗酒、吸毒、暴力、谋杀、同性恋、未婚先孕、色情、家庭破碎、种族歧视等)、教育弊端对少年儿童身心的影响,以求深入地揭示人类精神世界中的某些共同问题,引导未来一代的精神生命尽可能不受挫折地成长。

属于这一主潮的代表性作家作品,在美国有:被誉为"当代哈克"的塞林格描写"一个年轻孩子浪迹在不太友好的成人世界里"的新现实主义小说(问题小说)《麦田里的守望者》;女作家S. E.辛顿塑造的虽犯有过失却从烈火中救出几个孩子的现实少年英雄小说《世外顽童》;汤姆·E.克拉克关于一个问题少年在荒凉的阿拉斯加接受挑战、走上正道的传奇故事《阿拉斯加的挑战》;曾经三次荣获"纽伯瑞奖"的美国著名家庭小说和少女小说作家凯瑟琳·佩特森的《吉莉的选择》、《通向特拉比西亚的桥》(中译本译为《飞桥》)、《孪生姐妹》;杰出的犹太作家赫尔曼·沃克的《纽约少年》,诺贝尔文学奖获得者辛格的《山羊兹拉特》等。第二次世界大战后,英国儿童文学中出现了一大批用写实手法呼唤真情、信任和理解,呼唤人们承担起"被战争糟蹋得满目疮痍的世界"的责任感的作品,代表性儿童小说有伊恩·塞拉利尔的《银剑》、约翰·汤森的《冈布尔的院子》、夏娃·加尼特的《街头一家人的奇遇》、莱拉·伯特的《贝尼的盒子》等;20世纪七八十年代因直面少年现实问题而产生强烈社会反响的则有伯纳德·拉什利的长篇《墙头上的特里》、威廉·梅

因的校园小说《唱诗班歌手的蛋糕》等。在法国、德国，塑造独立自由地去认识社会人生、了解当代世界种种风景的作品也十分受到重视，如皮埃尔·加马拉的《春队长》《羽蛇的故事》、博斯科的《大河的魅力》、凯斯特纳的《埃米尔和侦探》《5月35日》等。而在北欧，这种创作思潮不断受到鼓舞涌起高潮，特别是瑞典林格伦、挪威埃格纳、芬兰杨森笔下涌现的那一群活蹦乱跳、毫无顾忌地挑战现存教育体制的淘气包，以他们充满幻想和创造的生命力向整个世界儿童文坛宣告了教训主义的结束和"儿童世纪"的到来。北欧作家所张扬的"儿童视角"与"游戏精神"为当代世界儿童文学注入了一股昂扬的生命活力。

以上这些充满现代意识与变革精神的西方作品，在20世纪八九十年代先后被译介到了中国；有的还有多种译本，多家出版社出版，如瑞典林格伦的童话、小说《长袜子皮皮》三部曲、《小飞人》三部曲、《淘气包艾米尔》三部曲与《疯丫头玛迪琴》等。贯穿在林格伦作品中的独特的反传统少儿形象、充分的游戏精神与热闹风格、深刻理解与把握儿童心理的写作姿态以及大胆的童话文体改革等，曾带给20世纪80年代中国儿童文坛旋风般的影响。"童话大王"郑渊洁作品的走红、"热闹型"童话的迅速崛起、游戏精神美学旗帜的高扬，都与林格伦的作品进入中国直接相关。20世纪80年代一大批标榜"新潮儿童文学"的中青年作家所热情呼唤的"塑造小小男子汉""阳刚气质"的口号，所塑造的个性鲜明的"自立型""断乳型""成长型"少儿形象，所探索和表现青春期烦恼与憧憬的少男少女心理小说，都从不同方面受到过当代西方儿童文学的精神感召与变革意识的冲击。汤锐在比较新时期中西儿童文学的创作现象后认为，西方当代儿童文学名著如塞林格的《麦田里的守望者》、林格伦的《长袜子皮皮》等，曾"使中国的儿童文学作家受到极大的震动"，这些充满现代意识的作品"从儿童生存现状中透视整个人类生活本质的方式，以及它们因此而产生的超越童年的哲学生命力，都强烈地吸引着当代中国一些年轻的儿童文学作家们，他们果然乐而忘返，并在自己的创作中尝试把个体童年和成长看作整个人类生活及发展的缩影"。⑥吴其南在考察新时期少儿文学所体现的少儿精神成长的价值取向后，明显地感到"在整个新时期少儿文学中，人们的价值取向一直是偏向有独立个性的少年儿童这一边的"，"从强调阶级性社会性到相对地强调个体的充实与完满"，这一成长主题"反映出现代中国人的成长观念与西方的成长观念正在有着某种程度的接近"，并由此导致了新时期少儿文学人物形象和整个人格结构、成长目标的深刻变化与更新。⑦我以为，汤、吴的见解是符合20世纪八九十年代中国儿童文学发展现状的，这一现状的突出之处就是从西方儿童文学那里"拿来"了作为面向未来一代的儿童文学所不能或缺的现代意识、变革精神。

第二类是有关体现现代科技创新，以人类科技文明与无边幻想烛照未来一代精神天地的作品，这就是科幻小说。

第二次世界大战以后，人类在科学技术方面有了突飞猛进的发展，作为现代科技创新的审美意识物态化产物的科幻小说创作因而也空前繁荣，正如现代科幻小说泰斗艾萨克·阿西莫夫所曾指出的那样：我们正生活在科幻小说的世界里。西方科幻小说发展经历了五个阶段：19世纪初至20世纪初为萌芽初创时期，法国的儒勒·凡尔纳和英国的赫伯特·乔治·威尔斯是这时期的代表。他们从不同的方面开拓出了古典科幻小说的两个主要流派，即技术派和社会派，并确立了后世科幻小说的主要题材，这主要有太空探险、时间旅行、奇异生物、战争与大灾难、技术进步与未来文明走向等。20世纪30年代至60年代为黄金时期，涌现出如美国的艾萨克·阿西莫夫、罗伯特·安森·海因莱因、英国的阿瑟·C.克拉克等一大批优秀科幻作家,创作空前繁荣。这一时期人们对科幻小说的认识也有了比较一致的看法,一般都认为科幻小说是表现科学对人类影响的作品,同时创作也形成了一定模式:必须有一个带悬念的与科学发展或科学家工作有关的好故事;故事应有几个恢宏的奇异场面;无论是乐观还是悲观的结尾都应给人以思考。20世纪六七十年代是西方科幻的"新浪潮时期",英国人米切尔·莫考克发起了一场刻意求新、将科幻融入主流文学的改革运动,其主要特点是:抛弃传统科幻小说的套路,由通俗向主流文学靠拢,进而进入严肃文学领域;不再把物理学等正统科学当成主要内容,而是重视心理学、社会学、政治学甚至神学等;强调作品的意象性、隐喻性与心理性,并开拓了有关性爱和政治等方面的新题材;嘲弄传统科幻对未来世界的预测主题,认为未来是不确定的,因而充满悲观色彩,科幻小说的公式也由过去的"技术成就→未来"改成了"假如这样→未来"。20世纪70年代中期以后,西方科幻进入回归传统的"塞伯朋克时期",中心人物是美国威廉·吉布森和布鲁斯·斯特灵。"塞伯朋克"的意思是指具有超越传统和极端未来主义观点的电脑技师。他们呼唤科幻小说从"新浪潮"回归传统,回到人们熟悉的高科技场景,因而"塞伯朋克"派的创作热衷于引入现代高科技,尤其是关于电脑和生物工程等新兴科技知识。但文化价值观常常是反传统的,具有某些颓废特征,乐于写作暴力、药物、堕胎及形形色色的"灰色事物"。20世纪八九十年代,西方科幻呈现出多流派并存的多元局面,传统派继续存在,新浪潮的后继者仍在努力,人文主义、女性主义科幻小说顺势而起,塞伯朋克则已融入主流科幻文学。创作景观异彩纷呈,其内容几乎覆盖了当代世界的全部前沿学科领域,诸如生命科学、海洋生物、宇宙天地、航天技术、电子信息、大气环境等。新科幻小说着力表现宇宙探险、太空开发、生命基因、未来世界、人类与外星智能生物群种的对话交流等,以其无边的幻想和丰富多彩的景观吸引着无数读者。

科幻小说的译介是我国当代儿童文学对外交流的重要内容之一,20世纪50年代渐成气候,六七十年代因"文革"等原因被迫停顿,八九十年代勃然而兴,成为翻译界、出版界的突出现象和兴奋点。各地少年儿童出版社都曾出版过相关的科幻文学译作丛书。福建少年儿童出版社还把科幻小说作为出版特色,即使在20世纪80年代中期以后我国科幻创作大消退的时候,也依然不放弃译介。1990年至1995年,该社每年推出一辑《世界科幻小说精品丛书》,已出6辑36种,发行达数百万册,并多次被评为"最畅销的文艺类图书"。1997年该社推出了美国著名科幻小说作家詹姆斯·冈恩主编的4卷本《科幻之路》,以后又出版了一套展现五大洲变幻莫测异彩纷呈的未来前景的最新西方译作《2066年环球风暴世纪科幻小说丛书》。福建少年儿童出版社只是一个小社,却在译介出版外国科幻小说方面业绩非凡,如果加上中国少年儿童出版社、少年儿童出版社、新蕾出版社等专业大社,业绩自然就更可观了。如中国少年儿童出版社的《凡尔纳经典科幻探险小说珍藏文库》15种,四川少年儿童出版社的《外国科幻名家精品丛书》6种等。

中国当代以科幻小说为主体的科学文艺创作呈现出时断时续的马鞍形特点。20世纪50年代至60年代初,发展势头较好,除高士其、顾均正等老一代作家外,还涌现出郑文光、童恩正、刘兴诗、于止、肖建亨、鄂华、鲁克等一支富有生机的中青年创作队伍。但以后开始滑坡,1964年、1965年两年作品近乎绝迹,而接下去的十年"文革"则是一段完全荒芜的岁月。在20世纪70年代末迎接"科学的春天"的时代精神鼓舞下,科学文艺创作也迎来了前所未有的高潮,尤其是科幻小说更是直线上升。据统计,1981年一年各地发表的科幻小说就有300余篇,约为1976年至1980年五年的总和,作者队伍也从1978

年的 30 多人扩大到 200 多人。⑧郑文光、童恩正、刘兴诗、肖建亨等老将以及叶永烈、吴岩、尤异、金涛、魏雅华等新秀是这一阶段的重要代表。但令人遗憾的是，从 1982 年以后，由于科幻小说自身和其他非文学因素等多种原因，科学文艺创作跌入了低谷，全国科幻类杂志也只剩下《科学文艺》(后改名为《科幻世界》)一种。

关于 1982 年以后我国科幻文学创作衰落的原因，叶永烈、郑文光曾在 1996 年接受《中国青年》杂志记者采访时，发表过直言不讳的看法。⑨叶永烈认为衰落的原因"主要是来自科学界的压力，他们不理解科幻文学，却以科学论文的眼光来挑剔科幻小说……一些文章指责我的科幻创作是伪科学。他们搞不清科学幻想小说与现实世界是有距离的，并且许多人为的因素制约了科幻小说的发展"。郑文光也有同感："有些人先是找科学问题；科学问题找不到，找社会问题。对科幻小说的细节更是手执放大镜，质问其科学上的可靠性和未来发展的可能性。如此种种，挫伤了科幻作者的积极性，也偏离了科幻小说创作主旨。进入 20 世纪 90 年代以后，来自科学同行、行政干预的压力随市场经济的来临逐渐减少，因为关注科幻文学的人已不多，科幻作者们仅在一些少儿、教育类出版社出版作品，声音已十分微弱，主流文学界对此也不予关注。"叶、郑的批评对我们考察 20 世纪八九十年代我国科幻创作一直不景气的原因提供了某种参考。一个不争的事实是，在中国作家协会举办的四届"全国优秀儿童文学奖"中，科学文艺已连续三届出现空缺，这三届的评奖范围时间是从 1986 年至 1997 年。

由于中国当代科幻小说创作存在如此特殊的衰落现象，因而外国科幻小说的引进就有了特别重要的意义，它直接填补了中国科幻小说退场后而出现的空白。相对于外国儿童文学其他文体如小说、童话对中国文坛的影响而言，外国当代科幻在中国当代文坛就有了一种强势性、霸权性与支配性的意味。中国当代科幻小说创作一直要到 20 世纪 90 年代末，由于"科教兴国"战略的提倡，这才有所起色。20 世纪 90 年代后半期与世纪之交的科幻小说创作，明显受到西方新科幻小说的影响。一是在题材上，几乎与西方亦步亦趋，着力表现现代高新科技影响下的人间百态，以及有关电脑网络、生物克隆、外星人探寻、未来世界预测等内容。二是在表现手法与文化观念上，同样也有与西方科幻小说相类似的两种类型：一是通过现代科技的最高成果和预期结果，来展现人类未来生活画卷的"未来世界型"的作品；二是以眼前的人类社会现实生活为基础，观照历史，去对未来的社会格局做出种种预测，并以此来幻想、建构未来社会的"政治寓言型"作品。但无论是前者还是后者，人类新的文明意识的形成必须有人文精神的关怀，以人为本的中心思想是不能够也不可能改变的，因而新科幻小说的创作都无一例外地预示着人文精神在未来世界的艰难跋涉中所取得的最终胜利。⑩世纪之交我国科幻小说创作终于走出了低谷，一批具有现代意识与高科技知识修养的新人开始崭露头角，各地也及时出版了他们的原创性作品。如：江苏少年儿童出版社出版的《中华当代科幻小说丛书》，有《克隆总统》《网络游戏联军》《生死第六天》等 6 种，四川少年儿童出版社推出了由《星际旅行》《地球上最后一家人》《献给索尼亚的玫瑰》等 10 余种科幻新作组成的《中国著名科幻作家丛书》，甘肃少年儿童出版社有以沙漠为背景的《金科幻丛书》4 种，河北少年儿童出版社有《中国长篇科幻小说新作》3 种等。在 2000 年年初公布的第五届"宋庆龄儿童文学奖"获奖作品中，科幻界终于有了星河的《星际勇士》、牧铃的《梦幻牧场》、马铭的《幽灵海湾》等作品获奖的喜讯。

第三类是有关体现人类面对的共同生存困境与拯救，传导守护地球家园，增进全球意识与可持续发展观念的作品,这主要是与环保、生态、动植物、大自然相关的读物。

联合国环境计划署决定,从 1998 年起将每年 6 月 5 日的世界环境日主题锁定在"为了地球上的生命"而不再改变。当今少年儿童不仅身处信息时代、克隆技术、网上人生,而且身处环保的世纪、可持续发展的世纪,与他们的父辈一起面临着由于人类过分热衷于"战胜自然"所造成的生态破坏、环境污染、物种灭绝、资源匮乏等一系列严峻问题;而且少年儿童作为未来世界的主人,这些问题的严重性、紧迫性与切身利害关系更甚于他们的父辈。因而向全人类的下一代传导守护地球家园、共建绿色文化、树立全球意识与可持续发展观念等这些全人类的共同课题,也就成了世界儿童文化与儿童文学的共同主题。人类不仅需要绿化地球家园,而且需要"绿化"自己的心灵,特别需要从孩子抓起,"绿化"青少年的精神世界。

应当说,有关"人与自然"这一重大主题的创作,在世界儿童文坛不是现在才提出来的,而是有着自己的传统。这说明人类的自审意识已经积累有年,只不过"于今为烈"罢了。从法国法布尔的科学诗篇《昆虫记》到俄罗斯比安基的大自然百科全书《森林报》,从法国古典动物童话《列那狐的故事》到加拿大博物家西顿的现代动物小说《动物英雄》,从印第安人作家灰枭记录原始森林动物变迁的故事《消逝的游猎部落》到西欧作家"重返大自然"题材的小说,从英国作家笛福名著《鲁滨孙漂流记》到后起竞相模仿鲁滨孙故事、向往伊甸园生活的续写之作(如法国阿兰·埃尔维的长篇《鲁滨孙》),从美国作家杰克·伦敦的动物小说惊世名作《荒野的呼唤》到英国作家考林·达恩愤怒谴责人类破坏生态迫使动物大逃亡的长篇小说《动物远征队》等,就这样,世界儿童文学润物无声地不断地向下一代讲述着与人类息息相关的另一类世界——动物世界及其生存、发展与困境,讲述着大自然原生状态的种种美丽可爱之处。这些作品带领小读者走进了一个未知的广阔的世界,在表现对大自然的认识、礼赞甚至是崇拜之后,获得了描写人的文学所无法替代的独特人文关怀与审美感动。

译介有关"人与自然"类的作品,这在 20 世纪初就得到了中国文坛的重视。鲁迅在"五四"以前就已经在文章里提到法布尔的《昆虫记》,周作人在 1923 年出版的《自己的园地》一书中,专有一文叫《法布耳〈昆虫记〉》。20 世纪二三十年代翻译工作陆续开展起来以后,世界大自然文学尤其是俄苏的作品如《十万个为什么》等陆续进入了中国;但大规模的译介尤其是对西方作品的译介,则在进入 20 世纪 80 年代以后(20 世纪五六十年代,我国仅翻译过 27 种此类读物,其中多数为俄苏作品)。《昆虫记》《森林报》等经典名作在 20 世纪八九十年代一版再版,仅作家出版社出版的《昆虫记》至 1999 年 5 月就被 7 次印刷,发行 7.6 万多册。这部将区区小虫的话题描写成如此富于人文精神、融通人性与虫性的鸿篇巨制,深深感动了中国的小读者,也为无数的大读者所陶醉。译介当代西方作家"人与自然"的新作,更得到中国少儿文坛的重视。例如湖北少年儿童出版社(现长江少年儿童出版社)从国外引进的《走进大自然丛书》就多达 47 种,其中讲花草的就有《高山花卉》《田野花卉》《森林花卉》《淡水花草》等。此外,该社还出版了中国作者自己创作的《中国保护动物画库丛书》《海洋博览丛书》《动物知识大世界丛书》等多种读物。

20 世纪八九十年代中国儿童文学创作有一个突出现象,这就是有关描写动物与大自然的作品越来越多,而且已形成了一支稳定的卓有成绩的作家队伍。如被誉为"中国动物小说大王"的云南作家沈石溪,已创作了包括《第七条猎狗》《红奶羊》《一只猎雕的遭遇》等佳作在内的数百万字的动物小说。执着于动物小说创作的还有李子玉、蔺瑾、朱

新望、金曾豪、梁泊、车培晶、肖显志、崔晓勇、牧铃、方敏等。我们还应特别提出，安徽作家刘先平数十年如一日跋涉在群山莽原之间，他创作的《云海探奇》《呦呦鹿鸣》《千鸟谷追踪》《大熊猫传奇》等"大自然探险小说"，以其强烈的动物关怀精神引起国际儿童文学界的关注，作家本身不但应邀参加了多次国际儿童文学研讨大会，其作品也被英国文坛翻译了过去。云南作家乔传藻、吴然、辛勤等创作的以"太阳鸟"名义结集的绿色散文集，重庆作家有关三峡库区移民与保护长江母亲河题材的纪实文学作品，四川诗人邱易东站在"全人类"高度用少年视角反思地球村种种病灶的长篇诗集《中国的少男少女》，广东作家饶远创作的长篇"绿色童话"《蓝天小卫士》《马乔乔的童话》，东北满族作家陈玉谦疾呼保护青蛙的长篇小说《蛙鸣》，北京新秀保冬妮的昆虫童话三部曲《屎壳郎先生波比拉》等，都给当代少儿文坛留下深刻印象。这些作品以其热爱大自然、保护地球母亲的国际性主题，汇入了世界性儿童文学的长河。广东作家班马在其散文集《星球的细语》中深挚地刻绘人和自然万物种种的一切对话、同情与理解之后，动情地说："我的大自然呀，如果没有你的存在，我将像一只盲目的甲虫，在这世界上撞得昏头昏脑之后，默然消失。"[①]

当代中国儿童文学在有关守护人类共同家园、建设人类绿色文化和绿色文明方面，已经完全融入了世界儿童文学的艺术版图。

三、双向互动：儿童文学是没有国界的

儿童是全人类的希望，儿童文学是没有国界的。只要有益于儿童文学的发展，我们都不妨大胆"拿来"。

拿来是为了借鉴，借鉴是为着创造。随着 20 世纪八九十年代西方儿童文学译介的深入，同时也由于受到有关现代西方文论新潮及哲学、美学、心理学等理论译著的影响，我国儿童文学理论工作者特别是一批中青年学者，由此拓宽了视野，增长了见识，激起了变革的勇气与智慧，从西方现代文化和文论中，吸取有益的养分与借鉴，积极地投入新时期儿童文学理论观念的更新与建构，从而使儿童文学理论有了大踏步的进展。

首先引起儿童文学理论界浓厚兴趣的是瑞士心理学家皮亚杰的发生认识论与儿童心理学理论。皮亚杰关于作为生命个体的儿童时代的儿童意识不同于现代文明意识而与人类群体童年时代即原始时代的原始意识同构对应的观点，关于"发生认识论"将儿童思维的发展过程区分为感知运动阶段、前运算阶段、具体运算阶段、形式运算阶段的学说，关于外部刺激只能被主体同化于其认识结构之中主体才能做出反应也即顺化的结论，深深地启发了一批年轻学者。班马在其 50 余万字的专著《前艺术思想——中国当代少年文学艺术论》（福建少年儿童出版社 1996 年版）以及其他专题论文中，提出了"儿童反儿童化""儿童审美发生论""儿童审美发生态与原始文化发生态的关系""前审美""前艺术"等具有儿童文学本体意味的话语。王泉根的《儿童文学的审美指令》（湖北少年儿童出版社 1991 年版）一书，专有一章运用皮亚杰的观点，论述"儿童——原始思维与儿童文学审美创造"的关系。此外，方卫平的论文《从发生认识论看儿童文学的特殊性》也明显接受了皮亚杰的影响。

与皮亚杰理论一起深刻影响新时期儿童文学理论的，还有西方文论中关于"接受美学"的学说。儿童文学有其特殊的接受对象——少年儿童对文学的接受有其自身的独特规律，因而接受美学关于将作品的创作、传达与接受看成是一个连续过程，并特别把接受者置于重要地位的观点，关于文学的接受是一个读者以自己的审美感受与作家一起进行

创作的看法,对于儿童文学具有特别深刻的启发意义。王泉根受接受美学影响,在 1984 年发表的《论少年儿童年龄特征的差异性与多层次的儿童文学分类》论文中,提出依据少年儿童的年龄特征、思维特征、接受特征将儿童文学区分为少年文学、童年文学、幼年文学三个层次的观点;以后又提出少年儿童审美趣味的自我选择问题,某些成人文学作品因其具备适合儿童接受的艺术因素,因而也被儿童拿来作为自己的读物,因此儿童文学实际上存在着"儿童本位的儿童文学"与"非儿童本位的儿童文学"两大门类。这些见解现在已成为中国儿童文学界的共识。方卫平在其专著《儿童文学接受之维》(湖北少年儿童出版社 1995 年版)中,对儿童文学创作者与接受者之间的关系、接受与当代儿童文学艺术实践等作了精细分析,提出了极具个性化色彩的见解。

随着西方儿童文学的广泛译介,使我们有了一种比较中西儿童文学差异性与共同性的可能。汤锐运用比较文学方法,完成了《比较儿童文学初探》(湖北少年儿童出版社 1989 年版)的研究,试图在史论结合的中西比较儿童文学研究中,考察中西方儿童文学差异性的深层次原因。汤锐得出的结论是:中西儿童文学的差异正是中西文化差异性的生动艺术体现。而刘绪源的《儿童文学的三大母题》(少年儿童出版社 1995 年版)则在对中西儿童文学的创作题材做了充分梳理以后认为:世界儿童文学有三方面的共同艺术母题,这就是爱的母题、顽童的母题与自然的母题。刘绪源的这一发现对于儿童文学本体话语而言是极富创造性和建设性的,同时也对促进儿童文学创作具有启发意义。当彭懿从日本留学归来之后,便急不可待地将在日本学到的"幻想文学"理论搬到了中国。彭懿首先完成了一本《西方现代幻想文学论》(少年儿童出版社 1997 年版)的专著,接着又与班马、张秋林联手,在二十一世纪出版社的支持下,策划了一场"大幻想文学"的出版运动。"大幻想文学"如今已成为二十一世纪出版社的品牌,包括德国幻想文学扛鼎之作《鬼磨坊》(奥得弗雷德·普鲁士勒著)等外国文学畅销书出版后,又迅即出版了由中国作家班马、韦伶、薛涛、秦文君、张之路、殷健灵等创作的《大幻想文学·中国小说丛书》,举起了幻想文学的旗帜。"大幻想文学"意在激活浪漫气息和幻想精神,改换以往儿童文学较重的实用气息,进一步切入和推动儿童文学本性的深层次艺术复归,因而成为世纪之交一道最为生动亮丽的创作风景线。

20 世纪八九十年代的中国儿童文学在接受世界儿童文学现代意识影响的同时,不仅认真从事着自身文学观念的更新与建构,而且站在本体文化与全球意识的立场上,审视着世界各地的儿童文学,评析研究,比较对话,在世界儿童文坛发出来自东方的声音。

第一部力图系统评述世界儿童文学优长得失的专著,是由韦苇编著的 63 万字的《世界儿童文学史概述》(浙江少年儿童出版社 1986 年版)。韦苇主要借助俄文的资料(他是学俄文出身),集中梳理了 19 世纪与 20 世纪的欧美诸国儿童文学,也有专章涉及亚洲、非洲、拉丁美洲的儿童文学;同时这也为中国人认识外国儿童文学提供了第一个比较完备的读本。以后,韦苇又写了《外国童话史》(江苏少年儿童出版社 1991 年版)、《西方儿童文学史》(湖北少年儿童出版社 1994 年版)。与韦苇著作形成同一系列的研究成果还有:马力的《世界童话史》(辽宁少年儿童出版社 1990 年版)、吴秋林的《世界寓言史》(辽宁少年儿童出版社 1994 年版)、陈蒲清的《世界寓言通论》(湖南教育出版社 1990 年版)以及台湾学者叶咏俐的《西洋儿童文学史》(1982 年台湾出版)。20 世纪 90 年代,湖南少年儿童出版社组织了一批实力派中青年学者,经过艰苦努力,先后出版了由 9 本专题研究著作组成的《世界儿童文学研究丛书》,它们是:王泉根著《中国儿童文学现象研究》

（1992），韦苇著《俄罗斯儿童文学论谭》（1994），张锡昌、朱自强合著《日本儿童文学面面观》（1994），吴其南著《德国儿童文学纵横》（1996），金燕玉著《美国儿童文学初探》（1996），张美妮著《英国儿童文学概略》（1999），方卫平著《法国儿童文学导论》（1999），孙建江著《意大利儿童文学概述》（1999），汤锐著《北欧儿童文学述略》（1999）。这套丛书的出版体现了中国学者对世界儿童文学的一个总看法，也是中国"世界儿童文学研究"逐步走向规范化、系统化的一次集体预演。

据史料考察，中国学者第一次走出国门参加国际儿童文学学术交流活动，是1986年蒋风应邀到日本大阪出席的一个小型"儿童文学国际研究会"，与会者仅20人，却代表了17个国家。随着改革开放的深入发展，中国儿童文学作家、理论家走出国门交流的机会越来越多，中国儿童文学的声音在国际文坛越来越显出应有的重要性。朱自强、梅沙、季颖等以访问学者身份先后赴日本大阪国际儿童文学馆访学。谭元亨、刘先平、王泉根等先后参加了在法国、瑞士、英国、加拿大召开的第11至第14届国际儿童文学研讨大会，并发表论文。1990年5月，我国儿童文学界在湖南长沙—衡山成功举办了"首届世界华文儿童文学笔会"；1995年11月，又在上海成功举办了"第三届亚洲儿童文学大会"。这两次国际性会议有来自美国、日本、韩国、新加坡、马来西亚、菲律宾、泰国以及中国台湾、中国香港地区的众多作家、学者。1990年，我国正式参加1953年创立的素有"小联合国"之称的"国际儿童读物联盟"（IBBY）。以后，我国代表每两年出席一次在世界各国轮流召开的代表大会，以及在每年4月2日（安徒生诞生日）举办的国际儿童图书节活动。国际儿童读物联盟还在中国设立了分会，著名儿童文学作家严文井出任首任会长，现任会长为中国少年儿童出版社社长海飞。

交流是双向的。拥有13亿人口、3亿多少年儿童的中国，以其五千年文明史的哺育作为厚实根底的儿童文学，正越来越受到世界文坛的关注和重视。从"五四"一代的叶圣陶、冰心开始，到张天翼、陈伯吹、严文井，一直到曹文轩、秦文君、沈石溪、班马、董宏猷等，20世纪中国儿童文学的五代作家，都有自己的代表性作品被译成多国文字，传向海外。陈伯吹、蒋风先后担任国际格林儿童文学奖评委。孙幼军、金波先后获国际安徒生奖提名。北京师范大学中文系儿童文学教研室还培养了来自日本、新加坡的儿童文学硕士研究生，并与美国、日本、瑞士、芬兰、新加坡、马来西亚等多国学者进行学术交流。中国出版的少儿读物，正在源源不断地走向世界。1999年4月，在意大利举行的第36届波洛尼亚国际儿童读物展上，中国二十一世纪出版社的幼儿读物"手脚书"（将书做成辣椒、白菜、冬瓜等长手长脚的蔬菜模样），以其独特的创意和精美印制，在会上引起轰动，开展两天，就有法国、意大利、荷兰的三家公司提出购买版权并委托加工，总量达4万套、32万本。

从20世纪初的1909年，由商务印书馆出版第一本西方儿童文学读物《无猫国》开始，到1999年由二十一世纪出版社输出30多万本中国特色的儿童读物，20世纪的中外儿童文学交流经历了一个翻天覆地的变化。但万变不离其宗，这宗就是为了中华民族的下一代，为了人类更加美好的未来。

四、新世纪：新态势、新现象、新创获

辞旧迎新，人类迎来崭新的21世纪。新世纪已进入真正的网络时代，网络时代的新媒体文化——互联网、电子邮件、电视、电影、博客、播客、手机、音像、网络游戏、数码摄影

等,极大地改变着人们的生活与交流,也改变与影响着人们的阅读与思考。虽然网络阅读、手机阅读、图画阅读已成为不少青少年的选择,但传统纸媒体(图书报刊)阅读依然是21世纪的重要阅读形式,而且更是低龄儿童唯一的阅读形式与手段——因为第一,孩子不可能从小就上网阅读,他们需要等到长大以后,至少上了小学、初中,才能学习电脑知识;第二,家长不放心。孩子如过早上网、接触游戏机,不但会严重影响视力,更会因浏览那些"儿童不宜"的东西而严重影响心理健康,而"网瘾"的泛滥已成为不少家长心头挥之不去的痛。因而世界上许多国家都对什么年龄的孩子才可以接触网络电脑,都有明确的"国家规定"。

正因如此,在当今成人读物包括成人文学受到多媒体急剧冲击、读者锐减而"数字化出版"节节攀升的背景下,少年儿童读物尤其是儿童文学,不但未受影响,反而呈现出蓬勃上升的趋势。因而有精明的出版家断言:如果说传统出版业已成为"夕阳产业",那只是指成人图书出版,而少儿图书出版则是永远的"朝阳产业"。事实正是如此,试看今日之中国,少儿出版业正迎来难得的"黄金"发展时期。据2008年统计,现在全国有34家专业少儿出版社,260多家少儿报刊社,而且国内570多家出版社中有520多家争相出版少儿读物。更使人深思的是,那些名牌大社如人民文学出版社、商务印书馆、外研社等,也开始瞄准少儿出版。2009年8月,经国家新闻出版总署批准,人民文学出版社将原有副牌外国文学出版社更名为专业少儿出版机构——天天出版社,大举进军少儿出版,此举引起业内震动。完全可以预言,一个以儿童读物出版为核心的儿童文化产业正在我国崛起。新世纪中国儿童文学的外来影响与对外交流正是乘着这一强烈东风不断上扬并呈现出多元共生、多渠道并进的态势。

第一,国外优秀儿童文学与畅销书快速甚至同步引进出版,已成为21世纪少儿出版业的常态。

进入21世纪,随着中国加入世界贸易组织、中国经济在抵御世界性经济危机中表现出来的强劲实力,中国的大国地位越来越受到世界重视,中国巨大的童书市场自然也受到国际少儿出版业的高度重视,中国少儿出版已迅速进入世界少儿出版圈。因而借助现代出版与传媒的先进手段,与国际接轨,快速甚至同步引进出版国外优秀少儿文学与畅销书,已成为新世纪少儿出版业的常态。各地少儿出版社以及人民文学出版社等,都曾先后引进出版过众多外国儿童文学作品,其中最具影响力与效应的有:

人民文学出版社于2000年至2007年引进出版风靡全球的英国J·K·罗琳长篇幻想文学系列《哈利·波特》1~7册,连续27个月居全国销售排行榜榜首;

中国少年儿童出版社引进出版的比利时《丁丁历险记》和瑞典《林格伦作品集》两大系列;

浙江少年儿童出版社引进出版的奥地利布热齐纳的《冒险小虎队》系列;

湖南少年儿童出版社由国际儿童读物联盟主席、国际安徒生奖评委会主席、亚洲儿童文学学会会长等组成的顾问委员会联袂推荐,出版的《全球儿童文学典藏书系》,2008年至2009年已引进出版75种;

二十一世纪出版社引进出版的以德语文学为主的《大幻想文学精品译丛》;

河北少年儿童出版社引进出版的《国际安徒生奖获奖作家书系》;

新蕾出版社引进出版的《国际大奖小说》书系;

接力出版社引进出版的美国作家斯坦的《鸡皮疙瘩系列丛书》;

希望出版社引进出版的《史努比》系列；

童趣出版公司引进出版的美国《米老鼠》《小熊维尼》《小公主》《芭比》等迪士尼产品系列。

应当指出的是，在传统经典外国儿童文学的出版方面，不少出版社如人民文学出版社、中国少年儿童出版社、少年儿童出版社、浙江少年儿童出版社、北京少年儿童出版社、晨光出版社、同心出版社等，都在新世纪出版过系列丛书，动辄就是二三十种，甚至五六十种之多，有的是翻译本，也有的是改写本。尤其是安徒生童话、格林童话，更是各地少儿出版社瞄准的长销书。据统计，在 2005 年安徒生诞生 200 周年之际，全国已出版了 200 多种不同版本的安徒生童话图书，发行量高达 1000 多万册。

第二，幻想文学的译介已成为新世纪外国儿童文学译介的重头戏，并对中国本土原创儿童文学产生实质性影响。

虽然西方幻想文学名著如英国托尔金的长篇《指环王》（又译为《魔戒》）在 20 世纪七八十年代已有中译本，但并未产生大的影响。进入新世纪，随着风靡全球的"《哈利·波特》热"、美国幻想大片《魔戒三部曲》的热播，以及受此影响而出现的网络幻想文学的兴起，国内儿童文学界似乎一夜之间开始把目光投向了幻想文学，并且使 20 世纪 90 年代班马、彭懿等不遗余力倡导但并未尽如人意的"大幻想文学"，终于在新世纪找到了突破的灵感。诚如有论者所说："对中国儿童文学而言，这种灵感在很大程度上重构了本土作家对想象力的理解，并由此激发起他们对幻想小说的这一文体的实践热情。""中国的原创童书正逐渐在突破传统的艺术规范和话语表现方式中呈现出生动而开放的面貌，巫师、精灵、魔法……这些带有异域色彩、纯粹来自想象世界的语词，在中国童书写者们越来越熟练的运用中变得亲切和日常起来。"⑫包括英国幻想文学三大系列托尔金的《魔戒》、C.S.刘易斯的《纳尼亚王国传奇》、J.K.罗琳的《哈利·波特》，以及美国幻想文学大家苏珊·库珀的《黑暗蔓延》传奇系列等的译介（有的是重译如《魔戒》）与热销，西方幻想文学文体本身的艺术质地以及文体以外的与时代文化、与市场运作共谋等的行为，已对中国儿童文学作家产生了十分明显的影响。

一是刺激了中国幻想型儿童文学创作。从"五四"时期的《稻草人》开始，中国的儿童文学原创传统一直是以现实型为主，强调直面人生与零距离反映社会现实生活。《哈利·波特》等引进后，文坛看到了幻想型文学巨大的精神空间与阅读需求，促使一批实力派儿童文学作家投身到幻想型文学的创作中来，试图在打造中国特色的幻想文学、提升幻想文学艺术质量与精神内涵方面有新的突破与作为。如北京曹文轩的作品风格近年来了个 180 度的大转身，其计划写作四卷的系列幻想小说《大王书》现已出版《黄琉璃》《红纱灯》两卷；上海女作家殷健灵是擅写青春校园情感小说的高手，但她在 2007 年出版的《风中之樱》四卷本则是典型的凌虚蹈空的幻想小说；辽宁作家薛涛从本土传统神话中吸取灵感，重新演绎创作了 4 卷本神话题材小说《夸父与小菊仙》《精卫鸟与女娃》等。在年轻儿童文学作家中也出现了擅写幻想小说的人才，如云南的汤萍、福建的晓玲叮当等。

二是对儿童阅读接受心理的重视。现在的儿童文学作家很难再关起门来"闭门造车"，只顾挥洒自己的主体意识而不问读者接受，儿童文学创作更加强调少年儿童的阅读鉴赏兴趣与接受心理。这与《哈利·波特》等的艺术章法也有一定关系。《哈利·波特》创作的重要思想是儿童本位，作家是站在儿童立场，以儿童的视角进行叙事，为儿童说话，为儿童争取权利。这对国内儿童文学也有一定影响。现在一批成功的儿童文学作家，十分重视儿童教育、儿童心理、儿童阅读甚至儿童流行文化与用语，直接走到孩子们中间去，与他们面对面交流对话。有的作家还通过"义工""家教"等形式，千方百计深入校园社区。

三是促使作家产生打造畅销书的念头，并被激发出打造可以与《哈利·波特》相抗衡的原创儿童文学的信心。受《哈利·波特》等的刺激，一种自强不息、不甘人后的民族精神在儿童文苑潜滋暗长。《哈利·波特》引进以后，国内出现了几种影响很大的儿童文学作品，最典型的是杨红樱的《淘气包马小跳》系列与《笑猫日记》系列，杨红樱的作品在国内的总印数已超过3000万册，并被国外买走版权，译介到英法等国。曹文轩的《草房子》，光是江苏少年儿童出版社一家就已重印100次。在《哈利·波特》引进之前，国内多数儿童文学作家不太关注图书的发行量，也羞谈版税，现在则完全不同了，作家十分重视图书发行，注意保护自己的劳动权益，并乐意配合出版社去各地中小学校签名售书。

第三，图画书的引进热已经开始影响到我国少儿图书的出版格局，并拉动了原创图画书的生产。

儿童图画书是现代印刷技术和现代美术艺术结合的一种独特的"视觉化的"儿童读物，它以富有吸引力的画面与简洁亲切的文字，通过"用绘画来讲述故事"的形式，把识字不多的儿童带向广阔的未知领域和社会生活，从而得到最初的直观认知体验和审美愉悦。图画书的概念来自异域，英文叫"Picture Book"，日本称为"绘本"。国际上以欧美国家的图画书最为发达，以后影响到日本、韩国、东南亚，世纪之交经由台湾、香港进入内地。国际上有多种图画书奖项，如英国于1938年设立的凯迪克奖、1955年设立的格林威大奖，国际儿童读物联盟（IBBY）于1966年设立的国际安徒生奖的图画奖。

现代中国少儿出版史上没有"图画书"一说，只有"图画故事"。但无论从图画与文字的配制关系（不同于图书的插图，也不同于"看图识字"）、受众对象（以低幼儿童为主），还是从产品制作（以图的审美为主）、阅读价值（视觉化读物）考察，中国的图画故事与国外图画书有许多相似之处，或者可以说是"准图画书"。郑振铎是图画故事的有力倡导者和实践者。他于1922年1月创办了《儿童世界》周刊，并在该刊发表了《两个小猴子的冒险》《河马幼稚园》等46篇图画故事（均有画家绘制彩色图画），开启了视觉化儿童读物的先河。赵景深在20世纪30年代创作了《哭哭笑笑》《一粒豌豆》等54种图画故事。1949年以后，我国图画故事的出版有过两次热点。一是20世纪50年代，出版了《小马过河》《蜗牛看花》等图画故事。二是20世纪80年代，由于学前教育普遍受到重视，加上欧美、日本等的影响，我国图画故事的质量有所提升。从20世纪90年代开始，"图画书"的说法经由日本逐渐传入我国。这一时期，中日两国曾合办了两届"小松树"儿童图画书奖，鼓励国内原创图画书，获奖作品有《贝加的樱桃班》郑春华文、沈苑苑画）、《贝贝流浪记》（孙幼军文、周翔画）、《小兔小兔当了大侦探》（俞理文并图）等。1997年湖南少年儿童出版社还出版了日本松居直的图画书论著《我的图画书论》（季颖译）。但与欧美、日韩等比较，长期以来，我国图画书在整个少儿读物中所占比例很小，大众对图画书的购买兴趣不大。由于图画书的制作成本大、书价普遍偏高，一般大众愿意为孩子购买文字书而不愿花钱去买翻上数页就看完了的图画书，对那些没有文字的"无字图画书"更是兴趣索然。又由于受传统美术的影响，人们更熟悉连环画而不谙异域色彩的图画书。

进入21世纪，社会经济的提升拉动市场购买力，而那些在20世纪七八十年代出生从小受到儿童读物影响的年轻父母们（主要是城市白领阶层），普遍重视孩子教育，看好

图画书，这就为国内图画书市场锁定了基本的读者群。图画书的概念与独特的艺术美质经由一批热心的阅读推广人如彭懿、方卫平、王林、朱自强等的热情鼓吹，加之伴随着所谓"读画时代"的到来而出现的台湾几米的《月亮忘记了》《向左走，向右走》系列图画书、朱德庸《绝对小孩》等漫画书的热销，图画书这一概念（或者说法）终于逐渐为国人所熟悉，并首先为一些具有前瞻出版理念的出版社看好。2006 年，二十一世纪出版社出版了彭懿编著的《图画书：阅读与经典》，介绍了国外 64 种经典图画书，通过实例告诉读者如何从头到尾阅读一本图画书的经验，对普及图画书知识发挥了特殊作用。于是，一个引进、推广、原创三位一体的"图画书运动"日渐成为新世纪的一道独特的儿童文化风景。

1999 年，春风文艺出版社出版了德国雅诺什编绘的 10 种图画书，有《小老虎，你的信》《兔孩子一点也不笨》。从 2000 年起，二十一世纪出版社开始有系统地引进出版包括米切尔·恩德的图画书系列、"彩乌鸦"系列等德语图画书。此后，北京的童趣出版公司、上海译文出版社、少年儿童出版社、中国少年儿童出版社、明天出版社、接力出版社、外语教学与研究出版社、湖南少年儿童出版社、南京师范大学出版社、南海出版公司、河北教育出版社、中国电力出版社、贵州人民出版社、浙江少年儿童出版社、新疆青少年出版社、上海人民美术出版社、中国连环画出版社、湖北美术出版社、电子工业出版社等，也竞相引进出版英国、美国、德国、法国、瑞士、加拿大、澳大利亚、俄罗斯、荷兰、丹麦、奥地利、日本、韩国等国的图画书。大陆出版社还与台湾出版机构密切合作，两岸联手运作图画书的引进译介。如少年儿童出版社与台湾信谊基金会合作出版了多种外国及台湾地区的优秀图画书；河北教育出版社与台湾麦克有限公司合作出版"启发精选世界优秀图画书系列"，自 2007 年起，已出版了《我爸爸》《我妈妈》《花婆婆》《大猩猩》《大卫，不可以》《让我安静五分钟》等数十种世界著名图画书作品，从编辑、导读到印刷制作都堪称一流。

当引进译介达到一定"热度"以后，如何建设我们民族自己的本土原创图画书自然被提上了议事日程。国内一大批专业少儿出版社都曾先后推出过本土图画书，如北京少年儿童出版社的"冠冠图书"，江苏少年儿童出版社的"我真棒"儿童成长图画书，明天出版社的"小企鹅心灵成长故事"，中国少年儿童出版社的"嘟嘟熊"系列，浙江少年儿童出版社的"笨狼的故事"系列，湖南少年儿童出版社的"儿童心灵成长图画书"系列，贵州人民出版社的"蒲公英图画书馆"系列，外语教学与研究出版社的"聪明豆绘本"系列，教育科学出版社的"冰波童话"系列等。江苏少年儿童出版社、明天出版社、中国连环画出版社是新世纪打造原创图画书的重镇，而江苏画家周翔，北京熊磊、熊亮兄弟等则是创作本土图画书的高手。周翔编文绘图的《荷花镇的早市》（二十一世纪出版社）被曹文轩誉为"中国绘本的优美开端"，另一本周翔据北方童谣改编并绘图的《一园青菜成了精》（明天出版社）也堪称佳构。熊磊、熊亮兄弟创作的"绘本中国"系列中的《京剧猫》《小石狮》《年》《灶王爷》（明天出版社 2007 年版）以及"情韵中国图画书系列"中的《京剧猫·长坂坡》《京剧猫·武松打虎》《苏武牧羊》《荷花回来了》《我的小马》《纸马》，均是充满浓郁中国文化元素的上佳之作。熊磊、熊亮在《中国美学看绘本》一文中认为，中国图画书应该有与西方审美标准不一样的特质，即"注重神而忘形、万物有情，注重内在的音律节奏、气韵生动、虚实相生"。

在打造本土图画书方面，江苏少年儿童出版社的《东方娃娃》（周翔主编）、全国妇联于 2006 年创刊的《超级宝宝》（保冬妮主编），是两家以发表图画故事作品为主的杂志。

而以《东方娃娃》周翔、朱成梁、蔡皋与南京信谊组合的创作群体，以熊磊、熊亮兄弟与中央美院杨忠、北航庄庄等组合的"五色土原创图画书研究中心"，则是南北两个活跃的图画书创作群体。

近些年，图画书与图画阅读研究也已出现了一些成果，除彭懿的《图画书：阅读与经典》外，还有北京师范大学康长运的博士论文《幼儿图画故事阅读过程研究》（教育科学出版社 2007 年版）、上海谢芳群的《文字和图画中的叙事者》（湖北少年儿童出版社 2003 年版）。2007 年 8 月，全国妇联《超级宝宝》杂志社与浙江师范大学儿童文学研究所在北京举办"中国本土原创图画书研讨交流会"，就图画书的文学、美术、出版等专题进行研讨，会后编印了由方卫平、保冬妮主编的《图画书的中国想象》一书（内部印行）。2008 年 5 月，中国作家协会儿童文学委员会主办、明天出版社承办的首届"中国原创图画书发展论坛"在济南举行。高洪波、金波、樊发稼、方卫平、朱自强、曹文轩、王泉根、汤锐、彭懿、周翔、熊磊、保冬妮等出席论坛并作演讲，各地少儿出版社、山东儿童文学作家等近百人与会。这次研讨会对于认识本土图画书现状、推动本土原创图画书的发展意义重大，标志着新世纪图画书引进出版热，正逐步走向自觉的本土原创图画书理性建设时期。

第四，加强中外儿童文学理论交流，引进国外儿童文学学术资源，这是新世纪中外儿童文学交流的一个亮点。

由于多种原因，我国译介外国儿童文学论著甚少。据资料，1949 年以后第一本翻译进来的外国儿童文学论著是 1953 年中国青年出版社出版的苏联阿·尼叶查夫著的《论儿童读物中的俄罗斯民间童话》（和甫译）。20 世纪 50 年代，由于受苏俄文学一边倒的影响，译介的 4 种论著全来自苏联，均由中国青年出版社出版，除上述的一种外，另三种是：阿恩编的《苏联儿童文学论文集》（1954 年）、格列奇什尼科娃的《苏联儿童文学》（张翠英等译，1956 年），密德魏杰娃编的《高尔基论儿童文学》（1956 年）。从 20 世纪 50 年代至 70 年代，我国一共只出版了以上 4 种外国儿童文学论著。进入 20 世纪 80 年代的改革开放时期，外国儿童文学理著译介虽有所加强，但步子依然不大。据现有资料统计，从 1981 年至 1999 年将近 20 年间，总共只译介了 10 余种论著，其中安徒生传记与研究论文多达 4 种，小啦（周均功）翻译的丹麦约翰·迪米留斯主编的《丹麦安徒生研究论文选》（安徽少年儿童出版社 1999 年版）是国外安徒生研究最重要的成果。另有 4 种论著出自日本学者之手，其中以日本上笙一郎著的《儿童文学引论》（郎樱等译，四川少年儿童出版社 1982 年版）最具影响，该书有关儿童文学性质、特征等的观点，经常被 20 世纪八九十年代的儿童文学研究者引用。这一时期有 3 种欧美译著，以舒伟等翻译的美国布鲁诺·贝特尔海姆的《永恒的魅力——童话世界与童心世界》（西南师范大学出版社 1991 年版）最为重要。这是一部世界儿童文学理论名著，西方评论家认为："对于那些关心儿童成长，关心儿童文学的人，它是一部必不可少的案头书；而对于任何关心人类内心世界的人，它又是一本令人振奋和神往的读物。"

20 世纪 80 年代中后期，正是我国学术界思想活跃、中西文化交流碰撞最为热络的时期，"美学热""方法热""文化热"此起彼伏，新概念、新方法、新名词狂轰滥炸。由于当时版权管理尚不规范，拿来就可翻译出版，因而大量外国文艺理论著作都被翻译进来，而且动辄就印数万册。然而遗憾的是，儿童文学理论译著却微乎其微，整个 20 世纪八九十年代仅有上述列举的 10 余种而已。我曾在一篇文章中谈道："我国儿童文学理论界很少与国外交流，长期以来几乎是在一种'与世隔离'的状态下，特立独行，自说自话。""因而

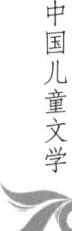

当人们在激烈批评当今文论界'恶性西化'，言必'解构'，文必'后殖'，造成'失语症'时，儿童文学文论似乎鲜有此类现象。"这当然不是说我们的儿童文学理论界未卜先知，早有防范西化、失语的先见之明，而是说，实际上我们已经错失了与西方儿童文学理论界进行交流对话的整整一个"八九十年代"。原因是多方面的，既有儿童文学理论界自身的，如缺乏既精通外语又精深儿童文学素养的专门人才，也有外部的，如专业少儿出版社普遍不愿意出版理论译著，将其视为成本大、印量少的赔本买卖。

进入21世纪，外国儿童文学理论译介的局面终于有了起色，据不完全统计，自2002年至2007年，国内已出版了包括美国波兹曼的《童年的消逝》（广西师范大学出版社2004年版）、德国莱普曼等的《长满书的树》（湖北少年儿童出版社2005年版）、日本松居直的《幸福的种子：亲子共读图画书》（明天出版社2007年版）等11种外国儿童文学论著。新世纪之所以能"有所突破"，其原因一是出版社的投入与重视，二是国内南北两家儿童文学研究重镇——北京师范大学与浙江师范大学的艰苦努力。

2008年，由浙江师范大学儿童文学研究所方卫平主编的4卷本"风信子儿童文学理论译丛"由少年儿童出版社出版，包括加拿大佩里·诺德曼、梅维丝·雷默著的《儿童文学的乐趣》（陈中美译），美国杰克·齐普斯著的《作为神话的童话／作为童话的神话》（赵霞译），美国蒂姆·莫里斯著的《你只年轻两回——儿童文学与电影》（张浩月译），英国彼得·亨特主编的《理解儿童文学》。方卫平在序言中认为："今天中国儿童文学的学术提升和知识增长，同样离不开对于传统学术路径的依赖，对于现实文学生活的关怀，以及对于外来思想资源的学习和借鉴。""在这一过程中，如何面对和处理来自西方的儿童文学学术资源，同样是中国当代儿童文学理论界必须面对的任务和挑战。"

2009年，由北京师范大学王泉根与澳大利亚麦考利大学约翰·史蒂芬斯教授共同主编的6卷本"当代西方儿童文学新论译丛"由安徽少年儿童出版社出版。本套丛书早在2002年就开始策划，全部书由约翰·史蒂芬斯推荐并联系作者授权。约翰·史蒂芬斯教授是西方著名儿童文学理论家、国际儿童文学研究会前会长，现任国际儿童文学研究会会刊《国际儿童文学研究》主编，对当代西方儿童文学有精深把握，因而这6种译本可以说是近10年来西方儿童文学学术前沿的代表性论著，涉及文化学、修辞学、传播学、女性主义、精神分析、拉康的主体理论、巴赫金的主体性、语言和叙事理论等。这6种译本分别是：澳大利亚约翰·史蒂芬斯著的《儿童小说的语言与意识形态》（黄惠玲译），美国罗伯塔·塞林格·特瑞兹著的《唤醒睡美人：儿童小说中的女性主义声音》（李丽译），澳大利亚罗宾·麦考伦著的《青少年小说中身份认同的观念：对话主义建构主体性》（李英译），瑞典玛丽亚·尼古拉耶娃著的《儿童文学中的人物修辞》（刘洊波、杨春丽译），美国杰克·齐普斯著的《冲破魔法符咒：探索民间故事和童话故事中的激进理论》（舒伟译），美国卡伦·科茨著的《镜子与永无岛：拉康、欲望及儿童文学主体》（赵萍译）。

约翰·史蒂芬斯教授在序言中对这套丛书作了如下介绍："在西方，儿童图书的数量一直持续增长，这为中文翻译提供了丰富的内容，无论是对这些图书本身进行研究阅读，还是把它们作为比较文学的对象，学者们都要洞悉其创作语境和阅读语境。为了培养这种洞察力，西方儿童文学发展了众多的研究途径和方法，讨论图书、图书所反应的社会问题和促使这些问题形成的文化习俗之间的复杂关系。北京师范大学王泉根教授是本领域的杰出学者，他体察到一种紧迫性，即加强对图书的深度阅读、促进各学术领域的学者们进行更密切交流的迫切需要。于是，他构思将文学批评各个领域的代表性著作译成中文,随之与安徽少年儿童出版社达成协议,这个系列译著遂与读者见面。这些译著为中国学者提供了西方学者阐释儿童文学的方法,不失为成功的阐释范例。选择这些著作,是因为它们从不同的理论视角阐释一个重复性问题,即在调停或者挑战霸权、种族和性别的文化话语时,儿童文学的潜在影响是什么?这些问题在构建儿童的自我意识中至关重要。每本书都从根本上关注文学理解的原则,而侧重点则各不相同,它们分别研究语言、叙事形式、类别、性别、心理和文化影响,例如,社区在儿童成长过程中的重要性。作为一个整体,丛书表现了不同的理论和阐释立场,希望读者对比它们的不同之处,从不同的方法论和理论基础中获得启发。"

2008年,北京师范大学吴岩主编的"科幻理论经典译丛"由安徽文艺出版社出版,分别是:英国艾萨克·阿西莫夫著的《阿西莫夫论科幻》(杨蓓、尹传红等译),英国布赖恩·奥尔迪斯、戴维·温格罗夫著的《亿万年大狂欢:西方科幻小说史》(舒伟、孙法理等译),英国詹明信等著的《作为寓言和乌托邦的科幻》(王逢振等译),加拿大达科·苏恩文著的《科幻小说变形记:科幻小说的诗学和文学类型史》(丁素萍等译),达科·苏恩文著的《科幻小说的观点与预设》(郝琳、李庆涛等译)。

"科幻理论经典译丛"选择了当代国际上最有影响力的科幻学者和作家的理论名著,其中有世界科幻大师阿西莫夫的论集,英国科幻新浪潮代表作家奥尔迪斯的科幻史名作,加拿大马克思主义文学理论家苏恩文的科幻理论"奠基石",也有美国后现代文学理论家詹明信(或译詹姆逊)的科幻论著。可以说这套译丛较为完整地体现了当代西方科幻研究的前沿成果,无论对于科幻文学、儿童文学、幻想文学,还是乌托邦文学、外国文学、比较文学研究等都有着重要意义;由于科幻文学与儿童文学的艺术精神有着密切联系,而少儿科幻又是儿童文学的一翼,因而这套译丛的出版无疑对科幻文学与儿童文学研究提供了重要的学术资源、知识谱系和研究方法的参照。

第五,举办儿童文学高端学术会议,对话中外儿童文学前沿话题。

进入21世纪,中国已成为名副其实的少儿图书出版大国。谓其大,一是童书市场大,全国3亿多少年儿童都是少儿读物的服务对象;二是出版量大,经过改革开放30年的跨越式发展,现在我国少儿图书的年出版品种已达一万多种,年总印数达6亿多册。当然我国还不是少儿出版的强国,距强国还有相当距离。东方少儿图书大国地位的崛起,越来越受到全球的关注,21世纪以来,已有多种国际性儿童文学与儿童读物会议选择在我国举办。2002年8月在大连召开的"第六届亚洲儿童文学大会",共有来自中国、日本、韩国、新加坡、马来西亚、蒙古、哈萨克斯坦以及中国台湾、香港地区的200多位儿童文学工作者参加。"第十届亚洲儿童文学大会"正在积极筹备中,2010年将在浙江金华召开。2005年是世界童话大师安徒生诞辰200周年纪念,丹麦首相安纳斯·弗格·拉斯穆于是年2月27日亲临北京参加安徒生诞辰200周年全球庆典揭幕仪式——"安徒生和中国正式发布会",公布了庆典活动中丹合作的重大项目,包括在中国举办现代视觉艺术展、儿童绘画比赛、演出童话音乐剧和出版最新版的《安徒生童话全集》等30余项活动。纪念活动在中国延续一年。2005年12月20日,由宋庆龄基金会中国和平出版社、中国作家协会儿童文学委员会、北京师范大学中国儿童文学研究中心共同举办的"安徒生童话的当代价值——纪念安徒生诞辰200周年学术研讨会"在北京师范大学举行,来自北京儿童文学、现代文学、比较文学、研究界和出版界的专家学者近百人与会。这次研讨会是中国文坛与学术界对"2005安徒生年"的集中回应,也是安徒生诞辰200周年

中国地区纪念活动圆满结束的标志。为配合"2005 安徒生年"，中国和平出版社特地出版了两种安徒生研究著作：一是王泉根主编的《中国安徒生研究一百年》，一是李红叶专著《安徒生童话的中国阐释》。

21 世纪在中国召开的最重要的国际性儿童文学会议无疑是 2006 年 9 月 20 日至 23 日，在中国澳门举行的"国际儿童读物联盟（IBBY）第 30 届世界大会"。这是继日本、印度之后 IBBY 第三次在亚洲举办的世界大会，共有来自全球 54 个国家的 500 多位代表出席会议。大会主题是"儿童文学与社会发展"，并分别设置以"我们的文学——儿童论坛""国际少儿出版高峰论坛""儿童文学与道德规范""儿童文学与理想世界""儿童的自由与空间""儿童读物与多媒体时代""儿童图画书的发展趋势""哈利·波特现象的思考""弱势儿童的阅读"为议题的 9 个分会场。会议还举行了国际安徒生奖颁奖仪式以及亚洲儿童图书展、中国少儿精品图书展等 10 个展览。这次大会被誉为 IBBY 历史上"最成功"的大会，有力地展示了中国少儿出版在全球的大国地位的形象与实力，是中国真正走向少儿出版大国，并挺进强国的重要标志。

在加强中外儿童文学学术交流方面，我们还应提到北京师范大学、浙江师范大学在新世纪举办的一系列重要会议和学术活动。北京师范大学中国儿童文学研究中心曾先后邀请来自美国（2000、2009）、瑞典（2000）、芬兰（2001）、日本（2000、2006）、澳大利亚（2002、2005）、马来西亚（2007）等国的著名儿童文学专家学者，包括原国际儿童文学学会会长玛丽亚·尼古拉耶娃、约翰·史蒂芬斯等，到北京师范大学进行学术交流和为儿童文学专业研究生授课。北京师范大学还先后举办了多次中外儿童文学学术会议：2000 年 10 月"中日儿童文学交流研讨会"，2005 年 6 月"美国科幻创作和现状研讨会"，2005 年 12 月"中东（约旦、巴勒斯坦）儿童文学研讨会"，2006 年 11 月"中日图画书交流研讨会"，2007 年 7 月"中美科幻北京峰会"，2008 年 3 月"诺贝尔文学奖得主多丽丝·莱辛科幻小说学术研讨会"等。2006 年 10 月，浙江师范大学儿童文化研究院成立，这是儿童文学与多学科整合研究的重要标志。该院成立以来，已举办了多次重要国际儿童文学与文化学术会议，如 2008 年 10 月举办的"2008 媒介与儿童文化国际高峰论坛"，来自海峡两岸暨香港，以及英国、新西兰、意大利、南非、美国、澳大利亚等国家共 30 多位专家学者出席。

2007 年 5 月，由宁波大学外语学院主办，华中师范大学《外国文学研究》编辑部、北京师范大学中国儿童文学研究中心、加拿大驻沪总领事馆、浙江省外国文学学会等协办的"青少年文学国际研讨会"在宁波大学召开，来自澳大利亚、加拿大、瑞典和国内高校的近百名学者、研究生出席。大会共收到论文 48 篇，论题集中在青少年与成长小说、各国的青少年文学研究、青少年文学主题个案研究等方面。这次研讨会也是儿童文学界与外国文学界的一次很有意义的学术合作。宁波大学外语学院芮渝萍教授的《美国成长小说研究》（中国社会科学出版社 2004 年版）是国内第一部有分量的成长小说研究专著，对21 世纪国内兴起的成长小说研究很有影响。成长小说也是儿童文学关注的研究对象，王泉根主动与芮渝萍联系，并与国外同行专家邮件往返，最后终于有了儿童文学与外国文学"亲密握手"的这次国际会议。

第六，实施儿童文学"走出去"的战役，扩大中国儿童文学的国际影响。

举凡大国之崛起，不仅仅只是商品之输出、物质之富庶，更重要的是国家和民族的文化观、价值观能为世界所认同，成为引领世界的主流价值理念与文化坐标；而图书，作为价值观的重要载体，无疑是"走出去"进行文化交流的最好形式之一。少儿图书是最适宜"走出去"的图书品种。我在一篇文章中认为："童心总是相通的，儿童文学是没有国界的，儿童文学是最能沟通人类共同的文化理想与利益诉求的真正意义上的世界性文学。"同时，相对来说，儿童文学的翻译比较容易，很多童书又是图文并茂，图画和音乐一样，是世界性的语言，在文化沟通中更少障碍。因而儿童文学应当成为中国图书"走出去"的重要产品。

虽然我国优秀儿童文学作品在 20 世纪也在"走出去"，但总体份额不大，我们更多的是引进，是"请进来"。进入新世纪，随着原创儿童文学质量的提升，同时也是现代中国百年儿童文学积淀使然，中国儿童文学与少儿图书终于打响了"走出去"的战役。据国家新闻出版总署提供的数据，"2006 年，我国少儿读物出口 67750 种次，50.74 万册，122.51 万美元；全国少儿读物进口 19646 种次，32.52 万册，241.43 万美元。"出现"走出去"比"请进来"多的局面。另据中国出版工作者协会少儿读物工作委员会主任海飞的统计："改革开放 30 年来，我国有两千多种少儿图书实现了海外版权输出，其中上少社 600 多种，中少社 490 多种，浙少社 210 多种。同时，少儿图书对外开放正朝着多元共赢的方向发展，如版权投入分成合作、出版投资分成、合作出版同持版权、合作出版系列开发、版权代理合作等，合作开放，百花齐放，多姿多彩。"[33]

在中国少儿图书"走出去"的战役中，原创儿童文学显然是一大亮点。一大批优秀长篇小说、童话作品都被译介到欧美、日本、韩国、东南亚等地，如曹文轩的《草房子》、秦文君的《男生贾里》《女生贾梅》、黄蓓佳的《我要做好孩子》、杨红樱的《淘气包马小跳》《笑猫日记》、黑鹤的《黑焰》、郑春华的《大头儿子和小头爸爸》等。曹文轩的不少中短篇小说也被翻译出去，有的还进了韩国中小学的教科书。杨红樱的《淘气包马小跳》《笑猫日记》被全球最大的英语读物出版集团之一的哈珀·柯林斯出版集团签走多语种版权。该集团中国市场发展部总经理周爱兰在分析中国儿童文学被世界看好的原因时指出："中国作为全球成长速度最快的经济体与文化大国，早已成为哈珀·柯林斯全球战略体系的重要组成部分。在英文世界推出中国优秀的作家作品，帮助中国作家成长为真正的国际作家，让世界听到中国人民的声音，是哈珀·柯林斯出版集团中国公司的核心工作之一。杨红樱女士作为最具代表性的中国儿童文学作家，成为哈珀·柯林斯中国当代作家出版计划的开路先锋。我们认为，全世界的孩子对儿童读物的需求是相似的，杨红樱作品所反映出的中国儿童生活现实与心理现实，能够打破东西方的文化障碍。书中表现出的张扬的孩子天性、舒展的童心童趣、成人世界与儿童世界之间的隔膜能打动全世界的儿童。这就是哈珀·柯林斯出版集团相继签下'淘气包马小跳'系列《四个调皮蛋》《同桌冤家》《暑假奇遇》《天真妈妈》《漂亮女生夏林果》《丁克舅舅》《宠物集中营》《小大人丁文涛》8 本图书的多种语言版权，以及'笑猫日记'系列的英文以及其他部分语种版权的原因。我们希望，说英语的孩子们能够通过阅读杨红樱女士的作品，通过那些生动幽默、简单易懂、引人入胜，而又极富时代感的故事，来了解当代中国儿童的生活现状，打开一扇了解中国的窗口。"[34]

儿童文学是一种世界性的文学，因为这种文学是一种基于童心的写作，因而儿童文学作家则有可能以一种村上春树所说的"共通性的语言"来写作。"共通性的语言"首先是一种全球化视野，同时又有本民族文化特质，既是时代性的，又是民族性的，既是艺术性的，又是儿童性的。中国儿童文学走向世界并不是一个遥远的梦，中国正在从儿童文

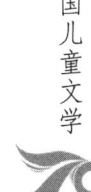

学大国向儿童文学强国迈进。在充满希望的 21 世纪，中国文化、中国文学与最容易"走出去"的中国儿童文学，理应为人类做出更大的贡献。

[注释]

①③韦苇：《俄罗斯儿童文学论谭》，湖南少年儿童出版社 1994 年版。

②北京师范大学苏联文学研究所译：《苏联时期儿童文学精选.前言》，中国少年儿童出版社 1993 年版。

④瞿秋白：《俄罗斯名家短篇小说集.序》，《新中国杂志》1920 年第 7 期。

⑤韦苇：《世界儿童文学史概述》，浙江少年儿童出版社 1986 年版。

⑥汤锐：《比较儿童文学初探》，湖北少年儿童出版社 1990 年版。

⑦吴其南：《新时期少儿文学中的成长主题》，《温州师范学院学报》1994 年第 1 期。

⑧据蒋风：《中国当代儿童文学史》，河北少年儿童出版社 1991 年版。

⑨《中国青年》1996 年第 2 期记者骆爽的专访。

⑩徐崇亮：《现代科幻小说与人类社会生活》，《中华读书报》1999 年 2 月 24 日。

⑪班马：《星球的细语》，福建少年儿童出版社 1991 年版。

⑫陈恩黎：《穿越神话的迷魅空间》，《中国儿童文学》2004 年第 3 期。

⑬海飞：《改革开放三十年中国少儿出版的四大变化》，《中国少儿出版》2008 年第 1 期。

⑭周爱兰：《杨红樱作品的成功之处及其走向世界的意义》，《中国少儿出版》2008 年第 4 期。

（原载李岫主编《二十世纪中外文学交流史》，河北教育出版社 2001 年版。本文第四部分系作者为本书新写）

美国儿童文学的多元文化格局

金燕玉

美国是一个移民国家，康马杰在论述美国精神时指出："一代又一代的开拓，一次又一次的移民浪潮，在不断改变美国的面貌。"美国儿童文学又何尝不是如此？在一代又一代的儿童文学作家中，都有新移民的加入，他们把不同民族的文化带进美国儿童文学，使美国儿童文学不断出现许多异国异族的题材、人物、风情、传说。尽管相当一段时期内美国儿童文学中占主流地位的一直是盎格鲁—撒克逊白人种族文化，但到了20世纪60年代，情形为之一变。随着种族问题的提出，在美国开始对儿童读物中的种族关系日益敏感。1965年，南希·拉瑞克在《星期六评论》上发表《儿童读物中白人一统天下》的文章，引起各方的呼应，迎来了少数民族文化在儿童文学中获得当代发展的时期，一直到20世纪70年代、80年代，描写少数民族的作家与插图画家对美国儿童文学做出了重要贡献，从而形成美国儿童文学的多元文化格局。美国伟大诗人惠特曼早在1855年即在《草叶集·序》中指出："这就是人民，他们不仅是一个民族，而且是体现了许多民族的一个完整的世界。"我们完全可以这样来形容美国儿童文学：这就是美国儿童文学，它不仅是一个民族的儿童文学，而且是体现了许多民族文化的完整的儿童文学世界。下面，分几个方面，简述如下：

一、东欧犹太传统的影响、渗入

1978年，艾萨克·巴·辛格(1904—　　)因其著作"保留了东欧犹太即将消失的传统"而获得了诺贝尔文学奖，他的儿童文学作品同样地体现了这种精神。辛格在他的儿童文学作品集《山羊兹拉特》中选择了犹太民族世世代代留传下来的民间传说作为故事的蓝本，这些传说忠实地保存着提倡勤劳互助、富有同情心和正义感、富有智慧和幽默感的犹太文化的特质。

正如辛格在《山羊兹拉特》的序言中所说的那样："我描写的许多人物，在现实生活里已经看不见了，但是在我看来，他们还活着。我希望广大读者能从这些人物的智慧、他们稀奇古怪的信仰以及他们有时表现出的愚蠢行为中得到乐趣，受到启迪。"辛格所塑造的智者形象纳夫托里(《讲故事的纳夫托里和他的马苏斯》)就是他自己的真实写照。纳夫托里从小爱听故事，长大当了书贩子，赶着装满书的马车走乡串村卖故事书，一路上边听故事边给孩子们讲故事，最后在老橡树深深扎根的地方定下来写故事。辛格正是这样的一位写故事者，他到人民中间去听故事，又把听来的故事写给孩子们看，从四处漂泊到定居美国，在美国传播犹太文化。他在《讲故事的纳夫托里和他的马苏斯》中告诉我们关于故事的真谛："一天过去，这一天即不复存在，这天留下什么呢？又留下一个故事。如果没有人讲故事，没有人写书，人就会像禽兽一样只为今天而活着。""整个世界，整个人类生活，就是一部长篇故事。""每个国家的作家都在写他们熟悉的生活和人。人类不能也

不会忘记过去，世界历史越来越丰富多彩了。"辛格的儿童故事就是因此而写，为了不忘历史，为了不忘传统，为了保存和积累文化。辛格的创作使美国儿童文学有了犹太文化的成分，在多元文化的格局中摆上了犹太文化这颗棋子。

二、黑人儿童文学的勃兴

在美国儿童文学的多元文化格局中，黑人儿童文学的成就引人注目，这与黑人女作家弗吉尼亚·汉密尔顿（1936—　）的崛起有很大的关系。汉密尔顿是美国20世纪儿童文坛升起的一颗耀眼的新星，她的升起带动了黑人儿童文学的繁荣和发展。她的作品量多质优，20世纪60年代发表了处女作《赛莉）（1967），与另一部《大人物 M.C.希金斯》（1974），先后获得纽伯里奖。《大人物 M.C.希金斯》还同时荣膺国家图书奖和波士顿地球仪号角图书奖。该书叙述一个小男孩从山边的一根40英尺高的钢柱顶端俯瞰世界的故事，表现了黑人寻根的主题。她以黑人逃亡的地下组织为题材写成的《戴斯·德利尔之屋》（1968），曾荣获美国"埃德加·艾伦·坡文学奖"。汉密尔顿先后写过13部以黑人和美洲土著混血人物为题材的传记，如《杜波依斯传》《歌王保尔·罗伯逊》等，并且收集、整理和编写了黑人民间故事集。她的主要作品还有描写一群无家可归的黑人孩子的《小布朗的世界》（1971），讲述黑人和白人混血儿故事的《我是阿里拉》（1976），富有幽冥色彩的《拉休舅舅）（1982），以及关于才能、天赋的科幻三部曲《正义和她的兄弟们》（1978）、《灰尘世界》（1980）和《聚会》（1980）。

从20世纪60年代到80年代，以汉密尔顿为代表的黑人作家为儿童文学做出了贡献，他们创作的传统文学作品、现实小说和传记都反映了美国黑人的渊源、历史和当代生活经验。汉密尔顿的崛起并非偶然，与传统黑人文学有着密不可分的关系。正是传统的土壤，促其成长。

传统黑人文学包括三个部分：植根于非洲大陆上的民间文学，传到加勒比群岛并被嫁接上新的地理与社会背景的非洲民间文学，源起于美国南部的黑人民间文学。最后一部分包括许多基于非洲民间文学主题的故事，当然，这些主题已被转换，以适应南部黑人讲故事者的需要。这三个部分可以归结为两大类：非洲故事和美国新故事。

在美国有影响的非洲故事集基本上涵盖了非洲民间文学的几个基本主题。维吉尼亚·汉密尔顿的《万物之始：全世界造物的故事》（1975），就表现了关于自然世界和部落世界起源的信仰的主题。非洲故事中非常流行的另外一个主题是为什么动物和人有各种各样的生理与心理特质。巴巴拉·那森带给我们的一个赞比亚故事《为什么螃蟹没有头》（1987），就解释了螃蟹之所以没有头，是他的自大触犯了天神，而且螃蟹从此就变得自卑起来，只敢横着在道旁行走。

当非洲故事离开了动物的世界来到人间后，这些故事就不得不涉及各种社会问题及其解决办法。比如，安·格瑞芙考妮的故事《圆屋子和方屋子的村庄》（1986），告诉我们一项社会习俗的起源。在这个喀麦隆故事中，一个村庄被附近的火山爆发所波及，劫后仅存一幢方形的房子和一座圆形的房子。从此，妇女和孩子们就住进了圆屋子，男人们则住进了方屋子。这个习俗一直延续到今天——"因为人们安宁地生活着，每对爱侣都有一处分居的地方，却又都有时间待在一起"。

除了非洲故事外，美国的黑人民间文学还包括美国新故事。最早的美国黑人故事当然就是由最初那批种植场黑奴在对非洲故园的记忆的基础上，融进他们在新大陆的生活经验,口耳相传而来。最早的收集者是乔尔·钱德勒·哈里斯,其代表作是《白兔和他的敌人》。离开哈里斯一个世纪以后,美国故事又被收进了许多集子中,其中较有代表性的一部还是弗吉尼亚·汉密尔顿的集子:《会飞的人:美国黑人民间故事》(1985)。

在美国黑人故事中,有个传奇式的英雄人物约翰·亨利,本来是历史上实有其事的黑人英雄。他生来就拿着一个锤子,创下了许许多多的英雄业绩,比方说运用神力转动一艘船的巨大的螺旋桨,使船免遭沉没的厄运,一个人造成一条铁路,拔出炸药上的导火索从而救了许多人的生命等。他最后去世时,"手中仍然举着锤子",这些故事在艾丝拉·杰克·基茨的书《约翰·亨利——一个美国传奇》(1965)中都有绘声绘色的描述。

以美国黑人为主角的反映现实生活的儿童小说,之所以能勃兴和发展,还与这些小说分别面向每一个年龄层次的小读者,分别满足他们的需要,从而形成各自的特征相关联。

强调儿童普遍需要的为幼儿写的小说中,着重描绘黑人孩子所面临的任何人种都有的普遍情境和问题,例如:战胜嫉妒心,适应新的弟弟妹妹出生的新情形,获取成人的关注,初试人与人的关系,克服家庭问题。比较突出的作品有约翰·斯戴托写的《斯蒂维》(1969)。故事讲述了罗伯特的妈妈开始帮别人带另外一个孩子,罗伯特从不喜欢他的玩具被弄坏,和新孩子格格不入,到他开始怀念像小弟弟一样的调皮却又可爱的小斯蒂维,这个温馨的故事传达了一种人类普遍的情绪。

比起幼儿小说来,在为小学中高年级而写的学童小说中,黑人的文化色彩又有进一步的较为强烈的表现,除了普遍性的主题,诸如认识自己,互相关爱,适应父母离婚的家庭危机,担心学校的压力等以外,还有黑人所特有的主题,强调回溯过去和寻根。

在黑人儿童文学中,除了传统文学和现实小说以外,传记文学特别发达,黑人的知名人物,如哈里特·塔布曼、弗莱德里克·道格拉斯、玛丽·麦克劳德·贝修恩、本杰明·班内克尔、保罗·邓巴、杜波依斯、保罗·罗伯逊等,都有他们的传记,记载了黑人民权领袖、黑人实业家、黑人艺术家的生活历史。

三、印第安文学的融入

印第安人是真正的美国土著人,有着悠久而辉煌的文化历史。但由于种种历史上的原因(主要是白人对印第安人土地的掠夺和对印第安人种的灭绝),印第安文学包括儿童文学一直到近期才有一定程度的发展。在 1970 年以前,极少见到反映印第安人思想和生活的儿童文学作品,目前所见较有影响者几乎都是 1970 年以后的当代作品。这一种儿童文学的创作态势,一方面说明了印第安人所遭受掠夺的残酷,但另一方面又恰恰证实了美国儿童文学的多元化发展趋势方兴未艾。

印第安人虽无文字,但有丰富的口头语,仅北美洲印第安人部族中就有 500 多种,其中美国和加拿大有 149 种,大多数沿用至今。美国的 50 个州中,有一半的州名称源于印第安语。印第安人为自己世代相传的口头文学感到自豪,他们的口头文学包括神话、传说、故事、诗歌、民谣、格言等。人类学家弗朗兹·博亚兹所培养出的一个印第安人内兹·帕斯族学者曾说过:"印第安人的民间文学远胜过白人的。"朗费罗的《海华沙之歌》就是由印第安民间文学脱胎而成,这部伟大的童话史诗为美国儿童文学扎下本土文化之根。经过一个多世纪后,印第安传统文学以强劲的力量开始成为美国当代儿童文学的一个组成部分。

传统印第安文学为界定和理解部落传统价值观和信仰提供了极佳的资料来源。典型的印第安人的价值观念包括：与自然和谐共存，视宗教为紧密与自然结合的自然现象，尊重由年龄和经验积累而成的生活智慧，以及强调群体或家庭的需要高于个人需要，等等。

在汤米·德波拉重述的考曼彻部落的故事《矢车菊传奇》（1983）中，人与自然的和谐便是一个最明显的主题。故事女主人公起初名为"独行的她"，曾不顾一切地滥用土地，干旱是她所得的天谴；当她转变性情以后，将土地赠给他人，所得的报酬是满地美丽的矢车菊和驱走旱魔的及时雨，她的名字也由"独行的她"变为"爱民者"。

部落式的生活是使印第安人敬畏自然的一个主要原因。他们的衣食住行都直接取自自然，所以怎么样和自然和谐相处以保衣食丰裕就成了印第安人传说中的一大主题。

由此我们不难理解为什么尊重动物、信守诺言和听从长者这几个反映印第安人传统价值观念的主题在弗兰克·喀辛的短篇童话《贫穷的火鸡姑娘》（1986）中融为一体了。在这个灰姑娘式的故事中，一个祖尼部落的女佣时刻关心照顾她饲养的火鸡，作为回报，以老雄火鸡为首的火鸡们帮助她，盛装参加了狂欢节。但是这位姑娘玩得得意忘形，忘却了她的诺言，不听从雄火鸡的劝告，没有及时返回喂养火鸡们。于是，一切美幻奇妙的事物便如水中月镜中花，眨眼间从姑娘眼前消失了。

印第安文学所包含的印第安人的文化价值观念，同主流文化相比较，有许多不同之处，但可以作为一种重要的补充，激发儿童的想象力、智慧、勇气、善良，极大地丰富了美国当代儿童文学，增加了美国儿童文学的想象活力和人文内涵。

为美国儿童文学当代发展做出贡献的还有印第安人的历史小说。印第安人的历史是血与火、战争与和平的历史。通过专为少年儿童写的印第安人历史小说，孩子们在享受乐趣之外，可以体验到印第安人在家庭和部落生活中的喜怒哀乐，也可以理解白人给印第安人生活带来的巨大冲击。印第安历史小说中经常强调的主题是肉体或精神的生存。一些作者特别注意再现白人给印第安人带来的灾难历史，也有的着重描述印第安人和白人之间的联系。关于这两方面的小说，有4部获奖作品最为有名。

其一是斯高特·欧戴尔的《唱下来月亮》（1970）。小说描写的是19世纪60年代的一段历史，美国骑兵如何迫使那瓦荷人从他们美丽富饶的家乡长途迁徙300英里到达一个完全陌生的环境。

其二是简·哈德森的《甜草地》（1984）。这也是一个有关生存的故事，不过不是与白人的争斗，而是与疾病的抗争。故事的主人公是一个"黑脚"族的小女孩，她帮助族人对抗爆发性天花病，最终她活了下来。

其三是法利·莫瓦特的《迷失在荒漠中》（1984）。作品描写了一个克利族小男孩，与一个白人孤儿，如何相互理解并互相帮助，克服艰险生存下来的动人故事。

其四是人类学家乔伊斯·若克伍德利用他对切诺基族文化的熟稔所作的《"土拨鼠"的马》（1978）。让人们在轻松愉快的气氛中领略传统、感受生活。

与历史小说相比，印第安人的当代写实小说相对薄弱，但有较为一致的倾向。在有限的作品中，印第安人表现出在旧的传统和新的文明之间的矛盾冲突：人们必须决定是要保存传统还是抛弃传统的一套，当然最终的解决方式是尊重传统却采纳新的生活方式。一些故事是关于旧的"印第安保留地"上新的生活，另一些是关于离开保留地而到城市生活的故事。主人公们或是寻找自己的"根"，或是表达爱的愿望，或是敌视不良之徒，或是善待友好之人，不一而足。

四、西班牙语裔的影响

拉丁裔美国人，或称西班牙语裔，是美国最大的少数民族，其中包括西班牙移民和讲西班牙语的拉丁美洲各国移民。许多拉丁裔文学都注重人的生活和宗教信仰之间的关系，也注重对于自由的追求和尊重，同时西班牙语词汇大量混杂在英语中。这也是拉丁裔儿童文学的几个特征。

拉丁商人有着广阔的文化区域，包括墨西哥，中、南美洲，古巴和美国西南部。这些区域都曾经有过辉煌的古代文明，阿兹特克文化、玛雅文化和印加文化必然要给植根于这一区域的拉丁裔民间文学带来深深的烙印。

西班牙语裔儿童文学覆盖的地域之广、历史之长、文化之多都是其他种族儿童文学所很难比拟的，这也就形成了西班牙语裔儿童文学一个非常显著的特点：各种文化的高度融合。在西班牙人对美洲大陆大部分区域长达 13 个世纪的统治中，西班牙文化、北美土著文化（包括阿兹特克、玛雅、印加文化和其他印第安文化）、犹太文化、东亚文化、加勒比文化等，都跨地域、跨时间，以不同方式联系在一起，形成了极为多姿多彩的西班牙语裔美国人文化。

这种文化融合的特点在西班牙语裔童话中表现得很明显。比如，一个有名的西班牙语裔童话《会鸟兽之语的人》（1980），便是来源于《一千零一夜》。贝尔豪斯特的《精灵之子》（1984）显示了基督教和阿兹特克信仰的融合。《隐形猎人》（1987）中，三个密斯基多猎人被欧洲商人所影响，"近墨者黑"，变得贪婪起来，终于因不遵守诺言和欺骗族人而受到惩罚。另有几个西班牙语裔童话，带有与欧洲童话相似的因素。像波多黎各童话《七彩马》（1978），便可以看到熟悉的欧洲童话的色彩。

以西班牙语裔美国人历史为题材的小说并不多，较为出色的一本是玛瑞安·马丁内罗和塞谬·奈斯密斯所作的《与多明哥·利尔在 1734 年的圣安东尼奥做伴》（1979），描述一个西班牙小男孩怎样从中美洲穿过墨西哥来到得克萨斯的故事。这部小说可以帮助孩子们理解西班牙裔在美国西南部定居的历史。

当代的西班牙语裔仍然维持着强烈的传统价值观念，却又不免与周围的其他种族发生千丝万缕的联系。这一点在小说《菲莉塔》（1979）中表现得极为明显。作者尼古拉萨·默尔刻画了 8 岁小姑娘菲莉塔这个人物。菲莉塔自小便生长在纽约城的波多黎各人社区。她爱这个社区，因为她熟悉这儿的每一个人和每一样东西，但是她父亲执意要将家搬到一个有好学校而且不受街头黑帮威胁的新社区中。在新的环境中，菲莉塔处处碰壁，小孩子们都群起而攻之，打她骂她，撕坏她的衣服。迫于无奈，他们家又搬回了原来居住的地方，菲莉塔在经过了悲伤、愤怒、羞辱等种种复杂的心路历程中，又重新找到了朋友、温暖和自尊、自信。菲莉塔的经历非常典型地揭示了文化背景和孩子成长的关系，以及对孩子心灵的种种影响。这个主题大概是各个少数民族儿童文学所共有的，对它的探索与表现，可以更好地理解各种少数民族孩子所特有的成长的苦恼——文化的认同与冲突的苦恼。

五、华裔儿童文学的状态

相对于其他种族来说，华裔儿童文学的发展同华裔在美国越来越重要的经济政治地位是不相称的。一个最明显的事实就是，中国丰富的民间文学在美国流传很少，即使有所流传，也只是通过少数杰出亚裔作家的再创作并融入大量美国文化的因素才得以面世。这也许同亚洲人大量移居美国的时间较晚、早期移民的地位不高有关。

劳伦斯·叶是亚裔儿童文学作家中较突出的一位。在其代表作之一《彩虹人》（1989）中，劳伦斯·叶以敏锐的笔触描写了生活在旧金山的中国人，一改美国文学中对华裔千篇一律的脸谱式描写，淋漓尽致地表现了华人的喜怒哀乐、对民族传统的继承和对美国文化的吸收。

劳伦斯·叶的其他著作包括《龙翼》（1975），取材于 1903 年发生在旧金山的一个真实事件。这本在美国很有影响的书可以帮助我们了解早期中国移民的生活，以及他们为保存自己文化并同时融入美国多民族文化而做的努力。同时，美国读者更可以从中了解中国人和中国文化，比如，华裔对老人和死者的尊重、对家庭的责任等等。月影教给他的白人朋友有关龙的知识，当月影和他父亲一次次失败时，周围的中国人没有一个人嘲笑他们看似愚蠢的举动，而是协力相助。

劳伦斯·叶描写的是 19 世纪和 20 世纪初华裔的生活，保罗·叶则描写了当代华裔的生活，在其所作《来自金山的传说：中国人在新世界的故事》（1984）中，收录了 8 篇关于中国移民在美国和加拿大生活的短篇小说。另一位作家贝蒂·包·劳德则写了华裔生活中有趣的一面，在《猪年和杰克·罗宾逊》（1984）中，雪莉·王一方面是一个极为传统的华裔女孩，另一方面却又和美国孩子一样，深深地迷上了棒球，和布鲁克林道奇队的大明星杰克·罗宾逊有了一段极为有趣的交往。

在华裔儿童文学作家崭露头角的同时，华裔插图家杨志成的艺术成就得到了高度的评价。杨志成于 1932 年生于天津，童年在上海度过，后随家迁居香港，高中毕业后去美国攻读建筑专业，又因兴趣改入洛杉矶艺术学院。1957 年毕业后进入纽约广告界，后专门从事儿童文学插图绘画。30 多年来已出版过 41 部作品，从不局限于一种技法，水彩、素描、剪纸、彩墨等无不得心应手。他的作品《讨厌鼠和其他讨厌的故事》（1962）、《国王和风筝》（1967）、《孺子歌图》（1968）、《树上的猫》（1983）、《猫就是猫》（1988）等都曾在美国获奖，使他跻身于美国儿童读物画家最前列的是《龙伯伯，中国的红衣骑士传》。他以这本童话的插画家和作家的双重身份获得了 1990 年的考德科特奖，这是自 1938 年该奖创设以来，首次由华裔作者获得。

总之，无论是犹太人、黑人、印第安人的儿童文学创作，还是西班牙语裔、华裔的儿童文学创作，都在导引儿童进入他们的文化遗产，并创造带有普遍意义的价值和情感方面的世界，从而为美国儿童文学增添了一份新的文化光彩、一种新的文化活力。多元文化格局的形成，大大推动了美国儿童文学的当代发展，使之更加多姿多彩，更加美不胜收。

（原载《中国图书评论》2002 年第 10 期）

英美儿童文学市场上的民间故事及其改编

陈敏捷

文献回顾：民间故事——从口头到书面、到儿童文学之历程

本文以过去二十余年英美儿童文学市场上出版的"灰姑娘"图画故事书为个案，调查英美儿童文学作家和插图画家对传统民间故事的改编出版情况，讨论其中体现的问题。本文的研究对象属于源于口头文学、经改编加工而成的书面作品。首先，我将探讨该研究对象在民间故事发展历程中的位置，以及民俗与文学性民间故事的关系，重点是民俗与童话的关系。

民俗学家已经指出，民间故事诞生之初，其目的并不是为了儿童的娱乐或者教育。根据Zipes1991年的一篇著述，数千年前，口头民间故事最早出现的时候，基本上是在成人间讲述，目的是在神秘费解的自然力量面前，建立人际间的公共纽带。西方最早出现的、比较重要的书面童话故事（fairy tale，可直译为"仙子的故事"；因为中文习惯把该词组译作"童话"，而下面讨论的正是"童话"读者对象从成人到孩子的演变，为避免混淆，特把英文注上），是公元2世纪阿普列尤斯用拉丁文所著的《丘比特和普绪克》。此时，故事依旧不是写给儿童的。到了15、16世纪，童话作为一种文学体裁在欧洲逐渐兴旺，但是儿童仍然不是故事针对的读者群。直到18世纪30年代，人们才慢慢开始为孩子撰写、出版童话故事，而且每每抱着说教的目的。甚至到19世纪20年代，仍有人怀疑让孩子接触童话是否恰当。他们的顾虑并非没有道理，因为当时民间口头流传的童话充斥着粗俗、性和暴力的成分。

尽管童话被认为不适合给孩子阅读，可孩子早已经是童话故事的消费者。成人之间讲述口头童话的时候，孩子往往在边上倾听。Vos和Altmann分析民间故事对儿童的吸引力时提到以下几个因素：篇幅短小；叙述直白；情节起伏；同时往往重复某一模式若干次；对比强烈；人物性格鲜明。从这些因素看，民间故事非常适合儿童的理解水平和注意力的持久度。童话更是俘获了儿童的想象力。

自从19世纪民间故事作为儿童读物基本获得认可后，西方社会就一直利用民间故事资源生产儿童文学。我们可以把利用方式归为两类：一类是通过对故事的改写、配图，派生出不同的版本；另一类是利用民间文学元素进行儿童文学的创作。举例来说，安徒生（1805—1875）是采取第二种方式撰写童话的作家中，早期的重要代表；而罗琳广受欢迎的哈利·波特故事系列也是受益于大量的民间文学元素的滋养。两种方式的差异并不在于创新程度高低，两者的界限也不都是清晰的。有的文学作品会落入两者之间模糊的中间地带，或者同时包含两种方式。

第一种方式，即针对儿童读者改编民间故事，意味着对一则从民间口头文学收集来的故事，包括可能已经经过前人加工的书面版本，进行文字上的增减改动及插图创作。

本文对新版"灰姑娘"故事的个案调查显示，西方作家为孩子改编民间故事的方式相当灵活丰富，不少改编的民间故事寄寓着作家个人或当代社会有意灌输给下一代的道理、信念和价值观。

书面的民间故事可能经过收集者的改动（比如佩罗和格林兄弟都改写了他们从民间收集的故事），也可能被后来的作家所改动，那么它是不是仍然属于民俗学的范畴？Toelken 定义民俗有三大性质：本土/当地性、公众性和非正式性。书面的民间故事，尤其是出版物，其生存传播不具有当地性；它是正式的；它的生产过程"通常密切关注广大的、付费的消费市场有些什么需求"。但是 Toelken 也看到，一些口头民俗"不断地在口头和书面形式之间流动"；成为印刷品不一定意味着"口头民俗业已冻结，从此进入非传统状态（非传统状态指口头民俗通过大批量复制技术得到保存，但丧失动态变化）"，"印刷状态也可能是民俗过程的一部分"。（Toelken，1996）他的观察适用于从民间收集记录，加以文学修改、处理、有时甚至是谬种流传的故事。比如 Cox 从民间收集到一个"灰姑娘"的故事版本，在其中发现一个母题（motif）——把其他东西变为马车和仆人——来源于佩罗在《灰姑娘》中的个人艺术创作。（Rooth，1951，Vos 和 Altmann 引于 1999）约瑟夫·雅各布是英国维多利亚时期不知倦怠的民间故事收集者。他曾谈到他出版的一则"灰姑娘"故事，"最早源于印度，翻译成阿拉伯文，继而译为希伯来语，变成拉丁文版，译作西班牙文，以意大利语改编出版，最后变为英文版"（Yolen 引于 1977/1982）。书写和印刷技术不一定意味着民俗生命周期的终结，即便是口头版的民间故事经过文学改写，也不一定告别民俗的变化动态过程。相反，书面载体可以帮助口头民俗的传播，为本土民俗带来变化，促进民俗的衍变。类似的情形在物质类民俗和风俗类民俗事象中也能找到，表现为地方民俗受大众媒体和全球传播的影响而发生变化。

历史回顾："灰姑娘"故事和儿童文学

西方很早就开始为儿童和成人改编"灰姑娘"故事。在所有"灰姑娘"故事的改编作家中，佩罗是最有影响的一位。他可能从儿子的保姆口中听到了这则故事，然后根据法国宫廷的欣赏口味加以改写（O'Brien，2003）。结果他的作品成为以后的改编者最青睐的版本。Whalley 在英国维多利亚女王和阿尔伯特亲王博物馆国家艺术图书馆的馆藏中，调查从佩罗的《灰姑娘，或玻璃鞋的故事》改编而来的插图故事，发现从 1724 年至 1919 年间，一直有新的作品出版（Whalley，1980）。

Philip 调查从 1968 年至 1980 年间出版的"灰姑娘"故事，呼吁"增加一点童话的多样性"，希望佩罗版之外的"灰姑娘"故事也能得到改编。"可以从改写较不为人知的格林版开始"；"儿童……要求一遍又一遍地听他们最喜爱的故事……如果有其他版本存在，对孩子而言，是扩大他们的视野，对家长而言，这场重复性的游戏不至过于乏味"（Philip，1980）。

Yolen 认为，"灰姑娘"在美国大众图书市场"经历了显著的变化。"在她看来，美国的"灰姑娘"失去了欧洲和亚洲版的坚强，她一半是佩罗版中那个无私、娇柔的"灰姑娘"，另一半是迪斯尼版中那个"忸怩、无助、好梦想的'好'女孩，在歌声中耐心等待救助者出现"。（Vos、Altmann，1999）"坚强、自助、机灵，这才是老版本中'灰姑娘'的形象"（Yolen，1977/1982）。有趣的是，另有别的学者争辩，他们检视的"灰姑娘"也比更早时候温顺驯良。Zipes 认为，早在"灰姑娘"故事还在口头传播阶段，她就已经变成了一个无助又无为的少女（Vos、Altmann，1999）。而 Lehnert 发现，灰姑娘原本是一个积极、独立的少妇，但到了巴西莱（1575—1632）、佩罗和格林兄弟所著的三大最有影响的早期灰姑娘版本中，她明显变得驯服、顺从和被动。

灰姑娘在改编作品中的性格是否一直在向着被动化的趋势发展，尚无定论，但是本文将关注 Philip 和 Yolen 提出的问题。

调查范围

本文调查范围是从 1980 年至 2004 年出版的英文"灰姑娘"图画书，重点是佩罗版改编而成的作品。灰姑娘的故事还被改编成其他形式，如漫画书、诗歌、短篇小说和适合青少年阅读的中长篇小说，更有电影和戏剧，但这些不在本文的检查范围之内。迪士尼版的《灰姑娘》图书（一般是电影的衍生读物），也不是本文调查的重点。

调查方法及故事来源

我以 Peck 汇编的"灰姑娘书目"为主要依据，补充 1994 年至 2004 年间出版但未被 Peck 收入的其他作品，统计新编"灰姑娘"的故事来源。结果显示，自 1980 年以来出版"灰姑娘"图画书主要有两大类，一类是佩罗的经典版本，余下的便是来自世界各地林林总总的"灰姑娘"故事。

需要指出的是，统计依据的书单不是所有"灰姑娘"改编故事的完整列表，而是选择性地汇编而成。表格中的具体数字不代表每个类别下的实际作品数量，它们之间的比例也不精确等同于各种版本被改编的相对普遍程度。

表格：单本头"灰姑娘"英文图画书的来源统计，1980—2004

来源及其所属的 Aarne—Thompson 故事类型	佩罗：Cendrillon（510A）	格林兄弟：Aschen puttel（510A）	格林兄弟：Aller leirauh（510B）	雅各布：Tattercoats（510B）	所有其他来源：（510A；510B；511；511B）
数量	45	2	2	2	60

（主要根据 Peck 汇编的"灰姑娘书目"计算，访问于 2004 年 12 月 1 日）

佩罗版压倒格林兄弟版

表格还是具有大致的参考意义。"灰姑娘"故事的改编作家仍是向佩罗版一边倒。

我所能找到的"灰姑娘"故事书中（包括单本头图画书和几部带插图的童话集），共有 25 部是在佩罗《灰姑娘，或玻璃鞋的故事》基础上改编的，其中有一些改动程度相当大，只有一部改编自格林兄弟的版本。改编作者 Hogrogian 在《改编于格林兄弟版的灰姑娘》（1981）中，勇敢地保留了故事中一些残酷的情节，包括灰姑娘同父异母的姐妹砍掉了自己的脚趾或者脚跟，以及失明作为报应。书中删掉了灰姑娘藏身鸽笼、父亲追赶、柏油陷阱的情节，还向佩罗借用了马车、车夫和 12 点必须回家的元素。有趣的是，在插图故事集《儿童文学集萃》（1992）中，一则"灰姑娘"的故事被列在格林兄弟名下，实则完全是佩罗版的仙子教母、南瓜、老鼠和玻璃鞋故事。

来源的多样性

Peck 的"灰姑娘"书目中，7 部图画书改编自非洲、加勒比海、克里奥尔和美国黑人的民间故事，16 部源于亚洲，4 部源于北美印第安人，8 部源于俄国、格鲁吉亚和中东国家，还有 3 部源于北欧和苏格兰。Philip 在 1980 年抱怨改编故事的来源缺乏多样性，如今情况已大有改善。

这些"灰姑娘"故事的类型多样。Anna Birgitta Rooth 曾将所有的"灰姑娘"故事划为五类，对应于阿尔奈－汤普逊民间故事分类体系中的四个类型——510A，510B，511 和 511B。（Vos、Altmann，1999）这些图画书涵盖了全部四种类型。以下且举几例知名度不太高的"灰姑娘"故事。（故事类型梗概来自 Vos 和 Altmann，1999）Greene 所著《比利·贝格和公牛》（Holiday House，1994）和 Climo 所著《爱尔兰灰小伙》（Harper Collins，1996）含 511B。故事主人公是一个小伙子，他从一头牛和牛角中得到帮助。Hayes 所著《小金星》（2000）含 511，讲的是一个女孩被赐予神奇的礼物，额头上有一个月亮，下巴点缀着一颗星星。从 510B 改编而来的作品很多，涉及的女主人公被父亲非分的企图所困扰，因为他想娶自己的女儿为妻。在不同版本中，乱伦因素往往由其他"可怕的婚姻"取代，比如情节变成把女儿嫁给食人怪，（见 Huck 所著《毛球公主》，William Morrow，1989）或是偷换成"像爱盐巴一样爱父亲"的母题。（见 Hooks 所著《苔衣袍子》，Clarion Books，1987）

佩罗版的改编作品

这个部分分析西方儿童文学作家在 19 部图画书和 6 部插图故事集中，如何一遍又一遍地讲述佩罗版的"灰姑娘"故事。

情节改编

佩罗的"灰姑娘"故事发生在永恒的"从前"，没有具体的地点（尽管我们揣测是在欧洲）。故事的主要构成元素包括：女主人公受冷酷的继母和异母姐妹虐待，两场宫廷舞会，仙子教母相助，魔棒变出华服、南瓜变成马车、老鼠变成骏马等变形，王子在舞会上与女主人公相遇并为之着迷，半夜 12 点魔法消失，掉鞋，试鞋，圆满婚姻，以及最后女主人公原谅异母姐妹。

改编作家和插图画家为了给老故事带来新鲜感，对原版《灰姑娘，或玻璃鞋的故事》中几乎所有的元素，凡是有变化可能的，都做过修改、颠覆和增删。在 25 部作品中，至少 13 部改变了故事背景，有时是通过文字的叙述，有时是通过画面暗示。比如，当画面中出现自行车、电灯、汽车、电视机或者吸尘器（没错，代替扫帚），故事的时空设置就发生了变化。Jose 改编的《灰姑娘》（1994）展现了 20 世纪初纽约曼哈顿富有时代特征的城市景观、服饰和家具，但其故事情节却丝毫不受时代变化的影响。主人公仍然是灰姑娘和尊贵的王子殿下。Minters 的《辛德·艾黎》（1994）发生在当代的纽约。主人公显然还在上学，她在篮球赛场和白马王子相遇，必须在晚上 10 点之前回家。

主人公的性别甚至物种也可以变化。三部作品的主角为男性，其中一个故事不是以婚姻为结局，而是男主角试穿玻璃运动鞋，被教练相中，长大后成了最棒的橄榄球运动员。（见 Myers 著《西德尼·瑞拉和玻璃跑鞋》，1985）另一部作品中的灰姑娘是一朵优雅的百合，她乘坐由六只蝴蝶拉的南瓜（未经变形），赶赴花园王国的皇家金秋舞会。（见 Tagg 著《灰百合：花园王国的三幕童话剧》，2003）

仙子教母也不必是手执魔棒的中年女子。我们既有仙子教母，也有"仙子企鹅"（见《企鹅灰姑娘，或玻璃鳍的故事》，1992），"熊仙教父"（见《大脚辛德瑞瑞瑞瑞瑞拉》，1998）和"奶牛教母"（见《大脚灰姑娘》1997）。辛德王子的仙子是个学龄小姑娘，她的魔法出了错，把辛德变成一只长毛大猴，赶着参加皇家摇滚盛会（见《辛德王子》，1988）。

大部分故事以客观的第三人称叙述,只有一则例外。《灰姑娘不为人知的故事》(1990)是以她异母姐姐的口吻讲述的。《灰姑娘的舞裙》(2003)没有改变叙事者,主要讲述的是两只在灰姑娘家旁边筑巢的喜鹊之所见、所闻和所为。其他被改变的故事元素还有:魔法工具;使灰姑娘和王子相遇的事件;去舞会的交通工具;试鞋——王子是否亲自出马、试鞋的顺序有没有按贵贱等级、其他人的鞋子不合脚的原因;是否在故事末尾再次出现神助;主人公得到什么作为奖赏;恶人是否/如何被惩罚。

从上面还能看出,许多故事都带上了幽默的味道。最成功的当数《西德尼·瑞拉和玻璃跑鞋》《辛德王子》和《大脚灰姑娘》。

插图艺术

民间故事的新编不仅可以通过文字的改编,还可以通过创作插图艺术完成。

因为美国儿童图画书在国内不常见,这里有必要简单介绍一下这种形式的特色。美国每年大量出版单本头的图画书,即一本书讲一则故事,篇幅在 32 页左右。根据读者年龄不同,文字多寡不一,有时一幅画面少至只有一句话,甚至无字,由画面独立承担讲故事的任务。图文的相对位置灵活,文字可以出现在图画中、画面底部、边上,也可以一页图、一页文,两两相对。书本的尺寸很大。画面可以占页面一部分,可以撑满页面,还可以对开两页连为一幅。因此,插图画家的作画空间比在我国传统的连环画要大。大部分图画书是彩色的,最常见的是水彩作品,其他还有油画、手工艺术等。可以想象,画面凭借其尺寸和色彩,视觉冲击力相当大。从 20 世纪 80 年代末到 90 年代末,美国的图画书越来越趋向精致,有的甚至过于追求艺术的复杂性,背离了儿童的欣赏口味和理解水平。(Hearne,1998)

民间故事是美国图画书常见的题材。这有多方面原因,包括民间故事自身对低龄儿童的魅力,此外还有重要的经济因素。Hearne 分析了为什么美国出版商青睐改编童话。她指出,从 18、19 世纪至今,以格林童话为代表的民间故事曾在英美国家儿童文学市场上经历四次兴盛。最近的两次兴盛,一次发生在两次世界大战之间。当时美国各出版社纷纷成立儿童部,社会上却没有足够多的、优秀的儿童文学作家,倒是有大量欧洲艺术家、插图画家移民涌入美国,创作单本头童话故事图画书成为后者名利双收的选择。另一次始于 20 世纪 70 年代中期。由于美国政府猛烈削减对学校和公共图书馆的拨款,图书馆不再是儿童文学的购书主力。出版商转而瞄准家长的腰包,希望能通过精美的插图艺术吸引家长的眼球。民间故事为家长所熟悉,又不存在版权问题,风险小而利润丰厚,出版社便不惜牺牲对原创作品的扶植,增加民间故事和童话书的出版。(1988)

我所检查的"灰姑娘"图画书中有不少绘制精良、审美价值较高的作品。《烟山玫瑰:阿巴拉契亚的灰姑娘》(1997)风格粗犷大胆,给人印象深刻。许多画面的视角独特,似乎画家就在对象的背后或者近旁,选择仰角作画。有几幅特写画面给读者以身临其境的感觉。《灰百合:花园王国的三幕童话剧》借助 Photoshop 图像处理软件,把花朵拟人化,富有新意和想象力,画面优雅。《灰姑娘:一则装饰派艺术风格的爱情故事》(2001)在画面中表现 20 世纪 30 年代装饰派艺术风格的服饰、墙纸、家具和陶器,干脆轻快,人物富于动感。Hugher 的《艾拉的好机会:童话新编》(2003)也以服装设计为特色。作者兼插图画家在书末说:"人物的服饰是我自己设计的,灵感来自 20 世纪 20 年代法国几位宫廷女裁缝师的作品。"Delamare 的《灰姑娘》(2001)画面精美,散溢着梦幻、静谧的气氛。仙子教母身背透明的双翼,令人敬畏地飘浮在威尼斯的夜空中。

值得注意的是，Hearne 警告说，图画书追求精致的同时要防止儿童文学"成人化（adultification）"。过于复杂的艺术作品突出照顾成人的审美情趣，而不顾儿童的阅读欣赏需求。

人物刻画和性别角色

尽管各则"灰姑娘"故事表现出很大的差异和创新程度，有些方面却变化不大。比如，灰姑娘的性格大多被动、缄默、克己。很多女主人公虽然真心希望参加舞会，但不敢承认自己的愿望，等异母姐妹一走，就开始哭泣。尽管受到虐待，尽管参加舞会受到阻挠，灰姑娘很少表现出主动和抗争精神。《艾拉的好机会》中，艾拉性格刚烈，在灰姑娘中属于罕见。她直言表达对异母姐妹的愤怒。"小气、卑鄙！"艾拉叫道，"请柬是发给我们大家的！"她服侍异母姐妹的时候，一脸怒容。在一幅画面中，她两手叉腰，一副不愿意服从的姿态。相比之下，同年出版的《灰姑娘的舞裙》读着令人难过。灰姑娘不仅不许参加舞会，喜鹊帮她制作的纸裙也被异母姐妹从她身上直接扯下，撕得稀巴烂。与此同时，受害者竟不发一言，毫无反抗。

至少三分之二的作品把舞会或是其他的灰姑娘和王子相遇的事件，从佩罗版中的两次减为一次。这一改动至少产生了一个后果，那就是灰姑娘被剥夺了"用双关语戏弄异母姐妹"的机会。Yolen 认为，在旧的版本里，灰姑娘从第一夜的舞会回家后，故意戏弄异母姐妹，表现出其机灵狡猾。Jose 改编的《灰姑娘》中有两夜舞会，但是删除了双关语打趣部分，而是描写灰姑娘的思想斗争，琢磨着到底该不该告诉王子真相。在我检查的所有对象中，这是唯一被诚实问题所折磨的灰姑娘。在灰姑娘的种种德行中，诚实的确很少被突出和强调。

有几部作品挑战灰姑娘被动懦弱的性格。作品认为灰姑娘的困境与她受到的虐待有关，也和她的态度有关。Jackson 所著《辛德·埃德娜》（1994）中有两个被虐待的孤儿，故事把两者的人生态度加以对比。辛德·瑞拉只是被动地等待仙子教母的出现。与之形成对比的是，"辛德·埃德娜不相信仙子教母这种事，她用平常给邻居清洗鸟笼挣来的钱，早就以预付定金的方式，专门为这类正式场合置备了一套裙子"。她乘坐公交车参加舞会。虽然大多数作品以婚姻作为圆满结局，但在这一部书里，辛德·瑞拉在如愿嫁给王子后，并不幸福。《辛迪·艾伦：西部牛仔灰姑娘》（2000）有一个特色：仙子教母赐予灰姑娘的礼物中，有一件是"勇气"。"缺乏勇气，拥有魔法也无济于事。"一副持枪牛仔打扮的仙子教母这样对艾伦说。午夜一过，艾伦的华丽衣裳重又成为褴褛，"但是她仍然感到勇气十足"。艾伦在故事中说了两次"该我了"，一次在牛仔竞技表演赛上，另一次在试鞋的时候。

父亲的形象在故事中保存得很好。对于女儿的悲惨遭遇，父亲一般是无可指责的。有两个父亲，故事开始没多久就一命呜呼。在七部作品中，父亲从未现身，或是没有提及，似乎在故事开始之前就已经不在人世。在 13 个活着的父亲当中，有 5 个惧内。在所有故事中，仅有一两个父亲比较活跃，他们只关心自己的生意，很少对孩子予以情感的关怀（见《西德尼·瑞拉和玻璃跑鞋》和 Delamare 绘编的《灰姑娘》）。

思想性和可读性的平衡

女性主义的新编童话作品容易犯一个毛病，即在思想性和艺术性之间失衡。有一些现代新编作品充满说教，女子至上。我所检查的作品中，有一部我不是很爱读——《辛德·埃德娜》。这可能有个人原因，因为它伤害了我从小喜爱和同情的灰姑娘形象。唯有这部作品没有安排大团圆结局，至少结局的一半不是圆满的。辛德·瑞拉嫁给顾影自怜的王子，从此过着乏味的生活。与之相反，辛德·埃德娜嫁给王子的弟弟，两人从此幸福地生活在一起。作品批评美丽、受虐、无助、但也是温和的辛德·瑞拉，最后无情地给她安排一场不幸福的婚姻，令读者失望、别扭。在别的故事里，如果王子配不上灰姑娘，作者就将她嫁与他人，让她总能"从此过上幸福的生活"。

情感基础

有的故事处理或质疑灰姑娘和王子的情感基础问题。为什么灰姑娘一穿上鞋子，就得跟王子走？她是被选择的一方。她有选择权吗？要是她选择了王子，那两人之间的情感基础又是什么呢？

至少9则故事明确指出，舞会的目的是选妃，或者在性别倒置的版本里，舞会是为了选丈夫。5则故事对王子的相貌只字未提。我们不知道他长得是不是英俊，他倒的确为灰姑娘的美貌所吸引。很明显，灰姑娘之所以愿意嫁给他，只能是因为他的财富和地位。

有8则故事试图说明两个年轻人不单纯为相貌吸引，他们之间还有精神上的共同基础。有两则故事中，女主人公在竞技性比赛中赢了王子，也赢得了王子的心。《艾拉的好机会》再一次脱颖而出。"艾拉发现，她在公爵面前一点也不感到拘束。两人一边在舞池里旋转滑行，一边谈天说笑……"但是，当艾拉套上正好合脚的鞋子后，她决定不嫁给公爵，因为她发现自己爱着店里的伙计。另一则故事《范妮的梦》（1996）针对的是同样的问题。范妮长得结实粗壮，在怀俄明州的一个农场干活。她渴望参加舞会，眼巴巴地等待仙子现身。她的朋友希比过来问她："你能跳华尔兹，你能行屈膝礼吗？""你知道怎么使二十副刀叉，怎么从高脚杯里喝酒，怎么吃蜗牛吗？""你能媚笑，你知道怎么挥扇，怎么束腰吗？"范妮的所有回答都是"不会"。她嫁给了农夫希比。等到她的仙子教母终于出现，主动要把范妮送去参加舞会时，范妮已经是三个孩子的妈妈了。范妮说"不去"。

其他受到质疑的问题

传统的"灰姑娘"故事是一个承载旧价值观的靶子，今人多不认可。现代的改编者从不同角度做出了批判。

《大脚辛德瑞瑞瑞拉》或许是在温和地嘲讽现代社会所崇尚的美貌标准。故事颠倒了英俊美貌的评价标准。传说在加利福尼亚州北部森林地带，生活着大脚族，无论男女，凡是魁梧、多毛、体臭的，都被认为是好看的有吸引力的。顺便提一句，这是唯一使用"施恩并得到回报"母题的版本。

有两则故事试图说明，外表美不等同于心灵美。这两则故事追随格林版的传统，安排了长相漂亮的异母姐妹。

《罗尔德·达尔的反叛儿童诗集》（1982）故意颠覆一向英俊、友善的王子形象。在达尔笔下，王子以砍人家的脑袋为乐。灰姑娘及时向仙子许愿，嫁给了一个正派的果酱商人，"他们从此幸福地生活在一起"。

讨论

改编民间故事对于继承民族文化的意义

过去25年中出版的"灰姑娘"英文图画书反映出，英美国家经常不断地在改编民间故事。民间故事经后人一次又一次从内容到形式的创造性改编，成为新作，滋养了儿童文学。另一方面，传统民间故事的不断改编延续了原作的寿命。新编作品向人们提醒原作的存在，维系对原作的兴趣和记忆。一部分新编作品甚至不能完全独立存在；要充分欣赏新故事，还特别离不开对经典原作的熟悉了解。经过改编和出版，传统故事不光是通过印刷技术物理地得到保存，更是以文化遗产的形式，留在一代又一代人的记忆里。

改编民间故事对于保存、继承和传播传统文化的意义，可以通过中国和美国不同情况的对比得到印证。中国有丰富的口头文学积累，大量的民间故事也已得到记录、改编和出版。但是像美国儿童文学产业那样，把民间故事当作原料，发挥创造力，自由地加工形成适合不同年龄层次，在体裁、内容、艺术和思想上各异的儿童文学作品，在中国似乎还不普遍。2004年夏天，黄蓓佳的《中国童话》对10则经典民间故事进行高度艺术化的再创作，在中国儿童文学评论界反响很大（陈香，2004）。这是一个值得延续的开端。

中国的几则民间故事在美国被改编成英文版图画书后，颇有影响（这里且不谈"花木兰"影片为迪士尼带来的巨额经济利润）。在美国，改编中国民间故事最有代表的插图画家当数杨志成（Ed Young）。这位1931年生于天津、在上海长大、20岁移民美国的艺术家，从20世纪70年代至今已经出版了多部中国民间故事图画书，包括"猎人海里布""塞翁失马""孙悟空""促织"猫和鼠的生肖故事、"曹冲称象"等。（Ed〈Tse-chun〉Young，2001）1982年，他和Ai-Ling Louie合作，改编唐代段成式在《酉阳杂俎》中关于叶限的记载，出版了图画书《叶限：中国的灰姑娘故事》，受到好评。1989年，杨把流传于中国民间的"狼外婆"故事改编成《狼婆婆：中国小红帽的故事》，大获成功，摘取美国最重要的儿童图画书考德科特大奖。他的绘画作品精致、朦胧，蕴含深意，给儿童留下了适当的想象空间。

"叶限"和"狼外婆"在美国儿童文学市场的成功，一方面是杨艺术创作的成功，另一方面是故事本身魅力的证明。反观中国，以"叶限"在世界"灰姑娘"故事中的地位——民俗学家认为是世界上最早一则完整的"灰姑娘"故事，中国人对她应当像对四大发明一样熟悉。事实是，"叶限"在家乡的知名度恐怕仅限于民俗学者和在这一领域受过高等教育的学生。个中原因，与今人缺乏有意识的开发改编不无关系。"狼外婆"故事和格林兄弟收集的"小红帽"属于同一种故事类型，与"小红帽"的结局不同的是，在一些版本里，孩子靠勇敢和机智战胜"狼外婆"，实现自救。尽管家长可能顾忌原作对孩子过于恐怖，但是杨的改编作品在美国评论界反映很好，其故事性和思想性被认为皆强于"小红帽"。在中国，现在的中年人多通过口耳相传熟悉"狼外婆"的故事，但由于缺少在它基础上的改编出版，下一代不仅不了解故事情节，还经常把它等同于西方"小红帽"的故事。[①]

改编民间故事和中国儿童书市上的引进作品质量问题

前面列举的"灰姑娘"改编作品，多为售价不低的精装书，在美国书店里出售。作品制作周期长，文字、绘图考究，富有美感。在美国还有一类儿童书，上文曾经提到，曰"大众市场图书（mass-market books）"，平装本，价格低廉，一般在超市里有售。（Yolen，1977/1982）大众书以迪士尼公司推出的电影衍生卡通读物为代表，其中不少也是民间故事。迪士尼书籍虽称不上文化"洋垃圾"，但不争的事实是，美国儿童文学评论界对迪士尼公司的卡通作品往往不以为然，认为其中很大一部分制作粗糙甜腻。

中国儿童书市令人不安的一个现象是，许多国外精品图画书没有被引进来，而排满超市货架（包括一些书店的书架），吸引家长孩子眼球的正是迪士尼公司的大开本彩印卡通书。这丝毫没有奇怪之处。定价是一个原因，另外，国外其他儿童书出版公司中谁有迪士尼这样如雷贯耳的知名度、广阔的国际营销渠道和丰富的国际营销经验呢？中国孩子不太有机会读到本国优秀的民间故事新编作品已经令人着急，如果接触的西方故事还是现有版本中质量较为低劣的一类，就更不能不令人忧虑了。

要冲淡迪士尼版的影响力,就应该给孩子提供更多的选择。在西方作品中择优引进是途径之一,增加本国民间故事的创造性改编是途径之二。

改编民间故事和原创儿童文学的矛盾关系

我们担心,如果出版商严重依赖民间故事的改编,将不利于原创作品和现实类作品的出版。但是我也必须指出,在调查"灰姑娘"故事的过程中,我先是吃惊、后是欣慰地看到了诸如《范妮的梦》和《艾拉的好机会》之类的作品。这两部故事虽是建立在"灰姑娘"的基础上,但其文字、美术的创造性、新颖性和独特性使得整部作品超越了一般民间故事改编的范畴,更可以归为触发灵感的创作。它们进一步证明民间故事对于儿童文学的多重价值。

就中国的情况而言,改编民间故事不是振兴中国儿童文学的全部解决方案。反过来,对我国丰富的口头文学和民间故事储备如果弃置不用,既是资源浪费,也是出版界对儿童读者的遗憾。

附带提一句,上文介绍的美国书市上制作日趋精致的儿童图画书,大量是在中国印刷的。中国的儿童读者却不太有机会接触到同等质量的中文图画书,或是从中国运走的英文图画书。本文不拟展开对其原因的讨论,唯叹"遍身罗绮者,不是养蚕人"。

结 论

从 1980 年至今,西方儿童文学界不断改编出版"灰姑娘"故事。故事的来源趋于多样,世界各国的民间故事,都被美国儿童文学出版界以拿来主义的精神,经艺术加工,成为英语国家儿童的精神食粮。新编作品的创新程度不可低估,创新技巧层出不穷,老故事具有新颖的形式和与时代相符的新鲜内涵;绘制和印刷精美的插图给读者提供了艺术享受。虽然,如果从女性主义的角度检查,恐怕没有哪一部作品挑不出刺儿,但是我们在作品中观察到,改编者的确意识到原作的男权主义及其他一些过时的价值观,并适当予以改编处理。当然,是不是经典故事中的每一条讯息都应予纠正,到底如何算纠正,这都有讨论的余地。

"灰姑娘"的个案和中国儿童文学的生产情况分别从正反两方面证明,改编民间故事一可以滋养儿童文学,二可以帮助保存民族文化。加上目前某些引进版低质量民间故事图书在中国儿童书市表现活跃,改编本国民间故事更具有必要性。希望上文中列举的诸多"灰姑娘"改编例子足以传达这样一条信息:利用民间故事滋养儿童文学固然不是不需要投入,但也绝不意味着非得像迪士尼公司制作《花木兰》(1998)、上海美术电影制片厂制作《宝莲灯》(1999)一样,动辄投资千万乃至数亿元,更不是一桩非有大牌影星歌星助阵不可为的事业。

[注释]

①我在 12 名年龄在 20 至 35 岁之间,分别来自中国大陆、香港和台湾的年轻人中做了一个很小的调查。我问他们是否知道中国民间故事"狼外婆"。大部分人回答说"知道",接着问我指的是不是"小红帽"。当我解释了"狼外婆"的情节后,有三人说知道。其中一位女士来自台湾,她所知的版本以虎为主角,叫作"虎姑婆",但是她大约 8 岁的女儿没听说过这则故事。另两人来自中国大陆。

(原载《民间文化文化坛》2005 年第 5 期)

安徒生在中国

李红叶

作为文学童话的奠基者，安徒生（Hans Christian Andersen，1805—1875）的杰出贡献在于，他突破了当时流行欧洲的格林童话的模式，把大量现实生活和个人情怀引入童话世界，使得童话作为一种自觉的个人创作进入文学的殿堂。安徒生突出的影响力还在于，他出色的描摹孩童的想象和情感的能力，使得他成为儿童文学成熟期开端的标志性人物。但安徒生绝不仅仅属于儿童。他的童话创作所具有的天赋的童真、洞悉宇宙万象与人类本性的丰富性以及指向光明和永存的诗性意味，赢得了全世界孩子和成人的共同喜爱。

安徒生童话的阅读和传播是 20 世纪以来中国文学史上意义深远的一种文学现象。

一、最初的踪迹与"花妖木魅"

第一个将安徒生介绍到中国来的是周作人。1913 年，周作人在《教育部编纂处月刊》上发表《童话略论》，文中便提及："今欧土人为童话唯丹麦安兑尔然（Andersen）为最工。"接着在《丹麦诗人安兑尔然传》一文里，他第一次向中国读者详细介绍了安徒生的生平与创作，并参照挪威波亚然（Boyesen）《北欧文学评论》中的论述，给予安徒生极高的评价，肯定"其所著童话，即以小儿之目观察万物，而以诗人之笔写之，故美妙自然，可称神品，真前无古人，后亦无来者也"[①]。之后陆续有人译述安徒生。最初翻译安徒生作品的，仍是周作人。他在用文言文撰写的《丹麦诗人安兑尔然传》里，为说明安徒生那《无色画帖》（即《无画的画帖》）所含 33 个故事，篇篇皆"珠玉之文"，便选择了其中"第十四夜"全文译了出来。之后刘半农仿照安徒生的《皇帝的新装》，写了取名为《洋迷小楼》的"滑稽小说"（《中华小说界》1914 年 7 月）。1917 年，中华书局出版了周瘦鹃用文言文译述的《欧美名家短篇小说丛刊》，其中包括亨司盎特逊（即安徒生）的短篇小说《断坟残碣》，又附有《亨司盎特逊（1805—1875）小传》。孙毓修在为商务印书馆编辑的"童话"丛书中，出版了由他改编过的安徒生童话《小铅兵》和《海公主》。1918 年 1 月，中华书局出版了由陈家麟、陈人镫用文言文译述的安徒生童话集——《十之九》（含《火绒箧》《飞箱》《大小克劳势》《翰思之良伴》《国王之新服》及《牧童》6 篇）。1919 年《新青年》第 6 卷第 1 期上刊载了周作人用白话文直译的《卖火柴的女儿》，这是中国人用白话文翻译的第一篇安徒生童话。

作为安徒生传播者的第一人，周作人不仅认识到安徒生童话乃"欧土文学童话"之"最工"，又参照西方的评论指出其独一无二的特色——"小儿一样的文章"和"野蛮一般的思想"[②]。凡此种种，均说明周作人已经充分认识到安徒生童话对于儿童阅读的价值和意义。但追寻安徒生在中国人心里所引发的最初印象，可以说，作为一个书写了生动的孩子性并充分展现了自然精神和沟通了人性与物性的幻想力的童话诗人，中国并不先在地具备接受安徒生的文化基础。周作人在回顾了解安徒生的过程时说："整 30 年前我初买到他的小说《即兴诗人》，随后又得到一两本童话，可是并不能了解他，一直到1909年在东京旧书店买了丹麦波耶生的《北欧文学论集》和勃阑特思的论文集《十九世纪名人论》来，读过里边论安徒生的文章，这才眼孔开了，能够懂得并喜欢他的童话。"[3]又说，"我们初读外国文时，大抵先遇见格林兄弟同安徒生的童话。当时觉得这幼稚荒唐的故事，没甚趣味；不过因为怕自己见识不够，不敢菲薄，却究竟不晓得他好处在哪里"，"到见了挪威波耶生、丹麦勃兰克斯、英国戈斯诸家评传，方才明白：他是个诗人，又是个老孩子（即Henry James所说Perpetual boy），所以他能用诗人的观察，小儿的言语，写出原人——文明国的小儿，便是系统发生上的小野蛮——的思想"。而孙毓修在1916年商务印书馆出版的《欧美小说丛谈》"神怪小说""神怪小说之著者及其杰作"[4]两节中谈到安徒生时，亦称"其脑筋中贮满神仙鬼怪，呼之欲出，是诚别擅奇才者也"。"安徒生之书，时而花妖木魅，时而天魔山魈，其境即无不奇。"解弢亦以"甚奇"二字作评《十之九》："一，火绒箧；二，飞箱，甚奇。""其最奇之两篇，一为国王奇服"，"一为牧童"。[5]中国的正统文化不事幻想与鬼神，讲究文以载道，也从未有专为孩子而写的、主幻想、张游戏的著作，因此，安徒生那照着无拘束力的孩童语言写下来的、充满孩童无拘束力的幻想的童话故事并不易为中国人所理解。

二、五四运动与"永久的老孩子"

然而，恰是这"幼稚荒唐""花妖木魅"的安徒生童话开启了中国人对于儿童精神世界的理解。当一个尊崇个性解放并着力从西方吸取思想资源的时代真正到来，当原始的、淳朴的、生动的、充满行动感和生命力的生命状态真正受到推崇，安徒生童话对于精神解放的意义和儿童阅读的意义很快得到文化界的认可。

周作人受西方神话学、文化人类学、儿童学及人本主义思想的影，又读过西方诸家的评论，了解到安徒生童话的价值，不禁欣悦惊叹之至，便着意要将这位"欧土各国，传写殆遍"的童话作家推介出来。他不但译了《卖火柴的女儿》，还在《新青年》第5卷第3期（1918年9月）"随感录"一栏发表了对《十之九》的评述，批评二陈用古文译述安徒生，又任意删削，把"照着对孩子说话一样"写下来的安徒生童话全都变成了"用古文来讲道理"的"班马文章，孔孟道德"，使安徒生童话"最合儿童心理"的艺术特征都不幸因此完全抹杀。《新青年》影响广大，周作人的翻译和评价，引起了一代新文化建设者尤其是儿童文学建设者的共鸣。自此，自觉用白话文直译安徒生童话成为五四运动的重要成果。安徒生的传播亦成为20世纪20年代颇为显赫的文坛事件。

1925年，安徒生诞辰120周年。闻名海内外的《小说月报》史无前例地特辟两期"安徒生"号，《文学周刊》亦整期（第186期）刊登安徒生，其余如《少年杂志》《妇女杂志》《民国日报》《儿童世界》《晨报副刊》《时事新报》《东方杂志》等都曾刊登过安徒生童话。依据郑振铎的统计，到1925年，中国对安徒生的翻译已达90多篇次，关于安徒生的传记及论文也达15篇之多。该时期中国人对安徒生的推介可以用"顶礼膜拜"来形容，安徒生之备受关注，是任何其他外国儿童文学作家所无法比拟的。周作人在10余篇文章里举证安徒生，赞美安徒生童话"天真烂漫""合于童心"，敢于"反教室里的修身格言"[6]，说安徒生"有其异常的天性，能够造出'儿童的世界'或'融合成人与儿童的世界'"，"我相信文学的童话到了安徒生而达到理想的境地，此外的人所作的都是童话式的一种讽刺或教训罢了"[7]。其余如郑振铎、徐调孚、赵景深、顾均正无不对安徒生童话的"童心"与"诗才"表

示格外的重视。他们对安徒生童话的推崇,是自家性情的表达,更是为新生的儿童文学提供样本。现代意义的中国儿童文学是在西学运动的冲击下产生的,而安徒生影响最大。安徒生童话这一"童心"与"诗才"相结合的"新的文体",对于新生的、立志要将儿童的天性、趣味和尊严从道德训诲和艰涩的古文中摆脱出来的中国现代儿童文学来说,具有范本的意义。它那照着说话一样毫无约束力的"小儿一样的文章"和颂扬儿童烂漫天真的心性的"小野蛮一般的思想",在观念形态上为中国儿童文学书写上了最具本体特征与理想色彩的一笔。⑧它与其他西方儿童文学作品一起催生了以叶圣陶为代表的中国儿童文学作家,成为中国儿童文学的源头和恒在的参照。

三、动荡时局与"住在花园里写作的老糊涂"

1935 年,安徒生诞辰 130 周年,徐调孚(署名狄福)在《文学》第 4 卷第 1 号上发表了《丹麦童话家安徒生》,他说:"逃避了现实躲向'天鹅''人鱼'等的乐园里去,这是安徒生童话的特色。现代的儿童不客气地说,已经不需要这些麻醉品了。把安徒生的童话加以精细的定性分析所得的结果多少总有一些毒质的,就今日的眼光来评价安徒生,我们的结论是如此","他所给予孩子们的粮食只是一种空虚的思想,从未把握住过现实,从未把孩子们时刻接触的社会相解剖给孩子们看,而成为适合现代的我们的理想的童话作家","安徒生从此就不值得我们的崇敬了吗? 不! 在文学史上,安徒生终究是有他的位置的","他的童话的最大价值是处处充满着儿童的精神,他的作品最容易使孩子诵读"。

学术界对安徒生的接受心态并未沿着周作人这一路径走下去。随着社会形式的巨大变化,文化转型时期人们寻求理想文化形态的心态让位于对苦难现实的关注。从 19世纪 20 年代末到三四十年代,安徒生虽然仍然作为一个在文体上取得非凡成就的童话作家而被翻译(从 20 世纪 30 年代初到中华人民共和国成立前,各种安徒生集出版物约25 种左右),但也作为一个有浪漫主义思想局限的人而被批判。人们认为,儿童文学一定"要能给儿童认识人生",应"给少年以阶级的认识,并且鼓动他们,使他们了解、并参加斗争之必要,组织之必要",不然,"他们会惊异横在眼前的世界,他们会怀疑他们的老师,会咒骂安徒生是一个住在花园里写作的老糊涂"⑨,译自西洋的安徒生童话、格林童话等等,"只是引我们的孩子们做一场美丽的、空虚的、不可捉摸的幻梦罢了"⑩。

安徒生童话的游戏精神及幻想力与中国传统文化中的"文以载道"观念、父本位意识、群体本位意识之间构成一种内在紧张,也与动荡时局里接受主体的"为人生而艺术"的现实关怀构成内在紧张,从而导致人们对安徒生价值的重新判定。⑪但安徒生的《皇帝的新装》和《卖火柴的小女孩》被中国人指认为现实主义创作的范本——叶圣陶以安徒生的《皇帝的新装》为本而创作出新的中国式的《皇帝的新装》(1930),《卖火柴的小女孩》被选入语文课本,并成为当代文学创作的一种思路,一个被广泛采用的题材。

四、社会学批评范式与"一个伟大的现实主义作家"

20 世纪 50 年代初,儿童文学事业重新得到倡扬,叶君健翻译了安徒生童话全集。之前,中国产生了周作人、赵景深、徐调孚、郑振铎、顾均正、茅盾、胡适、严既澄、焦菊隐、高君箴、傅东华、过昆源、徐培仁、林兰、陈敬容等一大批安徒生童话翻译人,但这些翻译均从日文或英文转译而来。1953 年,上海文化生活出版社出版了叶君健译自丹麦文的安徒生童话单行本——《没有画的画册》。1956年至1958年,叶君健整理出版了译自丹麦文的《安徒生童话全集》(共16册),之后不同的选集版本陆续出版,至1979年,各种叶译安徒生童话集达50多种,发行400多万册(见国家图书馆编《1949—1979翻译出版外国古典文学著作目录》,中华书局1980年版),再加上各种改写本的发行,安徒生真正从知识界走入读者大众,成为中国人最熟知的外国作家。

1955年,安徒生诞辰150周年,叶君健、陈伯吹等发表了数量众多的文章,引发了又一场"安徒生热"。1956年叶君健撰写了介绍安徒生生平与创作的小册子《童话诗人安徒生》。到1960年,安徒生童话的出版及评论告一个段落,除1962年11月《世界文学》登载了由严绍端摘译的《安徒生论》(丹麦勃兰兑斯著)外,一直到1978年,安徒生才在出版及评论层面重新受到重视。新中国的文艺理论者取法苏联的社会学批评方式,树立了一个既不同于"五四"时期童心烂漫的安徒生形象,也不同于20世纪三四十年代"躲向'天鹅'与'人鱼'的虚幻世界里去"的安徒生形象,这个"具有对一切人、对社会的一切阶级都怀着浪漫主义的心平气和的理解"⑫的安徒生,变成了"丹麦19世纪的一个伟大的现实主义作家。"⑬"一个具有充分民主主义的和现实主义倾向的作家"⑭。

从"现实主义精神与人民性"出发,接受者将安徒生的作品大致分为两类主题:对上层统治阶级丑恶本质的深刻揭露与批判、对下层劳动人民悲惨命运的深刻同情。作为两大主题的代表作品,《皇帝的新装》《卖火柴的小女孩》《丑小鸭》《她是一个废物》《夜莺》《影子》《柳树下的梦》《老单身汉的睡帽》等备受关注。作品中的人物亦按阶级模式进行有序安排:"皇帝"是统治阶级的代表;"卖火柴的小女孩"是受迫害的下层人民的代表;至于"艾丽莎""小人鱼",尽管她们是"出身于贵族——她们实际上是贵族中的叛逆";还有那"被人瞧不起的拇指姑娘"则"是那些勤劳、勇敢和正直的'平民'"的代表。⑮

该时期中国人对安徒生童话平面化的现实主义套解,放逐了安徒生童话生机盎然的儿童精神,忽视了安徒生童话所具有的超越时空的普遍意义。⑯这种接受是特定时代里文艺直追思想性和教育性的反映,是"儿童文学是教育儿童的文学"⑰这一观念的反映,也是中国传统文化一味追求"文以载道"的思想观念的反映。但正是经由这种阐释,才使这诗意充盈的安徒生童话幸存于一个极为强调政治的年代,亦冲击了20世纪二三十年代便兴起的这样一种童话观念:童话不能反映现实生活,童话等于幻想,幻想是任意的空想。

五、趋近"安徒生"

1978年,文艺再获解放,上海译文出版社出版了叶译《安徒生童话全集》,并陆续有叶君健、于友先等人发表相关论文。1979年丹麦女王来华访问,在北京举办了"丹麦安徒生生平及作品展览",由此形成了"文革"后评介安徒生的第一个高潮。20世纪70年代末、80年代以后,文学观念的转变、安徒生童话全集全译本的增多、外源资料的译介使中国人认识一个趋于本来面目的"安徒生"成为可能。

20世纪90年代以后出现了4种安徒生童话全集全译本:一是叶君健译,如《新注全本安徒生童话》(辽宁少年儿童出版社1992年版)、《英汉对照安徒生童话全集》(清华大学出版社1999年版);二是任溶溶译,如《安徒生童话全集》(上海译文出版社1996年版)、《安徒生童话全集》(浙江少年儿童出版社2005年版);三是林桦译本,《安徒生童话故事全集》(中国少年儿童出版社1995年版)、《安徒生童话故事全集》(中国少年儿童出版社2005年版);四是石琴娥译本,《安徒生童话与故事全集》(译林出版社2005年版)。以上几种本子,除任溶溶的本子译自英文外,其余均译自丹麦文。这几种全集全本,丰富了安徒生童话的中国版本资源,也为数不胜数的各式改写本提供了参照,是安徒生不断深入中国的标志。此外,如人民文学出版社从中国台湾引进的《名家绘本安徒生童话》(2003年版)、中国社会科学出版社2003年版的《月亮看见了》(宋城双译)、《光荣的荆棘路》(谢惟枫译)、上海社会科学院出版社2004年版的《没有画的画册》(林桦译)、上海辞书出版社2005年版的13册《安徒生绘本典藏》(季颖编)、花城出版社2005年版的16册《漫画安徒生童话故事》(田昌镇编绘)等,都值得关注。

20世纪80年代以后中国人翻译了如下重要的外源资料:

(1)传记类:郭德华编译《安徒生生平简介安徒生展览会内容之一》,丹麦王国外交部新闻与文化关系司1988年版;[苏]伊·穆拉维约娃:《安徒生传》(马昌仪译,上海文艺出版社1981年版)、《寻找神灯——安徒生传》(何茂正译,湖南文艺出版社1993年版);安徒生自传:《我的一生》(李道庸、薛蕾译,四川少年儿童出版社1983年版)、《我生命的故事》(黄联金、陈学凰译,中国档案出版社2002年版)、《真爱让我如此幸福》(留帆译,国际文化出版公司2002年版)、《我的童话人生》(林桦译,人民文学出版社2005年版)、《我的童话人生》(傅光明译,中国文联出版社2005年版);[丹]伊莱亚斯·布雷斯多夫:《从丑小鸭到童话大师——安徒生的生平及著作》(周良仁译,黑龙江人民出版社2005年版);[丹]斯蒂格·德拉戈尔:《在蓝色中旅行》(冯骏译,译林出版社2005年版)。

(2)研究资料:《汉斯·克里斯琴·安徒生》[丹]欧林·尼尔森,郭德华译,中国对外翻译出版公司1988年版);《丹麦安徒生研究论文集》(小啦、约翰·迪米留斯主编,安徽少年儿童出版社1999年版)。此外,重要的单篇论文及著作片段有十余种,举例如下:《童话作家》[苏]康·巴乌斯托夫斯基,田雅青译,《未来》1982年第3期;《简明大不列颠百科全书·外国文学卷·安徒生》中国大百科全书出版社1999年版);《童话之王——安徒生》《书·儿童·成人》,保罗·亚哲尔著,台湾富春文化事业有限公司1992年版);《汉斯·克里斯蒂安·安徒生》《丹麦文学的群星》,菲·马·米切尔著,阮坤、韩玮、刘麟译,辽宁教育出版社2002年版);[丹]约翰·迪米利乌斯《安徒生——童话作家、诗人、小说作家、剧作家、游记作家》《安徒生文集》,林桦译,人民文学出版社2005年版)。

(3)《安徒生文集》及《安徒生剪影》:21世纪初,中国人对安徒生的观察和评价开始从儿童阅读视阈里走出来。但真正全面而系统地将安徒生作为一个伟大的文学家和有着全面艺术才华的人来介绍的,是林桦。他不仅翻译了安徒生童话故事全集,翻译了安徒生的完整自传《我的童话人生》及有代表性的小说、戏剧、诗歌和散文(《安徒生文集》,人民文学出版社2005年版),还全面介绍了安徒生的剪纸、素描、拼贴等造型艺术(《安徒生剪影》,三联书店2005年版)。此外,2005年,中国文联出版社亦出版了一套根据英译本转译的安徒生精品集(包括由傅光明译的《我的童话人生》、刘季星译的《诗人的市场》《即兴诗人》、阮坤译的《奥·特》)。

作为最普及的“安徒生”,传播形式还涉及评论、专著及录音、舞蹈、影视制作。安徒生童话被制作成各种录音带、卡通片、木偶剧、童话剧、芭蕾舞剧;也引进了来自日本的卡通片及迪士尼卡通片,引进了好莱坞电影《安徒生传》。中国民间剪纸艺术家卢雪的112幅取材安徒生童话的剪纸作品被丹麦安徒生博物馆收藏。2005年,中国的安徒生传播事业还包括制作各种安徒生童话全集及选集;中央电视台拍摄了26集安徒生童话卡通片及两集纪录片《安徒生传》;丹麦总理特别任命林桦、鞠萍、章金莱等6人为“中国安徒生大使";安徒生生平暨安徒生童话插画原作巡回展;"关心下一代工作委员会"特别发行由林桦选译的《我爱安徒生》发送到 8 个省市的儿童手中;以及安徒生纪念邮票的发行,各种安徒生研讨会、故事会、插画比赛等。

与安徒生童话在中国的巨大发行量相比照而存在的,却是安徒生研究领域的相对迟滞和冷寂。20 世纪 80 年代,长期禁锢的文学研究在松绑后迸发出的热忱促成了这一时期的一批集束性成果的出现,如叶君健著《不丑的丑小鸭》(1984),浦漫汀著《安徒生简论》(1984),易漱泉著《安徒生》(1984)及胡从经的论文《浮槎东来几春秋:安徒生在中国》(1987)等。胡从经整理了从 1913 年至"五四"时期中国人的安徒生翻译与介绍,是非常重要的成果。其余各家成果均集时代之大成,普遍使用社会历史批评方式。但今天看来,是有局限性的。到 21 世纪,孙建江著有《飞翔的灵魂:安徒生经典童话导读》(湖北少年儿童出版社 2003 年版)、林桦编著《安徒生剪影》、李红叶著有《安徒生童话的中国阐释》(中国和平出版社 2005 年版)、王泉根主编《中国安徒生研究一百年》(中国和平出版社 2005 年版)等。其余,中国人编著的安徒生传记类作品有 20 余种,如《安徒生》(何茂正编著,辽海出版社 1998 年版),《安徒生》(谢祖英编写,北方妇女儿童出版社 1999 年版),《最受孩子喜爱的安徒生》(韩进著,湖北少年儿童出版社 2005 年版)等,该类传记与诸多改写本安徒生童话一样,其"中国化"后的品格与成就值得讨论。

1978 年以来的安徒生评述,散见于各种儿童文学研究著作中,突显的是安徒生作为一位经典儿童文学大师的地位与才情、安徒生童话的人道主义思想内容、为孩子和成人共同喜爱的双重接受效应、安徒生童话的美感、悲悯情怀、忧伤的格调及拟人、夸张、幽默、幻想等艺术手法。[®]单篇论文[®]则主要就部分安徒生童话阐述其美学特征,如论安徒生童话的自我象征、悲剧艺术、优美化倾向、死亡意识、若干原型、温暖的人道主义、否定性幽默、成人解读、基督教色彩、叙事视角、后期童话试探,等等。也有部分论文单篇解读《丑小鸭》《海的女儿》《小人鱼》)、《卖火柴的小女孩》《皇帝的新装》(这 4 篇构成中国的四大安徒生童话经典),或从童话之外介绍安徒生的创作和生平。总之,中国的安徒生研究,东鳞西爪不成体系,集中的成果屈指可数,如浦漫汀从作品与作家性格及时代背景的联系分析安徒生童话的思想内容与艺术特色,韦苇从文学史的角度界定安徒生童话的总体成就及对安徒生童话的再认识,林桦对安徒生总体文学成就及其人的再认识和对安徒生剪纸艺术与素描艺术的分析,孙建江对 15 篇安徒生童话进行心灵感悟式的解读,潘延对安徒生研究的回顾及安徒生后期童话的分析,王泉根对安徒生童话艺术成就的分析,李红叶对安徒生童话在中国的接受历史的全面梳理。

六、结语

安徒生在中国的流行主要表现在出版层面。作为一个经典儿童文学大师,他的童话故事对于中国儿童文学的发生意义、建设意义与参照意义,没有其他任何作品可与之相比。安徒生童话的基本艺术特质,如抒情的格调、爱与美的主题、对弱者的同情、温情的语调、动植物主角、幻想的品格、拟人的手法、小儿的语言等,均以中国化的形式组织进入不同历史时期的儿童文学艺术肌体中。在阅读层面上,安徒生亲切柔情、神奇美妙。但为中国人普遍记忆的只是安徒生童话中极少的一部分。安徒生童话的成人阅读是一脉历史的潜流,安徒生童话的丰富性借此免于完全为童性所遮蔽。实用主义世界观、视儿童文学为"小儿科"的偏见、对童话幻想品格的蔑视及网络时代享乐文化与快餐文化的影响，使得不少中国人想当然地视安徒生童话为"幼稚""简单""虚幻""无用"的读物。⑳在研究层面上，安徒生是被"成人文学"研究群体遗忘的一个角落。对已被翻译成中文的近200篇的安徒生童话故事，中国尚未有完整而系统的研究，便是对熟知的少数篇章，人们的研究仍有充分展开的空间。

[注释]

①周作人：《丹麦诗人安兑尔然传》，《丞社丛刊》创刊号，1913 年 12 月。

②⑥周作人：《随感录（二四）》，《新青年》第 5 卷 3 期，1918 年 9 月 15 日。

③知堂（周作人）：《安徒生的四篇童活》，《国闻周报》13 卷 5 期，1936 年 2 月。

④孙毓修所说"神怪小说"译自英语 Fairy Tales，该词本义为"仙子故事"，即德文"Mächen"，相当于安徒生的"Eventyr"。但安徒生的许多故事并不写精灵和魔法，他将这一类故事称之为"Historoer"（相当于英文"stories"）。在我国，这两种类型都称之为"童话"。孙毓修在这里用"神怪小说"翻译"FairyTales"，故在该文中称安徒生为"独以神怪小说闻"的"丹麦之大文学家"，"亦神怪小说之大家"。

⑤解弢：《小说提要》，《小说话》，中华书局 1919 年版。

⑦仲密（周作人）：《王尔德童话》，《晨报副镌》1922 年 4 月 2 日。

⑧李红叶：《安徒生童话：中国现代儿童文学之源》，《昆明师范高等专科学校学报》2005 年第 3 期。

⑨金星：《儿童文学的题材》，《现代父母》1935 年第 3 卷第 2 期。

⑩钟望阳：《我们的儿童读物》，载王泉根编《中国现代儿童文学文论选》，广西人民出版社 1989 年版，第 160 页。

⑪李红叶：《现实观照下的严重缺失——安徒生童话在三十年代至建国前》，《湘潭大学学报》2002 年第 2 期。

⑫楚冬：《安徒生童话的中译本——国外汉学家的评论》，《读书》1981 年第 5 期。

⑬叶君健：《关于安徒生的卖火柴的小女孩》，《文艺学习》1955 年第 4 期，第 16 页。

⑭叶君健：《安徒生和他的作品》，《人民文学》1955 年 4 月号，第 60 期。

⑮叶君健：《鞋匠的儿子——童话作家安徒生》，人民文学出版社 1978 年，第 72 页。

⑯李红叶：《论安徒生童话的"现实主义"化》，《湖南文理学院学报》2004 年第 5 期。

⑰鲁兵：《教育儿童的文学》，少年儿童出版社 1982 年版。

⑱李红叶：《一个经典儿童文学大师》，见李红叶《安徒生童话的中国阐释》，中国和平出版社 2005 年版，第 224—257 页。

⑲李红叶：《中文安徒生研究资料索引》，见李红叶《安徒生童话的中国阐释》，中国和平出版社 2005 年版，第 498—521 页。

⑳见李红叶《安徒生童话的中国阐释》，中国和平出版社 2005 年版，第 425—493 页。

（原载《中国比较文学》2006 年第 3 期）

从托尔金的童话文学观看《西游记》的童话性

舒 伟

《西游记》是中国幻想文学的一座丰碑,堪称中国的《奥德赛》。与以荷马史诗为代表的希腊神话叙事相比,《西游记》应是大器晚成之神话小说;而用英国幻想文学作家和学者托尔金的童话观进行观照,《西游记》无愧为独步先行之童话奇书。

奇书《西游记》由于其卓越的浪漫主义艺术特色及其所包含的丰富思想内容,往往被称作神话小说(神魔小说)、仙话小说、神怪小说、游戏之作、哲理小说、政治小说、讽刺小说、科幻小说、寓言小说、宗教小说、文化心理小说、童话小说,等等。长期以来人们对《西游记》的主题、艺术、情节内容等看法各异,众说纷纭,堪称八音俱汇,莫衷一是。一部《西游记》"实包罗天地万象,四海九州,士农工商,三教九流,诸子百家",[1]颇具中国文化百科全书之性质。在中国漫长的文化史和文学史上,奇书巨著可谓洋洋大观,数不胜数,然而像《西游记》这样"流为丹青,至今脍炙人口"的幻想文学杰作,实不多见。《西游记》代表着中国幻想文学的优秀传统,这个传统的艺术本质还有待我们进行深入研究。

明代谢肇淛在《五杂俎》里评说《西游记》:"虽极幻无当,然亦有至理存焉。"本文即通过托尔金的童话文学观探讨《西游记》的"童话至理"。从总体上看,《西游记》在中国神话传统的根基上创造了一个奇境童话世界,它包含着崇高而诙谐的神话因素和轻灵飘逸的童话因素。

一、奇书《西游记》

《西游记》是中国四大古典文学名著之一, 其作者一般认为是明代的吴承恩(约1500—1582),江苏淮安人,字汝忠,号射阳山人。

《西游记》与荷马史诗有不少相似之处,它们的创作基础都是由真实的历史事件演化成的幻想性传说故事,而且人们对荷马史诗和《西游记》的作者都历来存有争议。古希腊人相信,他们的祖先中有一个名叫荷马的诗人创编了宏伟壮丽、脍炙人口的两部史诗,是希腊民族精神的塑造者。这位荷马据推测是生活在公元前835年前后的一位盲诗人、歌手。根据历史学家希罗多德推测,特洛伊战争发生在公元前1250年左右。特洛伊战争之后,行吟诗人和歌者在古代传说和故事的基础上创作了大型史诗,讲述氏族首领组织联军远征特洛伊的系列故事。随着时间的推移,这些讲述就成为史诗《伊利亚特》和《奥德赛》等希腊神话史诗的基础。长期以来荷马史诗都是口头传播的,直到公元前6世纪才用文字记录下来,成为文学作品之经典。

《西游记》也是在历史与传说的基础上经文人编撰创作而成。公元629年,唐朝僧人玄奘从凉州偷渡出关,只身远赴印度学习佛教教义。16年之后,玄奘带着大量经文从印度返回中国。唐太宗闻之,特下诏让他口述西行见闻。玄奘的弟子辩机根据玄奘口述写出了《大唐西域记》。在玄奘逝世后,他的另外两名弟子慧立和彦悰将玄奘的生平及其西

1949—2019
70年

行经历编纂成《大唐大慈恩寺三藏法师传》。为了弘扬其师业绩,他们在书中进行了一些神化玄奘的描写,这被认为是《西游记》神话传奇的开端。此后取经故事在社会流传,神异色彩越来越浓。在唐朝后期和五代时期的许多记载中已经出现了玄奘西行取经的故事。宋元时期出现了许多与取经故事有关的戏曲。在吴昌龄的杂剧《唐三藏西天取经》中已出现师徒四人的角色;元明之交的杂剧《二郎神锁齐天大圣》和《西游记》讲述了孙悟空的来历。可见,吴承恩的《西游记》和荷马史诗一样,是在前人基础上集大成之杰作。

中国古诗云,"将军百战死,壮士十年归。"在荷马史诗中,希腊联军主将阿喀琉斯勇猛无比,所向披靡,为希腊联军立下赫赫战功,但最终战死沙场。而以木马计攻下特洛伊城的壮士奥德修斯经过 10 年海上漂泊,历尽艰险回归故乡。奥德修斯的海上漂流经历不但惊险曲折,而且充满神奇色彩,是最动人也最富有想象力的部分。在这个充满想象力的天地里,除了人类,还有天神、海神、凶神、巫婆、妖女、巨人、怪物,等等,它们象征着人生外在的力量和内心的诱惑、疑虑,而一个有心智有毅力的人必须战胜这些具有双重意义的艰难险阻才能安然归家,才能获得完整的人生意义。在神秘莫测、浩瀚无比的大海中,奥德修斯作为历险者和探险者,以自己的智力和体能去应对和驾驭险象环生的环境,去战胜种种艰难险阻,一次次化险为夷,最后神奇地返回家园。

在《西游记》中,如果说在取经之前发生的孙悟空大闹天宫等事件就像荷马史诗《伊利亚特》中的特洛伊大战那样轰轰烈烈,波澜壮阔,那么孙悟空踏上取经之路后发生的事情就恰似《奥德赛》里的旅途历险,神奇惊异,波澜起伏。与荷马史诗相比,《西游记》中主要人物的生存境遇发生了巨变,所面临的艰难险阻也大不一样。但人固有的本质没有改变,人性的弱点没有改变,所面临的危险和诱惑依然存在,主人公仍然要凭着智力和本领战胜各种诱惑和危险,他们去探索和驾驭生存环境的精神实质并没有改变。孙悟空师徒一行在取经路上经历了 14 年的艰险行程,它和奥德修斯的十年漂泊一样神奇壮丽。从东土到西天佛地的漫长路途神秘莫测,凶险重重,是一个超自然的神奇领域,充满各种超自然的形形色色的妖魔鬼怪。在漫长的旅途中,孙悟空大战各色妖怪魔头和他当年大闹天宫、勇斗天兵天将一样,还是那么无畏无惧,敢于斗争,敢于胜利。从总体上看,《西游记》与古希腊荷马史诗之间仍然存在着相对应的神话因素,人类因素和环境因素。

二、从托尔金的童话文学观看《西游记》的童话性

1938 年托尔金应苏格兰圣·安德鲁斯大学的邀请作了一个"安德鲁·朗"讲座,题目是《论童话故事》。这篇长文于 1947 年发表在《写给查尔斯·威廉的文章》中,后来收入他的文集《树与叶》中,成为重要的童话文学专论。托尔金在文中阐述了自己的童话文学观念,涉及童话的界定,童话的性质、起源和功能等,以及童话与儿童的关系,尤其强调了童话与成人文学艺术不可分割的联系。托尔金认为"Fairy Story"不是关于仙女的故事,而是关于人的故事,是关于人与神奇因素遭遇后发生的故事。托尔金对神话想象和童话艺术进行思考,提出童话是表现童话奇境的,以独特方式提供了幻想、恢复、逃避、慰藉等因素,而且童话故事并不关注事物的可能性,而是表现人类最基本愿望的满足性,包括探究宇宙空间和时间的深度、广度的愿望,与其他生物进行交流和沟通的愿望,探寻奇怪的语言和古老的生活方式的愿望。

(一)《西游记》作者对待幻想文学创作的态度

托尔金在《论童话故事》中指出:"幻想是自然的人类活动。它当然不会破坏甚或贬

损理智；它也不会使人们追求科学真理的渴望变得迟钝，使发现科学真理的洞察变得模糊。相反，理智越敏锐清晰，就越能获得更好的幻想。"[2]

《西游记》的作者在创作中呈现出的热情和完全投入其幻想世界的态度，完全契合了当代幻想文学作家托尔金提出的对待幻想文学的态度："绝不能对魔法本身进行嘲笑。故事里出现的魔法必须严肃对待，既不能嘲笑，也不要加以解释而使其消解。"[3]或换言之，对待幻想文学，要具有儿童对待幻想故事的心态，这种心态就是把不相信"悬置起来"。根据英国诗人柯勒律治提出的"诗歌的信念"就是"暂时把不相信悬置起来的愿望"（《传记文学》第14章），托尔金提出了童话的信念即第二世界的观点。他认为，童话故事是一个独特的第二世界，是让心灵光顾的奇妙世界。在这个世界里发生的事情都具有心理的真实性。一旦你不相信它了，那么魔咒就破灭了，魔法，或者说（童话）艺术就失败了。你又回到第一世界去了。所以对童话世界的不相信必须被悬置起来。[4]

中国是一个具有深厚神话传统的文化古国，历史上产生过大量优美的神话。但由于中国文学传统历来崇尚现实主义精神，形成了"子不语怪力乱神"的求实传统。这种态度在很大程度上影响了人们对神话艺术及幻想文学的理解。长期以来在这种求实观念的影响下，中国异常丰富的神话资源变得十分散乱，一若散落的珠玉，没有形成系统的严密体系。历史上也很少有大家巨匠关注神话研究，更少有像古希腊那样以神话为素材创作的大著作。

但另一方面，中国的文人历来并不缺少猎奇寻异的文化心态。不少人就非常喜欢神怪、神魔和传奇故事。一般而言，他们并不迷信鬼神，也没有皈依宗教的信仰和热忱。他们喜爱志怪和传奇故事是因为这些故事具有浪漫主义的文学魅力。而且在中国的儒释道三教合一的精神文化中，人们对神和仙、佛的崇拜占据着相当重要的地位。有神必有鬼，有仙、佛就必有妖、怪之异类，所以怪异故事历来深受中国文人的偏爱，而许多关于神怪鬼妖的故事都出自著名的文人之手。

可以说，中国文人喜好猎奇述异的幻想故事一是因为它们想象卓绝，内容奇异，情节生动，曲折多变，能够吸引读者，二来神怪世界和传奇故事以"象外之象"的浪漫主义方式反映了人间的世俗情趣和人生真谛，耐人玩味。但是，与肇始于古希腊罗马神话的西方文学传统不同的是，中国奇异故事的创作者基本上保持着清醒的，若即若离的态度，没有全身心地完全地投入到这个艺术世界中去。所以在文学创作上出现了一种奇特的现象。历史上中国文坛一方面形成了志怪小说、传奇小说和神魔小说之大观，另一方面又没有形成真正崇尚虚构的浪漫主义艺术的倾向，因而使志怪传奇文学难以摆脱新闻纪实的思维藩篱。此外，中国的小说从一开始就有攀附史传来提高地位的传统，文人们无不希望自己的作品与地位尊贵的史传同宗。这种情形在长时期里都没有改观。而明清的士大夫普遍轻视戏曲和小说，尤其是小说。文人撰写通俗小说被看作是大失身份的事，大多数文人更以写小说为耻。即使有人写作长篇小说，大多秘而不宣，不愿为外人所知。难怪有许多杰出作品的作者竟成为千古之谜。所以长篇小说《西游记》的出现不能不说是一大奇观，我们也因此更能感受到吴承恩创作这部不朽之作的难能可贵。在中国文学史上，具有自觉的神话意识，通过神话方法和以神话为素材进行的文学创作一向不够发达。《西游记》立足于中国的神话传统和民族文化，并且吸收了外来的因素，以丰富的神话意识、神话方法和神话素材，加上高超的童话艺术想象力，创造出一个绝妙的童话世界，塑造了孙悟空、猪八戒等鲜明生动的童话艺术形象，"不仅填补了中国文学在这方面的一种

缺陷，而且体现了中国文学在一旦摆脱思想拘禁以后所产生的活力"，而它达到的艺术高度在世界童话史上也是独步先行的。

（二）童话世界里的神话人物

《西游记》的根基是中国神话传统。在这个传统所创造的神话世界里生活着众多神仙菩萨和妖魔鬼怪，而与之对应的是广阔纵深的人间大舞台。在童话"魔力"的作用下，众多仙界神话人物都获得了鲜活的生命力。

天界的最高统治者是玉皇大帝，全称是玉皇大天尊玄穹高上皇帝，简称玉帝。玉帝自幼修行，经历了三千多年才成金仙，又经过每劫为十二万九千六百年的一千五百五十五劫，才获得无极大道，成为掌管天、地、人三界的最高主宰，同时也被佛教和道教尊为最崇高之神。玉帝获得"无极大道"经历了漫长时光，这也折射出了托尔金所概括的人类基本愿望之一，即探究宇宙空间和时间的深度、广度的愿望。玉帝住在金阙云宫灵霄宝殿，由三十三座天宫、七十二重宝殿组成。他属下文有太白金星，出谋划策，武有托塔天王，统领天兵天将，还有九曜星、五方将、二十八宿、四大天王等神勇盖地。玉帝管辖着三山五岳诸神众仙、五方五老各路神仙、二郎真君，以及管天气变化的四海龙王、管人间生死的阴曹地府。住在瑶池的王母娘娘是天宫里最受尊奉的母仪人物，她举办的"蟠桃盛会"具有浓厚的童话色彩。而以西天如来佛祖为首的佛家和以兜率宫太上老君为首的道家一方面对玉帝加以护卫，一方面又相当于玉帝的国师。他们尊奉玉帝，受到玉帝的优礼相待。就这样，《西游记》中从天宫的琼楼玉阁、天界的仙山神峰，到下界的三山五岳、人间的城隍土地，一个具有奇异童话色彩的神话世界就建立起来了。

太上老君姓李名耳，字长庚，为道教创始人，因而称为太上老君。他住在离恨天兜率宫炼金丹，常骑青牛。他有个法宝金刚琢，非常厉害，在捉拿大闹天宫的孙悟空时立下功劳，后来却被他的青牛偷去，在金兜洞占山为王，并多次用金钢琢斗败孙悟空，以及孙悟空请来的诸路天兵天将、十八罗汉等神仙，最后老君亲自出马才降服了青牛精。

大慈大悲，普救人间的观世音菩萨是如来佛祖得意的徒弟之一。唐僧师徒西天取经路上，孙悟空毁伤镇元大仙的人参果树无法医活，只好请观世音菩萨帮忙。只见观音菩萨左手持净瓶，右手持杨柳枝，稍蘸甘露，就使人参果树死而回生。她在孙悟空护送唐僧的取经路上，帮助孙悟空收服天蓬元帅、西海龙王三太子和圣婴大王红孩儿，等等，才使唐僧师徒到西天取得真经。

在《西游记》里，住在灵山方寸山斜月三星洞的菩提祖师是集佛教和道教于一身的人物，对三教九流、长生之术、千般变化、万种神通样样精通。让他做传授美猴王孙悟空武艺的师傅再合适不过。美猴王投到菩提祖师门下拜师学艺，祖师见他天性聪悟，给他取名悟空。菩提祖师十年工夫的悉心教授，使悟空成为得道的神猴，既有长生不老的道行，又有七十二般变化的本领，还有十万八千里的筋斗云功夫，更兼身上那八万四千根毫毛，根根能随心变化，这为悟空大闹天宫斗神仙，力保唐僧除妖魔奠定了深厚的神功基础。众多来自中国传统的仙界神话人物正是在《西游记》里通过童话艺术而获得永恒不朽的鲜活生命力。

（三）童话奇境

托尔金认为，"'童话故事'属于幻想创造的第二世界，它除了应具备童话故事内在的一致性外，还要有怪异和神奇的因素，要把平凡的事情和神奇的事情结合起来，把虚构的与真实的结合起来，要使故事里发生的事情具有可信性，使读者在里面找到自己的影子，发现相似的生活经历。童话故事不是关于仙女的故事,而是关于人与神奇因素相遇后发生的事情,以及对他们生活产生的影响。童话故事就是在奇境里发生的故事,不管这个故事讲的是什么,奇境都是与魔法、魔力有关的,是一种具有特殊气氛和力量的世界。童话的本质特征就在于奇境具有的特征,一个充满危险的异域他乡,无所不有,无奇不有。它美不胜收但又危险重重,无以逃避。……而大多数好的'童话故事'就是关于人们在充满危险的王国里进行冒险经历的故事。"⑤托尔金认为童话有自己的规则,它并不在于故事的讲述,而在于如何展现或表现这个奇境世界。

清代张书绅在《新说西游记总批》中称《西游记》无一不奇,"观其龙宫海藏、玉阙瑶池、幽冥地府、紫竹雷音,皆奇地也;玉皇王母、如来观音、阎罗龙王、行者八戒沙僧,皆奇人也;游地府、闹龙宫、进南瓜、斩业龙、乱蟠桃、反天宫、安天会、盂兰会、取经,皆奇事也。西天十万八千里、筋斗云亦十万八千里,往返十四年五千零四十八日,取经即五千零四十八卷,开卷以天地之数起,结尾以经藏之数终,真奇想也;诗词歌赋,学贯天人,文绝地记,左右回环,前伏后应,真奇文也"。⑥而刘毓忱先生则对《西游记》的三奇(奇人、奇境、奇事)进行了阐释。简言之,齐天大圣孙悟空是第一"奇人",他身世奇特,本领奇特,兵器奇特;猪八戒奇在天蓬元帅下界,却错投了猪胎,成了一个长嘴大耳、身粗肚大的胖猪精。沙和尚是卷帘,将当然也是奇人,天神中的二郎神、哪吒,妖精中的牛魔王、铁扇公主等,都是神通广大,变化多端的奇特人物。而且《西游记》奇特的环境营造出奇丽多姿的幻想世界,从位于"十洲之祖脉,三岛之来龙"的花果山到天宫、地府、龙宫、灵霄宝殿、兜率宫、"齐天大圣府"、蟠桃园,到西天路上的各种险山恶水、妖精洞窟,都是孙悟空大显身手的奇境。此外孙悟空所做的事也是神奇莫测的。西天取经的路上,奇事更多:有方圆八百里"寸草不生"的火焰山;有"鹅毛飘不起,芦花定沉底"的"流沙河";有扇一扇就可以把人扇出八万四千里的"芭蕉扇";有形状犹如三岁孩童,吃一个可活四万七千岁的"人参果";有饮了河水就要怀胎的"子母河"……真是光怪陆离,美不胜收。⑦

《西游记》里神奇的取经路把人们带进了童话世界的热闹天地。唐僧师徒一路经过的那些地方,无论是山、河、岭、洞等无不具有充满神秘气氛的名字,暗示着惊险神奇的故事将在这里发生:花果山、两界山、蛇盘山、浮屠山、黑风山、陷空山、火焰山、积雷山、碗子山、乱石山、隐雾山、豹头山、青龙山、万寿山、平顶山、翠云山、紫云山、竹节山、黑水河、通天河、流沙河、子母河、高老庄、杨家庄、三清观、五庄观、双叉岭、黄风岭、荆棘岭、盘丝岭、白虎岭、狮驼岭、水帘洞、云栈洞、摩云洞、波月洞、虎口洞、九曲盘桓洞、玄英洞、金兜洞、千花洞、芭蕉洞、琵琶洞、莲花洞、盘丝洞、火云洞、无底洞、车迟国、宝象国、乌鸡国、祭赛国、比丘国、西梁国、朱紫国、天竺国、鹰愁涧、枯松涧、南山涧、木仙庵、雷音寺、镇海寺、慈云寺、黑松林、碧波潭、水濯泉、凤仙郡、金平府、铜台府、凌云渡,等等,这些地方虽然充满诱惑、危险和杀机,但唐僧并没有受到真正的伤害,而是一次次化险为夷,这种可以期待的结果是童话世界的重要标识。

童话奇境还有一个要素,那就是"Eucatastrophe"(带来好结果的灾难)。托尔金认为童话故事最好的结局是一种经历了磨难和危险之后突如其来的幸福"转变",比如复活或者摆脱了邪恶力量而获救的欣喜时刻。无论奇遇多么怪诞或可怕,当"转变"出现时,孩子们甚至会屏住呼吸,心潮激动,含泪欲哭。童话的作用就在于,听童话故事的儿童能够从想象中的深切的绝望中恢复过来,从想象中的巨大危险中逃避出来,而最重要的是获得心理安慰。这就是为什么童话的结局总是幸福美满的原因。托尔金认为,所有完整的

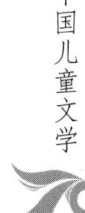

童话故事必须有幸福的结局,具有幸福"转变"的故事才是童话故事的真正形式,是童话故事的最重要功能。[8]

在《西游记》里,无论奇遇多么怪诞,无论魔怪多么可怕,无论唐僧遇到多少要吃掉他的妖魔,无论解救的过程多么曲折,总会出现幸福的"转变"和圆满的结局;孙悟空他们总是能够战胜妖精,一路前行。而且孙悟空诙谐风趣的乐观主义精神和猪八戒滑稽可笑、憨态可掬的游戏状态就是一种永恒的童话情趣。这个气象万千的奇境世界里充满了童心、童趣和游戏精神。

(四)人类基本愿望的满足性

托尔金指出,"童话故事"应表现一种具有特别气氛和特别力量的魔法,但奇境的魔法本身并不是目的,它的卓越之处在于它的运行,其中就有对特定的人类基本愿望的满足。托尔金认为,"童话故事从根本上不是关注事物的可能性,而是关注愿望的满足性。如果它们激起了愿望,在满足愿望的同时,又经常令人难忘地刺激了愿望,那么童话故事就成功了……这些愿望是由许多成分构成的综合体,有些是普遍的,有些对于现代人(包括现代儿童)是特别的。而有几种愿望是最基本的。"这最基本愿望的满足包括去探究宇宙空间和时间的深度、广度的愿望,与其他生物进行交流和沟通的愿望,探寻奇怪的语言和古老的生活方式的愿望。[9]所有这些愿望都在《西游记》奇妙的世界里得到充分的满足。

美猴王孙悟空破石而生,"不伏麒麟辖,不伏凤凰管,又不伏人间王位所拘束。"他在花果山上自在称王,无忧无虑,无拘无束,无法无天,欢天喜地。这是人性摆脱一切束缚、彻底自由的状态,是在神话想象中才能出现的人对于自身处境的理想境界。他掌握了高强的本领,有一根如意金箍棒作为武器,而且神通广大,能七十二变,一个筋斗云十万八千里;这些情节,反映出人们要求个人的权利、地位、尊严得到尊重的强烈愿望。与现实题材的小说相比,幻想性的神话小说能够更充分地反映出人们内心深处的欲望。追求彻底自由的生活、对个人欲望和个人尊严的充分满足、反抗一切压制,这些在现实环境中虽然不可能实现,却是人性中根本的欲求;《西游记》的前七回正是以神话想象和童话艺术满足了人们内心中这些不尽合理但却根深蒂固的向往。在存在着"太多的功利计算,太多的压抑束缚"的现实世界里,人们更渴望超越平庸,渴望从幻想的童话世界里获得心灵的解脱。

林辰先生指出,中国古代小说作家的观念中,现实有三个基本方面:一是已经发生的一切;二是尚未发生但可能发生或即将发生的一切;三是在特定的社会条件下虽然不能发生,但人们心中希望发生的一切——以现实社会生活为基础的理想、愿望、想象和追求。[10]《西游记》就属于第三种情况,而且是在现实世界,现实生活中不可能发生,但人们心中希望发生的故事,是以现实社会生活为基础的理想、愿望、想象和追求。这与托尔金的"愿望的满足性"极为相通。

童话的愿望满足性是与人类的基本愿望息息相关的。人类并非独自生活在这个世界上,而且人类是怎么来到这个世界的,生命的意义究竟是什么? 自古以来人类就一直没有停止对自身,对自然,对未知世界和无限时空的某种思索。在谋求生存的斗争中,谁是我们的朋友·难道总是要害怕那些异物异类吗·我们该不该把我们自己也看作是某些异类呢? 我们是否能与世界上的其他生物进行对话和交流,或者与世界上的另类和谐地生活呢?《西游记》用虚实相间的童话手法写天上人间、神仙妖魔,一方面把原本庄严、神圣、令人敬畏的神、佛、君王等平凡化、生活化,另一方面更使各种妖怪兽魔人性化、人情化了。《西游记》就展示了生活在这个童话奇境世界里的童话角色和童话人物。

（五）《西游记》中的童话角色和童话人物

　　林庚先生在《〈西游记〉漫话》中指出，《西游记》以儿童的心理和眼光讲述了一个动物王国中的神奇故事。《西游记》中占山为王、兴风作浪的魔怪绝大多数都是由动物成精转化而来，有牛、象、鹿、虎、熊、羊、豹子、蝎子、蜘蛛、蟒蛇、老鼠、貂鼠、金鱼、狐狸、六耳猕猴、大鹏、犀牛、蜈蚣，等等，构成了一个独特的动物精灵世界。他们以人的形体出现、活动，使用人的语言，他们既是动物，更是《西游记》故事中的童话角色。

　　唐僧师徒在取经路上遭遇的妖精大多是上界的动物下凡成精，他们既保持着明显的动物神态和习性等自然属性，又具有人的思想、感情、欲望之类的社会属性，同时还具有超凡的神通和本领（通常都拥有非凡的宝物作为兵器）。这三种因素的组合构成了一个个奇异的形象。如在乌鸡国谋害国王篡夺王位的妖怪原是文殊菩萨的坐骑青毛狮子，在通天河兴风作浪的妖怪是观音菩萨莲花池里的金鱼，强占朱紫国金圣娘娘的赛太岁是观音菩萨的坐骑金毛犼，大闹玉华府的九灵元圣狮子怪是太乙救苦天尊座下的九头狮子精，在金兜洞设伏打劫的独角怪是太上老君的青牛精，在天竺国假冒公主的女妖是广寒宫里的玉兔，比丘国的邪恶国丈是老寿星的坐骑白鹿精……他们不守天规，私离上界，转托凡尘，成精作怪，一个个占山为王，拦路打劫，图的是享荣华，做洞主。本来都已修炼多年，神通颇大，却个个想吃唐僧肉，以图延年益寿，或者与唐僧成亲，获取唐僧的元阳真气，这些妖怪看来非常喜欢人间的生活。无论是天上下凡的，还是凡间成精的，妖怪们通常都以一种近乎夸张的强人的面貌形体出现，只是在行为举止方面表现出些许动物特性。

　　令人称奇的是，《西游记》动物世界里的动物魔怪无不具有各自的特色，绝少雷同。如"江湖豪杰"牛魔王，其本相是条大白牛，所以他既具有动物属性中率真固执和蛮横暴烈的特点，也具有江湖好汉的豪爽和霸气。

　　《西游记》作者对各色妖精画龙点睛式的形象刻画十分突出。黑风山的熊黑怪就突出一个"黑"字。这个黑大汉在黑风山占山为王，住在黑风洞。孙悟空前来索要被他盗取的袈裟时，只见那黑汉披挂结束了，绰一杆黑缨枪，头戴火漆光亮的碗子铁盔，身着亮辉煌的乌金铠甲，足踏乌皮靴一双，浑身上下一片黑，正是山中黑风王。难怪行者暗笑道："这厮真个如烧窑的一般，筑煤的无二！想必是在此处刷炭为生：怎么这等一身乌黑？"而在黄风洞占山为王的黄风怪则突出了一个"黄"字。那怪的洞府是位于八百里漫漫黄风岭中的黄风洞，那黄风怪头戴黄灿灿金盔，身披黄灿灿金甲，外面套一件淡鹅黄的罗袍，手持一杆三股钢叉，最厉害的本事就是把口一张，吹出一阵黄风，卷起无影无形的黄沙，"穿林折岭倒松海，播土扬尘崩地站。"只见黄风大作，天地无光，那风势强劲犹如黄河巨浪翻滚，湘江波涛汹涌，把孙悟空用毫毛变的小行者刮得在半空中像纺车儿一般乱转；随后那怪又对着孙悟空劈脸喷了一口黄风，把孙悟空的两只火眼金睛刮得紧紧闭合，莫能睁开，只得败下阵来。后来灵吉菩萨用飞龙宝杖化为一条八爪金龙，这才降服黄风怪，使之现出黄毛貂鼠的本相。

　　第五十五回写蝎子精女妖就突出一个"毒"字。女妖住在毒敌山琵琶洞，最毒的武器就是倒马毒桩。蝎子精最厉害的那三股叉是两只钳脚，扎人者是尾上一个钩子，唤作"倒马毒"。当年她连雷音寺里的如来佛也敢狠下毒刺，确实有股蝎子胆气。蝎子精把唐僧抢走后，孙悟空追进妖洞，对着妖怪举棒就打。这女怪打斗时竟鼻中出火，口内生烟，把身子一抖，使三股叉飞舞冲迎，她在与对手的打斗中也不知生有几只手，都没头没脸的滚

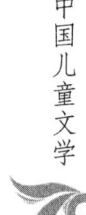

将来。这招招式式都是蝎子的本色延伸出来的。只见她与孙悟空、猪八戒斗了几个回合之后，将身一纵，使出个倒马毒桩，不觉把大圣头皮上扎了一下，让孙悟空负痛而逃。要制服这蝎子精需求救于住在光明宫的昴日星官，因为他的本相是双冠子大公鸡。

至于陷空山的金鼻白毛老鼠精则突出了一个"阴"字，是表现老鼠阴险狡猾的特点。女妖住在山中无底洞，喜欢做一些鬼鬼祟祟"偷鸡摸狗"的事情，行动总选在夜间进行，地点总是在什么洞中，非常符合老鼠的习性。她本是一只金鼻白毛的老鼠精，因在灵山偷食了如来的香花宝烛，改名为"半截观音"，后下界作怪，唤作"地涌夫人，"连名字也带着老鼠的特性。最令人难忘的是，老鼠性喜打洞钻洞，所以这个老鼠精经营的陷空山无底洞周围三百里地，地形复杂，孙悟空和李天王父子等众人在陷空山无底洞追寻鼠精时只见她的旧宅一重又一重，一处又一处，把那三百里地，草都踩光了还不见踪迹。直寻到东南的黑角落时才发现另有小洞，洞里一重小门，是一间矮矮屋，"盆栽了几种花，檐傍着数竿竹，黑气氲氲，暗香馥馥"，完全是神秘的老鼠洞的写真。唐僧就被鼠精藏在这里面，而且里面还藏有一窟鼠妖精；通过展现妖精住所的地形地貌特点就把老鼠精的习性惟妙惟肖地表现出来。

（六）孙悟空与猪八戒：最成功的童话人物

孙悟空和猪八戒是最具中国特色，最具童心主义的童话形象。如果说孙悟空是一个理想的顽童，那么猪八戒则是一个另类顽童。他们是人类与世界上其他生物进行交流和沟通，和谐生活的最佳范例。

1. 英雄主义与童心主义：顽童孙悟空。聪明顽皮的孙悟空是中国童话世界中最受儿童喜爱的拟人体动物形象。他从花果山水帘洞游戏嬉戏的"美猴王"成为大闹天宫的"齐天大圣"，最终成为闯荡江湖的行者孙悟空。

孙悟空的顽童本性从他见风化猴那一刻就显现出来，只见他"学爬学走，拜了四方"，且"目运金光，射冲斗府"，继而"行走跳跃，食草木，饮涧泉，采山花，觅树果；……夜宿石岩之下，朝游峰洞之中。"[①]这个本性从他到西牛贺洲拜师学道时更见端倪，且看菩提祖师是怎样替这个无父无母的天产仙猴起名的：

祖师笑道："你身躯虽是鄙陋，却像个食松果的猢狲。我与你就身上取个姓氏，……教你姓'猢'倒好。猢字去了兽傍，乃是个古月。古者，老也；月者，阴也。老阴不能化育，教你姓'狲'倒好。狲字去了兽傍，乃是个子系。子者，儿男也；系者，婴细也。正合婴儿之本论。教你姓'孙'罢。"猴王听说，满心欢喜，朝上叩头道："好！好！好！今日方知姓也。万望师父慈悲！既然有姓，再乞赐个名字，却好呼唤。"祖师道："我门中有十二个字，分派起名到你乃第十辈之小徒矣。"猴王道："哪十二个字？"祖师道："乃广、大、智、慧、真、如、性、海、颖、悟、圆、觉十二字。排到你，正当'悟'字。与你起个法名叫作'孙悟空'好么？"猴王笑道："好！好！好！自今就叫作孙悟空也！"正是：鸿蒙初辟原无姓，打破顽空须悟空。（第一回《灵根育孕源流出心性修持大道生》）

孙悟空的姓正契合婴儿之本论，也正是赤子之心规定了他的本性；他的名暗示着他将从鸿蒙初辟的孩童时代进入成熟的少年时代，从花果山上自由自在、无法无天的美猴王成为取经路上擒妖除魔，大展身手的孙行者。孙悟空在许多方面与英国童话《彼得·潘》中的主人公非常相似，都是永远保持着童心，不愿长大的顽童。孙悟空的姓名是有来历的，彼得·潘的姓氏也是有来历的，它源自希腊神话中住在山林原野之中的畜牧神：潘神。潘神人身羊足，头上长角，专门保护牧人和猎人。他喜爱音乐，造了声调优美的芦笛，常常率领着一群山林仙女在森林和山谷里跳舞嬉戏。潘神非常具有孩子气，在他欢乐的时候，山坡树林里欢笑声直冲云霄。在炎热的中午，他要到清凉的山洞去休息，如果有谁打扰了他，他会大发脾气，并让人产生惊慌失措的恐怖感，使人仓皇奔逃。孙悟空由"天产石猴"横空出世，在花果山建立家园，大闹天宫，等到五百年后做了取经人一路护送唐僧西天取经，在这漫长的时光里，他的体貌没有任何变化，始终是一个顽皮乐观的"孩童"。彼得·潘也一样，尽管岁月流逝，人世变迁，彼得·潘始终是一个满口乳牙，天性好玩的小顽童。彼得·潘是在出生的第一天因为害怕长大，就从家里逃了出来，从此不再长大。他先在肯辛顿公园待了一阵，后来就住在远离英国本土的一个叫作"永无岛"的海岛上，那里长着"永无树"，树上结的是"永无果"，树上还有"永无鸟"，岛上有各种野兽、人鱼、小仙人，还有印第安部落，更有凶险的海盗，是个奇异的冒险岛。彼得·潘是个本领高强，能腾空飞翔的顽童，而且他也和孙悟空一样，因为始终保持着孩童之心，所以没有丝毫男女之情的困扰，一心一意追求自由的生活，只图玩得尽兴、痛快。他们的性格也很相似，体现了儿童贪玩好动的天性，充满无拘无束的活力，具有单纯的正义感，疾恶如仇，否定一切秩序。

孙悟空孕育于一块仰承天地山川灵气之石头，是一个破石而生的仙猴。从美猴王出世到他大闹天宫，《西游记》为我们展现了一个无法无天、尽情游戏的童年时光：他在花果山建立家园，访仙寻道，得道之后更是无忧无虑，无拘无束，随心所欲，欢欢喜喜，开始了童年时代的嬉戏。他一会儿领着猴群操练武艺，一会儿到龙宫索要兵器，一会儿又直捣地府，一笔勾掉生死簿上的姓名；直到大闹天宫，把一个天界闹得天翻地覆，绝无宁日。

孙悟空走上取经的道路象征着顽童的独立和成长，但他的顽童本性并没有改变，只是他进入了另一种增加了社会化内容的与形形色色的魔怪做全方位斗争的斗智斗勇的游戏。孙悟空在取经路上经历了 14 年的艰险行程，和奥德修斯的 10 年漂泊一样神奇壮丽，从东土到西天佛地的漫长路途神秘莫测、凶险重重，是一个超自然的神奇领域，充满各种超自然的形形色色的妖魔鬼怪。在这个漫长的旅途中，孙悟空还和当年大闹天宫，勇斗天兵天将一样，还是那么无畏无惧，敢于斗争，敢于胜利。斗妖捉怪对于孙悟空成了富有刺激性的游戏。每每遇到什么妖精魔怪都"忍不住脚痒，故就跳将来要要的"。这种顽童般的游戏精神在孙悟空身上得到最淋漓尽致的表现。

孙悟空顽童性格中的另一特点就是尽情逗笑取乐。在做了取经人后，他尤其喜欢捉弄大憨小黠的猪八戒。孙悟空对猪八戒的捉弄是出于兄弟之间的调侃戏弄，也恰恰是孙悟空的恶作剧式的戏弄生动地揭示出猪八戒的性格特征，包括他的缺点、他的小农意识和狭隘心理，以及他大憨小黠的喜剧性格。当然，孙悟空对于妖精、妖怪的戏弄更是花样翻新，层出不穷。

2.绝假纯真的另类顽童猪八戒。猪八戒是《西游记》中最具童话色彩的喜剧人物。从精神分析学的视角看，孙悟空和猪八戒分别象征着人性的不同侧面，或人的不同精神状态，两者相辅相成，对立统一。明代谢肇淛在《五杂俎》卷 15 中说《西游记》"纵横变化，以猿为心之神，以猪为意之弛，其始之放纵，上天下地，莫能禁制"[12]。如果说孙悟空象征着向往自由，追求胜利，超越平庸现实的精神层面，那么猪八戒就代表着人的基本欲念和本能诉求。从童话的角度看，如果说孙悟空是个理想中的顽童，那么猪八戒就是一个另类顽童，他那绝假纯真的本心与孩童并无二致。正如唐僧所言："那呆子虽是心性愚顽，却只是一味憨直。"[13]他想到什么就说什么，想到什么就要去做什么，尤其对吃饭睡觉等人伦物理表现得非常突出。也正如菩萨留下的颂子所云："八戒无禅更有凡。"从性格看，猪八

戒的最大特点是憨直坦率，他呆头呆脑，说话傻里傻气，没有遮拦，不会欲言又止。他也会耍小聪明，玩弄小心计。他的一言一行都使读者喜闻乐见，开怀而笑，笑他贪婪自私，屡屡受罪，笑他坦露心思，一览无遗，笑他弄巧成拙，想捉弄别人却自己吃亏。

猪八戒原本是天河里掌管八万水兵的天蓬元帅，只因"戏弄嫦娥"被贬下界，不料投胎出错，竟然投到母猪胎里使自己成为一个丑八怪胖猪精。然而猪八戒的丑是一种童话式的丑，是美丑同体的，具有独特的美学意涵。猪八戒从里到外无不使人感到滑稽可爱。从外形上，他有着猪的形象特征，黑脸短毛，长喙大耳，身材粗壮肥硕。猪八戒刚到高家庄时还是一条黑胖汉，"后来就变做一个长嘴大耳朵的呆子，脑后又有一溜鬃毛，身体粗糙怕人，头脸就像个猪的模样"。这就是常人眼中的猪八戒形象。而在师父唐僧看来，猪八戒生得"长嘴獠牙，刚鬃扇耳，身粗肚大，行路生风"。除了外形酷似胖猪，猪的自然属性在猪八戒身上也得到极其夸张的表现，比如在极度的贪吃贪睡之外又增加了贪财贪色的特点。作为一个胖猪精形象的壮汉，猪八戒有三十六般天罡变化，有风来雨去，腾云驾雾的神通，所用兵器更是一柄重达五千零四十八斤的九齿钉耙，既可与人厮杀，又能下地干活，与他那憨重肥胖的身躯显得非常合拍。连他发起狠来，舍死拼杀妖怪时显露的都是猪的神态，"摔耳朵，喷粘涎，舞钉耙，嘴里吪吪喝喝的"，杀得妖怪都有些惧怕，要招呼小妖们一齐动手……而小妖们捉拿跌倒在地的猪八戒时也完全是对付猪的架势，"抓鬃毛，揪耳朵，扯着脚，拉着尾，扛扛抬抬，擒进洞去"。

从性格对比上看，如果说悟空是猴子贪玩，那么八戒就是胖猪贪吃贪睡。在《西游记》中，猪八戒的贪吃口馋和贪睡嗜睡都是令人难以忘怀的。无论何时何地，只要有可能，猪八戒是绝不会放过任何一个能吃东西和睡大觉的机会的。猪八戒的贪吃、贪睡（以及贪财、贪色等）是猪的自然属性的人格化再现，是对猪的自然特征所进行的极度夸张的喜剧性表现。但与自然猪完全不同的是，猪八戒在另一方面又表现出他劳动者的勤勉本色。这是"人—猪"变形组合形象所独具的高超的艺术性。而且猪八戒在出力干活时也往往带有儿童情趣，童话色彩。

《西游记》中猪八戒虽粗鲁直率，但粗中有细，小智若愚，不可等闲视之。猪八戒的行径实际上是童话叙事的需要，把普通人性的真实方面夸张地表现出来，把我们自己心灵深处的意念和矛盾通过拟人化的童话角色投射出来。对猪八戒弱点的富于喜剧色彩的夸张，是对人类普遍存在的欲望和弱点的调侃和表现。猪八戒秉性难改的朴实和憨直显示出绝假纯真的人类本心，而他充满生命活力的本真的乐观精神则体现了对生活的热爱、向往。

就人类与其他生物进行交流和沟通的愿望，探寻奇怪的语言和古老的生活方式的愿望而论，《西游记》在世界童话史上已经达到了最理想的高度。孙悟空和猪八戒形象的塑造堪称为人类在地球上与其他生物进行交流和沟通的最成功范例。其成功之处不仅在于满足了人类的根本愿望，而且在于我们自己就成了孙猴子和猪八戒，或者说孙猴子和猪八戒就成了我们。难道孙悟空和猪八戒不是中国老百姓，尤其是孩子们最喜爱的童话人物吗？

中外学者在论及莎士比亚的艺术性时认为莎士比亚"能够随心所欲，渗入那芸芸众生，处于形形色色、不可胜数的遭遇中的思想感情"。这就是一种"化身千万"的艺术性。

中国宋代诗人陆游眼见满山遍野梅花盛开，深恐一时难以尽情欣赏，恨不能化身千亿——"何方化作身千亿，一树梅花一放翁"（《七十八岁梅花诗》），唯其如此才能把满山的千万枝梅花都看遍。"化身千万"与"万物皆备于我"形象地表达了一种高超的创作各类鲜活的不朽人物的艺术特征,而将其用于《西游记》的童话艺术也是非常恰当的。如果说美猴王孙悟空只要从身上拔下一些毫毛,就可以化身为千百个与他一模一样的孙悟空,这只是表明孙悟空的神通而已,那么孙悟空和猪八戒这两个异于我们人类的其他生物早已化作了猴行者和猪行者,早已化作了我们人类自己。难怪有人提出,孙悟空是人类心灵最完美的象征。"七十二般变化是其心理活动,十万八千里的筋斗云是意念跳跃,一万三千五百斤金箍棒是元气变化。心、意、气三者相合,才是真正的心灵象征,这是《西游记》作者对人类心灵学的最大贡献。"⑭该学者还进一步提出,猪八戒和沙和尚分别代表人的肾和脾,而师父唐三藏所藏的就是孙悟空、猪八戒、沙和尚所代表的心、肾、脾三脏。作为人类心灵的象征,孙悟空从石卵化猴,南瞻学人,灵台拜师,水脏断魔,龙宫夺宝,幽冥销籍,官封弼马,名注齐天,大乱蟠桃,偷丹反天,赌斗二郎,逃出八卦,身压无行,等等,全靠斗战。而除妖炼魔,全在此心。⑮此番解读把孙悟空等形象纳入了中国传统文化的"自觉载体"。仅从孙悟空和猪八戒的艺术形象和性格魅力而论,说《西游记》是独步先行的童话奇书一点也不为过。

童话作为一种吸纳了神话思维特点与小说叙事特点的独特文体,既从神话想象中获得神思妙想,海阔天空,又从小说艺术中吸取了叙述故事的灵巧手段,因而能够历久弥新,不断发展。在存在着"太多功利计算,太多压抑束缚"的现实世界里,人们更渴望超越平庸,渴望从幻想世界获得心灵的解脱。孩童般的《西游记》作者恰恰是通过孩童般的童话艺术为满足人类的内心冲动和基本愿望提供了强劲的精神食粮,为我们创造了一个神奇的童话世界。

[注释]
①⑥⑫张书绅:《西游记总论》,朱一玄,刘毓忱:《西游记资料汇编》,南开大学出版社 2002 年版。
②③④⑤⑧⑨ J. R. R. Tolkien," The Tolkien Reader" New York:*Ballantine*,1966.
⑦刘毓忱:《论〈西游记〉及其他》,百花文艺出版社 1984 年版。
⑩林辰:《神怪小说史》,浙江古籍出版社 1998 年版。
⑪⑬吴承恩:《西游记》,人民文学出版社 1990 年版。
⑭⑮李安纲:《自序〈西游记〉奥义书》,中国社会科学出版社 2002 年版。

(原载《重庆社会科学》2007 年第 2 期)

新中国儿童文学

70 年
1949—2019

西方儿童文学的研究与借鉴

韦苇

研究西方儿童文学的必要性

研究西方儿童文学史，方知阿拉伯故事和印度故事很早就影响过西方国家的故事文学，例如被认为是西方儿童文学发轫之作的《伊索寓言》《列那狐故事》《拉封丹寓言诗》就分别汲取过阿拉伯故事和印度故事。后来，西方人除对《一千零一夜》等阿拉伯故事继续保持浓厚的兴趣外，又注意到中东、中亚精彩的纳斯列丁（阿凡提）故事和中国故事。然而当我们研究包括中国在内的东方诸国的儿童文学史时，则不能不承认，西方儿童文学所给予东方的，是成批量的、选择余地很宽的、经过作家智慧精制的、具有鲜明现代气息的亟为东方所需的精神食粮，使东方儿童感受到真正为儿童的文学中所体现的那种对儿童的关切和爱护，使儿童感受到爱的温暖，而最主要、最可贵、具有根本意义的是感受到其中对儿童人格的尊重，使东方人得到尊重儿童生理、心理、教育特点，尊重儿童独立人格的启蒙。例如日本讲谈社在明治（1868—1912）年间出版的西方作家专为儿童而创作的儿童文学名著译本，就对日本作家产生了这种启蒙作用。这些西方儿童文学名著是《皇帝的新衣》《大克劳斯和小克劳斯》（安徒生）、《两年休假》（儒勒·凡尔纳）、《王子与贫儿》（马克·吐温）、《苦儿流浪记》（马洛）、《小妇人》（奥尔考特）、《弗兰德斯的狗》（薇达）、《小公主》（伯内特）等。

1891 年，日本岩谷小波（1870—1933）的一个以复仇为内容的童话故事《黄金丸》（《小狗阿黄》）的出现，揭开了早期日本儿童文学的新一页。而《黄金丸》的创作中就有对中世纪欧洲的动物史诗《列那狐故事》的模仿和从格林童话、安徒生童话中获得的借鉴。中国儿童文学创作的起始晚于日本，而受西方儿童文学的影响一样是巨大的。中国艺术童话的奠基者叶圣陶在新时期之初写的回忆录《我与儿童文学》中说："我写童话，当然是受了西方的影响。"从郑振铎的文学遗产中，也可查验叶圣陶的话反映了当时的文学实际。在西方童话的启示下，中国现代儿童文学的先驱们发现了"童话"这种文学样式能够"在一个更高的水平上把自己的真实再现出来"（《马克思恩格斯选集》），从而开始试作童话。印度长期作为英国的殖民地，它虽然是童话、寓言极丰至富的所在，但只有从英人携入的西方儿童文学作品中才能找到现代人的新意，逐渐才有了本民族现代儿童文学的启蒙。

西方在儿童心理与教育研究中所显示的先知先觉，儿童文学的丰富性和它对世界儿童不可抗拒的诱惑力，决定了研究西方儿童文学史乃是深入研究世界儿童文学（包括研究中国儿童文学）的前提。不具备这个前提而研究东方诸国儿童文学就几乎不能指望对东方诸国儿童文学会有准确、精到的把握。令人震惊的实例是，鲁迅先生曾热忱译荐过俄罗斯盲作家爱罗先珂的童话，而当我们研究了俄罗斯、苏联的儿童文学史之后，这才恍然顿悟:鲁迅先生译荐的并非是一个在俄罗斯本国有影响有地位的作家的童话,任何一本俄罗斯儿童文学史都查不到爱罗先珂的名字。鲁迅译荐的奥地利作家至尔·妙伦的童话其情形亦复如此。苏联《表》的作者班台莱耶夫倒是苏联重要的儿童文学作家,但苏联的几本文学史均未曾为其辟列专章专节加以评述。中国有的论者不详底细,动辄将爱罗先珂、至尔·妙伦排列在格林兄弟、安徒生、王尔德等的名字中间,这种因鲁迅曾译荐其作品的,就想当然臆测其为"大师"的轻妄之举,唯恐暴露了我国某些学人的学术作风不严谨和不能直接从外文资料中查验前人之所述的问题。

从外国儿童文学史入手是研究儿童文学的明智之举

研究西方儿童文学可以从多种角度楔入,"史"只是其中的一个角度。然而它是最重要、带有基础意义的、首位性质的角度。从史的角度把握住欧美儿童文学的来龙去脉,就是把握住了它的总体和大局。在这个基础上评衡一个欧美作家、讨论一种文学现象,才不至于失去准头,失去分寸;在这个基础上才能说清一种文学体式在这一地区这样发展、在那一地区那样发展的原委,具有这种风格或那种风格的内在理蕴;在这个基础上探索儿童文学的种种轨迹、种种规律性问题,才能做到本正源清,避免盲人摸象。

可见,有没有"史"这个总体和大局在胸,是很不一样的。对此,鲁迅在杂文《扁》(见《三闲集》)中曾辛辣地嘲讽过没有总体和大局,而"只有自己心里明白"的情况下,争论这个主义好、那个主义不好,争来争去,到头来还"只有自己心里明白"。

中国的儿童文学起步已经迟晚,战争、动乱、失误又使我们失去了许多与世界沟通和交流的机会。就 1954 年成立的"IBBY"(国际少年儿童图书协会)来说,我国 1986 年加入时已落后于印度、泰国、马来西亚、孟加拉国和一些非洲国家许多年,更不待说落后于日本许多年,1986 年虽然名义上加入了,实际上在其中起不了一个大国的作用,因而也没有作为一个大国的地位。事实上迄今我国儿童文学也充其量只能算是作品数量的大国,而不是作品质量的大国。

中国的儿童文学研究工作的主要对象在中国自己的儿童文学现象。但是我们对中国儿童文学现象的研究往往因缺少参照系而陷于主观狭隘,致使宏观气魄不足,不能把中国儿童文学的发生发展置放到世界儿童文学的巨大历史坐标系中去考察,无法看清世界儿童文学的大趋势及我们自己的儿童文学观念中的种种问题。具体到撰写中国儿童文学史,则往往因缺乏客观标准而对作品评价有失精当。

中国儿童文学工作者总爱反复说"有人说儿童文学是'小儿科'"云云,其实这只是在一个国体超稳定的、封建意识尚还根深蒂固的国家里如此,从世界范围看,欧罗巴人和美利坚人从来也不曾有过鄙薄儿童文学之意。在他们那里,更多的则是在成人文学创作中已经显示出卓异才华的作家,以向孩子奉献作品为荣、为欣慰,而专为儿童写作的作家则以拥有成人读者和少儿读者两部分人为自己的追求。在艺术才华和艺术成就面前,在艺术生命力面前,在"传世"和"不朽"面前,所有的艺术品种都是平等的。在欧洲,作家协会主席、笔会中心主席是从事儿童文学创作的杰出作家完全是正常而普通的事。意大利童话作家罗大里 1980 年逝世,正在中国访问的意大利共产党领导人立即从北京发唁电回罗马,表达哀婉之情。世界上可以同《圣经》的印数相比的,唯有儿童文学作品,例如格林兄弟童话、安徒生童话、《木偶奇遇记》《小熊温尼·菩》、迪士尼趣味故事等。

研究世界儿童文学的人,从来不曾觉得儿童文学的屋檐要低矮些。

从外国儿童文学发展史中引悟出儿童文学真谛

研究西方儿童文学史所解决的、所能解决的，远不只是了解和识知欧美儿童文学的历史和现状，它的发展过程，产生过哪些被世界公认的作家和作品。它还可以帮助我们引悟出一些儿童文学的真谛。

譬如，儿童文学在人类生活中的地位问题。这里不妨借苏联卓越作家勃·波列伏依1954年在第二次全苏作家代表大会上的一段话来加以阐述。他说："我们有一个尚不曾研究过的法则，根据这个法则，在少年儿童时代读过的好书，是永远不会忘记，一生都留有印象的，而依我看，这个法则正好反映出儿童文学的全部重大意义和无比重要性。关于这一点，使我们感到自豪的大作家们知道得很清楚，他们总是带着非凡的爱心，我还要说，他们总是用特别认真的态度来为儿童写作，而且极端关心这种帮助下一代形成他们的意识、性格和理想的文学的发展。"许多年后，国际安徒生奖荣获者、德国儿童文学作家詹姆斯·克吕斯也用十分通俗的话语道破了同样的真谛，他说："孩子们会长大，新的成年人是从幼儿园里长成的。而这些孩子会变成什么样，在某种程度上取决于那些给他们讲故事的人。"不少明星级人物在追溯自己成功的源头时，也都不约而同地肯定了儿童文学作品对他们的正面影响。

譬如，儿童文学理论中最基本的、定义性的问题。西方儿童文学史告诉人们：儿童心理学、儿童教育学的出现和发展，儿童文学自身发展规律的被把握，使儿童文学逐步超越儿童读物的宗教宣传目的，超越忽视想象力的卢梭主义，超越道德训导，超越以遥远故事宣泄对现实不满的心灵，超越宣泄自我（尽管宣泄心灵、宣泄自我造成了一批优秀之作，把儿童文学的水准往高处推了一大步），超越单纯的娱乐目的。作家们开始把作品写得8~80岁的人都喜欢读当作自己最高的理想追求。作为文学总体一个有机部分而存在的儿童文学，首先应该强调它是文学，不过它是顾及儿童接受特点和考虑到儿童理解能力而创作的文学。除了儿童的接受特点和理解能力需要作家悉心照顾，儿童文学和一般文学没有别的分野。

譬如，儿童文学与民间文学的特殊关系，始终顽强地表现出来。从民间文学对儿童文学的渊源关系上看，从民间文学在儿童中间盛传不衰的情况判识，它们甚至不仅仅是两种"近亲文学"。民间童话故事最早是人类历史黎明期的一种教育形式、交流形式和娱乐形式，后来是道德伦理教育和实用教育的形式。农人用自己的意识，把故事主人公都描绘成善良憨厚的人物，并由于他们的优良品行而一跃成了国王；市民用随机应变的小买卖人意识创造了从外表乍看并不起眼，却能凭自己的机灵打入社会，甚至成为发财致富的人物。民间童话随着时代的变迁，受到越来越多的文学加工，得以从古代伴随儿童到如今。几个世纪来，一直有作家从民间文学汲取营养，创作出具有里程碑意义的作品；更多的作家从民间文艺中得到启示，创作出典范之作。"从民间文学到儿童文学是一条金光大道"（陈伯吹语）。

譬如，研究西方儿童文学史，还可以发现在文学体式上也不都只是成人文学影响儿童文学，只是成人文学带引儿童文学，像儿童文学中的小说文体是从成人文学演绎出来的那样。须知科学幻想小说这种体式最初就是由儒勒·凡尔纳为孩子阅读、表达未来的科学假定而创造出来的，而后来，科学幻想小说也成了成人文学的一个品种；第二次世界大战后，童话也开始成了成人幻想小说的一种，例如超长篇童话托尔金的《指环王》（中译作《魔戒》），实际上是一部成人幻想小说，一部意在向成人传播思想理念和人生感悟的新神话。动物文学并不专为儿童而写，却一开始就拥有大量的儿童读者，儿童文学和成人文学的界限向来就是模糊的，两者向来就是一笔糊涂账，而且越优秀的儿童文学作品越是如此。

获知儿童文学内部和外部的互渗现象

研究西方儿童文学史，可以发现存在于儿童文学内部和外部的多种融汇、渗透、互补现象。这种现象是儿童文学繁荣发展的必要条件和内在驱动力量。

儿童文学和儿童绘画间的融汇、渗透和互补现象，产生了一类十分重要的、主要是为幼年儿童而准备的文学读物——图画故事书（绘本）。如果少年还可从成人文学中寻觅读物以解精神饥渴的话，那么幼年儿童是非要有专为他们准备的特殊读物（其特点是以图画为主）不可的。图画故事书就是这样一种特殊的读物。它们不是中国人习见的连环画。它们的创造者如果不是出色的画家兼作家或诗人，那也得是画家和作家、诗人相互配合默契、理解透彻，使画面与文字相映成趣，从而产生一种仅有画面或仅有文字都不能产生的妙不可言的效果，对幼儿进行美和意味的双重潜移默化之影响。

儿童文学各种样式间的融汇、渗透和互补现象。首先是儿童小说和童话间所发生的这种现象，特别是童话创作中艺术荒诞和生活真实被糅合在一起，造成似真非真，似幻非幻、亦真亦幻的故事和人物，以表现比传统小说或童话复杂得多的、审美空间宽阔得多的、现实感强的艺术内容。如此，童话便以现代的胆识从传统童话中解放出来，不再让国王、公主、王子、女巫、恶魔、巨人、侏儒等来束缚自己的想象力，让童话回到孩子的生活和想象中间，与现实中的普通人、普通孩子同忧乐、共患难。在把写实性融渗到童话的构成之中的同时，童话形象也就有了立体感和浑圆感而富于生气，并且在给读者的总体感觉上变得朴素、亲切起来，从而大大拓展了童话创作的路子。小说也采用童话的幻想方式而成为"童话小说"。童话创作还吸纳侦探、历险故事的优长；侦探、历险故事的种种表现方法和结构方式被广泛用于学校小说、家庭小说、职业小说和历史小说的创作之中，加强了这几类小说的故事性和可读性。

儿童文学和自然科学间的融汇、渗透和互补现象。科幻文学和科普文学是这样产生的，动物文学也是这样产生的。动物文学多半是对动物有细致观察、研究的专家写的，他们有的本人就是生物学家、有关动物保护的专家、猎人。动物文学大部分是动物观察记。作者在观察对象身上融入了自己的情感和想象，甚至采用人格化、拟人化手法，演绎出极富儿童趣味的故事，四脚主人公和披羽毛主人公的个性和特定动物的特征完全一致。动物文学既是文学，就不免带上"人学"的成分，带上了浓淡不等的寓意性。这类融汇、渗透和互补观象所造成的效果是文学和自然科学的浑然一体，所达到的也往往是文学和自然科学的双重目的。

从世界儿童文学中归纳儿童文学的创作规则

遍读世界儿童文学名著，不难发现它们的作者都在遵守一些共同的创作法规，其要者有：严格的真实、浓烈的趣味和清醒的作家责任感。

严格的真实。儿童文学作品的人物可以是现实生活中的，也可以是古代和另一个星球的,可以是会说话的动物和玩物,但必须都真实可信,"就像邻居那样真实"(《美国百科全书·儿童文学》)。杰出的儿童文学女作家林格伦用"假惺惺的歌儿趁早别唱"这样一句古老的俗语来强调真实性在儿童文学中的绝对重要意义。她指出:"我希望儿童文学作品都能作为儿童生活的延伸部分而存在。我一生追求的就是这一点!"这可谓对儿童文学真实性要求的一种精辟之论!

浓烈的趣味。趣味决定着作品能否打入孩子中间并俘虏他们的阅读注意,进而决定着作品的成败。趣味包含诸多方面的元素,有内容方面的,比如侦探、冒险、寻宝等;有结构方面的,比如要富于戏剧性,要求有悬念,情节紧张,而来龙去脉要清晰可辨。儿童的阅读实践经验告诉人们:引人入胜的故事性在儿童文学中是必不可少的。还有语言方面,要求语言生动活泼,机敏和幽默,语言的幽默感是儿童趣味的必要元素。

清醒的作家责任感。在儿童文学范围内强调作家责任感,是由儿童文学的读者对象的特殊年龄阶段所决定的。儿童的经验世界贫乏,还谈不上洞识人生和社会,鉴别善恶、真伪、优劣的能力都还很差。儿童以轻信的态度对待文学作品中所描写的一切,甚至于用从书本中得来的语言思考和说话,这种情况下,要是作家表现出某种不负责任,其酿成的后果是可以想见的。所以被世界公认的儿童文学优秀作家,无一不以审慎的严肃态度对待自己的创作。林格伦就自述过,她也时有忧伤之情萦绕,但一拿起笔来为孩子写作,忧伤就消隐得无影无踪了。她对于自己创作所表现出的责任感,曾有过一段明确的表白:如果人好自为之,那么人是世界上最美好的善的基础,而"如果人自甘堕落,那么好多残暴的、肮脏的勾当也都是人干的。我总要告诉孩子们,应当满心真诚地对待周围的人们,应当做一个具有人道精神的人,应当热爱人们。只要可能,我就总要教会孩子们都成为这样的人"。世界上哪位儿童文学作家不寄希望于孩子,不寄希望于未来呢?!林格伦的这番表白可以作为西方儿童文学作家的共同心声。

衡量儿童文学发展水准的尺度

评估一个国家、一个地区的儿童文学发展水准,理当有客观尺度。一个国家、一个地区的儿童文学处在什么水准上或已达到什么水准,不能光看该国家、该地区的作家和评论家自己怎么说。这和该国家、该地区的历史长短、人口多寡都没有必然的正比关系,与经济发达程度的关系,也不直接相关。尺度的客观性拒绝承认"人多势众""财大气粗""历史悠久""物产丰富""霸权地位"。

世界儿童文学独立发展已经至少有一两百年的历史。我们已经有可能从对这一两百年儿童文学现象的考察中,从对儿童文学读物流传、影响和受儿童欢迎的情状中,从儿童文学实践活动的经验中,归纳出一些国际公认的衡量儿童文学发展水准的尺度来。事实上,确也有人做过这方面的努力。我归纳了一下,这些尺度大体是:

看具体一个国家、一个地区把儿童即国家和民族的未来支撑放到国家或地区的一个什么地位上来重视;看具体一个国家的国策怎样对待儿童;看具体一个国家的领导人、精神精英集团和广大民众怎样认识儿童,对儿童和他们的世界了解、理解和研究到了什么程度。儿童文学的创造往往是从对儿童和儿童世界的认识和研究始发的。也就是说,任何一件专意为儿童创造的作品,都打上了作者对儿童认识的胎记。并且,有多少种儿童观就会有多少种儿童文学观,也就会有多少种儿童文学。

看这一国家或地区的作家与儿童思维相适应相投合的那种文学想象力解放到了什

么程度。不能去指望一个文学想象力受到多方多种束缚(譬如来自宗教的束缚,来自政府、政府领导人的束缚,来自权威人物的束缚)的国家和民族,能产生卓越的、天才的、不朽的儿童文学作品。艺术想象的自由和艺术表现的自由,是作家创作高水准、高品位作品的前提条件和精神条件。因此,摆脱束缚和干预就应当被认为是解放艺术生产力的前提。

看一个国家产生和积累了多少其影响能超越国界的作品。一个国家的儿童文学其穿越国界、政体隔阂和宗教樊篱的能力,其被介绍被翻译的状况,其被国际认可和接受的程度,乃是衡量一个国家、一个民族、一个地区儿童文学发展水准的重要尺度。人的意志,资产等外在条件不能在这上面有什么作为。而公认的国际性儿童文学奖颁授的状况自然成了衡量该国家该地区的儿童文学发展水准的较为可靠的依据。这类评奖也可能存在偏见,存在不公正的问题,但倘在"偏见""不公正"之类的诿辞中寻找自慰,于本国本民族的儿童文学发展定然唯是有害无益。

看一个国家或地区专门为孩子创作文学读物的作家的数量,即平均多少人口中有一位为孩子写作的作家。

看一个国家或地区的孩子挑选儿童文学作品的余地是否宽广,看内容、形式、风格的多样性能否满足各种年龄、性别的少年儿童的需求。在一个内容、形式、风格上多有创新,不断拓展着艺术表现领域,且儿童喜闻乐见的文学书籍琳琅满目的国家和地区,那里的儿童无疑是幸运的。

对儿童文学发展起推进、保证、辅助作用的研究、批评的力量,有关的儿童文学机构设施,如专业的书店、图书馆、阅览室、出版社、绘画工作室、剧院、研究所、各种协会、学会以及它们的运作、活动的数量和质量,专业儿童文学图书推介人、"故事妈妈"的数量和质量,也是检视一个国家或地区儿童文学发展水准的愈来愈重要的方面。尤其是高等学校为研究儿童文学而专设的部门、机构对儿童文学的发展程度具有指标性的意义。

还要看一个国家或地区对真有艺术力量的优秀作品、优秀插图和真有指导意义的理论批评著作是否受到鼓励和奖掖,奖掖的程度和力度如何。

通过上述尺度,我们大致能够勾勒出一个国家或地区的儿童文学发展水准的轮廓,也大致能客观地衡量出其发展的程度。泡沫性质的繁荣一定禁不住以上尺度的检验。

儿童文学与成人文学间有一个宽阔的接壤地带

研究儿童文学,往往需要将它置于同成人文学的比较中来进行,从比较中考察它与成人文学的联系和区别。联系,可以从成人文学中获取丰富的借鉴;区别,则是因为儿童文学毕竟需要强调它对特定年龄读者的适应性。

几百年来,儿童一直在成人文学中攫取自己的读物,纵然是世界儿童文学如此丰富多样的今天,孩子也依然在成人文学中攫取自己的读物。儿童的"胃口"总是特别好,天性使他们爱"生吞活剥"。

成人文学和儿童文学之间,历史上本来存在一个"中间地带"。这一中间地带里有世界儿童文学最美丽的风景。中国人已经熟知的有《最后一课》(法国:都德)、《万卡》和《渴睡》(俄罗斯:契诃夫)、《最后一片树叶》(美国:欧·亨利)、《热爱生命》(美国:杰克·伦敦)、《吹牛大王历险记》(德国:拉斯培和毕尔格)、《小耗子》(埃及:台木尔)等。这片"中间地带"的风景美丽而宽阔。仅就马克·吐温的两部"历险记"而论,难道它们仅仅是巍

峨葱茏,而没有广远的延伸吗?况且还有莎士比亚戏剧故事、列夫·托尔斯泰的《高加索的俘虏》、高尔基的《燃烧的心》,还有拉封丹和克雷洛夫的寓言、普希金的童话诗、王尔德的童话也在这个范围,而当今中国研究者和读者不太熟悉却已经多见于理论书和选本的一些作家的名字,例如沙米索、肖洛姆-阿莱汉姆、卡·恰佩克、诺贝尔文学奖获得者 I. B.辛格、米斯特拉尔和肖洛霍夫等,他们的作品令涉猎者拍案叫绝、叹为观止,仿佛出手于文学的上帝。当然,它们首先是诱俘了成人读者。热心于为孩子提供精神营养品的选家、出版家遂将它们挑选出来,作为精品向孩子们推介,认为这是孩子应该接受、可以接受,成人应该帮助孩子接受的文学精华。希望孩子们通过对这些作品的阅读,加深他们对人性和人生的理解,带引他们早早进入文学艺术瑰丽的殿堂。

在西方,有许多民间文学搜集者、整理者、改写者、研究者,他们往往是民间文学和儿童文学中都有重要地位的"骑墙文学家"。格林兄弟、阿斯彪昂生、安德鲁·朗、阿法纳西耶夫、阿·托尔斯泰、卡尔维诺、司·汤普森等都是这样的作家;研究儿童文学的人和研究民间文学的人同时从两边把他们奉为范师。

儿童文学和成人文学的终极标准,都是艺术生命力——由文学灵气、艺术才华、魅力、震撼力、渗透力和影响力所决定的艺术生命力。在艺术生命力面前,儿童文学和成人文学平等地受到时空的无情检验。一首不朽的儿歌和一部文学巨制应该是平等的。艺术生命力的强大和持久,不在于其本身的美学内涵,在于在久年研磨中是更生光彩了还是残损得不足道了。

很多西方作家认为文学就是文学,"儿童文学"是某些人为了理论研究的需要才被撰造出来的。他们认为文学之外有非文学,文学之内没有成人文学与儿童文学之区别。当然,专为孩子提供文学读物的作家队伍20世纪在各国都已先后形成,他们更强调儿童文学是一个以自己的整套法度和规矩区别于成人文学的独立王国,它拥有自己的主权,它不是成人文学的附庸,它是站在成人文学大树旁边的另一棵大树,一样的鲜翠诱人,一样的摇曳多姿。

应该强调的是,儿童文学和成人文学创作的逻辑起点是不同的。儿童文学为使孩子乐于接受,必须鲜明地张扬自己的特质,它具有童心世界那种独特的纯真美、欢愉美、变幻美和简洁美。儿童文学也不像成人文学那样强调民族和历史的文化纵深感,它的时间、空间常常被虚化,背景常常被淡化,环境常常被乌托邦化,在以大幅度艺术假定为创作原则的童话中尤其如此。所以儿童文学先天便于流传。它是文学中最世界、最人类的文学。

儿童文学和成人文学相比较,它是一种更理性的文学。理性表现在儿童文学需要作家去引导孩子思考真理与谬误、正义与非正义、高尚与卑鄙、美善与丑恶、诚实与虚伪、勇敢与懦弱,思考个人对社会的责任和义务,思考一个人活在世上究竟为了什么,等等。

儿童文学作家为了赢得读者,愈来愈懂得真实性、趣味性、游戏性、神奇性、惊险性、热闹性和戏剧性在内容和艺术表现上的特殊意义。

同成人文学相比较,儿童文学的创作更多倚重、利用民间文学的元素。在研究儿童文学尤其是在研究童话的理论活动中忽视、轻视、无视民间文学的丰富滋养,是与国际研究状况背离甚远的现象,是一种理论盲视。

成人文学拥有儿童读者,儿童文学则更易拥有成人读者。儿童文学通向成人读者的途径比我们想象的要多。当有的成人文学评论工作者以趾高气扬的贵族姿态对待儿童文学的时候,寻常百姓却饶有兴味地接受着儿童文学。优秀的儿童文学作品,读者自童至叟一生都在"反刍"它们,咀嚼它们,一生从它们中间汲取到营养。

当然,要让读者读一生的儿童文学,确实有千万条理由应当比成人文学写得更好些。

外国童话是一个足够大的借鉴领域

"外国童话",纵然只就相对于文学的一个分支——儿童文学而言,也不过是分领域当中的一个分领域,却已是足够大的、比通常人想象的还要大得多的一个广阔空间,毕一生研究精力和智慧的投入,也只能把握住一部分,至多是大部分。对这已经勉强可以算是把握住的这一部分,要发表一点中肯的意见,也得先了解西方人的见解,然后再发表作为一个中国学人的看法。

外国童话是很重要的一个领域。外国童话研究之所以重要,是因为首先,外国出现现代童话文学现象比我国要早一个多世纪。一个多世纪前,西方就出现了进入主流文学史的童话作品,而我国整个 20 世纪都很难说有哪怕一篇纯创作童话已在世界上普遍流传。其次,我国最早的、被认为是中国童话起点的《无猫国》(其实是并不合格的童话作品)是从欧洲《泰西五十轶事》取材编撰的;"五四"时期出现的童话《稻草人》是模仿英国著名作家王尔德的《快乐王子》写成的。这已可证实没有西方童话的引入,中国现代童话连现象的发生都是难以设想的。我们所见的事实是,中国先接受了西方童话的影响,尔后才有中国现代童话文学现象的发生。再次,从"童话"名词的引入到童话文学特征的研究,都直接来自西方,或经由日本从西方学来;我国现今提及儿童观、儿童文学观、童话观,言必称周树人、周作人的种种说法,也都是从西方相关言论中提取而来的。

研究外国童话和外国童话理论,中国童话研究才有正本清源之可能。这正如我们虽有可以媲美于世界上任何一部文学经典的《红楼梦》,但是鲁迅还是坦率地说,他创作的第一批小说,"所仰仗的全在先看过的百来篇外国作品"(《我怎样做起小说来》),"我所取法的大体是外国的作家"(《致董永舒》)。从他国拿来和向他国学习,都是我国文学别求新声所必需的。其实,任何一个民族的文学的良性发展都是博采各民族文学之长的结果。

中国最早可以被肯定为是 20 世纪童话经典之一的作品,正产生于一位翻译大家之手,那就是任溶溶先生写成于 20 世纪 50 年代的《"没头脑"和"不高兴"》。而 20 世纪最后 20 年童话的欣欣向荣,也主要是因为西方童话无碍地被引入,为童话作家们提供了参照和学习的方便与自由。最近这 20 多年的童话生产状况感觉良好纵然还只能在中国作家自己心里,那也不是没有前提和条件的:前提和条件的一个方面固然是创作主体本身所具有的,但是客观上有西方童话全方位提供着楷模——而且,这种楷模是大量的以汉文形态存在着的。我们比之光绪末年的"新党"们的条件要好得太多了。他们当年为了维新,为了给中国图个富强,不得不三四十岁还硬着舌头去学英文、学日文。而在今天的儿童文学理论界,对于外国童话理论的借鉴,从来不是羞羞答答的,请看今天中国之儿童文学理论家们的论文参考书目和篇目,就说明了给中国儿童文学研究者壮胆壮行色的多是外国童话理论,只是苦于可供借鉴的舶来理论总还嫌太少。

没有什么好难为情的。人类之所以是人类,就在于我们能够彼此自由地融通智慧,包括儿童文学的智慧。

对外国童话要素的理解

世界童话现象存在的琳琅满目，是各国童话作家，就今天来说，仍主要是欧美童话作家们努力创新的结果。但是创新努力万变不离其宗，总脱不开这样三个要素：

（1）年龄偏低的儿童是它的读者对象。这个"年龄偏低"是指它的读者对象主要是小学生和小学以下年龄段的儿童。这是对童话阅读对象的定位。绝妙好童话固然是各个年龄层次的人，即我常说的8至80岁的人都喜欢读，但是首先要赢得年龄偏低的儿童。这是童话文学区别于其他类别幻想文学的一条分水岭。

（2）让年龄偏低的儿童迷恋的故事。故事是抒情诗以外的一个文学大范畴，不是只有童话文体在强调故事。诗化的童话可以以诗情画意顶替部分对故事的要求，然而在多数情况下，故事性则不嫌其强，越新越奇越美越好，甚至让孩子瞠目，倒或许是童话故事精彩的一个表征。

（3）年龄偏低的儿童乐于进入的超验幻想世界。对童话来说，这是最具本质意义的一个要素。超验的幻想世界也不为童话文学所独具，所以还必须同"年龄偏低的儿童"这个要素联系和结合起来，对"超验幻想世界"提出符合儿童思维特点的要求，强调能抓住儿童的心，勾住儿童的魂，让儿童不知不觉地在幻象世界中受到各种美的陶冶。

就童话的特质而言，则也脱不开以下三个要素：

（1）纯真。纯真是童话的精神。它的内涵是对人生、对世界纯真的愿望、纯真的关切、纯真的同情。"童话的发源地是每个人的'纯真的心境'"，"每个现代人如果能够稍稍摆脱生活里的'现实'，追求生活里较有永恒性的'真实'，那么，'纯真的心境'就会出现，童话也就在他心里诞生"（台湾 林良：《一个纯真的世界》）。童话是悬在庸烦生活暗淡云团后面的金色太阳，它等待着葆有天真的、时时怀有善心的人去接受照耀。

（2）诗意。童话把生活中和心灵中近乎诗的那部分抽引出来，用超越现实的想象构筑成另一个世界，这个世界里充满着超越时代浪潮的、超越国家疆界的、超越阶级利益的对一切真挚东西的同情和向往，而孩子正是特别富于这种诗意情怀的人类群体。所以，诗意情怀是合格童话作家的一个标志。这种"诗意"既是一种情感，也是一种思想；既是一种氛围，也是一种艺术。

（3）荒诞。纯真和诗意并不为童话所独具，而为孩子所乐于接受的荒诞则是童话本质性的艺术内涵。这种艺术内涵之于童话文学，犹如血液之于人体一样不可或缺。童话首先必须具有荒诞的美学品格。荒诞是作家运用夸张、变形等手法，大幅度地变异生活，以取得离奇古怪、玄妙无比的形式。童话的荒诞如果出色，就会产生新的童话美。出色的荒诞之所以能成为童话的美质，就因为它给童话带来全新的面貌，带来神妙的艺术魅力，能给人以惊喜、以美的享受。出色的荒诞总是表现为：荒诞得出奇，荒诞得真实，荒诞得新鲜，荒诞得幽默，荒诞得美丽。荒诞得幽默是特别需要加以强调的。幽默性的隔壁住着喜剧性。喜剧是把艺术和现实的距离拉开，幽默则帮助荒诞将两者的距离拉得更有艺术趣味，更有喜剧氛围，它使人们从心理上和感情上确认这种距离是美的。

外国儿童幻想故事的形成要素

外国童话史所描述的大多是现代幻想故事，严格说，是"儿童幻想故事"（也有称"童话小说"的),这样定位才能排除幻想故事中不适合儿童阅读的那部分。英语世界里,这种童话被通称为 modern fantasy(现代幻想故事)。幻想故事的本质要求,是想象力的高度活跃和自由。童话当然需要现实主义的合作,但却不喜欢现实主义对它纠缠不休。无论是意味,无论是艺术,童话天性喜欢飘逸和自在,喜欢浪漫主义。比较起来,小说的自由是在发生过和可能发生的人、情、事范围内,而童话的自由则在想象和未知的幻象领域。

现今作家选择童话,是一种对真实表现方式的选择,它主要不是着眼于生理的真实和外部社会的真实,而是以表现孩子心理方面的真实为依归。modern fantasy 类型的童话创造者们运思构作儿童幻想故事,不外乎从童话故事的三个基本要素上去表现自己的独特性。

(1)地点。故事地点的"神奇境域化"、"梦境化"、"白日梦化"(wonderland)往往是创造童话的首要条件。童话发生的地点,纵然是在人们熟悉的城市里,但是一旦进入了童话,那个城市也就成了与现实城市大相径庭的 wonderland,而且更多的是虚拟的地点,虽然它对读者来说是陌生的,但读者可以理解、可以接受。有的童话故事发生在镜子和橱门的那一边,发生在种种假定的或有假定成分的环境中。总之,一切方便作家进行想象创造的故事地点都可以被作家所选择。

(2)人物。用想象创造超自然、超现实的童话人物角色,是童话的主要手段。一切都处在常态中的人物不可能成为童话人物的主体(常态的人可以做童话里的配角),人得有超常的功能,或在外力的催助下具有超常的形态。譬如人小得可以骑上鹅背,大得可以像天文望远镜,等等。作家能够按照需要,创造世界上并不存在的既非人也非动物的角色,譬如北欧扬松童话中的那些"姆米",可以是机器人,也可以是由粉笔做腿的猫,还可以是自己会走路的椅子,等等。

(3)时间。时间被当作童话创造的手段,是因为时间在童话作家的手中是一种富有弹性的东西,可以退回几百年前,可以进入几百年后,可以像水、像空气似的被抽出、被灌入,可以被买卖,可以被窃取,孩子可以因为失却时间而成为白胡子男孩和白头发女孩。总之,时间在童话作家手里是可以被魔变的。

所有这一切必须求其"似非而是"。"似非而是"既是童话创作必须遵循的规则,又是好童话的一般标准。要达到这个标准,须得具备下列条件:

童话核心必须由幻想因素构成;

童话情节必须围绕幻想因素展开;

童话细节必须与幻想因素相一致;

童话所采取的幻想因素必须有很强的可信性;

童话角色对孩子必须既陌生又熟悉。

一个国家、一个民族、一个地区的童话地位的高低,取决于 modern fantasy 这类童话的艺术魅力的强弱与读者的多寡,并以上述条件为标准,确定一个国家、一个民族、一个地区的童话在文学史中所应占据地位的高低。

(原载韦苇著《外国儿童文学发展史》,少年儿童出版社 2007 年版)

论国内外儿童文学评奖与图书馆系统的关系

齐童巍

一

2007 年，英国权威儿童文学奖卡内基奖和凯特·格林威奖分别迎来了其正式颁奖 70 周年和 50 周年的纪念日。和中国很多的儿童文学奖相比，这两个奖项有一个很大的特色就是：奖项的提名过程中，是从图书馆馆员那里获得信息的，而不是由出版商提交参赛作品；另外在评奖过程中，也充分地体现了图书馆馆员的参与。这也为我们提供了思考世界范围内儿童文学奖评奖方法的一个角度，去考察儿童文学奖与读者接受，儿童文学奖与图书馆、图书馆协会、图书馆馆员之间的关系。

卡内基奖和凯特·格林威奖是英国两个历史比较悠久的儿童文学奖，分别创立于 1936 年和 1955 年。

卡内基奖是为了纪念伟大的苏格兰慈善家安德鲁·卡内基（Andrew Carnegie 1835—1919）而由英国的图书馆协会设立的。卡内基从小得益于在图书馆的经历，让他树立了"把自己所有的财富都用于建立免费图书馆"的信念；他一生中在英语世界创建了 2800 家图书馆，超过一半的英国图书馆下设有"卡内基图书馆"这样的一个部门。可以说从卡内基奖一开始的设立，就与图书馆有了不解的渊源。

凯特·格林威奖同样由英国的图书馆协会设立，用 19 世纪儿童插图画家和设计家凯特·格林威（Kate Greenaway）的名字命名。

从 2002 年开始，这两个奖项都由英国的图书馆与专业信息协会颁发，这个机构是由原来的图书馆协会和科学信息协会合并而成，是一个为图书馆馆员和信息管理人员服务的专业机构，由来自于工商业、教育、中央和地方政府、健康机构、志愿服务部门、公共图书馆的 24000 名成员组成。

每年 11 月，图书馆与专业信息协会开始这两个奖项的提名，针对的是前一年中出版的书籍，通过网络和书面两种方式进行。图书馆与专业信息协会主办的杂志《图书馆与信息公报》也刊载提名表格，同时接受电话提名。在这个阶段，图书馆与专业信息协会的个体成员们提交他们的提名，可以通过地方当局进行个体提名，也可以通过协会的地区分支和专门部门表达意见。在这个程序中，每年一般都会有 40 到 50 个书目进入提名。

卡内基奖和凯特·格林威奖的评选过程由图书馆与专业信息协会的一个专门的国际团队青年图书馆组织负责，这个团队自身有 3000 名成员，又从这些成员中产生 12 名成员形成这两个奖项的联合评委会。

在提名结果出来之后，12 名成员组成卡内基奖和凯特·格林威奖的联合评委会对每一个书目进行阅读和评估，由他们负责评定候选人名单。一个供最后挑选用的候选人名单将在次年 4 月中旬出炉。最后，由联合评委会确定最终获奖名单，并在 6 月份隆重的颁奖典礼上公布。

二

　　无论从提名、评奖的过程以及评奖的机构几个方面来看,卡内基奖和凯特·格林威奖都体现了浓厚的图书馆特色。颁发这两个奖项的图书馆与专业信息协会由创立这两个奖项的图书馆协会演变而来,在信息化的背景下,改组成了一个兼具信息化的组织,这也与图书馆的发展趋势相一致。

　　进入 21 世纪,各种各样的数字图书馆和数据库蓬勃兴起,网络得到了更多、更快的普及,书籍的传播和阅读也更多地受到信息化的影响。图书馆协会做这样的改组,其实也体现了卡内基奖和凯特·格林威奖在应对时代变迁的过程中,保持了与图书馆的一贯关系,并得到了同步发展。

　　把目光投射到同属英语语系的国家美国,在美国最具盛名的两个儿童文学奖是纽伯瑞奖和凯迪克奖,分别创立于 1921 年和 1937 年,现在均由美国图书馆协会的分支机构美国儿童图书馆服务联合会颁发。

　　纽伯瑞奖颁发给上一年度最杰出的作家,凯迪克奖颁发给上一年度最优秀的图画书插图画家。凯迪克奖和英国的凯特·格林威奖以及国际安徒生奖的插图奖一起被称为国际三大图画书大奖。

　　美国儿童图书馆服务联合会的核心目标是通过图书馆为儿童创造一个更好的未来,当然也把这一目标体现在了日常活动之中,也体现在了纽伯瑞奖和凯迪克奖的评奖过程当中。

　　美国儿童图书馆服务联合会主办的各个儿童文学奖,参与评奖方法比较简单,每个人都可以向美国儿童图书馆服务联合会以及当年的评委会主任、评委直接寄送作品参与评奖。但是,评选必须符合这样一些标准:奖项颁发给过去一年中对美国文学贡献最大的用英语为儿童出版作品的作者;对于作品的特征没有绝对限制,但是必须是原创性的作品,有具体的书名;作者必须是美国公民或者美国常住居民。同时,美国儿童图书馆服务联合会特别注明评委会需要始终牢记在心的是,奖项颁发的依据是作品是否具有良好的文学品质和是否能够成为给孩子们的优质礼物,而不是把奖项颁发给那些好教诲的文字,或者只是流行的作品。参评的条件是比较宽泛的,但是评选的过程依然十分强调和注重文学作品本身的质量和魅力。

　　评委方面,在美国儿童图书馆服务联合会公布的 15 人组成的 2008 年纽伯瑞奖评委会中,7 人直接来自图书馆,1 人来自大学的科研人员,4 人来自其他教育阶段的学校,另外 2 人来自媒体,1 人是社会人士。同样由 15 人组成的 2008 年凯迪克奖评委会中,有 12 人来自图书馆系统,2 人为编辑,1 人来自大学。

　　这较之前文提及的 2007 年卡内基奖和凯特·格林威奖的联合评委会,两者有很大的共同之处。

　　2007 年卡内基奖和凯特·格林威奖的联合评委会由 12 人组成,其中有 10 人来自图书馆,1 人来自大学,1 人有着 15 年的图书馆员工作经历并正在另外的服务机构中服务于图书馆,具有图书馆员身份的评委比例与 2008 年纽伯瑞奖评委会和凯迪克奖评委会的评委比例基本一致。

　　可以说,在英美这几个主要的儿童文学奖的评奖过程和评委会的组成人员中,都充分地体现了图书馆馆员的作用和影响,成为评价作品的另外一个角度。当然,也应该看到,在英美两国各种种类繁多的儿童文学类奖项当中,也存在着其他各种评奖方式,有提倡儿童在评奖过程中的直接参与的,也有重视出版商的推荐的,等等。

三

我国主要的儿童文学奖有:中国作家协会主办的全国优秀儿童文学奖、以宋庆龄基金会为主主办的宋庆龄儿童文学奖等等。

全国优秀儿童文学奖是中国国内评奖范围比较广、历史比较悠久的儿童文学奖,该奖评选工作由全国优秀儿童文学奖评奖委员会承担,评奖委员会由儿童文学界有影响的作家、理论家、评论家、编辑家组成,每一届评委会成员的组成应有更新,更新名额不少于评委总数的二分之一。在13人组成的第六届(2001—2003)儿童文学奖评委会中,有4人是来自大学的评论家,1人为官方官员,其他8人均为各专业机构的编辑和评论家。

根据《"宋庆龄儿童文学奖"评选章程》,宋庆龄儿童文学奖评审委员会由儿童文学作家与评论家及儿童教育、社会工作者组成,负责参评作品的评审工作。2002年,第六届宋庆龄儿童文学奖评选中,在推荐的基础上,由北京大学、北京师范大学硕士生、博士生组成初评读书班,确定了42部篇目入围复评;在13人复评委员会中,有7人来自研究机构,其余6人为作家和编辑。

和前文中论述的卡内基奖、凯特·格林威奖、纽伯瑞奖和凯迪克奖等历史比较悠久的奖项相比较,中国的儿童文学评奖有自己的优势,也有需要改进的地方。

儿童文学奖评委会	图书馆系统	科研机构（评论家）	其他教育阶段的学校	媒体（编辑、作家）	社会	官员	合计
2007年卡内基奖、凯特·格林威奖联合评委会（英国）	10	1	0	0	1	0	12
2008 年纽伯瑞奖评委会（美国）	7	1	4	2	1	0	15
2008 年凯迪克奖评委会（美国）	12	1	0	2	0	0	15
第六届（2001—2003）全国优秀儿童文学奖(中国)	0	6	0	6	0	1	13
第六届（1999—2001）宋庆龄儿童文学奖(中国)	0	7	0	6	0	0	13

根据表格中的数据以及上文的论述,可以看到世界范围内存在着各种各样的儿童文学的评奖方式,英美主流儿童文学奖和我国的各种儿童文学奖项在评奖方式上有着其自身的特色和优点。

首先,英美两国的各种儿童文学奖中,部分主流的儿童文学奖和图书馆系统有着紧密的关系。在我国,两个全国性的权威儿童文学奖最近一次评奖的评委几乎全部都由专业的评论家和资深作家组成;而在参赛作品的推荐过程中,也不接受个人的自荐,均须得到出版社等专业单位的推荐。这一点是与西方部分主流儿童文学奖的评奖方式有所不同的。

第二，我国没有出现由图书馆馆员如此广泛参与的儿童文学奖，图书馆馆员尤其是儿童图书馆馆员的作用尚未在儿童文学的评奖中得到充分发挥。

在国外则不同，有大量的儿童图书馆和儿童图书馆馆员参与到儿童的阅读进程中。写作《欢欣岁月》的李利安·史密斯女士就是其中比较著名的一位。李利安·史密斯女士早年接受了儿童图书馆馆员的专业训练，1912 年受聘为加拿大多伦多市立图书馆儿童部主任。在随后的岁月里，她把图书馆书架里她认为不适合儿童看的书全部抛弃，当书架空出来时，又一一慎重地选择好书将书架填满。李利安·史密斯女士全身心地致力于儿童图书馆事业和儿童阅读指导方面的工作，直至退休，极大地促进了加拿大儿童图书馆事业的发展。同时，李利安·史密斯女士还撰写了被称为 20 世纪儿童文学理论著作"双璧"之一的《欢欣岁月》，这本书既是李利安·史密斯女士在儿童文学专业领域的杰出成果，也可以被看成是一个有着儿童图书馆馆员身份的女性对全世界孩子的一份充满母爱的馈赠。

正是在有着无数像李利安·史密斯女士一般优秀的儿童图书馆馆员的文化土壤当中，才能够出现像卡内基奖、凯特·格林威奖、纽伯瑞奖和凯迪克奖这样一些图书馆馆员如此广泛参与的儿童文学奖。

联合国教科文组织在《公共图书馆宣言（1994）》中将图书馆馆员称为"读者和资源之间的桥梁"是不无道理的，宣言也强调了对图书馆馆员进行职前和在职的培训。因此，如何在儿童图书馆事业的发展中强调和发挥好图书馆馆员的作用，显得至关重要；同时，让优秀的儿童图书馆馆员参与到儿童文学的评奖中来，无疑也有利于中国儿童文学奖项自身的完善和发展。

第三，图书馆学会的作用也没有体现在我国儿童文学评奖的过程中。

在中华人民共和国成立以前，1925 年曾经出现过中华图书馆协会，这个现代图书馆专业学术团体的宗旨是："研究图书馆学术，发展图书馆事业，并谋图书馆之协助"，第一任董事部部长为梁启超。该协会设有分类、编目、索引、出版、图书馆教育、图书馆建筑等专门委员会。

中华人民共和国成立后，中国图书馆学会在几十年的过程中已经得到了很大的发展，以图书馆行业管理、当好政府参谋和推动图书馆事业发展为出发点，在学术研究、教育培训、馆际协作、编辑出版、行业服务、倡导阅读等方面发挥越来越大的作用。这也与我国儿童图书馆的发展现状相关。经过中华人民共和国成立将近 60 年，改革开放近 30 年的发展，我国公共文化投入不断增加，公共文化服务体系正在建立，但是还有不尽完善的地方。十七大指出要"深化文化体制改革，完善扶持公益性文化事业"，"坚持把发展公益性文化事业作为保障人民基本文化权益的主要途径"。图书馆学会作为图书馆这项公益性文化事业的专业社会组织，理应在繁荣我国公益性文化事业的过程中发挥应有的作用。

推广、普及阅读的工作是图书馆学会义不容辞的责任，当然这当中也包括了儿童文学的推广、儿童阅读的普及。而图书馆学会对儿童文学评奖积极参与，不啻是一种良好的方法，对引导、促进儿童阅读，推动阅读普及工作向未来发展，都有着很大的意义。

第四，我国法律体系中尚欠缺《图书馆法》和各类图书馆标准。从完善中国特色社

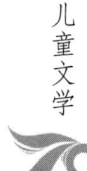

新中国儿童文学

主义法律体系的角度来看,图书馆这一公共文化服务体系的发展和繁荣缺乏国家完善的法律和制度的保障。这突出体现了文化体制创新和文化制度完善的重要性和迫切性。我国必须尽快制定《图书馆法》和各类图书馆标准,并且在制定过程中,必须把图书馆系统对儿童服务的职责写入其中;也可以积极鼓励图书馆系统参与儿童文学奖项评选。

在本文的考察中,英、美两国几个主要儿童文学奖的评奖方法为我们提供了考察中国儿童文学评奖的一个外来尺度。比较异同,改进不足之处,发扬自己的长处,有利于我国各类儿童文学奖项健康、有序、科学地发展。

（原载《中国儿童文学》2008 年第 1 期）

关于西方文学童话研究的几个基本问题

舒 伟

作为一种日常话语，"童话"在表述具有幻想性和美丽动人之特点的事物方面具有不可替代的作用。但作为幻想文学的一大类型，童话文学很容易招致误解或者漠视。由于历史的，以及童话名称本身的原因，作为一种幻想文类的当代童话故事很容易被看作包含仙女、魔法等内容的短篇低幼儿童故事（尤其在国内），或者被理所当然地等同于民间童话。在批评实践中，人们之所以将民间故事与童话故事等同起来，将传统民间故事（或民间童话）与当代文学童话等同起来，主要原因在于人们忽略了民间故事（民间童话）与文学童话（艺术童话）之间的区别，模糊了它们各自的历史和文学范畴；而且忽略了童话文学发生、演进、发展的历史进程，从而消解了现当代童话文学的历史语境，也消解了作为其最重要艺术载体的童话小说的本体论特征（源自童话文学传统的本质特征、精神特征和艺术特征），使童话小说消隐或者混同于疆界模糊、面目模糊的幻想小说之中。有鉴于此，在探讨现当代西方童话文学之前，有必要对童话文学研究的几个基本问题进行梳理和阐释。这些问题包括：童话文学形成的历史进程以及童话文学的基本范畴和类型；"童话"名称的由来及其意义辨析；作为文学童话之艺术升华的现当代童话小说的历史性崛起；童话文学的基本叙事特征；广义的童话文学与广义的童话之说；"童话小说"与当代幻想小说主要类型辨析；童话小说与科幻小说辨异；现代童话小说的双重性特征；儿童本位的童话小说与成人本位的童话叙事。

一、从原发到升华：童话文学的演进及其基本范畴、类型

现代意义的童话文学从缓慢发生到迅猛发展大体上经历了三个阶段。第一个阶段是童话的原发阶段：童话在神话和民间故事的沃土中生长发育，在漫长的岁月里逐渐向文学童话发展，其基本轨迹表现为从神话叙事逐渐走向童话叙述，从古希腊神话到意大利斯特拉帕罗拉的故事集《欢乐之夜》和巴西莱的故事集《五日谈》的问世，以基本成型的"睡美人""白雪公主""灰姑娘""穿靴子的猫""小红帽""美女和野兽"等原型童话故事的文字记述作为标志。第二个阶段是童话的继发阶段：17世纪以来，在人们开始关注和重视民间文学的大背景下，一些具有卓具才学和创造力的学者、作家等相继对民间流传的童话进行收集整理出版，继而在此基础上进行文人的独立创作，从而催生了现代形态的文学童话。法国贝洛童话、德国格林童话和丹麦安徒生童话这三座童话里程碑的相继出现标志着童话的继发阶段的完成。托尔金在《论童话故事》中把童话传统比喻为那些"覆盖着岁月大森林地面的童话故事树"。正是在经历了这两个阶段之后，在岁月大森林的沃土中破土而出的童话嫩芽即将长成枝繁叶茂的童话大树，进入一个全新的阶段。这就是童话发展的第三个阶段：童话文体的升华阶段。其标志就是历史性地出现了两个民族国家的童话小说创作潮流。18世纪后期出现的德国浪漫派童话运动揭开了童话文学发

新中国儿童文学

1949—2019

展史上新的一页；而从 19 世纪中期以来异军突起的英国童话小说开创了英国儿童文学的第一个黄金时代，同时确立了文学童话独特的艺术品位。如果说德国浪漫派童话具有强烈的政治和社会批判性锋芒，一开政治童话小说创作之先河，那么英国维多利亚时代童话小说的成就标志着泛儿童本位的童话小说文体的成熟。20 世纪以来，童话小说成为世界文学童话的最重要的艺术表达方式，表现手法日臻完美，同时呈现出多样化的趋势，不仅涌现了大量为儿童读者创作的童话小说，而且出现了不少为成人读者创作的童话小说。

作为一个整体，童话文学主要包括传统（经典）童话和现当代文学童话两大部分。发端于欧洲民间文学传统的早期文学童话也称为经典童话，主要包括以多尔诺瓦夫人的童话故事和贝洛的《鹅妈妈故事集》等为代表的法国童话，以格林童话和豪夫童话等为代表的德国童话，以及以安徒生童话为代表的北欧童话等。现当代文学童话最重要的艺术载体是童话小说，它兴起于 18 世纪后期的德国浪漫派童话创作运动，继而由 19 世纪中期以来异军突起的英国童话小说潮流引领至一个黄金时代（也被称为英国儿童文学的第一个黄金时代）。至此世界童话文学的版图上形成了从 19 世纪的"爱丽丝"小说到 20 世纪末 21 世纪初的"哈利·波特"系列小说这样的具有世界影响的英国童话小说主潮。

与此同时，我们还需要对民间童话和文学童话等基本概念进行一个简要的梳理。文学童话也称艺术童话，是相对于民间童话而言的。早期的文学童话包括那些由文人采集、整理和用文字记述下来的篇目，后期的文学童话则是由文人独自创作出来的。就童话的名称而言，德语的"Märchen"界定了童话的两种形态：民间童话和艺术童话。这可作为人们认识童话文学的基本出发点。对于作为童话的"Märchen"，《牛津文学术语词典》是这样描述的："Märchen"是"关于讲述魔法和奇迹故事的德语词语，通常翻译为'fairy tales'，尽管在大多数情况下故事里都没有真正出现仙女。人们将 Märchen 分为两种类型：'民间童话'是那种由雅各·格林和威廉·格林收集在《儿童与家庭故事集》（1812）中的民间故事；'艺术童话'乃'艺术故事'，即文学创作故事，诸如 E.T.A.霍夫曼的怪异故事"。①

德国文化语境中的这两种童话类型（以格林童话为代表的民间童话和以 E.T.A.霍夫曼作品为代表的艺术童话或创作童话）实际上代表了世界童话文学的两种普遍形态。民间童话长期以来口耳相传，其特征为丰富的幻想因素，包括超现实的内容（主要有魔法、宝物、仙女、女巫、精灵、魔怪、小矮人，以及会说话的禽鸟兽类及其他动植物等）、奇异怪诞的情节和通常为短小故事的讲述形式。而艺术童话或文人创作童话往往汲取民间童话的母题、精神和手法，加以拓展运用，多通过中长篇小说的形式（当然也包括短篇小说）来隐射和表达作者对当下社会状况和社会问题的探索与批判。就此而论，"Märchen"从两个方面向我们揭示了德国作家对世界童话文学的历史贡献：（1）集欧洲民间童话之大成的格林童话及其影响；（2）德国浪漫派童话小说创作的成就及影响。新马克思主义批评家杰克·齐普斯在论及德国浪漫派童话小说创作的特征时指出："沙米索和霍夫曼向人们表明，童话故事那已经大众化的形式能够在何种程度上用于对社会进行卓绝的批判。"②从格林童话的流行到霍夫曼作品这样的浪漫派童话小说的兴起，童话文学的艺术形式已成为德国文学创作中的一个极其重要的传统因素。

二、"童话"名称的由来及其意义

接下来我们需要回顾一下"童话"通用名称"Fairy tale"的由来及其意义。这个词语源自 17 世纪末出现的法语"contes des fees",追溯这个词语的由来就是追溯民间童话向文学童话转变的历史过程。《牛津儿童文学指南》对"Fairy tale"是这样描述的:"讲述发生在遥远过去的,在现实世界里不可能出现的故事。尽管它们时常包含魔法神奇之事,有仙女(fairies)的出现,但超自然因素并非总是它们的特点,而且故事的男主人公和女主人公通常都是有血有肉的人类。除了能说话的动物,那些诸如巨人、小矮人、女巫和魔怪这样的角色通常也起着相当重要的作用。在 17 世纪末的法国,"contes des fees"这个词语被用来描述这样的故事,而对于这一时期的法语的"contes des fees"的英译文使"Fairy tales"和"fairy stories"进入了英语"。③

在特定意义上,法国作家对世界童话文学的历史性贡献同样体现在两个方面:(1)法国童话女作家通过她们的创作活动为那些作为一种文学类型的童话故事提供了一个富有意义的名称;(2)贝洛的《鹅妈妈故事集》进一步推动了民间故事向童话故事的演进。首先,"contes des fees"的出现要追溯到 17 世纪后期一群法国女作家进行的文学童话创作运动。在 17 世纪后半叶的法国巴黎,一群卓有才智的贵族女性在自己的家中举办沙龙,一方面尽情尽兴地探讨她们感兴趣的话题,另一方面为了相互娱乐,打发时光而讲述故事——而她们的故事大多取材于淳朴、奇异的民间童话。讲述者们注重讲述效果,对故事素材进行了加工,客观上形成了一个文学童话的创作运动。这些法国童话女作家主要包括多尔诺瓦夫人(D'Aulnoy)、米拉夫人(Mme. De Murat)、埃里蒂耶小姐(Mlle. L'Heritier)、贝尔纳小姐(Mlle.Bernard)、福尔夫人(Mme.de la Force)、贝特朗小姐(Mlle. Bertrand)等。其中影响最大的是多尔诺瓦夫人,她从 1690 年开始发表自己的故事,此后在十几年间共发表了十几部作品,包括历史小说、回忆录性质的书、历险故事集,以及两部影响深远的童话故事集:《童话故事》(Les Contes de Fees,1697)和《新童话故事集》(Contes Nouveaux ou Les Fees a la mode,1698)。这两部故事集收有 24 个童话故事和 3 个历险故事,其中包括《青鸟》《黄矮怪》《金发美人》《白猫》《白蛇》《林中牝鹿》《灰姑娘菲涅塔》等著名故事。多尔诺瓦夫人的《童话故事》第二年被译成英文出版,名为"Tales of the Fairys",随后出现了多种重印版本。在 1752 年的一本童话集的封面上首次出现了"Fairy tale"这一英语名称——'从此以后它就成为固定的用法而流传开来。随着时间的流逝,尽管人们一直对"Fairy tale"的词义是否准确还存有争议,但事实证明它具有强大的生命力,而且是难以替代的,因为它标志着以口耳相传为特征的民间童话向文人个人创作的文学童话的转变。关于为什么用"仙女故事"(Fairy tale)来称呼这一类故事,杰克·齐普斯从社会历史视野进行了解读:"'童话故事'这个词语是在一个特别的历史关头出现在人类的语言当中,而在 17 世纪末和 18 世纪初由多尔诺瓦夫人,埃里蒂耶小姐,德·拉·福尔夫人,贝特朗小姐及其他女作家创作的故事中出现了明确的迹象,表明仙女被看作是一种与法国国王路易十五和他的贵族们相对立,与教会相对立的女性力量的象征性代表。的确,这些女作家故事中的一切力量——也包括这一时期许多男性作家故事中的一切力量——都归属于那些随意浪漫,甚至是有些古怪的仙女们。因此,'仙女'故事一词用于称呼她们的文学创作故事是再恰当不过的了……"④

与此同时,作为法兰西学士院重要成员的夏尔·贝洛(Charles Perrault,1628—1703)

发表了他的 8 篇散文童话和 3 篇韵文童话,它们随即成为欧洲最流行的经典童话之一。一般认为,贝洛的贡献是确立了童话故事的艺术品位和文体价值。贝洛的童话故事虽然是对欧洲民间童话的改编,但呈现了真正意义上的童话故事形态,并在欧洲和世界产生重要影响。正如民间文学研究学者艾奥娜·奥佩(Iona Opie)和彼得·奥佩(Peter Opie)夫妇所论述的,贝洛创造的奇迹在于,那些故事变得如此生动,以至于人们再也无法对它们进行任何改进了。这些故事的流传不再取决于乡村讲述者们的记忆,它们已经成为文学了。⑤

童话"Fairy tale"的出现表明文学童话即将作为一种具有旺盛生命力的幻想文学类型登上人类文化历史的大舞台。文学童话融合了寓于民间故事的人类的烂漫童心与日趋成熟的讲述智慧,既有来自幻想奇境的神思妙趣,又采用了现代小说艺术的叙事手段,以实写幻,以幻出真,亦真亦幻,幻极而真,因此能够历久弥新,继往开来,延绵不绝。

如果说民间童话是集体创作的产物(受到集体无意识意义上的素材、母题及群体的关注和爱好的影响);早期的文学童话是集体创作与个人才能和气质相结合的产物(文人收集整理并加以文字记述);那么艺术童话就是作为个体的文人通过童话艺术独自创作的产物。从短篇小说到中长篇小说,当代文学童话的艺术表现形式能够最大程度地满足不同作者的创作需求,使个人的才智与才情得到最佳的发挥,使其能够将个人的想象与童话的本体精神最大限度地结合起来,通过童话艺术提炼作者的个人生活经历及其对人生的感悟,更加自如地抒发和表达作者对现实生活的感受和理解。作为世界文学童话创作的先驱者,安徒生童话虽然都采用短篇小说的表达形式,但已经具有鲜明的现代意识和灵活自如的叙述手段,使作者能够得心应手地抒发哲理、思想和情感,表露个人的观察和看法;此外,安徒生童话在文体风格上也是独特魅力的,既洋溢着乐观精神,也渗透着忧郁伤感;既有浪漫主义的情调,也有现实主义的写照,这种种因素的结合,使文学童话进入了一个全新的境界。在安徒生之后,人们竞相采用中长篇小说乃至长篇系列的形式进行创作,使童话小说的艺术表达呈现丰富多样、精彩纷呈的格局。

三、文学童话的艺术升华:现当代童话小说的历史性崛起

在童话文学史上,德国浪漫派童话小说与 19 世纪后期异军突起的英国童话小说共同构成了世界童话文学地图上的两座奇峰。这两座拔地而起的奇峰标志着世界文学童话进入了一个全新的继往开来的升华阶段。

18 世纪末期,在德国浪漫主义运动的历史语境中,众多德国浪漫派作家对童话母题、童话精神及童话艺术情有独钟,掀起了一场有声有色的童话小说创作运动。他们直面现实,又超越现实,大胆试验,大胆想象,推出了许多卓具艺术成就且风格各异的童话小说。这场浪漫派童话运动标志着传统民间故事(volksmä chen)向文学童话(Küntsmä rchen)的激进转变,书写了世界童话文学发展史上重要的一页,同时开创了政治童话或成人童话小说的先河。从早期的"艺术童话"(Kunstmä rchen)到后来的政治童话小说,人们可以列出长长的作家名单:克里斯托弗·马丁·维兰德(Christoph Martin Wieland)、乔安·卡尔·奥古斯特·穆塞乌斯(Johann Karl August Musäus)、本尼迪克特·诺伯特(Benedikte Naubert)、弗雷德利希·马克斯米兰·克林格尔(Friedrich Maximilian Klinger)、亨利希-容·施蒂林(Heinrich-jung stilling)、阿尔伯特·路丁·格林(Albert Luding Grimm)、威廉·亨利希·瓦肯罗德尔(Wilhelm Heinrich Wackenroder)、路得威希·蒂克兰

·诺瓦利斯(Ludwig Tieckand Novalis)、克莱门斯·布伦塔诺(Clemens Brentano)、约瑟夫·冯·艾兴多尔夫(Joseph von Eichendorff)、弗里德里希·德·拉·富凯(Friedrich de la Motte Fouque)、阿德贝尔特·封·沙米索(Adelbert von Chamisso)、E.T.A.霍夫曼(E.T.A.Ho-ffmann)、威廉·豪夫(Wilhelm Hauff)等,以及19世纪末的胡戈·冯·霍夫曼斯塔尔(Hugo von Hofmannstal)、20世纪的亨利希·舒尔茨(Heinlich Schulz)、奥顿·冯·豪尔沃斯(Odön von Horváth)、阿尔弗雷德·德布林(Alfred Döblin)等,直到爱德华·默里克(Eduard Morike)、阿德尔贝特·施蒂夫特(AdelbertStifter)、戈特弗里德·克勒尔(Gottfried Keller)、海因里希·海涅(Heinrich Heie)、费迪南德·赖曼(Ferdinand Raimun)、约翰·内普木克·内斯特里(Johann Nepomuk Nestroy)、乔治·布赫纳(Georg Buchner)、台奥多尔·施托姆(Theodor Storm)、叶雷米亚斯·戈特黑尔夫(Jeremias Gotthelf)、威廉·拉贝(Wilhelm Raabe)、胡戈·冯·霍夫曼斯塔尔(Hugo von Hofmannsthal)、赫尔曼·黑塞(Hermann Hesse)、托马斯·曼(Thomas Mann)、莱纳·玛丽亚·里尔克(Rainer Maria Rilke)、贝托尔特·布莱希特(Bertolt Brecht)、弗兰兹·卡夫卡(Franz Kafka),一直到海因里希·伯尔(Heinrich Boll)、西格弗里德·伦茨(Siegfried Lenz)、沃尔夫·比尔曼(Wolf Biermann)、施特凡·海姆(Stefan Heym)、君特·格拉斯(Gunter Grass)等,他们无不与童话故事或童话艺术结下了不解之缘。

新马克思主义批评家杰克·齐普斯高度评价了德国浪漫派作家用童话艺术来表达其政治思想的创作实践,并且使用了童话小说(fairytale novel)这一称谓。⑥齐普斯还指出:"几乎所有的浪漫派作家都被童话故事所吸引,并且以非常独创的方式对这种形式进行试验。事实上,童话故事已如此根深蒂固地沉淀在德国的文学传统之中,以至于从19世纪初以来直到现在,几乎没有一个重要的德国作家没有以某种方式运用或者创作过童话故事。"⑦这一时期最具代表性的作品有瓦肯罗德尔的《一个关于裸圣的奇妙东方童话故事》,诺瓦利斯的《克铃耳家史》,蒂克的《鲁嫩贝尔格》,布伦塔诺的《克洛普施托克校长和他的五个儿子》,沙米索的《彼得·施莱米尔光辉的一生》,霍夫曼的《侏儒查赫斯》和《金罐》,等等。杰克·齐普斯对于这一时期的德国浪漫派童话给予了高度的评价,认为"浪漫派童话的发展标志着一种新艺术形式的开端,它彻底突破了传统民间故事(volksmärchen)的形式,包含着浪漫派美学和哲学理论的要素"。⑧齐普斯之所以高度赞扬德国浪漫派童话是因为他从社会政治视野认识到,它们在表现形式和表达主张这两方面都是革命性的——而这正是人们认识德国浪漫派童话小说兴起的基础。

随着时间的前行,在19世纪英国工业革命和儿童文学革命这双重浪潮的冲击下,张扬想象力和游戏精神的英国童话小说异军突起,蔚为壮观。从19世纪中叶到20世纪初年,英国童话小说开创了世界文学童话史上一个星云灿烂的"黄金时代"。从历史语境透视,英国童话小说的崛起是多种时代因素共同作用的结果,包括工业革命的社会影响与重返童年的怀旧思潮;18世纪以来英国儿童文学领域的两极碰撞:坚持"理性"原则的创作主流倾向与19世纪以来由潜行到奔流的张扬"幻想"精神的倾向之间的激烈碰撞;此外,欧洲及东方经典童话的翻译引进对英国童话小说的创作产生了直接的催化和推动作用。正是在翻译引进的《一千零一夜》故事和欧洲经典童话(意大利巴西莱的《五日谈》、法国经典童话如多尔诺瓦夫人的童话和贝洛童话、德国的格林童话、丹麦的安徒生童话等)的影响和推动下,英国的幻想文学创作冲破儿童文学领域的理性说教话语之藩篱,大放异彩。从总体上看,维多利亚时代的英国童话小说数量之多,艺术成就之高,令世界文坛为之瞩目。这一时期的代表性作品有：F. E. 佩吉特的《卡兹科普弗斯一家的希望》（1844），罗斯金的《金河王》（1851），萨克雷的《玫瑰与戒指》（1855），金斯利的《水孩儿》（1863），刘易斯·卡洛尔的《爱丽丝奇境漫游记》（1865）、《爱丽丝镜中奇遇记》（1871），乔治·麦克唐纳的《在北风的后面》（1871）、《公主与科迪》（1883），王尔德的童话集《快乐王子及其他故事》（1888），吉卜林的《林莽传奇》（1894—1895）、《原来如此的故事》（1902），贝特丽克丝·波特的《兔子彼得的故事》（1902），伊迪丝·内斯比特的《寻宝者的故事》（1899）、《五个孩子与沙精》（1902）、《凤凰与魔毯》（1904）、《护符的故事》（1906）、巴里的《小飞侠彼得·潘》（1904）、肯尼斯·格雷厄姆的《黄金时代》（1895）、《柳林风声》（1908），等等。这一时期的英国童话小说创作形成了坚实的叙事传统，诸如卡罗尔、麦克唐纳、内斯比特、格雷厄姆这样的作家及其作品成为影响很大的，为后来者所仿效的榜样。从 19 世纪后期的两部"爱丽丝"小说到 20 世纪末的"哈利·波特"系列小说，英国童话小说创作绵延不绝的众多名篇佳作形成了英国儿童文学领域具有世界影响的幻想文学主潮。

四、童话文学的基本叙事特征

童话文学在演进过程中呈现的一个重要特征是幻想奇迹的童趣化。[⑨]尽管传统童话故事大多发生在模糊的过去，讲述在现实世界里不可能出现的包含魔法等超自然因素的神奇之事，但它们都具有一个共同的标识，那就是民间童话故事及文学童话在自身演进的进程中出现的幻想奇迹的童趣化走向。事实上，文学童话发生的必要条件就是幻想的神奇性因素被赋予童趣化的特性。无论是闹鬼的城堡、中了魔法的宫殿和森林、充满危险的洞穴、地下的王国，等等，都不过是童话奇境的标志性地点而已。当然，那些奇异的宝物，比如七里靴、隐身帽或隐身斗篷；能使人或物变形的魔杖；能产金子的动物；能随时随地变出美味佳肴的桌子；能奏出强烈的迷人效果的美妙音乐，因而具有强大力量的乐器；能制服任何人、任何动物的宝剑或棍子；具有起死回生神效的绿叶；能立即实现拥有者愿望的如意魔戒……都是童话世界不可或缺的因素。此外，童趣化童话叙事的另一个重要特征是讲述小人物的历险故事，表达的是传统童话的观念：向善的小人物拥有巨大的潜能，能够创造出平常情形下难以想象的惊人奇迹，彻底改变命运。童话的主人公，无论是公主、王子还是小裁缝、小贫民，一般多为弱小者，被欺压者或被蔑视者（典型例子见于《格林童话》）。许多主人公通常受到蔑视，被人瞧不起，被叫作"小傻瓜""小呆子""灰姑娘"等，完全处于社会或家庭生活中的弱者地位；他们之所以战胜强大的对手，本质上靠的是善良本性。当然，在此基础上，他们/她们需要得到"魔法"的帮助。

魔法的作用是不可或缺的，无论是积极的建设性魔法还是负面的破坏性（禁锢性）魔法，童话奇境的至关重要的传统标志就是童趣化的魔法因素。当然，即使在传统童话中，使主人公摆脱困境的魔法往往是有限定条件的。如在《灰姑娘》中，仙女教母通过魔法手段使灰姑娘得以参加舞会并深深打动了王子，创造了改变凄惨命运的奇迹。但魔力的作用仅限于午夜 12 点之前——时辰一到，魔法即刻消失，一切又回归原来的状态。伊迪丝·内斯比特的《五个孩子与沙精》显然借用了这一传统因素。孩子们在沙坑里玩耍时无意中发现了一只千年沙地精，它能够满足向它提出要求的人的愿望——但这魔力只能持续一天，当太阳落山时便会消失，一切又恢复常态。这种有限制的魔法力量自有它的奥妙：一方面让孩子们相信魔力会使平凡的生活变得丰富多彩；另一方面又能够让他们在无意识层面感到魔力也有局限而不过分依赖幻想的魔力。发生在灰姑娘身上的魔力虽然有时间限制，但正是这有限的魔法使她获得了改变命运的转机。在内斯比特的故事中，孩子们通过沙地精的魔法而经历了奇异的或惊险的人生境遇，体会到了各种改变带来的欣喜、震惊、惶恐、懊悔等情感，从而获得了对生活的更多理解，获得了心灵的成长。从心理分析学的角度看，不管发生了什么离奇怪异的事情，不管绕到多远的地方，童话故事的进程不会迷失，带着主人公到奇异的幻想世界旅行一番之后，童话又把他们送回现实世界。尽管这仍然是那个和出发前一样没有魔力的平凡世界，但故事的主人公此时已大不一样，他已经建立起信心，敢于迎接生活中充满疑难性质的挑战，更好地把握生活。[⑩]

通过对神话叙事和童话叙事进行比较，批评家发现，神话中发生的事情之所以显得不可思议，是因为它们被描写得不可思议。相比之下，童话故事里发生的事情虽然异乎寻常，但却被叙述成普普通通的事情，这些事情似乎就可能发生在任何普通人的身上。所以童话叙事的重要特征就是用自然随意的方式讲述最异乎寻常的遭遇。[⑪]换言之，童话文学最善于用贴近生活，不容置疑的语气讲述那最异乎寻常的遭遇，最不可能在现实中发生的神奇怪异之事，从而形成了一种独特的以实说幻、以真写幻、幻极而真的叙事模式。在格林童话《青蛙王子》里，小公主在王宫附近的大森林里玩耍，这是非常寻常的事情，任何小女孩都可能出现在那里，都可能做同样的游戏。那里有一棵古老的菩提树，树下有一口水井，公主时常在井边抛耍金球。这一次她却失手将球抛进了黑洞洞的水井之中。就在公主万般无奈之下哭起来时，一只青蛙出现了，问她为何如此伤心 —— 于是这能说会道的青蛙就把故事的主人公和读者一起自然而然地带入了传统童话世界的奇境之中。托尔金在《论童话故事》一文中以自己小时候听故事的切身体会为例，说明童话讲述方式的重要性："对于故事的信任取决于大人们或者那些故事的作者向我讲述的方式，或者就取决于故事本身具有的语气和特性。"[⑫]这种语气亲切自然的以实说幻、以真说虚、幻极而真的童话叙事特征也体现在许多现代杰出作家的叙事之中。例如美国作家埃德加·爱伦·坡（EdgarAllanPoe，1809—1849）就形成了一种奇崛的讲述方式。他笔下的故事内容往往离奇怪异，令人难以置信，但他在讲述过程中严密的逻辑性和实在性又令人着迷，使你不得不接受他的故事。这种叙述方式表现出明显的童话叙事特征。在包括《厄舍府的倒塌》（The Fall of the House of Usher）、《丽姬娅》（Ligeia）、《瓦尔得玛先生一案的事实》（The Facts in the Case of M. Valdemar）、《陷坑与钟摆》（The Pit and the Pendulum）、《泄密的心》（The Tell-Tale Heart）等这样的故事中，爱伦·坡无不一本正经、煞有介事地讲述那超绝怪异的恐怖故事，通过"逼真性、类比性和或然性"而使它们产生了强烈的心理效果。英国著名电影导演希区柯克就深受爱伦·坡作品的影响，而且形成了自己独特的叙述人类内心恐惧的惊险电影叙事手法。

当然，传统童话文学的叙事模式既是稳定的、历久弥新的，也是开放性的，富有极大的弹性，而且随着时代的前行而获得了新的发展。其中以卡洛尔的"爱丽丝"小说为代表的现当代童话小说极大地拓展了传统童话的叙事模式，为童话文学增添了全新的蕴含现代性和后现代性因素的叙事特征。卡洛尔用平常给孩子们讲故事的口吻，用亲切自然的语气讲述小女孩爱丽丝在地下世界和镜中世界的经历，而呈现在读者面前的却是不可思议的奇遇，以及梦魇般的经历，还有最出乎意料的怪人（疯帽匠、公爵夫人、乖戾的棋牌王后与国王，等等）、怪物（怪物杰布沃克）、怪动物，以及最深刻的现代主义和后现代主义因素（梦幻叙事、意识流、噩梦情节、悬疑重重的迷宫、荒诞的遭遇、黑色幽默），等等。爱丽丝原本是一个普通的小女孩,但她从兔子洞进入奇境之后,一种令人既熟悉又陌生的现代性魔力就笼罩着这个王国。这种魔力催生了一种独特的荒诞滑稽的恐惧感,使传统的现实与想象的魔法世界被欲罢不能的噩梦般的魔法世界所取代。从现代心理分析视角看,传统童话的深层结构是普遍的童心梦幻,一种清醒的童话之梦。它不但具有梦的一般特征(恍惚迷离、怅然若失、求之不得、徒劳无益、奋然挣扎),而且是许多代阐释群体"集体无意识"作用的结果,是愿望的满足性的象征表达。这种清醒之梦的张力使传统童话基本呈现出前后一致的线性结构:从明确的开端、快速展开的情节到主人公经过磨难或考验后获得成功,圆满解决问题的结局。如果说传统童话(尤其是民间童话)展现的是清醒的梦幻,那么"爱丽丝"故事就向人们展示了一个"卡夫卡"式的梦幻世界。爱丽丝在奇境世界和镜中世界所遭遇的一切都变得稀奇古怪,而且令人感到一种难以言状的可怕又可笑的魔力作用和某种滑稽的恐惧感。这正是人们在卡夫卡的《变形记》《审判》《城堡》等作品中感受到的气氛。正如马丁·加德纳所列举的奥地利作家卡夫卡的《审判》和《城堡》与"爱丽丝"小说之间的相似之处:卡夫卡笔下的审判相似于《爱丽丝奇境漫游记》中由国王和王后把持的对红桃杰克的审判,发生在《城堡》里的事情相似于"爱丽丝"故事的国际象棋游戏,那些能说会走的棋子对于棋赛本身的计划一无所知,完全不知道它们是出于自己的愿望而行动的呢,还是被看不见的手指摆弄着行走。[13]

事实上,童话文学的这种以最自然随意的方式,或者最亲切随和的语气来讲述最异乎寻常之遭遇的叙事方式具有极大的艺术表现力和渗透力。从哥伦比亚作家加西亚·马尔克斯的《百年孤独》及《霍乱时期的爱情》等作品中,人们也能发现相似的叙事特征。也许马尔克斯的外祖母在他童年时为他讲述故事时就已经做出了示范:"她不动声色地给我讲过许多令人毛骨悚然的故事……讲得冷静,绘声绘色,使故事听起来真实可信"。[14]由此推而广之,人们可以在当代世界文坛上发现相似的文学现象。细究起来,意大利作家翁贝托·艾柯(Umberto Eco,1932—   )的《玫瑰之名》和《傅科摆》等作品也具有非常相似的叙事特征。该书有500多页,故事充满了紧张悬疑的气氛,而且惊险情节扣人心弦,但作者始终用一种刻意的温文尔雅的方式来讲述故事。土耳其作家奥尔罕·帕慕克(Orhan Pamuk,1952—   )在《我的名字叫红》一书中也采用了类似《玫瑰之名》的那种温文尔雅的方式来描写冷酷的阴谋和谋杀。小说描写1590年末的伊斯坦布尔,国王苏丹将国内最卓越的四位细密画大师召集进宫,令他们秘密地制作一部为他本人及其帝国歌功颂德的书籍。随后便发生了不可思议的、骇人听闻的谋杀事件。作者的叙述无疑体现了艾柯式的或者说童话式的以冷静超然的方式讲述骇人听闻的血腥暴力事件的特征。童话文学的叙事特征看似随意自然,实则奇崛不凡。难怪意大利作家卡尔维诺要把作家描写的一切,甚至最现实主义的作家所写的一切都称为童话。实际上,这是人们特意用广义的童话之说来描述伟大的文学杰作的艺术性。

五、广义的童话文学与广义的童话之说

至此,我们可以在文学和文化批评领域区分广义的童话文学和广义的童话话语。齐普斯在论及童话故事风行于当代社会这一现象时划分了一个非常广泛的童话文学范畴:"事实上,无论在什么地方,童话故事和童话故事母题像变魔法般地层出不穷。书店里摆满了 J.R.R.托尔金、赫尔曼·黑塞、格林兄弟、夏尔·贝洛、汉斯·克里斯蒂安·安徒生等人的童话故事,还有数不胜数的民间故事改编,女性主义的童话故事和分解改编的童

话故事,还有诸如 C. S. 刘易斯的'纳尼亚传奇'或者 J.K.罗琳的'哈利·波特'系列这样有华丽插图装饰的幻想故事图书。"⑮

这段话虽然简短,但却涵盖了一个相当宽泛的童话文学范畴。其中,格林童话、贝洛童话和安徒生童话属于欧洲经典短篇童话之列(格林童话和贝洛童话属于文人收集、整理并加以有限度之文学润色的民间童话,安徒生童话则属于文人原创的艺术童话);托尔金的《霍比特人》和"魔戒传奇"、C. S. 刘易斯的"纳尼亚传奇"和 J. K. 罗琳的"哈利·波特"系列归属于当代英国童话小说;德国作家赫尔曼·黑塞著有《玻璃珠游戏》和《荒原狼》等作品,它们可以在特定意义上被看作成人本位的童话小说——值得一提的是,齐普斯还把另一位德国作家托马斯·曼的作品归入童话文学,并强调指出托马斯·曼的《魔山》(1924)是对"童话小说"的重要贡献,其中充满了对民族主义和民主问题的政治讨论。⑯至于女性主义童话创作,英国女作家安吉拉·卡特的作品堪称重要代表之一。她的主要作品有短篇小说集《血淋淋的房间及其他故事》(1979),《马戏团之夜》(1984)和《破釜沉舟:安吉拉·卡特故事集》(2006),等等。这些作品从女性主义的视野对欧洲经典童话进行激进的改写和彻底颠覆。而另一位英国女作家 A.S.拜厄特在她的成名作《占有》(1991)中呈现了分解改编的童话故事。齐普斯在批评实践中提出的是广义的文学童话,包括成人本位和儿童及青少年本位的童话小说。在《西方文化的神奇童话故事》的序言中,齐普斯这样论及 20 世纪 70 年代以来的童话小说创作:那些为成人写作的童话小说变得更具颠覆性,在审美上更加复杂和精细,更致力于帮助读者关注社会问题,而不是为他们提供娱乐。⑰

而在另一方面,人们在论及文学艺术创作的重要特点时往往要使用广义的童话之说。例如,德国浪漫派作家诺瓦利斯(Ludwig TieckandNovalis,1772—1801)提出,童话故事就是"某种程度上的诗歌经典——所有事物都必须像一个童话故事"⑱。童话故事对于诺瓦利斯是至关重要的,他认为"真正的童话故事作家是未来的预言者(随着时间的流逝,历史终将成为一个童话故事——它将重演自己在初始阶段的历史)"⑲意大利作家伊塔洛·卡尔维诺(1923—1985)则这样论道:"我认为,作家描写的一切都是童话,甚至最现实主义的作家所写的一切也是童话"⑳。与此相似的是俄裔美国作家弗拉迪米尔·纳博科夫(1899—1977)提出的童话之说:所有伟大的文学作品都可以称为童话。纳博科夫认为将小说叙述与现实中的"真实生活"画等号,在小说中寻找所谓的"真实生活"是一种人们应该尽力避免的致命错误。他说,《堂吉诃德》是一个童话,《死魂灵》也是童话,《包法利夫人》和《安娜·卡列尼娜》则是最伟大的童话。既然这些最伟大的文学作品都是童话,那么它们的作者就堪称童话世界的魔法师了。在纳博科夫看来,小说家不仅负有教育家的责任,而且更需要发挥"魔法师"的功能,所以一个大作家是三位一体的:集故事讲述者、教育家和魔法师于一身;而其中魔法师是最重要的因素,这也是他们成为大作家的重要缘由。㉑纳博科夫的童话之说从一个方面揭示了童话本体的崇高象征意义,既是对童话的颂扬,更是对优秀文学经典作品之艺术特征的一种描述。这两位作家的观点自然属于最广义的童话之说。此外,人们还注意到,"童话"已经成为人们在著述中常用的一种标题式的话语或提炼出的一种方法或模式的表述。例如,《狄更斯的心理原型与小说的童话模式》㉒《消费时代的童话性和互文性:解读拉什迪的〈她脚下的土地〉》㉓《女性创作与童话模式:英国 19 世纪女性小说创作研究》㉔《发展的童话:进化论思想与现代中国文化》㉕,等等,不一而足。

综上所述,齐普斯阐述的是具有共同的童话本体特征的广义的现当代童话文学;而卡尔维诺和纳博科夫提出的则是超越童话文学文类范畴的象征意义上的童话之说。一方面是与童话本体密切相关的广义的童话文学范畴,另一方面是广义地从童话本体引申出来的童话话语及认知模式。然而无论是广义的童话文学,还是广义的童话话语,它们都不能脱离童话文学的历史渊源,脱离童话文学的最基本的本体论特征。

六、儿童本位的童话小说与成人本位的新童话叙事

正是由于童话小说内在的双重性特点,英国童话小说自维多利亚时代崛起以来形成了两种创作走向,即儿童本位的儿童文学化趋向和成人本位的新童话叙事趋向。两者的主要区别在于各自预设了不同的读者对象,前者主要以儿童和青少年读者为写作对象,从维多利亚时代的两部"爱丽丝"小说到20世纪末风靡全球的"哈利·波特"系列,儿童文学本位的英国童话小说一直延绵不绝。而成人本位的新童话叙事关注的是如何在创作中建立一种有效的与传统童话之间的互文性共存关系。无论前者还是后者,其作者都致力于以不同的方式发掘和利用传统童话资源,在创作中形成了一些共同的叙事策略,如通过借用、套用、重写、改写、续写等方式,以及戏仿、拼贴、杂糅、平庸化或碎片化处理等手段来突破传统童话的程式化叙事模式和单一的线形情节发展节奏(诸如困境的出现,主人公离家,历险与考验,突变或逆转,否极泰来,等等),进行主题各异、读者各异和风格各异的创作。其中,最常见的现象是借用(运用)经典童话的母题、意象、精神以及叙述框架等进行创作。其次是作家根据时代的变化和自身的需要而戏仿、改写、重写、续写经典童话。有些作品与传统童话之间呈现显性的联系(从题目就显现出来),有些则是隐性的联系(借用深层的对应因素)。例如,女作家西尔维娅·汤森德·沃纳(Sylvia Townsend Warner,1893—1978)的《真诚的心》(True Heart,1929)重新讲述了《丘比特与普赛克》的故事,《猫的摇篮之书》(Cat's Cradle Book,1960)收有《蓝胡子的女儿》和《精灵的王国》等故事;内奥米·米基森(Naomi Mitchison,1897—)创作了《玉米国王与春之女王》(1931),《乌鸦发现的土地》(1955),《五个男人和一只天鹅》(Five Men and a Swan,1957)等作品;迈克尔·德·拉拉贝蒂(Michael De Larrabeiti,1937—)创作了故事集《普罗旺斯故事》(The Provencal Tales,1988);塔尼斯·李(Tanith Lee,1947—)从女性主义的视角改写传统童话故事,创作了《鲜红似血或来自格里默姐妹的故事》(Red as Blood or Tales from the Grimmer Sisters,1983),等等。菲利普·普尔曼(Philip Pullman,1946—)创作的《我是一只小老鼠》(I Was a Rat,1999)是对经典童话《灰姑娘》(Cinderella)的改写,具有一定的代表性。小说的主人公是一个来历不明的衣衫褴褛的小男孩,被修鞋匠鲍勃和他的妻子所收养。这个名叫罗杰的小男孩原来是"灰姑娘"故事里的小老鼠,由于仙女一时疏忽忘了把他变回原形,所以还保持着男孩的形体。而故事中的奥瑞丽娅公主就是这部童话小说中的灰姑娘,只有她才知道罗杰的真实身份。小说呈现了这个小男孩在现代社会中所遭遇的严重困境,而且大众传媒关于罗杰的危险行为的新闻报道更加重了施加给他的压力。貌似客观公正的现代西方社会大众媒体将罗杰描述为一个怪物,引起了公众的强烈反响,实际上这一切同罗杰的善良内心和真实遭遇形成鲜明的对比。为了在现实中生存下去,罗杰不得不艰难地学习掌握"恰当的"英语和"恰当的"英国人的行为举止(因为他从本性上就是一只小老鼠),同时又艰难地努力着,希望恢复本来的自我。在故事中,小罗杰最终放弃了重新成为老鼠的努力,因为那意味着将面

临被人类消灭的厄运。由于仙女的失误，小老鼠阴差阳错地成了生活在现代西方社会的小男孩罗杰，他遭受了太多的磨难，深知做人之艰难，但最后他还是选择了留在老鞋匠家中生活，学习手艺，自己养活自己，"平安地度过每一天"。至于对经典童话的续写，最具代表性的是杰拉尔丁·麦考琳（Geraldine McCaughrean）创作的《重返梦幻岛》（Peter Pan in Scarlet, 2006），这部小说是对詹姆斯·巴里（JamesMatthew Barrie, 1860—1937）的经典童话小说《彼得·潘》的续写。《彼得·潘》续编评委会对于麦考琳的这部作品的评价是："作为《彼得·潘》的续篇，《重返梦幻岛》极富想象力，语言机智幽默，故事曲折动人。如果巴里本人能看到这部作品的话，他也一定会非常喜欢的。"⑳

　　而在成人本位的英国童话小说创作中，对传统经典童话的改写、重写、拆写以及戏仿、拼贴、杂糅等成为最常见的叙事模式。其中最具代表性的是安吉拉·卡特（Angela Carter, 1940—1992）和萨尔曼·拉什迪（Salman Rushdie, 1947—　　）等作家的创作。安吉拉·卡特在写作中往往从女性主义视角透视性别问题，并在此基础上对传统童话故事进行改写，以达到颠覆和消解传统童话体现的男权话语霸权之目的。评论家认为，安吉拉·卡特的读者对象大多是有知识的成年读者，而且她的作品充满了颠覆性因素，甚至令人感到非常恐怖的幻想因素和性爱因素，堪称西方女性主义的登峰造极的新童话小说。她的主要作品有短篇小说集《血淋淋的房间及其他故事》（The Bloody Chamber and Other Stories, 1979），《马戏团之夜》（Nights at the Circus, 1984）和《破釜沉舟：安吉拉·卡特故事集》（Burning Your Boat, Collected Stories, London: Vintage Books, 2006），等等。其中，《血淋淋的房间》是对法国贝洛童话《蓝胡子》的改写，《与狼为伴》（The Company of Wolves）和《狼人》（The Werewolf）是对传统童话《小红帽》的改写，《莱昂先生的求婚》（The Courtship of M Lyon）和《老虎的新娘》（The Tiger's Bride）是对《美女与野兽》（Beauty and the Beast）的改写。在《血淋淋的房间》及其他故事中，作者彻底解构了传统的男性阳刚，女性柔弱的性别观，女主人公和她的母亲最终以充满野性和暴力的阳刚之气压倒了显得优柔寡断和懦弱的两个男人。在《老虎的新娘》中，女主角表现出强烈的反抗精神，最后宁愿化身为老虎，也不愿回到将她作为赌注工具的父亲身边。出现在这些故事中的女性都是蔑视传统，挑战传统，彻底颠覆和抛弃了传统女性价值观念的女性形象。此外，安吉拉·卡特的小说《马戏团之夜》（1984）采用了糅合经典童话（如《睡美人》和《白雪公主》）之情节因素的方式来进行创作。至于小说家萨尔曼·拉什迪，他创作的《哈伦与故事海》（Haroun and the Sea of Stories）明显受到两部"爱丽丝"小说的影响，包括延伸的隐喻、语言游戏、双关语、荒诞话语、逻辑意识、时间意识等因素。他的《她脚下的土地》（The Ground Beneath Her Feet, New York: Henry Holt and Company, 1997）更是大量借用传统童话的母题（如"灰姑娘""白雪公主""美女和野兽""睡美人""小红帽"等）来描写现代西方社会中摇滚乐音乐人的现实生活与人生追求，以杂糅的童话母题作为隐喻媒介，铸就了作品的深层结构。除了融入家喻户晓的经典童话因素，作者还大量地吸纳了诸如希腊神话、北欧神话、圆桌骑士传说、阿拉伯文化传统中的水手辛巴德历险故事、木偶奇遇记等神话传说和艺术童话的因素。就小说的女主人公而言，人们就发现她身上杂糅了众多的童话、神话和现实世界的原型人物形象因素，除灰姑娘、白雪公主和睡美人外，还包括希腊神话人物（如引发特洛伊战争的斯巴达王后海伦，被毒蛇咬死后幽居在冥界的女子欧律狄刻，苦苦追寻爱人丘比特的少女普赛克，追欢寻乐的酒神狄俄尼索斯，任性的爱神维纳斯，蛇发女妖美杜莎，等等）以及当代西方现实社会中的人物（如已故英国王妃戴安娜和美国流

行歌星麦当娜等）。此外，女作家 A.S.拜厄特（A. S. Byatt，1936—　　）在她的成名作《占有》（Possession，Vintage，1991）中也对经典童话进行了改写和重述。作者从现实的观照展开历史想象，以生活在 20 世纪的学者罗兰和莫德去发现和揭秘生活在 19 世纪维多利亚时代的著名诗人艾什和女诗人拉莫特的隐秘经历（不为人知的情史），是对 19 世纪英国文化生活的后现代主义的文学重构。小说第四章"水晶棺"通过 19 世纪的女诗人拉莫特之口重新讲述了一个童话故事，它的主要母本是格林童话的第 53 个故事"白雪公主"和第 163 个故事"水晶棺"。此外，拜厄特还通过将传统童话故事置于现代都市背景之中，创作了《夜莺眼中的精灵》（The Djinn in the Nightingale's Eye，1994）。凡此种种无不揭示出许多当代英国作家的童话情结。且不论儿童本位的童话小说，无论是安吉拉·卡特的颠覆性的女性主义童话小说，萨尔曼·拉什迪的批判西方社会消费文化的后现代主义童话小说，还是拜厄特的后现代主义视野的假托于历史真实的"新维多利亚小说，"英国作家对传统童话资源的发掘和利用无疑是一种重要的叙事策略。

[注释]

① Chris Baldick, *Oxford Concise Dictionary of Literary Terms*.Shanghai：Shanghai Foreign Language Education Press，2000，p.129.

② Jack Zipes, *Breaking the Magic Spell：Radical Theories of Folk and Fairy Tales*.Revised and expanded edition. Lexington：University Press of Kentucky，2002，p.80.

③ Humphrey Carpenter & Mari Prichard, *The Oxford Company to Children's Literature*，Oxford University Press，1991，p.177

④ Jack Zipes, *Breaking the Magic Spell：Radical Theories of Folk and Fairy Tales*.Revised and expanded edition. Lexington：University Press of Kentucky. 2002.p.28.

⑤ Opie, *Iona and Peter. 1974. The Classic Fairy Tales*. Oxford University Press.1974，p.21.

⑥ Jack Zipes, *Spells of Enchantment：The Wondrous Fairy Tales of Western Culture*.New York：Viking Penguin.1991，p.xxvi.

⑦ Jack Zipes, *Breaking the Magic Spell：Radical Theories of Folk and Fairy Tales*.Revised and expanded edition. Lexington：University Press of Kentucky. 2002，p.62.

⑧ Jack Zipes, *Breaking the Magic Spell：Radical Theories of Folk and Fairy Tales*.Revised and expanded edition. Lexington：University Press of Kentucky. 2002，p.47.

⑨舒伟：《童话叙事：幻想奇迹的童趣化和商业化》，《中国社会科学报》，2012 年 6 月 1 日。

⑩ Bruno Bettelheim, *The Uses of Enchantment*. New York：Vintage Books，RandomHouse，1977，p.63.

⑪ Bruno Bettelheim, *The Uses of Enchantment*. New York：Vintage Books，RandomHouse，1977，p.36-37.

⑫ J.R.R.Tolkien, *The Tolkien Reader*，New York：Ballantine，1966，p.63.

⑬ Martin Gardner, *The Annotated Alice*：Alice's Adventures inWonderland and Through theLooking-Glass by Lewis Carroll.The Definitive Edition，New York：W.W. Norton & Company inc.，2000，p.xxi.

⑭加西亚·马尔克斯：《番石榴飘香》，三联书店，1987 年版，第 70 页。

⑮杰克·齐普斯：《冲破魔法符咒：探索民间故事和童话故事的激进理论》，安徽少年儿童出版社 2010 年版，1—2 页。

⑯ Jack Zipes, *Spells of Enchantment：The Wondrous Fairy Tales of Western Culture*. New York：Viking Penguin，1991.p.xxvi.

⑰ Jack Zipes, *Spells of Enchantment：The Wondrous Fairy Tales of Western Culture*. New York：Viking Penguin，1991.p.xxvii.

⑱ Novalis, *Werke und Briefe*，*Alfred Kelletat*，Munich：Winkler，1962，p.505.

⑲ Novalis, *Werke und Briefe*，*Alfred Kelletat*，Munich：Winkler，1962，p.506.

⑳伊塔洛·卡尔维诺:《文学:向迷宫宣战》,见崔道怡编:《"冰山"理论:对话与潜对话》(下册),工人出版社 1987 年版,第 844 页。

㉑纳博科夫:《优秀读者与优秀作家》,见申慧辉等译《文学讲稿》,上海三联书店,2005 年版。

㉒蒋承勇、郑达华:《狄更斯的心理原型与小说的童话模式》,《杭州师范学院学报》(社科版)1995 年第 1 期。

㉓张晓红:《消费时代的童话性和互文性:解读拉什迪的<她脚下的土地>》,《当代外国文学》2008 年第 2 期。

㉔戴岚:《女性创作与童话模式:英国 19 世纪女性小说创作研究》,上海文化出版社 2010 年版。

㉕[美]安德鲁·琼斯,《发展的童话:进化论思想与现代中国文化》,美国哈佛大学出版社 2011 年版。

㉖杰拉尔丁·麦考琳:《重返梦幻岛》任溶溶译,少年儿童出版社 2006 年版,第 299 页。

(原载《外语研究》2010 年 4 期,有删节)

历史与当下：国际大奖儿童文学丛书的出版现状与问题

胡丽娜

1998 年，中国少年儿童出版社推出了"纽伯瑞儿童文学金牌奖"丛书，精选历年纽伯瑞儿童文学奖获奖作品 21 种，分为亲情、友爱，探险、奇遇，童话、幻象，动物、自然 4 个系列。该丛书可以说是国内首次较大规模且系统地引进出版的国外获奖作品，开创了国内童书出版引进国际儿童文学大奖的先河。此后，国际安徒生奖、凯迪克图画书奖等各类获奖作品纷纷引进，成为出版社竞相开发的优质出版资源、国外儿童文学译介的主流。较之于流行性读物，这些汇聚经典品质、代表当下国际儿童文学创作最高水平和最优品质的丛书出版，对于优化本土童书出版、推动本土原创儿童文学建设具有典范意义。

一、历史：主要国际儿童文学大奖的中国译介与传播

晚清以降，中国儿童文学的发展始终伴随着国外儿童文学的译介活动。梁启超、鲁迅、周作人、郑振铎、梁实秋等都曾致力于国外儿童文学经典的译介。在本土原创儿童文学较为薄弱的当时，域外优秀儿童文学资源的引进和传播，为中国本土儿童文学的诞生和初步发展提供了丰厚的滋养，同时对域外儿童文学资源的倚重，也成为儿童文学发展和童书出版的优良传统。这些伴随中国儿童文学发展历程、为中国小读者津津乐道的优秀国外儿童文学作品中就不乏国际大奖的作品。只是，在相当长时间内，国外儿童文学的译介较为偏向作家和作品，并未有意识且系统地对国际大奖作品组织译介。

儿童文学奖项主要由国际性奖项和国别性奖项构成。国际性奖项有国际安徒生奖、林格伦儿童文学奖、意大利博洛尼亚国际儿童书展最佳童书奖等。国别性儿童文学奖项其评选范围主要为该国出版的优秀儿童文学作品，如我国的全国优秀儿童文学奖、美国纽伯瑞儿童文学金奖、英国卡内基儿童文学奖、德国青少年文学奖、俄罗斯国家列夫·托尔斯泰儿童文学奖等。

以纽伯瑞儿童文学奖为例，该奖项 1922 年由美国图书馆协会设立，是世界上首个专门为儿童文学设立的奖项，设立初衷在于表彰和纪念纽伯瑞对欧美儿童文学的开创之功。该奖项每年对上一年出版的英语儿童文学作品进行评选，颁发金奖（Newbury Medal Award）一部、银奖（Newbury Honor Books）一部或数部。该奖项自设立以来，经过近 90 年的发展，已成为美国儿童文学发展的重要标尺，并在世界范围内产生影响。早在 20 世纪 20 年代，中国就已开始对纽伯瑞儿童文学奖获奖作品的译介，如斩获首届纽伯瑞儿童文学金奖的房龙的《人类的故事》就以《古代的人》[1]、《上古的人》[2]、《远古的人类》[3]等译本传播。而第二届纽伯瑞儿童文学金奖得主罗夫丁（H. J. Lofting）的作品《陶立德博士》[4]也于 1931 年由开明书店出版，出版家、翻译家顾均正还在"付印题记"中对作家及其作品进行评介。

国际安徒生奖自 1956 年由国际少年儿童读物联盟（IBBY）设立以来，每两年评选一

次,授予儿童图书作家和插图画家。与纽伯瑞儿童文学奖项的译介相类似,一些作品在该作者获得国际安徒生奖之前就已在中国译介出版。如 1960 年获奖的德国作家凯斯特纳,其作品《爱弥儿捕盗记》⑤早在 1934 年就由林雪清译为中文并由儿童书局推出,到 1939 年 1 月,该书已经连续 6 版,该书还有《学生捕盗记》⑥《小学生捕盗记》⑦等译本。而 1970 年获奖的意大利作家罗大里,其名作《洋葱头历险记》早在 1954 年就由任溶溶译为中文并广泛传播。

20 世纪 80 年代之后,随着国外儿童文学作品的译介力度和规模的加大,许多国际大奖作品已渐次进入中国读者的视野,只是就纽伯瑞儿童文学奖、国际安徒生奖的中国之旅来说,上述这种单个作家、单本作品的零散的译介局面并不能很好呈现国际大奖的完整而丰富的样态。国际大奖作品的中国传播亟须系统且具规模的译介出版行为。继 1998 年中国少年儿童出版社"纽伯瑞儿童文学金牌奖"丛书之后,国际大奖作品陆续以丛书形式出现。国际安徒生奖的系统引进肇始于河北少年儿童出版社的"国际安徒生奖获奖作家书系"。该丛书汇集了瑞典作家玛丽亚·格里铂、英国作家依列娜·法吉恩、奥地利作家克里斯蒂娜、美国作家门得特·德琼、意大利作家贾尼·罗大里、以色列作家尤里·奥莱夫等 12 位荣获国际安徒生奖项的作家作品。除了罗大里等作家早已为国内读者所熟知之外,更多如尤里·奥莱夫等获奖作家是第一次与中国读者见面。这两套开风气之先的丛书出版之后,国外获奖儿童小说的引进出版蔚然成风,域外儿童文学出版中重要品种和资源,也是各出版社角逐运作的主要资源。相关的丛书有:《国际儿童文学大奖得主经典系列》《国际大奖小说系列》(新蕾出版社与贵州人民出版社蒲公英童书馆均推出此系列)《全球儿童文学典藏书系》等。而随着国内图画书市场的日渐成熟和拓展,获奖图画书引进出版也形成规模,有《国际获奖插图大师绘本》等。

二、现状:国际儿童文学大奖作品出版的特点

首先,相对于此前零散的译介,近 10 余年来国际大奖作品的出版都以丛书形式出版,而纳入此类丛书出版的国际大奖也大大得以拓展,即不再局限于纽伯瑞儿童文学奖和国际安徒生奖,而是吸收了更大范围更广泛的奖项。新蕾出版社的《国际大奖小说系列》在纽伯瑞和安徒生奖项的基础上,还囊括了卡内基文学奖、德国青少年文学奖、奥地利国家儿童与青少年文学奖、沃拉哥·恩·威姆佩尔奖等。除此之外,《波士顿环球报》/《号角图书》奖、美国图书馆协会推荐童书、美国奥本海姆白金图书奖等都进入引进国家大奖小说的视野。而图画书大奖作品中,除却国际安徒生奖插图家奖,博洛尼亚国际儿童图书插图大展、巴塞罗那国际插图双年展、布拉迪斯国际插图双年展、联合国儿童基金会(UNICEF)年度最佳插图奖等插图大奖的作品也被纳入获奖图画书引进之列。

其次,对国际大奖作品的多元开发。如何有效利用国际大奖作品资源,开发成为富有特色的出版物成为当下出版社的重点。出版社已不再局限于对单一奖项的整理出版,而是将获奖作品深耕细作,整合与细化,进而推出更为多元和个性的图书。如《启发精选纽伯瑞大奖少年小说》,汇集纽伯瑞获奖金奖和银奖小说,着重突出其小说文体的定位,充分利用小说文体之于儿童读者的影响力和市场。当然,为了出版的便利,在实际操作中这种文体的限定并不严格。在注重获奖作品开发的同时,以获奖作家为核心的整合开发是较为便捷的方式。

最后,在引进速度方面,对国外大奖的译介更为及时。21 世纪获奖的许多作品也都

纷纷译介,如《启发精选纽伯瑞大奖少年小说》中,《大卫的规则》为2007年纽伯瑞银奖作品,而《惠灵顿传奇》为2006年纽伯瑞银奖作品。除此之外,许多获奖作品的译介周期被极大压缩,在获奖之后半年甚至当年就能译介出版。如2010年凯迪克金奖作品《狮子和老鼠》,江西科学技术出版社在同年12月就迅速出版了该书。2010年纽伯瑞儿童文学金奖的《当你达到我》则在2011年1月由北京科学技术出版社推出。

三、省思：国际儿童文学大奖作品出版的问题

作为儿童文学出版的重要资源,国际大奖作品的出版热潮中也存在一些问题。

第一,持续建设与品牌效应的培育。国家儿童文学大奖作品如何持续开发,有效形成品牌出版效应,同时最大限度发挥其对本土原创儿童文学引导作用是当下出版需要直面的一大问题。如较早出版的"纽伯瑞儿童文学金牌奖"丛书是中国少年儿童出版社《地球村》系列图书的组成部分。该系列计划用10年左右的时间,引进、译编、出版几百种世界各国一流儿童文学作家的传世经典著作。遗憾的是,"纽伯瑞儿童文学金牌奖"丛书出版之后,《地球村》的选题并未延续,纽伯瑞儿童文学奖这一重要内容资源并没有实现深度和多元开发,以致在若干年后成为出版社的共同资源。如何实现国家大奖小说丛书出版的品牌建设,21世纪出版社的《大幻想》系列的开发经验值得借鉴。作为一个持续多年并较为成熟的品牌,该社从1997年推出日本大幻想文学之后,张扬大幻想的旗帜,跟进了原创幻想儿童文学丛书、德国幻想文学、幻想文学大师书系等幻想文学,形成了良好的市场效应和品牌效应。

第二,译介质量是达成国外儿童文学中国之旅的重要因素,优秀的翻译在完成作品传播功能的同时能精准传达原文的韵味。这也是周作人、郑振铎、夏丏尊等儿童文学译介先驱孜孜追求译介质量的原因所在。周作人在《读安徒生〈十之九〉》中就对《十之九》采用的文言文翻译和任意中国化删改提出批评,并亲自译介《卖火柴的小女孩》以为示范。相较于发生期儿童文学的编译和节译等粗略的方式,当前国际大奖作品的译介多采用全译本和直译的方式,译介质量、水平相对成熟。但不难发现,译本质量参差不齐现象依然存在,这不仅体现在文字内容,更体现在对作者介绍等细节的处理方面。如关于图画书《狮子与老鼠》作者杰里·平克尼的介绍,提及该作家曾获汉斯·克里斯琴·安德森奖的提名等荣誉。很显见,"汉斯·克里斯琴·安德森奖"无疑就是国际安徒生奖插画家奖,可见译者对此类约定俗成且已普遍通用的专门用语缺少相应的了解。

[注释]

①房龙:《古代的人》,林徽因译,开明书店1927年版。

②房龙:《上古的人》,任冬译,亚东图书馆1928年版。

③房龙:《远古的人类》,陈叔谅译,商务印书馆1928年版。

④《陶立德博士》系列,现普遍译为《杜立德医生》。

⑤爱丽丝·克斯特丝:《爱弥儿捕盗记》,林雪清译,儿童书局1939年版。

⑥凯司特涅:《学生捕盗记》,程小青译,南光书店1943年版。

⑦凯司特涅:《小学生捕盗记》,林俊千译述,文光书局1940年版。

（原载《中国出版》2012年第2期）

论中美儿童文学中儿童观的差异

徐德荣　江建利

一、引言

儿童观是儿童文学的原点。儿童观总是在制约着儿童文学的发展,决定着儿童文学的方向。整个一部儿童文学史就是在这只无形而有力的手的操纵下发生着演变。①儿童观直接影响着作者的儿童文学创作观乃至译者的儿童文学翻译观,其研究对于儿童文学以及儿童文学翻译的重要意义毋庸赘言。正是基于这样的共同认识,中美儿童文学的首届高端论坛以"中美儿童文学的儿童观"为主题,由中国海洋大学和美国得克萨斯A&M大学联合主办,于 2012 年 6 月 2 日、3 日在青岛召开。与会者均为中美两国儿童文学学术界知名学者,可以说,此次论坛所呈现的儿童观研究在很大程度上代表了中美两国儿童文学研究界的权威观点和最新成果。耐人寻味的是,两国与会代表对儿童观研究虽有相通之处,但整体而言风致各异,无论从内容还是思路上都表现出很多差异。本文将借此次高端论坛擦出的思想火花来探究中美儿童文学中儿童观的差别并挖掘其存在差异的内在原因。

二、中美儿童观差异的表现

无论从形式还是内容而言,中美双方学者在论坛上表现出对儿童观这一命题理解和阐释的巨大差异。从论述方法来看,中方大多从宏观角度入手,比如汤素兰的《中国儿童文学中儿童观的多重相面与当代使命》;王泉根的《论儿童观与百年中国儿童文学的三次转型》;陈晖的《中国当代儿童观与儿童文学观》;班马的《识辨一个国家的儿童观之中的"母题"——对中国明代儿童问题研究和成长策略制定的历史批判与破解》;曹文轩的《儿童性与儿童的观念》等都是从宏观角度梳理整个国家的儿童观,把脉整个国家儿童文学的发展。美国学者多从微观角度入手,比如丹尼斯·伯特霍尔德的《〈苜蓿角〉的中爱情与死亡:爱丽丝·凯瑞的俄亥俄州边疆儿童生存图景》;凯瑟琳·凯普肖·史密斯的《儿童图片文本中的民权运动》;克劳迪娅·纳尔逊的《关于 1912 年版〈知识全书〉中男孩和女孩观念的商榷》;米雪儿·马丁的《如我般黝黑、美丽而伤痕累累——论非裔美国诗人兰斯顿·休斯绘本》;帕米拉·R·马修斯的《贞德,美国少女英雄》等。美方论文关注的是美国儿童观在儿童文学中表现出的各个具体方面,美国学者并没有着力呈现美国儿童观的整体面貌及其主流动态。

从内容上看,中国学者不约而同地关注中国儿童观所背负的历史包袱,中国两千多年的封建传统对儿童观的负面影响、儒家思想以及中国"言志""载道"的文学传统对儿童观的束缚,并期待和倡议"儿童本位"的儿童观,探讨儿童文学应有的深度和高度,儿童文

学作家所应当承担的历史使命。比如王泉根在论文结论中指出，在今天市场经济、传媒多元的环境下，儿童文学工作者需要承担起比以往任何时候都更为复杂、更为艰巨的真正对儿童负责、对民族和人类下一代负责的文化担当和美学责任，需要更为清醒地把握和坚守先进的科学的符合时代潮流的"儿童观"。美国学者的研究内容皆突出清晰而具体的研究对象，比如对民权运动中儿童的关注，对黑人儿童作家的关注，图书编纂者对儿童性别差异及兴趣差别的理解，边疆儿童的生存状况在文学作品中的表现，美国儿童文学所体现的美国特性等问题。如果说中方学者的研究主要显示的是规范性、号召性和一致性，美国学者的研究内容则显示出描述性、解读性和多样性。

中美双方学者在论文内容和研究思路上的错位似乎让人感到双方的儿童观无从比较，而实际上这种"无从比较"的挫折感恰恰暗示了中美儿童观所可能存在的本质差异，这一差异像一只无形的手图画着两国学者表现迥然的儿童观研究形态，而能抓住这只手，就能找到理解两国儿童观根本差异的线索。笔者认为，只有把两国儿童观放在历史发展的长河中比较，才能看到两者的不同体质，才能看到两者发生、发展的规律。正如存在主义者所言，存在先于本质。两国的儿童观也是在发生、发展的过程中形成了自己的本质，所以解读的关键正是两者的历史之维。正是基于这样的思想，我们比较了中美两国儿童观的发展历程，最终的结论是，中国在历史上形成了"成人本位"的儿童观，在当今时代依然占主导地位；美国的历史发展形成了"儿童本位"的儿童观，并主导着美国当代社会的儿童文学的现实。中国"成人本位"的儿童观和美国"儿童本位"的儿童观皆已成为两个国家和人民的集体无意识的一部分，无形而又无处不在地发挥着作用，这是使得两国学者对话时错位的根本原因。

三、中美儿童观存在差异的原因

纵观美国短短两百多年的历史，我们发现其儿童观的演进一直在"紧锣密鼓"地进行着：虽不是儿童的首先"发现"者，却一以贯之地"研究儿童""拯救儿童""保护儿童"，在儿童观的发展史上很多地方有首创之功，最终形成了儿童本位的儿童观，并成功地将其写入美利坚民族的潜意识中。何谓"儿童本位"的儿童观？根据朱自强先生的见解，不是把儿童看作未完成品，然后按照成人自己的人生预设去教训儿童，也不是从成人的精神需要出发利用儿童，而是从儿童自身的原初生命欲求出发去解放和发展儿童，并且在这解放和发展儿童的过程中，将自身融入其间，以保持和丰富人性中的可贵品质，这种形态的儿童观称作"儿童本位"的儿童观。[2]反之，则是"成人本位"的儿童观。

中国有着两千多年的封建传统和深厚的文学传统，中国的儿童观，正如汤素兰所言，一直呈现着复杂的多重相面，那些曾经成为滞碍中国儿童文学发达暗礁的因素，将来也不会自行消失，它们一直会作为一种文化基因而存在。这些因素在很大程度上决定了中国儿童观"成人本位"的体质。对比来看，美国社会崇尚的"平等""独立"的思想为"儿童本位"观念的产生提供了强大的思想动力；中国"父为子纲""长幼有序"的封建社会核心价值观为"成人本位"的儿童观提供了肥沃的土壤。美国社会一系列发现儿童、解放儿童、发展儿童的社会思潮及运动为"儿童本位"思想提供了坚实的实践经验和保障；中国的儿童观思想发展不但滞后，而且不断出现反复，让人不断有积重难返之感，从现实情形来看总有理论与实践脱节之憾。下文我们将对比分析美国"儿童本位"的儿童观及中国"成人本位"的儿童观形成的原因。

首先，从思想根源来看，美国在两百多年的发展历程中形成了根深蒂固的"平等"观念，"平等"的观念成为美国儿童观的基石；在中国，两千多年的封建社会形成了"父为子纲""长幼有序"的价值观，塑造了严格的等级观念，这样的文化基因奠定了中国儿童观的基调。

18 世纪中期，美洲大陆深受苏格兰道德哲学家法兰西斯·哈奇森（Francis Hutcheson）的思想的影响，尊重儿童权利，使得儿童获得了前所未有的尊重和关心，在社会和家庭中的地位大大提升。美国独立战争前后，批判家长制权威的新思想已在各个美洲殖民地广为传播，并逐步树立了人人平等的观念，为平等的亲子关系的出现提供了思想基础。到了 20 世纪 60 年代，儿童权利运动使得美国儿童获得了更大程度的平等权利，儿童权利倡导者为儿童争取和成人一样的权利，包括有关医疗和教育的决定权，并有权对于收养、监护、抚养权等关键问题表达自己的意见，并努力为儿童实现男女平等。

通过对美国历史的梳理我们可以看出，认为儿童和成人之间、儿童与儿童之间"平等"的思想在美国有着深刻的历史根源，并且儿童的平等权利得到法律的巨大保护；有了这样的土壤，儿童的权利和发展诉求会真正地被尊重，儿童本位的儿童观才会成为普遍现实。

众所周知，中国的情况大不相同。18 世纪的中国还处在"三纲"统治下的封建社会。"三纲"的核心就是确立和维护法定的封建社会尊卑贵贱的等级序列，由此强调等级的不可逾越；社会各个方面的关系，不是相互、相对的，而是依附的、绝对的，强调卑者、下者对尊者、上者的服从敬顺。对这一政治伦理原则，封建时代的正统思想家，都毫无例外地拥护它并围绕着它来思维。他们逐渐把汉代以来流行的纲常观念推向绝对化、神圣化，并使之深入广布于人心，从而使之成为中国封建社会（尤其是后期）人伦关系的基本的行为准则与道德规范。作为"三纲"的一部分，"父为子纲"的观念长久以来界定着中国的亲子关系；"三纲"思想的统治时间如此之长以至于"父为子纲"的思想已经成为中国文化基因的一部分。当 18 世纪末美国的父母和孩子可以亲密无间、谈笑风生的时候，中国的父母和孩子依然受着"父为子纲"的封建思想的严重束缚。

汤素兰在大会论文中指出，在中国的传统文化中，是"长者为尊"，而不是"幼者本位"。在家庭中，孩子属于父母的私人财产，"父为子纲"，因此"世上无不是的父母"是民间耳熟能详的家训，《弟子规》也谆谆教导"父母呼，应勿缓；父母命，行勿懒；父母教，须敬听；父母责，须顺承"。在学校（私塾）里，需要"尊师重道"，"师"是有绝对权威的，"天地君亲师"，"师"的位置和"天、地"一起上了神龛。因为"师道尊严"，所以学生与老师的地位是不平等的，在学校里老师体罚学生更是天经地义。虽然周作人在《人的文学》中批判的重点就是"父为子纲"，他认为祖先应该"为子孙而生存""父母理应爱重子女"，他批判封建的"父为子纲"的亲子观，认为"世间无知的父母，将子女当作所有品，牛马一般养育，以为养大以后，可以随便吃他骑他，那便是退化的谬误思想。"③周作人对"父为子纲"的批判着实抓住了反封建思想的关键，但是既然这些封建思想都已作为一种文化基因进入到中国的集体无意识，那么这样的思想影响就是不可避免的现实，会时刻影响着中国儿童观的表现。

其次，从社会实践来看，美国通过一系列运动实现了对儿童的认识、解放和发展，使得"儿童本位"的儿童观步步深入；而中国儿童观的演进受诸多因素的影响，理论与实践严重脱节，"儿童本位"的理想往往顶不住"成人本位"的现实压力。

19 世纪初，现代儿童观在美国确立。现代儿童观的特征是对儿童的保护，使之免受劳役之苦，从而专心参加学校教育。19世纪中期，美国多种社会力量想要通过共同努力实现保护儿童的理想，掀起了"拯救儿童"（Child-saving）运动，为美国儿童带来了前所未有的保护，成功创立了一种跨越阶级、种族和宗教的"儿童本位"的儿童观。19世纪90年代到20世纪20年代，进步主义运动时期的"拯救儿童"运动确立了"儿童本位"思想。以约翰·杜威（John Dewey）为首的进步主义教育家提倡更加重视自然发展的"儿童中心"的教育理念，标志着"儿童本位"的儿童观的明确建立，对美国各个阶层的儿童观产生了持久的影响，儿童的能力、潜力和社会权利得到了尊重。美国19世纪末20世纪初的儿童研究运动揭示了儿童生理和心理等多方面的发展规律，为解释和认识儿童提供了科学基础，增加了儿童观的"科学性"，为美国教育提供了科学依据，使得"教育不再是一种猜测工作，而是一种科学工作"[④]。

美国20世纪50年代是以儿童为中心的十年，代表着美国以"儿童为本位"的社会理想。美国人经历了大萧条带来的艰辛、"二战"时的动荡和冷战带来的普遍不安，在婴儿潮出现的20世纪50年代表现出对儿童的深切关爱。此外，"二战"之后小儿麻痹症的发病率急剧上升，使得美国人对儿童健康大为关注，加强了以儿童为本位的社会现实。

综上所述，美国现代儿童观的建立、后来的"拯救儿童"运动、"儿童研究"运动和"以儿童为中心"的十年构成合力，将"儿童本位"思想变成普遍接受的社会现实。

在中国，儿童研究也曾经非常红火，"儿童本位"的儿童观也只鳞片爪地浮现过，但是其思潮的起伏波动之幅度远远超过美国，体现出中国儿童观的不稳定性和脆弱性，难逃"成人本位"的体质。

在中国历史上，关于儿童的研究与探讨并不滞后于西方，早在16世纪，王守仁已经提出了他的"自然主义教育思想"，然而，由于中国没有经历过资产阶级的启蒙运动，没有知识分子的整体合围，导致儿童观的研究处于一种现实脱离状态，没有在理论化的阐述上形成相应的体系。[⑤]所以一直到20世纪初，儿童依然被看作是成人的附属，或者视儿童为"矮小的成人"。在当时人的心目中，儿童还只是千百年来光耀门楣和传宗接代的工具。

中国人对儿童文学、儿童读物的重视一直要到20世纪初叶，尤其是五四运动时期才发生根本的变革和转型。鲁迅写于1919年的《我们现在怎样做父亲》堪称是中国人儿童观转变的宣言书，他发出建立新儿童观的呼吁："一切设施，都应该以孩子为本位。"他指出，把儿童当成私有财产、当成附属品、当成一个缩小了的成人都是不道德的。周作人写于1920年的《儿童的文学》则是一篇关于创建中国现代意义的儿童文学的宣言书，周作人反复强调首先要把儿童作为一个正当的独立的人来看待。[⑥]鲁迅和周作人的论述为中国现代儿童观的产生、启蒙国人的儿童观起到了至关重要的作用。特别是周作人提出的"儿童本位"理论是中国儿童观的宝贵思想资源，"起到了发轫历史的作用"。但是，"儿童本位"理论的日后命运却是一波三折，坎坎坷坷：在中华人民共和国成立后十七年中，"儿童本位"理论不仅一直名声不佳，而且在极"左"思潮盛行之时，还曾被冠以"反动"的罪名而被批得臭不可闻。[⑦]

进入20世纪30年代，伴随着中国社会"革命与救亡"的时代呼声，中国社会的"儿童观"发生了很大变化，并深刻影响到"儿童文学观"，这一变化一直延续至20世纪五六十年代。[⑧]20世纪30年代，在中国第二次国内革命战争与面临民族危亡进入全民抗战之际，儿童文学作品体现的是阶级矛盾与斗争、民族的生存危机与救亡、现代中国社会的历史变革等主题,安徒生的作品遭到否定和批判,儿童文学强烈体现着成人文化的意志。

20世纪八九十年代改革开放以来,中国的社会观念发生了深刻的变化,深刻地影响着我们的儿童观与儿童文学观,以至于有学者非常乐观地评价,人文精神在我们的儿童文学中日渐得到彰显,以儿童为本位,尊重儿童的价值,维护儿童的权利,提升儿童的素质,实现儿童健康成长的人生目的,正在成为我们这个时代儿童文学的价值尺度与美学旗帜。①然而从现实来看,儿童依然遭受重重考试的重压,依然在各种学习班中努力实现着家长未竟的人生理想,文学作品和作家宣言中依然流露着“成人本位”的气息,以儿童为本位的儿童观并未真正实现。成人本位由于历史原因,已经成为中国人集体无意识的一部分,是很难扔下的包袱,随时可能复活。加上现实的中国国情,独生子女家庭的关爱和希望都倾注在儿童身上,导致输不起的思想普遍存在。近些年更有“不能让孩子输在起跑线上”的呼声,家长将自身面临的生存压力和竞争压力投射到孩子身上,以自己的人生经验和体会设计孩子的人生,怕孩子犯错误,将人生的弦绷得很紧;为避免失误和弯路,家长大都越俎代庖地替孩子做出选择,并以“一切为了孩子”的热忱坚定不移地贯彻执行。更有诸如“虎妈”“狼爸”等牺牲孩子童年幸福换取未来成功的例子来佐证父母“为孩子牺牲自己”的伟大和父母的决策英明,这样的例子推波助澜,让成人本位的思想更有市场,毕竟“结果好,一切都好”,眼前的风光颇能风干童年的泪水,将灰暗涂成亮彩,这样的“号召力”剥夺了更多孩子童年的快乐,将更多的孩子推入了成人“出于好心”“精心设计”的深渊。

理论与实践的脱节,口头上的“儿童本位”,行动上的“成人本位”;或者“儿童本位”是希望所有国人参与的美好理想和事业,而对于自己孩子的教育实践却绝不愿拿来冒险,不会用自己的例子来验证“儿童本位”的科学性,这样造成了理论和实践脱节乃至冲突的悖论。最为值得警醒的是,在对待自己孩子教育时,“成人本位”思想是以集体无意识的形式发挥作用,很难觉察,这是中国儿童文学界在倡导“儿童本位”思想时值得认真思考的问题。

四、结语

从以上分析我们可以看出,中美的儿童观有着不同的历史发展轨迹和体质,两者有着本质区别。我们也看到,两国的儿童观正是在双方的思想碰撞中彼此观照,增进了对他者和自身的认识,并为未来发展积蓄了思想动力。中美儿童文学高端论坛上中国学者对“儿童本位”的儿童观的呼吁揭示了在中国“儿童本位”还尚未实现这一现实,也表现了中国学者对广大中国儿童及儿童文学发展的历史责任感和使命感。有了对中国儿童观现实的清醒认识和共同的使命感,我们期待儿童本位的儿童观会为更多人所真正接受,并像一名学者所展望的那样,“终有一天,当儿童文学成为大众的人生哲学的时候,儿童的存在便会成为成人反省自身的一面镜子,儿童也就真正意义获得了解放,并且真正成为人类的希望所在”。

[注释]
① 朱自强:《儿童文学概论》,高等教育出版社2009年版,第55页。
② 朱自强:《经典这样告诉我们》,明天出版社2010年版,第41页。
③ 朱自强:《“儿童的发现”:周氏兄弟思想与文学的现代性》,见《中国文学研究》2010年第1期,第

100 页。

④ 郭本禹:《美国儿童研究运动述评》,见《教育研究与实验》1996 年第 1 期,第 56 页。

⑤ 王海英:《20 世纪中国儿童观研究的反思》,见《华东师范大学学报》(教育科学版)2008 年第 2 期,第 17 页。

⑥⑧⑨ 王泉根:《儿童观的转变与 20 世纪中国儿童文学的三次转型》,见《娄底职专学报》2003 年第 1 期,第 69 页,第 70 页,第 72 页。

⑦ 朱自强:《儿童文学的本质》,少年儿童出版社 1997 版,第 15 页。

（原载《名作欣赏》2012 年第 27 期）

20世纪上半叶美国儿童文学的译介

应承霏　陈秀

一、前言

中国的儿童文学是在译介外国儿童文学理论和作品的背景下孕育生成并发展的,其中美国是重要影响力量之一。早在1901年就有作品被译介到中国,此后更有各种体裁和内容的作品翻译进来,包括小说、儿童故事、童话、连环画故事、寓言等。因此,对美国儿童文学在中国的译介开展研究很有必要。笔者根据《中国现代文学总书目翻译文学卷》[①]《中国翻译文学史》[②]《中国儿童文学史》[③]等资料,将20世纪上半叶(1900—1949)在国内出版的美国儿童文学译作进行收集并整理, 制作了《美国儿童文学作品翻译编目(1900—1949)》(以下简称《编目》)。本文以此《编目》为资源库,采用描述翻译研究范式,从译介时间分布、出版地分布、重要作品及主要译者等方面对该时期的译介活动展开描述,以期能更全面、客观、详细地梳理和勾勒该时期美国儿童文学在中国的译介进程,从而促进中国儿童文学的创作与研究。

二、20世纪上半叶美国儿童文学译介概况

根据《编目》,20世纪上半叶出版的美国儿童文学译作共有66部/篇(不计复译的作品则为50部/篇)。译者共有56人,其中有1人佚名。其中外籍译者有4位,都是当时的传教士。他们分别是:刘乐义(G. R. Loehr)(美)、亮乐月(Laura M. White)(美)、L. S. Chow(美)和季理斐夫人(Mrs. MacGillivray)(英),共译介作品7部。其余51位均为本土译者。其中少数译介了较多作品,比如王素意、徐应昶、李葆贞、林纾、魏易、陆蕙秀、赵余勋;而其余译者则都只有一部译作,分别为白惠、半侬(刘半农)、鲍维湘、曹文楠、于在春、陈春生、陈东林、狄珍珠、东海觉我(徐念慈)、董枢、铎声、国振、顾润卿、金人、文霄、李冠芳、朱懿珠、李敬祥、李俍民、凌山、刘大杰、刘正训、吕叔湘、缪天华、沈百英、沈德鸿、沈久曼、孙立源、孙毓修、王学理、吴景新、奚尔思、解敬业、徐培仁、许粤华、杨潮、杨镇华、余针、余真、月祺、张由纪、章铎声、赵蕴华、周世雄。

出版机构共有24家,分别为:开明书店(成都)、北新书局、大东书局、儿童读物社、儿童书局、光明书局、广学会、华美书局、进步书局、开明书店、启明书局、商务印书馆、少年书局、生活书店、世界书局、土山湾印书馆、西风社、小说林社、新纪元出版社、中华浸会书局、中华书局、中华学生界、商务印书馆(长沙)、光明书局(重庆)。

三、20 世纪上半叶美国儿童文学译介基本特点

（一）20 世纪 30 年代为儿童文学译介高潮

笔者根据《编目》，将 20 世纪上半叶发行的美国儿童文学译作按出版时间和出版地分布进行统计，结果如表 1：

表 1　1900—1949 年美国儿童文学作品译介时间和出版地分布

时间	1900	1901	1902	1903	1904	1905	1906	1907	1908	1909	小计
数量	1	1	1	3	0	1	0	2	0	0	9
出版地	上海	上海	上海	上海	—	上海	—	上海			
时间	1910	1911	1912	1913	1914	1915	1916	1917	1918	1919	小计
数量	0	0	0	2	1	0	1	0	1	0	5
出版地	—			上海	上海	—	上海	—	上海		
时间	1920	1921	1922	1923	1924	1925	1926	1927	1928	1929	小计
数量	0	0	0	1	0	0	0	0	1	0	2
出版地	—			上海					上海		
时间	1930	1931	1932	1933	1934	1935	1936	1937	1938	1939	小计
数量	3	4	3	8	4	2	4	1	0	1	30
出版地	上海	上海	上海	上海	上海	上海	上海	上海	—	上海	
时间	1940	1941	1942	1943	1944	1945	1946	1947	1948	1949	小计
数量	5	1	0	1	0	1	4	6	2	0	20
出版地	上海（2）/长沙（3）	上海	—	成都	—	重庆	上海	上海	上海	—	

有研究指出，19 世纪末 20 世纪初我国出现了儿童文学创作和翻译逐渐繁盛的局面[④]，而 20 世纪 30 年代是儿童文学翻译的顶峰，40 年代较 30 年代呈下降趋势，但总体数量依然较大[⑤]。从表 1 可以看出，美国儿童文学的译介在 20 世纪最初 10 年、30 年代以及 40 年代也都比较活跃，最高潮出现在 30 年代。由此看来，该时期的美国儿童文学译介与当时整个外国儿童文学译介的走向是一致的。具体而言，20 世纪最初 10 年（1900—1910），中国出现了美国儿童文学作品译介的一个小高峰，译介作品 9 部/篇，占整个研究时期（1900—1949）译作总量的 13.6%（9/66）。1910 年至 1929 年则步入了译介活动的低谷期，20 年之间发行的译介作品只有 7 部，占总数的 10.6%（7/66），其中 20 世纪 20 年代（1920—1929）处于最低谷，译介作品只有 2 部，仅占总量的 3.0%（2/66）。20 世纪 30 年代、40 年代则又呈现出非常活跃的局面，译介作品在数量上有明显增加。其中，20 世纪 30 年代（1930—1939）是美国儿童文学作品译介的顶峰，共译介作品 30 部，占整个研究时期的 45.5%（30/66）；20 世纪 40 年代（1940—1949）的译介活动较 30 年代呈下降趋势，作品数量有所减少，但总体数量仍然较大，共译介作品 20 部，占整个研究时期的 30.3%（20/66）。

（二）译介中心在上海

从发行地来看，该时期的美国儿童文学作品的译介中心在上海，所发行的译作有 61

部,占总数的92.4%(61/66)。尤其在20世纪前40年间,甚至出现上海垄断的局面,直至40年代以后,长沙、成都、重庆等地才偶尔发行少数相关作品。

上述24家出版机构,除了开明书店(成都)、商务印书馆(长沙)和光明书局(重庆),其余21家均位于上海。而这些分布在上海的出版单位中,参与美国儿童文学译作出版的主要有6家,共出版译作39部/篇,占整个研究时期译作总数的59.1%(39/66)。最主要的出版机构为商务印书馆(上海),共出版译作15部/篇,占总数的22.7%(15/66);其次为广学会,发行译作共10部/篇,占总数的15.2%(10/66);启明书局和世界书局也是重要的出版机构,均出版译作4部/篇,各占总数的6.1%。此外,儿童书局和开明书店也都刊印了3部/篇译作,各占总数的4.5%。

(三)译作种类多,内容丰富

该时期的译作可谓种类多样、内容丰富。体裁方面包括小说、儿童故事、童话、连环画故事、寓言等形式。

其中,小说是该时期美国儿童文学译介最主要的体裁形式,66部译作中有37部,占总数的56.1%。从篇幅来看,长篇、中篇、短篇均有涉及。就文体特点而言,科幻小说、历险类小说、自传体小说、福音小说等也都有尝试。著名的长篇小说《小英雄》(Little Lord Fauntleroy)于1903年分别被陈春生和亮乐月翻译进来。1905年,上海的小说林社出版了徐念慈翻译的西蒙·纽科姆(1835—1909)的科幻小说《黑行星》(The End of the World)。著名作家马克·吐温(Mark Twain,1835—1910)的历险类小说《汤姆莎耶》(The Adventures of Tom Sawyer)和《顽童流浪记》(The Adventures of Huckleberry Finn)分别于1932年和1947年翻译出版。此外,自传体小说《顽童自传》(The Story of A Bad Boy)、短篇小说集《石榴树》(My Name is Aram)、福音小说《幼女遇难得救记》(Wide Wide World)、校园类小说《长腿蜘蛛爹爹》(Daddy Long Legs),以及长篇小说《银冰鞋》(Hans Brinker/The Silver Skates)、《秘园》(The Secret Garden)、《一位小公主》(A Little Princess)等优秀作品也都在这一时期先后被译介进来。儿童故事是仅次于小说的第二大体裁形式,占总数的21.2%(14/66)。除了《荷兰小朋友》(The Dutch Twins)、《法国小朋友》(The French Twins)等系列作品近10部外,还有《孔戈的营火》(Camp Fires in the Congo)和《红猴》(Red Howling Monkey)等。再者为童话,占18.2%(12/66)。其中不仅包括1945年被译介进来的莱曼·弗兰克鲍姆(L. Frank Baum,1856—1919)的著名系列童话故事《绿野仙踪》(The Wizard of OZ),还有大家熟悉的《小公主》(Sara Crewe)、《风箱狗》(The Story of a Dog)等。另外,连环画故事《米老鼠开报馆》(原文书名缺失)和寓言《孩训喻说》(A Collection of Useful Fables)等也都是这个时期译介到中国的深受大家喜爱的作品。

而从作品内容看,该时期译者所选择的作品不论主人公表面是乖巧听话还是淘气顽皮,都不同程度地具备坚强、勇敢、乐观、仁爱等优秀性格品质。对作品的选择类型可以推知,该时期的译者旨在通过翻译活动,为孩子树立良好的学习榜样,为国人提供教育孩子的先进理念和意识,从而促进社会进步、国家发展。当时译介的主要作家作品包括:美国女作家伯内特(Frances Hodgson Burnett,1849—1924)的《小公主》《小英雄》《秘园》和《蓝花园》(The Land of Blue Flower);奥尔德里奇(Thomas B. Aldrich,1836—1907)的《顽童自传》;马克·吐温的《汤姆莎耶》《顽童流浪记》和《傻子旅行》(The In nocents Abroad);以及帕金斯(Lucy Fitch Perkins,1865—1937)的《荷兰小朋友》《爱斯基摩小朋友》(The Eskimo Twins)《瑞士小朋友》(The Swiss Twins)《斯巴达小朋友》(The Spartan

新中国儿童文学70年

Twins)、《法国小朋友》、《美国小朋友》(The Puritan Twins)、《苏格兰小朋友》(The Scotch Twins)和《挪威的双生子》(The Norwegian Twins)系列作品共 8 部。

(四)部分作品被复译

该时期不仅译介了不少优秀的美国儿童文学作品,如《顽童流浪记》《绿野仙踪》等,部分作品还被不同译者翻译多次,从一定程度上体现其受欢迎程度,值得我们关注。这样的作品共有 7 部,包括 Little Lord Fauntleroy, The Adventures of Tom Sawyer, The Story of a Bad Boy, The Dutch Twins, The Yearling, The Secret Garden 和 Uncle Tom's Cabin/Life Among the Lowly(见表 2)。

表 2　1900—1949 年美国儿童文学主要复译作品

原著	今译	共被翻译次数
Little Lord Fauntleroy	《小勋爵弗契特勒里》	7
The Adventures of Tom Sawyer	《汤姆·索耶历险记》/《汤姆·索亚历险记》	4
The Story of a Bad Boy	《顽童故事》	4
Uncle Tom's Cabin / Life Among the Lowly	《汤姆叔叔的小屋》	2
The Dutch Twins	《荷兰小朋友》	2
The Yearling	《鹿苑长春》	2
The Secret Garden	《秘密花园》	2

其中,Little Lord Fauntleroy 被翻译的次数最多,先后共有 7 人译介。最早的译本是 1903 年由陈春生翻译、华美书局出版的《小英雄》。同年,亮乐月也翻译了该著作,译名也为《小英雄》,由广学会发行,并分别于 1923 年 9 月、1930 年 4 月、1941 年 3 月再版。1930 年,刘大杰将其译为《孩子的心》,由北新书局刊印。次年,王学理和孙立源又各自将其翻译为《小公子》,分别由北新书局和开明书店出版。1933 年,杨镇华将其译为《小伯爵》(上下册),由世界书局出版。1936 年,张由纪又翻译了该著作,译名为《小公子》,由启明书局发行问世。这部作品讲述了一个纽约贫民区的小孩,忽然变成英国大贵族的公子,并且成为伯爵和巨大财富继承人的故事。主人公 Fauntleroy 虽然出身贫穷,但具有宽宏、仁慈、怜贫、孝顺、活泼等良好品格。面对横暴的老伯爵,他毫不畏惧,以纯洁率直的本性,感化了老伯爵,带给他人生的乐趣,并且给周围的人以及他管辖领地上的佃农们,带来了希望和幸福。该作品被反复重译,与其本身的文学价值和当时的历史背景密不可分。晚清思潮使人们发现儿童的存在,五四运动促进了国人对儿童的重视。儿童性格的养成、行为规范和道德品质的培养、强健体魄等意识在 20 世纪上半叶逐渐清晰,而作品 Little Lord Fauntleroy 不仅文笔巧妙曲折,使读者百读不厌,其中积极进步的思想内容恰好也符合了时代的需要。译者亮乐月曾在光绪二十九年(1903)译作的序言中自述译书缘起:"此书乃美国伯内特夫人所作也。出版以来,人争购阅,诚近今小说界中之铮铮者。欧洲各国,及远东之日本,已各译此书为本国文字,以便尽人传诵,其声价谅可概见矣。闻之步氏,慈爱为怀,教子有道,其子亦克遵懿训,宅心仁孝。本书小少爷藩特那悦之品行言论,多半本之。论者谓伯氏为今日美洲之孟母云。客岁广学会领袖李提摩太先生之夫人,以此书嘱余译为华文。因夫人自入华以来,视译书为己任,匡救中国,输灌

文明,其功已彰彰在人耳目。"⑥由此可见译者的良苦用心,欲通过译书"匡救中国,输灌文明"。

除了 Little Lord Fauntleroy,其次被译介最多的要数 The Adventures of Tom Sawyer 和 The Story of a Bad Boy,都先后被 4 位译者翻译。The Adventures of Tom Sawyer 最早于 1932 年由月祺翻译为《汤姆莎耶》,开明书店出版。1933 年,吴景新将其译为《汤模沙亚传》,由世界书局发行。1939 年,周世雄又将该作品译为《汤姆沙亚》,通过启明书局出版。1947 年,光明书局则又发行了章铎声的译本《孤儿历险记》。The Story of a Bad Boy 在 1933 年首次译介进来。巧合的是,这一年有两个译本相继问世:一个是由赵余勋翻译,少年书局出版的《顽童自传》;另一个是由顾润卿译介,世界书局发行的《顽童小传》。1936 年,李敬祥又翻译了该作品,译名也为《顽童自传》,由启明书局刊印。1948 年,余针则将该作品翻译为《顽皮的孩子》,出版社不详。

另外,Uncle Tom's Cabin/Life Among the Lowly,The Dutch Twins,The Secret Garden 和 The Yearling 也都先后被两位译者译介。Uncle Tom's Cabin/Life Among the Lowly,最早于 1901 年由林纾、魏易翻译为《黑奴吁天录》(共 4 册);1903 年,有人用章回体演义小说的形式,将其改写成白话文,题为《黑奴传》,连载于上海的《启蒙画报》上,只连载了三次。The Dutch Twins 于 1934 年被王素意译介为《荷兰小朋友》,由商务印书馆发行;次年,奚尔思和解敬业合作翻译了该作品,译本为《荷兰的双生子》,由广学会出版。The Secret Garden 于 1914 年被亮乐月译为《秘园》,由广学会出版;1940 年李葆贞将其译为《秘密花园》,由长沙商务印书馆发行。而 The Yearling 最早的译本问世于 1940 年,当时译为《一岁的小鹿》,由陈东林译介,西风社出版;1948 年,李俍民又翻译了该著作,题为《鹿童泪》,由新纪元出版社发行。

(五)译者分布广

如前所述,该时期译介的美国儿童文学作品共有 66 部(不计复译的为 50 部),而参与的译者共有 56 人,其中有 1 人佚名。可见,该时期参与美国儿童文学译介的译者比较多,但专门致力于美国儿童文学译介的译者却较少。根据数据,翻译两部作品以上的译者有 7 人(见表 3)。

表 3　1900—1949 年美国儿童文学作品翻译主要译者

译者	译作
王素意	8
亮乐月(Laura M. White)(美)	3
徐应昶	3
季理斐夫人(Mrs. MacGillivray)(英)	2
林纾、魏易	2
李葆贞	2
陆蕙秀	2

这些译者中,译作数量最多的是王素意,共译介作品 8 部/篇。1934 年,他翻译了《印第安小朋友》(Red Feather's Adventures)、《荷兰小朋友》《爱斯基摩小朋友》和《瑞士小朋

友》4 部作品。次年，他译介了《斯巴达小朋友》。1936 年，他翻译了《法国小朋友》和《美国小朋友》。1940 年，他还译介了《苏格兰小朋友》。

而译作较多的译者为亮乐月和徐应昶，都有作品 3 部/篇。1903 年，亮乐月翻译了《小英雄》；1913 年，她译介了《小公主》；1914 年，她还翻译了《秘园》。而徐应昶于 1930 年翻译了《吕柏大梦》(Rip Van Winkle)和《喜亚窝塔的故事》(The Song of Hiawatha)；1931 年，他则译介了《红猴》。

另外，季理斐夫人分别于 1902 年和 1907 年译介了《幼女遇难得救记》(Wide, Wide World)和《牲畜罢工记》(The Strike at Shane's)。林纾和魏易一起合作，于 1901 和 1907 年翻译了《黑奴吁天录》(4 册)和《拊掌录》(The Sketch Book of Geoffrey Crayon)。李葆贞于 1940 年译介了《银冰鞋》和《秘密花园》。陆蕙秀则于 1947 年翻译了《莲儿爱猫记》(Clematis)和《阿罗救父记》(Arlo)。

四、结语

综上可见，20 世纪上半叶的美国儿童文学译介不论在译作数量还是译作种类上都有了一定规模，体裁多样、内容丰富。近 50 年中，66 部译作涉及了小说、儿童故事、童话、连环画故事、寓言等形式。一些著作因为其本身的文学价值和当时社会的需要，被不同译者复译，个别作品甚至被复译多次。此外，从译介时间分布看，20 世纪最初 10 年、30 年代以及 40 年代是美国儿童文学译介的活跃期，但最高潮出现在 30 年代，发行了整个研究时期近一半的译作；从发行地来看，该时期的译介中心在上海，尤其在 20 世纪前 40 年，甚至出现上海垄断的局面；从译者角度看，参与当时美国儿童文学翻译的译者较多，旨在通过译介，拯救国家、灌输文明，但专门致力于该领域译介的译者并不多。该时期的美国儿童文学译介不仅为儿童树立了学习榜样，为成人提供了先进的教育理念和意识，更为作家的儿童文学创作提供了范型和灵感，促进了中国儿童文学的孕育、生成及发展。由此可见，美国儿童文学译介的相关研究值得学者的关注，比如作品复译、译者研究等课题，值得进一步开展。

[注释]

① 贾植芳，俞元桂：《中国现代文学总书目·翻译文学卷》，知识产权出版社 2010 年版。

② 孟昭毅，李载道：《中国翻译文学史》，北京大学出版社 2005 年版。

③ 蒋风，韩进：《中国儿童文学史》，安徽教育出版社 1998 年版。

④ 胡从经：《晚清儿童文学钩沉》，少年儿童出版社 1982 年版。

⑤ 李丽：《生成与接受：中国儿童文学翻译研究(1898—1949)》，湖北人民出版社 2010 年版。

⑥ 宋莉华：《美以美会传教士亮乐月的小说创作与翻译》，《上海师范大学学报(哲学社会科学版)》2012 年第 3 期，第 99 页。

（原载《浙江外国语学院学报》2013 年第 5 期）

西方儿童文学的中国化

——以《伊索寓言》的考察为例

胡丽娜

随着传教士来华、大众传媒的兴起以及西方世界对东方的殖民,西方儿童文学以各种渠道进入中国,开始了西方儿童文学的中国化历程。西方儿童文学的中国化,即西方儿童文学在中国经过文化过滤、译介、接受之后的一种更为深层的变异过程,不仅是西方儿童文学在中国"旅行"、被改造的过程,也是中国儿童文学视野中的西方"经典"被选择、建构、阐释的过程。

一

西方儿童文学的中国之旅始于近代来华传教士群体。近代来华传教士译介了大量西方经典儿童文学作品,如吉卜林的动物故事、伯内特的《秘密花园》等,不过传教士的译介活动带有鲜明的宗教色彩,其对儿童文学译介的出发点在于传教,换言之,儿童文学是易于民众接受、便于达成其传教意图的一种有效手段。这也就决定了传教士对译介作品的选择倾向性,主要是民间故事、儿童福音故事、基督教成长小说等。

《伊索寓言》是较早进入中国传播的西方儿童文学经典,其在中国的传播历程典型地反映了传教士为译介主体阶段西方儿童文学中国化的特点。1583 年利玛窦来华传教,在他携带的传教书籍中就有《伊索寓言》,以服务于其传达教义、教化民众的目的。"在这里不妨指出,当年耶稣会士自西欧来东方传教时,都带有《伊索寓言》一书,并经常引用其中的寓言作教诲、训诫之用。"①这在法国宗教史学家裴化行的《利玛窦传》中得到印证:"有位官员见了有这种画(指有宗教插图的读物)的一本关于救世主的小册子,爱之若狂,我(利玛窦)表示歉意:这是我教的书,不能送给他……他只好接受《伊索寓言》算了。"②这里的《伊索寓言》还不是中文译本,而是当时在日本的耶稣会士于 1592 年刊印的《伊索寓言》改写本。直到明万历年间、公元 1608 年,利玛窦的《畸人十篇》第一次将这部寓言翻译成汉语,当时把伊索的名字翻译成"扼(原字左为耳旁)琐伯"。书中翻译了《肚胀的狐狸》《两树木》《狮子和狐狸》等寓言。李之藻的序文中说:"乃西泰子近所著书十篇,与《天主实义》相近,义行于世。顾自命曰畸人,其言关切人道,大约淡泊以明志,行德以俟命,谨言苦志以褆身,绝欲广爱以通乎天裁;虽强半先圣贤所已言,而警喻博证,令人读之而迷者醒,贪者廉,傲者谦,妒者仁,悍者悌。"③这有两层意思:第一,这些寓言被入选为译介的对象,是因为其与《天主实义》相近;第二,译介寓言的目的在于以比喻的方式达成道德训诫的目的。

在利玛窦之后,西班牙传教士庞迪我也对《伊索寓言》进行了选译,如卷一的《伏傲篇》里就有《乌鸦和狐狸》等。1625 年,中国出现了第一本真正的汉文版《伊索寓言》——

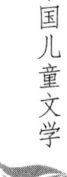

《况义》，由法国金尼阁口述、中国张赓笔录，至此《伊索寓言》在中国正式成书。《况义》的成书过程充满浓郁的宗教色彩：金尼阁是精通汉语的法国耶稣会士，执笔记录的张赓是一位忠诚的教民，该书的刻印在受洗入教的王徵家中④。

作为《伊索寓言》的选译本，《况义》对篇目的择取从一个层面反映了西方儿童文学中国化的策略，即《况义》选用《伊索寓言》篇目有着自己的标准与倾向：符合基督教义，并在译介中进行适应中国文化的改变。"《况义》全书正编收22篇，补编收16篇，共收寓言38篇。其绝大部分为《伊索寓言》，但补编前两篇为柳宗元的寓言，也有别的篇出处仍待查考。"⑤周作人翻译的《全译伊索寓言集》有寓言358则，从数量上看《况义》选录的篇目仅为全本的十分之一。入选的篇目大多有着鲜明的宗教色彩。如十四则讲述运盐的驴子的故事："义曰：主命所加于尔，尔安承之。尔必以诈脱，主还将尔诈绳尔。"其劝诫安于天命、不抗争的导向与基督教义是吻合的，这也与谢懋明为该书写的《跋<况义>后》中说的"使读之者迁善远罪"的精神暗合⑥。作为古希腊文学的经典，《伊索寓言》中涉及神的寓言共有54篇，占全书故事的六分之一。如《牧牛人与赫拉克莱斯》《蜜蜂与宙斯》《宙斯与狐狸》《赫拉克勒斯与雅典娜》《两只袋》等，这些与宙斯、雅典娜等神密切相关的寓言，或反映了希腊诸神的特点与力量，或反映凡人对神的态度与观念。《况义》对这类涉及神的寓言择取的很少，仅有第三、第五则。笔者认为《况义》对涉神寓言的谨慎选择有着双重考虑。一方面，选择的作品要吻合其所传授的天主教思想，为此《况义》两则故事中的神是绝对的主宰，神庇佑有道德的人。《伊索寓言》中那些对神不敬、冒犯、欺诈的作品就被有意识地过滤了，如《打破神像的人》《赫耳墨斯与雕像家》《旅人与赫耳美斯》等篇目。另一方面，这种考虑也是更好地契合中国读者的接受特点，因为在注重维系尊卑有别、上下有序的统治，器重君臣关系的传统中国，必然不欢迎那些鼓动以下犯上的寓言。为此，这两则涉神寓言在文字表述上进行了变动，寓言中神灵的称谓不再是希腊诸神的名字，而是很具有中国传统的"天""上帝"的称谓。

《况义》顺应中国文化接受的努力明显地体现在"义曰"，即每则寓言后都以"义曰"开头的按语，这些按语正是彰显选译者对寓意阐释立场和倾向的最好例证。如《北风与太阳》作为《伊索寓言》的经典篇目，历来备受儿童欢迎，并被改编成为动画片、图画书等多种艺术形式广泛传播。周作人译本中体现该寓言寓意的翻译为"这故事说明，劝说常比强迫更为有效"。《况义》中则为："义曰：治人以刑，无如用德。"这种阐释无疑是顺应了儒家经典《论语》中的治国治人思想。《况义》中第一则寓言（周作人译本为《胃和脚》）的寓意引向了中国历来重视的君臣关系上："义曰：天下一体。君，元首，臣为腹，其五司四肢皆民也。君疑臣曰：尔糜大官俸遇。民亦曰：厉我何为？不思相养相安，物各相酬，不则两伤。无臣之国，无腹之体而已。"通过对君臣关系的辩证论述，旨在倡导和谐有序的君臣关系。《况义》中类似中国特色的寓意阐释还有很多，如第三则将伊索寓言改造成为反映中国封建王朝中人物关系的故事，第十则的释义也带有明显的中国封建社会君臣意识等。

另一个与中国化相关的重要问题是《况义》中有许多出处待查考的篇目。这些篇目由何而来？杨扬对《况义》明抄本的全文进行整理标校，在每篇寓言之后都加了"按"，对出处不详的篇目注明为"此篇故事原貌待查考"。经笔者甄别，以周作人译本为例，原貌代考的篇目中正编中的第二十二则为《兔与虾蟆》，补编的第四则为《母鸡与燕子》，第五则为《捕鸟人与鹳》等。那么，另外那些待查考的篇目会不会是选译者的有意创作，或者是张赓在笔录中的有意创作？"张先生悯世人之懵懵也，取西海金公口授之旨而讽切之，后直指其义所在，多方开陈之，颜之曰'况义'。"⑦这是谢懋明对张赓翻译的称道。这种"多方开陈"会不会是口授者金尼阁和笔录者张赓的一种传播策略，即为了更好通过寓言这一文学载体的广泛传播，达成传教目的的有意为之的行文呢？据笔者查考，上文谈及的两篇涉神寓言，以及多篇意在阐释君臣关系的篇目，在周作人的全译本抑或罗念生的译本中都没有对应的篇目。而从西方儿童文学译介实践来看，这种为了适应受众接受而创作的现象数见不鲜。如包天笑谈及《馨儿就学记》的翻译："我是从日文本转译得来的，日本人当时翻译欧美小说，他们把书中的人名、习俗、文物、起居一切改成日本化。我又一切都改变为中国化。此书本为日记体，而我又改为我中国的夏历（出版在辛亥革命以前）。"他还在译文中加入了自己的创作："有数节全是我的创作，写到我的家事了。如有一节写清明时节的'扫墓'，全以我家为蓝本。"⑧《扫墓》的章节，与《爱的教育》原书的情节没有任何联系，是作者的中国化的一种写法，有意味的是《扫墓》章节还曾被商务印书馆编选进发行量很大的高小教科书，影响很大。

《伊索寓言》是传教士译介西方儿童文学的一个侧影，充分彰显了传教士阶段西方儿童文学中国化的特点：传教士择取吻合其传教理念的作品进行译介，以其为载体更好传达基督教义。而为了顺应中国接受特点，更好达成其传教意图，在译介过程中有选择性地过滤、删除一些内容，并有意识地增加、融入更为贴合中国传统与文化的内容。

二

在晚清西学东渐的潮流中，文学译介被赋予了重要的政治和社会意义，儿童群体因社会对新国民和未来国民的期待备受启蒙人士的重视，在此合力影响下，西方儿童文学的译介无论在规模、文体上都有了很大拓展。梁启超、林纾、周桂笙、包天笑等都致力于儿童文学的翻译。仅林纾的儿童文学翻译作品就有《伊索寓言》《吟边燕语》（《莎士比亚戏剧故事集》）《鲁滨孙漂流记》《海外轩渠录》（《格列佛游记》）《黑奴吁天录》《汤姆叔叔的小屋》等。继传教士为译介主体的阶段之后，西方儿童文学的中国传播进入了启蒙人士为译介主体的阶段，不同于传教士译介的宗教旨趣，晚清民初国人的译介更注重对译介作品启蒙价值的弘扬。

1888 年由赤山畸士辑录的《海国妙喻》依据《意拾喻言》改写而成。《意拾喻言》由英国人罗伯特·汤姆和他的中文老师蒙昧先生合作翻译，其翻译的用意是便于英国人学习汉文。张赤山在"序"中对《伊索寓言》的作用给予了很高的评价："其义欲人改过而迁善，欲世返璞而还真，悉贞淫正变之旨以助文教之不逮，足使庸夫倾耳，顽石点头，不啻警世之木铎，破梦之晨钟也。"为此，他将西人所译的刊载于报章的寓言进行搜罗汇辑为《海国妙喻》，"借以启迪愚蒙，于惩劝一端，未必无所裨益，或能引人憬然思，恍然悟，感发归正，束身检行，是则寸衷所深企祷者也，幸勿徒以解颐为快焉可耳"。⑨可见，张赤山是抱着"启迪愚蒙"的愿望进行辑录的。张赤山的《海国妙喻》后来经过裴毓芳（笔名梅侣女史）的白话改写，在《无锡白话报》上连载。这份注重开启民智的白话报刊对《伊索寓言》中国化的最大贡献是语言上的白话化，即将文言改写为浅显明白的白话，同时将原本的语言标题改为传统七言回目，如《不吃肉良犬尽忠》《骑驴叟生成软耳》等。

这一阶段，最能体现《伊索寓言》中国化的例证是林纾的译本。1903 年（清光绪二十九年），商务印书馆出版了由严培南、严璩口译，林纾笔述的《希腊名士伊索寓言》。林纾翻译《伊索寓言》有明确的目的性，即"日为叫旦之鸡，冀吾同胞警醒"⑩。他在序中说："夫寓言之妙，莫吾蒙庄若也，特其书精深，于蒙学实未有裨……伊索氏之书，阅历有得之书也，言多诡托草木禽兽之相酬答，味之弥有至理。欧人启蒙，类多撷拾其说，以益童慧。"林纾指出本土文学："专尚风趣，适资以佑酒，任为发蒙，则莫逮也。"他认为对《伊索寓言》的译介"非黜华伸欧，盖欲求寓言之专作，能使童蒙闻而笑乐，渐悟乎人心之变幻，物理之岐出"⑪。由此，林纾是把《伊索寓言》视为启蒙教育的优良材料，以寓言形式实现其警醒国人、发奋图强、救国保种的爱国抱负。

细读林译本，不难发现其在文本忠实度上较之传教士阶段的译本有了很大提高。郭延礼甚至认为林译《伊索寓言》的翻译"较忠实于原文"，是林译中的特例。林纾对《伊索寓言》的中国化处理，即承载其启蒙意图的文字，主要集中在以阐述故事的主旨和教训的"畏庐曰"。换言之，林译本的特色与重点在于"畏庐曰"，这才是传达其翻译旨趣的核心。"畏庐曰"的"借他人之酒杯，浇自己心中之块垒"，即以《伊索寓言》为载体的阐发有以下几类：

第一，对西方列强恃强凌弱的侵略行径的抨击和对晚清社会内忧外患现实困境的忧虑。如家喻户晓的《狼和小羊》，周作人译本体现寓意的文字为："这故事说明，对于那些预定要做不公正的事情的人，正当的辩解也无效力。"而林纾则生发为："弱国羔也，强国狼也，无罪犹将矫取之，挑之耶，若以一羔挑群狼，不知其膏孰之吻也，哀哉。"再如"畏庐曰：不入公法之国，以强国之威凌之，何施不可？此眼前见象也。但以檀香山之事观之，华人之怨，黑无天日。美为文明之国，行之不以为忤，列强坐视不以为虐，彼殆以处禽兽者处华人耳。故无国度之惨，虽贤不录，虽富不齿，名曰贱种，践踏凌竞，公道不能稍伸。其哀甚于九幽之狱。吾同胞犹梦梦焉，吾死不瞑目矣"。

第二，面对困境，倡导国人勿忘国忧，团结合力御敌自强。如"畏庐曰：有志之士，更当勿忘国仇"。"畏庐曰：为国家而借助于人，虞心因之而滋，斗志因之以馁。一不得助，则举国张皇，若敌患非其国所应有者，病在恃人助而不自助也。自助之云，先集国力，国力集则国群兴，无论敌患况义合力御之，即大利亦可以合力。"

第三，林纾的警醒国人的意图还通过对国人的崇洋媚外、懦弱、好内斗等劣根性及诸多小人丑恶行径的批判来表现。如"畏庐曰：吾黄种人之自夸，动曰四万万人也，然育而莫养，生而不摄，满而岁恒歉，疫盛而死相属，因赔款而罄其蓄，喜揭竿而死于兵，所余总总之众，又悉不学，夸多又胡为者，哀哉哀哉。"又如"畏庐曰：嗟夫，威海英人之招华军，岂信华军之可用哉？亦用为椓杙耳。欧洲种人，从无助他种而致其同种者，支那独否。庚子之后，愚民之媚洋者尤力矣。"再如周作人译的《驴与蝉》寓意中对驴的不幸表现出了一定的同情，而在林纾的"畏庐曰"中这种同情不见了，引发的却是对自强的思考："故欲变其术以自立于世，必当追蹑强者之后，若湛于虚寂，适足以自毙其身。"

第四，表达对立法、变例的需求。如"畏庐曰：人贵自治"。又如"畏庐曰：故欲通中西之情，亦必先解欧西之公例而后交涉始不至于钩棘。矧今日之势，全球均入于公法，而吾华独否。人安有不群噪以攻我、联盟以排我者？余谓欲变法，先变例，例合则中西水乳矣。此救亡之道也。若摘为不经之谈，与儒术叛，则余不敢置喙矣"。

纵观林纾的儿童文学翻译，这种带有鲜明的林纾个人色彩的中国化阐释正是其翻译的特色，也与他一贯持守的文学译介观一致。1900年，林纾在《清议报》发表了《译林叙》，道明译书以开民智："吾谓欲开民智，必立学堂；学堂功缓，不如立会演说；演说又不易举,终之唯有译书。"⑫这种翻译旨趣贯穿其译介实践中,在他此后译介的许多作品的序言、跋、例言中都一再有所体现。如在林纾和魏易合译的《黑奴吁天录·序》(现译为《汤姆叔叔的小屋》)中所言:"其中累述黑奴惨状,非巧于叙悲,亦就其原书所著录者。触黄种之将亡,因而愈生其悲怀耳。"此外,他在《爱国二童子传·达旨》也中指出:"多译有益之书,以代弹词,为劝谕之助。"⑬可见,林纾在《伊索寓言》中的"畏庐曰"是其振动爱国之志气的"畏庐实业"。

林译本《伊索寓言》用文言翻译一定程度上限制了其读者范围,不过该译本影响却很大。胡怀琛《中国寓言研究》中提到了20世纪二三十年代,中国文坛由林纾译本引发的寓言热:"我们说到中国寓言的复活,不得不说是受了《伊索寓言》的影响。这廿年中间,希腊的寓言,趁海舶到中国来了,长眠在深山古寺里的印度寓言,被人们唤醒了,沈埋在旧书堆里的中国古代的寓言,被人们扑去灰尘,从蠹鱼窝中挖出来了。真可谓盛极一时。"⑭《伊索寓言》的启蒙价值还通过教科书的形式扩大影响,《伊索寓言》也成为学童的启蒙读物。孙毓修指出寓言"自教育大兴,以此颇合于儿童之性,可使不懈而几于道。教科书遂采用之。高文典册一变而成为妇孺皆知之书矣。古之专以寓言者著书,自成一子者,昉于希腊之伊索。"⑮光绪庚子年(1900年)江南书局印行的学生课外读物《中西异闻益智录》,其卷十一共辑有19则寓言,基本为伊索寓言。光绪辛丑年(1901年)出版的教科书《蒙学课本》、光绪甲辰年(1904年)出版的教科书《绘图蒙学课本》及《启蒙课本初稿》等,都选入了中西寓言。在辛亥革命之后,《伊索寓言》被更多的教科书选用,其传播和影响也更为扩大。

三

"五四"时期是现代意义上的儿童文学诞生时期。在本土儿童文学较为贫弱的发生期,西方儿童文学经典的译介仍是建设儿童文学的重要路径。在鲁迅、周作人、郑振铎、夏丏尊、赵元任、梁实秋、戴望舒、陈伯吹等人的努力下,《爱的教育》《爱丽丝漫游奇境记》《彼得·潘》《柳林风声》《木偶奇遇记》等一大批经典作品译介出版,为本土儿童文学的发展提供了丰厚的滋养。而且较之前两个阶段的译介,这一阶段的很多译本告别了转译、编译的传统,注重从原文进行译介,翻译主体出于"非文学"的意图而进行的过滤、增删等变异行为明显减少,整体上对原文本的忠实度有了很大的提高,在译文的处理上更为贴近原文、尊重原文的特色。从这个意义上说,西方儿童文学的中国传播在这个阶段更多地开始以"原貌"呈现,西方儿童文学异于中国文化、文学的异质性不再被简单粗暴地改造,而是开始得到更多的理解、欣赏和尊重。

《伊索寓言》作为儿童文学的经典,依然备受译者的青睐,涌现出许多译本。这些译本十分看重《伊索寓言》适合儿童阅读的趣味性和文学性,并在译介语言、风格等方面考虑儿童读者的接受特点。1934年商务印书馆出版的《小学生文库》第一集收录的《伊索寓言》,该书的封面内容为龟兔赛跑,小兔子在长着蘑菇的树下酣睡,不远处乌龟正在奋力地爬行,充满了童趣。《世界少年文学丛刊》《新小学文库》等大型儿童丛书也都收录有各种版本的《伊索寓言》。1955年周作人根据希腊文翻译的《伊索寓言》由人民文学出版社出版。此后,《伊索寓言》的译介和传播在中国得到更为广泛的推进,据笔者不完全统计,各种《伊索寓言》的全译本和节译、改编、改写英汉对照等版本多达近700种。这其中不乏许多翻译名家的手笔,如1981年罗念生、陈洪文、王焕生、冯文华合译的《伊索寓言》，1997年任溶溶的译本。这些版本大多是各地少年儿童出版社推出的明确以儿童读者为受众对象的版本，如任溶溶就说："这次我重新翻译《伊索寓言》觉得很有意义，搜集了国际上各种版本的伊索寓言373篇，比国内其他版本多50余篇寓言，配上几十幅早期优秀的木刻插图。应该说是为广大读者和少年儿童提供了一个更好的版本。"⑯

传教士开启的西方儿童文学的中国之旅，是西方儿童文学在中国文化语境中落地生根、融入、影响、渗透到中国现代儿童文学发展进程的过程。在回溯西方儿童文学中国化的同时，不能回避另一个重要的问题，即转换成中国本土儿童文学的立场，西方儿童文学中国化对中国儿童文学有着怎样的意义？西方儿童文学的中国之旅是催生本土儿童文学诞生、滋养儿童文学发展、影响本土儿童文学审美品性生成的重要因素。与此同时，在西方儿童文学渐次进入中国大地、逐渐扩大影响甚至成长为"霸权"，并以西方儿童文学的内涵、分类来统摄儿童文学整体时，中国本土那些具有深刻的民族根基性的民间故事、武侠小说等的生存就岌岌可危了。现代儿童文学的诞生和发展在吸收西方儿童文学滋养的过程中，对本土传统的资源并未给予充分的承继，致使很多历史上喜闻乐见的文学形式如笔记小说、武侠小说、民间故事的式微。也就是说，那些滋生于中国文化语境下具有中国传统文化特质的儿童文学遗存，以及与儿童文学特质相通的传统的中国文学形式并未能在现代儿童文学中强壮地延续下去。这一现象背后的深意在于，这些蕴含传统文化和民族特色的丰富文学遗存失落之后，中国儿童文学如何寻觅能与西方儿童文学进行对话、抗争的异质的"底色"呢？而这也是探讨西方儿童文学中国化问题不可规避的另一个重要话题。

[注释]

①③④戈宝权：《中外文学因缘：戈宝权比较文学论文集》，北京出版社1992年版，第383、379—380、406页。

②裴化行：《利玛窦评传》，根据献县传教理财团书店1937年版，第214页。

⑤杨扬：《〈伊索寓言〉的明代译义抄本——〈况义〉》，《文献》1985年第2期。

⑥⑦谢懋明：《跋〈况义〉后》，见杨扬《〈伊索寓言〉的明代译义抄本——〈况义〉》，《文献》1985年第2期。

⑧包天笑《在商务印书馆》，见《钏影楼回忆录》，中国大百科全书出版社，2009年版，第384页。

⑨张赤山：《海国妙喻·序》，见施蛰存主编《中国近代文学大系·翻译文学集3》，上海书店1991年版，第246页。

⑩林纾：《不如归·序》，见阿英《晚清文学丛钞·小说戏曲研究卷》，中华书局1960年版，第263页。

⑪林纾：《伊索寓言·序》，见林纾、严培南、严璩译述《伊索寓言》，商务印书馆1903年版。

⑫林纾：《〈译林〉序》，《清议报》第69期，1900年11月21日。

⑬林纾：《爱国二童子传·达旨》，见吴俊标校《林琴南书话》，浙江人民出版社1999年版，第69页。

⑭胡怀琛：《中国寓言研究》，商务印书馆1930年版，第83页。

⑮孙毓修：《欧美小说丛谈续编》，见《小说月报》1913年10月25日。

⑯伊索：《伊索寓言集》，任溶溶译，浙江文艺出版社1997年版，第3页。

（原载《文艺争鸣》2013年第11期）

架起儿童与图书的桥梁

张明舟

　　1987年,我考入上海外国语学院学习英语和外事管理,也到了第二个地角天边——上海。1991年,我又幸运地被外交部录取并进入外交部亚洲司工作,主要负责柬埔寨事务,经常参与接待西哈努克亲王及与柬埔寨有关的会议和活动。当时柬埔寨是世界6个热点地区之一,处里当时只有我一个英文干部,短时间内我获得了很多宝贵的外交经验。遗憾的是,没有公费医疗和社会保障的母亲身体不好。几年后,由于担心无钱给母亲看病,不能尽孝,虽然家人反对,我还是毅然离开了外交部,转而加入中国青年旅行社,并于几年后创办了北京百路桥公司,专门从事国际旅游和国际文化艺术交流工作。由于工作关系,我有机会访问了曼谷、乌兰巴托、首尔、巴黎、伦敦、罗马、温哥华、华盛顿、里约热内卢……在雅典卫城怀古,在伦敦大英博物馆举办展览,在开普敦街头与黑人跳舞,在亚马孙河上与印第安人聊天,在东非大裂谷看动物大迁徙,在埃及金字塔下仰望苍穹……我真的有机会到了世界上许多地方,去了许多许多地角天边。在这些地角天边,我经常不由自主地怀念起那本《小种子旅行记》,感慨之余,心想自己莫非就是那粒热爱旅行的小种子? 每念及此,就油然而生地非常感谢那位作者和画家以及所有为孩子创作优秀作品的艺术家们。

　　后来,在与朋友聊天时,发现很多人都在童年时读过某本对他们一生产生过重大而积极影响的图书。童年时阅读的重要意义不言而喻。"要是当年我的小伙伴们也认真读过那本《小种子旅行记》,他们是不是也能更努力也更快乐地学习,他们的人生是不是也能比他们现在的更好些呢?"想到这里,我时常会对当年没有与更多小朋友分享那本图画书感到遗憾。

　　2002年,一个偶然的机会,我陪中国代表团出访瑞士巴塞尔,邂逅了IBBY,并与其结下了不解之缘。在IBBY50周年大会上,我被那么多和《小种子旅行记》一样好看甚至更好看的儿童图书所吸引,被来自中国在内的60多个国家的500多位不同肤色、不同宗教信仰的与会者眼里透出的清澈、智慧、童真、热情和友善的光芒所深深吸引。架起儿童与图书的桥梁,让所有的孩子有书读、读好书是多么美好的事业啊! 这些人和他们推动的儿童阅读事业一下子就把我迷住了。

　　IBBY(International Boardon Books for Young people)即国际儿童读物联盟,有"小联合国"之美誉,是联合国儿童基金会和联合国教科文组织下属的国际非营利的非政府组织。IBBY成立于1953年,目前有70多个国家分会,会员包括儿童文学作家、插画家、图书馆管理员、大学教授、记者、出版家、编辑、书商、教师、学生及家长等一切将儿童与图书联系在一起的人们,是世界儿童阅读推广人的大联盟。IBBY下设的国际安徒生奖是世界最高荣誉的国际儿童文学奖项,有"小诺贝尔奖"之称,丹麦女王玛格丽特二世为最高监护人。IBBY的宗旨是通过儿童读物促进国际理解,维护世界和平。IBBY有很多

项目,如国际安徒生奖、IBBY 朝日阅读促进奖、IBBY 荣誉名册、IBBY 国际残障儿童资料中心、IBBY 慈善基金、《书鸟》杂志、在每年 4 月 2 日(即安徒生生日那天)举办的国际儿童图书节。每两年一届的 IBBY 世界大会、每两年一届的 IBBY 地区会议(目前有北美地区会议、亚洲及大洋洲地区会议、欧洲地区会议、中东地区会议)以及无数的论坛、研讨、培训和交流活动,吸引了来自世界各地的同行们,他们孜孜不倦地为孩子们创作、交流和推广高品质图书。毫不夸张地说,在他们身后,是成千上万的优秀读物和数以亿计的世界各地的孩子们阅读时或开心或悲伤,流露出好奇而专注的眼神……

从此,作为志愿者,我有幸参与了 IBBY 的很多儿童阅读推广工作,成为一名快乐的阅读推广人。2006 年,IBBY 第 30 届大会在中国澳门举办。原本定在北京举办的国际会议,忽然改在澳门举办,中国分会遇到了巨大的困难。幸运的是,在团中央、IBBY 总部、IBBY 中国分会主席海飞先生、秘书长马卫东女士和中国分会 30 多家专业少儿出版社、澳门特区政府、外交部驻澳门特派员行政公署、澳门青年联合会以及众多阅读推广人的支持和帮助下,这次活动获得了圆满成功,并对中国儿童文学创作和阅读推广事业产生了深远的影响。作为该次大会的总干事长,我也利用在外交部期间获得的宝贵的外交和国际交流经验,为筹办和主持 IBBY 第 30 届大会尽了自己的一点儿绵薄之力,这也算是我对外交部培养过我的一点点回报吧。

从 2008 年开始,我连续两届荣幸地当选了 IBBY 国际执行委员。由 10 名执委组成的 IBBY 执委会,是 IBBY 最高权力机构,决定包括确定国际安徒生奖评委人选在内的所有重大事项。作为该组织最高行政官员之一,也是唯一的一个中国人,我曾多次参与国际安徒生奖评审委员的甄选工作。此外,我也积极策划开展很多中国分会与各国分会间的国际交流活动,让更多的儿童阅读推广人相互认识、相互了解、相互合作、共同提高。

IBBY 执委和由执委们选定的国际安徒生奖评委会委员虽是由 IBBY 各国家分会提名候选,但当选代表后代表的就是 IBBY 这个"小联合国"的国际组织,是在为推动世界儿童文学及儿童出版、儿童阅读的发展而努力工作。在此岗位奉献的各位执委、评委,除了对各自祖国的天然情感外,对于国际理解、世界和平、人类未来等主题也都会有更加真切的感受和理解。

在每年无数次国际国内旅行、参与各种阅读推广活动过程中,我经常被包括中国在内的各国阅读推广人对儿童的关爱、对童心的呵护、对童书创作和阅读的热情所深深感动。同时,我也越来越真切地感受到,各国阅读推广人之间的沟通和交流还远远不够,尤其是作为世界第一人口大国、第二大经济体的中国,与世界各国的交流还远远不够。

由于汉语资料所限,中国对 IBBY 和国际安徒生奖的了解还十分有限,IBBY 和各国分会对中国的儿童阅读状况和实践的了解也十分有限。我经常会想,如果把 IBBY 及其主要活动及作品译介到中国,将对中国的少儿出版、少儿阅读及少儿阅读推广工作起到多么巨大的推动作用啊!但这个项目,需要巨大的经济及专业人员投入,在市场回报方面,也还是有不小的风险的。庆幸的是,在著名儿童文学作家、资深出版人刘海栖先生的热心推荐下,安徽少年儿童出版社社长张克文先生主动找到了我,表达了将持续出版一套世界最高品质儿童图书的诚意和愿望,还特意邀请了 IBBY 主席卡鲁丁先生亲临安徽考察, 安徽省政府领导和时代出版传媒股份有限公司董事长王亚非先生给予了热情接待。之后,我与 IBRY 总部及执行委员会进行了长达一年多的深入沟通与艰难谈判。由于对中文译文质量、版式设计、印刷质量、版税支付等缺乏了解,以及担心选题受限、出版质量和推广效果，审批的过程异常复杂艰巨。经过不懈努力，终于在 2013 年春天，IBBY 执委会特别官方授权安徽少年儿童出版社作为中国出版"国际安徒生奖大奖书系"的出版社，并授权出版 4 册有关 IBBY 的理论和资料书。在 IBBY 总部及 IBBY 各国分会，各位国际安徒生奖作家、插画家朋友的帮助下，北京百路桥公司经过长达两年多的大海捞针般的版权寻找和认真细致的谈判，保证了版权工作顺利开展。为确保本套图书在文学艺术上的品质，并考虑到中国读者的具体需要，著名儿童文学评论家、学者方卫平老师严把质量关。在诸多翻译老师和安徽少年儿童出版社领导、编辑的共同努力下，首批"国际安徒生奖大奖书系"图书也终于将与广大读者见面了。《走进国际儿童读物联盟》《走进国际安徒生奖》《架起儿童读书的桥梁》《世界梦想——全球作家为孩子创作的和平故事》，这 4 册理论和资料书，对广大读者了解 IBBY，了解国际安徒生奖这一当今世界最高水准儿童文学奖的评审标准、获奖作家和插画家以及他们作品的概貌，了解 IBBY 的宗旨和历史，开阔视野，了解并参与 IBBY 各项主要活动，参与世界儿童图书出版资源的交流与合作，提升中国儿童图书出版品质，了解国际儿童阅读推广成功经验，推动儿童阅读事业广泛、深入、持久地开展，都有着十分深远且重要的意义。

衷心希望各位读者朋友，能从本套书中，了解 IBBY，了解国际安徒生奖，破解国际安徒生奖的"密码"，创作出更多更高品质的儿童读物，在广大阅读推广人的共同努力下，让中国所有的孩子，不分民族地域，都能阅读到优秀的儿童读物，并因此爱上阅读。

随着中国经济文化事业的快速发展，中国的少儿出版原创作品也在量和质两方面得到了长足发展。中国少儿出版、少儿阅读占世界少儿出版、少儿阅读事业的五分之一。第二次世界大战的硝烟刚刚散尽时亲手缔造了 IBBY 的杰拉·莱普曼女士如果在天有知，也一定会为这套图书的出版而感到由衷的高兴，因为她创立 IBBY 和国际安徒生奖时的梦想——通过儿童图书促进国际理解，维护世界和平，虽然还远未实现，但由于大家的持续努力，距离实现的路程正一点点缩短。

由衷地向 IBBY 创始人及世界各国为所有儿童都能阅读到高品质图书而付出卓越努力的朋友们致敬，并再次感谢使本套图书得以付梓出版发行的朋友们，让我们继续努力，在中国，也在全世界，共同架起儿童与图书的桥梁。

（原载张明舟主编《走进国际儿童读物联盟》，安徽少年儿童出版社，2014 年版）

新中国儿童文学

70年

1949—2019

后现代文化语境中的儿童与儿童文学

方卫平

一、小引

"后现代"是一个最早在先锋艺术领域兴起，后来逐渐蔓延到社会文化各领域的词语。该词中的"后"字，是一个带有分界性的前缀词，它的分界点一般是某一具有重大影响力或标志性的人物、事物及时间。显然，"后现代"的分界是相对于"现代"来说的，它字面上的意思是"现代之后"。不过我们都应该清楚，"后现代"并不意味着我们已经告别了现代，它强调的是当代社会正在发生的某些重要的生活和文化变动，这些变动提醒我们，这个时代里的许多事物和现象，已经不再是过去的现代观念能够完全涵盖和解释的。

在一个贴有"后现代"标签的时代，儿童和儿童文学发生了一些什么变化？我们如何理解这些变化？在后现代的文化语境中，儿童和儿童文学的未来在哪里？这是我们今天谈论儿童文学所面对的新现象和新问题。

二、童年的消逝与儿童生存现实的变迁

按照英国社会学家迈克·费瑟斯通的考察，"后现代性"和"后现代主义"这样的用词于20世纪60年代开始在西方文化中流传开来的。这也正是当代西方社会和文化一系列转折性变化的起始期。如果要在儿童研究领域寻找这一时代潮流的影子，那么最能体现上述"后现代"转折的事件，就是"童年消逝说"的出现。"童年消逝说"最著名的代表人物是美国的传媒和文化学者尼尔·波兹曼。在出版于1982年的《童年的消逝》一书中，波兹曼这样说道："我想开门见山，请大家注意这样一个事实，即儿童已经基本上从媒介，尤其是电视上消失了。"①

这无疑是一个爆炸性的观点。我们不久前才弄明白，我们今天所说的儿童乃是现代社会文明发展的产物，现在却被告知，这个"儿童"正在"消失"。凭着现实生活的经验，我们可以断定，儿童并没有真的消失，那么波兹曼所说的"消失的儿童"，到底是指什么意思？

要理解波兹曼的这一观点，我们就要更进一步了解他的这一"童年消逝说"展开的基本逻辑。在《童年的消逝》一书中，波兹曼同意艾里耶的研究，认为"儿童"这一观念是现代社会的产物，在19世纪至20世纪之间，这个观念取得了巨大和令人骄傲的进步。他这样写道：

> 1850年到1950年这个阶段代表了童年发展的最高峰。……这些年里美国做过一些成功的努力，使儿童走出工厂，进入学校，穿着他们自己的服装，使用自己的家具，阅读自己的文学，做自己的游戏，生活在自己的社交世界里。在

100部法典里,儿童被划分为与成人有本质上的不同;在100条习俗里,儿童被安置在受惠的地位,被保护而不受成人生活的怪异变幻的困扰。

正是这个阶段,已成成规的现代家庭建立了起来,……在这个阶段,家长开发出了给他们的孩子以无微不至的同情、温柔和责任的心理机制。这并不是说童年从此就变得像田园诗般美丽了。如同生活的任何一个阶段,它过去是、现在依然是充满了痛苦和迷茫。但是,到了世纪末,童年进而被看作每个人与生俱来的权利,成为一个超越社会和经济阶级的理想。②

显然,作者在这段话里所描述的,正是我们熟悉的现代儿童的观念。然而,紧接着,波兹曼话锋一转,又说道:"这是个极为有趣的讽刺,因为在同一时期,使童年概念诞生的符号环境却缓慢地,不易察觉地开始瓦解。"③

波兹曼所说的"使童年概念诞生的符号环境",其实是指以书籍为标志的印刷文明,因为在他看来,正是印刷文明的普及造成了一个用来成长和学习的童年期的必要性,从而把儿童和成人隔离了开来。在这一隔离中,儿童拥有了一个属于他们自己的时间段和生活世界。然而,随着新兴电子媒介的出现,这一隔离忽然被撤销了:"电视侵蚀了童年和成年的分界线。……第一,因为理解电视的形式不需要任何训练;第二,因为无论对头脑还是行为,电视都没有复杂的要求;第三,因为电视不能分离观众。……电子媒介完全不可能保留任何秘密。如果没有秘密,童年这样的东西当然也不存在了。"④

于是,儿童与成人之间的区隔仿佛一夜之间就消失了,在电子媒介时代,这两者的生活越来越变得没什么两样。这倒不是说生理学意义上的儿童不见了,而是指我们把儿童当作儿童看的时代,似乎结束了。波兹曼解释得很清楚:"我并不是说年纪小的人看不见了。我是说当他们出现的时候,都被描绘成13世纪、14世纪的绘画作品上那样的微型成人。"⑤

波兹曼的说法并非危言耸听。仔细想一想,过去的百来年间,人们意识到的是"儿童穿着跟成人不同,言谈不同,看问题的角度也不同"⑥,但到了今天,儿童成人化的情况变得非常普遍。今天的许多孩子看着成人化的节目,穿着成人化的服装,说着成人化的语言,做出成人化的表情,摆出成人化的姿势。这一儿童成人化的态势不但表现在电子媒介的屏幕上,也极大地影响着儿童的日常生活领域。某种程度上,过去那个区别于成人的现代儿童似乎不见了,他们重又变成了另一种"缩小的成人"。

事实上,许多儿童工作者和研究者都看到了当代社会的这种儿童成人化现象。美国心理学家戴维·艾尔金德在他的《还孩子幸福童年——揠苗助长的危机》一书中,同样谈到了这一儿童成人化的现象。他指出,在当今成人社会的压力之下,孩子正被迫过快地成长。他们被要求过早地取得优异的人生成绩,过早地形成未来的职业规划,以及过早地像成人那样接触各种生活、处理各式问题。以电视为代表的虚拟世界通过呈现那些成人化的儿童,"鼓励父母和成人变本加厉地揠苗助长",很多时候,"他们为儿童提供了一个在情感和智力上早熟的形象,因而构建了一种揠苗助长情况,即催促儿童以聪慧、成熟的方式行事",而事实上,"这些听起来、做起事情来和看起来像成人的儿童仍然在感觉和思维上像儿童"。⑦今天的儿童似乎已经不再享有儿童应有的那种生活。

这一切对儿童来说,听上去真是糟糕透了。

那么,当代社会的童年真的消逝了或者正在消逝吗?

有的研究者认为，童年消逝的说法是一种有关童年的本质化观念的产物。从本质论的视角来看，如果我们把童年看作一种有着某种固定不变的本质的对象，比如我们认为儿童应该表现出有别于成人的一些特质，那么当我们不再能够从儿童身上看到这些本质特征的时候，我们就会倾向于接受波兹曼的观点，认为童年正处于"消逝"的状态。

不过，如果我们走到问题的另一面，从建构论的角度来看童年消逝的问题，得到的答案又会有些不同。依照建构性的理论，童年本来就持续地接受着来自具体的社会文化的影响和塑造。即便是同一种儿童的特质，在不同的时代和社会，往往也会表现出一些不同的面貌。因此，发生在童年身上的一些变化，可能只是由于童年生存环境的改变带来的建构性变化，它并不意味着童年的消逝，而是指向着童年的变迁。从本质论的视角来看，儿童的成人化现象是童年"消逝"的一种表现，但从建构说的角度来看，它会不会也是当代童年新面貌的一种体现呢？

英国儿童研究者大卫·帕金翰的《童年之死——在电子媒体时代成长的儿童》一书，就是试图从这种建构论的思维出发来为童年的当代命运做出新的辩护。他认为，由电子媒介带来的儿童与成人之间传统的信息隔离的取消，不应该仅仅被认为是儿童变得不像儿童了。我们对于童年具有某种自然本质的看法，应该让位于对于童年的文化建构性和可塑性的认识。当今时代儿童生活正在发生的这种"成人化"的变化，对于童年来说，也可能包含了有益的内容。比如，过去的儿童由于被隔离在成人的信息世界之外，他在文化地位上显然就处于比较低的位置，这时的儿童既受到成人的全面控制，也容易遭受成人的剥削和欺骗。而到了今天，随着电子媒介技术的发展，儿童知道和懂得的知识和生活都比过去丰富得多，他也可能因此而变得更自立，更成熟，更能主宰自己的生活。⑧

把波兹曼和帕金翰的观点结合在一起考察，我们就看到了这两种学说背后的同一个基础性问题，那就是：今天的童年生活正在发生一些重大的变化，它让我们强烈地感到，童年正在变得和过去不一样；不论我们用"消逝"还是"变迁"的字眼来称呼这种"不一样"的状态，总之，我们必须要做出一些新的调整，来应对这个不一样的童年现实。

要完整地理解这一变化，我们需要避免任何武断的本质主义或建构主义倾向，而应该从本质论和建构论的辩证视角，来看待和分析当代童年生存现实的新问题。一方面，当代童年的面貌的确发生了很大的变化，其中有不少新变化是过去的童年观念未能完全容纳的。这一事实促使我们对传统的童年理解进行反思，并进一步思考当代社会文化中童年的新建构现象。但另一方面，我们也要认识到，社会文化对于童年的建构，并不总是合理的，而有些童年的本质特征，是不应该在建构过程中被丢弃的。比如前面提到的儿童的成人化问题，就是很典型的例子。当代儿童的成人化现象，其中有积极的建构因素，也有消极的建构因素。通过参与成人的信息渠道分享，儿童争取到了一些比过去更平等的文化权利，这是一种积极的建构；但如果他的根本性的儿童身心特征和发展诉求在这个过程中被肆意伤害或践踏了，那么这样的文化建构显然是没有意义的。

因此，在思考当代童年的新建构进程的同时，我们不能把童年消逝的警告抛在脑后。应该看到，波兹曼之所以提出"童年的消逝"的观点，与其说是为了断言童年的历史正在结束，不如说是为了让我们看到，当代社会文化的某些方面正在对今天的童年造成一些不容忽视的伤害。只有同时看到当代童年生存现实变迁的这两个方面的趋向，我们才能对这一现实做出有效的回应。

三、变化的童年与儿童文学的未来

童年生存现实的变化带来了儿童观的变化,而儿童观的变化又直接牵连着儿童文学的变化。新的童年生活给当代儿童文学带来了哪些新的艺术气象,又存在着哪些值得我们警惕的问题?

(一)童年精神

新的童年观带给当代儿童文学的变化,首先体现在童年精神方面。在当代儿童文学作品中,儿童的主体性得到了进一步的张扬,我们也看到了更多充满思考力和行动力的儿童形象。面对生活中的各式问题,他们有手足无措的一面,但也常常现出令人惊讶的能干。在学着自己解决这些问题的过程中,他们获得了成长。很多时候,这些孩子仍然是天真的,但他们的天真不再表现为面对世事时的幼稚无知和软弱无能,而是表现为在面对生活和世界的某些现实污浊时,他们本能地倾向于选择一种清新、真实的生命感觉。我们也可以说,这是一种内涵更为丰富的童年天真。

比如英国作家彼得·约翰森的儿童小说《爸妈太过分》,以少年路易斯的第一人称讲述这个男孩的校园和家庭生活。如果以过去的儿童标准来看,主角路易斯实在有些太"老于世故"。路易斯十分清楚自己作为孩子的身份,也很清楚自己在与父母、老师等成人交锋中所处的下风位置,然而,正是因为具备了这种自知之明,他熟练掌握了各种与成人周旋并巧妙获胜的方式。就像他想要当一个滑稽演员的梦想虽然在父母这儿一再受挫,但他以自己的战略,几经周折,最终还是顺利地实现了这个梦想,并且第一次以这一方式获得了父母的赞许。小说中的普通少年掌握他自己命运的意识和能力,以及从中体现出来的一种成熟的当代童年精神,在今天的儿童文学作品中正越来越得到重视。

但我们也要小心。一种全力张扬儿童的主体性及其应对现实问题能力的童年精神,稍有不慎就可能滑向庸俗的世故和可憎的油滑。这种世故和油滑使儿童文学作品中的儿童主角不论多么能干而强势,却始终缺乏一种能够令我们发自内心地欣赏和感动的力量。我们也可以说,这类作品实际上丢掉了童年精神中的某些具有本质性的审美品质。就这一点来说,《爸妈太过分》特别值得一提的地方,便是小说中的路易斯虽然明察世事,却毫不油滑,他在与身边成人周旋的过程中,以自己的这种成熟有效地抵抗着来自成人世界的压制,却仍然保持着一个少年自然的单纯和正直。例如,为了参加向往已久的喜剧选秀比赛,他找了一个同龄女孩化妆扮演他的母亲,这才获得了参与比赛的资格。但这一"欺骗"行为的过程却并不让人感到它与我们理解中的童年精神相悖,相反,我们从这里看到的是属于一个孩子的本真的机敏和善良。这也是这位小说主角最有魅力的地方。相比之下,另一部美国当代畅销儿童小说《小屁孩日记》,总是借针对成人的刻意贬抑来张扬少年自我的主体感,这就陷入一种并不合宜的童年自私和油滑之中。小说的主角看似个性十足,但这一个性的内涵却是虚空的,它缺乏一种能够体现童年生命的美感以及能够把这一生命带往更高境界的精神力量。

因此,我们思考当代儿童文学的童年精神时,既要看到现实生活中儿童不断提升的主体性,更应该看到这一主体性对于儿童文学的根本意义和价值。在当代儿童文学中张扬儿童主体性的目的,不是为了让儿童仅仅成为善于适应和掌控生活现实的功利主体,而是为了通过这样的书写,让童年的精神继续照亮他们自己和他们身边的世界。

（二）表现题材

在表现题材的方面，当代儿童文学的新变主要体现在非传统童年生活题材的拓展和某些禁忌童年题材的突破上。

20世纪五六十年代，与现代儿童生活和儿童观的急剧变迁相呼应，西方儿童文学界曾有过一次小小的文学运动，呼吁突破浪漫主义的传统儿童文学表现题材，将生活真实的黑暗面纳入儿童文学的表现范围中。在20世纪70年代末80年代初的中国儿童文学界，也发生过近似的创作变革呼吁。这一运动的倡导者们认为，过去的儿童文学书写往往停留在一种被过于简单化了的纯美童年生活中，人们似乎认为，对于纯真的孩童来说，只有一个纯化、美化了的文学世界，才是适合他们阅读和接受的。然而，由于这样一个文学的世界掩饰了儿童生活中会真实地遭遇到的各种黑暗和困境，对于儿童读者来说，这样的作品往往既不符合生活的许多实际面貌，也不符合他们对于生活的真实感受。因此，儿童文学应该冲破浪漫主义儿童观之下的题材限制，向宽广的现实生活敞开它的怀抱。它不但要面对童年生活的当下现实，而且要不惮于表现这一生活的黑暗面。当代儿童文学不应该把儿童继续关在窄小的理想花园里，而应该以适宜的方式向他们展现广阔的社会生活，以及他们自己在这一现实环境中的生存方式。

应该说，这一题材拓展的要求，是当代儿童观的革新给儿童文学带来的一个必然变化，它主张我们应该充分认识到当代儿童在生活经验和理解能力方面的诸多可能性，而不是把他们当作什么都不懂的孩子。我们看到，在半个多世纪的时间里，儿童文学的表现题材实现了历史上最为迅速和开放的拓展，特别是儿童在当代社会所遭遇的各种现实的问题、困境、烦扰、忧愁等，纷纷进入当代儿童文学的表现视域。

例如，在儿童文学领域，性的话题越来越不再是一个带有禁忌特征的题材。除了少男少女的情感生活外，英国青少年文学作家艾登·钱伯斯出版于1982年的青少年小说《在我坟上起舞》，更是大胆地触及了少年同性恋的题材。钱伯斯于2002年获得国际安徒生奖作家奖，这一事实也证明了今天的人们对待儿童文学写作题材的更为包容和开放的态度。

近年来，有关"性"的话题也进入原本题材限制最为严格的幼儿文学领域。例如，英国儿童文学作家、插画家尼可拉斯·艾伦所著的图画书《小威向前冲》，即是尝试以故事的方式向孩子大方讲解关于"性"的知识。故事的主角小威是个小精子，他和另外的三亿个小精子一起住在布朗先生的身体里。在学校里，小威的数学实在不好，但他可是个游泳高手。眼看游泳比赛的日子一天天临近，小威每天都认真练习。冠军的奖品是"一个美丽的卵子"，它住在布朗太太身体里。比赛那天终于到了，老师分给每个小精子一副潜水镜，一个号码牌，还有两张地图，其中一张是布朗先生的身体地图，另一张是布朗太太的。那天晚上，"布朗先生和布朗太太亲密地在一起"，随着老师的一声"出发"，游泳比赛开始了。小威用尽全力向前冲，终于赶在其他小精子之前获得了第一名。它得到了它的奖品——一个可爱的卵子。接下来，一件神奇而又美妙的事情发生了——"有个东西开始成长"，它在布朗太太的肚子里不停地长呀长，直到有一天，一个小宝宝出生了，这是个女孩，爸爸妈妈给她取名小娜。"可是小威到哪里去了呢？没有人知道。不过，当小娜长成一个小女孩，去上学以后……她发觉她的数学实在不好……不过她可真是个游泳高手！"

这本幼儿图画书在处理有时令成人也感到尴尬的"性"话题方面所表现出的坦然，体现了当代儿童文学的开放胸襟和艺术智慧。它的童话体的手法，既生动地向孩子解释了与"性"有关的"你从哪里来""你是怎么来的"等幼儿关心的问题,又在很大程度上缓冲了直接谈论生活中的"性"可能会带来的冲击。一本幼儿图画书能够以如此坦率、真诚而又生动、有趣的方式向年幼的孩子解说这样的生活问题,实在令人感到惊喜而欣慰。

然而,在推动儿童文学向着最广阔的儿童生活题材开放其书写的过程中,我们也应该意识到,题材的开放本身并不是儿童文学表现的最终目的。相反,通过相应的书写,引领儿童更好地认识生活、认识世界、认识自我,这才是任何一种儿童文学题材拓展获得其意义的前提条件。这也就是说,如果我们只是打着题材开放的旗号来证明一切儿童文学书写(比如一些庸俗儿童图书中的暴力、色情内容)的合理性,这一开放本身便毫无意义。在当代儿童文学题材的拓展书写中,我们首先应该看到这一书写所指向的文学目的,并据此来判断它是否具有文学表现上的合理性和价值。

(三)艺术手法

在当代儿童观的革新过程中,人们对于儿童的文学理解和接受能力的期待在不断提升,当代儿童文学也开始寻求尝试各种新的儿童文学艺术表现手法。在各类儿童文学文体的写作中,我们都能够持续看到一些新的艺术探索。后现代艺术手法在儿童文学作品中的出现和运用,就典型地体现了当代儿童文学的艺术拓展尝试。我们知道,后现代艺术本身是一种先锋艺术,它往往有意抵抗和突破着传统现代艺术在表现内容、表现手法及意识形态等方面的陈规。一般说来,我们很难把相对传统而保守的儿童文学与如此具有先锋性的后现代艺术联系在一起。然而,当代儿童文学在这方面的艺术探索,让我们看到了这类手法对于儿童文学创作的特殊价值。例如,典型的拼贴、戏仿、颠覆、解构等后现代手法的运用,给儿童文学带来了新的叙事能力和表现效果,并塑造着儿童文学独特的后现代美学。这类新奇的艺术手法也引发了中国当代儿童文学创作者的探索兴趣。以童话为例,近年来体现典型后现代风格的作品有林世仁的《十一个小红帽》、张嘉骅的《怪怪书怪怪读》、刘海栖的《扁镇的秘密》系列等。

值得一提的是,这类后现代手法也在读者对象年龄段相对较低的图画书领域得到了广泛的运用,并涌现出了一批优秀的代表性作品,其中包括获得美国凯迪克奖金奖的《三只小猪》(大卫·威斯纳文/图)、获得美国凯迪克奖银奖的《臭起司小子爆笑故事大集合》(约翰·席斯卡/文,兰·史密斯/图)、获得英国凯特·格林威奖的《顽皮公主不出嫁》(芭贝·柯尔文/图)等。2011年,第二届丰子恺华文儿童图画书奖获奖作品《进城》,也是一部运用典型的后现代手法来别出心裁地处理中国传统文化题材的图画书作品。

我们应该看到,后现代艺术手法在图画书作品中的运用并非出于艺术上的一味求新,更承担着一些特殊的叙事和情感表现功能。

首先,它增添了图画书作品的趣味和幽默。比如威斯纳的《三只小猪》解构了我们所熟悉的经典童话《三只小猪》的情节,而把它变成了一场有趣的文本游戏。作者不但让三只小猪走出自己的故事文本,还让它们穿梭在其他经典童话的文本之间。作品中,像"哇,他把我吹到故事外面去"这样的叙述语言,不是像过去那样试图让孩子们沉浸到故事的情境里,而是明明白白地告诉他们,这其实就是一个故事。这也是后现代文学中常用的元叙述手法。通过这样的处理,熟悉的童话故事被赋予了新的游戏性和幽默性。

其次,它也拓展着儿童的思维方式和情感内容。比如芭贝·柯尔的《顽皮公主不出嫁》,塑造了一位大胆、野蛮而独立的公主,一改过去儿童故事里那些总是等待着王子来拯救的柔弱公主的形象。这类故事除了富于游戏的趣味之外,也包含了一种更为宽容和

丰富的性别理解。阅读这样的故事,是对于儿童读者的情感和生活思维的重要拓展,它也正符合了当代儿童观所指出的那个童年精神方向。

在后现代艺术手法的具体运用中,正是以上两种积极功能的实现赋予了当代图画书以一种新颖而值得肯定的艺术面貌和审美精神。这提醒我们,在儿童文学艺术拓展的问题上,一味地追新逐异本身并无太大意义;当代儿童文学在艺术技法上的创新,绝对不是为新而新,而是应当与一种深厚的当代童年和儿童文学的精神结合在一起。

[注释]
①②③④⑤⑥波兹曼:《童年的消逝》,吴燕莛译,广西师范大学出版社 2004 年版。
⑦艾尔金德:《还孩子幸福童年:揠苗助长的危机》,陈会昌译,中国轻工业出版社 2009 年版,第 111—114 页。
⑧帕金翰:《童年之死》,张建中译,华夏出版社 2005 年版。

(原载《昆明学院学报》2015 年第 1 期)

融通与互鉴：中美儿童文学理论发展的未来建构

聂爱萍　侯　颖

进入 21 世纪以后，全球化进程加快了中外学术研究的融合，将"国际视野"带入了各个研究领域。经过了多年的沉淀和准备，中国儿童文学界与迫切想了解中国的西方同仁达成共识，以发展儿童文学为己任，打破疆域和国界，就儿童文学创作和传播的相关问题进行真诚的交流和探讨，深化彼此之间的了解，以消除隔阂和误解，从而对世界儿童文学的发展和繁荣做出应有的贡献。于是，中美儿童文学高端论坛应运而生。论坛由中国海洋大学和美国得克萨斯A&M大学联合发起，作为目前国内唯一一个与国外联合主办的国际高端论坛，它不仅实时反映了中国对于西方儿童文学的关注焦点，同时也映射出了当下西方对于中国儿童文学研究的最新动态以及总体的研究格局，不啻为中外儿童文学研究的风向标。

论坛每两年举办一次，2012 年中国海洋大学在青岛成功举办第一届会议，第二届高端论坛由美国南卡罗来纳大学主办。秉承着论坛创立的宗旨和第一届论坛未尽的议题，此次论坛以"全球化视野下的儿童"（The Global Child）为大会主题，分市场传播、比较研究、儿童建构、语言文化以及改编翻译五个板块进行研讨，与会的诸多中外儿童文学研究的资深学者着眼儿童文学面临的问题，深入探讨，努力促成多元文化下的相互理解与尊重。这是一次儿童文学理论的深度交锋，具有较高的建构意义和价值，不仅提出了可行有效的建设性意见，也拓展了儿童文学理论研究现代性的发展方向，总体而言，主要呈现出了以下五大趋势：

一、影响研究——"儿童本位"现代性的外来力量

世界是一个相互联结的整体，没有一个国家可以孤立存在，文学的发展亦是如此。跨文化交流中的相互影响便是很好的例证。

中国海洋大学朱自强教授的论文《论周作人的"儿童文学"观念的发生：以美国影响为中心》以中国儿童文学的奠基人周作人为研究对象，深入挖掘解读史料，继其提出中国社会现代化的"外源型"特征后，首度论述中国儿童文学发生的外源特点。他通过阅读周作人的日记、评论文章以及散文随笔，详细追踪了周作人对美国学者斯坦利·霍尔、麦克林托克、斯喀特尔等人的学术著作的研究情况，揭示了其思想体系中显明的美国影响。这是一项不折不扣的发生学意义上的实证研究，论述精当，论据确凿，翔实阐述了西方儿童文学之于中国的理论影响。湖南师范大学汤素兰教授则以中国儿童文学的发端之作《稻草人》为出发点，探讨西方之于中国儿童文学创作的影响。论文《为什么恰恰是稻草人？——叶圣陶童话的文化基因与外来影响》围绕着叶圣陶前后期作品创作风格的转变，结合作品文本，论述了格林兄弟、安徒生以及王尔德等西方童话作家对叶圣陶的影响，继而提出了如何在全球化背景下保持民族特色的担忧及思考。两位学者的研究不仅

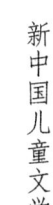

厘清了儿童文学发生发展的脉络,而且也有助于读者更好地把握理解中国儿童文学的走势与全貌。

二、比较研究——经典儿童文学的创作观研究

动物是儿童文学中最具有影响力的艺术形象,从有儿童文学以来,动物就闪亮登场,动物形象是儿童泛灵性思维的选择,也是人类与自然融合的表征,这在中西儿童文学都是不言而明的真相。在美国,杰克·伦敦的动物小说成为图书馆推荐的中小学生必读书目,自产生之日经久不衰,对儿童影响深远巨大;在中国,蒙古族作家黑鹤的作品作为国内动物小说的佼佼者同样让儿童爱不释手、反复阅读。东北师范大学侯颖教授的论文《中国格日勒其木格·黑鹤与美国杰克·伦敦动物小说比较研究》选取了二者的经典作品加以研读,剖析其对动物生存境遇以及人与动物关系的描写,在生存与死亡的较量中比较两位作家创作观和生命观的异同,最终得出黑鹤是指涉自然与本性的自然主义生命观,伦敦是指涉秩序和理性的社会达尔文主义生命观,进而揭示了美国经典作家对中国作家的影响以及中国作家对美国作家的超越。上海师范大学萧萍教授的《沐阳上学记:来自东方的"a Wimpy Kid"——一个当下中国儿童文学文本的解读》一文以自己的创作经验为立论点,阐述了中国当代小学生沐阳和美国 a Wimpy Kid 中的小屁孩在不同生活环境、不同文化背景以及不同价值选择中的成长烦恼,文章的现实针对性强,指出了儿童文学现实选择的困惑和方向。

三、文化差异——跨文化传播的审美选择

文化差异于中外学术交流应该算是一个老生常谈的话题了。此次论坛上中外学者不约而同地从市场反应的角度分析了杨红樱的畅销书籍"马小跳系列"在中美图书市场上遭遇的不同反应所隐含的原因与信息。儿童文学协会前会长,得克萨斯 A&M 大学克劳迪娅·纳尔逊教授的论文《为美国读者改编及翻译的中国儿童文学作品:三个案例研究》遴选了传统训诫故事、民间传说故事、原创故事三大类别中的典型代表作品,开宗明义地指出传统故事中的"中国愿景",即孝顺观念。之后分别对《二十四孝》《中国五兄弟》和《淘气包马小跳》进行了深入分析,其有关杨红樱畅销作品"马小跳"系列的评论最为发人深省。这套连续占据中国儿童文学畅销书榜 41 个月的热销丛书在美国却未能产生较大影响,纳尔逊认为原因可能在于出版公司试图同时展现马小跳"就像世界上的其他孩子一样",又要展现马小跳是个"典型的中国孩子",这令潜在的读者困惑不已,一语中的地道出了问题的症结所在:马小跳这一儿童形象被努力塑造成为国际儿童文化的一员乃至缩影,却极大地丧失了他的中国人身份和文化背景,由此揭示了目前中国儿童文学在走向世界的转型期所面临的两难境地,即在日趋同质化的世界里如何保持自身的民族特性。来自中国海洋大学的学者罗贻荣教授与纳尔逊的观点不谋而合,在论文《"马小跳"遭遇的冰火两重天——一个文学的跨文化传播分析》中,他首先分析了丛书在美国市场遇冷的原因是其"本土性的缺失",继而进行了文本分析,指出其"图像化"写作和"故事性"缺失使作品顿失魅力的问题,最后结合市场反馈犀利指出了中国读书社会尚不成熟这一严重问题。文章对中国儿童文学进军国际市场所表达的期许与建议与纳尔逊遥相呼应,认为其在"经过本土化和民族化的洗礼后才能真正走向成熟"。两位学者均对创作

缺乏民族特征、过于模式化进行了调查研究,反映了目前中国原创儿童文学的价值追求和文学审美选择的盲目和架空,一种虚化儿童现实生活的创作现象正愈演愈烈。

这一跨文化传播视角的加入为中外儿童文学研究吹入了一丝清新之气,不仅拓宽了文化差异比较的辐射面,也增强了此类研究的实用性和应用性,朝着文学研究接地气的方向跨出了重要的一步。

四、价值选择——图画书研究

图画书的创作与发展一直是中国儿童文学的薄弱环节。此次论坛上中外学者有关绘本的比较研究不仅展现了图画书的宽阔艺术空间与开放多元的表达方式,也预示了图画书未来的发展走势。来自加拿大萨斯喀彻温大学的金婧针对图画书的跨文化翻译进行了一次典型的艺术形式研究。论文《读者与意图之变更:〈地下铁〉美国译本(2006)与中文原版(2012/2001)的比照解读》从插图、文本和读者3个方面对两个版本进行了详细的比照,重点指出了美国译本中被删减的插图和被改编的文字,阐述了美国译本在把一个中国的成人绘本改编成一个儿童绘本的过程中所产生的种种改编以及相应的效果和市场反应,最后以读者为中心,探析了改编的原因与动机,展现了译本改编的合理性和适切性。金婧的论述从读者受众出发,恪守儿童绘本创作的艺术标准,于改编之中揭示了图画书的灵活性与柔韧性,以及其潜在的艺术空间所生发的巨大可塑性,大力发扬了儿童图画书的艺术魅力,对于图画书的创作实践具有直接的指导和启示意义。相比之下,南京师范大学谈凤霞的论文《"要轻得像鸟,不要像羽毛":从中美比较视野来论科学绘本的可能性》通过平行比较,更多地指明了图画书的生存空间和未来走向。文章以"丰子恺图画书奖"的佳作奖为考察对象,同时对比了美国的畅销书"神奇校车"系列等,揭示了儿童科学绘本对艺术与知识的"融通",以生机充沛的趣味激荡孩子的心灵,召唤孩子探索科学乃至人生的奥秘等功能和意义。最后指出:富有融通性与召唤力的科学绘本是举翼翱翔的轻灵的鸟,而不能像羽毛随风飘逝,强烈呼唤绘本的生命力。在分析科学绘本的多重空间和多元特点的基础上,谈凤霞指出科学绘本应当具备人文关怀,绝非硬邦邦的科学知识的传播工具和媒介,要注意培养读者的探索乐趣;在创作上不妨尝试借鉴融合异域特色"以拓展更为广阔、生动的审美空间"。可以说,谈的文章对于科学绘本做出了较为全面、透彻的解析。

五、批评之维——交流传播中的发声与话语

批评作为文学研究的功能之一在此次会议中也得到了具体而微的体现。针对目前世界范围内的频繁交流和广泛传播,不少学者感兴趣于全球化背景下的发声权和话语权。一方面是有关儿童的参与权和话语权的反思与质问,以佛罗里达大学的艾米丽·墨菲最具代表性。她的论文《"韩国制造":张大春〈野孩子〉中的跨国商品流通和文化交流》立足主人公侯世春这一少年形象,剖析全球化潮流下儿童的生存困境。通过探讨侯世春对美国文化的着迷与对本土经验的漠然,墨菲积极探索着如何解读和建构全球化经验下的童年,在"本土本真"与"全球同质"的张力中思考着儿童的处境与未来。另一方面是有关国别儿童文学建立身份和地位的话语权的思考和追问。麦克丹尼尔学院普里西拉·奥德的论文《巴彻尔德儿童图书奖》以批判性的口吻,通过对一个童书奖项的研究,揭示

新中国儿童文学

了全球化浪潮下童书传播存在的普遍问题，发人深省。巴彻尔德图书奖由美国儿童图书馆协会（ALSC）于 1966 年为纪念其前执行秘书巴彻尔德女士创设，意在鼓励出版商发掘国外优秀的儿童图书，即从其他语言翻译成英语的优秀童书，进而促进全世界人民的沟通和交流。据奥德统计，在所有获奖的 82 本图书中，按原版语言统计，荷兰语、法语，尤其是德语占据了绝大份额，非洲、中南美洲以及亚洲的图书并没有争得一席之位与广泛认同，导致比重严重失调。而这一现象也同巴彻尔德图书奖创立的初衷相龃龉。

在这场儿童文学理论的深度交锋中，中西双方之间不乏交集和分歧。中外学者在充分肯定了儿童文学与儿童教育内在的相通性的同时，认同儿童文学应当有自己的审美选择和审美向度。大家在呼唤经典之中的审美价值和倡导理论发展的无限可能的同时，极力号召抵御商业化、模式化、概念先行的创作僵化等问题和现象。在双方就儿童文学进行商讨达成共识的同时，不少的分歧与差异也在碰撞中愈加明朗。在儿童文学内涵认同的方面，美国的儿童文学理论研究的范围较为广泛，中国儿童文学的学理性、思辨性较强，对儿童文学的指认较为纯粹化。在儿童文学批评方面，中国聚焦于理论的系统性、深刻性，美国聚焦于儿童生存的现实问题和审美表述，至于儿童的喜爱与成人的期许要相互镜鉴。在读者市场方面，中国儿童读者不成熟，成人作家的儿童观更具有教训性和思想性，作品严肃有余，轻松不足，而美国儿童文学则面临着商业写作泛滥带来创作的模式化、僵死化等诸多问题，双方问题各异，然而却都可以从彼此的发展和问题中得到些许借鉴和翻译。艾碧·文陀拉博士的论文《现代化而不是西方化：在全球性西方市场发展佛教儿童文学》，对中美两国的儿童文学研究视域和价值选择都有所拓展。

在中外儿童文学的交流对话中，从最初对中国儿童文学的漠视与疏忽，到改革初期的成见与误解，再到世纪之交的认识与了解，一路走来虽曲折坎坷，但发展势头与潜力与日俱增。中西学界本着真诚互信的态度就儿童生存及儿童文学创作、批评、传播等方面深入探讨交流，以文本为根据和基础，从发现问题到分析问题再到解决问题，步步为营，紧扣中心，批评中不乏鼓励，建议中不失尊重，充分体现了国际学术交流与研究的精神与宗旨，也为营造一个良好有序的世界舆论平台奠定了坚实的基础。

（原载《甘肃高师学报》2015 年第 4 期）

曹文轩与中国儿童文学的国际化进程

赵 霞

在当代中国儿童文学界,曹文轩的名字已经成为一个独特的符号。这个符号有着多重解码的意味。对众多读者来说,它是一种纯美精致的童书艺术的代表;对市场而言,它是一个引人瞩目的畅销童话的象征;对于评论界,它又指向着一个言说不尽的理论和批评的课题。如果说这一切还不足以使这个名字在当代儿童文学作家群中显得足够独一无二的话,那么 2016 年 4 月 4 日,当国际安徒生奖评委会主席在意大利博洛尼亚书展宣布曹文轩获得这一世界儿童文学的最高荣誉时,作为首位获此殊荣的中国作家,他的名字无疑将以一种更夺目的方式,被记录在当代儿童文学的历史上。

这是中国儿童文学第一次以这样的方式得到世界的注目。而当曹文轩获奖的消息在第一时间传来,它所激起的反响也超出了对于作家个人创作关注的层面。这些年来,身处"黄金时代"的中国儿童文学始终怀着"走出去"的焦虑,这是一种平衡域外影响的焦虑,也是一种自我艺术身份的焦虑。尽管近年中国儿童文学作家作品的对外译介不断,然而,真正在世界儿童文学的总体格局中赢得被称为"小诺贝尔奖"的国际安徒生奖,或许才是中国儿童文学对外身份的一次重要建构。因此,在这样一个时刻谈论曹文轩和他的创作,必定也离不开这一基本背景的思考:曹文轩的获奖对中国儿童文学意味着什么?如何看待今天的中国儿童文学在其世界化进程中的位置?

一、古典的? 先锋的?

就儿童文学的创作观念和总体风格而言,曹文轩毫无疑问是一位他本人所说的"古典主义者"①。这里的古典主义并非严格意义上的文学理论范畴,而是指他的作品在总体上呈现出一种端庄、优美、讲究的美学面貌,它既指向故事,也指向语言。由作家明确表述过的核心创作理念中,我们可以清晰地感受到这种古典趣味的统摄。从早期的"儿童文学作家是未来民族性格的塑造者",到后来的"苦难"写作与"苦难"阅读,再到最近的"作家的记忆力比想象力更重要",我们看到的是一位对写作行为本身怀有清醒认知和庄重期望的作家的身影。尤其是在一个成年人和孩子的生活都发生急剧变化的年代,曹文轩的创作以及他关于自我创作观念的表达,给人们留下一个强烈的印象:作家是想努力把今天的儿童读者拉回到关于生活、关于情感、关于存在之意义的某种永恒价值的发现和体认中。

他的一个标志性的艺术观念,即是"追随永恒"。这篇对于当前儿童文学创作中"追随当下"的现象、理论加以批判性解读的创作谈文章,其核心并非指责儿童文学对当下生活的趋附,而是追问和强调儿童文学书写童年生活背后更恒久的艺术价值和审美力量。"对那些自以为是知音、很随意地对今天的孩子的处境作是非判断、滥施同情而博一泡无谓的眼泪的做法,我一直不以为然。感动他们的,应是道义的力量、情感的力量、智慧的

力量和美的力量,而这一切是永在的。我们何不这样问一问:当那个曾使现在的孩子感到痛苦的某种具体的处境明日不复存在了呢——肯定会消亡的——你的作品又将如何?还能继续感动后世吗?"他的结论异常素朴——"感动人的那些东西是千古不变的"②,儿童文学的写作最需要关注的,正是这具有永恒生命力的内核。

这个结论并不是作家个人的独到发现,它是文学艺术自古典时代以来的经典命题。然而,与此同时,我们或许也会想到美国学者马克·爱德蒙森所说,今天这个时代,"要想致力于保护已流行了相当时间的文学价值,或许是难上加难"③。从这个意义上说,曹文轩的写作姿态里似乎总包含了与流行中的某些时代风潮相抗衡的意味。例如,在这个或许是空前追逐当下片刻之欢娱的年代,他却在作品中倡导对一种"永恒"之美的追寻,倡导对过往生存"苦难"的书写和阅读,以及对逝去岁月和生活的深厚记忆。当今天的儿童文学终于卸下长期以来沉重的精神包袱,纵情奔向游戏和欢乐的福地时,他却要以"苦难"的议题来对抗儿童文学中流行的快乐主义:"几乎所有的人都认为,儿童文学是让儿童快乐的一种文学。我一开始就不赞成这种看法。快乐并不是一个人的最佳品质。并且,一味快乐,会使一个人滑向轻浮与轻飘,失去应有的庄严与深刻。傻乎乎地乐,不知人生苦难地咧开大嘴来笑,是不可能获得人生质量的。"④"儿童文学是给孩子带来快感的文学,这里的快感包括喜剧快感,也包括悲剧快感——后者在有些时候甚至比前者还要重要。"⑤谈及当代孩子的生存状况,他甚至胆敢提出这样的批评:"现在对孩子的痛苦是夸张的",⑥"我们从没有看到过有一个人站出来对这个孩子承受苦难的能力进行哪怕一点点的反思。"⑦这一看来颇为冒犯现代儿童本位观的立场,批判的是当代童年生活精神中一个重要的缺陷,但又确乎透着些许严厉和严肃的责求——那也是属于古典美学的另一种气息。

曹文轩儿童文学写作中这种带着古典和传统意味的"向后转"的姿态,或许容易让人们忘了,20世纪80年代,当他以《古堡》等一批探索性作品成为新时期儿童文学艺术舞台上的聚焦点之一时,他在许多读者和批评人眼中,也是一位在创作观念、艺术探索等方面充满先锋精神的儿童文学作家。《古堡》中的两个男孩,为了探访神秘的山顶古堡,鼓足气力艰难地攀上峰顶,却发现根本没有什么古堡。这个短篇的情节架构、叙事方式、象征手法与蕴涵,以及它所传达出的对童年及其精神的文化解读,无不是对那个时代传统儿童小说美学的一种先锋式的探索和冲破。《第十一根红布条》中,那充满沧桑感的生活的质地,那带着悲剧感的沉重的死亡,还有那仿佛不是稚嫩的肩膀可以承载的情感的重量,一度不被认可为儿童小说合法的表现对象。当作家在儿童小说的创作中展开这些先锋性的探索时,他不仅是在尝试拓展儿童小说这一文体的艺术边界,也是在尝试拓展童年这一生命阶段的精神边界。

理解曹文轩与他的古典写作姿态,离不开对这一先锋性的关注。从20世纪80年代到21世纪初,与其说曹文轩的写作从先锋转向了古典,不如说在这两个看似相对的艺术姿态里,包含了作家对儿童文学写作一以贯之的理解和坚持。在一个过于受到传统桎梏的时代探索"先锋"的意义和在一个过于追求新潮的时代坚持"古典"的价值,两者源自同一种关切,即如何把我们孩子的生活和精神、进而把我们整个时代的生活和精神朝着更健康、更远大的方向推进而去。从这个意义上说,由时下流行的儿童文学艺术观念、创作风潮中背转身去的曹文轩,仍然扮演着中国儿童文学艺术前锋的角色。

作为儿童文学作家的曹文轩是幸运的。他的这种并不讨好流行趣味的写作,被今天的许多大小读者热情地接受了下来。代表作《草房子》自 1997 年初版以来，不断重版，至 2015 年，总印数已逾千万册。这意味着，作家在写作中试图表现和传递的那些与童年有关的生活观念、精神方向等，正在一个数量庞大的儿童读者群落中发生直接的影响。因此，在博洛尼亚书展的 IBBY 新闻发布会上，我们听到了本届国际安徒生奖评委会对于曹文轩作品的如斯定位和褒奖："曹文轩是一个了不起的典型。他让我们看到，优美的语言以及孩子如何勇于直面巨大艰难与困境的故事，能够赢得一大批儿童读者的热爱。"⑧考虑到国际安徒生奖评委阅读的通常"只是一个作者最重要的作品"⑨，很难说曹文轩的整个艺术感觉和观念在其间是否得到了充分的传递，但评委会的评价和选择，无疑表达了对作家这一古典式的写作姿态与审美立场的认可。

二、作家、奖项与文化场

2004 年，经国际儿童读物联盟中国分会（CBBY）提名，曹文轩曾作为中国作家代表参与当年国际安徒生奖作家奖的世界角逐。但与今年 3 月他杀入大奖短名单的消息传来时所激起的无限兴奋和想象相比，那一年的参奖几乎没有在评委席和公众领域激起多少波澜，尽管 2016 年国际安徒生奖评委会高度赞扬的曹文轩的写作方式与艺术风格，在作家此时的创作中其实已经非常成熟。除《草房子》外，发表、出版于 20 世纪 90 年代和 21 世纪初的《山羊不吃天堂草》《红门》《细米》《根鸟》等长篇儿童小说以及《甜橙树》等一批中短篇儿童小说，以其乡土性的童年题材、个性化的优美文风以及易于辨识的叙事调式，引起读者和批评界广泛关注，也成就了曹文轩在中国当代儿童文学界的重要代表力和影响力。2002 年，作家出版社出版了 9 卷本《曹文轩文集》。2004 年，曹文轩的名字与来自多国 IBBY 分会的一大批提名儿童文学作家一样，悄然湮没在了当年国际安徒生奖的落选名单中。

那么，从 2004 年到 2016 年，曹文轩的创作及其所处的那个文学场和文化场发生了哪些重要的变化？ 这些变化与曹文轩获得国际安徒生奖之间又有何种内外关联？ 在本届国际安徒生奖揭晓掀起的文化激情背后，这样的考察无疑会是一个有意思和有意义的话题。

这么多年来，曹文轩的创作似乎并不受到外界太多干扰，在风云变幻的商业童书时代，他始终保持着一种专注、勤奋、有条不紊的写作状态，其作品以稳定的节奏和品质出现在读者面前。近 10 年的时间里，引起读者和评论界关注的新作包括《青铜葵花》、"大王书"系列、"我的儿子皮卡"系列、"丁丁当当"系列、《火印》以及由他撰文的《羽毛》《夏天》等图画书。对于熟悉曹文轩此前作品的读者而言，其中的自我创作拓展意图显而易见：作品体裁方面，由儿童小说拓展至幻想小说、图画书；读者对象方面，由少年文学拓展至幼童文学（"我的儿子皮卡"、图画书）；写作题材方面，由标志性的乡土题材向着智障题材（"丁丁当当"）、战争题材（《火印》）等进一步开掘。但与此同时，在所有这些自我突破的创作尝试中，读者仍然清楚地看到了属于曹文轩的那种个性化的、独特的语言、叙事和思想的风貌。换言之，作家的文学思想、创作理念等在这样的突破和尝试中得到了更为丰富的演绎。我们会注意到，在目前两大国际儿童文学作家奖项——国际安徒生奖与林格伦纪念奖——的视野下，这种儿童文学创作的多面才华、贡献与影响，正是一位世界级儿童文学作家的重要特质。

与此同时，曹文轩在其自我创作观念的表述中，也开始突出一种更具世界性的"主题"意识。他在早年创作思想中提出过一个引人注目的观点："儿童文学作家是未来民族性格的塑造者。"这一观点的思维和修辞方式带着它所属那个时代的文学话语特征。21世纪以来，他"将这个观念修正了一下"，提出"儿童文学的使命在于为人类提供良好的人性基础"。从民族到人类，从性格塑造到人性基础，作家对于儿童文学及其艺术功能的理解与表述经历了重要的转化。在近年的创作谈、媒体采访和文学评论中，曹文轩不止一次提到了"故事是中国的，主题是人类的"，其意图显然在于接通中国书写与世界文化、民族故事与人类精神的桥梁。

但所有这些朝向"世界性"的努力得以最终抵达其目标，还有一个基本的条件：它们需要以一种可见的方式进入世界儿童文学的视域与话域。众所周知，在中国儿童文学与世界相遇的道路上，一直横亘着一个最基础的障碍，即因语言、历史、文化等原因造成的中国与域外儿童文学，尤其是西方主流儿童文学界的长期隔阂。这显然不是作家个人的创作努力可以穿越的屏障，它需要的是一个包含儿童文学作家、出版人、批评家、传媒人以及各类相关文化机构在内的更大文化场的支持。

人们一定还记得2006年9月在中国澳门召开的世界儿童读物联盟（IBBY）第30届世界大会。在中国儿童文学与世界同行集体相会的路上，这次会议的举办或可视作上述大文化场建构的起点。IBBY同时也是国际安徒生奖的设立和评审机构，为了配合大会的举办，其官方出版物《书鸟》杂志特别策划、出版了一辑介绍中国作家与插画家的专刊。会间，中国儿童文学作家、批评家、出版人的声音也借主场优势得到空前表达与关注。

如果说此次会上，来自世界各地的儿童文学人士还是怀着不无新奇的心情打量着中国儿童文学的陌生面孔，那么此后近10年间，随着中外儿童文学创作、出版和专业交流的迅速扩大加深，这种好奇的倾听正越来越发展为一种趋于常态的交流与合作。对中国儿童文学来说，一方面是被许多业内人士称为"黄金时代"的中国儿童文学蓬勃发展期的不断深化，另一方面则是国内儿童文学对外交流、译介和传播事业的持续推进。这一双重进程强有力地重塑着中国儿童文学的内外文化场。在内，受到市场、读者、批评的全面激励，中国儿童文学的艺术自信在不断得到培育；在外，得益于交流平台的拓展、专业合作的深化以及对外译介的加强，中国儿童文学的对外发声力以及它在世界儿童文学格局中的席次，也在不断得到关注。在此过程中，有关"中国儿童文学如何走出去"的思考和讨论日渐成为业界普遍关注的话题，并迅速转化为相应的实践努力。

回到国际安徒生奖的话题。虽然地域因素并不在安徒生奖的评审考虑之列，但从近年来中国当代儿童文学在它所代表语种范围内的庞大覆盖力和影响力来看，从它在世界童书领域日益得到关注的现实来看，某种程度上，国际安徒生奖太需要一个来自中国的名字了。2015年4月，安徒生奖评委会吸收了首位中国评委，北京外国语大学教授吴青。虽然国内媒体并未过度渲染这一消息，但对于许多关心中国儿童文学的人而言，这无疑是一个引人遐想的火花。人们的联想更多地并非来自一位评委对奖项结果的可能影响，而是它所传递出的那个文化场讯号：在世界儿童文学的圆桌上，人们已经关注到了属于中国儿童文学的一席之位，现在，这个席位或许正期待着一位中国作家的莅临。

目前为止，曹文轩可能是中国当代儿童文学作家中最为深入地受到上述文化场浸润和塑造的一个中国形象。10余年来，他既成为国内最重要的童书畅销作家之一，同时也成为中国儿童文学对外翻译和传播的重要作家对象。在近年博洛尼亚书展等全球性的国际交流平台上，曹文轩作为当代中国儿童文学代表作家的身份和形象得到了引人注目的塑造与凸显，其作品也在进一步走向国际化。除了代表作的持续外译输出，2013年，他与巴西插画家罗杰·米罗合作创作的图画书《羽毛》在博洛尼亚书展专题活动中引起域外出版人关注，这一合作因2014年罗杰·米罗获得国际安徒生奖插画家奖而更受瞩目。2014年博洛尼亚书展上，他的智障题材儿童小说"丁丁当当"系列获得IBBY残障青少年优秀童书奖。2016年4月，中国少年儿童出版社策划出版了《曹文轩作品精选集》（包括《草房子》《青铜葵花》《细米》3册），分别约请来自德国、西班牙和俄罗斯的当代童书插画家绘制插图。三位西方绘者的精美插图给这套中国乡土童年题材的作品带来了异域视觉解读与诠释的独特气息。在前述文化场的基本背景下，所有这些事件和因素有力地参与建构着一位日益国际化的当代中国优秀儿童文学作家的形象。

曹文轩本人在获奖后接受媒体采访，多次提到了自己立身于上的中国文化和中国文学的平台。他坦率地说，"我不可能出现在50年代、60年代，甚至不可能出现在70年代"，当中国文学的大平台"升到了让世界可以看到的高度"，"其中一两个人，因为角度的原因让世界看到了他们的面孔，而我就是其中一个"，"我对这个平台要感恩，我要感谢中国文学界，中国儿童文学界的兄弟姐妹们"。这里面当然有作家的谦逊，但同时也道出了一种实情。10余年来，中国儿童文学在其走向世界的路上迈进了一些重要的步伐。这种迈进是全方位的，从日益广泛的专业交流与机构合作到日益深入的对外译介和作品传播，它极大地促进了域外世界对中国儿童文学的基本认识，也极大地描深了中国儿童文学在世界版图上的基本轮廓。我们可以确定地说，没有这一整体平台和文化场的支撑，中国儿童文学作家抵达国际安徒生奖，还将有一段遥远的路程。

三、走向经典的国际化

中国作家获得国际安徒生奖，对于这些年来承受着"走出去"的焦虑的原创儿童文学来说，无疑是一次文化自信的重要而及时的激励。根据相关报道，目前曹文轩的作品已被翻译成14种语言出版，包括英、法、德、意、日、韩、希伯来语等，作品版权输出50余个国家。对于当前中国的一些畅销儿童文学作家而言，这样的外译正在逐渐成为一种常态。

然而，在关于曹文轩作品外译的本土介绍和报道中，一些颇可玩味的细节被略过了。2006年，他的代表作《草房子》出版过两个英语译本，一是长河出版社（Long River Press）的版本，二是夏威夷大学出版社（University of Hawai'i Press）的版本。值得注意的是这两个版本的性质。长河出版社是2002年中国外文局（现为中国国际出版集团）收购美国的中国书刊社后成立的一家出版社，也是中国在美国本土注册成立的首家出版机构，其宗旨是与"国内出版机构广泛合作，以多种形式向世界介绍中国，为真正实现中国出版'走出去'发挥作用"。夏威夷大学出版社则是一家致力于促进和传播亚太地区文化的美国出版社，此版本是一个汉英对照的节选本。二书封面除了中英文书名，均印有中英文"文化中国"字样，显然都是一种中国立场的文化输出。

不过，2015年，当曹文轩的《青铜葵花》由沃克出版公司（Walker Books）引进英文版权时，情形显然有了变化。沃克是国际知名的独立童书出版机构，旗下童书颇受市场和书评界关注。出版社方面为《青铜葵花》邀请的译者汪海岚是一位经验丰富的中英翻译，曾英译马原、叶兆言、张辛欣、范小青等中国作家的作品。在沃克公司的网站上，可以搜索到《青铜葵花》英文版的资讯，简介中的作者部分已及时更新了曹文轩获国际安徒生奖的最新消息，简介后附有摘自英语报刊及网页的6句简短评论。笔者设法找到了这些评

论摘录的原文。其中较长的两篇均与译者有关，分别发表在英国两家个人童书评论博客上。一是《青铜葵花》英译者的访谈（发表于 Playing By the Book），二是对《青铜葵花》的评论（发表于《一年读遍世界》），系博主从译者处获知该书出版消息后所作。此外，"爱尔兰童书组织"（CBI）在其年度阅读指引和网站上介绍了这部作品，英国《独立报》2015 年圣诞推荐书目也提及本书，后文作者丹尼尔·哈恩（Daniel Hahn）是英国作家、编辑，《牛津儿童文学手册》的作者，同时也是一位翻译家。我们从中不难看到英语世界对《青铜葵花》这样一部中国儿童小说的关注。尽管篇幅都不长，但这些评论对于小说艺术面貌、美学风格等的把握保持着与中文原作的基本一致，文中提到的"悲剧"（tragedy）、"优美"（beauty of the writing）、"诗意"（lyrical）、"人性"（humanity）等特质，正是中国读者熟悉的曹文轩作品的艺术标签。同时，其关注也是多面的。比如，《一年读遍世界》在将《青铜葵花》作为当月推荐童书进行评论时，不但介绍了作品的主要内容、风格、艺术长处，也谈到了其中的女性角色问题及其矛盾的话语方式导致的读者对象模糊问题。显然，这种建立在细致阅读基础上的真诚批评不是对作品的轻视，而恰是对它最大的尊重。

我们看到的是，中国原创儿童文学正在步入西方主流童书评论界的视野，尽管步伐缓慢，却令人鼓舞。它带来了中国儿童文学国际化进程中的某种质变，曹文轩获得国际安徒生奖，或许是这一质变发出的一个重要讯号。

然而，更理性地看，对于整个中国儿童文学的国际化进程而言，来自世界主流儿童文学出版机构与评论界的关注和接纳固然是一个飞跃性的跨步，但它仍是一个基础性的跨步。中国儿童文学要实现更高的国际化目标，还须经历后两个阶段的跨越：一是能否在全球儿童读者大众（包括一部分成人读者）的日常阅读生活中获得普遍的接受与认可；二是在此基础上，能否为世界儿童文学贡献一部或更多家喻户晓的经典作品。这两个问题是双位一体的。我们知道，儿童文学经典与成人文学的一个根本区别在于，任何儿童文学作品要真正进入世界经典的队列，在创作、出版、专业批评乃至文学奖项的环节之外，还须经过普通受众的通道。历史上，从来没有一部仅从批评的书斋或评选的奖坛上产生的世界儿童文学名著。在中国儿童文学作品中，有没有可能出现像英国的《彼得·潘》、法国的《小王子》、意大利的《木偶奇遇记》、瑞典的《长袜子皮皮》、德国的《讲不完的故事》、美国的《绿野仙踪》、加拿大的《绿山墙的安妮》这样在全世界儿童与成人读者生命中留下永久烙印的经典作品？

这一进程显然还需要更长时间。在知名的国际购书网站 amazon.com 输入曹文轩的名字，显示作品共占 21 页，除去大量中文作品，目前能够看到的三个外文版本，一是沃克出版公司的《青铜葵花》英译版，二是夏威夷大学出版社的《草房子》英译版，三是国内海豚出版社的《甜橙树》英译版。三部作品的读者评论均显示为零。在号称最全球化的购书网站、位于英国的 bookdepository.com 重复同一探索，结果相类。这与国内网络购书平台上读者针对曹文轩作品的热情反馈形成了鲜明对比，而它在中国作家的外译出版中并非个案。2008 年哈珀·柯林斯集团高调引进出版的中国畅销童书作家杨红樱的代表作"淘气包马小跳"系列，2012 年埃格蒙特集团（Egmont）引进出版的另一位畅销童书作家沈石溪的动物小说《红豺》（与《青铜葵花》同一译者），在前述网站均无读者评论，尽管这些作家作品也已引起英语评论和研究界的关注。或许，我们还需要等待本届国际安徒生奖的读者效应。不过，这一效应也并未显现在所有获奖作家身上，比如阿根廷作家玛丽亚·特蕾莎·安德鲁埃托于 2012 年获国际安徒生奖作家奖后，迄今为止，其作品在非母语世界并未实现太广泛的阅读流通。这意味着,从世界奖项到世界儿童文学经典,开启的是又一段新的征程。

也许可以这样说,曹文轩的获奖让我们看到了中国儿童文学国际化进程的一个新节点:在此之前,我们关心中国儿童文学作家何时能够获得国际安徒生奖,因为那关系着中国儿童文学在全世界眼中的位置;而至此之后,我们也将开始关心中国作品何时能够真正进入世界儿童阅读的经典序列,因为那将为中国儿童文学赢得它在全世界灵魂里的位置。

[注释]
①曹文轩:《永远的古典》(代后记),《红瓦》,北京十月文艺出版社 1998 年版,第 557 页。
②曹文轩:《追随永恒(代跋)》,《草房子》,江苏少年儿童出版社 1997 年版。
③马克·爱德蒙森:《文学对抗哲学:从柏拉图到德里达》,王柏华、马晓冬译,中央编译出版社 2000 年版,第 249 页。
④曹文轩:《曹文轩儿童文学论集》,二十一世纪出版社 1998 年版。
⑤⑦曹文轩:《青铜葵花·美丽的痛苦(代后记)》,江苏少年儿童出版社 2005 年版,第 245 页。
⑥曹文轩、徐妍:《与一位古典风格的现代主义者对话》,《中国儿童文化》第 1 辑,浙江少年儿童出版社 2004 年版。
⑧前任安徒生奖评委会主席玛利亚·耶稣·基尔答中国作家问,见《中国作家缘何无缘国际安徒生奖》,《中华读书报》2013 年 9 月 23 日。
⑨曹文轩:《文学应给孩子什么》,《文艺报》,2005 年 6 月 2 日第 4 版。

(原载《当代作家评论》2016 年第 3 期)

文化场的差异与意义转述

——论西方少年小说中译本的"变脸"

谈凤霞

　　20 世纪 80 年代起，我国出现了空前高涨的西方儿童文学的译介浪潮，至 21 世纪更为蔚为壮观，但针对 12 岁以上的少年读者的少年小说翻译相对较少，而且大多不是由专门的少儿出版社出版。这主要跟少年小说本身的性质有关，它是跨越儿童文学与成人文学边界的文类，往往表现少年复杂而艰难的成长过程。相比单纯明朗的儿童小说，它的题材和主题更为繁复和隐晦，多涉及社会历史的重要领域和人生、人性的敏感题材，艺术表现上也更为多元复杂，会有多重叙事视角和叙事声音，阅读起来有一定难度。由于中西少年文学生产和接受的文化语境不同，这些作品在中国翻译出版时，译本会发生某些更改，最显著的是小说书名和封面的重新设计，有些甚至与原著大相径庭。

　　封面和书名可以看作是小说文本的一种"类文本"（paratext）①，是主体文本的一种表意延伸，一般都要直接传达小说的内容和主题，并借此来吸引读者和促进销售。尤其是直观的图像可以直接传达意念，显现小说主人公、反映主要情节、渲染故事氛围等，可以激发读者阅读兴趣。对于译文版来说，尽可能贴近原著风貌是一个普遍而且便捷的选择，但是输入国会根据本国文化特征而有所"过滤"，以便易于为本国读者接受，而改变书名和封面成为首先考虑的一种转换，为了适合本国读者的阅读和欣赏经验，也为了避免支付购买封面版权的费用，大多数出版社会另外为译本设计封面。从近些年引进的西方少年小说看，尽管正文内容基本忠实于原著，但是大多数中译本的书名和封面都换了一张"脸"。考察这种"变脸"，可以管中窥豹地考察中西少年文学从生产到接受的一些根本性问题，下面选几类不同题材的作品为例做具体分析。

一、　凝重的再现与轻逸的虚化

　　少年小说的题材类型主要有现实题材与历史题材，历史题材常选择战争事例，尤其是发生在 20 世纪上半叶的两次世界大战，为国外儿童文学作家所频频关注。此处以成就斐然的两位英国儿童文学作家艾登·钱伯斯（Adain Chambers）和迈克尔·莫格（Michael Morpurgo）的战争题材代表作及其中译本为例，考察中英文化语境对于少年战争题材的表现和接受的不同。

　　国际安徒生奖得主艾登·钱伯斯的《来自无人地带的明信片》（Postcards from No Man's Land）初版于 1999 年，曾荣获英国图书馆协会预发的卡内基奖。2002 年在美国出版，荣获美国图书馆学会普林兹奖。这部小说 2012 年被引进中国，中文版书名直接译自英文原著，但是封面的风格与英文版有很大不同。小说有两条交叉并行的叙事线索：一是现实叙述，1994 年，17 岁的英国少年贾克去荷兰阿姆斯特丹寻访曾参加二战并葬在荷兰的祖父的坟墓,并由此知晓了一个家族的秘密;二是荷兰老妇杰楚回忆她少女时代和英国士兵即贾克祖父在战争中相识相爱的经历,这个故事发生在 1944 年。其间,还穿插了退伍老兵的追忆等。各章分别以"明信片""杰楚"来区分两种不同时间的叙述。小说的故事跨越 50 年,交织了两个关于爱、背叛和自我发现的故事,杰楚的回忆主要表现残酷的战争给人们带来难以愈合的伤痛这一沉重的历史罪孽,而贾克的叙事则涉及当代文化中安乐死、同性恋、双性恋等颇有争议的问题。因其题材内容的驳杂,这部小说适合年龄稍长的少年阅读。1999 年这部小说的初版封面采用了绿色和紫色这类冷色调,紫色笼罩的眼睛显得深邃、神秘,凝望的眼睛里似含悲伤,这张脸分不出男孩女孩,既可以看作是 17 岁的少年贾克,也可以看作是 50 年前的少女杰楚,也可以是不同时空中两个少年主人公的叠合。之后再版的多个英文版封面,也多以暗色的画面来传递故事信息,如将一张少年的脸以格子来进行明暗分割,这种打乱完整局面的格子暗示了故事内容的明暗性质,以及叙事手法的错杂造成的隐晦和神秘的气氛。有的英文版封面以战争场面为背景,一个青少年模样的身形站立眺望远方,而模糊的背景中是战争硝烟中人们相扶行走的背影,表现了故事叙述的主人公及两重时空,也渲染了故事沉重的氛围。然而,两个中译本的封面设计思路与之截然不同,基本没有透露小说具体的内容信息。译林出版社的中译版(2004)封面图案是深蓝色背景的中心镶嵌了西式建筑的一扇窗户,窗户外鲜花盛开。这幅手绘图景类似于一张明信片正面的风景;湖南文艺出版社的中译本(2012年)封面则是淡蓝色的背景,以一辆停靠窗边的邮局送信的自行车为主要图案。两个中译本的封面均没有出现人物,封面背景以深蓝或淡蓝渲染清冷而平静的意味,对于小说的人物和情节表现没有直接的触及,但似乎与书名中的明信片有所关联,表达模糊,以一种相对轻盈的方式避开了故事本身的沉重。

英国儿童文学桂冠作家迈克尔·莫波格对于战争题材倾力书写,大多以发生在 20世纪上半叶的两次世界大战为背景,他直接聚焦于少年战争经历的小说主要有 War Horse(1982)和 Private Peaceful(2003)等。"Private Peaceful"意为"二等兵皮斯弗",小说通过在前线的二等兵托马斯·皮斯弗(Thomas Peaceful)在他哥哥查理·皮斯弗(Charlie Peaceful)临刑前一夜的回忆来讲述故事,每一章均以这一夜的某一个时间点开始,追忆了他们穷困却有着温暖亲情的童年生活和入伍参战后的不幸遭遇,有冒险,也有背叛。作者将主人公的姓氏命名为 Peaceful,应该是取这个词"和平""宁静"之本义,然而战争却破坏了皮斯弗一家原本宁静的生活,查理和小托先后上战场,查理为了救护小托而违抗长官的错误命令,遭到长官的恶意报复,被军事法庭草草枪决。残酷而丑恶的战争改变了小托一家的生活,给他们带来严重的心灵伤害。小说的矛头指向对战争的批判和人性的反思。2009 年中国城市出版社出版的中译本的书名没有沿用原题的音译——音译"皮斯弗"会失去词语本义"和平",而是抛开以主人公身份命名的原书名,改为《柑橘与柠檬啊》,以书中小托的智障哥哥大个儿乔最爱唱的一首英国童谣 Oranges and Lemons(柑橘与柠檬)来命名,这首歌传达的是无忧无虑、自由嬉戏的童年感觉,每次皮斯弗兄弟唱起时都表达了浓浓的亲情。歌词的最后两句是:Here comes a candle to light you to bed. And here comes a chopper to chop off your head!(这里有一支蜡烛照亮你去睡觉,也有一把斧子去砍下你的头。)这个歌谣也包含了小说所表现的家的温馨和战争的残酷这两个层面的意思。中译本改用的书名相当美妙,尽管中国读者不熟悉这首英国歌谣,但是这个书名具有的抒情性或隐喻性会引起读者的好奇心。封面设计上,英文版的封面以摄影风格的战争场面为背景来展示战争的残酷,并以两只鲜亮的黄蝴蝶暗示人们对于和平的渴望。中译本《柑橘与柠檬啊》则根据自身书名重新设计了小说封面,风格与原著大异其趣,在大片白色背景上以黑色绘制的一棵果树为主要图景,干净而沉静。2013 年由光明日报出版社出版的中译本封面则用暖色调来表现柑橘、柠檬两类果树,直接扣题。这两个中译本封面都没有显露战争气息,将原本充满悲伤的小说以其平和的一面来表现,明显地避"重"(思想的沉重)就"轻"(感情的轻盈),避"实"(故事)就"虚"(意义)。

莫波格的 The Amazing Story of Adolphus Tips 是关于二战的小说,书名直译是"阿道尔夫斯·提普斯的奇妙故事",阿道尔夫斯是小说中一个美国黑人士兵的名字,提普斯是猫的名字。小说开篇是奶奶莉莉在爷爷去世后不久,就奔赴美国和二战中相识的黑人士兵阿道尔夫斯结婚,全书以奶奶给孙子写的信和她自己年少时的日记形式,讲述她在二战中因寻猫而邂逅了两位美国士兵并结下了至真情谊的动人故事。中译本的书名改为《寻猫奇遇记》(中国城市出版社,2013 年版),避开了中国读者读来觉得饶舌的外国姓名,而且将书名改为小女孩寻猫的故事,凸显了故事中的一个重要情节。对应着书名,中英版的封面设计也很不一样:英文版是一只眼神冷峻的猫,背景是曾经作为二战中军事演习之地的荒凉海滩,格调冷峻,暗示了故事的沉重内容,比如二战中的伤亡,以及军事演习造成的伤亡等;中译本的封面则十分鲜亮,穿蓝裙的女孩穿过橙色树林去追草丛中的猫,色调轻盈。这一"变脸"去掉了英文版的神秘感和沉重感,体现的是日常生活。

杀戮性的战争是人类历史上的罪恶,无论是发动侵略的国家还是被侵略的国家与人民都承受了巨大的灾难和伤痛。西方少年小说不避讳这样沉重的话题,而是将它作为给少年了解历史苦难、了解战争环境中人性善恶较量的载体,所以这类小说的封面常以战争场面为主图或背景, 流露出作者对于战争罪恶的冷峻批判和对战争带来的苦难的伤怀。而中译本的书名和封面大多避免原著封面色调灰暗、风格冷峻带来的沉重感、压抑感,化用一种轻快明朗的基调来吸引儿童阅读,可能也是为了削减这类题材带来的沉重和压抑。但是如果对原著的思想意图和叙事特色不明了,则封面图案和风格的"变脸"可能会遗漏原本的精华。

中译本"变脸"的这种状况与中国本土战争儿童文学的创作出版路线是一致的。中国的战争儿童文学题材的侧重点与西方有所不同,西方战争少年小说更多立足于个体生命,注重战争中普通人的人生遭遇,而非英雄人物的可歌可泣的事迹,体现宽泛的反战思想。中国战争儿童小说更侧重于集体性,批判发动战争的非正义方,书写儿童在战争中遭受的灾难或英雄壮举。21 世纪初,随着国际和国内隆重纪念世界反法西斯战争和抗日战争热潮,出现了多部以抗战为题材的长篇少年小说,代表作有殷健灵的《1937·少年夏之秋》(2009)、李东华的《少年的荣耀》(2014)、曹文轩的《火印》(2015)等。从封面来看,《1937·少年夏之秋》以橘红为底色,手拿飞机模型的男孩显得无忧无虑,隐含了对和平与幸福的呼唤,而《少年的荣耀》的封面则以动漫造型凸现少年忧伤的脸容。《火印》与莫波格《战马》的题材接近,写了一匹马在战争中的遭遇。《火印》封面特写了马的头和脖子,背景是写意的林海雪原的场景,热烈的红色大背景象征着抗战的热情和胜利。总体来看,中国少年战争小说中英雄主义和乐观主义气息冲淡了对于悲剧性战争的严肃与冷峻的探索。

从上述比照可见,中译本对西方原著书名和封面采取了"化重为轻"的策略。其实这大可不必,应该有这样的培育意识:生活在现实世界中的孩子成长中需要了解真实历史,要让他们懂得什么是正义与邪恶,让他们感受人们承受的战争苦难和创伤,让他们懂得去避免和阻止未来还可能发生的战争,向往人类和平发展,尊重与爱护生命。这样的意识从封面和书名就直观呈现,可以直逼眼睛,直达人心。

二、尖锐的呈示与诗意的隐喻

少年小说在有些题材类型上不同于低龄儿童阅读的儿童小说,一个重要区别是前者多会涉及情窦初开的少年情怀,后者更多是单纯的友谊。爱情题材在西方少年小说中较为普遍,少男少女间萌动的感情得以体贴和深入地尽现其曲折与隐晦。溯其源头,从19世纪末西方少年小说诞生之时起就有了,如露易莎·梅·奥尔科特的《小妇人》(1868),马克·吐温的《汤姆·索耶历险记》(1876)、《哈克贝利·费恩历险记》(1884),露西·莫德·蒙格玛利的《绿山墙的安妮》(1904)等。自20世纪中叶起,西方少年小说对于性别与身体的书写也有涉及,而当同性恋行为在一些西方国家得到认可(如英格兰在1967年将同性恋行为"除罪化")之后,同性恋题材也在少年文学中得到大胆表现。西方前卫的爱情题材少年小说进入中国文化场时,封面上必然会有很大程度的更改。此处主要以"越轨"成分较为突出的同性恋题材少年小说为个案,来做说明。

英国作家艾登·钱伯斯曾长期执教高中,他对少年青春期问题多有关注,将人性的探照灯照向少年内心深处的隐秘,深入表现少年不为人知的内心世界。他的 Dance on My Grave(1982)(两个中译本的译名分别为《在我坟上起舞》和《少年盟约》)是描写17岁少年同性恋的故事,同塞林格的《麦田里的守望者》(1951)一样对传统文学发出了尖锐的挑战信号:塞林格笔下的少年主人公讽刺、批判包藏丑恶的社会道德,而钱伯斯笔下的少年主人公挑战传统性爱伦理规范。《在我坟上起舞》讲述少年哈尔邂逅了比他稍长一些的少年巴瑞,两人发生了同性之爱。巴瑞要哈尔答应,他们中的一个要在先死的那个坟上跳舞。哈尔渴求巴瑞专注的感情,但喜欢冒险和自由的巴瑞却不愿被一个人的感情所牵绊,他同时也跟别的同性和异性交往。哈尔和他吵架后负气而走,巴瑞驾驶摩托车追赶他时出车祸而死,哈尔实践了在巴瑞坟上跳舞的誓言,也在挣扎中逐渐认清了自己的内心。此书的叙事方式相当繁复,包含117个大小片段,主要是哈尔的自述,又穿插了6份社工报告,并以《南角讯》的两则简报讯息作为引子和尾声,还穿插了几个笑话、一些脚注等来参与故事的发展。1982年英文初版的封面是两个上身赤裸的少年在舞蹈,大胆直率地表明了少年同性恋内容,灰色的背景、人物脸上的暗影及凝重的表情则传达严肃和沉重的故事格调。钱伯斯"跳舞系列"(the six Dance Sequence)的第二部作品出版时,采用了此系列封面统一的格局,以分割的颜色和图案错综的格子来表现故事内容、人物心理、叙事手法的驳杂和晦涩,富有神秘性。同性恋者不同于传统的性别"错位",往往也困扰当事人自己,因此这一封面也暗合了故事中人物的边缘感和孤独感。钱伯斯关于少年同性爱的故事着力于深入展现哈尔充满痛苦的复杂的内心世界,以哈尔口吻展开的叙述文字充满青春少年的粗野、尖锐、任性的力量,但也不乏智慧,有对身体、情感、欲望、死亡、自省等诸多和成长相关的问题的热切思考。钱伯斯在之后的又一部少年小说《来自无人地带的明信片》中则更为坦荡地涉及"另类"的性取向,包括同性恋和双性恋。作者用交叉叙事的方式讲述了两代人,即50年前的荷兰少女杰楚、50年后的英国少年贾克各自的情感和性爱故事,阐述了不同时代的人们对爱情和人生的不同理解。这是一部具有社会深度、情感深度和人性深度的少年小说,旨在帮助少年和所有的读者去把握对世界和自我的看法,因而其图像复杂的封面也相应地彰显这一"认识"的难度。

译林出版社的中文版《在我坟上起舞》(2004)的封面图案在深蓝色背景上用了一幅风格清新恬静的风景画,传递幽静的诗意之美,似与小说的敏感内容完全无关,没有表现小说内容的复杂性与冲击力。但这一片水边花开的美丽图片在有意无意间与富有悬念感的书名内容形成了对比,这样的设计也许暗示了小说故事可能会最终趋于宁谧之境。湖南文艺出版社的译本(2013)将书名改为《少年盟约》,此名概括了原书名的事实性质而避免了原名的尖锐感。封面图片则以两个少年同坐海边一椅的背影为中心,暗示两少年之间的亲密关系。这一中译版的封面比较接近小说原著,但是不像原著那样直截了当地揭示同性恋主题。书名和封面传达的是和谐的关系,没有体现其冲突,中国读者可能更倾向于将它理解为少年间的深厚友谊。中译本对原著封面的激进做法进行弱化,再一次印证了中国出版界含蓄且偏于保守的尺度。

西方少年小说的性爱题材进入中国,即便是一般的异性之爱,在封面上也会过滤性爱元素,典型一例就是美国作家珍迪·尼尔森的少年小说 Sky is Everywhere 中译本封面的变化。小说讲述 16 岁的少女在姐姐突然去世后陷入巨大悲伤,但是在姐姐的葬礼上,她在悲伤之时却一心想的是性爱。后来的故事发展中,她在认识和体验爱情的过程中逐渐走出了丧姐之痛。原著封面较为"出格",裸体少女蜷卧在白色的床单上,绿色的枝叶稀疏地遮掩她身体的私密处,少女的姿态和画面色调流露忧伤的气息,也暗示了小说的性爱内容。中译本沿用原题,直译为《天空无处不在》,但封面设计完全撇开了跟身体有关的性爱意象,改用街道和开阔的天空,以富有诗意的风景来代替具有刺激性的身体。从上述例子可见,原著封面更多表现书名未反映的小说故事的重要信息,与之形成补充关系;而中译本的封面设计则更多倾向于直接用图片去诠释书名意思,与之形成同构关系。

其实,《在我坟上起舞》《来自无人地带的明信片》《天空无处不在》中的性爱故事的真正旨趣不在于渲染这种性爱的特异,而是以此来表现少年对于世界、人生和自我的深度认识。少年小说的内核是成长,成长意味着个体对外在的世界与内在的世界产生某种较为深刻的认知,并建立某种恰当的联系。少年由于性意识的产生而重新修正对世界和他人的看法,日益加强的自我意识也促使他们分析和认识自己,性意识和自我意识相互交织在一起。这几部以爱情或性爱为主要内容的少年小说也关及成长中的挣扎和选择,没有忽略其灵与肉的秘密蠢动与伴随而来的欣喜或痛苦。

受中国传统教育观的束缚,儿童情爱在中国历来为禁忌,教育者往往予以否定,当西方儿童文学界正视儿童成长中真实存在的爱情冲动时,我们依然对此领域谨慎地保持距离,一旦触及朦胧的爱情,还是"犹抱琵琶半遮面",更多控制在少男少女互生好感的友谊之上,而少有笔致伸向少年身体意识或性意识的暗区。这里举当代原创的几部涉爱或涉性的少年小说的书名和封面来看一下。锐意写作成长小说的曹文轩笔下塑造的多是少年,封面大多为淡远的写意风格,人物是面目不清的男孩。代表作《根鸟》具有明显的整体隐喻性,主人公姓名即是一种隐喻。这反映在封面设计上:少年骑上伸展翅膀的白马飞越树林,意味着少年成长需要"以梦为马",这是一种诗意化的处理方式。女作家创作的成长小说则大多以少女为主人公,写少女的身体觉醒和朦胧的性爱意识,如殷健灵的《纸人》(1999,中国第一部少女涉性小说)、《橘子鱼》(2007)等。《橘子鱼》比《纸人》走得更远,讲述的是两个隔了一个时代的少女夏荷和艾未未面对青春困惑的成长故事,她们有着偷尝禁果的人生经历，但都幸运地遇到了"精神摆渡者"帮助她们走出了青春的困境。《橘子鱼》的版本有多个，如贵州人民出版社版的封面（2007）的主要图像是装在塑料水袋里的金鱼——明显是意象隐喻，而明天出版社的封面（2013）则以黑白色画了两个各捧鲜花、相背而坐的少女——写实中有寓意，比喻开放的花样年华和花样心事。综观中国当代少年成长小说，书名和封面均未透露与爱情或性有关的信息，图案大多采用写意性的水墨绘画，而非西方少年小说采用的写实性的摄影照片，封面主人公形象也明显低龄化。曹文轩、殷健灵等的有关描写在一定程度上使得少年小说书写成长之性具有了光明度，但艺术化表现、蒸馏式的过于纯化和美化，虽然对情感和艺术都带来了某种程度的升华，但也可能会失去真实的生活质感，导致对少年形象的真实性发生偏离，反而疏离了少年读者。

三、 个体化的具象与单纯化的抽象

20世纪六七十年代以后，西方少年小说体现出对于少年成长中各种心理危机的深度关注，甚至在危机的处理上呈现出反乌托邦的倾向，即在故事结局的安排上，少年的生活、情感或思想危机被悬置。这类小说表现的危机对于中国少年读者来说可能会比较陌生或者感觉太过阴暗，引进此类小说时较为慎重，虽然小说的正文内容一般不加改变，但在书名和封面设计上一般都会有新的考虑。

美国当代儿童文学作家薛曼·亚力斯（Sherman Alexie）的 The Absolutely True Diary of a Part-Time Indian（2007），书名直译为"一个临时印第安人绝对真实的日记"，主要讲述印第安少年阿诺转学到白人学校所致的身份"错位"的遭遇。阿诺和同伴间的矛盾斗争指涉的是印第安人与白人的种族之争，书名表示小说采用的日记体叙事方式。中译版没有采用原题，而是根据小说内容概括为少年主人公敢于挑战世界（包括印第安文化中的某些劣根和白人种族偏见）的精神，另拟书名《我就是要挑战这世界》。这一以个体精神来命名的书名超越了具体的族裔文化的局限，对于不同种族文化场域的接受者富有普遍的感召性，但却略去了原题中关于叙事文体的信息。英文原著封面上的两个踩滑板的男孩形象，一是印第安少年的格调，一是白人少年的时尚造型，表现少年主人公的"part-time"（非全职的）两种相矛盾的身份。中译版小说封面只用了一个踩着滑板在半空腾跃的印第安少年形象，且虚化成绿色的人物剪影，彰显其闯劲十足的勇敢气概，因而使其变成了一个富有象征性的"挑战者"精神符号。这种"变脸"将英文原著具象化的书名和封面做了抽象化处理，反映了中国儿童文化主导者重视表现积极向上的精神气象的取向。另一部美国少年校园小说德里亚·雷（Delia Ray）的 Here Lies Linc（意为"这里躺着林肯"）。初中生林肯是个孤独的男孩，父亲在他七岁时去世，母亲执着于工作。为了完成老师布置的认领墓地、给墓主做小传的作业，在追寻墓主身世的过程中开始明白生与死的意义，内心也变得坚强。中译本的书名做了完全的改变，改为《男孩的进化史》，去掉了具体的故事元素，改用人物内在精神的成长来概括。从封面设计来看，原著封面以灰暗的墓穴为主要场景，两个少年低头探身向墓穴深处看去，而中译本的封面则是一个男孩站在鲜花盛开的墓碑前，抬头仰望晴空。前者往狭窄的深处看，充满神秘感；后者往开阔的天宇看，张扬清朗感。书名和封面都体现了前者偏向于现实化，追求现实生活的重量，后者则偏向于理想化，重在鼓舞人心。

反映成长环境或人性黑暗的题材，如美国作家罗伯特·科米尔（Robert Cormier）的少年小说《巧克力战争》（Chocolate War, 1974），在美国曾屡次遭禁，但也不断再版，直至2012年才由译林出版社出中译本。这部小说反映中学校园黑帮势力和校方沆瀣一气的恶劣行径，导致正直的少年遭打压。小说结尾没有提供正义战胜邪恶的光明结局，黑暗依然在延续。英文版封面用灰暗的色调、阴影和锐利的三角形构图，呈现可怖的场面——尖锐的三角刺向躺倒在地的少年的脖子，黑色的身形和红色的鲜血也都渲染了阴森和暴力气氛。它传递了故事的黑暗和残酷，造成具有冲击力和挑战力的视觉感。中译本书名直译英文原书名，但是封面背景为土黄色，写满字的白纸在空中纷飞，黑色字体的中文书名放在明黄色的等边三角形中加以凸现——尽管也用了象征冲突的三角形，但是等边三角形具有和谐的平衡感，并不突兀和尖利，整体氛围较为温和、明朗，与故事本身的基调不一致。这一现象说明，西方"黑暗性"的少年小说进入中国后，在封面上一扫凶险气，走向明朗化，采用的是"弃暗投明"的策略。

另有一些讲述孩子在苦难中成长的家庭小说，如贝蒂·史密斯（Betty Smith）的《布鲁克林有棵树》（A Tree Grows In Brooklyn, 1943）、弗兰克·马克考特（Frank McCourt）的《安琪拉的灰烬》（Angela's Ashes, 1996），中译本保留原题（之后根据《安琪拉的灰烬》改编的美国电影与小说原著同名，但影片的中文名改为"天使的孩子"），英文原著的封面多用写实的情景表现，采用摄影手法；而中国封面多采用写意绘画，隐喻传达。如《布鲁克林有棵树》的英文版之一的封面照片是女孩在树下读书的场景；而中译本（译林出版社2009年）封面中央仅画一棵天蓝色的树，淡蓝色有梦幻感，但与书中沉重的故事并不吻合，只是呈现了作者追忆往事的氛围。

总体来看，当下西方少年小说的中译本的封面设计幼稚化似乎已经成了出版社"想当然"的一条路线。西方少年小说封面中显现的主人公形象都是较为成熟的少年，而中译本封面上的少年主人公外貌大多低龄化，体现了化长为幼的"单纯化"取向。即便是内容并不十分沉重、没有任何越轨笔致的少年小说，中译本的书名和封面依然习惯性地避重就轻，如英国少年小说作家大卫·埃尔蒙德（David Almond）的几部小说的中译本遭遇：运用魔幻现实主义创作的小说 Skelli（以故事中坠落人间的天使的名字"斯凯利"来命名）的中文版书名，将之细化为《怪天使斯凯利》，诠释了斯凯利这个形象的身份；Kit's Wilderness 意为"基特的荒野"，中译本换用书名《银孩儿》，将小说中有着怪异但生活并不轻松的主人公身份童话化；The Heaven Eye 意为"天眼"，中译本书名改为《黑泥滩奇遇记》，去除了原著书名的神秘感，用"奇遇"这样通俗的字眼来激发小读者兴趣。后两部中译本作为一个系列出版，封面设计没有采用原著或沉重或突兀或玄幻的风格，而是采用色彩鲜亮的童话风格，让读者误以为这些是轻松喜乐的童话故事。这样明显低幼化的书名和封面设计掩盖了作品关于少年在矛盾挣扎中成长的沉重的底色，构成了对小说真实面貌的遮蔽，减低了引发少年读者兴趣的刺激。

四、"变脸"根因：文化场的差异与转述

综观这些封面"变脸"的中译本少年小说，变动的原因主要在于原小说涉及的题材性质在中国儿童文学与文化背景中显得有些"过火"。西方少年小说涉猎的题材相当深广，包括战争、死亡、性爱、暴力、阴谋等较具有冲击力或负面性的领域，而且表现尺度大、力度强；而中国当代少年小说对这些问题的探索虽有涉及，但有些领域仍是禁区。中国儿童文学创作界、评论界和教育界相对保守，对这些重量型或敏感性内容鲜有真正直面的

逼视,常会认为"少儿不宜"。因此,当激进的西方少年小说进入相对保守的中国儿童文学场域时,至少在表面的"脸部"要磨平一些棱角,以便中国少年读者尤其是操控选书权利的成人能坦然接受。

从以上多种题材、形式的西方少年小说和中译本的书名与封面的比较,可概括为:在封面图案上,西方重主人公的形象,而中国多用象征性的意象;在态度上,西方直面现实,而中译本多指向理想和精神;在封面风格上,西方多为具象甚至粗粝的呈现,而中译本更多带有梦幻色彩,温和而含蓄;在表现策略上,西方敢于表现那些黑暗或痛苦的一面,而中译本更多会显现明亮和欢愉的一面。另外,原著的书名和封面图案包含了故事反映的真实生活,有些还同时指涉叙事手法,而中译本往往对内容加以淡化、模糊化或彻底改变,且原书名中的叙事指涉大多被忽略。这种变化,主要是源于东西方不同的青少年主流文化意识形态,如何看待少年阶段的不同观念,不同的少年文学观(包括什么可以呈现、怎样表现),以及成人在翻译中作为重要的代理者所起的作用。

由于翻译是把一种语言和文化的原本转化给语言和文化都不同的目标读者,在此意义上,翻译可以看作是一种重述和转述的结合,语言和文化符码及价值观会得以重新熔铸。书名和封面这种"类文本"是语言形式和文化形态的浓缩性呈现(封面也可以看作是一种用图画来表达的语言)。文化由语言、思想、信念、风俗、禁忌、模式、规矩、仪式、技术等组成,而语言是文化的一种尤为明显的表征。"语言是一个社会符号体系,是一个用来表达事物、观念或概念的符号的文化模型系统。这个系统是在文化当中建构的,而不是建立在语言符号与所指对象的本质联系之上的。"②作为文学作品之"脸"与"眼"的封面和书名不仅是语言符号指涉的角色,同时也扮演着意识形态的角色,意识形态包括对于社会与文化价值的共识,并构成日常生活的根本假设。西方少年小说的中译"变脸"是基于文化架构中价值观的重新生成。这种封面之"转译"比之正文翻译,更突出地说明文学翻译也是文化层面的再现和转化,译本往往从语言学的层面转向文化层面的新生。中西方成人社会对于少年特质和价值的认识与态度不同,从而导致了少年小说封面转译中的"不等值"状况。西方更多是呈现和尊重少年成长中所遭遇的种种现实和疼痛,旨在让少年读者了解和直面,成为社会中的独立、坚强的个体;而中国成人社会采取的方针更多是屏蔽和净化,使"重"变"轻",使"暗"变"明",保护少年在纯净的环境中成长。少年小说的"类文本"部分从西方到中国的翻译中,必然注意到两种文化有所"异",进而在侧重点上有所"移",甚至将与文化接受场认可的价值有冲突之处有所"易",也注意重新表现之"艺",而此"艺"也偏于目标文化更为欣赏的美感类型。这种类文本的转译总体采用向目标文化的"归化"策略。这里也可从中国儿童文学的西译本"封面"设计做一参照。如中国获第一届丰子恺儿童图画书首奖的《团圆》,因为文化生活背景和读者接受习惯不同,英译本编辑撤去中文原版的父母和孩子同睡一床的封面图案,因为这与西方家庭文化不一致,会给西方读者带来别扭感,因而选择故事中一个富有戏剧性的高潮画面——吃到饺子里的好运硬币来作为封面场景。这既能体现中国民俗,同时也具有超越文化界限的趣味性,对于西方读者来说有新鲜感,能激发其猎奇心,能被西方读者所接受。可见,中国儿童文学的外译中,也同样会被西方的目标文化所筛选。

从翻译的过程和指向来看,译本除了原著本身的隐含读者和叙述者之外,还有翻译的叙述者和翻译指向的隐含读者。在这种文学翻译的交流中,一般都是由成人来代表儿童进行选择,翻译中的叙述者会根据目标文化,对"不恰当"或"不适合"的源文化元素进

行过滤和净化，因而较难区别出哪些是成人为了帮助儿童成长的赋权，而哪些却是对儿童成长的控制。由于少年小说所表现的成长的复杂性或争议性，因而比之给低龄儿童阅读的作品，这种文化转换的翻译中，其筛选和更改往往更为常见。少年站在从童年向成年过渡的"门槛"上，接触并介入更为广阔的社会境况，感受到社会权力、规范的压迫，身体的逐渐发育成熟也带来性的冲动和压抑。少年人面临着身外和身内的种种压抑，在被要求接受来自社会的权力、规范、意识形态的同时，也在挑战这些权力、规范和既定价值。许多西方作家把少年当作一个充满矛盾性、冲动性、挑战性的富有张力的生命空间，以少年文学去审视并进而反叛禁锢性的社会规范、道德等意识形态。艾登·钱伯斯引用西方现代派文学鼻祖卡夫卡的观点来表达自己创作"越轨"性质的少年文学的意义："一本书必须是一把能砸开冰冻海面的斧子……挥动那些斧子的手必将属于富于同情心与知识的成人，他们是在为自己挥动，挥动跟他们的身材、体重相当的斧子，技巧纯熟、心情愉悦。"③创作《黑暗物质三部曲》的英国儿童小说作家菲利普·普尔曼犀利地评述："我认为真正崇高的叙述并不是那些在当下的写作中已经被玩透或耗尽的东西，而是出于意识形态原因被放弃了的东西，因为他们不知为什么被觉得不纯粹或者不入流。也许这整件事情都是因为非常致命的缺乏野心而被削弱了的。这才是我在我同时代的作家中发现的最让我恼火的事情——没有野心。他们没有在尝试宏大的东西。他们在做一些小的东西而且精雕细刻。"④西方少年小说的中译"变脸"，有些似乎也缺少这种野心，显现了目标文化无法消受源文化的强势冲击。虽然20世纪80年代以来，中国儿童文学理论界对儿童文学的"深度"已有自觉的认识，但在创作中似乎还没有实现这样的野心。比之表层"轻浅"的低幼儿童文学，少年小说更多应以少年生活本身的复杂和晦涩以及同质的形式来抵达其深度。过于低幼化的做法可能导致少年文学精神的矮化和叙事的浅陋化。当中国少年小说真正能重视去表现人性的深度、文学精神（包括艺术形式）的高度，而不再是"轻浅"和"简陋"，那么也就是中国少年小说实现菲利普·普尔曼所说的"野心"的时代，而上文所述的少年小说中译封面"变脸"的状况或许会有所改变。

鉴于儿童文学的年龄段分层，翻译中的接受标准也应注意不同年龄段的特殊性，根据不同阶段的心智和心性成长特点区别对待。低龄儿童的阅读会多一些置换性或移情性的感性认同，而年龄稍长的少年则会多一些知性化理解和批判。不少中国儿童文学创作者对少年缺乏真正客观的和有深度的认识与尊重，其实应该对少年的辨别能力和阅读能力具有信心，既然他们能阅读涉及诸多险恶的阴谋和复杂的人性困境的莎士比亚作品、《三国演义》等，他们自然也应该能够有效地阅读自己的年华，即表现同龄人复杂生活的少年小说。根据福柯的权力理论，权力既压制又生产，少年在阅读中既是"被建构"的，也是"能建构"的。只有尊重和理解少年的生活和生命现实（外在的社会和个体的身心），并且融入成年作家经过提炼的人生感悟和智慧，以诚恳、信任的姿态给予少年，才能创造出真正贴近少年世界的有深度、有高度的作品，让少年读者看到自己并不是孤独地走在崎岖的成长道路上，帮助他们建立与历史、与社会、与自己的良好关系。同样，少年文学的翻译也应郑重考虑少年读者的"被建构"与"能建构"的事实，在译本之"脸"是否需要变和怎样变的方向与尺度上，做出真正尊重少年读者的选择，不仅赋予其可能一眼就能看出的直接乐趣，同时也让他们注意可能隐含的其他更深的意义，在有一定难度和挑战的阅读中促进其自我主体性的建构和审美能力的增长。

[注释]

① Genette，Gérard，*Paratexts. Thresholds of interpretation*，Cambridge：CUP，1997.

② Stephens，John，*Language and Ideology in Children's Literature*，London：Longman. 1992.

③ Chambers，Aidan，*Booktalk*：*Occasional Writing on Literature and Children*，London：Bodley Head. 1985.

④ Parsons，W. and Nicholson，C，"*Talking to Philip Pullman*：*An Interview*"，The Lion and the Unicorn 23，1999(1).

（原载《南京师范大学文学院学报》2017年第1期）

新中国儿童文学

我国少儿出版"走出去"的路径探讨

张海霞

　　自 2015 年 3 月"一带一路"正式进入全球行动阶段以来，我国在积极发展与沿线国家经济合作伙伴关系的同时也在深化与沿线国家的文化融合。"丝路书香工程"作为"一带一路"倡议的重大项目，致力于推动出版产业"走出去"，增强我国与沿线国家在出版资源、出版资本和出版信息等方面的合作，增强彼此的文化认同感。民心相通是政策与经济联通的社会根基。少儿图书易传播、文化差异较小的特质使得少儿图书出版"走出去"成为我国出版产业"走出去"的重中之重。在此政策环境和整个行业的共同努力下，我国少儿出版"走出去"在推广区域、营销渠道和品牌建设等方面取得了发展。

　　以往我国少儿出版海外输出的区域主要集中在亚非拉和欧美地区，"一带一路"倡议实施后，我国少儿出版"走出去"开拓了更广阔的市场，影响范围逐步扩大到东盟、南欧地区等，也带动了我国云南、广西等与外国接壤地区少儿出版产业的繁荣。我国图书出版"走出去"一直面临贸易逆差较大的问题，即输出的数量远远不及引进的数量。但令人欣喜的是，近些年，在国家政策的驱动下，少儿图书出版在数量上已经实现了贸易顺差，而且进出口额逆差比例也在逐渐缩小。此外，我国少儿出版"走出去"的原创水平和品牌影响力也有了很大提升。2016 年，中国少儿出版市场中原创作品的比例已经达到 63%。

　　2015 年 6 月，"一带一路"数据库建立后，少儿出版"走出去"也逐步加大了数字出版、音像出版等文化实体产业的输出，少儿出版"走出去"资本化、产业化的趋势也愈发明显。虽然我国少儿出版"走出去"取得了很大的进步，但也存在一些问题。目前，版权引进仍是中国少儿出版对外开放的主要形式，版权贸易还停留在版权转让、版权许可等初级阶段。由于版权贸易人才缺失、翻译工作不到位及本土化管理经验不足等原因，我国少儿出版业还不能很好地适应国际市场，重点表现为图书品牌建设不足，原创水平有待提高，版权经营、资本输出和产业输出的实力有待增强。

一、加强少儿版权国际合作

（一）积极寻求版权贸易合作

　　版权输出带来的效益远大于图书等产品销售带来的市场效益和市场份额，所以，我国的少儿出版企业需要强化版权经营意识。但就目前来说，我国少儿出版的版权贸易逆差在短时间内还难以改变。笔者认为，结合我国出版现状，我国的出版企业应该先引入，再输出，即在版权引入的过程中，加强对国外版权贸易营销方法的学习。我们可以通过参加世界范围内的少儿图书展会等形式，寻找合适的对接出版商，实现有效、优质的版权输出。通过参加 2015 年的博洛尼亚少儿书展，我国少儿出版行业达成了 300 余项版权输出协议，比 2014 年增长了一倍。

(二)加强对版权贸易的监管力度

缺乏对优秀图书的鉴别能力和创作能力是制约我国少儿图书走出国门的重要原因。笔者认为,我国少儿出版企业在版权引入的过程中切忌盲目跟风,不能单凭国外销售排行榜等简单的衡量指标就争夺热门书籍的版权,而是应该选择当地有影响力的出版机构进行合作,进而培养专业的版权贸易人才队伍。

另外,版权输出虽然应该成为我国少儿图书海外推广的主要形式,但不应该成为主要目的。提高中国少儿出版产业在国际上的影响力,传播中国文化才是最终目的。笔者认为,在版权输出协议达成后,出版商还应该加强对版权输出的管理工作,认真履行合约,及时督促书稿对接和图书制作工作,调整输出品类结构,实现高质有效的输出。

(三)版权运营与品牌建设有机结合

版权合作的一个重要目标就是打造品牌产品,实现效益的最大化。笔者认为,我国少儿出版企业应积极学习国外出版业的版权运营手段,强化优质品牌的再生能力。

少儿出版的品牌建设首先在选题上要注重趣味性,淡化教育性和文化差异性,寻找文化的共通性。儿童爱冒险、好奇心强、探索欲望强,喜欢活泼可爱、形象鲜明的人物形象,这在任何一个国家都是共通的,所以,我国出版方与合作方的合作策划一定要抓住这个共通点。以二十一世纪出版社为例,该社与世界著名图画书作家麦克·格雷涅茨合作,由麦克·格雷涅茨为二十一世纪出版社创作图画作品并授予其版权,在全球范围内推广传播作品。如此操作,出版社既积累了版权运营的经验,又打造了品牌作品。

二、提高我国少儿出版"走出去"的原创水平

高品质的内容资源是版权输出的基础,也是品牌经营的基石。目前,我国少儿出版"走出去"已经不满足于对经典作品的改编输出,而是致力于打造优质原创内容。提高我国少儿出版的原创水平,应该从以下三个方面入手。

(一)提高翻译水准,培养高质量的翻译队伍

"走出去"战略实施后,我国发布了《关于鼓励和支持文化产品和服务出口的若干政策》等文化政策,"丝路书香工程"也提出打造精品翻译的理念。在此政策环境下,少儿出版"走出去"首先要做好翻译这项基础工作。出版企业可以积极寻求政府的政策支持,如申请翻译基金、出版基金等。同时,我国少儿出版企业要积极培养自己的翻译队伍,加强与国际知名少儿作家的联系与沟通;在翻译策略上,应该从英文翻译入手,运用图书互译的方法,进而逐步推广到其他语种。图书互译是指我们选择母语为英语或目标国家语言的译者来翻译作品,我国的译者再进行二次加工和校正,这样可有效保证翻译的本土化和对自我文化特质的保留。

(二)重视对原创作者队伍和出版编辑队伍的培养

目前,我国少儿图书"走出去"不仅缺乏品牌产品,而且缺乏优质的作者资源。选题竞争、产品竞争和版权竞争归根结底是内容生产力的竞争。当下,我国少儿图书的海外影响力很大程度上还依靠杨红樱、曹文轩和郑渊洁等几位知名作家的支撑。出版企业应该通过征文大赛等活动形式挖掘和培养更多优秀的中国新生代少儿图书作家,建立作家队伍,尊重作家的创作风格,鼓励他们保持自己的创作特色,激发他们的创作热情。以大连市西山小学的学生金阳创作的《时光魔琴》为例,金阳充分发挥自己的想象力,描写了一个中国孩子对魔幻世界的独特想象。该作品被人民日报出版社出版后,被誉为中国的

《哈利·波特》，随后被美国国际财富联合投资公司买走了版权并进行了翻译出版。

当然，一部作品仅仅写得好是不够的，好的原创作品还需要一支优秀的编辑队伍来打磨、包装。我国的出版社应该加强少儿图书编辑的专业素养和文化素养，培养少儿图书编辑对儿童心理和优质选题的洞察能力。

（三）以儿童心理为本位，增加出版品类，创新表现形式

现阶段我国出版企业应积极学习国外儿童图书出版的经验，关注不同年龄阶段儿童的教育重点、心理特点和阅读水平，以儿童为本位，创新文化产品的表现形式。例如，出版社在打造经典低幼版书籍时，可以采取不同的开本、不同的材质和印刷工艺，运用绘本、动漫等表现形式，打造出有声图书、手帕书等新型图书品类。部分出版社创造出了"1+1>2"的原创力表现形式，例如，中国少年儿童出版社的《羽毛》，是一部曹文轩的经典儿童故事加上安徒生奖插画奖获奖者罗杰·米罗的绘画。这种能够加强国际合作的原创路径也是现阶段我国少儿图书"走出去"值得借鉴之处。

三、积极推动资本"走出去"

随着少儿出版"走出去"步伐的加快，国际出版市场的竞争也在不断加剧。出版社除了做好版权输出、品牌经营工作，还要进行资本输出，这样才能让我国少儿出版业扎根海外。目前，我国一些有实力的少儿出版企业已经纷纷开始探索资本输出的方式。笔者总结了目前我国少儿出版企业资本"走出去"的三种模式并进行了分析。

（一）海外并购

海外并购，即我国出版方收购和管控海外出版企业。2015年8月，浙江少年儿童出版社收购了澳大利亚的新前沿出版社。这也是目前我国少儿出版并购的第一次探索。从浙江少年儿童出版社的收购案例中，我们可以看到，首先出版社应该选择与自身出版领域联系紧密的企业进行并购，并对其进行充分的调研，才可有效规避管理风险。澳大利亚新前沿出版社是澳大利亚一家专业童书出版社，有超过150种童书获相关国际奖项，且此前也与浙江少年儿童出版社有过合作。其次，我国出版社收购的企业应该在国际版权输出领域占据一席之地。澳大利亚新前沿出版社有丰富的图书国际化版权销售经验，目前版权输出已超过25个国家，可以方便我国出版社借鉴它丰富的版权销售经验，将我国的版权资源推向世界。最后，我国出版社应该对所收购企业实行本土化经营管理。浙江少年儿童出版社保留了新前沿出版社原有的品牌、核心雇员和出版方向，仅在图书选题上进行了把控。这样做能够更好地进行风险评估，发挥所收购企业的积极性。

（二）建立海外出版社

新建海外出版社，即我国出版企业在海外建立自己的分社，因地制宜地进行本土化改造。例如，2016年5月，二十一世纪出版社在德国建立了自己的分社，目的是加强与德语出版社的合作，吸引德国的翻译家翻译中国优秀的儿童文学作品。这种资本输出的方式所受限制较小，管理的自主性比较大，但需要在人才建设和经营管理上付出较大的精力。所以，二十一世纪出版社选择了熟悉德国本土文化的儿童文学作家朱奎担任分社社长，还非常注重对品牌输出的运营管理。该分社建立后，二十一世纪出版社首先选择安徒生奖获得者曹文轩的作品进行输出，用文化品牌抓住读者眼球，还积极策划适应德国儿童心理、传播我国文化的原创图画书和低幼读物，投放到德国市场，有效把握了输出区域受众的文化消费心理，目前，已吸引了众多德国少儿出版社主动引进我国的出版资源。

（三）与海外出版社合资建社

合资建社，即我国出版企业与海外出版企业共同出资，建立面向国际市场的出版实体。以安徽少年儿童出版社为例，2015 年 9 月，安徽少年儿童出版社与黎巴嫩数字未来公司合资打造了时代未来有限责任公司，成为国内首家在中东成立合资公司的出版社。合资意味着全方位的合作。目前，双方已充分整合出版资源和发行渠道，着力开展在数字出版、实物出口和教育电子装备等文化领域的全方位合作。从安徽少年儿童出版社海外合资的实践中，我们可以看到，出版企业除了要精选有实力的合作企业，还要进行充分的战略部署，发挥市场互补优势，由资本合作推动产业链合作，才能实现长久共赢。

四、少儿出版"走出去"助力我国及世界儿童教育的发展

（一）少儿出版"走出去"助力我国儿童教育的发展

青少年是祖国的未来和民族的希望，对青少年阅读的培养关系到我国新一代社会力量的道德成长、文化层次以及价值取向。少儿出版"走出去"有利于加强我国与国际儿童教育界的联系和沟通，少儿图书市场的繁荣能够丰富儿童的阅读资源，进而带动我国儿童阅读能力的提高。特别是对我国农村等教育资源比较匮乏的区域和弱势群体等特殊人群，少儿出版的繁荣能在一定程度上弥补教育资源的匮乏，促进教育公平。

少儿图书出版"走出去"还能带动国际先进教育理念的引进，从而推动我国儿童教育的深化改革和发展。近年来，我国儿童教育界所提倡的"分级阅读""亲子阅读""深阅读"等教育理念都与少儿出版业"走出去"分不开。

（二）少儿出版"走出去"助力世界儿童教育的发展

"一带一路"倡议下，伴随着跨界融合的大潮来袭，我国少儿出版"走出去"势必成为我国文化传播的重要渠道，中国也将由出版大国向出版强国升级。我国少儿出版成功"走出去"有利于展现近年来中国经济快速发展所带来的社会变化，让更多国家的新生代了解中国的文化。

今后，我国少儿出版"走出去"将逐步转向文化产业"走出去"。笔者认为，我国数字文化产品的输出能够有效推动世界范围内儿童媒介素养的提高，让更多儿童能够充分利用资源完善自我，推动社会进步。此外，教辅图书等品类输出还可以帮助一些不发达国家建立教育教学体系，促进世界范围内的教育公平，为国际儿童提供更高端优质的课外教育和更加专业精细的配套服务，让中国在国际少儿教育领域有更大的发言权和自主权。

（原载《出版广角》2017 年第 15 期）

新
中
国
儿
童
文
学

从全球图书馆收藏视角看中国童书的世界影响

何明星

中国儿童文学作家曹文轩在 2016 年获得国际安徒生奖，2018 年博洛尼亚童书展的前夕，中国原创画家熊亮又获得 2018 年国际安徒生奖提名，这些好消息令中国出版界以及学术研究界都很振奋。但也因此有了些争论：有人很乐观，认为这是一个标志，中国童书的世界地位已经达到一定程度；也有人持否定态度，认为一两个作家获得世界级奖项不算什么，关键是原创性的儿童图书还是太少，中国还不是一个童书出版强国。中国儿童图书在世界上到底位于什么样的地位，这是一个业界与学界都很关心的问题。笔者依据一贯的研究视角，以中国少年儿童出版社 1956 年至 2016 年进入全世界图书馆的品种数为例，尝试着回答这个问题，以此就教于业内方家。

童书出版与中国社会同步发展、壮大、繁荣

中国少年儿童出版社成立于 1956 年 6 月 1 日，主管单位是共青团中央，可以说是国家级专业少年儿童读物出版社，其发展历程堪称是中国童书出版的代表。截至 1966 年的第一个 10 年，该社就出版各类少儿读物共 729 种，总计印数 1 亿多册。并创办了伴随新中国一代又一代儿童成长的《中学生》杂志、《我们爱科学》和《儿童文学》等儿童刊物。迄今为止，在世界上影响较大的中国儿童原创图书，如《春秋故事》《战国故事》《西汉故事》《稻草人》《大林和小林》《宝葫芦的秘密》《宝船》《小布头奇遇记》《金色的海螺》《阿凡提的故事》《小兵张嘎》《五彩路》《小马信和"大皮靴"叔叔》《渔童》《小蝌蚪找妈妈》《金瓜儿银豆儿》《小马过河》等，都是该社出版的，并以插图本、连环画和绘本等多种形式传播到世界各个国家和地区。

中国少年儿童出版社还拥有一支优秀的作家、画家队伍，特别是"金作家""金画家"堪称中国童书出版的顶级阵营。茅盾、叶圣陶、茅以升、华罗庚、卢嘉锡、李四光、冰心、张天翼、吴晗、林汉达、严文井、叶君健、陈伯吹、高士其、叶至善等著名作家是该社的作者。1994 年起该社评选中国"金作家金画家"，如首届"金作家金画家"是孙幼军、余心言、朱仲玉、苏叔阳、金波、张之路、张景中、颜一烟、温泉源、陈玉先；第二届"金作家金画家"是马铭、土晓明、卞毓麟、冰波、李之义、陈晋、张俊以、吴冠英、孟祥才、金涛；第三届"金作家金画家"是马爱农、李毓佩、李全华、阮家新、沈石溪、吴青、林桦、郑春华、高洪波、程思新，这些都是中国儿童图书代表性的作者、画家。2000 年，中国少年儿童出版社与中国少年报社强强联合，组建了中国少年儿童新闻出版总社。可以说，中国少年儿童出版社 60 多年的发展历程就是整个中国童书出版的缩影。

笔者依据覆盖世界 100 多个国家 2 万多家图书馆的大型数据库 OCLC，检索整理出中国少年儿童出版社从 1956 年成立至 2016 年 60 年间，被全世界图书馆系统收藏的品种共有 3907 种，年度品种趋势具体如图 1。

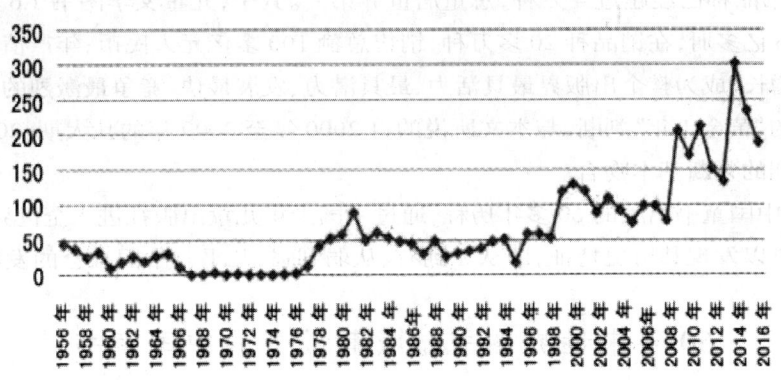

图1:中国少年儿童出版社60年间进入世界图书馆收藏系统品种数量

世界图书馆系统对于中文图书有一个严格的筛选体系,看重稀缺性、原创性,因此世界图书馆收藏中文童书的品种数据,几乎可以看作中国童书原创能力的标志之一。

由图1可以发现,中国儿童图书原创能力,在60多年的发展历程中是逐步增强并提高的,这种提高历程几乎与整个中国社会的发展变迁是同步的。中国童书的发展历程,可以用初创期、凋零期、恢复期、发展期、壮大期、繁荣期六个阶段来概括。所谓初创期,指的是1956—1966年,这是中国儿童图书从无到有的第一个10年,具有一定原创水平的儿童图书品种,保持在每年30~50种之间的规模。而凋零期指的是十年"文化大革命"期间,从图1中的数据就可以发现,从1967—1976年,十年"文革"期间几乎没有什么有价值的儿童图书出版,有4个年度收藏品种均在个位数,6年为零。恢复期指的是1978—1988年,通过图1的数据可以发现,直到1988年才恢复到1966年的水平,当年入藏品种为49种,与建社第一年——1956年的44种大体相当。所谓发展期指的是1989—1999年,在这个10年里每年入藏品种逐步增多,直到1999年突破百种,达到破纪录的119种。壮大期指的是2000—2009年,期间中国少年儿童出版社与中国少年报社强强联合,组建中国少年儿童新闻出版总社,实质上是第一个专注于童书出版的专业化集团。报刊联手,相互促进,迅速提高了中国童书出版的质量和规模,2009年突破200种大关,当年进入全球图书馆收藏系统的品种达到了206种。繁荣期指的是从2010年至今天的发展态势。通过图1的数据可以发现,自2010年至2016年间,中国少年儿童出版社被全世界图书馆收藏的品种逐年增多,2014年突破了300种大关。这个时期也是中国童书出版走向多元化的历史时期。如继中国少年儿童新闻出版总社之后,长江少年儿童出版集团、二十一世纪出版集团分别在2013年、2014年挂牌。此外一些出版社还积极拓展国际化市场,与海外合资、合作创办国际性的童书出版公司,并借助飞速发展的数字出版技术,纷纷尝试"互联网+出版平台+网络学习平台"等新童书出版模式。

学术界对于中国童书出版有两个"黄金十年"的说法。海飞先生在《中国童书出版的大时代》(《中国出版》2016年6月)一文中指出,这个"黄金十年"主要有三个表现。一是表现在儿童文学创作上,涌现出了一批优秀作家、优秀作品,涌现出了一批品牌作家、品牌作品,涌现出了一批畅销书作家、精销书。如曹文轩和他的《草房子》《青铜葵花》,杨红樱和她的《淘气包马小跳》《笑猫日记》,沈石溪和他的"动物小说系列"等。二是表现在童书出版机构的增多,从原来的专业出版演化为大众出版。全国584家出版社,有520多家涉及童书。三是表现在童书品种、总印数和销售总额的连续增长。21世纪第一个

新中国儿童文学

10年间童书品种已经超过4万种,总量居世界第一。其中,儿童文学图书1.6万多种;年总印数达6亿多册,在销品种20多万种,销售总额100多亿元人民币;年产值连续10年以两位数增长,成为整个出版界最具活力、最具潜力、发展最快、竞争最激烈的出版板块。海飞先生的"黄金十年"判断,与本文所说的自2000年至2009年的壮大期、2010年至今天的繁荣期的判断基本吻合。

总之,中国童书出版的60多年历程,通过中国少年儿童出版社进入全世界图书馆系统的品种可以发现其历史特征,即从无到有、从弱到强,几乎与中国社会的发展同步。

60年来世界图书馆收藏最多的中国童书

表1是依据OCLC系统按照年度检索、整理出来的,中国少年儿童出版社自1956年建社至2016年的60年间,年度进入全球图书馆系统最多的书目,或者换句话说,收藏图书馆数量最多的图书,也就是多年来世界影响力最大的,因此表1可以说是60年来世界影响最大的中国童书。

表1:中国少年儿童出版社60多年产蝶界影响最大的书目一览表(数据范围:世界图书馆)

出版年	书名	作者	收藏量
1956年	叶圣陶童话选(插画本)	叶圣陶,黄永玉	19
1957年(2种)	五彩路(连环画) 小加的经历(连环画)	胡奇,杨永清 章明	8 8
1958年	毛主席和红孩子(连环画)	本社著	11
1959年	毛主席视察学校(连环画)	本社著	12
1960年	我们爱科学(连环画)	本社著	7
1961年	小布头奇遇记(连环画)	孙幼军	10
1962年	战国故事(连环画)	林汉达	28
1963年	台湾少年之歌(连环画)	梁学政,韩伍	16
1964年(2种)	龙潭波涛(连环画) 志愿军英雄故事(插画本)	攀白 本社著,童辰生插图	21 15
1965年	祸国殃民的蒋家王朝(插画本)	李同何	15
1966年	蒋家王朝的罪行(插画本)	本社著	7
1969年	鲁迅作品选(插画本)	周树人	2
1971年	紫燕传(插画本)	雁翼	2
1976年	毛主席的红卫兵	华大学附中北京市三十一中编写组	22
1977年	毛主席青年时期的故事	周世钊	29
1978年	回忆我的父亲朱德委员长	朱敏	28
1979年	唐宋诗选讲	刘树勋	18
1980年	张天翼作品选	张天翼,华君武	19
1981年	儿童文学论选:1949—1979	锡金,郭大森,崔乙	18
1982年	冰心作品选	冰心,杨永青	21
1983年	《儿童文学》二十年优秀作品选,1963—1983	团体作者:《儿童文学》	34
1984年	管桦作品选	管桦,沈尧伊	10
1985年	中国现代遇言选	金近,金江,吴广孝	5
1986年	参天的大树:彭德怀的故事	刘真,刘枫晓	10
1987年	元明清诗选讲(插画本)	腾云	6
1988年	叶圣陶作品选(插画本)	叶圣陶,叶至尊	7
1989年	滴血的童心:孩子心中的文革	李辉,高立林	11

通过表1可以发现，从1956年至2016年，按照当年收藏图书馆数量遴选出82种图书，其中在15个年头里有并列2种、并列3种进入世界图书馆系统，2009年并列11种，2016年并列7种，为60年间最多的两个年头。按照60年间馆藏数量最多的书目排名，可以初步得出一个中国少年儿童出版社的世界影响最大的中国童书排行榜。这份书目值得研究的地方很多，其中特别值得笔者深思的有两点：

第一，为什么国内学界称为"黄金十年"时期的品种，世界图书馆收藏的却并不多？

通过表1的数据发现，在2000年至2016年的近20年间里，中国少年儿童出版社进入全球图书馆的数量并不多，几乎没有超过20家以上图书馆的书目。如2015年出版的高洪波的品种《蟋蟀的日记》（儿童文学，绘本），全球收藏图书馆为12家；2010年出版的杨红樱的《追赶太阳的小白鼠》（儿童文学，插图本）、《飞蛾圆舞曲》（儿童文学，插图本）全球收藏图书馆为10家。由于版权所限，一些知名作家的作品版权并不在中国少年儿童出版社。笔者因此还搜集查阅了一些其他知名作家的作品全球图书馆收藏数量，也是如此。根据海飞先生的文章提供的数字，曹文轩的《草房子》国内再版300次，《青铜葵花》再版150多次，但检索江苏少年儿童出版社1997年《草房子》版本，全世界图书馆收藏数量为12家，2005年的《青铜葵花》，全世界收藏图书馆为15家。

为什么被国内学界称为"黄金十年"时期的品种，世界图书馆收藏的却并不多？对于这个问题，可以有多个解释，但却无法回避这样一个问题，中国童书出版的核心是文化原创能力，而文化原创的方向是什么？哪里是中国童书原创的逻辑地点？怎样进行原创？这些问题的回答涉及中国人文社会科学的创新等方面。俗话讲"一滴雨反映着太阳的光辉"，从童书出版这个侧面也能够深深感觉到这个问题的沉重。

第二，只有建立在自己的文化知识谱系基础上的内容，才能获得尊重，中国童书出版要重新思考原创的方向。

通过表1的数据可以发现，按照收藏图书馆数量排名，排在第一名的是出版于1983年的《〈儿童文学〉二十年优秀作品选，1963—1983》，由于该书收录了《儿童文学》杂志在1963年至1983年间，刊发的冰心、刘真、茹志鹃等一大批中国著名儿童文学作家的作品，而且带有精美插图，其文献价值非同一般，因此全世界收藏图书馆达到34家。30家图书馆的基准恰好是OCLC的全世界成员图书馆数量的1.5%左右，是每年一度的中文图书世界馆藏影响力最大的入门门槛。该书称得上是世界影响力最大的中国儿童图书第一名。

排名第二位的是周世钊编撰的《毛主席青年时期的故事》（出版于1977年），该书以通俗易懂的文字收录了毛泽东青年时期在湖南长沙、北京大学等不同阶段的几个革命故事，如"看地图""组织新民学会""第一次到北京""开路先锋的文化书社""创办联系工农的夜校""清水塘边"等内容。由于毛泽东作为中华人民共和国的缔造者、领导者的身份与世界知名度，如同美国的开国元勋华盛顿青年时期的故事一样，一定会受到全世界不同国家、地区的儿童读者的关注。尽管该书出版于"文化大革命"刚刚结束的1977年，其印刷质量与今天的童书相比谈不上精美，但全球图书馆系统收藏数量达到29家，堪称世界影响最大的中国童书第二名。第三名是朱敏的《回忆我的父亲朱德委员长》，出版于1978年，与《毛主席青年时期的故事》一书具有同样的性质。朱德也是新中国的缔造者之一，与毛泽东一样，在世界上具有广泛的知名度。该书由朱德的女儿朱敏亲自撰写，记述了朱德与毛泽东、朱德与周恩来以及朱德和子女之间的日常生活故事，通过日常生活

细节展现了朱德作为伟人之外的另一个丰富多彩的侧面。如"一条毛毯的故事""要叫毛伯伯""周伯伯救我出虎口"等故事具有很强的感染力，因此该书全世界收藏图书馆的数量为28家，排在最具有世界影响力的中国童书第三名。

这两本图书上榜，为中国童书原创出版提供了一个极为有价值的发展方向，那就是必须立足于中国自己的文化土壤，立足于自己的文化谱系，才能称得上具有中国特色的儿童原创。比如，目前大量文学作品，多是在动植物、科幻、未来等方面着力最多，而对于中华人民共和国缔造者、新中国的知名科学家、文学家、艺术家青少年时期的故事的开发力度远远不够，数量、形式上无法与美国儿童读物中大量的非虚构的美国英雄作品相比。毫无疑问，儿童读物是塑造自己的民族英雄、建立自己文化谱系的重要一环，其意义与价值要比其他图书重要得多。这是值得中国童书出版界高度关注的。

与《回忆我的父亲朱德委员长》并列世界影响最大的中国童书第三名的，是1962年出版的林汉达撰写的《战国故事（连环画）》，这是当时一套丛书中的一本。林汉达（1900—1972），浙江宁波人，是中国著名教育家、文字学家和历史学家，1924年毕业于杭州之江大学，1937年赴美留学。回国后历任北京燕京大学教授、教育部副部长。林汉达先生最受青少年读者欢迎的作品是他的通俗历史类读物，文风幽默，文字通俗，用风趣的语言将历史串联起来，读起来如道家常，几十年来一直深受读者欢迎，影响了几代中国的青少年。他的著作有《东周列国故事新编》《上下五千年》《三国故事》等。该书出版时就配有插图，因此全世界影响很大，收藏图书馆为28家。林汉达先生撰写的"系列中国历史故事"等绘本、连环画和插图本，已经成为中国儿童图书市场上不断再版的"常青树"。

除表1列出的书目之外，笔者还查阅了国内其他少儿出版社的馆藏数量，发现江苏少年儿童出版社自1980年成立至今，其中影响最大的是由邹荣、王君署名，2004年出版的《史记》插图本，全世界收藏图书馆达到37家，超过了中国少年儿童出版社1983年出版的《〈儿童文学〉二十年优秀作品选，1963—1983》的34家图书馆。这个数据验证上述的判断，取自于中国历史故事的中国童书出版，已经十分成熟，堪称中国童书原创力量强的一个板块，并成为全世界图书馆系统广泛收藏的一个大宗品种。

总之，通过中国少年儿童出版社60年的数据，可以探索、思考的问题有很多，笔者文中的判断也不一定全面和准确。学界、业界由中国作家、作品获得安徒生奖所引发的讨论，可以达成一个基本共识是毫无疑问的，那就是基于自己文化土壤的文化原创，才能获得真正的世界影响力。以此观之，中国童书出版还在路上。

（原载《国际出版周报》2018年3月26日）

童书出版的中国梦

海 飞

今年 3 月 26—29 日,为期 4 天的第 55 届意大利博洛尼亚童书展,一抹红色点燃了书展新的激情,恰逢改革开放 40 周年的中国,首次作为主宾国参展。

900 平方米的展区,50 多位儿童文学作家、插画家,300 多位出版人,4000 多种、5000 多册图书,中国少儿出版百年回顾展,中国主宾国原创插画展,中国古代插画艺术展,一场接一场的中国童书宣传、推介、交流、版权交易、出版合作等活动,无可争议地展现了改革开放带来的中国童书出版的大国地位。

作为一名童书老出版人,在这次展会上有幸参加了不少活动,见到了国际儿童读物联盟(IBBY)、国际安徒生奖评委会、IBBY 各国分会、世界各重要的童书出版社的许多新老朋友,虽然忙于奔波,走马观花,时间紧迫,三言两语,但这种高频度、高密度、高集中度的全景式、全方位的接触和观察,对中国童书未来发展的走向,有了一些新的思考。

站在由大国向强国发展的新起点

我国有 500 多家出版社出版童书,童书出版由专业出版演化成大众出版;每年出版 4 万多种童书,品种世界第一;进入 21 世纪以来,平均每年以两位数的超高速度增长,2017 年增长 24.64%,成为中国出版最重要的领涨力量;童书版贸空前活跃,引进名列世界前茅,输出逐年增加;拥有 3.67 亿未成年人、相当于欧洲一半人口的巨大童书市场,动销品种 25.93 万种;童书质量稳步提升,印制精美,差错率低,国内外各大奖项获奖多多。

童书出版的这些重要元素,博洛尼亚童书展主宾国的表现,以铁的事实彰显了中国童书出版大国的形象。把中国建成世界一流的童书出版强国,是我们的中国梦。而现在,正是中国童书由出版大国向出版强国发展的时间节点。

实现从高速向高质的战略转移

毋庸置疑,21 世纪初我国童书出版的繁荣发展依托的是出版规模和出版数量的增长。规模和数量增长的"天花板"不能无限度地设置到天上去。我国童书出版的实践和博洛尼亚童书展的国际表达都告诉我们,童书出版的未来在于创新和质量。

受利益驱动,我国童书出版中的一些乱象和弊端,如跟风出版、重复出版、多版出版、盗版出版、抢版出版、差错出版、低俗出版、压库出版等,屡见不鲜。反观博洛尼亚,童书出版的创新追求和高质量追求比比皆是。

如在博洛尼亚童书展传统的 4 大类中,儿童文学类和图画书类,我们有了长足的进展。而科普类和低幼类,国外创新能力之强,童书质量之高,令人惊叹,差距非常大。我们还有很长的路要走。

我们要寻找互联网时代童书出版的新动能，要把握童书出版全过程中的质量节点，要推动童书出版从内容到营销全流程的创新，在供给侧改革中，向创新要效益，向质量要效益。慢创作，精出版，创新型童书、高品质童书，是未来童书出版新的增长点。

打造少儿出版"国之重器"

中国梦是由形形色色的行业梦和亿万人民的个人梦组成的。把中国童书出版做大做强，做成出版强国，这就是童书出版的中国梦。在博洛尼亚童书展上，我们看到，一些著名欧美出版机构的展位比我们主宾国整个国家的展位还大，他们的展位门庭若市，图书版权早早被抢购一空，他们的品牌图书行销全天下，他们无疑就是童书出版界的"出版航母"。

我们也要努力打造自己的"国之重器"，打造自己的"童书出版航母""童书出版大飞机""童书出版高铁"。把中国的大社名社、大家名家、大作名作，升格为国际的大社名社、大家名家、大作名作，把中国品牌升格为国际品牌。

现在，我们有了中国少年儿童新闻出版总社、长江少年儿童出版集团、二十一世纪少年儿童出版社集团、时代少儿文化发展公司4家童书出版集团，但还不够大不够强，国际知名度还不够高；我们有了一个国际安徒生奖得主曹文轩，但还远远不够，我们的邻国日本就有5个；我们有了一批在国内非常出名的畅销书，但至今还没有在全球流行的畅销书，更没有全球知名的经典童书。

办好家门口的国际童书展

当今世界是互联互通的世界，是命运共同体。国际童书展是推动世界童书互联互通、共同发展的重要平台。在第55届意大利博洛尼亚童书展上，有两个关于在中国举行国际童书展的发布会引人关注。一是3月26日博洛尼亚国际童书展与上海国际童书展进行项目合作的新闻发布会，从2018年起，由中意双方联合举办上海国际童书展。二是3月26日中国图书进出口（集团）总公司举办发布会宣布，在2018年8月举办的北京国际图书博览会上，将童书版贸、动画漫画、IP授权、教育、数字等板块进行整合，升级为展区面积为1.41万平方米的国际童书展。

一年有两大国际童书展在中国举行，这在全球绝无仅有，充分说明了中国童书出版的巨大潜力和吸引力。在家门口办国际童书展，近水楼台先得月，天时地利人和，我们一定要办出特色、办出成效，办成国际一流的图书大展，办成一个为了儿童、属于儿童的盛大节日。

营造世界格局中的中国大时代

纵观世界历史，大凡人类社会发生重大政治、经济、军事变革，总会带来文化的重大变革，童书出版也不例外。世界上就出现过两个堪称影响全球的童书大时代。

第一个是英国的维多利亚时代。现代意义上的儿童文学就诞生在这个"日不落帝国"。以狄更斯"苦难题材"小说《雾都孤儿》为代表的现实主义童年叙事，以刘易斯·卡洛尔两部"爱丽丝"为代表的幻想性童年叙事，以达尔文为代表的自传式童年叙事，一大批卓越女性作家的童话叙事，新时代少年成长的校园叙事，帝国殖民与新世界冒险的少年历险叙事,带来了儿童文学和童书出版的空前繁荣,并留下了丰富的永不磨灭的文化遗产。

第二个是美国的"4664"婴儿潮时代。作为第二次世界大战的最大战胜国,战后的18年间,婴儿潮时代人口高达7600万,占整个美国人口的三分之一,成为美国社会的中坚力量。这个时代,是美国政治、经济、军事、文化最辉煌的时代,如在玩具、卡通、流行音乐、房地产、汽车、股市、航空、运动、休闲、电影、电脑、互联网等领域,都留下了改变世界、引领世界的深刻印记。在儿童文学、童书出版、儿童阅读上,也是如此。如1922年设立的纽伯瑞儿童文学奖,1938年设立的凯迪克图画书奖、分级阅读等,在婴儿潮时代都发展到了顶峰,给全世界留下了巨大的文化宝藏和精神财富。

同样,40年的改革开放,巨大的经济社会变革,不仅给中国带来了翻天覆地的变化,也给世界带来了一股改天换地的强大的东方力量。中国的童书出版,已经成功实现了21世纪初连续18年的两位数超高速增长,我们完全有可能迎来一个真正属于中国的童书大时代。我们期盼着,我们努力着。

（原载《中国新闻出版广电报》2018年4月9日）

YA 文学缘何风靡全球

——论欧美青少年文学的发展

赵易平

青少年文学是从儿童文学中分离出来的，内容多与青少年的人生经历有关。以美国青少年文学为例，20 世纪 20 年代，美国社会开始将青少年视为一个独立的年龄阶段，青少年文学这一专门文学类型开始出现。青少年文学是为青少年创作出版的文学作品。这个文学类型一直有一种含混性，叫法很多，年龄段的划分也不固定，有的叫青少年小说，有的称未成年文学。青少年的年龄是从 13 岁到 17 岁，但在国外的研究中，这个年龄段不固定，也有人将其年龄段定为 15 岁到 20 岁。青少年文学几乎涵盖了各种文学门类：虚构、非虚构、诗歌、传记、幻想和童话等，又分为校园文学、家庭文学、历险题材、族群题材、战争题材、历史题材、情感题材和社会题材等。青少年文学主题涉及成长、社会问题、情感和幻想等多个方面，其中不乏青少年经历现实中的黑暗、残酷并逐渐长大成人，以昂贵的代价获取最初人生经验的故事，从题材、内容和表现手法上看，都比之前的儿童文学有所突破。这也是后来青少年文学的一个重要源头。

一、欧美青少年文学的历史

20 世纪 50 年代出现了两部著名的青少年文学作品，即美国作家塞林格的《麦田的守望者》和英国诺贝尔文学奖获得者威廉·戈尔丁的代表作《蝇王》。刘易斯的幻想小说《纳尼亚传奇》和 1967 年辛顿出版的小说《局外人》更成为青少年文学的典型代表。

20 世纪 60 年代，文学开始确立"30 岁以下青年一代"的读者概念。这个时期的未成年文学，也就是青少年文学，开始形成一个独立的文学类别。1969 年的小说《我知道笼中鸟为什么歌唱》、1967 年的《钟罩》、1970 年的《保佑野兽和孩子们》涉及青少年生活的方方面面，它们的畅销让"青少年文学"这一概念逐渐被广大读者接受。

从 20 世纪 80 年代开始，青少年文学从观念上发生了很大变化，那些过去被视为禁忌的标准，比如对性取向、情爱、死亡或者自杀的描写，曾经被认为读者不宜的内容，现在很自然地出现在青少年文学作品里。小说开始自然地反映少男少女的情感世界，特别是男孩、女孩懵懂的初恋故事。爱情小说或者少女文学是青少年特别喜欢的文学类型，深受女孩子的喜欢，其代表作有《饶舌女孩》。

特别值得一提的是英国著名科幻作家尼尔·盖曼，他的作品涵盖了儿童文学、青少年文学和成人文学各个年龄段的文学类别。《那天我拿爸爸换了两条金鱼》是尼尔·盖曼一部典型的儿童文学作品。尼尔·盖曼是欧美文学界非常著名的青少年文学作家，也是幻想文学的代表性人物。他的作品横跨很多领域，包含幻想小说、恐怖小说、儿童文学、青少年文学、漫画、剧本及歌词等。尼尔·盖曼的小说诡异、突兀，情节触动心弦，悬而不定、变幻莫测。他的成人科幻小说《美国众神》享有盛誉,这部小说集隐喻和寓言于一身,融合恐怖小说、神话故事和魔幻小说,是超越时代的现代神话。

对儿童文学和青少年文学来说,尼尔·盖曼的作品延续了他在成人科幻作品中诡异、出人意料和引人入胜的特点。其中,《卡罗琳》荣获 2003 年雨果奖及布拉姆·斯托克奖,并获得 2003 年的最佳青少年读本和最佳短篇幻想小说。《卡罗琳》又名《鬼妈妈》,讲述了一个厌倦了被管教的小姑娘卡罗琳,从家中的镜子中发现了另一个世界,并在那里发现了另一个妈妈。另一个妈妈让她感到恐惧和阴森,镜像中的另一个妈妈后来绑架了现实中的妈妈和爸爸,并试图将卡罗琳留在那个她营造出来的世界。卡罗琳凭借智慧逃出那个虚幻的世界,还将试图来抓她回去的另一个妈妈送走,故事让少年读者时刻处于一种惊悚但又不失兴奋的气氛中。这部从传统儿童文学中衍生出来的作品,在过去或被视为越界、少儿不宜,经过尼尔·盖曼的演绎,契合了青少年的心理发展特点,满足了青少年读者的恐惧审美和英雄自我投射心理需求,拓展了青少年文学的表达空间和审美风格。尼尔·盖曼的另一部力作《坟场之书》荣获雨果奖最佳长篇小说奖,并荣获了儿童文学的重要奖项纽伯瑞奖。这部作品更像是一部少年版的惊悚小说,故事的开篇讲述一个杀手来到一个家庭,试图将所有人杀害,唯独一个幼小的婴儿逃离现场。婴儿进入一片坟场,在那里被幽灵养育成人。这个孩子最后凭借先天的神力在幽灵们的帮助下,在现实中完成学业,最终找到那个杀手,解开了自己家人被杀害的谜底。小说充满了急停周转、让人心跳的悬念,具有典型的青少年文学特征。

1997 年,罗琳完成了她的《哈利·波特》系列小说中的第一本,该书成为青少年文学的典范,深受广大青少年读者的追捧。魔法学校里三个少年的成长故事正好对应广大青少年读者在学校和社会中面临的众多青春期问题。《哈利·波特》的成功让罗琳成为青少年文学的标志性人物。随后,美国作家苏珊·格林斯的小说《饥饿游戏》也开始风靡,并被拍摄成电影,在世界范围内掀起一股热潮。之后,美国作家蒂芬尼·迈尔的系列吸血鬼玄幻小说《暮光之城》、斯蒂芬·奇波斯基的《壁花少年》、克里沙·利佛的小说《活在你的生命里》、布罗克·柯尔的《山羊》等,都属于典型的优秀青少年文学作品。

拥有了多种作品形成的文类基础,美国于 2000 年设立了普林兹奖。它是一个针对青少年文学的奖项,其宗旨是完全根据文学品质,评出为青少年创作的最佳图书。该奖每年一次,倚重文学性,评选上一年度出版的青少年文学书籍,一般只有一位作者获奖,最多可有四人获得荣誉提名;评选题材包括虚构、非虚构、诗歌和选集等。此外,还有亚历克斯奖、爱德华兹奖和莫里斯奖(MorrisAward)等,每年奖励不同风格的青少年文学作品。

二、欧美青少年文学中的少年主体性表达

(一)从生理角度确立少年主体性

从生理的角度来看,少年阶段(从 12 岁到 18 岁)有着与其他人生阶段不同的心智发育、认知规律和情感特征。有心理学派认为,从出生到两岁,儿童处于感知运动阶段。婴儿通过协调、感觉经验来构建对世界的理解,这个阶段被称之为感知运动阶段。两岁儿童已经拥有了复杂的感知运动模式,并开始操作原始符号。2 岁到 7 岁的儿童处于前运算阶段。在这一阶段,儿童开始使用表象和图画来表征世界,符号思维超越了感觉信息和身体动作的简单联系。7 岁到 11 岁的儿童处于具体运算阶段,逻辑推理代替了直觉

思维，但只能将推理运用到特定和具体的实例中。从 11 岁到 15 岁，孩子们进入形式运算阶段，形式运算思维比具体运算思维更为抽象。

青少年阶段有一个显著的特征是青春期的变化。当青少年身体内的荷尔蒙开始泛滥，女孩子可能表现得更为女人，男孩子表现得更像男人。弗洛伊德和埃里克森的理论认为，"根据人体的解剖生理构造，男性更具有侵入性和攻击性，女性更具有包容性和被动性"。青春期荷尔蒙的分泌和身体的内在发育促使男孩和女孩有更明确的性别意识，开始关注自己在异性中的形象，性意识、恋爱成为其重要的生理和心理需求，情与性的关系也因此在青少年文学中占据重要地位，欧美青少年文学对这个问题的态度比较宽容。

（二）从心理角度看少年的主体性

青春期少年与儿童对成人的依赖性和拒绝长大心理不同，少年主体性开始确立，显现强烈的自我意识和独立个性，并逐渐完善。青少年开始意识到自己并非儿童，开始有意识地远离儿童身份；同时，他们尚未长大成人，身心置于成人世界边界之外，充满对未知的探求和观望，心智尚处于变动期，是非观、价值观和人生观开始确立，他们尝试着对世界和现实生活进行判断和评定。

青少年时期也是每个人形成独立人格的重要人生阶段。人格可以归纳为五大因素：开放性、责任性、外向性、宜人性和神经质。研究工作者发现，青少年时期的人格不如成年人时期稳定，而气质作为人格的基础，被定型为一个人的心理风格和典型的反应方式。不同的人格特征受到不同社会环境的影响，由文化、风俗和历史塑造而成。少年的认知方式也是多样和独特的，青少年不再受限于将实际的具体的经验作为思维的参考，他们可以虚构想象情境，包括纯粹假设的可能性事件或极为抽象的命题，并试图对其进行逻辑推理。

青少年从心理、生理上都经历了巨大的变化，体验着成长裂变的阵痛。成长通常包括三个阶段：脱离童年、转折时期（青春期）和步入成人社会。人在 12 岁脱离童年时期，身体、心理和思想也与童年完全不一样。他们对异性开始感兴趣，对父母、师长的观点不再完全信服，开始形成独立自主的人格，开始建构独立的自我，开始积极参与一些家庭之外的社会活动，拥有强烈的是非观，对很多问题有了根本性的思考。脱离童年、自我意识加强、驻足成人世界之边、逐渐摆脱父母监护和追求独立性，是这个时期青少年的特点。在这个过渡时期，青少年既有对童年的留恋，也有对童年的拒绝；既有对成人社会的憧憬，也有对未来的戒备和彷徨。心智的成长和身体的发育使这些意识逐渐加强，因此产生了青春期的叛逆。这种叛逆性表现为对客观是非的追问，是自我意识、自我认知、人格和价值观形成的过程。当这种追问和求索得不到别人认同，他们会感到自身的孤独和突破既定现实的欲望冲动。这种孤独感在文学作品中则表现为一种勇气，挑战任何既定的被认为不正确的常规和对现实中不合理现象的反叛。比如，辛顿的《局外人》、保罗·金代尔的《猪人》、斯蒂夫·奇波斯基的《壁花少年》，都是以青少年的独特视角和语言描述底层少年的生存状态，显示了与传统文学不同的内容和讲述方式。青少年刚刚觉醒的认知方式和懵懂又澄澈的价值观让他们具备了极为强劲的叛逆性。这种叛逆指青少年对既有的常规、权力和秩序力图以自己的力量完成世界的重建，但往往因自身弱小和无助而失败。

（三）从文学角度看青少年的主体性

青少年文学创作的核心应该是青少年本身，应带有这个年龄段孩子的强烈生命体验和心理诉求,而不是一些共通性的、一般性的和他人的故事。这种主体性包含三层意思:作家创作的少年主体意识、作品中以少年为主体的人物形象和以青少年为代表的接收方的主体性。首先,作家的主体性表现为将作家的具体创作实践、个人的主观创造性、想象力与精神自由,以及对少年的生命关照融为一体,创作出适合青少年阅读的作品;其次,作家在作品中对青少年人物赋予主体地位,把这些青少年人物当成独立的个体,当作具有自主意识、自由精神和独立价值的人,他们拥有自由的思想灵魂,拥有自己的价值判断和行为逻辑,而作家对他们的态度是一种不介入、间离式的关照和注视,而非试图改变他们的行为和思想;最后,接收方的主体性指青少年文学是契合青少年身心发展特点的文学作品,青少年读者群体在接收过程中产生共鸣或反感,获得自己的理解,形成接受或拒绝、欣赏或批评结果,在整个接收过程中,接收者自主发挥审美创造力,赋予少年人物应有的尊严、人格和价值的审美过程。这种为青少年而书写的文学类别从根本上摆脱了儿童时期那种避藏在成人羽翼之下对世界观瞄和感受的方式,使青少年激发出一种全新的感觉力。

三、欧美青少年文学的文学性表达

青少年文学的重要特征是基于青少年的独特文学表达,描述未成年人从童年走向成年的过程中,从无忧无虑的童年走向承担责任的成年期间,身心承受的变化、迷茫和疼痛。青少年文学书写少年眼中自我困境中的破茧而出、凤凰涅槃,经历磨难、挫折不断成熟的故事。从儿童时期养成并保留的童真、童心随着身心成长形成的价值诘问、鲜明的二元是非认知方式,构成青少年文学独特的文学特征和精神思辨性。青少年文学的审美特征具有多义性,读者凭借感觉、直觉感受美、丑、悲、喜、崇高和卑下等。

(一)真实的现实观

青少年文学通过真实的现实观来表达对社会的关切,从青少年的角度,以他们独有的心理机制和心灵底色,以理想式的英雄气概,抵御那些自认为不合理的黑暗污浊的东西。青少年文学往往不会规避对现实的直陈描述,力求避免对现实乌托邦式的构建,即使在幻想作品中,冲突、矛盾也是对现实问题的投射。

例如,美国作家洛伊丝·劳里在现实主义小说创作中,擅长分析、探讨一直以来困扰青少年的诸多问题,深受广大青少年读者的喜爱。她两度成为美国青少年文学最高奖——纽伯瑞儿童文学奖章的获得者,获奖作品分别是《数星星》和《记忆传授人》。《数星星》是美国中学生必读文本,它用文学语言讲述历史,激人励志,是值得多年龄层读者细细品味的佳作。此外,美国作家布罗克·柯尔的《山羊》、克里沙·利佛的《活在你的生命里》超越了个人探讨人与自然的关系;小说《说出来》讲述被强暴的女孩艾玛鼓足勇气讲述真相的故事;《朵萨的热情》讲述宗教裁判所期间,三个姐妹帮助异教徒小女孩朵萨的故事;还有尼尔·舒斯特曼的科幻题材《长柄大镰刀》讲述未来世界斯基泰人收割过剩人口而引发的伦理和人性危机。这些作品无不从某个客观的角度介入现实,将青少年的身心成长同他们的价值观、人生观和世界观关联在一起。

(二)多重视角诠释

许多作品是通过一个或数个少年的眼睛完成对故事的叙述,有时也加入成人的视角或者平行的、中性的视角,视角的广域性、多元化使文学性表达更为丰富,也提供了对现实多重演绎和解释的可能性。

有研究者认为，20 世纪 90 年代中期以来，当代青少年小说的故事更加复杂，时间跨度较长，人物形象丰富，并包括了许多成年人的人物形象。小说的叙述方式也从率真、直接转为多义、暧昧，蕴含着暗示、象征、意象、意境和隐喻。在叙述形式上，美国当代青少年文学作品不囿于单独的叙事视角，而是综合第一人称、中性视角、双重视角、多重视角、交叉视角和并行视角。例如，沃尔夫的《蝙蝠六》就是通过 20 个人物的多重叙事诠释了巴赫金的复调小说理论。此外，《蝇王》中成人不介入的零度视角，《坟场之书》中的中性视角和儿童视角的交替登场，都是很好的例证。多重视角避免了单一本位视角对内容和含义的局限表述，让青少年文学更具备文学的表现力和虚构的张力。

（三）英雄气概的救世情怀

青少年文学作品里，成人世界往往是青少年世界的对立面。少年英雄力挽狂澜的担当成为救世的最终希望，少年捍卫纯正的道德意识和价值观念，救赎人类和关照未来，成为此类作品的思想内核。这类作品多含有人类创世和未来寓言的意义。比如，曼努埃尔·刚萨雷斯的《地区办公室正遭受攻击》、汉森的《内鬼》、尼尔·斯通的《亲爱的马丁》，这些故事从幻想和现实的角度彰显少年孤胆英雄式的气概和救世的雄心。

（四）恐惧美学的应用

欧美青少年文学用文学的语言营造鬼魅阴庆的气氛，让主人公置身其中无法脱离，以一种黏着的方式感受文本中的恐怖，让读者体验过山车式的适度惊厥，被缭绕不散的精神刺激包围。随着恐惧耐受力日渐增强，青少年能体验到一种痛并快乐的愉悦感，这种心里的感受让他们上瘾。这种美学追求与传统儿童文学理念中的儿童恐惧观有着完全不一样的含义。《鬼妈妈》《坟场之书》《暮光之城》《哈利·波特》等作品都包含对恐惧美学的追求。

纵观欧美青少年文学的发展，我们不难看出，它的确立和发展是渐进式的，从儿童文学中分离出来，随着少年主体性的逐渐建立和完善，经历几十年的尝试和破界，在各种文化和观念的博弈、争论、对抗、发酵和相互渗透下，衍生出不同风格、不同流派和不同思想内涵的文本。欧美青少年文学已成为一种内容迥异、风格多元、底蕴丰厚和包容宽泛的文学类别，成为青少年喜欢的文学形式。

（原载《出版广角》2018 年 5 月）

论东方儿童文学美学标准建构

李利芳

东方儿童文学是东方各个国家、民族、地区立足自我文化母体创造形成的提供给儿童阅读的文学作品。由于人类现代意义上的儿童文学是西方近代以来儿童观变革的直接产物，因此现代东方儿童文学的形成也是西学影响的产物，所以关于儿童文学的基本价值认知、价值判断也长期以来一直沿袭西方标准。且由于西方儿童文学已然形成的经典及名著数量，为"优秀儿童文学"的审美标准提供了东方"高不可攀"的丰富内涵，这就造成了长期以来固化的世界儿童文学的"西方中心主义"的刻板印象。

但是时代毕竟在发展推进，2013 年世界著名儿童文学学者 John Stephens 领衔主编出版的《亚洲儿童文学和电影的主体性》(*Subjectivity in Asian Children's Literature and Film. New York: Routledge*，2013.)，已经在全球文化时代改变扩容了儿童文学领域的单一"西方"文化视阈，突出了"亚洲"的主体性。这本身即是对东方儿童文学独立自存的文化属性及文化地位的莫大尊重。而实际上，有关亚洲儿童文学及其主体性问题，恰是世界儿童文学需要瞩目的最前沿课题，是需要亚洲学者与西方学者共同努力、深度对话攻克的学术难题。今天我们所讲的"东方儿童文学美学标准的建构"，也应该放置在这一背景下去参照考量。

首先要明确的是，谈"东方儿童文学美学标准"，其潜意识不是对"西方儿童文学"的敌意与颠覆，其目标也不是建立一个意图对抗于西方标准的东方体系，而其宗旨主要在基于对客观文化事实的尊重，对其文化价值的发现与阐释，站位于补偿"世界儿童文学美学形态"的多元构造，拓宽儿童文学的"世界视阈"，与西方儿童文学一起丰富发展人类在儿童文学这一维度的思维成果。提"美学标准"的含义也不是放弃或漠视西方儿童文学已然打造出的经典体系，而是正视东方儿童文学自身业已发展成熟的艺术实践，以及在这种实践中创造积淀的"东方"审美内涵。它自成一体，有其"标准"可以成立的排他性与差异性，因此在美学思想上需要独立研究总结。"标准"意涵不在"对立"，而在"丰富"，既是对东方儿童文学自身文学成就的尊重与肯定，又是对西方儿童文学成就的一种对照互补，其本意是对世界多元儿童文学发展格局的建设性推动。

其次，"东方儿童文学美学标准"的自觉意识是东方儿童文学实践及理论充分发展到一定阶段的产物，我们不可抹杀它的历史阶段性和建构性特质。作为外来思想影响的产物，现代儿童文学在东方土地的生根发芽，一定是一个有机融入本土文化、具体生长于各国各民族人民生活实践、受各国社会发展阶段深度影响的艺术创造发展过程。从儿童文学的创作主体到接受主体，再到各国主流文化观念对儿童文学的价值认同，在不同层面上还是呈现着较大的差异性，特别表现在涉及成人主体的部分。儿童文学融"儿童"与"文学"两种主体意识于一体，东西文化思维的异质性会直接投射于创作主体的"儿童观"与"文学观"，以及二者融合之后的"儿童文学观"上。就以中国为例，20 世纪早期在新文化启蒙运动的整体时代洪流中，"儿童文学"与"儿童本位"思想作为民族革新的重要途径，被致以相当崇高的地位。其实"儿童文学"在当时的中国一落地生根，当时的知识分子为其赋予的文化意义就相当的充沛丰饶，它就是一个在具体的中国语境中形成的"中国儿童文学"的精神样貌。之后在整个20世纪的发展变迁中，它紧密融入中国社会各阶段，并随着观念解放有诸多艺术上的探索与突破。这其中还尤其表现在中国传统文化精神、伦理道德、艺术趣味等在儿童文学中的渗入与内化。在本土化的发展过程中它也不间断地存在着因比照西方儿童文学而萌生的焦虑，不断地引进吸收，学习借鉴。它其实一直处于自主性、批判反思性、开放性相统一的这样一个发展过程，特别表现在20世纪早期与80年代以来。但不管怎么样，现如今中国原创儿童文学形成的庞大的体量，及其丰裕的"中国性"内涵，都使得讨论与倡扬属于"中国儿童文学"自身的美学标准成为可能，也成为事业推进过程中必须要面对解决的学术课题。同理，东方其他国家的儿童文学必然也有一个自足自洽的演进过程，其丰富的国别性美学精神必然也是唯一的，是他者不可替代的。由个别而整体，由此形成"东方儿童文学美学标准建构"的合法性。

再次，我们需要确立一个基本的文化视野来讨论建构"东方儿童文学美学标准"，它绝不是一个"就东方而东方"的孤立视阈，而是要在当代世界儿童文学的总体文化语境中对东方加以总结、反思与审视。因此一种开放融通文化的全球化意识更有助于我们为东方标准定位，形成坐标体系，在共时性的文化格局中彰显其独特性，特别是其区别于西方的那部分思想价值，由此促成世界儿童文学在真正意义上的丰富性与完整性。于是，"东方儿童文学美学标准"究其实质看其意义并不仅表浅地针对或止于东方自身，而其更深意义也许更在于已被固化的西方中心立场。在孤立的西方自身之外，呈现一个东方，意义的互为参照映现更是对本来意义的一种补充与重新诠释。双主体共在的价值必然是大于单一主体的。因此，我们提出东方儿童文学的美学标准，弥补的就是整体的不完整性，其主体意义更多在对世界整体，而不在对东方。由是也引导我们更多地关注思考整个建构过程中"东方"之内含的世界性价值，整体性意义要素等。

最后我们要思考"东方儿童文学美学标准"建构的基本路径，这项工作的核心内容是一种文化价值阐释，更是一种思想建构。它尤其推崇一种东方的整体性特质，这一特质的根系应该在轴心时代的东方，在人类最古老的文明时期。"轴心时代是东方美学的创化期。在这一时期，东方各国、各地区、各民族不约而同地涌现出丰富的美学思想。这些美学思想与政治、哲学、伦理、文学一道融入东方各文明民族的文化元典之中，从而提供确定东方美学特质的范型，指示着东方美学发展的路向……这种东方美学充分体现了东方文化中，人与自然、人与社会相和谐的'和合'精神，以及在审美活动中表现出来的宗教性格和伦理性格。"①毫无疑问，东方美学的特质决定了东方儿童文学的文化基因与美学精神，其主体基调走向在一种"和合"的价值取向。儿童文学因发现儿童主体性而存在。东方儿童文学在表达对儿童主体性的理解时，它是一种"合一"性基准之上的"主体性"，表现在儿童与社会、儿童与成人、儿童与自然的"中庸和谐"之道。它偏重社会伦理，突出"情"之于儿童生命主体成长的同化作用。与西方儿童文学相比，不追求崇尚极致的童年生命个性之美，较少儿童主体与成人权威冲突对撞的壮烈美学形态，主体基质偏柔性与和谐之美。

东方文化及美学思维方式对东方儿童文学的影响是根性的，它柔化在创作主体对儿童文学的基本理解及文学性要素设置上，其影响力是普在的，体现在整体性的文学感觉及文学品质上。因此，"东方儿童文学美学标准"的价值阐释离不开东方哲学、美学思想的精神基座，其根系依然在传统文化内部。不过由于东方现代儿童文学的产生受现代西方儿童观影响至深，其发展也是"现代性""后现代性"大语境的产物，因此儿童文学的美学构成必然已超越单一的古典形态，呈现出更为复杂的思想格局。因此，在这一课题的研究过程中，诸如"传统文化的现代性转化""现代性、后现代性的东方内涵"等，均是题中应有之义。最重要的是，"东方标准"重点展开的是一种跨文化比较研究的道路，无疑它推动的是东西方儿童文学的真正对话研究，由是它便是一个世界性课题。

[注释]
①彭修银:《东方美学》,人民出版社 2008 年版,第 4—5 页。

（原载龚曙光主编《童年书写的想象与未来：第 14 届亚洲儿童文学大会论文集》，湖南少年儿童出版社 2018 年版）

佩里·诺德曼和中国儿童文学理论的话语转型

吴其南

20、21 世纪之交,中国儿童文学理论正发生一场深刻的话语转型。这种话语转型改变着人们的儿童文学观念,并影响儿童文学创作,最终从整体上改变了儿童文学的面貌。

转型首先的表现是人们认识和看待儿童文学的出发点发生了变化,即从偏重关注对儿童的规训转向偏重关注儿童自身的成长。儿童文学是干什么的? 一种回答是对儿童进行规训,将儿童的身体和思想都整合到社会需要的轨道上来,"儿童文学是教育儿童的文学"就是这一主张的最好表述。另一种回答是引导、促进儿童的成长。前者是一种以社会、成人为本位的视角;后者是一种以人为本、以儿童自身的成长为本的视角。前者不甚关心儿童自身的状况,而只关心怎样将对象塑造成自己需要的人;后者则需认真地了解儿童自身的特征、成长的需要及可能,尊重"物种自身的尺度"。中国文化向来强调"文以载道","五四"时期周作人提出"人的文学"曾给予人们不小的冲击,但后来又回到了原来的道路上。20 世纪末,人们终于又迎来了转变的机会。20 世纪 80 年代,批判思潮中一个重要的诉求就是重回"五四",在儿童文学领域的表现就是重新评价"童心论""儿童本位论",创作领域出现了热闹型童话等一批疏离政治和社会意识形态的作品。在这一过程中,曹文轩应该是一个有代表性的人物。作为特殊历史时期后走上文坛的作家,他的创作一开始就和"教育儿童的文学"拉开了距离。《山羊不吃天堂草》《暮色笼罩的祠堂》《草房子》等,其主要出发点都是人、人的成长,而非从社会出发的对儿童的规训。20 世纪 80 年代,作者将此概括为"塑造未来的民族性格",到世纪之交,作者又将其修正为"为儿童提供人性基础"。前者离社会意识形态较近,明显属于宏大叙事;后者离社会意识形态更远,偏向普遍人性。两者都从政治文化的藩篱中疏离出来,向关注儿童成长的视角偏转。

人性和社会性当然是无法割裂的。人是一种社会化的存在,成长很大意义上就是向社会生成的。离开社会化是无法谈及人的成长的。从社会化视角到人生视角的转变只是一个出发点的转变,观照角度的转变,将人看作是一个比社会更大的概念,而不是忽视、取消人的社会性。在近年儿童文学从社会化视角向人生视角转变的过程中,我们确实看到一些放弃文学的社会责任,一味地游戏、娱乐,陶醉在所谓的童真、童趣中而不关心社会现实的作品,这是社会转型时期的文学末流,是不关心社会也不关心人生的。从社会化视角转向人生视角不是脱离社会,而是更好地摆正人与社会的位置,使人与社会在更高的层次上达到新的和谐。

世纪之交儿童文学理论的另一个重要变化是从本质论到建构论的转变。传统中国人的儿童观虽有种种不同,如视儿童为小野蛮、视儿童为小天使、视儿童为小懵懂等,但有一点是相同或接近的,就是认为这些特征是儿童自身固有的,是自己从儿童身上概括出来的,是自己"透过现象看本质"看出来的。于是,儿童文学创作的任务,要么是用自己的理想对儿童的这些特征进行改造,引导他们及早"长大成人";要么是使其"永葆童心",甚至将其作为救世济时的妙药良方。当代中国儿童文学似乎不相信这种说辞,甚至将其作为"童心论"、资产阶级的人性论而予以排斥。当代中国儿童文学理论的本质论植根于一些人理解的历史唯物主义，即认为社会发展有某种规律性的东西，人们要做的就是实践、认识、再实践、再认识，无限循环以至于无穷，最后去粗取精，去伪存真，接近和达到对世界的本质性认识，即真理，儿童文学就是引导儿童接近真理，用真理武装自己，沿着历史指引的方向前进。即是说，使自己的主张具有某种元话语的品格。世纪之交的儿童文学理论对此提出了异议。毛泽东很早就说过，每个人都在一定的阶级地位中生活，思想情感无不打着阶级的烙印，不同的人理解的"真理"是不一样的。世界是语言的世界，语言的边界是世界的边界，也是人的边界。说儿童是"小野蛮""小天使"也好，说历史是一种规律的展开和演进也好，其实都是一种语言建构。如佩里·诺德曼说的："一个社会对儿童的观念是一种自我满足的预言。那些描述孩子真正像什么或真正能够达到什么的观念，可能是不正确的或不完整的，但一旦成人相信了，他们就不仅会让这些观念成真，还会成为全部的真实。换句话说，这些观念是作为社会意识形态的一部分在运作：意识形态这个观念体系控制着（至少是试图控制）社会成员看待世界和理解自身位置的方式。"①有了这样的视野，不同的儿童文学作品就是从不同视角出发产生的话语，儿童文学理论就是对这些不同话语的研究了。

文本的建构当然不是完全随意的，它们在遵循"主体的尺度"的同时，也要遵循"物种自身的尺度"，但既然将儿童、儿童文学视为一种建构，原来从确定不疑的"儿童""儿童生活"及由此出发的儿童文学创作便消解了，儿童文学理论主要着力点不是拿作品和所谓的"现实""生活"进行比较，评判它们是否揭示了现实生活的本质，而是探讨作者为什么要这样建构，这种建构的后面是一种什么样的意识形态，并对这种意识形态本身进行评判。这就给儿童的建构以广阔的、无限多样的空间，使儿童文学理论有可能获得一种和成人文学理论一样的透视深度。

世纪之交儿童文学理论还有一个变化，就是研究对象从偏重儿童到偏重成人的转变。中国儿童文学理论在相当长一段时间内将重点放在"儿童"上，探讨儿童生活有什么特点，儿童有什么样的心理，儿童读者有什么样的兴趣，如说儿童喜欢听故事，给儿童的文学作品要有故事性；儿童喜欢幻想，给儿童的文学作品要像童话一样具有幻想性；等等。这些当然有意义，但"儿童文学"中的"儿童"一般有两种含义：一是指作品的描写对象，二是指读者。作为描写对象，作品中的儿童当然是作者想象、创造出来的，受作者的控制和制约；作为读者，其声音会在作品中反映出来，儿童文学作为一种因读者对象不同而区分出的文学类型，较多地关注儿童，是必要的。但是，文学作为一种对话，创作者无疑起着主导作用，儿童文学的创作者一般都是成人。而且，无论是作为读者对象的"儿童"还是作为描写对象的"儿童"，其实都是作者创造、建构出来的。"作为一个场域，儿童文学是一种成人活动，它最重要的话语和对话是成人之间的那些，而不一定是跟儿童进行的那些。即使是完全由这些活动产生的、声称对儿童说话的文本，也是间接这么做的。它们最先、最能影响的读者是成人编辑，然后是成人书评者，因此，文本必须，且不可避免地吸引这些成年人的口味和需求——这就解释了它们为何把焦点放在把儿童转变成控制着儿童阅读的那些成人想让他们、需要他们成为的人。"②"儿童文学与其说是儿童阅读的东西，不如说是生产者希望儿童阅读的东西。"③成人、社会当然不是铁板一块和一成不变的，作为个体的创作者更不是决然独立的，但这并不改变儿童文学中的儿童形象主要是由成人建立的这一事实。

中国儿童文学理论为什么在很长的时间里只谈作为读者和描写对象的儿童的特点而不谈作为创作者的成人的特点呢·这里至少有两方面的原因：①儿童文学是以读者对象不同而区分出的文学类型，人们谈儿童文学喜欢谈特点，谈特点自然要谈读者、谈儿童；②在当代中国儿童文学中，作品总是作家创作的，创作者总是要将自己的思想情感对象加在自己的作品里。儿童文学和其他文学类型不同的是，它是假定其读者不能自己言说而由成人自己代其言说的，是社会代表这代人对下一代人言说的，所以成人对自身的思想情感加以掩饰、回避是一种正常的现象。为儿童写，写儿童，代表社会对下一代人进行塑造，这导致儿童文学中作为作家的成人形象常常是淡化的、隐含的，这便成为有见解的理论家研究儿童文学时最有诱惑力的空间。

中国儿童文学理论话语的转型是中国社会生活、中国儿童文学理论自身发展的结果，但也受到世界儿童文学理论的巨大影响，是世界儿童文学理论激发、推动的结果。其中佩里·诺德曼一系列著作的翻译、引进、被广泛阅读起了极重要的作用。中国和世界儿童文学理论的交流并不是什么新鲜事，佩里·诺德曼对中国儿童文学理论的意义在于，他将最新的现代西方儿童文学理论带给中国，使中西儿童文学理论的交流、对话进入到20世纪的现代文学理论的层面上。诺德曼熟悉现代、后现代的文学理论。读他的著作，包括我们前面引用的一些论述，感觉自己就像行进在20世纪文学理论的丛林中，各种思潮、各种流派，如现象学、心理分析、原型批评、接受美学、解构主义、后现代主义等纷至沓来，令人目不暇接。但同时，他又有很好的化解力、创造力，站在理论前沿运用各种理论又能化而用之，深入地探讨儿童文学中的一些具体问题，因而显出自身理论的穿透性。在诺德曼的理论中最有深度、最有创造性的地方，就是发现儿童文学一般都包含了双重文本，在写儿童、为儿童的表层文本下面，存在着一个隐藏的成人形象，一个隐藏的成人文本。"《杜里德医生》这样的文本确实在很大程度上隐含着一个影子文本，隐含着知道并能够填充信息的读者，这些信息远远多于那些真正被说出来相对很少的简单东西。"④"儿童文学文本的简单性只是其真相的一半，它们还有一个影子，一个无意识——对世界、对人的一种更复杂、更完整的理解，这种理解在简单的表面之外处于未被说出的状态，但又为那个表面提供了可理解性……儿童文学可被理解为通过参照一个未说出来但隐含着的复杂的成人知识集而进行交流的简单文学。"⑤由此，作者推导出儿童文学的一些最主要的特征，如双重意识、分裂性等。"《杜里德医生》……邀请儿童读者发展一种双重意识——既快乐得像孩子一样又脱离那种孩子样，从一种成人视角看待和理解孩子样。"⑥至此，儿童文学理论终于获得自身的理论品格了。诺德曼理论中也有一些可以进一步探讨的地方，如他对儿童自身的心理、成长节律、发展趋向，对儿童文学的艺术特征探讨较少。不过，这很可能是我自己的阅读范围较窄，他的很多著作、论文还没有被介绍进来。如果有了更多的阅读和了解，我们一定能学到更多的东西。

[注释]

①佩里·诺德曼,梅维丝·雷默:《儿童文学的乐趣》,少年儿童出版社2008年版,第2页。
②③④⑤⑥佩里·诺德曼:《隐藏的成人:定义儿童文学》,徐文丽译,中国社会科学出版社2014年版。

（原载龚曙光主编《童年书写的想象与未来：第14届亚洲儿童文学大会论文集》，湖南少年儿童出版社2018年版）

在儿童心田播洒阳光

——专访新当选的国际儿童读物联盟主席张明舟

董洪亮

国际儿童读物联盟第 36 届世界大会日前在希腊首都雅典举行。来自全球 70 多个国家的 600 多名代表出席会议，并围绕大会主题"童书童话——东西方在此相会"，对儿童文学、少儿出版、阅读推广相关议题展开热烈研讨。本次会议适逢国际儿童读物联盟主席团成员换届选举，中国儿童文学研究会常务副会长、中国版协理事张明舟获选联盟主席，成为该组织最高领导岗位上的首位中国人。

近日，记者就儿童阅读与健康成长、课外阅读与学校教育的关系、我国儿童的阅读情况及其中外交流互鉴、国际儿童读物联盟的背景等，采访了张明舟先生。

通过阅读高品质的童书，促进国际理解，维护世界和平

记者：请您谈谈获任新职务的感受，并简要介绍国际儿童读物联盟。

张明舟：我能够当选国际儿童读物联盟主席，是在中国改革开放以来经济、社会、文化等各项事业全面发展，中国儿童文学、少儿出版、儿童阅读推广事业突飞猛进的时代背景下发生的，这不仅是我个人的荣誉，更标志着中国正在走近儿童文学和少儿出版的世界舞台中心。国家的发展让我在国际交往中心里底气壮了，更加自信了。

国际儿童读物联盟是在第二次世界大战的废墟上建立的。其目的在于通过阅读高品质的童书，促进国际理解，维护世界和平。这个联盟是与联合国儿童基金会和联合国教科文组织有正式咨商关系的非营利的国际非政府组织；目前有 79 个国家分会，遍布全球，会员包括童书作家、画家、图书馆员、大学教授、中小学教师、出版人、编辑、书商、媒体记者等致力于推动儿童阅读和教育发展的专业人士，丹麦女王玛格丽特二世、日本皇后美智子、泰国公主诗琳通、阿联酋沙迦酋长国公主宝杜阿等也都是国际儿童读物的支持者和积极参与者。

国际儿童读物联盟 1956 年起设立国际安徒生奖，是世界最高荣誉的儿童文学奖，有"小诺贝尔奖"之美誉，最高监护人为丹麦女王玛格丽特二世。

在不同国家儿童间建设心灵纽带，培养自信、开放的心态

记者：请介绍一下我国的儿童阅读概况，怎样推动中外儿童阅读交流互鉴？

张明舟：儿童文学、少儿出版在我国蓬勃发展，原创童书和引进版童书品类已经比较丰富。前辈们做了大量的工作，我们从国外引进了一些高品质的童书，我国的童书也开始走向世界。以我国作家曹文轩获得国际安徒生奖、插画家熊亮进入国际安徒生奖插画家奖 5 人短名单等为标志，我国儿童文学、少儿出版在世界上的影响越来越大。

人类有许多共同的共通的情感与价值精神、高贵品质，比如，亲情、友情、爱情、善良、勇气、担当、坚韧、进取等等，当然，各个民族的文化也有差异性，有各自的特色，这也体现在童书中。我们有五千年的文明史，其间文脉不断，拥有文学、艺术、绘画、哲学等优秀传统，现代的中国具有开放、包容的精神，56个民族和960多万平方公里国土，造就了非常丰富的民族气质和社会生活方式，这些为儿童文学的原创性提供了源源不断的素材和"魂"。

国之交在民相亲，民相亲在心相通，而儿童是其起点。人类是个大家庭，国际儿童读物联盟要关注全人类命运的发展，一直在不同国家儿童之间架设沟通的桥梁，建设心灵纽带，优质童书的出版、推广是其最好的、最可靠的载体。我们通过阅读，帮助孩子们了解其他国家的文化、传统、生活、精神、创造等，培养孩子们以自信、开放、包容的态度看待别的国家的文化，引导他们的精神共鸣与共振，构建人类大环境的明丽气候，培养他们人类命运共同体意识。我们不能只关注儿童百花园中的绚烂之花，还要关注那些似乎不起眼的每棵小草，对于那些贫困、战乱的国家和地区的孩子们，对于我们国家相对落后地区的孩子们，我们力争做到一视同仁。通过阅读，培养孩子们内在的向上精神。

阅读具有巨大力量，是一个滋养心灵的过程

记者：怎样理解阅读对于儿童的重要性，其中成年人的责任是什么？

张明舟：课外阅读是孩子们的良师益友，儿童课外阅读与学校教育有相辅相成作用。阅读虽然要费一些时间，但是，花费大量时间进行题海战术，其作用十分有限。我们应该给孩子们提供高品质的童书，帮助他们既体会到阅读的乐趣，又能够提高学习能力、包括考试的能力。伴随着高考的改革，人们认识到得语文者得高考，得阅读者得语文。阅读可以帮助孩子们拥有完整的人格、美好的人生，可以提升他们对生活的热爱、对他人的宽容、对美的鉴赏能力。

课外阅读优质童书具有鼓舞孩子们精神的力量，能够激发他们的想象力，开阔他们的视野，更好地了解自己和外部世界。国内外许多优秀人士都感恩儿童时期读的童书，一本或者几本童书甚至影响了他们人生的道路和命运。我们有责任让孩子们从小就接触优秀的作品，拥抱世界上最美好的精神财富，既得到阅读的快乐，又能够继承人类、人性的宝贵财富。孩子们的心中埋藏着善良的种子，高品质的童书就是阳光、水、温度，通过阅读，善良的种子会在他们的心田悄悄地发芽、茁壮地成长起来，这样，孩子们心中充满了一片片绿意，构建了青山绿水似的和谐的内心生态。

我们不能强迫孩子们阅读，阅读不是简单地迎合学习的需要，阅读应该是快乐的，是一个滋养心灵的过程。孩子们的天性是玩，在他们眼中，所有的东西都是玩具，所有的活动都是游戏，因此，我们倡导寓教于乐。我们提供给孩子们的童书营养应该是自然的，不着痕迹的，高品质的童书首先应该没有毒，三观要正，同时兼具美味与营养，不能一味迎合孩子们的口味：不能因为孩子喜欢甜食或偏食就把他们养成过度肥胖的大胖子或者因为营养不良而面黄肌瘦。提高童书的质量是我们的责任。

（原载《人民日报》2018年9月27日）

改革开放以来我国儿童文学的国际出版纵览

谈凤霞

秉持真善美核心价值的儿童文学是超越国界的一种文学类型,在国际文化交流中具有极大的开放性、普适性并且有根基性,因为它包含着关于整个人类社会生存和发展状态的理想化追求。在当今经济全球化时代,无论是引进来还是走出去,儿童文学的国际出版日益繁荣,为促进世界各国的彼此了解、实现人类相互尊重与和平共处的美好愿景推波助澜。

一、外国儿童文学书系的综合性和集束性出版

在中国出版史上,外国儿童文学的译介出版发端于 20 世纪初。中国现代儿童文学在萌芽和诞生期即受到外国儿童文学的影响,晚清时期开始零星地译介外国儿童文学作品,"五四"时期形成了第一次对西方儿童文学的译介高潮,20 世纪 30 年代至 50 年代主要以翻译俄苏文学为主导,20 世纪六七十年代外国儿童文学的译介基本停滞。直到 1978 年实行改革开放政策之后,少儿出版迅猛发展,在出版大量原创作品的同时,对世界儿童文学的翻译出版又重新接续并走向繁荣。之前中国的专业少儿出版社仅有北京的中国少年儿童出版社和上海的少年儿童出版社两家,随着 1978 年出版改革的全面启动,地方性的专业少儿读物出版社如雨后春笋般先后成立。20 世纪 80 年代中国少儿出版对外交流的大事之一是中国在 1986 年加入国际儿童读物联盟(IBBY),并成立国际儿童读物联盟中国分会(CBBY),与全世界 50 多个国家和地区的数百家出版社建立了友好交流关系,这也有利于中国儿童文学出版选择国际性路径。

20 世纪八九十年代,历时多年陆续出版了多套大型儿童文学译丛,如少年儿童出版社出版的"外国儿童文学丛书",人民文学出版社出版的"世界儿童文学丛书",由张美妮和浦漫汀等主编、新蕾出版社先后出版的"世界儿童小说名著文库"与"世界童话名著文库"等。新蕾出版社的这两套文库各 12 卷,有近千万字的内容,基本涵盖了世界经典儿童文学作品,在中国儿童文学的引进出版史上创立了高峰。此外,中国少年儿童出版社完整地出版了叶君健校订的多卷本《安徒生童话全集》,这是中国出版的丹麦安徒生童话最权威、最系统的译著。该社还从美国引进了历史最悠久的儿童文学大奖"纽伯瑞儿童文学丛书"共 21 种。在 20 世纪 90 年代后期,北京少年儿童出版社、接力出版社、明天出版社、安徽少年儿童出版社、北方妇女儿童出版社等一批专业少儿出版社都致力于推出大规模的世界儿童文学作品文库。这些浩瀚汹涌的外国儿童文学经典作品的译介,为中国本土儿童文学创作和理论批评都提供了极为重要的启示和借鉴,在儿童文学观念、儿童形象塑造、文学题材和主题、文化精神和内涵、审美趣味和艺术表现等方面,都给中国儿童文学创作者和读者打开了丰富多彩的世界。

进入 21 世纪,中国少儿出版发生的一大转变是文学类图书超越科普图书而成为少

新中国儿童文学

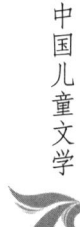

儿出版的第一大板块，且不断稳步攀升。随着中国加入世界贸易组织，少儿出版与世界出版业全方位接轨，全球化趋势的加强使得国际性出版策略更有其广阔的发展空间。尽管在数字时代，大行其道的新媒介强烈地冲击和改变了传统的阅读形式和出版局面，电脑网络阅读、手机和平板阅读等电子媒体阅读形式蔚然成风，但对于儿童读者，纸质读物仍是重要的阅读媒介。凭借儿童阅读推广活动的强劲东风，儿童的阅读需求也在大幅增长，因而少儿图书出版仍能逆势而上。21世纪以来，中国童书出版总量和品种长势喜人，迎来了童书出版的黄金时代。中国童书出版与国际接轨更加密切，中国巨大的童书市场受到国际少儿出版业的重视，童书版权贸易十分活跃。儿童文学是童书出版最重要的内容资源，而其中外国儿童文学的引进出版占据了重要的份额。所译外国儿童文学数量之巨、国别之多、种类之繁、作品之新、出版社（包括非专门的少儿出版社）之众都超越了之前的所有时段，体现出时新化、集束性、多元化等趋势，盛况空前。

相比之前时段的译介情形，21世纪以来，外国儿童文学译介出版的显著特征之一表现为"时效性"，注重快速、及时地译介当代外国获奖的优秀儿童文学，有些畅销童书甚至同步引进出版。如英国J.K.罗琳的"哈利·波特系列"幻想小说（1~7册）由人民文学出版社在2000—2007年间引进出版，基本与这套风靡全球的英语原著的出版保持了同步。近年来获得国际或国别大奖的作品也会很快被引进，如近些年的国际安徒生奖、国际林格伦纪念奖、美国纽伯瑞儿童文学奖、英国卡耐基儿童文学奖等获奖作家作品等大多数都会在获奖后的一两年内被中国引进出版。一个快速译介的例子是：2014年博洛尼亚书展金奖作品《玛格丽特夫人的圣诞夜》于同年被江苏少年儿童出版社的《东方娃娃》杂志社引进出版。信息化和经济全球化的时代环境使得中国童书出版界对世界儿童文学出版动向保持了高度的敏感性和一致性。这一注重时效的国际出版策略能更好地传递时代精神和观念，也能给中国儿童文学的创作提供某种可参考的风向标，并且引领了中国儿童文学与世界儿童文学潮流的汇合。

21世纪以来，外国儿童文学的引进延续了20世纪八九十年代的"综合性"大型儿童文学译丛的出版思路，多家出版社以宏观的视野来扩展出版的版图，如河北少年儿童出版社（现长江少年儿童出版社）出版的"国际安徒生奖获奖作家书系"，人民文学出版社出版的"外国儿童文学获奖作家作品丛书"，译林出版社出版的"译林外国儿童文学名著丛书"，明天出版社出版的"世界经典童话全集"，湖南少年儿童出版社遴选出版的"全球儿童文学典藏书系"，湖北少年儿童出版社（现长江少年儿童出版社）出版的"少年励志小说馆"，童趣出版公司引进迪士尼动画的系列读物等。新蕾出版社2002年起持续出版的"国际大奖小说系列"是中国第一个以"国际大奖"命名的开放性书系，纳入了包含"国际安徒生奖""纽伯瑞儿童文学奖"等在内的数十种国际顶尖儿童文学奖作品，至今已引进出版了数百种外国优秀儿童文学作品，且仍在不断引进大奖新作。二十一世纪出版社引进出版以德语文学为主的"大幻想文学精品译丛"以及德语儿童文学"彩乌鸦"系列，后者由德语文学大奖权威评审机构、德国青少年文学研究院选荐，"彩乌鸦"的命名寓意是世界文化的丰富多彩和作品风格的五光十色。安徽少年儿童出版社获得国际儿童读物联盟授权许可，持续引进出版"国际安徒生奖大奖书系"，整个书系由文学作品系列（包括获奖作家的代表作品和一些获提名作家的优秀作品）、图画书系列、理论和资料书系列三大板块构成，形成了多方位架构、动态扩充的丛书出版体系。浙江少年儿童出版社之前在1999年推出"世界华文儿童文学"书系，这一国内首套华文儿童文学书系收入的大部分是我国台湾、香港地区儿童文学作品,而在 2015 年出版的"纽带·海外华文儿童文学典藏书系"则将作家作品的遴选地域范围扩展至欧美和东南亚国家和地区的华文创作,作品的内容和体裁各有所异,勾勒了华语儿童文学创作的国际版图。

世界著名儿童文学单个作家作品成系统的集束性引进出版也是一个卓有成效的盈利策略,除了 J.K.罗琳的"哈利·波特系列"之外,还引进了许多影响和销量巨大的系列性作家作品,如中国少年儿童出版社出版了比利时埃尔热的漫画故事集《丁丁历险记》、瑞典阿斯特丽德·林格伦的"林格伦作品集"、勒内·戈西尼和让 – 雅克·桑贝的"小淘气尼古拉的故事系列",明天出版社出版了"世界奇幻文学大师精品系列"包括罗尔德·达尔、托芙·扬松等以及埃里希·凯斯特纳作品精选,接力出版社引进美国作家 R.L.斯坦的"鸡皮疙瘩系列",希望出版社引进英国查尔茨·舒尔茨的幽默漫画故事"史努比系列",浙江少年儿童出版社引进托马斯·布热齐纳"冒险小虎队系列",少年儿童出版社引进"宫泽贤治童话文集"和"安房直子幻想小说系列",二十一世纪出版社引进矢玉四郎的"晴天有时下猪系列"、米切尔·恩德作品典藏系列等。这种聚焦于单个作家的集束性引进出版,较为全面地展现了这一作家的创作面貌。无论是综合性译丛还是单个作家的系列化出版,都因其数量的庞大而容易造成影响,对读者的阅读和购买形成持久的召唤力,有利于出版社的市场经济效益。此外,21 世纪另一个国际化的少儿出版现象是采用中英双语形式出版物的大量出现,包括图画书和文字书,前者如"斯凯瑞双语阅读系列""我会读(I CAN READ)经典双语阅读绘本系列""贝贝熊系列"等,后者如人民文学出版社出版的"人文双语童书馆",这套丛书用中英文出版英美儿童文学经典名著,以"学习标准英语"作为吸引购书的一种策略。

经典性和时效性兼顾、整体性和代表性并重的外国儿童文学铺天盖地的引进态势,极大地扩建了中国的儿童文学的出版格局,也深刻影响了中国儿童文学创作发生时代性嬗变。

二、外国儿童文学重要文类和论著的系列化冲击

21 世纪以来的外国儿童文学译介中,幻想小说和图画书这两大文类的引进势如破竹,并直接催生了中国相应的本土创作。幻想文学的译介率先成为新世纪一个令人瞩目的出版热点,在英国的"哈利·波特系列"引发的幻想文学热潮中,英美其他经典或畅销的系列性幻想文学作品的引进借此时机跟风而上,如英国作家 J.R.R.托尔金的"指环王系列"(20 世纪八九十年代虽已引进,但未能普及)、C.S.刘易斯的"纳尼亚传奇系列"、菲利普·普尔曼的"黑暗物质"三部曲、达伦·山的"吸血侠达伦·山传奇系列"等,美国作家斯蒂芬妮·梅尔的小说"暮光之城系列"、苏珊·柯林斯的"饥饿游戏系列"等。诸多西方幻想小说系列的引进和畅销,激发了本土作者对于幻想小说的创作热情。自二十一世纪出版社在 20 世纪末推出"大幻想文学"原创丛书(1998、1999 年分两辑出版 14 位作家的 15 部作品)以来,本土原创幻想小说再接再厉,且也多走作家的系列化路线,成就尤为突出的是彭懿。他对西方幻想文学多有研究,著有《西方幻想文学史》等,也倾心于幻想文学的原创并自成一家,形成了幽默俏皮的主要风格,先后出版"精灵飞舞幻想小说系列"5 册、"彭懿梦幻西行记系列"6 册、"我是夏壳壳系列"6 册、"我是夏蛋蛋系列"6 册等。其他本土幻想文学的代表作家作品有:曹文轩的"大王书系列",殷健灵在幻想小说《纸人》之后创作的幻想小说《风中之樱》4 卷,金波的"小绿人三部曲",薛涛的"山海经 ABC

系列"3部，顾抒的"夜色玛奇莲系列"10部，范先慧的"黄丝结笔记系列"，笔名"雷欧幻像"创作的"查理九世"幻想性冒险小说系列等。受到了西方幻想小说系列化的影响，这些中国幻想小说多采用长篇系列的形式，作品本身的故事情节丰富繁复，单本无法容纳，需要以并列式或递进式的故事结构进行分册表现。另一方面，有些系列化出版是出于市场考虑，比起单本小说，多册组成的系列性出版声势更为浩大。21世纪初的10多年来各种系列幻想文学的风起云涌，使得从童话中分化出来的幻想小说这一新兴体裁的地位得到了确立和加强，成为备受小读者欢迎的畅销书类型。幻想小说的张扬激活了儿童文学的幻想精神、游戏精神、浪漫精神，有助于消解阻碍儿童文学发展的教训意识，有助于树立纯正的儿童文学精神，有助于为人类创造一个包含美好理想的精神家园。外国儿童幻想小说在中国的引进出版及其对于本土幻想小说的影响，使得幻想小说创作在21世纪成为中国儿童文学一个重要的艺术生长点，给中国儿童文学添加了一副强健有力的想象的翅膀，改变了以往儿童文学拘泥于现实的实用气息，从而推动了儿童文学自由的艺术精神的复归。

图画书（绘本）是21世纪初外国儿童文学引进出版的另一大重要分支，并且作为低幼儿童的主要读物而迅即成为出版市场的新宠。图画书热潮的兴起有多方面的原因：中国社会经济的发展拉动了市场购买力，促使价格相对高昂的图画书的销售成为可能；与读图时代的阅读心理相关，直观的图像阅读更为轻松，图像或视觉化阅读成为一种主导性的文化景观；一批重视图画书阅读的有识之士大力推动，使得出版界和阅读界注重图画书，图画书逐渐成为亲子阅读的首要选择。21世纪初，彭懿的图画书论著《图画书：阅读与经典》上编介绍了图画书的概念和基本知识，下编介绍64种外国经典图画书个案，是较早的图画书理论著作，为图画书的引进、创作和评论都提供了重要指南。自1999年春风文艺出版社引进出版德国雅诺什的图画书系列开始，许多少儿出版社以及一些成人书籍出版社和民营出版商也竞相引进欧美国家以及日本和韩国等亚洲国家的优秀图画书，较成气候的图画书引进系列如明天出版社的"信谊世界精选图画书系列"、河北教育出版社的"启发精选凯迪克大奖绘本系列"和"启发精选世界优秀畅销绘本系列"、二十一世纪出版社的"凯迪克大奖系列"、少年儿童出版社的"麦田精选图画书系列"、贵州人民出版社的"神奇校车系列"以及民营出版"海豚绘本花园系列""蒲蒲兰绘本馆"和"蒲公英童书馆"的绘本系列等。此外，外国单个优秀作家和插画家形成的品牌图画书系也有集中的出版，代表书系如：美国的苏斯博士创作的"苏斯博士经典绘本系列"、斯坦·博丹和简·博丹夫妇创作的"贝贝熊系列"、理查德·斯凯瑞的"斯凯瑞金色童书系列"、莫里斯·桑达克的图画书系列等，荷兰的迪克·布鲁纳的"兔子米菲系列"和马克思·维尔修斯的"青蛙弗洛格的成长故事系列"、法国的约里波瓦和艾利施合作的"不一样的卡梅拉系列"、大卫·香浓的"大卫，不可以系列"，英国比阿特丽克思·波特的"比得兔的故事系列"、罗伦·乔尔德的"查理和劳拉系列"、大卫·麦基的"花格子大象艾玛系列"、迈克尔·邦德和佩姬·佛特南等创作的"小熊帕丁顿系列"，日本安野光雅"旅之绘本系列"、中江嘉男和上野纪子的"可爱的鼠小弟系列"等。

外国图画书的引进数量和品种蔚为壮观，展现了世界图画书丰富多彩的艺术风貌和创作手法，给中国读者带来了精彩纷呈的视觉盛宴。

外国图画书源源不断的译介也刺激了中国原创图画书的发展，一些专业少儿出版社先后推出本土图画书创作系列，21世纪初有江苏少年儿童出版社的"'我真棒'幼儿成长图画书系列"、"'我在这儿'成长阅读丛书系列"、明天出版社的"小企鹅心灵成长故事系列"、北京少年儿童出版社的"李拉尔故事系列"、湖南少年儿童出版社的"儿童心灵成长图画书系列"、海燕出版社的"棒棒仔心灵之旅图画书系列"等,这些图画书系列都围绕一个与培养幼儿的性格、情商、心灵等相关的主题来吸引儿童教育者。为了鼓励华语原创图画书发展,日本图画书出版家松居直发起创办了中国第一个图画书奖是"小松树奖",虽然只办两届,但激起了业界对于这一文学类型的重视。2009—2010年先后诞生了两个重要的华语图画书奖项——丰子恺儿童图画书奖和信谊图画书奖,旨在推广优秀的华文原创儿童图画书及表扬为儿童图画书做出贡献的作者、插画家和出版商,让更多孩子看到从中国文化中孕育而生的原创作品,在自己的语言文化中成长。在打造中国本土原创图画书方面,专门的幼儿图画书刊物功不可没,隶属于江苏少年儿童出版社的《东方娃娃》(1999年创刊,周翔主编)在外国图画书的引进和原创图画书的出版方面双管齐下,注重图画书作者的培养和引导。它于2005年1月率先推出下半月"图画书刊",主要推出引进作品,后期开始力推本土原创作品。全国妇联创办的《超级宝宝》杂志(2006年创刊,保冬妮主编)是专门的图画刊,着力于推出原创作品、介绍中国文化。中国少年儿童出版社的《幼儿画报》也致力于本土原创图画书的精品出版。近10年来,中国原创图画书在外国图画书的刺激下开始崛起,既有单部作品,也有系列化的规模,如明天出版社的"信谊原创图画书系列"和"绘本中国系列"、清华大学出版社的"中国名家经典原创图画书典藏书系"、新疆青少年出版社的"故事中国原创图画书系列"、天津人民出版社的熊亮等创作的"情韵中国"绘本系列、接力出版社的"彭懿原创图画书系列"等。引进外国优秀作品、推动本土原创、推广亲子图画书阅读构成了轰轰烈烈的"图画书运动",成为21世纪中国儿童文学界一道引人入胜的风景线。

综观改革开放以来译介的外国儿童文学作品,体裁、主题、风格上都呈现出多样化甚至新锐化的趋势。在21世纪初,引进出版的重心由之前对世界儿童文学经典作品的再版开始转向20世纪出现的更为丰富的现代题材,现实主义、浪漫主义、现代主义甚至后现代主义(如采用后现代主义表现手法的图画书)的作品都被纳入引进板块。这些引进作品张扬人文思想、游戏精神、生态主义或科幻风采,多方位地展现当代外国儿童文学作品的童年精神、成长意旨、文化内涵和审美趣味,为中国本土儿童文学思想和艺术的丰富与更新注入了活力。

然而,在这种译介出版的繁荣背后,也存在一些偏颇或失误。一是对于经典儿童文学作品的重复翻译出版现象严重,由于这些经典作品的知名度能保证市场盈利的稳定性,所以许多出版社都会青眼有加,但是这种重复选题造成资源浪费,而且各种译本水准不一,改头换面的抄袭之作鱼目混珠,而一般读者难以甄别。二是缩写本和改写本现象问题重重,在对原著的删减和改动中,大多无法把原著的精髓真正表现出来,甚至还存在扭曲原著的弊病,大大减损了原著本来的思想和艺术魅力,这样的译介传播势必会影响读者对原著的接受和领会。三是国别涉猎不够全面,从引进的文学作品的国别来看,由于受到语言方面的限制,翻译的儿童文学语种主要为英语、法语、德语、日语、韩语等,即多为主流或发达国家的儿童文学作品,而对于其他语种和国家(包括经济不发达但文化创造有其特色的第三世界国家)的儿童文学作品尚未给予充分的关注。少儿出版应注重国别的扩展,把更为多样的世界文化、儿童文学作品带给儿童,是培养具有开放、平等、宏阔视野的世界公民的重要途径。四是大量译介出版的作品体裁有所侧重,童话、小说等

叙事类作品几乎一统天下，而对于外国儿童诗歌的译介屈指可数，除了英国诗人斯蒂文森的《一个孩子的诗园》、英国诗人爱德华·李尔的《荒诞诗》、美国诗人谢尔·希尔福斯坦的幽默诗集《阁楼上的光》、日本金子美铃的抒情童谣《向着明亮那方》等凤毛麟角的几部诗集，其他诸多外国儿童诗集的译介鲜有涉及。儿童诗歌译介这一多年来难以改变的"冷遇"跟诗歌本身的艺术特性相关，诗歌的翻译难度大，富有韵律的诗歌语言很难贴切地转换成另一种语言，即难以完美地呈现原语言之美；偏向于抒情的诗歌由于没有童话、小说那般引人入胜的情节而难以吸引儿童读者。诗歌译介的冷遇还跟时代语境相关，在文化和阅读快餐化的时代，趋向于"雅"和"静"的诗歌阅读被边缘化，受利益驱动的出版社对于诗歌的阅读市场缺乏信心，因此选择回避这一很可能会"赔本的买卖"。不重传播意义而只倚重经济效益的出版状况不利于儿童文学（尤其是"曲高和寡"类型）真正高质量的传播。

除了引进大量外国儿童文学作品，在21世纪，学界更为自觉地开辟儿童文学理论译介园地（我国台湾地区对于外国儿童文学理论的译介早于大陆），引进外国儿童文学理论著作，给中国儿童文学学术研究提供新的借鉴资源。所译的理论著作主要来自儿童文学研究成果众多并且居于前沿的欧美国家和亚洲的日本，出版了一些重要的西方儿童文学理论译丛，如由方卫平主编、少年儿童出版社出版的"风信子儿童文学理论译丛"，论及儿童文学的乐趣、童话与神话、儿童文学与电影、儿童文学的多种前沿理论等；由王泉根和澳大利亚学者约翰·斯蒂芬斯共同主编、安徽少年儿童出版社出版的"当代西方儿童文学新论译丛"，涉及语言和叙事理论、修辞学、文化学、女性主义、精神分析理论等。此外，随着图画书的升温，多种外国图画书理论著作也在持续译介。西方学者阐释儿童文学的理论立场和方法给中国儿童文学研究开拓了新视野，但是对于这些外来理论的运用不能生搬硬套地移植，中国儿童文学研究需要在辨别、吸收外来学术资源的基础上开掘和建构自身独特的理论话语体系。

三、中国原创儿童文学的向外译介与跨国合作

国际性出版是推动中国少儿出版发展的重要因素。20世纪中国儿童文学与世界儿童文学的交流策略主要是"拿来主义"，采用的方式是"迎进来"，因此大量购买外国儿童文学作品的版权，引进出版外国优秀儿童文学来弥补本土创作的不足。改革开放之初，只有为数极少的中国优秀原创作品向外输出，如少年儿童出版社出版的童话《宝船》等成为首批输出日本的儿童文学，之后外文出版社的《叶圣陶童话选》也被译成多种外文输出版权。这一"单向性"局面在21世纪得到了"双向化"的改善，即不仅在引进方面继续加大马力，而且也在输出方面有重要突破。海飞指出改革开放30年中国少儿出版的一大变化是："我国的少儿出版一直坚持从改革中开放，在开放中改革，从封闭走向开放，从引进走向输出，成为具有一定国际影响力的大国形象的开放性出版文化产业。"①随着对外开放与合作的不断深入，中国少儿出版更广泛、充分地进入世界少儿出版圈，中国原创儿童文学优秀作品力争走出去成为创作界和出版界的一个文化使命和迫切追求，并且已经初现战果。商务部、原文化部、原广电总局、原国家新闻出版总署的"国家文化出口重点项目"、国务院新闻办的"中国图书对外推广计划"、原国家新闻出版总署的"经典中国国际出版工程"等项目也资助出版中国优秀儿童文学作品的对外输出。如2009年，浙江少年儿童出版社的"绘本中国故事系列"被列入原国家新闻出版总署"法兰克福书展中国主

宾国图书翻译出版资助项目"并亮相法兰克福书展。②越来越多中国作家的作品开始走向世界，一大批优秀长篇小说（如曹文轩的成长小说《草房子》《青铜葵花》、黑鹤的动物小说《黑焰》、祁智的乡土小说《小水的除夕》，校园题材小说有黄蓓佳的《我要做好孩子》、秦文君的《男生贾里》《女生贾梅》、杨红樱的"淘气包马小跳系列"等）的版权输出到欧美和东南亚等国。一些优秀的原创图画书也输出国外并且取得了很好的影响力，如《东方娃娃》杂志旗下的《东方宝宝》多部原创图画书的版权输入英国、越南等，《团圆》（余丽琼文，朱成梁图）的英文版荣登 2011 年《纽约时报》"最佳儿童图画书"排行榜，这是中国大陆首部入选此排行榜的原创图画书。中国儿童文学的版权输出从之前多集中在新加坡、马来西亚等东南亚汉文化圈，开始转向进军欧美图书市场。

近些年，中国儿童文学国际出版的又一个新动向是儿童文学创作者之间的跨国合作，这尤为突出地表现在图画书领域，典型个案如：由日本松居直撰文、中国蔡皋绘画的《桃花源的故事》，由中国作家曹文轩撰文、巴西插画家罗杰·米罗绘画（两位国际安徒生奖得主共创）的《羽毛》《柠檬蝶》，曹文轩和旅居英国的华裔插画家郁蓉共创的图画书《烟》以及秦文君与郁蓉合作的图画书《我是花木兰》，由白冰撰文、贝尔格莱德国际插画奖"金钢笔奖"获得者阿明哈桑·谢里夫绘画的《大个子叔叔的野兽岛》等，都展现了不同凡响的艺术成就，取得了普遍的赞誉，是跨国合作的成功案例。蒲蒲兰绘本馆策划出版的"祈愿和平——中韩日三国共创绘本系列"，包括中国姚红创作的《迷戏》，由蔡皋撰文、蔡皋和翱子绘画的《火城》，韩国李亿培的《非武装地带的春天》、日本田岛征三的《你能听见我的声音吗》等，表达了反对战争、呼唤世界和平的共同心声，而不同国家创作者所选择的题材、手法、风格呈现了各自的民族性，促进了国家之间的交流。2015 年，由 8 位中国儿童文学作家和 8 位新加坡儿童文学作家共同创作的《狮心图画书》在亚洲国际儿童读物节正式发行。2016 年，湖南少年儿童出版社的汤素兰图画书系列由新加坡、马来西亚的优秀画家联手打造。2017 年，余丽琼和法国插画家合作出版《姑姑的树》等多部图画书，由法国华裔叶俊良和法国友人合办的鸿飞出版公司以法语出版。这些跨国性质的不同文化场域创作者之间共创的作品，为作品的跨国出版奠定了基础，增强了国际吸引力。

日益加速的经济全球化进程促发童书的国际出版寻找更为多样和深入的合作模式。天天出版社于 2010 年启动了"中外出版深度合作项目"，这是一项整合中外作家、插画家、译者和顶级出版机构等优质资源的合作计划，由人民文学出版社和外国顶级出版社牵头，邀请中国和外国两位优秀作家以同一题材和同一体裁进行创作，并请两国翻译家与插画家为对方国家的作品进行翻译和配图，将两部作品装订成一本完整的图书，分别以两个国家的语言在各自国家出版发行，在一本书中实现跨语种、跨国界、跨艺术形式的立体演绎。③首个合作的国家是西方文明古国希腊，选择希腊儿童文学名家尤金和中国作家秦文君进行合作；2012 年，作为中瑞出版深度合作的项目之一，瑞典作家马丁·维德马克和中国作家曹文轩进行同主题创作。这类跨国合作是在版权贸易之外，对中外文化交流模式的创新。中国多家出版社尝试与外国出版社开展通力合作，如江苏凤凰出版传媒集团依托美国、法国、澳大利亚等国的相关出版社构建国际交流平台，迄今已向北美、英、法、澳批量输出中国童书百余种。在"一带一路"倡议的指引下，国内多家实力雄厚的出版社也与一些沿线国家的出版社建立合作关系，策划双方国家的童书出版，增进彼此间的文化交流。总体而言，相比西方国家经典或畅销儿童文学作品在中国的销量，

新中国儿童文学

中国儿童文学在欧美国家的市场还是较为有限,这与销售途径不足、存在文化隔膜有关,也与西方发达国家对于来自"第三世界"国家的文化产品存在的歧视和偏见有关。随着中国经济和文化实力的增强和中国儿童文学本身水准的提升以及营销方式的改善,这一国际传播情况当有所好转。

中国儿童文学迟迟未能大幅度地走向世界,一方面是因为作品本身的水准与世界优秀儿童文学之间存在差距,另一个客观因素在于语言形式,由于中文不是世界各国通用语言,必须通过翻译成他种语言才能进入其他国家,这势必会影响对外传播。为了将中国儿童文学推向世界,除了向外输出作品版权,一些出版社还主动出击,将一些优秀原创作品在国内译成英文向世界传播,或采用双语出版以增进国际交流。值得一提的是,儿童文学的学术著作的国际出版以往是引进翻译外国著作,鲜有将中国儿童文学理论译成外文输出。朱自强的《黄金时代的中国儿童文学》（*Chinese Children's Literature in the Golden Age*）是第一部兼容中文和英语译文两种语言的学术著作,配上英语译文的主要目的是向西方介绍中国儿童文学优秀作家作品,有利于推进中国儿童文学在西方世界的传播。作者运用文学史、文学理论和文学批评的三重眼光,选择构成儿童文学主体部分、成绩最为显著的幻想儿童文学、写实儿童小说作重点论述,也论及儿童诗歌以及新兴的图画书创作门类,梳理了改革开放以来中国儿童文学发展的主要脉络和代表作家作品的思想艺术风貌及其贡献,为世界了解中国儿童文学打开了一扇简明之窗。

进入21世纪,中国儿童文学多向性的国际交流活动也风生水起,举办了多个儿童文学国际学术会议和国际儿童书展。2006年9月20日—23日在澳门召开的"国际儿童读物联盟第30届大会",会议主题是"儿童文学与社会发展",共有来自54个国家的500多位代表出席会议。这是有史以来中国举办的规模最大的儿童文学国际学术会议,并举办了亚洲儿童图书展、中国少儿精品图书展等10个展览,显现了中国少儿出版的强大实力。此外,中国曾于2002年、2010年分别在大连和金华举办了第六届、第十届亚洲儿童文学大会,推进亚洲各国儿童文学创作界、出版界、研究界的学术交流。随着中国童书出版的实力和自信的增长,行业参与意识也更加强烈,越来越多的中国少儿出版社跻身于法兰克福、博洛尼亚、伦敦童书展,了解国际少儿出版动态,也推广自身出版的读物。中国举办的国际儿童书展主要设在上海和北京,促进中国童书更大范围地走向并影响世界。2013年11月举办了第一届上海国际童书展,被中国童书出版机构视为文化走出去的重要台阶。2014年第二届上海国际童书展产生了一个重要举措:将1981年起设立的"陈伯吹儿童文学奖"升级为"陈伯吹国际儿童文学奖",这是一个具有开拓意义的尝试,填补了此前中国儿童文学领域缺少国际性儿童文学大奖的空白。升级后的这一奖项除了评选图书和单篇作品,还增加了对促进中外儿童文学、儿童出版交流有突出贡献者的奖励。

四、结语

综上所述,改革开放以来的40年,中国儿童文学的创作和出版逐渐培养起宏阔和前沿的国际视野,国际出版蓬勃发展、成果斐然,已从简单的版权引进与输出,逐渐升级为经济全球化背景下的合作出版。"世界正在变成'单一之地'的这一观念意味着敞开全球合作的可能性并进行整合的过程;全球化话语期待给全体带来更大的自由、平等和繁荣。"①其中,"儿童文化产品的生产、市场营销和传播是全球资本流通和消费与文化的跨国网络整合而成的系统的一部分"。⑤中国作为正在崛起的童书大国,日益显示出令世界瞩目的力量,以最能跨越国界、融通人心的儿童文学这一艺术载体来促进国际文化交流,形成了儿童文学国际出版多元共生的新格局,推动全球儿童文化产品丰富而迅速的流通进程,促成国际少儿出版界跨文化的互惠和共赢。

[注释]

①海飞:《走向少儿出版大国——少儿出版改革开放30年的四大变化》,《中国出版》2008年第10期。

②孙建江:《探路数字时代全球合作新战略》,《中国图书商报》2010年8月27日。

③"中外出版深度合作"项目启动开创新模式.http://www.chinanews.com/cul/2010/08-31/2503256.shtml

④⑤ Bullen, Elizabeth, Mallan, Kerry. "Local and Global: Cultural Globalization, Consumerism and Children's Fiction" [C]. Mallan, Kerry & Bradford, Clare. eds, Contemporary Children's Literature and Film, New York: Palgrave Macmillan, 2011:59,76

(原载《中国出版》2018年第11期)

曹文轩儿童文学作品在英语世界的译介与阐释

惠海峰

　　曹文轩以《山羊不吃天堂草》（1991 年）一举成名，1997 年的《草房子》将他的声望推到了一个新的高度，2005 年出版了巅峰之作《青铜葵花》，该书仅在 2017 年就售出 70 万本，总销量为 350 万本。①曹文轩于 2016 年获得在儿童文学界被称为小诺贝尔奖的国际安徒生奖，成为我国历史上首次获此殊荣的作家。在曹文轩作品走向世界的过程中，译介起到了相当重要的作用：《青铜葵花》英文版于 2015 年首次在英国由沃克公司（Walker Books）出版，2016 年曹文轩获国际安徒生奖，2017 年在美国由烛芯公司（Candlewick Press）出版。英文版的出版为曹文轩获安徒生奖铺平了传播的道路，而获奖进一步有力地推动了其作品在国际上的传播。目前，曹文轩的作品已经输出到 50 多个国家和地区，被翻译成英、法、德、意、日、韩、希腊、瑞典等多种语言。②纵观曹文轩作品国际化的过程，版权输出、翻译、获奖、推介环环相扣，可谓中国儿童文学走出去的范例。

一、译出之路：版权代理人与译者

　　一般来说，中国作品走向世界有两种渠道：一种是由我国出版社自行出版并向海外发行，另一种是通过版权输出的方式将版权卖给国外知名出版社，由对方出版发行。曹文轩作品英译版最初走的是第一条道路。2006 年，他的代表作《草房子》在美国有两个英文版出版：一是长河出版社（Long River Press）的英译版，二是夏威夷大学出版社（University of Hawai'i Press）的英译版。长河出版社是 2006 年中国外文局收购美国的中国书刊社后成立的一家出版社，也是中国在美国本土注册成立的首家出版机构，其宗旨是与"国内出版机构广泛合作，以多种形式向世界介绍中国，为真正实现中国出版'走出去'发挥作用"。③而夏威夷大学出版社出版了多部与中国文化有关的著作，如著名汉学家蔡宗齐的《比较诗学结构：中西文论研究的三种视角》等。这两家出版社在美国都不算是主流出版社，在儿童文学界影响更是十分有限，以至于曹文轩的这两个英文版都被忽视了，甚至 11 年之后烛芯出版社在其网站上对《青铜葵花》的介绍中声称该书是曹文轩第一本被完整地翻译成英语出版的小说。无独有偶，《学校图书馆月刊》（School Library Journal）在介绍烛芯版时也幽默地说："让我们现在来看看世界上据说是最有名的中国儿童作家曹文轩，他在 2016 年获得国际安徒生奖，以表彰他一生对儿童文学做出的巨大贡献。那么在美国我们可以读到曹文轩的哪些书呢？零，零，零，还是零……等等，现在不是零了。《青铜葵花》刚刚在美国出版了。"④年的两个英文版都石沉大海，说明了中国文学作品在海外，尤其是在儿童文学这样一个竞争相对更加激烈的领域，第一条道路很难走通。没有知名出版社的声誉作背书，没有成熟发达的发行和营销渠道，很难把作品成功推介到其他国家。

　　2011 年，著名版权代理人姜汉忠受江苏少年儿童出版社委托，代理《青铜葵花》的英文版权。姜汉忠先与美国代理公司联系，但最终被拒绝，于是转而与英国代理商布克曼接洽。几经挫折之后，布克曼拿着一位英国人写的一页半的审读报告与9家出版社联系，最终将版权卖给了沃克出版社，中方则申请了中国图书对外推广计划的资助来支付了一半的翻译费用。⑤这一经历说明美国童书市场进入更为不易：美国儿童图书行业商业化十足，倾向保守，偏好本土作品以及来自其他英语国家的作品，对翻译作品的兴趣十分有限。2014年美国只有3%的出版物是翻译作品，其余均为英语作品；在全部翻译作品中，又仅有3%由中文翻译而来。⑥

在沃克出版社买下英文版权之后，翻译的过程也并非一帆风顺。首要任务是找到一位合格的译者。在这方面，我国的情况与世界其他国家差别很大。中国的英语教育相当普及，加上对英语图书的翻译量巨大，国内存在一个相当巨大的翻译市场，每年都有许多译作出版，这容易让我们误以为在其他国家想找到一名合格的译者应该也比较容易。实际上，在英国找到一位有能力重现原作魅力的译者，尤其还是一本儿童文学作品，远非易事，甚至没有太多可以挑选的余地。根据《青铜葵花》译者汪海伦女士的回忆，出版社最开始物色了一位女译者，但是她最终退出并推荐了汪海伦，而汪海伦在此前仅翻译过一本中文作品，即沈石溪的《红豺》。甚至沃克出版社负责此书的编辑爱玛·利德伯里（Emma Lidbury）也是第一次负责中文图书的英译，可以说双方在中文图书的英译上都缺乏经验。⑦出版社这一方都没有懂汉语的员工可以对照汉语来检查译文的质量，翻译质检只能通过参照法文版。⑧与国内相比，沃克出版社的翻译人员配备极为寒酸，校对的程序也远非完善。然而，汪海伦是一位非常有责任心的译者，中文功底也很深厚。她既能发挥英语作为母语的优势，译笔流畅，又熟悉中国儿童文学作家的写作风格，对原作的叙事特点与艺术风格有深层次的感悟。第一章按照出版社的要求非常忠实地进行了翻译，进度非常缓慢，后来慢慢地顺畅起来。⑨时至今日，汪海伦已经是经验颇丰的译者，她翻译了6部曹文轩的小说，以及马原、石康、余华、张辛欣、王早早等十几位作家的30多部作品。

二、翻译挑战：中国的叙事传统和文化传统

关于翻译的本质和策略，学术界已有相当深入的研究，而儿童文学作品的翻译又有着自身的独特性，本文这里主要分析曹文轩儿童文学作品译介的特殊性。尽管曹文轩作品众多，但被译为英文出版的仍是少数，而最具代表性、在国外影响最大的是《青铜葵花》，这也是他在国外获奖的主力作品。其他小说，包括在国内齐名的《草房子》，目前在国外的影响仍处于积累期，因此本文以《青铜葵花》为例展开分析。《青铜葵花》的译者是英国著名汉学家汪海伦（Helen Wang）。她居住于伦敦，是大英博物馆东亚钱币研究员，主要从事丝绸之路货币研究。汪海伦在伦敦大学亚非学院学习中文并获得考古学博士学位。20世纪80年代她在中国留学，后来嫁给了一位旅居英国的中国学者。⑩

从译者的翻译体验来看，《青铜葵花》的翻译中一个非常突出的现象是中文的重复和排比。汪海伦在接受多家媒体采访时反复提到这点："中国的叙事有一些特点在英文中不太被接受——重复，大量的副词、形容词和暗喻，以及排比。翻译既需要忠实于作品和作家，同时也需要将作品以读者能接受的方式呈现给他们。"⑪类似地，她在谈及沈石溪的《红豺》的翻译时也说道："我没有往译文里加入任何细节。如果真的做了什么改动的话，反倒是删减了一些文字以避免重复。"⑫烛芯出版社的范·杜森（van Dusen）女士的话也印证了这点："曹文轩的作品带有典型的中国作家的风格，散漫（meandering），时有重复。"⑬

"散漫"（meandering）一词还多次出现在亚马孙和其他评论网站对曹文轩作品的描述上。"散漫"并非仅仅是对文字风格的描述,在更为宏观的层面上还反映了中西方叙事模式、文体风格和修辞特点这三个方面的差异。曹文轩的小说在国内往往被打上"纯美"的标签,这既是对小说主题的肯定,同时也是对其优美散文风格的褒扬。小说中有大量优美的写景描写,这是中国散文的一大特色,也是语文教学的重点之一。优美的景物描写是中国读者从小就培养起来的阅读兴趣和敏感点,但在景物描写时,叙事时间被暂停了。叙事理论根据文本叙事时间的速度将文本分为以下类型:场景(叙事时间等于话语时间),概述(叙事时间大于话语时间),特写(叙事时间小于话语时间),省略(话语时间跳过部分叙事时间),景物描写(话语时间继续,叙事时间暂停)。③在场景描写中,文本的话语时间在继续,读者需要真实的阅读时间来完成对文本的阅读,但对故事事件的叙述暂时被定格。西方现代大众小说讲究叙事紧凑,叙事进程较快,以达到吸引读者的目的,故而景物描写尽可能不占太长的篇幅和话语时间,因为景物描写需要暂停故事,打断了叙事进程。因此,在西方读者看来,带有大量景物描写的中国小说难免让人觉得不够痛快,叙事性不强。范·杜森女士说的"散漫",应该主要是这个意思。《学校图书馆月刊》的评论中使用了"松散"(episodic)一词,基本上也是此意。小说在叙事过程中不时停下来对景物进行描写,中国读者看来可能是优美的,在西方读者看来不免有散漫之嫌。汪海伦还总结道,中西方小说叙事性差别很大,中国小说往往提供更多的信息,更多使用重复,这点英语读者不太习惯,而翻译的挑战之一在于如何翻译叙事性。⑤中西方对叙事性的理解和评价有所不同,阅读期待也有很大差异。从比较文学的角度来看,这些差异无关优劣,而是中西方叙事传统的差异。

如果说"散漫"一词主要是指叙事模式,那么汪海伦提到的"重复"一词则主要是指文体风格。她在接受采访时谈道:"中国小说有着不同的节奏、张力,对某些语言手段(如重复)有着不同的容忍程度。"⑯中文散文以字为单位,音律整齐,讲究排比与对称,长短句交错,短句以四字成句尤为常见,有时也夹以三字短语,参差交错,产生了有规律的节奏感,这些都是散文之美的文体因素。中文常运用重复和排比来达到音律上的美感,不少四字词本身就是 AABB 或 ABAB 的结构。相比之下,英文单词音节数不定,句子的音律常跨越单词单位,更多的是与音节和轻重读群落有关。在中译英的过程中,重复和排比往往难以完全通过英文的文体手段再现——不是英文修辞中没有重复和排比,而是这类手段普遍使用频率较低,过多使用有矫揉造作之嫌,这点与重复和排比手法在中文的全局性使用情况不同。在用词和短句的局部微观层面,完全一样的称为重复,类似的则为排比;有意为之的多属局部的修辞手法,而无心为之却时常出现,深入文字骨肉之中,构成作家文风特征的则可归入文体。四字短语(既包括成语也包括临时成句)是中文产生节奏感的主要文体手段之一,是音律与意义的完美结合。英文的节奏感则主要依靠轻重读音节的成群,尤其是三音节和四音节群落,因此其节奏感往往跨越单词单位,与语义不一定总能重合。中英文在修辞和文体层次的节奏感运作方式迥异,给翻译带来了挑战。两种语言对重复和排比的容忍程度,反过来也可称为欣赏程度或预期程度,也完全不同。

翻译不可避免地会涉及文化。丹尼尔·哈恩(Daniel Hahn)在采访中直接问道:"《青铜葵花》对你的读者来说是一个完全陌生的世界。你觉得有多少文化、历史或是背景的东西是译文需要解释的?"汪海伦的回答可能出乎许多读者的意料:她认为,没有太多需要解释的地方,只有在需要用音译来保留原文的地方才加以解释(例如粽子),但这种情况并不多见。哈恩紧接着问道："将英语读者带到一个不一样的世界——这是你翻译的目的吗？或者说开阔眼界仅仅是第二位的，最重要的目的还是阅读快感，例如精心构造的情节和可爱的人物，也就是最常见的、任何好书都应具有的那种品质？"汪海伦用一句感叹句来回答："哦，是故事！……至于开阔眼界，老实说，我们对中国文化的了解实在是太缺乏了。英语国家有多少人听说过中国作家、诗人、艺术家或音乐家，无论是历史上的还是现代的？著名的故事、小说、戏剧、诗歌、绘画、音乐作品呢？也不多。这意味着（小说中）几乎所有对中国文化的指涉都需要解释、注解，或是干脆被跳过。如果你总是在不熟悉的文化典故上磕磕绊绊，你就失去了叙事的魅力。"⑰

但这并不意味着译者汪海伦对中国文化没有兴趣。恰恰相反，她参与成立了中国文学海外推介网站"纸托邦"，2016年还与她的两位同事一起创设了名为"面向年轻读者的中国图书"的资源网站，这些都是她为推广中国文化所做的无私奉献。这里，我们应该把西方译者的职业精神和他们对中国文化的浓厚兴趣分开。翻译是一项工作，不应让私人兴趣介入其中。尤其是在英国翻译中国儿童文学作品这样缺乏前例且具有较大市场风险的情况下，更应该以最好的职业精神来完成这项工作。

三、社会接受：媒体评论与推介

目前，西方的文学批评界，包括儿童文学批评，尚无专门研究曹文轩及其作品的学术性文章或专著（章节）。以国际儿童文学研究学会的会刊《国际儿童文学研究》为例，自2008年到2018年共发表136篇研究论文，其中有4篇关于中国儿童文学的文章，2篇来自中国学者，但没有一篇是研究当代中国儿童文学的。

在西方学术界普遍缺乏对曹文轩的研究的情况下，书评性报刊和网站对《青铜葵花》的评论为我们了解西方对该小说的阐释提供了重要的窗口。文学作品出版不是孤芳自赏，报刊媒体的评论和推介十分重要。《青铜葵花》出版后，出版社邀请了主流儿童文学评论报刊和网站对该小说进行评论。这些评论并非一味示好，而是在深度阅读之后给出的中肯评论。这些评论报刊和网站大致可以分为三类：以《角书》（The Horn Book）和《学校图书馆月刊》为代表的儿童文学评论报刊，以《出版商周刊》《柯克斯评论》为代表的出版/书评类报刊，以及以《纽约时报》《华尔街日报》为代表的大众型报刊的读书栏目。沃克出版社将这些评论的精华挑选出来发布在《青铜葵花》的宣传网页上。

《角书》评论道："作家没有逃避那些让人心碎的事件，如饥荒、风暴，以及失去挚爱亲人的痛苦，写出了感人甚至有时真诚到让人吃惊的故事。译者王女士很好地完成了保留原作文体风格这一艰难任务，她的译文具有很好的可读性。"⑱《角书》的评论突出曹文轩的创作风格，并以否定句式强调了这部中国儿童小说在主题选择上与西方传统的差异。它对该小说的阐释和宣传突出了中国儿童文学作品的差异性。

《学校图书馆月刊》评论道："小说以抒情诗般的散文描述了优美的风景，成为这部松散（episodic）的小说中最突出的特点。故事发生在中国的'文革'时期……这部作品优美地描述了一个时空，这在儿童文学中并不常见，吸引读者去购买和阅读此书。"⑲评论突出了作品中的优美风景和唯美文体，这与国内评论对小说"纯美"的主流解读基本一致。同时，评论通过直接点明背景和间接暗示"儿童文学中并不常见的时空"，强调了"文革"背景，试图抓住那些具有猎奇心理的读者，这也是西方读者对中国小说一直以来的兴趣点。"文革"时期是中国近代史上一段较为特殊的时期，具有明显的政治和意识形态意义，这

新中国儿童文学

点往往被西方国家扭曲、宣传、夸大，成为抹黑中国的常用手段，因此西方读者对于"文革"的兴趣既是西方国家长期以来培养出的阅读兴趣，同时也是一段时期内中国与其他国家文化交流不够留下的文化真空，因此也是我国扩大国际交流和走向世界所需要妥善处理的国家形象问题。但是，对待文学作品中的"文革"背景问题，不能采取简单化、标签化和刻板化的解读方式，而是需要深入文本具体理解，同时还要注意到西方对"文革"的理解存在微妙性和多元性。"文革"时期对于曹文轩的这部小说更多的是作为时间背景设定，而几乎没有作为主题和事件出现过。"文革"时期以及"文革"以前对于作家曹文轩来说是他的儿童时期和成长时期，是作家人生经历的重要部分。用曹文轩自己的话说，比起"想象力"，他更重视"记忆力"。他多次提及自己多年来一直坚信的创作理论："写作永远只能是回忆；写作与材料应拉开足够的距离。"[⑩]关于"文革"，他坚称，"文革""只是"他的书的"背景"，不是"主题"。当届的评委吴青教授也说："那个时期的很多历史被歪曲了，所以孩子们了解过去的真实情况很重要，曹文轩从人性角度描绘那个时期。他没有提到任何政治口号。他从自己的经历出发去创作。"[㉑]西方媒体评论为了追求市场推广，有时故意含糊其词，不提"文革"背景在作品中的具体作用，只是把"文革"一词当成吸引眼球的促销关键词。烛芯出版社的范·杜森女士则在宣传中采用了较为含糊的口吻，但仍然强调了"文革"这一文化和历史要素："《青铜葵花》读起来像是一部经典小说，但它从一个孩子的视角提供了一扇通往"文革"的窗口。"[㉒]而佐伊则较为客观地指出："小说的'文革'背景并不突出。"[㉓]为客观且深入的评论来自《学校图书馆月刊》的伊丽莎白·伯德："最开始读这本书时，我吃惊地发现这是一本历史小说，更准确地说，是一本'文革'晚期的小说。以前我在纽约公共图书馆工作时，曾经有位特别厌恶'文革'的中国同事，倒不完全是因为'文革'对她的家人或本人造成了什么伤害，而是因为每当新出版了一本有关'文革'的儿童图书，图书馆就会要求她来写个阅读推荐报告。她无不正确地指出，只要是关于中国的中年级儿童小说，写的要么是神话和民俗，要么就是关于'文革'。我现在已经不和她在一起直接工作了，但我相信她会很高兴读到这本《青铜葵花》。"[㉔]西方对于"文革"的痴迷和偏执，由此可见一斑。

《出版商周刊》（Publisher's Weekly）是出版界和书评界一份相当有名气的报纸，它对《青铜葵花》给出了星级评论。该评论发表于2016年12月，突出了曹文轩获得国际安徒生奖这一吸引眼球的新闻。评语点明了主题和人物，是一份非常中规中矩的书评。而《书单》（Booklist）也是一份书评报刊，也给出了星级评论："青铜和葵花的家庭都十分善良，反映了中国重要的文化价值观念，包括孝、尊老、勤劳和对教育的重视，以及面子的重要性。这本不容错过的小说提醒读者，无论生活处在何种境地，都要对家庭和爱报以感恩之心。"[㉕]论强调了小说的道德教育意义、中国特色，以及重视阅读的社会功能。《柯克斯评论》也给出了星级评论："汪女士将国际安徒生奖得主曹文轩先生的悠闲散文成功地译为英文，小说抓住了乡村生活的欢乐与艰难现实……尽管看似理想化，但小说及其主人公反映了儒家以孝为先和以国为大的价值观——这正是中华文化的基石。所有读者都能在这里找到欢笑、悲伤和满意。"[㉖]

《纽约时报》和《华尔街日报》则属于第三类杂志，它们对小说的评论都突出了普遍性主题。《纽约时报》认为"阅读（青铜和葵花的）冒险将读者置身于中国的农村——既有好的，也有不好的一面。他们的日常生活环境尽管与美国孩子们不一样，但情感和人际关系却是永恒的。"[㉗]《华尔街日报》："这部生动易读的小说抓住了独特的时空以及永恒的苦与乐的瞬间,适合所有 9 岁到 12 岁的孩子们在家里大声朗读。"③如果说前面多数评论强调的是中国文化的独特之处来吸引读者的好奇心,那么这两份评论则是通过强调小说的永恒主题来拉近与读者与异域小说的距离,途殊而归同,都是为了吸引读者。

总体来说,英语国家对《青铜葵花》的评论大致是正面的,都认可了这部作品叙事的成功,肯定了故事的主题价值,称赞了曹文轩唯美的文风,并对小说的价值观和道德教育意义持肯定态度,这对小说在英语国家的推广无疑是相当有利的。

四、国际安徒生奖:文学奖项的文化政治学

文学奖项在文学作品的流传乃至经典化过程中常起到奠定性作用,"获奖作品多少起到了以前经典作品的那种示范性"。⑨文学奖项作为社会文化发展的一个制度化、机构化产品,具有认可性和引领性权力,往往会对作家声誉和读者的图书消费选择产生重大影响。和莫言获诺奖类似,作为第一个获得有着小诺奖之称的国际安徒生奖的中国作家,曹文轩获奖对于其作品在英语世界的传播有着根本性影响。

那么中国作家为何 2016 年才能获奖? 又是如何能够获奖的呢? 除了作品本身的文学价值之外,国际安徒生奖的评选方式、标准和评委组成无疑对评选结果有着决定性的影响。笔者曾就国际安徒生奖的评选请教过国际儿童文学研究学会前主席、格林兄弟奖(国际上颁发给儿童文学研究最杰出的学者)得主约翰·史蒂芬孙教授。作为儿童文学研究领域多年的国际领军性人物,他表示对于评选过程和方式的了解也仅限于颁奖机构(国际儿童读物联盟,简称 IBBY)的官方网站,而网站对此的介绍十分简略:"国际安徒生奖表彰的是对儿童文学的终生成就,颁给为儿童文学做出重要、持久的贡献的作家和插图家"。IBBY 由各国分会构成,目前有 70 多个国家分会,会员包括作家、画家、图书馆员、大学教授、出版人、编辑、书商、媒体记者等。每次评选安徒生奖时由各国分会提交推荐名单,并从各国分会中遴选出 10 人组成评审委员会来投票表决。中国于 1990 年成立"国际儿童读物联盟中国分会",1994 年经新闻出版总署、中国版协同意,将分会划归中国版协少年儿童读物出版工作委员会一并运作,秘书处设在中国少年儿童新闻出版总社,现任会长是总社社长李学谦。可见,IBBY 的各国分会带有一定的官方背景。

曹文轩在 2004 年被中国分会推荐参与评奖,但最终铩羽而归。那么从 2004 年到 2016 年,是什么发生了变化使得曹文轩终获此殊荣? 在这 12 年间,既有作家本人的巅峰之作《青铜葵花》的问世和英文版出版,同时也是中国儿童文学走向世界的 10 多年,更是中国人在国际儿童图书组织开始具有发言权的 10 多年。

《草房子》是曹文轩在儿童文学界树立声望的奠基之作,出版于 1997 年,仅在 2016 年就售出了 120 万册,其英文版首次出版于 2006 年,但英文版少有国际读者关注,声名不显。2004 年曹文轩被推荐参评时,英文版尚未问世。不难想象,没有英文版的面世以及销量的成功,仅凭国内的声誉,很难在国际性大奖的评选过程中脱颖而出。约翰·史蒂芬孙教授曾在世界儿童文学研究大会上论及儿童文学研究的区域性特点时指出,国际学界关注到中国和非洲一些国家有着非常繁荣的儿童文学及其研究,但这个繁荣是内部的,区域性的,其内容和成果少为外部世界所知,说的就是这种情况。一个作家在本国无论有多么高的声誉和巨大的作品销量,如果没有国际版本和国际读者群,就很难为国际了解,更不用说是获得最高级别的国际奖项。《青铜葵花》于 2005 年出版,在国内积累了巨大的销量和声望。2011 年在法国由法兰西休闲出版社(France Loisirs)出版,2014 年

由德国龙舍出版社（Drachenhaus）出版，2015年由英国沃克出版社出版，2016年曹文轩获国际安徒生奖。一系列国际版本的接连问世说明了国际版本对于获得国际奖项的不可或缺性。

从2006年在中国第一次举办IBBY世界大会到2016年曹文轩获奖的这10年，也是中国儿童文学走向世界的10年，其间不是只有曹文轩一个人的作品在努力走向海外，而是整个中国儿童文学界的活跃动向。2006年中国办会时，世界各国的代表们还是带着新奇的眼光来了解这个占据世界人口五分之一的国家的儿童文学的境况，会上特别推出了一系列介绍中国作家和插画家的专栏，中国作品、中国声音借助这次大会得到了空前表达与关注，此后的10年，中外儿童文学创作、出版和专业交流的迅速扩大加深并很快成为常态。十分恰巧的是，2004年，国务院新闻办与原新闻出版总署启动了"中国图书对外推广计划"，国内出版社纷纷向海外输出中国优秀的儿童文学作品。中国少儿出版人频繁活跃在意大利博洛尼亚书展、德国法兰克福书展、伦敦书展等国际书展上。中国当代优秀儿童文学作品，如曹文轩的纯美文学，秦文君、杨红樱、伍美珍的校园文学，沈石溪的动物小说等作为中国原创儿童文学的代表被陆续译介到国外。正是有了这一股蓬勃的中国儿童文学走向国际的潮流，让世界逐渐了解了中国也有如此优秀的儿童文学。曹文轩作为这一股潮流中的领军人物被授予国际安徒生奖，也就不难理解。

在作家和作品国际化的过程中，中国话语也开始在另一个层面发声。少有人关注到，在曹文轩获国际安徒生奖的2016年，IBBY执委、中国少年儿童新闻出版总社国际合作总经理张明舟当选为IBBY副主席，这是IBBY历史上第一次由中国人担任副主席；同年，IBBY国际安徒生奖评选委员会历史上第一次吸纳了中国成员，来自北京外国语大学的吴青教授（冰心之女）当选为评委。而2018年的评委会主席帕特里夏·阿尔达纳（Patricia Aldana）也与中国有着密切的联系，自2013年起，她主要与中国少年儿童出版总社合作，购买中国的儿童文学版权，对中国儿童文学有着相当深厚的了解。终于，2016年的评奖委员会第一次迎来了对中国的东风，早已具备这一实力的曹文轩获奖。反观历史，2006年至2018年国际安徒生奖一共评奖7次（IBBY官网对评奖委员会的历史信息仅追溯到2006年），仅有一次是获奖作家在没有本国代表为评委的情况下获奖的。可见，中国儿童文学乃至中国文学要想走出国门，没有优秀的作家作品，没有活跃的出版人，没有在国际文化和其他机构具有话语权的专家，就不可能一帆风顺。

五、余论

曹文轩的儿童文学作品，有扣人心弦的故事，有优美如诗的文笔。从国外评论来看，其英译版本很好地保留了这些优点，正在逐渐为读者所了解。要想达到国内的畅销程度乃至成为世界儿童文学经典，还有相当长一段路要走。那么，一个老生常谈的问题是，民族的，是否是世界的？中国的杰出儿童文学作品，能否成为杰出的世界文学作品？许多评论家认为曹文轩的成功是建立在他对永恒的价值观和人性的深刻描写基础之上，在这个意义上，他的作品具有成为世界儿童文学经典的潜力。

[注释]

① Teri Tan, "*Bologna2018：A Talk with Cao Wenxuan*"，Publishers Weekly，Apr.5，2018.

②⑩孙宁宁，李晖：《中国儿童文学译介模式研究：以〈青铜葵花〉为例》，《中国矿业大学学报》（社科

版)2017 年第 4 期,第 75,76 页。

③赵霞:《曹文轩与中国儿童文学的国际化进程》,《当代作家评论》2016 年第 3 期,第 85,83 页。

④ Elizabeth Bird, Review of the Day:Bonze and Sunflower by Cao Wenxuan, ill. MeiloSo", School Library Journal, March30, 2017.

⑤姜汉忠:《〈青铜葵花〉英国英文版代理记忆》,《博览群书》2016 年第 2 期,第 111 页。

⑥袁博:《中国作家纽约书展"遇冷"不值炒作》,《文汇报》2015 年 6 月 10 日。

⑦⑪⑬㉒ Karen Springen, "The Growth of Chinese Children's Books", Publishers Weekly, Jan26, 2018.

⑧董海雅:《中国当代儿童文学在英语国家的译介模式探析——以曹文轩〈青铜葵花〉英译本为例》,《山东外语教学》2017 年第 5 期,第 90 页。

⑨⑰ Daniel Hahn, "An Interview with Award Winning Translator Helen Wang", Books for Keeps.Jan. 2017.

⑫ Avery Fischer Udagawa, "Guest Interview:Helen Wang on Children's Book Translation", Cynsa-tions, May 2015, https://cynthialeitichsmith.blogspot.com/2015/05/guest-interview-helen-wang-on-childrens.html.

⑭ Shlomith Rimmon-Kenan, Narrative Fiction:Contemporary Poetics, London:Routledge, 2002, pp. 54—55.这里的叙事时间是指虚构故事世界中流逝的时间,话语时间则是指文本话语讲述所需的时间,往往更方便地用读者的阅读时间来衡量,话语时间流速一般假定为是匀速的。

⑮⑯㉓ Toft Zoe."An interview with the translator of Bonze and Sunflower by Cao Wenxuan," Playing by the book, April 2015, http://www.playingbythebook.net/2015/04/27/an-interview-with-the-trans-lator-of-bronze-andsunflower-by-cao-wenxuan.

⑱⑲㉕㉖㉗㉘ Candlewick Press, "Bronze and Sunflower", http://www.candlewick.com/essen-tials.asp? browse=Title&mode=book&isbn=0763688169&bkview=p&pix=y.

⑳王利娟:《"写得不一样"的曹文轩——浅议曹文轩与国际安徒生奖》,《艺术评论》2016 年第 3 期,第 35 页。

㉑许钧:《文学翻译批评研究》,译林出版社 2012 年版,第 26 页。

㉔ Amy Qin:《把"文化大革命"写进童话的曹文轩:人性价值观永不过时》,《纽约时报》(中文版)2016 年 5 月 3 日。

㉙张荣翼:《"文学经典机制的失落与后文学经典机制的崛起"》,《四川大学学报》(哲学社会科学版)1996 年第 3 期,第 48 页。

（原载《小说评论》2019 年第 3 期）

新中国儿童文学

从艾萨克·沃兹到刘易斯·卡罗尔：
时代变迁中的英国维多利亚时期的童诗和童趣及其汉译

舒　伟

在特定意义上，有自觉意识的英国儿童诗歌肇始于清教主义。在进入近现代社会之前的漫长岁月里，儿童往往被视为"缩小的成人""预备劳动力""还未长大的人"，基本上是成人眼中的"他者"，长期以来受到成人社会的忽视，更遑论得到关注和研究了。进入基督教时代以后，尤其16世纪以来随着新教主义以及英国社会中产阶级的兴起，人们对儿童特殊精神状态的漠视有所改观。人们出于基督教的理念开始关注儿童心理，出发点自然建立在基督教原罪观念之上：儿童不仅是还没有长大的成人，更被看作具有邪恶冲动的，需要被救赎的个体，尤其儿童的灵魂应当得到救赎。清教徒（Puritan）一词源于拉丁文的"Purus"，出现在16世纪60年代，在英国是指那些要求清除英国天主教内旧有仪式的改革派人群。清教徒信奉加尔文主义，将《圣经》（尤其是1560年的英译本《圣经》）奉为唯一最高权威。清教主义者大多关注家庭生活，关注子女后代，尤其关注孩子们的精神和道德教育。正是在清教主义者注重儿童教育的理念之下，儿童图书成为独立的出版类型，主要包括实用性和知识性图书以及宗教训诫类图书。出于让儿童接受基督教教义的需要，人们开始关注儿童的读书识字教育。他们认为儿童读物能够影响儿童的人生，尤其是通往天国的人生。

基督教的天国想象对于此后的英国儿童诗歌和文学产生了深刻影响。清教主义者认为通过阅读可以使儿童幼小的灵魂得到拯救，以避免堕入地狱。"圣经和十字架"成为此时出现的奉行宗教恫吓主义观念的儿童读物的标志。在相当长的时期，挽歌式的诗歌作品成为儿童读物的主流。此外，为儿童读书识字和学习书写的读物往往采用《圣经》的内容。如Elisha Coles编写的拉丁语法Nolens Volens(1675)就按照字母顺序呈现《圣经》的重要用语。詹姆斯·简威（James Janeway，1636—1674）创作的《儿童的楷模：几位孩童皈依天主的神圣典范人生以及欣然赴死的事迹录》(1671) 成为清教主义儿童文学的代表作。它讲述的是几个圣洁的儿童在诚心诚意的祷告的狂喜中奔赴天国夭逝的事迹，呈现的是作者心目中的儿童楷模如何获得最崇高的命运，目的是告诫小读者，要他们努力效仿这样的人生楷模，如此才能体现对父母的爱心，才能保持圣洁的灵魂，才能免受地狱之火的煎熬，才能升上天堂。17世纪后半叶英国王政复辟之后，清教徒们把自己看作是英国社会中受压制的孩子，同时把这种受迫害的感觉转化为吐露心迹的文学叙述。班扬的诗歌及《天路历程》和布莱克的《天真之歌》《经验之歌》等诗作就是在这样的时代背景中产生的，是在纯真的一念童心和受到压迫的满腔义愤相互作用下迸发出的心声，也是比较接近现代儿童文学的读物。英国的儿童文学及儿童诗歌正是这样，在工业革命和社会变革的浪潮推动下，从清教主义的宗教式文学表达走向真正意义上的儿童本位的童年表达，并由此见证了维多利亚时期英国儿童文学的第一个黄金时代。

这一演变历程可以通过三首诗作形象地呈现出来。第一首是约翰·班扬的《蜜蜂》诗，第二首是艾萨克·沃兹的《小蜜蜂》诗，第三首是刘易斯·卡罗尔在对沃兹《蜜蜂》诗进行戏仿而作的《小鳄鱼》。由此可以明晰地发现从清教主义儿童文学到现当代英国儿童文学的主旨差异及其艺术表达特征。

一、从约翰·班扬的《蜜蜂》到艾萨克·沃兹的《小蜜蜂》

约翰·班扬（John Bunyan，1628—1688）家境贫寒，父亲是一个补锅匠，也是一个虔诚的浸礼教徒。班扬自学成才，其全部思想和文化知识几乎都来自《圣经》和《祈祷书》，以及结婚时妻子带过来的两本宗教书籍《普通人进入天堂之路》和《如何践行虔诚之道》。他的《天路历程》就是一部通俗文学化的经文布道，而且吸收了当时民间流行的世俗浪漫传奇因素和讲述手法，拓展了始于中世纪的寓言传统。尽管这是一部为成人写的宗教寓言，但它在艺术手法和表现形式上却与英国儿童文学产生了密切的关联。在特定意义上，《天路历程》的宗教寓言开端预示着《爱丽丝漫游奇境》的童趣化开端。下面是班扬的诗作《蜜蜂》：

> 蜜蜂飞出去，蜂蜜带回家。
> 有人想吃蜜，发现有毒刺。
> 你若真想吃，又怕被蜂蜇，
> 下手杀死它，切莫有迟疑。
>
> 蜜蜂虽然小，罪恶之象征。
> 蜂蜜虽然甜，一蜇奔黄泉。
> 不贪恶之蜜，性命方无虞。
> 人生最要紧，贪欲要克制。

班扬在诗中用蜜蜂喻指具有诱惑力的"原罪"。清教主义者往往对于原罪和惩罚深信不疑，非常害怕身后遭受地狱烈焰的煎烤，所以生前虔诚地期待灵魂的救赎。尽管蜂蜜很甜蜜，但蜜蜂却是罪恶的象征，为获得救赎，最要紧的就是克制欲念，杀死蜜蜂。总体上，这首诗的清教主义色彩是很浓厚的。

下面是艾萨克·沃兹的"小蜜蜂"一诗，该诗的原标题是《不能懒惰和淘气》（Against Idleness and Mischief，1715）：

> 你看小蜜蜂，整天多忙碌，
> 光阴不虚度，花丛采蜂蜜。
> 灵巧筑蜂巢，利落涂蜂蜡，
> 采来甜花蕊，辛勤酿好蜜。
> 我也忙起来，勤动手和脑。
> 魔鬼要捣乱，专找小懒汉。

在萨克·沃兹的诗中，清教思想有所淡化，童趣有所体现，但说教的意味非常明显。

作者用儿歌的形式宣扬道德教诲，其主题非常明确，就是要孩子们向小蜜蜂学习，不浪费时间，不虚度光阴。只有辛勤忙碌，才能像小蜜蜂一样，获得甜蜜的回报。而游手好闲，无所事事，就会被魔鬼撒旦看中，去干傻事，坏事。

就文学童趣而言，宗教赞美诗作家艾萨克·沃兹（Isaac Watts, 1674—1748）的《儿童道德圣歌》（Divine and Moral Songs for Children, 1715）堪称清教主义时期比较贴近儿童心理，为孩子们乐于接受的文学读物。沃兹在伦敦的教堂里做过执事，共写了600多首赞美诗，其中一些诗作成为英语语言文学中深受欢迎的诗歌。他的宗教赞美诗包括《哦主啊，我们永远的保障》（O God, Our Help in Ages Past）和《普世欢欣》（Joy to the World）等。在首次印行于1715年的《儿童道德圣歌》歌谣中，所有篇目都是作者认为适宜让儿童记忆和诵读的宗教训示或教诲。在沃兹生前，《儿童道德圣歌》发行了20个版次，成为当时最流行的儿童读物。它不仅受到儿童读者的欢迎，而且对许多后来的英美作家产生了影响——从英国本土的刘易斯·卡罗尔到美国的富兰克林和艾米丽·狄金森等人都受到过他的影响。此外，沃兹还为儿童撰写了《英语读写的艺术》（1721）、《逻辑》（1725）、《改进我们的心智》（1741）等图书。《儿童道德圣歌》具有鲜明的特征，它让人们领略了让儿童读书识字的必要性，而且这些歌谣所传递的主要是道德教诲，表现的是清教主义的挽歌式情感，体现了具有一定童趣意味的清教主义的想象力。从总体看，《儿童道德圣歌》沿着《天路历程》所开拓的清教主义文学寓言之路往前迈出了一大步，是介于班扬的宗教寓言和卡罗尔的幻想叙事之间的儿童文学读物。

二、从艾萨克·沃兹到刘易斯·卡罗尔：儿歌与童趣

维多利亚时期见证了英国儿童文学的第一个黄金时代（1840—1910），这是在儿童文学领域两极碰撞的格局中兴起的——一极是长期占主导地位的遵循"理性"原则的说教文学创作，另一极是张扬"娱乐"精神的幻想性文学创作。正如哈维·达顿（F.J. Harvey Darton, 1978—1936）在《英国儿童图书：五个世纪的社会生活史》中指出的，在英国，儿童图书一直是一个战场——是教喻与娱乐、限制与自由、缺乏自信的道德主义与发自本能的快乐追求之间的冲突。①工业革命时期那些由新思想和新观念引发的震荡和冲击不仅动摇了维多利亚时代的宗教信仰基座，而且动摇了英国清教主义自17世纪后期以来对儿童幻想文学的禁忌与压制——尤其是浪漫主义文化思潮有关童年崇拜和童年概念的确立冲破了长期占主导地位的加尔文主义压制儿童本性的原罪论宗教观——这两种合力为英国儿童本位的文学表达提供了必要的社会文化条件。工业革命时期，人类前所未有地提高了社会生产力，在改变和征服自然环境的过程中形成了强烈的人与大自然之间的异化关系。而异己的力量和异化现象又成为探索新的未知世界，探寻新的幻想奇境的某种启示。事实上，在当时众多石破天惊的科学发现及引发的社会变革深刻地拓展了包括刘易斯·卡罗尔在内的作家和诗人的认知视野。卡罗尔一方面从工业革命的变化中汲取了能量，另一方面通过荒诞性追求儿童本位的童趣，表达了那个时代的充满矛盾的希望和恐惧。从总体上看，烂漫的童真之美和杂糅的哲思之趣构成了"爱丽丝"小说奇特的双重性，也造就了蕴涵在深层结构中的现代性和后现代性文学因素，使之成为引领儿童本位之文学表达的扛鼎之作。卡罗尔通过小女孩爱丽丝天真无邪的视角对当时流行的儿歌、童谣进行了匠心独具，妙趣连连的戏仿改写。例如爱丽丝在进入镜中屋后看到了一首反写的怪诗"杰布沃克"，爱丽丝本能地感到这首怪诗讲了一个了不起的故事，但

究竟是什么故事她并不清楚。诗中那些作者自创的怪词让人感到既怪僻又熟悉，在音、意、相诸方面都富于荒诞之美。

下面是卡罗尔对沃兹的"蜜蜂诗"的戏仿，它就是出现在《爱丽丝漫游奇境》中，由小女孩爱丽丝背诵的"小鳄鱼"：

> 你看小鳄鱼，尾巴多神气，
> 如何加把力，使它更亮丽。
> 尼罗河水清，把它来浇洗，
> 鳞甲一片片，金光亮闪闪。
> 笑得多开心，两爪多麻利。
> 温柔一笑中，大嘴已张开：
> 欢迎小鱼儿，快快快请进。

沃兹诗中整日辛勤忙碌的小蜜蜂变成了潜入水中一动不动，张口待鱼的小鳄鱼，这一动一静的两种动物形象形成了鲜明的反差。"小鳄鱼"体现的是儿童诗的游戏精神，幽默精神，是张扬的童心，是内心深处的愿望满足性。小鳄鱼本质上就是一个顽童，他在生机盎然的大自然中游刃有余，显得神气十足，笑容可掬，是一个张开大口，"请君入内"的快活游戏者和捕食者。这看似信手拈来，然涉笔成趣，妙意顿生，令人称奇。卡罗尔以讽刺性的弱肉强食现象与尼罗河的勃勃生机营造了一种童话世界的喜剧性荒诞氛围。

如果说这小鳄鱼是一个顽童，那么卡罗尔戏仿罗伯特·骚塞（Robert Southey，1774—1843）的宗教训喻诗《老人的快慰，以及他如何得以安享晚年》（1799）而创作的荒诞诗"威廉老爸，你老了"则塑造了一个老顽童形象。骚塞的诗用一老一少、一问一答的形式写成，目的自然是告诫儿童心向上帝，虔诚做人。在诗中，年轻人询问老人为何不悲叹老境将至，反而心旷神怡？老人回答说，自己年轻时就明白时光飞逝、日月如梭的道理，而且他总是"心向上帝"，所以虔诚地服从命运的安排，无怨无悔，自然乐在其中。在《爱丽丝漫游奇境》第5章中，当毛毛虫听说爱丽丝在背诵那首《忙碌的小蜜蜂》时背走了样，便让她背诵《威廉老爸，你老了》，只见爱丽丝双手交叉，一本正经地背了起来：

> 年轻人开口问话了：
> "威廉老爸，你老了，
> 须眉头发全白了。
> 还要时时练倒立，
> 这把年纪合适吗？"
>
> "在我青春年少时，"
> 威廉老爸回儿子，
> "就怕倒立伤脑袋；
> 如今铁定没头脑，
> 随时倒立真痛快。"

"你已年高岁数大,"
年轻人说:"刚才已经说过了,
而且胖得不成样;
为何还能后滚翻——
一下翻进屋里来?"

"在我青春年少时,"
老贤人说话时直把白发来摇晃,
"我四肢柔韧关节灵,
靠的就是这油膏——一盒才花一先令,②
卖你两盒要不要?"

"你已年高岁数大,"年轻人说:
"牙床松动口无力,
只咬肥油不碰硬;
怎能啃尽一只鹅,
连骨带头一扫光,
敢问用得哪一招?"

"在我青春年少时,"老爸说,
"法律条文来研习。
每案必定穷追究,
与妻争辩不松口。
练得双颌肌肉紧,
直到今天还管用。"

"你已年高岁数大,"年轻人说,
"肯定老眼已昏花,
何以能在鼻尖上,把一条鳗鱼竖起来——
请问为何如此棒?"

"有问必答不过三,到此为止少废话,"
老爸如此把话答,
"休要逞能太放肆,喋喋不休让人烦!
快快识相躲一旁,不然一脚踢下楼。"③

　　清教主义的儿童诗歌以传递道德教育和宗教训诫为主要特征,其消极因素在于压抑和泯灭了童心世界的游戏精神和人类幻想的狂欢精神。卡罗尔的荒诞诗是对那些宣扬宗教思想及理性原则的说教诗和教喻诗的革命性颠覆,看似荒诞不经,实则妙趣横生,意味无穷。"在我青春年少时,上帝时刻在心中,"这是骚塞诗中的老者形象。而在卡罗尔

的诗中,我们看到的是一个荒唐滑稽但充满生活情趣的老顽童:他头发花白,肚子滚圆,
浑身上下胖得不成人样,但见如此胖人又是苦练倒立;又是用后滚翻动作翻进屋里;而且
饭量极大,居然一下连骨带肉吃掉一只整鹅;还能在鼻子尖上竖起一条鳗鱼,上帝何在?
自然规律何在? 正所谓"四时可爱唯春日,一事能狂便少年。"(王国维《晓步》)卡罗尔在
戏仿诗中刻画的这个荒唐滑稽的老顽童张扬了契合儿童天性的狂欢精神和游戏精神,使
童心世界的荒诞美学呈现出最大的吸引力。

　　爱德华·利尔(Edward Lear, 1812—1888)的《荒诞诗集》(1846)是推动维多利亚时
代儿童本位诗歌发展的另一部重要作品。利尔出生在英国伦敦海格特一个丹麦人后裔
的家庭,也是一个多子女的大家庭,家中共有 21 个孩子,他排行第 20。爱德华 4 岁时,
作为股票经纪人的父亲经营失利,家业衰落,陷入困境。爱德华被送到比他年长 21 岁的
姐姐安娜那里,由姐姐抚养。安娜除了教他读书识字,还时常给他读经典童话,读现代诗
歌,并且带他到户外去描画自然界的景物,培养了他对绘画的兴趣。后来,为了养活自
己,爱德华·利尔卖画挣钱,1832 年得到德比伯爵的资助,专事绘编珍禽画册。为了娱
乐伯爵的孙儿孙女,利尔兴笔写诗作画,打趣取笑,结果汇集成了一本趣味盎然的《荒诞
诗集》(Book of Nonsense)。每首诗短小精干,仅有五行,有自己的格律形式,其中一、二、
五行押韵,用抑抑扬格三音步,三、四行用抑抑扬格二音步,读起来富有节奏感,朗朗上
口。由于短小,这些诗容量有限,也不刻意追求知识性,但总以超越常识的极度夸张,呈
现出一幅幅异想天开的现实画面或场景,令人捧腹大笑,如大胡子老头的胡须又浓又长,
结果猫头鹰、母鸡、鹟鹩,甚至云雀都在那里筑巢安家。一个老头儿的鼻梁太长,可以让
一大群鸟儿停在上面。一个老头的腿太长,可以一步从土耳其跨到法兰西……试看利尔
笔下的长腿老头:

> 有个老头住在科布伦茨,
> 他的两腿实在太长太长;
> 他只迈出了一大步,
> 就从土耳其跨到了法兰西,
> 这个老头就住在科布伦茨。

利尔的荒诞诗也有描写女士的:

> 有位特洛伊女士真年轻,
> 却让几只大苍蝇搅得太烦心;
> 使劲用手去拍,
> 再用水泵去冲,
> 幸存的被她带回了特洛伊。

再看这位女士如何让全城百姓都痴迷沉醉:

> 泰尔城有位女士真年轻,
> 她用扫帚清扫里拉琴;

每扫一下，琴声悠扬动听，

这乐声让她陶醉万分，

也让泰尔城百姓痴迷静听。

利尔一生以绘画为职业，但他留给后人的影响最大的作品却是这本荒诞诗集。作者用上百幅漫画配上荒诞打油诗，极其夸张地描绘了作者生活和旅行中遇到的滑稽可笑的人和事，无论行文还是图画都极度幽默夸张，给无数的幼童和成人带来欢笑，竟然使得世人纷纷效仿，使这种五行诗体一时风靡英国。这成为英国儿童文学幻想文学兴起的前奏。

从总体看，维多利亚时代的儿童诗歌创作开辟了童趣化和内心愿望的满足性这一影响深远的道路，史蒂文森和格雷厄姆的诗作是两个重要代表。罗伯特·路易斯·史蒂文森（Robert Louis Stevenson，1850—1894）的儿童诗集《一个孩子的诗园》（A Child's Garden of Verses，1885）是维多利亚时代的儿童本位诗歌的又一代表作，如今已成为英语儿童诗歌的经典之作。这部诗集共收入诗作64首，涉及童年生活与幻想世界，乃至人生的方方面面，从夏天躺在床上的遐想，到冬天漫步在山野上看那洁白丰厚的积雪引起的联想；从幼年的歌唱和漫游，到年老了坐在椅子里看下一代孩子们做着游戏；在童年的想象中，一切都是变幻的，充满神奇意味的，可以演绎出五光十色的多彩世界。夜色朦胧之中，卧室里的床会变成一条航船，载着勇敢的小水手驶向广阔无垠的未知世界；生病的时候躺在床上，被子就变成了士兵们迈步行进的山林，床单就变成了浩瀚的海洋，威武的舰队破浪行驶……诗人怀着一颗童心，"漫游"在童年的现实和梦境之间，穿越世界：

"我真想起身，抬腿就走，去那儿：上面是异国的蓝天，下面是鹦鹉岛，横躺在海面，孤独的鲁滨孙们在建造木船……去那儿：一座座东方的城镇，城里装饰着清真寺和塔尖……去那儿：长城环抱着中国，另一边，是城市，一片嘈杂，钟声、鼓声和人声喧哗；去那儿：火焰般炎热的森林……到处是椰子果，大猿猴……去那儿：看鳄鱼披一身鳞甲，还有那红色的火烈鸟……去那儿：在一片荒凉的沙地，直立着一座古城的残迹……我要到那儿去，只等我长大，就带着骆驼队向那里进发；去那儿，在幽暗尘封的饭厅，点燃起火炬，给周围照明；从墙上挂着的多少幅画图，看英雄，战斗，节日的欢愉……。"

《一个孩子的诗园》以小见大，意境优美，将儿童诗的欢快明朗与宗教诗的教诲融合起来，体现了英国儿童诗歌的视觉化和韵律感等审美因素。诗人以"闲花落地听无声"的微妙触角捕捉孩子的情绪和感觉，捕捉他们的向往和期待，惟妙惟肖地再现了童年的时光，化平常为神奇。

肯尼斯·格雷厄姆（Kenneth Grahame，1859—1932）的动物体童话小说《柳林风声》是英国儿童文学第一个黄金时代的最后绝唱。这部小说富于诗意的散文性、叙事性和抒情性具有独特的双重性，一方面深受少年儿童喜爱，另一方面又能够满足成人读者的认知和审美需求。小说在讲述故事的同时呈现了田园牧歌式的阿卡迪亚，那随风飘逝的古老英格兰（也是一去不复返的童年）；它引发的是无尽的怀旧和乡愁。小说抒情与写意相结合的散文书写充满诗意，使成人读者透过柳林河畔的四季风光和春去秋来、物换星移的时光流逝而缅怀童年，感悟人生。和"爱丽丝"小说一样，穿插其中的诗歌是一大特色。

下面是一段诗意化的散文叙事：

当回首那逝去的夏天时，那真是多姿多彩的篇章啊！那数不清的插图是多么绚丽夺目啊！在河岸风光剧之露天舞台上，盛装游行正在徐徐进行着，展示出一幅又一幅前后庄严跟进的景观画面。最先登场的是紫红的珍珠菜，沿着明镜般的河面边缘抖动一头闪亮的秀发，那镜面映射出的脸蛋也报以笑靥。随之羞涩亮相的是娇柔、文静的柳兰，它们仿佛扬起了一片桃红的晚霞。然后紫红与雪白相间的紫草悄然露面，跻身于群芳之间。终于，在某个清晨时分，那由于缺乏信心而姗姗来迟的野蔷薇也步履轻盈地登上了舞台。于是人们知道，六月终于来临了 —— 就像弦乐以庄重的音符宣告了这一消息，当然这些音符已经转换为法国加伏特乡村舞曲。此刻，人们还要翘首等待一个登台演出的成员，那就是水泽仙子们所慕求的牧羊少年，闺中名媛们凭窗盼望的骑士英雄，那位用亲吻唤醒沉睡的夏天，使她恢复生机和爱情的青年王子。待到身穿琥珀色短衫的绣线菊 —— 仪态万方，馨香扑鼻 —— 踏着优美的舞步加入行进的队列时，好戏即将上演了。

下面是《柳林风声》中出现的第一篇歌谣，具有诗人气质的河鼠（这也是作者本人诗人气质的投射）在河里戏弄鸭群，表达了河鼠对河畔生活的满足和热爱，同时也描绘了一幅鸭群愉快生活，温馨祥和的画面。

鸭儿小曲

静静的回水湾啊，高高的芦苇草；鸭儿们在戏水啊，鸭尾往上翘。

公鸭母鸭都翘尾啊，黄黄的脚掌荡悠悠。黄黄的鸭嘴看不见了，水中觅食忙不休。

柔软的水草绿油油啊，鱼儿在草间尽情游；美味的食物水中藏啊，保鲜、丰盛又清幽。

各取所需人人乐啊，逍遥又自在！鸭头入水，鸭尾翘啊，戏水之乐开心怀！

头上的天空蓝幽幽啊，雨燕翻飞声啾啾；你我戏水水花溅啊，尾巴齐齐翘一溜！

值得注意的是，从卡罗尔到托尔金，在散文叙事中穿插诗歌之作已经为英国儿童文学的一大传统，卡罗尔和格雷厄姆是其中的先行者和佼佼者。

三、异化、归化和优化：儿童诗歌翻译的优化策略

文学和文化翻译是翻译实践中最具挑战性的。正如古罗马文论家朗吉弩斯（Casius longinus，约 213—273）在《论崇高》中所言："文学作品是一种用词语表达的和谐的音乐——词语是人性的组成部分，不仅触及人的听觉，而且触及人的灵魂——激发关于词语、思想、事物、美、音乐的魅力等的无数见解，而所有这些又都是天生的和后天培养的……在翻译实践探讨中，人们时常论及译文效果的异化（dissimilation）和归化（assimilation）策略，但它们的指向性和实际操作性并不好把握，只能视为文学和文化翻译活动的某种认知范式和价值评判方式。我们在长期的翻译实践中发现，对于各种翻译理论，从传统的"信达雅"之说到"等值""等价"和"等效"论，译者应当在认真考察研究的基础上，采取多

元互补，综合把握，为我所用，择优而用的态度。而文学和文化翻译过程中的双向动态优化(dynamic optimization)是我们应当关注和研究的一种重要翻译策略。具体而言要注意把握词语、意境和表达等几个层面的双向优化问题。借用诗人陶渊明的话语来形容诗歌翻译的认知，"此中有真意，欲辨已忘言"（《饮酒》），文学翻译实践依托的是对两种不同民族的文学语言及后面的文化的理解与把握，所谓冷暖自知，即使体悟到了真意，要想说清楚却难以表达出来。儿童诗歌的翻译属于文学与翻译学的交叉，既要满足文学诗歌翻译的所有条件和标准，更要考虑其受众群体(少年儿童)的心理认知特征和接受特征——当然，更要考虑民间儿歌童谣和当代诗人创作的儿童诗歌自身的文体特征和语言审美特征。所以儿童诗歌翻译实则比成人文学(诗歌)作品翻译的难度更高，因为少年儿童在社会认知、语言能力、内心体悟等方面都与成人有着很大的差异。

对于诗歌翻译，最基本最重要的要求就是以诗译诗。如果说，经典文学作品是语言文字最优化的典范，那么诗歌语言就是最具代表性的文学语言。任何民族的文学名篇名著都是文学语言的优化组合，使作品审美语境中的真善美得以融合，犹如撒盐于沸汤之中，融于无形，臻于美味，是有机融合，卓然浑成的。在翻译儿童诗歌作品时，译者也会面临归化和异化的观念和原则。大体而言，归化主张实现目的语中的语言特点、文化知识和语言规范，以打破源语诗歌文本的文字形式和文化束缚，做出相应调整和改变，使译文流畅通顺，就像译入语的作家写出的文字。异化主张尽可能展现原文本的异域文化和语言特色，保留"原汁原味"的本色，即使采用不符合目的语的语言规范也是可以接受的，其目的是开阔读者眼界，促进不同文化间的相互理解和交流。事实上，所有翻译理论不过是对于翻译实践及其规律的认识和总结。多元互补应当成为价值标准，将归化和异化统一起来就是优化处理，使二者取长补短，相得益彰，以期获得理想的"优化"效果。以下翻译就是采用优化策略完成的。

艾萨克·沃兹的《小蜜蜂》一诗：

（英文原诗）

How doth the little busy Bee

Improve each shining Hour

And gather Honey all the day

From every opening Flower!

How skilfully she builds her Cell!

How neat she spreads the Wax!

And labours hard to store it well

With the sweet Food she makes

In Works of Labour or of Skill

I would be busy too：

For Satan finds some Mischief still

For idle Hands to do

（译文）

不能懒惰和淘气

你看小蜜蜂，整天多忙碌，
光阴不虚度，花丛采蜂蜜。
灵巧筑蜂巢，利落涂蜂蜡，
采来甜花蕊，辛勤酿好蜜。
我也忙起来，勤动手和脑。
魔鬼要捣乱，专找小懒汉。

卡罗尔对沃兹的《小蜜蜂》的戏仿，《小鳄鱼》：
（英文原诗）

How doth the little crocodile
Improve his shining tail,
And pour the waters of the Nile?
On every golden scale!

How cheerfully he seems to grin,
How neatly spreads his claws?
And welcomes little fishes in?
With gently smiling jaws?!

（译文）

小鳄鱼

你看小鳄鱼，尾巴多神气，
如何加把力，使它更亮丽。
尼罗河水清，把它来浇洗，
鳞甲一片片，金光亮闪闪。
笑得多开心，两爪多麻利。
温柔一笑中，大嘴巳张开：
欢迎小鱼儿，快快快请进。

《鸭儿小曲》：
（英文原诗）

"DUCKS" DITTY

All along the backwater, Through the rushes tall, Ducks are a-dabbling, Up tails all!

Ducks' tails, drakes' tails, Yellow feet a-quiver, Yellow bills all out of sight Busy in the river!

Slushy green undergrowth Where the roach swim —— Here we keep our larder, Cool and full and dim.

Everyone for what he likes! WE like to be Heads down, tails up, Dabbling free!

High in the blue above Swifts whirl and call —— WE are down a-dabbling Up tails all! ③

（译文）

静静的回水湾啊，高高的芦苇草；鸭儿们在戏水啊，鸭尾往上翘。

公鸭母鸭都翘尾啊，黄黄的脚掌荡悠悠。黄黄的鸭嘴看不见了，水中觅食忙不休。

柔软的水草绿油油啊，鱼儿在草间尽情游；美味的食物水中藏啊，保鲜、丰盛又清幽。

各取所需人人乐啊，逍遥又自在！鸭头入水，鸭尾翘啊，戏水之乐开心怀！

头上的天空蓝幽幽啊，雨燕翻飞声啾啾；你我戏水水花溅啊，尾巴齐齐翘一溜！

下面的当代汉语儿歌的英译采取了节奏感和音韵对称的优化策略：

（中文原诗）

小白兔

小白兔，白又白，

两只耳朵竖起来，

爱吃萝卜爱吃菜，

跑起路来真叫快。

（译文）

Little Rabbit White

Little rabbit white, looks snow-white.

He pricks up two ears upright.

Cabbage and radish he does like

Traveling as fast as light.

（中文原诗）

两只小羊

两只小羊河边走，

初次见面头碰头，

就像两辆碰碰车，

碰成一对好朋友。

（译文）

Two Lambs

Two lambs walked by the riverside
Running to hold the other at first sight.
Pounding up like two bumper cars
They turned out to be best friends.

（中文原诗）

抢骨头

小白狗，小黑狗，
小黄狗，小花狗，
你追我赶羞羞羞，
为抢一根肉骨头。

（译文）

Running after a Bone

Little puppy white, little puppy black
Little puppy yellow, little puppy brown
After each other they take to run
Just for a bone ——
What a great shame!

（中文原诗）

洗脚丫

小河哗啦啦，
浪花舔脚丫，
小脚丫是我，
大脚丫是妈。

（译文）

Washing the Toes

The stream goes gurgling on
The breaking waves lick the toes
in the water down.
The little one is me
The large one is mummy.

（中文原诗）

太阳推窗

太阳太阳，
轻轻推窗，
轰的一声，
屋里真亮。

（译文）

The Sun Pushes the Window

The sun pushes the window
Very, very softly.
The window opens up widely
And the house is lit up brightly.

（中文原诗）

蘑菇课桌

小蘑菇，戴圆帽，
鼹鼠见了眯眯笑，
扛回家中当课桌，
办起一座小学校。

（译文）

A Mushroom Desk

A mole saw a little mushroom
With a round cap on its top.
He took it home
To be a desk for his classroom.

（中文原诗）

蒲公英飞

吹——吹，
蒲公英飞，
飞到河边去扎根，
明年花儿开得美。

The Dandelion's flying

Puffing —— puffing

The dandelion is flying.

Taking roots in the riverbank near

More charmingly they bloom next year.

（本文系本书特约稿）

中国儿童戏剧初创期的外来影响与民族创新

——以《马兰花》与库里涅夫为例

马亚琼

在中国儿童戏剧史上，任德耀的《马兰花》长演不衰 60 年，是一部里程碑式的剧作。在中外影响之大，"不仅在儿童剧中史无前例，即使在中国戏剧中也是罕见的"[①]。该剧剧本创作于 1955 年，由中国儿童艺术剧院于 1956 年 6 月 1 日作为"开院大戏"首演，并于 2016 年 6 月 1 日，以第六版的创作参与建院 60 年庆典演出。为什么《马兰花》在中国当代儿童戏剧舞台上创下了如此大的奇迹？它具有怎样独特的创作历程和美学特质？在剧本创作、人物塑造、舞台呈现、思潮观念中如何体现？是什么原因促使《马兰花》具备这样的开创性元素？

60 年来，《马兰花》的研究取得了一定的进展，以程式如、李涵为代表的儿童戏剧评论者都进行过相关分析和阐释。中国儿童艺术剧院黄祖培、郭小梅编的《〈马兰花〉的舞台艺术》(1994)也收录了几代人的回忆、怀念、评论、报道等文章，积累了一定的文献资料。近年还出现了两篇硕士学位论文：胡弘瑜从神话母题出发追溯故事源头，分析了《马兰花》所蕴含的原型模式和勤劳、善良的民族文化价值观；计敏在探讨任德耀创作风格时，少数篇幅涉及《马兰花》的创作，偏重于对"爱""美"以及民族性表达的分析。

纵观以上研究成果，追问还没有得到令人满意的解答，尚缺乏系统性、学理性的深度探究。这个问题的成因很复杂，包括但不限于对《马兰花》艺术本体的条分缕析。学界尚未从比较戏剧的视角触摸和审视《马兰花》在 1955 年创作的特殊性，从而某种程度上忽视了一个不可低估的影响和贡献，那就是苏联戏剧艺术家鲍里斯·格里果里耶维奇·库里涅夫。《马兰花》是在集体智慧和外来影响的共同作用下，开启了中国当代儿童戏剧的美学范式和发展路径。

一、"先演后写"：颠覆性的剧本创作

从世界范围内来看，一般情况下戏剧文本的创作早于戏剧演出，被称为"一度创作"，是导演及表演创造、舞台美术设计、音乐舞蹈编排的基础。因此，剧本也被阐释为"一剧之本"，借以强调其重要性和根基性。然而，据方掬芬回忆[②]，《马兰花》的创作过程却是演出早于剧本，这一切源于苏联戏剧艺术家库里涅夫"恶作剧"式的突然袭击。

在探讨这次"突然袭击"对任德耀儿童观和儿童戏剧观造成的重大影响前，有必要对当时的戏剧思潮做一简要陈述。1951 年 6 月，文化部在全国第一次文工团会议上提出了向以剧场艺术为主的专业化剧院的方向发展的目标。为了培养新中国导演、演员、舞台美术等专业人才，国家除了派遣青年戏剧工作者前往苏联留学外，还邀请了苏联戏剧专家到华举办培训班。1954 年至 1956 年间在北京的主要授课者有库里涅夫、列斯里、雷科

夫三位专家,参与学习的儿童戏剧工作者有任德耀、方掬芬、罗英、白珊、胡冠时等。与此同时中国福利会儿童剧院的孟远、任复则在上海参加了由苏联专家列普科夫斯卡娅主持的导演培训班。库里涅夫是莫斯科瓦赫坦戈夫剧院附属表演戏剧学校的校长、表演课教师和导演,除了在中国系统讲授斯坦尼斯拉夫斯基体系外,还介绍了苏联儿童戏剧的基本情况。

"突然袭击"正是发生在培训班学习期间,据方掬芬回忆确切时间是 1955 年 6 月 1 日清晨。库里涅夫在明知要求任德耀创作的儿童戏剧剧本只完成了一个提纲的情况下,邀请了香饵胡同的孩子们来看戏。时隔 40 年后方掬芬撰写回忆短文时仍清晰地记得这次别开生面的创造性演出的诸多细节:编剧任德耀等在后台依次告诉刚演完的同行们下一场的核心事件和演出内容,如"这一场是王老爹进深山遇到马郎和小动物","接下来小兰和马郎结婚",或"小兰回娘家,老猫和大兰密谋要害小兰,小兰被推到河里淹死了"。至于演员上台后的舞台调度、台词、行动等都是根据剧情即兴发挥,赢得了台下儿童观众们的强烈情绪反应。

之所以不厌其烦地重现当时的情景,是为了分析这个独特的创作过程与世界公认的第一部经典儿童戏剧——James Matthew Barrie(1860—1937)的《Peter Pan》(《彼得·潘》)创作模式的极为相似之处,进而探讨儿童戏剧的复杂艺术特质。据 Barrie 回忆,剧本创作是在与社区里几个孩子即兴演剧以后才将主要情节连缀而成的。《彼得·潘》赢得了评论家们肯定:"正是那种人们会认为是一个孩子讲出来的故事";一个"巧妙、朴实、随心所欲的戏剧,它包含一个充满想象的孩子在即兴创作中所有美妙的不合逻辑的事物";"一个少年梦想中所有狂热的放肆言行"[③]。Lewis Carroll 的《Alice's Adventures in Wonderland》(《爱丽丝漫游奇境记》)也有类似的"先讲后写"创作过程。

所谓"类似"是指在儿童戏剧或儿童文学创作中,对受众的尊重、信任和服务意识。《马兰花》和《彼得·潘》最为形似之处是二者都不是单纯靠成人创作者硬生生编造出来的,它们都基于对儿童反应的观察、借鉴和深入思考。这一点对于儿童戏剧审美创造的成功与否至关重要。因为儿童戏剧是为孩子服务的艺术门类,但创作者却是成年人。尽管所有的大人都曾经是孩子,但并不意味着成年人可以毫不费力地懂得孩子特殊的审美爱好和心理需求。一部成功的儿童戏剧,必须在特定演出时间内,时刻抓住绝大多数孩子的注意力,并努力用舞台形象打动他们。在这个意义上,它比儿童文学的其他体裁都更要严苛;因为它是"一次性"的艺术,不允许停下来或反复讲解直至儿童领会。因为它是集体的艺术,不能够只服务于小部分孩子,而让剧场里其他的儿童百无聊赖。认识到儿童戏剧创作的特殊性,与学习戏剧创作的一般规律同等重要,甚至更为重要。因为没有前者,也就没有了儿童戏剧存在的必要性和可能性。

鉴于以上分析,《马兰花》"先演后写"的一度创作,是一次偶然事件,但对于中国儿童戏剧的发展来说却是"恩重如山"。任德耀自此建立的儿童观和儿童戏剧观是促使他成为中国当代最重要的儿童戏剧艺术家之一的根本性因素。他不仅自己保持了多年和孩子们一起在剧场里看戏,随时收集儿童反馈的习惯,还将这种理念植入了中国儿童戏剧历代创作者的心中。中国福利会儿童艺术剧院院长蔡金萍在谈及任德耀时说,"他觉得观众不喜欢,小朋友坐不住,就是作品有问题,'我肯定没有了解孩子',他是从这个角度看的";"我们当场就改,大家一起改词,第二天再演出,效果就不一样了"。

当然,并不是爱孩子、懂孩子、研究孩子就一定能创作出优秀的儿童戏剧作品,但这

是不容置疑的基本前提。"先演后写"或"演后再改"只是一种创作方式，也并非万能良药。只是这次不同寻常的创作历程被绝大多数学者忽略或低估了，没有得以充分的阐发和重视。儿童的幽默、审美、引起共鸣或角色认同的戏剧高潮点，并不总是与成人创作者所预估的保持一致。这也是为什么总有些儿童戏剧编导或演员会感慨：在剧本创作或排练厅时认为孩子们会笑的戏份，实际演出时却是静场或闹场，反而一些不觉可笑的地方，会引得小观众捧腹开怀。有经验的创作者则会充分考虑儿童观众的反应，积极将其纳入自己的剧本创作或舞台呈现中。这是很困难的，但同时又是必须要做的。据芬兰导演马库斯·格瑞斯（Marcus Groth）介绍，在芬兰儿童戏剧新戏排练的不同阶段都会请孩子们来看，以随时根据孩子们的反应做出调整。60 年前，库里涅夫有意无意地将这种做法引入《马兰花》剧本一度创作之前，是《马兰花》的幸运，也是中国儿童戏剧的幸事。

库里涅夫用这种方式告诉了中国儿童戏剧创作者，真诚、自然地为孩子们创作的重要性。这一点对于中国儿童戏剧艺术初创期美学范式的形成尤为可贵。任德耀结合演出和人物小品，于 1955 年完成了《马兰花》剧本创作。全剧三幕十场，改编自孙剑冰 1954 年在内蒙古向秦地女采集记录的民间故事《蛇郎》，具有浓郁的山林气息和民间文学色彩。剧本讲述了勇敢的马郎搭救了掉入山崖的王老爹，并赠送马兰花给他的女儿；懒惰的大兰瞧不起自我劳动的马郎，而勤劳的小兰欣然接受与马郎成亲；恶毒的老猫利用大兰的嫉妒，教唆她害死了小兰，并窃走了马兰花；马郎在小动物们的帮助下惩治老猫，夺回马兰花，救活小兰，山林重新恢复了平静和幸福。民间嫌贫爱富婚嫁的传说很多，但任德耀在增删之间赋予了故事新的内涵，形象地通过马兰花的口诀将勤劳勇敢的信念植入孩子们的心中："马兰花，马兰花，风吹雨打都不怕。勤劳的人儿在说话，请你现在就开花。"他删除了传说中七姐妹的冗杂，将笔触集中在性格形成鲜明对比的大兰和小兰身上；创造性地增添了老猫这个角色，有效地加强了戏剧冲突和节奏；突出地表现马郎的勇敢、真诚和善良，并巧妙地增添了山林中各具特色的小伙伴们；设置狗尾巴草和喇叭花的相爱细节，幽默风趣。程式如在《〈马兰花〉开五十年》里对其戏剧文学特色进行过较为详尽的评析。此外需要补充的是，任德耀是舞台美术出身，他剧本中的舞台指示部分也极具特色，如时间、地点、场景、灯光、音乐、氛围的描述和处理独到、细腻、如临其境。大幕一开，深山峭壁、古树参天、瑰丽美景、诗情画意扑面而来。音乐轻柔、光线渐亮、山林苏醒、小鸟欢唱，舞台手段的综合调用，构筑了一个温馨美好的童话世界。任德耀《马兰花》剧本富有诗意和浓郁的抒情色彩，注重情景交融场面的构建。但没有上演的剧本充其量只能算是半成品，一切干巴文字的表述需要舞台语汇的转化，二度创作至关重要。

二、斯氏体系与民族探索的舞台呈现

儿童戏剧是不可能脱离戏剧环境而孤立存在。要探讨库里涅夫对《马兰花》二度创作的贡献，首先要谈及 20 世纪 50 年代中国戏剧界兴起的学习"斯坦尼斯拉夫斯基体系"热。早在 20 世纪 30 年代中国话剧界已有倡导者开展过相关学习，但由于战争等诸多因素，对斯氏体系的深入性和全面性理解难免不足，尚未达到系统性的运用，对儿童戏剧的渗透非常薄弱。那为什么中国会在 20 世纪 50 年代第二次兴起全面学习斯坦尼斯拉夫斯基体系的高潮，并对当代儿童戏剧产生了长久且深远的影响？这个现象背后的原因很复杂，如对表演生硬、刻板、情绪化或生活化等诸多弊端的纠正等，但根本性的推动力有两点：一是基于当时全面学习苏联的一边倒政策的影响，为了推进中国剧场艺术的严谨化、完善化；二是受苏联儿童观和儿童戏剧观的浸染和解放区儿童戏剧的传承双重影响，党和国家高度重视儿童戏剧的专业建设工作。因此，库里涅夫受邀在中国主持的表演培训班，主要目的是系统讲授斯坦尼斯拉夫斯基理论，为中国舞台表演提供一种可以效仿的科学的演剧体系。而这一点也必然会细腻且生动地体现在《马兰花》的剧本修改、角色分析、排练指导中。

《马兰花》的排练工作自1955年秋季开始，库里涅夫受邀任艺术指导，导演鲁亚农，设计张正宁，主要演员有郁富南、罗啸华、李莲、赵钱孙、连德枝等。《马兰花》于1956年6月1日作为"建院大戏"首演，同日中国儿童艺术剧院正式成立。这是截至目前，中国唯一一个国家级的专为儿童服务的艺术院团。在《马兰花》60年的中国舞台上，首批经库里涅夫悉心指导过的演员奠定了中国当代儿童戏剧表演艺术的基础，通过半个多世纪轮换演出，又将这种艺术认知传递给了一代代更年轻的儿童戏剧工作者们。因此，库里涅夫和《马兰花》对于中国儿童戏剧的意义是重大且深远的。中国儿童艺术剧院当年担任场记的记录人对库里涅夫的指导的忠实录入，为后来者提供了一份极为珍贵的第一手文献资料。影视资料部对1956年版《马兰花》排练场记的悉心留存，是时隔60年后本文相关探讨得以展开的基本保证。1994年，《〈马兰花〉的舞台艺术》中收录的回忆、怀念、评论、报道提供了中方的多维视角。基于对以上资料的研读和分析，作为艺术指导的库里涅夫对《马兰花》二度创造的影响和贡献集中体现在三点：一是指导演员掌握统一的创作方法，即以"从生活出发"深入体会人物为中心的斯氏体系；二是强调要突出中国的民族风情和本土特色；三是探索儿童戏剧艺术本体特征，如打破"第四堵墙"和题材禁区论等。

（一）体验与体现

注重角色内心体验和外在行动体现是艺术指导库里涅夫和导演鲁亚农进行舞台审美创造的特色。从剧本修改、角色定位、细节表达、人物关系、台词处理等诸多方面，库里涅夫极尽细致地阐释、启发、引导和示范。以前文所引第一幕第一场为例：任德耀的剧本开场构筑了一个晨曦微亮、山林苏醒的场面。扮演动物的演员们设计了许多可爱的动作和细节，纷纷登场。库里涅夫马上指出："你们的事件太多了，太琐碎了，而把主要事件都忽略了。现在最主要的事件是森林要苏醒了，就是要演这一点。小松鼠不是起来就打架，是醒来洗脸，吃东西，然后才打架、玩。"他启发演员们去动物园里、大自然中观察它们的习性和特征，以生活的细节塑造个性，从而打动儿童观众。中国儿童艺术剧院原院长周来在回忆文章中提及库里涅夫对老猫"出场"片段的指导。这样的例证在"演出场记"中俯拾皆是，暂借用来做具体分析。剧本第二幕第五场，大兰嫉妒小兰的幸福生活，暗暗自责轻言放弃时，老猫出场。剧本中对老猫出场只有一句舞台指示"老猫从暗影里溜出来"，很难把握和表现。但是对于儿童观众和儿童戏剧艺术来说，重要角色的上场或下场都至关重要。如果孩子们不了解或没有注意到，将会影响戏剧情节的推进和清晰度的表达，进而使得小观众不知所云，注意力难以集中。库里涅夫深谙儿童观众心理，对扮演老猫的赵钱孙提出了基于角色心理感觉的形体要求。据周来回忆，演员几次尝试没有达到效果，"这位躯体肥胖、年已半百的老专家便脱下西装上衣，趴在地上，亲自为演员示范老猫走路、转身、窥探、停顿、跳跃"等一系列形体动作。示范的同时，库里涅夫帮助演员从生活出发，体验老猫的心理，并通过具体动作予以表现：这时候老猫悄悄地从屋子后面走了出来。请注意，老猫千万不要站起来，它只是弯着腰，用四条腿行走。它出来后先向窗户内望了望，当它看见王妈妈在屋里就连忙趴下。少顷，听一听屋里没有什么动静，便蹓

到门边和窗下嗅了嗅，忽然发现石桌上摆着碗碟等物，连忙蹦过去，拿起碗来闻闻、舔舔，觉得挺有味儿，便把每个碗碟都舔了一遍。它对自己说，这味道多好啊。这时它十分得意地蹿到了窗户底下，然后就趴在那里等待大兰的上场。⑥斯氏体系的现实主义美学原则，是库里涅夫和鲁亚农指导《马兰花》舞台创造的基石。他们强调从生活出发研究剧本，创造舞台上"活生生的交流"，追求剧场艺术的完整性和严谨性，时刻关注儿童观众的心理和需求。

（二）民族与民风

在库里涅夫对《马兰花》提出的批评意见中，有两点需要引起学界特别的注意和评估：一是儿童趣味不足；二是缺少中国特色。据小鸟的扮演者方掬芬回忆，库里涅夫曾在首演时谈及，"如果把大兰、小兰改成玛莎、达莎，整个看来，你说它是俄罗斯童话剧也可以"⑤。儿童趣味将于后文具体论述，暂不展开。在20世纪50年代"全面学习苏联"的历史语境中，由一个参与执导的苏联专家提出缺少中国特色，显得格外可贵。从场记文献来看，库里涅夫在排练之初就强调了学习借鉴中国民俗民间丰富多彩艺术手段的重要性。《中国儿童戏剧史》对这一点也给予了认可。这种对民族艺术风格的呼吁和追求，促使了1959年版的诞生，并贯穿在1979年版、1990年版、2001年英文版、2016年版等随后半个多世纪的重排之中。从目前所掌握的研究资料看，中国学界对1956年版《马兰花》中所表现的中国民族民间风情是持称赞态度的。特别提及的有舞台美术中运用的中国古典绘画的意境表达和对比色彩，演员表演中的戏曲身段和民间舞蹈，如荷花船迎亲舞、合二仙喜庆舞等。但正因为此，库里涅夫的建议才更令人振聋发聩。一部荣获中国各方面好评的童话剧，又天然带有改编自中国民间故事的民俗风情，何以致使外国专家质疑"缺乏民族艺术风格"呢？原因有二：一是照搬苏联模式的热切渴望某种程度上制约了民族化的探索，尽管《马兰花》的编剧、导演、演员和舞台美术设计们为此做出了辛劳的努力，但可辨识度不高；二是当时全社会洋溢着的求新求变的昂扬气象使得对民族传统艺术表达重视不足。这个"当头一棒"，并不是库里涅夫的个人意见，也不仅仅发生在中国儿童戏剧审美创造中。它也被同年受邀参加"全国第一届话剧观摩演出"的欧洲十几个社会主义国家的戏剧家们所批评，即缺少具有民族特色的艺术创造。中国少年儿童剧团的《马兰花》和中国福利会儿童剧团的《友情》也参加了这次全国会演。尽管两部剧目经过先行者的不懈追求获得了多项荣誉，但库里涅夫的建议是真诚的，也是宝贵的。创造中国自己的具有民族特色的儿童戏剧成为艺术家们执着的追求。

（三）互动与趣味

库里涅夫并不是专门的儿童戏剧艺术家，但在《马兰花》中他引领着中国当代儿童戏剧创造者们努力探索儿童戏剧的艺术本体，其突破性贡献有二：一是打破"第四堵墙"，将演出区域扩展至观众席；二是打破儿童戏剧题材禁区，明确要求要有爱情，要尊重儿童的意见，要有儿童趣味。翻阅发黄的60年前的场记，库里涅夫"想想孩子们"的话语反复出现在记录者的笔头。他反复分析每一个细节"如果现场有孩子的话，这个场面他们是会……"正是这种儿童观和儿童戏剧观，使得艺术家们突破性地创造了台上台下共同参与"抓老猫"的戏剧高潮。这个场景在60年的不断重排中得以保留，孩子们围、追、堵的热情程度未有丝毫削减。时至今日，扮演老猫的演员在接受笔者采访时透露，往台下跑前要藏好尾巴，否则容易被认真的孩子死死抓住，出现上不了台的尴尬。这种打破舞台上"第四堵墙"的艺术魄力和勇气在当时是非常难能可贵的。"第四堵墙"概念最初是 1903 年安托万提出的，试图在镜框式的舞台上，用想象隔离演员和观众的戏剧观念。易卜生、契诃夫、高尔基、萧伯纳、斯坦尼斯拉夫斯基等人的创作和理论都促进了"第四堵墙"概念的发展。然而，儿童戏剧中的"第四堵墙"是需要严肃探讨的。儿童观众具有主动参与性：渴望与真正打动他们的人物建立身份认同，愿意帮助赢得他们同情的遭遇不公待遇的角色，勇敢提醒即将到来而主人公不曾察觉的危险等。但是，这种参与性的达成要求也很高，剧本构建、人物塑造、舞台呈现要足够使他们信服，虚假的、做作的表演会使孩子们丧失他们的热情，甚至以哭闹、噪音、走动来抗议。因此，打破"第四堵墙"既需要挑战主流戏剧理论的魄力，还要求熟知儿童观赏心理的实践经验，绝非创作者任意所为。这一点对于当下儿童戏剧中存在的一些庸俗互动倾向（如在演出中让孩子们排队上台与演员握手、拍照等），有着宝贵的理论借鉴和实践指导价值。

儿童戏剧是为孩子们服务的，要有自己的趣味，但又要打破"想当然"的题材禁区，是库里涅夫的另一重探索。任德耀接受创作儿童戏剧任务初始，库里涅夫就要求要有爱情。狗尾巴草和喇叭花的爱情，与马郎与小兰的形成呼应关系，风趣幽默。其中有一场是狗尾巴草和喇叭花争论给新生儿起名字，遭到了一些质疑，担心儿童观众会联想到孩子从哪里来的问题。库里涅夫鼓励剧组创作者，要尊重儿童观众，他们喜欢的场景不能因为成年人的猜测而随意删除。他反复强调从事儿童戏剧创作的重要意义和价值，要为了孩子们不厌其烦地追求艺术上的突破和完美。"你们不要觉得白花了劳动，你们做了很多工作，也有很多成绩，但是还需要改进。你们是为了几千个儿童服务，而首先来看戏的就是你们自己的孩子。"要给孩子们最好的戏剧作品，是库里涅夫的最核心儿童观和儿童戏剧观。

《马兰花》文本创作和舞台呈现的艺术追求，共同构建了其里程碑式的中国儿童戏剧史地位。这其中包含了集体的智慧和外来影响的有机融合。当然，1956 年版的《马兰花》并不是完美的，有诸多需要改进和提升的空间。但是它的价值和意义在于"儿童本位"观念和儿童戏剧观念的构建，现实主义戏剧创作方法和中国戏曲写意表现方式的融合。它所开拓的观演共创的戏剧空间是中国儿童戏剧的首创。在这个基础上，中国儿童戏剧逐步开启了严谨、完整、和谐的剧场艺术历程。

[注释]

①李涵：《中国儿童戏剧史》，中国戏剧出版社 2003 年版，第 107 页。

②⑤方掬芬：《〈马兰花〉诞生记》，见黄祖培，郭小梅：《〈马兰花〉的舞台艺术》，中国戏剧出版社 1994 年版。

③ Gubar, Marah. *Peter Pan as Children's Theatre*: The Issue of Audience[M]//Mickenberg, Julia. Vallone, Lynne. The Oxford Handbook of Children's Literature. Oxford: Oxford University Press, 2011.

④周来：《鲍·库里涅夫与〈马兰花〉》，见黄祖培，郭小梅：《〈马兰花〉的舞台艺术》，中国戏剧出版社 1994 年版。

（原载《戏剧》2018 年第 5 期）

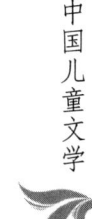

中国儿童文学走向世界的意义

王泉根

"人事有代谢，往来成古今。江山留胜迹，我辈复登临。"现代中国文学已有百年历史，现代中国儿童文学也有百年历史。百年文学为我们留下了无数精神领域的"胜迹"，引领我辈"登临"其上，一览文学"江山"的无限风光。

在21世纪这样一个全球化、网络化、信息化的时代，百年中国文学融入世界文学、走向世界，不但成为可能，而且已经十分必要。进入21世纪，随着中国成为世界第二大经济体，中国越来越受到世界的聚焦与重视，持续升温的"中国热""东方热""汉学热"，正说明中国文化在世界文化中越来越显出其应有的地位与价值。在每年举办的法兰克福书展、北京国际图书博览会，以及意大利博洛尼亚国际童书展、中国上海国际童书展上，中国文学与儿童文学的翻译介绍与版权输出，都是重头戏。中国作家协会每年都会组织多批次的作家访问团，到世界各地交流文学。中国的著名高校如北京大学、北京师范大学、北京外国语大学、复旦大学、南京大学等，每年都会举办各种类型的世界文学、比较文学研讨会，同时派出教授、专家出国访学。遍布世界各国的"孔子学院"，已成为传播中国文化的友好使者……所有这一切，都将"向世界介绍中国文化、中国文学"作为关键词，其中也包括中国儿童文学。

中国儿童文学深深植根于由甲骨文字传承下来的五千年中华民族的文化沃土，远接"夸父逐日""精卫填海"等上古神话的图腾，承续秦汉以来农耕文明色彩斑斓的民间童话、童谣宝库，进入近现代，又以开放兼容的胸襟，吸纳以欧美为典型的外国儿童文学新元素、新样式，从而形成现代性的中国儿童文学。从20世纪初叶开始，经过五代儿童文学作家的艰苦努力和智慧创造，今日中国儿童文学已蔚为大观，气象万千。

今日之中国，以每年出版6亿册童书、零售市场动销品种8万多种、年销售额数十亿元人民币的骄人业绩，铸就了儿童读物出版大国的地位。这里面，儿童文学读物是主要产品。中国优秀儿童文学作品，深受广大小读者的喜爱。如曹文轩的长篇小说《草房子》，截至2016年，已重印超过300次；杨红樱的校园系列小说"淘气包马小跳"畅销10余载；北京的《儿童文学》杂志，月发行量高达110万册，成为中国发行量最大的纯文学刊物。可以肯定地说，21世纪的第二个10年是中国儿童文学创作和出版的"黄金时期"，中国开始从儿童文学大国向儿童文学强国迈进。

尤其需要指出的是，儿童文学与儿童读物的传播形式，除了传统的纸媒图书，现在更有网络、电子书、音频、视频等多种形式。21世纪以来，各地开展的以儿童文学阅读为中心的"儿童阅读运动"方兴未艾，包括经典阅读、早期阅读、亲子阅读、分级阅读、班级阅读、图画书阅读以及"书香校园"建设等多种儿童文学传播途径与方法，使儿童文学真正走进亿万儿童的精神世界，极大地满足了孩子们对文学的需要，使其享受到阅读的自由和快乐。

开放的中国需要融入世界，世界需要认识中国。别具特色的现代性中国儿童文学需要走向世界，世界不同肤色的儿童也需要认识和感触中国儿童文学。正是在这样的背景下，中国儿童文学显示出了其重要的现实意义与文化价值，而且已经完全具备了"走出去"的条件与可能。

世界认识中国的意义

认识中国，当然既可以通过长城、故宫、兵马俑，又可以通过京剧、武术、大熊猫，也可以通过鸟巢、水立方、三峡大坝，或者通过人造卫星、高速铁路、载人飞船。但这还远远不够，还应通过深刻表现当今中国人的现实生活和思想、感情、心理的中国文学。而要认识中国的未来发展，最好的方法则是通过中国儿童文学。儿童文学是"大人写给小孩儿看的文学"，儿童文学蕴含着两代人之间的精神对话和价值期待。因而通过阅读当今中国一流的儿童文学作品，既可以让世界看到今日中国儿童的现实生活与精神面貌，以及他们的理想、追求、梦幻、情感与生存现状，又可以看到中国文化、中国社会如何通过儿童文学作品，体现出今日中国对民族下一代的要求、期待和愿景，还可以看到今日中国多样的文化和社会变革对民族下一代性格形成的影响、濡染和意义。鲁迅说："童年的情形，便是将来的命运。"阅读今日中国的儿童文学，自然可以窥见将来中国的趋势。

世界儿童彼此打量、熟悉、牵手的意义

童心是没有国界的。儿童文学是一种真正意义上的世界性文学，因为这种文学是一种基于童心的写作、基于"共通性的语言"的写作。因之，儿童文学既是全球视野的，又是立足本民族文化的；既是时代性的，又是民族性的；既是艺术性的，又是儿童性的。儿童文学作为世界文学的重要意义是显而易见的，世界各地不同肤色、不同民族、不同语言、不同文化背景的孩子们，正是在儿童文学的广阔天地里，一起享受到了童年的快乐、梦想与自由。中国孩子通过阅读古希腊神话、伊索寓言、安徒生童话、《汤姆·索亚历险记》、《长袜子皮皮》、"哈利·波特"等，认识了五洲四海不同地域文化的神秘、丰富和瑰丽。同样，世界各地的儿童，如果能有机会阅读中国的儿童文学，也一样能够认识和感受到古老中国的青春、深厚和美丽。

现代中国儿童文学，体现出自身鲜明的民族特色、审美追求与时代规范，以审美的力量、情感的力量、语言的力量滋润感染了数代中国孩子，成为他们在"多梦的年代""多思的年代"最好的精神伴侣、精神钙质与精神食粮。与此同时，各国儿童文学虽有各自的文化背景与发展路径，但也有相当的一致性，毕竟儿童文学是为儿童服务的文学，而儿童问题最能显现出人类共同的利益诉求与基本倾向。尤其是在今天这样一个全球化、网络化的时代，世界各国所面临的问题几乎都是你中有我、我中有你。例如战争与和平、生态环境恶化与可持续发展、现代人的生存困境与自我救赎、青少年犯罪率上升与素质教育、高科技带给人类的正面作用与负面影响等，不仅是世界文学，也是世界儿童文学所共同面临和需要表现的当代性主题。中国儿童文学同样也把这些当代性的世界文学主题作为自己重要的表现内容，这在战争题材小说、成长小说、动物小说、大自然文学中，都有充分的刻绘。

美国著名童话作家I.B.辛格认为，今天"虽然成人文学没落了，但儿童文学仍旧在为

文学的传统、家庭的信念以及人性和伦理在苦苦做些许的保存"①。坚守儿童文学"以善为美"的美学理念，通过艺术的形象化的审美愉悦来陶冶和优化儿童的精神生命世界，形成人之为人的那些最基本的价值观、人生观、道德观、审美观，打下良好的人性基础，塑造民族未来性格，这是中国儿童文学根本的审美追求与价值期待，也是中国儿童文学能够走向世界、走进世界各国少年儿童精神领域的基础和前提。

儿童文学是一种世界性的文学，因为这种文学是一种基于童心的写作，因而儿童文学作家则有可能以一种村上春树所说的"共通性的语言"来写作。"共通性的语言"首先具有全球化视野，同时又有本民族文化特质，既是时代性的，又是民族性的；既是艺术性的，又是儿童性的。中国儿童文学走向世界并不是一个遥远的梦，中国正在从儿童文学大国向儿童文学强国迈进。在充满希望的 21 世纪，中国文化、中国文学与最容易"走出去"的中国儿童文学，理应为人类做出更大的贡献。

中国儿童文学"走出去"的步伐越来越自信

试以 2013 年为例。2013 年 11 月 7 日至 9 日，首届中国上海国际童书展向全球揭幕，78 家国外出版社、76 家国内出版社参展，5 万种童书精彩亮相，会议期间举办超过 100 场童书版贸洽谈、作家推介、阅读推广活动。依托这一平台，中国童书出版机构、知名童书作家与国际少儿出版同行得以展开全方位、多层次的交流和贸易，为中外出版机构和作家深度了解东西方文化和市场提供了重要信息和有效沟通渠道。中外儿童文学交流也日益频繁。2013 年 3 月 18 日，"2013 年澳大利亚文学周"开幕式在澳大利亚驻华大使馆举行。招待会上，孙芳安大使为澳大利亚作家艾姆波琳·科维姆林娜的四本儿童书——《两颗心的食蚁兽》《毛毛虫和蝴蝶》《蛙嘴夜鹰寻家记》《乌鸦和水坑》的中文版举行了发行仪式。3 月 27 日，"书香飘万里——中外儿童文学国际传播高端对话"在意大利博洛尼亚书展中国少年儿童新闻出版总社展位举行。原国际儿童读物联盟主席帕奇·亚当娜、中国儿童文学作家曹文轩、布拉迪斯拉发插图展创始人埃利斯，以及来自俄、美等国的画家、出版人共聚一堂，以高洪波的原创绘本"小猪波波飞"系列为话题，探讨了儿童文学在国际传播过程中的问题和特点。9 月 11 日，由中国作家协会儿童文学委员会、中国少年儿童新闻出版总社主办的"与安徒生奖对话——中国儿童文学的国际视野座谈会"在北京举行。中外与会者围绕中国儿童文学创作现状及面临的机遇和挑战，安徒生奖评选标准及国际儿童文学发展趋势，中国儿童文学如何实现更加广泛的国际传播、如何产生更加深刻的国际影响等议题，展开了研讨与交流。曹文轩和巴西著名画家罗杰·米罗联袂创作的图画书《羽毛》也在会上发布。

尤其令人瞩目的是，近年中国原创儿童文学版权输出日渐活跃，有越来越多的作家作品的版权输出到了海外。如曹文轩的"大王书"和《青铜葵花》被翻译成英文版，分别输往加拿大和英国；葛冰的《雨雨的桃花源》、葛翠琳的《野葡萄》、金波的《乌丢丢的奇遇》、张之路的《第三军团》、薛涛的《满山打鬼子》、黄蓓佳的《艾晚的水仙球》等被翻译到韩国；高洪波的"小猪波波飞"系列被翻译成法语和马来语；苏梅的多种图画书被输出到马来西亚、新加坡、泰国与印度尼西亚。

2016 年 4 月，这注定是中国儿童文学史上的一个历史节点，曹文轩在意大利博洛尼亚荣获被誉为"小诺贝尔奖"的国际安徒生奖，这是中国作家首次获此殊荣。曹文轩在获奖感言中充分表达了对中国儿童文学的自信："获得这个奖项的意义不仅在于对我个人的文学创作生涯的鼓励,更重要的意义是让我们得出一个结论,中国的儿童文学就是具有国际水准的儿童文学。它不是颁给我个人,而是颁给中国儿童文学,我更愿意从这个层面去理解获得这个奖项的意义。它将会改变我们对于中国儿童文学的很多看法,譬如长久以来对我们作品的不自信,认为中国的儿童文学跟世界还有巨大的差距……或许可以说,这个奖项的获得终于验证了我多年前的看法是正确的,那就是中国儿童文学的水准就是世界水准。"

童心无界,文学有情。中国儿童文学走向世界正当其时,优秀作品必然能超越时空、惠泽四海!

[注释]

①[美]I.B.辛格:《儿童是最权威的批评家》,韦苇译,载韦苇著《外国童话史》,清华大学出版社 2013 年版,第 223 页。

（原载王泉根著《中国儿童文学史》，新蕾出版社 2019 年 3 月版）

第九辑

70年儿童文学历史纪程

导　言

　　有道是"人生七十古来稀"，而今天"七十都是小弟弟"了。70 年，历史长河中的一朵浪花。70 年，新中国儿童文学砥砺前行，创造了前所未有的巨大辉煌。

　　为了充分反映 70 年新中国儿童文学的发展演变与历史进程，本书特设计了本辑内容。本辑采取"编年体"的形式，一事一记，逐年整录，将 70 年中国儿童文学的大事、要事和需要关注、值得录以备忘之事，加以客观记录，力求所记事象的事件重要性和事实准确性。由于文学纪事记录的是具体、真切的人与事，是文学的活的行动，因而能让人真实地感受到这 70 年间儿童文学的生动气象与亲切气息，同时也可以补充本书以上 8 个理论板块所无法具体涉及的文学现象与细节。

　　本辑内容既能让儿童文学的前辈与时贤，以一种过来人、亲历者、见证者的身份，重新回顾和触摸 70 年间儿童文学不断探索、艰难前行、与时俱进的历程，在抚今追昔的感受与感慨中，更加珍惜中国儿童文学来之不易的良好生态与丰硕成果，坚定我们再接再厉、再创辉煌的信念和担当；同时也希望中国儿童文学的后来者、薪火继承者，能以一种"同情的理解"的态度，理性地看待这 70 年儿童文学历史的体温和脉搏，认识与把握儿童文学事业对于民族的责任，对于文化的价值，对于未来的意义。

　　触摸历史需要我们用发现精神的眼睛，抵达灵魂的寻找。掩卷纪事，使我们深感文学因多样而蕴含活力，世界因童心而呈现生机。

70年儿童文学历史纪程（1949—2019）

柳林风　整理

说　　明

一、文学纪事是文学研究的构成内容之一。文学纪事即文学事件、事象，举凡重要文学会议（年会、研讨会、笔会、新作发布会）的召开，文学评奖的公布，文学传媒的创办与活动，重要文学作品的首次发表，重要文学理论著作的出版，重要文学观点的提出与争鸣，文学焦点、热点问题的出现，文学对外交流活动的展开，文学成果的展示，以及其他值得关注和需要录以备忘的文学现象，都属于文学事件、事象范围，也即文学纪事需要加以捕捉、记录的对象。

文学纪事虽然不直接研究文本与作家，也不展开文学话题的具体解读，但它通过一事一记、逐年登录的形式，使人们更好地了解文学生产的文化语境与外部环境，了解作家与传播、作家与评论、作品与读者、作品与社会之间的互动关系及现实氛围，从而更深入全面地了解文坛的现状与走向。由于文学纪事记录的是具体、真切的人与事，是文学活动的行动与细节，因而通过"文学纪事"这种别致形式，可以使相对枯燥、呆滞的文学研究变得生动、活泼起来，从而为学术生产注入新的意蕴、新的气象。

二、准确性是文学纪事的生命，也是其价值所在。后之视今犹今之视昔，今天的文学纪事自然将成为后人研究今之文坛的重要参照，所以文学纪事必须准确无误。"准确"包含两层意思：

一是记录眼光的准确。文坛事象五花八门，大大小小，错综复杂，因而文学纪事需要用一种高屋建瓴、全局在胸的"史家"眼光比较选择，以使记录下来的事象确实能够客观、真实地反映文学行动的本质，倘若事无巨细，一概收纳，那就失去了文学纪事的意义。显然，文学纪事记录的是文坛的大事、要事，需要加以关注或值得录以备忘之事，而不是张家长李家短的婆婆妈妈之事，更不是恩恩怨怨搅七捻三之事。如何判断文坛的大事、要事、必须记录之事，这显然是对记录者本身是否具备"史家"眼光准确性的一种检验。

准确性的第二层含义，是指被记之事的事实准确性，被记之事必须做到准确无误，包括事件本身的时间、地点、人物、经过、结果等。纪事的准确性既是对文坛现状的负责，也是对读者与历史的负责。凡是准确的、负责任的"文坛纪事"，自然是值得读者信赖的，也是值得后人参考的。

三、本《纪程》记录的范围始于 1949 年，止于 2019 年（本书出版之前）。本文的纪事力求贯彻所记事象的事件重要性、事实准确性原则。凡记之事，只作客观叙述，不作主观评价。文字简明，讲清即止。纪事采用编年体方式，一事一记，逐年登录。有的事象或因延续时间较长，或因一时查不到确切月日，或是需要特别关注的，本文采用"本年"的格式，统一登录于这一年的最后部分，这是需要加以说明的。

本《纪程》如有记录之事的事实错误，诚望专家读者批评指正，以便再版时改正。

1949 年

3 月

22 日，华北文化艺术工作委员会和华北文协举行招待北平（今北京）文艺界同仁的茶会，郭沫若在会上提议：发起召开全国文学艺术工作者大会以成立新的全国性的文学艺术界的组织。提议获得全体到会者的赞同。接着，就由原中华全国文艺协会（全国文协）在北平的理监事和华北文协理事联席会议产生的筹备委员会，负责进行召开全国文代大会的一切准备工作。

24 日，中华全国文学艺术工作者大会筹备委员会举行第一次会议，正式宣布筹备委员会成立。筹备委员会由郭沫若、茅盾、周扬、叶圣陶、郑振铎、田汉、柳亚子、俞平伯、徐悲鸿、丁玲、萧三、洪深、阳翰笙、冯乃超、阿英、欧阳山、艾青、曹禺、史东山、胡风、贺绿汀、赵树理、刘白羽、荒煤、夏衍、何其芳等 42 人组成。常务委员会由郭沫若、茅盾、周扬、叶圣陶、沙可夫、艾青、李广田组成。郭沫若为筹备委员会主任，茅盾、周扬为副主任，沙可夫为秘书长。

本月，中国儿童读物作者协会为了增加儿童对于现实的认识，选了几出反映现实的短剧，轮流在各小学课余时间上演，每次观众达数百人。

上海时代书报出版社出版俄国民间故事集《十二个月》，马尔夏克著，戈宝权译。

4 月

9 日，香港《星岛日报》发表丰子恺散文《嫁给小提琴的少女》。

本月 15 日、5 月 15 日，《中华教育界》第 3 卷第 4、5 期上刊出中国儿童读物作者协会"儿童文学应否描写阴暗面问题"讨论的发言。计有《问题的提出》（夏畏）、《必须暴露阴暗面》（龚炯）、《应该少写到阴暗面》（孔十穗）、《应该不是包裹糖衣的毒物》（汪国兴）、《毒菌不可不认识》（黄衣青）、《不能仅止于暴露》（杨光）、《唯恐写得不透彻》（黄植基）、《应该有条件地描写》（徐恕）、《再谈"必须暴露阴暗面"》（龚炯）、《阴暗的侵入应有限度》（孔十穗）、《有害心理健康》（阮纪鹤）、《怎样暴露阴暗面》（龚炯）、《教育的意义必须强调》（陈伯吹）。

本月，在宋庆龄的支持下，张乐平在沪举办三毛原作画展，并义卖三毛原作及各种水彩、素描、写生画，筹款创办"三毛乐园"，收容流浪儿童。

上海时代出版社出版《亚美尼亚民间故事》，哈恰特良次著，任溶溶译，内收《跛脚的人》《聪明的亚罗》《会讲话的鱼》《主人和工人》《魔戒指》等 16 篇民间故事。

5 月

1 日，香港《新儿童》半月刊第 138 期发表丰子恺散文《我与〈新儿童〉》。

29 日，中国儿童读物作者协会会员 28 人发表宣言，热烈庆祝上海解放，并声明："今后我们将在为劳动人民、为贫苦儿童服务的原则下，在反帝、反封建、反官僚资本的文化运动中，加紧工作，加倍努力。"

本月，中华全国文艺协会香港分会出版的《文艺三十年》一书，刊出黄庆云、胡明树、谢加因、吕志澄的文章《华南儿童文学运动及其方向》。该文全面回顾了 20 世纪 40 年代广东、广西、香港等华南地区的儿童文学在战争年代极度艰难的状况下的拼搏发展，以及少儿报刊、原创儿童文学、儿童戏剧等的情况。文章认为："儿童文学比成人文学更富于指导性和教育性。儿童为未成熟的个体，不如成人们对读物有那么强的判断力。一方面我们应就儿童的可塑性给以健全的教育，一方面应就儿童的丰富的想象力而加以培养，使之从小就养成创造能力。好的儿童文学应具有下面的几个功能：(一)启发智慧；(二)丰富生活与经验；(三)培植想象力；(四)养成一个健全的理想与生活态度；(五)增加知识；(六)养成良好习惯——包括阅读兴趣；(七)适应儿童需要。儿童文学既以新中国的民主的、科学的、劳动的文化教育方针做我们创作的方针，那么我们便应以这些做我们的中心，通过各种文艺形式，以能适应儿童的心理，在儿童的生活和经验的领域内，所能了解、所乐于接受的题材与处理方法，发挥儿童文学的最大的功能。"文章还对发展儿童文学提出了六项建议与呼吁，包括在全国文协下面的五个部门再增加儿童文学部门，加强儿童文学评论与研究，师范学校将儿童文学作为必修科，建立儿童图书馆、儿童剧场、儿童博物馆，开展故事演讲会、读者会、电化教育、集体创作等儿童文学活动。

6月

30日，中华全国文学艺术工作者代表大会举行预备会议，选举通过了丁玲等99人为主席团成员，郭沫若为总主席，茅盾、周扬为副总主席。会议致电毛泽东主席和朱德总司令，庆祝中国共产党诞生28周年。

7月

2日，中华全国文学艺术工作者代表大会（第一次文代会）在北平开幕，郭沫若致开幕词，茅盾报告大会筹备经过。朱德、林伯渠、董必武、陆定一、李济深、沈钧儒、叶剑英等代表各界致贺和讲话。来自平津代表第一团、平津代表第二团、华北代表团、西北代表团、华东代表团、东北代表团、华中代表团、部队代表团、南方代表第一团、南方代表第二团的650名代表参加大会。在这650名代表中，儿童文学作家、评论家有郑振铎、叶圣陶、丰子恺、赵景深、高士其、张天翼、陈伯吹、严文井、阮章竞、苏苏、徐调孚、何公超、金近、胡奇。

3日，中华全国文学艺术工作者代表大会举行全体大会，郭沫若作题为《为建设新中国的人民文艺而奋斗》的报告。

6日，下午2点，周恩来在中华全国文学艺术工作者代表大会上作政治报告。晚上7点20分，毛泽东主席亲临会场，发表讲话："同志们，今天我来欢迎你们。你们开的这样的大会是很好的大会，是全国人民所希望的大会。因为你们都是人民所需要的人，你们是人民的文学家，人民的艺术家，或者是人民的文学艺术工作的组织者。你们对于革命有好处，对于人民有好处。因为人民需要你们，我们就有理由欢迎你们。再说一声，我们欢迎你们。"

6日，中国儿童读物作者协会从上海向中华全国文学艺术工作者代表大会发来贺电，电文如下："全国文学艺术工作者代表大会全体代表们：／在北平举行的这一个大会，是历史上从未有过的盛会，本会代表全体会员向你们致热烈的庆贺。／我们中国儿童许多年来，在国民党反动派的文化教育政策之下，被强迫着拿宣传封建主义跟法西斯主义的国定本、教科书、连环画做精神食粮，他们要使全国的儿童在思想还是那个做帝国主义者、封建大地主、官僚买办阶级的臣仆，长大后起来，为这些吸血鬼的利益而流汗流血。／他们的企图虽然阴险，但是，由于现实生活的教训，进步的儿童文艺的启示，所取得的效果，是渺不足道的。／现在，人民的解放战争，在全中国的胜利，不久就可达到，全中国的儿童，在毛主席的文化教育政策之下，正踏上光明、康乐、进步的大道。我们希望大会号召全国文学艺术工作者努力创造配合这种政策的儿童小说、诗歌、童话、剧本、电影、

舞蹈、图画、音乐，使我们下一代的国民，对于即将实现的人民民主专政的共和国，在思想上，有很好很充分的准备。／致革命的敬礼。"

6 日，北平市儿童团向中华全国文学艺术工作者代表大会发来贺电，电文如下："诸位代表同志们：／我们是北平市儿童团的团员，今天代表北平市儿童向各位代表同志们献花致敬。／我们听到你们在这儿开会，商量怎样替工人、农民、兵士服务，我们真佩服极了。大家都说我们是新中国的小主人，今天我们要求大家也能写我们爱看的故事、童话、诗歌，画我们爱看的图画，作我们爱唱的歌子，教我们好好做毛泽东的小学生。"

19 日，中华全国文学艺术界联合会（后更名为中国文学艺术界联合会，即中国文联）正式成立，宣布文联全国委员会当选委员名单。第一次全国文代会在"全国文艺工作者团结起来为工农兵服务"的口号声中闭幕。

23 日，第一次文代会闭幕后，中华全国文学工作者协会（中国作家协会的前身，简称全国文协）在北平的中法大学大礼堂举行成立大会，到会代表 208 人。全国文协成为全国文联下属的七大协会（文学、戏剧、电影、美术、音乐、舞蹈、曲艺）之一。成立大会也是第一次中国作家协会全国代表大会，选出主席茅盾，副主席丁玲、柯仲平。丁玲为全国文协党组组长，冯雪峰为副组长。协会设职能部门 5 个，后相继创办《文艺报》《人民文学》《新观察》等报刊，建立中央文学研究所、创作委员会等机构。此后，冯雪峰、邵荃麟为文协党组书记，舒群、陈企霞、严文井先后任文协秘书长。在第一次全国文学艺术界代表大会上，有众多专业的儿童文学作家出席，这是中国儿童文学史上的新纪元。会后不久，中国作家协会及各地分会成立"儿童文学组"，以推动儿童文学创作。

本月，由陈伯吹主编的上海《大公报》副刊《新儿童》创刊。

8 月

香港智源书局出版司马文森著的《新少年的写作讲话》。

9 月

29 日，中国人民政治协商会议第一届全体会议通过了《中国人民政治协商会议共同纲领》，其中第 49 条中规定："发展人民出版事业，并注重出版有益于人民的通俗书报。"

本月，《中国儿童》（半月刊）在北京创刊。该刊由中国新民主主义青年团中央创办、主管。创刊号发表毛泽东题词：好好学习。朱德题词：新中国的儿童，要健康，要活泼，要学习。青年团中央书记冯文彬撰文《时刻准备着》，号召全国少年儿童"必须时刻准备着：为幸福美满的将来，好好学习，积极参加社会主义建设"。《中国儿童》发刊词提出："我们这个刊物里面要登许多介绍新知识的文章，来帮助小朋友们的学习进步，还要登一些各地小朋友和少年先锋队活动情况的文章、照片或图画，来帮助小朋友们在工作和活动中互相学习。另外，还要登些歌、谜语、游戏，等等，使大家玩得更快乐。"1950 年 1 月《中国儿童》改为《中国少年儿童》，仍为半月刊。1951 年 11 月在出刊了第 51 期后终刊，改为《中国少年报》。

左林的儿童小说《小英雄》（蒙古文），由内蒙古自治区人民政府教育部出版。

10 月

1 日，中华人民共和国成立，定都北京（改北平为北京），采用公元纪年。从此五千年文明古国进入伟大复兴的崭新时代，万物维新，雄踞东方。

3 日至 19 日，根据中共中央"出版工作需要统一集中"的指示，中央宣传部出版委员会在北京召开全国新华书店出版工作会议，出席会议 74 人。毛泽东为会议题词：认真做好出版工作。会议通过了关于统一全国新华书店的决议草案。会上，胡愈之的报告指出："(私营)书店的组织带有浓厚的封建性,卖连环画、小人书的那些书业更是完全利用行帮关系发行的。"

本月,[苏联]伊林《五年计划的故事》(董纯才译)由苏南新华书店出版。随后伊林系列科学文艺作品陆续被翻译。

11月

1日,中华人民共和国出版总署在北京成立。署长胡愈之,副署长叶圣陶、周建人。下设有编审局、翻译局、出版局。

本月,华山的儿童小说《鸡毛信》由大连新华书店出版。作品讲述了抗日战争时期儿童团团长海娃与敌人斗智斗勇的故事。牧羊童海娃是一名机智勇敢的儿童团团长,在执行任务的途中遭遇日本鬼子,一路上危机重重,险象环生。面对穷凶极恶的日本鬼子,海娃凭借自己的智慧,出其不意,化解种种危险,最终出色地完成了任务,把鸡毛信送到了指定的地点。作品后来被改编成电影、连环画。

[苏联]高尔基《俄罗斯的童话》(鲁迅译)、《意大利的童话》(楼适夷译)分别由文化生活出版社、开明书店出版。随后高尔基的多种儿童文学作品被翻译成中文。20世纪50年代苏俄儿童文学作品被大量翻译到中国。

[美]马克·吐温《孤儿历险记》(章铎声译)由光明书局出版。该作1955年钱晋华译为《汤姆·刹耶历险记》(上海文艺出版社出版),张友松译为《汤姆·索亚历险记》(人民文学出版社),随后其名作《王子与贫儿》《哈克贝利·费恩历险记》陆续被翻译到中国。

香港智源书屋出版《女性和童话》,[德]歌德著,胡仲持译。

12月

23日至31日,教育部召开第一次全国教育工作会议,明确了改革旧教育的方针和步骤,确定了发展新教育的方向;提出教育必须为国家建设服务,学校必须为工农开门。

本月,上海昆仑电影制片厂根据张乐平漫画原作改编的电影《三毛流浪记》正式公映,阳翰笙导演。

《格林童话全集》(上、下册)(魏以新译)由商务印书馆出版。

本年

中国新民主主义青年团(1957年5月改名为中国共产主义青年团)中央做出《关于建立少年儿童队的决定》,在全国范围内建立中国少年儿童队(1953年8月改为中国少年先锋队)。在决定中明确规定:"团结广大少年儿童,培养和教育整个儿童一代是青年团的任务之一。"从培养社会主义新一代的目的出发,儿童文学也被提到一定的地位。

耕耘的《连环图书的改造问题》发表在《文艺报》第1卷第5期上。

台湾《中央日报》的《儿童周刊》创刊。诗人杨唤(笔名金马)经常在该刊发表儿童诗歌,代表作有《童话里的王国》《夏夜》《快乐上学去吧》与《花》等。

香港新民主出版社出版黄谷柳著的长篇儿童小说《虾球传》第3部《山长水远》。香港智源书局出版《新中国儿童文库》,司马文森主编。

上海启明书局出版张亦明译的《格林童话全集》。此书根据柯林司版《格林兄弟童话集》英译本译出,共收99篇作品。

本年摄制儿童故事影片2部:昆仑电影公司根据张乐平同名漫画摄制的《三毛流浪记》,文华影业公司根据鲁迅翻译的苏联班台莱耶夫同名小说《表》改编摄制的《表》。

1950 年

3 月

陈敬容翻译的安徒生童话《雪女王》《天鹅》《沼泽王的女儿》《丑小鸭》等，由三联书店分册出版。

[英]金斯莱《水孩子》（严既澄译）由商务印书馆出版。

托尔斯泰儿童故事集《狼》《高加索的俘虏》（楼适夷译）由万叶出版社出版。随后，托尔斯泰有多种儿童文学作品被翻译出版。

4 月

1 日，由宋庆龄创办的《儿童时代》在上海创刊。宋庆龄给创刊号题词："《儿童时代》的刊行，便是在给儿童指示正确的道路，启发他们的思想，使他们走向光明灿烂的境地。"《儿童时代》由中国福利会主办，中国福利会儿童工作研究室编辑出版。1950 年 8 月 16 日起，改由中国福利会儿童时代出版社出版。1984 年 1 月，由半月刊改为月刊。

25 日，朝文版《少年儿童》半月刊创刊，由东北朝鲜人民报社主办。同年 9 月，改由延边教育出版社编辑出版。1956 年 1 月，改为青年团延边州团委领导的少年先锋队杂志，刊名改为《延边少年》。1957 年 6 月 15 日，出至第 86 期后，改为朝文版《少年儿童报》，后又改名为《中国朝鲜族少年报》。

本月，青年团辽宁省委主办的《好孩子》在沈阳创刊。

[西]塞万提斯《吉诃德先生传》（傅东华译）由商务印书馆出版。

团中央召开了第一次全国少年儿童工作干部大会，郭沫若在会上号召"多多创作以少年儿童为对象的好的艺术作品"。这次大会公布了《中国少年儿童队队歌》。这首队歌由郭沫若作词，马思聪作曲，歌词有三段，进行曲速度，旋律优美动听。1953 年 6 月 27 日，青年团二大通过将"中国少年儿童队"改名为"中国少年先锋队"。8 月 21 日，团中央做出《关于"中国少年儿童队"改名为"中国少年先锋队"的说明》，《中国少年儿童队队歌》也同步更名为《中国少年先锋队队歌》。《中国少年儿童队／先锋队队歌》歌词如下："我们新中国的儿童／我们新少年的先锋／团结起来继承着我们的父兄／不怕艰难不怕担子重／为了新中国的建设而奋斗／学习伟大的领袖毛泽东／／毛泽东新中国的太阳／开辟了新中国的方向／黑暗势力已从全中国扫荡／红旗招展前途无限量／为了新中国的建设而奋斗／勇敢前进前进跟着共产党／／我们要拥护青年团／准备着参加青年团／我们全体要努力学习和锻炼／走向光辉灿烂的明天／为了新中国的建设而奋斗／战斗在民主阵营／最前线。"

5 月

28 日，北京市首届文学艺术工作者代表大会开幕。会上李伯康做了《建设儿童文学》的发言。据李伯康介绍，当时北京市有 30 万儿童，占全市人口的七分之一，其中在校的儿童约 14 万人，上识字班的 2 万多人。北京有三家儿童报刊——《中国少年儿童》《北京少年儿童》和《新民报》的《新儿童》专刊。在北京本市年发行量 5 万份左右，还有外地订购的。当时全国只有 10 份左右较正规的儿童报刊。少儿读物严重不足，反映新社会新品质的作品更少。李伯康呼吁："我们期待着作家、剧作家、音乐家、画家及文艺工作者们，为少年儿童创作更多关于我们伟大、敬爱的祖国，关于共产党及其领袖毛泽东主席，关于勇敢、勤劳的中国人民，关于我们新民主主义社会建设中的创造和新的品质的书籍、电影、戏剧、图画。我们期待着更多的关于我们的学校、教师,关于儿童生活和少年儿童队,青年和青年团的新作品。"

本月,[英]绥夫特《格列佛游记》(苏桥译)由三联书店出版。1956年,该著由李庶译为《小人国和大人国》,由少年儿童出版社出版。

6月

1日,郭沫若在《人民日报》上发表《为小朋友写作》。新中国庆祝第一个六一国际儿童节。

本月,[苏联]班台莱耶夫《表》(鲁迅译)由三联书店出版。20世纪50年代中国翻译出版了大量班台莱耶夫的儿童文学作品。

[苏联]盖达尔《蓝色的杯子》(莞夫译)由作家书屋出版。20世纪50年代中国翻译出版了大量盖达尔的儿童文学作品。

7月

1日,中央人民政府出版总署图书馆正式成立,由孙伏园、孟超分任正、副馆长。1954年改为文化部出版局版本图书馆。这是中国唯一的专门负责征集、收藏、管理全国出版物样本的图书馆。

本月,由上海市文化局、上海美协联合举办了第一期"上海市连环画学习班",这期学习班成员有80余人。

苏联的《爱罗先珂童话》(鲁迅等译)由商务印书馆出版。

[苏联]比安基《猎人讲的故事》(伊·利兹尼奇等绘图,任溶溶译)由三联书店出版。随后,比安基的系列作品如《森林报》等由不同译者译出。

[苏联]卡泰耶夫《七色花》(曹靖华译)由东北新华书店出版。

8月

秦兆阳的童话《小燕子万里飞行记》由青年出版社出版。这是新中国出版的第一部儿童文学作品。

[苏联]嘉丽莫娃著的民间故事《一百种智慧》(穆木天译)由中华书局出版。20世纪50年代,各民族民间故事得到广泛翻译。

[苏联]马尔夏克的童话剧剧本《十二个月》(戈宝权译)由时代出版社出版。9月,天下图书公司出版由艾丁译的《十二个月》。12月,又由三联书店出版由孙家琇译的《十二个月》。

[美]莱·弗·鲍姆《绿野仙踪》(陈伯吹译)由中华书局出版。

10月

"上海连环画出租者联谊会"成立,有3000余人,21个区分会。

丰华瞻译、丰子恺插图的《青蛙王子》(《格林姆童话全集》之一)、《灰姑娘》(《格林姆童话全集》之二)、《大拇指》(《格林姆童话全集》之三)等由文化生活出版社出版,至1953年,丰华瞻译的《格林姆童话全集》共10册出齐。

[德]拉斯伯《敏豪生奇游记》(李俍民译)由小主人出版社出版。1956年,根据康·丘科斯基的译本由王汶译为《吹牛大王历险记》,由天津通俗出版社出版。

[法]黎达的动物故事《刺猬家庭》(罗藏诺夫斯基绘图,严大椿译)由光芒出版社出版。随后其系列动物故事陆续被翻译到中国。

11月

[法]贝洛的童话《水晶鞋》(潘树声译)由知识书店出版。随后,贝洛的童话陆续出版。

[苏联]奥谢耶娃《蓝色的树叶》（孔嘉等译）由青年出版社出版。

12 月

1 日,人民教育出版社成立,由教育部和出版总署共同筹建,是出版中小学教材的专业出版社,叶圣陶任第一任社长。

本月,袁珂编著的《中国古代神话》由商务印书馆出版。

《小朋友》出刊 1000 期。从当月的 1001 期起,改为面向小学低年级学生的彩色画刊,成为新中国成立后的第一个低幼文艺读物。

本年

党中央把发展青少年儿童读物出版业的任务,交给了团中央。团中央为此成立了团中央出版委员会,由李庚任主任。

团中央在北京创办青年出版社,1953 年与开明书店合并组建中国青年出版社。该社重视出版儿童文学作品。自 1950 年至 1955 年,出版了 155 种儿童图书,包括高士其的《我们的土壤妈妈》、秦兆阳的《小燕子万里飞行记》、冯雪峰的《鲁迅和他少年时代的朋友》、郭墟的《杨司令的少先队》等。

《出版总署关于第一届全国出版会议五项决议的通知》中强调:“少年儿童读物与妇女读物也应大量地出版。”出版总署副署长叶圣陶在总结 1950 年的出版工作时特别提出:“通俗读物和儿童少年读物,貌似这一类以通俗文艺及连环画为主要内容,拿来替代旧的宣传封建、迷信、色情与罪恶之类的有害读物,这是很适合的。但随着日益增长的要求,以更多种的知识,更宽广的题材,通过适当的形式,在普及与提高相结合的方针之下,就量与质两方面,更多地满足工农兵大众的需要,在今天已经大有必要了。将外国名著缩写,使它通俗化、中国化的工作,渐渐受人注意。在通俗读物和儿童少年读物方面,已有若干的缩写本和改写本,采取了为读者对象比较易于接受的篇幅与表达形式,在读者群众中已经起了相当的影响。儿童读物在质量上也存在着问题。许多连环画不适宜于儿童阅读。翻译作品同样使儿童感觉困难。因此旧的‘小人书’还拥有一部分市场。这是需要以更多的、新的、更适合的读物来加以清洗与驱除的。”

全国有国营出版社 27 家,而私营出版社则有 184 家。全国出版少儿读物 466 种,总印数 573 万余册,其中 70% 的种数、59% 的印数,由私营出版社出版印刷。

1951 年

1 月

1 日,新华书店总店在北京正式挂牌办公。总经理:徐伯昕;副总经理:王益、储安平、史育才。总店直属出版总署领导。

本月,冯雪峰著《鲁迅和他少年时代的朋友》,由青年出版社出版。新疆人民出版社于 1955 年出版维吾尔文版。延边教育出版社于 1955 年出版朝鲜文版。

3 月

文幼章编的《鲁滨孙漂流记》（潘比画图）由中华书局出版。

高士其的科学诗《我们的土壤妈妈》由青年出版社出版。高士其随后出版多种科学诗。

4 月

管桦的儿童小说《小英雄雨来》由三联书店出版。

[意]亚米契斯《爱的教育》（夏丏尊译）由开明书店出版。

5 月

6 日,《人民日报》发表《严正处理旧连环画问题》,文章指出,全国各城市的连环画书摊中,封建、色情、反动的旧连环画泛滥,已发展到相当猖獗的程度。要求改善并加强连环画的编绘出版,改造连环画书摊工作。至此,全国改造旧连环画的工作开始启动。

15 日,北京师范大学中文系教授穆木天在《翻译通报》第 2 卷第 5 期发表论文《苏联儿童文学的翻译》。

6 月

1 日,青年团西南工作委员会主办的综合性少先队刊物《红领巾》在重庆创刊。

7 月

[苏联]尼·奥斯特洛夫斯基的《保尔》(蔼子改写)由劳动出版社出版。

8 月

李季著《毛泽东同志少年时代的故事》,由中南人民出版社出版。新疆人民出版社于 1952 年出版哈萨克文版,1958 年出版柯尔克孜文版。青海人民出版社于 1954 年出版藏文版。广西民族出版社于 1957 年出版壮文版。贵州人民出版社于 1958 年出版布依文版。

艾青等著的《春姑娘》(内含田间的《向日葵》《元旦》、秦兆阳的《祖国的事业等着你》)作为"新儿童丛书之四"由文化供应出版社出版。

11 月

5 日,团中央主办的中国少年先锋队队报《中国少年报》(周刊)创刊,其前身是《中国少年儿童》。毛泽东主席亲笔为《中国少年报》题名。首任主编左林。该报的四大专栏人物"小虎子""知心姐姐""动脑筋爷爷""小灵通",深受少年儿童喜爱。

本年

三联书店编辑、出版、发行《新中国儿童文学文库》,其中包括管桦的《小英雄雨来》、刘饶民的《毛妮子骗人》、金近的《小河唱歌》等书。

陈伯吹受聘为华东师范大学中文系教授,从事儿童文学教学与研究工作。

《连环画报》创刊。这是我国第一个全国性的连环画刊物。

顾生岳、娄世棠、徐永祥绘的连环画《赵百万》由新美学出版社出版,并于 1952 年获上海文化局举办的连环画评奖一等奖。

据《华东地区公私营图书出版业名录(1951 年 1 月至 6 月)》的统计,1951 年中国出版重心上海以及江浙共有出版少儿读物的出版机构 20 家(18 家在上海),其中,国营出版社 2 家——青年出版社华东营业处、新少年报社,均在上海;公私合营 1 家——新儿童书店,在上海;私营 17 家,其中上海 15 家——人世间出版社、三民图书公司、大陆书局、大富书店、兄弟图书公司、东南书局、春秋书社、国光书店、国民书局、启明书局、童联书店、华光书店、万象书店、万业书店、艺术书店,浙江 1 家——中国儿童书店,南京 1 家——民丰印书馆。

1952 年

1 月

1 日,团中央和华东军政委员会新闻出版局决定,在上海成立"少年儿童出版社筹备委员会",以上海的新儿童书店为基础,商务印书馆、中华书局、大东书局参加。庞来青任主任委员,包蕾任秘书。

本月，[苏联]柳鲍娃·齐莫菲耶夫娜·柯斯莫捷绵斯卡亚著、么润译的人物传记《卓娅和舒拉的故事》，由青年出版社出版，1953 年 6 月出版第 6 版，发行数百万册，成为畅销书。《卓娅和舒拉的故事》是柳鲍娃·齐莫菲耶夫娜·科斯莫杰米扬斯卡娅以自己的一双儿女、苏联卫国战争英雄姐弟卓娅和舒拉为原型写就的传记体小说，记述了家喻户晓的苏联英雄姐弟卓娅和舒拉二人短暂而光辉的一生。该书感情真挚，语言朴实，1950 年在苏联出版，影响极大，译介到中国后，同样影响广泛。

2 月

张天翼的儿童小说《罗文应的故事》在《人民文学》2 月号发表。随后在《中国少年报》2 月 18 日、3 月 3 日转载。

5 月

31 日，郭沫若在《人民日报》上发表《爱护新鲜的生命》；宋庆龄在《人民日报》上发表《儿童——世界之宝》。

9 月

《文艺报》第 9 期发表徐北斗、艾路、梅子的文章，对儿童文学面临的问题发表意见，同时介绍了莫斯科召开全苏联儿童文学会议的情况。

12 月

28 日，由团中央主管的少年儿童出版社在上海成立，宋庆龄题写社名。这是 1949 年后我国第一个专业的全国性儿童读物出版机构。郭云任社长，陈伯吹任副社长。1950 年年底，团中央出版委员会主任李庚，以上海军管会特派军代表的身份，接管了被官僚资本渗入的私企儿童书局，并吸收了几家小型私人儿童书店，组建成立公私合营性质的新儿童书店。1951 年，又吸收了商务印书馆、中华书局、大东书局等的部分编辑出版人员，于 1952 年 12 月成立少年儿童出版社。1954 年，又有启明、基本、华光、春秋四家书局并入，人员增至百余人。少年儿童出版社的编辑业务由团中央领导，经营和党务归上海市委与华东军政委员会新闻出版局兼管。1958 年 8 月，团中央将少年儿童出版社移交给上海市出版局，从此成为上海市属的出版机构。

本年

乔羽发表四幕儿童剧《果园姐妹》。

1953 年

1 月

创办于 1922 年的《小朋友》杂志，由中华书局转交给少年儿童出版社，开本由原来的 32 开改为 20 开，读者对象改为小学低年级儿童为主。

3 月

高玉宝的自传体长篇小说《高玉宝》由西南军区政治部出版。同年 8 月，东北人民出版社出版高玉宝著的《半夜鸡叫》。12 月，人民文学出版社出版高玉宝著的《我要读书》。高玉宝是一位从文盲战士成长起来的作家，作品影响广泛。

[苏联]诺索夫《维嘉·马列耶夫在学校里和家里》（孟虞人译）由光明书局出版。20 世纪 50 年代中国翻译出版了大量诺索夫的儿童文学作品。

6 月

1 日，《人民日报》发表社论《更好地培养我们的新一代》。

27 日,中国人民保卫儿童全国委员会在《人民日报》上刊文,为鼓励儿童文学创作,发起全国少儿文艺创作评奖活动。

本月,刘真的儿童小说《我和小荣》在《人民文学》6 月号发表。

7 月

25 日,《少年文艺》在上海创刊,宋庆龄为刊物写了发刊词《让鲜花开遍这块园地》并题了刊名。《少年文艺》是新中国最早的儿童文学月刊,由少年儿童出版社编辑出版。

本月,《文艺报》第 13 号发表韦君宜的《从儿童文学作品中看到几个问题》。

8 月

14 日,《人民日报》刊登钟洛的《给新一代以更多更好的文艺读物》。

19 日,北京市第四中学语文教学研究组在《人民日报》上发表《我们怎样指导同学阅读文艺作品》。

本月,张天翼的童话剧《大灰狼》在《人民文学》7、8 月合刊上发表。

中国广播史上第一个少年儿童课余剧团——儿童广播剧团正式成立。

叶君健翻译的《没有画的画册》(安徒生童话选集)由平明出版社出版,之后,叶君健译的安徒生童话陆续出版,《安徒生童话全集》(16 册)于 1958 年由新文艺出版社出齐。

9 月

20 日,《人民日报》发表团中央少儿部副部长刘祖荣的文章《青年团要认真指导儿童阅读文艺书籍》。

本月,[瑞典]塞尔玛·拉格勒夫《里尔斯历险记》(吴朗西译)由文化生活出版社出版。

[苏联]巴若夫童话《孔雀石箱》24 册(李俍民译)由启明书局、国民书局、基本书局、春秋书社、华光书局、三民图书公司等出版。

[苏联]普希金童话诗《渔夫和金鱼》(陈伯吹译)由少年儿童出版社出版。1959 年 9 月,少年儿童出版社又出版由戈宝权译的《渔夫和金鱼的故事》。

本月,中宣部专门召开了研究少儿读物出版的工作会议。会议认为:"国营及公私合营出版社出版的儿童读物太少,从 1950 年至 1952 年三年中,国营及公私合营出版社出版的儿童读物只占全部儿童读物种类的 27.56%,占印行册数的 53.22%;私营出版社占种数的 72.44%,占印行册数的 46.78%。"私营出版社出版的图书大多粗制滥造,内容非常恶劣。为了改善儿童读物的现状与存在问题,会议要求教育部来管理儿童读物,要求少年儿童出版社提高儿童读物的种类和数量,要求对私营出版社的儿童读物适当加以限制,进一步加强对私营出版社的整顿改造。

中华全国文学工作者协会第二次会员代表大会在北京召开。本次大会期间决定重组文协(全国文学协会),更名为中国作家协会,成为与中国文联并列、独立的人民团体。本次大会共有代表 560 人、列席代表 189 人。周恩来总理到会讲话。茅盾作《新的现实和新的任务》的报告。选举 88 人组成理事会,茅盾任中国作家协会主席,周扬、丁玲、巴金、柯仲平、老舍、冯雪峰、邵荃麟、刘白羽任副主席。大会通过的章程规定:"中国作家协会是以自己的创作活动和批评活动积极地参加中国人民的革命斗争和建设事业的中国作家和批评家的自愿组织。"本年 10 月,全国文学协会正式更名为中国作家协会。周扬为作家协会党组书记,邵荃麟为副书记。1955 年 4 月增补刘白羽为党组副书记。陈白尘任作家协会秘书长。为加强统战工作,作家协会还成立了民盟支部,陈白尘任支部书记。

10 月

6 日，《人民日报》发表《关于改进儿童文艺读物方面的意见》。

11 月

30 日，郭沫若在《光明日报》上发表《请加意爱护我们的新一代》。

本月，《人民文学》11 月号发表张天翼的《我要为孩子们讲几句话》。

[苏联]恩·霍兹编写的《朝鲜民间故事》（丰子恺、丰一吟译）由文化生活出版社出版。

12 月

[美]杰克·伦敦《生命之爱》（李俍民译）由少年儿童出版社出版。

本年

团中央召开"第二次全国少年儿童工作者会议"。

青年出版社与开明书店合并，改名为中国青年出版社，以原少年儿童读物编辑科为基础，成立了儿童读物编辑室，除少年读物、儿童读物外，开始出版幼儿读物。

教育界关于《三只熊》是否应该选进小学语文教科书，引起争论。

[苏联]古巴列夫、古谢夫著的《辅导员的书》（清河译）由中国青年出版社出版。该著作详细介绍了苏联的辅导员如何组织和辅导孩子们读书。

[苏联]伊林著的《论儿童的科学读物》由中国青年出版社出版。

本年摄制儿童故事影片 1 部：赵丹导演的《为孩子们祝福》，长江昆仑联合电影制片厂摄制。

1954 年

1 月

1 日，新中国第一家儿童电影院在长春市落成，电影院内的 1000 个座位都是适合儿童身高的红色小皮椅。

28 日，中国美术家协会创作委员会召集在京美术家举行了插图创作座谈会。

本月，《人民文学》1 月号发表呆向真的儿童小说《小胖和小松》。

2 月

任大星的儿童小说《吴小钢和他的妹妹》由中国青年出版社出版。

3 月

《美术杂志》刊发《关于文学作品插图创作的讨论》。

5 月

4 日，《人民日报》发表社论《更好地培养青年一代》。

31 日，由中国人民保卫儿童全国委员会、共青团中央、中国文联、中国作家协会、教育部、文化部等中央单位联合举办的"第一次全国少年儿童文艺创作评奖（1949—1953）"结果公布，这是中国文学史上第一次全国性的儿童文学权威奖项。一等奖 5 个，二等奖 5 个，三等奖 12 个。奖金全部为丁玲捐赠。

6 月

1 日，《人民日报》刊登高士其的《谈谈儿童科学读物的创作问题》。

本月，巴金的童话《长生塔》由平明出版社出版。

8 月

《人民文学》8 月号发表萧平的儿童小说《海滨的孩子》。

10 月

为贯彻政务院《关于改进和发展中学教育的指示》中"以辩证唯物论和历史唯物论的观点和理论与实际联系的方法,有计划地修订中学教学计划,修改教学大纲和教科书,并为教师配备一套教材指导书"的精神,人民教育出版社组织编写新的 12 年制的中小学教材,选调陈伯吹入社,并负责编审小学语文课本。

[印度]泰戈尔《我的童年》(金克木译)由人民文学出版社出版。

11 月

29 日,《中国少年报》发表《捉野兔》,引起了儿童文学界和儿童教育界的热烈讨论。

[意]约·罗大里《洋葱头历险记》(符·苏杰叶夫插图,任溶溶译)由少年儿童出版社出版。

12 月

魏金枝编的《中国古代寓言》(程十发绘图)由少年儿童出版社出版。

本年

北京师范大学中文系成立了我国高校第一个儿童文学教研室,由著名文艺理论家、作家、翻译家穆木天教授(1900—1971)担任主任。

陈伯吹离开上海奉调北京,任人民教育出版社编审,负责编辑中小学语文教科书。

少年儿童出版社从本年 9 月起,陆续出版根据明代施耐庵长篇小说《水浒》编辑的少儿版单行本《林冲》,本年 11 月出版《三打祝家庄》《智取生辰纲》,1958 年 6 月出版《李逵》《鲁智深》《武松》。

郑文光的科幻小说《从地球到火星》发表在《中国少年报》上,这是新中国第一篇科幻小说。

新年期间,中央人民广播电台《对少年儿童广播节目》播出乔羽著的童话连续广播剧《果园姐妹》。这是中央人民广播电台儿童广播剧团录制的第一部童话连续广播剧,也是我国广播史上第一部专门为儿童作曲配乐的童话连续剧。

[苏联]凯洛夫、杜伯罗维娜著的《论苏联儿童文学的教育意义》由人民教育出版社出版。

[苏联]杜伯罗维娜著的《从儿童共产主义教育的任务看苏维埃儿童文学》由中国青年出版社出版。

北京师范大学中文系选编的《苏联儿童文学论文集》(第 1 集)由中国青年出版社出版。

本年摄制儿童故事影片 2 部:上海电影制片厂的《鸡毛信》,根据华山同名小说改编,由张骏祥编剧、石挥导演;北京电影制片厂的《小白兔》,孙世雄根据苏联童话剧改编、编导,这是新中国第一部童话题材的少年儿童电影。

本年全国基本完成了对私营出版业的社会主义改造,新版、再版少儿图书 1260 种,印行 1369 万册,其中国营出版社及公私合营出版社出版的品种占 60%,印数占 80.4%。

1955 年

1 月

3 日,团中央决定重组少年儿童出版社领导班子:由郭云任社长,陈伯吹任副社长,陈向明任副社长兼总编辑,胡德华任期刊编辑部主任,包蕾、何公超任图书编辑部主任、副主任，岳中俊任经理部经理。以上7人组成编辑委员会。

本月，[印度]穆·拉·安纳德《印度童话集》（冰心译）由中国青年出版社出版，同年8月改名为《印度民间故事》由少年儿童出版社出版。

2月

北京师范大学校长陈垣邀请陈伯吹到北京师范大学中文系兼任儿童文学教授，陈伯吹时在人民教育出版社工作。

4月

叶君健翻译的《安徒生童话选》由人民文学出版社出版。

方轶群的童话《萝卜回来了》（严箇凡绘图）由少年儿童出版社出版。

5月

5日，安徒生诞辰150周年，在北京举行了世界文化名人（包括安徒生、席勒、密茨凯维支、孟德斯鸠）纪念大会。以叶君健、陈伯吹为首，发表数量众多的文章，引发了国人继"五四"之后对安徒生的再度关注。

31日，首都各界召开纪念"六一"保卫儿童大会。

6月

1日，《人民日报》发表社论《用社会主义的观点和方法培养儿童》。

7月

9日，郭沫若在《人民日报》上发表《爱护新生代的嫩苗》。

27日，《人民日报》发表社论《坚决处理反动、淫秽、荒诞的图书》。社论强调必须进一步对有毒害的图书即政治上极端反动的图书，描写性行为的图书及渲染荒淫生活的色情图书，宣扬寻仙修道、飞剑吐气、采阴补阳、宗派仇杀的荒诞武侠图书，应予以查禁或收换。同时强调"一般的侦探小说、神话、童话及由此而改编的连环画，真正讲生理卫生知识的科学书，等等，应该一律准许继续租售，不得任意处理"，"出版机构应该努力增加和改进文艺作品、通俗读物、儿童读物的出版，特别要多出版一些故事性的、有趣味的、适宜水平低的读者的需要和青年、儿童的心理的读物，并以低廉的价格发行"。

本月，任大霖的儿童小说《蟋蟀》在《人民文学》7月号发表。

8月

2日，中共中央书记处第一办公室编印的《情况简报》第334号刊载了《儿童读物奇缺，有关部门重视不够》的材料。材料介绍：中国少年报社最近召集有关部门座谈关于儿童读物问题，会上普遍反映儿童迫切需要的作品和中国儿童文学奇缺，许多应该有的读物没有，在仅有的读物中，又多半只适合小学四、五、六年级的学生阅读。（毛泽东主席在这段话的旁边批注："书少。"）造成此种情况的主要原因是：（一）各地文化、教育部门和团委不重视儿童读物的创作和供应，各地出版社都没有编儿童读物的干部和出版计划。（二）一般作家不愿给儿童写东西，也有些作家觉得搞儿童文学"糊不了口，出不了名"。（毛泽东主席在这两行旁批注："无人编。"）（三）全国多数书店不卖儿童读物，有的虽推销，也不积极，只停留在少数门市部，没有面向学校和孩子们。（四）书价过高，一般的儿童读物价钱都在一二角以上，有的翻译作品需七八角甚至一元，孩子们没钱买。（毛泽东主席在这一行旁批注："太贵。"）4日，毛泽东主席将这份《情况简报》批给时任中共中央副秘书长、国务院第二办公室主任林枫："此事请你注意，邀些有关的同志谈一下，设法解决。"

15日，团中央书记处向党中央呈报了《关于当前少年儿童读物奇缺问题的报告》，报告在汇报了河北、江苏、山东等地有关情况后,提出了"大力繁荣儿童文学"和"加强儿童读物出版力量"的措施。团中央决定在继续办好归属团中央管辖的,位于上海的少年儿童出版社、加强小学中年级及学前儿童读物的出版外,在北京创办中国少年儿童出版社,加强小学高年级和初中学生读物的出版;同时建议江苏、浙江、山东、河北等15个省、自治区的人民出版社设立儿童读物室,加强全国儿童读物的出版。报告还提出适当提高稿酬标准、加强发行和宣传工作、增设儿童阅读场所等建议。

27日,党中央批转了团中央《关于当前少年儿童读物奇缺问题的报告》,要求全国有关方面积极地、有计划地改善少年儿童读物的写作、翻译、出版和发行工作。

本月,郭风的儿童诗集《火柴盒的火车》由少年儿童出版社出版。

9月

3日,《光明日报》发表陈子君文章《扩大儿童文学的主题范围》。

6日,《中国青年报》发表宋庆龄《源源不断地供给孩子们精神食粮》。面对少儿读物"奇缺"的情况,她号召文艺家们把儿童创作列入每年的创作计划中。

13日,《中国青年报》发表社论《让孩子们有更加丰富多彩的读物》。

16日,《人民日报》发表社论《大量创作、出版、发行少年儿童读物》。社论指出,目前少年儿童读物奇缺,种类、数量、质量都远远不能满足少年儿童的需要,解决这些问题是目前少年儿童教育事业中的一项极其重要的任务。社论认为为了不断加强儿童文学创作工作,一方面要建立一支能起骨干示范作用的专业儿童文学作家队伍,另一方面要在"团干部、教师、辅导员、国家工作人员当中"大量培养新作家。社论期望,各有关部门应当认真对待这件事情,确定改进少年儿童读物创作、出版、发行工作的计划,争取在最短的时间内,基本上改变这种状况,使孩子们有更多的书读。

16日,郭沫若在《人民日报》发表了《请为少年儿童写作》。郭沫若指出国内儿童读物的内容"采自苏联作品的在80%以上",批评"大多数的中国作家们并不重视儿童,因而也就不重视儿童文学"。郭沫若认为"文学在陶冶道德品质和树立正确的人生观上是很好的工具","一个人要在精神上比较没有渣滓,才能做得出好的儿童文学"。

24日,中国作家协会创作委员会少年儿童组干事会召开干事会议,讨论关于少年儿童创作问题。

本月,北京师范大学中文系举办"儿童文学进修班",导师为儿童文学教研室主任穆木天教授。

10月

5日,文化部发出《关于少年儿童读物的出版情况和今后改进意见的请示报告》。

27日,中国作家协会召开第十四次理事会主席团会议,讨论并通过了《中国作家协会关于少年儿童文学创作的计划》。《计划》分为三个部分:一是加强对少年儿童文学创作的领导,要求各地分会成立儿童文学组,作家协会与各地分会的文艺刊物经常发表儿童文学作品与理论、评介文章,并于1956年下半年召开全国少年儿童文学创作会议;二是决定组织丁玲等193名在京和华北各省的作家、理论批评家,在1956年每人写出一篇(部)儿童文学作品,或译作,或研究性文章,各地分会也应完成一定数量的儿童文学作品与理论文章,作家为写作儿童文学作品,可申请中国作家协会"创作贷款及津贴暂行办法"的帮助;三是通过讨论、讲座、报告等形式,大力培养儿童文学创作的新生力量,要求《人民文学》与各地分会的刊物编辑部,把发现、培养儿童文学创作的新生力量,当作自己

的重要任务。

本月，《译文》杂志发表[苏联]尤利·索特尼克的《怎样辅导少年读者阅读文学作品》（莫岩译）。

《伊索寓言选》（[瑞]海威绘图，张沛霖、杨彦劬编译）由儿童读物出版社出版。

11月

1日，毛泽东主席批阅中共中央副秘书长、国务院第二办公室主任林枫关于少儿读物的来信。信中说："关于改善少年儿童读物的创作和发行等问题，我们根据主席和中央的指示，曾和文化部、教育部、中国作家协会、中国保卫儿童委员会、团中央以及有关出版社的负责同志进行了座谈。现将中国作家协会党组关于改进少年儿童读物创作问题的报告、文化部党组关于改进少年儿童读物出版发行工作的报告及教育部党组关于少年儿童读物问题的报告送请审阅。"毛泽东主席批示："林枫同志，此信已阅，附件还来不及看。你们可以照你们的布置去做，不要等候我提意见。"

18日，中国作家协会召开第14次理事会主席团会议（扩大），专门讨论了发展少年儿童文学创作的问题，会后向全国各地的分会下发了《关于发展少年儿童文学的指示》，并制定了1955年至1956年有关发展儿童文学创作的具体计划。《指示》就发展儿童文学的重要性、现状及繁荣创作等问题作了具体部署。《指示》指出："少年儿童文学是培养年轻一代成为优秀的社会主义事业接班人的强有力的工具；发展少年儿童文学创作，是关系着一亿二千万少年儿童的精神食粮的极其迫切的任务。但长期以来，作家协会对少年儿童文学不够重视：很少研究儿童文学创作的情况和问题，没有采取有效的措施组织作家为少年儿童写作，各级机关刊物也很少发表有关少年儿童文学的稿件。为了使少年儿童文学真正担负起对年轻一代进行共产主义教育的庄严任务，必须坚决地有计划地改变目前少年儿童文学读物十分缺乏的令人不满的状况。"为此，中国作家协会要求各地分会"应该把发展少年儿童文学的问题列入自己经常性的工作日程，积极组织少年儿童文学创作，纠正许多作家轻视少年儿童文学的错误思想，组织并扩大少年儿童文学队伍，培养少年儿童文学的新生力量，并加强对少年儿童文学创作的思想指导。"《指示》并就少年儿童文学的题材内容、思想性和艺术性的关系、形式和体裁、童话科幻也必须以生活真实为基础，以及作家和科学家合作、为少年儿童创作科学文艺、名人传记等问题作了具体指示。

24日，中国作家协会召开少年儿童文学座谈会，张天翼在会上做了《关于作家深入少年儿童生活问题》的发言。

26日，新华书店总店发出《改进少年儿童读物发行工作》的通知。

本月，《长江文艺》11月号发表社论《为孩子们拿起笔来》。

冰心在《人民文学》11月号上发表《一人一篇》，响应郭沫若在《请为少年儿童写作》中关于"一二年内，每一位作家都要为少年儿童至少写一篇东西"的倡议，并呼吁作家们反省"社会上对于我们的批评和指责"——"大多数的中国作家并不重视儿童，因而也就不重视儿童文学"。

阮章竞的长篇童话诗《金色的海螺》在《人民文学》11月号发表。

任德耀的童话剧《马兰花》在《文艺报》11月号上发表。

民间文学专家董均伦、江源采风记录的民间童话故事《石门开》，由少年儿童出版社出版。董均伦、江源以后出版的还有《葫芦娃》（浙江人民出版社，1956）、《三件宝器》（中国少年儿童出版社，1956）、《匠人的奇遇》（中国少年儿童出版社，1958）等。

12 月

陈伯吹的童话《一只想飞的猫》发表在《人民文学》12月号上。

黎锦晖编的儿童诗集《桃花开》(赵白山绘图)由儿童读物出版社出版。

《中国儿童图画选集》英、法、德、印尼四种文字的版本,由外文出版社出版。新中国成立后,为加强与各国人民的交流,外文出版社把一批我国优秀的儿童读物,翻译成英、法、德、西班牙、葡萄牙、意大利、阿拉伯、日本、越南、泰、缅甸、印地、乌尔都、印尼、波斯、豪萨、斯瓦希里、世界语等近20种外国文字出版,其中包括叶圣陶的童话、徐光耀的小说、丰子恺的儿童画以及许多民间故事。

[英]约·罗金斯《金河王》(严大椿译)由儿童读物出版社出版。

本年

《文艺报》第18号发表专论《多多地为少年儿童文学写作》,呼吁文艺工作者响应《人民日报》社论《大量创作、出版、发行少年儿童读物》,去除对于少年儿童文艺创作是简单的低下的一类的看法,多多地为少年儿童们写作。

胡耀邦在第三次全国少年儿童工作会议上作了《把少年儿童带领得更加勇敢活泼些》的讲话。

分年阅读活动小丛书编辑委员会编著的"分年阅读活动小丛书",由儿童读物出版社开始陆续出版,本年12月出版有《图书车来了》《扫雪去》《在海边》《大家真高兴》《我们的小队》。1956年5月,改由少年儿童出版社出版,出版有《一张唱歌纸》《小鸡变拖拉机》《小螃蟹》《捉麻雀去》《拖拉机来了》。

上海电影制片厂根据华山同名小说《鸡毛信》摄制的电影获文化部颁发的优秀影片、故事片三等奖后,本年又获得第九届英国爱丁堡国际电影节优胜奖。

中央人民广播电台《对少年儿童广播节目》播出《西游记》长篇广播故事。

[苏联]勒·柯恩《苏联国内战争时期的儿童文学》(林学洪译)由中国青年出版社出版。

本年摄制儿童故事影片3部:长春电影制片厂的《祖国的花朵》《罗小林的决心》,上海电影制片厂的《青春的园地》。《祖国的花朵》的插曲《让我们荡起双桨》(乔羽词,刘炽曲),成为影响几代人的经典儿童歌曲。《罗小林的决心》系根据张天翼的儿童小说《罗文应的故事》改编。

1956 年

1 月

欧阳山的新童话《慧眼》在广州《作品》1月号上发表,引起广泛讨论。舒霖(束沛德)、贺宜、黄庆云、陈伯吹等近10人发表文章,就童话的艺术特征、童话的幻想与现实的关系、童话与小说的关系等问题各抒己见。

2 月

20日,中国作家协会在北京召开了第二次理事会会议。周扬、茅盾、刘白羽的报告,都谈到了儿童文学的问题。陈伯吹就儿童文学做了专题发言,呼吁"为小孩子写大文学"。

本月,葛翠琳的童话《野葡萄》在《人民文学》2月号发表。

贺宜的童话《小公鸡历险记》由少年儿童出版社出版。

阮章竞的童话诗《金色的海螺》(米谷插图),由中国少年儿童出版社出版。1961年由外文出版社出版英文、法文版。1958年由延边人民出版社出版朝鲜文版。1964年由内蒙古教育出版社出版蒙古文版。

人民文学出版社出版《1954—1955 儿童文学选》（中国作家协会编）。严文井作序。序言从全局的高度，考察了 20 世纪 50 年代前期儿童文学的创作情况，对于认识、把握这一时期中国儿童文学的创作现象、流行观念具有重要价值。

中国作家协会编的《海滨的孩子（儿童文学选辑）》，由中国青年出版社出版。

3 月

中国作家协会召开全国青年文学创作会，袁鹰在会上作了《争取少年儿童文学创作繁荣》的报告。

董均伦等著的童话《葫芦娃》（毛用坤、张友陶画）由浙江人民出版社出版。

4 月

14 日，《文汇报》发表《中华人民共和国教育部关于指导小学生阅读少年儿童读物的指示》。

本月，北京师范大学穆木天主编，张中义、赵智铨、汪毓馥、刘曼华选编的儿童文学教学参考书《儿童文学参考资料》（第一集、第二集），由北京师范大学内部发行。第一集 138 页，分为 4 部分：一是列宁、斯大林和毛泽东对青年一代的共产主义教育的指示，共 4 页；二是党和政府对于教育青年一代的指示和决议，包括朱德、邓小平、胡耀邦、胡克实的讲话，苏联加里宁的文章，两篇《人民日报》关于培养社会主义新一代的社论，共 37 页；三是党和政府对发展文学艺术的指示和决议，包括《人民日报》《文艺报》社论，苏联共产党有关文学艺术的指示等，共 28 页；四是少年儿童课外阅读指导，收入 5 篇苏联和中国有关儿童阅读推广的文章，共 55 页。第二集 378 页，收入文章 24 篇，除了一篇中国美术家协会《关于文学作品插图创作的讨论》外，其余 23 篇全部为俄国和苏联的作家、教育家的文章，涉及儿童文学的基本原理，以及儿童小说、童话、儿童诗、电影、动画片、科学读物等，其中有高尔基的《儿童文学的"主题"论》《把文学——给与儿童》《谈谈儿童科学读物的创作问题》，马尔夏克的《论小读者的大文学》，苏尔科夫的《苏联儿童文学和它的任务》等重要论文。两集的附录《未收入选集的重要参考书》及《未收入选集的补充参考书》中，有 71 个条目源自俄国和苏联，其中包括《俄文参考书目》，该书目列举了各种俄文儿童文学教材、论文集、作家评论、苏联儿童文学作品目录等共 31 个条目。北京师范大学版《儿童文学参考资料》成为 20 世纪 50 年代高校儿童文学教学的重要课程资源与理论文献。

柯岩的儿童诗《"小兵"的故事》在《人民文学》4 月号上发表。

5 月

中国作家协会译文编辑委员会选编的《我们的礼物》，由人民文学出版社出版。本书收录苏联、意大利、波兰、英、美、法等国的儿童诗歌，曾由《译文》杂志作为外国儿童文学专号《我们的礼物》出刊。

冰心著的儿童小说《陶奇的暑假日记》，由少年儿童出版社出版。

少年儿童出版社从本月起，编辑、出版"英雄人物小时候的故事"书系。本月出版《董存瑞小时候的故事》。以后陆续出版有《罗盛教小时候的故事》（1956.8）、《刘胡兰小时候的故事》（1956.12）、《杨根思小时候的故事》（1957.4）、《方志敏伯伯小时候的故事》（1959.9）、《黄继光》（1964.9）等。

6 月

1 日，中国少年儿童出版社在北京成立。这是团中央领导的面向全国的第二家专业化综合性少儿读物出版社。郭沫若为中国少年儿童出版社题写社名。团中央任命叶至善任社长兼总编辑，姜汝任副社长兼副总编辑。中国青年出版社的儿童读物编辑室划归中国少年儿童出版社。

1日，中国儿童艺术剧院在北京正式成立。这是文化部直属的国家艺术院团，前身是1941年在延安成立的延安青年艺术剧院附属儿童艺术学园。后几经易名，1949年成为中国青年艺术剧院儿童队，1953年改建为中国少年儿童剧团。1956年6月1日，由文化部正式命为现名，首任院长任虹。中国儿童艺术剧院肩负着国家儿童戏剧的继承、发展与创新的责任，发挥着国家艺术院剧院的代表作用、示范作用和导向作用。

本月，陈伯吹在上海《文艺月报》6月号上发表《谈儿童文学创作上的几个问题》。该文所提出的观点，如关于儿童文学的教育方向、儿童年龄特征、儿童文学主要描写儿童以及对"童心"问题的理解等，曾对当代儿童文学尤其是20世纪50年代至60年代的儿童文学创作产生过重要影响，是当代儿童文学及"陈伯吹研究"的重要文献。该文特别强调："一个有成就的作家，愿意和儿童站在一起，善于从儿童的角度出发，以儿童的耳朵去听，以儿童的眼睛去看，特别以儿童的心灵去体会，就必然会写出儿童能看得懂、喜欢看的作品来。"这就是以后曾被批评过的著名的"童心论"。

7月

中国新民主主义青年团上海市委、中国作家协会上海分会和少年儿童出版社举办中小学教师、辅导员业余儿童文学研究小组讲习班，为期半年。叶以群主讲《高尔基论儿童读物和儿童文学》，魏金枝主讲《鲁迅对儿童的看法》，李俍民分析班台莱耶夫的《表》，李楚城主讲《当前儿童文学创作中的几个问题》，包蕾主讲《童话、民间故事和寓言》，任德耀分析了剧本《马申卡》。讲习班除了听讲和讨论外，还进行了创作活动。

《叶圣陶童话选》由中国少年儿童出版社出版。

郑文光的《少年儿童科学读物的创作问题》发表在《读书月报》7月号上。

金江的寓言《乌鸦兄弟》（严折西绘图）由少年儿童出版社出版。

9月

4日，中央人民广播电台为学龄前儿童开办的少儿广播节目《小喇叭》开播，自此一直播出，伴随了近三代人的成长，在一段时间内甚至是中国大陆唯一的少儿广播节目，因而也曾经是中国大陆覆盖面最广、影响最大的一档少儿节目。《小喇叭》节目主要的广播内容是故事、儿童歌曲、儿童广播剧等，曾经连续广播过《西游记》《老革命家小时候的故事》《高玉宝的故事》《魔方大厦》等长篇故事。《小喇叭》的广播故事有着独特的语言风格，细致、体贴、亲切、流畅，充满了对儿童的呵护和关爱之情。

本月，陈伯吹著的《儿童文学简论》由长江文艺出版社出版，全书收文5篇。这是新中国第一部儿童文学论文集。

王蒙的儿童小说《小豆儿》（陈新插图）由天津人民出版社出版。

10月

张天翼的童话《大林和小林》（华君武插图）由中国少年儿童出版社出版。

《儿童自然科学》丛书由中国少年儿童出版社出版。

11月

洪汛涛的童话《神笔马良》由少年儿童出版社出版。

彭席文的寓言《小马过河》发表在北京《新少年报》上。

12 月

中国作家协会重庆分会选编的《金贵明和他的爸爸（儿童文学选集）》由重庆人民出版社出版。

本年

文化部对 1949—1955 年的影片进行评奖。获奖的影片中有儿童故事片《鸡毛信》，木偶片《神笔》，动画片《好朋友》《乌鸦为什么是黑的》。

根据洪汛涛童话改编的彩色木偶片《神笔》继获文化部颁发的优秀美术片一等奖后，又在 1956 年获意大利威尼斯第 8 届国际儿童节 8~12 岁儿童文艺影片一等奖、叙利亚大马士革第 3 届国际博览会电影节银质第一奖章、南斯拉夫第 1 届国际儿童电影节优秀儿童电影奖，又在 1957 年波兰华沙第 2 届国际儿童电影比赛大会获木偶片特别优秀奖。

连环画《三国演义》由上海美术出版社陆续出书，到 1964 年，60 册全部出齐。

[苏联]格列奇什尼科娃著的《苏联儿童文学》、[苏联]密德魏杰娃编的《高尔基论儿童文学》由中国青年出版社出版。

拓林（重庆市西南师范学院教育系孙铭勋教授）选编的《四川儿歌》由少年儿童出版社出版，林曦明配以剪纸。《四川儿歌》选编了脍炙人口的四川传统民间儿歌童谣上百首，深接地气，形式多样。

本年摄制儿童故事影片 4 部：长春电影制片厂的《哥哥和妹妹》《皮包》，上海电影制片厂的《两个小足球队》《小伙伴》。

1957 年

1 月

内部发行的儿童文学理论刊物《儿童文学研究》由少年儿童出版社编辑出版。包蕾写了发刊词，至 1959 年 4 月共出 4 期。

张天翼的长篇童话《宝葫芦的秘密》在《人民文学》上连载（1 月号至 4 月号）。1958 年 3 月由中国少年儿童出版社出版单行本。

严文井的童话《唐小西在"下次开船"港》在《收获》创刊号上发表。

[法]玛·阿希《狐狸列那的故事》（严大椿、胡毓寅译，季浩改写）由少年儿童出版社出版。

[英]海·佐·威尔斯《大战火星人》（一之译）由少年儿童出版社出版。

2 月

[苏联]契诃夫著的儿童小说集《孩子们》（汝龙译）由中国少年儿童出版社出版。

3 月

左文编写的《小羊和狼》（严箇凡绘画）由中国少年儿童出版社出版。

[法]大仲马《三个火枪手》（伍建光译，伍蠡甫、伍孟纯节写）由少年儿童出版社出版。

4 月

唐弢著的《鲁迅先生的故事》，由少年儿童出版社出版。新疆人民出版社于 1958 年出版哈萨克文版。延边人民出版社于 1958 年出版朝鲜文版。

金近著的《童话创作及其他》由少年儿童出版社出版。

《西游记故事》（吴承恩原著，若谷节选）由少年儿童出版社出版。

5 月

西安地区 1956 年青年业余文学创作获奖作品集《儿童文学选集》，由陕西人民出版社出版。

6 月

冰心著的儿童小说《小橘灯》，由北京出版社出版。

7 月

陈伯吹著的《儿童文学简论》经修订增至 11 篇文章，由长江文艺出版社再版。

[意]科罗狄《木偶奇遇记》（科勃伦特绘图，徐调孚译述）由少年儿童出版社出版。

8 月

"学前儿童文艺"丛书编委会编的《美丽的树叶》（肖淑芳绘画）由中国少年儿童出版社出版。

陈伯吹论文集《作家与儿童文学》由天津人民出版社出版。

[埃及]卡密尔·铿辽涅编写的《一千零一夜的故事》（纳训译）由少年儿童出版社出版。

[德]霍夫曼《吃核桃小人和老鼠国王》（阿赛沽尔绘图，廖尚果译）由少年儿童出版社出版。

9 月

方纪生著的《儿童文学试论》由河北人民出版社出版。

10 月

陈伯吹著的《漫谈儿童电影戏剧与教育》由少年儿童出版社出版。

11 月

在全国"消灭四害"的热潮中，上海《小朋友》第 21 期发表了一组由拓林（西南师范大学孙铭勋）设计、詹同绘画的连环组画《老鼠的一家》。

12 月

23 日，上海《新闻日报》的《读者来信》栏发表了周兆定对连环组画《老鼠的一家》的批评：《这是什么画？》。文章责问道："不知道《小朋友》杂志的编辑为什么要画这篇连环画？ 在应当教育儿童消灭老鼠的时候，为什么却相反教育他们去爱护老鼠？"

31 日，《新闻日报》发表了严冰儿的《这是给儿童看的画》，反驳了周兆定对《老鼠的一家》的批评，于是引起了一场关于童话创作的争论。之后，《新闻日报》陆续收到来信来稿 150 余件，并发表了其中的 9 封来信。

本月，[英]狄更斯《雾都孤儿》（熊友榛译）由通俗文艺出版社出版。

本年

人民文学出版社出版《1956 儿童文学选》。冰心作序，序言评析了 1956 年儿童文学的创作实绩及存在的所涉及的问题，对于理解和把握 20 世纪 50 年代中国儿童文学的状况具有重要的认识价值。冰心指出："一个儿童文学作者，除了和一般文学的作者一样，必须有很高的思想水平、艺术水平之外，他还必须有一颗'童心'。"

圣野出任《小朋友》主编。

蒙文版《花蕾》创刊，为共青团内蒙古自治区委员会主办的蒙文少先队队刊。

反右派斗争开始。仇重、葛翠琳、黄庆云、郭风、陈子君等儿童文学作家被错划成"右派"。

1957 年至 1962 年，中国青年出版社翻译、出版《凡尔纳全集》。

本年摄制儿童故事影片 2 部：海燕电影制片厂的《牧童投军》，江南电影制片厂的《阿福寻宝记》。

1958 年

1 月

13 日，上海作家协会儿童文学小组专门组织了关于《老鼠的一家》的座谈会。

本月，[加拿大]欧·汤·西顿的动物故事集《银斑儿和红脖子》（徐霭、邱国渭译）由少年儿童出版社出版。1959 年、1960 年，西顿的《春田狐》《贫民区里的猫》又先后出版。

浦漫汀编选的《儿童文学作品选读》由东北师范大学出版。

2 月

《儿童文学研究》第 4 期刊载了丁景唐的《文艺作品必须坚持以社会主义思想教育儿童的原则》和贺宜的《从〈老鼠的一家〉的争论谈童话创作中几个特殊问题》，两文集中体现了针对《老鼠的一家》的讨论的代表性观点。关于《老鼠的一家》的讨论是 1956 年开始的关于"老鼠麻雀能不能在儿童文学中作为正面形象出现"的讨论的深入和继续。

本月，严文井的童话《唐小西在"下一次开船港"》，由少年儿童出版社出版。本年 5 月由外文出版社译成英文出版。

3 月

夏霞编写的《猴子捞月亮》（万籁鸣绘画）由中国少年儿童出版社出版。

《中国古代笑话》（魏金枝编写、贺友直绘图）由少年儿童出版社出版。

中国少年儿童出版社编辑、出版《儿童文学丛刊》第 1 集。第 2 集于本年 5 月出版，第 3 集于本年 10 月出版，第 4 集于 1959 年 4 月出版。

4 月

13 日，上海儿童书局创办人、著名编辑张一渠（1895—1958）在香港逝世。

本月，少年儿童出版社组织了一次业务思想检查，并举办了一个"业务思想批判展览会"，展出了编辑人员所写的大字报以及与文艺思想有关的实物。在这次批判中，有人提出近几年童话创作是"古人动物满天飞，可怜寂寞工农兵"的观点，继而展开对儿童文学的批判运动。

袁静的儿童小说《小黑马的故事》由中国少年儿童出版社出版。

6 月

10 日，《中国青年报》刊登左林、叶至善等 8 人的文章《大力提高儿童读物的质量加强阅读指导》。

本月，《老残游记的故事》（赵白山绘图）由少年儿童出版社节选、出版。

《儒林外史的故事》（程十发绘图）由少年儿童出版社节选、出版。

维吾尔族民间故事《阿凡提的故事》（赵世杰译）由上海文化出版社出版。

[法]波蒙夫人《美人和怪兽》（傅辛译）由少年儿童出版社出版。

7 月

陈伯吹著的《在学习苏联儿童文学的道路上》由少年儿童出版社出版。

8 月

反映北京人民兴建十三陵水库的报告文学《十三陵水库的故事》，由中国少年儿童出版社出版。

9 月

北京电视台(中央电视台的前身)正式设置了《少年儿童节目》专栏,这是我国电视台最早推出的一个对象性栏目。该专栏每周六播出一次,其《小小俱乐部》小栏目中播出的节目包括儿童歌舞、诗朗诵、木偶剧等。

《儿童文学选(1957)》由作家出版社编辑、出版。

10 月

17 日,著名学者、现代中国儿童文学先驱郑振铎(1898—1958)因飞机失事去世。郑振铎是 20 世纪 20 年代文学研究会发起"儿童文学运动"的干将,1922 年创办我国第一份纯儿童文学刊物《儿童世界》。

本月,包蕾的童话《猪八戒吃西瓜》拍成我国第一部剪纸片。

《儿童文学研究》以编委会名义发表了题为《坚决肃清毒素,高举红旗,为社会主义的儿童文学理论而斗争》的文章。

11 月

中国少年儿童出版社编辑、出版的《红色少年》(反映革命历史时期少年儿童斗争故事)第 1 集出版。至 1962 年出齐 12 集。

新疆青年出版社于 1959 年至 1962 年翻译、出版《红色少年》第 1 至 3 集的维吾尔文版、哈萨克文版。

延边人民出版社于 1959 年至 1963 年翻译、出版《红色少年》第 1 至 12 集的朝鲜文版。

12 月

27 日,北京电视台少儿节目在中央广播事业局广播大楼音乐厅内,现场直播中国儿童剧院演出的大型童话剧《雪女王》。在演出前后,电视编导向小观众介绍了《雪女王》原作者安徒生的生平,以及话剧改编者苏联儿童文学作家叶·施瓦尔茨的情况,童话剧导演白珊和主要演员与小观众见面。这是我国第一个专场直播的大型童话剧。

本月,[苏联]卡达耶夫著、南迁译的《七色花》(电影童话),由中国电影出版社出版。

周作人编成《绍兴儿歌集》,共 213 首。其中自己搜集 73 首,从《越谚》中辑录 55 首,从他人处搜录 85 首。

本年

冰心的《再寄小读者》由《人民日报》在 3 月 18 日至 5 月 29 日发表。

蒋成瑀在《儿童文学研究》第 4 辑上发表《试论新童话创作》。

国内开展了对资产阶级学术思想的批判,涉及儿童文学界的"童心论""儿童文学特殊论",造成儿童文学理论的混乱。

叶君健整理出版了《安徒生童话全集》,由新文艺出版社出版。这是中国第一个安徒生全集全译本,也是中国第一个译自丹麦文的安徒生童话版本。之后,叶君健译安徒生童话广泛流行,至 1979 年,各种叶君健译安徒生童话集达 50 多种,发行 400 多万册。

"总路线照耀下的红领巾丛书"39 种图书由少年儿童出版社编辑出版,包括圣野的《明天的农村》、唐弢的《擂台会》、张敏的《红旗手》、沈永祥的《敢想敢做的沈富生》等。

本年摄制儿童故事影片 8 部:长春电影制片厂的《红孩子》《黎明的河边》《红领巾的故事》《民兵的儿子》,天马电影制片厂的《兰兰和冬冬》《大跃进中的小主人》,珠江电影制片厂的《接班人》。北京电影制片厂和法国加朗斯艺术制片公司联合摄制《风筝》,这是中国第一部儿童彩色故事片,获第 11 届卡罗维·发利国际电影节荣誉奖和第 19 届威尼斯国际电影节圣·乔治奖。长春电影制片厂的《红孩子》的插曲《共产儿童团歌》,成为传唱至今的经典儿童歌曲。

1959 年

1 月

刘知侠的儿童小说《"铁道游击队"的小队员们》,由中国少年儿童出版社出版。刘知侠著有长篇小说《铁道游击队》。

2 月

中国作家协会召开创作座谈会,张天翼就重视儿童文学创作的问题做了发言,各地分会都进行了传达。

蒋风编写的《中国儿童文学讲话》由江苏文艺出版社出版。这是我国儿童文学第一本"史略"。

[印度]伊本·穆加发著的《卡里来和笛木乃》(古印度寓言集)(林兴华译)由人民文学出版社出版。

共青团浙江余姚县委学校和少先队工作部编的《余姚儿童诗选》,由余姚县人民出版社出版。

4 月

7 日,《人民日报》发表《热情地培植这株新苗》,要求广大文艺工作者更多地关心下一代,创作无愧于时代的优秀儿童文学作品。

本月,陈伯吹著的《儿童文学简论》(修订本)由长江文艺出版社第 3 次出版。

刘云编的《儿歌新唱》由徐州人民出版社出版。

5 月

3 日,周恩来总理邀请部分文艺界人士在中南海紫光阁举行座谈会,并在会上做了《关于文化艺术工作两条腿走路的问题》的讲话,针对当时文艺工作中存在的问题,提出了 10 条意见。本日,《光明日报》刊登夏衍的《为少年儿童创作更多更好的作品》。

本月,署名"华中师范学院中文系师生编著"的《中国儿童文学》由华中师范学院出版,全书 351 页,首印 1045 册。扉页题词:"献给伟大的国庆十周年,献给共产主义的接班人。"全书分为绪论、正文十一章、结束语。第一章儿童文学的基本特征,第二、三章在斗争中成长的中国儿童文学,第四章童话,第五章儿童诗歌,第六章儿童小说,第七章儿童戏剧、电影、曲艺,第八章散文,第九章寓言,第十章科学文艺读物,第十一章历史文艺读物。

儿童诗选《让我们快快地成长》,由贵州铜仁专区人民出版社编辑、出版。

6 月

1 日,叶圣陶在《光明日报》上发表《给少年儿童更多的课外读物》。

本月,《火花》6 月号刊登贺宜的长篇论文《儿童文学创作的一个关键问题——儿童化》。

7 月

金近的儿童诗《萝卜联欢会》由中国少年儿童出版社出版。

8 月

在德国莱比锡举行的国际书籍艺术展览会上,中国少年儿童出版社的《朵朵葵花向太阳》获儿童书籍装帧银质奖章,少年儿童出版社出版的《我们的故事》获铜质奖章。

9月

中国少年儿童出版社编选、出版《1958年儿童文学选》。

《丰子恺儿童漫画》(丰子恺编绘)由天津美术出版社出版。

林斤澜的儿童小说《惹祸》由中国少年儿童出版社出版。

《儿童文学选(1949—1959)》(上海十年文学选集)由少年儿童出版社出版。

《1958年儿童文学选》由中国少年儿童出版社编选、出版,贺宜作序。

10月

《山东十年儿童文学选》由山东人民出版社编辑、出版。

方惠珍、盛璐德的科学童话《小蝌蚪找妈妈》由少年儿童出版社出版。

11月

理论刊物《儿童文学研究》创刊,公开出版发行,由贺宜任主编。该刊由中国少年儿童出版社和少年儿童出版社编辑、出版。这是中国有史以来第一家专业性的儿童文学研究刊物。创刊号共98页,印数6200册。重要文章有编辑部文章《我们要为总路线的胜利引吭高歌》,贺宜《让儿童文学创作跃进到思想和艺术的新高度》,石西民《〈上海新儿歌选〉序》,田海燕《苏区儿童歌谣》,任大星《谈谈儿童文学作品反映祖国工业建设的问题》,鲁兵《读画杂感》,蒋风《鲁迅论儿童文学》等。创刊号的《发刊词》认为新中国成立十年来,"我们的儿童文学有了适应时代的新的发展,它不但包括小说、散文、诗歌、童话、寓言、民间故事、传记、戏剧、图画故事,而且还产生了一些全新的儿童文学样式,例如特写、科学文艺、曲艺、电影文学剧本等"。《发刊词》提出《儿童文学研究》"是一个交流儿童文学创作经验,探讨儿童文学创作问题,评论优秀的或者存在缺点的儿童文学作品,介绍一些有关儿童文学基本知识的文艺知识读物"。显然,立足创作,服务并影响指导创作,是该刊锁定的目标。该刊出至第7期后停刊。1979年1月复刊,由少年儿童出版社编辑、出版。

颜一烟的儿童小说《小马倌和"大皮靴"叔叔》,由中国少年儿童出版社出版。

本年

北京出版社出版的《中国古典小说评论集》收入李长之的论文《蒲松龄和儿童文学》。

严文井在《小溪流的歌》(人民文学出版社)代序《泛论童话》一文中,批评了20世纪50年代后期出现的"童话消亡论""现代生活很难产生童话"的观点并呼吁破除童话创作中的"清规戒律",卫护童话的艺术生命与创作自由。

人民美术出版社出版毅进绘的连环画《钢铁是怎样炼成的》(上册),1963年出版下册。

"共产主义风格的人丛书"7种图书由少年儿童出版社编辑出版,包括浩然的《雪里金刚》、谷声淙的《白帝城下女英豪》、张欣的《钢铁指挥员》等。

"我爱祖国小丛书"21种图书由少年儿童出版社编辑出版,包括碧野的《天山南北好地方》、朱彦的《长江第一桥》、石明的《飞越空中禁区》等。

叶君健翻译的《安徒生童话全集》16种图书由上海文艺出版社出版,包括《海的女儿》《柳树下的梦》《幸运的贝儿》等。

根据金近童话摄制的动画片《小鲤鱼跳龙门》获第一届莫斯科国际电影节动画片银质奖。

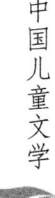

本年摄制儿童故事影片5部：长春电影制片厂的《朝霞》，海燕电影制片厂的《好孩子》，珠江电影制片厂的《渔岛之子》，上海电影制片厂的《地下少先队》，浙江电影制片厂的《人小志大》。

1960 年

2 月

贵州大学中文系、贵州人民出版社编的《儿童文学集》（贵州十年文艺创作选）由贵州人民出版社出版。

3 月

15 日，中共中央批转文化部和团中央《关于进一步完善少年儿童读物的报告》。

本月，叶君健所著反映外国孩子现实生活的短篇儿童小说集《小仆人》由中国少年儿童出版社出版。

4 月

冰心的儿童文学作品集《小橘灯》由作家出版社出版。

贺宜著的《散论儿童文学》由天津百花文艺出版社出版。

四川十年文学艺术选集编辑委员会编的《四川十年儿童文学选（1949—1959）》由四川人民出版社出版。

5 月

《文艺报》第 10 期发表宋爽的《儿童"本位论"的实质》，拉开了批判陈伯吹"童心论"的序幕。

刘饶民的儿童诗集《海边儿歌》由百花文艺出版社出版。

8 月

5 日，张天翼、严文井联名在《中国青年报》上发表《我们对当前少年儿童文学的一些意见》。

本月，三幕六场儿童话剧剧本《刘文学》由四川人民出版社出版。该剧本由加力执笔，四川人民艺术剧院集体创作。

9 月

2 日，北京电视台少年电视演出队首次亮相首都文艺舞台，在中央广播事业局广播大楼音乐厅举行第一次公开演出。

本月，日本《世界儿童文学》杂志创刊，在 12 月份出版的"现代中国儿童文学特辑"中，有严文井的《致日本的儿童文学作家》，伊栖敬一的《张天翼的小说和童话》，内山系吉的《论童话剧〈马兰花〉》，出恽万纪人译的马烽短篇小说《韩梅梅》，笠原良朗译的贺宜的论文《当前童话创作上的几个问题》，新岛浮良介绍现代中国儿童文学作家的论文，谈中国和日本儿童文学座谈会的记录，及与小朋友座谈《宝葫芦的秘密》的报道等。

本年

陈伯吹因"童心论"的文学观点受到批判。在上海作家协会大厅曾组织了几次专门的批判会，京、沪等地一些报刊连续发表了批判文章，其中专门性的批判文章有宋爽的《"儿童本位论"的实质》（1960 年第 10 期《文艺报》）、左林的《坚持儿童文学的共产主义方向》（1960 年第 5 期《人民文学》）、杨如能的《驳陈伯吹的"童心论"》（1960 年第 7 期《上海文学》）、徐景贤的《儿童文学同样要为无产阶级的政治服务——批判陈伯吹的儿童文学特殊论》(1960 年 7 月 7 日《文汇报》)等。此外,《上海戏剧》《东海》《文艺哨兵》《儿童文学研究》《中国青年报》等报刊上亦发表多篇批判"童心论"等观点的文章。

本年 7 月,第三次"文代会"在北京举行,但"作代会"并未举行。同期召开的是中国作家协会第三次理事会(扩大)会议。从此,"作代会"总比"文代会"少一次。中国作家协会第三次理事会(扩大)会议增补后的理事会理事共 118 名。1960 年,中国作家协会按照国家要求对机构做了大幅削减,一些报刊、出版社相继停办。1962 年至"文革"前仅剩《文艺报》《人民文学》两个报刊和 5 个部室,编制 152 名。

本年摄制儿童故事影片 5 部:北京电影制片厂根据胡奇同名儿童小说拍摄的《五彩路》,海燕电影制片厂拍摄的由任德耀根据自己同名童话剧改编的《马兰花》,珠江电影制片厂的《新队员》,长春电影制片厂的《小树苗》,北京电影制片厂的《以革命的名义》([苏联]米·沙特洛夫编剧)。

1961 年

2 月

邱勋的儿童小说《微山湖上》由少年儿童出版社出版。

3 月

老舍的三幕五场儿童剧《宝船》在《人民文学》3 月号发表。

4 月

《文艺报》编辑部就少年儿童文学的创作情况和问题举行座谈会。

5 月

中国戏剧家协会、戏剧创作委员会与《剧本》编辑部举行儿童剧创作座谈会。讨论儿童剧的教育作用、艺术特点、戏剧冲突等问题。

[苏联]尼·奥斯特洛夫斯基《钢铁是怎样炼成的》(梅益译)由少年儿童出版社出版。

6 月

1 日,中国美术家协会上海分会和少年儿童出版社联合举办"儿童读物美术作品展览",庆祝"六一"。

2 日,作家协会、剧协、影协、美协、音协上海分会联合召开庆祝 1961 年六一国际儿童节文学艺术工作者座谈会。

7 月

河南省文联编的《河南十年儿童文学选(1949—1959)》由河南人民出版社出版。

8 月

9 日,《文汇报》发表讨论文章《害鸟害兽是否可以作为童话的正面形象》。

10 日,张天翼在北京市儿童文学座谈会上做《从人物出发及其他》的发言。

茅盾在《上海文学》8 月号发表《六〇年少年儿童文学漫谈》。面对当时盛行的概念化、模式化的作品,茅盾阅读了有关 1960 年批判"童心论"的大部分争辩论文,考察了 28 种文艺杂志上刊登的各个儿童文学作品及北京和上海两个少年儿童出版社 1960 年全年和 1961 年 5 月以前出版的近 200 册儿童文学作品和读物,于 1961 年 6 月写下了本文。茅盾认为"1960 年是少年儿童文学理论斗争最热烈的一年","也是少年儿童文学歉收的一年"。茅盾还用"政治挂了帅,艺术脱了班,故事公式化,人物概念化,文字干巴巴"这五句话来概括当时儿童文学作品中普遍存在的问题。

10 月

中国少年儿童出版社和少年儿童出版社征文揭晓。该征文活动自 1959 年发起至 1960 年底共收到应征作品 9500 多件。评委在其中选出 36 篇优秀作品。征文作者中有革命前辈、科学家、工人、农民、教师、少先队员等。松群的《列宁的故事》、邱勋的《微山湖上》、叶君健的《小仆人》、茅以升的《明天的铁路》等获奖。

少年儿童出版社出版的"儿童文学资料"丛书陆续出版,包括《1921—1937 儿童文学选集》《1911—1960 儿童文学论文目录索引》《1913—1949 儿童文学论文集》《鲁迅论儿童教育与儿童文学》《古代儿歌资料》等。

12 月

中国少年儿童出版社开始出版《中国历史小故事》丛书。

孙幼军的童话《小布头奇遇记》(沈培画)由中国少年儿童出版社出版,叶圣陶在《文艺报》撰文推荐,中央电台在《小喇叭》节目中全文广播,《儿童文学研究》辟专栏进行讨论,获得普遍好评。

本年

6 月至 12 月,《文汇报》《解放日报》展开新童话创作的讨论。主要文章有钟子芒的《童话的新主人》、魏同贤的《童话的拟人手法》、陈伯吹的《童话创作的继承和创新》、贺宜的《童话从生活中来》等。

少年儿童出版社举行童话讨论会,其中对害鸟害兽是否可以作为童话的正面形象及童话的拟人手法等问题展开了讨论。

12 月份出版的《儿童文学研究》用大量篇幅发表关于童话的理论文章。

少年儿童出版社出版《十万个为什么》。

上海美术电影制片厂导演虞哲光从儿童折纸手工中得到启发,把折纸艺术搬上银幕,创作了第一部折纸片《聪明的鸭子》,开创了美术电影的一个新品种。

北京电影制片厂根据陶承回忆录改编摄制的故事影片《革命家庭》上映,该片由水华执导,孙道临、于蓝、张亮等人主演。影片讲述了 1927 年大革命失败后一个共产党员家庭,母亲带领孩子进行对敌地下斗争的故事,成为对少年儿童进行革命传统教育的教材,影响深广。4 月中国文联和中国影协在北京联合举行《革命家庭》影片座谈会。

本年摄制儿童故事影片 2 部:长春电影制片厂的《暑假的礼物》,天马电影制片厂的《英雄小八路》。《英雄小八路》根据陈耘同名话剧改编,其主要剧情为:福建前线某村,国坚、林燕、铁牛、小明、小华五个少年儿童积极进行各种支援前线的活动。他们曾经错把在阵地上视察的解放军团长误认为坏人而抓起来。金门岛的美蒋军队派遣特务冒充小明的叔叔,潜入大陆,企图偷拍沿海炮兵阵地,国坚看出了破绽,智擒特务。炮击金门中,五个少年冒着炮火,用身体接通被敌人炸断的电话线,保证我军战斗命令及时下达。本片主题歌《我们是共产主义接班人》(周郁辉词,寄明曲)于 1978 年 10 月 27 日共青团十届一次全会上,被定为新的《中国少年先锋队队歌》。

1962 年

1 月

《甘肃文艺》(1、2 月号)发表李九思等人的文章,讨论童话诗《大禹的儿子》。

2 月

17 日，周恩来总理对在北京的 100 多位话剧、歌剧、儿童剧作家发表了重要讲话，指出作家要解放思想、创造典型人物。

3 月

2 日，国务院、文化部和全国剧协在广州召开了全国话剧、歌剧、儿童剧创作座谈会，陈毅做了重要讲话，批评了当时片面强调政治挂帅而无视儿童文学艺术特点的文艺观念。

本月 22 日至 4 月 19 日，少年儿童出版社与中国作家协会上海分会联合举办的儿童文学讲习班在上海开班，来自全国各地的 46 位学员参加培训，陈伯吹、贺宜、鲁兵等授课。

本月，包蕾的童话《猪八戒新传》（王树忱插图）由少年儿童出版社出版。

4 月

刘厚明的五幕儿童剧剧本《小雁齐飞》在《剧本》上发表，并由中国少年儿童出版社出版。

5 月

《诗刊》编辑部约请鲁兵、圣野、金波三位诗人座谈儿童诗。

徐光耀的儿童小说《小兵张嘎》（林锴插图）由中国少年儿童出版社出版。

袁静的儿童小说《红色少年夺粮记》，由百花文艺出版社出版。

6 月

10 日至 14 日，"儿童读物美术展览会"在北京美术馆展出，共有 398 幅作品。

7 月

肖建亨的童话《布克的奇遇》由中国少年儿童出版社出版。

蒋风在上海《儿童文学研究》上发表《幼儿文学的语言》。

10 月

刘真的儿童小说《长长的流水》在《人民文学》10 月号发表。

林汉达《中国历史故事集》中的《春秋故事》由中国少年儿童出版社出版。吴晗在《人民日报》撰文推荐。后陆续出版《战国故事》《西汉故事》《东汉故事》《三国故事》，1981 年 11 月出齐。

本年

贺宜著的《童话的特征、要素及其他》由少年儿童出版社出版。

美术片《小蝌蚪找妈妈》获第一届电影"百花奖"最佳美术片奖。

本年摄制儿童故事影片 1 部：北京电影制片厂的《花儿朵朵》。

1963 年

1 月

柯庆施在上海部分文艺工作者座谈会上提出"写十三年"的口号。《文汇报》1 月 6 日报道了柯庆施的讲话。

25 日，中国作家协会书记处研究加强为农村服务的问题，决定成立农村文艺读物委员会。

本月，汪曾祺的儿童小说《羊舍的故事》（黄永玉插图）由中国少年儿童出版社出版。

3 月

[德]豪夫《豪夫童话集》由人民文学出版社出版。

4 月

《儿童文学研究》出版了公开发行以来的第 8 辑，之后停刊。

刘坚的儿童小说《"强盗"的女儿》由少年儿童出版社出版，后被当作"人性论"的典型而批判。

叶永烈《金属的世界》由安徽人民出版社出版。20 世纪 70 年代后半期，叶永烈创作了大量科学文艺作品。

9 月

金波的儿童诗《回声》（朱延岭绘图）由少年儿童出版社出版。

10 月

《儿童文学》杂志在北京正式创刊。组建了第一届《儿童文学》编委会：叶圣陶、华君武、任虹、严文井、张天翼、金近、胡奇、袁鹰、冰心。因未设主编，委任金近具体筹办并担任实际主编工作。画家黄永玉创作封面，刊物为大 32 开，131 页，定价 0.30 元。编者的话指出："第一期刊物出版正赶上建国 14 周年，作为一份小小的礼物送给全国的小朋友及爱好文学的大朋友。《儿童文学》是不定期丛刊，大概每年出版 4 期，往后条件成熟了，准备增加期数，改为定期刊物。这一期里发表了小说、散文、革命烈士传记、工矿史、童话、诗歌、相声、科学故事等多种体裁的文学作品。"第一期《儿童文学》首印 6 万册，后又重印达 30 多万册。

冰心作序编选的《1959—1961 儿童文学选集》由人民文学出版社出版。

12 月

12 日，毛泽东在中宣部文艺处编印的一份反映上海市大抓故事会活动和评弹改革的材料上做了如下批示："各种艺术形式——戏剧、曲艺、音乐、美术、舞蹈、电影、诗和文学等等，问题不少，人数很多，社会主义改造在许多部门中，至今收效甚微。许多共产党人热心提倡封建主义和资本主义的艺术，却不热心提倡社会主义的艺术，岂非咄咄怪事。"

26 日，在北京举行了第一届全国连环画创作颁奖大会。在这次评奖中，共有 52 部美术作品获绘画奖，27 部文学脚本获脚本奖，14 位连环画工作者获连环画工作劳动奖。贺友直绘的《山乡巨变》、刘继卣绘的《穷棒子扭转乾坤》、王绪阳与贲庆余合绘的《我要读书》、丁斌曾与韩和平合绘的《铁道游击队》、赵宏本与钱笑呆合绘的连环画《孙悟空三打白骨精》等，获第一届全国连环画创作一等奖。

本月，《儿童文学论文选集》（1913—1949）由少年儿童出版社编辑出版。

本年

本年摄制儿童故事影片 3 部：天马电影制片厂根据张天翼同名小说改编摄制的《宝葫芦的秘密》，北京电影制片厂由徐光耀编剧，崔嵬、欧阳红樱导演的《小兵张嘎》，海燕电影制片厂的《兄妹探宝》。《小兵张嘎》成为影响几代孩子的经典儿童电影。

1964 年

3 月

31 日，文化部在北京举行 1963 年以来优秀话剧创作及演出授奖大会，《第二个春天》《霓虹灯下的哨兵》《雷锋》《青年的一代》《三人行》《李双双》《千万不要忘记》《箭杆河边》《龙江颂》《丰收之后》《南海长城》《红色娘子军》等 16 个多幕剧获奖。

4月

　　杨啸的第一部儿童小说《小山子的故事》由中国少年儿童出版社出版。

5月

　　20日,《人民日报》发表茅盾的文章《读〈儿童文学〉》,认为已出刊的3期《儿童文学》杂志上发表的作品"内容丰富多彩,有教育意义而又符合儿童的兴趣"。

　　30日,《人民日报》发表宋庆龄的文章《让儿童读物更好地为培养革命后代服务》。

　　本月,黄庆云的儿童诗集《花儿朵朵开》由湖南人民出版社出版。

　　中央人民广播电台少年儿童广播部选编的《幼儿故事("小喇叭"广播精选)》,由上海教育出版社出版。

7月

　　中国少年儿童出版社《儿童文学》编辑部、文学读物编辑室和《中国少年报》社联合在北京华侨饭店,举办为期20天的第一期儿童文学讲习会,来自山东、辽宁、吉林、内蒙古、浙江、湖南等8省的中青年作者崔雁荡、邱勋、胡景芳等20余人参加学习,叶圣陶、老舍、冰心、张天翼、严文井、周立波、艾芜、胡奇等为学员讲课,金近具体主持讲习会的工作。

　　葛翠琳的儿童剧《草原小姐妹》在《草原文学》7月号发表。

9月

　　1日,《中国青年报》就《三家巷》《苦斗》发表了《用阶级调和思想毒害青少年的小说》一文。

　　11日,《文艺报》第8、9期合刊发表该刊编辑部的《"写中间人物"是资产阶级的文学主张》《关于"写中间人物"的材料》。

　　宋振苏创作的反映重庆白公馆、渣滓洞红岩先烈的儿童小说《我的弟弟"小萝卜头"》(毛震耀绘画)由少年儿童出版社出版,反响强烈。

本年

　　湖南人民出版社陆续出版"儿童故事一百篇"丛书,由儿童故事编写小组编写。本年出版《不能忘记的故事》《英雄模范的故事》,1965年出版《革命斗争的故事》《创造革新的故事》《红色少年的故事》。1965年5月起,丛书改名为"儿童故事会",仍由儿童故事编写小组编写,出版有《白干七年》《险洞探水》《越南小英雄》《小神枪手》。

　　本年摄制儿童故事影片2部:北京电影制片厂摄制的《小铃铛》,长春电影制片厂摄制的《女跳水队员》。

1965年

4月

　　越南作家裴显等著、李堂轩译的《越南儿童小说选》,由少年儿童出版社出版。

5月

　　贺宜的长篇传记体儿童小说《刘文学》由少年儿童出版社出版。作品以新中国第一个少年英雄刘文学(1945—1959)的真实事迹为素材,描写了英雄少年短暂而宝贵的一生。1959年冬,四川省合川县(今属重庆市)渠嘉乡双江村少先队员刘文学,为保护集体财产,与偷盗生产队海椒的地主展开斗争,终因年幼力薄,被地主活活掐死,牺牲时年仅14岁。刘文学的事迹迅速传遍大江南北,全国少年儿童开展了"学习刘文学,做党的好孩子"的活动。1982年4月、1983年10月,合川县人民政府、国家民政部先后批准刘文学为革命烈士。

勤耕的儿童小说《小砍刀的故事》（上部）、肖育轩的儿童小说《战冰冻》，由少年儿童出版社出版。

7 月

沈虎根的儿童小说《大师兄和小师弟》由少年儿童出版社出版。

8 月

杲向真的儿童小说《金桂》由中国少年儿童出版社出版。

9 月

报告文学《大寨的孩子们》由中国少年儿童出版社编辑、出版。1966 年延边人民出版社出版朝鲜文版。

11 月

本月 29 日至 12 月 17 日，中国作家协会、共青团中央在北京联合召开全国业余文学创作积极分子大会。与会的 1100 余名代表中，绝大多数来自工厂、农村、部队等基层单位。周恩来、朱德等党和国家领导人接见了与会代表。中共中央宣传部副部长周扬作了题为《高举毛泽东思想红旗，做又会劳动又会创作的文艺战士》的报告。青年儿童文学作家张秋生、严振国、曾万谦、喻惠兰参加。

本年

"红色接班人小丛书"《巧袭列车》《单身杀敌》《夺枪从军》《海防少年》《铁木儿团》《勇敢的女游击队员》《海上擒飞贼》等，由福建人民教育出版社出版。

本年摄制儿童故事影片 2 部：北京电影制片厂摄制的彩调剧《三朵小红花》，海燕电影制片厂摄制的《小足球队》。

1966 年

1 月

27 日，《文艺报》发表文章推荐金敬迈的长篇小说《欧阳海之歌》。

《讲故事》丛刊第 1 至 4 辑由少年儿童出版社于本月至 7 月先后出版。

3 月

福庚的报告文学《光芒万丈新安江》（盲文版）由盲文出版社出版。

4 月

《儿童文学》杂志自 1963 年 10 月创刊至本年 4 月，总共出版 10 期后停刊。

浩然的儿童小说《翠泉》，刘厚明的儿童小说《教育新歌》，由少年儿童出版社出版。

巴迅的儿童小说《小雁高飞》，由中国少年儿童出版社出版。

沈政编著的报告文学《雷锋班的故事》，由少年儿童出版社出版。本年 7 月由盲文出版社出版盲文版。

反映战斗英雄麦贤得事迹的报告文学《无产阶级的硬骨头麦贤得》（滕英杰等著），由少年儿童出版社出版。1970 年由上海人民出版社出版新版。

5 月

反映草原英雄小姐妹的报告文学《龙梅和玉荣》（少年英雄故事），由中国少年儿童出版社出版。1964 年 2 月，内蒙古自治区达尔罕茂明安联合旗，11 岁的龙梅和 9 岁的妹妹玉荣，在零下 39 摄氏度的极寒天气，与暴风雪搏斗一天一夜，行程 100 多里，终于保住了公社 300 多只羊。但龙梅失去了左脚拇指,玉荣双脚被截肢,造成终身残疾。1964 年 3 月 12 日,《人民日报》发表了长篇通讯《暴风雪中一昼夜》。3 月 14 日,《内蒙古日报》发表了长篇通讯《草原英雄小姐妹》。龙梅和玉荣保护公社集体财产的英雄事迹迅速传遍全国,成为广大少年儿童学习的榜样。根据这一事迹编制的有动画片与芭蕾舞剧《草原英雄小姐妹》等,并进入 20 世纪七八十年代的语文教科书。

李志宽等的报告文学《李爱民》(少年英雄故事),由中国少年儿童出版社出版。

6 月

中发 66 号文件批转全国,对文艺界实行"犁庭扫穴""彻底清洗"。一大批著名作家被批判,时在中国作家协会主持工作的中国作家协会副主席、党组书记刘白羽,副书记严文井、张光年和一大批中层干部亦受到批斗。中国作家协会及所属报刊的工作全部陷于瘫痪。6 月 15 日,中宣部派工作组进驻中国作家协会。7 月 14 日,中宣部工作组撤回,文化部工作组进驻,中国作家协会划归文化部领导。8 月 12 日,经文化部党组批准建立中国作家协会革命委员会。

南宁市文联儿童文学组编的《少年故事》由广西人民出版社出版。

魏晓冰编著的报告文学《硬骨头六连的新故事》由少年儿童出版社出版。

本年

据国家出版事业管理局版本图书馆 1980 年 5 月编的《全国少年儿童图书综录 (1949—1979)》(中国少年儿童出版社 1980 年 5 月出版)的记录:1966 年出版儿童小说、故事 20 种,儿童诗、儿歌 6 种,儿童散文、特写、报告文学 13 种,低幼读物图画故事 16 种,低幼童话 3 种,科学文艺 1 种。全年共出版儿童文学作品 59 种。

1967 年

2 月

15 日,现代中国儿童歌舞剧开创者黎锦晖(1891—1967)去世。黎锦晖在 20 世纪 20 年代创编的《月明之夜》《葡萄仙子》等 12 部儿童歌舞剧曾风行全国。

5 月

6 日,周作人(1895—1967)在北京去世。1932 年儿童书局出版的周作人著《儿童文学小论》,是我国第一部个人著作的儿童文学论文集。

10 日,江青于 1964 年在京剧现代戏观摩演出人员座谈会上的讲话《谈京剧革命》发表在《红旗》杂志第 6 期。23 日,现代京剧《智取威虎山》等 8 个"样板戏"同时在北京舞台上演,历时 37 天,演出 218 场。6 月 18 日的《人民日报》发出"把革命样板戏推向全国去"的号召。

29 日,《林彪同志委托江青同志召开的部队文艺工作座谈会纪要》在《人民日报》发表。

12 月

22 日,中央批转北京市香山路小学取消少先队,建立红小兵的一份材料,该材料认为"少先队基本上是一个少年儿童的全民性组织,它抹杀了阶级和阶级斗争","红小兵团是少年儿童的一种很好的组织形式,它富于革命性、战斗性,有利于推动少年儿童的思想革命化"。此后,全国小学以红小兵取代少年先锋队达 11 年之久。

本年

由上海市教育局主办的综合性少年儿童报纸《少年报》(周报)创刊,设有《科学知识》

《小百花文艺副刊》等专栏。

1968 年

1 月

《小葵花》月刊创刊，是以图为主的画刊，由青岛市出版局主办。

3 月

23 日，于会泳的文章《让文艺舞台永远成为毛泽东思想的阵地》在《文汇报》发表。这篇文章第一次公开提出并阐释了"三突出"的口号：在所有人物中突出正面人物来，在正面人物中突出主要英雄人物来，在主要英雄人物中突出最主要的中心人物来。

6 月

《红小兵报》编辑部编的《红小兵演唱》第一辑，由少年儿童出版社出版。

7 月

28 日，"工人、解放军毛泽东思想宣传队"进驻清华大学。此后，工宣队、军宣队相继进驻文艺界和其他有关单位。

本年

北京电影制片厂开始拍摄京剧《智取威虎山》，1970 年 9 月完成，至此，样板戏电影陆续拍摄并上映。

据《全国少年儿童图书综录（1949—1979）》的记录：1968 年出版儿童戏剧 1 种，全年共出版儿童文学作品 1 种。

1969 年

1 月

8 日，中央派"工人、解放军毛泽东思想宣传队"进驻中国作家协会。

6 月

《红小兵》创刊，由上海少年报社编辑出版（1980 年改为《好儿童》）。

7—9 月

文化部所属各单位和文联各协会全部工作人员，分别下放到湖北咸宁、天津静海等"五七"干校及部队农场等地，搞"斗、批、改"。

9 月

30 日，《红旗》杂志第 10 期发表文章，提出"学习革命样板戏，保卫革命样板戏"的口号。

本月，中国作家协会重新成立革委会，下设政工组、办事组，由 11 人组成。

12 月

《凤凰山麓的女牧马班》（知识青年上山下乡小故事）由广东人民出版社出版。

本年

据《全国少年儿童图书综录（1949—1979）》的记录：1969 年出版儿童小说、故事 2 种，低幼读物图画故事 1 种。全年共出版儿童文学作品 3 种。

1970 年

4 月

仇学宝等作诗、广州搪瓷厂美术通讯员配画的诗集《金训华之歌》，由广东人民出版社出版。8 月，上海市出版革命组出版。金训华（1949—1969）是上海籍知青。1969 年 5 月金训华和一大批上海知识青年到黑龙江省逊克县逊河公社双河大队插队落户，8 月 15 日下午，因暴发特大山洪，金训华为抢救国家物资在激流中壮烈牺牲，被追认为中国共产党党员。

5 月

江西省新华书店从本月起至 11 月，编辑、出版"红小兵丛书"10 种：《智擒逃敌》《捉拿归案》《对敌斗争练红心》《人小心红》《小闯将》《红小兵心向红太阳》《红小兵郭振江》《赴宴斗鸠山》《风雨野炊》《重返前线》。

6 月

1 日，《人民日报》发表文艺短评《做好普及革命样板戏的工作》。

7 月

天津人民出版社出版《战斗英雄故事选》。

8 月

综合性教育刊物《革命接班人》在天津创刊（1981 年改名为《中华少年》）。

《江苏红小兵》在南京创刊（后改为《江苏儿童》，1985 年改名为《儿童故事画报》）。

本年

知识性为主的综合性刊物《红小兵》（月刊）在长春创刊（1984 年改名为《小学时代》）。

据《全国少年儿童图书综录（1949—1979）》的记录：1970 年出版儿童小说、故事 11 种，儿童诗、儿歌 4 种，儿童散文、特写、报告文学 9 种，儿童戏剧 1 种，低幼读物图画故事 18 种。全年共出版儿童文学作品 43 种。

1971 年

3 月

本月 15 日至 7 月 31 日，全国出版工作座谈会在北京举行，到会代表 125 人。周恩来总理分别于 4 月 12 日、6 月 24 日两次接见会议领导小组成员，并做重要指示：你们管出版的要印一些历史书，不出历史、地理书籍是个大缺点。有的地方把封存的图书都烧了，我看烧的结果就是后悔。应当选择一些旧的书籍给青少年批判地读，使他们知道历史是怎么发展来的。周恩来还要求出版部门研究制订一个出版计划，动员和组织各方面的力量写作，有些旧书可以重印，图书馆应该清理开放。指示不要把 17 年出版的图书统统报废、封存、下架。重申"百家争鸣，百花齐放"和"古为今用，洋为中用"的方针。由于周恩来总理在全国出版工作座谈会上做了关于"开放图书"的指示，各出版社先后成立图书清查小组，进行清理和开放图书馆的工作。

4 月

《红小兵》在哈尔滨创刊（1978 年 7 月改名为《北方少年》）。

陕西人民出版社出版《英雄五少年》。

上海人民出版社出版《英雄的空中哨兵》。

5 月

30 日至 31 日，周恩来总理在外事工作会议上的报告中，对出版工作提出了批评，指出近几年出版工作做得很差，新书出得少，旧书又全部封存停售了，工农兵、青少年没有书看。

本月，出版规划领导小组编印了《全国出版基本情况资料》，其中统计：17 个省、自治区、直辖市"文革"开始后封存的图书，据 17 个省、市、自治区统计约 8000 种，33804 万册。

6 月

黑龙江人民出版社出版革命故事选《铁柱子》。

8 月

河南人民出版社出版署名勇征的小说《正点发车》。

11 月

广东人民出版社出版《淡莱礁上的战斗》。

四川人民出版社出版《"丫头"登上了讲台》。

本年

《红小兵》在长沙创刊（1981 年改名为《小蜜蜂》）。

1951 年创刊的《红领巾》在成都复刊。

《向阳花》（月刊）在郑州创刊（1985 年改名为《海燕》，1988 年改名为《金色少年》）。

据《全国少年儿童图书综录（1949—1979）》的记录：1971 年出版儿童小说、故事 18 种，儿童诗、儿歌 1 种，儿童散文、特写、报告文学 5 种，低幼读物图画故事 16 种。全年共出版儿童文学作品 40 种。

1972 年

3 月

《红小兵》（月刊）在福州创刊（1979 年改名为《小火炬》）。

谢日新的儿童小说《春耕季节》，由江西人民出版社出版。

4 月

23 日，《人民日报》发表儿童歌曲《我爱北京天安门》，歌词作者是上海常德路第二小学五年级 13 岁学生金果临，曲作者是上海第六玻璃厂 19 岁的工人金月苓。1970 年 9 月这首歌曲最早发表在上海出版的《红小兵歌曲》上，1971 年由中央人民广播电台播出，1972 年中央新闻电影制片厂拍摄的北京"五一"游园会专题文艺节目将《我爱北京天安门》搬上银幕，传唱极广。

浩然的儿童短篇小说集《七月槐花香》由天津人民出版社出版。

5 月

李心田的长篇儿童小说《闪闪的红星》由人民文学出版社出版。1973 年由北京盲文印刷厂译印盲文版，内蒙古人民出版社出版由敖斯尔翻译的蒙古文版。1974 年由新疆人民出版社出版维吾尔文版、维吾尔新文字版，由外文出版社出版英文版、朝鲜文版、越南文版、泰文版。1975 年由新疆人民出版社出版哈萨克新文字版，由外文出版社出版法文版。1976 年由外文出版社出版印地文版、阿拉伯文版。1977 年由中央民族学院语文系藏文班 71 级工农兵学员翻译、青海民族出版社出版藏文版。1978 由外文出版社出版西班牙文版。1974 年被改编拍摄成同名电影。

本月,建湖县青少年读物编写组的儿童小说《水乡儿童团》由江苏人民出版社出版。

7 月

张雁卿的儿童小说《红卡》由内蒙古人民出版社出版。

甘肃儿童文学作品选《虎子敲钟》由甘肃人民出版社出版。

9 月

人民文学出版社编辑、出版儿童短篇小说集《海螺渡》,并陆续编印、出版了《海的女儿》《喧闹的森林》等儿童短篇小说集。

12 月

华山的儿童小说《鸡毛信》,由上海人民出版社出版新版。1973 年由延边人民出版社出版朝鲜文版。1974 年由内蒙古人民出版社出版蒙古文版。1975 年由新疆人民出版社出版维吾尔文版、维吾尔新文字版。外文出版社改书名为《牧童海娃》,于 1973 年出版豪萨文版,1974 年出版英文版,1975 年出版德文版,1977 年出版印地文版、阿拉伯文版。

本年

《红小兵》(月刊)在兰州创刊(1986 年改名为《故事作文》)。

《边疆小八路》由黑龙江省文教局、黑龙江人民出版社编,黑龙江人民出版社出版。

"红小兵"小说《故事团的故事》,由《红小兵报》社编,上海人民出版社出版。

红小兵丛书《铁牛》,由江西靖安县文化站供稿,江西人民出版社出版。

短篇儿童小说集《小班长和他的战士们》,由陕西人民出版社编辑、出版。

余松岩的儿童小说《海花》,由广东人民出版社出版。

据《全国少年儿童图书综录(1949—1979)》的记录:1972 年出版儿童小说、故事 50 种,儿童诗、儿歌 13 种,儿童散文、特写、报告文学 1 种,儿童戏剧、曲艺 4 种,低幼读物图画故事 75 种。全年共出版儿童文学作品 143 种。

1973 年

3 月

倪树根的儿童小说《阿坤和他的伙伴》由浙江人民出版社出版。

4 月

浩然的儿童短篇小说集《幼苗集》由人民出版社出版。

5 月

8 日,《文汇报》发表《要重视少年儿童文艺的创作》。

本月,《朝霞》丛刊在上海创刊。

管桦的儿童小说《上学》由北京人民出版社出版。

徐瑛的儿童小说《向阳院的故事》由人民文学出版社出版。

《海的女儿(儿童文学选辑)》由人民文学出版社出版。

杨啸的儿童小说《红雨》由人民文学出版社出版。《红雨》被翻译成多国语言,后又被改编成电影。英籍华人女作家韩素音在法译本《红雨》的序言中写道:"当我第一次看到《红雨》这部影片和第一次读到这本小说的时候,杨啸刻画人物的刚劲笔力给我留下了深刻的印象。"

6 月

1 日,《人民日报》发表小丘的文章《努力繁荣社会主义的少年儿童文艺》。

3 日,《光明日报》发表初澜的文章《加强对少年儿童文艺创作的领导》。

本月,反映知识青年上山下乡的小说《征途》(郭先红)和《峥嵘岁月》分别由上海人民出版社、广东人民出版社出版。

7 月

1953 年 7 月创刊的《少年文艺》易名为《上海少年》(文艺丛刊)恢复出版。

张秋生的儿童诗集《火车向着韶山跑》,由上海人民出版社出版。

8 月

上海美术出版社出版儿童电影文学剧本集《红色小号手》。

上海人民出版社编辑、出版《在雷锋精神鼓舞下》。

上海人民出版社删节、出版《水浒》(上、下册)(少年儿童版)。

9 月

26 日,《人民日报》发表路遥的文章《儿童文学与儿童特点》。

本月,黑龙江生产建设部队三师政治部编的《纸条的秘密(儿童文学集)》,由黑龙江人民出版社出版。1976 年 12 月吉林人民出版社出版蒙古文版。

10 月

黑龙江生产建设部队三师政治部编的《小北大荒人(儿童文学集)》,由黑龙江人民出版社出版。1975 年 7 月吉林人民出版社出版蒙古文版。

11 月

29 日,《人民日报》刊文介绍江苏女知识青年杨本红创作儿歌的事迹。

12 月

1 日,《光明日报》发表陈雪良、俞妙根的《学习鲁迅、重视儿童文学创作》和小丘的《为孩子们多写好歌》。

2 日,《光明日报》发表江苏女知识青年杨本红的儿歌作品,并发表李奕的文章《重视新儿歌的创作和推广》。

9 日,《光明日报》又发表原江苏兴化县下乡知识青年推荐进扬州师院中文系学习的杨本红的文章:《我是怎样学习写新儿歌的》。

本月,杨本红著的儿歌作品《一代新人在成长》由江苏人民出版社于 1974 年 12 月出版,《小社员》由少年儿童出版社于 1978 年 12 月出版。

《儿童文学创作评论集》由山西人民出版社出版。

本年

国务院文化组组编的《文艺节目》第一辑《少年儿童文艺专辑》由人民文学出版社出版。

在北京举行的全国连环画与中国画展览中,从上千部作品中精选出 97 套连环画参展,其中包括《马克思刻苦读书的故事》《无产阶级的歌》《列宁在 1918 年》《黄继光》《刘胡兰》《张思德》《闪闪的红星》《白求恩在中国》《大寨之路》《艳阳天》《金光大道》等。

崔前光的儿童小说《浙东的孩子》由上海人民出版社出版。

石文驹的儿童小说《战地红缨》由人民文学出版社出版。

张万林的儿童小说《小猎手》由黑龙江人民出版社出版。

山西武乡县委通讯组组编的《少年英雄李爱民》由山西人民出版社出版。

山西运城县文艺创作组的"红小兵"小说《杏花塘边》由上海人民出版社出版。

《红小兵报》社编的"红小兵"小说《未来的战士》由上海人民出版社出版。

徐琢平、胡长华的儿童小说《甜岛少年》由浙江人民出版社出版。

《少年文艺》(1953年创刊于上海,1966年停刊)易名为《上海少年》重新出版,1977年7月恢复刊名为《少年文艺》。

据《全国少年儿童图书综录(1949—1979)》的记录:1973年出版儿童小说、故事78种,儿童诗、儿歌37种,儿童散文、特写、报告文学4种,儿童戏剧、曲艺12种,低幼读物图画故事136种,科学文艺1种。全年共出版儿童文学作品268种。

1974 年

4 月

陈玮、彭华的童话《两只小孔雀》由云南人民出版社出版。1975年由外文出版社出版英文、法文、德文版。

5 月

木青的儿童小说《山村枪声》、张明观的儿童小说《高高的银杏树》由上海人民出版社出版。

6 月

6月至8月,开展对湘剧《园丁之歌》的批判。

7 月

《林中响箭》,收入10篇儿童短篇小说,由人民文学出版社编辑、出版。

8 月

24日、25日,《光明日报》连续两天在头版头条发表两则新闻,报道北京市西城区西四北小学和宣武区北线阁小学"用革命儿歌批林批孔"的情况。从本年上半年至1975年上半年,全国各地报刊大量地发表"新儿歌"和有关评论文章。

31日,《人民日报》发表小峦的文艺短评《要提倡为孩子们创作》。

9 月

10日,《人民日报》发表北京市西四北小学党支部的文章《革命儿歌是阶级斗争的武器》,介绍该校发动师生编写革命儿歌的经验。

本月,张长弓的儿童小说《戈壁花》由上海人民出版社出版。

10 月

八一电影制片厂根据李心田同名儿童小说改编摄制的彩色故事片《闪闪的红星》在全国上映,引起轰动。

11 月

浩然的儿童小说《欢乐的海》由天津人民出版社出版。

本年

丹江的儿童小说《小闯》由安徽人民出版社出版。

边子正的儿童小说《敌后小英雄》由安徽人民出版社出版。

孙根喜的儿童小说《边防小哨兵》由上海人民出版社出版。

辽宁人民出版社编辑、出版儿童短篇小说集《小兵东东》。

据《全国少年儿童图书综录(1949—1979)》的记录:1974年出版儿童小说、故事73种,童话 1 种,儿童诗、儿歌 36 种,儿童散文、特写、报告文学 2 种,儿童戏剧、曲艺 6 种,低幼读物图画故事 86 种,低幼童话 5 种,科学文艺 5 种。全年共出版儿童文学作品 214 种。

本年开始恢复儿童电影的制作,摄制儿童故事影片 3 部:八一电影制片厂摄制的《闪闪的红星》,长春电影制片厂摄制的《向阳院的故事》,中央新闻纪录电影制片厂摄制的湘剧《园丁之歌》。《闪闪的红星》在全国上映,引起轰动,各地在少年儿童中开展"学习潘冬子,争做党的好孩子"的活动。电影插曲《红星照我去战斗》《映山红》,尤其是主题曲《红星歌》成为传唱广泛的儿童歌曲与经典红歌,影响久远。

1975 年

1 月

《看图说话》月刊创刊。这是由上海教育出版社主办并出版的全彩色幼儿画刊。

石冰的儿童小说《金色的朝晖》由上海人民出版社出版。

3 月

山西省昔阳县大寨学校儿歌组著的《大寨儿歌选》由山西人民出版社出版。

5 月

童边的儿童小说《新来的小石柱》由人民文学出版社出版。后由刘含真、徐景改编为连环画,北京市东城区文艺组提供画稿,1976 年由人民体育出版社出版。

程建的长篇儿童小说《三探红鱼洞》(上、下集)由上海人民出版社出版。

黑龙江生产建设部队政治部编的《边疆的主人(儿童文学集)》由黑龙江人民出版社出版。

6 月

浩然的儿童小说《小猎手》由北京人民出版社出版。

9 月

王小鹰的儿童小说《洪雁》由上海人民出版社出版。

10 月

25 日,《文汇报》发表隋振的来信和戴厚英的答复《基本路线与"无冲突论"》,讨论儿童小说《长在屋里的竹笋》。11 月 10 日和 12 月 5 日《文汇报》又两次刊登文章,展开讨论。

《新苗》少年文艺丛刊第 1 辑由四川人民出版社出版。第 2 辑由四川人民出版社于1976 年 6 月出版。

11 月

经中央批准,决定恢复中国青年出版社、中国少年儿童出版社的出版业务。

12 月

教育界开始批判"右倾翻案风",涉及石冰著的儿童小说《金色的朝晖》。

刘心武的儿童小说《睁大你的眼睛》由北京人民出版社出版。

袁鹰的儿童长诗《刘文学》(楼家本绘画)由人民美术出版社出版。1977 年由外文出版社出版英文、法文、德文、日文、西班牙文、越南文、印地文、乌尔都文、斯瓦希里文、世界语文版。

本年

谢佐、殿烈在上海《红小兵通讯》第 1、2 期合刊上发表《歌颂小英雄　表现大主题——谈谈儿童文学创作中的两个问题》。

何芷的中篇小说《铁匠的儿子》由广东人民出版社出版。

蔡维才的儿童小说《小铁头夺马记》由广东人民出版社出版。

《红小兵报》社编的"红小兵"小说《新芽》由上海人民出版社出版。

人民文学出版社编辑、出版儿童短篇小说集《喧闹的森林》。本书选收了14篇儿童短篇小说,当中的《清江激流》《小猎人的礼物》,写少年儿童英勇机智抓特务的故事;《晨阳》《杨路和新老师》是写教育革命中红卫兵小将敢于反潮流的故事和新型的师生关系;《霞光曲》和《探亲》是歌颂下乡知识青年的;其余的有的是歌颂社会主义新生事物,有的是写阶级斗争故事的,都各有特点。

上海市黄山茶林场儿童文学组编写的《拖拉机突突响》由上海人民出版社出版。

张登魁的儿童小说《会说话的路》由人民文学出版社出版。

本年围绕畅销小说与电影《闪闪的红星》,出版多种评论集:《一个可爱的小英雄——评电影〈闪闪的红星〉》,由北京人民出版社1月出版;《〈闪闪的红星〉评论集》,由上海人民出版社1月出版;《闪闪的红星照万代(影片〈闪闪的红星〉评论集)》,由河北人民出版社4月出版;《红星闪闪放光彩(影片〈闪闪的红星〉评论集)》,由河南人民出版社4月出版;《电影艺术的灿烂新花——〈闪闪的红星〉评论集》,由人民文学出版社5月出版;《闪闪红星照万代——故事影片〈闪闪的红星〉评论集》,由湖北人民出版社6月出版;《红星照我去战斗》,由四川人民出版社7月出版。

本年出版的儿童文学评论集有:《要提倡为孩子们创作——少年儿童文艺创作评论集》,天津人民出版社5月出版;《努力繁荣社会主义的少年儿童文艺》小丘、小峦等编,内蒙古人民出版社5月出版。

本年摄制儿童故事影片8部:北京电影制片厂摄制的《红雨》《烽火少年》、舞剧《草原儿女》、河北梆子《渡口》,长春电影制片厂摄制的《黄河少年》,上海电影制片厂摄制的《小将》,珠江电影制片厂摄制的《小螺号》,西安电影制片厂摄制的《阿勇》。

据《全国少年儿童图书综录(1949—1979)》的记录:1975年出版儿童小说、故事99种,童话1种,儿童诗、儿歌66种,儿童散文、特写、报告文学5种,儿童戏剧、曲艺9种,低幼读物图画故事108种,低幼童话3种,科学文艺4种。全年共出版儿童文学作品295种。

1976 年

1 月

《诗刊》复刊,复刊号发表了毛泽东写于1965年的两首词——《水调歌头·重上井冈山》和《念奴娇·鸟儿问答》。

《人民文学》复刊。

崔坪的儿童小说《湖边上小暗哨》,由人民文学出版社出版。

3 月

《舞蹈》《人民戏剧》《美术》《人民电影》《人民音乐》相继复刊。

4 月

上海市嘉定县儿童文学创作学习班学员的创作成果,本月起由上海人民出版社陆续出版,其中有:陈镒康著、陈小珍画的图画故事《新节目》,4月出版;侯全宝著、桑春元画的《春花斗敌》,5月出版;陈思金著、汪幼军画的《我为公社积肥忙》,10月出版;斯学元著、胡永凯画的《小英争务农》,12月出版。

5月

叶永烈的科幻小说《石油蛋白》发表在上海《少年科学》创刊号。

江苏江阴县革命委员会文教局、华士公社华西大队党支部编的《歌唱新华西》（学大寨儿歌）由江苏人民出版社出版。

6月

林植峰的童话《智斗天牛》由上海人民出版社出版。

8月

哈尔滨教师进修学院编写的《鲁迅论少年儿童文艺》由黑龙江人民出版社出版。

9月

梁晓声的儿童小说《小柱子》由黑龙江人民出版社出版。

11月

《人民文学》第8期发表柳仲甫执笔的湘剧剧本《园丁之歌》。

12月

李凤杰的儿童小说《在那美丽的乡村》由陕西人民出版社出版。

本年

谢学潮的儿童小说《红电波》由人民文学出版社出版。

王拓明的儿童小说《湖上芦哨》由安徽人民出版社出版。

三结合创作组创作、张成新执笔的儿童小说《进攻》由上海人民出版社出版。

顾峻翘的儿童小说《青少年护泊哨》由江苏人民出版社出版。

广西军区政治部编的儿童小说《壮士少年》由广西人民出版社出版。

莫应丰的儿童小说《小兵闯大山》由上海人民出版社出版。

葛绪德的儿童小说《接过爸爸的鱼叉》由江苏人民出版社出版。

江苏版《少年文艺》在南京创刊，首任主编顾宪谟。

本年摄制儿童故事影片3部：上海电影制片厂摄制的《阿夏河的秘密》《金锁》，长春电影制片厂摄制的《雁红岭下》。

据《全国少年儿童图书综录（1949—1979）》的记录：1976年出版儿童小说、故事85种，童话1种，儿童诗、儿歌40种，儿童散文、特写、报告文学2种，儿童戏剧、曲艺7种，低幼读物图画故事78种，低幼童话6种，科学文艺8种。全年共出版儿童文学作品227种。

1977 年

1月

人民文学出版社编辑、出版儿童文学选辑《幼芽》。

天津人民出版社出版《革命接班人》月刊。

《陕西少年》（双月刊）在西安创刊。

2月

上海人民出版社出版《少年儿童文艺读物丛书》，第一本是在贵州插队的上海知识青年叶辛的小说《高高的苗岭》。

湖南人民出版社编辑、出版儿童文学选辑《小猎手》。

4月

《新疆少年报》在乌鲁木齐复刊。

5 月

《北京少年》《北京儿童》编辑部在北京举行"童话座谈会",严文井在会上做了"童话漫谈"的发言。这是"文革"结束后的第一次儿童文学座谈会。

6 月

2 日,上海《解放日报》发表署名韶文的文章《为孩子们多写好作品:揭批"四人帮"摧残扼杀儿童文学的罪行》。

4 日,《光明日报》发表吴岫原的文章《"三突出"是儿童文学创作的绞索》。

18 日,《光明日报》发表陈伯吹的文章《在儿童文学战线上拨乱反正》。

本月,上海市南汇县儿童文学创作学习班学员的创作成果,本月起由上海人民出版社陆续出版,其中有石景维著、俞理画的图画故事《根根看场》。

贾平凹的儿童小说《兵娃》,由中国少年儿童出版社出版。

7 月

上海《少年文艺》复刊,该刊创刊于 1953 年 7 月 1 日,"文革"初期停刊。"文革"期间改为《上海少年》。

8 月

《儿童文学》杂志复刊,作为不定期丛刊,有 6 个印张。

9 月

广东人民出版社编辑、出版《少年文艺丛书》,当月出版的是《小山鹰》《海花》。

10 月

四川人民出版社创办《新苗》少年文艺丛刊,第一本是《十月颂歌》。

11 月

《小朋友》在上海复刊,由少年儿童出版社编辑、出版。该刊创刊于 1922 年。

陆扬烈、冰夫的长篇儿童小说《雾都报童》由上海人民出版社出版,这是本年度印数最多的一本作品。

刘心武的短篇小说《班主任》发表在《人民文学》第 11 期。

杨啸的儿童小说《绿风》由人民文学出版社出版。

叶辛的儿童小说《深夜马蹄声》由上海人民出版社出版。

12 月

28 日至 31 日,《人民文学》编辑部邀请在北京的作家、诗人、文学评论家、翻译家和文学编辑 100 多人举行座谈会,研究和讨论如何繁荣社会主义文艺创作等问题。《人民文学》编辑部负责人张光年主持座谈会。中共中央宣传部部长张平化、文化部部长黄镇、全国文联副主席茅盾到会讲话。

本年

摄制儿童故事影片 3 部:上海电影制片厂摄制的《朝霞异彩》《补课》,西安电影制片厂摄制的《渔岛怒潮》。

1978 年

1 月

5 日,辽宁《红小兵》改名为《新少年》。

10 日,四川《红领巾》复刊。

10 日，中央决定成立恢复中国文联、中国作家协会筹备领导小组。张光年任组长，李季、冯牧任副组长。5 月，中国作家协会正式恢复工作。7 月，成立中国作家协会临时党组，张光年为临时党组书记，李季、冯牧为副书记。8 月，张僖任作家协会秘书长。《人民文学》《诗刊》《文艺报》相继复刊。

15 日，甘肃《甘肃红小兵》改名为《小白杨》，由甘肃人民出版社出版。

本月，上海恢复少年儿童出版社。该社成立于 1952 年，"文革"开始即中断业务，后并入上海人民出版社，成为少年儿童读物编辑室。3 月，刘培康被任命为少年儿童出版社社长、总编辑。8 月，贺宜、陈伯吹被任命为少年儿童出版社副社长。

3 月

安徽人民出版社编辑、出版儿童小说选辑《奇妙的战斗》。

4 月

1 日，中国福利会《儿童时代》在上海复刊。该刊由国家名誉主席宋庆龄亲自创办，"文革"期间停刊。

12 日，童话作家钟子芒（1922—1978）在上海逝世。

5 月

1 日，为解决"文革"造成的"书荒"，国家出版局于 1978 年 3 月决定动用印制《毛泽东全集》的备用纸集中重印中外文学著作 35 种。5 月 1 日起在上海、北京各城市门市部发行。两个月内，读者通宵达旦排队买书，上海各基层发行 150 多万册，一时盛况空前。上海南京东路新华书店门市部排队买书最多的一天达 1.6 万人。上半年，上海发行所向全国发行沪版的中外文学名著 200 万册。

9 日，人民文学出版社召开"儿童文学创作座谈会"，与会的新老儿童文学作家、翻译家商议繁荣少年儿童读物的创作和出版。这是"文革"以后第一次召开的儿童文学座谈会。

27 日，"中国文学艺术界联合会第三届全国委员会第三次（扩大）会议"在北京举行。这是在"文革"以后文艺界的第一次全国性会议。会议于 6 月 5 日闭幕。

28 日，《人民日报》为人民文学出版社召开的"少年儿童文学作家座谈会"做专题报道《为孩子们提供丰富的精神食粮》。

本月，贺宜的儿童小说《咆哮的石油河》由中国少年儿童出版社出版。

6 月

1 日，上海教育局所办的《红小兵报》《红小兵》（画报）分别改名为《少年报》《好儿童》。宋庆龄为《好儿童》题签。

3 日，吉林《小学时代》改名为《吉林儿童》，由吉林人民出版社编辑、出版。

5 日，《黑龙江红小兵》改名为《北方少年》，由黑龙江人民出版社编辑、出版。

12 日，郭沫若（1892—1978）在北京逝世，享年 86 岁。郭沫若在 1922 年发表的《儿童文学之管见》一文，对儿童文学提出精辟见解。

本月，教育部在武汉召开文科教材会议，决定恢复高校儿童文学课程，并组织北京师范大学、浙江师范学院等五院校协作编撰《儿童文学概论》。

本月至 7 月，上海《少年文艺》第 6 期、第 7 期，连载儿童文学笔谈会，发表京沪儿童文学名家文章，畅谈如何发展繁荣儿童文学。发表在第 6 期的文章有：冰心《笔谈儿童文学》，金近《童话也是一朵花》，陈伯吹《空手而归与满载而归》，韩作黎《我对发展儿童文学创作的一些意见》；发表在第 7 期的文章有：张天翼《把孩子们从饥荒中"救"出来》，柯岩

《从一首小诗谈起》,任溶溶《喜谈儿童文学》,包蕾《闲话神话与童话》。

7月

15 日,《文艺报》复刊。

8月

郑文光长篇科幻小说《飞向人马座》由人民文学出版社出版。

人民文学出版社重新出版《安徒生童话选》。

9月

《文艺报》编辑部召开短篇小说讨论会,对《班主任》《伤痕》等作品进行讨论。

邵冲飞等著的六场儿童剧《报童》,由河南人民出版社出版。

朝鲜文版吉林《少年儿童》恢复原名(1950 年 4 月创刊,"文革"初停刊。1970 年 11 月复刊,易名为《红小兵》),由延边人民出版社出版。

上海市作家协会、少年儿童出版社联合主办儿童文学创作辅导讲座,分为中国儿童文学发展史、外国儿童文学发展史、小说、诗歌、散文、报告文学、童话寓言等 14 讲,由陈伯吹、贺宜、任德耀等专家主讲。

10月

3 日,共青团内蒙古区委主办的内蒙古儿童刊物《花蕾》在呼和浩特复刊。

10 日,山西《小学生》月刊改名为《山西少年》,由共青团山西省委创办。

11 日至 21 日,由国家出版局、教育部、文化部、全国文联、全国科协等中央单位联合主办的"全国少年儿童读物出版工作座谈会"在江西庐山召开,会议邀请了部分儿童文学作家、翻译家、理论家参加。会议肯定了新中国成立后儿童读物出版的成绩,批判了"文革"带给少儿出版的灾难,着重讨论了今后少儿读物和儿童文学的发展规划。宋庆龄、康克清发来祝词。叶圣陶、冰心、张天翼、高士其等虽因故未能与会,但都做了书面发言。庐山会议的召开,揭开了新时期儿童文学的新篇章。

27 日,共青团十届一次全会上,决定将 1961 年上海天马电影制片厂摄制的儿童故事影片《英雄小八路》的插曲《我们是共产主义接班人》(周郁辉词,寄明曲)定为新的《中国少年先锋队队歌》。歌词如下:"我们是共产主义接班人,/继承革命先辈的光荣传统,/爱祖国,爱人民,/鲜艳的红领巾飘扬在前胸。/不怕困难,不怕敌人,/顽强学习,坚决斗争,/向着胜利勇敢前进,/向着胜利勇敢前进前进,/向着胜利勇敢前进,/我们是共产主义接班人。//我们是共产主义接班人,/沿着革命先辈的光荣路程,/爱祖国,爱人民,/少先队员是我们骄傲的名称。/时刻准备,建立功勋,/要把敌人,消灭干净,/为着理想勇敢前进,/为着理想勇敢前进前进,/为着理想勇敢前进,/我们是共产主义接班人。"

《童话选》由上海教育出版社编辑、出版,这是"文革"后出版的第一部现代童话集。茅盾为本书题签,贺宜写了序言《童话创作面临着重大任务》。

11月

1 日,共青团中央主办的中国少年先锋队队报《中国少年报》(周刊)在北京复刊。该刊于 1951 年 11 月 5 日创刊,原名《中国少年儿童》。

10 日,《人民日报》发表题为《努力做好少年儿童读物的创作和出版工作》的社论,呼吁各级文化部门的领导和文艺界、出版界、教育界、科技界都来关心少儿读物的创作、出版,并建设好创作与编辑两支队伍。

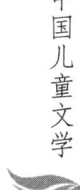

12 月

1 日至 20 日，《儿童文学》编辑部、中国少年儿童出版社文学读物编辑室、《中国少年报》编辑部在北京联合举办"文革"后的第一次"儿童文学创作学习会"，有来自全国 23 个省、自治区、直辖市的 47 位学员参加。金近主持，冰心、张天翼、叶君健、陈荒煤、严文井、冯牧、王愿坚、柯岩、刘心武等名家到会讲话或授课，学员们还去家中拜访茅盾、张天翼。

5 日，《文艺报》《文学评论》编辑部在北京举行座谈会，讨论落实党的文艺政策，给批错的作品和受迫害的作者平反。会上提出要重新评价的作品或作者，长篇小说有杜鹏程的《保卫延安》、李建彤的《刘志丹》、周立波的《山乡巨变》、赵树理的《三里湾》等；短篇小说有王蒙的《组织部新来的青年人》、马烽的《三年早知道》、西戎的《赖大嫂》、陈翔鹤的《陶渊明写〈挽歌〉》等；散文作品有陶铸的《思想·情操·精神生活》、刘宾雁的《在桥梁工地上》、陶承的《我的一家》等；电影故事片有《红河激浪》《革命家庭》《逆风千里》《早春二月》《阿诗玛》《不夜城》《怒潮》《洞箫横吹》《布谷鸟又叫了》《抓壮丁》《兵临城下》；戏曲影片有《尤三姐》等；戏剧有《海瑞罢官》《李慧娘》《谢瑶环》等。

21 日，国务院以国发[1978]266 号文批转了国家出版局、教育部、文化部、全国文联、全国科协等中央单位《关于加强少年儿童读物出版工作的报告》，并加了重要批语，要求各省、自治区、直辖市，国务院各部委和有关部门，都要关心和重视少年儿童读物的出版工作，尽快把这方面的工作促上去。

22 日，民间文学家张士杰（1931—1978）在河北逝世。生前著有童话《渔童》《红缨大刀》等。

本月，《儿童诗》第 1 辑由少年儿童出版社编辑、出版。共出版 3 辑，后停刊。

本年

中共中央主席华国锋为《儿童文学》题写刊名，《儿童文学》丛刊第 3 期起刊用。《儿童文学》杂志为庆贺华国锋题字，特邀请在京作家、学者举行座谈会。

本年摄制儿童故事影片 3 部：北京电影制片厂摄制的《火娃》《萨里玛珂》，长春电影制片厂摄制的《两个小八路》。

本年全国出版少年儿童读物 1062 种，其中新出 958 种，印数 255 万册。

1979 年

1 月

《儿童文学》丛刊第 7 期刊出调整后的编委会名单。编委：叶圣陶、叶君健、华君健、华君武、刘心武、刘厚明、严文井、张天翼、陈模、金近、柯岩、胡奇、袁鹰、韩作黎、冰心。《儿童文学》自 1977 年 8 月复刊以后，以不定期丛刊形式出版了 10 期，自第 8 期改为月刊，标注为 8 月号，以此类推。

《儿童文学研究》丛刊在上海复刊，主编贺宜，编委有巴金、陈伯吹等，由少年儿童出版社出版。该刊于 1957 年创刊，1963 年停刊，曾先后出版 15 辑。复刊号刊出了贺宜《童话创作面临重大的历史任务》、陈伯吹《试论动物故事》等文章，并载文批评"文革"小说《钟声》《金色的朝晖》《小伟造反》。

《儿童文学短篇小说集》由北京出版社出版。共收入新中国成立以来儿童小说代表作 39 篇，严文井作序。

金近著《春风吹来的童话》，由人民文学出版社出版，收入作者 1946 年到 1978 年创作的童话 32 篇。

2 月

12 日，宋庆龄致函中国福利会儿童艺术剧院，指示要"创作演出更多更好的儿童剧"。第二天，她又写信指出："儿童艺术剧院是示范性的、试验性的，完全是为儿童服务而创办的。"

本月，上海儿童文学界学习讨论周恩来 1961 年在"文艺工作座谈会"和"故事片创作会议"上的讲话，有 50 多人参加。陈伯吹、贺宜、包蕾、任溶溶、洪汛涛等发言。

《幼芽》双月刊在贵阳创刊，由贵州人民出版社出版。

《外国童话选》由北京出版社编辑、出版。叶君健作序，选编法国贝洛、德国豪夫等童话作品 22 篇。

3 月

26 日，《人民日报》发表茅盾于 1978 年 12 月 17 日会见"儿童文学创作学习会"全体学员时的讲话《中国儿童文学是大有希望的》，指出"繁荣儿童文学之道，首先还是解放思想"。

本月，《红岩少年报》(周报)在重庆创刊，由共青团重庆市委主办。

4 月

王安忆的短篇小说《谁是未来的中队长》发表在《少年文艺》第 4 期。

中国社会科学院文学研究所民间文学室主编的《民间童话故事选》由北京出版社出版，选入中国各民族民间童话故事 62 篇。

中国儿童艺术剧院演出话剧《报童》，后又拍成电影，引起强烈反响。

《人民文学》出版儿童文学专辑。

上海少年报社举办儿童文学"小百花奖"，并将获奖作品汇编成《小百花》一书出版。"文革"后儿童文学评奖自此开始。

5 月

25 日，中国人民保卫儿童全国委员会、共青团中央、中国文联、中国作家协会、全国科协、教育部、文化部、国家出版局联合发起举办"第二次全国少年儿童文艺创作评奖"(第一次于 1954 年举办)，评选 1954 年 1 月到 1979 年 12 月出版的优秀少年儿童文艺作品。评奖委员会召开了第一次会议，一致推选康克清同志担任评奖委员会主任，李季、胡德华、严文井、陈翰伯、吴全衡、高士其为副主任。邀请有关单位负责人、作家、艺术家等 31 人(茅盾、康克清、陈翰伯、李季、胡德华、吴全衡、高士其、吕骥、叶圣陶、张天翼、严文井、冰心、叶君健、华君武、袁文殊、凤子、陈伯吹、贺宜、金近、袁鹰、韩作黎、韦君宜、胡奇、陈仪、刘培康、张淑义、王麦林、王愿坚、柯岩、刘厚明、郑文光)组成评奖委员会。陈子君、洪汛涛主持评奖办公室的具体事务工作。评奖办公室设在北京前门东大街团中央。

6 月

1 日，"第二次全国少年儿童文艺创作评奖"委员会向全国发表《关于举办第二次全国少年儿童文艺创作评奖的公告》。

1 日，文化部、教育部、共青团中央在全国举办"儿童影片展览"，放映《报童》《以革命的名义》《火娃》等影片。

本月，上海市作家协会儿童文学组委会座谈"童心论"，为陈伯吹的"童心论"恢复名誉。

《小螺号》在杭州创办，由浙江人民出版社编辑、出版。

《上海儿童文学选》（1949—1979）第一卷《短篇小说》，由少年儿童出版社编辑、出版，后陆续出版《报告文学·传记·散文·诗歌》《剧本·民间故事·童话·寓言·科学文艺》《低幼儿童文学》，共 4 卷。

《山西儿童文学选》（1949—1979）由山西省文联编，山西人民出版社出版。

《儿童科学文艺丛书》由福建人民出版社出版，当月出版的是《金色的梦》。

《人民文学》《文艺报》《解放军文艺》《诗刊》《剧本》《长春》《东海》《新港》《星火》《鸭绿江》《青海湖》《上海文学》《四川文学》《长江文艺》《安徽文艺》《新疆文艺》《湘江文艺》《山东文艺》《江西文艺》《广西文艺》《河北文艺》和《广州文艺》等全国 20 多种文学杂志，在本月同期都以一定篇幅刊登了少年儿童文学作品和评论文章，以庆祝"六一"。

上海《少年文艺》《小朋友》和《少年报》分别对 1978 年刊登的作品进行评奖活动。以后每年都举行评奖。

台湾《中华儿童百科全书》出版，由"台湾省政府教育厅儿童读物小组"主编，台湾书店发行。全书共 9 册，其中设有《中外著名儿童读物》《作家和儿童文学名词》等栏目。

7 月

《儿童文学》由丛刊改为月刊。

8 月

5 日，在丹麦欧登塞城（安徒生家乡）举办的第三届国际儿童电影节上，中国动画片《牧笛》获得金质奖。

人民文学出版社出版《建国三十年儿童文学选（1949—1979）丛书》。由茅盾题签，分为《短篇小说选》上、下册（严文井、崔坪主编），《童话寓言选》（金近、葛翠琳主编），《诗选》上、下册（袁鹰、邵燕祥主编），《科学文艺作品选》上、下册（高士其、郑文光主编），《剧本选》上、下册（冰心、熊塞声主编）。

《外国儿童短篇小说选》由上海《少年文艺》编辑部编，少年儿童出版社出版。

《湖南儿童文学选》（1949—1979），由湖南省作家协会编，湖南人民出版社出版。

《儿童文学选（建国三十年辽宁省文艺创作选）》，由辽宁人民出版社出版。

《少年俱乐部》创刊，少年儿童出版社出版。

9 月

新蕾出版社在天津成立，这是我国当代第三家专业少儿读物出版社。

浙江师范学院中文系招收"文革"后全国第一届中国现当代文学专业儿童文学方向硕士研究生。导师蒋风副教授，研究生吴其南。

浙江省作家协会儿童文学组举办儿童文学专题讲座，由该省儿童文学工作者主讲《儿童文学的特点》《儿童小说的创作》，还邀请在上海的浙江籍儿童文学作家包蕾、洪汛涛、鲁克等作专题报告。

《新苗》在宁波创刊，由浙江宁波少年宫编辑、出版。贺宜著的《小百花园丁杂说》，由少年儿童出版社出版。

《花儿朵朵（湖北三十年儿童文学选 1949—1979）》由湖北省文联编辑，湖北人民出版社出版。

科学普及出版社编辑、出版《儿童科学文艺丛书》，第 1 辑是《大海妈妈和她的孩子们》。

《幼儿园》在济南创刊,山东人民出版社编辑、出版。

《美术电影剧本选》,由上海美术电影制片厂编辑,上海文艺出版社出版。该书选入40个文学剧本,其中有1948年中国第一部动画片剧本以及1978年的美术片剧本。

10月

本月30日至11月16日,中国文学艺术工作者第四次全国代表大会在北京举行,邓小平代表中共中央和国务院在致辞中指出:"我们要继续坚持毛泽东同志提出的文艺为最广大的人民群众、首先为工农兵服务的方向,坚持百花齐放、推陈出新、洋为中用、古为今用的方针,在艺术创作上提倡不同形式和风格的自由发展,在艺术理论上提倡不同观点和学派的自由讨论。"周扬作了题为《继往开来,繁荣社会主义文艺》的报告。第四次文代会选举茅盾为中国文联名誉主席,周扬为主席。

朝鲜文版《延边儿童文学作品选(儿歌)》(1949—1979)由延边人民出版社编辑、出版。

北京《北京少年》《北京儿童》两刊物停刊,工作人员30人调入中国少年儿童出版社。

11月

1日,少年儿童出版社举行"中长篇儿童小说讨论会",邀请各地儿童文学作家参加。茅盾为讨论会写了《少儿文学的春天来了》的书面发言。

11月4日,中国作家协会第三次会员代表大会在北京举行。此次大会,是中国作家协会1953年由文协(全国文学协会)重组更名后的第一次全国代表大会。邓小平同志到会致辞,周扬到会作报告。李季代表中国作家协会筹备组作"关于作家协会恢复活动以来的工作情况报告"。12月14日,中国作家协会主席团举行第二次会议,选举出主席茅盾,第一副主席巴金,副主席丁玲、冯至、冯牧、艾青、刘白羽、沙汀、李季、张光年、陈荒煤、欧阳山、贺敬之、铁衣甫江。组建了书记处,冯牧、李季为常务书记,张僖为秘书长。选举出第三届理事会理事142名,其中儿童文学作家有叶圣陶、叶君健、刘真、严文井、张天翼、陈伯吹、金近、柯岩、钟望阳、郭风、高士其、袁鹰、徐光耀、冰心等。主席团举行第二次会议,讨论并决定成立作家权益保障委员会、创作委员会、青年文学工作委员会、儿童文学委员会、民族文学委员会、理论批评委员会、外国文学委员会,决定由夏衍、丁玲、刘白羽、严文井、铁衣甫江、陈荒煤、冯至分别担任主任委员,讨论通过《文艺报》《人民文学》《诗刊》编委名单。

27日,沈阳成立儿童文学学会,讨论了1980年工作计划。学会设有小说、散文、儿歌、理论研究等小组。

本月,出席第四次全国文代会的儿童文学作家叶君健、陈伯吹、包蕾等,和热心儿童文学创作的百余人士,应邀参加了团中央举办的茶话会。

《山东三十年儿童短篇小说选》(1949—1979),由山东省文联选编,山东人民出版社出版。

福建《榕树文学丛刊》出刊"儿童文学专辑"。

12月

中国作家协会设立儿童文学委员会,由严文井出任主任委员,副主任委员为金近、贺宜,委员有叶永烈、叶君健、张有德、陈模、陈伯吹、郑文光、任德耀、杲向真、胡奇、黄庆云、葛翠琳、韩作黎等12人。

本年

鲁兵的论文《教育儿童的文学》在上海《少年报》社编印的《小百花》杂志发表。

中国少年儿童出版社从该年起陆续出版《中国著名作家儿童文学作品选丛书》,以作品选的形式集中介绍现当代中国作家的儿童文学佳作。该年出版有《鲁迅作品选》等。

浙江师范学院中文系设立儿童文学研究室,由蒋风筹建。

本年摄制儿童故事影片 4 部:北京电影制片厂摄制的《报童》,上海电影制片厂摄制的《啊！摇篮》,峨眉电影制片厂摄制的《飞向未来》,江苏电影制片厂摄制的淮剧《金色的教鞭》。北京电影制片厂的《报童》是本年影响广泛的电影,影片讲述的是抗战大后方重庆,周恩来率《新华日报》报社人员和石雷、草莽、腊月等《新华日报》报童,机智、顽强地展开斗争。报童上街散发报纸,使"皖南事变"的真相大白于天下。

本年全国出版少儿读物有 1737 种（除去连环画有 1100 多种,为 1978 年 437 种的 2.5 倍）,其中新出 1524 种,印数 360 万册。其中,文学读物约 410 种,科技知识读物约 190 种,历史、地理知识读物约 90 种,政治、语文、文娱、体育、美术、音乐读物等约 120 种,低幼读物约 290 种。

1980 年

1 月

《人民文学》编辑部邀请在京儿童文学作家座谈儿童文学创作经验。金近、郑文光、刘厚明、葛翠琳、杲向真、洪汛涛、浩然等参加。葛洛主持,严文井写来书面发言。

人民文学出版社编辑、出版的大型儿童文学不定期丛刊《朝花》创刊,主要刊登中长篇作品以及翻译作品、评论。该刊后于 1983 年 12 月停刊。

共青团中央主办、中国少年儿童出版社出版的《中国儿童》在北京创刊。

《中学生》杂志复刊,叶圣陶撰写了复刊词。

罗辰生的短篇小说《白脖儿》发表在《儿童文学》第 1 期。

刘先平的长篇小说《云海探奇》由中国少年儿童出版社出版。

2 月

28 日,中国作家协会儿童文学委员会举行第一次会议,着重讨论了提高儿童文学社会地位、加强儿童文学的研究和评论工作、加速建立和培养儿童文学创作队伍等方面的问题。会议由严文井主持。

《儿童文学》编辑部在北京举行"1977—1979 年优秀作品授奖大会",有 47 名中青年作家获奖。冰心、叶君健、金近、胡奇到会主持颁奖并讲话。

3 月

我国首次组团参加在意大利博洛尼亚举办的"博洛尼亚国际儿童读物展"（第 17 届）。

联合国教科文组织主办"世界儿童诗歌比赛",邀请中国儿童参加。征文诗题是《儿童帮助儿童》,《中国少年报》发布征文启事。

《儿童文学研究》第三辑刊载《本刊征集儿童文学资料启事》,征集:"一、古代儿童文学读物;二、'五四'以来儿童报刊、读物和有关儿童文学的理论著作（专书、选集或刊登这些著作的报刊）;三、儿童文学创作和出版的回忆录。"该辑重点刊出陈伯吹的《"童心"与"童心论"》,以及一组讨论"童心论"的文章。

《草原》3 月号发表英籍华人女作家韩素音的《为〈红雨〉法译写的序言》,李忆民译。

4月

1日,中国作家协会文学讲习所第5期开学,进修儿童文学的学员有竹林、王安忆等。儿童文学作家严文井、金近被聘为辅导员。

《中国现代儿童文学选·童话卷》由江苏人民出版社出版,收入"五四"时期到1949年间叶圣陶、郑振铎、赵景深等47位童话作家的作品。《小说·散文卷》《诗歌·戏剧卷》之后也陆续出版。

黄蓓佳的短篇小说《小船,小船》发表在江苏《少年文艺》第4期。

台湾作家林焕彰在台北创办《布谷鸟儿童诗学季刊》(1983年10月出版,第15期后停刊)。

5月

30日,中国人民保卫儿童全国委员会、共青团中央、中国文联、中国作家协会、全国科协、教育部、文化部、国家出版局联合举办的"第二次全国少年儿童文艺创作评奖(1954—1979)"揭晓,在北京人民大会堂举行隆重的万人授奖大会。评奖委员会由主任委员康克清主持,宋庆龄致祝词,周扬讲话。为儿童文学事业做出卓越贡献的叶圣陶、冰心、高士其、张天翼、严文井、叶君健、陈伯吹、贺宜、包蕾、金近、张乐平、万籁鸣、孙敬修等13位老作家、老艺术家获荣誉奖。212篇作品分获一、二、三等奖。会后作家们和首都少年儿童在少年宫举行盛大联欢活动,并举办了创作讨论会,作家们纷纷表示要为少年儿童写出更多更好的新作品。

本月,《人民文学》第5期发表一组儿童文学作家的笔谈,以祝贺第二次全国少年儿童创作评奖的成功举办。发表的文章有:金近《提高我们的创作水平》,洪汛涛《童话随想》,郑文光《科学文艺小议》,葛翠琳《路子应该开阔一些》。

国家出版事业管理局版本图书馆编纂的《全国少年儿童图书综录(1949—1979)》由中国少年儿童出版社出版,这是我国第一本少儿读物图书目录集成。

由新蕾出版社编辑、出版的《童话》丛刊创刊,叶圣陶题写刊名,茅盾题词:为童话之百花齐放而努力!

湖南省作家协会主办的《小溪流》(双月刊)创刊。

刘厚明的短篇小说《绿色钱包》发表在《北京文艺》第5期。

邱勋的短篇小说《三色圆珠笔》发表在《儿童文学》第5期。

《外国儿童文学作品选读》由山西人民出版社出版,本书选编了15个国家、39位作家的59篇作品。

香港《开卷》杂志举行"儿童文学十人座谈会",特辟6月号为儿童文学特辑,这是香港刊物第一次开辟儿童文学专栏。

茅盾的文章《少儿文学的春天到来了》、冰心的文章《我的热切的希望》,发表在《儿童文学研究》第4辑。

6月

1日,中国儿童文学研究会在北京召开成立大会,70多人与会。陈子君为理事长,蒋风、浦漫汀为副理事长,贺嘉为秘书长。会员主要为从事儿童文学理论批评、教学、编辑、出版等人员。

1日,《贵阳晚报》开设儿童文学副刊《童心》,半月一期。这是我国地方报刊最早开辟的儿童文学副刊。

4 日，《儿童文学》编辑部在北京举行"童话创作座谈会"。严文井、陈伯吹、金近、洪汛涛、葛翠琳、任溶溶等参加会议，就童话构思、意境、形式、语言等问题做了发言。

本月，中国儿童文学工作者代表团应菲律宾儿童文学协会的邀请，由团长严文井率领访问菲律宾，成员有金近、任溶溶、沈虎根、徐光耀等。在菲期间，代表团参加了亚洲太平洋地区儿童文学协商会议，严文井介绍了中国儿童文学情况，并在马尼拉等 6 个城市参观。

意大利作家亚米契斯著的《爱的教育》（夏丏尊译）由上海书店重印。本书原名《考莱》，1923 年由夏丏尊翻译后曾在中国风行数十年。

新蕾出版社编辑的《作家的童年丛书》陆续出版，第 1 辑《我的童年》收录了冰心等作家记述童年生活的自传体文章。

张映文的短篇小说《扶我上战马的人》发表在《延河》第 6 期。

叶永烈著的《论科学文艺》由北京科学普及出版社出版。

7 月

张天翼著的《金鸭帝国》由湖南人民出版社出版，本书据 1942 年 1 月至 1943 年 11 月《文艺杂志》的连载重印。这是《金鸭帝国》第一次出版单行本。

8 月

翻译家叶君健应丹麦外交部和安徒生博物馆邀请，赴丹麦遍访安徒生遗迹，考察国际安徒生研究的情况。

《我和儿童文学》由少年儿童出版社出版，该书收录了叶圣陶等 29 位作家从事儿童文学的回忆录。

9 月

世界儿童诗歌比赛揭晓，湖北小学生刘倩倩的《你别问，这是为什么》等作品获奖。

10 月

5 日，内蒙古青少年出版社编辑、出版的《苗苗》（月刊）在呼和浩特创刊。

本月，云南人民出版社出版的《蜜蜂报》（周报）在昆明创刊。

幼儿文学畅销书《365 夜》（鲁兵主编），由少年儿童出版社出版。

四川少年儿童出版社在成都成立。

11 月

江苏举行"江苏省少年儿童文学创作评奖（1957—1975）"，有 34 件作品获奖。

12 月

16 日，著名科普作家顾均正（1902—1980）在北京逝世。

本月，邓牛顿等编的《郭老（郭沫若）与儿童文学》由河南人民出版社出版。

本年

本年摄制儿童故事影片 4 部：上海电影制片厂摄制的《琴童》《我们的小花猫》，北京电影制片厂摄制的《苗苗》，广西电影制片厂摄制的《十天》。

本年全国出版少年儿童读物 2446 种（初版 2162 种，重版 284 种），较上年种数增长 41.8%，占书籍种数的 15.6%；总印数 55496 万册，比上年增长 54%。其中，文艺读物 516 种，科技知识读物 131 种，历史、地理知识读物 58 种，政治、语文、体育读物 21 种，低幼读物 490 种，连环画册 1463 种（比上年增长 48.1%）。

1981 年

1 月

2 日,湖南人民出版社出版的综合性儿童刊物《红领巾》改名为幼儿文学《小蜜蜂》月刊。

11 日,浙江人民出版社少年文学刊物《当代少年》创刊。

15 日,山东人民出版社编辑、出版的小学高年级综合文艺刊物《红蕾》创刊。

本月,少年儿童出版社编辑、出版的《巨人》创刊,该刊专发中长篇儿童文学作品。

吴梦起的童话《老鼠看下棋》发表在《巨人》第 1 期。

《儿童文学》改为月刊,并交邮局发行。刊名不再使用华国锋题写的字体,改由书法家李铎书写,沿用至今。

2 月

本月 26 日至 3 月 7 日,中国少年儿童出版社和四川少年儿童出版社在成都召开"全国儿童文学中长篇小说创作座谈会",陈模、刘厚明、任大霖、萧平、王安忆、毛志成、胡景芳、尤异、陈丽等近 60 位老中青儿童文学作家参加会议。

本月,叶君健赴挪威皇家科学院讲学,与艾格纳等挪威儿童文学作家交流当代西方和中国儿童文学的创作情况。

锡金等主编的《儿童文学论文选(1949—1979)》由中国少年儿童出版社出版,共 40 万字。

3 月

18 日,《中国少年报》报道,由万国邮政联盟发起的"国际少年书信写作比赛"发布征文题目:《一个邮政职工的一天》。

23 日,辽宁省作家协会和辽宁少年儿童出版社主办的少年儿童文艺刊物《文学少年》(双月刊)创刊。

27 日,中国现代文学巨匠、现代儿童文学先驱者茅盾(1896—1981)在北京逝世。

本月,少年儿童出版社编辑、出版的《儿童文学选刊》(季刊)创刊,第 1 期着重发表儿童文学新人新作。该刊自 1985 年起改为双月刊。

新蕾出版社编辑、出版的《智慧树》(双月刊)创刊,以发表科学幻想小说、知识童话为主。

香港儿童文艺协会成立。香港的儿童文学与文艺界,包括写作、出版、教育、图书馆、音乐、美术、舞蹈、电影、电视等各方面专业人士 100 多人参加。何紫为会长,吴婵霞为副会长。

以"国际儿童图书评议会"日本支部代表理事、著名儿童文学家渡边茂男为团长,翻译家君岛久子等为团员的日本儿童文学代表团来中国访问。代表团在北京国际俱乐部举行座谈会。后又在上海会见了陈伯吹、任溶溶等,并在两地先后举行了日本儿童文学报告会。

4 月

29 日,《文艺报》邀请在北京的部分作家、艺术家、教育工作者召开座谈会,严文井、金近、陈模、刘厚明、葛翠琳等就"如何向少年儿童提供更多更好的精神食粮"进行讨论。

本月,《儿童文学作家作品论》由中国少年儿童出版社出版,本书由第二次全国少年儿童文艺创作评奖委员会办公室编辑，评论了20多位儿童文学作家的作品。

贺宜的《漫谈童话》由四川人民出版社出版。

5月

22日，上海成立"儿童文学园丁奖"委员会。该奖由陈伯吹倡设，上海市作家协会、上海市出版工作者协会、少年儿童出版社、中国福利会、《儿童时代》社、《少年报》社等联合举办。每年评奖一次，评奖范围系在上海地区报刊发表的儿童文学作品，评奖委员会主任钟望阳，李俊民、陈伯吹、陈向明为副主任，洪汛涛为秘书长。

22日，广西作家协会、广西人民出版社在南宁联合召开广西儿童文学创作座谈会，成立广西儿童文学创作委员会。特请陈伯吹做了关于儿童文学创作的专题报告。

25日至28日，文化部会同全国妇联、团中央、教育部等，在北京成立全国少年儿童文化艺术委员会，讨论通过委员会的组成人员和任务，并提出今后一个时期对少年儿童文化艺术工作的规划和设想。文化部同时增设少年儿童文化艺术司，作为少年儿童文化艺术委员会的办事机构。文化部副部长林默涵任主任、关鹤童为秘书长。

本月，刘厚明的短篇小说《黑箭》发表在《人民文学》第5期。

[苏联]伊·穆拉维约娃著的《安徒生传》由上海文艺出版社出版，马昌仪译。

6月

1日，文化部在北京创建北京儿童电影制片厂，著名演员于蓝任厂长。1987年改名为中国儿童电影制片厂。该厂是我国专门生产儿童电影故事片的电影制片厂，还承担译制外国儿童影片，拍摄动画片、电视剧等任务。从1981年到1986年拍摄了《应声阿哥》《小刺猬奏鸣曲》《我的九月》《少年彭德怀》等19部故事片。1999年，儿童电影制片厂和北京电影制片厂等8家单位合并成立了中国电影集团公司，儿童电影制片厂的生产任务由集团下属的第三制片公司承担。2005年，在第三制片公司的基础上，中影动画产业有限公司正式成立，儿童电影制片厂只剩下"中国儿童电影制片厂"作为出品单位出现。

本月，《娃娃画报》（月刊）创刊，由少年儿童出版社《小朋友》编辑部主办。

第二次全国少年儿童文艺创作评奖委员会办公室选编的《获奖童话寓言集》（1954—1979年第二次全国少年儿童文艺创作评奖）由新蕾出版社出版。

广东省作家协会儿童文学委员会编辑，《广州日报》社出版的《少年文艺报》（半月刊）在广州创刊。

四川外语学院编辑的《世界儿童》在重庆创刊，由四川少年儿童出版社出版。该刊以发表外国儿童文学作品为主。

河北儿童文学界举行儿童文学研讨会，着重讨论儿童文学和儿童的心理特征。

陈益的散文《十八双鞋》发表在《少年文艺》第6期。

7月

14日至23日，少年儿童出版社举行童话座谈会。陈伯吹、包蕾、洪汛涛等各地童话作家参加，就童话创作问题交流了看法。

31日，辽宁《文学少年》编辑部在大连举行儿童文学座谈会，儿童文学作家陈伯吹、洪汛涛、袁静、任溶溶和程乃珊、缪士等参加了座谈。

本月，新疆人民出版社编辑、出版的综合性知识文艺丛刊《天山少年》创刊。

台湾佛教慈恩育幼基金会创办"慈恩儿童文学研习营"，从该年起至1986年，每年暑假均举办，前后共6期。除第一年为综合性外，其余均为专题研习，计有童话（第2期）、唱念儿童文学（第 3 期）、少年小说（第 4 期）、图画书（第 5 期）、编辑企划（第 6 期）。

8 月

1 日至 15 日，"浙江儿童文学创作会议"在莫干山召开，重点讨论了儿童文学如何突破现有创作水平的问题。

6 日，甘肃日报社主办的《少年文史报》（周报）在兰州创刊。

31 日，国家出版局、全国少年儿童文化艺术委员会发出《关于全国优秀少年儿童读物评奖的通知》，决定于 1982 年上半年举行一次全国优秀少年儿童读物评奖活动。

本月，《儿童文学研究》第 7 辑发表一组"科学文艺专辑"，郑文光、刘后一、刘兴诗、鲁兵等展开科学文艺姓"科"还是姓"文"的不同观点争议，鲁兵坚持认为"科学文艺失去一定的科学内容，这就叫作灵魂出窍"。鲁兵此前发表的《灵魂出窍的文学》引起科学文艺界的极大争议。

香港举办"港产儿童电影研讨会"。

9 月

《获奖短篇小说集》（1954—1979 年第二次全国少年儿童文艺创作评奖）由中国少年儿童出版社编辑、出版。

10 月

本月 1 日至 11 月 2 日，在联合国教科文组织的安排下，中国少年儿童出版社派出由王一地、杨光仪、周以谟、谷斯涌等组成的考察团，先后访问意大利、联邦德国、英国、法国和日本等国，考察这些国家的少年儿童读物的编辑、出版、发行和阅读情况。这次活动得到联合国儿童基金会的资助。

本月，辽宁省教育厅主办的《小学生报》（周刊）在沈阳创刊。

"第二次全国少年儿童读物出版工作会议"在山东泰安召开，260 余人与会，着重讨论加强科普、低幼与农村少儿读物的出版问题。

中国作家协会第三届主席团第五次会议增补柯岩为书记处书记。

11 月

5 日，青海省作家协会成立儿童文学创作委员会，并召开了儿童文学创作讨论会。

5 日，贵州省作家协会与《幼芽》编辑部在贵阳举办贵州省第 1 期儿童文学创作学习班。

11 日，香港社团注册处批准成立"香港儿童文艺协会"，首任会长何紫。

江苏人民出版社编辑、出版的大型儿童文学丛刊《未来》在南京创刊。

《中学生文学之友》第 1 辑《云雀》，由广东人民出版社编辑、出版。

12 月

孙幼军的童话《小狗的小房子》发表在《儿童文学》第 12 期。

本年

刘厚明的论文《导思　染情　益智　添趣——浅谈儿童文学的功能》发表在《文艺研究》第 4 期，对"教育儿童的文学"提出批评。

严阵的长篇儿童小说《荒漠奇踪》由中国少年儿童出版社出版。

著名儿童文学女作家、电影演员熊塞声（1915—1981，原名熊贤璆）在北京逝世，享年 66 岁。熊塞声 1937 年参加革命工作，历任延安鲁艺戏剧干部，北京电影厂演员。著有童话剧剧本《巧媳妇》《骄傲的小燕子》，童话长诗《马莲花》，民间故事集《马郎》等。

《外国儿童文学丛书（1981—1989）》由少年儿童出版社出版，《童年文库（1981—1983）》

由新蕾出版社出版。

本年摄制儿童故事影片 9 部：儿童电影制片厂摄制的《四个小伙伴》《苏小三》，上海电影制片厂摄制的《鹿鸣翠谷》，长春电影制片厂摄制的《绿色钱包》《没有字的信》，珠江电影制片厂摄制的《白龙马》，潇湘电影制片厂摄制的《小海》，天津电影制片厂摄制的《大海》，江苏电影制片厂摄制的《宝贝》。

本年全国共出版少年儿童读物 2520 种（初版 2110 种，重版 410 种），总印数达 78674 万册，占全年书籍出版总印数的 27%。较上年种数增长 3.02%，印数增长 27.44%。其中连环画 1517 种，印数达 70839 万册。文艺读物 430 多种，社会知识读物 180 多种，自然知识读物 120 多种，低幼读物近 300 种。与上年相比，除连环画的印数增加 25000 万册外，其他读物的平均印数略有下降。

1982 年

1 月

1 日，上海《新民晚报》复刊，开辟了《娃娃天地》《讲故事》等儿童文学专栏。

5 日，江西省作家协会主办的儿童文学报《摇篮》（半月刊）在南昌创刊。

6 日，"国际少年书信写作比赛"由巴金等组成中国评选会，向全国少年儿童征文，题目是《致一位 2000 年儿童的信》。

7 日，共青团延边区委主办的少先队队报《少年儿童》改名为《延边少年报》（周报），该报面向全国朝鲜族少年儿童。

本月，天津人民美术出版社编辑、出版的《故事画报》（双月刊）创刊。

2 月

21 日，湖南少年儿童出版社在长沙成立。陈伯吹、任溶溶、蒋风、葛翠琳、郑文光等应邀专程参加了大会。

26 日，中国作家协会儿童文学委员会召开在京部分儿童文学报刊编辑座谈会。座谈会由金近主持，谷斯涌、刘厚明、钱光培、张沪等发言。

27 日，北京师范大学中文系举办的高校儿童文学教师进修班开学，来自全国 20 余所高校 27 位教师参加了为期半年的学习。浦漫汀、张美妮、梅沙执教。这是 1949 年以后我国第一个高校儿童文学教师进修班。

本月，联合国教科文组织举办的"世界儿童诗歌比赛"优秀作品集中文版《传给孩子的气球》，由四川少年儿童出版社出版。评委会从参赛的 57 个国家 120 万件作品中评出最优作品 20 首，于 1980 年公布。中国共有应征来稿 9 万余件，9 岁儿童刘倩倩写的《你别问，这是为什么》获奖。

《北京日报》创办儿童文学副刊《小苗》，康克清为此写了《祝小苗茁壮成长》一文。

洪汛涛的童话《狼毫笔的来历》、蔺瑾的动物小说《冰河上的激战》发表在《少年文艺》第 2 期。

陈模的小说《失去祖国的孩子》发表在《东方少年》第 2 期。

3 月

25 日，中国作家协会儿童文学委员会召开"在京部分儿童文学作者座谈会"。金近主持会议，发言的有罗辰生、王路遥、韩作黎、金波等。

本月，北京市作家协会、北京市文联主办的儿童文学刊物《东方少年》在北京创刊，北京出版社出版。

《儿童文学》编辑部在北京举行 1981 年优秀作品授奖大会,有 35 名作者获奖。高占祥、严文井、金近到会主持颁奖并讲话。

4 月

10 日,内蒙古作家协会等单位联合召开"儿童文学创作座谈会"。

12 日至 18 日,广东省作家协会儿童文学委员会举办儿童文学创作学习会,黄庆云、郁茹在会上讲课并辅导作者修改作品。

茅盾《少年印刷工》由少年儿童出版社出版,这是作者 20 世纪 30 年代写的儿童小说。

曹文轩的短篇小说《弓》发表在《儿童文学》第 4 期。

胡从经著的《晚清儿童文学钩沉》由少年儿童出版社出版,18 万字。

陈伯吹著的《儿童文学简论》由长江文艺出版社重版,此书初版于 1956 年。

5 月

21 日,第一届"儿童文学园丁奖"授奖大会在上海举行。吴梦起的《老鼠看下棋》获"童话奖",邱勋的《No! No! No!》获"小说奖",另有 12 篇作品获"优秀作品奖"。

24 日,《儿童文学》编辑部为张天翼的长篇童话《大林和小林》发表 50 周年举行庆祝活动,严文井、叶君健、金近、梅志、孙幼军和华君武等前往祝贺。

26 日,1980—1981 年"全国优秀少儿读物奖"授奖大会在北京举行。《周总理的美德》《在一个夏令营里》等 15 种作品获一等奖。

本月,第一部高校儿童文学教材《儿童文学概论》由四川少年儿童出版社出版。此书由北京师范大学、华中师范学院、河南师范大学、杭州师范大学、浙江师范学院等五院校儿童文学教师集体编写。

蒋风著的《儿童文学概论》由湖南少年儿童出版社出版。

6 月

1 日,中国少年儿童出版社编辑、出版的《幼儿画报》在北京创刊。

15 日,文化部少年儿童文化艺术司、辽宁省出版局、辽宁省文化局、辽宁省作家协会和辽宁人民出版社在沈阳联合举办"东北华北地区儿童文学讲习班",为期 20 天。来自北京、天津、河北、内蒙古、黑龙江、吉林、辽宁、山西等省、自治区、直辖市的近 70 名中青年儿童文学作者参加。叶君健、陈伯吹、刘厚明、洪汛涛、郭风、蒋风、葛翠琳、郑文光等应聘参加讲师团,前往讲课。这是我国第一次举办如此大规模的儿童文学讲习班。

22 日,文化部少年儿童文化艺术司与四川有关部门联合举办的"西北西南地区儿童文学讲习班"在成都开班。新疆、甘肃、陕西、宁夏、云南、四川、贵州等省、自治区、直辖市近 80 名中青年儿童文学作者参加学习。

25 日,中国少年儿童出版社《儿童文学》杂志编辑部在山东烟台举办"儿童诗歌创作座谈会",就"如何提高儿童诗歌创作质量问题和儿童诗歌的美学问题"进行了探讨。

本月,由共青团辽宁省委主办、辽宁新少年杂志社出版的《好孩子画报》在沈阳创刊。

全国儿童文学教学研究会在北京成立,浦漫汀担任理事长。

陈伯吹的童话《骆驼寻宝记》发表在《十月》双月刊第 3 期。

7 月

1 日至 5 日,安徽省"第一次儿童文学创作会议"在合肥举行。

本月 26 日至 8 月 3 日,广东人民出版社举行"儿童文学创作会议",上海作家洪汛涛、叶永烈和广东作家黄庆云、岑桑、郁茹等参加。

本月，《儿童文学》举办第 3 期创作讲习班，有 28 位作家参加。冰心、严文井、叶君健、叶至善、李庚、王蒙、理由等为学员授课。与会学员到家中拜访冰心老人。

内蒙古少年儿童出版社在内蒙古成立。

8 月

23 日至 28 日，福建省儿童文学创作会议在福州举行。

本月，由文化部少儿司举办的首届全国儿童剧观摩演出，在长春、南昌两地举行。来自 20 多个省、自治区、直辖市的剧团演出了 43 个不同题材、风格、样式的歌剧、话剧、舞剧和戏曲，并举行了儿童剧研讨会。儿童剧剧作家与陈伯吹等儿童文学作家在一起讨论儿童剧创作问题。这样大规模的儿童剧观摩、研讨尚属首次。

沈承宽等编的《张天翼研究资料》（中国现代文学史资料汇编丛书）由中国社会科学出版社出版。

9 月

12 日至 18 日，辽宁省文学学会、沈阳市儿童文学学会、丹东市文联、大连市文联共同举办的辽宁儿童文学理论座谈会在旅顺召开。

本月，中国社会科学院文学研究所当代文学研究室编的《中国新时期儿童诗选》（1977—1980），由新蕾出版社出版，共收集 100 多位作家的 140 首诗和 6 位参加世界儿童诗歌比赛的小作者作品。

秦文君的中篇小说《别了，远方的小屯》发表在《巨人》季刊第 3 期。

鲁兵《教育儿童的文学》由少年儿童出版社出版。

10 月

郑渊洁的中篇童话《皮皮鲁外传》发表在《东方少年》第 4 期。

11 月

湖北少年儿童出版社在武汉成立，2013 年改名为长江少年儿童出版社。

河南少年儿童出版社在郑州成立，1985 年改名为海燕出版社。

《儿童文学新人新作选：白脖儿》（1981 年）由四川少年儿童出版社出版，选编小说、童话、诗歌、科学文艺、剧本等 36 篇。

方国荣的短篇小说《彩色的梦》发表在《儿童文学》第 11 期。

12 月

2 日，中国戏剧家协会所属的"中国儿童戏剧研究会"在北京成立，首任理事长任德耀，副理事长为罗英、周来、朱漪。

本月，"全国儿童剧观摩演出颁奖大会"在北京举行，有 18 个儿童剧获得创作奖，24 个儿童剧获演出奖。

香港儿童文艺协会和香港艺术中心合办"中国童话欣赏会"。

本年

辽宁少年儿童出版社在沈阳成立。

张美妮、李知光主编的《世界儿童小说名著文库》12 卷，由新蕾出版社出版，共 440 余万字。

《当代世界儿童文学译丛》由江苏少年儿童出版社出版。

浙江师范学院中文系儿童文学研究室举办"全国幼师、普师儿童文学教师进修班"，由蒋风、韦苇、黄云生等执教,学期半年。1984年、1987年又举办了第2期、第3期进修班。

本年摄制儿童故事影片14部:上海电影制片厂的《泉水叮咚》《城南旧事》等5部,儿童电影制片厂的《应声阿哥》等4部,长春电影制片厂的《飞来的仙鹤》等2部,广西电影制片厂的《春晖》等2部,潇湘电影制片厂的《赛虎》。上海电影制片厂的《泉水叮咚》《城南旧事》影响较大,尤其是根据台湾女作家林海音同名小说改编的怀念古都北京童年生活的《城南旧事》。

本年全国共出版各类少年儿童读物3690种(初版2834种,重版856种),比上年增长46.2%,占全国书籍种数的15.4%;印数达到103388万册,比上年增长31.4%,占全国书籍总印数的34.6%。其中,连环画出版种数达2168种,印数达86738万册,比上年种数增长42.9%,印数增长22.4%,占少儿读物种数的58.7%,印数的83.8%。

1983 年

1月

26日,《儿童文学》与《朝花》丛刊在北京召开"儿童诗歌座谈会",严文井、屠岸、金波等到会。

本月,少年儿童出版社编辑、出版的《故事大王》创刊。

《小草的奋斗——台湾省中学生作品选》由少年儿童出版社出版。这是第一部在大陆出版的台湾青少年习作。

金燕玉编的《茅盾与儿童文学》由河南少年儿童出版社出版。

程玮的中篇小说《来自异国的孩子》发表在《巨人》第1期。

丁阿虎的短篇小说《祭蛇》发表在《东方少年》第1期。

刘健屏的短篇小说《我要我的雕刻刀》发表在《儿童文学》第1期。

2月

《儿童文学》编辑部在北京举行1982年优秀作品授奖大会,有16名作者获奖。叶君健、陈昊苏、叶至善到会主持颁奖并讲话。

《儿童文学》编辑部为祝贺冰心《寄小读者》发表60周年,特刊编辑部文章《捧上几片绿叶》和冰心的《杨永青和他的儿童画》。

3月

8日,少年儿童出版社低幼读物编辑室编的《幼儿文学》报创刊,先在内部发行。

范奇龙编的《茅盾童话选》由四川少年儿童出版社出版。

蒋风、潘颂德著的《鲁迅论儿童读物》由陕西人民出版社出版。

广东人民出版社开始陆续出版广东籍儿童文学作家作品选。第一本为《黄庆云作品选》,以后出版的有秦牧、郁茹、柯岩、郑文光、任溶溶、何紫的选集。

日本著名动物故事作家椋鸠十来中国访问。

四川少年儿童出版社编辑、出版的大型少儿读物丛书《小图书馆丛书》开始陆续出版。该丛书收入了不少儿童文学作品。

浙江少年儿童出版社在杭州成立。

3月

28日,中国福利会《儿童时代》为庆祝出版500期举行茶话会,全国妇联主席康克清等发来了贺信、贺电。

本月,周忠和编译的《俄苏作家论儿童文学》由河南少年儿童出版社出版。

5月

16日,《儿童文学》编辑部在安徽屯溪召开童话创作研讨会。

18日,上海儿童文学界举行茶话会,庆祝陈伯吹从事儿童文学创作60年,郭绍虞写来贺诗,巴金来电话祝贺。

21日,"儿童文学园丁奖"第二届评奖授奖大会在上海举行。郑春华的《圆圆和圈圈》等15篇作品获奖。

本月,《儿童文学园丁奖集刊(一):老鼠看下棋》由少年儿童出版社出版。

中国少年儿童出版社编辑的《中国优秀童话选》(1922—1979)出版,选收"五四"以来代表性作品33篇。

联合国教科文组织亚洲文化中心编的《亚洲当代儿童小说选》由湖南少年儿童出版社出版。该书精选了亚洲15个国家的儿童小说。

陕西少年儿童出版社(后改名未来出版社)在西安成立。

《儿童文学选刊》在江苏江阴举行"儿童小说创作座谈会"。黄蓓佳、程玮、刘健屏、方国荣、丁阿虎等儿童文学新人参加会议。

台湾儿童文学理论刊物《海洋儿童文学研究》在台东市创刊。

香港儿童文艺协会举办"1983年香港儿童文学节"活动,举行儿童小说创作评奖及海报设计比赛。

6月

21日,文化部少儿文化艺术司和广东省文化厅等在广州联合举办广东省儿童文学创作讲习班。聘请陈伯吹、郭风、秦牧、洪汛涛、黄庆云、葛翠琳、萧平、蒋风、胡景芳、邱勋、程式如、肖建亨等组成讲师团讲课,广东中青年儿童文学作者50余人参加。

29日,《少年文艺》编选了一套30年优秀作品选,《给少年们的小说》《给少年们的散文》《给少年们的童话》《给少年们的诗歌》共4册,陆续出版。

本月,中国作家协会天津分会编的《天津儿童文学作品选(1977—1981)》由邓颖超题词:儿童文学事业是大有作为的!聂荣臻、张爱萍、周扬、冰心等发来了贺信、字画。

日本上笙一郎著、郎樱等译的《儿童文学引论》由四川少年儿童出版社出版。

7月

1日,文化部少儿司举办的"全国低幼文学讲习班"在西安开班,历时25天。同时开班的还有西北地区儿童文学讲习班。两个班共有学员90余人。

11日,由文化部少儿司与广西壮族自治区文化局、出版局、文联、中国作家协会广西分会,在南宁联合举办为期7天的"广西儿童文学讲习班",邀请陈伯吹、洪汛涛、萧平、郭风、蒋风、程式如、邱勋、胡景芳、肖建亨9人组成讲师团做了9个专题的学术报告,有50多位儿童文学作者参加。

22日,由文化部与湖南省出版局联合举办的"儿童文学讲习会"在长沙开班,学员30人,历时30天。

8月

"全国儿童文学教育研究会"首届年会在吉林市召开,60余位高校教师参加。

9月

中国作家协会上海分会举行"庆祝贺宜从事儿童文学创作50周年茶话会"。

10 月

1 日，中国作家协会江苏分会在南京创刊《春笋报》（半月刊），叶圣陶题写报名并撰发刊词。

24 日至 30 日，文化部出版局在郑州召开"全国低幼读物编辑工作座谈会"，65 人与会。文化部出版局局长边春光主持。会议探讨了如何进一步提高幼儿读物的质量，加强编辑队伍建设，并邀请了 6 位幼儿文学作家、画家、儿童心理学家作讲座。

本月，中国少年儿童出版社举行"《儿童文学》杂志创刊 20 周年纪念会"，艾青、葛洛、严文井、袁鹰、于蓝等到会致贺。由叶圣陶作序的《〈儿童文学〉二十年优秀作品选》出版。

11 月

1 日，中国作家协会在天津召开"京津地区部分儿童小说作者创作座谈会"。金近、葛洛、陈模、袁静、杲向真等 20 位作家在会上发言。

12 月

人民文学出版社出版的《朝花》儿童文学丛刊停刊。

本年

陈蒲清著的《中国古代寓言史》由湖南教育出版社出版。

中国社会科学院文学研究所当代文学研究室主编的《儿童文学选》（中国文学作品年编·1981）由中国社会科学出版社出版。

《儿童文学欣赏丛书》由湖南少年儿童出版社陆续编辑、出版，包括《童话欣赏》《寓言欣赏》《儿童小说欣赏》《儿童诗歌欣赏》等。

萧育轩的长篇小说《乱世少年》由少年儿童出版社出版。

丹麦童话大师安徒生著的《我的一生》由四川少年儿童出版社出版，李道庸等译。

江苏少年儿童出版社在南京成立。

黑龙江少年儿童出版社在哈尔滨成立。

本年摄制儿童故事影片 7 部：北京儿童电影制片厂的《扶我上战马的人》《小刺猬奏鸣曲》，峨眉电影制片厂的《熊猫历险记》，浙江儿童电影制片厂的《夜明珠》，潇湘电影制片厂的《候补队员》，西安电影制片厂的《自然之子》，珠江电影制片厂的《被抛弃的人》。

本年全国共出版少年儿童读物 3966 种（初版 3278 种，重版 688 种），比上年增长 7.5%，占书籍种数的 14.9%。印数减少 30.2%。其中，连环画 2496 种，初版 2170 种，印数为 63431 万册，1192131 千印张，比上年种数增长 15.1%，印数减少 26.9%。

1984 年

1 月

1 日，由《南京日报》社主办的《少年之声报》（周报）在南京创刊。

10 日，《儿童文学》编辑部在北京召开"儿童文学翻译工作座谈会"，叶君健等 20 多位儿童文学翻译家出席，会上决定对该刊优秀译文评奖。

本月，由中国儿童少年活动中心主办的《学与玩》月刊在北京创刊。

丁阿虎的短篇小说《今夜月儿明》在《少年文艺》第 1 期发表，首次涉足少男少女恋情题材，引起强烈反响和争议。

山东少年儿童出版社在济南成立，1985 年 2 月改名为明天出版社。

2 月

辽宁少年儿童出版社编辑、出版《文学少年丛书》，本月出版萧平、邱勋的作品集，以后陆续出版葛翠琳、黄庆云、刘厚明、王路遥、陈模等作家的集子。

香港编印的《中华童话文库》第 1 辑推出洪汛涛童话 4 册，发行港澳及东南亚。香港《文汇报》《明报》《双报》刊文介绍文库的作家、作品。

《台湾童话集》由时事出版社出版。

3 月

5 日，山东省教育厅主办的《中学生报》在济南创刊。

17 日、25 日，《儿童文学》1983 年优秀作品授奖大会分别在北京和上海两地举行，有 15 名作者获奖，胡锦涛、艾青、葛洛出席北京的授奖并讲话。

30 日，上海童话界举行童话创作讨论会，就童话逻辑性、物性等问题展开讨论。

本月，浙江少年儿童出版社出版不定期丛刊《寓言》。

黑龙江朝鲜民族出版社主办的朝鲜文综合性文艺刊物《花丛》（双月刊）创刊。

香港儿童文艺协会和澳门中华教育会在澳门合办"澳门儿童图书博览会"，招待儿童 3 万多人。

4 月

13 日至 18 日，浙江省作家协会在浙江杭州召开童话创作讨论会。京津沪等地部分童话作家、编辑参加了会议。

24 日，《大众电影》杂志在上海邀请童话界、教育界人士 20 余人，座谈儿童美术电影等问题。

《有翅膀的歌声》（台湾儿童诗选）由福建人民出版社出版，编选 80 首台湾儿童诗。

浦漫汀著的《安徒生简论》由四川少年儿童出版社出版。

5 月

4 日，香港儿童文学界举行"香港儿童文学读物座谈会"，何紫主持。会上讨论了儿童文学近年来受关注的原因、香港儿童阅读兴趣所在、儿童读物与电视的关系等问题。

25 日，"儿童文学园丁奖"第三届评奖授奖大会在上海举行，程玮的《来自异国的孩子》等 10 篇作品获奖。

本月，《儿童文学园丁奖集刊（二）：圆圆和圈圈》出版。

《儿童文学讲稿》一书由辽宁少年儿童出版社出版。这是 1982 年文化部等部门在沈阳、成都分别举办东北、华北儿童文学讲习班和西北、西南儿童文学讲习班的讲课稿结集。

福建省作家协会和福建人民出版社联合创办的《牵牛花》儿童文学丛刊在福州创刊。

香港第一届儿童小说创作奖作品集 4 册出版。

6 月

16 日至 29 日，文化部在河北石家庄召开"全国儿童文学理论座谈会"。这是 1949 年以来第一次全国性儿童文学理论会议。全国各地 100 多位儿童文学作家、评论家、出版社负责人参加会议。会议收到 20 多篇论文，着重探讨了以下四个方面的问题：一是儿童文学的特点与文学的一般规律的关系；二是如何看待儿童文学与教育的关系，对"儿童文学是教育儿童的文学"提出了挑战；三是 20 世纪 80 年代少年儿童的特点和如何塑造新的人物形象；四是童话的时代特点以及幻想和现实结合的问题。林默涵、陈伯吹、叶君健、陈子君、蒋风等与会发言。

本月,香港作家何紫的短篇小说选《别了,语文课》由四川少年儿童出版社出版。

王泉根在《浙江师范大学学报》季刊第 2 期发表《论周作人与中国现代儿童文学》,首次提出实事求是评价周作人的儿童文学观。

河北省举办儿童文学讲习班,90 余人参加学习。

7 月

14 日,各地中学生文学社团代表在江苏无锡举行首届中学生文学社夏令营,并决定今后每年都举办这样的活动。

24 日,上海、北京、吉林、广西等 12 省、自治区、直辖市 30 名小故事员汇集上海,参加由《故事大王》编辑部举办的首届全国小朋友讲故事比赛。

25 日,文化部和中国儿童戏剧研究会举办的"全国儿童戏剧创作座谈会"在北京举行。全国各地 60 多位儿童剧作家,对新时期如何加强儿童剧创作的时代精神等问题进行了探讨。

本月 30 日至 8 月 2 日,全国首届寓言文学研讨会在吉林长春举行,宣布成立中国寓言文学研究会,公木为首任理事长,仇春霖、韶华、金江等 5 人为副理事长,马达为秘书长。

本月,《儿童文学》杂志邀请 20 多位作家在北戴河团中央疗养院举办"儿童文学创作学习会",正在北戴河休养的著名作家浩然到会与作家们座谈。

香港举办第二届儿童小说创作奖评奖。

8 月

1 日,由安徽淮南市文联主办的少年儿童综合性文艺报《苗苗》(半月刊)创刊。

4 日至 10 日,全国儿童文学教学研究会第二届年会在甘肃兰州举行,各地高校、中师 50 余人参加,探讨儿童文学与教育的关系,研究了儿童文学教学大纲等问题。

18 日,河北少年儿童出版社在石家庄成立。

18 日至 25 日,新疆儿童文学界在哈密举办儿童文学讲习班。陈伯吹、洪汛涛、张锦江应邀赴新疆讲学。

24 日,儿童文学作家苏苏(钟望阳)(1910—1984)在上海逝世。

26 日,福建少年儿童出版社在福建福州成立。

26 日,江西少年儿童出版社在江西庐山举行为期 10 天的儿童文学讲习班。邀请京、沪两地儿童文学作家做辅导报告,20 多位青年作者参加学习。

9 月

3 日,北方妇女儿童出版社在吉林长春成立。

26 日,安徽少年儿童出版社在安徽合肥成立。

10 月

5 日,由山西日报社主办的《青少年日记》(半月刊)在山西太原创刊。

5 日至 21 日,中国作家协会儿童文学委员会在江西南昌和井冈山地区召开"华东地区儿童革命历史小说创作座谈会"。葛洛、金近、刘真等人出席。与会者就如何发扬革命传统,创作革命历史题材小说等问题做了讨论。

28 日至 31 日,全国幼师普师儿童文学教学研究会在浙江师范学院成立,郑光中担任理事长。

本月,我国首部《儿童文学辞典》第一次编委会在四川省灌县召开,会上制订了辞典的编辑方针和工作计划,拟收编 4000 词条,约 100 万字(但 1991 年由四川少年儿童出版

社出版时未实现规划）。

叶圣陶 90 华诞,《儿童文学》发表他修改过的童话旧作《富翁》,以示祝贺。

11 月

10 日,由贵州省教育厅主办的《中学时代报》(周报)创刊。

13 日,中国电影家协会批准成立的中国儿童少年电影学会在北京宣告成立。会长于蓝,常务副会长王澍、王君正、秦裕权、陈锦俶,副会长王愿坚、石晓华、特伟、谢飞,秘书长王澍,副秘书长文馨萍、朱小鸥。17 位顾问中有金近、袁鹰、韩作黎、罗英、孙敬修等儿童文学工作者。

24 日,《儿童文学》杂志社在北京召开了该刊 1979 至 1983 年优秀翻译作品授奖大会。有 10 篇优秀译作获奖。

24 日至 25 日,杭州大学中文系举行我国首次儿童文学硕士研究生学位论文答辩,一致通过王泉根的论文《论文学研究会的儿童文学运动》、吴其南的论文《柯岩儿童诗的美学特征》、汤锐的论文《论张天翼前期的儿童文学》。导师蒋风(浙江师范学院),答辩委员会由吕漠野(答辩委员会主席)、郑择魁、陈元凯、陈坚、张光昌组成。

25 日至 30 日,山西省作家协会和希望出版社联合举办的山西 "第一届儿童文学创作会议" 在太原召开。洪汛涛等到会做专题发言,70 余位儿童文学作者参加了会议。

本月,《当代女作家儿童小说选》由宁夏人民出版社编辑出版,收有张洁、谌容、宗璞、戴晴、王安忆、张抗抗、铁凝、航鹰、程乃珊、黄蓓佳、王小鹰、叶文玲、竹林、庞天舒等 14 人的作品 25 篇。

常新港的短篇小说《独船》发表在《少年文艺》第 11 期。

孔海珠编的《茅盾和儿童文学》由少年儿童出版社出版。

12 月

21 日,"高士其创作 50 周年座谈会" 在北京举行,100 多人参加祝贺,方毅代表党中央、国务院出席会议,邓颖超送了花篮。

23 日,台湾成立儿童文学学会,选出理事长林良、常务理事马景贤等 6 人,常务监事林武宪等,总干事林焕彰。1985 年 2 月出刊学会《会讯》。

25 日,《小博士》(旬报)在广西南宁创刊。

本月,新疆维吾尔自治区阿勒泰行署文教处主办的中小学生综合性文艺刊物哈萨克文《鹰》(季刊)创刊。

香港儿童文艺协会编辑出版《给小朋友的礼物》一书。这是香港写作人响应 "香港儿童文学节" 发起的 "一人一篇" 写作活动的作品汇编集。

李建树的短篇小说《蓝军越过防线》发表在《儿童文学》第 12 期。

公木著的《先秦寓言概论》由齐鲁书社出版。

范伯群编的《冰心研究资料》(《中国现代文学史资料汇编丛书》)由北京出版社出版。

本年

本年 12 月至 1985 年 1 月,中国作家协会第四次全国会员代表大会在北京召开,共 815 位代表参加。胡启立代表党中央讲话。张光年作题为《新时期社会主义文学在阔步前进》的报告。1985 年 1 月,选举产生第四届理事会共 236 名。巴金当选中国作家协会主席,王蒙任常务副主席,副主席有丁玲、冯至、冯牧、艾青、刘宾雁(1987 年被撤职)、沙汀、陆文夫、张光年、陈荒煤、铁衣甫江。到 1986 年底,经中央直属机关编制委员会和中宣部批准，中国作家协会此阶段先后设置局级机构 19 个（1985 年 9 月创办作家协会服务中心，1986 年 6 月成立中华文学基金会），定编 588 名。

新蕾出版社从该年起编辑出版上年度的作品《全国儿童短篇小说选》。

《儿童文学选刊》编辑部开始选编上年度优秀儿童小说，由该刊选编的《1983 全国优秀儿童小说选》于 12 月由贵州人民出版社出版。

柯岩的长篇小说《寻找回来的世界》由群众出版社出版。

《贺宜文集》（5 卷）由少年儿童出版社出版，1988 年出齐。

《东北儿童文学作家丛书》由辽宁少年儿童出版社出版。

《世界儿童文学丛书》由人民文学出版社出版。

《小图书馆丛书》由四川少年儿童出版社出版，1988 年出齐。

本年摄制儿童故事影片 14 部：北京儿童电影制片厂的《十四五岁》《"下次开船"港游记》《岳云（戏曲片）》等 4 部，上海电影制片厂的《童年的朋友》等 2 部，峨眉电影制片厂的《红衣少女》等 2 部，长春电影制片厂的《跳动的火焰》等 2 部，昆明电影制片厂的《九月》，湖北电影制片厂的《五（2）班》，天津电影制片厂的《失去的歌声》，综艺影业公司的《岳家小将》。

本年全国共出版少年儿童读物 4090 种（其中初版 3318 种，重版 772 种），比上年增长 3.1%，占书籍种数的 13.9%；印数为 90754 万册，比上年增长 25.8%。其中，连环画 2584 种（初版 2198 种），印数为 75207 万册，比上年种数增长 3.5%，印数增长 18.6%，占少儿读物种数的 63.2%，印数的 82.9%。

1985 年

1 月

2 日，《小孩周报》在河北石家庄创刊。

3 日，《幼儿文学报》（半月刊）在上海正式创刊发行。

3 日，老一辈儿童文学作家、理论家、翻译家赵景深（1902—1985）在上海逝世。

7 日，《新少年报》（周刊）在北京复刊。该报创刊于 1946 年 2 月，1956 年由上海迁至北京，是共青团中央主办的全国小学中、低年级的少先队队报。1986 年更名为《中国儿童报》。

本月，《小学生周报》创刊，该报是福建省教育厅机关刊物《福建教育》的学生版。

《初中生》（月刊）杂志在长沙创刊，分一年级版、二年级版、三年级版。

山东人民出版社淄博分社创办的《童年》创刊。

河南省教育厅主办的周报《小学生学习报》创刊。

广州日报社主办的《岭南少年报》（周报）在广州创刊。

四川省教育厅主办的《少年百科知识》（旬报）在成都创刊。

天津《接班人》（月刊）改名《中华少年》。

中国作家协会第四次全国代表大会在北京召开，儿童文学作家叶君健、刘真、严文井、束沛德、陈伯吹、宗璞、金近、柯岩、郭风、袁鹰、徐光耀、鄂华、管桦等当选为第四届理事会理事，叶圣陶、张天翼、高士其、冰心被推举为顾问，叶君健、严文井、袁鹰当选为主席团委员，束沛德被推举为书记处书记。

曹文轩的短篇小说《古堡》发表在江苏《少年文艺》第 1 期。

2月

14 日,著名儿童画画家乐小英(1921—1985,原名乐汉英)逝世,享年 63 岁。乐小英,浙江镇海人。1942 年曾将鲁迅翻译的苏联儿童文学名著《表》画成连环画发表。先后任上海《大报》《亦报》美术编辑和《新民晚报》美术组组长,主要作品有《刘胡兰》《五彩路》《乐小英儿童连环画选》等。出版有《动脑筋爷爷》《乐小英儿童漫画集》等。

本月,天津市作家协会主办的《儿童小说》(双月刊)创刊。该刊于 1998 年改名为《少年小说》。

台湾儿童文学学会的《会讯》(双月刊)创刊。

希望出版社在太原成立。

3月

21 日至 4 月 10 日,台湾儿童文学界举办"儿童文学大展"。

本月,中国福利会少年宫主办的《小伙伴》(月刊)在上海公开发行。

《儿童大世界》(月刊)在河北石家庄创刊。

彭懿的童话《女孩子城来了大盗贼》发表在《少年文艺》第 3 期。

陈丹燕的散文《中国少女》发表在《少年文艺》第 3 期。

4月

13 日,香港儿童文学界举办"格林童话与香港儿童文学研讨会"。

22 日,台湾儿童文学学会代表林焕彰等一行 4 人到香港访问。

28 日,著名作家、童话家张天翼(1906—1985)在北京逝世。

本月,程玮的短篇小说《白色的塔》发表在《当代少年》第 4 期。

中国少年儿童出版社编辑出版的《婴儿画报》(半月刊)在北京创刊。

5月

7 日,上海少年报社编辑出版的《童话报》(半月刊)创刊。

8 日,山西省作家协会儿童文学工作委员会召开座谈会,叶君健到会讲话。

11 日,北京《东方少年》副主编、儿童文学作家刘厚明访问香港。

21 日,上海市作家协会举办何公超、严大椿、黄衣青、方轶群从事儿童文学创作和编辑工作 50 年庆祝会。

22 日,中国—南斯拉夫诗歌比赛的中国征文评选揭晓(1984 年 10 月开始),获奖诗 100 首,后编成诗集出版,并送往南斯拉夫;南斯拉夫也将评选获奖的 100 首少年儿童作品送往中国。

25 日,"儿童文学园丁奖"第四届评奖授奖大会在上海举行,萧育轩的长篇小说《乱世少年》等 13 篇(部)作品获奖。

本月 25 日至 6 月 25 日,文化部组织北京、天津、上海、重庆等全国各省、自治区政府所在地举办"儿童电影展览"活动,共放映 20 多部儿童影片。

本月,《儿童文学园丁奖集刊(三):来自异国的孩子》由少年儿童出版社出版。

《贺宜文集》(第一卷)由少年儿童出版社出版,文集共五卷,后陆续出齐。

《农村孩子报》在安徽灵璧创刊,由宿县地委宣传部主办。该报原系油印,是民办小学教师刘夫培创办的。

延边人民出版社出版的朝鲜文《世界儿童文学》丛刊创刊。

彭斯远著的《儿童文学散论》由重庆出版社出版。

6 月

1 日,浙江《嘉兴报》开设儿童文学副刊《快乐鸟》,由洪汛涛题签,陈伯吹题词。

本月,苏联著名儿童文学家、小说《表》的作者班台莱耶夫在致中国译者的一封信中,给中国儿童题词:"世界儿童们,其中包括我的中国读者们,我由衷地期望你们成长为善良、诚挚、勇敢和热爱和平的人。"

7 月

20 日至 26 日,文化部召开的"全国儿童文学理论研究规划会议"在云南昆明举行。60 多位儿童文学理论家、作家、出版社负责人参加了会议。会议围绕建设具有中国特色的社会主义儿童文学体系进行了研究和初步规划。决定在今后 5 年内,在全国组织力量编写、出版儿童文学理论书籍 60 多种,其中有《中国儿童文学史》(当代部分)、《儿童文学概论》(修订本)、《儿童文学辞典》,并宣布由全国少年儿童文化艺术委员会等联合创办的《儿童文学评论》创刊。

本月,北京青年作家郑渊洁独自撰稿的《童话大王》(双月刊),由山西太原《童话大王》编辑部编辑出版。

云南、贵州两省儿童文学讲习班在昆明举办,40 余人参加。

8 月

12 日,台湾举办"小小文学夏令营"活动,为期 1 周,分诗歌、戏剧、童话 3 个组。

18 日至 24 日,全国儿童文学教学研究会第三届年会在大连召开。王泉根在 20 日的大会上宣读《论少年儿童年龄特征的差异性与多层次的儿童文学分类》一文,提出"儿童文学分为幼年文学、童年文学和少年文学三个层次"的观点,成为本届年会讨论的焦点。

本月,上海设立少年儿童剧本创作奖,规定凡自本年 8 月到 1986 年底创作各种类型儿童剧本者均可参加评奖。

第三届全国中学生语文夏令营在大同、太原举行,并做出了关于成立《全国中学生文学联络会的决议(草案)》,创办《中学生文学》。

王泉根编的《周作人与儿童文学》由浙江少年儿童出版社出版。

刘守华著的《中国民间童话概说》由四川民族出版社出版。

陈丹燕的短篇小说《上锁的抽屉》发表在江苏《少年文艺》第 8 期。

9 月

15 日,沈阳市教育局和沈阳《作家生活报》联合在市区 50 所中学建立"小作家基地",并为小作家聘请作家、诗人当指导老师,提供创作园地。

22 日,西安举办"小记者培训函授中心",并创办《小记者报》。

22 日,儿童小说《鸡毛信》作者华山(1920—1985)逝世。

上海美术出版社主办的《动画大王》创刊。

朱奎的童话《约克先生的小房子》发表在《大童话家》试刊号。

10 月

1 日,江苏省科技协会主办的《希望报》(周报)创刊。

5 日至 15 日,《儿童文学》编辑部在杭州举办儿童散文创作讨论会。

26 日,上海市作家协会儿童文学组和中国福利会儿童时代社在江苏苏州洞庭东山举办儿童文学笔会。香港儿童文艺协会会长何紫等与会。

本月,西安、重庆等地的儿童文学作家和来华访问的丹麦文学协会代表团就安徒生童话和儿童文学交流进行了座谈。

浙江师范大学儿童文学研究室编的《中国儿童文学理论年鉴（1983）》，由浙江少年儿童出版社出版。

《东方少年》杂志出版"香港儿童文学专号"。

韦伶的短篇小说《出门》发表在《少年文艺》第10期。

夏有志的短篇小说《从山野吹来的风》发表在《少年文艺》第10期。

11月

7日，云南《春城晚报》的儿童文学副刊《小橘灯》创刊。

16日至21日，少年儿童出版社和贵州人民出版社在贵阳联合举行"儿童小说创作座谈会"，17个省、自治区、直辖市的代表及陈伯吹、束沛德、刘厚明等近60人参加，贵州省委书记胡锦涛到会讲话。

29日，香港儿童文艺协会举行改选，吴婵霞任会长，朱溥生（阿浓）任副会长。

本月，经中国作家协会书记处、团中央书记处商定，《儿童文学》杂志原编委叶圣陶、叶君健、严文井、华君武、金近、袁鹰、冰心改任顾问。新的编委会由王一地、刘心武、刘厚明、吴泰昌、柯岩、崔道怡、康文信、曹文轩、樊发稼组成。主编王一地，副主编康文信。

12月

21日至25日，香港儿童文艺界举办"快乐的童年"儿童文艺大展。

本月，《中国盲童文学》在北京出版，并向全国各地盲童学校赠送。

泰国诗琳通公主诗画集《小草的歌》由中国少年儿童出版社出版。中华全国青年联合会和中国少年儿童出版社在北京举行了赠书仪式。

四川外语学院成立外国儿童文学研究所。该所编辑出版《外国儿童文学研究》不定期杂志。

本年

1979年12月成立的中国作家协会儿童文学委员会，从1985年11月起改为中国作家协会创作委员会儿童文学组，由下列人员组成（以姓氏笔画为序）：王一地、孙幼军、刘厚明（召集人）、宋汎（召集人）、罗英、金波、高洪波、樊发稼。

高洪波的论文《略论近年来动物小说创作》发表在《儿童文学研究》总第19辑。

颜一烟的长篇小说《盐丁儿》由中国少年儿童出版社出版。

宋庆龄基金会直属的中国和平出版社在北京成立。

新世纪出版社在广州成立。

江西少年儿童出版社在南昌成立，1990年改名为二十一世纪出版社。

甘肃少年儿童出版社在兰州成立。

云南少年儿童出版社在昆明成立，1993年改名为晨光出版社。

新疆青少年出版社在乌鲁木齐成立。

为了奖励和表彰优秀儿童影片和创作人员，国家教委、文化部、全国妇联、共青团中央、广播电影电视部委托中国儿童少年电影学会举办儿童电影"童牛奖"。该奖每逢单年份评选前两年内生产的全国儿童影片优秀作品，包括故事片、美术片、科教片、新闻纪录片，以及优秀作品的创作人员。首届"童牛奖"4月在北京评奖，5月19日在中南海怀仁堂举行颁奖典礼。中央有关负责人邓力群、康克清、郝建秀、荣高棠、林佳楣等出席并颁奖。其中《小刺猬奏鸣曲》《十四五岁》《童年的朋友们》获优秀儿童少年故事片奖；《岳云》《黑猫警长》《昆虫世界——自卫》《超级明星伟伟》《四年三班的旗帜》分别获优秀儿童少年戏曲片奖、美术片奖、科教片奖、纪录片奖和译制片奖。另外还评出了故事片导演奖、少年表演奖、故事片摄影奖、故事片音乐奖、故事片化装奖等奖项。

本年摄制儿童故事影片 7 部：北京儿童电影制片厂的《少年彭德怀》《五虎将》等 3 部，长春电影制片厂的《狼犬历险记》，内蒙古电影制片厂的《月光下的小屋》，珠江电影制片厂的《黑林鼓声》，深圳影业公司的《少年犯》。

本年全国共出版少年儿童读物 4192 种，占全年出版书籍的 12.39%；印数为 91767 万册，占全年书籍印数的 26.4%。其中连环画为 3018 种，印数为 81604 万册，与上年相比，品种增长 2.5%，印数增长 1.1%。本年度少儿读物中连环画的比重已高达 89%。

1986 年

1 月

10 日，全国儿童广播剧"金猴奖"授奖大会在北京举行。

27 日，北京市作家协会儿童文学创作委员会讨论了宁夏人民出版社出版的《六一诗丛》，并分析了当前儿童诗创作不景气的现状及原因。

本月，陈丽的短篇小说《遥遥黄河源》发表在《儿童文学》第 1 期。

2 月

5 日，上海"儿童世界"基金会成立。

14 日，《新少年报》在北京举行创刊 40 周年纪念会，会上宣布将其改名为《中国儿童报》。

17 日，日本梅花女子大学儿童文学教授川村隆来上海，与上海儿童文学家进行座谈。

本月，陈伯吹参加由联合国教科文组织举办的"印度书籍展览"，并宣读了论文《儿童图书出版有何发展前途》。

上海《少年文艺》举行文学新人陈丹燕、彭懿的作品讨论会。

3 月

22 日，上海《少年文艺》举行文学新人秦文君的小说作品讨论会。

本月，中国出版工作者协会幼儿读物研究会在北京成立，创刊《幼儿读物研究》（不定期会刊），并召开第一次代表大会，鲁兵为首任会长。

海燕出版社编辑出版的大型丛刊《儿童文学家》在郑州创刊。

4 月

11 日，上海儿童世界基金会举办"一分钟童话征文"活动。

中国少年儿童出版社在北京中国儿童活动中心举行长篇儿童小说《盐丁儿》作者颜一烟赠书捐款仪式。

《儿童文学选刊》创刊 5 周年之际，严文井、金近、鲍昌等 10 位作家撰文参加了该刊创刊 5 周年笔谈，肯定了该刊密切关注儿童文学的发展趋向并鼓励创新的办刊取向。

樊发稼著的《儿童文学的春天》由海燕出版社出版。

5 月

6 日至 13 日，文化部、中国作家协会在山东烟台联合召开的首次"全国儿童文学创作会议"，被文坛誉为是"四世同堂"的盛大聚会，严文井、陈伯吹、金近、任溶溶、叶君健、柯岩、鲁兵、圣野、田地、洪汛涛、刘厚明、陈模、陈子君、罗英、蒋风、邱勋、孙幼军、金波、樊发稼、高洪波、刘先平、周晓、杨啸、谢璞、陈丽、王一地、詹岱尔、汤锐、刘海栖等 200 余名儿童文学作家、评论家参加了大会。中国作家协会书记处书记束沛德致开幕词，文化部部长、中国作家协会副主席王蒙讲话。大会就儿童文学作品如何反映时代、如何塑造更多闪耀时代光彩的儿童形象、如何在思想上和艺术上创新，以及如何提高儿童文学队伍素质等问题，进行了深入讨论。

6 日，北京儿童艺术剧团成立，张岚任团长。

21 日，宋庆龄基金会在北京宣布设立"宋庆龄儿童文学奖"。该奖基金为 40 万元，由文化部、国家教育委员会、广播电视部和著名作家巴金、冰心、丁玲以及社会各界提供。

24 日，上海举行第五届"儿童文学园丁奖"授奖大会，朱新望的科幻小说《小狐狸花背》等 15 篇作品获奖。

本月，浙江温州市瑞安越剧团在北京公演根据安徒生童话《海的女儿》改编的越剧《海国公主》。

6 月

1 日，浙江省作家协会表彰从事儿童文学创作、研究 30 年以上的作家和理论家，陈伯吹、叶君健到会参加颁奖，吕漠野、蒋风、田地、金江、韦苇等 18 人获奖。

14 日，中国作家协会第四届主席团第四次会议通过《中国作家协会关于改进和加强少年儿童文学工作的决议》，号召全国作家协会会员有计划地为少年儿童写作，以满足 3 亿多少年儿童对精神食粮的需求；《文艺报》《人民文学》等中国作家协会报刊应带头刊发儿童文学作品与评论文章；设立中国作家协会儿童文学奖，暂定每两年评奖一次；恢复儿童文学委员会；进一步加强儿童文学研究和评论工作。

本月，辽宁省剧目工作室、辽宁儿童艺术剧院在沈阳联合举办儿童戏剧创作研讨会，会议提出儿童剧要有"介入意识"，要努力反映 80 年代崭新的生活和人物，写出当代新的"海娃"和"张嘎"。

李楚材编的《陶行知和儿童文学》由少年儿童出版社出版。

蒋风主编的我国第一部儿童文学史《中国现代儿童文学史》由河北少年儿童出版社出版。

《儿童文学》举行"新苗"文学作品征文奖颁奖及少年作者创作座谈会，中国作家协会书记韶华、作家金近参加会议。

7 月

13 日至 26 日，湖南凤凰县箭道坪小学举行"童话引路，发展学生听说读写能力"教学实验的鉴定研讨会，专家们一致肯定了这种做法。在这之后，《湖南教育》杂志特辟《关于"童话引路实验"的思考》专栏，进行了连续讨论。

15 日至 17 日，中国儿童少年电影学会、中央电影局等在北京联合召开"全国儿童电影文学剧本座谈会"。丁峤、石方禹等 25 人发表论文，内容涉及儿童电影观念的变化、儿童接受心理与艺术创新等。

20 日至 27 日，全国幼师普师儿童文学研究会在西安举行第二届年会。

30 日至 8 月 2 日，中国寓言文学研究会在北京召开寓言文学研讨会。

本月，中国作家协会宣布首届"全国优秀儿童文学奖（1980—1985）"评奖工作由《儿童文学》杂志社负责承办，评委会主任为严文井，副主任为束沛德、王一地。

北京市儿童文学创作会议在北京召开，会议指出，作家要进一步熟悉和理解自己的描写对象,塑造出具有 80 年代儿童特色的典型人物。

广东省儿童文学创作会议在广州召开,与会者有黄庆云、郁茹、关夕芝等,会议认为,建立一支儿童文学评论队伍和创办一份儿童文学刊物已成为广东很迫切的事情。

蒋风应邀参加在日本大阪召开的儿童文学国际研讨会议,与会者 21 人,来自 17 个国家和地区。

8 月

6 日,儿童文学老作家、老编辑何公超(1905—1986)在上海逝世。

19 日至 23 日,国际儿童图书评议会第 20 届世界大会在日本东京召开,有 70 多个国家(地区)800 余名代表参加,中国作家严文井、陈伯吹以及中国少年儿童出版社副总编李小文参加了会议。

22 日,广东童话作者联谊会成立。

24 日至 26 日,日本大阪市国际儿童文学馆召开了"儿童文学国际研究会议"。邀请出席国际儿童图书评议会的部分中国代表参加。浙江师范大学校长蒋风出席了会议。

本月,老作家冰心向"宋庆龄儿童文学奖"捐款一万元。冰心说:"现在有茅盾奖、鲁迅奖等,就是没有儿童文学奖,这是个创举,对儿童文学创作是个很大的促进力量。"

宋庆龄基金会、中国作家协会、电视剧创作中心等商定,1987 年将举办首届全国少年儿童电视剧优秀剧本评奖活动。

韦苇编著的《世界儿童文学史概述》由浙江少年儿童出版社出版。

秦文君的短篇小说《少女罗薇》发表在《少年文艺》第 8 期。

张之路的短篇小说《题王许威武》发表在《东方少年》第 8 期。

班马的探索小说《鱼幻》发表在《当代少年》第 1 期,并引起了强烈反响和争议。

9 月

1 日,武汉市文联主办的《少年文学报》复刊,并成立武汉市少年文学基金会和武汉市少年文学作者协会。

3 日至 5 日,为纪念张天翼逝世一周年,中国作家协会、中国社会科学院文学所举办的"张天翼学术讨论会"在北京召开。王蒙、贺敬之、刘再复、陈伯吹、鲍昌等出席了开幕式,冰心、叶君健等写来贺信。50 余位与会者在中国现代文学馆研讨张天翼文学成就,樊发稼、浦漫汀、王泉根、汤锐、陈道林等发表论张天翼儿童文学的论文。本次会议的论文集《张天翼论》于 1987 年由湖南文艺出版社出版。

本月,《儿童文学选刊》从本年第 5 期起至下年第 2 期,连续 4 期刊出 18 篇文章展开《现代童话创作笔谈》。

10 月

22 日至 29 日,中国儿童文学研究会召开的"全国儿童文学新趋向讨论会"在贵州黄果树举行。与会的 50 多位代表审视了我国近 10 年的儿童文学,认为这 10 年是儿童文学的恢复期,下一个 10 年是儿童文学的探索期。儿童文学完成了从恢复到探索的过渡。

本月上旬,江西少年儿童出版社特邀中青年作家郑渊洁、曹文轩、夏有志等参加在庐山举行的会议,讨论当前儿童文学形势,决定编辑出版一套以"新潮"为名的儿童文学创作丛书。

11 月

本月 28 日至 12 月 2 日,全国少年儿童文化艺术委员会委托四川外语学院儿童文学研究所在重庆召开"外国儿童文学座谈会"。会议的中心议题是如何进一步开展外国儿童文学的研究和译介工作、当今外国儿童文学的新趋向、如何建立和加强我国与外国儿童文学工作者之间的联系和协作。

本月，中国出版工作者协会幼儿读物研究会会刊《幼儿读物研究》创刊，不定期出版。

12月

贺宜著的《小百花园丁随笔》由少年儿童出版社出版。

洪汛涛著的《童话学》由安徽少年儿童出版社出版。

本年

《儿童文学》调整编委会并举行编委会会议。顾问：叶君健、华君武、严文井、袁鹰、冰心。主编王一地，副主编康文信。编委会：王一地、刘心武、束沛德、吴泰昌、柯岩、徐德霞、崔道怡、曹文轩、康文信、葛冰、樊发稼。

中国作家协会于本年11月重新成立儿童文学委员会，由严文井任主任委员，束沛德、刘厚明任副主任委员，其余委员（以姓氏笔画为序）有王一地、任大霖、孙幼军、宋汎、邱勋、金波、罗英、高洪波、曹文轩、樊发稼。

国家教委在9月批准北京师范大学中文系建立儿童文学研究专业，儿童文学硕士研究生授予硕士学位。

本年摄制儿童故事影片10部：儿童电影制片厂的《小歌星》《姣姣小姐》等5部，上海电影制片厂的《失踪的女中学生》等3部，长春电影制片厂的《难忘中学时光》，峨眉电影制片厂的《魔窟中的幻想》。

本年全国共出版少年儿童读物种数合计3448种，其中新出2862种，印数20463万册（张），印张数417816千印张。与上年相比，种数下降17.7%，印数下降77.7%。连环画的库存量不断上涨。据估算，全国新华书店的连环画册库存达两亿多元，约占总存货量的15%，供过于求、积压严重。

1987 年

1月

24日，《文艺报·儿童文学评论》专版第1期出刊，冰心题写刊头。

本月，香港政府主办的"1986年中文文学儿童读物创作奖"揭晓：图画故事组冠军为林茵茵的《梦中的好姐姐》；儿童故事组冠军为宋诒瑞的《小青的第一堂家政课》。

《国际少年书信写作比赛优秀书信选译》由河北少年儿童出版社出版。比赛题目是《给一位残疾小朋友的信》，共收入作品28篇。

鲁兵主编的幼儿读物畅销书《365夜儿歌》（上、下集）由少年儿童出版社出版。

陈丹燕的短篇小说《黑发》发表在《儿童文学》第一期。

台湾财团法人信谊学前教育基金会宣布设立"信谊幼儿文学奖"。

2月

14日，上海《少年文艺》召开"金逸铭作品讨论会"。

本月，《儿童文学》杂志接待苏联《儿童文学》杂志副主编、民族文学室主任弗伦凯尔来访，商定编辑"苏联儿童文学中国专号"事宜。

3月

5日，内蒙古文联在呼和浩特召开自治区儿童文学创作会议，总结了40年儿童文学创作的成就。

本月,黄庆云编的《台湾儿童诗选》由重庆出版社出版。

4月

7日至9日,江苏儿童文学创作会议在南京举行。

10日至19日,中国福利会、上海市作家协会和香港儿童文艺协会联合举行的首届"沪港儿童文学交流会"在上海召开,中心议题是"中国儿童文学如何走向世界"。

本月,由石油工业部及大庆、大港、胜利三大油田赞助协办的第二届优秀儿童电影"童牛奖"在北京评奖,6月1日在北京人民大会堂颁奖。《我和我的同学们》《少年彭德怀》《月光下的小屋》获优秀儿童少年故事片奖;《夹子救鹿》《啊!三角形——小水珠讲故事》《小主人办报》分别获优秀儿童少年美术片奖、科教片奖和纪录片奖。该届开始增设儿童评委奖,该奖命名为"油娃奖",获此殊荣的影片为《我和我的同学们》《娇娇小姐》《娃娃餐厅》《黑猫警长》。

中国儿童艺术剧院为纪念苏联"儿童文学之父"马尔夏克100周年诞辰,在北京公演他的童话剧《十二个月》。中国出版工作者协会评出第一届"韬奋奖",获奖者十名,老编辑、著名儿童文学作家鲁兵获此殊荣。

苏叔迁著的《陈伯吹传》由未来出版社出版。

中国儿童文学研究会创刊《儿童文学评论》,该刊共出4辑,1至3辑由重庆出版社出版,第4辑由辽宁少年儿童出版社于1989年6月出版。

5月

8日,少年儿童出版社《小朋友》编辑部召开"《小朋友》创刊65周年大型座谈会"。编辑部编印了一套《小朋友》画库(5册)和《我和〈小朋友〉纪念特刊》。

26日,第六届"儿童文学园丁奖"评奖授奖大会在上海举行,沈石溪的小说《退役军犬黄狐》等12篇作品获奖。

27日,由国家新闻出版署、全国妇联主办的全国第一届"幼儿图书评奖"揭晓,《宝宝乖》等获"幼童读物奖"。

6月

1日,上海电影局等联合发起"六一儿童电影周"活动,自即日起分批放映《娃娃餐厅》《黑猫警长》等影片。

本月,孙幼军的童话《怪老头儿》发表在《当代少年》第6期。

李达三等编的《胡奇研究专集》(《中国当代文学研究资料丛书》)由解放军文艺出版社出版。

由冯骥导演,丁乃文、王正龙等编写的8集电视连续剧《一群小好汉》,由南京电影制片厂、淮阴电视台联合开拍摄制。这是一部反映抗战时期新安旅行团少年儿童5万里宣传抗日的历史剧。

7月

《儿童文学》举办"少年作者文学创作座谈会",冰心会见少年作者。

本月,中国儿童戏剧研究会主编的《儿童戏剧研究文集》由中国戏剧出版社出版。

8月

3日,《幼儿文学报》和全国幼儿读物研究会在上海举办为期一周的"幼儿文学创作讨论会"。

20 日,著名儿童文学家贺宜(1914—1987)在上海逝世。

9 月

13 日至 27 日,第二次全国少年儿童出版社联谊座谈会在四川平武召开。会议建议中国出版工作者协会设立少年儿童出版工作委员会。

本月,《国际安徒生奖作家作品选》由中国少年儿童出版社出版。该书收入了德国、美国、瑞典、意大利和日本等国作家的作品。

王泉根著的《现代儿童文学的先驱》由上海文艺出版社出版。该书探讨了"五四"前后与 20 世纪 20 年代茅盾、郑振铎、叶圣陶、冰心等文学研究会作家发起的"儿童文学运动"。

班马的小说《野蛮的风》发表在江苏《少年文艺》第 9 期。

10 月

湖北少年儿童出版社在神农架举办全国儿童文学创作座谈会。老作家赵寻、呆向真以及曹文轩、王泉根、秦文君、关夕芝、班马、彭斯远、谷应、高春丽等来自全国各地的 20 余位中青年儿童文学作家、评论家与会。会议旨在研讨儿童文学创作的形势,并为《少年世界》复刊做准备。湖北少年儿童出版社副总编辑陈贤仲与评论家们还就儿童文学理论研究问题进行了讨论,制订了"儿童文学新论丛书"的组稿、出版计划。

11 月

达应麟、石四维编的《台湾儿童诗选》,由少年儿童出版社出版,共收入台湾作家和儿童的诗 76 篇。

12 月

28 日,宋庆龄基金会在北京举行首届"宋庆龄儿童文学奖"颁奖仪式,本届评奖对象为 1984 年以来的儿童电视剧剧本。一等奖空缺,二等奖有《寻找回来的世界》《一群小好汉》,三等奖有《好爸爸,坏爸爸》《心灵的答案》和《彗星》。

上海《童话报》《儿童时代》《少年文艺》等单位联合举办"首届全国童话节活动"。

上海《少年文艺》编辑部召开童话作家郑渊洁、葛冰作品讨论会。

陈子典筹建的广州师范学院中文系儿童文学研究室成立。

《郑渊洁童话选》由辽宁少年儿童出版社出版。

本年

江西少年儿童出版社(后更名为二十一世纪出版社)开始出版《新潮儿童文学丛书》,至 1989 年共出《八十年代小说选》《八十年代童话选》《八十年代诗选》《探索作品集》等 10 余种。曹文轩在丛书的序言中提出儿童文学要"回归艺术的正道","推崇遵循文学内部规律的真正艺术品"。

《当代苏联儿童文学丛书》由辽宁少年儿童出版社出版。

《世界儿童文库》由中国和平出版社出版。

台湾 9 所师专改制升格为师院,儿童文学列为师院全体学生的必修课程。同时从本年起,每年举办"台湾区省市立师范院校儿童文学学术研讨会",并创设"师院生儿童文学创作奖"(1994 年举办第一届征文奖)。

本年摄制儿童故事影片 15 部,主要有:中国儿童电影制片厂的《我只流三次泪》《少男少女们》等 5 部,上海电影制片厂的《哎哟,哥哥!》等 2 部,长春电影制片厂的《中国的"小皇帝"》等 2 部,北京电影制片厂的《枪,从背后打来》,峨眉电影制片厂的《梦想家》,珠江电影制片公司的《洋妞寻师》,天山电影制片厂的《小客人》等。

本年全国出版少年儿童读物 3045 种,印数 224.07 百万册。与上年相比,种数下降 11.7%,印数增长 9.5%,印张增长 15.7%。其中,连环画大幅度下降,种数减少 35%,印数、印张各减少 40%。

1988 年

1 月

为纪念 6 月 1 日确定为国际儿童节 40 周年,全国儿童工作家协会调委员会、中华全国妇女联合会儿童工作部和《儿童文学》杂志联合举办"世界儿童文学创作征文"。征文时间:1988 年 1 月 15 日到 1989 年 5 月 15 日。

广东韶关市儿童文学创作研究会创办的《蒲公英》儿童文学报创刊。

北京《儿童文学》《东方少年》,上海《少年报》《少年文艺》《儿童时代》,南京《少年文艺》,广州《少男少女》等 7 家报刊联合举办少年文学大奖赛,获奖作品于 1990 年 1 月在各报刊联合揭晓。

5 院校合作的《儿童文学概论》(四川少年儿童出版社 1982 年版)被评为"北京市哲学社会科学和政策研究优秀成果"二等奖。

少年儿童出版社编辑出版的理论刊物《儿童文学研究》由季刊改为双月刊,大 32 开本改为 16 开本。该刊创刊于 1957 年。1957 年到 1959 年的最初七期作为内部刊物发行。从 1959 年 11 月起公开发行,但出版 8 期后停刊。1979 年 1 月复刊,到 1987 年出刊 28 期。该刊自 1957 年到 1987 年共出刊 43 期。

雷群明等著的《中国古代童谣赏析》由湖南文艺出版社出版。

鲍延毅主编的《寓言辞典》由明天出版社出版。

2 月

16 日,著名文学家、教育家、现代中国儿童文学的先驱叶圣陶(1894—1988)在北京逝世。

本月,金逸铭的探索童话《长河—少年》发表在《少年文艺》第 2 期。

3 月

2 日,中国作家协会儿童文学委员会召开会议,讨论儿童文学评奖和近年作家协会的儿童文学工作。

29 日,中国作家协会举办的首届"全国优秀儿童文学奖"揭晓,分列长篇、中篇、短篇儿童小说,中篇、短篇童话,诗歌,散文,寓言,报告文学和科幻小说等 10 余种文体奖。这次评奖集中反映了新时期前期儿童文学创作的优秀成果,坚持了时代性、文学性、可读性,热情鼓励了艺术探索和创新,大胆表彰 20 世纪 80 年代涌现的文学新人。

本月,现代少儿故事《孙敬修演讲故事大全》(笑话歌谣卷,王仙民等编)由甘肃人民出版社出版。《孙敬修演讲故事大全》(科学故事卷、革命故事卷)已分别在 1987 年 9 月和 12 月出版。

叶文、裴胜利译的《格林童话全集》由上海译文出版社出版。

张玉清的小说《小百合》发表在《少年文艺》第 3 期。

4 月

1 日至 8 日,由国家民委、国家教委、文化部联合举办的全国首届少数民族儿童书画展览在北京民族文化宫展厅举行。

6日至7日，上海《少年文艺》杂志社、云南省军区政治部新闻中心在昆明联合召开"沈石溪动物小说研讨会"。

本月，张香还著的《中国儿童文学史（现代部分）》由浙江少年儿童出版社出版。

中国少年儿童出版社《儿童文学》主编王一地、副主编康文信应苏联作家协会邀请，去莫斯科审稿由苏联出版的《儿童文学·中国专号》。该号介绍了42位中国儿童文学作家的作品。中国文化部长王蒙、苏联作家协会主席米哈尔科夫和中苏两国专家学者为其写了专论，冰心写了前言。

5月

11日，全国少年儿童文化艺术委员会、《少年文艺》编辑部在北京联合召开"孙云晓报告文学作品讨论会"。

16日至18日，由中国儿童电影制片厂、上海市少儿影视指导者协会发起的"首届中国儿童电影研讨会"在上海举行，主题为"未来儿童与未来儿童电影"。

25日，第七届"儿童文学园丁奖"在上海揭晓，沈百英的《六个矮儿子》等15篇作品获奖。

27日，台湾地区省市立师范学院年度儿童文学学术研讨会在台中举行，研讨主题为"儿童诗"。

31日，浙江绍兴少年文联举行成立大会。这是全国第一个少年儿童文联。

本月，云南省少年儿童文学艺术委员会和云南省文联表彰为繁荣云南儿童文学事业做出贡献的乔传藻、沈石溪等12位作家。

郑光中编著的《幼儿文学ABC》由四川少年儿童出版社出版。

董之林编的《杨啸研究专集》（《中国当代文学研究资料丛书》）由内蒙古人民出版社出版。

洪汛涛主编的《中国童话界·童话选刊》创刊。第1辑由安徽少年儿童出版社出版。该刊主要选收我国近期优秀童话作品、有争议的作品。

为庆祝新中国成立40周年，由全国少年儿童工作家协会调委员会、共青团中央、全国妇联、宋庆龄基金会及中国儿童电影制片厂发起的"儿童故事片剧本征集活动"评奖揭晓。一等奖《普来维梯彻公司》（夏有志）、二等奖《豆蔻年华》（果子、叶子）等8部，另有特别奖《妈妈不知道的事情》（楚雪、小帆）等2部。

6月

10日，上海《少年文艺》编辑部与江苏省作家协会、昆山文教所联合举办刘健屏创作的《初涉尘世》作品讨论会。

本月，中国福利会授予冰心和高士其第八届"中国福利会妇幼事业樟树奖"。此奖是我国第一个用于发展妇女儿童事业的专项奖。

广东省作家协会创办《少男少女》（月刊）。

刘增人等编的《叶圣陶研究资料》（中国现代文学史资料汇编丛书）由北京十月文艺出版社出版。

7月

18日，中国现代文学馆和北京图书馆联合举办"冰心文学创作生涯70年展览"活动。

本月，全国少年儿童金凤凰童话写作大奖赛第一届授奖大会在湘西土家族苗族自治州凤凰县举行。100 位孩子自己写的童话获得"金凤凰奖"。

中国现代文学馆建立"张天翼文库"。

8 月

18 日，翻译家叶君健被授予丹麦国旗勋章的仪式在北京举行。丹麦驻华使馆代表丹麦政府赞扬叶君健将安徒生的全部作品译成中文。

本月，上海《少年文艺》与黑龙江省作家协会联合举办"常新港作品讨论会"。

蓝海文选编的《台湾儿童诗选》由湖南文艺出版社出版。

金波选编的《中国小诗人诗选》由中国少年儿童出版社出版，该书收入 9 位小诗人56 首诗作。

新加坡召开儿童文学国际会议。蒋风在会上做"中国儿童文学走向世界"的发言。

《少年文艺》第 8 期刊出张秋生的小巴掌童话中的第 4 辑——《一串快乐的音符》。

9 月

1 日，台湾光复书局创办的《儿童日报》在台北创刊。

16 日，由林焕彰、谢武彰等发起的"大陆儿童文学研究会"在台北成立。

20 日，为纪念"六一"确立为国际儿童节 40 周年，全国少年儿童工作家协会调委员会、中华全国妇联儿童工作中心、《儿童文学》杂志社联合举办世界儿童文学创作征文活动。征文时间为 1988 年 11 月 15 日至 1989 年 5 月 15 日。

23 日，由安徽儿童文学创作委员会、上海市作家协会儿童文学委员会和儿童时代社联合举办的"沪皖儿童文学年会"在安徽歙县召开。

本月，张之路的童话《傻鸭子欧巴儿》由广西人民出版社出版。

台港儿童文学研究会在上海成立。

10 月

9 日至 15 日，中国作家协会在山东烟台举行"少年儿童文学发展趋势讨论会"，近百位儿童文学作家、评论家以及少儿读物编辑与会，探讨新时期儿童文学的特色、成就以及努力方向。束沛德在会上做了题为《更贴近大时代，更贴近小读者》的开幕词。

本月，中国出版工作者协会幼儿读物研究会在湖南长沙召开"第一次幼儿文学研讨会"。

洪汛涛主编的《1976—1986 中国儿童文学十年》由海燕出版社出版。

"全国少儿科学文艺创作座谈会"在北京召开。

11 月

3 日，台湾东方出版社在台北举办"大陆儿童文学座谈会"。

本月，陈子典主编的《儿童文学大全》由广西人民出版社出版。

12 月

19 日，著名科学文艺家高士其（1905—1988）在北京逝世。

19 日至 21 日，"郑振铎学术研讨会"在北京召开，研讨会主题涉及郑振铎对中国文学包括儿童文学的各方面贡献。

本月，中国作家协会儿童文学委员会召开"儿童诗现状座谈会"。

北京市教育局为了提高中小学生文化素质，投资 450 万元选编《儿童文库》《少年文库》《青年文库》。

本年

曹文轩所著的《中国八十年代文学现象研究》由北京大学出版社出版。此书第 14 章专论儿童文学,提出"儿童文学作家是未来民族性格的塑造者","儿童文学承担着塑造未来民族性格的天职"。

束沛德、樊发稼、蒋风、浦漫汀、任德耀等主编的《中国儿童文学大系》,由希望出版社出版,选编了 1919 年到 1987 年间的中国儿童文学的重要作品,分为理论、童话、小说、散文、儿童剧、科学文艺等 7 卷 15 种,1990 年出齐。

秦文君的长篇小说《十六岁少女》由百花文艺出版社出版。

张美妮、浦漫汀主编的《世界童话名著文库》12 卷,由新蕾出版社出版。

曹文轩、陈丹燕等著的《蒲公英儿童文学丛书》,由重庆出版社出版。

浙江师范大学中文系儿童文学研究室扩建为儿童文学研究所,蒋风任首任所长。

本年摄制儿童故事影片 12 部,主要有:儿童电影制片厂的《霹雳贝贝》《多梦时节》《小骑兵历险记》等 5 部,北京电影制片厂的《SOS 村》等 2 部,峨眉电影制片厂与日本田中制片公司等的《熊猫的故事》,珠江电影制片厂的《观音今年十二岁》,云南电影制片厂的《无头箭》等。其中,儿童电影制片厂根据张之路同名儿童科幻小说改编的《霹雳贝贝》影响较大。

本年全国共出版少年儿童读物 3362 种,其中新出 2211 种,总印数 25121 万册,总印张 540574 千印张,分别比上年增长 10.5%、11.7%和 11.8%。

1989 年

1 月

26 日,北京《儿童文学》《中国儿童》《我们爱科学》,台北《小鹰日报》,上海《少年文艺》《少年报》《小朋友》联合举办"第一届中华儿童文学创作奖征文",征文以"长城"为主题。

本月,中国儿童文学研究会举办的"首届儿童文学理论评奖"揭晓。北京师范大学等院校编写的《儿童文学概论》等 20 本理论书籍获优秀专著奖,38 篇论文获优秀论文奖。

2 月

23 日,《文学报》载:苏联出版的《儿童文学·中国专号》,发表了冰心、王蒙等十几位作家的作品。

25 日,台湾《文讯》杂志社与"大陆儿童文学研究会"联合举办"海峡两岸儿童文学的发展比较"座谈会。

本月,中央电视台、中国文联文体部、中国作家协会儿童文学委员会、吉林省文学艺术交流中心、香港《文汇报》等发起、联合举办青少年文学活动——首届"我看中国"国际青少年征文大赛。

王家全、胡青兰编的《全国少年儿童报刊阅读指南》,由湖北少年儿童出版社出版。

3 月

13 日,陈伯吹、任大霖等发起的"中日儿童文学交流上海中心"在上海成立。中日儿童文学美术交流中心副会长松居直和理事中由美子参加了成立大会。

24 日至 25 日,由香港儿童文艺协会与香港作家联谊会合办的"香港儿童文学研讨会"召开。主题是"认识当代少年儿童,更好地为他们服务"。林焕彰、英国罗尔德·达尔、菲律宾林婷婷等应邀与会。由儿童文艺协会及长春出版社主办的"香港第四届儿童文艺创作比赛"揭晓。本次会议的文章结集成《儿童文学研讨会报告书》于 1990 年 3 月出版。

25 日，中日儿童文学美术交流中心成立大会在日本召开。

本月，中国电视艺术家协会编的《中国儿童电视剧论文集》，由四川少年儿童出版社出版。

台湾创办《大陆儿童文学研究会刊》。

湖北省作家协会、湖北少年儿童文学会编的《新时期儿童文学优秀作品选》，由湖北少年儿童出版社出版。

4 月

3 日至 4 日，台湾《联合报·联合副刊》连载"两岸儿童文学家大集合：6 篇创作，12 家文学观"。包括孙幼军、樊发稼、黄庆云、洪汛涛、叶永烈等作家的作品。

22 日，著名儿童文学作家刘厚明（1933—1989）在北京逝世。

本月，柯玉生主编的《中国新时期寓言选》（1977—1986 年）由浙江少年儿童出版社出版。该书共编选 135 位作家的近 500 篇佳作。

洪汛涛获台湾"杨唤儿童文学奖"的特殊贡献奖，这是大陆作家首次获得的台湾文学奖项。

中国作家协会儿童文学委员会在京委员进行集会座谈，就如何改进作家协会儿童文学委员会和当年的活动安排等问题交换意见。

5 月

6 日，中国儿童少年电影电视中心主席、中国儿童少年电影学会会长于蓝在新闻发布会上宣布，"六一"期间，儿童电影将有 3 项重要活动：第 3 届优秀儿童电影"童牛奖"暨"小红花奖"颁奖；国际儿童少年影视中心第 34 届年会在北京举行；1989 年北京国际儿童电影节揭幕。

11 日至 13 日，1989 年度台湾地区省市立师院"儿童文学学术研讨会"在台东召开，研讨主题为"童话·童话教学"。

21 日，上海《少年文艺》、武汉市作家协会在武汉联合召开"董宏猷作品讨论会"。

21 日至 23 日，由广东韶关儿童文学创作研究会主办的"全国童话研讨会"在韶关市举行。会议就当前童话的状况和走向等诸多问题展开了讨论。

26 日，全国少年儿童文化艺术委员会主办的"新时期（1979—1988）优秀少年儿童文艺读物奖"颁奖大会在北京举行。获一等奖的有《云雾中的古堡》（曹文轩著）、《抓来的老师》（谭元亨著）、《童画诗诗情集》（柯岩著）等 17 种作品。

28 日，台湾大陆儿童文学研究会主办"中国现代童话座谈会"。会议研讨了洪汛涛的创作和理论作品，并就台湾童话创作及研究现状展开了讨论。

本月，上海大学文学院、《少年文艺》编辑部、《儿童文学研究》编辑部在上海联合召开"现代人与现代童话讨论会"。

董宏猷跨文体小说《一百个中国孩子的梦》由江西少年儿童出版社出版，同年 10 月，该书代表中国参加波兰亚努什·科尔恰克国际儿童文学评奖。

6 月

1 日，藏文少年报《刚坚少年报》创刊。阿沛·阿旺晋美和赵朴初分别题写了藏文和汉文报头。

1 日至 7 日，第一届中国国际儿童电影节在北京首都电影院举行。主办单位：中国

少年儿童影视中心，中国儿童电影制片厂。中外参展影片：外国 9 部，中国 1 部。参展国家有民主德国、挪威、捷克斯洛伐克、加拿大、苏联、日本、丹麦、美国、保加利亚。电影节宗旨在于搭建多边交流平台，加强各国儿童电影的交流与合作，让中国儿童展望世界，让世界了解中国，促进世界儿童电影的发展。6 月 1 日举行电影节开幕式，康ити清、陈昊苏、何鲁丽、吴全衡、滕进贤、苏云、包同之等领导，美国、加拿大、苏联、日本、捷克斯洛伐克、民主德国、印度等 9 国驻华使节参加。

1 日至 7 日，国际少年儿童影视中心在北京召开第 34 届年会。

本月，上海《小朋友》杂志由陈伯吹任主编。陈伯吹是 20 世纪 40 年代《小朋友》杂志的主编。

程逸汝编的《中国儿童文学艺术丛书》之《儿童小说十家》和邓连休、冯志华编的《民间故事十家》由海燕出版社出版。

张锡昌、盛巽昌主编的《中国现代名家童话选》由新蕾出版社出版。该书收童话 122 篇。

四川省作家协会主办的理论刊物《当代文坛》推出《儿童文学评论》专辑。

周作人著的《儿童文学小论》由湖南岳麓书社出版。此书最早于 1932 年 3 月由上海儿童书局印行。

7 月

3 日，台北市为期 12 天的儿童文学研习营开营，主题为"儿童戏剧"。

9 日，著名儿童文学作家金近（1915—1989）在北京逝世。

19 日，香港兴建"童话乐园"，并挑选 5 个故事为主题：1.阿丽思；2.小人国；3.绿野仙踪；4.白雪公主；5.孙悟空。

25 日至 30 日，浙江少年儿童出版社和海燕出版社联合举办的"儿童小说创作研讨会"在浙江莫干山召开。与会者就中国儿童小说的创作现状和发展趋势展开了讨论。

本月，《儿童文学》《中国儿童》《我们爱科学》《少年文艺》《小朋友》《少年报》《小鹰日报》等 7 家报刊编辑部联合主办的"海峡两岸首届中华儿童文学奖"征文揭晓，共评出童话、小说、诗歌、散文等四组，每组又分为成人作品和儿童作品。

王泉根选编的《中国现代作家儿童文学精选（1902—1949）》由湖南少年儿童出版社出版。

关登瀛编的《中国当代名作家儿童文学作品选》由湖南少年儿童出版社出版。

接力出版社在南宁成立。

少儿知识读物研究会成立，并在山西忻州举办第一次研讨会。希望出版社承办。

8 月

11 日，台湾"大陆儿童文学研究会"会长林焕彰等一行 7 人抵达合肥，这是台湾儿童文学作家首次组团访问大陆。

12 日至 13 日，"皖台儿童文学交流座谈会"在合肥举行，大陆与会者有叶君健、洪汛涛、蒋风、王一地等，会后游黄山。这是海峡两岸儿童文学界的首次历史性聚会。

17 日，林焕彰等一行 7 人与上海儿童文学界在上海师范大学举行"台湾上海儿童文学交流会"，陈伯吹、包蕾、叶永烈、任溶溶、圣野等与会。

15 日至 19 日，北京作家协会儿童文学委员会和《东方少年》编辑部在河北乐亭、昌黎联合召开北京地区童话作家创作讨论会。会议就童话创作现状和发展进行了商讨。

20 日,林焕彰等一行 7 人在北京国际展览中心参观"第 2 届全国图书展览",与从重庆来京的王泉根不期而遇,并交谈了儿童文学研究近况。

21 日,林焕彰等一行 7 人与北京儿童文学界在文化部举行"台湾北京儿童文学交流会",罗英、束沛德、樊发稼、浦漫汀、陈子君、孙幼军、郑渊洁等与会,台湾作家在北京拜会冰心、严文井。

本月,王泉根评选的《中国现代儿童文学文论选(1902—1949)》由广西人民出版社出版。全书评选了 160 余篇重要文论,首次揭示了中国现代儿童文学理论研究的历史本相。

洪汛涛著的《童话艺术思考》由台湾千华出版社出版。

陈子君、贺嘉、樊发稼主编的《论童话寓言》《论儿童诗》分别由新蕾出版社、广西人民出版社出版。

四川外语学院外国儿童文学研究所编的《外国儿童文学研究》由广西人民出版社出版。

9 月

17 日,香港《儿童日报》创刊,全彩色 16 页。

本月,张美妮等主编的《童话辞典》由黑龙江少年儿童出版社出版。

10 月

3 日,香港创办《少年周报》,由光泽教育机构主办。

5 日至 7 日,中国电视艺术委员会在北京召开"儿童剧理论与实践学术研讨会"。

8 日,台湾"大陆儿童文学研究会"在台北举办"大陆儿童文学之旅发表会",介绍林焕彰等 7 人首次与大陆儿童文学界交流的情况,并展出有关资料。

9 日,江泽民和中宣部有关领导在北京中南海礼堂观看了中国儿童电影制片厂与南京电影制片厂联合摄制的儿童故事影片《豆蔻年华》,同时接到中国儿童电影制片厂《关于儿童电影事业的情况报告》。

10 日,江泽民对儿童电影与儿童教育作出重要批示:"昨晚看了电影《豆蔻年华》,总的来说,给人以高尚情操的教育。小平同志曾说这几年最大的失误是教育,我理解特别是政治思想教育。对培养下一代来说,究竟是造就我们的接班人,还是培养我们的掘墓人,这是摆在我们面前的一个非常尖锐的现实问题。儿童教育至关重要。童年时代所受教育的好坏,往往影响一个人的一生。热诚希望有关部门大力支持,齐心协力搞好儿童教育。"

14 日至 16 日,北京儿童电视艺术中心、北京对外文化交流协会在北京举行"和平、友谊——中外儿童少年文艺大联欢",有十多个国家和地区的少年儿童参加。

28 日,为纪念叶圣陶诞辰 95 周年,叶圣陶学术研究会在北京成立。

《人民文学》10 月号刊出《台湾儿童诗八首》,这是祖国大陆最权威的文学刊物首次介绍台湾儿童文学。

11 月

15 日,《儿童文学研究》杂志举办文学理论征文评奖,征文内容:1.对中国儿童文学传统的研讨;2.如何看待儿童文学的教育性;3.如何加强儿童文学的艺术性。

19 日,著名儿童文学作家包蕾(1918—1989)在上海逝世。

20 日,第 44 届联合国大会通过《儿童权利公约》,分为序言和正文三大部分,共 54 条。《公约》规定:"儿童系指 18 岁以下的任何人。"1991 年,中国政府加入了《儿童权利

公约》。

本月,中国少年儿童出版社王一地应苏联作家协会主席米哈尔科夫邀请,出席莫斯科"国际少年文学理论研讨会",做了题为《探索,崛起》的发言,评介了我国新时期青年作家在儿童文学创作上的艺术理念、特色与成就。

张之路的科幻小说《霹雳贝贝》由少年儿童出版社出版。

湖南《小溪流》第11期推出《台湾儿童文学专辑》,由洪汛涛作序,刊出台湾儿童文学作家作品30余篇,另有台湾小学生的作文几篇。

12月

11日,由中日儿童文学美术交流中心会长前川康男为首的日本儿童文学代表团一行7人来沪,同中日儿童文学交流上海中心联合举办了"我为什么写儿童文学"研讨会。

本月中国少年儿童出版社领导遇衍滨、王一地接待日本福音馆社长松居直等日本客人的来访,商谈合作出版反映中国抗日战争题材的儿童文学作品的意向。

《陈伯吹文集》(第1集)由少年儿童出版社出版,计划推出童话、小说、散文、诗歌等共4集。1998年出齐。

上海举办儿童文学作家进修班,由陈伯吹、任溶溶、任大霖、圣野等作家主讲。

本年

第三届优秀儿童电影"童牛奖"4月在扬州评奖,9月23日在北京人民大会堂颁奖。《霹雳贝贝》《我只流三次泪》《紫红色的皇冠》获优秀故事片奖,《葫芦兄弟》《独木桥》获优秀美术片奖,获儿童评委"小红花奖"的为《多梦时节》《我只流三次泪》《霹雳贝贝》《葫芦兄弟》。

林文宝策划的《台湾儿童文学选集》全套5册,由台北幼狮文化事业公司出版。该丛书选录1949年至1987年间台湾地区的儿童文学论述与作品,分为林文宝主编的《儿童文学论述选集》,林武宪主编的《儿童文学诗歌选集》,苏尚耀主编的《儿童文学故事选集》,洪文琼主编的《儿童文学童话选集》,洪文珍主编的《儿童文学小说选集》。

《新华文摘》本年第1期转载刘绪源批评陈伯吹的文章《对一种传统儿童文学观的批评》(原刊《儿童文学研究》1988年第4期),陈伯吹的文章是《卫护儿童文学的纯洁性》(原刊1987年6月4日上海《解放日报》)。

《儿童文学选刊》编辑部选编、贵州人民出版社出版的《全国优秀儿童小说选》已连续出版1983年至1987年的年度选本,从本年起改为少年小说选本,《1988全国优秀少年小说选》于10月出版。

江苏少年儿童出版社推出《中华当代少年小说丛书》,作者包括秦文君、曹文轩等,2002年出齐。

四川少年儿童出版社推出刘兴诗选编的《中国少年科幻小说系列》,1996年出齐。

于友先主编的《中国儿童文学艺术丛书》由海燕出版社出版。丛书分为11种:童话十家、儿童小说十家、散文十家、儿童诗十家、科幻小说十家、科学童话十家、寓言十家、儿童剧十家、儿童画十家、连环画十家、民间故事十家。该丛书每种各选十位代表性的作家或画家,分别介绍他们的生平小传、创作观点、代表性与评论,故又称《十家丛书》。

本年摄制儿童故事影片13部,主要有:中国儿童电影制片厂的《豆蔻年华》《哦,香雪》《普莱维梯彻公司》等5部,北京电影制片厂的《红墙外》等2部,珠江电影制片公司的《眼镜里的海》,潇湘电影制片厂的《黑马》,八一电影制片厂的《告别骷髅岛》等。其中,中国儿童电影制片厂与南京电影制片厂根据程玮同名儿童小说改编合拍的《豆蔻年华》影响较大。

本年全国共出版少年儿童读物 3598 种,初版 2395 种,重版 1203 种,总印数 22602 万册,491793 千印张。与上年相比,种数增长 7%,印数减少 10%,印张减少 9%。

1990 年

1 月

6 日,第二届"宋庆龄儿童文学奖"颁奖大会在北京举行。本届评奖对象为科学文艺,《神翼》(郑文光)、《大熊猫的故事》(潘文石)、《数学司令》(李毓佩)等 8 篇作品获奖;会上宣读了宋庆龄基金会主席康克清给大会的贺信和冰心的贺词。

本月,由北京、上海、南京、广州、桂林五城市八报刊主办的"1988—1989 少年报告文学大奖赛"举行颁奖仪式。获奖作者名单在《儿童文学》杂志第 1 期刊登。

王泉根的论文《论原始思维与儿童文学创作》发表在《西南师范大学学报》第 1 期。

2 月

19 日至 21 日,"云南儿童文学讨论会"在以"阿细跳月"著名的彝乡弥勒召开。20 多位与会者认为 90 年代云南儿童文学必将有一个大发展,云南少年儿童出版社为此制订了出版《太阳鸟丛书》等书的规划。

本月,由全国 30 家出版社参加的《儿童文库》《少年文库》和《青年文库》已出齐,每套 100 本。

张锦贻选编的《中国少数民族儿童小说选》由海燕出版社出版。

《儿童文学新论丛书》中的《比较儿童文学初探》(汤锐著)、《中国儿童文学理论批评与构想》(班马著)、《童话艺术空间论》(孙建江著)由湖北少年儿童出版社出版。该丛书以后陆续出版的有《儿童文学的审美指令》(王泉根著,1991 年版)、《异彩纷呈的多元格局》(彭斯远著,1993 年版)、《儿童小说叙事式论》(梅子涵著,1993 年版)、《儿童文学接受之维》(方卫平著,1995 年版)。

葛冰的童话《舞蛇的泪》发表在《少年文艺》第 2 期。

3 月

20 日至 22 日,中国作家协会书记处会议通过批准 192 人加入中国作家协会。新会员中的儿童文学作家有北京的马光复、郑延慧,上海的张成新、张香还、郑开慧、金逸铭、周锐、孟绍禹、诸志祥,重庆的王泉根,辽宁的佟希仁、赵郁秀,吉林的姚业涌,山东的孙华文,湖南的卓列兵,江苏的金燕玉,共 16 人。

本月,任溶溶主编的《幽默儿童文学名著译丛》由浙江少年儿童出版社出版。该套丛书包括《大盗霍震波》(联邦德国)、《小不点儿狗》(日本)、《罗姗姗和机器人》(英国)等 6 册。

《吕漠野儿童文学作品选》由浙江少年儿童出版社出版。

4 月

2 日,《儿童时代》杂志社为庆祝创刊 40 周年,在北京举办作家座谈会。李瑞环题词:"学雷锋、学赖宁,做祖国的好孩子。"冰心题词:"《儿童时代》是我的好朋友,我深信她永远是小读者的好朋友。在她庆祝创刊 40 周年之际,我谨献上我衷心的祝贺!"巴金也托人转达:"希望《儿童时代》办得好上加好。"

16 日至 21 日，由湖北少年儿童出版社、湖南少年儿童出版社联合举办的"儿童文学三峡笔会"在湖北宜昌与长江三峡召开。60 多位与会者就新时期儿童文学的使命、儿童文学中长篇小说、童话创作的现状及繁荣之策等问题展开了研讨。叶君健与会。

24 日至 28 日，中国儿童少年电影学会、中国电影艺术研究中心、中国儿童电影制片厂在北京联合召开"儿童电影研讨会"。会议主题以江泽民 1989 年 10 月 10 日有关儿童电影的批示精神为中心，研讨新时期儿童电影的成就与今后的努力方向，70 余人参会。

5 月

4 日至 5 日，台湾地区省市师范学院年度儿童文学学术研讨会在嘉义师范学院举行。其中有张清荣的论文《童话美学初探：以〈金色的海螺〉为例》（阮章竞作品）与林政华的《叶绍钧儿童文学初探：韵文体作品之部》，这是大陆儿童文学作品首度在台湾学术研讨会上讨论。

6 日，全国第 10 届电视剧"飞天奖"颁奖大会在北京举行。儿童片《十六岁的花季》《老师新年快乐》获二等奖。

8 日至 14 日，湖南省作家协会、《小溪流》杂志社等承办的"首届世界华文儿童文学笔会"在湖南长沙和衡山召开。来自美国、新加坡两国以及台湾、北京、天津、上海、重庆、湖南和河南等地的 60 多位华文儿童文学作家、评论家就世界华文儿童文学的现状与成就以及如何进一步发展和繁荣世界华文儿童文学创作进行了深入讨论。《小溪流》杂志总第 83 期推出"世界华文儿童文学笔会专辑"作为配合。

18 日至 19 日，中国作家协会儿童文学委员会、中国少年儿童出版社联合召开翻译研讨会。叶君健到会讲话，与会者总结了近年儿童文学翻译出版情况，介绍了外国儿童文学发展状况，探讨了提高儿童文学翻译质量的新途径。

19 日，全国少年儿童文化艺术委员会主办的首届（1987—1989）"中国少儿报刊奖"在北京揭晓。全国有 23 家报纸和 45 家刊物参加了评奖。

21 日，1982 年至 1988 年"全国优秀少儿读物奖"评奖活动在北京揭晓，由国家教委、新闻出版署、文化部颁奖，孙幼军童话集《亭亭的童话》等 9 种获一等奖，二等奖 31 种，三等奖 59 种。

21 日，湖北少年儿童出版社在北京人民大会堂召开《少年科学瞭望台》丛书和《少年知识大全》出版发行工作座谈会，全国人大常委会副委员长雷洁琼、全国政协副主席钱伟长，在京的部分知名学者、作家以及中央电视台、《人民日报》等十几家媒体共 60 余人与会。雷洁琼、钱伟长称赞这两套书的出版为少年儿童办了一件大好事。当晚，中央电视台在《新闻联播》节目中报道了会议盛况。

23 日至 29 日，中国儿童文学研究会与昆明市文联、昆明市儿童文学研究会共同举办的"90 年代中国儿童文学展望研讨会"在昆明召开，80 余人与会。会议主题是"回顾反思 80 年代、展望分析 90 年代中国儿童文学的发展趋势与面临的任务和挑战"。

29 日，由北京《儿童文学》编辑部发起并和全国少年儿童协调工作会主办，全国妇联少儿工作部协办的"世界儿童文学和平友谊奖"在北京举行颁奖仪式。中国沈石溪的《圣火》（小说）、澳大利亚艾伦·贝利的《魔术家》（小说）、联邦德国托巴兹的《安雅和神秘的影子》（散文）、苏联约瑟夫·维齐的《山羊科玛兹的故事》（童话）获奖。贺敬之、柯岩和苏、德、澳三国驻华大使等 50 余人出席。

29 日，全国政协妇女青年委员会等单位举办儿童影片展映周。上映《豆蔻年华》《少年战俘》和《大气层消失》等影片。

本月，上海《少年文艺》、陕西省作家协会联合举办的"王宜振诗歌讨论会"在西安召开。

张黛芬、文秀明选编的《陈伯吹研究专集》(《中国当代文学研究资料丛书》)由少年儿童出版社出版。

6月

6日，国际儿童读物联盟中国分会(简称 CBBY)在北京正式成立，严文井任会长。

7日至10日，宋庆龄基金会与国际儿童读物联盟中国分会在北京联合举办"国际儿童图书与插图研讨会"。

14日，第5届中国福利会妇幼事业"樟树奖"颁奖大会在北京举行，授予严文井、任德耀、万籁鸣等8人奖章、奖状。

本月，少年儿童出版社和上海出版工作者协会联合举办全国少儿读物编辑培训班。

上海大学文学院中文系举办"台湾林焕彰诗作讨论会"。

由团中央《辅导员》杂志社举办的少先队建队40周年征文在北京揭晓，小说《变形金刚》(华志强)获一等奖，小说《静静的夜》(任素芳)、诗《轻重梦幻曲》(高洪波)、散文《映山红》(图影)获二等奖。冰心担任了评委。

北京少年儿童图书研究社宣布，为扶植和鼓励优秀少年儿童图书创作和出版，设立"冰心儿童图书奖"，该奖每年10月颁奖。

汪习麟著的《浙江籍儿童文学作家作品评论集》由浙江少年儿童出版社出版。

7月

1日，辽宁省首届少年儿童电影节开幕。

23日，湖北少年儿童出版社《少年世界》文学夏令营在青岛市开营。营员由舒婷(福建省文联副主席)、曹文轩(北京大学中文系副主任)等10位知名作家和20余名中学生作者组成。在青岛的著名老作家刘知侠、纪宇等前往祝贺。

22日至30日，由浙江少年儿童出版社和《少年儿童故事报》联合举办的"浙江省儿童文学年会"在浙江南浔召开。

本月，由台湾儿童文学学会、台北市市立图书馆、《民生报》联合主办的"好书大家读"活动揭晓，大陆作家董宏猷的小说《一百个中国孩子的梦》被评为"十佳作品"。

《郭风研究专集》(《中国当代文学研究资料丛书》)由海峡文艺出版社出版。

蒋风主编的《世界著名童话鉴赏辞典》由江苏少年儿童出版社出版。

陈蒲清主编的《中外寓言鉴赏辞典》由湖南人民出版社出版。

8月

"全国幼师普师儿童文学教学研究会第3届年会"在天津举行。

李泱编的《柯岩研究专集》(《中国当代文学研究资料丛书》)由少年儿童出版社出版。

邱各容著的《儿童文学史料初稿(1945—1989)》由台北富春文化公司出版。

陈蒲清著的《世界寓言通论》由湖南教育出版社出版。

9月

2日至6日，孙幼军应邀参加国际儿童读物联盟(IBBY)在美国威廉斯堡举行的第22次代表大会。

29日至30日，人类历史上第一次完全为了儿童利益而召开的大会——"世界儿童问题首脑会议"在美国纽约联合国总部召开。为庆祝这次具有特别意义的会议的召开，北京各界人士及少年儿童代表千余人举行集会，大会由《中国少年报》《中国妇女报》等单位联合举办。

本月，柯岩主编的《古今中外文学名著拔萃丛书》由青岛出版社出版，其中儿童文学部分有《中国儿童小说卷》《外国儿童小说卷》《中国儿童诗卷》《外国儿童诗卷》《中国童话卷》《外国童话卷》。

卓如编的《冰心和儿童文学》由少年儿童出版社出版。

周晓著的《少年小说论评》由宁夏人民出版社出版。

辽宁少年儿童出版社在大连举办"中长篇儿童小说创作笔会"。

10 月

4 日至 5 日，"庆祝吴梦起童话创作 45 周年暨吴梦起童话研讨会"在辽宁铁岭市举行。

8 日至 10 日，中国作家协会书记处会议通过批准 311 人加入中国作家协会。新会员中的儿童文学作家有北京的李金本、陈秋影、程式如、葛冰，上海的刘保法、庄大伟、梅子涵，辽宁的刘晓石、盖壤，江苏的唐再兴，浙江的张光昌，安徽的戎林，广东的关夕芝，云南的辛勤，共 14 人。

11 日至 25 日，苏联《儿童文学》主编阿·彼得多维奇、副主编纳·盖尔曼诺维奇等应中国《儿童文学》杂志邀请来华访问。

13 日至 15 日，首届"日中儿童文学研讨会"在日本大阪举行，由大阪国际儿童文学馆主办，会议主题是"中日儿童文学的过去、现在及其未来"。80 多位中日儿童文学工作者与会，中方蒋风、任大星，日方鸟越信、前川康男等 8 人做会议基调报告。

27 日至 30 日，中国作家协会儿童文学委员会、《儿童文学》杂志社和浙江省作家协会在杭州联合举办"金近作品研讨会"，并在浙江上虞举行了金近墓碑揭幕式。冰心为金近墓碑题词："你为小苗洒上泉水。"

本月 27 日至 11 月 3 日，中国出版工作者协会幼儿读物研究会在桂林举行"幼儿读物研究会第二次代表大会"。

本月 29 日至 11 月 3 日，上海市作家协会儿童文学委员会和《少年报》编辑部在浙江新昌联合召开"上海儿童文学笔会"。

30 日，首届"冰心儿童图书奖"在人民大会堂举行颁奖大会。奖状上有冰心亲笔题词："青年人啊，为着后来的回忆，小心着意地描绘你的现在图画。"《中国民间传说画丛》《江南风情儿童散文丛书》《陈永镇儿童画选》《中国儿童文学艺术丛书》《小学生百事问》等 28 种图书获奖，其中包括文学作品、知识读物、思想读物和画册。

本月，《彩图儿歌词典》由上海辞书出版社出版，全书精选新儿歌和传统儿歌 361 首，每首儿歌均有浅近的解说，配有彩色插图 423 幅。

由上海文化发展基金会等单位联合举办的"1990 上海儿童戏剧展演"在上海演出。参加演出的儿童戏剧有《魔鬼面壳》《生命的瞬间》《大森林里的小故事》《四弦琴》《皇帝的耳朵》《花木兰替父从军》《甘罗十二为使臣》等。

高殿石辑注的《中国历代童谣辑注》由山东大学出版社出版。

少儿知识读物研究会在湖北宜昌举办研讨会。湖北少年儿童出版社承办。

11 月

3 日，中国电影界协会、《大众电影》杂志社举办的第 10 届中国电影"金鸡奖"揭晓，

《豆蔻年华》《普莱维梯彻公司》获最佳儿童片奖。

11 日至 16 日，少年儿童出版社与中日儿童文学交流上海中心在上海召开"1990 上海儿童文学研讨会"。国内 80 余位儿童文学作家、理论家，来自我国香港、台湾地区以及日本、联邦德国、苏联、捷克斯洛伐克、新加坡等国 20 余位同行参加了研讨会。会议探讨了繁荣儿童文学创作、提高儿童文学的质量、展望 90 年代儿童文学等问题。

13 日，《儿童文学选刊》在上海举行创刊 10 周年纪念活动。

本月，为繁荣少年儿童中、长篇小说的创作，少年儿童出版社设立"少年儿童文学奖"。奖金一等奖 10000 元，二等奖 5000 元，三等奖 3000 元。拟在少年儿童出版社 1992 年建社 40 周年时首次评奖，之后每两年评一次奖。

姚全兴著的《儿童文艺心理学》由重庆出版社出版。

"冰心文学创作 70 年学术讨论会"在福建福州举行。

韦商编的《叶圣陶和儿童文学》、盛巽昌编的《郭沫若和儿童文学》、张耀辉编的《巴金和儿童文学》由少年儿童出版社出版。

12 月

14 日，《文艺报》和中国电视艺术家协会、中国视协儿童电视剧研究会在北京联合召开四川电视台的儿童电视剧导演张惠娟艺术研讨会。

马力著的《世界童话史》由辽宁少年儿童出版社出版。

任大霖著的《儿童小说创作论》由少年儿童出版社出版。

"陈伯吹儿童文学奖"（原名"儿童文学园丁奖"）自 1981 年起已评奖 7 届，本年一并评出了 1988 年、1989 年两年的优秀作品。获奖的有任大霖的《龙风》、江英的《她刚刚满十岁》、杨楠的《五彩云毯》、杨笑影的《失血的太阳》、秦文君的《四弟的绿庄园》、徐奋的《藏在鸟巢里的竹筒》等 18 篇作品。

本年

我国正式加入了 1953 年创立的素有"小联合国"之称的"国际儿童读物联盟"（IBBY）。以后，我国代表每两年出席一次在世界各地轮流召开的 IBBY 代表大会，以及在每年 4 月 2 日（安徒生诞生日）举办的"国际儿童图书节"活动。

"冰心儿童图书奖"在北京设立。该奖项由葛翠琳发起，得到华裔女作家韩素音的支持并任名誉主席。全国人大常委会副委员长雷洁琼任主席，胡絜青、萧淑芳、杨沫、叶君健、吴全衡等任副主席。

柯岩、邱勋等主编的《中外儿童文学名著评介丛书》由明天出版社出版。

本年摄制儿童故事影片 12 部，主要有：中国儿童电影制片厂的《我的九月》《魔表》《大气层消失》等 5 部，北京电影制片厂的《警门虎子》，珠江电影制片公司的《快乐岛奇遇》，潇湘电影制片厂的《失去的梦》，青年电影制片厂的《战争子午线》等。

本年全国共出版少年儿童读物 3861 种，初版 2475 种，重版 1386 种，总印数 17193 万册。与上年相比，种数增长 7.3%，印数减少 23.9%。

1991 年

1 月

15 日至 16 日，山东省作家协会、《文学评论家》编辑部、济南出版社联合召开"刘海栖作品讨论会"。

本月,张之路的长篇小说《第三军团》由中国少年儿童出版社出版。

由林焕彰创办的《儿童文学家》(季刊)在台北发行。

《张天翼文集》第8卷(儿童文学、童话、寓言)由上海文艺出版社出版。

2月

陈子君主编的《中国当代儿童文学史》由明天出版社出版。

吴秋林著的《寓言文学概论》由辽宁少年儿童出版社出版。

文杰、罗琳主编的《寓言鉴赏辞典》由中国商业出版社出版。

陈克明、季大方译的《世界著名寓言精选》由二十一世纪出版社出版。

3月

20日,全国少年儿童文化艺术委员会、海燕出版社与少年报社等单位发起并联合举办"中华少儿海峡两地书"征文。

27日,由北京市作家协会儿童文学委员会、《东方少年》编辑部联合主办的"孙幼军作品讨论会"在北京召开。与会者祝贺孙幼军获1990年国际安徒生奖提名奖。

4月

2日至4日,云南省作家协会等单位在昆明召开"沈石溪、吴然、辛勤儿童文学作品讨论会"。会后来自全国各地40余位儿童文学作家、评论家还参加了为期一周的"滇西儿童文学笔会",前往大理、潞西、瑞丽、畹町采风。

24日至27日,李贺小诗社等60多个少年儿童文学社团在河南洛阳召开研讨会。

25日,中国少年儿童出版社、中国作家协会创联部等在北京联合举办"张之路长篇小说《第三军团》座谈会"。

本月,叶永烈主编的《中外科学幻想小说欣赏辞典》由明天出版社出版。

都幸福主编的《新疆儿童文学获奖精品选》由新疆人民出版社出版。

陈伯吹主编的《世界童话宝库》由黑龙江少年儿童出版社出版。

《柯岩儿童文学论集》由浙江少年儿童出版社出版。

5月

7日至14日,湖南少年儿童出版社在成都、峨眉山、重庆召开"全国童话作者笔会",20余人与会。

14日至28日,中国出版工作者协会幼儿读物研究会与上海出版工作者协会在上海联合举办"幼儿读物编辑培训班",17个省、自治区、直辖市的36位编辑参加培训。

20日至25日,"1991年世界科幻协会(WSP)年会"在成都举行,这是该协会第一次在亚洲国家举行年会,来自世界各地的45位科幻作家与中国150余位作家与会。本届主席英国马尔可蒙·爱德华兹代表WSP授予四川省科协主办的《科幻世界》(双月刊)以"最佳科幻杂志奖",中国杭州大学郭建中和日本柴野拓美同获"WSP翻译奖"。

23日,全国30家少年儿童出版社联合举办的第二届"全国优秀少年儿童读物编辑奖"颁奖大会在北京举行。

23日,"广播电影电视部1989—1990年优秀影片颁奖大会"在江苏常州举行,儿童故事片《我的九月》《豆蔻年华》,美术故事片《鹿和牛》《一半儿》《医生与皇帝》等获奖。

31日,中共中央在北京召开儿童工作座谈会,李瑞环代表党中央在会上发表讲话。中国少年儿童出版社编审杨永青也在座谈会上发了言。

本月,1990年"陈伯吹儿童文学奖"在上海评奖,共评出小说《十二岁的故事》(杜淑贞著)、《那年我十六岁》(海笑著)、故事《金子》(石·础伦巴干著)、童话《白雪公主》(郭风著)等共 27 篇作品获奖。

《中国儿童文学论文选(1949—1989)》由浙江少年儿童出版社出版。

张美妮主编的《世界儿童文学名著大典》由中国文史出版社出版,全书分两卷:上卷为外国部分,下卷为中国部分。

台湾儿童文学学会编印《儿童文学史料丛刊》第 2 期《儿童文学大事纪要》出版。该期收录了海峡两岸暨香港以及马来西亚、新加坡、菲律宾等华文地区及国际儿童文学的大事纪要。

杜立主编的《世界著名儿童戏剧电影故事集》由湖南少年儿童出版社出版。

中央电视台著名少儿节目主持人鞠萍主编的"鞠萍故事系列"《中国童话卷》《外国童话卷》《笑话故事卷》由甘肃少年儿童出版社出版。

少年儿童出版社为上海老作家与资深编辑陆续选编出版《骆驼丛书》,计有《方轶群作品选》《圣野诗选》《任大星:我的童年女友》《任大霖作品选》《任溶溶:给我的巨人朋友》《朱彦作品选》《李仁晓作品选》《李楚城作品选》《阳光作品选》《汪习麟评论选》《绍禹中篇侦探童话选》《周晓评论选》《郑马作品选》《鲁兵:教育儿童的文学》《杜风作品选》等,还有《陈伯吹文集》4 卷。

浦漫汀主编的《儿童文学教程》由山东文艺出版社出版。

周作人诗、丰子恺画、钟叔河笺释的《儿童杂事诗图笺释》由文化艺术出版社出版。《儿童杂事诗》共 72 首,分为儿童生活诗、儿童故事诗、儿童生活诗补 3 编,最早发表于 1950 年上海《亦报》,署名东郭生。

6 月

1 日至 7 日,第二届中国国际儿童电影节在北京举行。主办单位:中国儿童少年基金会,中国电影输出输入公司,中国儿童少年影视中心。中外参展影片:外国参展 9 部,中国参展 3 部。参展国家有西班牙、苏联、法国、德国、加拿大、挪威、印度、美国。

1 日,第四届优秀儿童电影"童牛奖"在北京人民大会堂颁奖。《大气层消失》《别哭,妈妈》《普莱维梯彻公司》获优秀故事片奖;《舒克和贝塔》获优秀美术片奖;《多此一女》《大气层消失》《别哭,妈妈》《舒克和贝塔》获儿童评委"盐童奖"。

18 日至 21 日,蒋风应新加坡国立大学中文系之邀,出席该校在新加坡召开的"汉学研究之回顾与前瞻国际会议",并在会上做《四十年来之中国儿童文学研究》专题演讲。

29 日,中国文联、舞蹈家协会、全国少年儿童文化艺术委员会等在北京联合举办"中国少年儿童专题文艺晚会"。

本月,杜荣琛著的《海峡两岸儿童诗比较研究》由台湾培根儿童文学出版社出版。

台湾儿童文学学会编印的《儿童文学史料丛刊》第 3 期《华文儿童文学小史》出版。

《眼中有孩子心中有未来——1990 上海儿童文学研讨会论文集》由少年儿童出版社出版。

梅志著的《听来的童话:中国童话百家》由中国少年儿童出版社出版。

鲁兵主编的《中国幼儿文学集成》由重庆出版社出版,收录 1919—1989 年 70 余年间中国幼儿文学的重要作品,分为理论、童话、儿歌、儿童诗、故事、散文、戏剧等 6 卷 10 种。

我国第一部《儿童文学辞典》由四川少年儿童出版社出版,共收词条 1730 余条,87 万字。

7 月

9 日，民政部批准成立"中国儿童少年电影学会"，于蓝任会长。

11 日至 16 日，中国儿童文学研究会主办的"中国儿童文学创作分析会议"在河北承德召开。

23 日至 26 日，国际儿童读物联盟中国分会（CBBY）与中国出版协会幼儿读物研究会联合举办的"幼儿图书研讨班"在北京举行，来自各地 41 家出版社的 120 多位编辑出席，日本绘本收藏家岛多代、绘本作家加古里子、松居直等做了演讲。

8 月

18 日至 22 日，浙江省作家协会儿童文学创作委员会主办的"浙江省第 12 届儿童文学年会"在金华召开。

26 日至 30 日，中国大陆作家郭德华、中国台湾作家林焕彰参加丹麦奥登塞大学安徒生研究中心主办的"首届安徒生国际学术研讨会"。

本月，蒋风主编的《中国当代儿童文学史》由河北少年儿童出版社出版。

《樊发稼儿童文学评论集》由明天出版社出版。

9 月

11 日至 15 日，上海举办贺宜、金近、包蕾三位儿童文学作家美术电影作品展。

16 日至 19 日，谭元亨、刘先平赴法国巴黎参加"第 10 届国际儿童文学研讨大会"，这是中国作家首次参加这一大会。

10 月

5 日至 15 日，四川少年儿童出版社举办"九寨沟金秋笔会"，班马、王泉根、周锐、李国伟、韦伶、绕远、肖定丽等 29 位作家与会。

11 日，少年儿童出版社举行《巨人》复刊新闻发布会。复刊号首刊了冰心的题词："巨人就是不失其赤子之心的'大人'。"复刊号宣称，《巨人》将突出时代性、文学性、可读性。

26 日至 31 日，少年儿童出版社在上海召开"1991 上海儿童美术研讨会"。研讨会主题是"儿童美术的功能和特征"。华君武、詹同、贺友直、朱延龄等人的 60 多篇论文在会上进行了交流。

本月，中国少年报社选编的《国际少年书信写作比赛优秀书信选（1990）》由河北少年儿童出版社出版。

樊发稼选编的《林焕彰儿童诗选》由安徽少年儿童出版社出版。

11 月

20 日，由四川电视台导演张惠娟执导的 5 集儿童电视系列片《小佳佳》的第 1 集《小佳佳的礼物》，获国际广播电视大学和联合国儿童基金会联合颁发的儿童电视剧特别奖。颁奖仪式在法国巴黎举行。

28 日，1990 年度全国少年儿童电视"金童奖"颁奖大会在福建厦门举行。

30 日，上海《少年文艺》与宁波市作家协会、宁波市文联联合召开"儿童小说创作研讨会"，研讨宁波地区四 4 位儿童文学作家李建树、余通化、李燕昌、王申浩的作品。

本月，由香港新雅文化事业有限公司主办、香港小童群益会协办的"十年香港儿童读物内容分析（1981—1991）"在香港举办。

沈石溪的长篇动物小说《一只猎雕的遭遇》由江苏少年儿童出版社出版。

12 月

13 日，中国少年儿童报刊工作者协会成立。

28 日，"沪港儿童文学研讨会"在香港举行。

本月，少儿知识读物研究会在江苏南京举办研讨会。江苏少年儿童出版社承办。

本年

由王一地创议的中华儿童文学发展协会在北京成立。

陈子君选编的《儿童文学探讨》由河北少年儿童出版社出版。本书收入了 1984 年 6 月文化部在河北石家庄召开的全国儿童文学理论座谈会论文 28 篇和 1991 年 7 月在河北承德召开的儿童文学创作分析会上的论文 33 篇。

韦苇著的《外国童话史》由江苏少年儿童出版社出版。

《束沛德文学评论集》由明天出版社出版。

曹文轩的长篇小说《山羊不吃天堂草》由江苏少年儿童出版社出版。

西南师范大学出版社出版美国布鲁诺·贝特尔海姆著的《童话世界与童心世界》，舒伟等译。

鲁兵、张美妮主编的《中国幼儿文学集成》，共 10 卷，分为童话、故事、儿歌、儿童诗、散文、理论等，重庆出版社出版。

《国际安徒生奖作家作品选丛书》由中国少年儿童出版社出版。

安徽少年儿童出版社周均功赴丹麦奥登塞大学"安徒生研究中心"研修。

第七届全国人民代表大会常务委员会制定并通过了第一部全面保护儿童权益的国家法律——《中华人民共和国未成年人保护法》（以下简称《保护法》），于本年 9 月 4 日公布，1992 年 1 月 1 日起实施。《保护法》共 56 条，分为总则、家庭保护、学校保护、社会保护、司法保护、法律责任和附则等七章。《保护法》规定"未满十八周岁的公民"为未成年人。《保护法》规定：政府和社会各方面要为促进未成年人身心健康发展创造条件，同时要加强文化市场管理，取缔和打击淫秽、反动、封建迷信等非法活动，禁止销售非法出版物。

本年 10 月 28 日至 29 日，中国作家协会书记处会议通过批准 186 人加入中国作家协会。新会员中的儿童文学作家有北京的刘丙钧、章萍萍，黑龙江的常新港，甘肃的海飞，江苏的丁阿虎，江西的郑允钦，湖北的余苣芳，四川的曹雷，共 8 人。

本年摄制儿童故事影片 10 部，主要有：中国儿童电影制片厂的《北京小妞》《未完成的日记》等 5 部，上海电影制片厂的《烛光里的微笑》，北京电影制片厂的《夏日历程》，珠江电影制片公司的《心香》，长春电影制片厂的《小雪》，峨眉电影制片厂的《秃秃发型》等。

本年全国共出版少年儿童读物 4539 种（新版 2643 种，重版 1896 种），总印数 21474 万册，585864 千印张。与上年相比，种数增长 17.56%，新版增长 6.79%，总印数增长 24.9%，总印张增长 19.76%。

1992 年

1 月

全国少年儿童文化艺术委员会等 3 家单位联合举办的"1991 年全国儿童戏剧小品大赛"揭晓，《吃饭大学》等 14 部小品分获一等奖和优秀奖，同时评出了最佳导演、编剧、小演员奖和组织者奖。

傅辛等翻译的《法国童话精选》由上海译文出版社出版。

新疆作家协会等单位联合举办了"自治区第三届优秀少儿文学作品评奖"活动。共评出优秀作品 50 篇,获奖者包括维吾尔族、汉族、哈萨克族、蒙古族、柯尔克族、回族 6 个民族。

樊发稼、林焕彰、何紫合编的《中国当代儿童文学作家小传》由湖南少年儿童出版社出版。

凝溪著的《中国寓言文学史》由云南人民出版社出版。

2 月

张美妮、刘振宇主编的《中国幼儿文学精华》由海燕出版社出版。

《儿童文学》举办"1992 年度想象征文大赛"。

3 月

7 日至 13 日,湖南少年儿童出版社、海南出版社在海口联合举办"华文幼儿文学研讨会",我国台湾和新加坡的作家也应邀与会。

本月,由《少年报》、上海人民广播电台少儿部举办的"全国中小学生诗歌创作、朗诵比赛"开始征稿。朗诵比赛于本月开始。

范奇龙主编的《中外动物小说大观》由少年儿童出版社出版。

周锐的系列童话《鸡毛鸭》获台湾第五届"信谊幼儿文学奖",这是他第 3 次获台湾儿童文学奖项。

4 月

1 日,上海《少年文艺》、武汉市作家协会、湖北少年儿童出版社在湖北武汉联合召开湖北儿童文学作家韩辉光、徐鲁、叶大春作品研讨会。

3 日至 9 日,中国出版工作者协会幼儿读物研究会在江苏扬州召开"第二次幼儿文学研讨会"。

21 日至 24 日,少年儿童出版社在上海举办"少年报告文学创作研讨会",14 个省市的作家与会。

为庆祝《小朋友》杂志创刊 70 周年,《小朋友》编辑部特编《长长的列车——〈小朋友〉七十年》纪念文集,由少年儿童出版社出版。

《当代中国校园文学丛书》由北京教育科学出版社出版。该丛书是杨福庆、罗辰生、陈丹燕、刘健屏、曹文轩等作家获奖的作品选集。

徐莉萍主编的《中学生小说文库》5 卷本由北京少年儿童出版社出版。

《1949—1989 吉林省获奖儿童文学作品选》由北方妇女儿童出版社出版。

5 月

3 日,应中国和平出版社邀请,林海音、林良、潘仁木、马景贤、林焕彰、桂文亚、方素珍、陈木城等 16 位台湾儿童文学作家飞赴北京,与大陆儿童文学界展开系列交流活动。

4 日,北京作家与台湾作家在北京举行了童话研讨会。台湾作家林良、马景贤、林海音、桂文亚、方素珍、管家琪等分别做了报告。

5 日,中国和平出版社举办由台湾作家沙永玲主编的《台湾名家童话选》的首发式。

6 日,中国社会科学院文学所当代室、台湾室,中国儿童文学研究会和安徽少年儿童出版社在北京联合召开"林焕彰儿童诗研讨会"。

7 日,天津《儿童小说》编辑部召开"少年儿童小说研讨会",与台湾作家共同探讨小说创作。

11 日,由台北《民生报》、海燕出版社、北京《东方少年》杂志社联合主办的"1992 年海峡两岸少年小说、童话征文"新闻发布会在北京举行,全国人大常委会副委员长雷洁琼到会并接见了三方负责人。

16 日至 23 日,《儿童文学》编辑部在安徽召开"小说、童话作家笔会"。

19 日至 21 日,中国电视艺术家协会、中央电视台、海南经济报社在北京召开"全国儿童电视剧研讨会"。

28 日,陈丹燕在德国举办"中国儿童文学之夜",向欧洲出版社介绍中国少年儿童文学作品。

本月,肖复兴的长篇小说新作《青春奏鸣曲》研讨会在北京举行,该书由辽宁少年儿童出版社出版。

《小溪流》等单位联合举办"湖南省桃花儿童文学笔会",就胡则近、卓列兵、庞敏的作品进行了讨论。

6 月

7 日,"中国海峡两岸儿童文学研究会"在台北成立,林焕彰为理事长,帅崇义为秘书长。

25 日,中国海峡两岸儿童文学研究会等在台北举办"两岸儿童文学闻见思座谈会",展出 200 余种大陆儿童文学读物、期刊。叶君健翻译、评注的《新注全本安徒生童话》由辽宁少年儿童出版社出版。

圣野选编的《中国当代优秀幼儿诗歌选》4 册由新蕾出版社出版。

辛未艾译的《克雷洛夫寓言集》由上海译文出版社出版,这是克雷洛夫寓言版本中最为完整的一版。

匈牙利东方文化出版社出版我国作家许一青的中文版儿童文学集《雪莲花传奇》。

金燕玉著的《中国童话史》由江苏少年儿童出版社出版。

新蕾出版社出版的《童话》季刊总第 26 期推出"台湾童话专辑",刊出黄基博等 31 位台湾作家的 36 篇作品。

8 月

3 日至 7 日,由昆明市儿童文学研究会举办的"昆明台北儿童文学交流会"在昆明举行。台湾作家林焕彰、谢武彰等到会。

11 日至 14 日,由广州师范学院儿童文学研究所、广东省作家协会儿童文学委员会等主办的"中国儿童文学研讨会"在广州召开,来自祖国内地、香港、台湾和新加坡的 90 多位儿童文学作家、评论家与会,着重探讨了新时期中国儿童文学的进展和世界华文儿童文学的现状。本次会议的论文集《走向世界:华文儿童文学的审视与展望》由新世纪出版社于 1993 年 12 月出版。

24 日至 31 日,湖南少年儿童出版社组织的"儿童文学研讨会"在长沙与张家界召开,研讨会着重探讨当代世界儿童文学与我国儿童文学的现状,并与到会的儿童文学评论家商定编写出版《世界儿童文学研究丛书》。

本月,蒋风主编的《世界儿童文学事典》由希望出版社出版,这是一部涵盖中外古今儿童文学的知识性专业工具书,共 190 万字。

《故事大王》编辑部主编的《故事大王谈故事写作》,由少年儿童出版社出版。

上海《少年文艺》召开江西青年作家曾小春作品讨论会。

吴其南著的《中国童话史》由河北少年儿童出版社出版。

9 月

于芳、徐鲁选编的《诺贝尔文学奖获得者儿童诗选》由海天出版社出版。中国儿童故事片《特混舰队在行动》、动画片《葫芦兄弟》在第三届开罗国际儿童电影节上均获铜奖。

"尹世霖儿童诗朗诵会和研讨会"于 13 日和 15 日在北京举行。

28 日，被誉为"三毛之父"的著名儿童漫画大师张乐平（1910—1992）在上海逝世。

10 月

5 日，第三届"冰心儿童图书奖"在人民大会堂颁奖，30 种图书获奖。北京举办"儿童文学研讨会"，探讨儿童文学的现状、加强时代特点、艺术上创新等问题。

11 日至 17 日，中国少年报社举办的西北地区文艺工作者座谈会在乌鲁木齐召开，会议主要研讨了童话创作及儿童文学如何贴近生活等问题。

本月，以宗介华为领队的中国儿童文学作家代表团一行六人赴埃及访问。

少儿知识读物研究会在四川成都举办研讨会。四川少年儿童出版社承办。

11 月

2 日，中国作家协会第二届（1986—1991）"全国优秀儿童文学奖"初评读书班开始举办，来自 11 个省、自治区、直辖市的 20 位熟悉儿童文学现状的评论工作者和编辑投入了阅读、初评工作。

13 日，由台湾《民生报》、海燕出版社、北京《东方少年》杂志社联合主办的"1992 年海峡两岸少年小说童话征文"活动在北京公布评奖结果，曹文轩的小说《田螺》、杨红樱的童话《寻找快活林》等 38 篇作品分获优等奖、佳作奖，所有获奖作品均由两岸同时结集出版。

20 日至 25 日，少年儿童出版社为庆祝成立 40 周年召开"1992 上海儿童读物出版研讨会"，主题为"为孩子提供更多的好书"。国内外 100 多位人士参加了会议。

本月，由厦门市妇联和厦门市少儿福利基金会联合主办的《特区少儿文学》公开发行。

由文化部、国家教委、全国妇联、中央电视台等 6 个单位联合举办的"1992 年全国儿童戏剧（录像）评比"揭晓，《长城有个黑小子》《森林卫士》等 10 个剧目分获专业和业余方面的一、二、三等奖。

12 月

15 日，儿童文学作家郑马（1928—1992）在上海逝世。

24 日，冰心研究会在冰心故乡福州成立，巴金任该会会长。

本年

秦文君、金曾豪等著的《青春口哨文学丛书》由安徽少年儿童出版社出版。

《中国少年报告文学丛书》（8 种）由贵州人民出版社出版。

韦苇编的《故事海系列》（4 卷）由四川少年儿童出版社出版。

张美妮主编的《二十世纪外国最新童话》（4 卷）由黑龙江少年儿童出版社出版。

本年，《世界儿童文学研究丛书》（9 种）由湖南少年儿童出版社陆续出版，至 1999 年出齐。这 9 种专著是 1992 年王泉根所著的《中国儿童文学现象研究》，1994 年韦苇所著的《俄罗斯儿童文学论谭》、朱自强所著的《日本儿童文学面面观》，1996 年吴其南所著的《德国儿童文学纵横》、金燕玉所著的《美国儿童文学初探》，1999 年方卫平所著的《法国儿童文学导论》、张美妮所著的《英国儿童文学概略》、孙建江所著的《意大利儿童文学概述》、汤锐所著的《北欧儿童文学述略》。

本年 6 月 15 日至 16 日,中国作家协会书记处会议通过 213 人加入中国作家协会。新会员中的儿童文学作家有北京的马联玉,天津的季渐生,上海的刘绪源,河北的朱新望、武玉桂,吉林的高云鹏,江苏的须一心,湖北的徐鲁,广东的陈庆祥,共 9 人。

本年摄制儿童故事影片 12 部,主要有:中国儿童电影制片厂的《人之初》《杂嘴子》等 5 部,上海电影制片厂的《三毛从军记》等 2 部,北京电影制片厂的《二小放牛郎》等 2 部,深圳影业公司的《小鬼精灵》,天津电影制片厂的《启明星》,长春电影制片厂的《远山姐弟》。

本年全国共出版少年儿童读物 4605 种(其中新版 2654 种,重版 1951 种),总印数 21250 万册,588517 千印张。与上年相比,种数增长 1.45%(新版增长 0.42%),总印数下降 1.04%,总印张增长 0.45%。

1993 年

1 月

15 日,第三届“宋庆龄儿童文学奖”颁奖大会在北京举行。《山羊不吃天堂草》《鹰的传奇》《少年噶玛兰》《少女的红发卡》《今年你七岁》《太阳梦见我》等 9 部中长篇小说分获一、二、三等奖。倪志福、黄华、荣高棠等出席颁奖大会,并向获奖者颁发了奖品。本届获奖小说《少年噶玛兰》系台湾作家李潼创作。

20 日,我国第一条录音故事电话——“大白兔讲故事”专线在上海正式开通,每天 24 小时全天候服务,该专线由《童话报》和冠生园食品厂主办。

本月,中央电视台青少部和北京教育科学研究所为了发展我国的儿童电视剧,开办了“小甲虫剧院”,一批离退休人员自费筹办起“小甲虫创作社”,第一批节目——53 集系列童话剧,通过电视与观众见面。

张美妮、金燕玉、汤锐主编的《宇宙鲸鱼——新时期童话佳作欣赏》《六年级大逃亡——新时期儿童小说佳作欣赏》《绿蚂蚁——新时期儿童诗歌、散文佳作欣赏》由北京师范大学出版社出版。

2 月

14 日,中国作家协会第二届(1986—1991)“全国优秀儿童文学奖”评选揭晓。《今年你七岁》(刘健屏著)、《小巴掌童话》(张秋生著)、《小鸟在歌唱》(吴然著)、《我们这个年纪的梦》(徐鲁著)、《岩石上的小蝌蚪》(谢华著)等 29 部作品获奖。

3 月

中国福利会、上海市作家协会以及香港儿童文艺协会联合策划的“沪港儿童文学研讨会”在上海召开。与会者就“儿童文学如何贴近时代,贴近生活”的主题进行了研讨。

《文艺报》邀请参加第二届“全国优秀儿童文学奖”的在京评委,座谈如何进一步促进儿童文学创作的繁荣。

我国第一部以现代军事学习为背景的 16 集军事题材儿童电视连续剧《少年特工》,由中央电视台影视部、济南军区前卫艺术中心联合录制完成。

杜荣琛著的《海峡两岸寓言诗研究》由台湾培根儿童文学出版社出版。

4 月

30 日,国际童话节在郑州开幕。

本月,桂文亚主编的《银线星星:台湾趣味童话选》由作家出版社出版。

5 月

15 日至 19 日，"第二届中日儿童文学研讨会"在上海举行，主题为"战争儿童文学的现实意义与前景"，松谷美代子等 28 位日本儿童文学工作者组团到会。中日儿童文学作品集《战火中的孩子》（任大霖、长谷川潮主编），在会议前出版。

21 日，四川少年儿童出版社、广州《少男少女》杂志社联合主办的广东作家"李国伟少年自我历险小说作品研讨会"在北京举行。

6 月

1 日，第五届优秀儿童电影"童牛奖"在北京人民大会堂颁奖。《天堂回信》《远山姐弟》《人之初》获优秀故事片奖，《葫芦小金刚》《十二只蚊子和五个人》获优秀美术片奖，《天堂回信》《远山姐弟》《来吧！用脚说话》《葫芦小金刚》获儿童评委"童鸡奖"。

1 日，中国福利会等在上海联合举办"让世界充满爱"海内外少年儿童书画大联展。

12 日，"冰心儿童文学新作奖"评奖揭晓，《象母怨》《蓝花》《不该关上的门》《寄自床底下的信》《巴黎飞来的女儿》《采石场》等作品分获大奖及佳作奖。

本月，第三届中国国际儿童电影节在北京举行。主办单位：中国儿童少年电影学会、中国儿童电影制片厂、中国儿童少年基金会、全国妇联儿童工作部。中外参展影片：外国 6 部、中国 4 部。参展国家和地区有加拿大（2 部）、德国（2 部）、日本、印度、中国大陆（2 部）、中国台湾、中国香港。同时举办日本教育电影展 5 部，奥地利儿童电影展 3 部。

《少年报告文学要有震撼力：少年报告文学论文集》由少年儿童出版社出版。

张之伟著的《中国现代儿童文学史稿》由华东师范大学出版社出版。

7 月

19 日，第三届伊斯梅利亚国际纪录片、短片电影节在开罗闭幕。中国动画片《悍牛与牧童》获"塔胡特银像奖"。

陈京怀主编的《儿童文化研究丛谭》由中国社会科学出版社出版。

北京师范大学苏联文学研究所译的《苏联时期儿童文学精选》由中国少年儿童出版社出版。

7 月至 8 月，少儿知识读物研究会在山东海阳举办研讨会。明天出版社承办。

8 月

2 日至 5 日，"全国幼师普师儿童文学教学研究会第四届年会"在贵阳召开，本届年会由贵阳师范学校承办，以"儿童文学的课堂教学"为主题。

11 日至 19 日，由四川省作家协会、四川少年儿童出版社等主办的"海峡两岸儿童文学交流会"在四川温江举行，来自台湾的 16 位作家和大陆的 35 位同行，以"海峡两岸儿童文学之比较"为议题，深入交换了意见。会前，四川少年儿童出版社与台湾《民生报》在两岸同步出版《海峡两岸儿童文学选集》。

方卫平著的《中国儿童文学理论批评史》由江苏少年儿童出版社出版。

滕云著的《寻觅童年：新时期儿童文学的一束思絮》由中国少年儿童出版社出版。

谭元亨、刘先平赴澳大利亚墨尔本参加"第十一届国际儿童文学研讨大会"。

9 月

13 日，第 50 届威尼斯国际电影节闭幕。由中国儿童电影制片厂摄制、刘苗苗编导的《杂嘴子》获参议院金奖。

21 日至 23 日，受中宣部教育局、国家教委基础教育司等委托，中国儿童少年电影学会在北京香山召开"爱国主义影视教育研讨会",北京、天津、上海的影视界、教育界30余人到会。

10月

15日至21日,中国文联、中国电影家协会、上海市文联和中国联合国教科文组织全国委员会等联合主办的"1993年国际青少年电影研讨会"在上海召开。以"跨世纪的一代——青少年银幕形象的塑造"为主题,就发行寓教于乐的青少年影片,造就跨世纪的一代新人进行了研讨,与会者观看了中国影片《三毛流浪记》《哦,香雪》《少年犯》《我和我的同学们》《失踪的女中学生》以及美国、俄国等国的儿童故事片。

17日,由《大众电视》杂志社、天津经济技术开发区管委会总工业投资公司联合主办的第11届"大众电视金鹰奖"颁奖仪式在天津举行,获儿童剧奖的是《少年特工》。

本月,《儿童文学》杂志创刊30周年纪念会在北京举行,全国人大常委会副委员长王光英出席,团中央书记处书记赵实讲话,中国少年儿童出版社领导黄伯诚、庄之明等出席。

浙江师范大学儿童文学研究所主办的内部小报《儿童文学导报》创刊,共编印3期。

陈蒲清主编的《历代童话精华》由岳麓书社出版。

11月

19日,第四届"冰心儿童图书奖"、首届"冰心儿童文学新作奖"颁奖大会在北京举行,35种图书、22位作者分获"冰心儿童图书奖"及"冰心儿童文学新作奖"。

23日,第13届"金鸡奖"与第16届"百花奖"颁奖仪式在广州举行,《三毛从军记》获"最佳儿童故事片奖"。

12月

17日,少年儿童出版社、上海市作家协会、少年报社、儿童时代社在上海联合举行"陈伯吹先生创作生涯70周年研讨会",儿童文学工作者百余人与会,向陈伯吹先生致贺。

本月,《为孩子们提供更多的好书:1992上海儿童读物出版研讨会论文集》由少年儿童出版社出版。

本年

秦文君的长篇小说《男生贾里》由少年儿童出版社出版,《女生贾梅》由安徽少年儿童出版社出版。

《儿童文学》杂志第7期公布调整后的《儿童文学》编委会名单。顾问:叶君健、华君武、严文井、袁鹰、冰心。主编徐德霞,副主编葛冰。编委:王一地、刘心武、束沛德、吴泰昌、柯岩、徐德霞、崔道怡、曹文轩、康文信、葛冰、樊发稼。第11期又公布补充4位编委名单:庄之明、吴泰昌、柯岩、崔道怡。从1994年2月起,阎振国接替葛冰为副主编。

《郑渊洁童话全集》(20卷)由学苑出版社出版。

《郑文光科幻小说全集》(4卷)由湖南少年儿童出版社出版。

张之路、周锐、董宏猷、汤素兰等著的《中国幽默儿童文学创作丛书》由浙江少年儿童出版社出版,2006年出齐。

本年中国作家协会三次发展新会员。5月6至7日,中国作家协会书记处会议通过220人加入中国作家协会。新会员中的儿童文学作家有北京的汤锐、张美妮,浙江的李标晶、赵冰波、孙建江、谢华、方卫平、夏辇生,广东的陈子典、班会文(班马),重庆的彭斯远,共11人。12月6日,中国作家协会书记处会议通过140人加入中国作家协会。新会员中的儿童文学作家有北京的徐德霞,辽宁的吴庆先,安徽的巢扬,湖北的江全章,广

东的李国伟，四川的李华，共 6 人。12 月 27 日，中国作家协会书记处会议通过 309 人加入中国作家协会。新会员中的儿童文学作家有辽宁的滕毓旭、苏曼华、董恒波，江苏的范锡林，浙江的吴其南，安徽的薛贤荣，河南的姜华，广东的王俊康，四川的邓元杰，云南的张焰铎，贵州的吴秋林，共 11 人。

本年摄制儿童故事影片 9 部，主要有：中国儿童电影制片厂的《熊猫小太阳》《我给爸爸加颗星》《落河镇的兄弟》等 5 部，峨眉电影制片厂的《燃烧的雪花》《乡亲们》等 3 部，长春电影制片厂的《早春一吻》。

本年全国共出版少年儿童读物 4086 种，其中新版 2184 种，重版 1902 种；总印数 18696 万册，总印张 353283 千印张。与上年相比，种数下降 11.27%（新版下降 17.71%），总印数下降 12.02%，总印张下降 39.97%。

1994 年

1 月

少年儿童出版社编辑出版的《故事大王画报》（月刊）创刊。

《文艺报》与中国电视剧制作中心就 10 集儿童电视剧《只要你过得比我好》举行研讨会。

吴其南的论文《走向澄明：新时期少儿文学的成长主题》发表在《温州师范学院学报》第 1 期。

2 月

21 日，由宋庆龄基金会、文化部、国家教委等 11 个单位共同主办的第四届"宋庆龄儿童文学奖"颁奖大会在北京举行。本届评奖对象为童话，并有 9 部童话获奖。孙幼军的《怪老头儿》获一等奖，《郑渊洁童话选》等 3 部作品获二等奖，金波的《小树叶童话》等 5 部作品获三等奖。

3 月

陈伯吹、任大霖主编的《外国故事大王》丛刊由少年儿童出版社出版。

少年儿童出版社第一届"巨人中长篇儿童文学评奖"揭晓，秦文君的《男生贾里》、李子玉的《古猿人北征》获二等奖，范锡林的《秘道》、李小海的《最后一个地球人》、沈石溪的《残狼灰满》等获三等奖。

北京市作家协会主办的"陈模儿童文学作品研讨会"在北京召开。

《金近纪念文集》由浙江少年儿童出版社出版。

4 月

12 日至 15 日，中国儿童少年电影学会在北京召开"儿童电影创作研讨会"，探讨已创作 7 部儿童故事片并获"童牛奖"的王兴东、王浙滨的作品。

本月，谷斯涌著的《金近传》由海燕出版社出版。

陈子典、谭元亨著的《台湾儿童文学·诗歌论》由华中师范大学出版社出版。

吴继路著的《少年文学论稿》由首都师范大学出版社出版。

5 月

1 日，1993 年中国电影"华表奖"在北京揭晓。《燃烧的雪花》获最佳儿童片奖。

5 月 28 日至 6 月 7 日，应台湾"海峡两岸儿童文学研究会"的邀请，大陆儿童文学界一行 14 人（北京的金波、孙幼军、樊发稼、马联玉，天津的詹岱尔，上海的洪汛涛，重庆的王泉根，广州的班马，金华的蒋风、韦苇，长沙的金振林，合肥的刘先平，成都的何群英，昆明的李光琦）飞赴台湾进行两岸儿童文学系列交流活动。这是大陆儿童文学作家首次赴台湾参加学术交流，为两岸儿童文学的交流揭开了新的篇章。

本月，中国儿童艺术剧院在北京演出澳大利亚儿童剧《不要烦恼》。

董宏猷的长篇小说《十四岁的森林》由江苏少年儿童出版社出版。

张锡昌、朱自强著的《日本儿童文学面面观》，韦苇著的《俄罗斯儿童文学论谭》由湖南少年儿童出版社出版。

6 月

12 日至 14 日，"中国儿童戏剧研究会会员代表大会暨儿童剧信息交流会"在北京召开。全国各地儿童剧演出团体代表共 30 余人出席了会议。

13 日，由台湾九歌文教基金会主办的第二届"九歌现代儿童文学创作奖"举行颁奖典礼。大陆陈曙光的《重返家园》、秦文君的《家有小丑》榜上有名。

26 日，首都电影界在北京成立"中华爱子影视教育促进会"，聘请谢添为会长。

《张继楼儿童文学选》由重庆出版社出版。

7 月

23 日，以"和平、友谊、未来"为主题的"1994 国际少年儿童文化艺术节"在上海开幕。

黄云生的论文《读〈新中国儿童文学大观〉序》发表在《儿童文学研究》第 4 期，对崔坪否定新时期儿童文学成就的观点提出质疑。

9 月

2 日至 24 日，广电部、文化部、中国文联主办的第五届全国少数民族电视艺术"骏马奖"，及第一届全国少数民族题材电影"腾龙奖"评比活动在四川成都举行。儿童电视片获奖的有四川电视台的《草原上的家》获二等奖，内蒙古的《多彩的一天》、新疆的《草原小男子汉》获三等奖。

18 日，中国儿童电影制片厂摄制的儿童故事片《落河镇的兄弟》，荣获在德国举行的第 20 届法兰克福国际儿童电影节所颁的"卢卡斯"奖和国际青少年电影中心奖。

本月，曹乃之译的《北欧童话》由上海文艺出版社出版。全书汇集了挪威、瑞典、芬兰、丹麦、拉普兰岛和法罗岛等国家和地区的童话 100 余篇。

中国编辑学会少年儿童读物专业委员会成立，仍保留少儿知识读物研究会的牌子，由陈天昌担任主任。同月在湖南长沙举办研讨会，湖南少年儿童出版社承办。

10 月

19 日，北京市作家协会在北京召开"葛翠琳儿童文学创作研讨会"。

本月，美国儿童文学与语言艺术访华团一行 140 人到北京，访问中国少年儿童出版社。

《中国当代中青年学者儿童文学论丛》由甘肃少年儿童出版社出版，分为 6 种，每种 10 万字，系作者的论文选，分别是班马的《游戏精神与文化基因》、王泉根的《人学尺度和美学批判》、吴其南的《代际冲突与文化选择》、方卫平的《流浪与寻梦》、孙建江的《文化的启蒙与传承》、汤锐的《酒神的困惑》。

程式如的论文集《儿童剧散论》由中国戏剧出版社出版。

11 月

12 日至 15 日，《儿童文学》杂志与浙江省作家协会、上虞市政府等联合，在金近故乡浙江上虞市举办了金近纪念活动暨金近作品陈列室落成典礼。

26 日至 28 日，由马来西亚文化艺术旅游部、亚洲华文作家协会马来西亚分会和亚洲华文作家基金会联合举办的"亚洲华文儿童文学研讨会"在马来西亚首都吉隆坡举行。来自新加坡、菲律宾、泰国、印度尼西亚和马来西亚等国家和中国大陆、中国台湾地区的儿童文学工作者与会，中国大陆有班马、孙建江 2 人参加。

内蒙古自治区社会科学院的张锦贻是新中国最早在少数民族地区开拓儿童文学研究工作的一位学者，内蒙古电视台将她的事迹拍成了人物专题片《永远的童心》播放。

12 月

由上海民间文艺家协会倡议发起，《采风》月刊社、《小朋友》编辑部、上海中原文化实业公司等联合举办的"1994 小花狗儿歌大赛"揭晓，参赛者来自 26 个省、自治区、直辖市，作者自六岁儿童至八旬老翁。

首届广东文学节在广州、深圳同时举行。开幕式上，向获广东省第五届儿童文学奖的作者颁了奖。

内蒙古自治区文联、剧协、文化厅等单位在呼和浩特举办了"赵纪鑫戏剧作品研讨会"。赵纪鑫系京剧《草原小姐妹》的创作者。

中国少年儿童出版社在人民大会堂召开首届"为少儿出版事业和中少社发展做出突出贡献的金作（画）家表彰会"。金作（画）家到会受到表彰。参加表彰会的领导人有中宣部常务副部长徐惟诚，团中央书记处常务书记刘鹏、书记姜大明、政协常委叶至善，中宣部出版局局长高明光，中国作家协会书记处书记束沛德，还有革命老前辈王平。全国人大常委会副委员长雷洁琼专门发来贺信。会后，中国少年儿童出版社领导海飞、黄伯诚、庄之明分别陪同金作（画）家到北京几所中小学与小读者见面座谈。

本年

作为文化部"蒲公英计划"的重要工作目标之一——建设农村儿童文化园的工作，已取得丰硕成果。第一批 7 个国家级蒲公英农村儿童文化园试点通过了国家验收。来自山东、江苏、安徽、河南、山西、河北、辽宁儿童文化团的代表，在北京中国儿童活动中心从文化部领导手中接过"国家级蒲公英农村儿童文化园试点"的招牌和文化部等赠与各文化园的面包车。已建成的 7 个儿童文化园拥有电话、电脑、电视、图书、乐器及各种标本玩具等。文化园试点将融文化、艺术、教育、科学、技术、体育等为一体，为 21 世纪造就人才。

樊庆荣（1932—1994）去世，享年 62 岁。山东郓城人。历任中央电台少儿部编辑、北京理工大学人文社会科学系副教授。著有儿童文学集《小树苗》《两个红五分》等。

杨实诚著的《儿童文学美学》由山西教育出版社出版。

《外国童话博物馆》10 种，金燕玉主编，南京出版社出版。

《中国儿童剧系列丛书》，程式如等著，中国戏剧出版社出版。

《中国当代儿童文学精品》，浦漫汀主编，海燕出版社出版，1996 年出齐。

中国少年儿童出版社于 1979 年开始启动的《中国著名作家儿童文学作品选》丛书于本年出版完成，先后出版了鲁迅、严文井、贺宜、金近、胡奇、叶君健、张天翼、冰心、柯岩、袁鹰、郭风、孙幼军、管桦、叶圣陶、陈伯吹、秦牧、任大星、任大霖、葛翠琳、刘真、包蕾、邱勋、洪汛涛、杨啸、刘厚明等 25 位作家的作品。

本年摄制儿童故事影片 13 部，主要有：中国儿童电影制片厂的《暗号》《吾家有女》《战争童谣》等 5 部，峨眉电影制片厂的《你没有十六岁》《少林好小子》，长春电影制片厂的《一个独生女的故事》，上海电影制片厂的《陌生的爱》，北京电影制片厂的《魔鬼发卡》，福建电影制片厂的《最长的彩虹》等。

本年全国共出版少年儿童读物 3064 种（其中新版 1664 种，重版 1400 种），总印数 13173 万册，总印张 439115 千印张。与上年相比，种数下降 25.01%（新版下降 23.81%），总印数下降 29.54%，总印张下降 6.84%。

1995 年

1 月

韦苇著的《世界童话史》由台北天卫文化图书有限公司出版。

中国儿童艺术剧院在新春到来之际投排音乐剧《皇帝的新装》。

2 月

孙建江著的《二十世纪中国儿童文学导论》由江苏少年儿童出版社出版。

3 月

3 日，蒋风向金华市青少年活动中心和苏州市青少年活动中心各捐赠图书 500 余册，资助开辟儿童阅览室。

15 日，中国少年儿童出版社在北京召开"儿童文学创作研讨会"，文化部部长刘忠德、团中央书记姜大明，有关方面负责人戴舟、高明光、刘玉山、束沛德以及作家苏叔阳、孙幼军、金波、张之路、樊发稼、毕淑敏等 36 人到会，贯彻落实江泽民关于抓好长篇小说、影视文学、儿童文学"三大件"，重视儿童文学的讲话精神。

25 日，中国儿童文学研究会在北京召开座谈会，贯彻落实中央领导要重视儿童文学的讲话精神。在北京的作家、评论家 20 余人出席会议。

本月，在中国作家协会第四届主席团第九次会议上增补高洪波为书记处书记。首届"金江寓言文学奖"评奖揭晓，凡夫的《一群人和一群猴》、杨啸的《岩石和佛像》、樊发稼的《猴律师的辩护》等 10 位作者的寓言新作获奖。

束沛德著的《儿童文苑漫步》由江苏少年儿童出版社出版。

4 月

3 日，曹文轩应邀赴台北参加"曹文轩少年小说写作演讲座谈会"。浙江教育学院成立了由著名儿童画家王晓明主持的"王晓明工作室"，专门从事儿童画的创作、研究和教学。

22 日，台北《民生报》与昆明《春城少儿故事报》联合举办的"1994 年童话征文"评奖在昆明揭晓。杨红樱的《猫小花和鼠小灰》获一等奖，台湾刘思源的《花仙子的一天》获二等奖，另有八篇作品分获三等奖和佳作奖。

本月，黄云生著的《幼儿文学原理》由江苏教育出版社出版。

左培俊著的《童话美论》由华中师范大学出版社出版。

5 月

5 日，上海《少年文艺》、四川省作家协会儿童文学委员会联合举办的"钟代华儿童诗研讨会"在重庆永川召开。

18 日，由中国作家协会、共青团中央共同举办的首届"中国小作家"评选暨征文活动新闻发布会在北京文采阁举行，作家协会书记处书记张锲、团中央书记处书记袁纯清出席新闻发布会并讲话。此次活动意在培养跨世纪中华文学后备人才。

23 日，上海市作家协会与《儿童时代》社在苏州太湖联合举行童话创作座谈会，20 多位作家、评论家着重讨论如何塑造中国的童话明星，以及海派童话创作的现况等问题。

27 日，"世界华文儿童文学资料馆"开放展览揭幕典礼在台北国语日报社举行，林焕彰任馆长。

28 日至 6 月 1 日，第四届中国国际儿童电影节在北京举行。主办单位：国家新闻出版广电总局电影局。承办单位：中国儿童电影制片厂、中国儿童少年影视中心。中外参展影片：外国 8 部、中国 5 部。参展国家有德国、法国、俄罗斯、日本、奥地利、加拿大（3 部）。

29 日，陕西省作家协会、未来出版社、陕西省儿童文学研究会联合颁发了首届"未来杯"儿童文学奖。似田、李沙铃获特别奖，李凤杰的《水祥和他的三只耳朵》获一等奖，鱼在洋等 3 人获二等奖。

30 日，第六届优秀儿童电影"童牛奖"在北京人民大会堂颁奖。《吾家有女》《一个独生女的故事》《三毛从军记》获优秀故事片奖，《白色的蛋》《斜视与治疗》《嘹亮的号角》分别获得优秀美术片奖、纪录片奖和科教片奖，获儿童评委"娃哈哈奖"的为《一个独生女的故事》《魔鬼发卡》《吾家有女》《十二生肖》。

30 日至 31 日，山东省作家协会在济南召开"儿童文学创作研讨会"。来自全省的 40 余位作家、评论家就"繁荣和发展儿童文学事业的重要性""新形势下儿童文学创作的特点"等问题进行了讨论。明天出版社决定每年出资 50 万元设立"儿童文学创作出版奖励基金"，以资助优秀儿童文学作品、低幼文学作品及儿童文学论著的出版。

本月，为纪念国际反法西斯战争胜利 50 周年、中国人民抗日战争胜利 50 周年，全国少年文化艺术委员会、中国儿童文学研究会和世界公园有限公司共同组织筹建"世界儿童和平墙"，地址设在北京世界公园内。

浙江师范大学儿童文学研究所原所长蒋风教授为发挥余热，在金华成立"中国儿童文学研究中心"，并招收非学历儿童文学研究生，学制两年。

6 月

1 日，由"中国儿童文学研究中心"蒋风教授主办的《儿童文学信息》报创刊号出版。

8 日，儿童文学作家、少年儿童出版社原总编辑任大霖（1929—1995）在上海逝世，享年 66 岁。

21 日，北京师范大学中文系儿童文学教研室主持的"跨世纪儿童文学研讨会"在北京召开。北京、南京、广州、重庆等地的 30 余位儿童文学工作者出席了会议。

本月，《儿童时代》40 年精品选《童话树》出版。

束沛德的论文《回眸与前瞻——纵观儿童文学创作态势、走向及队伍建设》发表在《未来》丛刊第 29 辑。

江西省作家协会召集 12 位儿童文学作家、编辑在南昌举行了全省"少儿文学创作座谈会"，贯彻落实中央领导关于繁荣儿童文学的指示精神。

7 月

20 日至 24 日，"全国幼师普师儿童文学教学研究会第五届年会"在成都召开。本届年会由成都幼儿师范学校承办，会议主题为"儿童文学与爱国主义"。

本月，为贯彻落实中央领导关于繁荣儿童文学创作的指示，上海市作家协会召开"上海儿童文学创作座谈会"，分析上海及全国儿童文学创作现状，探讨如何提高儿童文学质量，活跃儿童文学批评等问题。

刘绪源著的《儿童文学的三大母题》由少年儿童出版社出版。该书提出母爱、顽童和自然是儿童文学审美创造的三大母题。

束沛德编选的《世界童话精品》由陕西人民出版社出版。

8 月

5 日，"朝鲜族日伪时期童谣、童话研讨会"在吉林延边举行。

13 日，少年儿童出版社为陈伯吹举行 90 寿辰祝寿会，会上 1994 年度"陈伯吹儿童文学奖"同时揭晓。

22 日，冰心的八代读者欢聚北京钓鱼台芳菲苑，庆贺"冰心奖"设立 6 周年，并为获得第六届"冰心儿童图书奖"、第三届"冰心儿童文学新作奖"、第二届"冰心艺术奖"的获奖者颁奖。冰心特派女儿吴青向获奖者表示祝贺。

本月，为繁荣儿童文学理论，少年儿童出版社决定在"九五"期间出版一套富有新意的儿童文学理论丛书，为此，邀请了十余位中青年评论家在上海商讨出版选题。

浙江少年儿童出版社、浙江省作家协会、《少儿故事报》社联合举办"1995 浙江省儿童文学笔会"，贯彻落实中央领导关于繁荣儿童文学创作的指示精神，交流创作经验。浙江省儿童文学笔会自 1980 年始，至今已办了 14 届。

汤锐著的《现代儿童文学本体论》由江苏少年儿童出版社出版，该书提出以"成人—儿童"双逻辑支点为基础，建构新的、开放式的儿童文学理论体系的观点。

9 月

10 日，北京市作家协会召开"戴振宇作品讨论会"。

21 日，束沛德的论文《儿童文苑的三喜三忧》发表在《人民日报》上。

10 月

26 日，中共中央宣传部关于繁荣电影、长篇小说和少儿文艺的座谈会在上海召开。会议提出要把"三大件"的创作和生产放在特别重要的位置，尽快拿出一批高质量的作品。会议由中宣部副部长翟泰丰主持，全国各地党委宣传部负责人及文艺界代表参加了座谈。

方卫平选评的《中华幽默儿童文学作品精粹》由湖南少年儿童出版社出版。

浦漫汀主编的《中外儿童文学精品文库》共 12 卷，由广西师范大学出版社出版。

11 月

3 日至 7 日，"第三届亚洲儿童文学大会"在上海龙华宾馆隆重举行。会议由中日儿童文学美术交流上海中心、上海文化发展基金会、少年报社、少年儿童出版社等单位共同举办，大会议题：经济起飞给儿童文学带来了什么？来自中国、日本、韩国、马来西亚、新加坡、菲律宾、泰国等国家和中国台湾、香港地区的 130 多名儿童文学工作者出席了会议。

4 日至 19 日，海峡两岸关系协会、全国少年儿童文化艺术委员会与台湾海峡交流基金会、味全文化教育基金会、台北市立美术馆共同举办"海峡两岸儿童画寓言"比赛，获奖作品在台北市立美术馆公开展出。

13 日，为纪念著名作家金近逝世 5 周年，上虞市委、市政府、浙江省作家协会联合在浙江上虞举行"儿童文学作家金近陈列室落成暨金近作品研讨会"，来自日本、新加坡、北京、上海、杭州的中外学者专家 30 余人出席了会议。

少年儿童出版社三大期刊《儿童文学选刊》《巨人》《少年文艺》联合召开创作研讨会，贯彻落实江泽民关于繁荣儿童文学的重要指示，讨论如何提高儿童文学刊物的质量，

新中国儿童文学

促进更多的精品问世。

本月，中国编辑学会少年儿童读物专业委员会（少儿知识读物研究会）在辽宁沈阳举办研讨会。辽宁少年儿童出版社承办。本年起由黄伯诚担任委员会主任。

12月

18日，蒋风教授受香港大学教育学院之邀，赴该院做《儿童文学与儿童教育》的专题讲座。

本月，《中国儿童文学作家成名作》4卷（儿童小说卷，童话卷，童诗、寓言、散文卷，科学文艺卷），由安徽少年儿童出版社出版。

由少年儿童出版社出版的《儿童诗》在停刊12年后复刊。

马力、吴庆先、姜郁文合著的《东北儿童文学史》由辽宁少年儿童出版社出版。

本年

为贯彻落实江泽民关于繁荣长篇小说、少儿文艺、影视文学"三大件"的重要指示，以及"要创作我们自己的、为儿童喜欢的、富有艺术魅力的影视作品"的重要批示精神，中国作家协会以及各地作家协会纷纷举办座谈会等相关活动，提出繁荣儿童文学的具体措施。

8月6日至7日，中国作家协会儿童文学委员会与《文艺报》社在北戴河中国作家协会创作之家举行会议，邀请来自北京、上海等地的20余位儿童文学作家共商发展儿童文学大计。中国作家协会书记处常务书记张锲到会并讲话，束沛德、吴泰昌主持会议。9月6日，《文艺报》以《为跨世纪的新一代创作更多的儿童文学精品》为题，报道了这次会议。中国作家协会儿童文学委员会提出把繁荣儿童文学创作落实到实处的六项措施，包括恢复、健全儿童文学委员会，增补一些儿童文学作家、评论家为委员；着手进行第三届（1992—1994）"全国优秀儿童文学奖"的评奖工作；由鲁迅文学院举办儿童文学青年作家班等。

从本年10月开始，中国儿童少年电影学会、中华爱子影视教育促进会、中国电视家协会儿童电视艺术研究会联合举办"1996全国儿童电影电视动画片剧本征集评奖"活动，截至年底共收到影视剧本303部计400多集，动画片剧本106部计400多集。经初审，于1996年3月10日至16日在深圳分电影、电视剧、动画3个专家评委小组进行评选，3月23日在长沙举行隆重的颁奖大会。

王泉根著的《中国儿童文学现象研究》一书，获国家教委"中国高等学校首届人文社会科学研究优秀成果奖"二等奖。

《巨人丛书》由少年儿童出版社出版，至2008年出齐。

本年6月8日，中国作家协会书记处会议通过176人加入中国作家协会。新会员中的儿童文学作家有北京的李玲、王晓晴、王业伦，上海的朱效文、彭懿，河北的郑世芳，共6人。12月29日，中国作家协会书记处会议通过184人加入中国作家协会。新会员中的儿童文学作家有北京的苑茵、吴岩，浙江的余通化，内蒙古的何芸（何小河），河南的刘育贤，重庆的蒲华清、成再耕，四川的孔祥友，共8人。

本年摄制儿童故事影片15部，主要有：中国儿童电影制片厂的《孙文少年行》《带锁的日记》《世纪桥下》等5部，北京电影制片厂的《一样的天空》等2部，峨眉电影制片厂的《来不及道歉》，长春电影制片厂的《和爱一起长大》，天津电影制片厂的《童年的风筝》，江西电影制片厂的《两个孩子和狗》，辽宁电影制片厂的《中国妈妈》，龙江电影制片厂的《手拉手》等。

本年全国共出版少年儿童读物2374种,初版1394种,重版980种,印数为11863万册,488610千印张,与上年相比,种数下降22.5%,初版下降1602%,总印数下降909%,总印张增长11.3%。

1996 年

1 月

少年儿童出版社出版《巨人丛书》第3辑。本辑共汇集了8种中长篇作品,包括校园小说《缭乱青春》(赵立中著)、科幻小说《长毛巨人》(苗虎著)、历史小说《赤色小子》(张品成著)、动物小说《疯羊血顶儿》(沈石溪著)等多种体裁的作品。

湖北少年儿童出版社出版的大型报告文学丛书《师魂》,共分8卷,计300余万字,由韩作黎主编。该丛书选择了全国有代表性的几百名优秀教师和基础教育工作者,用报告文学的样式反映他们为教育事业辛勤工作的平凡而又伟大的生活。

吉林省作家协会和北方妇女儿童出版社在长春联合召开"儿童文学创作规划会",共商落实重点出版选题。

2 月

《中华民族故事大系》由上海文艺出版社出版,该书包括我国56个民族的民间故事精品2500余篇,共16卷,计1200万字。

中共江苏常熟市委宣传部、市文化局在常熟联合举办金曾豪长篇小说《青春口哨》讨论会。

黎泽雄编的《黎锦晖和儿童文学》由少年儿童出版社出版。

3 月

《柯岩文集》(6卷)由青岛出版社出版。

《黄云生儿童文学论稿》由漓江出版社出版。

班马的论文《缺失本体根基的浮游与无奈靠泊》发表在《儿童文学研究》第1期,呼吁20世纪90年代出道的儿童文学作家加强儿童文学的"儿童性"。《儿童文学研究》本年展开对班马此论的辩论,先后发表了刘绪源、方卫平、王泉根、梅子涵的文章。

4 月

7日至12日,台湾作家桂文亚、管家琪与大陆的李建树、王泉根、班马、孙建江、汤锐、方卫平在浙江省宁波市举行"1996江南儿童文学散文之旅"活动,探讨少儿散文现状与振兴对策。此行的研讨记录汇编成《这一路,我们说散文》,于本年8月由台湾亚太经网公司出版。

24日至28日,中国儿童少年电影学会与首都师范大学在北京联合召开"1996年全国儿童电影理论学术研讨会",来自北京、天津、徐州等地的40余位专家出席。

5 月

"张品成作品研讨会"在江西井冈山举行,40多人出席。与会者认为张品成的《赤色小子》系列小说为革命历史题材的儿童文学创作开拓了新的发展空间。

由国家教委艺术教育委员会领衔,中国作家协会儿童文学委员会等5家单位共同主办的首届"全国少年儿童美术文学大赛"在北京举行。

中国作家协会第三届(1992—1994)"全国优秀儿童文学奖"颁奖大会在北京举行。《男生贾里》等19部作品获奖。30日,《人民日报》头版发表题为《让儿童文学繁花似锦》

的评论员文章,庆贺第三届"全国优秀儿童文学奖"的颁奖,希望社会各界关心支持儿童文学的发展繁荣。《文艺报》也发表题为《进一步繁荣儿童文学》的评论员文章。

湖南少年儿童出版社出版了儿童文学新作《风铃丛书》。该丛书包括《雪魂》(邓湘子)、《你的快乐在远方》(徐鲁)、《挨打保险公司历险记》(谢乐军)等 8 种体裁的作品。

6 月

1 日,江泽民主席为中国少年儿童出版社建社 40 周年题写了"出版更多优秀作品鼓舞少年儿童奋发向上"的祝词。

9 日,重庆市作家协会和重庆出版社为儿童文学老作家张继楼举行"从事儿童文学创作 40 周年"祝贺活动。

本月,由中国作家协会、上海市委宣传部以及上海市作家协会、少年儿童出版社、安徽少年儿童出版社联合举办的"秦文君作品研讨会"在北京召开,80 多人参加。与会者对秦文君的小说《男生贾里》《女生贾梅》给予了高度评价。

"鲁兵儿童文学创作 50 周年研讨会"在上海举行。会上还揭晓了第 15 届"陈伯吹儿童文学奖"名单,鲁兵的《甜地》等 14 篇儿童文学作品获奖。

安徽省作家协会、安徽省儿童文艺家协会为数十年如一日地坚持儿童文学创作的马鞍山市委书记苏平凡的作品集《奇猎记》举行研讨会。陈伯吹为《奇猎记》作序。

王泉根主编的《世界华文儿童文学大系》由开明出版社出版,选入中国、新加坡、马来西亚、泰国、菲律宾、文莱、印度尼西亚、日本、美国、加拿大、英国、法国、比利时、瑞士、澳大利亚等 17 个国家和台湾、香港、澳门地区的 269 位华文作家、诗人的儿童文学佳作,共130 万字。

7 月

12 日至 17 日,蒋风主持的"中国儿童文学研究中心"与青岛幼儿师范学校联合举办的"1996 全国儿童文学讲习会"暨该中心首届非学历儿童文学研究生第一次面授会在青岛举行。

13 日,"中国出版成就展"在北京展览馆开幕。来自全国各省、自治区、直辖市,中央各部委和解放军系统的 45 个展团,展出了 38000 多种图书,4200 多种期刊,3100 多种音像制品,180 多种电子出版物。这是我国本世纪最大的出版展览,其中的儿童文学出版物业绩喜人。

本月,王泉根评选的《中国当代儿童文学文论选》由接力出版社出版,全书 84 万字。该书是 1989 年王泉根评选的《中国现代儿童文学文论选》的姐妹本。

樊发稼主编的《金江寓言评论集》由海燕出版社出版。

《东方少年》和文化部社文司联合在北京召开"东方少年儿童文学创作研讨会"。

中国编辑学会少年儿童读物专业委员会(少儿知识读物研究会)在甘肃兰州召开工作会议。甘肃少年儿童出版社承办。

8 月

《儿童文学》杂志在北京召开"儿童文学创作研讨会",来自全国各地的作家、学者 40多人出席会议。

9 月

1 日,第七届"冰心儿童图书奖"、第四届"冰心儿童文学新作奖"在北京钓鱼台国宾馆举行颁奖大会,21 篇作品获奖。全国人大常委会副委员长雷洁琼等人为获奖者颁了奖。

2 日至 7 日，"当代少年儿童散文暨桂文亚作品研讨会"先后在上海、北京两地举行。台湾女作家桂文亚的散文《班长下台》等深获大陆小读者的好评，桂文亚的作品曾连获 1993 年、1994 年上海《少年文艺》小读者票选最受欢迎散文作品第一名。研讨会探讨了"桂文亚现象"与两岸少儿散文创作现状。

9 日至 12 日，《儿童文学》杂志社主办的"1996 儿童文学创作研讨会"在北京举行。

23 日至 27 日，"1996 海峡两岸儿童文学研讨会"在浙江师范大学举行。来自两岸的 30 多名学者就两岸儿童文学的历史、现状和未来等进行了深入探讨。

本月，由文化部和武汉市人民政府共同主办的"1996 全国儿童剧新剧目评比演出"在湖北武汉举行，这是继 1992 年全国儿童剧录像评比后的又一次全国性的儿童剧演出评比活动。

四川宜宾地区文联召开"儿童文学创作座谈会"，十多位儿童文学作者与会。宜宾地区儿童文学创作具有潜在优势，经常有儿童文学作品发表于大陆及台湾的报刊，有的还获"冰心奖"。

由中共福建省委宣传部和福建省文联等单位举办的福建省"献爱心、培沃土、育新苗"少儿文艺作品征集评奖活动揭晓。黎云秀《赤兔马》等 3 部文学作品，《新芽之歌》等 17 篇音乐作品，《小太阳》等 25 个舞蹈作品获奖。

10 月

2 日至 5 日，中共中央宣传部、新闻出版总署在北京展览馆共同举办"中国少年儿童出版物成就展"。全国 26 家少儿出版社、近 80 家综合出版社、70 多家少儿类报纸、100 多家少儿类期刊、100 多家音像电子出版单位参展，展出"八五"期间出版的优秀少儿图书、少儿类报纸、期刊、音像制品及电子出版物 2 万余种。

6 日至 9 日，第三次全国少儿读物出版工作会议在北京召开。会议就我国少儿读物整体质量的提高、正确的出版导向、贴近当代少年儿童的生活等问题做了深入探讨。

23 日，庆贺圣野从事儿童文学创作 50 周年研讨会在上海举行。

本月，两套儿童文学丛书获中宣部"五个一工程"奖。一套是江苏少年儿童出版社出版的《中华当代少年小说丛书》，该丛书包括《山羊不吃天堂草》等 10 部长篇小说；另一套是安徽少年儿童出版社出版的《青春风景创作丛书》，由《女生贾梅》《青春口哨》等 5 部小说组成。

中共江苏省委宣传部在南京召开全省少儿文艺作品创作、生产座谈会。

班马著的《前艺术思想：中国当代少年文学艺术论》由福建少年儿童出版社出版，55 万字。该书是 20 世纪 90 年代以来班马对儿童文学艺术思考和理论思想的一次全面表达。

《浦漫汀儿童文学评论集》由海燕出版社出版。

11 月

上海市民间文艺家协会、采风月刊社、《小朋友》等 25 家单位联合主办的第十届"1996 小老鼠生肖儿歌大赛"评奖揭晓。全国 20 个省、自治区、直辖市的 2000 余首儿歌应征参赛。《爷爷奶奶住哪儿》等 16 首儿歌分获一、二、三等奖。

中国青年出版社、中国作家协会创联部等单位联合举办的"刘先平《大自然探险长篇系列》（五卷）作品研讨会"在北京举行。

《陈模与儿童文学》由北京少年儿童出版社出版。

12 月

6 日至 15 日，方卫平、张之路赴台参加"1996 海峡两岸少年小说研讨会"。此次研讨会由台湾中国海峡两岸儿童文学研讨会主办，《联合报》文化基金会赞助。

本月，辽宁省作家协会、《文学少年》杂志、辽宁省儿童文学学会年底组织了省儿童文学作家、教育家代表团一行 20 人赴泰国、马来西亚及我国的香港、澳门地区进行为时半个月的访问。

浦漫汀主编的《中国当代儿童文学国际性主题作品选》由希望出版社出版。

肖复兴主编的少儿散文《露珠丛书》由河北少年儿童出版社出版，该书收入郭风、宗璞、柳萌、胡昭、韩少华、许淇、肖复兴、陆星儿、张抗抗、赵丽宏、铁凝等 12 位散文名家的作品。

王泉根的论文《共建具有自身本体精神与学术个性的儿童文学话语空间》，发表在《儿童文学研究》第 4 期。

本年

本年 12 月 16 日至 20 日，中国文联第六次全国代表大会和中国作家协会第五次全国代表大会在北京举行，3000 多名作家、艺术家出席。江泽民出席开幕式并发表讲话。周巍峙当选为中国文联主席，才旦卓玛等 22 人当选为副主席。选举产生了由 180 人组成的中国作家协会第五届全国委员会，产生新一届中国作家协会领导，主席为巴金，副主席为马烽、韦其麟、邓友梅、王蒙、叶辛、刘绍棠、李準、张炯、张锲、陆文夫、铁凝、徐怀中、蒋子龙、翟泰丰，名誉主席为谢冰心，名誉副主席为于伶、刘白羽、孙犁、李霁野、张光年、林默涵、欧阳山、贺敬之、姚雪垠、黄源、楼适夷、臧克家。这次会上，儿童文学作家孙云晓、刘先平、束沛德、宗璞、柯岩、高洪波、袁鹰、徐康、秦文君、鄂华、樊发稼当选为中国作家协会第五届全委会委员；束沛德、宗璞、柯岩、袁鹰还当选为主席团委员，叶君健、严文井、陈伯吹为顾问，郭风、徐光耀、管桦为名誉委员。参加中国作家协会第五次全国代表大会的儿童文学作家有 52 人，他们是：北京阮章竞、孙幼军、郑渊洁、金波、曹文轩、葛翠琳、管桦；上海叶永烈、任大星、任溶溶、竹林、陈丹燕、陈伯吹、秦文君；天津方纪；河北刘章、徐光耀；内蒙古杨啸；辽宁胡景芳；江苏刘健屏、黄蓓佳；浙江沈虎根；安徽刘先平；福建郭风（回族）；江西郑允钦、申爱萍；湖北杨书案、董宏猷；湖南谢璞；广东王俊康（回族）、杨羽仪、蔡玉明；四川徐康、梁上泉；云南乔传藻、吴然、张昆华（彝族）；陕西李凤杰；解放军沈石溪；中央机关叶至善、叶君健、孙云晓、张之路、袁鹰、徐德霞、严文井、宗璞、樊发稼、高洪波、束沛德、肖复兴、谢冰心。其中，11 人担任中国作家协会第五届全国委员会委员，他们是：刘先平、孙云晓、束沛德、张昆华、宗璞、柯岩（满族）、高洪波、袁鹰、徐康、秦文君、樊发稼。

为抵制国外引进版的卡通读物对我国少年儿童的不良影响以及对我国本土少儿图书市场的冲击，中共中央宣传部与国家新闻出版署决定从该年起实施名为"5155"的中国儿童动画图书出版工程。"5155"工程的预期目标：一、先后建立京津、上海、广西、四川、辽宁 5 个卡通出版基地；二、出版 15 套重点大型卡通图书，包括《神脑聪仔卡通系列》100种、《地球保卫战》10 集、《中华五千年历史故事》250 集等；三、创办 5 家卡通杂志，分别是北京出版社的《北京卡通》，人民美术出版总社的《少年漫画》《漫画大王》，中国少年儿童出版社的《中国卡通》，少年儿童出版社的《卡通先锋》。

冰心主编、樊发稼执行主编的《新时期儿童文学名家作品选》由福建少年儿童出版社出版,该丛书精选曹文轩、程玮、秦文君、沈石溪、孙幼军、周锐、冰波、葛冰、张秋生、金波、徐鲁、吴然等14位作家的作品,共300万字。

汪晓军策划的《少年绝境自救故事丛书》(10本)由甘肃少年儿童出版社出版。每本书由一位作家创作的一部原创故事和一百位小读者参与的一百则"自救方案"构成。

《自画青春丛书》(9册)由北京少年儿童出版社出版,作者均系在校大、中学生,特邀肖复兴、陈建功、曹文轩、毕淑敏等作家担任文学指导。

《中国当代儿童文学精品丛书》(5卷)由海燕出版社出版,400万字,分为小说卷(浦漫汀选编)、童话卷(张美妮选编)、寓言卷(金江选编)、散文卷(汤锐选编)、诗歌卷(金波选编)。

北京少年儿童出版社开始陆续出版《世界少年文学精选丛书》,此套丛书是从台湾引进版权,对世界文学名著进行改写而成,因封面设计为绿色,市场通称"绿皮书",发行量较大。

王泉根主编的《世界华文儿童文学大系》由开明出版社出版。

吴岩、苏学军等著的《中华当代科幻小说丛书》由江苏少年儿童出版社出版。

苗虎、杨鹏等著的《科幻新作系列》由安徽少年儿童出版社出版。

《中国科幻列车丛书(第一辑)》,福建少年儿童出版社出版。

《代代读儿童文学经典丛书》,花山文艺出版社出版。《中国新时期儿童文学精品大系》,二十一世纪出版社出版。

《花季小说丛书》,梅子涵主编,福建少年儿童出版社出版,2008年出齐。

《棒槌鸟儿童文学丛书》,薛涛等著,沈阳出版社出版。

《刘先平大自然探险长篇系列丛书》5种,中国青年出版社出版。

《沈石溪动物故事系列》4卷,四川少年儿童出版社出版。

《中华童话名家精品文库》,鲁兵主编,重庆出版社,1998年出齐。

《新时期儿童文学名家作品选丛书》14种,孙幼军、曹文轩等,福建少年儿童出版社出版。

《太阳鸟散文丛书》,吴然、徐鲁等,湖北少年儿童出版社出版。

《中国新科幻小说系列》,中国少年儿童出版社出版。

《嘀嘀鸟丛书》,张美妮、巢扬主编,北京师范大学出版社出版。

台东师范学院于8月16日获准筹办"儿童文学研究所"。林文宝教授任所长。

深圳高中女学生郁秀创作的33万字的长篇小说《花季·雨季》由海天出版社出版,发行后风行各地,成为当年儿童文学创作、出版的热点。

本年摄制儿童故事影片16部,主要有:中国儿童电影制片厂的《男生贾里》《滑板队之梦》《龙虎父子兵》等5部,上海电影制片厂的《少年雷锋》《我也有爸爸》等3部,北京电影制片厂等合拍的《驴嘎上电视》,南京电影制片厂的《红发卡》,山西电影制片厂的《刘胡兰》,龙江电影制片厂的《总统套间的故事》,福建电影制片厂的《男孩女孩》,西安电影制片厂的《爸爸你别骗我》,中国电影制片公司和俄罗斯高尔基青少年电影厂合拍的《魔画》等。

本年全国共出版少年儿童读物3053种,其中初版1588种,重版1465种,印数为14387万册,504300千印张。与上年相比,种数增长28.6%(初版增长13.92%),总印数增长21.28%,总印张增长3021%。

1997 年

1 月

《中国少儿出版》在北京创刊。《中国少儿出版》由中国出版工作者协会少年儿童读物出版工作委员会、中国书刊发行行业协会少年儿童读物专业委员会、国际儿童读物联盟中国分会（CBBY）联合主办的会刊。初为半年刊，1998 年起改为季刊，该刊挂靠在中国少年儿童出版社，主编海飞。创刊号发刊词提出，该刊的办刊宗旨是贯彻党和国家的出版方针政策，提升少儿出版理论，交流少儿出版经验，传递少儿出版信息，开拓少儿出版视野，加强少儿出版国际交往。该刊每期均有少年儿童文学编创出版方面的文章，于2010 年停刊。

由《少年报》社和上海市作家协会联合举办的"1997 儿童文学作家笔会——小说专题讨论会"，在浙江千岛湖举行。

第二届"金江寓言文学奖"（1994—1995）揭晓，徐强华、李少白、杨向红等 12 名作家的作品获奖。

《中国现代文学研究丛刊》第一期首次开辟"儿童文学与儿童视角研究"专栏，刊登了王泉根的《"五四"与中国儿童文学的现代转型》等 3 篇论文。

2 月

陈丹燕的纪实文学《独生子女宣言》由南海出版公司出版。

《彭懿童话文集》（4 卷本）由明天出版社出版。

为期 3 个月的"1997 上海优秀儿童剧展演"活动正式拉开帷幕，共有 16 台优秀儿童剧参演。来自全国各地的十多个剧团演出儿童剧、校园剧、童话剧等多种形式的剧目，包括话剧、京剧、昆剧、木偶剧等剧种。展演期间还穿插举办各剧目的观众座谈会、儿童剧研讨会、学生剧评活动和征文、演讲比赛以及"我最喜欢的儿童剧演员"评选等多项活动。

《纽伯瑞儿童文学奖丛书》由中国少年儿童出版社出版，该丛书从近 20 年的获奖作品中精选出 21 册，分为亲情友爱、探险奇遇、童话幻想、动物自然四大系列。

宁夏《朔方》杂志和《小龙人报》在银川为从事儿童文学创作的残疾青年女作者刘岳华举行了作品研讨会。刘岳华先后出版了长篇儿童小说《金苹果》和长篇童话《小马车》。

3 月

《文艺报》举行该报"儿童文学评论"专版出刊百期座谈会，并于 3 月 18 日用一整版刊载到会作家、评论家写的文章。

《童话梦——葛翠琳和她的创作》由浙江少年儿童出版社出版。

4 月

由宋庆龄创办的中国福利会儿童艺术剧院成立 50 周年系列活动在上海举行。其中包括：4 月 10 日，"中福会儿童艺术剧院院庆 50 周年"邮折首发式；《红领巾交响曲》赴江西井冈山地区慰问演出；5 月，大型儿童剧《少年邓小平》排练演出；8 月，举办以"世纪之交的儿童剧"为题的国际儿童戏剧研讨会等。50 年来，该剧院共创作演出各类剧目达226 个，音乐舞蹈节目 80 个，演出逾万场，观众达千万人次。

第六届"沪港儿童文学研讨会"在上海举行，沪港两地 60 余名儿童文学工作者就儿童文学的现状和发展前景等问题展开深入的研讨。

《世界童话经典》由春风文艺出版社出版。

第三届"全国优秀少儿读物奖"评选揭晓。40家出版社的412种少儿读物参加了此次评选,有105种作品获奖,其中儿童文学类有《男生贾里》等。

樊祖鼎翻译的《金江寓言选》英文版由香港的中国文学出版社出版。

沈阳出版社出版的《棒槌鸟儿童文学丛书》研讨会在沈阳召开。该丛书收录了辽宁省6位青年作家的小说与童话:肖显志的《北方有热血》、董恒波的《天机不可泄露》、常星儿的《走向棕榈树》、老臣的《盲琴》、车培晶的《魔轿车》和薛涛的《白鸟》。这是对辽宁省儿童文学创作队伍后继力量的一次检阅。

5月

15日至21日,中国出版工作者协会少读工委少儿文学读物研究会第五届年会在福建武夷山召开。

28日至6月1日,第五届中国国际儿童电影节在北京举行。主办单位:国家新闻出版广电总局电影局。承办单位:中国儿童电影制片厂。中外参展影片:外国5部、中国7部。参展国家有德国、法国、加拿大、日本、印度。

29日,台东师范学院儿童文学研究所正式录取首届儿童文学硕士班研究生,正取生15人(其中一般生12人,专业在职生3人)。

31日,第七届优秀儿童电影"童牛奖"在上海广播大厦颁奖。《我也有爸爸》《滑板队之梦》《驴嘎上电视》获优秀故事片奖,《自古英雄出少年》中的《华佗学医》和《大森林里的故事》中的《小蜗牛过生日》获得优秀美术片奖,获儿童评委"永乐杯奖"的为《我也有爸爸》《孤儿泪》《红发卡》《自古英雄出少年》。

本月,人民文学出版社出版了奥地利当代著名童话作家福耐克·泰格特霍夫的童话《美丽的龙》(高年生译),共收入52篇童话。

第16届"陈伯吹儿童文学奖"公布。谷应的小说《过夜》获大奖。

中国编辑学会少年儿童读物专业委员会(少儿知识读物研究会)在江西南昌举办研讨会。二十一世纪出版社承办。

6月

"六一"期间,中国和法国、德国、加拿大、日本、印度等国的11部儿童影片在北京展映,参加第五届中国国际儿童电影节。

江苏少年儿童出版社与沈石溪签约,买断沈石溪未来10年动物小说作品的出版权,并出版了囊括沈石溪前期所有动物小说的《中国动物小说大王沈石溪文集》(10卷本)。此举在全国文坛与出版界产生轰动效应,各地及台湾有上百家报刊报道了此事。一次性买断一位作家的10年创作版权在中国出版界尚属首次。

湖南省作家协会儿童文学委员会与《小溪流》杂志社共同举行了"何署坤长篇科幻童话《蜜里逃生》作品研讨会"。

7月

21日至22日,新组建的中国作家协会儿童文学委员会第一次全体会议在北京举行,共商扎扎实实发展儿童文学事业的大计,表示要以无愧于改革时代的精神风貌,抓住机遇、开拓进取。新一届儿童文学委员会由束沛德任主任委员,高洪波、樊发稼任副主任委员,委员有王泉根、尹世霖、白冰、刘先平、刘健屏、孙云晓、孙幼军、庄之明、关登瀛、沈石溪、李凤杰、张之路、张明照、邱勋、金波、秦文君、徐德霞、曹文轩。新一届儿童文学委员会共有21人。

21日，由中国作家协会儿童文学委员会、鲁迅文学院、《儿童文学》杂志社联合举办的第一届儿童文学青年作家班在鲁迅文学院开班，来自全国各地的30位青年作者参加了为期半个月的学习。

本月，中共辽宁省委、省政府召开的辽宁文艺创作会议确定设立"辽宁优秀儿童文学奖"，由辽宁省作家协会承办，并揭晓首届评奖。郭全的长篇儿童小说《阿娟和她的丹顶鹤》、常星儿的长篇儿童小说《走向棕榈树》获奖，老作家吴梦起的《吴梦起童话选》获荣誉奖。

8月

4日至9日，"世界儿童文学大会暨第四届亚洲儿童文学大会"在韩国汉城召开。中国有20余人赴会，蒋风、秦文君、孙建江、李仁晓等在大会上发言。本届年会主题为：1.西方儿童文学与东方儿童文学；2.艺术的儿童文学与大众的儿童文学；3.21世纪后产业社会与儿童文学；4.对人类来说儿童文学到底是什么。会上成立了亚洲儿童文学学会，李在彻、四方晨、陈子君、蒋风、林焕彰等9人为会长和副会长。

7日至10日，"全国幼师普师儿童文学教学研究会第六届年会"在内蒙古包头市举行。本届年会由包头师范学校承办，以"儿童文学与师范生素质""儿童文学创作与教学观念更新"为主题。

8日至11日，"1997浙江省儿童文学笔会"在浙江杭州召开。

17日至28日，王泉根、刘先平、谭元亨、张杏坦一行4人飞赴英国，参加在英国约克大学举行的"第13届国际儿童文学研讨大会"。本次大会的主题是"写过去与现在：儿童文学中的历史重述"。

本月，冰心文学馆举行隆重、热烈的开馆仪式。来自北京、香港、广东、浙江、福建等地的500多人聚集于冰心祖籍福建长乐，参加开馆仪式。

江苏《少年文艺》和广西《中外少年》杂志联手举办的"中学生与作家联欢夏令营"在广西北海举行，秦文君、黄蓓佳、孙云晓等与十几名中学生代表参加了夏令营。

李保初著的《日出山花红胜火：论叶君健的创作与翻译》由华文出版社出版。

9月

7日至17日，湖北少年儿童出版社邀请方方、蒋子丹、竹林、赵玫、林白、唐敏等6位著名女作家，赴新疆参加长篇儿童小说"鸽子树丛书"创作笔会。

28日，第八届"冰心奖"颁奖大会在北京举行。北京少年儿童出版社的《自画青春丛书》、海燕出版社的《中国大百科全书青少年版》等42种图书获奖。

本月，蒋风的文章《我还有一个未圆的梦》发表在《儿童文学研究》第3期，呼吁创建中国儿童文学馆。

周晓、方卫平的论文《中国少年小说：回望与思考》发表在《儿童文学研究》第3期。

10月

拉萨市文联、拉萨市作家协会、《拉萨河》杂志联合举办"圣地儿童文学大赛"。拉萨的王笑蓉和重庆的黄辛获学生组一等奖，林予一等11位作者获成人组优胜奖。

5日至11日，二十一世纪出版社在江西三清山举办"跨世纪中国少年小说创作研讨会"。该社总编辑张秋林及与会作家提出"大幻想文学"创作与出版理念。

11月

6日，中国儿童文学界德高望重的老前辈、著名作家陈伯吹（1906—1997）在上海逝世,享年 92 岁。

12 日至 15 日,"1997 儿童文学创作、出版研讨会"在上海召开。会议由全国少儿读物工作委员会主办,少年儿童出版社承办。70 多位与会者探讨、交流 20 世纪 90 年代儿童文学创作与出版的成就与挑战。

本月,《跨世纪儿童文学论丛》由少年儿童出版社出版,先期出版的有黄云生的《人之初文学解析》、朱自强的《儿童文学的本质》、彭懿的《西方现代幻想文学论》、刘绪源的《儿童文学的三大母题》、竺洪波的《智慧的觉醒》、吴其南的《转型期少儿文学思潮论》等 6 种。

台湾著名女作家席慕蓉委托内蒙古青少年基金会为内蒙古自治区希望工程的儿童捐赠图书,并为蒙古文小说选本《牧区小大人》的出版捐款。《牧区小大人》是《回头鹿》儿童文学丛书之一,共收入内蒙古 23 位作家的 26 篇中短篇小说。

12 月

束沛德主编的《中国当代儿童诗丛》,计 5 本,由湖北少年儿童出版社出版。

本年

曹文轩的长篇小说《草房子》由江苏少年儿童出版社出版,此书成为该年儿童文学创作、出版的热点。

汤锐著的《现代儿童文学本体论》一书,获国家教委"中国高等学校第二届人文社会科学研究优秀成果奖"二等奖。

明天出版社邀请一批著名成人文学小说作家,创作出版《金犀牛丛书》与《猎豹丛书》,前者有王安忆的《一个故事的三种讲法》、池莉的《黑鸽子》、毕淑敏的《雪山的少女们》、张炜的《远河远山》、刘毅然的《奔逃》、迟子建的《热鸟》等 6 种;后者为沈石溪、周大新、阎连科、简嘉、陶纯、于波、苗长水这 7 位军旅作家的作品。此举在文坛引起很大反响,直接促进了成人文学作家关心、参与儿童文学创作的热情。

张天翼的女儿张章执编的《张天翼儿童文学作品全集》由湖南少年儿童出版社出版。

梅子涵主编的《花季小说》丛书 8 册由福建少年儿童出版社出齐,作者均为近年来崭露头角的儿童文学新人,有殷健灵、张洁、萧萍、曾小春、简平、王蔚、章红、老臣。

《中国科幻列车丛书(第二辑)》由福建少年儿童出版社出版。

《天狼星科幻小说丛书》由中国少年儿童出版社出版。

浦漫汀主编的《童话城堡丛书》(7 种)由中国少年儿童出版社出版。

张美妮主编的《中外儿童散文佳作导读》(4 种)由语文出版社出版。

据本年 11 月在北京召开的"全国少儿期刊工作会议"报道:截至 1997 年 9 月 1 日,全国共有 126 家少儿期刊,其中文学类 10 家,科技、科普、科幻类 12 家,漫画卡通类 14 家,文摘类 4 家,艺术类(音乐、美术、书法)6 家,用少数民族文字出版的少儿期刊 7 家。全年总发行量达 1590 万册,年总盈利 2800 万元。据统计,从 1949 年到 1965 年,全国少儿期刊为 13 家;1977 年到 1979 年新创办 7 家;1980 年到 1989 年新创办 54 家;1990 年到 1997 年新创办 41 家。

教育部进行学科专业目录调整。6 月,经国务院学位委员会和教育部批准,颁布实施新的《授予博士、硕士学位和培养研究生的学科、专业目录》。据此目录,中国语言文学一级学科下面设置以下 8 个二级学科:1.文艺学;2.语言学及应用语言学;3.汉语言文字学;4.中国古典文献学;5.中国古代文学;6.中国现当代文学;7.中国少数民族语言文学;8.比较文学与世界文学。以前作为二级学科的中国民间文学被安排在社会学一级学科下面的民俗学二级学科之中，注明为：民俗学（含中国民间文学）。而中国儿童文学则成了三级学科，只是在中国现当代文学二级学科的介绍中，出现了"儿童文学作家作品"字样。学科专业目录的调整对"中国儿童文学学科"带来巨大的冲击与影响。

本年5月6日，中国作家协会书记处会议通过353人加入中国作家协会。其中儿童文学作家有北京的保冬妮、陈予一，辽宁的车培晶，上海的方崇智、杨冶军（野军），浙江的黄云生，湖南的庞敏、谢乐军，四川的马及时、陈官煊、邱易东、蓝星，云南的吴天，共13人。

本年摄制儿童故事影片11部，主要有：中国儿童电影制片厂的《疯狂的兔子》《阿秀的消息》《实习生》等5部，南京电影制片厂的《下辈子还做母子》，深圳影业公司的《花季·雨季》，北京紫禁城影业公司的《背起爸爸上学》，长春电影制片厂的《金色的草原》，北京电影制片厂的《开心哆来咪》，广西电影制片厂的《白骆驼》。

本年全国共出版少年儿童读物5772种，其中初版2999种，重版2773种，印数为24341万册，700185千印张。与上年相比，种数增长89.06%，初版增长88.85%，总印数增长69.19%，总印张增长38.84%。

1998 年

1 月

12日，上海《巨人》杂志、台湾《民生报》和海峡两岸儿童文学研究会联合举办的"海峡两岸中篇小说创作研讨会"在上海召开。这次研讨会是"1997海峡两岸中篇少年小说征文"活动的总结与探讨，此次评奖共评出一等奖3名，佳作奖7名。

本月，《巨人》杂志1997年"最受读者欢迎的作品"揭晓。《男生贾里新传》（秦文君著）、《祖母绿女神》（刘兴诗著）、《北斗当空》（张品成著）等6篇作品获此殊荣。

文化部制定的《蒲公英评奖办法》正式出台。（"蒲公英计划"即《九十年代中国儿童文学文化艺术事业发展纲要》）"蒲公英奖"每年一届，每届评选一至二个门类，3年为一个周期，是全国文化领域少儿业余文化艺术的最高奖。

安波舜主编的《小布老虎丛书》推出首批作品，包括秦文君的《调皮的日子》和陈丹燕的《我的妈妈是精灵》，由春风文艺出版社出版。

湖北少年儿童出版社推出一套长篇儿童小说丛书《鸽子树丛书》，由方方、竹林、赵玫、蒋子丹、蒋韵、林白、唐敏等著名女作家创作。

《曹文轩儿童文学论集》由二十一世纪出版社出版。

2 月

陈昌本等主编的《柯岩研究文集》由中国文联出版公司出版。此书系1996年9月《人民日报》文艺部等31家单位在北京联合举办的"柯岩作品研讨会"汇编，及其他有关柯岩研究的论文。

湖南少年儿童出版社推出一套《中国最新动物小说丛书》8种。小说作者有沈石溪、朱新望、车培晶、崔晓勇、金曾豪等。

河北省作家协会、河北少年儿童出版社在石家庄联合召开"河北儿童长篇小说创作、出版座谈会"。

3 月

本月12日至4月1日，王泉根应邀前往台湾台东，为台东师范学院儿童文学研究所的研究生授课。

20日，中国作家协会儿童文学委员会与二十一世纪出版社在北京联合召开董宏猷重新修订的"《一百个中国孩子的梦》出版座谈会"。

20日至23日，由海峡两岸儿童文学研究会、民生报社共同主办的"1998年海峡两岸童话学术研讨会"在台北市举行，主题是"童话的当代性"。

23日，中国作家协会儿童文学委员会、吉林省新闻出版局、吉林省作家协会在北京联合召开金叶长篇小说《都市少年》三部曲(《太阳桥》《月亮河》《星星河》)研讨会。

25日，中国作家协会儿童文学委员会召开在京委员会议。委员们讨论了《全国优秀儿童文学奖评奖条例(征求意见稿)》和《关于举办中国作家协会第四届(1995—1997)全国优秀儿童文学奖的评奖方案(草案)》，并就编辑《50年儿童文学精选》进行了商讨。

25日至27日，由台东师范学院举办的"台湾地区(1945年以来)现代童话学术研讨会"在台湾台东举行。大陆学者金燕玉、王泉根、汤锐、方卫平、孙建江以及作家张秋生、赵冰波、葛竞应邀参加了以上两次会议。

26日，接力出版社等单位在北京联合召开动画故事丛书《一个中国孩子的英雄喜剧》出版研讨会。

27日，中国作家协会儿童文学委员会与福建少年儿童出版社在北京联合召开"《花季小说丛书》暨长篇少年小说创作"研讨会。张美妮、巢扬主编的《中国新时期幼儿文学大系》由未来出版社出版，该书分为幼儿童话、故事、散文、儿歌、诗歌、理论等6卷7册共200万字。

30日，中国作家协会儿童文学委员会、中共江苏省委宣传部、江苏省新闻出版局在北京共同举办"曹文轩长篇新作《草房子》研讨会"。

本月，《儿童文学选刊》《儿童文学研究》《少年文艺》三家刊物的编辑与华东师范大学中文系的大学生进行座谈交流。与会者就"现代经济生活对当代儿童小说创作有何影响和如何体现"的问题进行了探讨。

青海省《格萨尔》史诗研究所组织编写的《〈格萨尔〉儿童文学丛书》出版，填补了中国无藏文儿童读物的空白。上海教育电视台和上海市社会科学院青少年研究所联合组织的"青少年与卡通文化研讨会"在上海召开。

4月

10日，中国作家协会儿童文学委员会、诗刊社、湖北少年儿童出版社在北京联合召开"《中国当代儿童诗丛》研讨会"。

本月，中国出版协会少儿读物工作委员会和《中华读书报》联合开展"中国少儿读物状况调查"。7日至11月，中宣部出版局、国家新闻出版署图书司委托中国社会科学院新闻研究所媒介传播与青少年发展研究中心和《中国图书商报》联合开展"我国儿童阅读状况和市场趋势调查"。该两项调查结果显示：1.当代少儿阅读图书兴趣的年龄提前，二至三岁年龄段的低幼类图书为畅销书；2.在众多传媒中，阅读图书是少儿仅次于看电视的第二选择；3.当今城市少儿的藏书量，64%的少儿拥有10至100本少儿图书；4.少儿图书的购买者是少儿自己和家长；5.家庭、家长对少儿图书阅读有着最直接的影响，学校、老师、同学则有一定的影响。

5月

13日至14日，中国作家协会儿童文学委员会、中国儿童电影制片厂、北京电视台青少年部在北京联合举办"少年儿童电影电视研讨会"。上海市作家协会和上海文学发展

基金会联合举办"上海市作家协会儿童文学奖颁奖大会暨幼儿文学研讨会"。

6月

国家广电总局总编室、电影局、中国电影公司、中国儿童电影制片厂和中央电视台《银幕采风》栏目联合举办了"送给孩子的礼物——庆'六一'儿童电影观摩会"。会上放映了获得1997年中国电影华表奖优秀儿童片奖的3部影片——《快乐天使》《开心哆来咪》和《花季·雨季》。

1日，著名教育家、儿童文学作家韩作黎（1918—1998）在北京逝世，享年80岁。韩作黎历任教育部视导司视导员、北京市教育局局长，著有《二千里行军》《圣地红烛》等。

12日，上海市作家协会儿童文学委员会和少年报社在上海举办"张秋生作品研讨会"。

14日，台东师范学院儿童文学研究所、海峡两岸儿童文学研究会等在台湾台北举办"两岸儿童文学交流回顾与展望座谈会"。

由广东省作家协会、韶关市文联以及韶关市作家协会等单位联合举办的"饶远童话研讨会"在广东韶关举行。

26日，辽宁少年儿童出版社买断两位未成年小作者朱星辰和李佳今后4年的著作版权，此举引起争议。

7月

18日至25日，"1998天津国际少年儿童文化艺术节暨第四届华夏未来少年儿童文化艺术节"在天津举行。本届艺术节由天津市政府外办、市文化局、市教育局和华夏未来少儿文艺基金会联合主办，主题为"和平、友谊、未来"。

28日至31日，"1998杭州市儿童文学创作笔会"在富春江畔举行。

本月，江西省作家协会及儿童文学委员会与赣州地区文联、石城县政府在石城县联合召开了"曾小春儿童文学作品研讨会"。曾小春是石城县委组织部干部。

章亚昕著的《诗心与童话：论儿童文学与诗性精神》由明天出版社出版。

8月

10日至20日，中国作家协会儿童文学委员会、《儿童文学》杂志社和鲁迅文学院在北戴河"创作之家"联合举办"第二届儿童文学作家讲习班暨《儿童文学》夏令营"。

11日至13日，中国作家协会儿童文学委员会年会在北戴河"创作之家"召开。会议总结了1997年一年来的全国儿童文学创作、评论、出版现状，提出今后一年中抓好第四届"全国优秀儿童文学奖"的评奖、培养儿童文学新人、加强理论批评、对外交流等工作思路，并在适当时候召开一次全国儿童文学创作会议。

本月，浙江省作家协会儿童文学创作委员会与浙江省教委共同举办的"首届浙江省青年作家暨中小学文学社辅导老师培训班"于本月中旬在杭州开班。

9月

"国际格林奖"改组评委会，我国蒋风接替已故的陈伯吹入选由9人组成的评委会。该奖由国际儿童文学馆（日本大阪）成立财团设立，用来奖励世界上从事儿童文学研究，对促进国际儿童文学事业做出杰出贡献者。每两年颁发一次，每次一名，奖金1万美金，奖杯一座。该奖项是目前世界上最具权威的儿童文学研究奖。

桂文亚主编的台湾《中学生书房》丛书推出一套《中国大陆少年小说选》，分为《孤独的时候》《男生寄来的一封信》《有一个女孩叫星竹》3册，收入了20世纪70年代后期至20世纪90年代中期大陆具有代表性的28位作家的28篇少年小说，由周晓和沈碧娟选编。

任大星著的《儿童小说创作艺术谈》由少年儿童出版社出版。

10 月

29 日，上海市宝山区罗店镇人民政府、上海市作家协会和少年儿童出版社在陈伯吹的故乡宝山罗店镇隆重举行了"陈伯吹先生逝世一周年纪念活动"。

本月，少年儿童出版社《故事大王》编辑部与浙江临安市文联、临安市残联在临安联合举办"张镇静儿童故事作品研讨会"。张镇静为残疾人作家。

11 月

"曹文轩长篇小说《红瓦》研讨会"在北京举行，该书由北京十月文艺出版社出版。

德国当代最著名的儿童文学作家、国际安徒生奖提名奖得主奥德弗雷特·普鲁士勒创作的幻想文学《鬼磨坊》由二十一世纪出版社出版。二十一世纪出版社还推出了《大幻想文学·中国小说丛书》，有《幽秘花园》《太阳照不亮的脸》《老房子里小人精》《月光电车》等 11 种，同时出版了彭懿著的《世界幻想文学导读》。

本月，中国编辑学会少年儿童读物专业委员会（少儿知识读物研究会）在浙江杭州召开工作会议。浙江少年儿童出版社承办。

12 月

12 日，著名儿童戏剧家任德耀（1918—1998）在北京去世，享年 80 岁。任德耀是江苏扬州人，原中国福利会儿童艺术剧院名誉院长、艺术指导，其创作的儿童剧有《友情》《小足球队》《宋庆龄和孩子们》《魔鬼面壳》等 23 部，代表作《马兰花》被译成英文、斯瓦西语，先后在苏联、日本、澳大利亚、新加坡、越南等国家多次上演。

本月，德国蒂奈曼出版社社长汉斯于尔格·威特布莱希特先生应二十一世纪出版社的邀请，来中国考察青少年文学出版情况。中、德出版界拟联手推进"幻想文学"的发展。

"中国寓言文学研究会 1998 年会暨第四届理事会"在湖北襄樊召开。主题为"面向21 世纪的中国寓言"。会上还颁发了中国寓言研究会第二届"金骆驼奖"和第三届"金江寓言文学奖"。

本年

国际儿童读物联盟中国分会（CBBY）组成新一届领导机构，由海飞（中国少年儿童出版社社长）任会长，赵镇琬（明天出版社社长）、周舜培（少年儿童出版社社长）任副会长，郭占魁、李元君等 9 人任理事。

《严文井文集》（4 卷）由湖北少年儿童出版社出版。

《秦牧儿童文学全集》由新世纪出版社出版。

《秦文君文集》（5 卷）由安徽少年儿童出版社出版。

《中国著名儿童文学作家评传丛书》，包括叶圣陶、冰心、张天翼、陈伯吹、严文井、贺宜、金近、郭风、叶君健、洪汛涛、任溶溶、鲁兵评传等，蒋风、樊发稼主编，希望出版社出版，至 2003 年出齐。

《世界华文儿童文学书系》由浙江少年儿童出版社出版。该书系精选了除大陆作家外，世界各地用华文进行儿童文学创作的桂文亚、林焕彰、黄庆云、木子、夏祖丽、张宁静、马汉等 7 位作家的 7 部作品。2001 年全部出齐。

张美妮等主编的《中国新时期幼儿文学大系》由未来出版社出版。

《当代香港儿童文学极品屋》丛书由辽宁少年儿童出版社出版，作者均为香港作家，有《说不完的故事》《奇怪的圣诞包裹》《美丽 1993》《宿营万岁》等 10 种。

金波主编的《红帆船诗丛》由浙江少年儿童出版社出版,该书包括金波的十四行儿童诗《我们去看海》、雷抒雁的少年朗诵诗《青春的声音》以及朱效文、徐鲁、东达、宁珍志的诗作共 6 部。

《小布老虎丛书》由春风文艺出版社出版,2008 年出齐。

台东师范学院儿童文学研究所创刊《儿童文学学刊》,由林文宝任总编辑。

本年 6 月,中国作家协会书记处会议通过 329 人加入中国作家协会。新会员中的儿童文学作家有北京的杜保安、杨鹏、钱叶用、肖铁,辽宁的宁珍志、肖显志、陈玉彬(老臣),上海的黄亦波、程逸汝、殷健灵、戴臻,江苏的祁智,山东的卢振中,浙江的龚泽华,安徽的韩进,河南的肖定丽,湖南的杨实诚、吴牧林(牧铃)、樊家信,湖北的周百义,海南的张品成,四川的杨红樱,重庆的钟代华,共 23 人。

本年摄制儿童故事影片 10 部,主要有:中国儿童电影制片厂的《老爸插队的地方》《成长》《戴口罩的小偷》等 5 部,南京电影制片厂的《草房子》,广西电影制片厂的《一个都不能少》,上海电影制片厂的《伴你高飞》,内蒙古电影制片厂的《小城牧歌》,龙江电影制片厂的《冰上小虎队》。本年,全国共出版少年儿童读物 6293 种,其中初版 3407 种,重版 2886 种,印数为 24307 万册,805750 千印张。与上年相比,种数增长 9.03%,初版增长 13.6%,总印数下降 0.14%,总印张增长 15.08%。

1999 年

1 月

5 日,著名儿童文学作家、翻译家叶君健(1914—1999)在北京逝世,享年 85 岁。叶君健一生为世人留下了 500 多万字的创作作品与大量文学翻译作品,翻译名作为《安徒生童话全集》。

8 日,首都儿童戏剧界召开"儿童戏剧家任德耀(1918—1998)追思会"。

本月,叶君健著的《我与儿童文学》由中国妇女出版社出版。

2 月

明天出版社继 1997 年的《金犀牛丛书》小说卷后,又推出了该丛书的散文卷,由毕淑敏、迟子建、徐坤、蒋子丹、方方、铁凝这 6 位女作家联手创作。

28 日,文学大师冰心(1900—1999)在北京逝世,享年 99 岁。冰心一生热爱儿童,关心儿童文学。她的《寄小读者》是儿童散文的经典之作,感动了几代小读者和大读者。

3 月

10 日,中国作家协会邀请参加全国人大、政协"两会"的文学界代表、委员聚会。作家协会党组书记翟泰丰在会上讲话。会上提出要对儿童文学创作进行奖励。

23 日,中国作家协会儿童文学委员会与浙江少年儿童出版社在北京举办"《中国幽默儿童文学创作丛书》座谈会"。与会者认为,我国当代儿童文学创作从总体格局来说,幽默成分太少,浙江少年儿童出版社出版这套丛书顺应了儿童文学发展的趋势。

本月,《蒲公英儿童文学丛书·重庆作家专辑》由重庆出版社出版,包括 4 种:谭小乔的长篇小说《小船飘摇》,李小海的童话集《鲸王洛洛》,钟代华的诗集《让我们远行》,王文顺的散文诗集《红鱼》。

《寄小读者散文丛书》由浙江少年儿童出版社出版,这是冰心生前主编的最后一套丛书,该丛书共分 8 册,由林斤澜、高洪波、陈丹燕等撰写。

束沛德主编的《人与自然的颂歌：刘先平大自然探险文学评论集》，由安徽少年儿童出版社出版。

中国编辑学会少年儿童读物专业委员会（少儿知识读物研究会）在海南海口举办研讨会。海南出版社承办。本年起至 2014 年由孙学刚（雪岗）担任主任。

4 月

中国作家协会主办的第四届（1995—1997）"全国优秀儿童文学奖"评奖揭晓，长篇小说实力雄厚，有 6 部作品获奖：金曾豪的《苍狼》、秦文君的《小鬼鲁智胜》、梅子涵的《女儿的故事》、曹文轩的《草房子》、黄蓓佳的《我要做个好孩子》、郁秀的《花季·雨季》；中短篇小说集有张品成的《赤色小子》和董宏猷的《一百个中国孩子的梦》获奖；童话获奖的有孙幼军的《唏哩呼噜历险记》、汤素兰的《小朵朵与半个巫婆》、保冬妮的《屎壳郎先生波比拉》、张之路的《我和我的影子》；幼儿文学有王晓明的《花生米样的云》、郑春华的《大头儿子和隔壁大大叔》、野军的《长鼻子和短鼻子》获奖；诗歌、散文与纪实文学获奖的分别是薛卫民的《为一片绿叶而歌》、刘先平的《山野寻趣》、李凤杰的《还你一片蓝天》；科学文艺和寓言作品空缺。

曹文轩的长篇小说《根鸟》由春风文艺出版社出版。

5 月

28 日至 6 月 1 日，第六届中国国际儿童电影节在北京举行。主办单位：国家广播电影电视总局电影局。承办单位：中国电影集团公司、中国儿童电影制片厂。中外参展影片：外国 5 部、中国 9 部。参展国家有日本、匈牙利、伊朗、奥地利、加拿大。电影节期间，在北京市的影院和少年宫向广大少年儿童展映了 14 部中外优秀儿童影片。

方卫平著的《逃逸与守望：论九十年代儿童文学及其他》由作家出版社出版。

6 月

6 日，第八届优秀儿童电影"童牛奖"在福建省长乐市评奖。《草房子》《男孩女孩》《疯狂的兔子》获优秀故事片奖，《山梁》获优秀纪录片奖，获儿童评委"冰心杯奖"的为《花季·雨季》《草房子》《男孩女孩》。

14 日，儿童文学作家、儿童戏剧家胡景芳（1931—1999）在沈阳逝世，享年 68 岁。

7 月

13 日，中国作家协会儿童文学委员会、河北少年儿童出版社、《文艺报》在北京联合举办"《金太阳丛书》研讨会"，与会者为不断有成人文学作家加入儿童文学创作行列而欣喜，呼吁一切有条件的作家都来写儿童文学。《金太阳丛书》包括肖复兴的《放学后容易发生的故事》、冯苓植的《雪驹》、竹林的《流血的太阳》、王小鹰的《问女何所思》、陆星儿的《妈妈，请不要生气》、刘庆邦的《高高的河堤》、谭元亨的《北回归线上的小太阳》、蒋韵的《谁在屋檐下歌唱》和蒋成一的《回家的路》。

18 日至 26 日，二十一世纪出版社举办的"大幻想文学研讨会"在泰国、中国香港、中国澳门之旅中进行。金波、樊发稼、孙幼军、高洪波、王泉根、秦文君、梅子涵、方卫平、吴其南、朱自强、彭懿、彭学军等 20 位作家和评论家参加。

本月，我国第一部以纸质媒体和电子媒体互动阅读的双媒体互动小说《你好，花脸道》由朝花少年儿童出版社出版，开创了网络时代少年儿童文学创作与出版的新形式。

上海《少年文艺》杂志与四川省作家协会巴金文学院联合举办的"邱易东、韩蓁作品研讨会"在四川邛崃召开。

8 月

2 日至 5 日，"全国幼师普师儿童文学教学研究会第七届年会"在重庆举行。本届年会由重庆幼儿师范学校、重庆江津师范学校承办。会议期间举行理事会换届改选，担任了理事长 15 年之久的郑光中卸任，改由张永锋任新一届理事长。

4 日至 5 日，中国少年报社举办的"文艺工作者座谈会"在吉林延边举行。

8 日至 12 日，第二届"一休杯"全国小诗人夏令营在浙江宁海举行。本次活动由少年儿童出版社、黑龙江少年儿童出版社和浙江宁海县教委联合举办。黑龙江少年儿童出版社为小诗人出版了《光明火炬小诗人丛书》和《光明火炬儿童诗丛》两套书。

17 日，中国作家协会儿童文学委员会、安徽省新闻出版局、安徽少年儿童出版社在北京联合举办"《秦文君文集》（5 卷本）创作出版研讨会"。与会者充分肯定了秦文君的创作成就，并探讨了"秦文君现象"。其所著小说《男生贾里》《女生贾梅》深受读者欢迎。

23 日，"晨光杯"童诗朗诵大赛在北京举行。比赛由中国作家协会儿童文学委员会、团中央青少年发展服务中心、诗刊社、晨光出版社联合举办，北京少年宫承办。

28 日，"庆祝'冰心儿童图书奖'设立 10 周年大会暨颁奖活动"在北京举行。冰心奖评选委员会主席雷洁琼到会并讲话。《百年巨变》《小飞虎漫游因特网》《爱心与教育》等 70 种图书获本届"冰心儿童图书奖"，《麦子，麦子》等 24 篇作品获"冰心儿童文学新作奖"，近百名少年儿童和教师获"冰心艺术奖"。

本月，谷应耗时 12 年写就的反映中国 56 个民族儿童工艺品与生活的摄影散文集《中国孩子的梦》，由湖北教育出版社出版。

中央电视台隆重推出 52 集大型动画系列片《西游记》，电视卡通系列丛书《西游记》同步由中国少年儿童出版社出版。

上海电影制片厂拍摄的国产卡通电影《宝莲灯》（动画片）暑假期间在全国 30 个省、自治区、直辖市上映，反响强烈，仅一周票房收入即已突破 600 万元。由人民邮电出版社和童趣出版有限公司共同出版的系列卡通图书《宝莲灯》同样深受小读者欢迎。

9 月

1 日至 3 日，"首届海峡两岸儿童文学教学研讨会"在北京师范大学召开。会议由北京师范大学中文系主办，王泉根主持。来自海峡两岸儿童文学界的 70 余位专家学者，就跨世纪的儿童生存与儿童教育、跨世纪的儿童文学创作走向与传媒形式、跨世纪的儿童文学教学研究与理论批评等当前儿童文学界的重大问题进行了探讨。中国学术界泰斗、97 岁高龄的钟敬文先生在大会开幕式上就民间文学与儿童文学的关系做了演讲。

6 日，中宣部、文化部、广电总局、新闻出版署、中国文联、中国作家协会在北京联合推出向中华人民共和国成立 50 周年献礼的 50 个重点文艺项目，在该项目的 10 部长篇小说中，曹文轩的《草房子》和秦文君的《男生贾里全传》入选。

15 日，中共中央宣传部在北京召开"五个一工程"工作暨表彰会议，第七届精神文明建设"五个一工程"入选作品正式揭晓，在入选的 26 部电影中，有儿童片《花季·雨季》《草房子》和美术片《宝莲灯》；入选的 4 部儿童剧为《尼玛·太阳》《享受艰难》《夜郎新传》《认识你，真好》；在入选的 63 种图书中，包括《草房子》《男生贾里全传》《一百个中国孩子的梦》《鸽子树的传说》等儿童文学作品。

20 日，第四届"国家图书奖"颁奖大会在北京举行。其中，少儿类获奖书目为曹文轩的《草房子》和张美妮等主编的《中国新时期幼儿文学大系》。

本月，由国家民委和中国作家协会共同举办的全国第六届少数民族文学"骏马奖"揭晓，儿童文学类获奖的篇目是《纸公主和纸王子》（王业伦著）、《祁连游牧仔》（察森敖拉著）、《蚂蚁王国游历记》（力格登著）、《嫩芽醒了》（崔文燮著）。

美国国际人民交流协会、美国儿童文学代表团一行 12 人到北京，访问中国少年儿童出版社，就有关儿童文学、儿童出版物等问题进行探讨交流。

孙建江著的《光荣与梦想：孙建江华文儿童文学论文集》由明天出版社出版。

11月

1 日至 6 日，由中国出版协会少儿读物工作委员会文学读物研究会主办的"迎接新世纪中国儿童文学出版学术研讨会"在浙江淳安召开，会议主题是"中国儿童文学的现状与未来""中国儿童文学读物的使命及其对策"。

5 日，中国作家协会在北京隆重举行大会，表彰向中华人民共和国成立 50 周年献礼的 10 部长篇小说，在第七届"五个一工程"奖评选中中国作家协会系统获奖的单位和作者，同时举行由中国作家协会精心组织编选的《中华人民共和国五十年文学名作文库》首发式。

第 18 届"陈伯吹儿童文学奖"颁奖大会在上海举行，获奖小说有《鼓掌员的荣誉》《比乐与军刀》《留级生沙龙》《女孩风景》《永恒的生命》，童话有《森林里拾来的魔法带》《霍去病的马》等。在本次大会上，还宣布了该奖的改革措施，其中之一是，从下一届起，将改变由专家确定获奖名单的惯例，吸收小读者共同参与评选。

《英汉对照安徒生童话全集》由清华大学出版社出版，该书收入安徒生童话 164 篇。本书采用牛津大学英译本与叶君健的中译本两个权威译本。

12月

22 日至 23 日，中国作家协会儿童文学委员会年会在北京召开。年会总结了 1999 年全年工作，讨论并制订了《中国作家协会儿童文学委员会 2000 年工作计划要点》（以下简称《要点》），该《要点》共有 12 项内容，包括儿童文学创作、颁奖、研讨会以及评奖工作等。主任委员束沛德主持会议，陈昌本、张锲到会讲了话，副主任委员高洪波汇报了儿童文学委员会一年来的工作情况以及 2000 年的工作计划。

25 日，中国少年儿童出版社在北京人民大会堂召开跨世纪十大"金作家""金画家"颁奖大会，以表彰为少儿出版事业和中国少年儿童出版社的发展做出突出贡献的个人，获此殊荣的有马铭、王晓明、卞毓麟、冰波、李之义、陈晋、吴冠英、孟祥才、金涛等。

本月，香港特区临时市政局举行"第五届香港中文文学双年奖"颁奖典礼，9 位从事新诗、小说、散文、文学评论和儿童文学创作的当地作家获奖。其中儿童文学组获奖的是胡燕青的《一米四八》。

河北少年儿童出版社出版的《黑头发丛书》新书发布会暨赠书仪式在石家庄举行。

在吉隆坡举办的马来西亚国际书展上，我国儿童文学研究专家樊发稼主持了《世界华文少儿文学系列》丛书的推介典礼。该丛书由马来西亚著名华文作家马汉主编，马来西亚彩虹出版有限公司出版，分小说卷、童话寓言卷和童诗散文卷，共 30 本。入选丛书的分别为中国大陆、中国台湾、中国香港地区和马来西亚以及新加坡的儿童文学作家，中国大陆有秦文君、樊发稼、孙幼军、吴珹、孙建江等。

中国老教授协会邀请资深专家学者为青少年撰写的小说《科学家爷爷讲故事》，由安徽科学技术出版社出版。全书共 26 篇，全部是中国科学院和中国工程院的院士及老教

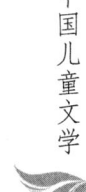

授、老专家的新作。

大型图书《中国少儿科普精品文库》出版，由中国科普作家协会少儿委员会和大象出版社编辑出版。该丛书共有十大卷，500多万字，3000多幅科普图画，是中国少儿科普创作50年的浓缩，收集了李四光、茅以升、华罗庚等老一辈科学家和陈伯吹、叶永烈等作家的作品。

第二届全国科普工作会议和中国科普作家协会第四次全国代表大会在北京召开。

少年儿童出版社编辑出版的《儿童文学研究》（1957年创刊）、《儿童文学选刊》（1981年创刊）于该月终刊。《儿童文学研究》共出版102期，《儿童文学选刊》共出版108期。2000年，两刊合刊为《中国儿童文学》。

本年

为庆祝中华人民共和国成立50周年，展示中国作家半个世纪的创作成就和新中国文学的发展历程，作家出版社于本年9月出版多卷本《中华人民共和国五十年文学名作文库》，其中的《儿童文学卷》由严文井主编、束沛德任副主编，收入儿童文学各类文体的短篇作品，共68万字。北京出版社于本年9月出版8卷12册的《中国当代文学作品精选（1949—1999）》，其中的《儿童文学卷》由冰心、樊发稼主编，收入儿童文学各类文体的短篇作品，共76万字。

张炯主编的《新中国文学五十年》由山东教育出版社出版，其中的"儿童文学"部分6万字由王泉根撰写。

尹世霖主编的少年长篇小说《蓝宝石丛书》由晨光出版社出版，该丛书由6位中学教师创作，共6册：王小民的《成长岁月》、全慧铭的《绿草地金太阳》、代士晓的《贵族街的孩子》、秦润华的《自己的夏令营》、黄喆生的《吹响欧巴》，詹国强的《京都四小天鹅》。

浦漫汀主编的《小霞客游记丛书》（10册）由晨光出版社出版，此套丛书对"少年旅游小说"做了新的尝试。

叶永烈主编的《中国科幻小说世纪回眸丛书》（6册）由福建少年儿童出版社出版。

《中国当代寓言精品丛书》（10册）由福建少年儿童出版社出版。

尹世霖主编的《当代少年儿童朗诵诗丛书》（3种）由晨光出版社出版。

《漂流瓶丛书》由明天出版社出版。

《20世纪中国儿童文学丛书》由上海社会科学院出版社出版。

《中国儿童文学丛书》由人民文学出版社出版。

《二十世纪中国科幻小说精品》（10种）由海燕出版社出版。

董宏猷主编的《湖北新时期文学大系·儿童文学卷》由长江文艺出版社出版。

董宏猷、陈深主编的《红蜻蜓少年随笔丛书》（15册）由湖北少年儿童出版社出版。

王蒙主编的《七色草文学丛书》由辽宁少年儿童出版社出版。

朝花少年儿童出版社在北京成立。

童趣出版有限公司在北京成立。

国家外文局直属的海豚出版社在北京成立。

宁夏少年儿童出版社在银川成立。

《儿童文学》杂志与北京育人轩（现为勤+诚）书刊发行公司合作，由该公司承包《儿童文学》的发行，利润每年增长20%。

本年加入中国作家协会的儿童文学作家有辽宁的薛涛，上海的张洁，江西的彭学军、曾小春，湖北的韩辉光，湖南的汤素兰、邓湘子、向民胜，共 8 人。

本年，儿童文学博士学位论文有东北师范大学中国现当代文学专业朱自强的《中国儿童文学与现代化进程》，指导教授孙中田。

本年摄制儿童故事影片 9 部，主要有：儿童电影制片厂的《你是我的太阳》《鼓于的荣誉》等 3 部，天山电影制片厂的《会唱歌的土豆》，北京电影制片厂的《兔儿爷》，上海永乐影视集团公司的《胖墩夏令营》，河北电影制片厂的《欢舞》，辽宁北方电影公司的《再见，我们的 1948》等。

本年全国共出版少年儿童读物 6111 种，其中初版 3421 种，印数为 21508 万册，643858 千印张。与上年相比，种数下降 2.89%，初版增长 0.41%，总印数下降 11.52%，总印张下降 20.09%。

2000 年

1 月

少年儿童出版社创刊的《中国儿童文学》(季刊)出版，秦文君任主编。

樊发稼著的《追求儿童文学的永恒》由河北教育出版社出版。

3 月

31 日，"科学文艺创作座谈会"在北京召开。部分在北京的老中青三代科学文艺工作者、科幻文学作家就中国科学文艺的现状及发展前景各抒己见，畅所欲言。座谈会由中国作家协会儿童文学委员会、中国作家协会创联部、中国科普作家协会联合举办。

本月，根据吉林女作家金叶的同名小说改编的 19 集电视剧《都市少年》(《太阳桥》《月亮船》《星星河》三部曲)在中央电视台电视剧频道播出，该剧是中央电视台影视部首次全额投资拍摄的少儿电视剧。

4 月

北京第二实验小学的 4 位学生共同制作的多媒体故事《"蒂娜"的中国之旅》在亚太经合组织各成员国儿童参加的国际比赛中被评为最佳作品。

郑春华的幼儿故事《大头儿子和小头爸爸全集》由少年儿童出版社出版。

5 月

22 日，新闻出版署批文(新出图〔2000〕575 号)，同意在中国少年报和中国少年儿童出版社的基础上组建共青团中央中国少年儿童新闻出版总社，实行事业单位、企业管理。中国少年儿童新闻出版总社成为共青团中央推出的首家跨行业的多媒体新闻出版集团，经过集团化合并的总社拥有五报、十刊、一网、一栏的传媒实力。

23 日，中国少年报社和中国少年儿童出版社在北京人民大会堂"喜结良缘"，成立中国少年儿童新闻出版总社。全国人大常委会副委员长王光英、团中央第一书记周强、新闻出版署署长于友先等领导与总社职工及各界代表 500 余人出席。

23 日至 24 日，应北京师范大学中文系邀请，国际儿童文学研究会主席、瑞典斯德哥尔摩大学教授玛丽亚·尼古拉耶娃与美国圣地亚哥州立大学教授阿丽达·埃里森前往北京师范大学进行学术交流，二人分别作了《沟通与误解：当今世界文学与儿童文学面临的挑战》《美国少年小说的基本模式》的报告，并与儿童文学研究生进行座谈。

26 日至 27 日，"《国际安徒生奖获奖作家书系》出版座谈会"与"世界儿童文学座谈会"在北京召开。会议由中国作家协会儿童文学委员会、中国作家协会对外文化交流委员会、河北少年儿童出版社联合举办。

26 日上午在人民大会堂举办《国际安徒生奖获奖作家书系》出版发行仪式与座谈，河北少年儿童出版社经过六年努力，引进版权，一次性出版国际安徒生奖获奖作家的作品 26 种。会议特别邀请国际儿童读物联盟（IBBY）秘书长雷娜·迈森、国际安徒生奖评审委员会主席彼得·施耐克、国际儿童文学研究会主席玛丽亚·尼古拉耶娃、国际安徒生奖获奖者美国作家凯塞琳·帕特森、美国圣地亚哥大学教授阿丽达·埃里森与在北京的儿童文学作家、评论家共同探讨世界儿童文学现状以及中外儿童文学的翻译和交流。《中国少儿出版》在本年的第三、四期刊出了这次会议中中外学者的发言。

28 日至 30 日，"全国儿童文学创作会议"在北京举行，来自全国各地的 120 余位儿童文学工作者与会。中国作家协会儿童文学委员会主任委员束沛德致开幕词，中国作家协会党组书记翟泰丰讲话，党组副书记陈昌本做了大会总结，孙云晓、曹文轩、王泉根、刘先平、萧平等 18 位代表在会上发言。本次会议是继 1986 年烟台"全国儿童文学创作会议"之后的又一次儿童文学界盛会。代表们围绕"迎接中国儿童文学的新世纪"的主题，分别从"90 年代儿童文学创作的回望与思考""迈向新世纪的儿童文学发展趋势""理论批评、编辑出版与繁荣迈向新世纪的儿童文学创作"三个方面各抒己见。在本次大会上，与会者一致呼吁要加快儿童文学理论建设，加强儿童文学不同体裁、不同门类的理论批评研究，尤其要强化科学文艺和幼儿文学的创作研究。中国作家协会及其儿童文学委员会为促进 21 世纪儿童文学的繁荣发展，拟尽快办好十件实事：1.作家协会拟每五年召开一次儿童文学创作会议；2.完善全国优秀儿童文学奖的评奖工作；3.推进科学文艺创作的发展；4.加强理论研究和作品评介工作；5.重视培养儿童文学的后备力量，壮大儿童文学队伍；6.开展向小读者介绍好书活动；7.加强儿童文学与影视、网络的联姻，扩大儿童文学的影响和普及；8.加强国际交流；9.推动各地作家协会成立儿童文学委员会，以促进地区儿童文学的繁荣；10.充分发挥现代文学馆在发展儿童文学、团结儿童文学作家、吸引儿童文学爱好者方面的作用。

29 日，中国作家协会与宋庆龄基金会在北京世纪剧院联合举行第五届"宋庆龄儿童文学奖"和中国作家协会第四届"全国优秀儿童文学奖"的颁奖大会。曹文轩的《草房子》、班马的《绿人》、葛冰的《梅花鹿的角树》分别获中长篇小说类、童话类和幼儿文学类的大奖。《混血貂王》《白城堡》《梦幻牧场》等 12 部作品获提名奖。为鼓励创作、扶持新人，本届"宋庆龄儿童文学奖"首次推出了"新人奖"，向民胜、薛涛、张洁、郁秀、杨鹏五人获此奖。评委会对来自全国各地少年儿童出版社、作家协会等有关部门推荐的近 300 部儿童文学作品，进行了认真、严格的评选。宋庆龄基金会副主席荣高棠任本届宋庆龄儿童文学奖组织委员会主任，严文井任评奖委员会主任。

本月，中国科普作家协会科学文艺委员会在广西南宁举办"少儿科普读物创作与出版研讨会"。中国编辑学会少年儿童读物专业委员会协办。接力出版社承办。

6 月

3 日，中央电视台在《同一片蓝天》节目中播出《儿童文学漫谈》，李潘主持，特邀嘉宾为王泉根、班马、肖铁。

"六一"前后，文化部与中国文联联合主办了"全国儿童剧大展演"活动。北京的展演活动于 5 月 27 日至 6 月 6 日举行，有 6 台剧目参演；6 月 10 日至 16 日有 16 台剧目在湖南长沙演出。

14日至16日，"全国科普创作研讨会"在北京召开。会议由中国科协与中国作家协会共同举办。近百位科普作家与文学艺术家聚集在中国科技会堂，就如何繁荣我国的科普创作进行了交流，畅谈了从事科普创作的经验与体会。

本月，上海"巨人"中长篇儿童文学奖评选揭晓。张品成的《北斗当空》、刘兴诗的《祖母绿女神》获长篇作品奖；简平的《五天半的战争》、殷健灵的《青春密码》、缪忆纬的《平安夜，圣诞夜》获中篇作品奖；获新人奖的为张弘的《飞翔的天堂鸟》。该奖每3年举行一届，自1994年以来已经举办了3届。

7月

文化部、共青团中央、《光明日报》、全国少工委联合主办的"21世纪少儿歌曲创作评奖"活动，特等奖词曲奖金3万元。

"与世纪同步"首届全国中小学生书信笔会启动。该活动由中国作家协会和国家邮政局、全国学联、全国少工委联合举办。

王泉根的论文《中国新时期儿童文学的深层拓展》发表在《北京师范大学学报》第4期，《新华文摘》第10期转载。

8月

人民文学出版社收到了由英国女作家J.K.罗琳签名的合同书，得到了《哈利·波特》前3集在中国的出版权。

9月

北京师范大学决定面向全国（包括港、澳、台地区）招收儿童文学博士生。由儿童文学理论家、该校中文系中国现当代文学专业王泉根教授担任博士生导师。这是中国第一次招收儿童文学博士生，王泉根教授也由此成为中国第一位儿童文学博士生导师。

人民文学出版社出版英国J.K.罗琳著的长篇幻想文学"哈利·波特系列"的前3集：《哈利·波特与魔法石》《哈利·波特与密室》《哈利·波特与阿兹卡班的囚徒》。北京、上海等地传媒就"哈利·波特系列"在中国的出版进行了广泛的报道。

陈蒲清著的《中国现代寓言史纲》由湖南教育出版社出版。

10月

8日至15日，应北京师范大学中文系邀请，日本著名儿童文学理论家、圣和大学鸟越信教授到北京师范大学做学术交流。10日，北京师范大学中文系与中国作家协会儿童文学委员会共同举办"中日儿童文学交流研讨会"。

15日至21日，安徽儿童文学界打出"大自然文学"的旗帜。为推动此项工作，安徽省儿童文学委员会成立了"大自然文学研究中心"，并邀请中国作家协会儿童文学委员会等多位在京委员，赴合肥、黄山参加安徽儿童文学研讨会。

24日至26日，中国作家协会儿童文学委员会、海燕出版社、中国少年儿童出版社、《中国少年报》社等单位共同主办的"太行山儿童诗会"在郑州、林县举行。

27日，首届"世界华人小学生作文大赛"在北京颁奖，来自23个国家和地区的1610名小学生的佳作获奖。《中国儿童文学》从2000年第4期起，由中国作家协会儿童文学委员会与少年儿童出版社联合主办。

本月，《文艺湘军百家文库》由湖南文艺出版社出版，文库专列"儿童文学方阵"，出版金振林、邬朝祝、李少白、汤素兰、罗丹、卓列兵、庞敏、谢乐军卷；"小说方阵"出版谢璞、杨振文卷；"散文方阵"出版叶梦卷。文库集中展示了湖南儿童文学的创作实绩。

11 月

2 日至 5 日，中国作家协会儿童文学委员会年会在杭州召开，由浙江省文联《少年儿童故事报》承办。会议总结了 2000 年儿童文学委员会的工作，提出 2001 年的工作计划。与会者指出，完善评奖奖项，关注新人成长，加强与影视、网络的"联姻"以及尽快在中国现代文学馆建立儿童文学书库是儿童文学委员会在新的一年里应抓好的几件大事。

7 日，"金曾豪少年小说研讨会"在南京召开，会议由江苏省委宣传部、常熟市人民政府、常熟市委宣传部、中国作家协会联合举办，来自全国 8 个省市的作家、评论家以及有关领导参加了会议。

14 日至 17 日，由湖南教育报刊社和湖南省寓言童话文学研究会承办的"中国寓言研究会第八届年会"在长沙举行。来自全国各地的近百名寓言、童话作家和学者参加了此次会议。

湖南《小学生导刊》《中外童话画报》和中国作家协会儿童文学委员会、湖南省寓言童话文学研究会联合举办第二届"张天翼童话寓言奖"，面向全国以及海内外华人征集 3000 字以内的童话和 500 字以内的寓言佳作。

12 月

王泉根著的《现代中国儿童文学主潮》由重庆出版社出版。

张之路的长篇小说《非法智慧》由北京少年儿童出版社出版。

本年

韦苇主编的《世界经典童话全集》（20 卷）由明天出版社出版，共约 880 万字。

束沛德主编的《中华鲟儿童文学新作丛书》儿童系列 40 册、少年系列 7 册，由安徽教育出版社出版。

林文宝策划的《台湾儿童文学选集》丛书全套 7 册，由台北幼狮文化事业公司出版。选录自 1988 年至 1998 年十年间台湾地区儿童文学的论述与作品，分为：刘凤芯主编的论述卷《摆荡在感性与理性之间》，张子樟主编的小说卷《神天炮 VS 弹子王》，冯辉岳主编的散文卷《有情树》，曾西霸主编的戏剧卷《粉墨人生》，洪志明主编的诗歌卷《童诗万花筒》，冯季眉主编的故事卷《甜雨·超人·丢丢铜》，周惠玲主编的童话卷《梦谷子，在天空之海》。林文宝策划选编的《彩绘儿童又十年——台湾 1988—1998 儿童文学书目》也由幼狮文化事业公司出版。

《金曾豪文集》（4 卷）由江苏少年儿童出版社出版。

《生命状态文学丛书》（5 册）由湖南少年儿童出版社出版。

《好阿姨新童话小麻雀丛书》由福建少年儿童出版社出版。

本年加入中国作家协会的儿童文学作家有北京的位梦华、罗英、黎云秀、王小民、葛竞，辽宁的马力，黑龙江的左泓，上海的陈苗海、周基亭，山东的孙德振、张静，浙江的李想，广东的韦伶、蔡玉明，云南的康复昆，重庆的谭小乔，共 16 人。

本年摄制儿童故事影片 8 部，主要有：中国儿童电影制片厂的《足球大侠》《无声的河》《会飞的花花》等 5 部，天津电影制片厂的《扬起你的笑脸》，龙江电影制片厂的《白天鹅的故事》，上海美术电影制片厂的《可可的魔伞》。

本年全国共出版少年儿童读物 7004 种（初版 4276 种），印数为 16890 万册，635341 千印张，定价总金额 120147 万元。与上年相比，种数增长 14.61%（初版增长 24.99%），总印数下降 21.47%，总印张下降 1.32%，定价总金额增长 2.74%。

<h1 style="text-align:center">2001 年</h1>

1 月

13 日，中国作家协会召开的第五届主席团第八次会议上，讨论通过了《中国作家协会关于进一步加强儿童文学工作的决议》。决议共 10 条，要义有坚持儿童文学创作的正确方向，树立精品意识；改进和完善儿童文学的评奖工作；加强理论研究和作品评论；加强作家队伍建设，大力培养新人；加强作家与小读者和校园文学社团的联系；做好文学家与科学家的"联姻"互补；加强儿童文学与影视、网络等现代传媒的"联姻"互动；增进与台、港、澳及海外华文儿童文学的交流；中国现代文学馆应及早建立儿童文学文库；中国作家协会及各地作家协会应对儿童文学常抓不懈，各地作家协会应及早建立儿童文学委员会。

中国作家协会儿童委员会与漓江出版社签订合同，从本年起，由中国作家协会儿童文学委员会选编年度最佳儿童文学选本。《2000 中国年度最佳儿童文学》由漓江出版社出版。该书汇集了 2000 年发表的优秀儿童文学作品数十篇，包括小说、童话、诗歌、散文和报告文学等各种体裁，是对年度儿童文学创作的一次检阅。

2 月

美国国际人民交流协会"民间大使项目"组织的美国儿童文学代表团参观访问中国少年儿童出版社，并就中美少儿图书的出版、课外阅读等进行交流研讨。

由中国儿童少年电影学会和中国青少年计算机信息服务网联合建设的儿童时间性电影频道于 2000 年 11 月开通，成为我国第一个专业性的儿童电影的网络阵地。

第 12 届中国图书奖揭晓，150 种图书获此殊荣，其中包括儿童文学图书。

3 月

中国儿童艺术剧院第五次重排童话音乐剧《马兰花》（双语版），1 日在北京演出中文版，9 月正式推出英文版。此次重排，立足于民族、民间、民俗风格与现代意识的结合，使之成为一部中国当代童话音乐剧的力作。

16 日，首届湖南"毛泽东文学奖"在长沙举行颁奖大会，《卓列兵儿童文学作品选》榜上有名。

本月，中国环境文化促进会、湖南少年儿童出版社联合主办的"生命状态文学作品研讨会"在北京举行。

中国作家协会儿童文学委员会、北京市作家协会、北京少年儿童出版社联合召开"张之路长篇校园科幻小说《非法智慧》座谈会"。

4 月

《巨人》2000 年度"最受读者欢迎的作品"经读者投票评选揭晓。《地图女孩和鲸鱼男孩》（王淑芬著）、《快乐小孩》（梅思繁著）、《纸人》（殷健灵著）、《我想有个哥哥》（朱效文著）等六部作品榜上有名。

《少年文艺》（上海）2000 年度"好作品奖"由读者投票评选揭晓。沈石溪的小说《青春流星》、李志伟的童话《时光邮筒》、周晴的散文《问题女孩》、黄虹的诗歌《花季雨季》等 19 篇作品获奖。

4 月至 5 月，台湾著名儿童文学作家管家琪系列作品 15 种由浙江少年儿童出版社出版，并在全国七大城市举行签名售书活动。

5月

中国少年儿童出版社出版的《丁丁历险记》中文版画册首发式在比利时驻华大使馆举行。文化部部长孙家正、比利时王国副首相路易·米歇尔等200人出席。

第四届全国青年作家会议在北京举行，儿童文学作家秦文君、曹文轩、孙云晓、张品成、黎云秀等出席了会议。

由专家评委评选的第九届中国电影"童牛奖"和由江苏省小评委评选的"三辰杯"奖在北京同时揭晓。两奖评出的优秀故事片均为《会飞的花花》《无声的河》《扬起你的笑脸》。优秀美术片奖成人评委选择了《宝莲灯》，小评委选择了《哎哟妈妈》。

中国科学技术协会、新闻出版总署、国家自然科学基金委员会、中国作家协会共同主办的"第四届全国优秀科普作品奖"在北京举行了颁奖会，《偷脑的贼》《非法智慧》等少儿科幻小说榜上有名。

6月

1日，第九届优秀儿童电影"童牛奖"在北京人民大会堂颁奖。《会飞的花花》《无声的河》《扬起你的笑脸》获优秀故事片奖，《宝莲灯》获优秀美术片奖，获儿童评委"三辰杯奖"的为《会飞的花花》《无声的河》《扬起你的笑脸》《哎哟妈妈》。

本月，"秦文君小说《天棠街3号》研讨会"在北京举行，该书由江苏少年儿童出版社出版。

上海市作家协会举行"上海校园文学座谈会"。上海市作家协会决定跨年度开展"文学走进校园"的系列活动，与《萌芽》杂志联合举办"校园文学创作编辑大赛"。

7月

14日，著名神话学研究专家、中国神话学会主席袁珂（1916—2001）在成都逝世，享年85岁。袁珂著有《中国神话大词典》《中国神话史》《中国神话通论》等专著。

16日，由无锡市文联、教育局、少年儿童出版社等单位联合主办的"第三届全国小诗人夏令营"在江苏宜兴市举行。

19日至21日，新闻出版总署举办的"第五届全国优秀少儿图书奖评审会议"在山东威海举行，《世界经典童话全集》《大头儿子和小头爸爸全集》等16种图书获一等奖。

本月，教育部规划教材《幼儿文学》及配套使用的《幼儿文学作品选读》由人民教育出版社出版。

云南省儿童文学创作出版会议在昆明举行。

中国编辑学会少年儿童读物专业委员会（少年知识读物研究会）在新疆乌鲁木齐举办研讨会。新疆青少年出版社承办。

暑期《儿童文学》杂志分南北两地，在辽宁大连、浙江千岛湖分别举办了"儿童文学青年作家笔会"。

8月

6日至9日，浙江省作家协会儿童文学创委会召开了新世纪第一次儿童文学年会（也是第18次全省儿童文学年会）。

26日，"都灵杯"2001上海当代诗会在上海举行"世纪颂古体诗大赛"和"希望之星少儿诗歌大赛"。

本月，中国工人出版社、中国寓言文学研究会在北京举办"繁荣寓言文学创作研讨会"及《采薇寓言》首发式。

第三届辽宁优秀儿童文学奖揭晓,李燕子的长篇小说《差等生》、肖显志的长篇动物小说《火鹞》、薛涛的儿童小说集《随蒲公英一起飞的女孩》获奖。

9月

4日,浙江省作家协会儿童文学创委会与上虞市教体委、金近小学联合在上虞市金近小学建立"浙江省青少年作家培训基地"。

22日,著名儿童文学作家洪汛涛(1928—2001)在上海逝世,享年73岁。其代表作《神笔马良》享誉中外,另有童话理论专著《童话学》。

23日至25日,中国作家协会儿童文学委员会2001年年会在上海与浙江天目山召开,本届年会由少年儿童出版社承办。会上讨论了高洪波所作的《儿童文学委员会2001年1—3季度工作总结和2002年儿童文学委员会工作要点》,并就儿童文学理论批评现状,儿童文学图书、期刊的出版等问题进行研讨。

本月,《文学报》推出全新专版"中学生社团文学专辑"。

中国出版协会少读工委在成都举办"中国儿童文学出版研讨会",会上就国际出版资源的利用、中国儿童文学读物能否畅销等问题进行了讨论。

北京师范大学中文系招收的我国第一届儿童文学博士生于本月入校,本届招收了王林、金莉莉与台湾张嘉骅3名博士生。

全国第一部向青少年全面介绍西部大开发的综合性少儿知识读物——《小灵通西部行》由少年儿童出版社出版。

10月

6日,第12届冰心奖(图书奖、新作奖、艺术奖)在北京举行颁奖大会。81种图书获图书奖,萧萍、雪涅、林彦等22人获新作奖。

16日至19日,第五届国家图书奖终评在北京揭晓。其中儿童文学获奖作品有《好阿姨新童话丛书》获国家图书奖;《现代中国儿童文学主潮》《大头儿子和小头爸爸全集》《生命状态文学》丛书等获提名奖。

本月,中国作家协会鲁迅文学院少年作家班、《中国少年作家》编辑部主办的第二届"中国少年作家杯"全国文学作品大赛评奖揭晓并举行颁奖大会。

辽宁省作家协会、(上海)少年儿童出版社、辽宁省儿童文学委员会等主办的"薛涛儿童文学创作研讨会"在辽宁营口召开。

11月

2日至4日,"海峡两岸儿童文学学术研讨会"在台湾台东师范学院举行,束沛德、王泉根、林阿绵、马力、李玲、王林等应邀参加了会议,并在会上发表了论文。

本月,第二届张天翼童话寓言奖在湖南长沙举行颁奖典礼,安武林、张秋生等人获奖。该奖主办单位为中国作家协会儿童文学委员会、湖南教育报刊社《小学生导刊》《中外童话画刊》、湖南省童话寓言文学研究会。

海峡两岸儿童文学工作者桂文亚、张之路、方卫平、汤锐、孙建江等聚会浙江师范大学,就两岸儿童文学进行了交流。

人民美术出版社在北京召开"中国连环画走过50年"座谈会。

12月

18日至12月22日,中国文学艺术界联合会第七次全国代表大会、中国作家协会第六次全国代表大会在北京举行,中共中央总书记、国家主席、中央军委主席江泽民出席开幕式并发表重要讲话，李鹏、朱镕基、李瑞环、胡锦涛、李岚清出席了开幕式。开幕式前，江泽民总书记等中央领导同志接见了出席两会的全体代表并与代表们合影留念。两会选举产生出了新一届中国文联和中国作家协会的领导机构。周巍峙再次当选为新一届的文联主席。巴金再次当选为新一届的作家协会主席，副主席为王蒙、韦其麟、丹增、叶辛、李存葆、张平、张炯、陈忠实、陈建功、金炳华、铁凝、黄亚洲、蒋子龙、谭谈。参加中国作家协会第六次全国代表大会的儿童文学作家共59人，他们是：北京王泉根、孙幼军、金波、星河、曹文轩、葛竞、葛翠琳、管桦，河北徐光耀，辽宁党兴昶，吉林薛卫民、常新港，上海叶永烈、任溶溶、竹林、陈丹燕、秦文君，江苏刘健屏、祁智、金曾豪、海笑、黄蓓佳，浙江沈虎根，安徽刘先平、徐瑛，福建郭风（回族），江西孙海浪，山东刘海栖，湖北段明贵、徐鲁、董宏猷，湖南谢璞，广东王俊康（回族）、杨羽仪、蔡玉明，海南张品成；重庆蒲华清，四川徐康，云南吴然、张昆华（彝族），陕西李凤杰，解放军沈石溪，中央机关孙云晓、张之路、保冬妮（回族）、海飞、袁鹰、严文井、杨鹏、宗璞、郭曰方、商泽军、束沛德、肖复兴、柯岩（满族）、草明、顾骧、高洪波、梅志。其中，8人担任中国作家协会第五届全国委员会委员，他们是：刘先平、孙云晓、秦文君、徐康、高洪波、黄蓓佳、曹文轩、樊发稼。

本年

王泉根主编的《世界儿童文学精选丛书》（30种）由北京少年儿童出版社出版。

王泉根主编的《童话故事大世界丛书》（75种）由中国和平出版社出版。

张美妮、金燕玉主编的《百年中国儿童文学精品文丛》（9种）由新世纪出版社出版。

金波主编的《"蓝夜书屋"丛书》由北京少年儿童出版社出版。

《中国少年环境文学创作丛书》（8种）由花山文艺出版社出版。

本年加入中国作家协会的儿童文学作家有韩松、黄喆生、张玉清、姚华玉、伍美珍、杨永超（杨老黑）、孙高、王树槐、王晋康、张祖渠、杨明火。

本年儿童文学博士学位论文有：1.北京大学中国现当代文学专业李学武的《蝶与蛹——关于中国当代小说成长主题的考察与思考》，指导教授曹文轩；2.北京师范大学学前教育学专业周逸芬的《幼儿喜爱之幽默图画书的特质》，指导教授陈帼眉；3.东北师范大学教育学原理专业姚伟的《儿童观的时代性转换》，指导教授王逢贤。

本年摄制儿童故事影片9部，主要有：中国电影集团的《王首先的夏天》《六月男孩》《妈妈没有走远》3部，上海电影制片厂的《真情三人行》，天山电影制片厂的《微笑的螃蟹》，山西电影制片厂的《二十五个孩子一个爹》，福建电影制片厂的《棒球少年》等。

本年全国共出版少年儿童读物7254种，其中新出4433种；总印数22875万册，其中新出9123万册，总印张757450千印张，其中新出379741千印张，定价总金额152504万元。较上年种数增长3.57%，印数增长35.46%。

2002 年

1 月

18日，"刘先平《大自然探险系列》作品专题研讨会"在北京召开。会议就大自然文学在文学界的兴起进行了热烈讨论。

本月，由上海《少年文艺》主办的"乐渭琦作品研讨会"在上海少年儿童出版社举行。

第15、16届"湖南省青年文学奖"揭晓，儿童文学作家邓湘子获此奖项。

少年儿童出版社《娃娃画报》杂志社举办的"童话名家奖"揭晓，保冬妮的《睡婆的魔杖》获一等奖。

中国作家协会儿童文学委员会选编的《2001 中国年度最佳儿童文学》《2001 中国年度最佳童话》由漓江出版社出版。曹文轩编选的《21 世纪中国文学大系·2001 年儿童文学》由春风文艺出版社出版。自本年起,儿童文学年选类书系逐年出版。

《儿童文学》杂志与中国科协接待来自北极的美国阿拉斯加州州长一行,并举行了"走进北极——与爱斯基摩人交朋友"活动。

2 月

26 日,王泉根在《文艺报》发表文章,呼吁为了中华民族的未来一代,必须重视儿童文学学科建设。

26 日,由中国科普研究所主办、科学时报社与中国少年儿童出版社协办的"科学与文学科普高级论坛"在北京科技会堂举行。

本月,第三届辽宁优秀儿童文学奖在沈阳颁发。

山东设立"齐鲁文学奖",该奖设文学创作奖、文学评论奖、文学编辑奖和特别奖 4 个奖项,每 3 年评选一次,其中文学创作奖中包括儿童文学奖。获中国作家协会全国优秀儿童文学奖者,可获得特别奖。

在济南召开的"优秀儿童舞台剧《宝贝儿》座谈会"上,文化部罗英向全国家长和教育界提议:不要忽视儿童剧在儿童成长中的作用。

3 月

吉林省作家协会、吉林省文学创作中心在长春召开吉林作家协会首届文学创作颁奖大会。姚业涌的儿童诗集《海星星》获优秀作品奖。

重庆儿童诗诗人"徐国志诗歌研讨会"召开。

5 月

21 日,第十届优秀儿童电影"童牛奖"在北京国家广电总局广播剧场颁奖。《棒球少年》《真情三人行》《六月男孩》获优秀故事片奖,《微笑的螃蟹》《TV 小子》获评委会奖,获儿童评委"优秀影片奖"的是《棒球少年》。

26 日,中国作家协会第五届全国优秀儿童文学奖颁奖大会在北京举行,中国作家协会党组书记、副主席发表重要讲话。同日,中国作家协会儿童文学委员会在北京召开"儿童文学创作座谈会",参加会议的有获奖作者和责任编辑等。

本月,上海《少年文艺》和安徽省作家协会联合在合肥举办"伍美珍校园文学作品研讨会"。

北京师范大学中文系宣布,2003 年将招收科幻文学研究生,这在中国高校的研究生教育史上还是首次。吴岩成为首批科幻文学硕士研究生导师。

6 月

1 日,"心海之声——中国作家协会第五届全国优秀儿童文学奖颁奖仪式"在中央电视台播出。

7 月

12 日至 18 日,第七届中国国际儿童电影节在山东淄博举行。主办单位:国家广播电影电视总局电影局。承办单位:淄博市人民政府、中国电影集团公司、中国儿童少年电影学会。中外参展影片:外国 17 部、中国 10 部。参展国家和地区有加拿大(2 部)、印度、德国、冰岛、奥地利(2 部)、俄罗斯、美国(3 部)、瑞典、丹麦、伊朗、捷克(2 部)、中国和中

国台湾地区。此次电影节期间还举行"第一次中小学影视教育国际会议"，标志着我国中小学影视教育发展到一个新的水平。13 日，在这次研讨会开幕式上，中国教育学会宣布正式成立"中国教育学会地方课程淄博影视教育研究中心"，将中小学影视文化课作为全国性地方课程的重点研究项目，为中小学影视文化课的研究与发展创造良好条件。

8 月

17 日，著名作家、诗人、北京市文联主席管桦（1922—2002，原名鲍化普）在北京去世，享年 80 岁。管桦著有《小英雄雨来》等儿童小说，由他作词的儿童歌曲《听妈妈讲过去的事情》《快乐的节日》等传唱至今。

22 日至 25 日，中国宋庆龄基金会和中国作家协会共同主办，辽宁省儿童文学学会、大连市文学艺术界联合会承办的"第六届亚洲儿童文学大会"在大连举行。来自中国、日本、韩国、新加坡、马来西亚、蒙古、哈萨克斯坦以及我国台湾、香港地区的 200 多位儿童文学作家、评论家、儿童教育工作者、出版工作者参加了会议。中国宋庆龄基金会主席胡启立发来贺信，中国作家协会党组成员、书记处书记高洪波、中国宋庆龄基金会秘书长俞贵麟出席大会并讲话。大会先后举行了 6 场论坛，80 多位代表围绕该届大会的主题"和平、发展与新世纪的儿童文学"，就现代文明、现代教育与儿童生存、生态环境与儿童文学、电子传媒与儿童文学、各国儿童文学的现状与面临的挑战和机遇等问题进行了深入研讨。樊发稼致大会闭幕词。大会的论文集《当代儿童文学的精神指向》（赵郁秀主编），由辽宁少年儿童出版社出版。

本月，经中国作家协会书记处研究，中国作家协会主席团批准，中国作家协会儿童文学委员会的成员做了调整，新一届儿童文学委员会主任委员为束沛德、高洪波，副主任委员为樊发稼、张之路，委员有（以姓氏笔画为序）：方卫平、王泉根、王宜振、白冰、刘先平、刘海栖、刘健屏、孙云晓、孙幼军、沈石溪、张明照、金波、秦文君、徐德霞、海飞、曹文轩、董宏猷、薛卫民，秘书李东华。

由中国作家协会儿童文学委员会和深圳市作家协会共同举办的"李倩妮（妞妞）的长篇小说《长翅膀的绵羊》研讨会"在深圳举行。

中国作家协会儿童文学委员会、中国少年报社、中国平安保险公司共同举办了"平安杯"全国青少年征文比赛，共有 25 万青少年参加了比赛。

《林格伦作品集》中文版座谈会"在瑞典驻华大使馆举行。

中国作家协会儿童文学委员会和辽宁省作家协会儿童文学委员会共同举办的女诗人"王立春诗集《骑扁马的扁人》讨论会"在大连召开。

中国作家协会儿童文学委员会选编的《2001 中国儿童文学年鉴》由江苏少年儿童出版社出版。

9 月

6 日，以"节日在九月"为题的尹世霖儿童诗朗诵演唱会于教师节前夕在北京七色光剧场举行。

本月 21 日至 10 月 7 日，应北京师范大学中文系邀请，澳大利亚麦考利大学文学院教授、国际儿童文学研究会前会长、《国际儿童文学研究》主编约翰·史蒂芬斯到北京师范大学中文系进行为期 17 天的儿童文学学术交流与访问讲学活动，并先后为儿童文学专业博士生、硕士生做了 8 次讲座，两场全校学术演讲。内容涉及儿童文学与儿童文化、儿童文学研究新方法、后现代和儿童文学、儿童图画书等。约翰·史蒂芬斯教授并与王泉根教授商谈了合作主编中文版《当代西方儿童文学新论译丛》事宜。

本月，中国编辑学会在陕西西安召开"少儿编辑工作研讨会"。少儿读物专业委员会协办，未来出版社承办。

10月

3日，原《北京日报》"小苗"儿童副刊负责人、幼儿文学作家常瑞（1940—2002）在北京逝世，享年62岁。著有故事童话集《小面人》、诗集《彩色的小船》等。

16日，第13届冰心奖在中国现代文学馆举行颁奖大会，26名作者获冰心儿童文学新作奖，28家出版社的86种图书获冰心儿童图书奖。

20日至25日，全国少年儿童出版社社长年会在上海举行并庆祝少年儿童出版社50华诞。少年儿童出版社50年间共出版12000多种、15亿册图书。同时举行了"中国少儿出版理论体系建设暨《童书海论》出版研讨会"。

26日至28日，由中国作家协会、中国教育学会共同主办的"全国校园文学研讨会"在湖北荆州召开。

本月，以海飞为团长的国际儿童读物联盟中国分会（CBBY）代表团一行14人赴欧参加"国际儿童读物联盟（IBBY）50年庆典暨第28届年会"。2002年度安徒生奖的颁奖典礼也同时在瑞士巴塞尔举行，秦文君、吴带生分获安徒生作品奖、插图奖的提名奖。

11月

28日至30日，中国寓言文学研究会2002年年会在郑州召开，年会的主要论题是"寓言文学创作在新世纪如何进一步开拓创新"，中国作家协会书记处书记高洪波为年会发来贺信，会长仇春霖作题为"与时俱进，开拓创新"的主题报告，常务副会长樊发稼作总结发言。

本月，经中共上海市委宣传部批准，陈伯吹儿童文学基金会委员会正式成立，这是我国第一个以儿童文学作家名字命名的文学基金会。

儿童文学作家、江苏文艺出版社社长刘健屏当选中共十六大代表，参加党的十六大。

12月

8日，中国现代文学馆青少年写作指导中心成立。

17日至18日，换届后的中国作家协会儿童文学委员会第一次年会在北京召开。主任委员高洪波、束沛德，副主任委员樊发稼主持会议。与会委员从各自不同的角度对今年的工作进行了总结和回顾，并对当前儿童文学创作和出版中值得注意的问题和现象进行了深入热烈的讨论。培养新人、扶持新人，推动中国原创儿童文学的知名品牌，是这次年会讨论最为热烈的话题。

本月，第13届中国图书奖揭晓，《蓝夜书屋》《世纪畅想曲·理想之歌》等儿童文学作品获奖。

本年

海峡两岸儿童文学联合征文揭晓：四川的杨红樱与台湾的林哲璋获童话组大奖，湖北的张兴武与台湾的颜肇基获童诗组大奖。

《赵燕翼儿童文学集》由甘肃少年儿童出版社出版。

《金江文集》（4卷）由中国戏剧出版社出版。

《李风杰文集》（4卷）由中国文联出版社出版。

王泉根主编的《红宝石世界文学名著经典（少年版）丛书》（40种）由晨光出版社出版。

《中国当代寓言新作精品丛书》由湖北少年儿童出版社出版。

《彩乌鸦系列》（德国幻想文学）由二十一世纪出版社出版，2005 年出齐。

本年，杨鹏工作室成立，这是国内首个以流水线方式创作儿童文学和科幻作品的作家工作室。

本年加入中国作家协会的儿童文学作家有周晓波、朱自强、安武林、简平、汪晓军、韩静慧。

本年儿童文学博士学位论文有：1.北京师范大学学前教育学专业康长运的《幼儿图画故事书阅读与发展研究》，指导教授庞丽娟；2.北京师范大学教育学原理（课程与教学论）专业赵静的《儿童文学：一种重要的课程资源》，指导教授裴娣娜；3.南京大学中国现当代文学专业樊国宾的《"主体"之生成：当代成长主题小说研究》，指导教授丁帆。

本年摄制儿童故事影片 13 部，主要有：中国电影集团的《我是一条鱼》《潇洒走一回》《我的小学》等 5 部，上海电影集团的《花儿怒放》等 2 部，南京电影制片厂的《五月八日》，山西电影制片厂的《暖春》，湖北电影制片厂的《少女穆然》，宁夏电影制片厂的《聪明小鬼斗笨贼》，共青团中央网络影视中心的《少年英雄》等。

本年全国共出版少年儿童读物 7393 种（初版 4193 种），印数为 23042 万册（张），694849 千印张，总定价 151063 万元。较上年种数增长 1.92%，印数增长 0.7%。进出口方面，少儿读物类出口 49018 种次，33.01 万册，47.87 万美元；进口 27475 种次，15.93 万册，71.67 万美元。

2003 年

1 月

11 日，作家出版社在北京万圣书园举行"《曹文轩文集》首发式暨研讨会"。王蒙、陈建功、高洪波、张胜友、李国文、束沛德、温儒敏、谢冕、洪子诚、雷达、曾镇南、樊发稼、王泉根等出席。与会学者、作家积极评价了曹文轩创作、学术上的卓异成就以及《曹文轩文集》的出版对中国当代文学的现实意义。

17 日至 18 日，香港教育学院举办了"儿童文学与语文教学"研讨会，主题是"回应课程改革：新世纪的儿童文学教学"。

本月，全国少年儿童"心中有祖国、心中有他人"主题教育活动暨"我做合格小公民"童谣征集、评选、传唱活动总结表彰大会在北京中国儿童中心举行。来自北京、天津、长沙、南昌等地的小朋友展示了自己创编的童谣歌曲。

本月，中国作家协会儿童文学委员会选编的《2002 中国年度最佳儿童文学》《2002 中国年度最佳童话》，由漓江出版社出版。

韦苇所著的《外国童话史》由河北少年儿童出版社出版。

广东省作家协会儿童文学委员会等单位在广州市少年宫举办了"曾应枫儿童文学创作研讨会"。

为期一年的庆祝《儿童文学》杂志创刊 40 周年征文大奖赛开始。《儿童文学》擂台赛自此开始，到 2014 年共举办了 11 届。

3 月

16 日，"《中国儿童文学五人谈》研讨会"在北京举行，此书系曹文轩、方卫平、朱自强、梅子涵、彭懿等五人对话当下儿童文学，由新蕾出版社出版。来自北京、天津、上海等地的儿童文学界 50 余人出席。

26 日，中国出版协会少读工委举办"中国安徒生奖（文学、插图）"评选活动。曹文轩、王晓明分别荣获该奖项的文学奖和插图奖，并被推荐为 2004 年国际儿童读物联盟（IBBY）"安徒生奖（文学、插图）"候选人。

4 月

17 日，重庆市永川汇龙小学被重庆市作家协会命名为"儿童文学校园"。该校园将儿童文学与教育创新有机结合，富有特色，在全国尚属首家。

本月，安徽省委宣传部和安徽省文联举办的"刘先平大自然探险系列作品研讨会"在合肥召开。会议研讨了由湖北少年儿童出版社出版的《东方之子刘先平大自然探险》系列丛书。

5 月

15 日，《文艺报》发表的高洪波创作的第一首关于"非典"的诗作《非典的日子》，被视为"文艺界抗击非典的第一枪"。

23 日，在毛泽东《在延安文艺座谈会上的讲话》发表 61 周年之际，由中宣部、北京市委、中国作家协会共同组织的中国作家赴抗击"非典"第一线采访团正式出征。当天下午，高洪波等 8 位作家前往北京第一家医治"非典"定点医院佑安医院进行首次采访。

6 月

1 日，北京市的儿童代表来到北大医院，将中国第一本儿童抗"非典"诗集——《非常童话》作为独特的礼物，送给战斗在抗击"非典"一线的叔叔、阿姨。北京苹果社区自 5 月 16 日开始举办"天使之歌——孩子们眼中最可爱的人"大型抗击"非典"儿童诗歌征集活动。主办方从征集来的数千首诗歌中精选出近两百首，汇编成中国第一本儿童抗"非典"诗集——《非常童话》。

17 日，著名科幻作家郑文光（1929—2003）在北京逝世，享年 74 岁。郑文光生于越南，被称为中国科幻文学之父，著有《飞向人马座》《大洋深处》《神翼》等科幻小说。

7 月

28 日，第 20 届陈伯吹儿童文学奖揭晓。周锐的童话小说集《出窍》获大奖，梅子涵的《我们的公虎队》等 10 部作品获优秀作品奖。从本届起，陈伯吹儿童文学奖设立了"杰出贡献奖"，专门奖励终身从事儿童文学事业并做出突出贡献的德高望重的老作家。本届"杰出贡献奖"的得主是著名儿童文学作家、翻译家任溶溶。

8 月

6 日，由北京市文联和《东方少年》杂志社共同主办的科幻文学大奖赛正式启动。

30 日，第 11 届优秀儿童电影"童牛奖"在北京展览馆剧场颁奖。《花儿怒放》《我和乔丹的日子》《少年英雄》获优秀故事片奖，《哈罗，同学》获评委会奖，获儿童评委"优秀影片奖"的是《少年英雄》。

本月，浙江省作家协会第 19 届儿童文学年会在杭州召开，年会主题为"培养浙江省儿童文学新人"。

中国作家协会儿童文学委员会选编的《2002 中国儿童文学年鉴》由江苏少年儿童出版社出版。

9 月

北京师范大学文学院中国首届科幻文学 3 名硕士研究生入学，揭开了我国科幻文学高层次研究人才培养的序幕。

本月初，作家出版社举办了为时一周的"儿童文学绿色草原行"活动，北京20多名杨红樱小书迷和女作家本人一道，赴内蒙古把几百本"杨红樱校园系列"图书，赠给了锡林郭勒实验二小、多伦县前街希望小学等四所草原希望小学和蒙古包的孩子们。

10日，由中宣部、科技部、广电总局、新闻出版总署、中国科协、国家自然科学基金委员会和中国作家协会联合主办的"第五届全国优秀科普作品奖颁奖大会"在人民大会堂隆重举行，一批优秀少儿科普读物获奖。

15日，河北少年儿童出版社举办的"《浦漫汀儿童文学论稿》出版座谈会"在北京举行。

24日至26日，北京师范大学中国儿童文学研究中心与昆明师范高等专科学校联合举办的"全国高校儿童文学教学研讨会"在昆明召开，来自全国40多所高校的教师就新世纪儿童文学学科面临的机遇与挑战等议题展开研讨，王泉根、沈石溪、吴然做了专题演讲。

26日，几代《少年文艺》的作者和读者在上海欢聚一堂，共同庆贺这本新中国创刊最早的儿童文学刊物的50岁生日。

29日，著名儿童文学家洪汛涛逝世两周年纪念座谈会暨《洪汛涛评传》首发式在上海举行。

本月，四川文学奖揭晓，中学生陈丹路的《当我与季节擦肩而过》、杨红樱的《男生日记》、意西泽仁的《珠玛》、李华的《会飞的蘑菇》、曾一珊的《对面的女孩看过来》、韩蓁的《我和女儿还有一只狗》和李晋西的《一个精灵的自述》等儿童文学作品获奖。

江西省作家协会组织评选的第五届谷雨文学奖在南昌揭晓，青年儿童文学女作家彭学军获得儿童文学奖。

第四届辽宁优秀儿童文学奖揭晓，王立春的儿童诗集《骑扁马的扁人》、单瑛琪的长篇童话小说《小哥俩和一只猫精》获奖。

10月

8日，"浙江作家节"召开庆祝大会。开幕式上，浙江省沈虎根、蒋风、倪树根等10位从事儿童文学创作30年以上、成绩斐然的老作家受到表彰。

19日，第六届宋庆龄儿童文学奖评奖在北京揭晓。本届评选共评出大奖作品3部、佳作奖作品16部、新人奖3人。彭学军的小说《你是我的妹》、常星儿的童话《吹口琴的小野兔阿洛兹》、张之路的科幻小说《非法智慧》荣获大奖，秦文君的小说《天棠街3号》、台湾桂文亚的散文《哈玛！哈玛！伊斯坦堡》等16部作品获佳作奖，张弘、林彦、赵海虹获新人奖。本届新增设的"特殊贡献奖"，授予了任溶溶、束沛德、蒋风和浦漫汀4位年逾古稀的儿童文学前辈。

22日，中国作家协会儿童文学委员会、《儿童文学》杂志和中国少儿报刊协会在北京召开"当代儿童诗研讨会"，就如何提升儿童诗的艺术品位，如何加强少年儿童的诗歌教育等问题进行了讨论。

24日，福建省有关领导与百余名福建文学界人士齐聚福州，参加由福建省文联、福建省作家协会、福建省文学院联合为86岁的著名作家郭风创作70年举行的隆重庆典。郭风是当代中国著名散文家、散文诗作家、儿童文学作家。70年来共出版了50多部作品，《孙悟空在我们的村子里》获中国作家协会第二届全国优秀儿童文学奖，《郭风散文集》获鲁迅文学奖。

本月，为庆祝《儿童文学》创刊 40 周年，《儿童文学》杂志在北京举行有 200 多人参加的庆祝大会。40 年来，《儿童文学》引领中国儿童文学的原创方向，被誉为"中国儿童文学第一刊"。中国少年儿童出版社出版了《儿童文学》典藏书库之《一路风景》——《儿童文学》创刊 40 周年优秀作品选（1993—2002）。在此后的两年内又出版了《盛世繁花》（1983—1992）、《岁月留香》（1963—1982），自此开创以出版《儿童文学》优秀作品选为主的《儿童文学》典藏书库系列丛书。

中国少年儿童报刊工作者协会小作家分会（中国小作家协会）经国家民政部批准（民社登〔2003〕第 2002 号）成立。受协会管理、委托，由《儿童文学》杂志主办，中国小作家协会是一个非营利性的少年文学爱好者的群众组织。

第六届国家图书奖评选揭晓。本届国家图书奖共评选出荣誉奖 12 种、正式奖 30 种和提名奖 99 种，其中 15 种少儿类图书获奖。

中国编辑学会少年儿童读物专业委员会在云南昆明举办研讨会。晨光出版社承办。

11 月

5 日，"第七届香港中文文学双年奖"颁奖典礼在香港中央图书馆举行。儿童少年文学组的"双年奖"得主是著名儿童文学作家黄庆云的《猫咪 QQ 的奇遇》。"香港中文文学双年奖"于 1991 年首次举办，每两年举办一次。

6 日至 10 日，安徽省委宣传部、安徽省作家协会和安徽省儿童文艺家协会在黄山联合主办"大自然文学研讨会"。与会专家、学者 50 余人一起，围绕现代意义大自然文学的特点、中外大自然文学的发展现状、如何繁荣大自然文学这三大中心议题进行探讨。

28 日，中国少年儿童报刊工作者协会文学艺术专业委员会、日本静冈儿童文化协会、浙江省文联和《少年儿童故事报》共同举办的"首届中日友好儿童文学奖"在杭州颁奖。本次儿童文学大赛以"关爱我们的地球"为主题，日本的小说《晚霞上的 SUN》获得大奖，另有 23 篇儿童文学作品分别获得提名奖和入围奖。

本月，第九届"五个一工程·一本好书"奖在北京揭晓，《五星红旗》《解读生命丛书》获优秀作品奖；《芝麻开门》《阿笨猫全传》等获入选作品奖。

湖南省益阳市儿童文学作家卓列兵再次向少年读者捐赠书籍。近十年来，他先后主持组织了 6 次捐书助学活动，向资阳、安化、桃江等县的灾区学校、贫困乡村学校捐赠价值 40 余万元的图书，其中有自己的作品集 1000 余册，计 10 万余元。

12 月

5 日至 10 日，中国作家协会儿童文学委员会年会在浙江青田召开，本次年会的主题是"儿童文学要加强对青少年的道德教育，给青少年的健康成长营造绿色的文化空间"。高洪波、樊发稼、张之路等 30 余人参加了会议。

5 日，"山东省童话创作暨刘北作品研讨会"在山东临清举行。

21 日，中国作家协会儿童文学委员会发表呼吁书，吁请全社会关注儿童文学教学这一关系中华民族未来的重大现实问题。呼吁书建议直接培养中小学师资的各类师范院校都开设儿童文学课，加强素质教育；建议高校加强对中国现当代文学和外国文学教师的培训，提高他们的儿童文学素养。

23 日，由中国作家协会、山东作家协会和明天出版社共同举办的"邱勋文学创作 50 年研讨会"在济南召开。

本月，束沛德的儿童文学评论集《守望与期待》由接力出版社出版。

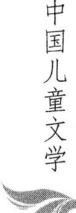

本年

国内童书市场前 10 位畅销书全是引进版图书。其中，人民文学出版社引进出版的英国 J.K.罗琳的"哈利·波特"系列、接力出版社引进出版的美国 R.L.斯坦的"鸡皮疙瘩"系列、浙江少年儿童出版社引进出版的奥地利托马斯·布热齐纳的"冒险小虎队"系列，在畅销书中占据了主导的地位。

广东新世纪出版社特别关注"非典"时期儿童的实际生活，在抗击"非典"的第一时间出版了反映"非典孤儿"杰仔不幸遭遇的作品《杰仔的故事》，在社会上引起很大反响。此书荣获第六届国家图书奖特别奖。

《儿童文学传世名著书系》由中国少年儿童出版社出版，至 2004 年出齐。

本年加入中国作家协会的儿童文学作家有王一梅、王巨成、王浙英、任哥舒、孙卫卫、许维、齐敏、何署坤、李志伟、李晋西、林彦、洪敬业。

本年儿童文学博士学位论文有华中师范大学中国现当代文学专业冯海的《从训诫到交谈：中国新时期童话创作发展论》，指导教授张永健。

本年摄制儿童故事影片 14 部，主要有：中国电影集团的《女生日记》《危险智能》等 3 部，潇湘电影制片厂的《飘扬的红领巾》《纸飞机》等 3 部，广西电影制片厂的《风雨上海滩》，辽宁电影制片厂的《生存岛历险记》，江西电影制片厂的《勇敢少年》，山东电影制片厂的《小宝贝和大宝贝》，浙江电影制片厂的《寒号鸟》，安徽电影制片厂的《三毛救孤记》，长春电影制片厂的《灿烂的季节》等。

本年全国共出版少年儿童读物 7588 种（初版 4646 种），印数为 19895 万册（张）、713282 千印张，总定价 150631 万元，与上年相比，种数增长 2.64%（初版增长 10.8%），总印数下降 13.66%，总印张增长 2.65%，总定价下降 0.29%。全国图书总销售中显示：少儿读物类 5.94 亿册，38.61 亿元，占销售数量 3.8%，占销售金额 3.6%。与上年相比，册数增长 14.15%，金额增长 16.39%。

2004 年

1 月

10 日，"第六届全国优秀少儿图书奖"颁奖大会在北京国际展览中心举行。本届参评图书共计 260 种（套）1161 册，共评出获奖图书 95 种，其中一等奖 15 名，二等奖 30 名，三等奖 50 名。一等奖获奖的儿童文学图书有冰波的《阿笨猫全传》、刘先平的《大自然探险系列》、秦文君的《天棠街 3 号》、徐鲁的《徐鲁青春文学精选》等。

本月，全方位展示新时期儿童文学发展实绩的研究专著《中国新时期儿童文学研究》由河北少年儿童出版社出版。该书系教育部人文社会科学研究规划项目，由王泉根主编，数十位儿童文学专家、教授与博士生、硕士生合力完成。全书 120 万字，由 50 篇专题研究论文和 6 篇专题调研报告组成，另有文献存档专辑，记录新时期儿童文学的要事大事、作家队伍及重要评奖等。全书以中国新时期社会文化变革和当代文学演进为宏阔背景，对中国新时期儿童文学做了充实、具体的研究，勾画了 20 世纪后期中国儿童文学的总体格局。

浙江省作家协会"2000—2002 年度优秀文学作品"评奖揭晓，在 91 部入选作品中评出了 42 部作品。儿童文学获奖者为金志强、张婴音、李建树、倪树根、谢华、周晓波。

2 月

19 日至 22 日，中国出版协会少儿读物出版工作委员会第 13 次主任委员会议暨国际儿童读物联盟中国分会（CBBY）理事会会议在厦门举行。会议评审并通过曹文轩荣获"中国安徒生文学奖"、王晓明荣获"中国安徒生插图奖"，孙建江（浙江少年儿童出版社）、汤素兰（湖南少年儿童出版社）、郭玉婷（接力出版社）、曾敏（未来出版社）、薛晓哲（中国少年儿童版社总社）等 5 位同志荣获首届"叶圣陶编辑奖"。

27 日晚，"安徒生和中国"正式发布会在人民大会堂隆重举行。由汉斯·克里斯蒂安·安徒生 2005 基金会（HCA2005）、中国文化部和丹麦王国驻中国大使馆共同承办的旨在纪念安徒生诞辰 200 周年的一系列活动由此拉开帷幕。2005 年 4 月 2 日到 12 月 6 日，中国将成为庆典的主要舞台。这是中国首次举办如此大规模的安徒生纪念活动。

3 月

22 日，由中国作家协会儿童文学委员会，天津市教委、天津市交管局、天津市作家协会及市驾协联合主办的，旨在提高少年儿童交通安全及法制意识的"道路交通安全儿歌大赛"，面向全国有奖征稿。此次大赛历时 3 个月，共计收到全国各省市和香港地区寄来的参赛作品 4273 首。程宏明创作的《让爸爸睡好觉》等 54 首作品获奖。

本月，原人民文学出版社编辑、《科幻世界》主编之一、《作家论科学文艺》（两卷本）、《论科幻小说》的主编黄伊在北京逝世。

4 月

13 日，中国儿童文学研究中心在北京师范大学成立，王泉根担任中心主任。高洪波、束沛德、蒋风、樊发稼、金波、曹文轩、赵惠中、孙云晓、汤锐、林阿绵、卜卫等儿童文学作家、评论家被聘为中心的兼职研究员。中国儿童文学研究中心将把加强儿童文学的社会化推广与应用、提升儿童文学学科应有的学科地位、加强中外儿童文学与海峡两岸儿童文学的交流，以及科幻文学研究等作为今后研究的重心。同时，该中心还将开展"当代西方儿童文学新论丛书"和"科幻文学学科体系建设丛书"的研究译著工作等。高洪波向中心捐赠了数千册藏书，以表对中心成立的祝贺。

28 日至 29 日，辽宁省青年儿童文学作家"于立极儿童文学作品研讨会"在大连召开。

5 月

3 日至 6 日，中国"小作家协会"第一次全国代表大会在钓鱼台国宾馆会议厅召开，来自全国各地的 120 余名小作家代表参加了会议。

26 日至 6 月 1 日，第八届中国国际儿童电影节在浙江横店举行。主办单位：广电总局电影局。承办单位：横店集团、中国儿童少年电影学会。中外参展影片：外国 15 部、中国 10 部。参展国家与地区有丹麦（2 部）、奥地利、波兰、斯里兰卡、伊朗、巴西（2 部）、德国、挪威、美国（3 部）、新加坡、印度、中国和中国台湾地区。其中《勇敢少年》《娃娃》《夏日幽灵》《憨仔鬼精灵》《泰娜》等 5 部影片获得"第八届中国国际儿童电影节小观众最喜欢的影片"奖。第 12 届中国电影"童牛奖"颁奖典礼同时举行。《危险智能》获"小观众最喜欢的影片"奖，《女生日记》《纸飞机》《危险智能》《寒号鸟》获优秀故事片奖，《成人仪式》获优秀电视电影奖，《猜猜猜》获优秀电影歌曲奖。29 日召开"横店·中国中小学生影视教育研讨会"。在总结和交流中小学影视教育工作、展示中小学影视教育成果的基础上，就中小学影视教育的现状和发展、优秀影视片的创作、发行机制等问题进行了研讨，以进一步推动中小学影视教育。

27 日，重庆首次儿歌大赛——"界石杯"重庆儿歌创作大赛颁奖会在重庆市巴南区举行。

28 日，儿童文学作家 "杨红樱作品研讨会" 在四川成都举行。研讨会由成都市委宣传部、成都市精神文明办、成都市文联、成都市教育局和中国作家出版集团联合举办。

30 日，北京儿童文学研究中心成立仪式在西城区青少年儿童图书馆举行，儿童文学作家孙幼军、金波、马光复、庄之明、尹世霖、张之路等与 "青青草" 文学社的小会员们共同庆祝这个属于儿童的文学机构的诞生。

本月，北京师范大学文学院申报的 "科幻文学理论研究和学科体系建设" 科研项目获得 2004 年度国家社会科学基金资助，该课题负责人为吴岩、王泉根。这是我国第一个国家级科幻文学研究课题，标志着我国科幻文学理论与学科建设迈开了新的一步。

"六一" 前夕，季羡林、王蒙、铁凝、陈建功、高洪波、柯岩、王安忆、贾平凹等 55 位著名作家联名向全国文学界和全社会发出倡议，为西部等贫困地区中小学生筹建 "育才图书室"，捐献儿童文学等优秀读物。该活动得到中央的关心和支持。6 月 1 日，温家宝总理亲笔为该活动复信，对这一活动予以充分肯定，并对作家们的倡议表示支持。

"六一" 前夕，安徽儿童文学作家协会和合肥幼儿师范学校就繁荣安徽省幼儿文学创作举行座谈会。

"六一" 前夕，我国培养的首届 3 位儿童文学博士生在北京师范大学通过博士学位论文答辩，成为我国第一批儿童文学博士。2001 年，北京师范大学在我国率先招收中国现当代文学专业儿童文学研究方向博士生，王林、金莉莉以及来自台湾的张嘉骅经过严格考试被录取，导师王泉根教授。此次通过答辩的博士学位论文分别为张嘉骅的《儿童文学的童年想象》、金莉莉的《儿童文学叙事研究》、王林的《论现代文学与晚清民国语文教育的互动关系》。

6 月

1 日，第 12 届优秀儿童电影 "童牛奖" 在浙江东阳横店体育馆颁奖。这也是童牛奖的最后一次评奖。从 2005 年起，在中国电影 "华表奖" 中设立 "优秀儿童影片奖"。

1 日，安徽省幼儿文学委员会在合肥幼儿师范学校成立，合肥幼儿师范学校校长曾庆和当选为幼儿文学委员会主任。

5 日，"新童谣" 征集与讨论会在北京少年儿童出版社召开。由北京市精神文明办、团市委、市教委等单位共同主办，北京少年儿童出版社具体负责此项工作。

15 日，由中国少年儿童新闻出版总社、北京师范大学中国儿童文学研究中心和辽宁省儿童文学学会联合举办的辽宁省大连青年作家 "刘东报告文学《轰然作响的记忆》研讨会" 在中国少年儿童出版总社举行。

15 日，由北京作家协会主办、杨鹏工作室制作与维护的 "国际华文儿童文学网" 问世。

17 日，"幼儿诗歌与幼儿教育" 研讨会在重庆市召开。束沛德、樊发稼、金波以及重庆市诗人、儿童文学作家和教师近百人参加了会议。

21 日，由上海文学发展基金会与上海市作家协会主办、上海儿童读物基金会承办的 "上海市作家协会幼儿文学奖" 颁奖。儿童文学作家郑春华凭《一年级的马鸣加》《卷毛头》蝉联一等奖。已连续举办了 4 届的幼儿文学奖 8 年里共收到低幼儿童文学作品 293 篇（本），其中著作 24 本，单篇作品 269 篇。

22 日，北京少年儿童出版社和北京学有路图书公司在七省驻京办福建宾馆召开了 "'男孩·女孩' 成长文学丛书研讨会"。

28 日，中国作家协会召开第六届主席团第六次会议。会议提出，要推进少儿文学的繁荣,首先要加大少儿文学作品创作的力度,积极组织作家深入实际、深入生活,熟悉少年儿童;加强对少儿文学重点作品创作的扶持,鼓励广大作家创作出更多集思想性、娱乐性、趣味性、教育性于一体的,为未成年人所喜闻乐见的优秀少儿文学作品。其次要加强少儿文学创作队伍建设,把少儿文学作家的培养纳入鲁迅文学院中青年作家高级研讨班的整体规划中,抓好学习培训,进一步发挥中国作家协会儿童文学委员会在团结队伍、繁荣创作方面的积极作用。最后要做好少儿文学评奖、评论、评介工作,精心组织好第六届全国优秀儿童文学评奖;中国作家协会所属报刊社、出版社和网站要积极组织刊发或出版少儿题材的小说、诗歌、散文、报告文学等作品和评论文章;中国现代文学馆应坚持免费向未成年人开放。

为隆重纪念安徒生诞辰200周年,国际儿童读物联盟中国分会(CBBY)于6月至10月底,在全国30余家少儿出版社调研统计安徒生童话图书的出版情况。统计结果表明,从1955年11月至2004年10月,少儿出版界共出版安徒生童话图书、传记、研究著作等共159种版本及23.70万篇,发行量超过6861010册,其中23种版本荣获22种奖项。

7月

5日,由长春市文学艺术界联合会主办的"长白山儿童文学笔会"在吉林长春召开。

12日至15日,全国"小诗人"夏令营在浙江东阳横店度假村举行。

14日,上海国际儿童戏剧节拉开帷幕。首场上演澳大利亚雪梨华儿童艺术剧院的《珍重!少男少女!》,在为期一个月的戏剧节中,共有来自6个国家和地区的8台精彩儿童剧演出,4万青少年走进剧场享受这一文化大餐。

19日,为贯彻落实中共中央国务院《关于进一步加强和改进未成年人思想道德建设的若干意见》精神,文化部聘请从事青少年心理、教育等领域的专家组成评审组,对征集到的两千多部音像制品进行评审,最终评出"百部未成年人优秀音像制品",将此共112部适合广大未成年人的优秀音像制品目录向全社会公布推荐。其中有:电影故事片类34部,美术类35部,科教片、纪录片类22部。

8月

2日至5日,《儿童文学》杂志和中国作家协会儿童文学委员会在河北唐山月坨岛风景区召开"当代儿童小说研讨会"。

4日至9日,第七届亚洲儿童文学大会在日本名古屋青少年文化中心召开。大会主题为"亚洲儿童读物的未来:为了共生时代的孩子们"。分主题为:1.亚洲幻想文学的可能性和课题;2.图画书与民族文化;3.共生社会、生态环保与儿童文学;4.当代儿童生存的现状与儿童文学;5.促进相互交流创作、评论、研究。来自中国、日本、韩国、马来西亚以及中国台湾、香港地区的200余名儿童文学工作者出席会议。中国大陆蒋风、赵郁秀以及台湾林焕彰等50多名代表到会。在本次大会上,王泉根被推选担任亚洲儿童文学学会副会长。

9月

2日,搜狐网社区召开"《青色雨》(谢倩霓)作品研讨会",这是我国儿童文学作家的第一个网上作品研讨会。

14日,由中国作家协会、江苏省委宣传部、江苏省作家协会、江苏省出版集团联合举办的"未成年人思想道德建设文学在线系列活动"在北京中国现代文学馆开幕。全国人大常委会副委员长顾秀莲到会讲话,并举行了"江苏作家校园行"授旗仪式。中国作家协会党组书记金炳华、江苏省委宣传部长孙志军致辞，并通过了江苏作家致全国文学界的倡议书《为少年儿童提供更美更好的精神食粮》。开幕式后举行了"江苏儿童文学获奖作品研讨会"。北京会议后，江苏儿童文学作家由黄蓓佳带队赴南京、扬州、淮安三地举行"儿童文学进校园"的活动。

本月，黑龙江省作家协会组建了省少儿文学创作专业委员会。

10月

8日，胡风的夫人、著名儿童文学作家和传记作家梅志（1914—2004）在北京逝世，享年90岁。梅志著有《小面人求仙记》《小红帽脱险记》《小青蛙苦斗记》。

本月，中国寓言文学研究会第九届年会在浙江嵊州召开，并举行了"金骆驼寓言文学奖"的颁奖，82岁的老作家金江荣获该奖最高奖特殊贡献奖。本届年会进行了换届选举，樊发稼当选为会长。

15日是"童话爷爷"严文井的90华诞，数十位曾经与严文井一道工作过的同志聚会在人民文学出版社，参加由该社举办的"严文井文学创作72周年暨《严文井选集》出版座谈会"。

17日至18日，"海峡两岸儿童文学研讨会"在北京师范大学举行。来自台湾的儿童文学作家马景贤、桂文亚、林文宝、邱各容等和大陆作家金波、张美妮、樊发稼、曹文轩、王泉根、张之路、秦文君、白冰、汤锐等近50人参加了会议。大家回顾了海峡两岸儿童文学交流的历史，探讨了海峡两岸儿童文学创作的现状，还就两岸继续加强联系与合作进行了沟通。1989年8月，海峡两岸儿童文学作家、评论家首次相聚，本次研讨会也是为了纪念两岸文学交流15周年。

20日，《儿童文学》杂志社在中国少年儿童出版总社举办了"海峡两岸儿童文学创作交流座谈会"。儿童文学作家、评论家、学者马景贤、桂文亚、林文宝、邱各容、金波、金本、徐德霞、杨福庆等出席并发言。

24日，《儿童文学》杂志社发起的"志鸿优化杯第二届《儿童文学》小说擂台赛"新闻发布会在北京举行。

27日，教育界、新闻出版界在北京举行座谈会，纪念我国现代文化史、教育史、出版史和儿童文学史上的杰出人物叶圣陶诞辰110周年。全国人大常委会副委员长、民进中央主席许嘉璐在座谈中回顾了叶圣陶追求进步、追求光明、追求真理的一生，有关部门负责人和叶圣陶之女叶至美在座谈会上发言。

29日至11月1日，"全国儿童文学创作会议暨第六届（2001—2003）全国优秀儿童文学奖颁奖会"在深圳举行。获全国优秀儿童文学奖的作品中，长篇小说有曹文轩的《细米》、常新港的《陈土的六根头发》、沈石溪的《鸟奴》、杨红樱的《漂亮老师和坏小子》，中短篇小说集有刘东的《轰然作响的记忆》，童话有王一梅的《鼹鼠的月亮河》、冰波的《阿笨猫全传》、金波的《乌丢丢的奇遇》，幼儿文学有白冰的《吃黑夜的大象》、熊磊的《小鼹鼠的土豆》，诗歌有王立春的《骑扁马的扁人》，散文有金曾豪的《蓝调江南》，纪实文学有妞妞的《长翅膀的绵羊》，理论批评有徐妍的《凄美的深潭："低龄化写作"对传统儿童文学的颠覆》。第六届新增设的"青年作者短篇佳作"奖，分别被三三的《一只与肖恩同岁的鸡》和赵海虹的《追日》捧得。在为期两天的全国儿童文学创作会议中，与会作家、学者们从不同的角度和层面，对如何繁荣和发展儿童文学创作，进行了探讨。中国作家协会党组书记、副主席金炳华，中宣部副部长李从军，中国作家协会党组成员、书记处书记高洪波，深圳市委常委、宣传部长王京生等，及120余名来自全国各地的儿童文学家、评论家、出版家出席了大会。本次会议的论文集《光荣与使命》由明天出版社出版。

本月，昆明市文联、昆明儿童文学研究会在昆明召开"关注未成年人，守望童心世界"研讨会。北京《儿童文学》主编徐德霞，上海《上海少年报》主编唐小峰、洪敬业，河南《故事世界》主编李叔和、关源成，浙江《少年儿童故事报》副主编张科，内蒙古《中外童话画刊》主编石振宇，杭州《小学生时代》主编郑益民，江苏南京《少年文艺》主编章红，以及云南、昆明的儿童文学家、儿童文学工作者等30余人参加了会议。

11 月

7 日，"2004 年冰心儿童图书奖暨儿童文学新作奖"在北京中国现代文学馆颁奖，韩青辰的《我们之间》（小说）、黑鹤的《雪域格桑》（小说）、邢思洁的《下河铺的那场电影》（散文）获大奖。另有 17 人获得佳作奖。冰心儿童文学新作奖自 1990 年设立以来，共有300 人获奖。

20 日，中国作家协会创研部、作家出版社、广东作家协会创研部、汕头市作家协会在汕头联合举办了"青年女诗人张怀存儿童诗集《铅笔树》研讨会"。

28 日，北京师范大学学位评审委员会通过"儿童文学"二级学科的评审，该学科被评为二级学科，并报国务院学位委员会办公室批准。这标志着北京师范大学文学院的儿童文学成为国内高校唯一拥有真正专业意义的二级学科。

28 日至 12 月 1 日，由福建人民出版社举办的"《世界科幻博览》办刊研讨会"在福州举行。科幻界的叶永烈、刘兴诗、郭建中、王逢振、姜云生参加了会议。

29 日，安徽省文联召开"苏平凡《希望的文学》作品研讨会"。安徽少年儿童出版社出版的《希望的文学》收录了苏平凡从 20 世纪 60 年代开始创作的科幻小说、科学童话、科学相声、科学故事、科学小品及儿童小说等。

12 月

6 日，国家广播电影电视总局在北京举行"首批国家动画产业基地和首批国家动画教学研究基地"授牌。首批国家动画产业基地 9 家单位是：上海美术电影制片厂、中央电视台中国国际电视总公司、三辰卡通集团、中国电影集团公司、湖南金鹰卡通有限公司、杭州高新技术开发区动画产业园、常州影视动画产业有限公司、上海炫动卡通卫视传媒娱乐有限公司、南方动画节目联合制作中心；首批国家动画教学研究基地 4 所高等院校是：中国传媒大学、北京电影学院、吉林艺术学院动画学院、中国美术学院。在授牌仪式上，中宣部副部长、广电总局局长徐光春指出，建立国家动画产业基地和国家动画教学研究基地是广电总局进一步推动我国动画产业快速健康发展的重要举措，标志着我国动画产业的发展树起了新的旗帜、迈入了新的阶段。

7 日，第 14 届中国图书奖评选结果公布，共有 139 种图书获奖。王宜振的《21 世纪校园朗诵诗》、郭大森的《写真童话故事集》、孙云晓的《唤醒巨人：成功教育启示录》等少儿文学图书入围。

15 日，为纪念中国第一部科幻小说《月球殖民地小说》发表 100 周年，北京市科协科普工作委员会和北京科普作家协会联合举办的"科普创作论坛——2004 科幻百年回顾与新趋势研讨会"在北京科技活动中心举行，各路与会专家会诊中国科幻小说。

22 日，甘肃省文联、省作家协会主办的首届甘肃"黄河文学奖"揭晓。诗人高凯曾获第五届"全国儿童文学奖青年作家短篇佳作奖"的《村小：生字课》获得"特别奖"。

23 日,中国作家协会重点作品扶持办公室发布 2004 年重点作品扶持篇目,其中有 3 部儿童文学作品:河南蓝蓝的《风媒花,虫媒花》、上海秦文君的《乡土少年》、安徽刘先平的《大漠的召唤——走向帕米尔高原》。

28 日,第二届河南省文学奖在河南郑州举行了颁奖仪式,青年女作家蓝蓝的童话集《蓝蓝的童话》获奖。

29 日,武汉作家协会第三届儿童文学创作委员会成立大会在湖北武汉召开。大会选举出 51 名作家组成新的创作委员会,徐鲁当选为新一届委员会主任,刘春霞等当选为副主任。

本月,方卫平主编的儿童文化丛刊《中国儿童文化》第一辑由浙江少年儿童出版社出版。

本年

中国出版工作者协会少儿读物出版工作委员会评出 "2004 年中国少儿出版十件大事",其中有:"河北少年儿童出版社王泉根主编的《中国新时期儿童文学研究》、接力出版社的《守望与期待——束沛德儿童文学论集》,成为考察、研究 20 世纪 90 年代和新旧世纪之交我国儿童文学的重要论著。张洁、杨鹏、刘东、徐鲁、祁智、汤素兰、彭懿、彭学军、三三、赵海虹等儿童文学青年作家声名鹊起。""接力出版社出版的著名儿童文学作家杨红樱原创系列儿童小说《淘气包马小跳》畅销 300 万册,引起很大社会反响。淘气、贪玩、调皮的马小跳和他的快乐同学的生活引领了 2004 年少儿阅读风潮。自由无拘、童心张扬的《淘气包马小跳》,获得孩子们的广泛认同,是国产原创儿童文学图书畅销的重大突破。"

少儿类畅销书排行榜上榜格局因"马小跳"而改变。虽然"哈利·波特"和"冒险小虎队"等引进版少儿图书继续保持热销,但这一年,开卷少儿类畅销书 TOP30 中,引进版图书减少至 6 种,而本土的"淘气包马小跳"系列入列 11 种。一年时间里,杨红樱的原创儿童文学"淘气包马小跳"系列的销量就达到了 300 万册。杨红樱和她的"马小跳"一举打破了 2000 年以来的引进版童书长期独霸中国少儿畅销书排行榜的局面。由此开始,杨红樱屡屡登上少儿畅销书排行榜,形成少儿畅销第一品牌。

杨红樱成为四川省第 10000 名造血干细胞捐献者,并受四川省骨髓库之邀,担任四川省造血干细胞捐献活动形象大使。

本年加入中国作家协会的儿童文学作家有李东华、彭俐、戴志贞、刘东、李宝山、萧萍、徐东达、高巧林、韩青辰、程士庆、陈忠义、汪艾东(白梦)、陈自仁、高厚满、马长山。

本年,儿童文学博士学位论文有:1.北京师范大学中国现当代文学专业金莉莉的《儿童文学叙事研究:一个后经典叙事学视角的分析》,指导教授王泉根;2.北京师范大学中国现当代文学专业王林的《论现代文学与晚清民国语文教育的互动关系》,指导教授王泉根;3.北京师范大学中国现当代文学专业张嘉骅(台湾)的《儿童文学的童年想象》,指导教授王泉根;4.复旦大学中国现当代文学专业王黎君的《儿童的发现与中国现代文学》,指导教授吴立昌;5.上海外国语大学英语语言文学专业孙胜忠的《无尽的求索和虚妄的梦——美国成长小说艺术和文化表达研究》,指导教授虞建华;6.四川大学中国现当代文学专业何卫青的《近二十年来中国小说的儿童视野》,指导教授赵毅衡、曹顺庆。

本年摄制儿童故事影片 18 部,主要有:中国电影集团的《我要做好孩子》《飞来的青衣》等 3 部,内蒙古电影制片厂的《心愿》等 2 部,长春电影制片厂的《安源儿童团》,潇湘电影制片厂的《牵挂》，深圳电影制片厂的《我们手拉手》，山东电影制片厂的《上学路上》，湖北电影制片厂的《春天关不住》，珠江电影制片公司的《这个假期特别长》，山西电影制片厂的《柳月弯弯》等。

据"开卷"2004 年少儿图书零售市场调查显示，本年少儿文学增长率为 121.17%，为少儿图书各品类之首。

本年全国共出版少年儿童读物 7989 种，初版 5055 种，印数为 17992 万册（张），685139 千印张，总定价 146943 万元，与上年相比，种数增长 5.28%，初版增长 8.8%，总印数下降 9.57%，总印张下降 3.95%，总定价下降 2.45%。出口：少儿读物类 43834 种次，77.09 万册，155.51 万美元，占图书出口种次 5.24%，数量 16.45%，金额 7.46%。进口：少儿读物类 42462 种次，39.86 万册，136.15 万美元，占图书进口种次 7.05%，数量 11.79%，金额 3.52%。

2005 年

1 月

18 日，译林出版社出版《安徒生童话与故事全集》，这部作品的出版标志着全球纪念安徒生诞辰 200 周年庆典活动在北京拉开序幕。《安徒生童话与故事全集》的译者为我国资深北欧文学专家石琴娥。该套书被授权首次在中国使用"全球庆典特别纪念专用标识"。

22 日，由邹静之创作、北京出版社出版的《Hi 可爱》在北京图书大厦举行了新书首发式及小读者见面会。该书原为儿童剧，在北京上演后受到广泛欢迎。

26 日，江苏省作家协会在南京举行"全国性优秀儿童文学奖获得者嘉奖仪式"。江苏的儿童文学作家祁智、黄蓓佳、金曾豪、王一梅获奖。

30 日至 31 日，台湾台东大学林文宝带领儿童文学研究所的学生，在北京举办了三场交流活动：30 日上午在中国电影集团公司了解大陆儿童电影发展历程并观看儿童电影；下午在幼儿园举办图画书教学的展示活动；31 日在北京史家小学分校举办了"两岸小学语文交流展示会"。

2 月

28 日，北京市开学第一天，北京市所有的中小学生都获得了市政府赠送的一份礼物——童谣教材《新童谣》。

3 月

应香港中文大学邀请，王泉根赴香港中文大学参加语文教育与儿童文学研讨活动。

4 月

1 日，中国作家协会儿童文学委员会举办"纪念安徒生诞辰 200 周年座谈会"。张之路主持，束沛德从加拿大发来贺信，高洪波、樊发稼、张之路、金波、张美妮等出席并对安徒生的艺术创作进行了研讨。

2 日，即将于 2006 年在澳门举行的第 30 届国际儿童读物联盟（IBBY）大会的主题定为"儿童文学与社会发展"，包括"我们的文学——儿童论坛""儿童文学与道德规范""儿童文学与理想世界""儿童的自由与空间""儿童读物与多媒体时代""儿童绘本的发展趋势""哈利·波特现象的思考"以及"弱势儿童的阅读"等内容丰富的议题。

28 日，由文化部对外文化联络局、丹麦王国驻华大使馆、宋庆龄基金会等主办的"点燃下一根火柴——纪念安徒生诞辰 200 周年"系列活动北京站开幕式在中华世纪坛举行。

本月，《文艺报》推出《少儿文艺》（双周刊）。该刊创办宗旨是"给孩子的，最优秀的"，版面内容包括新闻、人物、作品、理论、批评等。

5 月

14 日至 15 日，中国海洋大学文学院、《文艺报》共同举办的"中国原创儿童文学的现状及发展趋势研讨会"在青岛举行。来自全国的 50 多位儿童文学工作者以及我国香港、台湾地区的学者参加了会议。著名作家王蒙在开幕式上致辞。此次研讨会共收到论文 45 篇，其中在大会上宣读的论文有 33 篇。会议的论文集《中国儿童文学的走向》（朱自强主编）由少年儿童出版社出版。

18 日至 23 日，应北京师范大学中国儿童文学研究中心邀请，澳大利亚昆士兰理工大学儿童文学研究所、著名儿童文学理论家凯丽·麦兰教授到北京师范大学文学院进行为期一周的学术交流与讲学，为儿童文学专业博士生、硕士生讲授澳大利亚与新西兰的儿童文学、儿童图画书等。后由吴岩陪同，赴上海在少年儿童出版社做儿童图画书等的演讲。

26 日，"樊发稼儿童文学创作 50 周年座谈会"在合肥举行。樊发稼做了题为《我与儿童文学》的演讲。

29 日，上海儿童文学界举行"任大霖逝世 10 周年追思会"，深切缅怀这位视儿童文学为生命的著名作家。

6 月

新闻出版总署继 2004 年向青少年推荐优秀书目获广泛好评后，"六一"前夕继续向全国青少年推荐百种优秀图书。此次推荐的百种书目是从全国 325 种图书中甄选出来的。图书整体呈现了突出思想道德教育、弘扬爱国主义教育和革命英雄主义优秀传统、注重发展先进文化、知识性与趣味性相统一、注重原创、贴近孩子、强调市场反应程度等特点。

1 日，"著名作家、学者为青少年写作倡议大行动"在北京王府井新华书店展开。邱华栋宣读了倡议书，倡导以青少年阅读为己任的写作新风尚，创作更多、更好的文学作品。毕淑敏等多位作家出席。

22 日，美国科幻作家代表团一行 4 人访问北京师范大学中国儿童文学研究中心。代表团成员包括前美国科幻研究会主席伊丽莎白·安·霍尔博士、《轨迹》杂志创办人查里斯·布朗先生、雨果奖和星云奖得主特里·比森先生和夫人。代表团在北京师范大学做了报告，涉及当前美国科幻和世界科幻的动态、学术界的主流和基本研究方法等。

本月，上海儿童文学界召开儿童文学发展恳谈会，就当时儿童文学创作、出版方面的一些新现象和值得关注的话题充分交换了看法和意见。

彭懿翻译的安房直子的幻想小说《花香小镇》（少年儿童出版社出版），获得了第 11 届 APPA（亚太地区出版者协会）图书奖翻译铜奖。

7 月

2 日，重庆市作家协会举行了"张继楼从事儿童文学创作 50 周年座谈会"。张继楼从 20 世纪 50 年代开始儿童文学创作，已出版了 20 多部儿歌、儿童诗、童话等著作。

10 日，《少年文艺》50 年精华本上海首发式、研讨会及签售活动在上海书城举行。

20 日，著名作家、出版家严文井（1915—2005，原名严文锦）在北京去世，享年 90 岁。严文井历任中国作家协会党组副书记、书记处书记，《人民文学》主编，作家出版社、人民文学出版社社长等职。著有童话名作《唐小西在"下次开船港"》《小溪流的歌》等。

29 日,"第七届北京动漫大会"在北京举行。三辰卡通集团、二十一世纪出版社以及《北京卡通》杂志社共同举办"中国原创漫画创作联盟高峰论坛"。

本月,首届浙江省作家协会少年文学分会代表大会暨第三届浙江小作家代表大会在杭州召开。

中国编辑学会少年儿童读物专业委员会(少儿知识读物研究会)在黑龙江哈尔滨举办研讨会。黑龙江少年儿童出版社承办。

8 月

5 日至 8 日,2005 年浙江儿童文学创作会议在杭州召开。

9 月

2 日,"彩乌鸦系列"图书出版座谈会在北京召开。"彩乌鸦系列"图书为二十一世纪出版社和德国青少年文学研究院交流合作的重要项目,作品由德语青少年文学大奖权威评审机构——德国青少年文学研究院遴选和推荐,由二十一世纪出版社组织翻译和出版。

3 日,台湾儿童文学作家和儿童阅读推广人方素珍、余治莹,在首都图书馆做了题为《如何进行亲子阅读》和《读童书,养智慧》的讲座。

3 日,第二届"中国安徒生奖"揭晓,张之路、陶文杰获奖,并将代表中国角逐将于 2006 年在国际儿童读物联盟(IBBY)大会上颁发的"国际安徒生奖"。

4 日,儿童文学理论家、浙江师范大学儿童文学研究所前所长黄云生(1939—2005)在浙江金华去世,享年 66 岁。黄云生著有《幼儿文学原理》《人之初文学解析》等作品。

23 日,"纪念冰心诞辰 105 周年大会"在福建长乐冰心文学馆举行,陈建功、王泉根等出席了纪念活动。

25 日,未成年残疾人儿童文学网络征文颁奖活动在北京举行。未成年残疾人儿童文学网络征文是在 5 月 15 日"全国助残日"启动的,该活动由北京作家协会、全国残疾人作家联谊会等单位共同主办,共收到来稿 2000 余份。

25 日至 26 日,云南省作家协会、晨光出版社等单位共同举办"创新发展云南儿童文学研讨会",来自省内外的 30 多位儿童文学作家、评论家出席。

10 月

10 日,"书香中国"2004 年度原创童书排行榜在北京发布,《夏洛的网》《丁丁历险记》《逃逃》《笨狼的校园生活》《蓝鲸的眼睛》《中国童话》等一批优秀童书榜上有名。

15 日,《哈利·波特与"混血王子"》中文简体版同时在 30 家书店举行了首发活动。参加首发活动的 30 家书店当天的销售就突破了 5 万册,创造了单日销量的新纪录。

20 日至 22 日,"中国儿童文学学科发展学术研讨会"在浙江师范大学召开。此次会议专为庆贺浙江师范大学儿童文学学科创始人蒋风 80 华诞而举办,旨在回顾蒋风对儿童文学学科建设的历史贡献,总结该校儿童文学学科建设的历史与经验,探讨中国儿童文学学科发展的历史、现状与未来。

29 日,日本白杨社在北京开设绘本馆。该绘本馆开设在北京高档社区"现代城"内,开业当天,白杨社请《可爱的鼠小弟》的作者中江嘉男、上野纪子和《淘气宝宝》的作者角野荣子到北京签售。

11 月

5 日至 6 日,中国作家协会儿童文学委员会年会在江苏南京和扬州举行。束沛德、高洪波、樊发稼、张之路分别主持了年会。会议总结了 2005 年儿童文学委员会的工作，提出了 2006 年的工作计划。与会委员还认真讨论了原创儿童文学图书出版发行的现状和前景、儿童文学的推广、在江苏建立儿童文学基地的构想等问题，并实地参观了扬州在建设书香校园方面的一些具体做法。

13 日，中国少年儿童出版社主办的"中国儿童文学新主流阅读趋势探讨研讨会"在北京召开。金波、樊发稼、张之路、曹文轩、王泉根、白冰等出席会议，并探讨儿童文学阅读的新趋势。

15 日至 23 日，由王林带领的"大陆儿童阅读访问团"一行 9 人赴台湾访问。访问团参观了麦克出版社、乐方出版社、信谊基金会出版社、凯斯幼稚园、明德小学、台南大学和台东大学，考察了台湾儿童阅读推广活动。

27 日至 30 日，"全国师范院校儿童文学研究会第 10 届年会暨研究会成立 20 周年庆祝大会"在广西南宁召开。此次大会的主题是"回顾与展望"。来自 20 个省、市 50 所学校的 68 名代表出席。蒋风、韦苇、王泉根应邀做了学术报告。

本月，中国儿童文学研究会进行了换届选举，由宗介华出任会长，冉红、王泉根、郑世芳出任副会长。新一届儿童文学研究会提出"精诚团结、努力工作、开拓思路、再创辉煌"的口号，将努力为推进新世纪中国儿童文学的发展多干实事。

12 月

4 日，由中国艺术教育促进会、中央电视台电影频道节目制作中心、北京市文联、北京影视艺术家协会等联合举办的 "北京青少年题材广播影视作品选评展播活动高峰论坛"在北京师范大学举行，论坛就"青少年影视作品的遴选标准与价值取向""青少年影视的美学责任与分类原则""青少年影视精品的评价标准""中国青少年收视行为描述""中国动画产业的发展走向"等问题展开了讨论。全国工商联副主席程路、北京市政协副主席张和平、国家广播电视总局总编室主任王丹彦、北京市文联党组书记吕浩材等出席了新闻发布会及论坛，黄会林、王丹彦、王泉根、周星、解玺璋、马继红等专家、评论家做了专题发言。

7 日，北京师范大学中国儿童文学研究中心主办的"如何加入儿童世界：中东儿童文学研讨会"在北京师范大学举行，来自约旦的作家 Taghreed 和来自巴勒斯坦的作家 MahmoudShukair 以及香港浸会大学文学院院长、"国际作家工作坊"主任钟玲与在京儿童文学作家参加了研讨。

17 日，一台由安徒生童话《皇帝的新装》改编的少儿京剧在天津上演。京剧版《皇帝的新装》的演员全部是天津艺术学校的学生，剧情的设计突出了京剧艺术的特色，角色涵盖了生、旦、净、末、丑，唱腔和音乐很好地表现了剧中人物的性格特点。改编此剧的是儿童文学作家谷应。

20 日，宋庆龄基金会、中国和平出版社、中国作家协会儿童文学委员会、北京师范大学中国儿童文学研究中心共同举办的"安徒生童话的当代价值——纪念安徒生诞辰 200 周年学术研讨会"在北京师范大学举行。来自北京儿童文学、现代文学、比较文学研究界和出版界的专家、学者于友先、高洪波、束沛德、乐黛云、樊发稼、金波、曹文轩、王泉根等近百人与会。这次研讨会是中国文坛与学术界对"2005 安徒生年"的集中回应，也是安徒生诞辰 200 周年中国地区纪念活动圆满结束的标志。在安徒生诞辰 200 周年之际，中国和平出版社出版了由北京师范大学中国儿童文学研究中心组编的两种研究著作：论文集《中国安徒生研究一百年》（王泉根主编）、专著《安徒生童话的中国阐释》（李红叶著）。

24 日，第一届"儿童文学与语文教学观摩研讨会"在山东跃华学校举办，目的是在学校中推广儿童文学，扩展语文教师的视野。

本月，由中国作家协会等单位主办的首届校园文学论坛在深圳举行，曹文轩、秦文君等出席。与会代表共同签署了《首届校园文学论坛宣言》，大力倡导"阳光写作"。

张之路著的《中国少年儿童电影史论》由中国电影出版社出版，该书系统地考察了百年中国儿童电影发生发展的历程。

本年

全国性文艺新闻出版评奖整改总体方案出台。整改后，宋庆龄基金会主办的"宋庆龄儿童文学奖"并入中国作家协会主办的"全国优秀儿童文学奖"。

第 21 届陈伯吹儿童文学奖揭晓。秦文君的中篇童话《大狗喀拉克拉的公寓》获大奖，老作家鲁兵获杰出贡献奖。

湖南省作家协会儿童文学委员会在湖南长沙举行了成立大会，由贺晓彤任主任，谢乐军任常务副主任，汤素兰任副主任。

武汉市作家协会设立"武汉少年儿童文学奖"。

作家李心田手稿、作品捐赠仪式在济南举行，包括《闪闪的红星》《两个小八路》在内的手稿、作品共 230 件由中国现代文学馆收藏。

中国出版工作者协会少儿读物出版工作委员会评出"2005 年中国少儿出版十件大事"，其中有："原创儿童文学呈现产业链开发趋势，全国多家少儿社针对名家名作所具有的特殊影响力，整合名家名作资源、深度开发原创文学产业链图书系列，如中少版《冰心儿童文学全集》（美绘本），上少版陈伯吹的《好大一棵树》《地窖里的蜜糖会》、任大霖的《我的朋友容容》，明天版《杨红樱作品珍藏版》，新蕾版蓝玛的《百变精灵》，接力版《秦文君花香文集》，苏少版《曹文轩纯美小说》，浙少版张之路的'非常'系列作品，湖北少儿版《王一梅校园童话》，二十一世纪版杨红樱的《马小跳作文》，北京少儿版《伍美珍童书》《杨红樱精品赏析》，福建少儿版《饶雪漫青春成长》等。"

本年加入中国作家协会的儿童文学作家有于立极、钱德慈、张宝杰、李学斌、谢倩霓、周晴、章大鸿（水飞）、毛芳美（毛芦芦）、王国刚、郝月梅、黄春华、肖存玉、黄鹏先。

本年儿童文学博士学位论文有：1.北京师范大学中国现当代文学专业舒伟的《中西童话的本体论比较研究》，指导教授王泉根；2.北京师范大学中国现当代文学专业王玉的《幻想世界与儿童主体的生成》，指导教授王泉根；3.北京师范大学中国现当代文学专业李虹的《都市里的青春写作：论 70 后作家群的小说创作》，指导教授王泉根；4.上海师范大学中国现当代文学专业谢芳群的《植物与儿童文学研究》，指导教授梅子涵；5.中国人民大学新闻学专业傅宁的《中国近代儿童报刊的历史考察》，指导教授方汉奇；6.中国社会科学院研究生院中国现当代文学专业朱勤的《中国现代文学中的儿童叙事》，指导教授杨义、李存光。

本年摄制儿童故事影片 30 部，主要有：中国电影集团的《男生日记》《墩子的故事》等 4 部，内蒙古电影制片厂的《戴佛珠的藏娃》《七色的爱》等 3 部，潇湘电影集团的《童话西游》《少年阿超》，山西电影制片厂的《榕树下的春天》《跟头》，长春电影集团的《大娃娃与小公主》，辽宁电影制片厂的《世纪宝贝》，湖南金钥匙文化艺术有限公司的《金蝴蝶结》，以及北京兄弟昆仑公司、北京亚美美亚公司、上海天一影视公司等的儿童故事影片。

本年，在书业整体零售市场同比增长率为 7.43% 的局面下，少儿类图书零售市场的同比增长率高达 18.35%。全国发行量在 500 万册以上的儿童畅销书有 10 多种，50 万册到 100 万册的有几十种。童书业呈现出前所未有的儿童文学图书销售的壮观景象，令成人文学出版望尘莫及。

本年全国共出版少年儿童读物 9583 种，初版 5803 种，印数为 22926 万册（张），955545 千印张，总定价 182658 万元，与上年相比，种数增长 19.95%，初版增长 14.78%，总印数增长 27.42%，总印张增长 39.47%，总定价增长 24.31%。少儿读物出口：106810 种次，55.44 万册，124.13 万美元，占图书出口种次的 9.3%，数量 10.71%，金额 4.25%。进口：43368 种次，39.12 万册，210.53 万美元。占图书进口种次的 7.83%，数量 9.69%，金额 5.02%。

本年少儿读物类期刊共 98 种，平均期印数 1132 万册（平均一种期印数 11.55 万册），总印数 22290 万册，总印张 557875 千印张；占期刊总品种 1.04%，总印数 8.08%，总印张 4.45%。与上年相比种数下降 35.52%，平均期印数下降 44.97%，总印数下降 47.84%，总印张下降 52.99%。

2006 年

1 月

5 日，少年儿童出版社在北京文采阁举行"《成长风暴》新书发布会"，研讨该社推出的欧洲青春小说"酷男生"丛书、原创纪实文学《飞翔，哪怕翅膀断了心》（韩青辰著）、最新网络小说《嗷嗷喜欢你》（周桥著）等。

5 日，著名儿童文学作家、编辑家鲁兵（1924—2006）在上海逝世，享年 82 岁。鲁兵一生创作、编辑了《小猪奴尼》《365 夜儿歌》等脍炙人口的儿童文学作品，其中以幼儿文学最具特色。鲁兵的藏书全部捐赠给了浙江师范大学儿童文学研究所。4 月，上海市作家协会、少年儿童出版社联合举办了"鲁兵先生追思会"。

8 日，湖北少年儿童出版社在北京中国现代文学馆举行"《百年百部中国儿童文学经典书系》座谈会"，高洪波、束沛德、周百义、樊发稼、孙幼军、金波、王泉根、张之路、曹文轩、孙云晓、刘春霞等近 40 人与会。湖北少年儿童出版社社长胡光清主持。大家就《百年百部中国儿童文学经典书系》的文化价值、文学精神进行了研讨。《百年百部中国儿童文学经典书系》是湖北少年儿童出版社隆重推出的新中国成立以来我国最大规模的经典儿童文学丛书，被誉为"中国儿童文学的世纪长城"。该书系计划 100 种，由束沛德、金波、樊发稼、张之路、王泉根、高洪波、曹文轩组成的高端委员会负责选编，湖北少年儿童出版社自本年起分为 4 辑陆续出版，至 2007 年出齐。

23 日，山东省作家协会主办的"第二届齐鲁文学奖"揭晓，郝月梅的儿童小说《小麻烦人上学了》、邱勋的童话《小猴能能的官帽》、鞠慧的儿童小说《杏花如雨》等获奖。

2 月

18 日至 19 日，湖北少年儿童出版社在北京王府井书店举办了 2 场"百年百部中国儿童文学经典书系读者见面会"活动。张之路、高洪波、曹文轩做了讲座。

3 月

4 日，科幻文学作家、编辑家，中国少年儿童出版社首任社长兼总编辑叶至善（1918—2006）在北京逝世，享年 88 岁。叶至善著有《失踪的哥哥》等作品。

24 日至 26 日，少年儿童出版社、浙江师范大学儿童文化研究院等联合举办的"儿童文学创作与创新论坛"在浙江师范大学举行。论坛旨在通过反思当下儿童文学现状，促进作家、出版者和评论者的融合。

28 日，陈伯吹先生之子、北京大学前校长陈佳洱院士专程到上海，向宝山区捐赠了265 件陈伯吹先生的珍贵手稿及文物史料，拉开了"纪念陈伯吹先生诞辰 100 周年系列活动"的序幕。

31 日，北京师范大学中国儿童文学研究中心与湖北少年儿童出版社在北京师范大学联合召开"高洪波《板凳狗》幼儿文学系列研讨会"，会议就高洪波幼儿文学创作的美学追求、艺术手法等进行了研讨，大家高度评价了高洪波在繁重的组织工作之余为幼儿创作文学作品的博爱精神与社会意义。

4 月

10 日至 12 日，《儿童文学》杂志社、洛阳市文联等单位在河南洛阳联合举办全国首届"'东华杯'魅力诗歌论坛暨中国洛阳牡丹诗会"。

本月，中国少年儿童新闻出版总社评选出第三届"为少儿出版事业和中少发展做出突出贡献的十大金作（画）家"，高洪波、沈石溪、郑春华、李毓佩、林桦等榜上有名。

5 月

11 日至 12 日，中国儿童少年电影学会、北京电影学院中国儿童电影研究中心举办的"影视育人工程研讨会"在北京电影学院召开。会议就当前儿童电影生产的趋势和困境、如何提高儿童电影的艺术质量、开拓儿童电影的校园院线、推动数字电影进社区进校园等进行了深入探讨。

12 日，重庆巴南区文联、区作家协会、界石镇政府在重庆举办"徐平、吴昌烈儿歌作品研讨会"。

16 日，第五届上海作家协会幼儿文学奖评奖揭晓。萧萍的故事《开心卜卜》、孙毅的木偶剧《五彩小小鸡》、朱效文的童话《纸人国》等获奖。

18 日，中国少年儿童新闻出版总社在人民大会堂举行"首届中少（千手动漫）作文大奖赛暨'小作家走天下'活动"起步典礼。

30 日，黄蓓佳的长篇新作《亲亲我的妈妈》首发式暨"倾情小说"系列研讨会在北京江苏大厦举行。会议由江苏省作家协会、江苏省文明办、凤凰出版集团等联合举办。陈建功、高洪波、杨承志、赵本夫、束沛德、樊发稼、金波、王泉根、张之路、梁鸿鹰、崔道怡等40 余人与会。大家认为《亲亲我的妈妈》是一部关于爱的书，一部赞美孩子的书，一部关于生活、精神与心理世界的优秀作品。

6 月

16 日，由中国作家协会创研部、上海市作家协会、四川少年儿童出版社联合举办的"殷健灵幻想小说系列《风中之樱》研讨会"在北京举行，陈建功、樊发稼、吴秉杰、范咏戈、蒋巍、曹文轩、张之路、王泉根等 20 余人与会，就殷健灵幻想小说的诗性语言与艺术创新及当下幻想文学创作的现状进行了探讨。

19 日，由上海锦江经济文化书院、《作文大世界》编辑部、浙江师大儿童文学研究所等主办的"陈伯吹先生百年诞辰纪念会"在上海举行。

21 日，浙江作家夏辇生创作的"《宝贝第一童话系列》出版新闻发布会"在北京师范大学举行。

22 日,东方出版社在北京举行南京少年作家刘冬阳长篇小说《Y 滋味》研讨会。

7 月

10 日至 17 日,应澳大利亚儿童文学研究会邀请,王泉根、舒伟参加了在澳大利亚墨尔本召开的"'新文本、新儿童、新阅读、新读者'国际儿童文学研讨会",并前往悉尼麦考里大学,与著名儿童文学理论家约翰·史蒂芬斯教授签署北京师范大学与麦考里大学合作翻译出版中文版《当代西方儿童文学新论译丛》的意向书。

12 日,少年儿童出版社《儿童诗》编辑部等举办的"第七届全国小诗人夏令营"在苏州举行。

18 日,由中国作家协会儿童文学委员会、少年儿童出版社、上海市宝山区人民政府联合主办的"陈伯吹先生诞辰 100 周年纪念座谈会"在北京中国现代文学馆举行。中国作家协会党组书记、副主席金炳华出席会议并讲话。在会上先后发言的有王一方、束沛德、樊发稼、李学斌、周基亭、陈佳洱、陈佐洱、高洪波、陈模、金波、张之路、王泉根、路侃等。少年儿童出版社为陈伯吹纪念活动专门出版了《陈伯吹论》(王宜清著)、《陈伯吹作品典藏本》。本月,中国编辑学会和少年儿童读物专业委员会在河北承德联合举办"少儿读物编辑工作研讨会"。河北少年儿童出版社承办。

8 月

3 日至 6 日,湖南省作家协会儿童文学专业委员会与《小溪流》杂志社联合召开的"儿童文学研讨会"在长沙、衡山举行,会议探讨了该省儿童文学创作现状,提出大力扶持新生代、繁荣湖南儿童文学创作的举措。

8 日,上海书展举行了"陈伯吹儿童文学桂冠书系"首发会,10 余位作家就上海"昔日儿童文学重镇缘何风光不再"这一议题展开了讨论。

9 日,由中共上海宝山区委、区政府、中国作家协会儿童文学委员会等举办的"'陈伯吹与中国儿童文学发展'专家论坛"在陈伯吹先生的故乡——上海宝山举行,束沛德主持。10 日上午,"陈伯吹先生诞辰 100 周年纪念大会"在宝山隆重举行,各界 100 多人与会,高洪波在会上宣读了中国作家协会党组书记、副主席金炳华的贺信。下午,在宝山区文化馆举行了"陈伯吹纪念馆"揭幕仪式,纪念馆通过 210 余幅照片、350 余件实物和史料,展示了陈伯吹先生献身中国儿童文学事业平凡而光辉的一生。

13 日至 15 日,《儿童文学》杂志邀请 20 多位作家和 200 多位小作者齐聚北京,13 日在人民大会堂举办了三场活动:1.中国小作家第二次全国代表大会;2.第二届小说擂台赛颁奖典礼;3.首届金葵花校园文学社团作品评选颁奖典礼。

15 日至 17 日,由江苏盐城市文联等单位主办的"李有干作品研讨会"在盐城举行。樊发稼、金波、张之路、崔道怡、曹文轩、王泉根、黄蓓佳、王干、汤锐、周基亭等 20 多位京沪宁作家与会。老作家李有干从事文学创作 50 余年,一直扎根基层,著有《荒地》《漂流》等小说,还培养过曹文轩、黄蓓佳等一批优秀作家。

18 日,中国作家协会党组书记、副主席金炳华和中国作家协会党组成员、书记处书记高洪波等专程前往束沛德寓所,祝贺他的 75 岁生日,感谢他数十年来为中国作协所做的工作以及为我国儿童文学事业所做出的贡献。

21 日至 25 日,"第二届世界儿童文学大会暨第八届亚洲儿童文学大会"在韩国首都首尔召开。本届大会以"向往和平的儿童文学"为主题,共有来自世界 20 多个国家和地区的 120 余位代表出席,其中中国大陆代表 30 余人。会上,蒋风被授予儿童文学"理论贡献奖",赵郁秀被授予儿童文学"交流奖",王泉根被授予儿童文学"推戴奖"。

9 月

经国务院学位委员会办公室审核批准,北京师范大学儿童文学学科成为与文艺学、中国古典文学、中国现当代文学等并列的二级学科,下设儿童文学研究、科幻文学研究两个研究方向,从 2006 年 9 月起独立招收儿童文学专业硕士研究生。第一批录取的 10 位研究生于 9 月入学。

4 日,张品成的长篇小说《十五岁的长征》出版发布暨研讨会在北京举行。高洪波、束沛德、樊发稼、张之路、王泉根、刘海栖、汤锐等出席。

11 日,北京师范大学中国儿童文学研究中心与台湾台东大学儿童文学研究所在北京师范大学联合举办"海峡两岸儿童文学专业研究生培养座谈会",交流两岸儿童文学专业研究生培养的方式和经验。

11 日,首届张天翼儿童文学奖在长沙揭晓,贺晓彤、谢乐军主编的《小虎娃儿童文学精品丛书》、汤素兰的长篇童话《小巫婆真美丽》等 5 部作品获奖。

20 日至 23 日,由国际儿童读物联盟(IBBY)主办、国际儿童读物联盟中国分会(CBBY)、澳门学生联合总会、澳门出出版协会会共同承办的"国际儿童读物联盟第 30 届世界大会"在澳门举行。来自 54 个国家和地区的 500 多名儿童文学作家、画家、出版家、翻译家等出席,本届大会以"儿童文学与社会发展"为主题,并特设由儿童自己主持的"我们的文学——儿童论坛"。澳门特别行政区特首何厚铧出席会议并讲话。新西兰女作家玛格丽特·梅喜与德国画家沃尔夫·埃尔布鲁赫获"国际安徒生奖",中国作家张之路、画家陶文杰获"国际安徒生奖"提名。张之路、秦文君、王泉根代表中国在大会主会场发表演讲,班马、方卫平、孙建江、朱自强、王小萍、王蕾等在分会场论坛发表论文。大会期间,国际儿童读物联盟还组织中国儿童文学工作者与国际安徒生奖新、老评委会主席进行了座谈。本届大会有力地提升了中国少儿出版与中国儿童文学的国际影响和地位。

25 日,儿歌大王、河北省文化厅副厅长吴珹在石家庄去世。

26 日,由中国作家协会儿童文学委员会、北京师范大学中国儿童文学研究中心共同举办的"张天翼先生诞辰 100 周年纪念座谈会"在北京师范大学举行。中国作家协会党组书记、副主席金炳华发来贺信,中国作家协会书记处书记高洪波出席会议并讲话。座谈会缅怀了张天翼先生对中国文学事业的杰出贡献,并就张天翼研究的历史和现状、张天翼与中国现代文学及儿童文学的关系、张天翼儿童文学作品对中国儿童阅读以及对当下童话创作的意义等议题进行了探讨。

本月,成都市作家协会举行换届选举,杨红樱当选为副主席。

雪岗策划主编、中国编辑学会少年儿童读物专业委员会组织写作的学术专著《少年儿童读物编辑学初探》由中国少年儿童出版社和江苏少年儿童出版社联合出版。

10 月

2 日,浙江师范大学儿童文化研究院揭牌典礼在该校红楼举行。蒋风教授被聘为研究院名誉院长。该研究院是整合校内儿童文学、儿童教育、儿童心理、儿童艺术等方面学科资源设立的一个独立研究机构,创办有不定期刊物《中国儿童文化》。

13 日,浙江省作家协会在杭州召开"张婴音儿童小说研讨会",并启动浙江省儿童文学创作培训班。张婴音的姐姐、著名作家张抗抗专程从北京赶来参加。

19 日,少年儿童出版社、东华大学日本近代研究中心、上海翻译家协会共同举办了

"山中恒校园文学作品国际研讨会"。被誉为"日本安徒生"的山中恒在会上做了《我的文学创作与中国缘》的演讲。来自中日两国的儿童文学作家、学者、编辑约 40 人出席会议。

28 日，重庆市作家协会儿童文学创作委员会举办该市巴南区教师进修学校讲师"廖弟华儿童文学作品研讨会"。

11 月

1 日，17 岁的广东东莞高中女生王虹虹的长篇幻想小说《湖娃》研讨会在北京召开。高洪波、樊发稼、金波、雷达、张梦阳、黄树森、王泉根、张颐武、谢有顺等 20 多位北京、广东专家与会，就王虹虹的作品与幻想文学创作进行了探讨。

5 日，由香港儿童文艺协会主办、香港公共图书馆和香港大学中文系协办的"2006 沪港儿童文学研讨会"在香港举行，研讨会主题为"儿童文学和社会关怀"。沪港两地作家就如何通过儿童文学创作，体现社会关怀的理念、关注儿童心灵成长进行了探讨。

10 至 14 日，中国文学艺术界联合会第八次全国代表大会、中国作家协会第七次全国代表大会在北京举行。中共中央总书记、国家主席、中央军委主席胡锦涛发表重要讲话。孙家正当选新一届中国文联主席，周巍峙被推举为中国文联名誉主席。铁凝当选新一届中国作家协会主席，副主席为王安忆、丹增、叶辛、刘恒、李存葆、张平、张抗抗、陈忠实、陈建功、金炳华、高洪波、蒋子龙、谭谈。参加中国作家协会第七次全国代表大会的儿童文学作家有：北京吴岩（满族）、金波、星河、曹文轩、葛竞；上海叶永烈、任溶溶、竹林、张洁、张秋生、陈丹燕、殷健灵、秦文君、梅子涵；重庆张继楼；河北徐光耀；辽宁薛涛；吉林薛卫民；黑龙江常新港；江苏刘健屏、金曾豪、黄蓓佳；浙江赵冰波、沈虎根；安徽刘先平、徐瑛；福建郭风（回族）；江西郑允钦；山东刘海栖；湖北段明贵、徐鲁、董宏猷；湖南贺晓彤（苗族）、谢璞；广东王俊康（回族）、蔡玉明；四川徐康；云南吴然、张昆华（彝族）；陕西王宜振；甘肃高凯；中央机关海飞、孙云晓、汤锐、张之路、保冬妮（回族）、袁鹰、宗璞、庞旸、郭曰方、商泽军、高洪波、束沛德、柯岩（满族）、樊发稼。王泉根作为中国作家协会代表团成员，参加中国文学艺术界联合会第八次全国代表大会。中国作家协会第七次全国代表大会，有 4 人担任中国作家协会第五届全国委员会委员，他们是：孙云晓、高洪波、黄蓓佳、曹文轩。高洪波当选为中国作家协会副主席。

16 日，北京师范大学中国儿童文学研究中心、中国美术出版总社联合召开的"冰波童话新作《南瓜堡丛书》研讨会"在北京师范大学举行。

19 日至 20 日，北京师范大学中国儿童文学研究中心举办"中日图画书交流研讨会"。著名图画书研究专家、日本梅花女子大学三宅兴子教授，日本大阪国际儿童文学馆铃木穗波专员，日本蒲蒲兰图书公司中西文纪子和来自北京、上海、河北的 60 余位专家、研究生，就中日图画书的历史和现状，图画书在儿童教育、儿童文化中的价值和作用，图画书的艺术特征与阅读推广等，进行了深入探讨。

12 月

7 日，中国作家协会创研部、辽宁儿童文学学会等联合举办的"《小虎队儿童文学丛书》研讨会"在北京召开。高洪波、张胜友、束沛德、金波、崔道怡、蒋巍、王泉根等出席。《小虎队儿童文学丛书》由辽宁少年儿童出版社出版，收入了车培晶的《沉默的森林》、薛涛的《正午的植物园》、董恒波的《同一个梦想》、刘东的《抄袭往事》、常星儿的《回望沙原》、于立极的《站在高高楼顶上》和许迎坡的《寻找爸爸的天空》等 7 部辽宁中青年儿童文学作家的最新力作。会议认为这是一套高品位的儿童文学原创作品，标志着辽宁原创儿童小说在全国的崛起。

8日至14日，"中国作家协会儿童文学委员会2006年年会"在云南昆明与西双版纳召开。儿童文学委员会主任高洪波、束沛德，副主任樊发稼、张之路及儿童文学委员会委员、云南儿童文学作家共30余人与会。本次年会的主题是"学习胡锦涛总书记在八次文代会、七次作代会上的重要讲话"。大会听取了束沛德关于本届委员会五年来的工作回顾和总结，分析了当下儿童文学的现状与走势，讨论了2007年的儿童文学工作计划。年会期间，主办方还在昆明云南野生动物园与西双版纳原始森林公园举行了两个"中国儿童文学创作基地"的挂牌仪式以及"束沛德散文集《岁月风铃》座谈会"。

19日，首都师范大学外语学院在北京举办"国内外青少年文学大奖奖项及获奖作品特点研讨会"。

本月，彭懿编著的《图画书：阅读与经典》由二十一世纪出版社出版，50万字。本书是一部专门介绍图画书的阅读指南，主要讨论的是图画故事书，由上篇、下篇与附录构成。上篇指导读者如何从头至尾地阅读一本图画书，并以123本图画书为实例，从开本、图画与文字的关系等诸多方面探讨图画书的各种形态和表现。将如何阅读图画书的问题分解为23个相对独立的主题，每个主题分立一个条目，每个主条目都由引言切入，让读者对讨论的题目有个总的认识。次条目从具体方面或特定角度对相关主题提供更多的信息和详细的论述。大量的插图提供生动直观的实例，详尽的图片注释交代图书的版本记录和读者须注意的细节。下篇介绍从第一本图画故事书《比得兔的故事》问世百余年来出版的具有重要影响的64本世界经典图画书，包括基本资料及其影响，并用最接近作品的语言，尽可能完整地讲述故事内容，引导读者欣赏。同时分析作品的创作背景、艺术特色等，对作品进行深入解读。《图画书：阅读与经典》的出版，极大地普及与推动了国内图画书的阅读推广与创作、出版。

冬至前夕，陈伯吹铜像揭幕仪式在陈伯吹先生安息的墓地上海宝山宝罗暝园隆重举行。

本年

本年，加入中国作家协会的儿童文学作家有李秀英、张国龙、郁雨君、常福生、陆梅、周桥、陈晖、王晓明、刘春霞、王丽莹（三三）、张晓楠。

本年，儿童文学博士学位论文有：1.北京师范大学中国现当代文学专业张国龙的《成长之性：中国当代成长主题小说的文化阐释》，指导教授王泉根；2.北京外国语大学德语语言文学专业刘文杰的《德国浪漫主义时期童话研究》，指导教授韩瑞祥；3.复旦大学英语语言文学专业姜倩的《幻想与现实：二十世纪科幻小说在中国的译介》，指导教授何刚强；4.吉林大学中国现当代文学专业王文玲的《精神探索、苦难展示与被动化存在：论1980年代以来小说中的儿童叙事》，指导教授张福贵；5.兰州大学中国现当代文学专业王卫英的《重塑民族想象的翅膀——20世纪中国科幻小说研究》，指导教授常文昌；6.南京大学文艺学专业罗良清的《西方寓言理论及其现代转型》，指导教授赵宪章；7.南开大学文艺学专业李利芳的《中国发生期儿童文学理论本土化进程研究》，指导教授刘俐俐；8.山东师范大学中国现当代文学专业杜传坤的《荆棘路上的光荣：中国现代儿童文学史论》，指导教授姜振昌；9.上海师范大学中国现当代文学专业陈恩黎的《轻逸之美：对儿童文学艺术品质的一种思考》，指导教授梅子涵；10.上海师范大学中国现当代文学专业唐灿辉的《童年之美》，指导教授梅子涵；11.上海师范大学中国现当代文学专业徐丹的《倾空的器

Ⅲ：成长仪式与欧美文学中的成长主题》，指导教授梅子涵；12.上海师范大学中国现当代文学专业赵靖夏的《论以儿童文学为根基的儿童戏剧教育》，指导教授梅子涵；13.上海外国语大学德语语言文学专业丰卫平的《"童话"中的童话：论童话〈渔夫和他的妻子〉在君特·格拉斯小说〈比目鱼〉中的改写和作用》，指导教授卫茂平；14.中央戏剧学院戏剧戏曲学专业徐薇的《中国儿童剧导演艺术研究》，指导教授白梾本。

本年，摄制儿童故事影片34部，主要有：中国电影集团的《元帅的童年》《十三岁女孩》等3部，山西电影制片厂的《心的飞翔》《成长之路》等3部，内蒙古电影制片厂的《鹿儿角》，潇湘电影集团的《战火童心》，八一电影制片厂的《儿子同志》，长春电影制片厂的《心结》，珠江电影制片公司的《红棉袄》，青年电影制片厂的《叫声妈妈》，以及北京保利博纳电影发行有限公司、北京南海影业公司、青岛凤凰城影业有限公司等的儿童故事影片。

本年全国共出版少年儿童读物9376种，初版5630种，印数为19975万册（张），972961千印张，总定价179501万元。与上年相比，种数下降2.16%，初版下降2.98%，总印数下降12.87%，总印张增长1.82%，总定价下降1.73%。进口：少儿读物类19646种次，32.52万册，241.43万美元，占图书进口种次3.51%，数量9.02%，金额5.58%。

本年少儿读物类期刊共98种，平均期印数1116万册（平均一种期印数11.39万册），总印数22108万册，总印张605644千印张；占期刊总品种1.04%，总印数7.75%，总印张4.42%。与上年相比种数持平，平均期印数下降1.41%，总印数下降0.82%，总印张增长8.56%。

2007 年

1 月

8 日，湖北少年儿童出版社在北京图书订货会上整体推出《百年百部中国儿童文学经典书系》100 种，《人民日报》、中央电视台"新闻联播"等中央媒体对此做了重点推介。

24 日，由少年儿童出版社《儿童诗》编辑部、上海作家协会儿童文学委员会、上海民间文艺家协会等联合召开的"儿童诗歌迎春茶话会"在上海图书馆举行。任溶溶、张秋生、于之、孙毅、圣野、黄亦波等 40 多位儿童文学作家、诗人出席了会议。

2 月

9 日至 14 日，由中国少年儿童出版总社、中国小作家协会举办的"首届中少（千手动漫）全国中小学生作文大奖赛暨'小作家走天下'活动"在广东东莞和香港举行。11 日在东莞举行作文大奖赛现场决赛暨颁奖晚会。13 日与香港中小学生交流并参观凤凰卫视。

3 月

15 日，少年儿童出版社在上海市第四中学为儿童文学人物贾里、贾梅的 16 岁生日举办了一场生日庆典。秦文君与近 200 名贾里、贾梅的铁杆粉丝一起，交流了成长岁月里的阅读体会和心灵感悟。

4 月

17 日至 22 日，湖南少年儿童出版社、北京师范大学中国儿童文学研究中心共同举办的"《全球儿童文学典藏书系》翻译专家会议"在湖南长沙和湘西凤凰古城举行，杨武能、许钧、孙法理、王泉根、郑海凌、叶荣鼎、芮渝萍、舒伟等就《全球儿童文学典藏书系》的书目选择、翻译质量等进行了认真研讨。

本月，少年儿童出版社联合盐城市文联、盐都区文广局在江苏盐城举办了"李有干长篇小说《大芦荡》新书发布会"。周晓、刘绪源高度评价了《大芦荡》的艺术价值和李有干的创作精神。会后李有干在盐城市新华书店举行了《大芦荡》的签售活动。

5月

9日，中国作家协会鲁迅文学院第六届中青年作家高级研讨班（儿童文学作家班）举行隆重的开学典礼。这是鲁迅文学院首次举办儿童文学作家高研班。来自全国27个省、自治区、直辖市以及中直机关、行业作家协会的53位儿童文学作家参加了高研班的学习。他们中有中国作家协会会员30人，40岁以下32人，大学本科及以上学历40人。中国作家协会主席铁凝，副主席、党组书记金炳华，党组副书记、鲁院院长张健，副主席、党组成员陈建功、高洪波等出席开学典礼，金炳华做重要讲话。高研班学习为期3个月。接力出版社出版了3卷该班学员的作品集：《五颜六色的房子》（小说卷）、《七彩斑斓的翅膀》（童话卷）、《彩虹飞扬的天空》（诗歌散文卷）。

18日至20日，由宁波大学外语学院主办，华中师范大学《外国文学研究》编辑部、北京师范大学中国儿童文学研究中心、加拿大驻沪总领事馆、浙江省外国文学学会等协办的"青少年文学国际研讨会"在宁波大学召开，来自澳大利亚、加拿大、瑞典和国内高校的近百名学者、研究生出席。大会共收到论文48篇。会议主要集中在青少年与成长小说、世界各国的青少年文学研究、青少年文学主题个案研究等层面展开研讨。

25日，儿童文学教育家、评论家、北京师范大学文学院教授张美妮（1935—2007）在北京去世，享年72岁。张美妮著有《英国儿童文学概略》《张美妮儿童文学论集》《儿童文苑品评录》等。根据张美妮教授临终遗愿，家属将其全部藏书捐赠给了北京师范大学中国儿童文学研究中心。

29日，中宣部文艺局、中国作家协会儿童文学委员会在中宣部联合召开"儿童文学创作座谈会"，中宣部副部长李从军、中宣部文艺局局长杨新贵、中国作家协会副主席高洪波等领导出席。座谈会深入分析了党的十六大以来，我国儿童文学的创作实绩与面临的新形势、新问题，共同研讨了解决问题的对策。与会者为儿童文学事业的发展献计献策，提出了很多建设性的意见和建议。6月1日《光明日报》、6月2日《文艺报》发表了高洪波、杨新贵以及中国作家协会儿童文学委员会副主任樊发稼、张之路、北京师范大学教授王泉根、江苏省作家协会副主席黄蓓佳、广西接力出版社总编辑白冰、鲁迅文学院第六届高研班学员代表葛竞、湖南省委宣传部副部长魏委等在座谈会上的发言。

本月，浙江师范大学原校长、著名儿童文学理论家蒋风将自己的藏书两万多册先后两次捐给浙江师范大学国际儿童文学馆。

"六一"前夕，由中国作家协会儿童文学委员会、《中国校园文学》杂志社联合共青团石家庄市委、天津市教委主办的"中小学生阅读与写作""文学创作与中小学语文教学""当代文学创作与中学语文教学"研讨活动相继在石家庄和天津召开，推进"读一本好书、读好一本书"的活动。

6月

1日至5日，第九届中国国际儿童电影节在浙江宁波北仑港举行。主办单位：广电总局电影局。承办单位：中国儿童少年电影学会、宁波凤凰山主题乐园、《宁波帮》杂志社。中外参展影片：中国11部、外国21部。参展国家有日本、斯里兰卡、伊朗、德国（2部）、美国（2部）、印度（2部）、加拿大、丹麦、瑞典、冰岛（2部）、希腊、俄罗斯、荷兰（3部）、哥伦比亚、英国、中国。1日举行电影节开幕式、"欢聚凤凰山·我心中的偶像"评选揭晓暨《宝葫芦的秘密》首映式；1日至5日在宁波市各大影院举行各国参展影片展映周；2日，在宁波北仑爱学国际学校举行"中国儿童电影国际论坛"等活动，30多位来自世界各国的学者、电影界人士与国内100多位代表共同探讨了中国儿童电影的现状与未来走向。

6日，《光明日报》刊登长篇通讯《蒋风：在"光荣的荆棘路上"》，介绍82岁的著名儿童文学教育家、理论家蒋风教授毕生奉献儿童文学的事迹。

15日，由少年儿童出版社、上海作家协会、上海文学发展基金会联合举办的"著名作家贺宜、包蕾纪念座谈会"召开。中国作家协会给纪念座谈会发来了深情怀念贺宜、包蕾的专函。上海作家协会副主席叶辛、秦文君等出席座谈会并讲了话。参加会议的还有贺宜、包蕾的亲属、生前好友、同事和家乡代表等。

18日至22日，中宣部在北京密云举办第十届精神文明建设"五个一工程·一本好书"专家论证会。

22日，中国作家协会、上海市作家协会、少年儿童出版社、北京师范大学中国儿童文学研究中心共同举办的"从'大头儿子'到'马鸣加'——郑春华作品研讨会"在北京师范大学举行。中国作家协会党组书记金炳华发来贺信，中国作家协会副主席高洪波，中宣部出版局副局长刘建生，上海世纪出版集团副总裁陈和，来自北京、上海的束沛德、金波、樊发稼、曹文轩、张之路、王泉根、刘绪源、汤锐、白冰、周晴等，以及鲁迅文学院儿童文学作家班部分学员参加了会议。研讨会对郑春华的低幼文学创作给予了高度评价。

本月，湖南省少年儿童文学阅读创作基地在湖南省少儿图书馆成立。该基地接受湖南省作家协会指导，由湖南省作家协会儿童文学委员会和湖南省少儿图书馆开展工作。

7月

13日，中国音乐文学学会、中国教育学会音乐教育专业委员会、北京师范大学中国儿童文学研究中心联合主办，江苏通州市文联承办的"'唱响荣辱观'新儿歌高端论坛"在北京师范大学举行。中国作家协会副主席高洪波发来贺信。"'唱响荣辱观'新儿歌征集活动"在全国共征集到新儿歌12300多首，经过初选、复选，由金波等7位专家最终选定新儿歌60首、朗诵诗15首、少儿歌曲30首。

22日至26日，"全国师范院校儿童文学研究会第11届年会"在河北保定白洋淀举行，来自全国60余所师范院校及部分出版社共90余人出席，本届会议主题为"儿童文学与儿童阅读"。会议邀请蒋风、韦苇、王泉根、吴其南、冰波等做专题演讲。

25日，中宣部文艺局和中国作家协会召开10家相关出版社负责人协调会，专题研究有关优秀长篇小说精选的出版事宜。这项工作由中宣部会同中国作家协会负责，由中宣部出资，拟定出版3000套，不做市场销售，仅在一定范围内赠送领导。赠送对象为党的十六届中央委员、中央候补委员、中纪委委员、十届全国人大常委会委员、国务院及各部委主要负责人、各省市自治区主要领导、各民主党派主要负责人、社会团体主要负责人以及中国驻外使领事馆等。

28日至29日，由云南省委宣传部、省作家协会主办，昆明市文联承办的"2007云南儿童文学研讨会"在昆明举行。云南省文联党组书记李仕良、省作家协会主席黄尧与来自北京、昆明的樊发稼、王泉根、吴然、张昆华、谭爱苹、冉隆中等40余人出席会议，会议就近年云南儿童文学的发展与面临的挑战，以及云南儿童文学新作家群现状等进行了研讨。

8月

2日，国家图书馆与北京师范大学中国儿童文学研究中心联合举办的"让经典伴随我们成长——穿越儿童文学的浪漫密林"展览在国家图书馆展出,为期一个月。该展通过100余块图文并茂的展板和300余种国内外儿童文学经典,向观众介绍世界和中国儿童文学发展的概貌与代表性作家作品。其中专题介绍的10位中国儿童文学作家是叶圣陶、冰心、张天翼、陈伯吹、严文井、孙幼军、金波、曹文轩、秦文君、张之路。

20日,接力出版社、北京师范大学中国儿童文学研究中心、中国作家协会儿童文学委员会联合举办的"青年作家葛竞《猫眼小子包达达系列丛书》发布会"在北京师范大学举行。

21日,北京师范大学中国儿童文学研究中心与美国科幻研究会在北京师范大学联合举办"2007中美科幻北京峰会",来自美国的科幻作家大卫·布林、伊丽莎白·安·霍尔等5人,与中国科幻界的吴岩、张之路、星河、杨平、苏学军等就中美科幻的发展趋势展开研讨。本次论坛是2007年日本第65届世界科幻大会在中国的一个重要活动。

30日,第14届北京国际图书博览会期间,"'冒险小虎队'牵手'马小跳'对话活动"在北京第三极书局举行,杨红樱与奥地利作家托马斯·布热齐纳向读者畅谈儿童文学创作与阅读经验。

31日,杨红樱的系列小说《淘气包马小跳》全球多语种版权被美国哈珀·柯林斯出版集团整体买断,将在全球相继出版英文、法文等版本,版权签约仪式在北京亚洲大酒店举行。杨红樱由此成为中国原创儿童文学大举进入欧美社会的第一人,是中国儿童文学走向世界的历史性突破。

31日,北京少年儿童出版社在北京召开"麦场主系列《曹文轩小说阅读与鉴赏》研讨会暨新书发布会"。

本月,全国妇联《超级宝宝》杂志社与浙江师范大学儿童文学研究所在北京京郊麇鹿苑举办"中国本土原创图画书研讨交流会",就经典图画书、原创图画书的文学、美术、出版等专题进行研讨。方卫平、彭懿、阿甲、保冬妮、熊亮、熊磊、黄丽、胡晓珮等儿童文学评论家与儿童画家做了专题演讲。

中国编辑学会少年儿童读物专业委员会(少儿知识读物研究会)在宁夏银川举办研讨会。宁夏少年儿童出版社(阳光出版社)承办。

9月

3日,"河北省作家协会儿童文学艺术委员会成立大会暨河北省儿童文学创作座谈会"在河北香河召开。北京、河北两地儿童文学工作者70余人出席。

6日至8日,由中国作家协会儿童文学委员会、江苏省作家协会主办,昆山市文联承办的"全国儿童文学创作基地暨全国儿童文学创作研讨会"在江苏昆山举行。中国作家协会儿童文学委员会束沛德、高洪波、樊发稼、张之路、王泉根,江苏省党组书记杨承志、作家协会副主席赵本夫、黄蓓佳等共50余人与会。6日下午,与会作家在昆山市玉峰实验小学举行了"作家进校园暨赠书活动",7日上午,昆山市巴城镇名人文化村举行了"中国作家协会儿童文学创作基地暨江苏省作家协会创作基地"揭牌仪式。

7日,中宣部在北京举行第十届"五个一工程"表彰座谈会和颁奖晚会。获奖的儿童文学图书有曹文轩的《青铜葵花》、黄蓓佳的《亲亲我的妈妈》、王一梅的《木偶的森林》、杨红樱的《淘气包马小跳系列·巨人的城堡》、竹林的《今日出门昨夜归》。

9日至12日,全国少儿图书订货会在安徽合肥举行,以"健康阅读,引领成长"为主题。订货会期间还开展了"携手希望小学,关注贫困地区少儿阅读生态"图书捐赠,《中国

少儿出版》杂志创刊十周年座谈会，"2006年度最佳少儿读物"评选颁奖典礼，少儿图书市场分析报告会及图书联展、荐书等活动。

15日，中国寓言文学学会、中国儿童文学研究会联合举办的"杨明火儿童文学作品研讨会"在北京举行，杨明火是浙江宁海儿童文学作家。

10月

二十一世纪出版社出资成立的"中国儿童阅读推广人论坛"在南昌举行。论坛发表了《南昌宣言》。从2008年开始，每次论坛会评选出上一年度全国的优秀阅读推广人和集体，并给予表彰。

"书香中国"2006年度童书排行榜组委会儿童文学作品初评榜单出炉，19种24册2006年出版（含重版）的儿童文学作品入围。少年儿童出版社的《獾的礼物》《我的妈妈是精灵》《小飞侠彼得·潘》等3种图书荣登榜首。

少年儿童出版社的《小朋友》编辑部参加"'把好书带回家'特奥主题图书漂流活动"，让来自世界各地的特奥运动员阅读图文并茂的《小朋友》杂志。

11月

2日，"陈伯吹先生逝世10周年纪念活动"在上海宝山举行。纪念活动由少年儿童出版社、上海作家协会和陈伯吹儿童文学基金会主办。陈伯吹先生的儿子，全国政协常委、中国科学院院士、北京大学原校长陈佳洱偕夫人专程来沪，与上海市作家协会副主席叶辛、秦文君和100多位儿童文学界、出版界人士参加了纪念活动。主办方在"陈伯吹先生逝世10周年纪念会"上放映了电视专题片《陈伯吹》，举行了"《陈伯吹先生纪念文集》的首发式"。纪念活动还举行了"第22届陈伯吹儿童文学奖的颁奖仪式"。老作家任大星获杰出贡献奖，李有干的长篇小说《大芦荡》获大奖。参加纪念活动的人员还参观了"陈伯吹纪念馆"。

4日至8日，应明天出版社邀请，国际儿童读物联盟（IBBY）安徒生奖评审委员会主席佐拉·甘尼访问北京、济南、上海。4日，中国作家协会儿童委员会在京委员等与佐拉·甘尼座谈，就有关国际安徒生奖与中国儿童文学进行了交流。

8日，中国出版协会少儿读物工作委员会和国际儿童读物联盟中国分会（CBBY）在北京召开"《中国少儿出版》办刊10周年与改版座谈会"。

13日至16日，由中国作家协会与共青团中央联合主办的全国青年作家创作会议在北京召开。来自全国各地的317名青年作家代表和特邀代表出席会议，其中儿童文学作家有秦文君、张洁、殷健灵、李东华、杨鹏、星河、葛竞、李丽萍、黑鹤、王一梅、饶雪漫、蓝蓝、童喜喜、汤素兰、张怀存、高凯等。

23日至28日，第三届中日儿童文学研讨会在日本大阪召开。此次研讨会的主题是"全球化时代的中日儿童文学：《哈利·波特》《魔戒》《纳尼亚传奇》旋风带来了什么？"曹文轩、方卫平、马力、秦文君、沈振明5位中国专家出席了此次研讨会。

12月

6日，由中国教育学会、中国音乐文学学会等主办，中共江苏通州市委承办的"《童声里的中国：唱响荣辱观新儿歌精品集》首发仪式"在北京中国妇女活动中心举行。全国人大常委会副委员长顾秀莲出席并讲话。全国人大常委会委员柳斌，中国关心下一代工作委员会副主任闵振环，以及中央文明办、全国妇联、教育部、文化部的有关官员和首都文学界、教育界、出版界的顾明远、束沛德、金波、樊发稼、王泉根等近百人出席。《童声里的中国》收录了从全国12000首应征歌曲中遴选出的100首精品,由人民音乐出版社出版。

15日,《儿童文学》杂志、广东怀存文化传播公司在北京联合举办"儿童诗座谈会",探讨儿童刊物如何在推动儿童诗创作中发挥更大作用。

22日,"中国作家协会第七届全国优秀儿童文学奖颁奖典礼"在北京亚洲大酒店隆重举行。中国作家协会主席铁凝宣读中共中央政治局委员、中宣部部长刘云山贺信,中国作家协会党组书记、副主席金炳华讲话,第七届全国优秀儿童文学奖评委会主任束沛德做评奖情况说明。共有《舞蹈课》《黑焰》等13部(篇)作品获本届全国优秀儿童文学奖。当日下午还举行了"中国作家协会儿童文学创作座谈会"。

23日,"中国作家协会儿童文学委员会2007年年会"在北京亚洲大酒店举行。会议总结了新一届儿童文学委员会2002年成立以来5年间的工作。经中国作家协会书记处研究,中国作家协会主席团批准,中国作家协会儿童文学委员会的人员进行了调整。25日《文艺报》公布了新一届中国作家协会儿童文学委员会名单,高洪波为主任委员,张之路、王泉根、曹文轩为副主任委员,周李立为秘书。委员(按姓氏笔画排序)有方卫平、王宜振、白冰、孙云晓、朱自强、刘先平、刘海栖、刘健屏、汤锐、李东华、李国伟、杨红樱、沈石溪、秦文君、董宏猷、薛卫民、薛涛。

本年

根据中央领导的提议,由中宣部文艺局和中国作家协会从全国近10年来300多部优秀作品中遴选25部作品,编辑出版《'五个一工程'、茅盾文学奖获奖长篇小说精选(1997—2007)》,集中反映社会主义文学繁荣的成就,展示出版界精品战略的最新成果,向党的十七大献礼。25部作品中有《男生贾里全传》《草房子》《我要做个好孩子》等3部儿童文学作品。

"第六届辽宁省优秀儿童文学奖"在辽宁沈阳揭晓,薛涛的中篇小说集《正午的植物园》、王立春的诗集《乡下老鼠》、肇夕的童话集《绕树一小圈儿》、常星儿的短篇小说集《回望沙原》获奖。

"首届长春童话寓言文学奖"揭晓,陆景林、吴广孝、高帆、李满园获成就奖,22部作品分获一、二、三等奖。

山西省"2004—2006年度赵树理文学奖"在太原揭晓,该奖按文体设奖,其中儿童文学奖获奖者为袁秀兰、乔忠延、陈亚珍。

福建冰心纪念馆馆长王炳根选编的6卷本《冰心文选》由福建教育出版社出版,近40篇冰心佚文与一批新发现的冰心书信首次与读者见面。《冰心文选》分为诗歌卷、散文卷、小说卷、儿童文学卷、书信卷、佚文卷。

陕西省作家协会五届主席团二次会议决定成立9个文学种类的专业委员会,其中有儿童文学专业委员会。

青岛德式监狱旧址博物馆开馆,该馆为现代作家舒群专门设立了两间展室。1936年,舒群曾在这里创作了儿童小说名篇《没有祖国的孩子》。

由四川省人民艺术剧院根据曹文轩小说《草房子》改编的同名多媒体情景音乐剧登上北京大学百周年纪念讲堂的舞台,献礼中国话剧100周年。

杨红樱与她的"马小跳"走出国门,美国哈伯·柯林斯出版集团获得了杨红樱《淘气包马小跳》8本书的全球版权。

接力出版社有限公司在广西南宁揭牌,标志着接力出版社顺利完成整体改制转企,

成为我国第一家单个转企改制的地方出版社与专业少儿出版社。

本年加入中国作家协会的儿童文学作家有沈碧娟、庞余亮、赵家瑶、刘颚、汪露露、王虹虹。

本年儿童文学博士学位论文有：1.北京师范大学中国现当代文学专业陈莉的《从冰心到秦文君：中国儿童文学中的女性主体意识》，指导教授王泉根；2.北京师范大学中国现当代文学专业陈苗苗的《出版文化视野下中国当代儿童文学：以20世纪90年代末至今为个案》，指导教授王泉根；3.北京师范大学中国现当代文学专业苏洁玉（香港）的《三维视野中的香港儿童文学》，指导教授王泉根；4.北京师范大学中国现当代文学专业郑欢欢的《论中国当代儿童电影的基本精神》，指导教授王泉根；5.华东师范大学中国现当代文学专业齐亚敏的《新时期小说中的未成年人世界》，指导教授马以鑫；6.华中师范大学文艺学专业戴岚的《女性创作与童话模式：英国十九世纪女性小说创作研究》，指导教授陈勤建；7.华中师范大学教育史专业陆克俭的《发现与解放：中国近代儿童观研究》，指导教授周洪宇、熊贤君；8.吉林大学中国现当代文学专业赵准胜的《呼唤和谐的儿童本位观》，指导教授张福贵；9.南京师范大学中国现当代文学专业谈凤霞的《"人"与"自我"的诗性追寻：中国现代文学中的回忆性童年书写研究》，指导教授朱晓进；10.南京师范大学学前教育学专业闫春梅的《童话精神与儿童审美教育》，指导教授滕守尧；11.上海大学中国现当代文学专业徐秀明的《20世纪中国成长小说研究》，指导教授葛红兵；12.上海师范大学中国现当代文学专业钱淑英的《雅努斯的面孔：魔幻与儿童文学》，指导教授梅子涵；13.上海师范大学中国现当代文学专业孙亚敏的《老头子做事总不会错：论儿童文学中的老人角色》，指导教授梅子涵；14.上海师范大学比较文学与世界文学专业易乐湘的《马克·吐温青少年题材小说的多主题透视》，指导教授郑克鲁；15.苏州大学现当代文学专业钱春芸的《行进中的"小说"中国：当代成长小说研究》，指导教授曹惠民。

本年摄制儿童故事影片54部，主要有：中国电影集团的《宝葫芦的秘密》《长江七号》《娘》等5部，长春电影制片厂的《机密行动》等2部，内蒙古电影制片厂的《城市的河》《小十福》等5部，山西电影制片厂的《爱在他乡》等2部，以及众多电影发行有限公司、影视文化传播公司、影视投资公司等拍摄的儿童故事影片。

本年全国共出版少年儿童读物10460种，初版6122种，印数为24445万册（张），1153509千印张，总定价243513万元，与上年相比，种数增长11.56%，初版增长8.74%，总印数增长22.38%，总印张增长18.56%，总定价增长35.66%。进口：少儿读物类52719种次，42.25万册，407.22万美元，占图书进口种次6.83%，数量11.53%，金额5.21%。出口：少儿读物类50338种次，71.49万册，137.32万美元，占图书出口种次4.56%，数量10.01%，金额4.16%。

本年全国少儿读物类期刊共98种，平均期印数1088万册（平均一种期印数11.1万册），总印数22502万册，总印张669547千印张；占期刊总品种1.04%，总印数7.4%，总印张4.24%。与上年相比种数持平，平均期印数下降2.51%，总印数增长1.78%，总印张增长10.55%。

2008 年

1 月

辽宁省儿童文学学会举行表彰活动，庆贺辽宁作家常星儿、李丽萍获第七届"全国优秀儿童文学奖"。至 2008 年 1 月,辽宁已经有吴梦起、胡景芳、车培晶、薛涛、王立春、刘东、常星儿、李丽萍等 8 位作家获得此项大奖,备受瞩目。

2 月

1 日,中国儿童文学研究会、新时代出版社在北京联合举行"纪念童话作家洪汛涛诞辰 80 周年暨《两支笔》首发式",洪汛涛的家属与束沛德、陈子君、樊发稼、贺嘉、王泉根、宗介华、冉红等与会。

3 月

5 日,北京少年儿童出版社举行江苏作家李志伟的"开心学校幽默丛书"新书发布会。

16 日,北京师范大学中国儿童文学研究中心和天津理工大学外语学院主办,北京外国语大学英语学院、《外国文学》杂志社、《中华读书报》、北京科普作家协会协办的"诺贝尔文学奖得主多丽丝·莱辛科幻小说学术研讨会"在北京师范大学举行。王逢振、王泉根、吴岩、舒伟、丁素萍、张开逊、田松、郭曰方、宋宜昌、王炳军、姜红、星河等京津外国文学、科幻文学、儿童文学、科学哲学方面的专家学者等近百人与会。89 岁的多丽丝·莱辛是荣获 2007 年度诺贝尔文学奖的英国女作家,她的小说创作涉及女性主义、非洲问题、现实主义叙事等,同时又创作了《什卡斯塔》(1979)、《第三、四、五区域间的联姻》(1980)、《天狼星试验》(1981)、《八号行星代表的产生》(1982)、《玛拉和丹恩历险记》(1999)等一系列表现了对人类历史与命运的深刻思考与忧虑,并预言世界未来的科幻小说。会议探讨了莱辛科幻作品的基本特色、叙事方式、科技文化主题等内容,以及其作品对当下中国文学的影响。

本月,中国少年儿童出版社和湖北省作家协会在北京联合举办"童喜喜新作发布会暨研讨会"。湖北省作家协会党组书记黄运全,高洪波、胡平、李学谦、吕先富、董宏猷等与会。童喜喜是湖北"70 后"儿童文学新秀。

4 月

6 日,由凤凰出版传媒集团、江苏少年儿童出版社、北京师范大学中国儿童文学研究中心主办的程玮作品讨论会在北京师范大学举行。高洪波、曹文轩、张之路、王泉根、束沛德、樊发稼、金波、孙云晓、汤锐、黄蓓佳等出席,研讨程玮《少女的红围巾》等长篇新作。旅德女作家程玮专程到京与会。程玮原籍江苏,20 世纪 90 年代定居德国。

8 日,"上海少儿读物促进会第一届会员大会暨第一次理事会"在上海召开。上海市作家协会副主席秦文君当选为理事长,张秋生当选为副理事长。

本月,中国冰心研究会、冰心文学馆在日本设立了"冰心青少年文学奖",奖励池田大作创办的日本创价大学、创价女子短期大学、创价中学校与创价小学校中最优秀的 8 名女学生。中国冰心研究会会长、冰心文学馆馆长王炳根,国际创价学会会长、教育家池田大作出席颁奖仪式。

5 月

12 日下午 2 时 48 分,四川汶川地区发生 8 级大地震。13 日开始,儿童文学界众多作家、全国 34 家专业少儿社近千名员工,通过不同方式向灾区捐款捐物。

16 日,国际儿童读物联盟(IBBY)中国分会收到 IBBY 主席的慰问电和 IBBY 捐款 1 万瑞士法郎,慰问四川地震灾区儿童。

16 日,"金近纪念馆落成仪式暨金近创作思想研讨会"在金近故乡浙江上虞市松厦镇四埠金近小学举行。金近夫人颜学琴,作家金波、张之路及上虞师生等 300 余人出席了研讨会。

19 日是全国哀悼日。中国出版协会少读工委主任海飞起草《中国出版协会少读工委向地震灾区捐书倡议书》,呼吁 34 家专业少儿出版社向四川地震灾区捐献优秀少儿读物。

由中宣部出版局倡议,中国出版协会少读工委、国际儿童读物联盟中国分会(CBBY)组织实施的向四川地震灾区捐赠优秀少儿读物活动,从本月 20 日 12 时到 22 日 12 时,48 小时之内,22 家专业少年儿童出版社,共捐献 105 万册、1283 万码洋优质少儿读物,支援四川地震灾区儿童。

12 日,《儿童文学》杂志终止与北京勤+诚书刊发行公司的发行合作,由中国少年儿童新闻出版总社收回发行权。《儿童文学》杂志与勤+诚公司合作 10 年,建立起来了一个比较稳定的邮局、零售、校网三足鼎立的发行渠道,利润率和发行量均以每年 20%左右的速度增长。

13 日至 15 日,中国作家协会儿童文学委员会主办、明天出版社承办的首届"中国原创图画书发展论坛"在山东济南举行。高洪波、金波、樊发稼、曹文轩、王泉根、汤锐、方卫平、朱自强、彭懿、周翔、熊磊、保冬妮等出席论坛并做演讲,各地少儿出版社、山东儿童文学作家等近百人与会。这次研讨会对于认识本土图画书创作的现状,推动本土原创图画书的发展意义重大,标志着当前国内的图画书阅读出版热,正逐步走向自觉的理性建设时期。

16 日,在韩国首尔举行的韩国国际图书展上,少年儿童出版社和韩国文学手贴出版社联合主办"阅读照亮童年——从'大头儿子'和'马鸣加'登陆韩国谈起"的座谈会。

本月,上海市作家协会儿童文学委员会在上海举办上海童话创作研讨会,与会作家就开展健康的童话批评、培养童话创作人才等问题展开研讨。

7 月

6 日,在杭州市江南文学会馆举行了《江南》杂志社主编、浙江教育出版社出版的《新青春词典:汶川大地震的少年记忆》赠书仪式暨诗歌图片展。

21 日至 22 日,"丰子恺儿童图画书奖筹备委员会"在香港举办"儿童图画书国际论坛暨第一届丰子恺儿童图画书奖发布会",内地有朱自强、方卫平等出席。

本月,《儿童文学》自第 7 期起改为旬刊,每月出版上、中、下三册。上册为经典版,中册为选萃版,下册为时尚版,并随(下册)赠送图文并茂的小册子。主编徐德霞,上册执行副主编冯臻,中册执行副主编胡纯琦,下册执行副主编孙彦。

中央电视台《对话》栏目推出"儿童文学阅读"专题项目,邀请白冰、王泉根、刘健屏、梅子涵、孙云晓、张秋林、郑渊洁、刘绪源等为嘉宾参加。

海南作家张品成与上海文广传媒集团签约创作 52 集"红色动漫"作品《红巾少年》。该作品为"向建国 60 周年献礼"的重点项目。

8 月

18 日,中宣部文艺局与广电总局宣传管理司、中影局在北京联合召开了影视动画创作生产座谈会,旨在总结经验,共商推动我国影视动画产业又好又快发展的政策措施。中宣部副部长欧阳坚、广电总局副局长胡占凡出席会议。

本月,春风文艺出版社在已出版的"小布老虎丛书"当中精选了孙幼军、秦文君、张之路、周锐、常新港、杨鹏、薛涛、北董、车培晶、葛竞等儿童文学作家的 15 部优秀作品,辑为

"10年纪念珍藏版"重印出版。

位于山东烟台市烟台山的东海关税务司检察长官邸旧址被改建成冰心纪念馆，并举行开馆仪式。中国作家协会副主席陈建功和烟台市委书记孙永春共同为冰心纪念馆揭幕。由中国现代文学馆、烟台市人民政府、福建省文联和鲁东大学主办，冰心研究会、冰心文学馆等单位承办的"冰心与烟台——冰心文学第三届国际学术研讨会"同时举行。舒乙、文洁若、陈漱渝、吴青、范碧云、周明、张炜、王炳根等以及来自日本、韩国、美国、新加坡的专家学者，就冰心长达80年的文学创作历程、冰心文学作品的艺术特色、冰心的翻译成就等问题展开讨论。

9月

6日至14日，中国少儿出版界组成以海飞为团长的4人代表团赴丹麦参加国际儿童读物联盟第31届世界大会。这次大会的主题是"历史中的故事，故事中的历史"，来自50个国家和地区的约500位代表参加会议，118人在全体会议、论坛和讲故事大会上发言。我国作家秦文君再次荣获"国际安徒生奖"的提名，刘先平荣获"IBBY荣誉名册奖"。

本月，由上海作家协会儿童文学委员会、少年报社主办的"张秋生儿童文学创作50周年研讨金秋笔会"在上海举行，高洪波、束沛德、金波、樊发稼、桂文亚等致信祝贺，任溶溶、徐鲁、唐池子等出席。张秋生以创作儿童诗、小巴掌童话著称。

在中国电影资料馆举行了由中国传媒大学和北京海晏和清影视文化有限公司拍摄的电影《夏天，有风吹过》（原名《七色花》）研讨会。与会的专家认为该片是近年少见的青春、成长、励志题材的散文诗电影。

10月

1日，中国少年儿童报刊工作者协会小作家分会在北京大学百年大讲堂召开第三次全国会员大会。近300名全国优秀的小作家、10余个优秀活动基地的代表出席了大会。

10日，北京师范大学中国儿童文学研究中心、明天出版社、接力出版社主办，美国哈珀·柯林斯出版集团、作家出版社协办的以"多维视野中的杨红樱"为主题的学术论坛在北京师范大学举行，来自各地少儿出版界、文学界、教育界的专家及首都高校研究生等200余人到会。高洪波、白冰、王泉根、孙云晓、李虹、陈苗苗、周爱兰、蒋晞亮、郑重分别从儿童文学、儿童教育、儿童心理、少儿出版、国际文化交流等角度探讨了杨红樱《淘气包马小跳》《笑猫日记》等作品以及"杨红樱现象"。

18日，河北省儿童文学座谈会在河北大成县召开。高洪波到会讲话。王立平、张中吉、刘绍本、北董、陈健伶、李学斌、葛竞、星河、张怀存、杨老黑等50余各地儿童文学作家与会，围绕"儿童文学要为儿童提供精美的精神食粮，促进儿童身心健康发展"的主题展开讨论。

19日，"中国寓言文学研究会暨张鹤鸣作品研讨会"在浙江瑞安举行。黄瑞云、叶澍、凡夫、少军、马长山、蒋风、张继定等70多人与会。

21日至23日，浙江师范大学儿童文化研究院主办的"2008媒介与儿童文化国际高峰论坛"在浙江金华举行。来自中国大陆及台湾、香港地区和英国、新西兰、意大利、南非、美国、澳大利亚等国家共30多位专家学者出席本次论坛。

28日，《儿童文学》杂志社在北京举办"《儿童文学》创刊45周年庆祝会暨第四届小说擂台赛颁奖会"。

30日，彭学军长篇小说《腰门》研讨会在浙江师范大学举行。

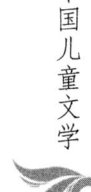

31 日至 11 月 4 日，安徽出版集团、时代出版传媒公司和安徽少年儿童出版社主办的"'儿童文学：原创与出版研讨会'"在安徽合肥举行。高洪波、刘先平、秦文君、汤素兰、张品成、伍美珍、郁雨君、殷健灵、韩青辰、葛竞等作家，王泉根、方卫平、朱自强、梅子涵、刘绪源、韩进等评论家，就当前原创儿童文学与少儿出版、儿童阅读与文学观念等问题展开研讨。

本月，《文艺报》报道：2007 年鲁迅文学院第六届中青年作家高级研讨班是鲁迅文学院成立以来举办的首届儿童文学作家班，53 名学员毕业后以其献身儿童文学的精神和丰硕的创作成果，引发各地儿童文学热潮。被称为鲁迅文学院历届作家班中的"标杆班"。

11 月

8 日，浙江省作家协会儿童文学创作委员会 2008 年年会在浙江金华举行。浙江省作家协会党组成员、副秘书长王益军到会祝贺，来自省内和上海、香港、台湾的 60 余位儿童文学作家、研究生等与会。浙江省作家协会儿童文学创委会主任方卫平、副主任孙建江、张婴音、周晓波等主持年会。

12 日，由中国福利会和上海市作家协会主办的"2008 沪港儿童文学研讨会"在上海开幕。本届研讨会的主题是"儿童文学中的童年精神"。周密密、黄东涛、孙观琳等 12 位香港儿童文学作家、编辑和画家，任溶溶、任大星、梅子涵等 30 余位上海作家、编辑和画家出席会议。

本月，江苏省作家协会首届儿童文学读书研讨班在江苏南京举办。读书班邀请范小青、黄蓓佳、祁智、程玮、金燕玉、汪政以及江苏少年儿童出版社资深编辑等给来自基层的学员授课。

辽宁儿童文学学会组织 30 余位作家在社会主义新农村建设的典型——辽宁丹东大梨树村进行采风活动，通过听取村史介绍、参观访问，来感受农业、农村、农民发生的变化。

上海市作家协会儿童文学委员会和中国福利会出版社共同举办孙毅儿童戏剧创作 60 周年研讨会，并庆贺他 85 岁寿辰。

"张秋生儿童文学创作 50 周年研讨会"在浙江临平举行。高洪波、束沛德、金波、樊发稼等致信祝贺。秦文君、吴圣苓、梅子涵以及台湾作家桂文亚、儿童时代社社长顾琳敏、家庭教育报刊社总编辑徐建华等数十人出席研讨。

12 月

13 日，中国作家协会儿童文学委员会与广东出版集团新世纪出版社、上海世纪出版公司少年儿童出版社在北京联合召开"改革开放三十年中国儿童文学学术研讨会"。为了总结、回顾改革开放 30 年儿童文学的成就，少年儿童出版社、新世纪出版社精心编辑出版了高洪波主编的《改革开放三十年的中国儿童文学》与王泉根主编的《改革开放 30 年中国儿童文学金品 30 部》。研讨会认为，这两种图书集中展示了 30 年中国儿童文学发展的成果，对于用优秀作品引领新主流阅读，促进新世纪儿童文学的繁荣发展，具有积极的现实意义。

13 日，中国作家协会儿童文学委员会 2008 年年会在北京召开，高洪波、张之路、王泉根、曹文轩以及京内外 20 多位儿童文学委员会委员与会。会议总结了儿童文学委员会 2008 年的工作，讨论、部署了 2009 年的工作计划。

17 日，中国作家协会主办的"首都文学界改革开放 30 周年纪念座谈会"在中国现代文学馆隆重举行。铁凝、李冰、张健、陈建功、高洪波等中国作家协会领导与首都作家百余人与会,共同探讨改革开放 30 年以来的文学成就。会上,中国作家协会主席铁凝做了重要讲话。邓友梅就小说创作、郑伯农就诗词、叶梅就少数民族文学、朱向前就军事文学、何建明就报告文学、雷抒雁就新诗、王泉根就儿童文学、金哲就自己的创作历程等先后发言。2009 年 1 月 8 日的《人民日报》发表了以上作家的发言内容。

18 日,"少年文学半月刊《读友》创刊周年座谈会"在北京大兴举行,束沛德、金波、樊发稼、王泉根、李学斌、星河、易平、于立极等出席,对《读友》的办刊思路、儿童文学刊物如何提升儿童的文学阅读能力进行了研讨。

27 日,"中华文学基金会儿童文学创作基地"挂牌仪式暨金曾豪"动物传奇小说系列"首发式在江苏常熟举行。挂牌仪式由作家出版社社长何建明主持,中华文学基金会秘书长李小慧、常熟委副书记秦卫星共同为创作基地揭牌。束沛德、樊发稼、张之路、王泉根等到会祝贺。

本月,王泉根的代表性儿童文学论著《王泉根论儿童文学》由接力出版社出版。全书55 万字,33 篇论文。

浙江师范大学儿童文化研究院组编,方卫平、刘宣文主编的《2007 中国儿童文化研究年度报告》由浙江少年儿童出版社出版。该书是国内第一本儿童文化研究领域的年度报告。

本年

方卫平主编的"当代外国儿童文学理论译丛"由少年儿童出版社出版,分别是加拿大佩里·诺德曼、梅维丝·雷默合著的《儿童文学的乐趣》(陈中美译),美国杰克·齐普斯的《作为神话的童话 / 作为童话的神话》(赵霞译),美国蒂姆·莫里斯的《你只年轻两回:儿童文学与电影》(张浩月译),英国彼得·亨特主编的《理解儿童文学》(郭建玲等译)。

"冰心奖"设立 19 周年。据葛翠琳在《2008 年冰心儿童文学新作奖获奖作品集》(浙江少年儿童出版社 2008 年版)的专文中介绍:设立于 1990 年的"冰心儿童图书奖",现称为"冰心奖"。评奖包括四项内容:1.冰心儿童文学新作奖;2.冰心儿童图书奖;3.冰心艺术奖;4.冰心作文奖。每年冰心生日(10 月 5 日)前后举行冰心奖颁奖大会。2002 年,在北京平谷区建立了冰心奖陈列室和冰心奖儿童图书馆。

王泉根主编的《改革开放 30 年中国儿童文学金品 30 部》由新世纪出版社出版。

方卫平主编的《最佳儿童文学读本》(3 种)由明天出版社出版。

《全球儿童文学典藏书系》由湖南少年儿童出版社出版,自本年起至 2012 年已陆续出版 100 种。

《少儿科普名人名著书系》(60 种)由湖北少年儿童出版社出版。

本年儿童文学博士学位论文有:1.北京师范大学中国现当代文学专业陈如意(新加坡)的《儿童文学与新马华文教育研究》,指导教授王泉根;2.北京师范大学中国现当代文学专业浅野法子(日本)的《中日现代儿童文学发生期平行比较研究》,指导教授王泉根;3.北京师范大学中国现当代文学专业郝婧坤的《生态批评视野下的中国当代儿童文学》,指导教授王泉根;4.北京师范大学中国现当代文学专业许军娥的《论现代中国儿童文学经典的生成:以〈百年百部中国儿童文学经典书系〉为例》,指导教授王泉根;5.北京师范大学中国现当代文学专业王蕾的《论中国儿童文学初创期(1917 年至 1927 年)的外来影响:以安徒生童话为例》,指导教授刘勇;6.北京师范大学中国现当代文学专业张美红的《中韩现代儿童文学形成过程比较研究》,指导教授王泉根;7.北京师范大学学前教育学

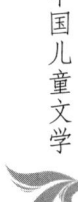

专业高丽芳的《老师引导对大班幼儿故事听读理解影响研究：以"同伴交往"主题作品为例》，指导教授刘焱；8.北京师范大学中国近现代史专业谢毓洁的《近代儿童文艺研究》，指导教授史革新；9.东北师范大学中国现当代文学专业侯颖的《论儿童文学的教育性》，指导教授朱自强；10.东北师范大学中国现当代文学专业赵大军的《儿童文学理论的基本问题与方法》，指导教授逄增玉；11.复旦大学比较文学与世界文学专业张建青的《晚清儿童文学翻译与中国儿童文学之诞生：译介学视野下的晚清儿童文学研究》，指导教授谢天振；12.华东师范大学课程与教学专业钱雨的《儿童文化研究》，指导教授张华；13.吉林大学比较文学与世界文学专业买琳燕的《从歌德到索尔·贝娄的成长小说研究》，指导教授傅景川；14.上海师范大学中国现当代文学专业彭懿的《格林童话的产生及其版本演变研究》，指导教授梅子涵；15.上海师范大学中国现当代文学专业孙悦的《动物小说：人类的绿色凝思》，指导教授梅子涵；16.四川大学比较文学与世界文学专业付品晶的《格林童话在中国》，指导教授杨武能。

本年摄制儿童故事影片62部，主要有：中国电影集团的《共产儿童团的战斗》《新鲁冰花》等3部，山西电影制片厂的《乌龟也上网》等2部，长春电影制片厂的《我是"粉丝"》，天山电影制片厂的《买买提的2008》，上海文广新闻传媒集团的《男生贾里新传》，以及众多电影发行有限公司、影视文化传播公司、影视投资公司等拍摄的儿童故事影片。

截至本年，各地专业少儿社投入精力与财力出版的本土原创图画书有：江苏少年儿童出版社的"我真棒幼儿成长系列"；明天出版社的"杨红樱亲子绘本故事系列"，"小企鹅心灵成长故事系列"，"小肚兜幼儿情感启蒙故事系列"，《绘本中国》系列（包括《小石狮》《泥将军》《年》《屠龙族》《鱼儿爷》《家树》《灶王爷》等）；少年儿童出版社的"婴儿睡前故事系列"；中国少年儿童出版社的"睡前十分钟系列"；北方妇女儿童出版社的《原创童话绘本系列丛书·蓝猫讲故事》；四川少年儿童出版社的《绘本天下名句》；海豚出版社的"中国神话故事系列"（包括《中国十个节日传说》《易经图典》《礼记图典》）；连环画出版社的"情韵中国"丛书（包括《我的小马》《京剧猫·长坂坡》《京剧猫·武松打虎》《荷花回来了》《纸马》《苏武牧羊》）等。原创图画书的品质大步提升，连环画出版社的"情韵中国丛书"、明天出版社的"绘本中国丛书"均获得了2008新闻出版总署"三个一百原创出版工程"奖，《京剧猫·长坂坡》还获得亚洲青年动漫大赛最佳作品奖，《荷花回来了》被评为2008年度"中国最美的书"，并代表中国参加2009年度德国莱比锡"世界最美的书"的评选。上述作品的问世，被评价为"原创图画书出版出现了重大突破"，"打破了西方图画书在我国的垄断"。作品所凸显的中国元素、中国风格，受到赞誉。

本年，童书业真正迎来了书业内部所评价的"大年"。全国共出版少年儿童读物13522种（初版7441种），33315万册（张），1519546千印张，总定价328046万元，与上年相比，种数增长29.27%（初版增长21.55%），总印数增长36.29%，总印张增长31.73%，总定价增长34.71%。少年儿童读物图书销售4.59亿册，47.91亿元，占销售数量2.76%，销售金额3.29%。与上年相比册数增长13.87%，金额增长19.16%。少儿读物类出口40840种次，58.89万册，414.94万美元，占图书进口种次6.29%，数量13.46%，金额5.09%。少儿读物类进口40840种次，58.89万册，414.94万美元，占图书进口种次6.29%，数量13.46%，金额5.09%。

本年全国共出版少儿读物类期刊98种，平均期印数1052万册（平均一种期印数10.73万册），总印数23083万册，总印张667370千印张；占期刊总品种1.03%，总印数

7.43%,总印张 4.22%。与上年相比种数持平,平均期印数下降 3.31%,总印数增长 2.58%,总印张下降 0.33%。

2009 年

1 月

6 日,时代出版传媒股份有限公司、安徽少年儿童出版社在北京举行“《儿童文学名家名译典藏书系》出版座谈会”,高洪波、韩进、樊发稼、金波、张之路、吕先富、商泽军、杨鹏、敖德等各界专家及出版人参加了座谈会。

6 日,外语教育与研究出版社在北京大兴召开“放飞梦想,启迪童心——外研社原创儿童文学作品发布会”。外研社在年初出版伍美珍、郁雨君、葛冰葛竞父女、王勇英、赵静、保冬妮等的原创儿童文学书系,引起业界充分关注。

6 日,由《出版商务周报》与中国出版协会少读工委联合主办、搜狐网协办的“2007—2008 年度最佳少儿读物评选颁奖典礼”在北京举行。于友先、李学谦、欧宏、杨红樱、孙云晓等出席颁奖活动。杨红樱的“淘气包马小跳”系列和“笑猫日记”系列、郑渊洁的“皮皮鲁总动员”系列、黄蓓佳的《你是我的宝贝》等获得“年度最佳少儿文学图书奖”。

本月,湖南省作家协会儿童文学专业委员会召开 2008 年终总结会议。儿童文学专业委员会主任贺晓彤主持,谢璞、邹朝祝、李少白、胡木仁、汤素兰、谢乐军、皮朝晖、邓湘子、庞敏、周静、王鸽华、梁小平、魏斌、谢然子等作家交流了 2008 年各自的创作收获,并介绍了 2009 年的创作计划。

由中国作家出版社和中山市委宣传部等主办,中国校园文学杂志社和中山市第一中学承办的“第四届全国校园文学研讨会”在广东中山举行。张胜友、葛笑政、金波、陈金明、苏立康、苏士澍等出席。“全国红色经典阅读活动”正式启动。

2 月

28 日,由中国现代文学馆、福建省文联、长乐市委、长乐市政府、冰心研究会、冰心文学馆联合主办的“冰心逝世 10 周年系列纪念活动”在中国现代文学馆开幕,首都文学界人士,冰心先生的子女吴平、吴冰和吴青,冰心同时代作家的后人到场参加纪念活动。“永远的冰心”展期 11 天,包括“冰心走过的文学道路”“致冰心的贺卡”和“冰心研究会、冰心文学馆的足迹”。“冰心系列讲座”则由冰心研究专家王炳根、李玲、方锡德、盛英、陈漱渝、周立民,于 3 月 1 日至 29 日在中国现代文学馆进行 3 次共 6 讲的系列讲座。

28 日,由中国作家协会创研部、中国作家协会儿童文学委员会、文艺报社、时代出版传媒公司、安徽少年儿童出版社等单位联合主办的“刘先平大自然文学创作暨‘大自然在召唤’作品研讨会”在北京举行。翟泰丰、高洪波、束沛德、雷达、胡平、郭运德、包明德、金波、樊发稼、张之路、曹文轩、王泉根、海飞、潘凯雄等出席,就刘先平大自然文学创作的成就、意义和经验进行了探讨。

本月,彭斯远著的《重庆儿童文学史》由重庆出版社出版。全书 56 万字,分为 12 章 38 节,全面梳理、探讨了百年重庆儿童文学的发展历程与创作实绩,着重研究了抗战“陪都”时期的大后方重庆儿童文学、以儿童诗为重镇的重庆特色儿童文学创作。

《巴南儿歌年编》由重庆出版社出版。该书所选 1700 余首儿歌和 80 多篇儿歌理论及评论文章,全面展示了被誉为“儿歌之乡”的重庆市巴南区儿歌创作发展情况及其成绩。

由上海市作家协会、上海中小学德育研究会、少年儿童出版社、上海少儿读物促进会等联合举办的"'大手牵小手'建国 60 年上海儿童文学作家作品巡展"正式启动。此次巡展为期 5 个月，通过作家作品展览、公益讲座、读书征文、儿童画征集、好书朗诵、好书评选等多种形式进入学校、社区、图书馆，让全社会尤其是全市的学生享受优质的阅读。

中国少年儿童出版社推出葛冰的环保奇幻动物故事系列"皮皮和神秘动物"，并在北京麋鹿苑举办"走近麋鹿苑，和'神秘动物'一起过年——《皮皮和神秘动物》新书首发式"。

努马·萨杜尔采访创作的"丁丁之父"埃尔热的传记《丁丁与我：埃尔热访谈录》由人民文学出版社引进出版。这是国内首次出版埃尔热的传记。

3 月

29 日，中国少年儿童出版社在北京举办了"庆祝小尼古拉问世 50 周年，快乐阅读，快乐绘画"活动。漫画家缪印堂，作家樊发稼、张之路，台湾学者林文宝等和中外大小读者一同参加庆祝活动。

15 日至 29 日，由文化部主办、文化部艺术司和广州市文化局共同承办的"第六届全国儿童剧优秀剧目展演"在广东广州举行。共有 21 台剧目相继登场，这是对近 3 年来中国儿童剧发展成就的一次检阅。广东省木偶艺术剧院的《八层半》获特等奖；武汉人民艺术剧院的《古丢丢》获一等奖；中国儿童艺术剧院的《西游记》、安徽省话剧院的《山里的泥鳅》获二等奖。

本月，由江苏省文明办、江苏省教育厅、江苏省文联、江苏省作家协会、共青团江苏省委、江苏省少工委、江苏人民出版社等单位联合主办，江苏省通州市发起并承办的"祖国，献您一首诗"建国 60 周年全国儿童诗征文推广活动在全国展开。

为了庆贺著名童话家、冰心奖创办人之一葛翠琳从事儿童文学创作 60 周年与 80 寿诞，海豚传媒从 3 月开始在国内举办一系列活动，包括"冰心奖获奖作家校园行""冰心奖获奖作家书系征文大赛"。

4 月

2 日，首都图书馆举办"第三届中国儿童阅读日"。来自 58 个国家和地区的小读者欢聚首都图书馆，一同参与"别样课堂在首图——童心对话名家讲座"活动。本届阅读日，走进课堂的是孩子们非常熟悉的儿童文学作家杨红樱。

14 日至 16 日，中国作家协会儿童文学委员会主办，接力出版社、桂林市委宣传部承办的"2009 全国儿童文学理论研讨会"在广西桂林召开。中国作家协会副主席高洪波、广西文联主席潘琦、广西出版总社社长杜森、桂林市人大常委会副主任黄阐等出席研讨会并讲话。来自全国各地的 40 余位儿童文学评论家、作家，包括束沛德、金波、樊发稼、张之路、王泉根、曹文轩、秦文君、白冰、汤锐、方卫平、朱自强、吴其南、梅子涵、刘绪源、孙建江、韩进、徐鲁、周基亭、彭懿、王林、李东华、李学斌、安武林、张国龙、徐妍、李利芳、张晓楠、陆梅以及成人文学评论家胡平、张燕玲、高伟等与会。会议围绕新世纪以来的儿童文学重要创作现象与理论问题，展开深入交流与探讨，共商加强儿童文学理论批评建设、推动儿童文学创作繁荣的大计。

26 日，明天出版社主办的"像春草与春风的轻轻触碰——关于儿童文学与儿童阅读的对话研讨会"在济南召开。刘海栖、张之路、王泉根、梅子涵、沈石溪、刘先平、伍美珍、郁雨君、汤素兰、商晓娜等儿童文学作家和来自济南的小学、幼儿园老师参加了研讨会。

26 日，湖南出版集团、湖南少年儿童出版社主办的"'全球儿童文学典藏书系——张海迪与贝丽卡的美丽世界译作签署与发布会'"在济南召开。中国残联主席张海迪携译作《贝丽卡在新学校》（[英]安妮·狄格比著）与读者见面对话，张海迪身残志坚、为儿童精心翻译外国儿童文学的精神深深感动在场读者。

本月，秦文君主编的《中国新文学大系1976—2000·儿童文学卷》由上海文艺出版社出版，全卷150万字，选编了1976年至2000年间的重要儿童文学作品及11篇理论文章。这是儿童文学作为单独选本首次进入五四运动以来连续出版、已达100卷的大型书系"中国新文学大系"。

5月

8日，中国作家协会、中华文学基金会"金叶育才图书室"工程捐建四川青川县20所中小学"金叶育才图书室"的仪式在青川县东河口地震遗址公园的爱心广场举行。此次捐赠：图书86000册，书架160套，总价值100万元。中国作家协会副主席高洪波及"名家看四川·聚焦新家园"作家采访团成员参加了捐赠仪式。

10日，中央宣传部、中央文明办、共青团中央、教育部、新闻出版总署等五部门向全国人民发出倡议：关心灾区孩子成长，捐赠优秀少儿读物。

27日，《中华读书报》"六一特刊"以6版篇幅公布由中国作家协会儿童文学委员会与该报联合推出的"新中国儿童文学60年60部（篇）最具影响力、艺术性、生命力"的作品，并配发了王泉根的文章《六十年儿童文学发展思潮与创作演变》。评审委员会由高洪波、海飞、束沛德、樊发稼、金波、张之路、曹文轩、王泉根、刘兵、秦文君、朱自强、方卫平、吴岩组成。

30日，中华文学基金会"育才图书室"工程5周年金叶杯"我爱这土地"主题征文颁奖典礼在北京一零一中学举行，中国作家协会主席铁凝、副主席高洪波等北京作家、艺术家与来自西部贫困地区的近百名获奖学生、教师参加。"育才图书室"工程实施五年来，先后向西部地区及河北、山东等省市的1006所中小学福利院捐建了"育才图书室"，捐赠图书200多万册，书架1730套，电脑650台，累计受助学生200多万人。

本月，"第23届陈伯吹儿童文学奖"揭晓，诗人圣野获杰出贡献奖，邱易东的报告文学《空巢十二月：留守中学生的成长故事》获大奖。安武林、彭懿、郑春华等的11部作品获优秀作品奖。

6月

6日，庆贺葛翠琳从事文学创作60周年和80周岁生日活动在北京举行。中国作家协会副主席陈建功出席并讲话。金波、马光复、徐德霞、徐鲁等50余人出席。座谈会由中国现代文学馆、北京平谷区文委等联合主办。

16日，斥资1500万元、历时3年完成的民族奇幻动画片《马兰花》的首映式在北京举行。影片延续了舞台剧《马兰花》的童话风格与"勤劳、淳朴、勇敢"的价值观，还加入了"宽容、坚毅"等元素，并赋予了环保、生存、和谐的时代主题。

22日，中国科普作家协会科学文艺委员会和北京师范大学中国儿童文学研究中心共同举办的"张之路儿童幻想作品研讨会"在北京中关村第四小学举行。高洪波致信祝贺，樊发稼、张之路、郭曰方、王泉根、吴岩、星河、韩松等与小学生共同观看了张之路儿童电影新片《乌龟也上网》，并研讨张之路儿童幻想文学的特色与意义。

25日，中国作家协会创研部、中共福建省委宣传部、福建省新闻出版局、福建少年儿童出版社等共同主办的"在关爱的阳光下共同成长进步——《蓝天下的课桌》作品研讨会"在北京举行，高洪波、于友先、张胜友、胡平、束沛德、金波、樊发稼、王泉根、汤锐、刘先平、吕先富等 30 余人与会，对伍美珍这一部反映安徽进城农民工子女教学现状的报告文学作品所表现出的敏锐性、责任感以及沉重而不失阳光的艺术风格给予了肯定。

27 日，中国儿童文学研究会在北京举行"新中国 60 年儿童文学座谈会"，陈子君、樊发稼、谷斯涌、王泉根、宗介华、冉红、郑世芳等 50 余人与会。

本月，由湖南省作家协会儿童文学委员会推出的"'小虎娃儿童文学新人丛书'首发式"在湖南省少年儿童图书馆举行。丛书被送给长沙市 10 余所学校的农民工子女。中国作家协会副主席谭谈、湖南省作家协会主席唐浩明、湖南省作家协会党组书记龚政文以及"小虎娃儿童文学精品丛书"作者邬朝祝、谢璞、罗丹、李少白、卓列兵、贺晓彤、汤素兰、庞敏、邓湘子、皮朝晖、王树槐等共同参加了这次活动。

7 月

13 日至 16 日，由《中国童诗》编辑部、武义县熟溪小学等合办的"2009 年第二届中国童诗年会"在浙江武义县举行。圣野、蒋风、金波等出席。

13 日，由周海婴倡议发起的"第一届鲁迅青少年文学奖"在上海图书馆颁奖。历经 4 个月的初赛、复赛和总决赛，复旦附中高一女生梅圣莹在全国 70 余万名参赛者中脱颖而出，获得一等奖。

15 日，著名儿童文学研究专家、内蒙古社会科学院研究员张锦贻，因在内蒙古文学艺术发展史上做出了杰出贡献，荣获内蒙古自治区党委、自治区人民政府颁发的"内蒙古自治区文学艺术杰出贡献奖"。

19 日至 23 日，由《儿童文学》杂志社举办的首届少年作家讲习班活动在北京举行，同时召开了小作家张牧笛的作品研讨会。

23 日，由南方分级阅读研究中心主办的"南方分级书目专家评审会"在北京召开，徐惟诚、桂晓风、海飞、金波、王泉根、芦勤等出席。

23 日，教育部、国家广播电影电视总局下发《第 23 批向全国中小学生推荐优秀影片片目》的通知，经"全国中小学影视教育工作家协会调委员会"评选审定，本批向全国中小学生推荐观看的优秀影片共 19 部，其中据儿童文学作家作品改编的有张之路的《乌龟也上网》、杨红樱的《淘气包马小跳》、冉红的《浩昊文字国历险记——智斗谜语城》。

25 日，"中国儿童分级阅读研讨会"在北京师范大学举行。会议由接力出版社、北京师范大学中国儿童文学研究中心主办，中国出版科学研究所国民阅读促进中心、中国图书馆协会阅读推广委员会协办。来自各地少儿出版界、文学界、教育界、图书馆界 200 余人与会。高洪波、白冰、王林、王泉根、曹长林、[美]琳达·瓦理查、周合、向丽萍、李怀源先后在研讨会上做专题演讲。研讨会就儿童读物分级对于儿童文学创作、阅读推广、儿童教育、少儿出版等的作用、意义做了探讨，并通过了"中国儿童分级阅读倡议书"，公布了"儿童心智发展与分级阅读建议"及"中国儿童分级阅读参考书目"。

27 日，"《中国儿童文学 60 周年典藏》图书发布暨研讨会"在北京举行。该书系由中国作家协会儿童文学委员会、北京师范大学中国儿童文学研究中心组编，王泉根主编，外语教学与研究出版社出版。书系分为小说卷、童话卷、散文卷、诗歌卷，荟萃了新中国成立 60 年间五代儿童文学作家 260 余人的 290 余篇代表性作品。高洪波、于友先、于春迟、于青、束沛德、金波、樊发稼、张之路、王泉根、黄蓓佳、刘先平、沈石溪、周锐、殷健灵、薛涛、伍美珍等儿童文学界、出版界的专家以及来自各地的中小学语文教育专家、特级教师等近百人与会，共同探讨新中国儿童文学 60 年的巨大成就以及经典作品与主流阅读、校园阅读等话题。

本月,高洪波主编的《六十年中国儿童文学精粹·感动共和国儿童书系》由少年儿童出版社出版。书系分为"成长小说卷""校园小说卷""真情美文卷""经典童话卷""童心故事卷""纪实报告卷"等6册。

《共和国儿童文学金奖文库》30卷由中国少年儿童出版社出版。束沛德作序。文库收入了包括张天翼《宝葫芦的秘密》、严文井《小溪流的歌》、孙幼军《小布头奇遇记》、李心田《闪闪的红星》、曹文轩《青铜葵花》、黄蓓佳《亲亲我的妈妈》等30部儿童文学名著。

《幼儿文学60年经典》30册由中国少年儿童出版社出版。中国作家协会儿童文学委员会选编,高洪波主编,所有作品均精选于60年来的幼儿文学,作者跨越老中青三代,包括严文井、叶永烈、高洪波、白冰、周锐、杨红樱等。

华东师范大学出版社出版的《阅读树·学前儿童分级阅读培养用书》,经教育部基础教育课程发展中心审定通过,成为第一套学前儿童分级阅读教材。

8月

8日至12日,国际儿童文学研究会(IRSCL)两年一次的第19届国际会议在德国法兰克福歌德大学召开。会议由歌德大学儿童文学研究所主办,主题为"过去和现在的儿童文学和文化多样性"。来自世界不同国家和地区的400多名代表参加了大会。中国大陆学者李利芳以及台湾学者杜明城、刘凤芯等出席本次大会并做论文发表。李利芳在大会发表论文《当前中国西部儿童文学的文化多样性》。

9日,经国家新闻出版总署批准,人民文学出版社原有副牌外国文学出版社更名为"天天出版社",进军少儿读物出版领域。"天天出版社开业庆典暨大型动漫系列丛书《美猴王》首发仪式"在北京举行。首都出版界、文学界、新闻界近百人与会庆贺。天天出版社成为我国又一家专业少儿出版机构。

27日,"柯岩先生创作生涯60周年暨《柯岩文集》首发式座谈会"在北京中国现代文学馆举行,中国作家协会领导和首都文学界近百人与会,研讨柯岩60年文学创作成就与艺术追求。《柯岩文集》10卷本由四川文艺出版社出版,收录了柯岩小说、诗歌、报告文学、散文、戏剧、影视剧本等600多万字的作品,其中有长篇小说名著《寻找回来的世界》(曾获"首届全国优秀儿童文学奖")、儿童诗名篇《"小兵"的故事》《"小迷糊"阿姨》、幼儿剧《小熊拔牙》等。

29日,第13届中国电影"华表奖"颁奖典礼在北京展览馆剧场举行,获优秀儿童影片奖的有《走路上学》《男生贾里新传》《买买提的2008》。

9月

4日,由江苏省精神文明建设指导委员会、江苏省教育厅、共青团江苏省委、江苏省妇联、省文联、省作家协会,江苏人民出版社等联合举办的"《祖国,献您一首诗庆祝新中国成立60周年儿童诗精品集》首发式暨全国儿童诗推广活动启动仪式"在北京举行。全国政协副主席、中国文联主席孙家正致信祝贺,全国人大常委会原副委员长彭珮云、中国作家协会主席团委员王巨才、中国教育学会会长顾明远、江苏省委常委、宣传部长杨新力,江苏省文联主席顾浩,江苏省作家协会党组书记范小青以及首都儿童文学界、教育界、出版界上百人与会。江苏省从2008年9月至2009年3月举办的建国60周年全国儿童诗征文活动,共收到全国各地9800多篇作品,最终选定中学版80篇、小学版100篇,由江苏人民出版社出版。

8日，由中国轻工业出版社青少部主办的"首届中国原创冒险文学暨《冒险大王》丛刊研讨会"在北京召开，会议探讨了儿童文学的类型化创作现象与青少年冒险题材文学的创作。

9日至14日，"第10届中国国际儿童电影节"在山东青岛举行。主办单位：广电总局电影局、青岛市人民政府。承办单位：中国儿童少年电影学会、青岛经济技术开发区管委会。中外参展影片：外国20部、中国10余部。参展国家：德国、冰岛、法国、韩国、智利、哥伦比亚、泰国、日本、美国、荷兰、加拿大、印度、瑞典、乌克兰、中国。电影节期间还举行了国际儿童电影高层论坛。

22日，中宣部公布第11届精神文明建设"五个一工程"获奖名单，其中文艺类图书有28种。在28种文艺类图书中，儿童文学有7种。

22日，中国科普作家协会科学文艺委员会、中国科学院文学艺术联合会、北京师范大学中国儿童文学研究中心、科学时报社在北京联合召开"科学与诗歌研讨会"。中国科学院院士丁夏畦、戴汝为、严加安、李邦河等，与科学诗人、科普作家郭曰方、居云峰、颜基义、刘洪海、王直华、吴岩、尹传红、郑培明、星河、涂明求等，围绕科学与诗歌的关系和创作体验、60年科学诗发展的经验和未来路径等主题展开研讨。

23日，时代出版传媒股份有限公司、安徽少年儿童出版社在北京举办商泽军儿童抒情长诗《飞翔的中国》研讨会，高洪波、束沛德、韩作荣、金波、樊发稼、王泉根等出席。与会者认为《飞翔的中国》讴歌了新中国成立60年来取得的巨大成就，向世界展示了一个强盛、繁荣和充满希望的中国。

27日至30日，"全国师范学院儿童文学研究会第12届年会"在湖北武汉举行。本届年会由武汉城市职业学院主办、湖北少年儿童出版社协办。来自全国80余所师范院校的教师代表共百余人参加会议。本届年会的主题是"儿童文学与儿童成长"。王泉根、朱自强、董宏猷、王一梅及来自台湾地区的林文宝等儿童文学专家、作家做了专题演讲。

本月，《中国儿童文学60年(1949—2009)》由湖北少年儿童出版社出版，编委会主任高洪波，主编王泉根，编委会成员束沛德、金波、樊发稼、张之路、曹文轩。全书收入300余篇论文及3种长篇文献，分为60年儿童文学发展思潮、理论观念、作家原创、文体建设、系统工程、历史纪程、图书辑目、大奖篇目等8个板块，立足于"史论"的建构，忠实于"史实"的精神，落实于"史料"的细节，力图多角度、多层面、全方位地回顾、梳理、探讨中华人民共和国成立60年来儿童文学的发展思潮、理论观念、作家作品批评、文体建设以及儿童文学与出版传播、高校教学、阅读推广、对外交流、地域文化等诸领域的关系问题。

老作家葛翠琳与其子翌平在葛翠琳80诞辰之际，母子联手推出了童话集《小老鼠坐花轿》。

甘肃儿童文学老作家金吉泰的《金吉泰儿童文学精品集》由甘肃少年儿童出版社出版。

据《博览群书》月刊第9期所载柳和城《商务老档案散失之谜揭晓》一文披露："上海一家老字号少年儿童出版社，从50年代初就设有一个资料室，收藏了一批中外儿童书刊，蔚为大观。随着时间的推移，这些儿童读物已成星凤，颇为珍贵，因此几十年来深受社里社外读者的欢迎，连'文化大革命'动乱也未曾遭损。想不到几年前，来了一位新上任的领导，认为花二三人管理这堆破书是'浪费'，竟然下令停办了这个资料室。更有甚者，将这一大批十分难得保存下来的珍贵儿童书刊全当废纸卖到了废品回收站！出版社当家人该算文化人吧,却干出没有文化的事!"据悉,被当作废品卖掉的图书中有大量二三十年代上海多家出版社出版的童书。

10月

16 日,在中国与挪威建交 55 周年之际,挪威著名作家拉格纳尔·霍夫兰德的儿童文学作品《半夜飙车》《小熊小狗跑出来》由湖南少年儿童出版社列入"全球儿童文学典藏书系"出版。由挪威驻华大使馆、中南传媒集团公司、北京师范大学中国儿童文学研究中心联合主办的"中挪儿童文学与青少年成长研讨会"在北京师范大学举行,拉格纳尔夫妇与束沛德、金波、柳鸣九、石琴娥、樊发稼、王泉根、彭兆平、汤锐、刘勇、刘洪涛、舒伟、吴双英等,就拉格纳尔的作品体现的北欧儿童文学的传统、中挪儿童文学交流等展开研讨。会后,挪威大使司文在挪威驻华大使馆举行招待会,祝贺中挪两国文学交流新的进展。

25 日,"国家出版基金管理委员会第一次全体会议"在北京召开。国家出版基金是我国继国家哲学社会科学基金、国家自然科学基金之后的第三大国家基金,该基金主要由国家财政支付。同年 12 月 11 日,国家出版基金管理委员会办公室(筹备)发布公告,公布 2008—2009 年度国家出版基金拟资助项目名单。227 项拟资助项目中,包括安徽少年儿童出版社的《当代西方儿童文学新论译丛》、希望出版社的《中国儿童文学大系》、湖北少年儿童出版社的《全国优秀儿童文学奖获奖作家书系》、中国少年儿童出版社的《中国原创图画书》等 9 种童书。

26 至 27 日,中国作家协会儿童文学委员会与中国少年儿童新闻出版总社联合主办的"天籁之韵——幼儿文学 60 年研讨会"在北京举行。高洪波、束沛德、樊发稼、金波、李学谦、曹文轩、王泉根、张之路、梅子涵、朱自强、汤锐、张楠、白冰、冯晓霞、冰波、葛冰、徐鲁、董天柚、董宏猷、汤素兰等 50 余人与会。研讨会围绕新中国成立 60 年来幼儿文学的发展历程、创作现状、原创图画书及期刊图书的出版等展开讨论。

29 日至 30 日,新蕾出版社主办的《童话王国》创刊 15 周年研讨会"在天津举行,束沛德、樊发稼、王泉根、周锐、冰波、肖定丽等就当今童话创作与儿童文学刊物质量等议题展开研讨。

31 日,由上海市作家协会、上海少儿图书馆、少年儿童出版社、上海少儿读物促进会联合主办的"'大手牵小手'新中国 60 周年上海儿童文学作家作品展览"在上海正式拉开帷幕。此次展览共收集近 100 位上海儿童文学作家捐赠的 500 余种作品,向全市中小学生进行为期一个月的展览,并全部捐赠予上海少儿图书馆。上海市作家协会党组书记孙颙在活动开幕式上,与任大星、张秋生、秦文君、周锐、刘保法、张洁等老中青作家,共叙上海儿童文学的过去、现在与未来。主办方特邀王泉根做关于新中国 60 年上海儿童文学发展的主题演讲。

本月,首都师范大学王小萍主编的《美国纽伯瑞金奖青少年文学作品研究》由河北少年儿童出版社出版。全书选择了 1926 年至 2008 年间的 33 部纽伯瑞金奖作品。书中附有历届纽伯瑞金奖作品书目以及 2007 年之前已在中国出版的获奖作品书目。

由辽宁省作家协会编选的《新中国 60 年辽宁文学精品大系》(9 卷)由辽宁人民出版社出版。该书系分为中长篇小说卷、短篇小说卷、新诗卷、诗词卷、散文卷、报告文学卷、儿童文学卷、文学评论卷、翻译文学卷。

中国编辑学会少年儿童读物专业委员会(少儿知识读物研究会)在福建武夷山举办研讨会。福建少年儿童出版社承办。

11月

9日—13日，"海峡两岸儿童文学交流20周年纪念笔会"在武夷山召开。本次笔会由中国出版协会少读工委与福建少年儿童出版社共同主办。出席本次会议的有中国出版协会副主席海飞、中国作家出版集团主任张胜友、中国作家协会儿童文学委员会两位副主任张之路与王泉根，以及樊发稼、孙幼军、韦苇、周锐、汤锐、方卫平、彭学军、皮朝晖、萧袤、商晓娜等，台湾海峡两岸儿童文学研究会前后四任理事长桂文亚、林文宝、方素珍、余治莹及邱各容、孙艺泉等。

27日，贵州省作家协会在贵阳召开文学创作座谈会。贵州省文联副主席井绪东与袁仁琮、徐成淼、张劲、何伊经、徐柏林、吴秦业、何文等作家、评论家就繁荣发展贵州文学、大力培养扶持少数民族作家、重视儿童文学创作等进行了认真讨论。

本月，皮朝晖创作的《小猪演戏》由湖南少年儿童出版社出版，弥补了国内原创童话剧本的空缺。

12月

26日，《儿童文学》发行过百万发布会在北京隆重召开。有100多人与会，北京公证处公布了《儿童文学》的发行数字。李学谦社长宣布儿童文学出版中心成立，《儿童文学》从此走上书刊并举之路。

本年

2009年是中华人民共和国成立60周年，也是中国作家协会成立60周年。为褒扬老一辈作家为新中国文学事业建立的功绩，表达对老一辈作家的敬意，激励年轻一代创造文学事业新的辉煌，中国作家协会决定，向从事文学创作60年的670余位中国作家协会会员颁发荣誉证章和证书。其中儿童文学作家或长期关心支持儿童文学的作家有：北京杲向真、陈模、王景山、马达、葛翠琳、韩少华；天津王汶；河北徐光耀、刘真；内蒙古敖德斯尔；辽宁韶华、赵郁秀；吉林鄂华；上海黄衣青、吴岩、鲁风、圣野、峻青、任溶溶、孙毅、鲁克、任大星、于之、李楚城、施雁冰、张香还、彭新琪；江苏李有干；安徽严阵；福建郭风；山东苗得雨；湖南邬朝祝、李昆纯、谢璞；广东黄庆云、郁茹；重庆张继楼、孙法理、梁上泉；四川揭祥麟、李致、高缨；云南马瑞麟、刘绮、普飞；甘肃赵燕翼；中国人民解放军李瑛、杨大群、黎汝清、李心田、彭荆风、贺捷生；中央直属机关、国家直属机关袁鹰、束沛德、柯岩、屠岸、宗璞、从维熙、邵燕祥、翟泰丰、陈子君、胡德华、黎先耀、刘征、杨静远、乔羽、谷斯涌、章大鸿、崔道怡。

方卫平主编的《最佳少年文学读本》（3种）由明天出版社出版。

王泉根主编的《世界华文优秀儿童文学精选丛书》（6种）由同心出版社出版。

《全国优秀儿童文学奖获奖作家书系》（6种）由湖北少年儿童出版社出版。

本年加入中国作家协会的儿童文学作家有：郑晓凯、童喜喜（原名金容）、王勇英、戚万凯、苟天晓、赵静、周密密（香港）等。

吴岩、舒伟主编的"西方科幻文论经典译丛"由安徽文艺出版社出版，分别是：美国艾萨克·阿西莫夫著的《阿西莫夫论科幻》（杨蓓、尹传红等译），英国布赖恩·奥尔迪斯、戴维·温格罗夫著的《亿万年大狂欢：西方科幻小说史》（舒伟、孙法理等译），英国詹明信等著的《作为寓言和乌托邦的科幻》（王逢振等译），加拿大达科·苏恩文著的《科幻小说变形记：科幻小说的诗学和文学类型史》（丁素萍等译），达科·苏恩文著的《科幻小说的观点与预设》（郝琳、李庆涛等译）。

本年儿童文学博士学位论文有：1.北京师范大学中国现当代文学专业李蓉梅的《多维视野中的动物小说研究》，指导教授王泉根；2.北京师范大学中国现当代文学专业左眩的《类型视野中的儿童幻想电影研究》，指导教授王泉根；3.北京师范大学学前教育学专业张玉梅的《小、中、大班幼儿对故事的阅读理解与听读理解的比较研究》，指导教授刘焱；4.吉林大学中国现当代文学专业杜晓沫的《当代儿童文学的文化大革命十年：1966—1976"文革"儿童文学史研究》，指导教授黄也平；5.山东师范大学中国现当代文学专业顾广梅的《中国现代成长小说研究》，指导教授朱德发；6.上海外国语大学德语语言文学专业侯素琴的《埃里希·凯斯特纳早期少年小说情结和原型透视》，指导教授卫茂平；7.上海外国语大学英语语言文学专业阙蕊鑫的《童话的青春良药："白雪公主"与"睡美人"的青春改写》，指导教授张定铨；8.中国传媒大学广播电视艺术学专业朱群的《中国儿童电视剧的审美文化研究》，指导教授蒲震元；9.中央民族大学中国少数民族语言文学专业永花的《伪满时期的蒙古族儿童文学研究：以伪满洲国蒙古文机关报为中心》，指导教授萨仁格日勒。

本年摄制儿童故事影片56部，主要有：中国电影集团的《寻找成龙》《火星没事》《男生女生》等6部，潇湘电影集团的《爸爸不哭》《爸爸别走》，长春电影制片厂的《转校生》，河北电影制片厂的《种太阳的女孩》，以及众多电影电视有限公司、影视文化传播公司、影视投资公司等拍摄的儿童故事影片。

本年全国共出版少年儿童读物15591种（初版8949种），28445万册（张），1483746千印张，总定价344238万元，与上年相比种数增长37.85%（初版增长34.81%），总印数增长11.90%，总印张增长20.44%，总定价增长20.39%。少年儿童读物图书销售4.84亿册，57.79亿元，占销售数量3.04%，销售金额3.71%。与上年相比册数增长5.50%，金额增长20.41%。少儿读物类出口29216种次，70.64万册，127.73万美元，占图书出口种次3.41%，数量11.31%，金额4.31%。少儿读物类进口41617种次，38.45万册，428.92万美元，占图书进口种次5.51%，数量7.21%，金额5.16%。

本年全国共出版少儿读物类期刊98种，平均期印数1034万册（平均一种期印数10.55万册），总印数24127万册，总印张697293千印张；占期刊总品种0.99%，总印数7.65%，总印张4.19%。与上年相比种数持平，平均期印数下降1.71%，总印数增长4.52%，总印张增长4.48%。

2010 年

1月

3日，著名散文家、散文诗作家、儿童文学作家，中国作家协会全委会名誉委员、福建文联原副主席、福建作家协会主席郭风（1917—2010）在福州逝世，享年93岁。郭风一生著有童话诗集《木偶戏》、散文诗集《蒲公英和虹》、散文集《你是普通的花》等55部作品，曾获第二届"全国优秀儿童文学奖"，全国第五、六届"少数民族文学骏马奖"，首届"鲁迅文学奖"等。

4日，由天天出版社牵线搭桥，台湾皇朝影视公司一举买下曹文轩两部短篇小说《三角地》《疲惫的小号》的电影改编制作权，将由三度获得台湾金马奖的陈坤厚导演拍摄和执导。

6日，"《中国儿童文学60年（1949—2009）》及董宏猷儿童文学创作研讨会"在北京召开,会议由中国作家协会儿童文学委员会、湖北长江出版传媒集团、湖北少年儿童出版社主办。中国作家协会儿童文学委员会主任高洪波,中国编辑学会会长桂晓风,中国作家协会创研部主任胡平,中国出版协会副主席海飞,中宣部出版局张拥军,湖北长江出版传媒集团副总裁周百义,武汉市委宣传部副部长陈汉桥,湖北少年儿童出版社社长李兵,以及金波、雷达、樊发稼、张之路、白烨、王泉根、崔道怡、白烨、贺绍俊、曹文轩、吴义勤、徐德霞、董宏猷、汤锐、杨红樱、李东华、刘颋等作家、评论家等 30 余人出席。研讨会充分肯定大型儿童文学史论书籍《中国儿童文学 60 年(1949—2009)》对梳理、反思、总结 60 年中国儿童文学的重要贡献与价值。下午,主办方还召开了湖北作家董宏猷的创作研讨会。现任湖北省作家协会副主席、武汉市作家协会主席的董宏猷从 1982 年开始创作儿童文学,以小说创作最具影响力。

7 日,由中国出版工作者协会少儿读物工作委员会和出版商务周报主办的"2009 年度最佳少儿读物"评选颁奖活动,在北京新东方儿童之家举办。《那个黑色的下午》《海宝传奇》《第一次发现丛书》等 47 种图书荣获"2009 年度最佳少儿读物"。中宣部常务原副部长徐惟诚,中国出版协会主席于友先,中国出版协会少读工委主任海飞,《出版商务周报》总编辑欧宏,以及金波、王泉根、梅子涵、董宏猷、杨红樱、郁雨君等多位国内著名儿童文学作家、评论家出席。

8 日,由中国少年儿童新闻出版总社与内蒙古新华发行集团共同策划的"风铃下"儿童文学阅读书系首套 12 册丛书在北京面世,"风铃下"全民阅读活动也同时启动。

11 日,我国第一家以妇女儿童为主题的国家级博物馆——中国妇女儿童博物馆在北京长安街开馆。该馆于 2006 年 3 月 25 日奠基,建筑面积约 3.5 万平方米,馆藏文物 3 万余件。展览分为妇女和儿童两大主题,设 6 个基本陈列和 5 个专题展览,从不同侧面反映了各个历史时期中国妇女儿童的生存状态、地位变化、文化习俗、杰出人物和社会贡献,构成一幅纵贯五千年历史,涉及经济、政治、军事、文化、教育、科技、卫生、体育各个领域的妇女儿童社会和家庭生活全画卷。博物馆官方网站也正式开通。

16 日,上海作家协会举行"传承与超越——上海儿童文学新十家研讨会",对张弘、张洁、李学斌、陆梅、周晴、金建华、殷健灵、郁雨君、萧萍、谢倩妮等十位青年作家的创作进行评析。主办方在形式安排上采取作家和评论家一对一的对谈方式,邀请朱自强、方卫平、刘绪源、朱效文、徐鲁、孙建江、简平、陈恩黎 8 位评论家为 10 位作家的创作"把脉"。

20 日,辽宁省作家协会主办的"第四届金桥奖、第六届辽宁文学奖和第七届优秀儿童文学奖颁奖大会"在沈阳召开。辽宁省委宣传部副部长孙东兵讲话。辽宁省作家协会党组书记、主席刘兆林主持会议。辽宁省作家协会副主席崔铁民宣读了辽宁省作家协会关于颁发第六届辽宁文学奖中篇小说奖、短篇小说奖、诗歌奖、辽河散文奖、报告文学奖和第七届辽宁优秀儿童文学奖六个奖项的决定。创立于 2002 年的"金桥奖"每两年评选一次。

25 日,湖北长江出版传媒集团邀请多方面读者投票选出了该出版集团"2009 年度最有影响 10 本书",包括"新中国 60 年文学大系"丛书、青少年读本《祖国在我心中》、"全国优秀儿童文学奖获奖作家书系"、德国少年儿童百科知识丛书引进版"什么是什么"等。

本月,北方妇女儿童出版社推出由樊发稼、庄之明主编的《中国儿童文学名家典藏书系》,包括小说、童话、散文各 3 卷,选入了 240 多位作家 230 多万字的作品。

金波领衔原创的"红帆船抒情童话"由浙江少年儿童出版社出版。"红帆船"系列从

1998 年起延续至今,先后推出"红帆船诗丛""红帆船校园美文"两大系列。"红帆船抒情童话"包括《蓝雪花》《故乡的颜色》《流年一寸》《小红人和乌鸦》和《早安天使》5 册。

毕淑敏儿童文学作品《我从西藏高原来》由二十一世纪出版社推出。

高洪波主编的《全国优秀儿童文学奖获奖作品选》由河北少年儿童出版社出版。丛书分为 6 卷,其中小说 2 卷、童话 2 卷、散文 1 卷、纪实科幻 1 卷。收录获奖作品的年限从 1980 年到 2006 年。

2 月

4 日,中国著名动画艺术家、中国动画学会会长、上海美术电影制片厂第一任厂长特伟(1915—2010)逝世,享年 95 岁。特伟原名盛松,祖籍广东中山,出生于上海。特伟为中国民族动画电影事业奋斗一生,创作了《骄傲的将军》《小蝌蚪找妈妈》《牧笛》《山水情》等动画精品,是中国动画界唯一获得国际动画学会(ASIFA)终生成就奖的艺术家。

28 日,安徽省政府批准为刘先平在合肥设立专门的"大自然文学工作室",借此推动大自然文学作品的研究、创作、展示和衍生产品的开发,搭建文化创意产业平台。

3 月

9 日,中国少年儿童新闻出版总社举行的"《儿童文学》纯净阅读大篷车"校园推广活动在北京启动。"大篷车"开赴北京、南京、昆山、厦门等地,历时约半年之久。活动讲师团由 50 余位儿童文学作家组成,包括金波、张之路、牧铃等。

23 日,"南方分级阅读战略发展研讨会"在广东广州举行。南方分级阅读研究中心实践"广东阅读,儿童先行",已出版 3 套中小学分级阅读丛书。

31 日,由中南出版传媒集团主办的百名作家(专家)进校园公益阅读巡讲活动在益阳启动。汤素兰讲授了第一堂课。该活动是为了配合"三湘读书月"活动而推出的中小学校园阅读培养计划。

4 月

1 日,第八届全国优秀儿童文学奖征集参评作品工作启动,6 月 15 日结束。评奖办公室初步认定共有 350 篇(部)作品符合评奖条例所规定的参评条件。其中,小说 124 部、童话 62 部、诗歌 18 部、散文 13 部、幼儿文学 18 部、寓言 7 部、纪实文学 8 部、科学文艺 20 部、未分类的民间故事 2 部,参评青年作者短篇佳作奖的单篇作品 70 篇,理论批评文章 8 篇。

10 日,以"保障阅读权利,享受阅读快乐"为主题的"第四届全民阅读论坛"在深圳图书馆开幕,全国图书馆学界、出版界 200 余名专家学者到会。中国图书馆阅读推广委员会成立了包括阅读文化研究委员会、推荐书目委员会、图书馆与社会阅读委员会等 15 个专业委员会,"全民阅读网"正式开通。

11 日,"第六届《儿童文学》擂台赛颁奖大会暨长篇作品深度交流会"在昆山周庄举行。李有干的《黄鳝》获金奖;马昇嘉的《富昌婆婆》和王巨成的《爸爸是蜘蛛侠》获银奖;铜奖由张洁、秦萤亮和顾箫获得。

13 日,"'彩乌鸦'"与新文化时代研讨会在江西南昌举行。2002 至 2007 年,二十一世纪出版社引进由德国青少年文学研究院推荐的德语儿童文学"彩乌鸦"丛书 20 种已全部出齐。从 2009 年开始,"彩乌鸦"扩展到原创,推出了《弯弯》《阁楼上的精灵》《草地牧羊犬》《我是白痴》等中国原创儿童文学作品。高洪波、桂晓风、束沛德、海飞、王泉根、张之路、方卫平等到会研讨。

27 日，香港艺术发展局举行"2009 香港艺术发展奖颁奖礼"，广东省作家协会原副主席、年届九旬的著名儿童文学作家黄庆云荣获"年度最佳艺术家奖"。大奖评审团认为，黄庆云在过去的一年间，不但出版多本著作，还在香港中央图书馆举办了长达两个月的专题展览，推广儿童文学。

5 月

31 日，"国家图书馆少年儿童图书馆暨少年儿童数字图书馆开馆仪式"在北京举行，中共中央政治局委员、国务委员刘延东出席，并考察少儿馆馆区。国家图书馆少儿图书馆和少儿数字图书馆主要面向 6 岁到 15 岁的少年儿童开放，提供中文普通少儿文献、数字资源和多媒体光盘阅读等服务。

6 月

1 日，接力出版社联手作家出版社、明天出版社在北京图书大厦、王府井书店、中关村图书大厦同时举办"六一儿童节爱的阅读暨杨红樱系列作品联展"活动。

5 日，由中国作家协会儿童文学委员会、北京师范大学中国儿童文学研究中心等联合主办的"'走进大自然，走近大自然文学'刘先平大自然文学发布会暨绿色阅读活动启动仪式"在北京举行。刘先平的新作《我的山野朋友》系列图书由外语教育与研究出版社出版。

8 日，由上海市作家协会、作家协会儿童文学委员会主办的"大家来为儿童写好诗"研讨会在上海举行，为当下儿童诗发展把脉。

9 日，杨红樱与凤凰传媒出版集团合作创办新期刊《马小跳》。

9 日，中国出版协会少读工委、新闻出版报社、上海世纪出版集团在上海联合主办的"2010 中国出版高层论坛"上，新闻出版总署号召将少儿出版向建设出版强国迈进。新闻出版总署副署长吴尚之在《将少儿出版打造成建设出版强国的生力军》报告中提供的数据显示："2009 年，销量在 500 万册以上的儿童畅销书超过 10 种，发行量 50 万册到 100 万册的有几十种，更出现了像《淘气包马小跳》这样累计销售超 2000 万册的超级畅销书。"

23 日，由重庆市文学院、綦江县委宣传部主办的刘泽安儿童诗集《守望乡村的孩子》研讨会在重庆綦江举行。重庆市作家协会主席黄济人，重庆市作家协会党组书记王明凯，以及余德庄、周火岛、刘运勇等作家、评论家出席会议。

27 日，由重庆市巴南区作家协会主办的戚万凯儿歌创作研讨会在重庆巴南举行。戚万凯 20 年来共发表儿歌、童诗 2000 余首，著有《我爱儿歌》等儿歌童诗集 10 余部。张继楼、蒲华清、江日、黄继先等 20 余人对戚万凯的儿歌进行研讨。

28 日，由中国作家协会、中国烟草总公司和中华文学基金会共同举办的"2010 年金叶育才图书室工程启动仪式"在北京举行。"育才图书室"工程是中华文学基金会主办的一项大型社会公益活动，由季羡林、王蒙、张锲、铁凝等 55 位著名作家倡议发起。5 年多来，"育才图书室"工程已为老少边穷地区累计捐建"育才图书室"1261 个，捐赠图书 206 万余册，受益学生 800 余万人，总价值达 4527 万元。

29 日，由中国作家协会儿童文学委员会、辽宁省作家协会等主办的"童心·家园·东北风——党兴昶儿童散文创作研讨会"在辽宁铁岭召开。中国作家协会党组成员、副主席、书记处书记、儿童文学委员会主任高洪波，辽宁省作家协会主席刘兆林，中共铁岭市委副书记、宣传部部长宋彦麟出席研讨会并讲话，金波、崔道怡、王泉根、张之路、赵郁秀、汤锐、常新港、薛涛、马力、董恒波、王立春、肖显志等与会。党兴昶儿童散文系列"北方的家"均取材于童年的辽北乡村生活,丰富了当前的儿童散文创作。

本月,黄蓓佳的系列长篇儿童小说《五个八岁》由凤凰出版传媒集团联动推出。这套系列长篇是通过 5 个不同时代 8 岁孩子的成长,写出了中国 100 年的历史。

7月

浙江少年儿童出版社推出了首批"升级版冒险小虎队"系列 13 册。自 2001 年引进出版以来,"冒险小虎队"系列至今已分阶段累计出版 60 个品种,总销量已达 2978 万册,销售码洋逾 3 亿元,并连续 9 年被评为"中国少儿畅销书"。

8月

3 日,由少年儿童出版社、上海少儿读物促进会联合主办的"《贾里日记》《贾梅日记》出版座谈会暨手稿捐赠仪式"在北京中国现代文学馆举行,陈建功、翟泰丰、束沛德、曹文轩等与会专家高度评价秦文君的儿童文学创作,认为两部新作再次展示了她的文学创造力。

4 日,上海世博会瑞典馆举行"长袜子皮皮儿童主题日"活动,包括一场中瑞儿童文学研讨会,以及三场向公众开放的长袜子皮皮主题音乐剧。研讨会主题为"追随阿斯特丽德·林格伦的足迹:瑞典与中国的当代儿童文学",由瑞典艺术委员会、林格伦奖组委会、瑞典参展委员会、国际儿童读物联盟中国分会、中国出版协会少读工委、上海少儿读物促进会等联合举办。如何使瑞典儿童文学更亲近中国小读者以及林格伦笔下的童话故事在中国课堂上的有效运用成为主要议题。上海世博会瑞典参展委员会总代表任安莉、林格伦纪念奖执委会主席艾瑞克·提图森、瑞典作家乌夫·斯达克,以及中国少年儿童新闻出版总社社长李学谦、作家秦文君、北京师范大学教授王泉根、中国社会科学院卜卫等参加了会议。

6 日,由中共四川省委宣传部、四川省作家协会主办的杨红樱儿童文学创作研讨会在成都举行。高洪波向研讨会致信祝贺,四川省委宣传部副部长朱丹枫、省作家协会党组书记吕汝伦讲话。四川省作家协会主席阿来主持。王泉根、郑重、廖全京、杨初、邱易东、张丽生、胡鹏、徐迪南、钟键等与会者从人生经历、文学道路、艺术修炼、创作积淀等多角度解读杨红樱,就其创作的特色、价值、意义及"杨红樱现象"展开了讨论,对其创作成就给予了充分肯定。

11 日至 22 日,"重寻赤心国——第一届丰子恺儿童图画书奖巡回展"在上海举行,两岸三地的众多优秀华文原创图画书亮相。由香港陈一心家族基金会 2008 年创办的"丰子恺儿童图画书奖"是横跨海峡两岸暨香港的图画书奖。

20 日,第三届"童声里的中国·唱支歌儿给党听"少儿歌曲征集推广活动在北京启动。活动由江苏省委宣传部等十多家单位共同主办,以"歌唱伟大的党·做有道德的人"为主题,以纪念建党 90 周年。活动从 2010 年 6 月到 2011 年 12 月分为筹备、征集、评选、推广四个阶段进行。

22 日,由中国作家协会、福建省文联、冰心研究会等联合主办,中共长乐市委、市政府、冰心文学馆等承办的纪念冰心诞辰 110 周年系列活动在冰心的故乡福建福州举行。系列活动包括:22 日上午,在福建会堂召开的"纪念冰心诞辰 110 周年座谈会";下午,在福建省美术馆开幕的"冰心巴金世纪友情展览";晚上,在福建省闽剧艺术中心举行的"三坊七巷女儿:冰心"的诗文朗诵纪念晚会。中国作家协会书记处书记李敬泽、中华慈善总会荣誉会长万绍芬、福建省文联主席张帆,冰心的女儿吴青以及来自中国、日本、美国、马

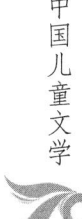

来西亚等地的学者出席了纪念活动。

28 日，由接力出版社、北京师范大学中国儿童文学研究中心主办的"第二届中国儿童分级阅读研讨会"在北京师范大学举行。中国作家协会儿童文学委员会、中国少年儿童新闻出版总社、中国出版科学研究所协办。本届研讨会以"中国本土儿童分级阅读的理论支点"为主题，注重对本土理论的探讨，以进一步推动中国本土儿童分级阅读标准的制定和实践运用，建立在认知神经科学、发展生理学、教育学、语言学、儿童文学等多学科最新研究成果上的分级阅读理论依据，揭示了儿童阅读发展的机制和规律，多层面推动儿童阅读和教育。高洪波、金波、董奇、王泉根、曹文轩、李学谦、白冰、郝振省、窦桂梅、袁晓峰、周合、苏新春、王文静、王林等参加研讨，来自心理学界、语言学界、儿童文学界、教育界、出版界上百人与会。

9月

1 日，《文艺报·少儿文艺》在北京创刊。走过了 20 多个年头的《文艺报》"儿童文学评论"，一直坚持向读者推介优秀少儿文艺作品，但原有的容量已无法适应现在每年近 6 亿册少儿图书出版的推介需求。"少儿文艺"专刊每月一期 4 版。内容涉及少儿文艺热点现象的深度报道、最新童书精品的推介、传统经典的再发现、优质儿童文学原创作品的发表，以及对动漫、少儿影视等的评介等。

10月

11 日，"第七届中国中学生作文大赛(2010—2011)启动仪式暨'恒源祥文学之星'作文创新教育论坛会"在北京举行。高洪波、樊发稼、束沛德、王泉根、孙云晓等 20 多位儿童文学作家、评论家围绕作文大赛、作文写作与文学创作、中学生作文写作现状等话题展开讨论。中国中学生作文大赛由中华全国学生联合会办公室、中国作家协会儿童文学委员会等主办，《中国中学生报》等全国 80 余家中学报刊共同承办，恒源祥集团有限公司协办。

15 日至 19 日，由浙江师范大学、中国作家协会儿童文学委员会、浙江省作家协会、金华市人民政府等联合主办的"第十届亚洲儿童文学大会"在浙江师范大学召开。来自中国大陆、香港、台湾与日本、韩国、马来西亚等国家和地区的近 200 名作家、学者、画家、出版人士参加。浙江师范大学校长吴锋民、浙江省作家协会党组书记赵和平、金华市市长陈昆忠、亚洲儿童文学大会共同会长蒋风、日中儿童文学美术交流东京中心会长中尾明、韩国儿童文学学会会长慎宪縡等在开幕式上致辞。会议围绕本届大会主题"世界儿童文学视野下的亚洲儿童文学"，以世界儿童文化为背景，以东方视角和比较的方法考察亚洲儿童文学的历史、现状及儿童文学的传播，促进亚洲儿童文化事业的共同繁荣。中国代表王泉根、方卫平、朱自强、孙建江、吴其南、汤锐、曹文轩、班马等在大会发言。方卫平主编的《在地球的这一边——第十届亚洲儿童文学大会论文集》由外语教学与研究出版社出版。

23 至 25 日，《小学生拼音报》在山西运城举办创刊 50 周年纪念系列活动，包括"智化童心"编辑业务创新研讨会、50 华诞感恩与推介等。来自山西当地教育系统的近 400 人与会。樊发稼、王泉根、凡夫、孙卫卫、苏梅、李丽娜、王兆福、王正选等儿童文学作家参加。《小学生拼音报》创刊于 1960 年，前身是《晋南拼音报》，系全国汉语拼音教学研究会会报，十分重视适合小学生的儿童文学作品发表、推广与儿童文学作品作者培养，曾举办过多次儿童文学笔会、研讨会。

11月

14 日,毛芦芦长篇小说《福官》作品研讨会在浙江师范大学举行。蒋风、韦苇、方卫平、彭懿、周晓波、钱淑英、常立、胡丽娜、徐静静等与会研讨。

29 日,由冰心奖评委会、浙江出版联合集团主办,浙江少年儿童出版社承办的"冰心诞辰 110 周年·冰心奖 21 周年·国际华文儿童文学研讨会"在浙江杭州召开。陈建功、严家炎、林焕彰、王泉根、汤锐、方卫平、孙建江等 30 余位海内外作家、理论家以及冰心先生子女吴青等与会,研讨冰心先生杰出的文学成就和冰心奖创办以来在海内外华文儿童文学界的影响以及中国儿童文学的未来。

本月,"《小溪流》杂志创刊 30 周年纪念座谈会"在长沙举行。《小溪流》创刊于 1980年,由湖南省作家协会主办,茅盾先生题写刊名。

12 月

5 日,由中国作家协会儿童文学委员会和少年儿童出版社共同举办的"关注青年作家,倡导阳光写作系列研讨之汤汤的童话世界研讨会"在北京召开。中国作家协会副主席高洪波出席会议并讲话。阎晶明、梁鸿鹰、彭学明、何向阳、束沛德、樊发稼、金波、王泉根、张之路、王宜振、刘绪源等就汤汤近年的创作进行了研讨。

12 日,汤汤短篇童话集《到你心里躲一躲》作品研讨会在浙江师范大学举行。

15 日,由中国作家协会和中共江苏省委宣传部主办,江苏省作家协会、凤凰出版传媒集团承办的"中国作家协会第八届全国优秀儿童文学奖颁奖典礼"在江苏南京市文化艺术中心举行。中宣部副部长翟卫华,中国作家协会主席铁凝、中国作家协会党组书记李冰,江苏省委宣传部部长杨新力,江苏省副省长曹卫星,江苏省政协副主席张九汉,中国作家协会党组副书记张健,中国作家协会书记处书记高洪波、杨承志,江苏省委副秘书长姚晓东,江苏省政府副秘书长肖泉以及文学界、新闻界和南京市各界群众数百人参加了颁奖典礼。

16 日,由中国作家协会和江苏省委宣传部联合主办的全国儿童文学创作会议在江苏南京举行。李冰、杨新力、张健、杨承志、范小青、陈海燕等出席会议,高洪波主持。来自全国各地的百余位儿童文学工作者和第八届全国优秀儿童文学奖获奖者共商繁荣发展儿童文学的大计。会议的主要议题为:中国儿童文学"如何真切地认识与表现当代儿童""如何打造儿童成长的精神高地""如何应对数字阅读与数字出版""如何走向世界"。与会者围绕议题,就中国儿童文学当前及未来的发展态势展开热烈讨论。本次会议的论文集《童年的星空》由接力出版社于 2011 年 5 月出版。

19 日,"首届'信谊图画书奖'颁奖典礼"在江苏南京举行。

30 日,新闻出版总署宣布,除先期已经完成转企的出版社和保留事业性质的公益性出版社外,148 家中央各部门各单位出版社全面完成转企任务。至此,包括地方出版社、高校出版社、中央各部门各单位出版社在内的全国所有经营性出版社(其中有 38 家专业少儿出版社)已全部完成转企,成为市场主体。中国出版业从此进入一个新的时代。

本年

本年加入中国作家协会的儿童文学作家有:徐玲、盛永明、代士晓、潘寄华、汤萍、缪惟等。

本年儿童文学博士学位论文有:1.北京师范大学教育学(课程与教学论)专业张心科的《清末民国小说儿童文学教育发展研究》,指导教授王泉根;2.复旦大学中国古代文学专业权娥麟的《汉魏晋南北朝寓言研究》,指导教授郑利华;3.上海师范大学现当代文学专业李慧的《童话论》，指导教授梅子涵；4.上海师范大学中国现当代文学专业李学斌的《儿童文学的游戏精神》，指导教授梅子涵；5.上海师范大学中国现当代文学专业王晶的《从文学经典到数码影像：跨媒介视域中的〈宝葫芦的秘密〉》，指导教授梅子涵；6.中国社会科学院研究生院中国现当代文学专业全南玧的《中国现当代幻想文学研究》，指导教授张中良。

本年被称为出版单位转企改制的决胜年。1 月 1 日，新闻出版总署出台《关于进一步推动新闻出版产业发展的指导意见》。本年继地方和高校图书出版单位全面完成转企改制任务后，截至 2010 年 12 月 31 日，在 148 家中央各部门各单位经营性出版社中，除中央档案出版社停办退出、13 家出版社原本没有核定过编制外，余下 134 家全面完成中央确定的转企任务。全国经营性图书、音像出版单位基本完成转企改制，1251 家非时政类报刊出版单位转制或登记为企业法人，10 多万家印刷复制单位、3000 多家国有新华书店完成转制，100 多家新闻出版企业集团成功组建。全国一批重点企业以资本为纽带开展战略重组，部分新闻出版企业积极利用境外、业外资本进一步做大做强做优新闻出版产业。中南出版传媒集团股份有限公司、安徽新华传媒股份有限公司、湖南天舟科教文化股份有限公司等在国内上市，共有 45 家新闻出版企业上市，市值达 5700 亿元。新闻出版体制改革成了年度最大亮点。截至本年，全国专业少儿出版社已全部完成转企改制，成为公司。

由王泉根与澳大利亚麦考利大学约翰·史蒂芬斯教授共同主编并分别作序的 6 卷本"当代西方儿童文学新论译丛"由安徽少儿出版社出版，涉及文化学、修辞学、传播学、女性主义、精神分析、拉康的主体理论、巴赫金的主体性、语言和叙事理论等，是近十年来西方儿童文学学术前沿的代表性论著。分别是：澳大利亚约翰·史蒂芬斯著的《儿童小说的语言与意识形态》（黄惠玲译），美国罗伯塔·塞林格·特瑞兹著的《唤醒睡美人：儿童小说中的女性主义声音》（李丽译），澳大利亚罗宾·麦考伦著的《青少年小说中身份认同的观念：对话主义建构主体性》（李英译），瑞典玛丽亚·尼古拉耶娃著的《儿童文学中的人物修辞》（刘洊波、杨春丽译），美国杰克·齐普斯著的《冲破魔法符咒：探索民间故事和童话故事中的激进理论》（舒伟译），美国卡伦·科茨著的《镜子与永无岛：拉康、欲望及儿童文学主体》（赵萍译）。

中国少儿出版界公认为今年是少儿出版的"强国元年"。新闻出版总署本年 3 月公布的《2010 年全国图书选题分析综述》显示，2010 年全国有 519 家出版社申报少儿类选题，参与率近 90%；出版少儿读物接近 4 万种，占全国图书出版品种的 14.6%。从规模上看，我国已成为世界上的少儿读物出版大国。

本年摄制儿童故事影片 54 部，主要有：中国电影集团的《守护童年》《青春网事》《终极游戏》等 5 部，潇湘电影集团的《我爱北京天安门》，山西电影制片厂的《放心》，河北电影制片厂的《骏马少年》，以及众多电影电视有限公司、影视文化传播公司、演艺经纪公司、影视投资公司等拍摄的儿童故事影片。

本年全国共出版少年儿童读物 19794 种（初版 12640 种），35781 万册（张），1876864 千印张，总定价 472792 万元，与上年相比种数增长 26.96%（初版增长 41.24%），总印数增长 25.79%，总印张增长 26.49%，总定价增长 37.34%。少年儿童读物图书销售 1.73 亿册，20.70 亿元，占全国销售数量 2.97%，销售金额 3.88%。少儿读物类出版出口 70337 种次，140.47 万册，264.86 万美元，占图书出口种次 7.70%，数量 19.86%，金额 8.19%。

本年少儿读物类期刊共 98 种，平均期印数 976 万册（平均一种期印数 9.96 万册），总印数 23683 万册，总印张 731012 千印张；占期刊总品种 0.99%，总印数 7.37%，总印张 4.04%。与上年相比，种数持平，平均期印数下降 5.56%，总印数下降 1.84%，总印张增长 4.84%。

2011 年

1 月

1 日，儿童文学作家李楚城（1928—2011）在上海逝世，享年 83 岁。李楚城著有儿童小说集《小电话员》《破庙里的秘密》，报告文学集《生活的斗士》，童话集《狐狸细加的奇特经历》，等等。

4 日，"首届'读友杯'少儿类型文学大赛暨《读友》创刊三周年座谈会"在北京举行，与会的张之路、王泉根、李学斌等指出，面对商业诱惑，一些作家过度迎合市场，制造带有暴力、色情内容的作品，侵蚀孩子们的心灵，值得高度警惕。

8 日，由新疆作家协会儿童文学委员会、新疆美术摄影出版社、新疆电子音像出版社主办的新疆儿童文学创作研讨会在新疆乌鲁木齐新美大厦举行。新疆儿童文学作家、编辑 40 多人与会。董立勃、赵光鸣在研讨会上做重点发言，与会者共商新疆儿童文学发展策略。

9 日，四川少年儿童出版社在北京图书订货会现场，举办"中国儿童文学名家精品美读美绘畅销书系新书发布会"。

10 日，中国少年儿童出版社在北京图书订货会现场，举办"张之路小说新作《千雯之舞》发布会暨研讨会"。

15 日，中国新闻出版研究院在北京举行"'全国小学生阅读状况调查'专家座谈会"。

16 日，由海燕出版社独家出版、翻译家王干卿直译并重新修订的"意大利儿童文学经典作品"在北京首发。包括《爱的教育》《木偶奇遇记·快乐的故事》《地狱窃火记》《露着衬衫角的小蚂蚁》《淘气包日记》等 5 部作品。

20 日，吉林作家协会召开 2011 年吉林文学创作年会，张笑天、杨廷玉、马克、张未民、宗仁发和来自全省的 80 余位作家、评论家与会，会议制订了"吉林文学创作十年写作计划"，内容包括每年资助小说、诗歌、散文、报告文学、儿童文学、文学评论项目等措施。

22 日，重庆文学院"第四届巴蜀青年文学奖颁奖典礼"在重庆图书馆举行，有 9 位年轻作家荣获 4 个奖项，其中有李姗姗儿童小说《丘奥德》。

本月，湖北少年儿童出版社成功推出《杨红樱画本·科学童话系列》（8 种），成为童书市场关注的焦点。

2 月

18 日，"首届'泉城文艺奖'颁奖大会"在山东济南召开。济南市委副书记、市长张建国出席会议，并向 3 位获得"艺术突出贡献奖"的老艺术家郭文秋、刘礼、孙丽颁发了奖杯及奖金。儿童剧《我和我的影子》等 25 件作品获"艺术作品奖"二等奖。

21 日，签约作家制在陕西西安正式实施，西安市文联副主席、市作家协会主席吴克敬代表市文联、市作家协会首次与 16 位作家签约。这 16 位签约作家包括 8 位小说类作家、5 位散文类作家以及儿童文学类、评论类、诗歌类作家各 1 位。

3 月

6 日,上海首家公益性少儿阅读会所"小香咕阅读之家"诞生,这是秦文君请设计师把自己的私人别墅重新设计改建,无偿给予上海少儿读物促进会使用。儿童文学作家、出版人、评论家一起汇聚在"小香咕阅读之家",展开"秦文君贾里贾梅创作 20 周年研讨会"。

17 日,江苏人民出版社在北京举行"《马小跳》杂志创刊发布暨杨红樱向青海省小学生捐刊仪式"。

28 日,"人民文学出版社成立 60 周年庆祝大会"在人民大会堂举行。孙家正、蔡名照、翟卫华,铁凝、邬书林、金炳华、王蒙、杨志今、李书磊、陈晋、廖奔、高洪波、何建明、桂晓风、于永湛、沈仁干、聂震宁、王涛以及来自北京的作家、评论家、学者、翻译家及郭沫若、沈从文等已故作家的亲属代表,出版界、新闻界代表以及部分驻华使馆官员共计 600 余人参加了大会。屠岸、潘凯雄、铁凝、邬书林、翟卫华等致辞。60 年来,人民文学出版社关心儿童文学,出版了一大批好书。

4 月

7 日,"湖南省作家协会第六届八次理事会"在湖南长沙举行,会议举行了第四届"毛泽东文学奖"、第二届张天翼儿童文学奖等的颁奖。皮朝晖的儿童剧《小猪演戏》获得第四届毛泽东文学奖。牧铃的动物小说《艰难的归程》、陶永喜的儿童小说《不知名的鸟》、毛云尔的儿童小说散文集《会飞的石头》、流火的童话集《木马快递》、周静的短篇童话集《跟着音符回家》获得第二届"张天翼儿童文学奖",汤素兰的长篇童话《奇迹花园》荣获"特别荣誉奖"。

27 日,内蒙古包头师范学院举办"蒙古儿童文学研究基地学术研讨会",张锦贻、王泉根、王昆建、李芳及多位蒙古文学专家与会。

5 月

7 日至 9 日,青岛出版集团、青岛市广播电视台、中国海洋大学在山东青岛共同主办主题为"把快乐阅读送给孩子"的"海峡两岸儿童文学论坛",作为青岛市全民读书月系列活动的组成部分。7 至 8 日在青岛市广播电视台中心礼堂举行图画书、桥梁书、亲子阅读等 4 场大型公益讲座,9 日举办"海峡两岸儿童文学高峰论坛"。大陆曹文轩、张之路、朱自强、徐鲁、汤素兰等,台湾张子樟、余治莹、李党、温小平、桂文亚、林哲璋等参加。

27 日,湖北少年儿童出版社在哈尔滨第 21 届全国图书交易博览会展厅,举办《中国动物文学大系》首发式。

28 日,明天出版社在哈尔滨华旗酒店举行"《笑猫日记》出版五周年暨发行过 1000 万册庆典"。作者杨红樱,山东省新闻出版局局长宿华,山东出版集团董事长张丽生,明天出版社社长胡鹏等以及众多经销商出席。

29 日,福建少年儿童出版社在哈尔滨第 21 届全国图书交易博览会展厅,举办"儿童文学与校园阅读暨商晓娜《拇指班长》新书发布会"。

31 日,"外国儿童与青少年文学翻译研究中心"在天津理工大学揭牌成立,舒伟担任中心主任。该中心是在天津理工大学外国语学院外国儿童文学研究所的基础上,整合天津市各高校外语翻译、研究力量而组建成立的,此前外国儿童文学研究所已与北京师范大学中国儿童文学研究中心、澳大利亚和新西兰儿童文学研究会、澳大利亚麦考里大学及国内多家出版社合作,取得了包括《当代西方儿童文学新论译丛》《西方科幻理论经典译丛》等多项翻译研究成果。近期该中心将与湖北少年儿童出版社合作,投入《全球动物文学经典书系》的翻译研究工作。

31 日，国家大剧院第四届儿童戏剧季在《我和我的影子》的演出中拉开帷幕。本届儿童戏剧季从 5 月 31 日持续到 7 月 24 日，横跨"六一"档和暑期档，4 台大戏 12 场演出。这 4 台来自中国内地及台湾地区的精品剧目，包括济南儿童艺术剧院励志剧《我和我的影子》、台湾纸风车剧团创意剧《纸风车幻想曲》以及中国儿童艺术剧院趣味益智剧《三只小猪·变变变》和经典剧《马兰花》。

本月，中国编辑学会少年儿童读物专业委员会（少儿知识读物研究会）在安徽合肥举办研讨会。安徽少年儿童出版社承办。

6 月

1 日，湖北少年儿童出版社在北京举办"《百年百部中国儿童文学经典书系》出版五周年庆祝会"。高洪波、束沛德、樊发稼、金波、张之路、王泉根、李兵、李东华、张国龙、刘春霞等出席。

4 日，第 11 届中国国际儿童电影节在江苏江阴举行。有来自不同国家和地区的 20 部外国影片和 10 余部国产儿童影片入选电影节竞赛单元，角逐由 12 位国内外儿童电影专家组成的国际评委会和 200 名儿童评委评选的多个电影选项。电影节还举办国际儿童电影论坛、儿童电影交易会、专题儿童电影展映和观众见面会活动。作为本届电影节新增设的环节，儿童电影交易会为儿童电影项目投资、制作和发行提供资源整合的平台；专题儿童电影展映单元则让观众有机会在这里回顾儿童经典电影，集中体会一段电影发展历程。此外，儿童电视纪录片和动画短片首次成为电影节竞赛单元的组成部分，一起进入儿童电影交易平台。

14 日，北京师范大学中国儿童文学研究中心邀请美国圣地亚哥州立大学儿童教育家艾里森·阿丽达教授作《从多维角度看文学幻想的意义》专题报告。

18 日，为新近获得陈伯吹儿童文学奖"杰出贡献奖"的周晓举办的"思辨与品格——周晓儿童文学评论与编辑工作研讨会"在浙江师范大学举行。会议由浙江师范大学儿童文化研究院和少年儿童出版社主办。中国作家协会副主席叶辛、沪浙儿童文学界方卫平、周基亭、梅子涵、刘绪源、韦苇、孙建江、彭懿、周晴、陆梅、朱效文、周晓波等参加研讨。

7 月

8 日，经上海市委宣传部、上海市文联、上海市民政局批准的上海市儿童文学研究推广学会在华东师范大学举行成立大会。

16 日，"首届中国儿童戏剧节"在中国儿童剧场拉开序幕。据主办方中国儿童艺术剧院院长周予援介绍，本届戏剧节是新中国历史上演出时间最长、场次最多、范围最广的一次儿童戏剧活动。

本月，李利芳赴澳大利亚布里斯班昆士兰科技大学参加国际儿童文学研究会（IRSCL）第 20 届国际会议，在大会发表论文《勘探中国儿童文学中隐秘的儿童精神世界》。

8 月

16 日，由中国作家协会儿童文学委员会、北京师范大学中国儿童文学研究中心主办的"束沛德 80 华诞暨儿童文学评论座谈会"在北京举行。中国作家协会党组成员、副主席高洪波主持。中国作家协会书记处书记杨承志，中国作家协会儿童文学委员会副主任张之路、王泉根、曹文轩等数十人出席座谈会。

28 日，第 14 届中国电影"华表奖"颁奖典礼在北京展览馆剧场举行，获优秀少儿影片奖的有《星海》《我们天上见》《孩子那些事》。从本届华表奖起，"优秀儿童影片奖"改为"优秀少儿影片奖"。

30 日，"第二届丰子恺儿童图画书奖颁奖典礼"在北京中央美术学院举行。首奖空缺，林秀穗和廖健宏的《进城》、陶菊香的《门》、汤姆牛的《下雨了》、姚红的《迷戏》、萧袤与黄小敏、陈伟的《青蛙与男孩》等 5 部作品获得"评审推荐创作奖"，邓正祺的《葡萄》、吴钧尧和郑淑芬的《三位树朋友》、梁川的《漏》、李如青的《雄狮堡最后的卫兵》、曹文轩和杨春波的《痴鸡》为入围作品。

9 月

1 日，由中国大百科全书出版社主办的"中外儿童百科全书论坛"在北京国际图书博览会上召开。中国大百科全书出版社社长龚莉，英国企鹅出版集团 DK 公司艾玛·詹姆斯，卓越亚马逊副总裁白驹逸，北京师范大学王泉根等出席论坛。

5 日，中国文字著作权协会公布了 2010 年人民教育出版社教科书使用作家作品的排名情况。其中老舍以 29 篇文章排名第一，儿童文学作家金波以 28 篇排名第二，冰心和叶圣陶以 25 篇并列第三。

20 日，由人民文学出版社、天天出版社主办的"'金蜘蛛诗意童心'系列新书发布会暨安武林作品研讨会"在北京举行，金波、樊发稼、张之路、王泉根、曹文轩、卢勤、伍美珍等参加。

22 日，二十一世纪出版社在上海影城举办"纪念洪汛涛先生逝世十周年暨《中国最美童话》新书发布会"。梅子涵、王泉根、周锐、倪树根、饶远等出席，高洪波、樊发稼等致信表达怀念之情。

25 日，洪汛涛纪念馆开馆典礼在洪汛涛的家乡浙江浦江县第一小学举行，蒋风、韦苇、王泉根、周基亭等参加。

25 日至 28 日，台湾儿童作家方素珍在广东佛山、广州两地举行"开心读绘本，创意玩绘本系列讲座"。

25 日，浙江少年儿童出版社和中国现代文学馆联合举办《名家文学读本》新书发布会。冰心的女儿吴青、沈从文的儿子沈龙朱、叶圣陶的孙子叶永和、汪曾祺的女儿汪朝等在北京的现代文学名家后人，钱理群、吴福辉、商金林、刘洪涛等学者，以及多位语文教师，围绕《名家文学读本》丛书，就中国现代文学经典名作阅读与当代儿童的精神成长、小学语文课程改革与教材建设等话题做了深入交流。

27 日，由福建少年儿童出版社主办的"王勇英'弄泥的童年风景系列暨广西本土文学作品研讨会"在广西南宁召开。樊发稼、方卫平、李东华等参加。

10 月

9 日，长江出版集团股份有限公司、湖北少年儿童出版社、北京师范大学中国儿童文学研究中心联合举办的"林海音《城南旧事》出版 50 周年学术研讨会"在湖北武汉举行。来自海峡两岸的现代文学、儿童文学界的束沛德、樊发稼、古远清、王泉根、桂文亚、董宏猷、张箭飞、汪淑珍、张国龙、李东华、王蕾以及林海音长子、台湾"清华大学"教授夏祖焯等，在研讨中高度评价《城南旧事》的文学成就与在世界文学史上的地位。

27 日，"陈伯吹儿童文学奖创办 30 周年暨第 24 届'陈伯吹儿童文学奖'颁奖会"在上海宝山区庙行镇举行。陈伯吹之子、北京大学原校长陈佳洱夫妇到会祝贺。宝山代理区长汪泓，区政协主席康大华，区委宣传部长袁鹰出席颁奖会。中国作家协会副主席叶辛以及秦文君、王泉根、方卫平、朱自强、刘绪源等 100 多位儿童文学界、出版界人士参加。周晓获"杰出贡献奖",张弘的短篇小说《玫瑰方》获大奖,彭懿的《欢迎光临魔法池塘》等 10 部作品获"优秀作品奖",简平的《上海少年儿童报刊简史》获特别奖。

29 日至 31 日,福建少年儿童出版社联合厦门城市职业学院闽台儿童文学研究所在福建厦门举办海峡两岸儿童文学论坛。来自海峡两岸的金波、张之路、王泉根、班马、梅子涵、林焕彰、马景贤、桂文亚、张子樟、方素珍等 30 多位作家、学者,围绕"两岸儿童文学的现状""两岸儿童文学创作与出版的走向""如何面对市场化、新传媒等因素的变化"等话题进行了探讨,并就建立两岸合作平台,探索儿童文学交流合作的新模式进行对话交流。论坛期间,主办方还与台湾作家、出版社签署合作意向书,启动《台湾儿童文学馆》丛书的出版项目。

11 月

7 日,天天出版社与昆明儿童文学研究会在云南昆明举行"儿童文学领域中的生态文学创作暨湘女作品研讨会"。

8 日,"首届全球华语科幻星云奖颁奖仪式"在四川成都举行。星云奖的设立,标志着现代科幻诞生近 200 年来,首次有了覆盖世界华人科幻创作的奖项。星云奖由总部位于成都的世界华人科幻协会评选并颁发。世界华人科幻协会会长吴岩在颁奖仪式上致辞。首届星云奖一共颁发了 11 个奖项。获奖的有中国新生代科幻作家刘慈欣,全球发行量最大的科幻期刊《科幻世界》,王晋康的长篇科幻小说《十字》,香港科幻作家谭剑的长篇科幻小说《人形软件》,台湾太极影音科技公司的科幻片《土星之谜》,中国空间研究院神舟传媒的 3D 科幻动画片《太空侠》,青年科幻作家程婧波的短篇奇幻小说《赶在陷落以前》,王是和、简梅梅编剧的奇幻动画片《少林海宝》,台湾科幻作家黄海的科幻评论文章《寻找幻氏家族的荣誉》等。

27 日,"第二届'信谊图画书奖'颁奖典礼"在北京大学举行。创作奖首奖由于云的《九千九百九十九岁的老奶奶》获得。

本月,大连出版社提出战略转型,以"保卫想象力"为旗帜,专注发展幻想儿童文学的特色出版,并将目标定位为打造幻想儿童文学产业基地。通过建立实施"大白鲸"原创幻想儿童文学优秀作品征集机制、"明日之星"作家培养机制、签约作家机制、作品开门论证等机制,推进幻想儿童文学工程。

12 月

1 日,"高洪波文学创作 40 周年座谈会"在北京中国现代文学馆举行。中国作家协会主席铁凝,中央党校副校长李书磊,空军指挥学院少将乔良,少将作家贺捷生,人民大会堂管理局局长刘水生,经济日报副总编丁士,中国经济体制改革研究会会长宋晓梧,中国作家协会书记处书记白庚胜、李敬泽等出席。参加会议的还有王巨才、张锲、屠岸、束沛德、郑伯农、雷抒雁、曾镇南、孟繁华、王泉根、艾克拜尔·米吉提、白描、王必胜、韩作荣、叶延滨、徐坤、吴义勤、张清华、彭学明、李迪、施战军、高红十、王一地、汤锐、汪玥含、王蕾等诗歌界、散文界、儿童文学界的专家、作家 100 多人。会议由作家曹文轩主持。

7 日,中国作家协会公布 2011 年度重点作品扶持项目,儿童文学部分包括刘东的《最后的海岸》和薛涛的《蜂之舞》。

8 日,由上海作家协会儿童文学委员会主办的"上海幼儿文学的故事——我们的文学生活"研讨活动在上海乌南幼儿园举行。爱好儿童文学的幼儿园园长、教师 120 多人

新中国儿童文学

出席。

11 日，著名儿童文学理论家蒋风荣获第十三届国际儿童文学"格林奖"，设立在日本大阪的国际格林奖组委会举行了颁奖庆典。蒋风成为获得这一国际奖项的首位华人。

15 日，江苏凤凰少年儿童出版社等在江苏南京举办"金波儿童文学作品研讨会"，庆贺金波从事儿童文学创作 55 周年。来自各地的教育专家、一线教师 700 余人参加。

15 日至 17 日，中国儿童文学研究会、河北省委宣传部、河北省作家协会主办，河北省儿童文学艺委会、保定市文联承办的"新世纪全国儿童文学创作新趋向研讨会"在河北省保定市雄县召开。王泉根、樊发稼、石雅娟、王力平、舒伟、郑欢欢、王君、苏梅、崔昕平、刘绍本、王清秀、王茂森等儿童文学作家和研究者就新世纪儿童文学与西方幻想文学、新世纪儿童文学与儿童电影、新世纪儿童文学与少儿网络游戏、新世纪儿童文学与阅读推广、新世纪儿童文学与多媒体数字传播、新世纪原创儿童文学现象探析等话题进行了研讨。

23 日，由江西师范大学文学院、二十一世纪出版社等举办的"儿童文学和后儿童时代的文学阅读研讨会"在江西师范大学举行。张艳国、王山、张秋林、曹文轩、张之路、魏钢强、萧萍、李东华、汤汤、王林、赵霞等参加。

28 日，中国作家协会儿童文学委员会在北京举行年会。来自全国各地的儿童文学委员会委员们交流了 2011 年各自所在地儿童文学的创作出版及队伍建设、发展的情况，并对 2012 年儿童文学发展各抒己见，献言献策。

本年

中国少年儿童新闻出版总社在北京开设了"青少年阅读体验大世界"，这是目前国内最大的少儿主题体验式书店。建筑面积 5000 平方米，经营 6 万余种适合 0~15 岁青少年阅读的各类图书报刊等阅读服务产品，内设国内第一家体验式未来阅读实验室，拥有阅读+自然博物、阅读+艺术、阅读+创客、阅读+国学、阅读+学科等多间实体教室，是体验主题阅读的最佳场所，也是探索跨学科主题式阅读与实践的最理想基地。青少年阅读体验大世界是北京市教委第一批指定的"北京市中小学生社会大课堂市级资源单位"。据统计，自 2011 年开业至 2016 年，共举行 7000 余场活动，接待全北京市 400 余所学校约 14 万名学生，学校类型涵盖幼儿园、小学和初中。

本年加入中国作家协会的儿童文学作家有：苏梅、汤汤（原名汤红英）、英娃（原名王英）、鲁冰、彭绪洛、周艺文等。

本年儿童文学博士学位论文有：1.北京师范大学中国现当代文学专业阿依吐拉·艾比不力的《中国新疆维吾尔族儿童文学研究》，指导教授王泉根；2.北京师范大学中国现当代文学专业李红叶的《安徒生对孩童世界的开启及其现代意义》，指导教授王泉根；3.北京师范大学中国现当代文学专业王家勇的《现代中国儿童小说主题研究》，指导教授王泉根；4.北京师范大学中国现当代文学专业赵萍的《论图画书语言》，指导教授王泉根；5.华东师范大学学前教育学专业李林慧的《学前儿童图画故事书阅读理解发展研究：多元模式意义建构的视野》，指导教授周兢；6.暨南大学文艺学专业彭应翃的《论安徒生童话里的"东方形象"》，指导教授饶芃子；7.山东师范大学中国现当代文学专业张梅的《另一种现代性诉求：1875—1937 儿童文学中的图像叙事》，指导教授魏建；8.上海师范大学中国现当代文学专业周英的《日本儿童文学中的传统妖怪》，指导教授梅子涵。

本年 11 月 21 日至 25 日，中国文学艺术界联合会第九次全国代表大会、中国作家协会第八次全国代表大会在北京举行。中共中央总书记、国家主席、中央军委主席胡锦涛发表重要讲话。吴邦国、温家宝、贾庆林、李长春、习近平、李克强、贺国强等出席开幕式。11 月 25 日,中国文学艺术界联合会选出新一届领导机构,孙家正连任中国文联主席。中国作家协会选出新一届领导机构,铁凝连任中国作家协会主席,王安忆、叶辛、刘恒、李冰、李存葆、何建明、张平、张抗抗、陈忠实、陈建功、莫言、高洪波、廖奔、谭谈 14 人为副主席。产生由 210 人组成的中国作家协会全国委员会,其中儿童文学作家有 8 人,他们是孙云晓、杨红樱、秦文君、高洪波、黄蓓佳、曹文轩、常新港、薛卫民。参加中国作家协会第八次全国代表大会的儿童文学作家共 42 人,他们(以姓氏笔画为序)是王泉根、王俊康(回族)、竹林、刘章、刘先平、刘健屏、刘海栖、孙云晓、汤素兰、束沛德、杨红樱、张洁、张之路、张昆华(彝族)、张锦贻、陆梅、陈丹燕、金波、金涛、宗璞、郝月梅、柯岩(满族)、星河、保冬妮(回族)、秦文君、徐康、徐鲁、徐德霞、殷健灵、高凯、高洪波、黄蓓佳、曹文轩、梅子涵、常新港、商泽军、彭俐、彭学军、董宏猷、樊发稼、薛涛、薛卫民。

本年摄制儿童故事影片 46 部,主要有:中国电影股份有限公司的《少年邓恩铭》,河南昊太文化传播有限公司的《幸福的白天鹅》,华谊兄弟传媒股份有限公司《星空》,北京冬春文化传播有限公司的《我 11》,天山电影制片厂的《幸福的向日葵》,太原市正大文化艺术发展总公司的《铜牌小车手》,北京日月星河文化传播有限公司的《明天我要升国旗》,湖南金涛影视传媒有限公司的《少年达佳》,青岛凤凰世纪传媒有限公司的《十五岁的笑脸》,四维创意影视文化(北京)有限公司的《追梦的山里娃》。

本年全国共出版少年儿童读物 22059 种(初版 14077 种),37800 万册(张),2138117 千印张,总定价 603373 万元,与上年相比,种数增长 11.44%(初版增长 11.37%),总印数增长 5.64%,总印张增长 13.92%,总定价增长 27.62%。少年儿童读物图书销售 1.51 亿册、17.86 亿元,占全国图书销售数量 2.54%、销售金额 3.07%。少儿读物类出口 64657 种次、205.23 万册、280.61 万美元,占图书出口种次 7.36%,数量 23.98%,金额 8.56%。

本年全国共出版少年儿童期刊 118 种,平均期印数 1387 万册,总印数 36454 万册,总印张 944731 千印张;占期刊总品种 1.20%,总印数 11.10%,总印张 4.90%。与上年相比,种数增长 20.41%,平均期印数增长 42.07%,总印数增长 53.93%,总印张增长 29.24%。

2012 年

1 月

1 日,王泉根主编的《中国儿童文学走向世界精品书系》由海豚出版社出版,该书系以简体中文平装版、简体中文精装版、繁体中文版、英文精装版 4 个版本向海内外推出。第一批收录孙幼军、金波、曹文轩、秦文君等 10 位名家的代表作。

6 日,中国作家协会儿童文学委员会、福建少年儿童出版社举办的"庄之明作品研讨会"在北京举行。

6 日,中国作家协会儿童文学委员会、少年儿童出版社主办的"'老臣阳光成长小说系列'新书发布会暨作品研讨会"在北京举行。

8 日,"沈石溪作品亿万庆典暨《狼王梦》百万销量发布会"在北京举行。浙江少年儿童出版社打造的"动物小说大王沈石溪·品藏书系"自 2008 年推出以来,整体销售码洋突破一亿元。《狼王梦》自 2009 年 10 月推出以来单本销量已超过 100 万册。

8 日,接力出版社出版"这样读"阅读方法指导类图书,包括汤锐的《童话应该这样读》、徐鲁的《散文应该这样读》、吴岩的《科幻应该这样读》、彭懿的《图画书应该这样读》。

8 日至 11 日，经新闻出版总署批准，中国书刊发行业协会、中国出版工作者协会主办的北京图书订货会在北京中国国际展览中心举行。

9 日，湖北少年儿童出版社与中国儿童艺术剧院达成战略合作，实现内容的跨媒体开发。双方合作的第一个项目是由双方共同出品的系列丛书"伊索寓言双语童话剧院"。

12 日，由上海美术电影制片厂历时 3 年打造的动画《大闹天宫 3D》上映。

3 月

1 日，安徽少年儿童出版社推出以探讨生态性为主题的原创儿童文学作品"绿色中国"丛书。

19 日，由上海文学发展基金会、上海儿童读物基金委员会共同主办的第八届"上海市作家协会幼儿文学奖"揭晓，殷健灵、鲁风、孙毅等获奖。

23 日，"首届'学友园杯'全国中小学、幼儿园教师儿童文学创作大赛颁奖典礼"在北京逸夫会议中心举行。大赛自 2011 年 3 月启动，由中国教师发展基金会联合北京师范大学中国儿童文学研究中心、上海师范大学小学语文教学研究中心、学友园教育传媒集团共同举办。

4 月

1 日，丰子恺儿童图画书奖组委会和国家图书馆少年儿童馆合办的"华文原创图画书得奖作品展"在国家图书馆揭幕，展览持续到 5 月 20 日。

8 日，北京师范大学中国儿童文学研究中心在北京师范大学举办"科幻小说与跨学科研究"学术讲座，由香港树仁大学王建元教授主讲。

9 日，海峡出版发行集团、福建少年儿童出版社举办的红色穿越小说《我和爷爷是战友》研讨会在北京举行。

15 日，作为世界读书日的重要活动，金波携新作《开开的门》（新蕾出版社）来到中国盲文图书馆，与盲童一起读书，金波还将部分作品的声音版权捐赠给盲文出版社。

20 日，由中国海洋大学儿童文学研究所等主办的"原创图画书暨丰子恺儿童图画书奖研讨会"在山东青岛举行。

5 月

13 日，由上海市作家协会、江苏省作家协会、少年儿童出版社等联合举办的"首届'周庄杯'全国儿童文学短篇小说大赛颁奖仪式暨《一条杠也是杠》获奖作品集首发活动"在江苏苏州古镇周庄举行。小学教师冯与蓝的《一条杠也是杠》摘得特等奖。

18 日，为期一月的由国家图书馆举办的"文艺的灯塔——纪念毛泽东《在延安文艺座谈会上的讲话》发表七十周年馆藏文献展"在国家图书总馆稽古厅展出，其中有 12 种延安时期儿童文艺珍贵作品，包括《鸡毛信》《歌唱二小放牛郎》《儿童歌谣》《儿童日记》等初版本、石印本等。

25 日至 26 日，北京作家协会、东方少年杂志社在北京举办北京儿童文学创作座谈会。

27 日，"第四届'童声里的中国·我的祖国我爱您'活动启动仪式"在江苏南京紫金山庄举行。

27 日，刘先平纪实文学《美丽的西沙群岛》研讨会在北京中国现代文学馆举行。

29 日，"首届'《儿童文学》金近奖'颁奖典礼"在金近的故乡浙江上虞隆重举行。该奖是由中国作家协会儿童文学委员会、《儿童文学》杂志社和上虞市政府合办的儿童文学奖项。金近夫人颜学琴等参加颁奖。

30日,由公益研究机构——新阅读研究所组织专家研制的"中国幼儿基础阅读书目"在北京发布。书目总主持人、新阅读研究所名誉所长为全国人大常委、民进中央副主席朱永新教授。

6月

2日,"辽宁儿童文学评论奖"在辽宁盘锦颁奖,并举行了以儿童文学的原创性和独立品格为主题的儿童文学研讨会,薛涛、肖显志、马力、阎耀明等20余人与会。

2日至3日,中国海洋大学和美国得克萨斯A&M大学开始联合主办"中美儿童文学高端论坛"。首届论坛在青岛的中国海洋大学鱼山校区举办。参加论坛的有中国和美国的20多位知名儿童文学学者。中国海洋大学副校长董双林、得克萨斯A&M大学副教务长帕米拉·马修斯教授、南卡罗来纳大学米雪儿·马丁教授等在开幕式上致辞。"中美儿童文学高端论坛"旨在为中美两国儿童文学提供学术交流平台,促进儿童文学领域的深度对话与交流。首届论坛以"中美儿童文学的儿童观"为主题,与会学者围绕"儿童文学历史回顾""儿童文学与国家""儿童文学与历史变迁""价值观与身份""儿童读者与成人作家"等5个专题进行了研讨。首届论坛的论文集《中美儿童文学的儿童观:首届中美儿童文学高端论坛论文集》于2015年12月由中国社会科学出版社出版。

15日,由文化部主办,文化部艺术司、浙江省宁波市人民政府承办的第七届全国儿童剧优秀剧目展演落下帷幕。本届展演自5月31日开幕以来,共有26台优秀少儿剧目参加演出。

18日至25日,由中国儿童文学研究会、晨光出版社联合主办的"新世纪原创儿童文学滇西笔会"在云南昆明、大理、瑞丽、腾冲举行。笔会由王泉根和晨光出版社领导李云华带队,黑鹤、薛涛、张国龙、张玉清、韩青辰、陆梅、苏梅、郁雨君、汤汤、李志伟、三三、李丽萍等十余位"60后""70后"儿童文学作家与会。

29日,首都师范大学举行"中国儿童文学研究会儿童文学教育研究中心揭牌仪式暨成立大会",中心主任由中国儿童文学研究会副会长王泉根教授担任,首都师范大学初等教育学院中文系主任崔增亮和清华大学附属小学校长窦桂梅担任中心副主任,首都师范大学初等教育学院副教授王蕾博士担任秘书长。周建设副校长、石雅娟会长、刘茜副会长等领导为到会代表颁发聘书。到会的金波、崔峦、窦桂梅等专家学者对中心的发展献言献策。

7月

13日至26日,由中国儿童艺术剧院主办,北京市东城区委、东城区人民政府、中国儿童戏剧研究会联合主办的"第二届中国儿童戏剧节"在北京举办。本届戏剧节以"点亮童心,塑造未来"为主题,涵盖27部中外优秀儿童戏剧作品,并将以北京为中心,辐射全国演出163场。

19日,"第十届'叶圣陶杯'全国中学生新作文大赛"在北京颁奖。

19日至20日,由中国作家协会儿童文学委员会、中国少年儿童新闻出版总社主办,《儿童文学》杂志承办的"中国幻想文学创作研讨会"在北京召开。中国作家协会儿童文学委员会主任高洪波、副主任王泉根、张之路、曹文轩及各地50余位作家与会。开幕式上还举行了"2012暑期《儿童文学》幻想文学新书发布会"和"第八届《儿童文学》擂台赛颁奖典礼"。本次研讨会的论文集《中国幻想文学创作研讨会:2012北京》由中国少年儿

童出版社于 2013 年 4 月出版。

21 日，接力出版社与文化部中华儿童文化艺术促进会共同组织的"'中国传统童谣书系'品读会暨诵读大赛启动仪式"在北京举行。《中国传统童谣书系》由诗人、童谣研究专家金波主编，接力出版社出版，精选近 2000 首中国传统童谣。

23 日至 26 日，山西《小学生拼音报》举办的儿童文学阅读推广论坛在湖南长沙、张家界举行。王泉根、王兆福、苏梅、李珊珊、龚房芳等 20 余人与会。

28 日，"'儿童阅读在中国'主题交流会暨《名校新校本》系列新书首发式"在北京王府井书店举办，该书系由中国儿童文学教育研究中心秘书长王蕾主编。王泉根及清华大学附属小学、北京大学附属小学、首都师范大学附属小学的校长出席。

15 日至 21 日，"2012 上海书展暨'书香中国'上海周"在上海展览中心举办。上海国际童书嘉年华与上海书展同步举行。

22 日至 25 日，"第 11 届亚洲儿童文学大会"在日本东京国际连合大学召开，来自中国、日本、韩国以及中国台湾、香港地区等的 200 多位儿童文学作家、评论家、编辑、教师与会。本次大会的主题是"亚洲儿童文学的未来"。我国儿童文学工作者蒋风、王泉根、朱自强、党兴昶、饶远、李红叶、苏梅、王兆福、许军娥等 30 余人与会。

29 日至 8 月 2 日，"第 19 届北京国际图书博览会"在中国国际展览中心（新馆）举办，来自 75 个国家和地区的 2000 多家海内外出版单位参展，此次图博会首次推出主宾城市，北京成为首个主宾城市。

31 日，中国少年儿童新闻出版总社推出林格伦的儿童文学全集（全套共 14 册），并携手瑞典驻华大使馆共同举行"林格伦儿童文学全集中文版首发暨世界经典汇聚中少发布会"。

本月，大连出版社举办"海之梦·海之谜"海洋文化主题沙龙，标志着 2012 年国家新闻出版改革发展项目库项目"大白鲸计划"正式启动。杨鹏、车培晶、满涛等 20 余位儿童文学作家、海洋专家为"大白鲸计划"品牌图书的策划出版出谋划策。

9 月

7 日，我国首套少儿网游文学《植物大战僵尸》系列图书发行突破 500 万研讨会在北京召开，研讨会由中国作家协会儿童文学委员会与中国少年儿童新闻出版总社共同举办。高洪波、李敬泽、束沛德、樊发稼、金波、张之路、王泉根、李学谦、白冰及北大光华学院党委书记冒大卫和近 40 家媒体与会。

10 日至 13 日，全国少儿图书交易会在河北承德召开，福建少年儿童出版社酝酿多时的"台湾儿童文学馆"丛书首批作品与读者见面。

11 日，由中国出版集团公司、瑞典驻华大使馆主办，人民文学出版社、天天出版社与瑞典伯尼尔·卡尔森出版社承办的"文学传递理想，合作迎接未来——中瑞出版深度合作签约仪式"在北京举行。瑞典作家马丁·维德马克、中国作家曹文轩和瑞典插画家海伦娜·威利斯、中国插画家龚燕翎等参加了签约仪式。

10 月

1 日至 7 日，中国木偶艺术剧院与北京地质礼堂联手，首次举办"中国木偶剧院童话艺术节"活动。

11 日至 14 日，由宁夏作家协会、阳光出版社与《读友》杂志举办的"塞上金秋儿童文学笔会暨赵华作品研讨会"在宁夏银川举行。王泉根、刘绪源、萧萍、李学斌、李利芳等

20 余人与会。

17 日，由中国现代文学馆、福建省文联、重庆师范大学、重庆红岩革命历史博物馆和冰心研究会联合主办的"冰心文学第四届国际学术研讨会"于冰心诞辰 112 周年之际在重庆举行。

20 日，由福建少年儿童出版社、（台湾）海峡两岸儿童文学研究会等联合主办的"第二届海峡儿童阅读论坛"在福建福州拉开帷幕。论坛的主题是"儿童阅读：书香家庭与社会"。

25 日，中国寓言文学研究会第五届金骆驼奖公布。

27 日，全球第三届华语科幻星云嘉年华在四川成都开幕。

11 月

10 日，由著名儿童文学家蒋风教授创立的"蒋风家庭文库流通站"来到浙江金华汤溪，将其作为"庆祝十八大，下乡送书香"活动的第一站。

14 日，中国儿童艺术剧院"2012 世界经典童话年"的收官之作——安徒生的童话剧《卖火柴的小女孩》建组。年初，中国儿童艺校剧院首次推出"世界经典童话年"。

15 日，无锡新区百年老校——硕放实验小学被中国寓言文学研究会命名为"中国寓言文学创作基地"。金波、杨鹏、杨绍军、汤祥龙等到校交流。

17 日，上海民间文艺家协会、少年儿童出版社等单位和儿童文学作家圣野、周晴、张铁苏、鲁守华等，祝贺著名儿童文学作家孙毅先生 90 华诞。

29 日，"第六届上海儿童阅读论坛"在上海师范大学文苑楼揭幕。

30 日，"第二届'张之路儿童文学励志奖'颁奖仪式"在浙江师范大学举行。

本月，何卫青著《澳大利亚儿童文学导论》由湖南少年儿童出版社出版，此书系国内首部研究澳大利亚儿童文学的史论性质著述。

12 月

1 日，由《儿童文学》杂志社、中国小作家协会主办的卢梓仪诗集《花开的声音》研讨会在北京举行，作者卢梓仪 16 岁。

4 日，中国作家协会儿童文学委员会年会在北京召开。中国作家协会党组成员、书记处书记李敬泽，中国作家协会副主席、儿童文学委员会主任高洪波和儿童文学委员会副主任王泉根发表讲话。梁鸿鹰、张之路、曹文轩、王宜振、方卫平、白冰、朱自强、汤锐、孙云晓、李东华、李国伟、沈石溪、秦文君、徐德霞、黄蓓佳、梅子涵、董宏猷、薛涛、薛卫民等出席。年会结束后的 5 日与 6 日，中国作家协会儿童文学委员会随即以"关注青年作家，倡导阳光写作"为主旨，分别在北京与河北香河召开了青年儿童文学作家汤汤和张玉清的创作研讨会。

4 日，湖南省寓言童话文学研究会在湖南长沙召开第三次换届工作会议，罗丹任会长，谢乐军任执行会长兼秘书长，邓湘子、皮朝晖、李红叶任副会长，卓列兵、吴双英等 14 人任常务理事。

10 日，"四川省青少年作家协会成立大会"在四川成都召开，杨红樱担任名誉会长。

17 日，"2012 年度优秀童书排行榜发布会暨儿童阅读论坛"在北京举行。《爸爸，我要月亮》等 10 本图书登榜年度优秀童书前 10 名。

本年

本年加入中国作家协会的儿童文学作家有刘慈欣、商晓娜、沈习武、刘北、王代轩、刘泽安、蒲灵娟、史伟峰。

本年 10 月至 2016 年 7 月，李利芳担任国际儿童文学研究会（IRSCL）会刊 IRCL 顾问委员会委员。

本年儿童文学博士学位论文有：1. 北京师范大学中国现当代文学专业谢炜珞（香港）的《儿童文学与香港小学语文教育的对策研究》，指导教授王泉根；2. 北京师范大学中国现当代文学专业崔昕平的《改革开放以来中国儿童书籍出版史论》，指导教授王泉根；3. 北京师范大学中国现当代文学专业涂明求的《天籁的变奏：中国童谣发展史论》，指导教授王泉根；4. 北京大学比较文学与世界文学专业刘军的《晚清科学幻想小说与"知识型"转变》，指导教授车槿山；5. 东北师范大学日语语言文学专业徐明真的《村上龙青少年主人公作品研究：以主体性的确立克服危机》，指导教授宿久高；6. 华东师范大学教育学原理专业顾彬彬的《教育学视域下的现代童年问题研究》，指导教授杨小微；7. 山东师范大学中国现当代文学专业王倩《大众传媒语境下儿童文学传播障碍归因研究》，指导教授王万森；8. 北京师范大学影视文学与传媒专业李琦的《多元媒介环境下的我国儿童电视节目研究》，指导教授周星；9. 上海师范大学中国现当代文学专业林清的《论中国动画电影》，指导教授梅子涵；10. 中山大学中国现当代文学专业刘先飞的《自娱与承担：中日儿童文学比较研究——以创始期为中心》，指导教授林岗；11. 华东师范大学课程与教学论专业高振宇的《近代中国学校教育中的儿童问题研究：儿童史学的视角》，指导教授张华。

本年摄制儿童故事影片 78 部，主要有：北京海晏和清影视文化有限公司的《少年林祥谦》，北京汉腾格里影视文化交流有限公司的《我和神马查干》，广西华娱国际影业投资有限公司的《宝贝别哭》，安徽电影集团的《你是太阳，我是月亮 1》，中央电视台电影频道节目制作中心的《孙子从美国来》，河南文化影视集团有限公司的《自古英雄出少年之岳飞》，深圳铁色高原文化传播有限公司的《指尖太阳》，北京华韵星光影视文化传播中心的《万年烛光》，河南金像影业有限公司的《念书的孩子》，山东电影电视集团的《小小飞虎队》。

本年全国共出版少年儿童读物 30966 种（初版 19396 种），47823 万册（张），2854119 千印张，总定价 808182 万元，与上年相比，种数增长 40.38%（初版增长 37.79%），总印数增长 26.52%，总印张增长 33.49%，总定价增长 33.94%。少年儿童读物图书销售 1.89 亿册，23.89 亿元，占全国图书零售数量 3.02%，零售金额 3.69%。少儿读物类进口 76.14 万册，440.31 万美元，占全国图书进口数量 10.24%，金额 3.21%。少儿读物类出口 489.54 万册，446.79 万美元，占全国图书出口数量 36.93%，金额 10.51%。

本年，全国共出版少年儿童期刊 142 种，平均期印数 1497 万册，总印数 39432 万册，总印张 1054925 千印张；占期刊总品种 1.44%，总印数 11.78%，总印张 5.38%。与上年相比，种数增长 20.34%，平均期印数增长 7.92%，总印数增长 8.17%，总印张增长 11.66%。

2013 年

1 月

11 日，为期 3 天的北京图书订货会在北京中国国际展览中心开幕，700 余家单位携约 50 万种图书参展。

11 日，新东方教育集团、上海童石科技网络公司等举办的"'新东方泡泡'儿童文学新闻发布会"在北京举行。新东方 CEO 俞敏洪、上海童石 CEO 王君与金波、王泉根、汤素兰、李东华、苏梅、赵华等共同对话儿童文学与新教育。

11 日,安徽少年儿童出版社在北京举行"皖少社新春发布会暨阳光姐姐好作文全国挑战赛启动仪式"。

17 日,中国儿童艺术剧院院长周予援与孙幼军签署了《小布头奇遇记》版权转让协议。中国儿童艺术剧院全力打造了"2013 中国经典童话年"首推剧目《小布头奇遇记》。

2 月

6 日,王泉根主编、北京师范大学出版社出版的《儿童文学教程》,继 2007 年被教育部评为"十一五"国家级规划教材后,再次被教育部评为"十二五"国家级规划教材,成为儿童文学教材中唯一入选的国家级规划教材。

28 日,上海将年度"上海文艺家终身荣誉奖"授予了著名翻译家、儿童文学作家任溶溶。

3 月

7 日,《中安在线》报出动画片《熊出没之过年》收视率 3.85,创中央电视台少儿频道开播以来最高纪录。

16 日至 23 日,"2013 澳大利亚文学周开幕式"在澳大利亚驻华使馆举行。澳大利亚驻华大使孙芳安为澳大利亚土著作家艾姆波琳·科维姆林娜的 4 本儿童书中文版举行发行仪式。

17 日,全国首个小作家分会——北京作家协会小作家分会在北京成立。儿童文学作家夏有志在仪式后为小作家们讲了第一堂作文课。

19 日至 23 日,由中国作家协会儿童文学委员会、文艺报社、湖南省作家协会、湖南师范大学文学院联合主办的"关注青年作家,倡导阳光写作——新世纪湖南儿童文学作家群创作研讨会"在湖南长沙召开。中国作家协会副主席高洪波,湖南省委宣传部副部长魏委,湖南省作家协会主席唐浩明,湖南省作家协会党组书记龚爱林等领导出席会议。30 余位作家、评论家与会。会议由中国作家协会创研部副主任何向阳和中国作家协会儿童文学委员会副主任王泉根主持。

25 日,由北京市文联主办,北京市作家协会和东方少年杂志社承办的"东方少年·中国梦"中小学生参赛作文朗诵会在河北香河城内第一小学举行。

25 日至 28 日,意大利举办"第 48 届博洛尼亚儿童书展",正值 50 周年大庆,书展特设"博洛尼亚年度最佳儿童出版奖"。中国少年儿童新闻出版总社携带 500 种精品少儿图书亮相书展,安徽少年儿童出版社正式获得国际儿童读物联盟(IBBY)官方授权,每年出版 40 本左右国际安徒生奖及提名奖获得者的作品。

26 日,中国少年儿童新闻出版总社在博洛尼亚儿童书展举办"好故事一起讲——中国作家、外国插画家现场对话暨合作出版签约仪式"。曹文轩与巴西著名插画家罗杰·米罗进行交流,相约在当年共同完成曹文轩新作《羽毛》绘本。国际安徒生奖评委会主席玛利亚·耶稣·基尔、国际儿童读物联盟主席赖泽·卡鲁丁、中国作家协会副主席高洪波、中国少年儿童出版社社长李学谦等以此为切入点,共同探讨了什么样的作品能打动世界、中国儿童文学要让世人熟知还需要做哪些方面的努力等问题。

27 日,中国少年儿童新闻出版总社在博洛尼亚儿童书展举办"书香飘万里——中外儿童文学国际传播高端对话"。中国作家高洪波、曹文轩、IBBY 前主席帕奇·亚当娜、布拉迪斯拉发插图展(BIB)创始人艾利斯,以及来自俄罗斯、美国等地的著名画家、出版人参加。对话以高洪波的原创绘本"小猪波波飞系列"为话题,共同讨论了儿童文学在国

际传播过程中的热点问题。这两场活动均以儿童文学创作中的问题为切入点，进行了深入的交流和探讨，增进了国外市场对于中国儿童文学创作现状的了解，反响热烈。

30 日至 4 月 1 日，上海童话节暨上海儿童阅读节的首项活动——上海少年儿童图书馆联手新华传媒，在少年儿童图书馆推出"在阅读中播撒诚信的种子"童话绘本专场。

4 月

1 日，明天出版社推出绘本系列"老童谣"，含《九九歌》等 5 种，据山东已故民俗学家山曼先生收集的《中国民间童谣》编撰而成。

2 日，第 46 个国际儿童图书日。"北京师范大学儿童阅读文化研讨会暨《中国儿童阅读提升计划》新书发布会"在北京师范大学奥林匹克花园实验小学举行。

2 日，由国家图书馆、中国图书馆学会联合主办的"'科普阅读——开启智慧人生'全国少年儿童阅读年系列活动启动仪式"在国家图书馆举行。

2 日，由中国关心下一代工作委员会等在北京芳草地国际学校举办的"全国青少年'爱阅读、爱森林'活动仪式暨朝阳区第六届中国儿童阅读日主题活动"启动。

10 日，"天津市外国文学学会儿童文学分会"宣布成立，天津理工大学外国儿童与青少年文学翻译中心主任舒伟担任会长。

17 日，内蒙古蒙古文儿童文学青年作家培训班在内蒙古呼和浩特举行。培训班由共青团内蒙古团委、内蒙古少先队工作委员会、内蒙古作家协会联合主办。开班仪式上，共青团内蒙古区委副书记诺敏，内蒙古文联副主席特·官布扎布出席并讲话。作家杭福柱代表学员发言。

19 日至 22 日，"第 23 届全国图书交易博览会"在海南海口举行。

22 日，由中国期刊协会主办，中国少年儿童新闻出版总社承办，中国邮政集团公司报刊发行局协办的"寻找最爱阅读的中国孩子"全国幼儿阅读推广活动在北京正式启动。活动历时 3 天。

23 日，著名女诗人傅天琳以其外孙女在美国真实的求学经历创作、由天天出版社出版的儿童小说《斑斑加油》第三场研讨会在北京举行，高洪波、王泉根、曹文轩等参加。重庆作家协会曾于 2011 年 12 月 20 日在重庆召开首场研讨会，4 月 6 日在美国休斯敦东方艺术中心召开第二场研讨会。

23 日，中国和澳大利亚合拍的儿童电视剧《奇妙小镇》在中央电视台涿州拍摄基地开拍。这是两国继 1997 年《神奇山谷》后的再次合作。

24 日，以"希望原创带动西部儿童文学繁荣"为主题的"首届论坛暨青年作家汪玥含作品研讨会"在北京师范大学召开。论坛由中国作家协会儿童文学委员会、中国儿童文学研究会、北京师范大学中国儿童文学研究中心、希望出版社联合主办。金波、樊发稼、张之路、王泉根、徐德霞等与会。

29 日，中国作家协会儿童文学委员会、二十一世纪出版社举办的"彩乌鸦中文原创系列"作品研讨会在北京举行，该书系历时 6 年推出曹文轩、张之路、汤素兰、王淑芳等的20 种原创小说。

30 日，由上海市作家协会、江苏省作家协会、少年儿童出版社等联合举办的"第二届'周庄杯'全国儿童文学短篇小说大赛颁奖仪式暨《冰蜡烛》获奖作品集的首发活动"在江苏苏州古镇周庄举行。

5 月

7 日至 10 日，根据严文井的同名童话改编，由河北省话剧院出品的儿童剧《"下次开船"港》在国家大剧院连续进行 4 场演出。

9 日至 12 日，大连出版社主办的"保卫想象力——儿童阅读与教学创新高层论坛"在辽宁大连举行，王泉根、赵郁秀、周锐、杨鹏、车培晶、舒伟等儿童文学作家、阅读推广人，以及经销商和教育系统代表共百余人出席。论坛围绕"保卫想象力与儿童文学创作""保卫想象力与儿童阅读推广""保卫想象力与语文教学创新"三个议题进行了深入探讨。评论家王泉根、作家杨鹏、影视专家车培晶、翻译家舒伟、阅读推广专家苏梅受聘担任大连出版社幻想儿童文学特聘顾问。

10 日，新疆儿童文学研究会与新疆科学技术出版社召开"新疆儿童文学研究会创作总结暨编辑与作家座谈会"。新疆儿童文学研究会主席赵光鸣发表讲话。

18 日，由甘肃省委宣传部、中国作家协会儿童文学委员会、北京师范大学中国儿童文学研究中心、甘肃省文联等联合主办，甘肃省文学院等承办的"甘肃文学论坛·西部儿童文学研讨会暨首届甘肃儿童文学八骏授牌仪式"在甘肃兰州举行。王泉根、徐德霞、王宜振、陆梅、汪玥晗、翌平、刘乃亭等与会。甘肃省委宣传部副部长高志凌、甘肃省文联党组书记马少青、甘肃省文学院院长高凯出席开幕式并讲话。新推选的"八骏"——李利芳、赵剑云、曹雪纯、张琳、张佳羽、苟天晓、刘虎、张元在会上亮相。会后，组织作家沿丝绸之路，前往武威、张掖、嘉峪关、敦煌进行为期 6 天的笔会考察，并与当地作家交流。

22 日，由《读友·少年文学》主办的"第二届'读友杯'少儿类型文学大赛颁奖仪式"在北京举行。与会人员围绕"少儿类型文学的现状以及未来的发展趋势"展开研讨。

23 日，"第 25 届陈伯吹儿童文学奖"揭晓，儿童戏剧家孙毅获"杰出贡献奖"，彭懿长篇幻想小说《老师，操场上有个小妖怪叫我》、汤汤《喜地的牙》等 10 部作品获优秀奖。

25 日，晨光出版社联合浙江师范大学儿童文化研究院举行的"薛涛心灵成长小说作品研讨会"在浙江金华召开。韦苇、方卫平、桂文亚、吴其南、殷健灵、周晓波等 20 余人与会。

26 日，"第七届'思想猫'儿童文学研究优秀成果奖颁奖仪式"在浙江师范大学举行。桂文亚发表了以"桂文亚作品背后的故事"为主题的演讲。

31 日，中国儿童艺术剧院首次联合 23 家全国儿童剧院（团）开展"点亮童心·共筑中国梦"六一大型公益演出活动。此次活动汇聚了 36 台剧目、近 100 场演出，覆盖了全国 30 个省区市。中国儿童艺术剧院同时举办多媒体儿童剧《小布头奇遇记》首演。

本月，王泉根主编的《百年中国儿童文学名家点评书系》，由现代出版社出版，收入百年中国五代儿童文学作家的 55 部作品。

陈永明主编的《儿童学概论》由北京大学出版社出版，该书系当代中国首部儿童学研究专著，涉及儿童与教育、儿童与营养、儿童与健康、儿童与文学、儿童与科学、儿童与哲学、儿童与音乐、儿童与游戏、儿童与环境等，并探讨儿童学研究的历史与现状、儿童观、儿童政策等。

6 月

1 日，我国首部用 3D 形式制作的红色题材动画片《冲锋号》在全国公映。

1 日，由中国出版集团公司和中国友好和平发展基金会共同主办为期 6 天的"首届中国绘本展"在北京开幕。200 件展品的创作时间从清末民初延续至今，既有 20 世纪五六十年代的《三打白骨精》《武松打虎》等，又有当代幾米的《时光电影院》等新作。

1 日，海豚出版社特别推出《孙幼军论童话》，以庆贺孙幼军 80 寿诞。

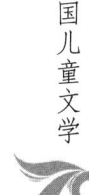

1 日，由福建省作家协会等发起的"首届福建启明儿童文学奖颁奖典礼暨儿童文学创作座谈会"在福州举行，该奖是福建省首个省级儿童文学奖项。

3 日，山东出版集团和明天出版社为杨红樱的《笑猫日记》总销量突破 2000 万册在济南举行特别庆典。7 年来《笑猫日记》销售码洋超过 3 亿元，并成功输出德文、英文和繁体字版权。

7 日，安徽省儿童文艺家协会在安徽合肥召开安徽省儿童文学创作会议，30 余人与会。

14 日，中国少年儿童出版社在首都师范大学附属实验学校举行"最能打动孩子心灵的世界经典——林格伦儿童文学作品校园阅读分享活动"。瑞典驻华大使馆政务参赞林茹娜、翻译家李之义等出席并与学生进行互动。

20 日，由中国儿童文学研究会、北京师范大学中国儿童文学研究中心主办的"苏梅幼儿文学研讨会暨'苏梅童话绘本系列'新书发布会"在北京举行。苏梅童话绘本系列新作由中国城市出版社出版，包括《自然童话绘本》《数学童话绘本》《科学童话绘本》3 套，已入选国家社科基金重点项目实践成果。朱永新、石雅娟、束沛德、金波、樊发稼、王泉根、海飞、徐德霞、汤锐、韦苇、欧阳东、张国龙、汪玥含等专家与会。

27 日，大连出版社全资子公司"海薪益（北京）文化传媒有限公司"在北京注册成立，并于同年 9 月中旬正式启动"保卫想象力·'三个一'阳光少年工程"（一部舞台剧、一本图书、一场作家讲座）。截至 2017 年 10 月，先后在北京、西安等地演出"校园三剑客""白鲸传奇""拯救天才""寻找蓝色风"等多部校园舞台剧、音乐剧，共 600 余场，40 余万中小学生观看了演出，引起业内外的广泛关注。

28 日，"第九届广东鲁迅文学艺术奖（文学类）"在广东广州颁奖，分长篇小说、中短篇小说、纪实文学、散文杂文、诗歌、文学理论文学评论、儿童文学等 7 个类别。共有 26 部（篇）作品获奖，其中儿童文学有李国伟《窗台上的红玫瑰》、曾小春的《手掌阳光》。

7 月

2 日，"2013 中国出版协会少读工委文学读物研究会双年会暨中国儿童文学出版与童书业发展学术研讨会"在安徽合肥举行，刘海栖、刘绪源、陈效东、孙建江及近 40 位业界人士与会。

8 日，"第九届全国优秀儿童文学奖评奖委员会全体会议"在北京召开。中国作家协会主席、第九届全国优秀儿童文学奖评奖委员会名誉主任铁凝出席会议。中国作家协会党组书记、副主席李冰出席讲话。中国作家协会党组副书记、副主席、第九届全国优秀儿童文学奖纪律监察组组长钱小芊出席会议。中国作家协会书记处书记、第九届全国优秀儿童文学奖评奖委员会副主任李敬泽就《全国优秀儿童文学奖评奖条例》做了讲解说明。评奖委办公室主任梁鸿鹰通报了作品申报、公示和审核情况。本届评奖产生的初评作品于 7 月 15 日至 18 日进行公示。

10 日，由少年儿童出版社主办的"秦文君《男生贾里全传》《女生贾梅全传》出版 20 周年暨发行双百万册纪念研讨会"日前在上海举行。

12 日，由中国儿童艺术剧院主办的"第三届中国儿童戏剧节"在北京开幕。自 7 月 12 日至 8 月 28 日，历时 48 天。本届戏剧节突出了"同心共筑中国梦"的时代要求，汇聚中国、美国、德国、芬兰、土耳其、阿根廷等 7 个国家和地区的 27 家国内外儿童戏剧团体，46 部优秀儿童剧目，演出 216 场。首次以北京为主会场，济南、西安为分会场，演出及活动地域覆盖 14 个省（区市），近 16 万小观众走进剧场。与此同时，还组织戏剧研讨、花车巡游、主题公园、戏剧工作坊等形式多样的互动体验活动,为广大少年儿童奉献出儿童戏剧盛宴。

15 日,以"都市儿童的阅读方式"为主题的"2013 沪港儿童文学研讨会"在沪举行。来自香港儿童文艺协会的 10 位成员及上海 30 余位儿童文学作家、编辑与会。研讨会后,香港代表参观了上海少儿读物促进会为秦文君创办的"小香咕阅读之家"。

15 日,以"到林良爷爷的故乡去看海"为线索的"第二届海峡两岸青少年快乐读书会"在福建厦门市青少年宫举办。读书会以"书香童年·书香两岸"为主题,汤素兰、管家琪、朱自强、林世仁、孙钰泉等海峡两岸的作家出席。同期进行"第六届中国童诗年会"。

18 日,由中国儿童少年基金会、中国儿童音乐学会联合举办的"童谣中国感悟经典——2013 全国少儿国学文化节"在北京孔庙和国子监博物馆开幕。此次活动以"格物致知、正心修身"为主题,分为"文化传承篇——国学文化修学之旅""艺术展演篇——全国少儿国学文化节文艺晚会""复兴之路篇——人文北京体验之旅"等 3 个部分。主办方希望通过此次活动,营造国学文化传播的学习氛围,鼓励少年儿童从小诵读中华文化经典,汲取传统文化精髓,成长为内外兼修的优秀少年。

本月,李利芳赴荷兰马斯特里赫特大学参加国际儿童文学研究会(IRSCL)第 21 届国际会议,在大会发表论文《中国儿童网游文学的新趋势》。

8 月

3 日,迄今为止规模最大的世界经典童话绘本《彩绘世界经典童话全集》(共 100 册)在北京图书大厦与读者见面。

4 日至 6 日,"全国师范院校儿童文学研究会第十四届年会"在安徽合肥举行,本届年会主题是"以儿童为本位的儿童文学",蒋风、韦苇、王泉根、朱自强、吴其南等做大会演讲。年会并进行儿童文学论文、创作评奖活动。

8 日,中央宣传部、教育部、共青团下发通知,决定向全国青少年推荐 100 种优秀图书、100 部优秀影视片。

14 日,"'传承与超越'新老海派儿童文学作家对话活动"在上海童书嘉年华馆举行,儿童文学作家梅子涵、秦文君、沈石溪、殷健灵、唐池子对当下少儿读物不良现象进行了热议。

23 日,"第三届丰子恺儿童图画书奖"结果揭晓:台湾刘伯乐的《我看见一只鸟》获首奖,佳作奖有《很慢很慢的蜗牛》《阿里爱动物》《看不见》和《最可怕的一天》。本届获奖的作品全部为台湾出版。

25 日至 27 日,"湖南省作家协会儿童文学委员会年会暨'美丽绥宁'笔会"在湖南绥宁黄桑举办。湖南省文联副主席王跃文与贺晓彤、汤素兰、吴双英、邓湘子、皮朝晖等参会。

28 日至 9 月 1 日,"第 20 届北京国际图书博览会"(简称 BIBF)在中国国际展览中心(顺义新馆)举办。来自 76 个国家和地区的 2000 余家参展商参会。湖北省是本届北京国际图书博览会的主宾省。

28 日,江苏凤凰少年儿童出版社在图博会现场举办了"让世界聆听——黄蓓佳文学作品版贸成果展示与研讨会"。

29 日,人民教育出版社举办"图画书里的美丽中国"2013 童书插画展。

29 日,"国家出版基金项目《杨红樱画本馆》竣工仪式暨湖北少年儿童出版社《杨红樱画本馆》'走出去'座谈会"在图博会现场举行。《杨红樱画本馆》首次在中国少儿出版界提出"画本"概念,确立"中国制作"意识。其中"科学童话系列"繁体中文版相继在香港、台湾地区出版,版权输出至韩国、泰国;"好性格系列"英文版已在英国面世。

31日,作家出版社在图博会"中国作家馆"举办"那些年我们一起读过的书——杨红樱读者日"活动。杨红樱与到场的大小读者们进行了互动。

31日,"中德文学对话"读者见面会在图博会中国出版集团活动区举行。中国作家莫言、李洱、徐则臣、张悦然及德国作家布克哈特·施皮恩、安娜·魏登霍尔茨、罗伯特·辛德尔、舍尔克·法塔参与。莫言透露已开始尝试写作儿童小说。

9月

3日,湖北省作家协会在湖北武汉召开全省儿童文学创作座谈会。高洪波、张之路等嘉宾到武汉,湖北省委宣传部副部长陈连生,湖北省作家协会党组书记蒋南平等领导、全省老中青三代儿童文学作家共50余人出席会议。座谈会后,9月4日至7日举办了湖北儿童文学创作笔会。

10日,由大连出版社和海薪益(北京)文化传媒有限公司投资、北京手拉手儿童艺术剧团排演的儿童剧《校园三剑客之神秘老师》在北京大学百年讲堂演出。该剧改编自作家杨鹏同名科幻小说。

10日至14日,"第12届中国国际儿童电影节"在吉林四平举行,这是国际级电影节首次亮相东北。电影节为期5天,共有43部中外儿童片、动画片参赛、展映,其中包括15部国产片,以及来自14个国家和地区的28部境外优秀影片,这28部境外影片绝大部分是首次与中国观众见面。电影节期间,还举办了儿童电影国际论坛,国内外儿童电影工作者围绕儿童电影创作问题展开交流与讨论。14日晚上,本届电影节在四平会堂举行闭幕式暨颁奖文艺晚会,近千人参加。本届儿童电影节共颁发12个奖项。

11日,"与安徒生奖对话——中国儿童文学的国际视野"座谈会在中国少年儿童新闻出版总社举行。儿童文学作家高洪波、李敬泽、金波、曹文轩、白冰等,插画家安宏、李红专、李蓉、熊亮等,与国际安徒生奖评委会主席玛利亚、巴西插画家罗杰·米罗进行座谈。

11日,四川省青少年文学艺术联合会正式成立,杨红樱被选为联合会主席。

12日,由中央宣传部、中央文明办、教育部、共青团中央、全国妇联组织开展的"第四届全国优秀童谣推荐评选活动"结果揭晓。

13日,由北京师范大学中国儿童文学研究中心和大连出版社共同主办的"大白鲸世界杯原创幻想儿童文学奖启动仪式"在黑龙江哈尔滨哈西万达广场举行,这是目前国内奖金最高的儿童文学奖,特等奖奖金15万元。"大白鲸计划"是以"保卫想象力"为主旨,宣扬海洋文化、海洋战略、大生态理念的跨媒介、跨产业链的项目。王泉根教授宣读了评奖办法。在专家评审之外,还特别增设了小读者评审团参与评选。

13日,由大连出版社主办的"幻想屋"儿童文学主题沙龙(第三期)在黑龙江哈尔滨举行。著名科幻作家王晋康、刘慈欣、吴岩、姚海军、杨鹏与儿童文学评论家王泉根、汤锐等20多人围绕"幻想儿童文学的中国元素与国际视野"这一主题进行探讨。

17日,湖南省作家协会举办"读书座谈会",主题是研讨湖南省获得第九届全国优秀儿童文学奖的作品:邓湘子的《像风一样奔跑》和牧铃的《影子行动》。

21日,晨光出版社推出《七彩云南儿童文学精品书系》第一辑共16册,作者包括沈石溪、乔传藻、吴然、方敏、李迪、湘女(原名陈约红)、白山、李秀儿、汤萍等共13位。

25 日，"海峡两岸儿童文学交流研讨会"在北京师范大学举行，王泉根、张子樟共同主持。应中国作家协会对外联络部（台港澳办公室）邀请，台湾著名儿童文学作家、学者张子樟、林文宝、陈木城等一行 10 人访问大陆。

25 日，"第九届全国优秀儿童文学奖颁奖典礼"在中国国家大剧院举行。本次评奖共有 114 家出版社参与角逐，有效参评作品达到 460 部（篇），20 位作家获奖：《鸟背上的故乡》（胡继风）、《影子行动》（牧铃）、《丁丁当当·盲羊》（曹文轩）等 7 部小说获"优秀小说奖"；《我成了个隐身人》（任溶溶）、《月光下的蝈蝈》（安武林）获"优秀诗歌奖"；《汤汤缤纷成长童话集》（汤汤）、《住在房梁上的必必》（左昡）等 4 部童话获"优秀童话奖"；《小小孩的春天》（孙卫卫）、《虫虫》（韩开春）获"优秀散文奖"；《巨虫公园》（胡冬林）、《三体Ⅲ·死神永生》（刘慈欣）获"优秀科幻文学奖"；《穿着绿披风的吉莉》（张洁）、《小嘎豆有十万个鬼点子·好好吃饭》（单瑛琪）获"优秀幼儿文学奖"；《风居住的街道》（陈诗哥）获"青年作者短片佳作奖"。获奖者来自全国 13 个省区市，作者中有"80 后"，最长者是年逾九旬的老作家任溶溶。16 位作家首次获得"全国优秀儿童文学奖"。中国作家协会主席铁凝、中国作家协会党组书记李冰、中宣部副部长翟卫华、中国作家协会党组副书记钱小芊、中国作家协会副主席、第九届全国优秀儿童文学奖评奖委员会主任高洪波为获奖作家颁奖。铁凝在颁奖典礼上致辞。

10 月

2 日，中国儿童艺术剧院"十一"经典童话首次上演《皮皮长袜子》。

4 日，"第四届全球华语科幻星云奖颁奖典礼暨世界华人科幻协会年会"在山西太原召开。陈楸帆、程婧波、杨鹏、张冉等获得金奖，超侠与前排球国手赵蕊蕊获少儿原创科幻类银奖。

11 日至 18 日，由晨光出版社主办的"七彩云南儿童文学金秋笔会"在云南昆明、丽江召开。吴然、刘海栖、冰波、方卫平、殷健灵、彭懿、薛涛、萧袤、陈诗哥等与会。

15 日，《儿童文学》在创刊 50 年之际，携作家金波、曹文轩、张之路、夏有志等来到北京大学附属中学，宣布由 50 位著名作家组成的讲师团进入百所学校，让孩子感受精品阅读的"纯净阅读季"活动开幕。

25 日，"第九届海峡两岸图书交易会"在福建厦门国际会展中心举办，同时进行主题为"听见台湾最慈祥的声音——林良童心绘本新书发布会"。

25 日至 27 日，由宁波大学主办的"第三届文学伦理学批评国际学术研讨会"在宁波大学召开。会议议题之一为"文学伦理学批评视域下的儿童文学"。

28 日，"'大白鲸计划·海之梦画本馆'创作与出版研讨会"在辽宁大连圣亚海洋世界召开。王泉根教授、儿童图画书画家吴带生、周旭、孙以伟、刘振君、朱世芳等与图画书作家保冬妮、苏梅、英娃、肖定丽、李想等，为打造精品海洋图画书展开热烈讨论，并形成共识。

30 日，国家图书馆少儿馆举办的"全国少年儿童图书馆基本藏书（2013 年版）评审会"在国家图书馆举行。据悉，国家图书馆少年儿童馆于 2010 年 5 月 31 日正式开馆。2011 年 4 月，国家图书馆正式启动了《全国少年儿童图书馆基本藏书目录》的编纂项目。历时近一年半的时间，经过专家组预审、领域专家初审、图情专家初审和专家组终审等阶段，最终完成了《少年儿童图书馆（室）基本藏书目录》的研制任务。该目录共收录新中国成立后正式出版的少儿出版物 4913 种、15105 册（件），包含图书、期刊、报纸、电子出版物、音像制品、网络数据库等 6 种文献类型，涵盖了蒙、藏、维、哈、朝等 10 余种少数民族

新中国儿童文学 70 年 1949—2019

语言。专家组成员有王余光、王泉根、朱永新、刘小琴、刘成勇、陈力、汪东波、李玉先、陈亚明、张楠、海飞、高洪波。

本月，湖南少年儿童出版社成立的汤素兰工作室挂牌。作家汤素兰作品将交由湖南少年儿童出版社，由工作室统一负责编辑、出版和发行。这是中南传媒对作品资源的有效整合。

晨光出版社推出"中国当代儿童文学散文十家"书系，收入金波、肖复兴、吴然、徐鲁、汤素兰、陆梅、薛涛、张国龙、曹旭、毛云尔等 10 位作家的作品，王泉根作总序。

11 月

7 日至 9 日，由上海市新闻出版局、中国教育出版传媒集团及环球新闻出版发展有限公司举办的"2013 中国上海国际童书展（CCBF）"在上海世贸商城展览中心举办。CCBF 是中国唯一由国家新闻出版广电总局批准的、专注于 0~16 岁少儿读物，以版权贸易、作家推荐、阅读推广为主体的展会平台，是中外出版同行和作家全方位深度交流以及中外童书版权交易的重要平台。展会期间，CCBF 举办论坛、评奖、作品发布、作品诵读等多种形式的交流活动。展会上有 154 家国内外出版社，5 万多种最新童书，1000 多位中外童书作家、插画家、出版人和版权经理，100 多场童书版贸洽谈、作家推介、阅读推广活动，来自海内外的近 5000 位专业观众，1 万多位小朋友及其家长，展会填补了亚太童书版权贸易市场的空白。

8 日，在首届中国上海国际童书展举办之际，位于上海新桥镇的上海唯一公益童书阅读会所"小香咕阅读之家"联合少年儿童出版社共同举办了"心与心的距离——儿童文学名家先锋对谈"，海飞、高春丽、张之路、王泉根、秦文君、沈石溪、方卫平和陆梅、张洁等，以及港台作家桂文亚、周密密等出席了此次活动。

9 日，中国上海国际童书展重头项目——"2013CCBF'金风车'最佳童书奖"揭晓。《星星湾》《羽毛》等 20 种童书获"中国原创童书奖"，《云朵一样的八哥》等 9 种中外童书获"国际原创图画书奖"。

9 日，为纪念著名画家、文学家、教育家丰子恺诞辰 115 周年，上海地铁 11 号线特地把一列编号为 1109（丰子恺的诞辰为 11 月 9 日）的列车变身成"丰子恺专列"，将丰子恺创作的 40 幅漫画和 36 段文字以贴画的形式呈现于车厢内，供乘客欣赏。丰子恺曾经执教的上海大学和他的故乡桐乡市的市政府联合主办了系列活动纪念其诞辰，包括书画作品展、专场文艺演出等。

9 日至 10 日，"中国寓言文学研究会第七次代表大会"在浙江温州召开。中国作家协会书记处书记白庚胜代表中国作家协会向大会表示祝贺。此次会议完成了班子换届：凡夫当选为新任会长，余途、孙建江、安武林、吴秋林、周冰冰、杨绍军等 11 人当选为副会长，秘书长由余途兼任。会议期间，还举行了金骆驼奖及"京华杯"大学生寓言大赛等六大奖项的颁奖仪式。

13 日，全国少儿出版单位发表《反低俗联盟倡议书》，认为部分出版单位急功近利，违规出版，导致一些内容低俗、质量低劣、价格虚高的少儿出版物流入市场，危害了少年儿童的身心健康，损害了行业形象，广大家长教师对此反映强烈。为了维护少年儿童健康成长的良好环境，促进少儿出版的繁荣发展，特发起成立全国少儿出版单位反低俗联盟，郑重承诺加强精品力作生产，坚决抵制低俗之风，并向全国出版界发出倡议。

16 日至 17 日，"中国儿童文学研究会四届三次理事会"在山东济南举行。会议进行工作总结、学术研讨。

本月，中国编辑学会少年儿童读物专业委员会与中国科普作家协会少儿科普专业委员会、报刊委员会在四川成都联合举办研讨会。此次研讨会由四川少年儿童出版社承办。

12 月

4 日至 8 日，由中国儿童文学教育研究中心、首都师范大学初教学院主办，湖南第一师范学院承办的"中国儿童文学教育研究中心年会暨全国儿童文学教育研讨会"在湖南长沙举行，来自全国各地大中小学与幼儿园的 300 多位教学工作者参加这一盛会。会议主题是"儿童文学：语言文学教育发展的重要支撑"，王泉根、崔峦、窦桂梅、林文宝、王智秋等儿童文学与语文教育专家发表演讲。会议进行儿童文学教学观摩课、论文与创作大赛颁奖，同时组织与会者前往毛泽东故里韶山瞻仰，向毛泽东铜像敬献花篮，纪念毛泽东诞生 120 周年。

26 日，第 15 届中国电影"华表奖"颁奖典礼在北京中央电视台新大楼举行，获优秀少儿影片奖的有《我的影子在奔跑》《有人赞美聪慧，有人则不》《全城高考》《青春派》。

28 日，"中国作家协会儿童文学委员会 2013 年会"在北京举行。中国作家协会书记处书记李敬泽、儿童文学委员会主任高洪波讲话，王泉根主持，曹文轩做年会总结。年会围绕"儿童文学如何表现中国式童年"展开讨论，到会委员还介绍了所在省市的儿童文学状况。

本年

以湖北少年儿童出版社为核心企业的长江少年儿童出版集团正式挂牌，成为全国第一家专业少儿出版集团。湖北少年儿童出版社更名为长江少年儿童出版社。

本年加入中国作家协会的儿童文学作家有许迎坡、米吉卡（原名曹娟）、毛云尔、陶永喜、赵华、潘明珠（香港）。

本年儿童文学博士学位论文有：1.北京师范大学中国现当代文学专业谢纯静（台湾）的《少年小说中的成长书写：以台湾"九歌现代儿童文学奖"获奖作品为研究对象》，指导教授王泉根；2.东北师范大学中国现当代文学专业董国超的《神话与儿童文学》，指导教授朱自强；3.华东师范大学文化与传媒专业王春鸣的《新媒介环境下的文化征候——基于童年和儿童问题研究的视角》，指导教授雷启立；4.华东师范大学文艺民俗学专业黎亮的《林兰民间童话的结构形态与文化意义研究》，指导教授陈勤建；5.华东师范大学学前教育学专业王津的《学前儿童科学知识图画书阅读理解研究》，指导教授周兢；6.内蒙古大学中国少数民族语言文学专业乌云毕力格的《蒙古族当代儿童小说主题研究》，指导教授全福；7.山东师范大学中国现当代文学专业田媛的《新时期儿童文学中的生态伦理意识研究》，指导教授吕周聚；8.山东大学专门史专业蔡亚南的《日本动画产业特征研究》，指导教授崔大庸；9.上海外国语大学英语语言文学专业裴斐的《帝国的男孩与女孩：帝国主义和"黄金时代"儿童小说中的性别模范》，指导教授史志康；10.上海外国语大学英语语言文学专业宁云中的《空间下的主体生成：美国犹太成长小说研究》，指导教授虞建华；11.浙江大学传播学专业何苗的《认知、情绪和脑机制：动漫形象品牌代言效果的实验研究》，指导教授李杰；12.中国传媒大学广播电视艺术学专业王利剑的《理论与实践：中国儿童电视剧五十五年》，指导教授刘晔原。

本年摄制儿童故事影片 60 部，主要有：河南金像影业有限公司的《念书的孩子 2》，北京中视美星国际文化传媒有限公司的《守望的花朵》，安徽陆地影视文化传播有限公司的

《我的康乃馨》,森田传媒有限公司的《魔幻魅力》,中央电视台电影频道节目制作中心的《少年闵子骞》,杭州海空影视广告制作有限公司司的《亲亲海豚》,无锡市天普文化传播有限公司的《小神来了》,上海华娱星库文化传播有限公司的《寻找声音的耳朵》,陕西一路阳光文化传播有限公司的《紫香槐下》,深圳市文浩文化传媒有限公司的《绝境夏令营》。

本年全国共出版少年儿童读物 32400 种(初版 19968 种),45686 万册(张),2815938 千印张,总定价 867036 万元。与上年相比,种数增长 4.63%(初版增长 2.95%),总印数下降 4.47%,总印张下降 1.34%,总定价增长 7.28%。少年儿童读物销售 1.95 亿册,27.48 亿元,占全国图书零售数量 3.03%,零售金额 3.99%。少儿读物类出口 724.39 万册,447.31 万美元,占图书出口数量 41.69%,金额 8.58%。少儿读物类进口 106.88 万册,476.91 万美元,占图书进口数量 12.46%,金额 3.96%。

本年全国共出版少年儿童期刊 144 种,平均期印数 1583 万册,总印数 40907 万册,总印张 1112098 千印张;占期刊总品种 1.46%,总印数 12.50%,总印张 5.71%。与上年相比,种数增长 1.41%,平均期印数增长 5.76%,总印数增长 3.74%,总印张增长 5.42%。

2014 年

1 月

1 日,董仁威、姚海军主编的"中国科幻名家获奖佳作丛书"由辽宁少年儿童出版社出版,共 10 本,集中了国内当代科幻名家最具代表性的作品。

3 日,位于广东广州珠江新城的广州图书馆新馆自 2012 年 12 月 28 日开放以来,已接待读者逾 433 万人次。2014 年,该馆首设玩具图书馆,由玩具专业人才帮助提升孩子们的想象力、动手能力。

8 日,由中国作家协会创作研究部、福建省委宣传部主办的"赵丽宏长篇小说《童年河》作品研讨会"在北京举行。高洪波、李敬泽、束沛德、梁鸿鹰、樊发稼、王泉根、阎晶明、彭学明、何向阳等出席,认为《童年河》是一部优秀的怀旧抒情儿童小说,堪称上海版的《城南旧事》。

8 日,"2013 年度中国影响力图书"评选揭晓。其中有曹文轩著、巴西罗杰·米罗绘的图画书《羽毛》等童书类 5 种。

11 日,由福建少年儿童出版社和中国少年儿童新闻出版总社阅读体验大世界主办的"林良童心分享会"在北京举行。王林、孙慧阳、颜小鹏、杨火虫等阅读推广人,向小读者推介台湾儿童文学作家林良的图画书。

15 日至 16 日,由文化部公共文化司主办、中国儿童艺术剧院承办的"关爱打工子弟快乐健康成长——2014 年元旦春节慰问打工子弟公益演出",在中国儿童剧场举行。

17 日,动画电影《熊出没之夺宝熊兵》上映,首日票房 3240 万元,19 日票房达 1.03 亿元,创下国产动画片票房过亿速度的新纪录。

20 日,由韶关市委宣传部、市文联主办的"饶远文学创作 50 年座谈会"在广东韶关举行。张锦贻、李国伟、王俊康等 30 多人参加。

22 日,《立德童谣》首发仪式在重庆市巴南区界石小学举行,首批 1 万本在寒假期间发送到重庆市 141 所乡村学校。

本月,由上海市儿童文学研究推广学会主办的"上海儿童文学理论研讨会"举行,张锦江做了《儿童文学高度》的演讲。

中国出版集团旗下天天出版社"曹文轩儿童文学艺术中心"在北京成立。中心将负责曹文轩文学作品的整体运营,包括对外版权合作、舞台剧、电影制作等。

由新疆作家协会、新疆儿童文学研究会和新疆电子音像出版社、新疆美术摄影出版社联合召开的"2013新疆儿童文学年会暨首届新疆儿童文学奖颁奖大会"在新疆五家渠市召开。来自全疆各地从事儿童文学创作的作家、评论家30余人与会。会议回顾总结了2013年新疆儿童文学的发展成绩,并评选出首届"新疆儿童文学奖"。刘乃亭、于文胜、毕然、蒋南桦、帕尔哈提·伊力亚斯(维吾尔族)、周俊儒、黄山、刘慧敏、李丹莉、薛丽湘、杨丽霞等11位作家获奖。据悉,"新疆儿童文学奖"计划每两年评选一次。

2月

16日,视觉系冒险童话剧《安徒生密码》在南京人民大会堂上演,该剧运用了最高新的"裸眼3D"技术。

23日,著名儿童文学小说家、原烟台师范学院院长萧平(原名宋萧平,1926—2014)在烟台逝世,享年89岁。萧平,山东乳山人。1953年毕业于山东师范学院,1959年加入中国作家协会,1991年离休。代表作有小说《三月雪》《墓场与鲜花》《海滨的孩子》等。

24日,著名寓言家金江(原名金振汉,又名金洛华。1923—2014)在浙江温州逝世,享年91岁。金江,浙江温州人。寓言《大轮船和小汽艇》《乌鸦兄弟》《白头翁的故事》先后被选入语文教材。《狐狸和猴子》被上海美术电影制片厂改编成美术影片《过桥》。

3月

8日,由浙江师范大学儿童文化研究院和浙江省作家协会儿童文学创作委员会主办的台湾儿童文学女作家管家琪长篇小说《美少年之梦》研讨会在浙江师范大学举行。

12日,由人民文学出版社、天天出版社与"曹文轩儿童文学艺术中心"共同设立的"青铜葵花儿童小说奖"在北京宣布启动征稿,鼓励"纯文学真童心"的小说作品。

15日,陕西省作家协会、陕西出版传媒集团联合宣布,陕西省重要文化精品项目——"《小橘灯》儿童文学创作出版项目"正式启动。

19日,上海市儿童文学研究推广学会召开"2014上海儿童文学迎春座谈会",评选出2013年度上海儿童文学好作品。

24日至27日,"第51届意大利博洛尼亚国际少儿图书展"举行,中国少儿出版联合展团在展会期间向博洛尼亚市立图书馆、当地华文学校赠书2000多册。

30日,由解放军总后勤部政治部、中国航空工业集团公司、安徽少年儿童出版社主办的军旅作家烈娃和刘朵格创作的"长篇报告文学《脊梁:女儿眼中的罗阳》作品研讨会"在北京举行。白庚胜、李炳银、张守仁、胡平、王泉根、王宗仁等到会,充分肯定《脊梁》弘扬中国第一艘航空母舰舰载机歼-15研制总指挥、沈飞集团董事长罗阳英雄业绩的文学正能量。

本月,上海少年儿童出版社主办"我和科学有个约会——十万个为什么"品牌分享会,发布2014年《十万个为什么》共3个系列的全新产品,其中有第六版彩色图文本。

4月

5日至7日,河北省话剧院儿童剧场连演3场儿童剧《丑小鸭》,该剧曾先后在省内外多地上演,深受家长和孩子们的欢迎。

11日,"医生作家"冰子(本名严才楼,1939—2014)在美国新泽西州去世,享年75岁。冰子1962年毕业于上海第二医科大学,后移居美国,是头颈部颌面外科医生,创作以童

话、寓言著称。

12 日至 5 月 3 日，由中国儿童艺术剧院和北京市文化局主办的"首届'我们的中国梦'首都儿童戏剧精品展演月"活动在北京举行。展演月共展出 4 部优秀儿童剧：动漫舞台剧《绝对小孩》、人偶舞台剧《巴啦啦小魔仙之甜心公主》、经典动画剧《黑猫警长》和幽默原创舞台剧《铴儿头小辫儿》。

19 日，"首届蒋风儿童文学理论贡献奖颁奖典礼"在浙江师范大学举行，刘绪源获得此次奖项。

23 日至 24 日，由中央党史研究室宣传教育局、长江少年儿童出版集团、北京师范大学中国儿童文学研究中心共同主办的"燎原星火原创少年小说笔会"在北京师范大学举行。中央党史研究室宣传教育局局长陈夕、北京师范大学文学院院长过常宝、北京师范大学中国儿童文学研究中心主任王泉根、长江少年儿童出版集团管委会主任李兵等致辞。张品成、张国龙、韩青启、薛涛、牧铃、李东华、汪月玲、肖显志、刘东、毛云尔、赵华、毛芦芦参加笔会，王巨成、曾小春、邓湘子等也以书稿加盟。笔会旨在加强抗日战争题材原创少年小说的创作，倡扬爱国主义、英雄主义精神。笔会组织作家参观了卢沟桥中国抗日战争纪念馆、军事博物馆。

24 日，丹麦女王玛格丽特二世在中国国家主席习近平夫人彭丽媛陪同下参观"安徒生童话在中国"展览，二人为孩子们朗读了安徒生童话《丑小鸭》选段，并观看了丹麦艺术家表演的根据安徒生童话改编的舞蹈。

25 日，《大头儿子和小头爸爸》原创作者郑春华儿童文学工作室落户浙江杭州，郑春华与杭州大头儿子文化发展有限公司举行了战略合作签约仪式。双方将在郑春华作品的出版发行、影视动画、互联网新媒体以及儿童文化创意项目等范围内进行深度合作和开发。

28 日，"2014 全国少年儿童阅读年"系列活动在国家图书馆启动。此次活动以"绘本阅读——开启美丽人生"为主题，并举办多项儿童阅读推广和交流活动。

本月，李利芳的论著《中国西部儿童文学作家论》由中国社会科学出版社出版。

2014 年是中国当代童话名篇《神笔马良》创作 60 周年，有关方面在上海、杭州举办纪念活动。4 月 11 日，由中国儿童文学研究会、浙江省作家协会、上海教育出版社等举办的纪念《神笔马良》创作 60 周年座谈会在上海举行。洪汛涛先生家属、众多儿童文学专家出席，并举行了洪汛涛研究中心成立仪式。洪汛涛著《童话的基本论述》《论童话作家的作品》在会上首发。4 月 12 日，"第二届全国少年儿童'牧童杯'童话创作大奖赛颁奖典礼暨全国首届小学童话教学观摩研讨会"在洪汛涛的家乡浙江浦江县马良小学举行。特级教师何夏寿、姜晓燕等展示了童话教学课。这次活动也是对洪汛涛倡导的"童话引路"教改实验 30 周年的纪念。

5 月

8 日，"首届'大白鲸世界杯'原创幻想儿童文学奖颁奖典礼"在辽宁大连举行。评委会主任王泉根介绍评奖情况。王晋康的长篇神话《古蜀》获特等奖；汤素兰的短篇童话集《点点虫虫飞》、哈琳的长篇幻想文学《七面幸运色子》获一等奖；左炜的长篇科幻小说《最后三颗核弹》、陈梦敏的中篇人文幻想小说《现在是雪人时间》等获得二等奖；三等奖 10 名，由唐哲的长篇科幻小说《未来拯救》、王巨成的长篇人文幻想小说《故事呼啦啦地飞》、赵华的长篇人文幻想小说《彗星公主》等获得。"'大白鲸世界杯'原创幻想儿童文学奖"

是专为幻想儿童文学而设的奖项,具有跨界性、实践性与先锋性。大连市委宣传部部长袁克力、大连市副市长朱程清等为获奖者颁奖。大连出版社社长兼总编辑刘明辉与获奖作家签约,16部获奖作品均由大连出版社出版发行。

8日至9日,大连出版社举办的第二届幻想儿童文学高层论坛与"幻想屋"儿童文学主题沙龙在辽宁大连召开,活动邀请儿童文学与科幻文学界百余人参加。王泉根、刘慈欣、韩松、杨鹏、薛涛、侯颖、崔昕平、舒伟、姚海军、乔世华等围绕"中国幻想儿童文学的未来走向与产业化前景"这一主题发表见解。王晋康、刘慈欣、姚海军、杨鹏、保冬妮、董宏猷、周益民等围绕"中国幻想儿童文学应有的血统、文脉与境界"这一主题,进行深入探讨。

9日,"儿童文学与小学语文教育交流会"在浙江师范大学召开。王尚文、方卫平、江苏省兴化市教育局副局长杨杰及该市10余位小学语文骨干老师等共30余人与会,围绕语文品质与语文课程的关系、语文课外阅读的开展等问题进行了交流。

10日,由少年儿童出版社等主办的"第三届'周庄杯'全国儿童文学短篇小说大赛颁奖典礼"在江南古镇周庄举行。小河丁丁以《爱喝糊粮酒的倔老头》获得特等奖,任永恒、陈帅获一等奖。

11日,"动画片《小马过河》签约仪式"在北京举行。该活动是2014年世界广告大会的组成部分,对童话《小马过河》改编为动画片的创意构想给予了肯定。

16日,由安徽少年儿童出版社举办的著名作家张炜的首部长篇儿童小说《少年与海》研讨会在北京举行。高洪波、束沛德、樊发稼、王泉根、海飞、李东华等与会,认为在"童年回忆性书写"热潮中出现的《少年与海》是现代版的《聊斋志异》,以虚写实,幻极而真,显示了独特的艺术性。

17日至18日,二十一世纪出版社在云南昆明举办"第七届二十一世纪中国儿童阅读推广人论坛",主题为"儿童需要讲不完的故事"。

18日,由中国作家协会儿童文学委员会、中国作家协会创作研究部和辽宁省作家协会联合举办的"寻求突破与超越——辽宁儿童文学七作家创作研讨会"在北京举行。邓友梅、梁鸿鹰、彭学明、何向阳等参加了研讨。会议旨在展示辽宁儿童文学作家的最新创作成果,挖掘创作新质,寻求创作的症结和突破口。

17日至20日,全国师范院校儿童文学研究会在福建厦门举办以"儿童文化发展趋势研究"为主题的"2014海峡两岸儿童文化教育与研究高峰论坛",海峡两岸蒋风、韦苇、吴其南、朱自强、孙艺泉、钱康明等儿童文学作家作专题报告。会议旨在整合两岸儿童文化教育、创作、出版资源,发挥闽台文化交往的优势,搭建两岸儿童文化教育交流平台。

20日,国家新闻出版广电总局在北京举行少儿文学读物出版座谈会,来自作者、出版者、管理者等三方面的代表共聚一堂,总局党组书记、副局长蒋建国讲话,强调促进少儿阅读,重点要促进少儿文学阅读。

21日,"百社千校书香童年"阅读活动从5月下旬起至9月底在全国范围开展。活动由国家新闻出版广电总局遴选的100家出版单位与全国各地,特别是老少边穷地区的1000所小学共同举办,通过优秀少儿读物捐赠、知名作家进校园、读书征文、主题演讲、经典诵读等形式,在少年儿童中形成"爱读书、读好书、善读书"的良好阅读风气。

26日,"北京儿童阅读周"开幕,阅读周举办"向大师致敬""世界大奖作品赏析""玩在童年"等优秀童书展。儿童文学作家进入小学、图书馆、社区同孩子们分享阅读乐趣;著名作曲家谷建芬在朝阳图书馆给孩子们讲述音乐阅读作品《新学堂歌》。

28 日,"中国优秀儿童电影公益展映启动仪式"在北京外国语大学附属外国语学校举行。本次活动意在让更多人了解和关注国产儿童影片,关注少年儿童影视文化艺术建设。

29 日,中国儿童文学教育研究中心、清华大学附属小学、首都师范大学初教学院联合举办的"首届北京国际儿童阅读论坛"在清华附小隆重举行,1000 余人与会。教育部、北京市教委、北京市文化局有关领导致辞,美国儿童教育家艾里森·阿丽达教授作《小学想象力培养的重要性》专题报告,特级教师窦桂梅现场进行图画书《大脚丫跳芭蕾》的观摩课教学,并与该书作者美国作家埃米·杨现场对话。朱小蔓、成尚荣、金波、王泉根、林文宝进行"儿童阅读高端论坛"对话。论坛还举办了特级教师周益民的"声音的故事"、李怀源的"动物小说《狼王梦》"两场主题阅读公开课。论坛与北京荷风艺术基金会、北京启发世纪图书公司合作,组织部分中外专家于 5 月 28 日前往河北安新县考察端村学校的乡村学生芭蕾舞、合唱团、故事会等艺术教育活动。

30 日,"六一"前夕,习近平总书记前往北京海淀区民族小学看望师生,并主持召开座谈会发表重要讲话:"少年儿童如何培育和践行社会主义核心价值观呢? 应该同成年人不一样,要适应少年儿童的年龄和特点。我看,主要是要做到记住要求、心有榜样、从小做起、接受帮助。"在讲到"心有榜样"时,习近平总书记特别提出了优秀儿童文学艺术作品所塑造的英雄人物的巨大精神价值、榜样力量与审美作用:"心有榜样,就是要学习英雄人物、先进人物、美好事物。""过去电影《红孩子》《小兵张嘎》《鸡毛信》《英雄小八路》《草原英雄小姐妹》等说的就是一些少年英雄的故事。""各行各业都有很多值得我们学习的榜样,包括航天英雄、奥运冠军、大科学家、劳动模范、青年志愿者,还有那些助人为乐、见义勇为、诚实守信、敬业奉献、孝老爱亲的好人,等等。榜样的力量是无穷的。大家要把他们立为心中的标杆,向他们看齐,像他们那样追求美好的思想品德。"习近平总书记在这里所列举的这些 20 世纪五六十年代的儿童电影,正是曾经深深影响感染过数代孩子的优秀儿童文学艺术作品,已经成为数代人的永远记忆与童年情结,这是中国儿童文学的荣耀。

30 日,有"台湾第一儿童剧品牌"之称的台湾纸风车剧团在辽宁铁岭演出经典剧目《纸风车幻想曲》,台湾导演吴念真在铁岭畅谈儿童剧,认为通过儿童剧教给儿童创意、关怀和美学是最重要的。

本月,蒋风主编的《新世纪的足迹:蒋风的儿童文学世界》一书由安徽文艺出版社出版。本书收录了近 10 年间国内外有关研究、报道蒋风的文章,是研究蒋风儿童文学的重要参考书。

6 月

1 日,"六一"期间,中国儿童艺术剧团共有 7 部儿童剧在全国各地演出 51 场,其中经典童话剧《伊索寓言》还应邀赴蒙古国乌兰巴托演出。

8 日,中央电视台少儿频道联手中国文学艺术基金会推出儿童多媒体音乐游戏剧《我爱寓言》,旨在唤起少年儿童对中国传统寓言故事的感知。

15 日,由北京师范大学儿童文学研究中心、大连出版社主办的"第二届幻想儿童文学高层论坛"在辽宁大连举行。来自文学界、出版界、游艺界的与会代表围绕中国幻想儿童文学产业化的发展前景及路径进行了深入研讨。王泉根、刘明辉、肖峰、杨鹏、乔世华等在专题报告中认为我国少儿文化创意产业还是一片处女地,因而发展空间广阔,但同时也存在认识误区,首先必须认清产业的关键是品牌与艺术形象,此外,应加强复合型出版人才的培养。

20 日，北京师范大学文学院博士后流动站举行我国第一位儿童文学博士后李利芳的博士后出站研究报告会。李利芳系兰州大学文学院教授，在北京师范大学的博士后研究工作时间自 2010 年 7 月至 2014 年 6 月，合作导师王泉根教授。李利芳的博士后研究报告为《新时期儿童文学理论批评家个案研究》。专家组一致通过了李利芳的博士后研究报告，经北京师范大学考核，顺利出站。

23 日至 24 日，由中国海洋大学与美国南卡罗来纳大学共同主办的"第二届中美儿童文学高端论坛"在美国哥伦比亚市举行。论坛主题是"全球化视野下的儿童"，分为"全球儿童，全球市场""国际比较研究""'全球儿童'建构问题""跨越语言文化之界""改编与翻译"5 个议题进行研讨。在历时一天半的会议研讨中，有 15 位中美学者针对上述议题宣读了论文，并安排了一场综合讨论。

27 日，由江苏省少年儿童文化艺术促进会和江苏南通市通州区委宣传部共同主办的新童谣创作征集活动，在北京评出 100 首"核心价值观沐浴我成长"新童谣作品。束沛德、樊发稼、徐德霞、金本等参加了评审。

本月，香港电影馆的"修复珍藏"系列得到中国电影资料馆支持，资料馆借出多部新近数码修复的经典动画，6 月及 7 月放映多部手绘、剪纸、水墨等不同媒体和极富中国特色的动画。其中，6 月在电影资料馆电影院放映"中国经典动画选辑（二）"，当中包括《骄傲的将军》（1956）、《猪八戒吃西瓜》（1958）、《小蝌蚪找妈妈》（1960）及《牧笛》（1963）。

7 月

8 日，接力出版社在内蒙古呼伦贝尔主办"草原文化与动物文学——黑鹤动物文学研讨会"，聚焦"草原文化与动物文学"。曹文轩、白冰等就动物文学作家黑鹤的成长、影响、成就及动物文学创作、出版存在的问题与发展趋势进行了探讨。

11 日至 28 日，"第四届中国儿童戏剧节"在中国儿童艺术剧院拉开帷幕。作为开幕大戏，由老舍创作的儿童剧《宝船》时隔 28 年再次亮相。本届戏剧节以"点亮童心、塑造未来——美丽中国梦"为主题。7 月 11 日至 8 月 28 日，来自中国、美国、瑞典、西班牙、韩国等国家及台湾地区的 23 个演出团将献演 44 部童话剧、人偶剧、杂技音乐剧，演出 219 场，惠及 13 个省、区、市，观众达 15 万人次。

20 日，新蕾出版社在北京举办"动物小说的国际化视野——沈石溪、黑鹤动物小说输出海外研讨会"，高洪波、王泉根、沈石溪、黑鹤、焦娅楠等与会。

22 日，由华特迪士尼中国创意技术支持、中影股份发行的 3D 动画大片《神笔马良》在北京首映。新版《神笔马良》对原著故事元素进行了延伸、扩展和改编，影片特邀《功夫熊猫》的原班人马配音。7 月 25 日在全国上映。

7 月 26 日至 8 月 1 日，"第七届上海国际少年儿童文化艺术节开幕式"在上海大舞台举行。来自世界 12 个国家和地区的 1300 多名小演员展现具有本土特色的多元优秀文化，演绎"同一个星球同一个梦想"的美丽童话。自 1994 年以来，艺术节已成功举办 6 届，超过 40 个国家和地区近万名海外儿童、30 多万名国内儿童参加。

8 月

17 日，中国之声与国家图书馆联合举办的"倡导暑期阅读、营造书香之家"悦读会活动在国家图书馆少儿馆举行。

17 日，长江少年儿童出版社在湖北恩施主办题为"中国式童年的文学表达"的文学笔会。高洪波、李兵、海飞、刘海栖、徐鲁、董宏猷、方卫平等出席研讨会，聚焦"中国儿童文学的现实表达"，呼吁"为孩子增加灵魂中的钙质"。

18日上午，"'陈伯吹国际儿童文学奖'签约暨新闻发布会"在上海书展现场举行，此签约标志着与上海国际童书展相配套的国内第一个国际性儿童文学奖项正式启动。参加签约仪式的有陈伯吹儿童文学基金专业委员会、上海市新闻出版局、上海市宝山区人民政府等方面的专家和领导。

19日，中国儿童少年基金会在人民大会堂举行"'说说我身边的雷锋故事'征文活动颁奖暨夏令营开营仪式"。

22日至25日，"第十二届亚洲儿童文学大会"在韩国昌原举办。中国儿童文学作家、评论家、出版人一行30余人前往参加。本届大会以"文学，为孩子种梦"为主题，有来自中、日、韩、印，以及英、法、德、意、加等国的300余位儿童文学工作者参加，有34篇论文在大会主会场发表，60篇论文收入论文集，以中、日、韩、英4种文字出版。中国代表团蒋风、王泉根、吴其南、朱自强、保冬妮、杜传坤、王黎君等，分别在主会场或分会场发表论文。王泉根的《新世纪中国儿童文学与中国梦》，论述了我国儿童文学的创作思潮、艺术特色与审美追求，向世界介绍了我国近年儿童文学事业不断推进所取得的成就。

本月，山东省泰山文艺奖评奖委员会做出决定，对39部获得第三届"泰山文艺奖（文学创作奖）"的作品予以表彰。李岫青的《李奔奔的奇妙暑假》、米吉卡的《兔子国》、莫问天心的《翅膀》、英娃的《长腿邮递员和山雀》、赵先德的《蓝星拯救——皮休外传》共5部儿童文学作品榜上有名。

9月

3日，方卫平主编的《红楼儿童文学对话》由明天出版社出版。该书辑录了2008至2013年浙江师范大学儿童文化学院主办的10场研讨会的实况记录，涉及彭学军、张之路、殷健灵、沈石溪、毛芦芦、汤汤、萧萍、李珊珊、陈柳环及台湾林芳萍的作品。

19日，由中国作家协会港澳台办公室、福建省新闻出版广电局、海峡出版发行集团共同主办的"林良作品研讨会"在北京举行。来自海峡两岸的儿童文学家和评论家共聚一堂，从不同的角度对林良先生和他的作品做出解读。

26日至30日，由人民文学出版社、天天出版社主办的"中国当代获奖儿童文学作家书系"作家群笔会在河南安阳举行，笔会围绕"原创儿童文学如何在多媒体时代提高文学品质"进行了研讨。

10月

8日，在2014年浙江儿童文学年会上，浙江省作家协会授牌浙江金华市少儿图书馆成立"浙江省儿童文学创作基地""浙江省儿童文学创作基地·汤汤工作室"。

12日，长江少年儿童出版社主办的"当前儿童文学的精进与提升——李学斌、李东华、安武林、孙卫卫创作研讨会"在北京举行。

12日，"'金书签'中国阅读小达人评选暨'中国读书少年'选拔活动专家顾问聘请仪式"在北京举行。该活动由稻奋基金会、中国图书馆学会、中国童书联盟、北京人民广播电台、外语教学与研究出版社等联合主办。此次活动将通过阅读表演、阅读演讲、阅读辩论、阅读创作等充满趣味的形式，使少年儿童更好地接收阅读中的正能量。

15日，中共中央总书记、国家主席、中央军委主席习近平上午在北京主持召开文艺工作座谈会并发表重要讲话。习近平强调，文艺是时代前进的号角，最能代表一个时代的风貌,最能引领一个时代的风气。实现"两个一百年"奋斗目标、实现中华民族伟大复兴的中国梦,文艺的作用不可替代,文艺工作者大有可为。广大文艺工作者要从这样的高度认识文艺的地位和作用,认识自己所担负的历史使命和责任,坚持以人民为中心的创作导向,努力创作更多无愧于时代的优秀作品,弘扬中国精神、凝聚中国力量,鼓舞全国各族人民朝气蓬勃迈向未来。儿童文学作家高洪波、曹文轩出席座谈会。

22 日至 25 日,由中国儿童文学教育研究中心、首都师范大学初教学院主办,云南师范大学职业技术教育学院与初教学院承办的"中国儿童文学教育研究中心年会暨全国儿童文学教育研讨会"在云南昆明举行,来自全国各地大中小学与幼儿园的近 200 位一线教师与会。会议主题是"推动儿童文学教育,促进儿童健康成长"。王泉根、周兢、林文宝、王昆建 4 位专家做大会主题演讲,并设"儿童文学教学""儿童文学课程建设""儿童文学作家作品研讨"3 个分论坛交流论文,组织云南师范大学附属小学(小学组)、昆明圆通幼儿园(学前组)两场教学观摩课。会议还对 54 篇优秀教学论文与创作大赛进行了颁奖。同时与福建少年儿童出版社联合召开了"会中会"——台湾林良作品品读会。云南师范大学所在地是抗战时期的西南联大,与会代表参观了西南联大旧址与博物馆。

31 日,由中国科普作家协会、中国人民大学文学院主办的"中国科幻的思想者——王晋康科幻创作 20 年学术研讨会"在北京举行。刘嘉麟、孙郁、张颐武、柳建伟、王泉根、刘兵、孟庆枢、刘慈欣、吴岩、韩松、董仁威、尹传红、杨平以及台湾黄海等文学界、科幻界50 余人与会,探讨王晋康的科幻小说创作思想与艺术成就。

11 月

5 日至 7 日,由《儿童文学》杂志社、浙江绍兴市上虞区人民政府主办的"金近先生诞辰 100 周年纪念会暨第二届《儿童文学》金近奖颁奖活动"在浙江上虞举行。蒋风、束沛德、金近夫人颜学琴、崔道怡、张之路、王泉根、徐德霞、谷斯涌、刘绪源等前往金近故里的金近小学,深切缅怀金近先生,参观金近纪念馆。本次活动还举行了第二届《儿童文学》金近奖、《儿童文学》第二届十大青年金作家、第十届擂台赛等颁奖及原创小说赏评会。

19 日,"2014 陈伯吹国际儿童文学奖颁奖仪式"在上海宝山国际民间艺术博物馆举行。获"年度作家奖"的是巴西著名插画家罗杰·米罗、中国著名作家金波;获得"特殊贡献奖"的是加拿大著名出版人帕奇·亚当娜、中国少年儿童新闻出版总社原社长海飞;获得"年度单篇作品奖"的有小河丁丁的《爱喝糊粮酒的倔老头》、任永恒的《一下子长大》、张之路的《拐角书店》、陈问问的《夏天的小数点》与舒辉波的《你听我说》;获得"年度图书(绘本)奖"的有刘旭功的《谁的家到了?》、蔡皋的《花木兰》、朱莉·福利亚诺与艾琳·斯特德的《如果你想看到一头鲸鱼》、彼得·布朗的《老虎先生发狂了》和高洪波的《掉牙小猪》;获得"年度图书(文字)奖"的有薛涛的《小城池》、殷健灵的《致未来的你——给女孩的 15 封信》与庞婕蕾的《微笑说再见》。年度作家奖奖金 10 万元。"2014 上海宝山国际儿童阅读季"也在童书展期间拉开帷幕,包括诵读系列、创作系列、名家系列、拓展系列四大主题 16 项综合性活动。

20 日,由复旦大学出版社主办的"全国幼儿园园长高峰论坛"在上海浦东举行。论坛邀请王泉根、苏梅、简健萍、应彩云等儿童文学与学前教育专家就儿童文学与图画书对幼儿成长的关系发表演讲。

20 日至 22 日,"2014 中国上海国际童书展(CCBF)"在上海世博展览馆举办。CCBF作为亚太地区唯一专注于 0~16 岁少儿读物的展会,以版权贸易、作家推介、阅读推广为

主体功能，同时涵盖图书、报刊、影音、娱乐及教育服务等少儿产品全产业链的展会平台。本届童书展，参展的有来自23个国家和地区的250家知名童书出版与相关专业机构，覆盖出版、发行、数字出版、发行分销、影音、电子商务平台、儿童玩具、包装印刷等多个行业，参展品种涵盖图书、报刊、影音、娱乐及教育服务等少儿产品。本次参展中外最新童书超过5万种，其中外版童书近2万种。童书展举办了以"儿童文学的幸福密码"为主题的儿童文学作家节，邀请中外儿童文学作家、诗人、评论家、插画家与会，包括2014安徒生奖插画奖得主、巴西插画家罗杰·米罗，芬兰作家阿伊诺·哈吴卡伊宁，芬兰插画家萨米·托伊沃宁，法国作家、诗人阿兰·塞尔，德国插画家乔治·哈朗斯勒本，日本插画家和歌山静子等；任溶溶、高洪波、金波、曹文轩、王泉根、张之路、秦文君、朱自强、梅子涵、沈石溪、朱成梁、杨红樱、董宏猷、汤汤等，以及作家陈丹燕、虹影，台湾地区林文宝等。童书展期间还举办了2014国际出版人上海访问计划（SHVIP）、2014国际出版媒体上海合作计划、2014全球少儿出版新常态与新趋势论坛、2014国际儿童分级阅读与教育论坛、2014新媒体时代儿童阅读推广论坛、2014国际少儿数字出版论坛、2014亚洲少儿图书市场发展论坛等活动。

20日，上海国际童书展在世博展览馆举办"2014儿童文学上海论坛"，主题为"瞻望高峰：向中国经典儿童文学致敬"。高洪波、王泉根、张之路、林文宝、朱自强、刘绪源、孙建江、郑春华、殷健灵、薛涛、彭学军等发表演讲，梅子涵、秦文君主持。

21日，中国作家协会儿童文学委员会、中国少年儿童新闻出版总社在上海世博展览馆举办"从艺术坚守到大众感动：曹文轩'丁丁当当'系列小说发行200万册国际研讨会"，国际安徒生奖评委会主席亚当娜、前主席玛利亚、高洪波、王泉根、李学谦、朱自强、刘绪源、彭懿等与会，从艺术性、社会性、互融性等维度解读"丁丁当当"系列小说的特色与意义。

21日，上海国际童书展在上海松江公益童书阅读会所"小香咕阅读之家"举办"童书的味道"——中外儿童文学作家沙龙。中外儿童文学作家、插画家、出版人等围绕儿童文学现状、儿童文学作品的出版与创作等展开讨论。

12 月

8日，叶君健百年诞辰纪念座谈会在北京中国现代文学馆举行。中国作家协会主席铁凝致辞，党组书记李冰主持，副主席李敬泽与来自全国各地的几十位作家、学者、评论家及叶君健亲朋故交与会。叶君健一生创作、翻译了1100余万字作品，包括《安徒生童话全集》《南斯拉夫当代童话选》《豆蔻镇的居民和强盗》，因翻译安徒生童话所取得的成就，曾获丹麦女王颁发的"丹麦国旗勋章"。叶君健曾主编中华全国文艺界抗战协会的对外机关刊物《中国作家》，参与创办新中国第一个对外文学刊物《中国文学》，向世界介绍了多达2500万字的中国文学作品，为中外文化传播和交流做出了独特贡献。

15日，中宣部、国家新闻出版广电总局联合在北京召开全国少儿出版工作会议。教育部、文化部、团中央等中央部委，各省（区、市）党委宣传部、新闻出版广电局，全国60家从事少儿出版的单位主要负责人共150余人参加会议。中宣部副部长黄坤明讲话，国家新闻出版广电总局副局长吴尚之通报全国少儿出版工作情况。会议认为，我国的少儿出版已进入新中国成立以来发展最快、整体规模最大的时期，已成为我国出版业成长性最好、活力最强的板块。全国583家出版社中，参与少儿出版的有近500家。每年出版的少儿图书品种已由10年前的1万多种增长到2013年的4万多种，约占全国年出书品种的10%。我国已成为名副其实的少儿出版大国，少儿出版行业正迎来快速扩容机遇。会议提出,要进一步提高原创比重,要以内容建设为根本,不断推动传统少儿出版与新兴媒体融合发展,使网络平台成为传播优秀少儿作品的新渠道、新阵地。

18 日,"中国作家协会儿童文学委员会 2014 年会"在北京举行。中国作家协会党组成员、书记处书记李敬泽,儿童文学委员会主任高洪波讲话,王泉根做年会总结。年会认真学习习近平总书记在文艺座谈会的重要讲话,围绕"儿童文学作家的天职与责任"论题,并结合各委员所在省市 2014 年儿童文学发展状况,畅谈在今后的写作和工作中贯彻落实习近平总书记在文艺工作座谈会的重要讲话精神,表示儿童文学必须弘扬真善美,为少年儿童提供优质作品。年会还交流了各省市的儿童文学工作计划。

本年

少儿出版上市公司龙头企业实现份额提升。公司方面,长江传媒(600757)在全国少儿类出版市场份额排名第一,凤凰传媒(601928)曾在 5 月公告拟并购美国童书公司,时代出版(600551)拥有安徽少年儿童出版社。

本年加入中国作家协会的儿童文学作家有左眩、周李立、顾鹰、龚房芳、赵海虹、莫问天心、宋庆莲、曾维惠。

本年与儿童文学有关的博士学位论文有:1.北京外国语大学比较文学与跨文化研究专业李丽的《英语世界的〈红楼梦〉研究——以成长、大观园、女性话题为例》,指导教授魏崇新;2.辽宁大学文艺学专业张惠莲的《90 年代以来韩中女性成长小说比较研究》,指导教授赵凌河;3.苏州大学中国通俗文学专业刘媛的《中国现当代科幻小说的发展历程、本土特点及大众传播》,指导教授汤哲声;4.大连海事大学管理科学与工程专业杨健的《基于钻石理论的中国动漫产业竞争力评价研究》,指导教授陈燕。

本年摄制儿童故事影片 50 部,主要有:长春电影集团的《草原英雄小姐妹》,深圳市零点星影视传媒控股有限公司的《苗蛙》,武汉白百合影视文化传播有限公司的《班主任》,天山电影制片厂的《真爱》,中央电视台电影频道节目制作中心的《巴图快跑》,山东泰安市广播电视台的《世界屋脊的歌声》,珠海市中木文化传播有限公司的《青涩日记》,青岛凤凰世纪传媒有限公司的《金牌流浪狗》,韶关市金宏文化影视有限公司的《少年棋王》,湖州传视影视制作有限公司的《我亲爱的小淘气》。

本年全国共出版少年儿童读物 32712 种(初版 19896 种),49693 万册(张),3091760 千印张,总定价 945425 万元。与上年相比,种数增长 0.96%(初版下降 0.36%),总印数增长 8.77%,总印张增长 9.80%,总定价增长 9.04%。少年儿童读物图书销售 1.90 亿册,24.16 亿元,占全国图书零售数量 2.93%,零售金额 3.37%。少儿读物类出口 807.08 万册,547.68 万美元,占图书出口数量 55.06%,金额 10.82%。少儿读物类进口 172.45 万册,689.53 万美元,占图书进口数量 17.64%,金额 5.48%。

本年全国共出版少年儿童期刊 209 种,平均期印数 1795 万册,总印数 51983 万册,总印张 1994850 千印张;占期刊总品种 2.10%,总印数 16.80%,总印张 10.87%。与上年相比,种数增长 45.14%,平均期印数增长 13.40%,总印数增长 27.08%,总印张增长79.38%。

2015 年

1 月

8 日,长江少年儿童出版社的品牌典藏书《百年百部中国儿童文学经典书系》新版,在北京图书订货会举行新书首发式。据新版出版说明介绍："《百年百部中国儿童文学经典书系》从一开始设计，就将其作为一个开放式的儿童文学品牌工程，书系《总序》明确提出'计划在今后收入更多新人的优秀之作，努力将本书系打造成新世纪中国优秀儿童文学作品的建设、推广基地。自 2006 年本书系首版以来，已历八载，这期间，我国儿童文学新人、新作、新观念、新经验不断涌现；20 世纪六七十年代出生的百年中国儿童文学第五代作家正进入创作的黄金时期， 他们的优质作品已产生实质性的价值与影响。鉴于此，本书系决定增补部分第五代作家的原创优质作品，改换成新版面世，以彰显新世纪中国儿童文学的新面貌、新业态。2014 年 10 月 12 日，经本书系高端选编委员会在北京认真讨论、推荐，决定增补 24 位作家的作品，并经作家本人授权后，进入新版《百年百部中国儿童文学经典书系》；原版书系中有 3 位作家因事涉版权，为尊重作家意愿，不再列入新版书系。据此，新版《百年百部中国儿童文学经典书系》共收入 121 位中国作家的原创儿童文学作品。"

8 日，福建少年儿童出版社出版的台湾儿童文学作家管家琪的最新力作"管家琪追寻系列"在北京图书订货会举行研讨会，三部新书分为《海角一乐园》《鬼脸城下的秘密》《木头娃娃之家》。

8 日，大连出版社精编精印的《"大白鲸"原创幻想儿童文学优秀作品》（第一季）在北京图书订货会举行新书首发式。儿童文学作家曹文轩、王泉根、沈石溪、张之路、杨鹏等人参加。

10 日，由山西出版传媒集团、希望出版社主办的李东华抗战儿童小说《少年的荣耀》研讨会在北京举行。中国作家协会副主席高洪波、李敬泽，山西出版传媒集团副总经理琚林勇，希望出版社社长梁萍出席研讨会并讲话。束沛德、樊发稼、金波、胡平、王泉根、张之路、曹文轩等参加研讨。《文艺报》总编辑梁鸿鹰主持研讨会。《少年的荣耀》是李东华历经 5 年潜心创作的抗战儿童小说，以她的家乡山东高密为背景，书写了 11 岁的男孩沙良和他的伙伴们在战争岁月里的成长故事。

11 日，新阅读研究所组织评选的"2014 中国童书榜"在国家图书馆发布。著名音乐教育家谷建芬领衔创作的绘本《新学堂歌》等十本童书获得年度最佳童书，台湾名家林良的《小太阳》等十本获得年度优秀童书。

19 日，2014 年中国作家协会儿童文学委员会年会召开。年会围绕"儿童文学作家的天职与责任"这一主题，展开了深入讨论。

28 日，甘肃大剧院首部原创魔幻励志儿童舞台剧《冰雪奇缘》在甘肃大剧院首演。

本月，上海人民出版社出版危地马拉奥古斯托·蒙特罗索著寓言集《黑羊》。《黑羊》包含 40 个寓言，主角多是动物，阿根廷画家米盖尔·卡里尼绘制 15 幅精美插图。

2 月

8 日至 9 日，第二届"大白鲸世界杯"原创幻想儿童文学奖颁奖仪式与研讨会在大连举行。樊发稼、王泉根、张之路、滕毓旭、杨鹏、周锐、郑春华、保冬妮、车培晶、宁珍志、赵易平等百余位儿童文学作家、评论家及阅读推广人齐聚一堂，共同见证征奖揭晓。最终，麦子的《大熊的女儿》、谭丰华的《突如其来的明天》、加拿大童瑞平的《刺猬英雄传》等 16 部作品获奖。与会作家、评论家对获奖的 16 部优秀作品进行了深入的探讨和评析。

本月，在第 42 届法国昂古莱姆国际漫画节上，法文版《三毛流浪记》获得文化遗产奖。

3 月

1 日，广州中山四路 42 号的旧广州市图书馆正式开放为广州少年儿童图书馆。建筑塔顶恢复镶挂"星火燎原"四个铜字。旧广图前身为"毛泽东同志主办农民运动讲习所旧址陈列馆"，市民俗称"星火燎原"馆。儿童图书馆恢复"星火燎原"四字，喻"少年儿童阅读的星火可以燎原"。

1 日，二十一世纪出版社集团在北京召开"YA 文学和青少年图书出版展望"座谈会。围绕"零时差·YA"书系共同展望青少年图书出版的未来。YA 指青春期叛逆青少年。

18 日，首届"青铜葵花儿童小说奖"在北京揭晓，6 部作品获奖。史雷《将军胡同》摘得最高奖"青铜奖"，赵菱《父亲变成星星的日子》获得"金葵花奖"，刘玉栋《泥孩子》获得"银葵花奖"，湘女《飞鱼座女孩》、星子的《艾烟》、杨翠的《镜子里的猫》荣获"铜葵花奖"。"青铜葵花儿童小说奖"由人民文学出版社、天天出版社和曹文轩儿童文学艺术中心共同主办。

20 日，浙江儿童文学作家毛芦芦的"民工子弟"题材长篇小说三部曲《不一样的童年》入选"中国图书对外推广计划翻译资助"工程，将由土耳其塞尔瑞斯文化公司翻译出版。《不一样的童年》包括长篇小说《姐姐的背篓》《风铃儿的玉米地》和《黄梅天的太阳》。

26 日，由中国图书馆学会主办的"2015 全国少年儿童阅读年"系列活动暨全国图书馆少年儿童经典阅读推广培训班启动仪式在天津市少年儿童图书馆举行。系列活动以"经典阅读——弘扬优秀传统文化"为主题，于 3 月启动至 11 月结束，全国将有 22 个少年儿童图书馆在各地开展相关活动，同时共同承办 2015 年全国图书馆未成年人服务提升计划、中华连环画史话暨优秀获奖作品展、全国少年儿童中华经典讲读大赛等 15 项主旨活动。

27 日，人民文学出版社、天天出版社举办的著名诗人屠岸、金波新作《诗流双汇集》新书发布会在北京举行，屠岸、金波、谢冕、束沛德、樊发稼、吴思敬、高洪波、曹文轩、王泉根等参加研讨。

本月 30 日至 4 月 2 日，全球最大的少儿出版物博览会——第 52 届博洛尼亚国际童书展在意大利博洛尼亚举行。中国展团以 320 平方米超大展位亮相博洛尼亚会展中心26 号馆。

本月，国家出版基金项目《世界儿童文学研究丛书》10 种，由湖南少年儿童出版社出版。这 10 种专著是王泉根著《中国儿童文学概论》、汤锐著《北欧儿童文学述略》、吴其南著《德国儿童文学纵横》、韦苇著《俄罗斯儿童文学论谭》、方卫平著《法国儿童文学史论》、金燕玉著《美国儿童文学初探》、朱自强著《日本儿童文学导论》、孙建江著《意大利儿童文学概述》、舒伟著《英国儿童文学简史》、何卫青著《澳大利亚儿童文学导论》。

4 月

22 日至 24 日，以"儿童发展与儿童文学教育"为主题的学前教育国际学术研讨会在成都大学举行。来自美国、新西兰与中国大陆、台湾地区、香港地区的近百人参加。会议认为儿童文学是实现幼儿教育五大目标的重要内容支撑、形象支撑、审美支撑。

23 日，"2015 河南省少年儿童阅读年"系列活动启动仪式在河南省少年儿童图书馆举行。活动由河南省文化厅主办，河南省少年儿童图书馆承办，全省各级图书馆、少儿图书馆作为主体参与。中国关心下一代工作委员会副秘书长李启民、河南省儿童文学学会会长孟宪明、河南省文化厅公共文化处处长崔玉山、河南省少年儿童图书馆馆长崔喜梅等领导以及全省 18 个地市、10 个省管县的文广新局、图书馆馆长、省少儿图书馆四家分

新中国儿童文学

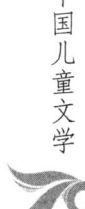

馆的领导及师生和家长参加了启动仪式。

30 日，由潇湘电影集团有限公司等联合出品、湖南华人时代文化传播有限公司等联合承制的励志成长动画电影《少年毛泽东》在各大影院公映。总导演为雷珺麟。

5 月

7 日，第四届"周庄杯"全国儿童文学短篇小说大赛颁奖典礼在水乡周庄举行。孟飞《玛雅人的预言》获特等奖，韩青辰《龙卷风》、方先义《梵天城的服装师》获一等奖，郭凯冰《等待一条海船》、海莲《上房先生和他的林檎树》、慈琪《烟图记》、王君心《你好，白雪公主》等 22 篇作品分获二、三等奖和优秀奖。

21 日，中国文字著作权协会总干事张洪波与到访的俄罗斯儿童基金会终身主席、国际儿童基金会联合会主席，俄罗斯著名儿童文学作家阿尔贝特哈利诺夫签署中国独家版权代理协议，文著协将全权独家代理该作家全部作品在中国的翻译、出版、传播等版权问题。

22 日，由中国下一代教育基金会学前教育工作者联谊会、北京师范大学中国儿童文学研究中心主办的"2015 年北京国际儿童阅读大会"在清华大学附属小学举行，来自全国多地的上千人与会。英国图画书大师安东尼·布朗及夫人就图画书创作，国际阅读学会会长、美国伊利诺伊大学理查德·安德森教授就美国分级阅读的经验与做法做了主题报告；窦桂梅、王蕾进行图画书与桥梁书的公开课讲课；理查德·安德森、林文宝、王泉根、舒华、王志庚、李怀源等举行了"中美儿童文学分级阅读高端对话"。

28 日至 6 月 1 日，中国童书博览会在中国儿童中心（北京）举行。童博会由中国书刊发行业协会、北京出版发行业协会、北京市西城区文化委员会、中国儿童中心主办。

28 日至 6 月 10 日，文化部艺术司、浙江省文化厅共同主办，浙江话剧团有限公司执行承办的第八届全国儿童剧优秀剧目展演在杭州举办。

本月，"维吾尔儿童文学研究中心"在新疆喀什大学成立。中心的宗旨是"致力于研究维吾尔儿童文学，为促进维吾尔儿童文学的发展，用共产主义思想积极培养新一代少年儿童做出贡献"。

本月至 7 月间，中国作家协会创作研究部与《人民日报》文艺部合作，在《人民日报》开设"繁荣儿童文学大家谈"栏目，先后发表了高洪波、李敬泽、金波、张之路、曹文轩、李学谦、杨红樱、薛涛等 13 位作家、评论家的 14 篇笔谈文章，讨论当前儿童文学创作、理论与出版的相关现象与问题。这是《人民日报》首次以专栏形式探讨儿童文学的发展问题。

6 月

1 日至 6 日，由湖南少年儿童出版社联合中国出版协会少儿读物工作委员会组团的中国代表团，赴新加坡参加"2015 亚洲少儿读物节"，中国作为主宾国在读物节期间举行了多项活动。其中，4 至 5 日在新加坡国家图书馆举行两天中新儿童文学交流研讨，舒伟、王泉根、吴双英、汤素兰、蔡皋、梅子涵、秦文君、冰波、艾禺、赵武平等发表论文。6 月 6 日，在碧山图书馆进行中新作家合作交流。参加读物节的还有孙建江、刘海栖、王一梅、周静、邓湘子等。

2 日，中国少年儿童新闻出版总社出版由金波、高洪波、白冰、葛冰、刘丙钧等创作的"保卫萝卜神器战士故事系列"，该系列故事是基于飞鱼科技研发的"保卫萝卜"手机游戏进行的再创作。

6 日，瑞典国庆日当天，瑞典驻华大使馆内举行林格伦塑造的童话形象——"长袜子皮皮"70岁生日会。

25日,人民文学出版社召开的曹文轩抗战题材长篇小说《火印》研讨会在北京举行,李敬泽、何志云、何向阳、樊发稼、王泉根、张之路、贺绍俊、彭学明、徐坤等参加。研讨会认为《火印》从一匹马与一个孩子的关系与命运切入进去,展开抗日战争广阔的生存空间与战地风云,将个人的遭际编码为宏大的历史叙事,建构起具有多层阐释空间与多重意义可能的优秀文本。

29日至8月18日,"生命之绘——迪士尼经典动画艺术展"在北京国家博物馆正式开展,展出300余幅动画原稿,涵盖了迪士尼诞生90多年来各时期的经典。北京结束后移师上海展出。

29日,浙江瑞安市儿童文学作家协会成立。

本月,"炫彩童年——中国百年童书展"在国家典籍博物馆开幕,展出百年来的数百余册经典童书,多为儿童文学。

7月

9日至10日,中共中央宣传部、中国作家协会在北京京西宾馆召开"全国儿童文学创作出版座谈会",学习贯彻习近平总书记系列重要讲话精神,着眼满足少年儿童阅读需要,繁荣儿童文学创作,研究如何更好地推动多出精品、多出人才,为少年儿童提供最好的精神食粮。会议由中国作家协会党组书记、副主席钱小芊主持,中国作家协会主席铁凝,中宣部副部长庹震,国家新闻出版广电总局副局长吴尚之出席会议并讲话。铁凝做了《奉献无愧于民族无愧于时代的儿童文学作品》的报告,中国作家协会副主席李敬泽做会议总结。共青团中央、教育部、国家新闻出版广电总局等有关部门负责同志,150位儿童文学作家、评论家和29家专业少儿出版单位主要负责人参加会议,共同学习和认识儿童文学发展的大形势,交流和研讨各个领域的状况和问题,探讨儿童文学面临的新形势、新课题、新任务,为中国儿童文学的发展献计献策。这是近年来专门针对儿童文学的一次高规格、大规模的重要会议。

本月10日至8月26日,由中国儿童艺术剧院联合北京市东城区和中国儿童戏剧研究会共同主办的第五届中国儿童戏剧节在北京举办。中国关心下一代工作委员会主任顾秀莲、文化部部长雒树刚、国际青少年戏剧协会秘书长玛丽莎·希门尼斯·卡乔等出席了开幕式。本届中国儿童戏剧节以"点亮童心 塑造未来——炫彩中国梦"为主题,历时48天,共有中国、美国、罗马尼亚、日本、芬兰、瑞典、韩国等7个国家27家艺术团体的近千名儿童戏剧工作者参演43部优秀剧目,北京为主会场,济南、成都设分会场,并在上海、重庆、山东、湖北等15个省市和日本冲绳演出。演出194场,观众近16万人次。本届戏剧节所有演出首次针对不同年龄段儿童观众把节目"分级"进行推荐。展演剧目有中国儿童艺术剧院与美国米苏拉儿童剧团合作的儿童音乐剧《公主与豌豆》,中国儿童艺术剧院的《东海人鱼》《红樱》《木又寸》,香港明日艺术教育机构的《狐狸孵蛋》,武汉人民艺术剧院的《尼尔斯骑鹅历险记》,芬兰格里姆斯格劳姆斯舞蹈剧团的《八音盒的秘密》,日本冲绳艺术文化协同机构的《冲绳灿灿》等国内外优秀儿童剧。7月17日,中国儿童艺术剧院主办了国际儿童戏剧沙龙——儿童剧研讨活动。国内外儿童剧团共同就儿童戏剧艺术的发展、国际儿童戏剧艺术的交流、合作等话题展开探讨。国际儿童青少年戏剧协会秘书长玛丽莎·希门尼斯·卡乔,国际儿童青少年戏剧协会俄罗斯中心副主席塔蒂安娜·博布洛娃,欧洲文化中心艺术文化教育部主席摩卡奴·纳西莎·安杰丽卡,罗

马尼亚坦达利卡动画剧院经理摩卡奴·屋大维-卡林，美国蒙大拿州米苏拉儿童剧院表演艺术中心执行总监迈克尔·麦吉尔，墨尔本国际艺术节主席卡里洛·甘德瑞，中国编剧陈传敏等参加活动并进行交流。戏剧节期间，中国儿童艺术剧院为北京市东城区和江苏省南京市从事戏剧教育的老师举办"儿童戏剧教育研究"培训课程。本届戏剧节还开展了儿童戏剧工作坊、国际儿童戏剧沙龙、儿童戏剧夏令营、国际儿童戏剧周等 15 项系列活动。儿童戏剧涵盖大型儿童剧、儿童动漫偶形剧、独角戏、益智趣味儿童剧、木偶剧、互动游戏剧、大型卡通舞台剧、奇幻儿童歌舞剧、大型原创童话音乐剧、魔幻写实儿童剧、绘本故事剧、大型原创裸眼 3D 音乐剧等多种儿童剧表现形式。

10 日，"动画，你早！"暑期国产动画推介会在北京举行。《西游记之大圣归来》《藏羚王》《黑猫警长之翡翠之星》《桂宝之爆笑闯宇宙》《天眼传奇》《西游新传——真心话大冒险》《三只小猪与神灯》《猪猪侠之终极决战》《美人鱼之海盗来袭》《绿林大冒险之糖果世界》《赛尔号大电影 5：雷神崛起》《奥拉星·进击圣殿》《我是大熊猫 2》《白雪公主之神秘爸爸》《洛克王国 4：出发！巨人谷》《少年师爷》《犹太女孩在上海：项链密码》《汽车人总动员》等 18 部国产动画片各自用自己独特的创意形式和动画形象先后展映。

10 日，贵州省贵阳市中小学生"中华经典优秀童谣"诵读活动在贵阳孔学堂举行。

12 日至 21 日，湖南省作家协会在毛泽东文学院举办"2015 年湖南儿童文学作家班"。邀请汤素兰、蔡皋、王泉根、朱自强、刘绪源、孙建江、方卫平、陈晖、曹文轩、邓湘子等先后讲课。全省儿童文学作家及部分中小学教师百余人参加培训。

13 日，大连出版社《中国幻想儿童文学新媒体平台建设项目》入选 2015 年的全国文化产业发展专项资金支持项目。

19 日，首届江苏省书香校园建设论坛在徐州举行。国家督学成尚荣与王泉根、徐鲁、马斌、孙双全、谢玲、周益民等专家研讨书香校园建设的有效途径。徐州市青年路小学、星光小学，常州市局前街小学，泰州市局实验小学，南京市鼓楼区天正小学等介绍书香校园建设的经验与做法。

20 至 23 日，由全国师范院校儿童文学研究会主办，兰州城市学院承办的全国师范院校儿童文学研究会第十五届年会在甘肃兰州城市学院召开。来自全国 26 个省、区、市的 130 余名师范院校的教师参加会议。年会主题为"教师必备的儿童文学素养"。韦苇、郑光中、吴其南、朱自强、汤素兰、李利芳等做学术报告。会议共收到学术论文 79 篇。

本月，国务院办公厅印发的《关于支持戏曲传承发展的若干政策》特别提出"加强学校戏曲通识教育，大力推动戏曲进校园，争取每年让学生免费欣赏到一场优秀的戏曲演出"。

本月，由喀什大学"维吾尔儿童文学研究中心"与新疆维吾尔自治区文联、作家协会、新疆青少年出版社联合举办的"新疆儿童文学现实题材长篇小说研讨班"在乌鲁木齐举行，16 位儿童文学作家参加培训。

8 月

6 日，著名童话作家、中国首位安徒生奖提名者、《小布头奇遇记》作者孙幼军在北京清华长庚医院去世，享年 82 岁。

21 日下午，毛芦芦文学创作座谈会在浙江衢州举行。汤锐、孙建江、方卫平及毛芦芦等参加座谈。

22 日，河南省少儿图书馆举办的抗战系列展览开展。展出内容主要有"图书中的抗战""连环画中的抗战故事""诗歌中的抗战""荧屏上的抗战故事""历史资料中的抗战"等多种形式。

22日,在美国华盛顿州斯波坎市举行的第73届世界科幻小说大会上,中国作家刘慈欣的科幻小说《三体》获得科幻文坛最高荣誉雨果奖,这是中国人首次获得这一奖项。获长篇小说类雨果奖的是英文版《三体》系列的第一部。译者刘宇昆代表刘慈欣上台领奖,并宣读刘慈欣的获奖感言:"雨果奖是科幻界的一座灯塔,但我从没想到自己会得到这个奖。"

9月

4日,北京师范大学中国儿童文学研究中心和台东大学儿童文学研究所在北京师范大学联合举办"2015年两岸儿童文学论坛"。论坛以"新世纪的儿童文学的创作、研究与出版"为主题。台东大学林文宝、陈锦忠、游佩芸、黄雅淳与北京王泉根、张国龙、陈晖、杨鹏、李东华、保冬妮、颜小鹏、岩崎文纪子以及两校30多位儿童文学博士生、硕士生参加。其中两场博士论坛分别以"儿童文学研究的多元化"与"林海音研究"为专题。

5日,"历经烽火"——纪念中国人民抗日战争暨世界反法西斯战争胜利70周年专题展在石家庄美术馆展出,展览以文学形象小兵张嘎为切入点。《小兵张嘎》作者、90岁老作家徐光耀出席开幕式。

6日,"童话大师孙幼军先生追思会"在北京师范大学文学院励耘学术报告厅举行。孙幼军先生生前亲朋好友、儿童文学工作者20余人与会。

19日上午,"周翔《一园青菜成了精》《耗子大爷在家吗?》作品研讨会"在浙江师范大学举行。研讨内容涉及"童话书的现代童年观""图画书中的角色辨识度""图画书的历史传承与现代元素""图画书中的隐含细节与读者接受"等。

本月,汤素兰、谭群著《湖南儿童文学史》由湖南少年儿童出版社出版。

贵州六盘水市儿童文学创作研讨会在该市举行。

10月

12日至17日,中宣部和中国作家协会在北京共同举办儿童文学作家编辑研修班,全国44位创作活跃的中青年儿童文学作家和33位全国专业少儿出版社的骨干编辑参加。研修班为期五天,12日下午开班,13日至16日,孙云晓、方卫平、谢春涛、海飞、陈晓明、张之路等作家学者作专题报告,17日上午结业仪式,李敬泽做研修班总结。其间,还安排了几次小组讨论,并邀请鲁迅文学院第二十八届学员代表进行了一次跨界写作座谈会。研修班让儿童文学作家和出版社备受鼓舞,反思童书出版"黄金十年",如何应对新形势、把握新机遇,实现由数量和销量为主导的发展模式向以品质为主导的模式"转型",儿童文学界需要做种种努力和尝试。

15至17日,中国下一代教育基金会、首都师范大学初教学院、北京师范大学中国儿童文学研究中心联合举办的"2015全国儿童文学教育年会"在吉林市北华大学举行,崔峦、王泉根、王智秋、柯小卫、王蕾以及台湾黄爱真等,与来自全国30多所高校的儿童文学教师围绕本届会议主题"重新'发现儿童'的儿童文学教育"展开研讨,会议还在吉林市丰满第一实验小学进行观摩课交流。

19至21日,由中国作家协会儿童文学委员会、《文艺报》社、浙江省作家协会、金华市委宣传部主办的"中国梦·梦驻童心——浙江新生代儿童文学作家群研讨会"在浙江金华举行。蒋风、韦苇、高洪波、张之路、方卫平、孙建江、刘绪源、海飞、张国龙、刘颋、陆

新中国儿童文学

70年

1949-2019

梅、杜传坤、张梅等出席研讨会。毛芦芦、赵海虹、汤汤、小河丁丁、王路、金旸、常立、孙昱、吴新星、吴洲星、慈琪等新生代作家与会进行研讨和对话。

20日，《人民日报》发表《中共中央关于繁荣发展社会主义文艺的意见》，全文分为六个方面：一、做好文艺工作的重大意义和指导思想；二、坚持以人民为中心的创作导向；三、让中国精神成为社会主义文艺的灵魂；四、创作无愧于时代的优秀作品；五、建设德艺双馨的文艺队伍；六、加强和改进党对文艺工作的领导。

本月，张冲主编的《中国原创科学童话大系》第六辑由长江少年儿童出版社出版。《大系》自2012年7月开始出版，1—6辑共60册，至此已全部出齐。《大系》共有3本综合选集和57本个人专集，收入112位科学童话作家的1749篇作品，总计700多万字，其中短篇1713篇，中篇31部，长篇5部。

11月

7日，湖南省儿童文学学会在湖南长沙成立。湖南省人大常委会副主任谢勇，省文联主席谭仲池，省委宣传部巡视员魏委，省新闻出版广电局副局长尹飞舟，湖南出版集团总经理张天明，省作家协会党组书记龚爱林，省作家协会副主席王跃文等出席并发表讲话。汤素兰任会长，吴双英、邓湘子、皮朝晖、吴牧林、龚旭东、李红叶、黄亦鸣、谢乐军、陶永喜、唐樱等任副会长，吴双英兼任秘书长。湖南是儿童文学大省，创作成果丰硕，在9届全国优秀儿童文学作品评奖中，湖南作家有5人7次获得该奖。

7日，庆祝韶关市儿童文学创作研究会成立30周年暨《蒲公英》报刊28周年大会在广东韶关图书馆召开。陈子典、李国伟、王俊康、荣笑雨、赵小敏、黎阳升、饶远等100多人出席。

8日至16日，中国儿童艺术剧院赴法举行文化交流。交流活动"三位一体"：中国儿童艺术剧院演出7场儿童剧《三个和尚》；举办为期一周的"Dramaland——与中国儿童艺术剧院经典面对面"展览；有30余位法国戏剧界代表参与"中法儿童戏剧交流研讨会"。

12日，2015"陈伯吹国际儿童文学奖"在上海举行颁奖。儿童文学理论家蒋风获得"特殊贡献奖"，丹麦插画家汉娜·巴特林获得"年度作家奖"，此外还有15部图书、绘本与单篇作品获奖。除两项大奖之外，常新港的《我想长成一棵葱》、李东华的《少年的荣耀》、郑春华的《光头校长》、韩青辰的《小证人》、格日勒其木格·黑鹤的《血驹》获得"2015年度图书（文字）"奖，《嘘！我们有个计划》（文字作者／绘者：克里斯·霍顿）、《木兰辞》（译者：叶镇宇，绘者：克莱蒙斯·波莱特）、《特别快递》（文字作者：菲利普·斯蒂德，绘者：马修·柯德尔）、《跑跑镇》（文字作者：亚东，绘者：麦克小奎）、《烟》（文字作者：曹文轩，绘者：郁蓉）获得"2015年度图书（绘本）奖"，汤汤的《水妖喀喀莎》、王勇英的《青碟》、王璐琪的《雪的国》、史雷的《定军山》、顾抒的《圈》获得"2015年度单篇作品奖"。

13日至15日，中国上海国际童书展（CCBF）在上海世博展览馆举办，5万余种中外童书新品，300余家国内外童书出版和文化创意机构，1000余位国内外童书作家、插画家和出版专业人士，100余场阅读推广和专业交流活动亮相本届童书展。由中国少年儿童新闻出版总社发起的"丝路书香——国际少儿多边合作框架"，在本次童书展上启动。东盟国家、蒙古、印度、约旦、韩国、伊朗等"一带一路"沿线十余个国家的出版代表，共商版权合作大计。

14日，人民文学出版社主办的"中西动物小说大王金品共读系列"发布会暨国际视域中的动物小说研讨会在上海举行。高洪波、曹文轩、汤锐、王泉根、秦文君、刘绪源、黑鹤、美国米歇尔·门罗、文克·奥门森等，以沈石溪与杰克·伦敦的动物小说为中心，就中西动物小说比较展开研讨。

16日至18日，中国寓言文学研究会2015年会在浙江台州黄岩区举行。黄岩区被命名为"中国寓言之乡"。

18日，"2015中挪儿童文学交流会"在挪威驻华大使馆举行。挪威王国驻华大使馆公使尹克婷，挪威儿童文学作家、挪威大奖图书《棕色侠》(新蕾社出版)作者哈康·俄雷奥斯，画家俄温·拖斯特，儿童文学作家、评论家束沛德、张之路、缪惟、柯小卫、刘颋、翌平、左昡，北欧文学翻译家石琴娥，出版人马玉秀、郑宇芳、李朵，挪威王国驻华大使馆新闻文化处官员郝月、邹雯燕等参加会议，首都师范大学副教授王蕾主持。此次论坛是中挪儿童文学界的首次研讨，围绕当代挪威儿童文学发展流变、中挪儿童文学的比较研究，以及中国当下出版格局下的挪威儿童文学出版价值等议题展开。

21日，由丰子恺儿童图画书奖组委会主办，浙江师范大学儿童文化研究院协办的"第四届丰子恺儿童图画书奖暨第五届华文图画书论坛"在浙江金华举行，来自中国内地、香港及台湾400多名图画书创作者、出版人、教师等参加。论坛围绕原创图画书的创作及阅读展开互动交流。论坛的主题为"就是要有趣——图画书中的幽默"，曾获"凯迪克金奖"的图画书作家乔恩·克拉森为主讲嘉宾。

12月

12日至13日，"中国教育梦——课内外阅读及阅读导向教学观摩活动"在河南郑州举行，金波、王泉根、徐鲁、王蕾与上千名教师对话儿童文学与儿童阅读、教师的儿童文学素养。13日，《儿童文学研究与推广》季刊在上海创刊。该刊由上海市文联主管，上海市儿童文学研究推广学会主办，张锦江任主编。

14日，由《人民文学》杂志社和浙江少年儿童出版社主办的"跨界的奇幻旅行——马原首部跨界童话《湾格花原》研讨会"在北京举行。高洪波、阎晶明、梁鸿鹰、施战军、陈晓明、邱华栋、海飞、张之路、李东华等与会。

16日至17日，中宣部出版局举办的"2015优秀儿童文学出版工程"评审会在北京举行。该工程旨在从儿童文学原创作品的资助扶持入手，每年扶持推广40岁以下青年作家的10部优秀儿童文学作品。

21日，中国作家协会儿童文学委员会在北京举行2015年年会，会议以"立足本土原创　放飞中国梦想——学习十八届五中全会精神，把握和迎接儿童文学发展新常态"为主题，总结分析了2015年儿童文学创作状况和问题，并就引导儿童阅读、促进原创作品的推广等问题展开了讨论。中国作家协会副主席、书记处书记李敬泽，中国作家协会副主席、中国作家协会儿童文学委员会主任高洪波，中国作家协会儿童文学委员会副主任王泉根、张之路、曹文轩，《文艺报》总编辑梁鸿鹰，中国作家协会创研部主任何向阳，以及王宜振、朱自强、刘海栖、汤锐、汤素兰、李国伟、张晓楠、徐德霞、黄蓓佳、梅子涵、董宏猷、韩进、薛涛、薛卫民、刘颋、陈晖、纳杨等参加了会议。

24日，"让原创生命教育图画书走进儿童生命世界"教研活动暨国内首套儿童生命教育绘本《海绵故事乐园原创生命教育悦读绘本》研讨会在北京举行。北京市各小学从事语文、阅读教学的教师代表、儿童教育学科的师生等200余人与会。会议通过绘本阅读课展示、绘本故事讲述、课本剧、广播剧、读演结合等方式呈现和阐释这套绘本的丰富内涵。该书作者、儿童阅读教育研究者王蕾博士分享了创作经历。首都师范大学刘慧、

张志坤、李敏等专家和中国陶行知研究会生命教育专业委员会秘书长夏鹏翔就生命教育理念等问题展开对话。

本年

湖南省成立儿童文学学会，编辑出版了《湖南儿童文学史》，并且首次在毛泽东文学院举办针对儿童文学的专题班。

陕西作家协会举办了全省儿童文学作家培训。

安徽省成立了儿童文学委员会，第一件事就是组织作家到自然保护区深入生活。

辽宁儿童文学委员会与《当代作家评论》合作推出了一期中国儿童文学小辑。

2014年至本年，中国儿童艺术剧院共组织了《西游记》《十二生肖》《三个和尚》《伊索寓言》等9台剧目200余人次赴加拿大、日本、法国、德国、西班牙、芬兰、丹麦、罗马尼亚等12个国家和地区演出17次60场，并组织9批26人次出国访问，开展艺术交流活动。

本年加入中国作家协会的儿童文学作家有周敏、胡继风、曹文芳、伍剑、舒辉波、廖小琴（麦子）。

本年摄制儿童故事影片47部，主要有：河南省银都影视制作有限公司的《少年杨靖宇》，深圳嘉乐文化传媒有限公司的《你幸福，我快乐》，北京万达影视广告公司的《我要读书》，湖南邵阳广播电视台的《向日葵女孩》，北京海晏和清影视文化有限公司的《守信少年》，杭州海空影视广告制作有限公司的《亲亲飞鸟》，山西电影制片厂有限公司的《山里娃和大熊》，文德星光（北京）国际影视文化传媒有限公司的《童年的脚印》，江苏火火影视文化有限公司的《水晶女孩》，浙江台州高蒙文化传媒有限公司的《阳光夏令营》。

本年全国共出版少年儿童读物36633种（初版22114种），55564万册（张），3387086千印张、总定价1136776万元。与上年相比，种数增长11.99%（初版增长11.15%），总印数增长11.81%，总印张增长9.55%，总定价增长20.24%。少年儿童读物图书销售1.94亿册、26.87亿元，占零售数量3.00%，零售金额3.58%。少儿读物类出口556.11万册、482.41万美元，占图书出口数量43.49%，金额9.24%。少儿读物类进口487.48万册、1614.04万美元，占图书进口数量34.36%，金额11.13%。

本年全国共出版少年儿童期刊209种，平均期印数1890万册，总印数54164万册，总印张2014412千印张；占期刊总品种2.09%，总印数18.82%，总印张12.01%。与上年相比，种数与上年持平，平均期印数增长5.26%，总印数增长4.20%，总印张增长0.98%。

2016 年

1 月

1日，山东省少年儿童图书馆对外开放，总面积达6000余平方米，入藏各类少儿书刊文献26万余册。

1日至3日，为纪念中芬建交65周年，中国儿童艺术剧院和芬兰ACE演艺制作有限公司联合推出的芬兰儿童文学家、国际安徒生奖获得者图苇·杨松的作品《国王在姆咪谷》在中国儿童剧场演出。

5日，由大连出版社、北京师范大学中国儿童文学研究中心等主办的"保卫想象力——2016'大白鲸'优秀幻想儿童文学阅读与创作活动"启动仪式在北京中央电视台梅地亚中心隆重举办，来自全国各地的近500位儿童文学作家、评论家、阅读推广人、儿童教育专家及图书经销商参加。2015"大白鲸"原创幻想儿童文学优秀作品征集活动揭晓，王林柏的《拯救天才》、王君心的《梦街灯影》获选钻石鲸作品,杨巧的《阿弗的时钟》、马传思的《你眼中的星光》获选玉鲸作品,廖少云的《米米亚碥碌猫》、王倩的《貘梦》、方先义的《山神的赌约》获选金鲸作品,童瑞平的《绿美人》、王晋康的《真人》等10部作品获选银鲸作品。当天,"保卫想象力——2016'大白鲸'小学生阅读与创意活动"同时启动。

6日,第三届幻想儿童文学高层论坛在北京中央电视台梅地亚中心举行。束沛德、樊发稼、张之路、王晋康、王泉根、贺绍俊、孟庆枢、汤锐、周锐、赵易平等专家、学者以"幻想儿童文学的国际视野、中国经验与多维叙事"为主题,就幻想儿童文学发展现状及趋势研究、幻想儿童文学创作规律研究、幻想儿童文学赏析与作品研究、幻想儿童文学与儿童阅读研究、幻想儿童文学与语文教学研究、幻想儿童文学衍生产品研究等话题展开研讨。

8日,由福建少年儿童出版社主办的"童诗与童年相遇——《林焕彰童诗绘本》新书发布会"在北京图书订货会现场召开,推出台湾诗人林焕彰《花和蝴蝶》《妹妹的红雨鞋》等五本童诗绘本。高洪波、林焕彰、海飞、樊发稼、金波、林文宝、王泉根、方卫平、王林等参加研讨。

23日,"2015河南省少年儿童阅读年"颁奖仪式暨河南省少年儿童图书馆2016寒假活动启动仪式在河南省少年儿童图书馆举行。

26日,著名儿童文学作家邱勋文学创作60周年研讨会在山东济南举行。明天出版社社长傅大伟主持,邱勋、张炜、刘海栖、宋遂良、李掖平、朱自强、王延辉、刘玉栋、赵月斌、张丽军、刘蕾、徐迪南等专家、学者出席研讨会。

本月,陈维东主编的《中国漫画史》由现代出版社出版。全书约35万字,配图500余幅,分为8章,包括中国漫画家名录与中国动漫产业大事记两个附录。内容涉及中国漫画发展历史,各个阶段的概念论述,原创漫画理论与技术语言变迁,漫画类别渊源脉络,漫画作者、作品、公司、大事件、政策,漫画产业发展规律与方向分析,并对近20年中国新漫画的发展演变以及"中式漫画"理论和作品、作者、机构首次进行了梳理归类。

2月

4日至17日,微信平台"不存在日报"举办科幻小说接龙活动。刘慈欣、杨平、郝景芳、飞氘、陈楸帆等12位科幻作家,围绕相同的主题,各自在48小时之内完成创作,最终形成一个大的科幻故事接龙。主办方所设定的主题是:2050年,人类和外星文明发生接触,双方同时表示和平友好的外交意愿。为了更好地了解地球文明,外星使团派出12名观察员对地球的几大重要节日进行考察。

18日,首届"童声里的中国·成长的歌谣"创作大赛在江办南通通州区举行颁奖仪式。江苏省委宣传部长王燕文出席仪式。

23日,中国寓言文学研究会、浙江瑞安市教育局、瑞安市文联联合公布"全国首届写给幼儿的寓言童话大奖赛"百叶奖获奖名单。

本月,由北京师范大学科幻创意研究中心、中国科普作家协会科学文艺委员会、文昌市政府等主办的"中国当代科幻文学发展研讨会"在海南文昌举行。吴岩、叶显林、张品成、李小山、李鑫、叶海声等30多位科幻作家出席。

3月

13日,澳大利亚儿童绘本作家葛瑞米·贝斯携新作《眼灵灵心灵灵》及"丛林三部曲"《来喝水吧》《阿吉的许愿鼓》《阿诺的花园》中文版在湖北武汉推出,同时展出了他的近百幅图画作品。本次活动是澳大利亚驻华使馆主办的2016澳大利亚文学周的系列活动之一。

16 日，著名连环画家贺友直在上海逝世，享年 94 岁。

26 日，安徽少年儿童出版社在北京举行"国际安徒生奖与经典阅读高峰论坛"。高洪波、海飞、张之路、曹文轩、方卫平、刘海栖、张克文、张明舟、马爱农、徐凤梅及丹麦、挪威驻华使馆文化参等出席。"国际安徒生奖大奖书系"第二辑包括文学作品系列 8 册、图画书系列 12 册、理论和资料书系列 2 册。

本月，由新疆儿童文学研究会主办的"智慧桥"杯第二届新疆儿童文学奖揭晓。周俊儒的《大红袍》、李丹莉的《冰可儿》、朱纪臻的《绿色医生成长记》、裴郁平的《儿童诗五首》、于文胜的《小浪花晶晶的陆地旅行》、刘乃亭的《猎人与赤狐》等 6 部作品获奖。

4 月

4 日，"2016 年国际安徒生奖"在意大利博洛尼亚国际童书展揭晓，中国作家曹文轩获奖。这是该奖项设立 60 年来，第一次颁给中国作家。国际安徒生奖评委会认为"曹文轩的作品书写关于悲伤和痛苦的童年生活，树立了孩子们面对艰难生活挑战的榜样，能够赢得广泛儿童读者的喜爱。"曹文轩在即席发表的获奖感言中，充分表达了对中国儿童文学的自信："获得这个奖项的意义不仅在于对我个人的文学创作生涯的鼓励，更重要的意义是让我们得出一个结论，中国的儿童文学就是具有国际水准的儿童文学。它不是颁给我个人，而是颁给中国儿童文学，我更愿意从这个层面去理解获得这个奖项的意义。它将会改变我们对于中国儿童文学的很多看法，譬如长久以来对我们作品的不自信，认为中国的儿童文学跟世界还有巨大的差距……或许可以说，这个奖项的获得终于验证了我多年前的看法是正确的，那就是中国儿童文学的水准就是世界水准。"中共中央政治局委员、中央书记处书记、中宣部部长刘奇葆委托中国作家协会党组书记、副主席钱小芊向曹文轩获得国际安徒生奖表示祝贺。

4 日至 7 日，第 53 届博洛尼亚国际童书展在意大利博洛尼亚会展中心举行。中国少年儿童出版社、接力出版社、少年儿童出版社、明天出版社、浙江少年儿童出版社、二十一世纪出版社社、江苏少年儿童出版社、安徽少年儿童出版社、长江少年儿童出版社、湖南少年儿童出版社、天天出版社、海燕出版社等中国出版协会少读工委 23 家成员单位及 11 家非专业少儿出版单位参加。中国展团在 26 号馆设立 336 平方米超大展台，举办数百项版权输出签约，"解密中国童书市场高端对话"论坛、"丝路书香：国际少儿出版多边合作框架论坛暨洽谈会"等活动。

5 日，中国作家协会主席铁凝向曹文轩发去贺信，祝贺他荣获国际安徒生奖。

5 日，女作家虹影在北京召开儿童文学新书《新月当空》《米米朵拉》发布会。鲁迅文学院院长邱华栋和中国社会科学院近代史研究所雷颐等参加。

7 日，2016 年国际安徒生奖得主曹文轩，从意大利博洛尼亚国际童书展载誉回京，一下飞机就在首都机场附近的一家酒店举行媒体见面会。

本月 10 日至 5 月 23 日，"2016 西安儿童戏剧展演活动"在陕西西安举行。本次活动由西安曲江新区管委会、西安市文化广电新闻出版局、西安演艺集团有限公司共同主办，西安儿童艺术剧院组织承办。来自日本道化剧团的《变变变》与西安儿童艺术剧院的《GoodMorning》等多部儿童剧将分别在西安各小学、剧院上演。

12 日，中国作家协会举办的"走向世界的中国儿童文学座谈会"在北京召开，中共中央政治局委员、中央书记处书记、中宣部部长刘奇葆出席。刘奇葆向曹文轩获得国际安徒生奖表示祝贺。刘奇葆强调文学界要深入贯彻习近平总书记文艺工作座谈会重要讲话精神，牢固树立以人民为中心的创作导向，坚守文学价值，彰显中国精神，推动文学创作由"高原"向"高峰"迈进，推动中国文学更好地走向世界。刘奇葆讲了四个方面：永远秉持一颗对文学的赤子之心；用向上向善的情怀观照现实；坚持从深厚的民族精神和民间土壤中提炼美；真正富含文学价值的作品才能立得住、传得开。

18 日，第十届"思想猫儿童文学研究优秀成果奖"颁奖典礼暨桂文亚学术讲座在浙江师范大学举行。台湾作家桂文亚以《1989—2009：大陆儿童文学作品在台湾》及《1992-2015 编选两岸儿童文学作家作品 25 周年回顾》为题做了演讲。

22 日，"2016 北京国际儿童阅读大会"在北京朝阳区芳草地国际学校召开。本次大会由教育部中国下一代教育基金会学前教育工作者联谊会、芳草地国际学校、海绵阅读汇、启发文化等机构联合举办，主题为"不同文体的分级阅读研究与教学"。本次阅读大会由法国绘本大师安德烈·德昂《亲爱的小鱼》及台湾地区女作家桂文亚的创作谈与阅读教学展示，牛津大学出版社（中国）职业发展顾问马修·福斯特阅读课展示，金波、祝士媛、王泉根、刘飞、王蕾等儿童阅读专家高峰论坛，不同文体儿童分级阅读教学观摩课等五部分组成。23 至 24 日，部分嘉宾安德烈·德昂、桂文亚、王泉根、王蕾等，参加在陕西西安举行的"名师之路"小学语文国际儿童阅读论坛。

23 日，华语儿童文学中国故事短篇创作邀请赛（2015）颁奖仪式暨第二届启动仪式在广东深圳少年儿童图书馆举行。赵菱《云村》和付一凡《我是你的糖》分获本届大赛成人组与青少年组的金奖。

23 日，由全国少工委、中国作家协会主办的"红领巾悦读乐行——中国著名儿童文学作家走进少年儿童"活动在新疆乌鲁木齐市青少年宫举行，曹文轩和当地小朋友分享阅读的收获和感悟。

23 日至 5 月 23 日，由海南省委宣传部指导，省文体厅主办，省教育厅、省直属机关工委协办，海南凤凰新华出版发行公司承办的第八届海南书香节举行。书香节围绕"书香节启动仪式""领导专家荐书""名家海南行""全民阅读推广""书香校园行""图书展销捐赠"等六大板块，开展 100 余场丰富多彩的文化活动。

25 日，由《读友·少年文学》半月刊与中国教师发展基金会、北京师范大学中国儿童文学研究中心等联合举办的第三届"读友杯"全国短篇儿童文学创作大赛揭晓。16 篇小说分获金、银、铜奖，另有 40 篇作品获得优秀作品奖。谢倩霓、肖定丽、两色风景等获奖。

28 日，由中国图书馆学会主办的 2016 年全国少年儿童阅读年活动在天津市少年儿童图书馆启动，全国有 14 家少年儿童图书馆参与。

5 月

3 日，由北大培文创意研究院主办的"祝贺曹文轩教授荣获 2016 年国际安徒生奖畅谈会"在北京大学举行。北京大学原校长周其凤，北京大学名教授谢冕、乐黛云、温儒敏、洪子诚、陈晓明、贺桂梅，《新华文摘》编辑陈汉萍、作家李洱以及北大培文总裁高秀芹、北大培文创意研究院秘书长朱竞、副院长张辉等参加畅谈会。与会者还就青春文学在中国未来前景和"北大培文杯"全国青少年创意写作大赛的发展进行了讨论。

5 日，韩国传统儿童节当日，由中国文化部外联局支持，中国对外文化集团公司、首尔中国文化中心等联合主办的"童真连线——中国儿童画展"在首尔韩国国立儿童青少年图书馆开幕。

16 日，老上海"故事大王"、上海电影制片厂编剧沈寂先生在上海病逝，享年 92 岁。

沈寂编剧的《珊瑚岛上的死光》是我国第一部科幻电影。

20 日至 22 日，由上海市儿童文学研究推广学会、中国福利会出版社等主办的"首届海峡两岸和香港儿童绘本高端论坛暨教学观摩活动"在上海举行。海峡两岸和香港的儿童文学作家、学者张锦江、贾立群、林文宝、方素珍、宋诒瑞、严吴婵霞、潘明珠、周锐、张秋生、唐池子等以及 600 余位绘本教学工作者参加。

21 日，"南京大学校友儿童文学创作研讨会"在南京大学文学院举行。江苏省作家协会党组书记韩松林、中国现代文学学会会长丁帆、南京大学文学院院长徐兴无、作家黄蓓佳、南京大学出版社社长金鑫荣分别致辞，南京大学文学院党委书记刘重喜和文学院副院长王彬彬主持。郑春华、谢倩霓、韩青辰、孙卫卫、张晓玲、顾抒、史伟峰、杨勇、赵菱等 9 位毕业于南京大学文学院的儿童文学作家与会，未能与会的程玮、章红、余丽琼、邹抒阳等也发来了文章。南京师范大学文学院教授谈凤霞在总结中表达了对从南大走出去的儿童文学作家深深的敬意，并作了评论。本次研讨会为南京大学 114 年校庆的重要活动，旨在展示文学院的教学成果，扩大南大校友儿童文学作家的影响力。

22 日，接力出版社在北京举办曹文轩系列幻想小说"大王书"品读会，金波、樊发稼、王泉根、白烨、安波舜、李东华、胡平、贺绍俊、李云雷、白冰等出席品读会与研讨。

23 日，国家新闻出版广电总局 2016 年向全国少年儿童推荐优秀少儿报刊名单，《儿童文学》《儿童文学选刊》《少年文艺》《读友》《中国少年报》等 60 种报刊入围。

29 日上午，长沙图书馆为儿童文学作家罗丹举行"罗丹著作及藏书专柜"揭幕式暨儿童文学阅读推广座谈会。

30 日，重庆市巴南区委宣传部、巴南区扶贫开发领导小组办公室等联合举办的"珍珠儿歌"（脱贫攻坚主题）擂台赛开始征稿活动。

本月，二十一世纪出版社与浙江师范大学儿童文化研究院在浙江金华联合举办董宏猷长篇小说《一百个孩子的中国梦》研讨会。

深圳市文联、市作家协会举办"深圳儿童文学发展与批评沙龙""深圳儿童文学研讨会""深圳儿童文学读者见面会"等系列活动。

6 月

4 日至 5 日，由中国海洋大学主办的"首届国际儿童文学论坛暨第三届中美儿童文学论坛"在山东青岛召开。中国的曹文轩、朱自强、聂珍钊、汤素兰、徐妍、李学斌、游珮云、谈凤霞、何卫青、王黎君，美国的克劳迪娅·纳尔逊、马克·I.韦斯特、埃里克·L.特瑞布内拉、玛丽莲·斯特拉瑟·奥尔森、凯伦·科茨、乔·苏特里夫·桑德斯、陈敏捷，澳大利亚的约翰·斯蒂芬斯，日本的三宅兴子等 60 余位学者出席。论坛主题为"儿童文学：理论方法及其实践"。研讨分为"儿童文学与教育""儿童文学的历史与现状""理论与文本解读""儿童文学比较研究""儿童文学文体研究"5 个单元进行，19 位学者宣读大会论文。

16 日，由中国作家协会创研部、中国作家协会儿童文学委员会主办的第二届中国原创图画书论坛在北京举行。中国作家协会副主席李敬泽出席并致辞，高洪波、李学谦、梅子涵、方卫平、朱自强、刘海栖、保冬妮、萧袤、陈晖、刘娳、王晓明等围绕图画书基本理论、创作现状和评价标准等问题展开了研讨。

19 日，由北京大学中文系联合中国作家协会创研部、《人民文学》杂志社等共同主办"曹文轩荣获国际安徒生奖座谈会暨作品研讨会"在北京举行，李敬泽、陈建功、曹文轩等出席。曹文轩在《人民文学》杂志第 6 期上发表了长篇新作《蜻蜓眼》，本次研讨围绕曹文轩创作的美学追求及世界面向展开。中国作家协会副主席李敬泽认为，多年来曹文轩在成人文学的领域里也取得了重要的创作成就，同时他还是一位在当代文学研究、小说美学及小说艺术诸方面有着精深研究的学者。

24 日，第十六届中国电影"华表奖"颁奖典礼北京雁栖湖国际会展中心举行，获优秀少儿影片奖的有《家在水草丰茂的地方》。

本月，中宣部出版局向全社会公布了 2015 年"优秀儿童文学出版工程"入选图书名单，《将军胡同》《旗驼》《白银河》《一千朵跳跃的花蕾》《父亲变成星星的日子》《水獭男孩》《偷剧本的学徒》等 7 种作品入选。

《当代作家评论》双月刊第 3 期推出"曹文轩研究专辑"，发表朱自强、钱淑英、赵霞、王泉根 4 人的文章。

7 月

7 日至 8 月 25 日，为期 49 天的第六届中国儿童戏剧节在北京等地举行。本届戏剧节以儿童戏剧展演和系列活动为载体，共有 8 个国家和地区的 25 家儿童戏剧团体奉献了 46 台剧目、215 场精彩演出，观众近 16 万人次，充分展示了当代儿童戏剧创作的最新成果，推进了国内外儿童戏剧交流与合作。本届儿童戏剧节取得了多方面的成果：一是以北京为主会场、以济南、宁波、成都为分会场，多省市联动的办节模式，丰富了孩子们的暑期文化生活。特别是推出的公益专场和公益票，让困难家庭的孩子有机会亲近戏剧。同时开展了儿童戏剧工作坊、儿童戏剧夏令营、演员见面会等 15 项系列活动，让孩子在参与的过程中体验儿童戏剧的艺术魅力。二是展演剧目艺术品种涵盖多种表现形式，达到了中外儿童戏剧人相互学习、借鉴互补、共同提高的效果。三是通过戏剧节国际艺术沙龙平台，国内外儿童戏剧人在如何进一步提升儿童剧创作质量、推动儿童剧的普及等方面达成了多项共识。8 月 25 日，本届儿童戏剧节在北京怀柔剧场闭幕。

8 日至 17 日，第六届书香中国·北京阅读季·北京儿童阅读周暨中国童书博览会在北京展览馆举行。本届童博会以"传播书香，丰富童年"为主题，近 20 万人参与，60 余家少儿出版机构入驻"幼儿启蒙馆""绘本天地""科普世界""动漫童年馆""文学艺术岛""传统文化学堂"六大阅读体验馆，童书作家、童书阅读推广人现场与读者分享童博会期间新推出的少儿读物。中国童书博览会童书榜 TOP60 及国内首个原创绘本大奖——张乐平绘本奖公布，《金色童书·亲子睡前故事：有声版（妈妈卷）》《李拉尔的故事》图画书、《神奇科学》《曹文轩绘本馆：夏天》《太阳跑出来了》《米菲启蒙拉拉卡》等经典畅销童书均进入童书榜 TOP60。蔡皋的《月亮粑粑》夺得张乐平绘本奖名誉艺术创作奖，杨开洁的《鬼节》和颜新元、弯弯合作的《大脚姑娘》摘得张乐平绘本奖最佳作品奖。本届童博会还发布了《中国城市儿童阅读情况调查报告》。

10 日，由中国作家协会创研部、中国作家协会儿童文学委员会、福建省委宣传部等共同主办的"肖复兴长篇儿童小说《红脸儿》研讨会"在北京举行。高洪波、束沛德、樊发稼、张之路、王泉根、海飞、刘海栖、庄之明、牛玉秋、刘绪源、陈福民、李朝全、李东华、刘琼等二十几位作家、评论家以及福建省新闻出版广电局副局长蒋达德、海峡出版发行集团副总林彬参加研讨会。与会者认为，《红脸儿》将童年记忆与人生感悟融为一体，是一部深具北京地域文化特色的儿童小说。

16 日，由人民文学出版社、天天出版社和上海市作家协会共同主办的"殷健灵长篇

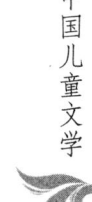

小说《野芒坡》作品研讨与阅读推广"会议在上海召开。人民文学出版社社长管士光，上海市委宣传部原副部长朱英磊，上海作家协会党组书记汪澜，副主席孙甘露等出席。梅子涵、刘绪源、沈石溪、曹文轩、秦文君、彭懿等作家、评论家以及丁筱青、李岩、李一慢、周其星等阅读推广人参加研讨。《野芒坡》以清末民初上海土山湾孤儿院为原型，塑造了男孩幼安的心灵成长史以及中国孩子和外国修士的群像。

16 日，根据著名作家徐光耀儿童小说《小兵张嘎》改编的同名多媒体儿童剧在中国国家话剧院大剧场上演，该剧由精英集团、河北传媒学院、河北天明传媒有限公司共同出品，演员均为表演艺术学院的本科学生及青年教师。

18 日至 22 日，首届兰州新少年作家北京训练营在北京师范大学举行。本次活动是由北京师范大学国际写作中心、兰州市委宣传部、兰州市教育局共同主办的一项公益活动。曹文轩、苏童、欧阳江河、毕飞宇、邱华栋、李洱、徐则臣、崔曼莉、石一枫、甫跃辉、刘汀等作家，为训练营的平均年龄 11 岁的小学员们授课。

27 日至 30 日，著名儿童文学理论家蒋风倡导的全国儿童文学讲习会在浙江金华举行，来自全国各地 40 余位儿童文学爱好者参加，高玉、钱淑英、常立、毛芦芦等专家与学员们互动交流。

29 日，由文艺报社、湖南省作家协会、长沙市文联等联合主办的"从高原到高峰——《文艺报》儿童文学评论创办 400 期座谈会暨李少白儿童文学创作研讨会"在湖南长沙召开。中国作家协会副主席高洪波，湖南省文联原主席谭仲池，湖南省文联党组书记夏义生，湖南省作家协会党组书记龚爱林，湖南省作家协会主席王跃文，长沙市文联党组书记王俏，《文艺报》副总编辑崔艾真等出席。会议以"繁荣儿童文学理论批评，推动原创精品新发展"为主题，儿童文学作家、评论家韦苇、海飞、王泉根、刘绪源、朱自强、王宜振、徐鲁、汤素兰、李东华、安武林、徐妍、陆梅、李学斌、李利芳、李红叶、吴振尘、刘颋等，围绕儿童文学理论批评现状、儿童文学理论批评阵地与队伍建设、儿童文学理论批评如何有效地对创作发声等议题展开研讨。同时研讨了湖南老诗人李少白的儿童诗创作成就与艺术特色。

8 月

12 日至 15 日，第 13 届亚洲儿童文学大会在台湾台东市台湾史前文化博物馆召开。本次大会由台东大学、亚洲儿童文学大会台北分会承办。来自韩国、日本、中国大陆及香港特区、台湾地区的 200 多名代表与会。大会接受蒋风先生的提议，推举湖南师范大学汤素兰教授为亚洲儿童文学大会北京分会会长，增补韩进、吴双英为副会长。亚洲儿童文学大会台北分会会长游珮芸，韩国首尔总会副会长朴尚在，亚洲儿童文学大会北京分会会长汤素兰，亚洲儿童文学大会东京分会会长城户典子，香港儿童文艺协会副会长何巧婵分别致辞。亚洲儿童文学大会首尔总会会长金钟会，林焕彰、桂文亚、林文宝、朱自强、汤素兰、周密密、崔昕平、三宅兴子、林彤、黄雅淳、林伟雄、浅野法子、张贞姬、野上晓、佐藤宗子等儿童文学专家学者还进行了 20 多场不同主题的学术演讲和交流活动。本次大会以"亚洲的儿童与童年的想象"为主题，论文结集为《第十三届亚洲儿童文学大会论文集》出版。

会议期间，韩国、日本、中国大陆及香港特区、台湾地区的 40 多家出版社参加了"华文原创童书展"。会议决定，第十四届亚洲儿童文学大会 2018 年在中国湖南长沙举办。

18 日至 21 日，第 35 届国际儿童读物联盟（IBBY）世界大会在新西兰奥克兰举行。

当地时间 8 月 20 日下午，国际安徒生奖颁奖典礼举行，曹文轩作为 2016 国际安徒生奖得主，从国际安徒生奖评委会主席帕齐·亚当娜女士手中接过安徒生奖的金质奖牌和奖状，并发表了获奖感言，他希望自己的文字屋能够给孩子们带来温暖，帮助他们净化灵魂、走向远方。为孩子们精心搭建一座又一座最好的"屋子"，生命不息，造屋不止，他会一直为孩子们继续"造屋"。

21 日，第 74 届雨果奖颁奖典礼在美国堪萨斯城举行，中国作家郝景芳的科幻小说《北京折叠》获得雨果奖"中短篇小说奖"。

25 日，江苏凤凰少年儿童出版社在北京国际图书博览会举办题为"中国故事，人类主题——国际安徒生奖得主曹文轩作品的故乡与远方"的版权推介暨新作研讨会。曹文轩、海飞、刘海栖、王泉根、杜传坤、徐妍、白烨、贺绍俊、陈卫平（中国台湾）、王韶华（意大利）、吴乐思（Dr.Matthias Wahls，荷兰）等嘉宾参加研讨活动。

25 日，由北方妇女儿童出版社主办的"胡冬林儿童生态文学作品讨论会"在北京国际图书博览会举行。胡冬林介绍了在长白山生活和创作 20 余年的心路历程和创作儿童生态文学的初衷。

26 日，中国出出版协会会少年儿童读物工作委员会举行了少儿出版反盗版联盟成立大会。该组织是针对少儿出版单位合法权益屡被侵犯的现象，在 36 家成员单位一致通过《少儿出版反盗版联盟章程》的基础上成立的。

30 日，由中国作家协会儿童文学委员会、中国少年儿童新闻出版总社、北京大学出版社等共同举办的"《伟大也要有人懂：一起来读毛泽东》版权输出美国发布会"在北京召开。北京大学党委书记朱善璐、中国作家协会副主席李敬泽、中宣部出版局局长郭义强、国际儿童读物联盟基金会主席帕奇·亚当娜等中外嘉宾出席。北京大学中文系韩毓海教授创作的传记文学《伟大也要有人懂：一起来读毛泽东》，撷取毛泽东思想的精华，穿插相关的历史事件，以生动传神的优美文笔，讲述了毛泽东的生活经历、理想与追求。该书的版权引进方为美国奔驰出版社，该社总裁汤姆·雷克拉夫特表示，毛泽东是一位对世界产生重大影响的伟人，他希望可以向美国青少年读者介绍毛泽东，让人们更加客观地了解中国历史。2015 年，美国奔驰出版社已购买了"伟大也要有人懂"系列的《少年读马克思》英文版版权，并在全球发行。

9 月

16 日，黑龙江少年儿童出版社推出《利哈诺夫作品集》。阿尔贝特·阿纳托利耶维奇·利哈诺夫是俄罗斯著名儿童文学作家，俄罗斯教育科学院院士，俄罗斯自然科学院院士。他创立并领导俄罗斯儿童基金会及国际儿童基金联合会，其创作始于 20 世纪 60 年代，作品已经被翻译成 30 多种语言。此次出版的《利哈诺夫作品集》包含《我的将军》《母亲的欺骗》《美好的心愿》《各各他的爱》《最严厉的惩罚》《家庭的迷宫》及《洁净的小石子》7 册，共 73.5 万字。

18 日，上海市儿童文学研究推广学会与上海作家协会诗歌委员会在上海联合举办"上海市第二届儿童诗研讨会"，议题是"中国儿童诗的走向"。张锦江做《儿童诗姓童还是姓诗？》的主题演讲，张烨、孙毅、田永昌、李天靖、杨绣丽、刘崇善、黄亦波、程逸汝、刘保法、王海、戴达、潘与庆等诗人出席。任溶溶、金波、樊发稼等发来书面发言稿。

22 日，江苏凤凰少年儿童出版社举办的中韩儿童文学作家座谈会暨"中韩同步出版项目"签约仪式。韩国儿童文学作家黄善美、李恩河，中国作家黄蓓佳、祁智，江苏凤凰少年儿童出版社总编辑王泳波等共 50 多人参加。

22 日，著名儿童文学作家任大星在上海去世，享年 91 岁。

23 日，由中国期刊协会主办、中国少年儿童新闻出版总社承办的"我的报刊我的童年——《婴儿画报》《幼儿画报》版权输出美国发布会"在第四届中国（武汉）期刊交易博览会上举行。

本月，《中国现代文学研究丛刊》第 9 期推出"曹文轩研究"专辑，发表王泉根、崔庆蕾、李东华、刘婧婧 4 人的文章。

10 月

8 日，殷健灵《致成长中的你——十五封青春书简》作品研讨会在北京举行。朱永新、高洪波、束沛德、樊发稼、金波、王泉根、李洱、邱华栋、徐德霞、刘颋等作家评论家及长江文艺出版社社长尹志勇、总编辑黄嗣参加研讨。

9 至 11 日，由陕西省作家协会儿童文学专业委员会举办的陕西儿童文学创作培训班在西安开班，来自全省的五十余名儿童文学作家参加培训。李利芳、黎荔、许军娥、马玉琛等教授和李国平、阎安、王宜振、邢小利等作家、评论家结合当下儿童文学创作.，为学员讲授"从曹文轩获得国际安徒生奖看中国儿童文学创作""新传媒与儿童文学""儿童文学的价值功能""诗歌创作""童话阅读和创作""散文创作漫谈""小说创作方法"等课程。主办方还邀请未来出版社、太白文艺出版社、西安电子科技大学出版社、《少年月刊》《童话世界》等编辑和参训学员座谈交流。省作家协会党组书记黄道峻和省作家协会儿童文学委员会主任蒋惠莉表示，本次培训班是为进一步发现培养陕西儿童文学创作人才的一项重要举措。

15 日，助推云南原创儿童文学精品力作研讨会在昆明举行，来自浙江、天津和云南的儿童文学作家、评论家、出版家代表等 50 余人参加，探讨云南原创儿童文学的发展。

21 日至 24 日，广东省作家协会在广东惠州龙门县举办"全省儿童文学作家、青少年阅读及写作指导老师培训班"，广东省作家协会副主席李国伟、省儿童文学委员会主任蔡玉明、北京师范大学教授王泉根和中国作家协会创研部纳杨等授课，来自全省 21 个地市的儿童文学作家、出版机构负责人、中小学校的阅读和写作指导老师共 130 余人参加了培训。培训期间还成立了"1+3 广东儿童文学大联盟"。"1+3"即广东省作家协会加上作家、出版机构、学校，旨在打通广东儿童文学创作、出版，以及市场推广、校园阅读的通道，实现广东儿童文学的全面繁荣。《1+3 广东儿童文学大联盟集结号》有针对性地提出了安排儿童文学作家到中小学校挂职、制定年度优秀儿童文学作家进校园计划，做好儿童文学作家作品的推荐出版工作、在广东作家网开设"广东网络儿童文学+"专题频道等九大举措。

25 日上午，《十月少年文学》创刊仪式在北京出版集团举行。中宣部出版局期刊处处长倪轶，国家新闻出版广电总局报刊处处长丁智勇，北京市委宣传部副部长韩昱，北京新闻出版广电局副局长张苏，北京出版集团总经理曲仲、总编辑李清霞等领导出席仪式。《十月少年文学》杂志由曹文轩主编。《十月少年文学》杂志将实施全媒体办刊，杂志的微信平台"小十月 OctoberKids"于创刊当天同步上线。"小十月"微信以音频、视频、动漫等多种方式发布内容，与《十月少年文学》纸质期刊形成互动，立体打造移动互联网时代儿童文学的经典品牌。

28 日至 29 日，由二十一世纪出版社主办的"儿童文学的潮流"——井冈山儿童文学创作出版研讨会"在江西井冈山举行。高洪波、曹文轩、张之路、王泉根、梅子涵、朱自强、方卫平、董宏猷、朱奎、张品成、李东华、汤素兰、徐鲁、程玮、彭懿、薛涛、彭学军、殷健灵、翌平、童喜喜、汤汤、侯颖、班马、晓玲叮当、史雷、陈诗哥、谈凤霞、舒辉波等近30位儿童文学作家、评论家，围绕从"高原"迈向"高峰"的大时代的文学潮流，儿童文学在面临各种诱惑或挤压时应该如何呈现自己的本真、在商品化的裹挟下童书如何葆有文学的尊严等问题展开研讨。会议还举行了"新潮儿童文学丛书30年纪念版"首发式。1986年庐山新潮儿童文学会议的发起人、二十一世纪出版社社长张秋林，参与者高洪波、曹文轩、张之路、董宏猷、朱奎、程玮等为纪念版揭幕。

本月，云南省举办"云南儿童文学月"。孙建江（浙江少年儿童出版社副社长）、吴然、冉隆中（云南省文艺评论家协会副主席）、吕翼（昭通文学艺术家创作中心主任）出席"点亮儿童文学之旅"名家进昭通校园系列文学讲座，向昭通市实验小学500余名师生讲述儿童文学与自己的文学成长之路。

11月

1日，由鲁迅文学院、科幻世界杂志社等联合主办的"儿童科幻现状与未来"研讨会在北京举行。鲁迅文学院教研部主任郭艳、北京师范大学科幻创意研究中心主任吴岩、科幻世界杂志社副总编姚海军、图书部主任拉兹、《科幻世界·少年版》主编黄蕊与鲁迅文学院第30届中青年作家高级研讨班（儿童文学班）的作家们参加了研讨。

10日，贵州省作家协会在贵州贵阳召开马筑生著作《贵州儿童文学史》研讨会。省作家协会副主席高宏，副秘书长孔海蓉，办公室主任陈雷鸣，贵州省作家协会副主席、贵州青少年文学委员会主任戴冰，省作家协会原副主席、评论家苑坪玉，贵州省理论家协会主席、贵州民族大学教授、文艺评论家杜国景以及该书责编、贵州人民出版社编审黄冰等作家、学者、评论家近50人参加研讨会。

17日，江苏《少年文艺》创刊40周年庆典暨新时期少儿文学创研会在江苏南京举行。高洪波、黄蓓佳、梅子涵等参加研讨。

17日至20日，由上海市新闻出版局、中国教育出版传媒集团有限公司、环球新闻出版发展有限公司共同主办的2016中国上海国际童书展在上海世博展览馆举行。本届童书展吸引300余家国内外童书出版和文化创意机构，6万余种中外童书新品参展，并举办了100余场阅读推广和专业交流活动。

17日，"2016陈伯吹国际儿童文学奖"颁奖仪式在上海宝山国际民间艺术博览馆举行。14部作品获奖，"本年度图书（文字）奖"由曹文轩《火印》、张炜《寻找鱼王》等4部作品摘得；"本年度图书（绘本）奖"由黑眯的《辫子》，飞眼图书公司（英国）出版的让·卢森（文字），绘者：艾曼纽·沃克的《美丽的鸟》等5部作品摘得；"本年度单篇作品奖"由顾抒的《布若坐上公交车走了》等5部作品摘得。特殊贡献奖及年度作家奖则分别由国际安徒生奖评委会主席玛利亚·耶稣·基尔和中国插画家朱成梁摘得。

19日，海飞的《童书大时代》在上海首发。《童书大时代》由安徽少年儿童出版社出版，包括童书出版、童书评论、童书编客、童媒访谈4个板块，40余万字。

本月，李红叶、崔昕平、王家勇主编的《王泉根与中国儿童文学：王泉根教授从教30周年纪念师生论文集》由大连出版社出版。本书收录了王泉根师生论文60余篇、散文随笔10余篇及王泉根门下所有博士、硕士论文答辩决议书。

12月

7 日，由上海儿童文学作家简平倡议捐设的"儿童文学阅读书架"在云南省澜沧县东回镇中心小学举行揭牌仪式。94 岁高龄的作家任溶溶为"儿童文学阅读书架"题写铭牌并捐赠自己的作品。北京、上海、东北、西南、江浙、湘赣鄂皖鲁等数十位儿童文学作家捐款捐书。少年儿童出版社、二十一世纪出版社、禹田文化、《少年文艺》编辑部、《儿童时代》编辑部等也捐赠了儿童文学出版物。

14 日，"成长的脚印——潘与庆童谣、童诗作品研讨会"在上海市文联举行，潘与庆是中国福利会少年宫退休高级教师，从事教育工作和儿童诗、童谣创作半个多世纪。

14 日，以安徒生相关文物为主的"童话大师安徒生中国特展"在北京启动。展览共设"遇见安徒生""那些耳熟能详的童话人物""进入一场盛大的童话""可以伴随一生的童话"四大主题展区。展览主策展人为约翰·德米利乌斯。"遇见安徒生"区域将主要展示 20 件丹麦国宝级文物，是中国境内首次引进如此高规格的安徒生的收藏物品。展览从 2017 年 4 月份开始，分别在北京、南京、上海等地陆续展开。展览期间，主办方将协同丹麦安徒生学院及各个巡展城市联合展开一系列童话大赛、话剧演出等配套活动。

18 日，无锡市儿童文学学会在江苏无锡市图书馆举行成立大会，100 余人聚焦锡城儿童文学的发展问题。

23 日，"生态文学艺术学术论坛"在浙江农林大学召开，北京师范大学王泉根、华东师范大学陈大康、浙江海洋大韩伟表、浙江农林大学王旭烽学等国内多所高校的专家、学者出席并发表学术报告。论坛提出了当代生态文学的三个维度：从"人类中心论"走向"地球中心论"是生态文学的价值取向；直面现实，基于忧患，坚持现实主义精神，是生态文学的美学取向；跨文化对话，跨代际沟通，跨文体写作，是生态文学的艺术取向。

27 日，二十一世纪出版社在北京召开"纯真的天空——曹文芳创作回顾与展望"研讨会。与会专家围绕曹文芳的"水蜡烛系列""喜鹊班的故事"展开研讨。

本月，黄蓓佳长篇儿童小说《童眸》研讨会在江苏南京举行，来自省内外的 20 多位评论家、作家参加了研讨。《童眸》描写了 20 世纪 70 年代，苏中小镇"仁字巷"里一群孩子成长的故事。

本年

11 月 30 至 12 月 2 日，中国文学艺术界联合会第十次全国代表大会、中国作家协会第九次全国代表大会在北京举行。中共中央总书记、国家主席、中央军委主席习近平发表重要讲话。党和国家领导人习近平、李克强、张德江、俞正声、刘云山、王岐山、张高丽等出席开幕式。12 月 2 日，中国文学艺术界联合会选出新一届领导机构，铁凝任中国文联主席。中国作家协会选出新一届领导机构，铁凝连任中国作家协会主席，王安忆、叶辛、白庚胜、吉狄马加、刘恒、李敬泽、何建明、张炜、张抗抗、陈建功、莫言、贾平凹、钱小芊、徐贵祥、高洪波等 15 人为副主席。产生由 210 人组成的中国作家协会全国委员会，其中儿童文学作家有 10 人，他们是：王勇英、汤素兰、杨红樱、赵丽宏、秦文君、黑鹤、高洪波、曹文轩、常新港、薛卫民。参加中国作家协会第九次全国代表大会的儿童文学作家共 47 人，他们是（以姓氏笔画为序）：王左泓、王泉根、王勇英、方卫平、朱自强、刘先平、刘慈欣、汤汤、汤萍、汤素兰、孙卫卫、孙云晓、杨红樱、束沛德、肖复兴、张之路、张昆华（彝族）、张晓楠、陆梅、陈丹燕、金波、金涛、周敏、周晴、宗璞、赵丽宏、星河、保冬妮（回族）、秦文君、袁鹰、徐鲁、徐光耀、殷健灵、高凯、高洪波、海飞、黄蓓佳、梅子涵、曹文轩、常新港、彭学军、葛竞、黑鹤（蒙古族）、简明、樊发稼、薛涛、薛卫民。

本年加入中国作家协会的儿童文学作家有:史雷、翟英琴、李晓玲(晓玲叮当)、陶永灿。

中国作家协会鲁迅文学院举办为期68天的第30届中青年作家高研班,这是鲁迅文学院自2007年举办首届儿童文学班以来第二次举办的儿童文学班。

第十届辽宁优秀儿童文学奖揭晓,王开的《青青的百草园》,车培晶的《西瓜越狱》,万琦、李轻松的《小布丁与小辫子》,王立春的《跟在李白身后》,肖显志的《天火》获奖。

第六届北京阅读季共设计了引导、推广、体验、示范等4个篇章、19项重点活动,构建起了"六位一体"的阅读综合服务平台。特别是北京市委宣传部、北京市新闻出版广电局联合中国出版协会会、北京市妇女联合会等单位搭建的以儿童阅读体验为核心,集艺术性、互动性、童话趣味于一体的体验式阅读平台,为青少年、家庭打造儿童阅读、家庭分享、行业创新、产业发展"四位一体"的阅读新体验,接待读者20余万人次。

本年儿童文学博士学位论文有:北京师范大学中国现当代文学专业王欢的《新疆当代儿童文学主题研究:以新疆少数民族母语原创儿童文学为中心》,指导教授王泉根;马亚琼《中国当代儿童戏剧的外来影响与比较研究》,指导教授王泉根;严晓驰《童话空间研究》,指导教授王泉根。

本年摄制儿童故事影片50部,主要有:深圳前海泰东文化传媒有限公司的《魔笛:雪莲》,湖南校园文学艺术联合会的《野百合女孩》,济南鸿景文化产业有限公司的《麦豆的夏天》,深圳帝影星韵国际影视文化有限公司的《大脚印》,深圳市华浩文化传媒有限公司的《天籁梦想》,陕西希望在线文化传媒有限公司的《平凡的足球》,中央电视台电影频道节目制作中心的《都是为你好》,中央电视台电影频道节目制作中心的《大魔法师孟兜兜》,北京光成影视文化有限公司的《放学后》,山西三色堇文学艺术有限公司的《朱德儿童团》。

本年全国共出版少年儿童读物43639种(初版25422种)、77789万册(张)、4528085千印张、定价总金额1600285万元。与上年相比,种数增长19.12%(初版增长14.96%),总印数增长40.00%,总印张增长33.69%,定价总金额增长40.77%。少年儿童读物图书销售2亿册、35.88亿元,占零售数量2.93%、零售金额4.31%。少儿读物类出口729.87万册、653.26万美元,占图书出口数量50.33%、金额12.08%。少儿读物类进口510.40万册、1671.76万美元,占图书进口数量32.89%、金额11.59%。

本年全国共出版少年儿童期刊212种,平均期印数1796万册,总印数50692万册,总印张1753680千印张;占期刊总品种2.10%,总印数18.80%,总印张11.54%。与上年相比,种数增长1.44%,平均期印数下降4.97%,总印数下降6.41%,总印张下降12.94%。

2012年至2016年,儿童文学图书呈现出飞跃式增长,总印数每年增速均超10%,品种数由2012年的0.96万种,增加到了2016年的1.93万种;印数由2012年的1.39亿册增加到2016年的3.47亿册。儿童文学类图书已经成为童书出版中重要的组成部分。与此同时,2016年的儿童文学图书总印数占比已经在文学图书中突破50%,成为名副其实的重要组成部分。全国580多家出版社中接近95%的出版社都参与了童书出版。

2017 年

1月

10日,接力出版社携手曹文轩、金波在北京启动接力杯"曹文轩儿童小说奖"和接力杯"金波幼儿文学奖"两大奖项。

10日至11日,由大连出版社携手北京师范大学中国儿童文学研究中心、大白鲸世界文化发展（大连）股份有限公司、大连圣亚旅游控股股份有限公司共同主办的2017"大白鲸"原创幻想儿童文学年度盛典系列活动在北京举行。

15日，祝贺樊发稼先生80生日暨儿童文学创作60周年研讨会在北京时代华文书局举行，来自浙江、内蒙、重庆、北京等地的作家、评论家60余人出席。

17日，国家新闻出版广电总局官网发布《关于第四届中国出版政府奖表彰决定》，第四届中国出版政府奖获奖及提名奖中有《兔子作家》《博物馆里的中国》《童眸》等3部儿童文学图书获奖，另有8部儿童文学图书获提名奖。

19日至21日，由伊春市委宣传部、中国儿童文学研究会主办的中国儿童文学第五代学者论坛在伊春举行，来自国内的50余位儿童文学作家和学者参加。

3月

11日，由中国作家协会儿童文学委员会和深圳市文联共同主办的"深圳儿童文学作家群研讨会"在中国作家协会举行。中国作家协会儿童文学委员会副主任王泉根主持研讨，与会专家对陈诗哥、杜梅、郝周、袁博、关小敏、郑枫等6位深圳儿童文学作家的创作进行了一对一评论。

18日，作家出版社举办张之路以童年成长为主轴、20世纪50年代北京生活为背景的儿童小说《吉祥时光》研讨会。

29日，国家图书馆少儿馆联合北京师范大学中国图画书创作研究中心在北京发布"原创图画书2016年度排行榜"，10部作品入选。

本月，2016年冰心儿童文学新作奖获奖名单发布，共有39篇作品获奖。

4月

8日，来自以色列和中国的两位儿童文学作家——亚纳兹·利维和汤素兰在湖南长沙展开对话，为现场读者讲述"想象背后的故事"。

20日，大连外国语大学成立"儿童文学译介与创作研究中心"，国际儿童读物联盟副主席张明舟为中心揭牌，儿童文学作家于立极担任中心主任。

21日，由中国出出版协会会少年儿童读物工作委员会主办的中国插画家参评2017年布拉迪斯拉发双年插画展（BIB）终选在北京举行。蔡皋、熊亮等15组插画家在终选中胜出，作为中国插画家代表，参加2017年9月举办的布拉迪斯拉发双年插画展。

23日，第六届中华优秀出版物奖颁奖典礼在中国传媒大学举行，数百位出版人、作者、读书人围绕"走进名作、名家、名社"共享世界读书日。有11部（套）儿童文学图书获奖，另有10部（套）儿童文学图书获提名奖。

5月

8日，第六届"周庄杯"全国儿童文学短篇小说大赛颁奖典礼在江苏昆山周庄举行，25篇佳作胜出。

6月

20日，"儿童文学创作的社会价值与文化责任"研讨会在北京举行。研讨会由北京市文联主办，文联研究部、北京文艺评论家协会和东方少年杂志社共同承办。

23日至25日，"浙江IP+宁波智造"——浙江儿童文学名家与宁波文创产业高峰论坛在宁波举行，来自全国多地的儿童文学作家与宁波新锐作家以及文创企业负责人等近百人参会，通过高峰论坛、IP路演、考察采风等活动，探讨浙江省、宁波市儿童文学精品佳作和文创产业的深度融合。

7月

7日，由中国出出版协会会、北京市委宣传部、北京市新闻出版广电局、北京市妇女联合会、北京出版发行业协会、北京市西城区委区政府主办的"第七届书香中国·北京阅读季——2017北京儿童阅读周·中国童书博览会"在北京展览馆开幕。

7日至8日，俄罗斯功勋画家安娜斯塔西娅插画展在符拉迪沃斯托克举办，她为薛涛作品《河对岸》绘制的插画分别在俄罗斯海洋美术馆和远东联邦大学专栏展出。薛涛受邀出席画展开幕式和读者见面会。

15日，中国寓言文学研究会第六届金骆驼奖评奖获奖名单公布。

19日，由新蕾出版社主办的"当童话遇上小说——青年作家徐则臣与左昡对谈会"在北京举行。首次尝试小说创作的左昡与初次涉足童话领域的徐则臣交流创作心得，讨论小说与童话的界限及融合。

8月

4日，中国作家协会第十届全国优秀儿童文学奖获奖作品名单公布，共有18部作品获奖。小说有《一百个孩子的中国梦》（董宏猷）、《大熊的女儿》（麦子）、《寻找鱼王》（张炜）、《沐阳上学记·我就是喜欢唱反调》（萧萍）、《吉祥时光》（张之路）、《浮桥边的汤木》（彭学军）、《将军胡同》（史雷）；诗歌有《梦的门》（王立春）；童话有《布罗镇的邮递员》（郭姜燕）、《小女孩的名字》（吕丽娜）、《水妖喀喀莎》（汤汤）、《一千朵跳跃的花蕾》（周静）；散文有《爱——外婆和我》（殷健灵）；报告文学有《梦想是生命里的光》（舒辉波）；科幻文学有《拯救天才》（王林柏）、《大漠寻星人》（赵华）；幼儿文学有《其实我是一条鱼》（孙玉虎）、《蒲公英嫁女儿》（李少白）。

4日，由中国寓言文学研究会、瑞安市教育局和瑞安市文联联合主办，瑞安市儿童文学作家协会承办的"瑞安文联杯"第四届张鹤鸣戏剧寓言奖获奖名单公布。

24日，由中国作家协会儿童文学委员会、国际儿童读物联盟中国分会（CBBY）主办的"图画书里的中国　好故事一起讲"中国原创图画书论坛在北京举行，20余位国内外儿童文学作家、插画家及来自各地的绘本馆长、阅读推广人与会，共同回顾中国原创图画书的创作历程，展望未来之路。

9月

1日，第十二届"桂莲杯"金江寓言文学奖获奖作品名单公布。

2日至3日，2017年浙江儿童文学年会暨创作经验交流会在杭州举行，与会的专家学者从儿童文学的历史使命、创作手法的突破、语言风格的全新探索、对小读者心灵的影响以及儿童文学出版市场发展等方面进行了深入探讨。

22日，第十届全国优秀儿童文学奖颁奖典礼在中国现代文学馆举行。

23日，"第十届全国优秀儿童文学奖论坛"在中国现代文学馆举行。中国作家协会副主席李敬泽、高洪波出席论坛并讲话。金波、樊发稼以及第十届全国优秀儿童文学奖部分获奖作家、评委参加论坛。中国作家协会儿童文学委员会副主任王泉根、方卫平主持论坛。

27日，第十四届精神文明建设"五个一工程"表彰座谈会在北京召开，本届"五个一工程"获奖作品评选结果同时揭晓，《花儿与歌声》《布罗镇的邮递员》《一百个孩子的中国梦》等3部儿童文学作品获奖。

10月

新中国儿童文学

19 日至 22 日，由全国师范院校儿童文学研究会主办、长沙师范学院承办的"全国师范院校儿童文学研究会第十六届年会"在湖南长沙师范学院召开。来自全国 26 个省、市、自治区的 118 名师范院校的代表参加。此次年会的主题是"给孩子最好的文学——儿童文学教学·研究·创作"。

26 日，中国作家协会儿童文学委员会和青岛出版集团共同主办的"中青年儿童文学名家青岛论坛"在山东青岛举行，高洪波、王泉根、方卫平、朱自强、薛涛、梅子涵、李利秀、崔昕平、张吉宙等 30 多人参加，论坛就原创儿童文学的发展趋势和当前儿童文学创作中的突出问题进行了讨论和交流。

本月，李利芳主编的《聚焦王泉根与儿童文学》由长江少年儿童出版社出版。本书是国内第一部研究王泉根儿童文学理论的文献专集，分为"总论""王泉根论儿童文学""关于王泉根的研究文章""多维视野中的王泉根""王泉根学术文献"五大板块。

11 月

4 日，中国寓言文学研究会第八次全国代表大会在浙江诸暨召开。

10 日至 12 日，"2017 中国科幻大会"和"第四届中国（成都）国际科幻大会"在成都举行。本届大会以"众创聚力、幻创未来"为主题，举办中国科幻产业论坛、国际科幻峰会、科幻系列专题会议、科幻与创意文化展、成都国际科幻电影展等系列活动。大会开幕式上，南方科技大学人文中心教授吴岩发布《科幻产业发展报告》，四川省科协发布《中国科幻成都宣言》，四川省科协与成都市空港新区管委会签署建设中国科幻城战略合作家协会议。怀进鹏、尹力等还共同为银河奖、水滴奖获奖代表颁奖。

13 日，由广东省委宣传部部署指导，由广东省作家协会主办的"广东文学名家黄庆云学术研讨会"在广东佛山南海举行。

17 日至 19 日，2017 中国上海国际童书展（CCBF）在上海世博展览馆举行。6 万余种中外童书，360 余家国内外童书出版机构，百余场阅读推广交流活动亮相。本土童书原创力量的集中爆发，成为一大亮点。

19 日，由新华网、时光幻象、壹天文化主办的第八届全球华语科幻星云奖颁奖典礼在北京中国宋庆龄青少年科技文化交流中心举行。来自中国、美国、加拿大、意大利、日本、韩国、哈萨克斯坦、新加坡等国家和地区的科幻作家、产业实业家、科幻爱好者上千人参加了盛会。

21 日，第四届北京国际儿童阅读大会在北京国际会议中心召开。会议出席嘉宾、专家包括美国阅读学会会长理查德·安德森教授、国际知名绘本作家克里斯·霍顿、美国传腾大学李文玲教授、俄荷拉荷马州立大学王秋颖教授、亚洲儿童文学学会副会长王泉根教授、中国首位安徒生奖获得奖曹文轩教授、台湾戏剧教育名师葛琦霞、国家图书馆少儿馆馆长王志庚，以及国际儿童读物联盟儿童文学阅读大使张之路，作家葛冰、左昡、保冬妮、曹文芳等，来自全国高校、中小学、幼儿园教师的教师代表，及从事与儿童阅读相关的出版、教学、推广工作者等近千人参会。大会特邀美国传腾国际大学教育学院李文玲教授与俄克拉荷马州立大学教育学院王秋颖教授，分别从"审辩阅读教学的理论与实践""A—Z 阅读分级"两个方面发表了有关美国阅读理论与实践的研究报告。教育部儿童分级阅读课题主持人、首都师范大学副教授王蕾与课题校代表北京朝阳实验小学王新宇主任、沈阳珠江五校佟宁芳校长联合发表了国内分级阅读教育创新理论与课程落地研究的最新成果。

本年

本年,加入中国作家协会的儿童文学作家有冯迎春(冯与蓝)、庞婕蕾、任小霞(紫藤花下)。

本年,儿童文学博士学位论文有:东北师范大学中国现当代文学专业韩雄飞的《中国儿童文学的身体书写研究》,指导教授侯颖;聂爱萍的《儿童幻想小说叙事研究》,指导教授侯颖。山东大学中国现当代文学专业赵淑华的《1990 年代以来儿童小说中的顽童叙事研究》,指导教授张学军。中央民族大学中国少数民族语言文学专业韩天炜的《权正生儿童文学中的苦难叙事研究》,指导教授吴相顺。华东师范大学中国现当代文学专业陈实的《伪满洲国童话研究》,指导教授刘晓丽。中央美术学院设计学专业杨忠的《以绘为本 抵心问道——日本现代儿童绘本叙事结构的研究》,指导教授周至禹。

本年,全国共出版少年儿童读物新版 22834 种,重印 19607 种,总印数 82007 万册(张),总印张 4883681 千印张,定价总金额 1754839 万元。与上年相比,新版品种降低 10.18%,重印品种增长 7.63%,总印数增长 5.42%,总印张增长 7.85%,定价总金额增长 9.66%。

本年,全国共出版少年儿童期刊 211 种,平均期印数 1596 万册,总印数 44612 万册,总印张 1463866 千印张;占期刊品种 2.08%,总印数 17.90%,总印张 10.71%。与上年相比,品种降低 0.47%,平均期印数降低 11.10%,总印数降低 12.00%,总印张降低 16.53%。

2018 年

1 月

10 日,儿童文学评论家、《文汇报》主任编辑刘绪源因病在上海去世,享年 67 岁。刘绪源著有《儿童文学的三大母题》等论著。

26 日,由新阅读研究所组织评选的第五届中国童书榜在国家图书馆发布,24 种年度最佳和优秀童书获奖,年度童书一百佳书目同时发布。

2 月

7 日,《文艺报》邀请"儿童文学名家写给春天的一封信"刊发,高洪波、金波、王泉根、萧袤、毛芦芦、汪玥含等寄语儿童文学的春天与发展。

3 月

15 日,由大连出版社主办的"保卫想象力"2018"大白鲸"原创幻想儿童文学年度盛典在辽宁大连举行。会上揭晓了 2017"大白鲸"21 部优秀作品获奖名单,其中文学类 14 部,图画书类 7 部,马传思《奇迹之夏》获"钻石鲸"奖。

26 日至 29 日,第 55 届博洛尼亚国际儿童图书展暨中国主宾国活动在意大利举行。本次主宾国活动由中国少年儿童新闻出版总社、中国图书进出口(集团)总公司承办。书展期间,由近百家单位的 200 多位出版人和曹文轩等近 50 位中国儿童文学作家、插画家、学者等组成的中国主宾国代表团与其他国家的同行们进行了广泛贸易洽谈,并通过书展主宾国平台,充分展示了中国原创童书的实力和中国童书与国外童书出版界平等交流合作的能力。

4 月

18 日,由福建少年儿童出版社承办的"新时代中国儿童文学出版研讨会暨第十四届中国出版协会少读工委文学读物研究会"双年会在福州举行,会上探讨了中国儿童文学出版在新时代的新征程、新目标、新期望。

5月

7日至9日，由中国出出版协会会少儿读物工作委员会主办、海燕出版社承办的"童书出版：新时代，新作为，新高度——2018年全国少儿图书交易会"在河南郑州举办。

17日，第六届中国童话节在北京启动。童话节以"看童话、画童话、写童话、读童话、讲童话、演童话、创童话"为主线，通过童话主题活动及赛事，用童话开启和点亮孩子们一生爱的旅程。

31日，2017年优秀儿童文学出版工程经验交流座谈会在北京召开。会议总结优秀儿童文学创作、出版经验，推动儿童文学出版多出精品、多出人才。中宣部副部长兼国家新闻出版署（国家版权局）署长（局长）庄荣文讲话，并向入选2017年优秀儿童文学出版工程作品的出版社颁发入选作品证书。

6月

6日，由广西出版传媒集团主办、接力出版社承办的首届"接力杯"金波幼儿文学奖、首届"接力杯"曹文轩儿童小说奖颁奖典礼在北京举行，有16位作者的作品获得奖项。

14至16日，由中国海洋大学儿童文学研究所与美国普林斯顿大学寇岑儿童图书馆在美国普林斯顿大学共同举办了"第二届国际儿童文学论坛暨第四届中美儿童文学论坛"，与会学者在儿童文学的现实与历史之间进行了跨文化研讨和对话。

7月

13日，首届曹文轩儿童文学奖颁奖典礼在江苏苏州国际博览中心举行，最终评出"佳作奖"获奖作品5部、"少年创作奖"8篇、"特别荣誉奖"1部。

7月18日，由四川省作家协会主办的"2018四川省首届儿童文学作家培训班"在四川成都开班。四川省作家协会秘书长张渌波，省作家协会副主席、《星星》诗刊主编龚学敏，省作家协会副主席、《四川文学》执行主编罗伟章等出席开班仪式。全省60余名儿童文学作家参加培训。刘颋、周晴、周锐、舒伟以及《星星》诗刊、《四川文学》编辑分别为学员们授课改稿。

8月

10日，首届"中国校园文学奖"颁奖典礼在中国现代文学馆举行。

18日至20日，第十四届亚洲儿童文学大会在湖南长沙举行。本次大会由中南出版传媒集团、湖南省作家协会、长沙市委宣传部主办，湖南少年儿童出版社、长沙市文联、第十四届亚洲儿童文学大会筹委会承办。来自中国大陆、香港地区、台湾地区，以及韩国、日本、尼泊尔、斯里兰卡等地的近300位儿童文学作家、专家学者与会。亚洲儿童文学学会创会人之一、93岁的蒋风教授出席并致辞。大会以"亚洲儿童文学的境遇及走向"为主题，参会论文结集为《童年书写的想象与未来——第十四届亚洲儿童文学大会论文集》出版。

18日至24日，国际儿童青少年戏剧协会艺术大会于第八届中国儿童戏剧节期间在北京举行。

9月

1日，在希腊雅典举行的国际儿童读物联盟（IBBY）第36届世界大会上，中国出版协会会理事、中国少年儿童新闻出版总社国际合作部原主任张明舟获选IBBY主席，成为该组织最高岗位上的首位中国人。

2日，著名儿童文学作家、山东省作家协会副主席邱勋在济南逝世，享年86岁。

10月

17日，"大自然儿童文学奖"高峰论坛在北京举行。与会专家探讨了大自然儿童文学的内涵、文本价值与意义、审美尺度与评价标准，以及大自然儿童文学的理论建设。会议启动首届"大自然原创儿童文学作品征集活动"。

19日至21日，由海南省作家协会主办的2018年海南儿童文学研讨会在海南文昌举办，60多名作家参加研讨。海南省作家协会主席孔见出席研讨会并讲话。《儿童文学》杂志主编冯臻、儿童文学作家殷健灵、章红进行了讲座。21日晚，与会作家们结合自己的创作进行了座谈交流。

11月

3日，由新华网、壹天文化、时光幻象和重庆市渝中区政府主办，清大紫育协办的2018科幻高峰论坛暨第九届全球华语科幻星云奖颁奖典礼在重庆举行。

7日，第四届《儿童文学》金近奖颁奖大会在金近的家乡浙江绍兴上虞区崧厦镇金近小学举行，本届有28名儿童文学作家获奖。

9日，在第六届上海国际童书展展馆，湖南少年儿童出版社举办王泉根新著《百年中国儿童文学编年史》首发式暨"百年求索，纵探中国儿童文学发展路径"学术研讨会。曹文轩、陈福康、王林、李红叶、盛娟、吴双英等参加研讨，认为《百年中国儿童文学编年史》对自1900年至2016年间百余年的中国儿童文学大事进行编年研究，有筚路蓝缕之功。

11日，在第六届上海国际童书展展馆，浙江文艺出版社举办"40年儿童文学创作高峰论坛"暨"新时期中国儿童文学精品文库出版工程启动仪式"。

24日至25日，改革开放40年与浙江儿童文学研讨会暨2018年浙江儿童文学年会在浙江杭州举行。

12月

4日，中国作家协会儿童文学委员会2018年会暨原创幼儿文学发展论坛在北京举行。高洪波、曹文轩、王泉根、方卫平、刘海栖、李利芳、沈石溪、张晓楠、纳杨、徐鲁、徐德霞、董宏猷、薛涛、薛卫民等就委员会工作进行了交流总结，并与特约嘉宾就幼儿文学的现状和发展趋势进行了研讨。

8日至11日，第五届北京国际儿童阅读大会在北京举行，本届大会主题为"新时代国际视野下儿童阅读教育多元形态"。活动包括国际安徒生奖获得者绘本大师罗杰·米罗主题演讲，中国作家协会副主席高洪波、韬奋基金会理事长聂震宁、亚洲儿童文学学会副会长王泉根、国际儿童读物联盟首位华人主席张明舟的主题报告，中欧国际阅读教育联合会会长董历、中国儿童文学教育研究中心秘书长王蕾、特级教师清华附小校长窦桂梅等的儿童阅读专家高峰论坛以及儿童阅读教育实践专家圆桌论坛、特级教师儿童阅读教学观摩课、校园特色阅读指导活动展示等。来自全国各地小学、幼儿园教师代表、教育局领导等近千人参会。大会还邀请20位专家在三个分论坛分别从阅读教育在教育现场开展的基础理论和实践研究经验、阅读产业化发展态势等话题开展了研讨；在清华大学附属小学、北京市朝阳学校和丰台第一幼儿园三个分会场进行了特色校园阅读指导活动展示；并用研究课形式开展"统编教材阅读""主题阅读课程群"、"科学阅读""绘本阅读"等不同主题的阅读活动展示。全国儿童分级阅读教育联盟也在大会期间成立。

本年

本年，加入中国作家协会的儿童文学作家有王蕾、崔昕平、赵霞、徐妍、贾林芳。

本年，儿童文学博士学位论文有：华东师范大学传播学专业陈树超的《教育动画研究：本体、形式与功能》，指导教授聂欣如；东北师范大学文艺学专业钱万成的《中国当代儿童诗歌的审美流变》，指导教授王确。

本年，全国共出版少年儿童读物新版22791种、重印21405种，总印数88858万册（张），总印张5412232千印张，定价总金额2253170万元。与上年相比，新版品种降低0.19%，重印品种增长9.17%，总印数增长8.35%，总印张增长10.82%，定价总金额增长28.40%。

全国共出版少年儿童期刊207种，平均期印数1448万册，总印数39719万册，总印张1235861千印张；占期刊总品种2.04%，总印数17.33%，总印张9.75%。与上年相比，品种降低1.90%，平均期印数降低9.30%，总印数降低10.97%，总印张降低15.58%。

2019 年

1 月

10 日，天天出版社主办的"儿童文学黄金时代的代际对话"2019原创力作发布会在北京中国国际展览中心举行，曹文轩、秦文君、常新港、殷健灵、迟慧、刘耀辉、常笑予和张牧笛分别携自己的新作展开对话。

2 月

12 日，儿童文学作家薛涛和北京的30位小读者一起赴丹麦、德国，展开为期11天的童话之旅，薛涛与欧洲作家、插画家对谈创作与阅读。

24 日，由长江出版传媒股份有限公司主办、长江少年儿童出版社（集团）有限公司承办的中国现实主义原创儿童文学优秀作品征集活动启动暨研讨会在北京召开。"中国现实主义原创儿童文学优秀作品征集活动"旨在发现和推出一批优秀的现实主义原创儿童文学作品，引领儿童文学界的现实主义创作潮流。

3 月

19 日至 23 日，人民教育出版社在云南昆明召开"儿童文学与小学语文教学"主题研讨会，此次活动由人教社小学语文编辑室和人教教材中心联合举办，人民教育出版社总编辑郭戈、人教版语文总主编温儒敏以及来自儿童文学、语文教学界的高洪波、曹文轩、王泉根、张之路、朱自强、吴然、舒伟、郑春华、杜传坤、徐妍等170多人与会。这是国内语文教学界与儿童文学界的首次深入接触与对话。

27 日，中国书刊发行业协会、中国教育装备行业协会共同在北京举办全国少年儿童分级阅读标准研制工作座谈会，标志着全国少年儿童分级阅读标准研制工作正式启动。会上成立了全国少年儿童分级阅读标准编写委员会，王泉根、霍力岩担任编委会主任。

4 月

1 日至 4 日，第 56 届博洛尼亚国际儿童书展在意大利举办。中译出版社与中国图书进出口公司联合举办的"从故乡到远方：薛涛作品推介会"在中国联合展台活动区举行，《九月的冰河》及《泡泡儿去旅行》两部作品的荷兰语版权由中译出版社授权给荷兰Sunway 出版社出版。

13 日，由《儿童文学》杂志社、浙江省作家协会、浙江师范大学儿童文学研究中心、浙江少年儿童出版社联合主办的"2019 中国—武义童话大会：新时代中国原创童话论坛"在浙江武义举行，大会围绕"气质、格局与境界——中国当下原创童话艺术探寻"展开深入讨论。

14 日,河南省儿童文学学会第一届委员会第十次代表大会在河南省实验幼儿园召开。会议选举产生了新一届学会领导班子,孟宪明为会长,肖定丽为执行会长。张秋萍、古明惠为名誉副会长,郭六轮当选秘书长,郭六轮、原草、陶真、袁勇、李立、周志勇、张琳、韩宏蓓、姬盼、李茜等当选副会长。

5 月

10 日,2018 年冰心儿童文学新作奖获奖名单公布,总计有 41 篇获奖作品。其中大奖 2 篇,佳作奖 39 篇。

13 日,第八届"周庄杯"全国儿童文学短篇小说大赛颁奖典礼在江苏昆山周庄举行,有 25 篇作品获奖,辽宁青年作家源娥的《十八天环游世界》获特等奖。

26 日,由海燕出版社举办的孟宪明长篇小说《三十六声枪响》作品研讨会在北京国家图书馆举行,来自出版界、评论界、文学界的何向阳、王泉根、王志庚、梁鸿鹰、纳杨、陈香、陈晖、冷林蔚、李潘等从不同视角对这部作品进行研讨。河南作家孟宪明酝酿 43 年,从翻阅抗战史料到一次次实地探访抗日小英雄王二小是如何炼成的,最终完成了这部力作。中国作家协会创作研究部主任何向阳认为,《三十六声枪响》从纵深的角度来书写植根于中国大地上的人民,讲了老百姓怎样反抗日寇的心理基础和行为逻辑,诠释了抗日战争就是人民战争,展现了他们身上的民族大义和民族精神。

6 月

4 日,第三届"比安基国际文学奖"颁奖典礼在俄罗斯莫斯科总统图书馆举行,四项大奖和两项荣誉奖揭晓。中国作家格日勒其木格·黑鹤的作品《黑焰》获小说大奖,刘先平的《孤独麋鹿王》获小说荣誉奖。这是中国作家首次获得"比安基国际文学奖"。

22 日,由中信出版集团、国家典籍博物馆联合主办的"安东尼·布朗的幸福博物馆"在国家典籍博物馆开展。本次展览为全国巡展的首站。展览集中展示了获国际安徒生奖插画家奖的英国超现实主义艺术大师安东尼·布朗的 162 幅原画,其笔下的人气绘本主角是首次在中国集体亮相展出。

27 日,第九届江苏书展期间,"花开繁盛——'曹文轩儿童文学奖'首届获奖作品研讨会暨第二届征稿启事发布"在苏州国际博览中心举办。江苏凤凰少年儿童出版社社长王泳波介绍:首届"曹文轩儿童文学奖"于 2018 年 7 月在苏州揭晓,《大水》《南寨有溪流》《金葫芦》等五部佳作奖获奖作品及一部特别荣誉奖、一部少年创作奖作品合编,总共七部作品出版后均实现了年内重印,并获"中国好书"、"华东优秀畅销书"奖奖项。曹文轩、王泉根、黄蓓佳、徐德霞、汪政、陈香等出席研讨。

本月,接力出版社出版《共产党宣言》的少儿彩绘版。这是继 2018 年接力出版社推出《资本论(少儿彩绘版)》之后,第二次推出马克思经典作品的少儿彩绘版。2018 年恰逢马克思诞辰 200 周年,也是《共产党宣言》发表 170 周年,世界各地都出版了各种以马克思为主题的出版物,来纪念这位近代以来最伟大的思想家。让马克思著作走近少年儿童,正是马克思主义研究当代化、大众化的重要举措,也是对这位伟大思想家最好的纪念。

本月,中国寓言文学研究会成立儿童文学专业委员会。徐鲁任专业委员会会长,安武林、王宜清、薛涛、侯颖、李学斌、吕翼任副会长。

7 月

3 日,著名军旅儿童文学作家,小说《闪闪的红星》《两个小八路》作者李心田先生在

山东济南逝世,享年 91 岁。

21 日至 22 日,2019"大白鲸"原创幻想儿童文学年度盛典系列活动在辽宁大连举行,知名作家、画家、评论家、阅读推广专家代表与作者一起,共同见证了第六届"大白鲸"优秀作品征集活动、第六届全国小学生阅读与创意活动获奖名单的揭晓。

6 日,"把世界交给孩子——《给孩子的诗》出版五周年诗歌朗诵会"在北京 SKP REN-DEZ—VOUS 书店举行。食指、北岛、芒克、欧阳江河、尹丽川、刘文飞等诗人、学者见证了以《给孩子的诗》一书为起点的"给孩子"系列图书五周年纪念活动由此拉开序幕。五年来,由中信出版社出版、北岛主编的"给孩子"系列图书已经出版 14 种,涉及诗歌、散文、古诗词、寓言、美学、历史地理、科幻等,北岛、李陀、黄永玉、叶嘉莹、王安忆、唐晓峰、刘慈欣等不同领域的作家、学者参与到这一系列的编写。

7 日,由北京作家协会、北京老舍文学院、新蕾出版社共同主办的"周晓枫童话新作《星鱼》研讨会"在北京举行。中国作家协会副主席李敬泽、北京文联党组书记陈宁、天津出版传媒集团的领导和李智明、徐鲁、徐德霞、马光复、汤锐、李舫、刘琼、徐妍、陈晖、张莉、张国龙、舒辉波等十余位作家、评论家与会。李敬泽认为周晓枫擅长展现对于人、生命和生活等一系列基本价值的辩证与想象。《星鱼》诠释了友谊、理解和坚持,给予儿童了解生活与生命的美好、宽阔与复杂的机会。

13 日,浙江省金华市首届"十佳儿童文学新锐青年作家"颁奖典礼暨蒋风儿童文学馆(琐园站)、鲁兵儿童文学研学基地挂牌仪式在浙江金华市琐园国际研学村举行。金华市首届"十佳儿童文学新锐青年作家"分别是常立、陈巧莉、范泽木、黎亮、黄晓艳、巩春林、张玲芳、李作媛、雷皓和黄韬彦。

13 日,作为《甘肃日报》创刊 70 周年系列庆典活动之一,由甘肃省委宣传部、省文联、甘肃日报社共同主办的"张琳儿童文学创作研讨会"在兰州举行。张琳是《甘肃日报》编辑,先后出版《我在大漠等你》《腰刀的歌》等 10 多部儿童文学作品,获冰心儿童文学新作奖大奖、"大白鲸"原创幻想儿童文学奖等多项奖项。甘肃省委宣传部副部长王成勇,甘肃省文联副主席马青山、甘肃日报社社长王光庆、西北师大传媒学院院长徐兆寿,甘肃省作家协会副主席叶舟,甘肃省文学院院长高凯等 10 余位专家、作家参加研讨。

17 日至 23 日,由北京市西城区区委区政府和中国出版协会会主办,北京市西城区文化和旅游局承办的第五届中国童书博览会在北京举行。童博会现场设置图书展示区、国际绘本展区、国际插画展区、主题活动区、作家签售区和阅读体验区六大特色展区,并开展"中国儿童阅读发展峰会"主论坛以及阅读推广活动、作家活动、插画家活动、互动体验活动四大类 108 场活动。

30 日,"2019 中国国际儿童电影展"在北京中国宋庆龄青少年科技文化交流中心举行启动仪式。经国家电影局批准,2019 中国国际儿童电影展由中共广州市委宣传部、中国儿童少年电影学会、电影频道节目中心主办,电影展主题为"童心看世界,光影伴童年——与国同梦,与影童行"。为期 5 天的 2019 中国国际儿童电影展将在广州举办,来自国内外的 300 多位电影界和教育界的重要嘉宾和专业人士参加活动。参展放映影片 70部 200 场,国产儿童影片和外国儿童影片各占一半,包括儿童故事长片、动画长片。电影展设有"新中国优秀儿童片动画片展映"、儿童电影国际论坛暨中小学影视教育国际论坛、新儿童片推介活动、儿童电影创投会、第四届全国优秀儿童电影(动画片)剧本征集表彰活动、儿童电影版权交易会等。

31 日，中国作家协会儿童文学委员会、中国现代文学馆、中国少年儿童新闻出版总社联合主办的"呵护童心纯美 60 年——金波儿童诗创作交流活动"在北京中国现代文学馆召开。中国作家协会主席铁凝发来贺信。中国作家协会副主席李敬泽、高洪波，全国政协副秘书长、民进中央副主席朱永新，中国少年儿童新闻出版总社社长孙柱、谢冕、束沛德、曹文轩、张之路、王泉根、汤锐、梁鸿鹰、李东华、白冰、葛冰、刘颋、刘丙钧、刘秀娟等共同探讨金波的儿童诗世界、中国儿童诗的走向、诗歌对于儿童教育的意义等话题。

8月

10 日 由中宣部指导，中华书局、学习出版社、党建读物出版社、接力出版社等单位共同编撰的"中华人物故事汇"系列丛书在北京发布。该丛书分为"中华先锋""中华先烈""中华先贤""中华传奇人物"四个系列，分辑分类汇编了从古至今中华民族杰出人物事迹。已出版的"中华先锋"人物故事包括"一不怕苦二不怕死"的王杰、"当代毕昇"王选、"铁人"王进喜、"一腔热血洒高原"的孔繁森、"中国现代数学之父"华罗庚、义务植树的杨善洲等以及中国航天员、中国女排等先锋集体的故事。中宣部印刷发行局局长刘晓凯在该丛书首发式暨"礼先贤、敬先烈、学先锋、育新人"主题读书活动启动仪式上表示，丛书突出导向性、思想性和文学性、可读性，旨在将社会主义核心价值观融入学习生活，传承红色基因，努力培养担当民族复兴大任的时代新人。该丛书已出版发行首批 50 种，第二辑、第三辑计划到 2021 年共推出 310 种。

14 日至 20 日，在上海展览中心举办的 2019 上海书展中，500 余家出版社为读者带来了 16 万种精品图书。其中，来自全国各地的多家少年儿童出版社，为读者带来分享会、读书会、签售会等形式多样的活动。正值暑期，少儿馆成为上海书展最具人气的区域。

19 日 二十一世纪出版社集团在北京举办彭学军长篇小说新作《黑指》研讨会，金波、张之路、张明舟、曹文轩、徐德霞、汤素兰、李利芳、王林、陈晖、纳杨、史雷、左昡等作家、评论家，二十一世纪出版社社长刘凯军、副总编辑熊炽、《黑指》的编辑魏钢强参加研讨会。《黑指》以江西景德镇古老瓷都的变迁为背景，将儿童成长中的思想、性格的淬炼与陶瓷生产、制作的流程交织在一起描写，别具特色。

20 至 21 日，由中国诗歌学会、北京大学中国诗歌研究院、北京大学外国语学院主办的首届"童诗现状与发展"研讨会在安徽黄山宏村举行。北京大学宣传部部长蒋朗朗、中国诗歌学会会长黄怒波、北京大学外国语学院院长宁琦、美国佐治亚州南方大学文学与哲学教授 Richard Flynn、日本城西国际大学教授田原以及赵振江、王泉根、方卫平、陈树才、王宜振、邱易东、金本、崔昕平、舒伟、张国龙、金莉莉等国内外 60 余位作家、童诗诗人、翻译家等与会，围绕中国儿童诗的历史与现状、创作与理论、中外交流互鉴等展开了讨论。会议决定国际儿童诗歌学术会议——"童诗中国论坛"将于 2020 年在浙江省兰溪市举行。

22 日，长江少年儿童出版社"百年百部中国儿童文学经典书系"系列图书基里尔蒙古文版权输出签约仪式在北京举行。长江少年儿童出版社与内蒙古出版集团、蒙古国安德公司就"百年百部中国儿童文学经典书系"版权输出签约。中国出版协会会常务副理事长邬书林，内蒙古自治区党委宣传部副部长乌恩奇，湖北省委宣传部副部长陈树林，内蒙古出版集团有限责任公司党委书记、董事长双龙，长江出版传媒股份有限公司董事长陈义国、总经理邱菊生，内蒙古出版集团有限责任公司总编辑其其格，蒙古国安德公司董事长色林花、总经理桑杰等出席活动。首批将从书系中精选 10 本译成基里尔蒙古文，输出至蒙古国。

22 日，人民文学出版社、天天出版社在北京国际图书博览会现场举办第三届"青铜葵花儿童小说奖"颁奖仪式。在 547 部投稿作品中，《山芽儿》《买星星的人》《糊粮酒·酒葫芦》《满川银雪》《终极恐龙》《小塘主》《1937：少年的征途》《蜗牛》《方舟》《星期二的挑战》获奖；最高奖"青铜奖"空缺。评委会主任曹文轩、中国韬奋基金会理事长聂震宁、中国出版集团公司副总经理李岩、人民文学出版社社长臧永清等出席活动。

本月，中国作家协会公布 2019 年新会员名单，其中儿童文学作家有：侯颖、王苗、郭姜燕、张吉宙、龙向梅（龙向枚）、马传思、冯绪旋、李德民、陈苏、钟林娇、刘乃亭、刘海云、两色风景（黄振寰）、洪永争、郝周、许廷旺（益水，蒙古族）、杨筱艳（回族）。

9 月

11 日，由接力出版社举办的以"边界与特征"为主题的中国原创幼儿文学理论研讨会在北京举行。中国作家协会副主席李敬泽、高洪波，金波、汤锐、朱自强、白冰、徐鲁、郑春华等数十位专家从幼儿文学边界、美学特征、艺术标准、创作方法、视听觉艺术、幼儿文学教育等多个方面对幼儿文学创作进行了探讨，有专家认为缺少儿童文学的文学世界是不完整的，而幼儿文学也许更接近儿童文学的核心。

15 日，"上海儿童文学基地"项目的启动仪式在上海浦东图书馆举行，该项目由上海浦东图书馆联合上海市作家协会儿童文学委员会共同参与建设。上海是中国儿童文学的重镇，"儿童文学基地项目"致力于上海儿童文学史料和作家人物的档案收集、陈列与推广利用。著名作家任溶溶捐赠了 55 部个人著作、1 份手稿、74 份珍贵照片等累计 140件，张秋生捐赠了个人著作 118 本、手稿、获奖证书等 339 件。

19 日，中国作家协会儿童文学委员会 2019 年年会暨中国儿童文学论坛在云南临沧举行。此次会议的主题为庆祝新中国成立 70 周年，不忘初心，牢记使命，努力推动中国儿童文学事业不断前进。会议由中国作家协会儿童文学委员会主任高洪波和副主任方卫平分别主持。云南省委宣传部副部长蔡祥荣、云南省作家协会主席范稳、临沧市委宣传部部长杨安兴出席会议。曹文轩、白冰、朱自强、刘海栖、孙云晓、李利芳、张晓楠、陈诗哥、秦文君、徐鲁、徐德霞、董宏猷、韩进、薛卫民、吴然、崔昕平、汤萍、吉彤、纳杨等参加讨论。与会者围绕新时代儿童文学发展的新空间和新挑战、文学理论如何更好地发挥对文学创作的指导作用、中国当代儿童文学的美学特征和审美范式等议题展开交流讨论。会后，与会者前往位于边境线上的佤山翁丁小学，与孩子们互动交流，并举行赠书仪式。

非洲肯尼亚当地时间 9 月 25 日至 29 日，"湖北出版文化展"在第 22 届内罗毕国际书展举办。26 日举行的文化展开幕式中非文化交流会上，中国电影家协会儿童电影工作委员会会长、作家张之路作了题为"阅读点亮人生"的演讲，北京师范大学教授、中国作家协会儿童文学委员会副主任王泉根作了题为"童心无界，文学有情"的演讲。内罗毕书展期间，在湖北省委宣传部副部长陈树林、长江出版传媒股份有限公司副总经理李兵等的带领下，长江少年儿童出版社携手张之路和王泉根两位专家走进肯尼亚当地小学并捐赠包括《曹文轩画本·草房子》（英文版）、《龙月》（英文版）、《耳朵先生的音乐绘本》（英文版）、《上知天文 下知地理》（中英双语）等图书和学习用具。长江少年儿童出版社还举行了以"分享阅读 共享未来"为主题的系列活动。此次书展，中国驻肯尼亚大使馆参赞王学政、内罗毕大学校长 Prof.Isaac Mbeche、肯尼亚国家图书馆副馆长 Wangari Ngovi、新华社非洲总分社社长李生江，新华社、中央广播电视总台、中国日报、中国国际广播电台等驻非洲站负责人、当地出版业界人士、学校、侨领和中国出版代表团等近百人出席文化展开幕式等系列活动。

26日，第四届国际儿童读物联盟亚洲大洋洲地区会议在西安开幕，来自中国、蒙古、印度、斯里兰卡、柬埔寨、伊朗、尼泊尔、日本、阿富汗、俄罗斯等24个国家和地区的文化和少儿出版界人士，以及国际儿童读物联盟执委会委员近200人汇聚一堂，共议"儿童与未来"主题。共青团中央书记处常务书记、中华全国青年联合会主席汪鸿雁，中国出版协会会常务副理事长邬书林，中国作家协会副主席高洪波，中宣部进出口管理局副局长赵海云，国务院新闻办公室对外推广局副局长李智慧，西安市委常委、宣传部部长张琳，中国儿童文学研究会会长庄正华，国际儿童读物联盟主席张明舟等出席并致辞。国际儿童读物联盟中国分会主席、中国少年儿童新闻出版总社社长孙柱主持开幕式。本届会议为期3天。期间，主办方举办了"一带一路"少儿出版论坛、"儿童阅读与世界未来"论坛、"儿童文学创作中的童年体验"论坛等活动，还策划了一系列作家走进书店、校园的活动。

26日，由陕西省作家协会主办、陕西作家协会儿童文学委员会承办的"陕西儿童文学创作研讨培训班"在陕西西安开班，为期3天，来自全省的儿童文学作家50人参加培训。这是陕西作家协会儿童文学委员会自2016年起连续举办的第四次创作培训班。曹文轩、国际儿童读物联盟主席张明舟、陕西作家王宜振、《延河》文学月刊执行主编阎安分别授课。

28日，"我和我的祖国"2019年岭南童谣节颁奖典礼暨优秀作品展演活动在广东广播电视台举行。为庆祝中华人民共和国成立70周年，厚植热爱祖国的深厚情感，广东省文明办联合省教育厅、团省委、省妇联、省文联、省作家协会等共同开展了"我和我的祖国"2019年岭南童谣征集传唱活动，共评选出66首优秀童谣作品和10个优秀组织单位。广东省作家协会积极组织儿童文学作家、省小作家协会、文学创作基地积极参与，共征集作品152首，最终有7首作品获奖。获得特等奖的是中山市作家林毓宾的《爱我祖国写春秋》，一等奖有王俊康的《爸爸五岁我十岁》、何永红的《港珠澳大桥长又长》。

本月，由高洪波主编，金波、张之路、曹文轩等作家和初展文学风采的年轻作者共同书写的"与共和国一起成长"主题故事，集结成《共和国的童年纪事》一书，由长江文艺出版社出版。

本月，"炫彩童年"中国百年童书展日前在中国妇女儿童博物馆举行。本次展览共展出约100册儿童书籍，均为各个时期代表性强、艺术水平高、影响力大的经典作品，展览分为晚清时期、民国时期、新中国成立初期、上世纪70年代末至90年代以及新世纪以来五个部分，展现中国童书的发展进程。

本月，为期两天的"70年：浙江儿童文学的历史、现状与未来暨2019年浙江儿童文学年会"在浙江杭州举行。来自浙江、上海、山东等地的近百名儿童文学作家、学者、编辑与会。此次大会对70年来浙江儿童文学获得的成就与新时代儿童文学的发展进行了深入探讨，并就儿童文学创作和阅读、儿童文学出版和传播、儿童文学理论和批评等进行了交流。

自年初至本月，为庆祝中华人民共和国成立70周年，回顾与检阅新中国儿童文学70年的发展历程与巨大成就，各地出版社推出了多种新中国儿童文学70年选本、书系，有：束沛德、徐德霞主编，广西师范大学出版社出版的《儿童粮仓：小说馆》《童话馆》；方卫平选评，中国少年儿童新闻出版总社出版的《共和国70年儿童文学短篇精选集》；李东

华主编,北京十月文艺出版社出版的《中华人民共和国成立 70 周年优秀文学作品精选·儿童文学卷》;王泉根主编,中国出版集团现代出版社出版的《新中国成立 70 周年献礼:儿童文学光荣榜》书系。

本月,《文艺报》连续刊文,回顾与总结新中国儿童文学 70 年的历程与成就,有:王泉根的《新中国 70 年儿童文学创作:童心如歌,繁花似锦》(9 月 11 日),李利芳的《新中国儿童文学七十年回顾与展望》(9 月 20 日),行超、教鹤然的《新中国成立七十年来儿童文学的发展与成就:童心无界,文学有情》(9 月 30 日)。

第十辑

70年儿童文学图书辑目

导　言

　　本辑文字虽是枯燥的图书目录，但面对这份目录，大有 70 年时空挟风云雷电奔驰眼前之感。由五代儿童文学作家，以 70 年漫漫岁月，倾情投入的智慧、才情和心血凝结而成的这数万条书目，构成了 70 年儿童文学的不平凡历程与皇皇硕果。虽然这份图书目录并非是 70 年儿童文学出版物的全部，但却足以让我们感奋不已。

　　循着这份书目，我们仿佛走进了 70 年儿童文学的历史隧道：从百业待兴的新中国建设时期到总路线、大跃进、人民公社"三面红旗"，从农业学大寨、工业学大庆到"文化大革命"，从改革开放的新时期到云蒸霞蔚的新时代，当代中国不同历史时期的风景，都能在这份儿童文学书目中找到声音、表情、画面。

　　循着这份书目，我们见识了无数熟悉的和陌生的作家面孔。他们从北京、上海、广州、重庆、武汉等大都市走来，从江南水乡、白山黑水、西南边疆、青藏高原走来，从校园走来，从乡野走来，从工矿走来，从军营走来，从三尺讲台走来，从斗室书房走来……正因为有了他们，才有了共和国数代少年儿童精神成长的营养。

　　虽然，经过岁月的淘洗，这份书目中已有不少作品与今天的阅读拉开了距离，但它们依然或鲜明或依稀地留存在曾经伴随童年一起长大的那一代代人的记忆里。而那些打败了时间的作品，则以其情感的力量、道德的力量、审美的力量、智慧的力量，凝聚成 70 年儿童文学堪称经典的城堡。经典的力量最终是语言的力量，是语言艺术的高度、品质和生命。

感谢这份书目的整理者，感谢为这份书目的整理提供支持与方便的国家图书馆、中国版本图书馆、北京师范大学图书馆、沈阳师范大学图书馆，以及各地少年儿童出版社、儿童文学界的朋友们！

70年儿童文学图书辑目

王泉根　王家勇　辑录

说　明

　　一、本《70年中国儿童文学图书辑目》是对1949年中华人民共和国成立至今70年间的儿童文学重要图书书目的汇编，为方便行文，统一称为《70年中国儿童文学图书辑目》（以下简称《书目》）。

　　二、本《书目》按儿童文学文体分为儿童小说故事类、童话寓言类、儿童散文报告文学类、儿童诗类、科学文艺类、理论著作类等六大类。每大类均按出版时间先后为序编排。每本图书按书名、著作者、出版单位、出版年月排列。

　　三、本《书目》所辑书目主要根据国家图书馆、中国版本图书馆、北京师范大学中国儿童文学研究中心、沈阳师范大学图书馆、中国寓言文学研究会所藏儿童文学图书及所提供的资料整理、汇辑而成。

　　四、本《书目》所辑书目并非70年间我国已出版的儿童文学图书之全部，而只是其中比较重要、值得辑存，同时在国家图书馆等处容易找到的图书，这是需要特别说明的。

　　五、本《书目》由王泉根、王家勇整理汇辑。

　　由于时间仓促，本《书目》定有粗疏、不当之处，诚望专家、读者批评指出，以便再版时改正。

一、儿童小说、故事

1949 年

《新安旅行团》，哈华，苏南新华书店，1949.7

《中年级故事集》，沈惠芳、沈惠国编，商务印书馆，1949.10

《鸡毛信》，华山，大连新华书店，1949.11

1950 年

《小歌女》，揭祥麟，光芒出版社，1950.1

《活路》，颜一烟，东北新华书店，1950.3

《秋山红叶》，赵景源，商务印书馆，1950.3

《少年儿童战士》，贺宜编，天下图书公司，1950.5

《雨来没有死》，管桦，新华书店东北总分店，1950.8

《小兄弟俩》，孙敬轩缩写，新华书店山东总分店，1950.9

《红鼻子的姑娘》，贺宜，启明书局，1950.11

《一个孩子翻身的故事》，洪林，新华书店华东总分店，1950.11

《小妮儿》，戴石明，新华书店华东总分店，1950.12

《战士脱险记》，方毅，知识书店，1950.12

《黑翠挑土》，黄志，知识书店，1950.12

《光屁股的孩子》，少君，知识书店，1950.12

1951 年

《桌椅委员》，江山野，青年出版社，1951.1

《山海关的红绫歌》，孙犁，知识书店，1951.1

《一支金星笔》，张力夫，山东人民出版社，1951.2

《小英雄雨来》，管桦，生活·读书·新知三联书店，1951.4

《蛤蟆学牛》，苗培时、常君实、沈毅，文化供应社，1951.4

《种树记》，马奔，普及书店，1951.5

《泥巴孩子》，严冰儿，知识书店，1951.5

《小英雄智擒匪特》，左军，南方通俗读物联合出版社，1951.5

《红领巾的故事》，张福高，知识书店，1951.7

《小三子扔手榴弹》，黄碧云，新儿童书店，1951.7

《我们要游回祖国去》，荣欣，青年出版社，1951.8

《红星的故事》，中耀，山东人民出版社，1951.8

《小游击队员》，韶华，辽宁人民出版社，1951.8

《我真想入队》，金近，中国青年出版社，1951.10

《铁娃娃》，李伯宁，文化供应社，1951.12

1952 年

《小组长》，施雁冰编著，大东书局，1952.1

《列车呀，前进吧》，方佳，山东人民出版社，1952.2

《金家小兄弟》，向远，山东人民出版社，1952.2

《侦察兵》,贺宜,青年出版社,1952.4

《最可爱的人》,刘牧改写,南方通俗读物联合出版社,1952.6

《罗文应的故事》,张天翼,青年出版社,1952.7

《毛泽东时代的孩子》,史辛,南方通俗读物联合出版社,1952.9

《毛主席的小英雄》,柯仲平,青年出版社,1952.10

《我们是真正有志气的人》,田地,青年出版社,1952.10

《志愿军叔叔和朝鲜小姑娘》,魏巍等,青年出版社,1952.10

《竹哨》,白桦,青年出版社,1952.11

《好大娘》,刘真,青年出版社,1952.11

1953 年

《拴不住》,靳夕,少年儿童出版社,1953.5

《森林里》,贺宜,少年儿童出版社,1953.6

《奶奶的计策》,黄碧云,少年儿童出版社,1953.6

《小八路》,鲁芝,少年儿童出版社,1953.6

《明天》,田地,少年儿童出版社,1953.6

《我们永远互相帮助》,贺宜,少年儿童出版社,1953.7

《三个好朋友》,马烽,少年儿童出版社,1953.7

《同桌》,赵镇南,中国青年出版社,1953.7

《半夜鸡叫》,高玉宝,东北人民出版社,1953.8

《小石头他们》,胡振常,少年儿童出版社,1953.9

《小象波波的故事》,衍一,少年儿童出版社,1953.9

《鹿走的路》,白桦等,中国青年出版社,1953.10

《露营的一夜》,李慰饴,山东人民出版社,1953.10

《光荣的小游击队员》,维西,山东人民出版社,1953.11

《和好》,杜风,少年儿童出版社,1953.12

《我的马》,儿童时代社编,少年儿童出版社,1953.12

《我要读书》,高玉宝,人民出版社,1953.12

1954 年

《杨司令的少先队》,郭墟,中国青年出版社,1954.2

《小马枪》,胡奇,少年儿童出版社,1954.2

《吕小钢和他的妹妹》,任大星,中国青年出版社,1954.2

《杜杜》,白小文,少年儿童出版社,1954.3

《兄妹俩》,黎白,儿童读物出版社,1954.4

《白脖鸽子》,徐迪,儿童读物出版社,1954.4

《小电话员》,楚城,少年儿童出版社,1954.5

《重要的小事情》,贺宜,少年儿童出版社,1954.5

《和平的旗》,季康等,重庆人民出版社,1954.5

《小虎》,李亚如,江苏人民出版社,1954.6

《聪明勇敢的张小明》,秦兆阳,少年儿童出版社,1954.7

《我们的田庄》,任大霖,少年儿童出版社,1954.7

《小队的友谊》，赵利用等，重庆人民出版社，1954.7

《牛角号》，兵煊，少年儿童出版社，1954.9

《荞子和格丽黄》，季康等，中国青年出版社，1954.9

《雾海枪声》，柯蓝，少年儿童出版社，1954.9

《韩梅梅》，马烽，中国青年出版社，1954.9

《他在阳光下走》，田地，少年儿童出版社，1954.9

《毛主席开的甜水井》，颜香等，中国青年出版社，1954.9

《秘密》，郑马，少年儿童出版社，1954.9

《小手枪》，朱明政、朱明军，山东人民出版社，1954.10

《他高高举起雪亮的小马枪》，吴强，新文艺出版社，1954.11

《蒙族小姑娘吉玛》，朱波等，少年儿童出版社，1954.11

《东山少年》，冯健男，中国青年出版社，1954.11

《图书馆员的故事》，柏叶，山西人民出版社，1954.11

《一个小红军的故事》，孔雨平，山东人民出版社，1954.11

《火热的心》，谢力鸣，中国青年出版社，1954.11

《小刚的红领巾》，张有德，湖北人民出版社，1954.12

《铃铛再也不响了》，郑成志，山东人民出版社，1954.12

1955 年

《一盘克朗球》，赵镇南，中国青年出版社，1955.1

《刚出山的太阳》，朱近之，陕西人民出版社，1955.1

《小王的故事》，竹眠，山东人民出版社，1955.2

《彝族小英雄》，李乔，重庆市人民出版社，1955.3

《在边疆的山谷里》，朱德普，重庆人民出版社，1955.4

《一件有益的事情》，柏叶，山西人民出版社，1955.5

《小胖和小松》，呆向真，少年儿童出版社，1955.5

《越早越好》，魏金枝，少年儿童出版社，1955.5

《小米霞》，兵煊，云南人民出版社，1955.6

《破庙里的秘密》，楚城，少年儿童出版社，1955.6

《王树和李德龙》，禾更、金真著，红领巾社编，四川人民出版社，1955.6

《我们的生活》，李福民，山东人民出版社，1955.6

《小猎人伊辛木》，朱波，少年儿童出版社，1955.6

《饮马河边》，崔坪，少年儿童出版社，1955.7

《小红星》，郭新日，少年儿童出版社，1955.7

《一本书》，邱勋，山东人民出版社，1955.7

《游击队员的儿子》，杨振来，江苏人民出版社，1955.7

《幸福的一天》，柏叶，山西人民出版社，1955.8

《小虎》，卞祖芳，河北人民出版社，1955.8

《小民兵》，郑笃，山西人民出版社，1955.8

《我和小荣》，刘真，少年儿童出版社，1955.9

《勇敢的二锁》，刘二水，少年儿童出版社，1955.9

《小勒岗和他的父亲》，杨昭，云南人民出版社，1955.9

《共产党是我妈妈》，毓明等编写，山西人民出版社，1955.9

《洛娜的明珠》，钟宽洪，儿童读物出版社，1955.9

《三个先生》，朱明政、朱明军，少年儿童出版社，1955.9

《英雄模范的学习故事》，蓝村、丁二编写，儿童读物出版社，1955.9

《杨永丽和江林》，林蓝，少年儿童出版社，1955.10

《平凡的孩子》，谢竟成，儿童读物出版社，1955.10

《二千里行军》，黑黎，少年儿童出版社，1955.11

《一支红蓝铅笔》，韶华，辽宁人民出版社，1955.11

《空信封》，张有德，少年儿童出版社，1955.11

《图书车来了》，分年阅读活动小丛书编辑委员会编著，儿童读物出版社，1955.12

《扫雪去》，分年阅读活动小丛书编辑委员会编著，儿童读物出版社，1955.12

《在海边》，分年阅读活动小丛书编辑委员会编著，儿童读物出版社，1955.12

《大家真高兴》，分年阅读活动小丛书编辑委员会编著，儿童读物出版社，1955.12

《我们的小队》，分年阅读活动小丛书编辑委员会编著，儿童读物出版社，1955.12

《小根子》，安树勋，河北人民出版社，1955.12

《祝你健康》，鲍维湘等编，儿童读物出版社，1955.12

《狼军师》，苏东编写，群益堂，1955.12

《小扇子》，扬波，少年儿童出版社，1955.12

《海防战士和小姑娘》，周志荣、楚城，浙江人民出版社，1955.12

1956 年

《文艺读物——我们的老师和朋友》，秦陵，少年儿童出版社，1956.1

《小号兵》，沈默君，少年儿童出版社，1956.1

《一支钢笔》，卞祖芳，江苏人民出版社，1956.2

《大红马》，常庚西等，中国少年儿童出版社，1956.2

《取枪记》，江萍，中国少年儿童出版社，1956.2

《年轻的鹰》，黎静，中国少年儿童出版社，1956.2

《枣》，李惠薪，儿童读物出版社，1956.2

《小小牛司令》，孙景琦，儿童读物出版社，1956.2

《儿童文学选(1954.1—1955.12)》，中国作家协会编，人民文学出版社，1956.2

《海滨的孩子》，中国作家协会编，中国青年出版社，1956.2

《一个小红军的故事》，丁玲，少年儿童出版社，1956.3

《台湾人》，赤峰，浙江人民出版社，1956.3

《芦苇里响起了枪声》，崔坪等，浙江人民出版社，1956.3

《合作社的牛》，揭林，四川人民出版社，1956.3

《奇怪的滑雪者》，裴家克，浙江人民出版社，1956.3

《松花江边》，吴中原，浙江人民出版社，1956.4

《数字的秘密》，儿童读物出版社编，儿童读物出版社，1956.4

《海上的故事》，胡同伦，少年儿童出版社，1956.4

《建设山区的故事》，李正文，山西人民出版社，1956.4

《小发的故事》，梁泊，少年儿童出版社，1956.4

《我们一家人》，孙肖平，少年儿童出版社，1956.4

《我爱劳动了》，谢冰心等，中国少年儿童出版社，1956.4

《云中的道路》，谢力鸣，少年儿童出版社，1956.4

《手榴弹》，于广哲，浙江人民出版社，1956.4

《邱玉和小平》，烽火，辽宁人民出版社，1956.5

《一张唱歌纸》，分年阅读小丛书编辑委员会编著，少年儿童出版社，1956.5

《小鸡变拖拉机》，分年阅读小丛书编辑委员会编著，少年儿童出版社，1956.5

《小螃蟹》，分年阅读小丛书编辑委员会编著，少年儿童出版社，1956.5

《捉麻雀》，分年阅读小丛书编辑委员会编著，少年儿童出版社，1956.5

《拖拉机来了》，分年阅读小丛书编辑委员会编著，少年儿童出版社，1956.5

《小洋号》，高空蔚等，江苏人民出版社，1956.5

《我和宋老师》，卞祖芳，江苏人民出版社，1956.5

《小鹰的一个星期天》，葛进，浙江人民出版社，1956.5

《红领巾的故事》，贵州人民出版社编，贵州人民出版社，1956.5

《第一个五分》，李方，江苏人民出版社，1956.5

《小红侦察记》，李天恩，陕西人民出版社，1956.5

《林镇南和维加》，林钢等，辽宁人民出版社，1956.5

《小八子和红领湾》，榴红，四川人民出版社，1956.5

《信号灯》，鲁克，山东人民出版社，1956.5

《大刚和小兰》，邱勋，山东人民出版社，1956.5

《学习我们敬爱的人》，中国新民主主义青年团贵州省委学校工作部编，贵州人
  民出版社，1956.5

《秧田发绿的时候》，任大霖，少年儿童出版社，1956.5

《姊姊的礼物》，任大星，浙江人民出版社，1956.5

《重逢》，谢挺宇，辽宁人民出版社，1956.5

《一对红领巾》，徐迪等，天津人民出版社，1956.5

《森林中的秘密》，续思，四川人民出版社，1956.5

《边防军和红领巾》，续思，四川人民出版社，1956.5

《蹦蹦跳跳的小皮球》，杨春芸、钟宽洪，重庆人民出版社，1956.5

《爷爷和孙子》，杨书云，少年儿童出版社，1956.5

《曾大惠和周小荔》，郁茹，广东人民出版社，1956.5

《我的黑骡子没有瘦》，袁潮等，山西人民出版社，1956.5

《朝鲜儿童对敌斗争故事》，张登魁，陕西人民出版社，1956.5

《小侦察兵》，郑冠群，四川人民出版社，1956.5

《边疆的春天》，郑潜云、郑逸夫，广东人民出版社，1956.5

《小琴的故事》，丁宏宣，江苏人民出版社，1956.6

《菜园边上》，范平沫，江苏人民出版社，1956.6

《海防前线的红领巾》，甘水清，少年儿童出版社，1956.6

《烟囱里的狼》，果嘉、续思，四川人民出版社，1956.6

《小伞工》，湖南人民出版社编，湖南人民出版社，1956.6

《大兴安岭历险记》，冷超、张振富，中国少年儿童出版社，1956.6

《他们一小队》，任东流，浙江人民出版社，1956.6

《桃花水下来的时候》，孙景琦，少年儿童出版社，1956.6

《小英雄嘎娃》，小剑，天津人民出版社，1956.6

《白丁香》，杨平，中国少年儿童出版社，1956.6

《马尾松种子》，知侠，少年儿童出版社，1956.6

《彝族少年小阿萨》，朱技能，四川人民出版社，1956.6

《在海岸上盼望》，梁政学，少年儿童出版社，1956.7

《哈桑的幸福》，兵煊，重庆人民出版社，1956.7

《戈壁滩上找宝贝》，何永鳌，少年儿童出版社，1956.7

《小保管员》，揭祥麟，重庆人民出版社，1956.7

《小鹰试飞》，金江，中国少年儿童出版社，1956.7

《一头小猪》，李准，河南人民出版社，1956.7

《吹不倒的花》，沈寂，福建人民出版社，1956.7

《一亩地》，上海市新泾区大金更小学编写，少年儿童出版社，1956.7

《千里围猎》，张大放，少年儿童出版社，1956.7

《没有入伍的小兵》，张均衡，山东人民出版社，1956.7

《一支钢笔》，张世成，四川人民出版社，1956.7

《叔父和侄儿》，郑笃等，山西人民出版社，1956.7

《黑宝石》，郑文光，中国少年儿童出版社，1956.7

《西流水的孩子们》，周而复，少年儿童出版社，1956.7

《飞了的家雀》，傅雅雯等，中国少年儿童出版社，1956.8

《大林和小花》，胡青坡，湖北人民出版社，1956.8

《她不是我的姑姑》，江干，江苏人民出版社，1956.8

《向日葵日记》，揭祥麟，重庆人民出版社，1956.8

《伤疤的故事》，李涌，中国少年儿童出版社，1956.8

《抗日游击队》，吕斌，浙江人民出版社，1956.8

《擒匪记》，史超，中国少年儿童出版社，1956.8

《社里的孩子》，王福慧，山东人民出版社，1956.8

《枪》，王世镇，少年儿童出版社，1956.8

《少年突击手》，王汶石，少年儿童出版社，1956.8

《在公路上》，叶中鸣，浙江人民出版社，1956.8

《采树种》，张效等，浙江人民出版社，1956.8

《小钢炮》，张少山，山东人民出版社，1956.8

《老狗熊安家记》，韶华，辽宁人民出版社，1956.9

《小队伍的"秘密"》，长江文艺编辑部编，长江文艺出版社，1956.9

《捉蛇的人》，范平沫，江苏人民出版社，1956.9

《放羊娃》，延河文学月刊辑，陕西人民出版社，1956.9

《小角班》，艾华，四川人民出版社，1956.9

《送侨汇的姑娘》,陈炎荣,少年儿童出版社,1956.9

《骑兵司令》,火苗,少年儿童出版社,1956.9

《蒙帕在幻想》,季康,少年儿童出版社,1956.9

《红军万岁》,江西文艺社编,江西人民出版社,1956.9

《山林的儿子》,李树砥,少年儿童出版社,1956.9

《瓜棚记》,刘绍棠,少年儿童出版社,1956.9

《在幽静的山村里》,罗力等,少年儿童出版社,1956.9

《三只小羊羔》,倪其发,少年儿童出版社,1956.9

《刚满十四岁》,任大星,少年儿童出版社,1956.9

《小虎的故事》,苏小星等,贵州人民出版社,1956.9

《海岛灭蚊队》,滕仲芳,浙江人民出版社,1956.9

《送伞》,余光远等,四川人民出版社,1956.9

《鲜花》,钟子芒、叶中鸣,浙江人民出版社,1956.9

《一盒五彩铅笔》,湖南人民出版社,1956.9

《小明打鬼子》,张震峰,江苏人民出版社,1956.10

《刘排长和小金枝》,大群,少年儿童出版社,1956.10

《王小平和春梅》,方克定,江西人民出版社,1956.10

《一只奇怪的鸽子》,艾悦,陕西人民出版社,1956.10

《工人的儿子》,艾明之,少年儿童出版社,1956.10

《在秋收的日子里》,安乐予,少年儿童出版社,1956.10

《毛主席派人来了》,陈伯吹,中国少年儿童出版社,1956.10

《接关系》,郭墟,中国少年儿童出版社,1956.10

《小虎子》,黄予,福建人民出版社,1956.10

《真诚的回答》,郎需才,吉林人民出版社,1956.10

《古坟的秘密》,梁泊,中国少年儿童出版社,1956.10

《捉獾记》,萌蔓,河南人民出版社,1956.10

《冬天的故事》,申均之,少年儿童出版社,1956.10

《远方来的朋友》,石明如,少年儿童出版社,1956.10

《好啊,早晨》,王惠云,少年儿童出版社,1956.10

《养鸡场长》,萧平,少年儿童出版社,1956.10

《一个皮包》,徐明举,吉林人民出版社,1956.10

《送给妹妹的礼物》,严修,少年儿童出版社,1956.10

《三天三个胜仗》,殷熙斌,浙江人民出版社,1956.10

《金宝和银宝》,张一弓,河南人民出版社,1956.10

《小明下龙潭》,胡光曙等编写,湖南人民出版社,1956.10

《云海探奇》,刘先平,中国少年儿童出版社,1956.10

《没有眼睛的战士》,鄂允文,江苏人民出版社,1956.11

《小北和小丽》,丁纯一,少年儿童出版社,1956.11

《难忘的节日》,高梅,甘肃人民出版社,1956.11

《三颗棋子的故事》,泌夫等,福建人民出版社,1956.11

《队员的道路》,崔道怡,少年儿童出版社,1956.11

《挖人参》,郭墟,少年儿童出版社,1956.11

《从地下打鬼子》,郭少军,少年儿童出版社,1956.11

《友情》,哈华,天津人民出版社,1956.11

《高射炮手》,韩希梁、张力夫,山东人民出版社,1956.11

《祖父的文件》,何衍一,广东人民出版社,1956.11

《农民的儿子席方平》,李俊民改写,少年儿童出版社,1956.11

《小保请医》,李天恩,江西人民出版社,1956.11

《在小河边》,辽宁人民出版社编,辽宁人民出版社,1956.11

《机灵的松铭》,齐玉墀,山西人民出版社,1956.11

《回国》,秦牧,中国少年儿童出版社,1956.11

《橘子树》,王平等,少年儿童出版社,1956.11

《阿福寻宝记》,王若望,少年儿童出版社,1956.11

《小枣树》,王振声,少年儿童出版社,1956.11

《小萍和他的爷爷》,温俊权,辽宁人民出版社,1956.11

《聪明的机器》,吴华,少年儿童出版社,1956.11

《哥哥和妹妹》,严恭,中国少年儿童出版社,1956.11

《雪花飘飘》,杨朔,中国少年儿童出版社,1956.11

《谁不对》,叶魁、张毅等,河南人民出版社,1956.11

《金宝塔银宝塔》,应修人遗著,少年儿童出版社,1956.11

《苗苗的日记》,贵州人民出版社编,贵州人民出版社,1956.12

《四十二箱炮弹》,傅泽、胡奇,中国少年儿童出版社,1956.12

《追踪》,红领巾社编,四川人民出版社,1956.12

《传递消息的人》,红领巾社编,四川人民出版社,1956.12

《镜花缘故事》,李汝珍,少年儿童出版社,1956.12

《我的第一课》,林沙、罗微,四川人民出版社,1956.12

《送字》,林炳光,广东人民出版社,1956.12

《三条红领巾》,刘同,重庆人民出版社,1956.12

《神枪手》,丘原、易刚,四川人民出版社,1956.12

《黑汉和他的伙伴》,申均之,少年儿童出版社,1956.12

《"学习辅导员"》,沈汉杰,广东人民出版社,1956.12

《哥哥回来了》,申均之,少年儿童出版社,1956.12

《小功臣》,史新民等,河南人民出版社,1956.12

《看哥哥》,谈敦杰等,甘肃人民出版社,1956.12

《天旱的时候》,肖殷,中国少年儿童出版社,1956.12

《在工场上》,续思,四川人民出版社,1956.12

《春萌和铁锤》,章建勋,河南人民出版社,1956.12

《综合委员》,郑重、李福民,山东人民出版社,1956.12

《金贵明和他的爸爸》,中国作家协会重庆分会编选,重庆人民出版社,1956.12

1957 年

《在球场上》,范如海,江苏人民出版社,1957.1

《秘密揭穿了》,陈国福、永新,四川人民出版社,1957.1

《同学》,凯宁,辽宁人民出版社,1957.1

《假期行军》,李虹岗,江苏人民出版社,1957.1

《爆竹声》,李乡浏等,福建人民出版社,1957.1

《盗马》,柳三朵,河南人民出版社,1957.1

《小队的决议》,卢济恩,河北人民出版社,1957.1

《好朋友》,郁茹,广东人民出版社,1957.1

《少先队的荣誉》,赵崇,山西人民出版社,1957.1

《石娃北撤记》,戴石明,江苏人民出版社,1957.2

《小杨树的故事》,何一平,四川人民出版社,1957.2

《戴上红领巾的一天》,金江,四川人民出版社,1957.2

《森林夜话》,李準,少年儿童出版社,1957.2

《老师病了的时候》,李燕昌,东海文艺出版社,1957.2

《在化装晚会上》,秦牧,广东人民出版社,1957.2

《小矿工》,杨大群,少年儿童出版社,1957.2

《万贵文的故事》,袁珂,重庆人民出版社,1957.2

《猎人王大钢》,张大放,四川人民出版社,1957.2

《海边激战》,中国少年报选编,河北人民出版社,1957.2

《星期天》,江西文艺社编,江西人民出版社,1957.3

《星期六下午》,浪沙,陕西人民出版社,1957.3

《俞昌打狼》,李甫,少年儿童出版社,1957.3

《虎子》,任萍,中国少年儿童出版社,1957.3

《友爱》,石灵,少年儿童出版社,1957.3

《赵信的春假》,王世垣,重庆人民出版社,1957.3

《月琴和月江》,王知四,江苏人民出版社,1957.3

《小奇怪下乡》,衍一,广东人民出版社,1957.3

《赶鸭子》,颜祈鲁等,四川人民出版社,1957.3

《小白马的故事》,扎拉嘎胡,新文艺出版社,1957.3

《小客人》,张福堃,中国少年儿童出版社,1957.3

《一个少先队员的鉴定》,周军、施培毅,安徽人民出版社,1957.3

《放假的日子》,杜风,少年儿童出版社,1957.4

《捉野兽去》,冯玉衡,东海文艺出版社,1957.4

《明珠和玉姬》,巴金,中国少年儿童出版社,1957.4

《一个秘密》,陈伯吹,天津人民出版社,1957.4

《马陵河上》,楚城,少年儿童出版社,1957.4

《节日的礼物》,杲向真,天津人民出版社,1957.4

《五彩路》,胡奇,中国少年儿童出版社,1957.4

《山谷炊烟》,黄金,少年儿童出版社,1957.4

《两个小游击队队员》,黎白,少年儿童出版社,1957.4

《海岛上的火光》,李昌达,东海文艺出版社,1957.4

《沈大光》,刘思平,中国少年儿童出版社,1957.4

《勒拉》,苗歌、杨美清,云南人民出版社,1957.4

《光明在呼唤》,王浩,甘肃人民出版社,1957.4

《隔壁邻居》,王禾,少年儿童出版社,1957.4

《快嘴新娘》,吴丈蜀编写,少年儿童出版社,1957.4

《草堆里的枪》,严兵,江苏人民出版社,1957.4

《红色的信号》,杨光,辽宁人民出版社,1957.4

《捉鱼的故事》,杨进法,江苏人民出版社,1957.4

《锻炼》,朱柏年等,河南人民出版社,1957.4

《十里铺》,柏叶,山西人民出版社,1957.5

《青草湖边》,曹玉模,中国少年儿童出版社,1957.5

《小加的经历》,草明,中国少年儿童出版社,1957.5

《夜奔盘山》,长正,少年儿童出版社,1957.5

《三探红鱼洞》,程建,上海人民出版社,1957.5

《红色游击队》,崔坪,少年儿童出版社,1957.5

《捡桃核的故事》,郭铮、骆承烈,山东人民出版社,1957.5

《入队那天》,贵州人民出版社编,贵州人民出版社,1957.5

《路》,康祖,江苏人民出版社,1957.5

《彩虹》,李拱贵,中国少年儿童出版社,1957.5

《红旗满山摇》,李拱贵,中国少年儿童出版社,1957.5

《不顺心的事》,刘真,中国少年儿童出版社,1957.5

《水底捞船》,刘盛亚,少年儿童出版社,1957.5

《楼上的秘密》,任东流,浙江人民出版社,1957.5

《海堤》,桑林,江苏人民出版社,1957.5

《小辫子哥和我》,沈虎根,长江文艺出版社,1957.5

《永远向红不向白》,苏笛,少年儿童出版社,1957.5

《一杯糖开水》,谭柄麟等,湖南人民出版社,1957.5

《松林琴声》,小剑,中国少年儿童出版社,1957.5

《当苞芦成熟的时候》,谢正昌,安徽人民出版社,1957.5

《来红放鹅》,宣风,少年儿童出版社,1957.5

《西安地区1956年青年业余文学创作获奖作品　儿童文学选集》,西安地区1956
　　年青年业余文学创作评选工作委员会编,陕西人民出版社,1957.5

《王琳的故事》,余辰,河南人民出版社,1957.5

《金色的童年》,张天民,吉林人民出版社,1957.5

《森林曲》,白丹,少年儿童出版社,1957.6

《霸王坟》,白小文、林芷茵,少年儿童出版社,1957.6

《小橘灯》,冰心等,北京出版社,1957.6

《飞毛腿的故事》,潮流,安徽人民出版社,1957.6

新中国儿童文学

《一个森林警察的笔记》，谷峪，中国少年儿童出版社，1957.6

《小齐学文化的故事》，国孚有编著，山东人民出版社，1957.6

《鸡的纠纷》，胡洽等，江苏人民出版社，1957.6

《边疆巡逻兵》，季康、公浦，少年儿童出版社，1957.6

《逃学》，金近，中国少年儿童出版社，1957.6

《勇敢的小号兵》，李晓白，陕西人民出版社，1957.6

《密芝林的狩猎》，刘绮、季康，重庆人民出版社，1957.6

《纠察员》，任东流，东海文艺出版社，1957.6

《天真的小白鹅》，任明耀，东海文艺出版社，1957.6

《狼窝里的秘密》，孙迟，陕西人民出版社，1957.6

《难忘的一年》，张国嵩，山西人民出版社，1957.6

《好猎人》，张梅溪，中国少年儿童出版社，1957.6

《一串柿饼》，柏叶，山西人民出版社，1957.7

《吴保安弃家赎友》，孔镜清节选，少年儿童出版社，1957.7

《刚刚是开始》，林炳光，广东人民出版社，1957.7

《一个电话员的故事》，刘军，中国少年儿童出版社，1957.7

《棕树炮》，罗宁，少年儿童出版社，1957.7

《捣蛋鬼》，山石，少年儿童出版社，1957.7

《我的童年》，王化幼，河南人民出版社，1957.7

《满吉昌和宽克昌》，乌云达赉，中国少年儿童出版社，1957.7

《孩子们》，吴以滔，江苏人民出版社，1957.7

《小口技演员》，姚玉霞，河北人民出版社，1957.7

《到省城去》，中国少年报选编，河北人民出版社，1957.7

《大事和小事》，中央人民广播电台少年儿童广播部编，少年儿童出版社，1957.7

《小牛郎》，陆声洪、许保元，江苏人民出版社，1957.8

《沫溪河畔》，沈沉，重庆人民出版社，1957.8

《在苹果园里》，吴梦起，少年儿童出版社，1957.8

《少年运动员的故事》，向潮、郁正汶，人民体育出版社，1957.8

《幸福的园地》，谢竟成，中国少年儿童出版社，1957.8

《黑夜里发生的事》，郑克西，长江文艺出版社，1957.8

《儿童文学选（1956）》，中国作家协会编，人民文学出版社，1957.8

《王清华大姐》，卞祖芳，河北人民出版社，1957.9

《省城来的新同学》，陈炎荣，少年儿童出版社，1957.9

《苹果树下》，卢济恩，辽宁人民出版社，1957.9

《马戏团的秘密》，木可，少年儿童出版社，1957.9

《园艺姑娘》，树茂，中国少年儿童出版社，1957.9

《小足球队长》，田铭、刘代富，江西人民出版社，1957.9

《竹娃》，谢璞等，湖南人民出版社，1957.9

《黑人岛上的圣火》，薛殿会，中国少年儿童出版社，1957.9

《音乐干事》，白雯、吴晓筠，山西人民出版社，1957.9

《闯祸记》，辽宁人民出版社编，辽宁人民出版社，1957.10

《罗秀蓉在工地上》，白丹青，少年儿童出版社，1957.10

《青春》，郭锦文，中国少年儿童出版社，1957.10

《神火》，胡奇，中国少年儿童出版社，1957.10

《小黑妮儿》，火苗，少年儿童出版社，1957.10

《红裳》，李小文，少年儿童出版社，1957.10

《播种者》，林予，少年儿童出版社，1957.10

《"小研究"》，石言，少年儿童出版社，1957.10

《小燕儿》，宋汛，天津人民出版社，1957.10

《海滨的朋友》，张天民、杨汝雁，辽宁人民出版社，1957.10

《摘颗星星下来》，陈伯吹，长江文艺出版社，1957.11

《抗丁记》，揭祥麟，少年儿童出版社，1957.11

《小牛黑眼儿》，金近，中国少年儿童出版社，1957.11

《小心地雷》，孔令正，内蒙古人民出版社，1957.11

《飞吧，小燕子》，邱勋，山东人民出版社，1957.11

《黎明前的故事》，茹志鹃等，江苏人民出版社，1957.11

《小星星》，王路遥，少年儿童出版社，1957.11

《芳芳和林林》，宣风，少年儿童出版社，1957.11

《一只眼睛的风波》，郁茹，广东人民出版社，1957.11

《叉角牯》，袁明，少年儿童出版社，1957.11

《交通员》，张联方，少年儿童出版社，1957.11

《两封加急电报》，艾亚文，中国少年儿童出版社，1957.12

《三号游泳选手的秘密》，迟叔昌、王汶，中国少年儿童出版社，1957.12

《小画家》，刘晔、余辰等，河南人民出版社，1957.12

《方主席的马》，罗宁，少年儿童出版社，1957.12

《金银洞》，苗歌，少年儿童出版社，1957.12

《难忘的一次夜行军》，牟宜之，少年儿童出版社，1957.12

《生龙活虎》，时佑平，长江文艺出版社，1957.12

《妈妈开会去了》，王善继等，江苏人民出版社，1957.12

《最好的故事》，魏培贤，少年儿童出版社，1957.12

《小牤牛》，吴静波、方铎改编，群众出版社，1957.12

《打山猪》，萧甘牛，少年儿童出版社，1957.12

《红色街垒》，衍一，广东人民出版社，1957.12

《大坡和小坡》，亦石，山东人民出版社，1957.12

《矿工二百二的故事》，翼峰，少年儿童出版社，1957.12

《我是一个伞兵》，张麟，少年儿童出版社，1957.12

1958 年

《飞出笼的小鸽子》，吉学霈，少年儿童出版社，1958.1

《小藤篓的故事》，刘真，中国少年儿童出版社，1958.1

《儿童文学作品选读》，浦漫汀编选，东北师范大学，1958.1

《两个小幻想家》，赵崇，山西人民出版社，1958.1

《小姐妹们》，傅泽，中国少年儿童出版社，1958.2

《一对红领巾》，安树勋等，河北人民出版社，1958.2

《在金色的日子里》，季麦林，山西人民出版社，1958.2

《海秋和他的新朋友》，梁若冰等，吉林人民出版社，1958.2

《放鸭记》，卢乃干等，江苏人民出版社，1958.2

《医生》，梅中泉，少年儿童出版社，1958.2

《小培的故事》，青春，福建人民出版社，1958.2

《边疆小故事》，尚义，少年儿童出版社，1958.2

《玉姑山下的故事》，萧平，少年儿童出版社，1958.2

《林中遇险》，儿童时代社编，少年儿童出版社，1958.3

《在我们这个院子里》，陈膺浩，东海文艺出版社，1958.3

《倔强的红小鬼》，黄明等，浙江人民出版社，1958.3

《撞车》，刘致祥，中国少年儿童出版社，1958.3

《战火中的童年》，南新宙，少年儿童出版社，1958.3

《为了台湾的黎明》，彭波，少年儿童出版社，1958.3

《友谊牌铅笔》，戴善晋等，安徽人民出版社，1958.4

《不平常的日子》，呆向真，中国少年儿童出版社，1958.4

《一条光荣的道路》，古峪等，中国少年儿童出版社，1958.4

《国际友谊号》，陆俊超，少年儿童出版社，1958.4

《小黑马的故事》，袁静，中国少年儿童出版社，1958.5

《小宝石》，丁丁，中国少年儿童出版社，1958.5

《红军万岁》，李德亭、孙君健，安徽人民出版社，1958.5

《庙子湖上的神火》，林荫梧，中国少年儿童出版社，1958.5

《妈妈不在家的时候》，邱勋，中国少年儿童出版社，1958.5

《赤道线上的孩子》，王坚辉、钟毓材，中国少年儿童出版社，1958.5

《草原上的小摔跤手》，乌兰巴干，中国少年儿童出版社，1958.5

《合作社的鱼》，郁源，山东人民出版社，1958.5

《边疆花朵》，张万林，黑龙江人民出版社，1958.5

《没讲完的故事》，郑九皋，辽宁人民出版社，1958.5

《腊妹子》，周立波等，中国少年儿童出版社，1958.5

《侦察的故事》，刘德怀等，少年儿童出版社，1958.6

《小豆儿》，王蒙，河北人民美术出版社，1958.6

《报童近卫军》，奔奔，少年儿童出版社，1958.6

《小妹妹与花草帽》，贵州人民出版社编，贵州人民出版社，1958.6

《波浪里的两个孩子》，何公超，少年儿童出版社，1958.6

《从小跟着共产党》，黄庆云，中国少年儿童出版社，1958.6

《桂花村的孩子们》，揭祥麟，少年儿童出版社，1958.6

《两个小战友》，仇荣生，山西人民出版社，1958.6

《东江纵队一少年》，司敏，广东人民出版社，1958.6

《姑姑不走啦》，少年儿童出版社编，少年儿童出版社，1958.6

《双筒猎枪》，任大星，江苏文艺出版社，1958.6

《儒林外史故事》，吴敬梓原著，少年儿童出版社节选，少年儿童出版社，1958.6

《老残游记故事》，刘鹗原著，少年儿童出版社，1958.6

《湖滨的孩子》，徐蕃秀等，江西人民出版社，1958.6

《矿工的儿女》，宣风、梁泊，四川人民出版社，1958.6

《爸爸赶兰苓》，沈宗洲，少年儿童出版社，1958.6

《公共汽车上的故事》，范永昌等，少年儿童出版社，1958.6

《28 个能手小组》，孙自纶，少年儿童出版社，1958.6

《有趣的展览会》，上海人民广播电台少年儿童节目广播稿，少年儿童出版社，
    1958.6

《陈师傅》，少年儿童出版社编，少年儿童出版社，1958.6

《好样的》，少年儿童出版社编，少年儿童出版社，1958.6

《永不疲劳的人》，少年儿童出版社编，少年儿童出版社，1958.6

《劳动人民最聪明》，少年儿童出版社编，少年儿童出版社，1958.6

《红旗手》，张敏、虞建程，少年儿童出版社，1958.6

《红领巾售报员》，方琦等，少年儿童出版社，1958.7

《解放军的小故事》，李德滋，少年儿童出版社，1958.7

《小女徒弟》，刘鸿飞、陈莲玉，少年儿童出版社，1958.7

《在总路线照耀下的小英雄》，少年儿童出版社，1958.7

《擂台会》，唐弢，少年儿童出版社，1958.7

《红领巾和老婆婆》，王珏、李森冰等，少年儿童出版社，1958.7

《优秀的售票员》，张达邦，少年儿童出版社，1958.7

《海上练武》，蔡进标，少年儿童出版社，1958.7

《边防线上》，吴洪侠，少年儿童出版社，1958.7

《大鱼雷》，刘泉，少年儿童出版社，1958.7

《将军和通讯员》，黎汝清，少年儿童出版社，1958.7

《双报喜》，黎汝清，少年儿童出版社，1958.7

《三十三支钢笔》，王也石，少年儿童出版社，1958.7

《攻下文化"碉堡"》，邬建中等，少年儿童出版社，1958.7

《海上追踪》，吴文德，少年儿童出版社，1958.7

《一张车票》，余志恒等，少年儿童出版社，1958.7

《海上巡逻》，张哲明，少年儿童出版社，1958.7

《在巨浪浓雾中》，张哲明、吴洪侠，少年儿童出版社，1958.7

《摩托兵》，赵玉明，少年儿童出版社，1958.7

《空中的友谊》，显著等，少年儿童出版社，1958.7

《敢想敢创造的小英雄》，共青团浙江省委学校和少先队工作部编，浙江人民出
    版社，1958.7

《金牛儿》，梁泊，四川人民出版社，1958.7

《长辫子水手》，陆品山，少年儿童出版社，1958.7

新中国儿童文学
70年
1949 2019

《小马的盒子枪》，勤耕，湖北人民出版社，1958.7

《我做学徒的时候》，任东流，少年儿童出版社，1958.7

《小少尉和小战士》，王拓明，安徽人民出版社，1958.7

《三月雪》，萧平，作家出版社，1958.7

《小诸葛亮》，张欣等，中国少年儿童出版社，1958.7

《下海的孩子们》，张德群，少年儿童出版社，1958.7

《万里征途》，蔡蒙生，少年儿童出版社，1958.8

《"司令"的命令》，李燕昌，东海文艺出版社，1958.8

《党救活了他》，马信德、顾美忠、萧英，中国少年儿童出版社，1958.8

《布娃娃》，任东流，东海文艺出版社，1958.8

《弟弟的秘密》，宋汛，河北人民出版社，1958.8

《红领巾第一号》，王根柱、周丽华，河北人民出版社，1958.8

《好大姐》，子越等，湖南人民出版社，1958.8

《高玉宝》，高玉宝，人民文学出版社，1958.9

《在玩具厂里》，共鸣，少年儿童出版社，1958.9

《我们超过了日本》，韩德顺等，少年儿童出版社，1958.9

《远航》，黄俊，中国少年儿童出版社，1958.9

《我和黄沙》，黄沙，少年儿童出版社，1958.9

《一切为了钢》，郎力等，少年儿童出版社，1958.9

《小小电话兵》，李树村等，少年儿童出版社，1958.9

《战斗在海防前线》，尤荣泰等，少年儿童出版社，1958.9

《小驼子和兰花》，梁若冰，中国少年儿童出版社，1958.9

《平凡的劳动者》，欧阳翠等，少年儿童出版社，1958.9

《风筝》，欧阳红缨改写，中国少年儿童出版社，1958.9

《红棉树下》，沈汉杰等，广东人民出版社，1958.9

《在苦难中的台湾孩子们》，少年儿童出版社编，少年儿童出版社，1958.9

《愤怒的海岛》，少年儿童出版社编，少年儿童出版社，1958.9

《龙珠岛遇险记》，谭次民，少年儿童出版社，1958.9

《少年狩猎队》，王禾，辽宁人民出版社，1958.9

《忘记自己的人》，小丁、徐怀金，少年儿童出版社，1958.9

《扫盲队员》，小鼓手编辑部编，少年儿童出版社，1958.9

《台湾来的渔船》，杨旭、冰华，中国少年儿童出版社，1958.9

《长夜后的黎明》，于寄愚，少年儿童出版社，1958.9

《想起了报童的生活》，袁飞，少年儿童出版社，1958.9

《纺织厂出钢》，张敏，少年儿童出版社，1958.9

《小亮子》，张庆田、沈希尧，河北人民出版社，1958.9

《两面红旗》，郑龙兴等，少年儿童出版社，1958.9

《船底放蓝花》，周嘉俊，少年儿童出版社，1958.9

《两个金属分币》，贵州人民出版社编，贵州人民出版社，1958.10

《江上红灯》，哈宽贵，少年儿童出版社，1958.10

《二十五个馒头》，柳三，少年儿童出版社，1958.10

《情报》，牧惠，少年儿童出版社，1958.10

《小罗成魏汉江》，杏绵，山西人民出版社，1958.10

《儿童团的故事》，团省委学校部编，河南人民出版社，1958.10

《夜明珠》，段荃法等，河南人民出版社，1958.11

《在匪穴里》，陈玉容，少年儿童出版社，1958.11

《黎巴嫩小姑娘》，火雪，少年儿童出版社，1958.11

《敢想敢做的小英雄》，江兰，中国少年儿童出版社，1958.11

《长工闹革命》，姜祖贤，少年儿童出版社，1958.11

《又一颗红星》，林文蔚等，少年儿童出版社，1958.11

《摆渡姑娘》，罗宁，少年儿童出版社，1958.11

《我们为社会主义探宝》，"萌芽"编辑部编，少年儿童出版社，1958.11

《战斗在大清河旁》，少年儿童出版社编，少年儿童出版社，1958.11

《爸爸的血》，王庆云，少年儿童出版社，1958.11

《红军香蕉园》，向汝君、郑岳，云南人民出版社，1958.11

《小社员》，熊寿松等，江西人民出版社，1958.11

《捉坦克》，张学安等，少年儿童出版社，1958.11

《两箩麦穗》，张志刚，少年儿童出版社，1958.11

《八号情报员》，陈泉，少年儿童出版社，1958.12

《从山冈上跑下来的小女孩子》，陈伯吹，作家出版社，1958.12

《第十四生产队》，谷斯涌，少年儿童出版社，1958.12

《送盐》，海平，中国少年儿童出版社，1958.12

《老船长》，胡同伦，少年儿童出版社，1958.12

《白虎队里小英雄》，黄庆云，少年儿童出版社，1958.12

《小侦察英雄》，李君秋等，少年儿童出版社，1958.12

《妈妈放心了》，李荣兴，少年儿童出版社，1958.12

《河道指挥员》，林野、火雪，少年儿童出版社，1958.12

《师弟》，林衡夫，少年儿童出版社，1958.12

《两个小八路》，柳三，少年儿童出版社 1958.12

《木船战敌舰》，罗英等，少年儿童出版社，1958.12

《养鸭少年》，孟左恭，少年儿童出版社，1958.12

《立夏节的暴动》，南征，少年儿童出版社，1958.12

《人民的好战士》，潘富贵等，少年儿童出版社，1958.12

《学习红领巾的好榜样》，宋家镇，少年儿童出版社，1958.12

《原来是红军》，张秀龙讲，涂心江记，少年儿童出版社，1958.12

《我为祖国做了些什么》，王楠，中国少年儿童出版社，1958.12

《妙计夺粮》，吴孝芬，少年儿童出版社，1958.12

《队的发动机》，吴修利，辽宁人民出版社，1958.12

《吉平得宝》，谢璞，长江文艺出版社，1958.12

《小伢儿干大事》，徐银斋，湖北人民出版社，1958.12

《小米丘林》，薛安静，少年儿童出版社，1958.12

《好叔叔的故事》，小朋友编辑委员会，少年儿童出版社，1958.12

《七小将搬山》，杨尚德，河北人民出版社，1958.12

《我和姐姐》，余涤，安徽人民出版社，1958.12

《雨夜夺粮》，张斌、吴吉钰，少年儿童出版社，1958.12

《铁西瓜》，张敬仁等，少年儿童出版社，1958.12

1959 年

《"铁道游击队"的小队员们》，刘知侠，中国少年儿童出版社，1959.1

《哥儿俩遇险记》，王更生，少年儿童出版社，1959.1

《波儿和众儿》，吴文华，少年儿童出版社，1959.1

《谁是好孩子》，赵地，辽宁人民出版社，1959.1

《阿卡》，蔡奇金，少年儿童出版社，1959.2

《回到金日成伯伯那里去》，哈华，少年儿童出版社，1959.2

《红领巾星星》，康濯，少年儿童出版社，1959.2

《小吹鼓手》，柯岚，湖北人民出版社，1959.2

《三发子弹打冲锋》，凌峰，少年儿童出版社，1959.2

《台湾孩子阿松》，吕德华，河北人民出版社，1959.2

《前程》，周令本等，少年儿童出版社，1959.2

《老黑牛爷爷》，儿童时代社编，江苏文艺出版社，1959.3

《月牙儿弯弯》，刘占周，百花文艺出版社，1959.3

《看焰火听来的故事》，马琰，吉林人民出版社，1959.3

《牯牛岛捉鱼》，未艾，少年儿童出版社，1959.3

《两只大雁》，肖平，中国少年儿童出版社，1959.3

《秘密仓库》，衍一，广东人民出版社，1959.3

《小海军献宝》，袁鹤青等，中国少年儿童出版社，1959.3

《共产主义社会旅行记》，黄友三，浙江人民出版社，1959.4

《红孩子爱红旗》，河南人民出版社编，河南人民出版社，1959.4

《痛苦的岁月》，纪宫，少年儿童出版社，1959.4

《一碗毛豆角》，刘义安等，河南人民出版社，1959.4

《鲁迅作品选》，鲁迅，中国少年儿童出版社，1959.4

《月光下的故事》，闵光予，山东人民出版社，1959.4

《火线上的小电话兵》，小鼓手编辑部编，江苏文艺出版社，1959.4

《宝井》，张彦平，中国少年儿童出版社，1959.4

《接班人》，春风文艺出版社编，春风文艺出版社，1959.5

《难忘的冬天》，丁仁堂，少年儿童出版社，1959.5

《将军的战刀》，兵煊，少年儿童出版社，1959.5

《养猪姑娘》，蔡斌、华向朝，少年儿童出版社，1959.5

《穿上水兵服》，曹奔，少年儿童出版社，1959.5

《红孩儿和他的伙伴》，胡景芳，中国少年儿童出版社，1959.5

《小游击队员》，纪之，湖南人民出版社，1959.5

《小超鲁牧羊》，江南编著，中国少年儿童出版社，1959.5

《小革命》，姜国华，少年儿童出版社，1959.5

《马小华送信》，金风、程英，黑龙江人民出版社，1959.5

《给妈妈写张大字报》，金近，少年儿童出版社，1959.5

《江岸站的战斗》，李信改写，少年儿童出版社，1959.5

《种苹果树的故事》，李文柏，中国少年儿童出版社，1959.5

《一顿不愉快的午饭》，李以理，广东人民出版社，1959.5

《核桃的秘密》，刘真，长江文艺出版社，1959.5

《闲不住的老爷爷》，刘小石，少年儿童出版社，1959.5

《一定要到延安去》，流土、轻舟整理，湖北人民出版社，1959.5

《小侦察兵》，流星改写，湖南人民出版社，1959.5

《渡河南征》，柳三朵，河南人民出版社，1959.5

《儿童团长小钢锤》，柳三朵，河南人民出版社，1959.5

《半夜送雨伞》，倪树根，少年儿童出版社，1959.5

《拾麦穗的小风波》，秦榛，中国少年儿童出版社，1959.5

《小勇士》，孙波等，湖南人民出版社，1959.5

《捞虾》，谭奇平等，湖南人民出版社，1959.5

《给孩子们讲的故事》，天津市教育教学研究室编，河北人民出版社，1959.5

《爸爸没有死》，王欣等，山东人民出版社，1959.5

《鹰之歌》，王忠瑜，中国少年儿童出版社，1959.5

《我跟爸爸当红军》，吴华夺等，湖南人民出版社，1959.5

《小民兵捉"水鬼"》，伍文雄，中国少年儿童出版社，1959.5

《枣子红了》，西生等，山东人民出版社，1959.5

《我和小金金》，徐伯青、李子健，湖北人民出版社，1959.5

《梨庄保卫队》，杨贤才，少年儿童出版社，1959.5

《李明和他的苏联妈妈》，张翅，少年儿童出版社，1959.5

《红色少年水泥厂》，张俊德，少年儿童出版社，1959.5

《破浪急进》，张书瀛、王太祥，少年儿童出版社，1959.5

《黑龙湖的秘密》，赵沛，中国少年儿童出版社，1959.5

《红色少年》，艺峰，山西人民出版社，1959.5

《迎春花》，丁仁堂等，吉林人民出版社，1959.6

《香瓜》，劳补奎、张有德，湖北人民出版社，1959.6

《抽水机又叫了》，李德亭等，安徽人民出版社，1959.6

《蛮蛮》，王汶石等，东风文艺出版社，1959.6

《西瓜的故事》，张有德，长江文艺出版社，1959.6

《两个好朋友》，赵克雯，云南人民出版社，1959.6

《突破腊子口》，南征编写，少年儿童出版社，1959.6

《蟋蟀及其他》，任大霖，作家出版社，1959.7

《在柳林里》，丁仁堂，少年儿童出版社，1959.7

《巧救王叔叔》，秦榛，中国少年儿童出版社，1959.7

《满仓哥》，王综然，宁夏人民出版社，1959.7

《铜脸盆的故事》，筱石，中国少年儿童出版社，1959.7

《真诚的友谊》，张秉舜，少年儿童出版社，1959.7

《小桃树的故事》，段荃法、李如澍，湖北人民出版社，1959.8

《红姑娘》，冯金堂，河南人民出版社，1959.8

《将军的童年》，李子等，河南人民出版社，1959.8

《暴风雨的一夜》，萍青，少年儿童出版社，1959.8

《歌唱祖国万年强》，少年儿童出版社编，少年儿童出版社，1959.8

《打野牛的猎人》，王宗元、刘伍，中国少年儿童出版社，1959.8

《不光彩的四分》，余辰、刘亮等，河南人民出版社，1959.8

《灯火委员》，村雨等，无锡人民出版社，1959.9

《星星的峡谷》，柏叶，中国少年儿童出版社，1959.9

《惹祸》，林斤澜，中国少年儿童出版社，1959.9

《找红军》，鲁彦周，少年儿童出版社，1959.9

《成绩》，申均之，少年儿童出版社，1959.9

《上海十年文学选集　儿童文学选》(1949—1959)，上海十年文学选集编辑委员会编，少年儿童出版社，1959.9

《每天早晨》，武汉师范学院中文系创作组编，湖北人民出版社，1959.9

《新同桌》，余辰，少年儿童出版社，1959.9

《密林里的战斗》，张革，少年儿童出版社，1959.9

《给孩子们》，张天翼，人民文学出版社，1959.9

《我们在地下作战》，周骥良，中国少年儿童出版社，1959.9

《找到了新四军》，庄真，少年儿童出版社，1959.9

《1958年儿童文学选》，中国少年儿童出版社编，中国少年儿童出版社，1959.9

《小红花搭车记》，红岭，山东人民出版社，1959.10

《小侦察兵的故事》，苏月勇编著，广西人民出版社，1959.10

《山东十年儿童文学选》，山东人民出版社编，山东人民出版社，1959.10

《谁挑的水》，王欣，中国少年儿童出版社，1959.10

《茶花又开了》，向汝君，云南人民出版社，1959.10

《不留地址的红领巾》，中国少年儿童出版社编，中国少年儿童出版社，1959.10

《保尔筑路队》，曹与美，少年儿童出版社，1959.11

《中国铁木儿》，陈伯吹，作家出版社，1959.11

《煤都小主人》，共青团抚顺市委学校和少先队工作部，抚顺人民出版社，1959.11

《春姑娘和雪爷爷》，金近，作家出版社，1959.11

《最愉快的一天》，王彦伯，春风文艺出版社，1959.11

《祖国之鹰》，王忠瑜，少年儿童出版社，1959.11

《帽子里的信》，严震国，春风文艺出版社，1959.11

《龙珠岛遇险记》，春风文艺出版社编，春风文艺出版社，1959.12

《志愿军救活了金蝴蝶》，安夫等，河南人民出版社，1959.12

《三门峡工地上两少年》，陈伯吹，少年儿童出版社，1959.12

《飞虎队和野猪队》，陈伯吹，少年儿童出版社，1959.12

《最好的一课》，陈伯吹，长江文艺出版社，1959.12

《六月的花朵》，国孚有，山东人民出版社，1959.12

《蛇医传》，洪汛涛，少年儿童出版社，1959.12

《我认识了将军》，江苏文艺出版社编，江苏文艺出版社，1959.12

《考试》，李亚如，江苏文艺出版社，1959.12

《小根和铁塔》，任东流，东海文艺出版社，1959.12

《遇虎记》，任明耀，东海文艺出版社，1959.12

《小云子和老卓公公》，山石，少年儿童出版社，1959.12

《三张标语》，王安友，山东人民出版社，1959.12

《小马倌和"大皮靴"叔叔》，颜一烟，中国少年儿童出版社，1959.12

《谁唱得最好》，张青予，中国电影出版社，1959.12

1960 年

《林中篝火》，段斌、昂旺·斯丹珍，少年儿童出版社，1960.1

《有这样个女孩子》，柏叶，山西人民出版社，1960.1

《三个》，李德复，湖北人民出版社，1960.1

《平原歼敌记》，符成珍，少年儿童出版社，1960.2

《沟河红莲》，长正，少年儿童出版社，1960.2

《雨过天晴》，陈四火，少年儿童出版社，1960.2

《贵州十年文艺创作选　儿童文学集》，贵州大学中文系、贵州人民出版社编，贵州人民出版社，1960.2

《小歌手的烦恼》，黄世衡，中国少年儿童出版社，1960.2

《弹弓》，李磷，少年儿童出版社，1960.2

《钢姑娘》，萍青，少年儿童出版社，1960.2

《守梨园》，王拓明等，安徽人民出版社，1960.2

《红色小侦察员》，安徽人民出版社编，安徽人民出版社，1960.3

《一扎彩色的信笺》，贵阳日报编辑部编，贵州人民出版社，1960.3

《江底的战斗》，李楚城，少年儿童出版社，1960.3

《少年铁血队》，王传盛、徐光，中国少年儿童出版社，1960.3

《红孩子钟强》，闻觉改写，湖南人民出版社，1960.3

《夜哨》，兵煊，少年儿童出版社，1960.4

《解放军叔叔的故事》，9354 部队宣传处编，河南人民出版社，1960.4

《大树上红旗飘》，李崇林、尚慈，少年儿童出版社，1960.4

《小阿花的进步》，林野，江苏文艺出版社，1960.4

《大妹子和她弟弟》，林野，江苏文艺出版社，1960.4

《布草鞋》，凌永畅等，江苏文艺出版社，1960.4

《小交通员的故事》，王中恩等，江苏文艺出版社，1960.4

《放马》，吴恒昌，江苏文艺出版社，1960.4

《爷爷的胡子》，夏文斌等，江苏文艺出版社，1960.4

《两个小阿妹》，杨秉岩等，江苏文艺出版社，1960.4

《我的课桌》，袁大龄，江苏文艺出版社，1960.4

《百灵鸟的歌声》，陈蒙，江苏文艺出版社，1960.4

《隔河的朋友》，任东流，少年儿童出版社，1960.4

《把秧歌舞扭到上海去》，苏苏，少年儿童出版社，1960.4

《一串亮晶晶的珍珠》，少年儿童出版社编，少年儿童出版社，1960.4

《榕良和鸬鹚》，亚君，少年儿童出版社，1960.4

《小平参加少先队》，章恒，少年儿童出版社，1960.4

《一颗红星照丹心》，纪宁，吉林人民出版社，1960.5

《小养牛模范》，冯生敏，湖南人民出版社，1960.5

《樟溪河边小英雄》，崔前光，东海文艺出版社，1960.5

《小会计》，姜树茂、郭同文，山东人民出版社，1960.5

《山村里的新事情》，金近，少年儿童出版社，1960.5

《平安井》，鲁阳、王安友，山东人民出版社，1960.5

《鸡司令》，罗成伟编著，河南人民出版社，1960.5

《毛主席的好孩子》，罗成伟编写，湖南人民出版社，1960.5

《第一次担任职务》，骆雅，江西人民出版社，1960.5

《从今天起》，万长枬等，江西人民出版社，1960.5

《小顽皮入队》，王捷，安徽人民出版社，1960.5

《卫星号和少先号》，小蓝，少年儿童出版社，1960.5

《君山湖里学打鱼》，徐蕃秀，江西人民出版社，1960.5

《野马》，宜风，百花文艺出版社，1960.5

《红色小英雄》，邓洪等，江西人民出版社，1960.6

《草原上的小骑手》，张玉坤，北方文艺出版社，1960.6

《小波的故事》，北京市交通安全委员会、北京市公安局编，群众出版社，1960.6

《鄂伦春猎人》，朝襄，少年儿童出版社，1960.6

《踏破万重山》，广西军区政治部编，少年儿童出版社，1960.6

《不灭的灯》，洪汛涛，少年儿童出版社，1960.6

《小战士险渡黄河》，孔宪智，新疆青年出版社，1960.6

《不相识的同桌》，孟左恭、王路遥等，中国少年儿童出版社，1960.6

《洛娃和牛角号》，秦熙德，少年儿童出版社，1960.6

《小拖拉机手》，少年儿童出版社编，少年儿童出版社，1960.6

《出色的演出》，湖南人民出版社编，湖南人民出版社，1960.7

《边疆早春》，刘绮，少年儿童出版社，1960.7

《泥鳅看瓜》，张洋，北京出版社，1960.8

《妹妹入学》，张有德，作家出版社，1960.8

《江西红少年》，江西青少年出版社，1960.9（第1集）；1961.5（第2集）；1961.8（第3集）；1962.3（第4集）

《火烧黄鱼圈》，刘凤仪，吉林人民出版社，1960.9

《秘密情报员》，罗丹，春风文艺出版社，1960.9

《跳伞小姑娘》，人民体育出版社编，人民体育出版社，1960.9

《小刚苏和》,敖德斯尔,少年儿童出版社,1960.10

《海防少年》,胡奇,中国少年儿童出版社,1960.11

《捉逃犯》,宁夏人民出版社编,宁夏人民出版社,1960.11

《考考爷爷》,史平等,山东人民出版社,1960.12

1961 年

《小监察》,海涛等,安徽人民出版社,1961.1

《我守卫在桃花河畔》,黎汝清,少年儿童出版社,1961.1

《微山湖上》,邱勋,少年儿童出版社,1961.2

《我的童年》,艺林,山东人民出版社,1961.2

《好蛇医》,顾关荣,江苏人民出版社,1961.5

《革命菜》,红钢,江苏人民出版社,1961.5

《两个小通讯员》,李亚如,江苏人民出版社,1961.5

《姐夫来了》,刘振华,江苏人民出版社,1961.5

《学习的榜样》,木林,江苏人民出版社,1961.5

《逮鸡的故事》,天戈等,江苏人民出版社,1961.5

《入队的第二天》,王善继、天戈,江苏人民出版社,1961.5

《夏青苗求师》,浩然,少年儿童出版社,1961.6

《旗子的故事》,应修人等,少年儿童出版社,1961.6

《红缨大刀》,张士杰收集整理,少年儿童出版社,1961.6

《第一步》,赤葵,山东人民出版社,1961.7

《河南十年儿童文学选 1949—1959》,河南省文联编,河南人民出版社,1961.7

《青春似火》,吴梦起,少年儿童出版社,1961.7

《忠实的小助手》,董惠群,少年儿童出版社,1961.8

《做红色接班人》,江西青少年出版社编,江西青少年出版社,1961.10

《陕北红花开》,刘占江,少年儿童出版社,1961.10

《小铁柱》,绍基等,吉林人民出版社,1961.10

《小队长取经记》,张有德,河南人民出版社,1961.10

《歌声响彻清泉沟》,中国少年儿童出版社编,中国少年儿童出版社,1961.11

《学兵连》,中国少年儿童出版社编,中国少年儿童出版社,1961.11

《月光下》,张有德,少年儿童出版社,1961.12

《黄浦江的怒涛》,中共上海船舶修造厂委员会宣传部编,少年儿童出版社,1961.12

《小金马》,李涌,中国少年儿童出版社,1961.12

1962 年

《在平绥路地下作战》,毕勒格忆述、琴子整理,少年儿童出版社,1962.1

《回民小英雄》,陈静波,吉林人民出版社,1962.1

《小树苗》,鲁庸,少年儿童出版社,1962.1

《一杯青稞麦过草地》,浙江人民出版社编,浙江人民出版社,1962.1

《坚守岗位》,湖南人民出版社编,湖南人民出版社,1962.2

《两个小八路》,李心田,中国少年儿童出版社,1962.2

《地下小学》,杏绵,山西人民出版社,1962.2

《我们在成长》，曾万谦，甘肃人民出版社，1962.2

《船长的儿子》，郑开慧，少年儿童出版社，1962.2

《我知道一个秘密的地方》，柏叶，山西人民出版社，1962.3

《我的童年》，黄朝天，少年儿童出版社，1962.3

《林中小猎人》，梁泊，少年儿童出版社，1962.3

《战琴》，赵骘，中国少年儿童出版社，1962.3

《海港风云》，上海港务管理局《海港风云》编写办公室编，葛容昌等整理，少年儿童出版社，1962.5

《冯五生为什么学习得这样好》，何秉洁编，广西民族出版社，1962.5

《打虎的故事》，霍松林编写，少年儿童出版社，1962.5

《刘志丹少先队》，刘杰诚，中国少年儿童出版社，1962.5

《秀娟姑娘》，任大霖，少年儿童出版社，1962.5

《永路和他的小叫驴》，宋汎，天津人民出版社，1962.5

《小兵张嘎》，徐光耀，中国少年儿童出版社，1962.5

《旅伴》，叶君健，中国少年儿童出版社，1962.5

《新同学》，叶君健，作家出版社，1962.5

《两个小淘气》，艺峰等，山西人民出版社，1962.5

《红色少年夺粮记》，袁静，百花文艺出版社，1962.5

《大车轱辘辘转》，邱勋，中国少年儿童出版社，1962.6

《雾夜飞车》，彭吉安，少年儿童出版社，1962.7

《红色的小鹰》，余伟，湖南人民出版社，1962.7

《耐心的中队委员》，任大星，中国少年儿童出版社，1962.8

《两个大苹果》，曾万谦、何世焯，甘肃人民出版社，1962.8

《镰刀弯弯》，胡奇，中国少年儿童出版社，1962.9

《海边游》，刘国华，少年儿童出版社，1962.9

《一匹黄骠马》，吴子安，少年儿童出版社，1962.9

《小河流水》，浩然，少年儿童出版社，1962.10

《大事情》，申均之，山东人民出版社，1962.10

《过年》，胡万春，少年儿童出版社，1962.11

《银色的海鸥》，李养正，中国少年儿童出版社，1962.11

《草原儿童团》，刘凤仪，吉林人民出版社，1962.11

《我小时候是童工》，盛文楠、庞桂福，少年儿童出版社，1962.11

《航行在绿色的海上》，吴梦起，少年儿童出版社，1962.11

《三个调皮蛋》，中国少年儿童出版社编，中国少年儿童出版社，1962.11

《水乡好》，胡忆肖，少年儿童出版社，1962.12

《大姐姐周玲玲》，任大星，浙江人民出版社，1962.12

《守鱼篓》，中国少年儿童出版社编，中国少年儿童出版社，1962.12

1963 年

《羊舍的夜晚》，汪曾祺，中国少年儿童出版社，1963.1

《水晶洞》，鄂华，吉林人民出版社，1963.2

《在风雨中长大》,李强、杜印,群众出版社,1963.2

《"山怪"的故事》,张克非,北方文艺出版社,1963.2

《湖上冬猎》,胡忆肖、腾越,湖北人民出版社,1963.3

《"强盗"的女儿》,刘坚,少年儿童出版社,1963.4

《羊皮袄的故事》,边子正,安徽人民出版社,1963.5

《索朗爷爷》,蔺瑾,少年儿童出版社,1963.5

《密密的大森林》,刘真,中国少年儿童出版社,1963.5

《两个红5分》,鲁庸,中国少年儿童出版社,1963.5

《白额牛》,天戈,江苏人民出版社,1963.5

《野孩子》,杨书云,安徽人民出版社,1963.5

《台湾少年之歌》,梁学政,中国少年儿童出版社,1963.5

《画册》,叶君健,中国少年儿童出版社,1963.6

《我和二虎》,万长枬,江西人民出版社,1963.7

《大道通向远方》,王振洲,河南人民出版社,1963.7

《绿色的回忆》,张梅溪,少年儿童出版社,1963.7

《小哥儿俩》,赵继良,甘肃人民出版社,1963.7

《可爱的嫩芽》,李大振,百花文艺出版社,1963.8

《石庄儿童团》,包景仁,少年儿童出版社,1963.9

《雷雨前后》,揭祥麟,少年儿童出版社,1963.9

《圣诞节的礼物》,叶超等,少年儿童出版社,1963.9

《1959—1961儿童文学选》,冰心编选,人民文学出版社,1963.10

《红星少年养鱼场》,崔雁荡,少年儿童出版社,1963.11

《两封表扬信》,翁文忠,广西壮族人民出版社,1963.11

《乔石头的故事》,吉学沛,少年儿童出版社,1963.11

《金枝玉叶》,沈虎根,少年儿童出版社,1963.11

《硬骨头》,费礼文,少年儿童出版社,1963.12

《二十响的驳壳枪》,苗风浦,上海人民出版社,1963.12

《小金刚》,缪天民,北方文艺出版社,1963.12

《紫水河边的故事》,山东人民出版社编,山东人民出版社,1963.12

《鹌鹑》,严震国,春风文艺出版社,1963.12

《兔笼子和竹篱笆》,郑开慧,中国少年儿童出版社,1963.12

1964年

《英雄模范的故事》,"儿童故事"编写小组编写,湖南人民出版社,1964.1

《小山子的故事》,杨啸,中国少年儿童出版社,1964.1

《冰上笑声》,张贤久、姚翠萍,少年儿童出版社,1964.1

《志愿军英雄故事》,中国少年儿童出版社编,中国少年儿童出版社,1964.1

《羊村理发店》,揭祥麟,少年儿童出版社,1964.2

《爸爸》,牛耕,少年儿童出版社,1964.3

《一幅插图》,洪汛涛,百花文艺出版社,1964.4

《五个个》,骆雅,江西人民出版社,1964.4

《小槐树和爷爷》，孙逊，中国少年儿童出版社，1964.4

《奇怪的舅舅》，谢竟成，中国少年儿童出版社，1964.4

《我和生活委员》，熊友仁，江西人民出版社，1964.4

《荷花满淀》，杨啸，中国少年儿童出版社，1964.4

《野妹子》，任大星，百花文艺出版社，1964.5

《不能忘记的故事》，"儿童故事"编写小组编写，湖南人民出版社，1964.5

《翠绿色的夏天》，浩然，天津人民出版社，1964.5

《绿色的远方》，胡奇，中国少年儿童出版社，1964.5

《龙潭波涛》，黎白，中国少年儿童出版社，1964.5

《晨钟》，王善继等，江苏人民出版社，1964.5

《芬芬为什么愿意剃光头》，杨振文，少年儿童出版社，1964.5

《"小喇叭"广播稿选　幼儿故事》，中央人民广播电台少年儿童广播部编，上海
　　教育出版社，1964.5

《讲故事》，少年儿童出版社编，少年儿童出版社，1964.6（第一辑）；1964.7（第二
　　辑）；1964.8（第三辑）；1964.9（第四辑）；1964.11（第五辑）；1964.12（第六辑）；
　　1965.1（第七辑）；1965.4（第八辑）；1965.5（第九辑）；1965.7（第十辑）；1965.8
　　（第十一辑）；1965.9（第十二辑）；1965.10（第十三辑）；1965.12（第十四辑）

《葵花儿》，张庆田，少年儿童出版社，1964.6

《边哨记事》，李钧龙，少年儿童出版社，1964.8

《小武工队员》，江峻风，中国少年儿童出版社，1964.9

《小红军》，延泽民，北方文艺出版社，1964.9

《雁红岭下》，杨佩瑾，少年儿童出版社，1964.9

《胜利》，钟绍幼编，中国少年儿童出版社，1964.9

《钢枪在手》，中国少年儿童出版社编，中国少年儿童出版社，1964.9

《做毛主席的好孩子》，共青团吉林省委学校和少先队工作部编，吉林人民出版社，
　　1964.10

《我们的新朋友》，司马文森，中国少年儿童出版社，1964.10

《画春记》，王路遥，百花文艺出版社，1964.10

《急浪丹心》，农村读物出版社编，农村读物出版社，1964.10

《儿童文学故事选》，福州幼儿师范学校语文组、泉州幼儿师范学校语文组编，福
　　建人民教育出版社，1964.11

《放学以后》，河南人民出版社编，河南人民出版社，1964.11

《"小管家"任少正》，浩然，少年儿童出版社，1964.12

1965 年

《不能忘记的故事》，"儿童故事"编写小组编写，湖南人民出版社，1965.1

《少年时候的朋友》，勤耕，百花文艺出版社，1965.1

《卡塞的怒吼》，贵州省文艺编辑训练班整理，少年儿童出版社，1965.2

《创造革命的故事》，"儿童故事"编写小组编写，湖南人民出版社，1965.3

《红色少年的故事》，"儿童故事"编写小组编写，湖南人民出版社，1965.4

《瑟瑟和我》，胡肖，中国少年儿童出版社，1965.4

《在阵地上》，中国少年儿童出版社编，中国少年儿童出版社，1965.4

《刘文学》，贺宜，少年儿童出版社，1965.5

《单身杀敌》，福建人民教育出版社编，福建人民教育出版社，1965.5

《夺枪从军》，福建人民教育出版社编，福建人民教育出版社，1965.5

《猎人一家》，朝襄，少年儿童出版社，1965.5

《草原的儿子》，孟左恭，百花文艺出版社，1965.5

《小砍刀的故事》，勤耕，少年儿童出版社，1965.5

《战冰冻》，肖育轩，少年儿童出版社，1965.5

《游击学校》，张麟，中国少年儿童出版社，1965.5

《儿童团的故事》，中国少年儿童出版社编，中国少年儿童出版社，1965.5

《白干七年》，"儿童故事"编写小组编写，湖南人民出版社，1965.5

《险洞探水》，"儿童故事"编写小组编写，湖南人民出版社，1965.6

《越南小英雄》，"儿童故事"编写小组编写，湖南人民出版社，1965.6

《小神枪手》，"儿童故事"编写小组编写，湖南人民出版社，1965.6

《革命斗争的故事》，"儿童故事"编写小组编写，湖南人民出版社，1965.6

《海防少年》，福建人民教育出版社编，福建人民教育出版社，1965.6

《英勇的儿童团长》，福建人民教育出版社编，福建人民教育出版社，1965.6

《铁木儿团》，福建人民教育出版社编，福建人民教育出版社，1965.6

《新米饭》，沈虎根，少年儿童出版社，1965.6

《奇妙的陷阱》，中国少年儿童出版社编，中国少年儿童出版社，1965.6

《两个小哨兵》，中国少年儿童出版社编，中国少年儿童出版社，1965.6

《铁路老工人》，鄂华，少年儿童出版社，1965.7

《勇敢的女游击队员》，福建人民教育出版社编，福建人民教育出版社，1965.7

《海上擒飞贼》，福建人民教育出版社编，福建人民教育出版社，1965.7

《少年故事》，广西壮族自治区人民出版社编，广西壮族自治区人民出版社，1965.7

《大师兄和小师弟》，沈虎根，少年儿童出版社，1965.7

《虎口拔牙》，中国少年儿童出版社编，中国少年儿童出版社，1965.7

《战斗在黎坪山区》，中国少年儿童出版社编，中国少年儿童出版社，1965.7

《钢铁小战士》，百花文艺出版社编辑部编，百花文艺出版社，1965.8

《金桂》，杲向真，中国少年儿童出版社，1965.8

《红果子》，申均之，少年儿童出版社，1965.8

《渔湾村的小英雄》，音匀编，中国少年儿童出版社，1965.8

《英雄炮手》，中国少年儿童出版社编，中国少年儿童出版社，1965.8

《小英雄炸坦克》，中国少年儿童出版社编，中国少年儿童出版社，1965.8

《浙东的孩子》，崔前光，少年儿童出版社，1965.9

《于小海　小虎闯关》，郭士哲、张子铨，福建人民出版社，1965.9

《勇敢的小生》，国华编写，湖北人民出版社，1965.9

《仇恨》，母成玉，少年儿童出版社，1965.9

《小侦察兵》，谢像晃等，江西人民出版社，1965.9

《站柜台》，庄新儒，少年儿童出版社，1965.9

《小苗儿》，中国少年儿童出版社编，中国少年儿童出版社，1965.9

《小社员护青队》，朝阳等，中国少年儿童出版社，1965.9

《一个盲人走过的路》，夏晔，少年儿童出版社，1965.12

《巧袭列车》，福建人民教育出版社编，福建人民教育出版社，1965.12

1966 年

《不朽的心姐》，福建人民教育出版社编，福建人民教育出版社，1966.4

《小雁高飞》，巴迅，中国少年儿童出版社，1966.4

《翠泉》，浩然，少年儿童出版社，1966.4

《教育新歌》，刘厚明，少年儿童出版社，1966.4

《不怕狼的孩子》，福建人民教育出版社编，福建人民教育出版社，1966.5

《泥巴蛋蛋里的秘密》，福建人民教育出版社编，福建人民教育出版社，1966.5

《虎胆英雄》，福建人民教育出版社编，福建人民教育出版社，1966.5

《勇敢的"幼鹰"》，福建人民教育出版社编，福建人民教育出版社，1966.5

《公社里的少先队员》，少年儿童出版社编，少年儿童出版社，1966.5

《红柳》，张长弓，少年儿童出版社，1966.5

《中国人民痛打纸老虎（3）》，钟群，中国少年儿童出版社，1966.5

《美国佬滚出去》，钟春洲编译，中国少年儿童出版社，1966.5

《少年故事》，南宁市文联儿童文学组，广西壮族自治区人民出版社，1966.6

《天山的阳光》，哲中，少年儿童出版社，1966.6

1969 年

《凤凰山麓的女牧马班》，广东人民出版社编，广东人民出版社，1969.12

1970 年

《智擒逃敌》，江西省新华书店编，江西省新华书店，1970.5

《捉拿归案》，江西省新华书店编，江西省新华书店，1970.5

《对敌斗争炼红心》，江西省新华书店编，江西省新华书店，1970.5

《风雨野炊》，江西省新华书店编，江西省新华书店，1970.5

《人小心红》，江西省新华书店编，江西省新华书店，1970.6

《战斗英雄故事选》，天津人民出版社编，天津人民出版社，1970.7

《小闯将》，江西省新华书店编，江西省新华书店，1970.8

《赴宴斗鸠山》，江西省新华书店编，江西省新华书店，1970.8

《红小兵心向红太阳》，江西省新华书店编，江西省新华书店，1970.9

《红小兵郭振江》，江西省新华书店编，江西省新华书店，1970.10

《重返前线》，江西省新华书店编，江西省新华书店，1970.11

1971 年

《向阳红花》，《红小兵报》社编，上海人民出版社，1971.1

《做忠于毛主席的红小兵》，宁夏人民出版社编，宁夏人民出版社，1971.2

《红小兵的故事》，河北人民出版社编，河北人民出版社，1971.3

《罗迈生的故事》，江西省新华书店，1971.4

《老贫农上算术课》，陕西人民出版社编，陕西人民出版社，1971.4

《英雄五少年》,陕西人民出版社编,陕西人民出版社,1971.4

《英雄的空中哨兵》,上海人民出版社编,上海人民出版社,1971.5

《毛香英》,江西省新华书店,1971.5

《铁柱子》,黑龙江人民出版社编,黑龙江人民出版社,1971.6

《我们是毛主席的红卫兵》,上海市虹口区《我们是毛主席的红卫兵》编写组,上海人民出版社,1971.6

《阳光雨露育新苗》,上海市闸北区红小兵文艺读物编写组,上海人民出版社,1971.6

《火红的青春》,九江县革委会报道组,江西省新华书店,1971.8

《正点发车》,勇征,河南人民出版社,1971.8

《淡菜礁上的战斗》,广东人民出版社编,广东人民出版社,1971.11

《"丫头"登上了讲台》,四川人民出版社编,四川人民出版社,1971.11

《在毛泽东思想哺育下成长》,人民出版社编,人民出版社,1971.12

1972 年

《向阳花红》,甘肃人民出版社编,甘肃人民出版社,1972.1

《智送情报》,欣欣编,江西人民出版社,1972.1

《团结战斗保边疆》,甘肃人民出版社编,甘肃人民出版社,1972.3

《老传统　新光辉》,甘肃人民出版社编,甘肃人民出版社,1972.3

《边疆小八路》,黑龙江省文教局、黑龙江人民出版社编,黑龙江人民出版社,1972.3

《故事团的故事》,《红小兵报》社编,上海人民出版社,1972.3

《号角》,马加鞭等,江西人民出版社,1972.3

《春耕季节》,谢日新,江西人民出版社,1972.3

《葵花向阳》,黄国玉等,安徽人民出版社,1972.4

《新苗茁壮》,南京市要武区文艺创作组,江苏人民出版社,1972.4

《在阳光下成长》,通化市文教局青少年读物编写组,吉林人民出版社,1972.4

《小鹰展翅》,北京人民出版社编,北京人民出版社,1972.5

《放牛娃智捉俘虏》,湖北人民出版社编,湖北人民出版社,1972.5

《水乡儿童团》,建湖县青少年读物编写组,江苏人民出版社,1972.5

《矿山风云》,李学诗,上海人民出版社,1972.5

《闪闪的红星》,李心田,人民文学出版社,1972.5

《智擒匪兵》,南昌市胜利区文化馆,江西人民出版社,1972.5

《小班长和他的战士们》,陕西人民出版社,1972.5

《新鲜血液》,武汉市文教局青少年读物编写组,湖北人民出版社,1972.5

《仵凤龄狠砸"乌龟壳"》,中国人民解放军 1557 部队陆岩,山西人民出版社,1972.5

《长白山儿童故事》,抚松县革委会政治部编,吉林人民出版社,1972.6

《我们的朋友遍天下》,甘肃人民出版社编,甘肃人民出版社,1972.6

《我们的班长李小芳》,《红小兵报》社编,上海人民出版社,1972.6

《战斗在喀喇昆仑山上》,四川人民出版社编,四川人民出版社,1972.6

《朱小春的故事》,孝感地区革委会文教局、应山县革委会文教科写作组,湖北人民出版社,1972.6

《虎子敲钟》,甘肃人民出版社编,甘肃人民出版社,1972.7

《军民鱼水情》，黑龙江人民出版社编，黑龙江人民出版社，1972.7

《红卡》，张雁卿，内蒙古自治区人民出版社，1972.7

《送鱼》，陈向阳，广东人民出版社，1972.8

《黄金洞》，彭秉玉，湖北人民出版社，1972.8

《海花》，余松岩，广东人民出版社，1972.8

《华尔丹》，冉丹，甘肃人民出版社，1972.9

《海螺渡》，人民文学出版社编，人民文学出版社，1972.9

《捎雨衣》，河北人民出版社编，河北人民出版社，1972.10

《孤胆英雄刘光子》，中国人民解放军1557部队，山西人民出版社，1972.10

《红灯闪闪》，辽宁人民出版社编，辽宁人民出版社，1972.10

《一个暴风雨的晚上》，王安友，山东人民出版社，1972.10

《风雪高原小雄鹰》，甘肃人民出版社编，甘肃人民出版社，1972.11

《人小心红》，甘肃人民出版社编，甘肃人民出版社，1972.11

《印度支那人民在战斗》，黑龙江人民出版社编，黑龙江人民出版社，1972.11

《在灿烂的阳光下》，陕西人民出版社编，陕西人民出版社，1972.11

《阿威参军》，艾品，云南人民出版社，1972.12

《小苗苗壮》，湖口县文艺站供稿，江西人民出版社，1972.12

《小手枪》，李福鑫等，江西人民出版社，1972.12

《葵花朝阳》，宁夏人民出版社编，宁夏人民出版社，1972.12

《鱼水情深》，四川人民出版社编，四川人民出版社，1972.12

《铁牛》，靖安县文化站供稿，江西人民出版社，1972.12

1973 年

《阿勇》，胡惠英，上海人民出版社，1973.2

《歼敌小勇士》，湖南人民出版社编，湖南人民出版社，1973.2

《红缨枪》，福建人民出版社编，福建人民出版社，1973.3

《小朝克》，材音博彦，内蒙古人民出版社，1973.3

《朝阳花朵》，河南人民出版社编，河南人民出版社，1973.3

《大橹的故事》，李述宽、岳长贵著，蔡星耀改编，辽宁人民出版社，1973.3

《石头娃子》，廖振，广东人民出版社，1973.3

《阿坤和他的伙伴》，倪树根，浙江人民出版社，1973.3

《六一的早晨》，山东人民出版社编，山东人民出版社，1973.3

《彩螺》，云南省文化局，云南人民出版社，1973.3

《小牯和他的伙伴》，福建人民出版社编，福建人民出版社，1973.4

《幼苗集》，浩然，北京人民出版社，1973.4

《七月槐花香》，浩然，天津人民出版社，1973.4

《小船在阳光下前进》，黑龙江人民出版社编，黑龙江人民出版社，1973.4

《长荡边的战斗》，江苏人民出版社编，江苏人民出版社，1973.4

《杏花塘边》，山西运城县文艺创作组，上海人民出版社，1973.4

《红孩子的故事》，武汉大学中文系编，湖北人民出版社，1973.4

《我跟爷爷学打虎》，沈在召编，福建人民出版社，1973.4

《小喇叭的故事》，富刚，内蒙古人民出版社，1973.4

《海边擒特》，福建人民出版社编，福建人民出版社，1973.5

《烽火台边两少年》，北京人民出版社编，北京人民出版社，1973.5

《上学》，管桦，北京人民出版社，1973.5

《小山鹰》，何芷，广东人民出版社，1973.5

《海的女儿》，人民文学出版社编，人民文学出版社，1973.5

《育婴堂里的斗争》，沈伯新，上海人民出版社，1973.5

《战地红缨》，石文驹，人民文学出版社，1973.5

《向阳院的故事》，徐瑛，人民文学出版社，1973.5

《红雨》，杨啸，人民文学出版社，1973.5

《小鹰》，张万一、柏叶，山西人民出版社，1973.5

《对手》，井维增，内蒙古人民出版社，1973.6

《分谷子的时候》，双江县革委宣传组编，云南人民出版社，1973.6

《麻袋的秘密》，呼和浩特市向阳区文化馆，内蒙古人民出版社，1973.6

《迟交的作文》，李华岚，江苏人民出版社，1973.7

《二虎哥》，宁夏人民出版社编，宁夏人民出版社，1973.7

《在雷锋精神鼓舞下》，上海人民出版社编，上海人民出版社，1973.8

《湖心岛上的秘密》，天津人民出版社编，天津人民出版社，1973.8

《纳拉》，王兰，辽宁人民出版社，1973.8

《小白鸽遇险记》，盐城县业余文艺创作组编，江苏人民出版社，1973.8

《前沿"小炮兵"》，福建人民出版社编，福建人民出版社，1973.9

《纸条的秘密》，黑龙江生产建设部队三师政治部编，黑龙江人民出版社，1973.9

《未来的战士》，《红小兵报》社编，上海人民出版社，1973.9

《秧苗青青》，牡丹江地区文化局编，黑龙江人民出版社，1973.9

《两个小伙伴》，内蒙古人民出版社编，内蒙古人民出版社，1973.9

《他们在苗壮成长》，上海人民出版社编，上海人民出版社，1973.9

《小小班里的故事》，内蒙古人民出版社编，上海人民出版社，1973.9

《山花红》，镇江地区《山花红》创作组，江苏人民出版社，1973.9

《蜜桃园里》，广西人民出版社编，广西人民出版社，1973.10

《小电铃响了》，海龙县教育局编，吉林人民出版社，1973.10

《小北大荒人》，黑龙江生产建设部队三师政治部编，黑龙江人民出版社，1973.10

《灯伢儿》，湖南人民出版社编，湖南人民出版社，1973.10

《大虎和小虎》，刘子民，黑龙江人民出版社，1973.10

《海柳青青》，辽宁人民出版社编，辽宁人民出版社，1973.10

《鱼水情深》，杨学贵，江西人民出版社，1973.10

《小猎手》，张万林，黑龙江人民出版社，1973.10

《永不褪色的红领巾》，福建人民出版社编，福建人民出版社，1973.11

《小铁牛智斗老狐狸》，安徽人民出版社编，安徽人民出版社，1973.11

《浪打鹰嘴石》，连云港市文艺创作组编，江苏人民出版社，1973.11

《小铁炉搬家记》，易长利，辽宁人民出版社，1973.11

《未来的拖拉机手》，江苏人民出版社编，江苏人民出版社，1973.12

《甜岛少年》，徐琢平、胡长华，浙江人民出版社，1973.12

1974 年

《银球闪光》，陆裕琏，内蒙古人民出版社，1974.1

《小树绿油油》，山西人民出版社编，山西人民出版社，1974.1

《红杏》，山西人民出版社编，山西人民出版社，1974.1

《苏区小卫士》，上杭县《苏区小卫士》编写组编，福建人民出版社，1974.1

《小光的理想》，山西人民出版社编，山西人民出版社，1974.1

《云中山下小英雄》，王新民、杨茂林，山西人民出版社，1974.1

《小闯》，丹江，安徽人民出版社，1974.2

《门板背后的秘密》，北京人民出版社编，北京人民出版社，1974.2

《小兵东东》，辽宁人民出版社编，辽宁人民出版社，1974.3

《捉狐狸》，王禾、元喜，辽宁人民出版社，1974.3

《护路小英雄》，浙江人民出版社编，浙江人民出版社，1974.3

《甜梨瓜的秘密》，汉中地区革委会政工组宣传组编，陕西人民出版社，1974.4

《银哨吹响了》，天津人民出版社编，天津人民出版社，1974.4

《新苗》，周竞，天津人民出版社，1974.4

《红小兵批林批孔的故事》，乌·达尔罕，内蒙古人民出版社，1974.4

《草原小交通》，北京人民出版社编，北京人民出版社，1974.5

《欢乐的手鼓》，甘肃人民出版社编，甘肃人民出版社，1974.5

《瓜瓜看瓜》，李述宽、岳长贵，上海人民出版社，1974.5

《山村枪声》，木青，上海人民出版社，1974.5

《湖畔风浪》，内蒙古人民出版社编，内蒙古人民出版社，1974.5

《金色的浪花》，盐城县业余文艺创作组编，江苏人民出版社，1974.5

《高高的银杏树》，张明观，上海人民出版社，1974.5

《草原儿童故事》，吉林省白城地区创作组编，吉林人民出版社，1974.6

《战斗》，宁夏人民出版社编，宁夏人民出版社，1974.6

《红缨歌》，张万林，辽宁人民出版社，1974.6

《大战狼窝掌》，金煊，江苏人民出版社，1974.7

《林中响箭》，人民文学出版社编，人民文学出版社，1974.7

《小渡口》，山西人民出版社编，山西人民出版社，1974.7

《龙泽》，王兰，辽宁人民出版社，1974.7

《山村小闯将》，通化县委宣传部编，吉林人民出版社，1974.8

《石榴红了的时候》，辽宁人民出版社编，辽宁人民出版社，1974.9

《边防小哨兵》，孙根喜，上海人民出版社，1974.9

《柜台风波》，上海市第一百货商店创作组编，上海人民出版社，1974.9

《戈壁花》，张长弓，上海人民出版社，1974.9

《竹林哨》，安徽人民出版社编，安徽人民出版社，1974.10

《小巴特尔》，内蒙古人民出版社编，内蒙古人民出版社，1974.10

《小白杨》，烟台地区革命委员会政治部编，山东人民出版社，1974.10

《草原雏鹰》，郭玉道、左可国，人民文学出版社，1974.11

《欢乐的海》，浩然，天津人民出版社，1974.11

《夜渡乌龙河》，江苏人民出版社编，江苏人民出版社，1974.11

《敌后小英雄》，边子正，安徽人民出版社，1974.12

《小哨兵》，河北人民出版社编，河北人民出版社，1974.12

《在老狼洞里》，蔺鸿儒，内蒙古人民出版社，1974.12

《课堂枪声》，卢芳文等，江西人民出版社，1974.12

《海子》，烟台地区革命委员会政治部编，山东人民出版社，1974.12

1975 年

《海边的故事》，沧州地区文教局创作组编，河北人民出版社，1975.1

《一支小手枪》，内蒙古人民出版社编，内蒙古人民出版社，1975.1

《水泉新苗》，内蒙古人民出版社编，内蒙古人民出版社，1975.1

《铁匠的儿子》，何芷，广东人民出版社，1975.2

《友谊》，上海人民出版社编，上海人民出版社，1975.2

《孔雀河新歌》，丁秀峰，上海人民出版社，1975.3

《小钢炮》，鞍山市文艺创作组，辽宁人民出版社，1975.3

《小铁头夺马记》，蔡维才，广东人民出版社，1975.3

《栗树红缨》，河北省承德地区革命委员会文化处编，天津人民出版社，1975.3

《松青》，刘戈，黑龙江人民出版社，1975.3

《花儿朵朵》，宁夏人民出版社编，宁夏人民出版社，1975.3

《红光礁夜战》，邬盛林，上海人民出版社，1975.3

《猎雁》，大森，吉林人民出版社，1975.4

《草原的儿子》，包振中，黑龙江人民出版社，1975.4

《小哨兵铁弹子》，江苏人民出版社编，江苏人民出版社，1975.4

《北京来的孩子》，山西人民出版社编，山西人民出版社，1975.4

《新芽》，上海《红小兵报》社编，上海人民出版社，1975.4

《石娃》，戴石明，江苏人民出版社，1975.5

《鹅的故事》，广东人民出版社编，广东人民出版社，1975.5

《边疆的主人》，黑龙江生产建设部队政治部编，上海人民出版社，1975.5

《喧闹的森林》，人民文学出版社编，人民文学出版社，1975.5

《勇敢的闯将》，上海人民出版社编，上海人民出版社，1975.5

《新来的小石柱》，童边，人民文学出版社，1975.5

《小戏台》，天津人民出版社编，天津人民出版社，1975.5

《梨园哨兵》，王拓明，上海人民出版社，1975.5

《朝阳红》，镇江地区《朝阳红》创作组编，江苏人民出版社，1975.5

《守阵地》，安徽人民出版社编，安徽人民出版社，1975.6

《两只小孔雀》，北京人民出版社编，北京人民出版社，1975.6

《攀枝花正红》，个旧市创作组编，云南人民出版社，1975.6

《小猎手》，浩然，北京人民出版社，1975.6

《两个虎子》，山东人民出版社编，山东人民出版社，1975.6

《盖红印章的考卷》，北京人民出版社编，北京人民出版社，1975.6

《燕山群星》，燕迅，河北人民出版社，1975.6

《小故事员》，高平县文化局编，山西人民出版社，1975.7

《少年儿童故事专辑》，共青团上海市委红小兵工作组，上海人民出版社，1975.7

《拖拉机突突响》，上海市黄山茶林场儿童文学组，上海人民出版社，1975.7

《海岛军民情谊深》，六四零零部队、宝山县横沙公社业余写作组，上海人民出版社，1975.8

《战斗的小兵》，李仁晓，江苏人民出版社，1975.8

《茁壮成长》，柳山朵，河南人民出版社，1975.8

《红丫》，沈阳市文艺创作办公室编，辽宁人民出版社，1975.8

《绿竹林的猫声》，无锡县文艺创作组编，江苏人民出版社，1975.8

《阳光下》，宁夏人民出版社编，宁夏人民出版社，1975.8

《冬英姐姐》，广东人民出版社编，广东人民出版社，1975.9

《苞谷胡须红》，蒋咸美、潘昌仁等，广西人民出版社，1975.9

《冲锋号》，金山县文化馆编，上海人民出版社，1975.9

《龙潭湖风波》，南汇县文化局创作学习班，上海人民出版社，1975.9

《洪雁》，王小鹰，上海人民出版社，1975.9

《卓玛阿妹》，英子等，四川人民出版社，1975.9

《会说话的路》，张登魁，人民文学出版社，1975.9

《岩嘎和他的弓弩》，钟宽洪，上海人民出版社，1975.9

《下水那天》，中华造船厂工人创作组，上海人民出版社，1975.9

《放假的日子里》，刘本夫，江苏人民出版社，1975.10

《边防擒敌》，内蒙古人民出版社编，内蒙古人民出版社，1975.10

《金色的朝晖》，石冰，上海人民出版社，1975.10

《新苗》，四川人民出版社编，四川人民出版社，第一辑，1975.10；第二辑 1976.6

《铁娃放哨》，徐州市文化局创作组，江苏人民出版社，1975.10

《护宝记》，杨明礼，湖北人民出版社，1975.11

《抓"狐狸"》，竹影、雨华，内蒙古人民出版社，1975.11

《探宝记》，李云德，辽宁人民出版社，1975.12

《睁大你的眼睛》，刘心武，北京人民出版社，1975.12

《小英雄石锁》，永定县《儿童团斗争故事》编写组，福建人民出版社，1975.12

1976 年

《茁壮的新苗》，承德地区革命委员会文化处编，河北人民出版社，1976.1

《湖边上小暗哨》，崔坪，人民文学出版社，1976.1

《海岛故事》，旅大市长海县宣传组、中国人民解放军某部政治部宣传处编，辽宁人民出版社，1976.1

《中篇小说集》，农村读物出版社编，农村读物出版社，1976.1

《小水手》，嫩江地区文化局编，黑龙江人民出版社，1976.1

《春风吹进了校园》，山西人民出版社编，山西人民出版社，1976.1

《小战士》，安徽人民出版社编，安徽人民出版社，1976.2

《铁娃》，郭华、纪元瑶，河北人民出版社，1976.2

《木棉花开》，广东人民出版社编，广东人民出版社，1976.2

《小铁锤》，李同振等，内蒙古人民出版社，1976.2

《葵花向阳》，天津人民出版社编，天津人民出版社，1976.2

《云天战歌》，北京人民出版社编，北京人民出版社，1976.3

《前进吧，火红的拖拉机》，矫健，上海人民出版社，1976.3

《螺号响了》，连云港市文艺创作组，江苏人民出版社，1976.3

《宝剑岛》，辽宁人民出版社编，辽宁人民出版社，1976.3

《捉獾记》，石大鸿、王东汉，上海人民出版社，1976.3

《小画兵》，天津人民出版社编，天津人民出版社，1976.3

《黎勇打豹》，罗德祯，广东人民出版社，1976.4

《大门口的战斗》，上海人民出版社编写组编，上海人民出版社，1976.4

《工人的儿子》，天津人民出版社编，天津人民出版社，1976.4

《陶奇的暑期日记》，冰心，少年儿童出版社，1976.5

《幼苗茁壮》，共青团天水地委宣传部编，甘肃人民出版社，1976.5

《壮乡少年》，广西军区政治部编，广西人民出版社，1976.5

《小愚公》，河南人民出版社编，河南人民出版社，1976.5

《山雨》，徐钦功，安徽人民出版社，1976.5

《钟声》，俞天白、王锦园，上海人民出版社，1976.5

《少年红画兵》，白蔚，山西人民出版社，1976.6

《枣林村》，边子正，安徽人民出版社，1976.6

《架金桥的故事》，蔡德伦，江苏人民出版社，1976.6

《捕鳗记》，江苏人民出版社编，江苏人民出版社，1976.6

《警惕的眼睛》，盐城县业余文艺创作组，江苏人民出版社，1976.6

《一路行军一路歌》，中国人民解放军52885部队创作组，山西人民出版社，1976.6

《接过爸爸的鱼叉》，葛绪德，江苏人民出版社，1976.7

《少年儿童故事专辑》，共青团上海市委红小兵工作组，上海人民出版社，1976.7

《炉火通红》，兰州市第十八中学文艺创作组，甘肃人民出版社，1976.7

《智斗》，牟怀柯，甘肃人民出版社，1976.7

《小电工查线》，上海人民出版社编，上海人民出版社，1976.7

《骏马的小主人》，内蒙古人民出版社编，内蒙古人民出版社，1976.7

《喜鹊村的孩子》，丁茂、王琳，内蒙古人民出版社，1976.8

《火红的红缨枪》，共青团无锡市委编，江苏人民出版社，1976.8

《鸡鸣山下》，胡正言、阎世宏，人民文学出版社，1976.8

《可爱的小苗》，红小兵编辑室编，吉林人民出版社，1976.8

《塞外小铁骑》，上海人民出版社编，上海人民出版社，1976.8

《孔雀山下》，王继刚，上海人民出版社，1976.8

《湖上芦哨》，王拓明，安徽人民出版社，1976.8

《火红的石榴村》，许春耘，安徽人民出版社，1976.8

《激战长空》，蔡振兴，上海人民出版社，1976.9

《老炉长的儿子》，吉林人民出版社编，吉林人民出版社，1976.9

《小柱子》，梁晓声，黑龙江人民出版社，1976.9

《放牛》，楼飞甫，浙江人民出版社，1976.9

《小兵闯大山》，莫应丰，上海人民出版社，1976.9

《小猛旦挡车》，萧守德等，山西人民出版社，1976.9

《闪光的琴弦》，杨美清，广东人民出版社，1976.9

《驯水战歌》，扬州师范学院中文系《驯水战歌》写作组，江苏人民出版社，1976.9

《进攻》，《进攻》三结合创作组，上海人民出版社，1976.9

《水清莲壮》，莫之棪，广西人民出版社，1976.10

《湖上小八路》，吴延科，山东人民出版社，1976.10

《金色的阿夏河》，张恩奇根据同名电影文学剧本改编，甘肃人民出版社，1976.10

《红电波》，谢学潮，人民文学出版社，1976.11

《下水道的秘密》，福建人民出版社编，福建人民出版社，1976.12

《在那美丽的乡村》，李凤杰，陕西人民出版社，1976.12

《春光里》，李仁晓，上海人民出版社，1976.12

《山林中的火光》，温安仁，黑龙江人民出版社，1976.12

《红花滩》，张建国，河北人民出版社，1976.12

1977 年

《幼芽》，人民文学出版社编，人民文学出版社，1977.1

《森林里的鞭声》，黑龙江人民出版社编，黑龙江人民出版社，1977.1

《三个小社员》，吉林人民出版社编，吉林人民出版社，1977.1

《智斗大马猴》，周景标，江苏人民出版社，1977.1

《陆军海战队》，赛时礼，上海人民出版社，1977.2

《高高的苗岭》，叶辛，上海人民出版社，1977.2

《半个队长》，于铭，上海人民出版社，1977.2

《苗儿青青》，繁昌县文教局编，安徽人民出版社，1977.3

《雁翎笔》，徐太国等，山西人民出版社，1977.3

《大雁飞来的时候》，姚志飏等，山西人民出版社，1977.3

《金虹》，周开雾，上海人民出版社，1977.4

《桦树湾》，钢羽，黑龙江人民出版社，1977.5

《情报瓜》，中国人民解放区广西军区政治部编，广西人民出版社，1977.5

《太行儿童团》，河北大学中文系1974级工农兵学员编，河北人民出版社，1977.5

《葡萄沟的少年》，通化市《葡萄沟的少年》创编组，吉林人民出版社，1977.5

《在勐巴纳森林中》，张昆华，云南人民出版社，1977.5

《第一次思索》，北京人民出版社，1977.6

《兵娃》，贾平凹，中国少年儿童出版社，1977.6

《虎口侦察记》，上海人民出版社，1977.6

《特别任务》，郑胤飞等，上海人民出版社，1977.6

《钓鱼》，浙江人民出版社，1977.6

《哑巴伙计》，树棻，上海人民出版社，1977.7

《远征》，上海警备区政治部编，上海人民出版社，1977.7

《红哨》，天津人民出版社编，天津人民出版社，1977.7

《双喜养兔》，海门县文化馆编，江苏人民出版社，1977.8

《鲜花盛开的车间》，南通市创作办公室编，江苏人民出版社，1977.8

《夜钓七星鳗》，上海人民出版社编，上海人民出版社，1977.8

《桥》，湛芳，河北人民出版社，1977.8

《为有牺牲多壮志——雨花台革命烈士故事》，张重光、忻才良编写，上海人民出版社，1977.9

《大寨孩子的故事》，《大寨孩子的故事》编写组，山西人民出版社，1977.10

《嫩江浪》，刘德润，吉林人民出版社，1977.10

《金色的早晨》，山东人民出版社编，山东人民出版社，1977.10

《不屈的苦娃娃》，射阳县文教局创作组，江苏人民出版社，1977.10

《十月颂歌》，四川人民出版社编，四川人民出版社，1977.10

《向阳花开》，《向阳花开》编写组，上海人民出版社，1977.10

《小坦克手——淮海战役小故事选辑》，徐州市文化局创作组编，江苏人民出版社，1977.10

《小瑞换猪》，内蒙古人民出版社编，内蒙古人民出版社，1977.11

《故事的乌塔》，哈斯巴拉，中国少年儿童出版社，1977.11

《大雁南飞的时候》，江阴县儿童文学创作组编，上海人民出版社，1977.11

《香蕉村的黎明》，廖振，辽宁人民出版社，1977.11

《雾都报童》，陆扬烈、冰夫，上海人民出版社，1977.11

《草原上的孩子》，吕先奇，新疆人民出版社，1977.11

《核桃的故事》，孙根喜，上海人民出版社，1977.11

《无声的战斗》，四川人民出版社编，四川人民出版社，1977.11

《绿风》，杨啸，人民文学出版社编，人民文学出版社，1977.11

《深夜马蹄声》，叶辛，上海人民出版社，1977.11

《战斗的童年——革命老根据地儿童团的斗争故事》，共青团江西省委学校和红小兵工作组、江西大学中文系 73 级工农兵学员，江西人民出版社，1977.12

《小猎手》，湖南人民出版社编，湖南人民出版社，1977.12

《漂海记》，李凤琪，山东人民出版社，1977.12

《松伢子历险记》，鲁之洛，广东人民出版社，1977.12

《山外烽火》，罗德祯，广东人民出版社，1977.12

《玉龙的眼睛》，曼生，江苏人民出版社，1977.12

《旱风服输的故事》，杨以珍，安徽人民出版社，1977.12

1978 年

《咆哮的石油河》，贺宜，中国少年儿童出版社，1978.5

《小狗引出的故事》，程玮，少年儿童出版社，1978.6

《双筒猎枪》，任大星，江苏人民出版社，1978.9

1979 年

《开学前几天》，程玮，少年儿童出版社，1979.1

《在那美丽的乡村》,李凤杰,陕西人民出版社,1979.3

《陈朵云的照片》,任大星,江苏人民出版社,1979.6

《班主任》,刘心武,中国青年出版社,1979.6

《千里从军行》,于敏,中国少年儿童出版社,1979.7

《暗哨》,崔坪,人民文学出版社,1979.7

《燃烧的圣火》,奚立华,少年儿童出版社,1979.9

《钢铁牦子》,乔传藻,云南人民出版社,1979.9

《蟋蟀》,任大霖,人民文学出版社,1979.10

《童年时代的朋友》,任大霖,少年儿童出版社,1979.12

1980 年

《去海探奇》,刘先平,中国少年儿童出版社,1980.1

《刚满十四岁》,任大星,少年儿童出版社,1980.2

《小山山的成绩单》,程玮,少年儿童出版社,1980.5

《胡奇作品选》,胡奇,中国少年儿童出版社,1980.5

《小象脚鼓花》,乔传藻,云南人民出版社,1980.7

《死城的传说》,刘兴诗,中国少年儿童出版社,1980.7

《翅膀》,马寻,人民文学出版社,1980.9

《大钉靴奇闻》,任大星,四川少年儿童出版社,1980.9

《少年爆炸队》,王一地,少年儿童出版社,1980.10

1981 年

《最后一枪》,崔坪,湖北人民出版社,1981.3

《小船　小船》,黄蓓佳,江苏人民出版社,1981.7

《特别审讯》,王金海,福建人民出版社,1981.8

《荒漠奇踪》,严阵,中国少年儿童出版社,1981.9

《呦呦鹿鸣》,刘先平,人民文学出版社,1981.12

《针眼里逃出的生命》,李凤杰,陕西人民出版社,1981.12

1982 年

《我和足球》,程玮,江苏人民出版社,1982.7

《"铁木儿"小队》,张成新,中国少年儿童出版社,1982.8

《方小路和他的弟弟》,任大霖,陕西人民出版社,1982.10

《少先队员的心灵》,任大霖,少年儿童出版社,1982.10

《白脖儿》,儿童文学新人新作选编委员会选编,四川少年儿童出版社,1982.11

《黑箭和它的朋友》,刘厚明,中国少年儿童出版社,1982.12

1983 年

《倒过来讲的故事》,黄修纪选编,四川少年儿童出版社,1983.1

《湘湖龙王庙》,任大星,新蕾出版社,1983.1

《没有角的牛》,曹文轩,少年儿童出版社,1983.2

《蛇宝石》,刘兴诗,少年儿童出版社,1983.5

《乱世少年》,萧育轩,少年儿童出版社,1983.6

《喀戎在挣扎》,任大霖,少年儿童出版社,1983.7

1984 年

《来自异国的孩子》,程玮,少年儿童出版社,1984.1

《哥哥廿四,我十五》,任大霖,广东人民出版社,1984.2

《小小男子汉》,任大星,浙江少年儿童出版社,1984.3

《心中的百花》,任大霖,上海文艺出版社,1984.3

《冰河上的激战》,蔺瑾,少年儿童出版社,1984.5

《她在燃烧》,马光复,河南少年儿童出版社,1984.8

《寻找回来的世界》,柯岩,群众出版社,1984.8

《梅花柄的匕首》,任大霖,少年儿童出版社,1984.9

《三个女生的自白》,张成新,少年儿童出版社,1984.11

《这一瞬间如此辉煌》,黄蓓佳,福建人民出版社,1984.12

1985 年

《第七条猎狗》,沈石溪,中国少年儿童出版社,1985.1

《变! 变! 变! 》,秦文君,中国少年儿童出版社,1985.2

《双龙花盆》,葛冰、张之路,江苏少年儿童出版社,1985.3

《盐丁儿》,颜一烟,中国少年儿童出版社,1985.4

《古老的围墙》,曹文轩,江苏少年儿童出版社,1985.5

《千鸟谷追踪》,刘先平,中国少年儿童出版社,1985.6

《芳心》,任大星,黄河文艺出版社,1985.8

《"猴儿精"和他的独立队》,秦文君,江苏少年儿童出版社,1985.11

《在楼梯拐角》,张之路,重庆出版社,1985.12

1986 年

《通向奇异世界的小路》,孙幼忱,中国少年儿童出版社,1986.1

《云雾中的古堡》,曹文轩,重庆出版社,1986.2

《哑牛》,曹文轩,少年儿童出版社,1986.12

《弱女子和野汉子》,沈石溪,作家出版社,1986.12

1987 年

《虎孩》,刘兴诗,少年儿童出版社,1987.1

《少女们》,陈丹燕,重庆出版社,1987.3

《大熊猫传奇》,刘先平,人民文学出版社,1987.6

《邱家老宅》,程玮、徐耿,江苏文艺出版社,1987.9

《老法师的绝招》,任大霖,湖南少年儿童出版社,1987.9

《少男少女进行曲》,董宏猷,湖北少年儿童出版社,1987.9

《山连着山》,孙幼忱,华夏出版社,1987.9

1988 年

《走向审判庭》,李建树,中国少年儿童出版社,1988.2

《十一岁的灰猫》,秦文君,重庆出版社,1988.2

《依依梦　梦依依》,任大星,花山文艺出版社,1988.3

《退役军犬黄狐》,沈石溪,云南少年儿童出版社,1988.3

《啊，少男少女》，张成新，少年儿童出版社，1988.4

《初涉尘世》，刘健屏，新蕾出版社，1988.4

《独船》，常新港，少年儿童出版社，1988.5

《埋在雪下的小屋》，曹文轩，广西人民出版社，1988.9

《女中学生之死》，何光渝选编，贵州人民出版社，1988.10

《暮色笼罩的祠堂》，曹文轩，中国少年儿童出版社，1988.11

《绿猫》，葛冰，重庆出版社，1988.11

《你不可改变我》，百花文艺出版社编，百花文艺出版社，1988.12

《女中学生三部曲》，陈丹燕，百花文艺出版社，1988.12

《十六岁少女》，秦文君，百花文艺出版社，1988.12

1989 年

《无尾猫》，李有干，少年儿童出版社，1989.2

《忧郁的田园》，曹文轩，北京十月文艺出版社，1989.3

《生命》，沈石溪，天津百花出版社，1989.3

《青春的荒草地》，常新港，新蕾出版社，1989.5

《一百个中国孩子的梦》，董宏猷，江西少年儿童出版社，1989.5

《哨猴》，乔传藻，中国少年儿童出版社，1989.6

《雪国梦》，邱勋，人民文学出版社，1989.9

《眼睛的寓言》，老臣，希望出版社，1989.11

《啊，少男少女（续篇）》，张成新，少年儿童出版社，1989.12

《今年你七岁》，刘健屏，中国少年儿童出版社，1989.12

1990 年

《那个夜，迷失在深夏古镇中》，韦伶、班马，重庆出版社，1990.3

《魔鬼河》，左泓，少年儿童出版社，1990.8

《一只猎雕的遭遇》，沈石溪编，江苏少年儿童出版社，1990.10

《狼王梦》，沈石溪，少年儿童出版社，1990.11

1991 年

《第三军团》，张之路，中国少年儿童出版社，1991.1

《猎狐》，沈石溪，少年儿童出版社，1991.1

《水祥和他的三只耳朵》，李凤杰，湖北少年儿童出版社，1991.7

《秦文君中篇儿童小说选》，秦文君，少年儿童出版社，1991.8

《狐狸女儿阿梦》，任大星，少年儿童出版社，1991.12

《任大霖作品选 1》，任大霖，少年儿童出版社，1991.12

《任大霖作品选 2》，任大霖，少年儿童出版社，1991.12

《山羊不吃天堂草》，曹文轩，江苏少年儿童出版社，1991.12

《拿破仑剑柄上的宝石》，刘兴诗，少年儿童出版社，1991.12

《校园喜剧》，韩辉光，湖北少年儿童出版社，1991.12

《盲孩与弃狗》，沈石溪，湖南少年儿童出版社，1991.12

1992 年

《我的童年女友——任大星短篇小说选》，任大星，少年儿童出版社，1992.2

《沈石溪动物小说自选集》，沈石溪，重庆出版社，1992.3

《灾难的礼物》，陈丹燕，教育科学出版社，1992.4

《绿色的栅栏》，曹文轩，教育科学出版社，1992.4

《绯闻》，陈丹燕，春风文艺出版社，1992.5

《圣火——沈石溪获奖作品集》，沈石溪，云南人民出版社，1992.8

《一个女孩》，陈丹燕，江苏少年儿童出版社，1992.12

《危险的森林》，左泓，江苏少年儿童出版社，1992.12

1993 年

《心动如水》，陈丹燕，上海文艺出版社，1993.2

《苏宁的故事》，王嘉翔，黑龙江人民出版社，1993.3

《裸雪》，从维熙，华艺出版社，1993.3

《夏天的受难》，常新港，江苏少年儿童出版社，1993.3

《小脚印》，关登瀛，湖北少年儿童出版社，1993.5

《男生贾里》，秦文君，少年儿童出版社，1993.10

《秘道》，范锡林，少年儿童出版社，1993.10

《红帆》，曹文轩，安徽教育出版社，1993.10

《坎坷学校》，张之路，江苏少年儿童出版社，1993.12

1994 年

《水下有座城》，曹文轩、左珊丹，黑龙江少年儿童出版社，1994.2

《红奶羊》，沈石溪，新蕾出版社，1994.3

《谁是未来的中队长》，康文信选评，大众文艺出版社，1994.4

《十四岁的森林》，董宏猷，江苏少年儿童出版社，1994.4

《十二种颜色的彩虹》，陈丹燕，上海教育出版社，1994.5

《走出鱼腥巷》，颜煦之，安徽少年儿童出版社，1994.6

《大头儿子和小头爸爸》，郑春华，新蕾出版社，1994.7

《金猴小队》，孙云晓，少年儿童出版社，1994.12

《青春口哨》，金曾豪，安徽少年儿童出版社，1994.12

《残狼灰满》，沈石溪，少年儿童出版社，1994.12

1995 年

《羚羊木雕》，张之路，华夏出版社，1995.1

《绿太阳　红月亮》，卢振中，明天出版社，1995.2

《假如再上一次大学》，梅子涵，上海远东出版社，1995.5

《小小旅行家丛书——美洲风景线》，刘兴诗，21 世纪出版社，1995.9

《女生贾梅》，秦文君，安徽少年儿童出版社，1995.10

《象王泪》，沈石溪，安徽少年儿童出版社，1995.10

《六年级大逃亡》，班马，江苏少年儿童出版社，1995.11

《疯羊血顶儿》，沈石溪，少年儿童出版社，1995.12

《小巷三杰》，范锡林，少年儿童出版社，1995.12

《缭乱青春》，赵立中，少年儿童出版社，1995.12

《金十字架》，李建树，少年儿童出版社，1995.12

《长毛巨人》，苗虎，少年儿童出版社，1995.12

《男儿十五》，吴牧铃，少年儿童出版社，1995.12

《山海英雄》，李子玉，少年儿童出版社，1995.12

《生活不相信祝福》，黄世衡，江苏少年儿童出版社，1995.12

《赤色小子》，张品成，少年儿童出版社，1995.12

《少女的红发卡》，程玮，江苏少年儿童出版社，1995.12

1996 年

《与幽灵擦肩而过》，彭懿，作家出版社，1996.1

《混血豺王》，沈石溪，新蕾出版社，1996.1

《小辫子丫丫和大个子力力》，秦文君，上海教育出版社，1996.3

《任大霖作品精选》，任大霖，河北少年儿童出版社，1996.8

《蔷薇谷》，曹文轩，福建少年儿童出版社，1996.8

《野猪囚犯》，沈石溪，福建少年儿童出版社，1996.8

《今年流行黄裙子》，程玮，福建少年儿童出版社，1996.9

《男子汉的绝交》，梅子涵主编，上海远东出版社，1996.9

《花季·雨季》，郁秀，海天出版社，1996.10

《青春的螺旋》，朱效文，少年儿童出版社，1996.11

《宝贝当家》，秦文君，少年儿童出版社，1996.11

《神秘的伙伴》，李伟杰，少年儿童出版社，1996.11

《莘莘学子遥》，肖道美，少年儿童出版社，1996.11

《古剑·军犬·野鸽》，沈石溪，明天出版社，1996.12

《我要做好孩子》，黄蓓佳，江苏少年儿童出版社，1996.12

《校园情事》，陈丹燕，新华出版社，1996.12

《北方有热雪》，肖显志，沈阳出版社，1996.12

《白鸟》，薛涛，沈阳出版社，1996.12

《盲琴》，老臣，沈阳出版社，1996.12

《天机不可泄露》，董恒波，沈阳出版社，1996.12

《走向棕榈树》，常星儿，沈阳出版社，1996.12

《半夜别开窗》，彭懿，作家出版社，1996.12

1997 年

《我的第一个先生》，任大星，花山文艺出版社，1997.1

《太阳当空：独生子女的故事》，陈丹燕，新蕾出版社，1997.1

《独生子女宣言》，陈丹燕编著，南海出版公司，1997.3

《敲门的女孩子》，张洁，福建少年儿童出版社，1997.5

《转校生》，肖铁，北京少年儿童出版社，1997.7

《闹心》，米子学，北京少年儿童出版社，1997.7

《黑白诱惑》，许言，北京少年儿童出版社，1997.7

《福物祭旗》,芦淼,北京少年儿童出版社,1997.7

《火之晨》,顾捷,北京少年儿童出版社,1997.7

《迷彩》,刘伟,北京少年儿童出版社,1997.7

《摇滚猫乐队》,邢抒然,北京少年儿童出版社,1997.7

《发芽的心情》,朱佤佤,北京少年儿童出版社,1997.7

《宝牙母象》,沈石溪,湖南少年儿童出版社,1997.7

《鹰王》,肖显志,湖南少年儿童出版社,1997.7

《男生贾里全传》,秦文君,少年儿童出版社,1997.10

《怪物也疯狂》,彭懿,作家出版社,1997.12

《洪荒少年》,朱效文,少年儿童出版社,1997.12

《草房子》,曹文轩,江苏少年儿童出版社,1997.12

《红蜘蛛化石》,徐东达,少年儿童出版社,1997.12

《秦文君小说系列:小鬼鲁智胜》,秦文君,作家出版社,1997.12

1998 年

《调皮的日子》,秦文君,春风文艺出版社,1998.1

《白鹭别墅》,常星儿,希望出版社,1998.1

《晾着女孩裙子的阳台》,陈丹燕,上海书店出版社,1998.3

《青春的翅膀能飞多远》,陈丹燕,明天出版社,1998.3

《有爱的日子》,陈丹燕,明天出版社,1998.3

《红瓦》,曹文轩,北京十月文艺出版社,1998.4

《大水》,曹文轩,河北教育出版社,1998.5

《长大的烦恼》,梅子涵,河北教育出版社,1998.5

《少年·表哥·骷髅》,沈石溪,河北教育出版社,1998.5

《班副的囚徒》,老臣,河北教育出版社,1998.5

《劫持》,左泓,河北教育出版社,1998.5

《孤女俱乐部·十六岁少女》,秦文君,安徽少年儿童出版社,1998.6

《告别裔凡·表哥驾到》,秦文君,安徽少年儿童出版社,1998.6

《家有小丑·宝贝当家》,秦文君,安徽少年儿童出版社,1998.6

《阿塔斯小熊》,乔传藻,新蕾出版社,1998.7

《当保姆的蟒蛇》,沈石溪,新蕾出版社,1998.7

《为了地久天长》,徐鲁,中国少年儿童出版社,1998.7

《儿子哥们——曹迪民先生的故事》,梅子涵,上海教育出版社,1998.8

《不孤独的天空》,肖显志,四川少年儿童出版社,1998.8

《妖湖传说》,彭懿,二十一世纪出版社,1998.9

《小人精丁宝》,秦文君,二十一世纪出版社,1998.9

《废墟居民》,薛涛,二十一世纪出版社,1998.9

《足球大侠》,张之路,浙江少年儿童出版社,1998.9

《巫师的沉船》,班马,二十一世纪出版社,1998.9

《校园明星孙天达》,李建树,浙江少年儿童出版社,1998.11

《我的故事讲给你听》,梅子涵,浙江少年儿童出版社,1998.11

《胆小英雄》,肖显志,四川少年儿童出版社,1998.12

《小丫林晓梅》,秦文君,作家出版社,1998.12

1999 年

《死亡医院》,孙幼忱,希望出版社,1999.1

《东海有飞蟹——大自然探险纪实》,刘先平,海天出版社,1999.1

《根鸟》,曹文轩,春风文艺出版社,1999.4

《今天我是升旗手》,黄蓓佳,江苏少年儿童出版社,1999.4

《吹响欧巴》,黄喆生,晨光出版社,1999.4

《多味毕业班》,谢倩霓,福建少年儿童出版社,1999.6

《女生贾梅全传》,秦文君,少年儿童出版社,1999.7

《五天半的战争》,简平,少年儿童出版社,1999.8

《骆驼骑士》,明照,少年儿童出版社,1999.8

《青春密码》,殷健灵,少年儿童出版社,1999.8

《沈家花园之谜》,魏滨海,少年儿童出版社,1999.8

《情感问题》,谢华,少年儿童出版社,1999.8

《亲亲我的木栅栏》,张洁,少年儿童出版社,1999.8

《灾之犬》,沈石溪,重庆出版社,1999.8

《狼妻》,沈石溪,重庆出版社,1999.8

《老象恩仇》,沈石溪,重庆出版社,1999.8

《火豹》,沈石溪,重庆出版社,1999.8

《你是我的妹》,彭学军,四川少年儿童出版社,1999.8

《哭泣精灵》,殷健灵,二十一世纪出版社,1999.8

《胆小鬼》,薛涛,福建少年儿童出版社,1999.8

《爸爸的红门》,周锐,少年儿童出版社,1999.8

《走出堕落的少年犯》,李凤杰,群众出版社,1999.8

《魔塔》,彭懿,二十一世纪出版社,1999.8

《安全出口》,顾湘,北京少年儿童出版社,1999.9

《少年行》,张玉清,河北少年儿童出版社,1999.9

《不能飞翔的天空》,左泓,二十一世纪出版社,1999.9

《两小有猜》,沈石溪,少年儿童出版社,1999.10

《擎起我的双拐》,孙幼忱,云南教育出版社,1999.12

2000 年

《反白》,左泓,北方文艺出版社,2000.1

《我是一个小孩儿》,梅子涵,北京少年儿童出版社,2000.2

《爸爸小时候什么样》,梅子涵,北京少年儿童出版社,2000.2

《我也会当爸爸》,梅子涵,北京少年儿童出版社,2000.2

《孤儿乐子》,秦文君,辽宁少年儿童出版社,2000.2

《雪花镇幻兽》,杨鹏,四川少年儿童出版社,2000.2

《幽灵电话你别接》,杨鹏,四川少年儿童出版社,2000.2

《和怪兽在一起的日子》,杨鹏,四川少年儿童出版社,2000.2

《逃学纠察队》，任大星，上海教育出版社，2000.3

《结拜祖孙》，任哥舒，上海教育出版社，2000.3

《红瓦房》，曹文轩，台湾小鲁出版社，2000.4

《男生贾里新传》，秦文君，少年儿童出版社，2000.4

《大头儿子和小头爸爸全集》，郑春华，少年儿童出版社，2000.4

《同桌日记》，魏滨海，上海教育出版社，2000.5

《芝麻开门》，祁智，江苏少年儿童出版社，2000.5

《古城黎明》，马光复，海燕出版社，2000.5

《牧羊豹》，沈石溪，国语日报社，2000.5

《雄狮》，沈石溪，江苏少年儿童出版社，2000.5

《雕鸣虎啸：宫克父子探险记》，肖显志，重庆出版社，2000.5

《丛林奇遇：宫克父子探险记》，肖显志，重庆出版社，2000.5

《象童》，刘兴诗，青岛出版社，2000.5

《湿婆神的眼珠》，刘兴诗，青岛出版社，2000.5

《小矮人与黑豹》，刘兴诗，青岛出版社，2000.5

《密林虎孩》，刘兴诗，青岛出版社，2000.5

《我要做一匹斑马》，玉清，四川少年儿童出版社，2000.6

《最后两个灾民》，张品成，四川少年儿童出版社，2000.6

《女生日记》，杨红樱，作家出版社，2000.7

《中国兔子德国草》，周锐、周双宁，中国少年儿童出版社，2000.7

《放生雪豹》，沈石溪，江苏少年儿童出版社，2000.8

《刀疤豺母》，沈石溪，江苏少年儿童出版社，2000.8

《骆驼王子》，沈石溪，江苏少年儿童出版社，2000.8

《奴隶鹩哥》，沈石溪，江苏少年儿童出版社，2000.8

《月亮茶馆里的童年》，殷健灵，四川少年儿童出版社，2000.8

《塌鼻子警察》，庄大伟，浙江少年儿童出版社，2000.8

《属于少年刘格诗的自白》，秦文君，作家出版社，2000.8

《有老鼠牌铅笔吗》，张之路，浙江少年儿童出版社，2000.8

《纸人》，殷健灵，二十一世纪出版社，2000.8

《好玩！佳佳龟》，张之路，希望出版社，2000.9

《一个女孩的心灵史》，秦文君，江苏文艺出版社，2000.9

《谢谢你的沉默》，秦文君，安徽少年儿童出版社，2000.9

《丑狗》，乔传藻，海燕出版社，2000.10

《大绝唱》，方敏，湖南少年儿童出版社，2000.10

《寻找树王》，刘先平，东方出版中心，2000.11

《从天鹅故乡到塔克拉玛干大沙漠》，刘先平，东方出版中心，2000.11

《黑叶猴王国探险记》，刘先平，东方出版中心，2000.11

《野象出没的山谷》，刘先平，东方出版中心，2000.11

《真人》，常新港，北方文艺出版社，2000.11

《今晚去哪里》，陈丹燕，云南人民出版社，2000.12

《随蒲公英一起飞的女孩》，薛涛，少年儿童出版社，2000.12

《我的经历你的故事》，常新港，少年儿童出版社，2000.12

《男孩的心女孩的歌》，任大星，少年儿童出版社，2000.12

《当你跃入太阳的运行轨道》，沈石溪，少年儿童出版社，2000.12

2001 年

《年糕包子兄弟和紫苜蓿农场》，秦文君，中国少年儿童出版社，2001.4

《精灵闪现》，薛涛，春风文艺出版社，2001.4

《荒漠孤旅》，牧铃，湖北少年儿童出版社，2001.4

《幽灵岛》，金曾豪，湖北少年儿童出版社，2001.4

《木雕面具》，章红，湖北少年儿童出版社，2001.4

《南洋狂蜂》，薛屹峰，湖北少年儿童出版社，2001.4

《城南旧事》，林海音，中国青年出版社，2001.4

《走向男子汉》，吕清温，新蕾出版社，2001.5

《天棠街 3 号》，秦文君，江苏少年儿童出版社，2001.5

《寻找香榧王》，刘先平，中国少年儿童出版社，2001.5

《寻找相思鸟》，刘先平，中国少年儿童出版社，2001.5

《寻找魔鹿》，刘先平，中国少年儿童出版社，2001.5

《寻找猴国》，刘先平，中国少年儿童出版社，2001.5

《异变释放》，杨鹏，中国电影出版社，2001.7

《野性宿主》，杨鹏，中国电影出版社，2001.7

《妖孽》，彭懿，二十一世纪出版社，2001.8

《五·三班的坏小子》，杨红樱，作家出版社，2001.8

《浪漫简历》，梅子涵，北京少年儿童出版社，2001.8

《女孩三部曲》，秦文君，文汇出版社，2001.8

《小香咕和男孩毒蛇生日会》，秦文君，北京少年儿童出版社，2001.8

《小香咕和她的表姐表妹》，秦文君，北京少年儿童出版社，2001.8

《古格护法神》，刘兴诗，四川少年儿童出版社，2001.8

《爷爷铁床下的密室》，车培晶，春风文艺出版社，2001.9

《这样长大》，梅子涵，东方出版中心，2001.9

《小时候的鬼样子》，梅子涵，东方出版中心，2001.9

《虎女金叶子》，沈石溪，新蕾出版社，2001.9

《马戏团的动物明星》，沈石溪，新蕾出版社，2001.9

《男孩无羁·女孩不哭》，常新港，少年儿童出版社，2001.12

《晚妹风·九月雨》，乐渭琦，少年儿童出版社，2001.12

《血经》，范锡林，少年儿童出版社，2001.12

《那一年我们一起走过》，李彪，花城出版社，2001.12

2002 年

《非常 QQ 事件：一个可爱女生的系列轻喜剧》，伍美珍，福建少年儿童出版社，
　　2002.1

《我对老师有点慌心》，伍美珍，海天出版社，2002.1

《十五岁之夏》,秦文君,接力出版社,2002.1

《泡泡儿去旅行》,薛涛,春风文艺出版社,2002.1

《麻雀不唱》,常新港,吉林人民出版社,2002.1

《鱼和它的自行车》,陈丹燕,上海文艺出版社,2002.4

《蝴蝶落在流泪手心》,伍美珍,安徽文艺出版社,2002.4

《疲软的小号》,曹文轩,人民文学出版社,2002.5

《警察游戏》,梅子涵,人民文学出版社,2002.5

《哦,我的坏女孩》,秦文君,人民文学出版社,2002.5

《我的同桌是女妖》,车培晶,春风文艺出版社,2002.5

《李大米和他的影子》,张之路,春风文艺出版社,2002.5

《豹狼情仇》,沈石溪,云南教育出版社,2002.5

《我的同桌是女妖》,车培晶,春风文艺出版社,2002.5

《一只狗和他的城市》,常新港,接力出版社,2002.6

《QQ宝贝》,周桥、周晴,少年儿童出版社,2002.6

《三条魔龙》,彭懿,少年儿童出版社,2002.6

《湖怪》,彭懿,少年儿童出版社,2002.6

《九命灵猫》,彭懿,少年儿童出版社,2002.6

《小鬼鲁智胜》,秦文君,作家出版社,2002.6

《小香咕和阔佬崔先生》,秦文君,北京少年儿童出版社,2002.6

《小香咕和飞来的伤心梅》,秦文君,北京少年儿童出版社,2002.6

《少年黑卡》,常新港,少年儿童出版社,2002.6

《丛林里的围墙》,薛涛,二十一世纪出版社,2002.7

《本色女生》,梅子涵编,上海远东出版社,2002.8

《e班e女孩》,张弘,中国少年儿童出版社,2002.8

《戴小桥和他的哥儿们》,梅子涵,新蕾出版社,2002.9

《小女生金贝贝》,杨红樱,二十一世纪出版社,2002.9

《惩罚》,张之路,浙江少年儿童出版社,2002.10

《蓝色的周末》,沈石溪,云南教育出版社,2002.10

《我不是你的冤家》,饶雪漫,安徽文艺出版社,2002.10

《小杜齐:和阿莫一起探宝》,秦文君,浙江少年儿童出版社,2002.10

《小杜齐:地下室里本多事》,秦文君,浙江少年儿童出版社,2002.10

《绿刺猬》,彭懿,春风文艺出版社,2002.10

《甜橙树》,曹文轩,作家出版社,2002.10

2003 年

《惦念的故事》,梅子涵,东方出版中心,2003.1

《大头小妹和我》,梅子涵,东方出版中心,2003.1

《野犬姊妹》,沈石溪,湖北少年儿童出版社,2003.1

《雌孔雀的恋情》,沈石溪,湖北少年儿童出版社,2003.1

《斑羚飞渡》,沈石溪,湖北少年儿童出版社,2003.1

《魔鸡哈扎》,沈石溪,湖北少年儿童出版社,2003.1

《最后一头战象》，沈石溪，湖北少年儿童出版社，2003.1

《陈土的六根头发》，常新港，春风文艺出版社，2003.1

《我的爆笑高中鸽子笼》，苏逸平，中国青年出版社，2003.1

《谁在草垛上唱歌》，常星儿，辽宁少年儿童出版社，2003.2

《同桌冤家》，伍美珍，福建少年儿童出版社，2003.3

《谁在草垛上唱歌》，常星儿，辽宁少年儿童出版社，2003.3

《像雨像雾又像风》，东达，少年儿童出版社，2003.4

《如果云知道》，周晴，少年儿童出版社，2003.4

《漂亮老师和坏小子》，杨红樱，作家出版社，2003.4

《愿望树》，伍美珍，少年儿童出版社，2003.4

《好小子、坏小子和嘎小子》，肖显志，云南少年儿童出版社，2003.4

《大头儿子失踪记：第19届陈伯吹儿童文学奖得奖作品集刊》，郑春华，少年儿童出版社，2003.5

《吸血鬼》，佛碧等改写，朝花少年儿童出版社，2003.5

《劫尸者》，佛碧等改写，朝花少年儿童出版社，2003.5

《橡皮泥大盗》，彭懿，春风文艺出版社，2003.5

《漂来的狗儿》，黄蓓佳，上海文艺出版社，2003.6

《细米》，曹文轩，上海文艺出版社，2003.6

《鸟奴》，沈石溪，上海文艺出版社，2003.6

《动物神勇故事》，沈石溪，中国福利会出版社，2003.6

《动物亲情故事》，沈石溪，中国福利会出版社，2003.6

《动物智慧故事》，沈石溪，中国福利会出版社，2003.6

《迷糊英雄——班长鲁智胜》，秦文君，九歌，2003.7

《头号人物——小鬼鲁智胜》，秦文君，九歌，2003.7

《贪玩老爸》，杨红樱，接力出版社，2003.7

《轰隆隆老师》，杨红樱，接力出版社，2003.7

《笨女孩安琪儿》，杨红樱，接力出版社，2003.7

《四个调皮蛋》，杨红樱，接力出版社，2003.8

《同桌冤家》，杨红樱，接力出版社，2003.8

《暑假奇遇》，杨红樱，接力出版社，2003.8

《蓝雪黑鸟》，常新港，少年儿童出版社，2003.8

《我要拍的电影》，常新港，少年儿童出版社，2003.8

《一年级的马鸣加》，郑春华，少年儿童出版社，2003.9

《红蘑菇》，彭学军，明天出版社，2003.9

《小香咕和飘来的舞会皇后》，秦文君，北京少年儿童出版社，2003.9

《小香咕和小房间里的大兵》，秦文君，北京少年儿童出版社，2003.9

《空气是免费的》，常新港，江苏文艺出版社，2003.9

《轰然作响的记忆》，刘东，中国少年儿童出版社，2003.9

《最美的夏天》，伍美珍，二十一世纪出版社，2003.10

《阿呆摇摇摇》，伍美珍，福建少年儿童出版社，2003.10

《螳螂一号》,张之路,浙江少年儿童出版社,2003.10

《最后一场是暗杀》,张之路,浙江少年儿童出版社,2003.10

《青春门》,章红,福建少年儿童出版社,2003.10

《蓝色故乡》,曾小春,福建少年儿童出版社,2003.10

《一路风行》,简平,福建少年儿童出版社,2003.10

《女儿的河流》,老臣,福建少年儿童出版社,2003.10

《没有名字的身体》,黄蓓佳,人民文学出版社,2003.11

《龙金》,立极,大连出版社,2003.12

《薇拉的天空》,李东华,湖北少年儿童出版社,2003.12

《女孩没泳衣》,韩辉光,湖北少年儿童出版社,2003.12

《四弟的伊甸园》,林彦,湖北少年儿童出版社,2003.12

《乔丹的神秘来信》,赵颖,湖北少年儿童出版社,2003.12

2004 年

《鬼车》,郑渊洁,学苑出版社,2004.1

《逃逃》,秦文君,春风文艺出版社,2004.1

《魔笔盖尔》,董恒波,辽宁少年儿童出版社,2004.1

《天真妈妈》,杨红樱,接力出版社,2004.2

《漂亮女孩夏林果》,杨红樱,接力出版社,2004.2

《丁克舅舅》,杨红樱,接力出版社,2004.2

《力力不喜欢女孩》,秦文君编,江苏少年儿童出版社,2004.2

《会跳舞的摇摇》,黄蓓佳编,江苏少年儿童出版社,2004.2

《睡蟒边的雪兔》,沈石溪编,江苏少年儿童出版社,2004.2

《妞妞和爸爸同岁》,张之路编,江苏少年儿童出版社,2004.2

《天堂来信》,陆梅,少年儿童出版社,2004.4

《神秘的女老师》,杨红樱,作家出版社,2004.4

《男生米戈》,郁雨君,福建少年儿童出版社,2004.4

《此情可待》,谢倩霓,少年儿童出版社,2004.4

《大头儿子和公鸡母鸡》,郑春华,接力出版社,2004.4

《大头儿子和流浪猫》,郑春华,接力出版社,2004.4

《大头儿子和斑点狗》,郑春华,接力出版社,2004.4

《大头儿子和奶牛妈妈》,郑春华,接力出版社,2004.4

《陪玩公司》,肖显志,晨光出版社,2004.4

《青青河畔》,若零,广西师范大学出版社,2004.5

《梅子黄时雨》,嘲风,广西师范大学出版社,2004.5

《宠物集中营》,杨红樱,接力出版社,2004.6

《小大人丁文涛》,杨红樱,接力出版社,2004.6

《疯丫头杜真子》,杨红樱,接力出版社,2004.6

《精卫鸟与女娃(山海经新传说 A)》,薛涛,春风文艺出版社,2004.7

《夸父与小菊仙(山海经新传说 B)》,薛涛,春风文艺出版社,2004.7

《盘古与透明女孩(山海经新传说 C)》,薛涛,春风文艺出版社,2004.7

《边走边爱》,郁雨君,浙江少年儿童出版社,2004.7

《毛玻璃城》,常新港,中国少年儿童出版社,2004.7

《男生日记》,杨红樱,作家出版社,2004.7

《矮子独行》,常新港,明天出版社,2004.8

《不说再见好吗》,谢倩霓,明天出版社,2004.8

《花彩少女的事儿》,秦文君,接力出版社,2004.8

《像猫一样走过暑假》,肖显志,明天出版社,2004.8

《魔幻药片》,董恒波,时代文艺出版社,2004.9

《魔法向日葵》,王立春,时代文艺出版社,2004.9

《穷女孩心香和富女孩可人》,秦文君,中国福利会出版社,2004.10

《梦断三角蛋》,张之路,中国福利会出版社,2004.10

《今日出门昨夜归》,竹林,二十一世纪出版社,2004.12

《蝉为谁鸣》,张之路,浙江少年儿童出版社,2004.12

《伤心的试验》,张之路,浙江少年儿童出版社,2004.12

2005 年

《梯形教室的六个下午》,陈丹燕,接力出版社,2005.1

《恋恋薰衣草》,周桥,接力出版社,2005.1

《让飞猪爱上橘子头吧》,伍美珍,长江文艺出版社,2005.1

《来自天堂的消息》,安武林,北京少年儿童出版社,2005.1

《我在哪里错过了你》,李学斌,北京少年儿童出版社,2005.1

《老象恩仇记》,沈石溪,少年儿童出版社,2005.1

《神秘的导盲犬》,沈石溪,少年儿童出版社,2005.1

《小孩成群:秦文君自选集》,秦文君,吉林人民出版社,2005.1

《鸟孩子》,薛涛,春风文艺出版社,2005.1

《我们的老师是狐仙》,车培晶,春风文艺出版社,2005.1

《土鸡的冒险》,常新港,春风文艺出版社,2005.1

《你就是名牌》,张之路,北京少年儿童出版社,2005.1

《超炫咖喱派》,周志勇,湖北少年儿童出版社,2005.1

《怪味麻辣串》,周志勇,湖北少年儿童出版社,2005.1

《爆料嘎嘣豆》,周志勇,湖北少年儿童出版社,2005.1

《秀逗冰淇淋》,周志勇,湖北少年儿童出版社,2005.1

《天瓢》,曹文轩,长江文艺出版社,2005.3

《红瓦黑瓦》,曹文轩,江苏少年儿童出版社,2005.3

《野风车》,曹文轩,江苏少年儿童出版社,2005.3

《红雨伞·红木屐》,彭懿,吉林人民出版社,2005.3

《双人茶座》,梅子涵,吉林人民出版社,2005.3

《蟋蟀也吃兴奋剂》,张之路,吉林人民出版社,2005.3

《死囚猴》,沈石溪,江苏文艺出版社,2005.4

《生如夏花》,陆梅,少年儿童出版社,2005.4

《惜城涂鸦板》,伍美珍,福建少年儿童出版社,2005.4

《阿呆笨笨日记》,伍美珍,福建少年儿童出版社,2005.4

《花开的声音》,伍美珍主编,福建少年儿童出版社,2005.4

《青铜葵花》,曹文轩,凤凰出版社、江苏少年儿童出版社,2005.4

《女生魔咒》,肖显志,福建少年儿童出版社,2005.4

《歪打歪着》,肖显志,福建少年儿童出版社,2005.4

《逗你玩儿》,肖显志,福建少年儿童出版社,2005.4

《无敌姊妹花》,汤素兰,晨光出版社,2005.4

《假小子戴安》,杨红樱,作家出版社,2005.4

《我的恐惧无法诉说》,南妮,中国福利会出版社,2005.5

《天天向上》,肖显志,晨光出版社,2005.5

《树叶上的兄弟·兄篇》,常新港,春风文艺出版社,2005.5

《树叶上的兄弟·弟篇》,常新港,春风文艺出版社,2005.5

《2099年》,饶雪漫等,漓江出版社,2005.6

《傻瓜相机》,秦文君,文汇出版社,2005.6

《恋爱中的皮卡丘》,伍美珍,上海人民出版社,2005.7

《喷嚏大王的舞蹈》,阳光姐姐伍美珍,北京少年儿童出版社,2005.7

《游戏小老师真完蛋》,阳光姐姐伍美珍,北京少年儿童出版社,2005.7

《嘻嘻哈哈的公开课》,阳光姐姐伍美珍,北京少年儿童出版社,2005.7

《一只叫玉米黄的老鼠》,常新港,二十一世纪出版社,2005.7

《青春的十八场雨》,常新港,少年儿童出版社,2005.7

《丢梦纪》,殷健灵,四川少年儿童出版社,2005.7

《古莲花》,殷健灵,四川少年儿童出版社,2005.7

《真幻源》,殷健灵,四川少年儿童出版社,2005.7

《大道书》,殷健灵,四川少年儿童出版社,2005.7

《巨人的城堡》,杨红樱,接力出版社,2005.8

《寻找大熊猫》,杨红樱,接力出版社,2005.8

《随风吟唱.2》,张之路等,中国少年儿童出版社,2005.8

《逃跑的马儿》,梅子涵,新蕾出版社,2005.9

《妙味沙琪玛》,周志勇,湖北少年儿童出版社,2005.9

《魔力跳跳糖》,周志勇,湖北少年儿童出版社,2005.9

《爽酷香脆角》,周志勇,湖北少年儿童出版社,2005.9

《甜心巧克力》,周志勇,湖北少年儿童出版社,2005.9

《喝汤的土匪》,梅子涵,新蕾出版社,2005.9

《舞蹈课》,三三,接力出版社,2005.9

《黑麂谜踪》,刘先平,海天出版社,2005.9

《寻找失落的麋鹿家园》,刘先平,海天出版社,2005.9

《天上的阳光》,左泓,中国少年儿童出版社,2005.9

《称心如意秤》,刘东,接力出版社,2005.9

《女儿的故事(全集)》,梅子涵,少年儿童出版社,2005.11

《沉默的森林》,车培晶,辽宁少年儿童出版社,2005.12

《寻找爸爸的天空》,许迎坡,辽宁少年儿童出版社,2005.12

《回望沙原》,常星儿,辽宁少年儿童出版社,2005.12

《正午的植物园》,薛涛,辽宁少年儿童出版社,2005.12

《抄袭往事》,刘东,辽宁少年儿童出版社,2005.12

《同一个梦想》,董恒波,辽宁少年儿童出版社,2005.12

《黑焰》,格日勒其木格·黑鹤,接力出版社,2005.12

《沉默的森林》,车培晶,辽宁少年儿童出版社,2005.12

《狼王闪电》,张永军,中国少年儿童出版社,2005.12

《幽秘花期》,张洁,接力出版社,2005.12

2006 年

《幸福像花儿》,陈磊,四川少年儿童出版社,2006.1

《老爸像魔鬼》,陈磊,四川少年儿童出版社,2006.1

《考试恐惧症》,陈磊,四川少年儿童出版社,2006.1

《上帝真偏心》,陈磊,四川少年儿童出版社,2006.1

《喜欢不是罪》,谢倩霓,北京出版社,2006.1

《变身狗》,常新港,春风文艺出版社,2006.1

《男生向左,女生向右》,李东华,湖北少年儿童出版社,2006.1

《远方的矢车菊》,李东华,湖北少年儿童出版社,2006.1

《疯狂爆米花》,周志勇,湖北少年儿童出版社,2006.1

《美滋酸酸乳》,周志勇,湖北少年儿童出版社,2006.1

《搞笑开心果》,周志勇,湖北少年儿童出版社,2006.1

《巨霸汉堡包》,周志勇,湖北少年儿童出版社,2006.1

《蝶变》,曹文轩等,海峡文艺出版社,2006.2

《蓝小鱼很想当女巫》,伍美珍,浙江少年儿童出版社,2006.3

《钥匙串上的童茉莉》,伍美珍,浙江少年儿童出版社,2006.3

《我飞了》,黄蓓佳,江苏少年儿童出版社,2006.3

《亲亲我的妈妈》,黄蓓佳,江苏少年儿童出版社,2006.3

《兔子也疯狂》,伍美珍,福建少年儿童出版社,2006.4

《咪咪牌魔法汤》,伍美珍,福建少年儿童出版社,2006.4

《"母老虎"同桌》,伍美珍主编,福建少年儿童出版社,2006.4

《"三八线"战役》,伍美珍主编,福建少年儿童出版社,2006.4

《曹文轩自选集》,曹文轩,长江文艺出版社,2006.4

《蔚蓝色的夏天》,李学斌,新世纪出版社,2006.4

《贝加来到樱桃班》,郑春华,中国福利会出版社,2006.5

《猪豆木木》,伍美珍,福建少年儿童出版社,2006.5

《来了好吃鬼客人》,阳光姐姐伍美珍,北京少年儿童出版社,2006.5

《把大人脑筋转糊涂》,阳光姐姐伍美珍,北京少年儿童出版社,2006.5

《全校老师都乱套》,阳光姐姐伍美珍,北京少年儿童出版社,2006.5

《拥抱幸福的小熊》,伍美珍,明天出版社,2006.5

《玫瑰在左,爱心在右》,周晴,四川美术出版社,2006.5

《正午的植物园》,薛涛,辽宁少年儿童出版社,2006.6

《假如给猪一对翅膀》,伍美珍,明天出版社,2006.6

《天蓝色的阳台》,伍美珍,明天出版社,2006.6

《兄妹学期故事留言板》,伍美珍,明天出版社,2006.6

《同桌薄荷糖女孩》,伍美珍,明天出版社,2006.6

《女生苏丹》,常新港,春风文艺出版社,2006.6

《我们的青涩年华》,董宏猷、黄春华选编,长江文艺出版社,2006.6

《天上掉下个胖叔叔》,董宏猷,浙江少年儿童出版社,2006.6

《酷男生俱乐部. 张牙舞日记》,汤素兰,浙江少年儿童出版社,2006.7

《酷男生俱乐部. 开心果甄帅》,汤素兰,浙江少年儿童出版社,2006.7

《酷男生俱乐部. 超级"天才"呆头熊》,汤素兰,浙江少年儿童出版社,2006.7

《跳跳电视台》,杨红樱,接力出版社,2006.8

《超级市长》,杨红樱,接力出版社,2006.8

《安妮是男孩就好了》,秦文君,江苏少年儿童出版社,2006.8

《坏表哥找上门》,秦文君,江苏少年儿童出版社,2006.8

《问题少年》,陈磊,四川少年儿童出版社,2006.8

《冒险游戏》,陈磊,四川少年儿童出版社,2006.8

《冤家路宽》,陈磊,四川少年儿童出版社,2006.8

《智破奇案》,陈磊,四川少年儿童出版社,2006.8

《小鬼当家》,陈磊,四川少年儿童出版社,2006.8

《小偷寄来诅咒信》,秦文君,江苏少年儿童出版社,2006.8

《咬人的夏天》,常新港,中国福利会出版社,2006.8

《我是小丑鱼》,汤素兰,海燕出版社,2006.9

《男生不许进》,伍美珍,广东新世纪出版社,2006.9

《同窗的妩媚时光》,彭学军,少年儿童出版社,2006.9

《青艾的歌剧》,萧萍,少年儿童出版社,2006.9

《左岸精灵》,李东华,少年儿童出版社,2006.9

《国际安徒生奖提名奖获得者丛书·阿雏》,曹文轩,接力出版社,2006.9

《闪亮的萤火虫》,秦文君,少年儿童出版社,2006.9

《宝贝当家》,秦文君,少年儿童出版社,2006.9

《国际安徒生奖提名奖获得者丛书·别了,远方的小屯》,秦文君,接力出版社,
　　2006.9

《与狼相处的日子》,刘兴诗,京华出版社,2006.10

《青春潘多拉》,谢倩霓,中国福利会出版社,2006.10

《大芦荡》,李有干,少年儿童出版社,2006.12

2007 年

《裙也飘飘》,周晴,二十一世纪出版社,2007.1

《馋嘴巴肚皮国》,周志勇,湖北少年儿童出版社,2007.1

《长管子的营养树》,周志勇,湖北少年儿童出版社,2007.1

《小人儿的巨人国》,周志勇,湖北少年儿童出版社,2007.1

《我们的眼泪在飞》，谢倩霓，二十一世纪出版社，2007.1

《天使没有长大》，李学斌，接力出版社，2007.1

《十三岁女孩》，郁雨君，明天出版社，2007.1

《猪，你快乐》，常新港，春风文艺出版社，2007.1

《同桌哆来咪·昙花一现小班长》，车培晶，春风文艺出版社，2007.1

《同桌哆来咪·5年1班不相信眼泪》，车培晶，春风文艺出版社，2007.1

《同桌哆来咪·爱打架的秦大象》，车培晶，春风文艺出版社，2007.1

《橘子鱼》，殷健灵，贵州人民出版社，2007.2

《羊在想马在做猪收获》，常新港，人民文学出版社，2007.2

《红嘴巴小鸟》，张之路，人民文学出版社，2007.2

《苦豺制度》，沈石溪，人民文学出版社，2007.2

《我家的月光电影院》，薛涛，人民文学出版社，2007.2

《遥远的风铃》，黄蓓佳，江苏少年儿童出版社，2007.3

《马鸣加和匿名信》，郑春华，少年儿童出版社，2007.3

《马鸣加的鼹鼠牙》，郑春华，少年儿童出版社，2007.3

《马鸣加与足球队》，郑春华，少年儿童出版社，2007.3

《马鸣加成了小学生》，郑春华，少年儿童出版社，2007.3

《倒霉的男子汉马鸣加》，郑春华，少年儿童出版社，2007.3

《石头也疯狂》，周志勇，湖北少年儿童出版社，2007.4

《笨小孩的幸福饼》，伍美珍，福建少年儿童出版社，2007.4

《送你一块橡皮擦》，伍美珍，福建少年儿童出版社，2007.4

《大头马的鬼马日记》，伍美珍，福建少年儿童出版社，2007.4

《"瓜子脸"女霸王》，伍美珍主编，福建少年儿童出版社，2007.4

《"母老虎"的掐动》，伍美珍主编，福建少年儿童出版社，2007.4

《疯小子碰上狂丫头》，伍美珍主编，福建少年儿童出版社，2007.4

《我的猫咪会说话》，马琦，明天出版社，2007.5

《校园小魔女》，晓君，明天出版社，2007.5

《酸酸甜甜17岁》，王力芹，明天出版社，2007.5

《梦想出租屋》，丁琳，明天出版社，2007.5

《女生宿舍的男生》，丁一文，明天出版社，2007.5

《QQ班长》，朱小利，青岛出版社，2007.5

《一路风景》，车培晶、薛涛等，中国少年儿童出版社，2007.5

《情豹布哈依》，沈石溪，浙江少年儿童出版社，2007.5

《罪马》，沈石溪，浙江少年儿童出版社，2007.5

《狼妻》，沈石溪，浙江少年儿童出版社，2007.5

《智取双熊》，沈石溪，浙江少年儿童出版社，2007.5

《虎女蒲公瑛》，沈石溪，浙江少年儿童出版社，2007.5

《逼上梁山的豺》，沈石溪，浙江少年儿童出版社，2007.5

《藏獒渡魂》，沈石溪，浙江少年儿童出版社，2007.5

《唐僧爸爸 and 豆包爸爸》，葛竞，接力出版社，2007.6

《机器人狂欢》，葛竞，接力出版社，2007.6

《做好学生有点累》，伍美珍，明天出版社，2007.6

《外号像颗怪味豆》，伍美珍，明天出版社，2007.6

《我的同桌是班长》，伍美珍，明天出版社，2007.6

《站在高高楼顶上》，立极，辽宁少年儿童出版社，2007.6

《第十一根红布条》，曹文轩著，安武林评，北京少年儿童出版社，2007.6

《甜橙树》，曹文轩著，安武林评，北京少年儿童出版社，2007.6

《草房子》，曹文轩著，安武林评，北京少年儿童出版社，2007.6

《青铜葵花》，曹文轩著，安武林评，北京少年儿童出版社，2007.6

《红瓦》，曹文轩著，安武林评，北京少年儿童出版社，2007.6

《古堡》，曹文轩著，安武林评，北京少年儿童出版社，2007.6

《牛爱比尔的挑战》，葛竞，接力出版社，2007.6

《受刺激的大人》，赵静，四川少年儿童出版社，2007.6

《疯丫头追星记》，赵静，四川少年儿童出版社，2007.6

《老妈是个礼物狂》，赵静，四川少年儿童出版社，2007.6

《同一个梦想》，董恒波，辽宁少年儿童出版社，2007.6

《寻找爸爸的天空》，许迎坡，辽宁少年儿童出版社，2007.6

《抄袭往事》，刘东，辽宁少年儿童出版社，2007.6

《站在高高楼顶上》，立极，辽宁少年儿童出版社，2007.6

《五颜六色的孩子(小说卷)》，高凯、汤素兰主编，接力出版社，2007.7

《瘟神表妹来我家》，伍美珍主编，广东新世纪出版社，2007.7

《黄琉璃》，曹文轩，接力出版社，2007.7

《开甲壳虫车的女校长》，杨红樱，接力出版社，2007.8

《名叫牛皮的插班生》，杨红樱，接力出版社，2007.8

《大侦探马鸣加》，郑春华，少年儿童出版社，2007.8

《大力士马鸣加》，郑春华，少年儿童出版社，2007.8

《发明大王马鸣加》，郑春华，少年儿童出版社，2007.8

《红嘴相思鸟昂贵的彩礼》，沈石溪，蓝天出版社，2007.8

《鹿鸣麂唤》，刘先平，晨光出版社，2007.8

《同桌阿伦》，秦文君，上海文艺出版社，2007.8

《金童玉女》，秦文君，上海文艺出版社，2007.8

《俞林·留汉》，秦文君，上海文艺出版社，2007.8

《打嗝儿》，肖显志，晨光出版社，2007.8

《麻辣小女生》，夏有志，晨光出版社，2007.8

《淑女木乃伊》，常新港，晨光出版社，2007.8

《死了都要爱手机》，周锐，晨光出版社，2007.8

《枪毙快乐》，萧袤，晨光出版社，2007.8

《上帝宠爱俏女孩》，韩辉光，晨光出版社，2007.8

《十六岁少女》，秦文君，中信出版社，2007.9

《黑头发妹妹:我做女孩》，秦文君，中信出版社，2007.9

《一个女孩的心灵史》，秦文君，中信出版社，2007.9

《淘气包也会流眼泪》，董恒波，海天出版社，2007.9

《插嘴大王许多多》，周晴，广东新世纪出版社，2007.9

《快乐秘招儿》，赵静，四川少年儿童出版社，2007.9

《太空不老族事件》，李志伟，中国社会出版社，2007.10

《怨灵事件》，李志伟，中国社会出版社，2007.10

《武林绝密事件》，李志伟，中国社会出版社，2007.10

《全球最后一个逃犯》，李志伟，中国社会出版社，2007.10

《异事件访客》，李志伟，中国社会出版社，2007.10

《被封印的水晶》，李志伟，中国社会出版社，2007.10

《梦之谷精灵事件》，李志伟，中国社会出版社，2007.10

《没门的教室》，岳阳，朝华出版社，2007.11

《长鳞片的狗》，岳阳，朝华出版社，2007.11

《会飞的宝藏》，岳阳，朝华出版社，2007.11

《玫瑰花露茶》，周志勇，湖北少年儿童出版社，2007.12

《梦幻巧乐滋》，周志勇，湖北少年儿童出版社，2007.12

《香酥夹心饼》，周志勇，湖北少年儿童出版社，2007.12

《晶语棒棒冰》，周志勇，湖北少年儿童出版社，2007.12

2008 年

《没有翅膀也是天使》，陈燕苏编著，河北少年儿童出版社，2008.1

《谁敢说我笨》，陈燕苏编著，河北少年儿童出版社，2008.1

《那年夏天》，邢思洁，浙江少年儿童出版社，2008.1

《蓝飘带》，薛涛，浙江少年儿童出版社，2008.1

《并非青梅竹马》，谢倩霓，浙江少年儿童出版社，2008.1

《我捡到一条喷火龙》，彭懿，江苏少年儿童出版社，2008.1

《渔船上的红狐》，金曾豪，人民文学出版社，2008.1

《木吉有事》，谢华，人民文学出版社，2008.1

《祝福青青的小树林》，徐鲁，人民文学出版社，2008.1

《水波无痕》，简平，人民文学出版社，2008.1

《友情是一棵月亮树》，安武林，人民文学出版社，2008.1

《湖蓝色的水晶杯》，刘东，人民文学出版社，2008.1

《扣子的颜色是天空的颜色》，林彦，人民文学出版社，2008.1

《水自无言》，韩青辰，人民文学出版社，2008.1

《都来做个机灵鬼》，陈燕苏编著，河北少年儿童出版社，2008.1

《那扇门虚掩着》，陈燕苏编著，河北少年儿童出版社，2008.1

《零号谜团》，张永军，中国少年儿童出版社，2008.1

《红蓝对抗》，张永军，中国少年儿童出版社，2008.1

《不争第一》，张永军，中国少年儿童出版社，2008.1

《噩梦成双》，张永军，中国少年儿童出版社，2008.1

《嘭嘭嘭》，童喜喜，中国少年儿童出版社，2008.1

《再见零》,童喜喜,中国少年儿童出版社,2008.1

《玻璃间》,童喜喜,中国少年儿童出版社,2008.1

《小小它》,童喜喜,中国少年儿童出版社,2008.1

《大头儿子心灵启蒙故事系列·拼赛车》,郑春华,接力出版社,2008.1

《大头儿子心灵启蒙故事系列·迎新年》,郑春华,接力出版社,2008.1

《大头儿子心灵启蒙故事系列·海盗帆船》,郑春华,接力出版社,2008.1

《大头儿子心灵启蒙故事系列·老虎熊》,郑春华,接力出版社,2008.1

《狒狒小伴娘》,秦文君,接力出版社,2008.1

《魔鬼老哥的邀请》,秦文君,接力出版社,2008.1

《不好惹的蜜蜂老师》,秦文君,接力出版社,2008.1

《妞儿小当家》,秦文君,接力出版社,2008.1

《男孩收容所》,秦文君,接力出版社,2008.1

《淘气包和他的哥们》,董恒波,春风文艺出版社,2008.1

《马米马米轰》,朴琳琳,春风文艺出版社,2008.1

《林不几和纸片人》,许廷旺,春风文艺出版社,2008.1

《第三只手》,丁伯慧,明天出版社,2008.1

《女生宿舍》,丁伯慧,明天出版社 2008.1

《回头看见天堂》,丁伯慧,明天出版社,2008.1

《校园对抗赛》,李志伟,北京少年儿童出版社,2008.2

《五年级"狗"班》,李志伟,北京少年儿童出版社,2008.2

《男生秘密日记》,李志伟,北京少年儿童出版社,2008.2

《男生女生大作战》,李志伟,北京少年儿童出版社,2008.2

《我的班级我做主》,李志伟,北京少年儿童出版社,2008.2

《调皮小子聪明 Girl》,李志伟,北京少年儿童出版社,2008.2

《珍珠》,丁伯慧,明天出版社,2008.2

《超级麻烦事》,赵静,四川少年儿童出版社,2008.2

《顶嘴小孩的烦恼》,赵静,四川少年儿童出版社,2008.2

《绿绿的五(4)班》,未夕,朝华出版社,2008.2

《少女的红围巾》,程玮,江苏少年儿童出版社,2008.3

《老鼠米来》,常新港,春风文艺出版社,2008.3

《我们班的同桌冤家:精华本》,伍美珍主编,福建少年儿童出版社,2008.3

《八点半上学多好啊》,李牧雨,四川少年儿童出版社,2008.3

《妈妈,100 分是什么意思》,李牧雨,四川少年儿童出版社,2008.3

《偶像是外婆》,李牧雨,四川少年儿童出版社,2008.3

《有个哥哥真好》,李牧雨,四川少年儿童出版社,2008.3

《天使的声音》,阎耀明,安徽少年儿童出版社,2008.3

《我的忧伤你不懂》,陆梅,安徽少年儿童出版社,2008.3

《藏在闹钟里的秘密》,谢鑫,河北少年儿童出版社,2008.3

《星期天与隐身贼》,谢鑫,河北少年儿童出版社,2008.3

《"孙悟空"闹剧场》,谢鑫,河北少年儿童出版社,2008.3

《追踪影子车》,谢鑫,河北少年儿童出版社,2008.4

《不服就单挑》,陈磊,河北少年儿童出版社,2008.4

《高手出击》,陈磊,河北少年儿童出版社,2008.4

《球逢对手》,陈磊,河北少年儿童出版社,2008.4

《终极决战》,陈磊,河北少年儿童出版社,2008.4

《我的可爱日记本.1,草莓派》,伍美珍主编,明天出版社,2008.4

《我的可爱日记本.2,甜橙派》,伍美珍主编,明天出版社,2008.4

《一年级进行时》,商晓娜,明天出版社,2008.4

《二年级进行时》,商晓娜,明天出版社,2008.4

《三年级进行时》,商晓娜,明天出版社,2008.4

《四年级进行时》,商晓娜,明天出版社,2008.4

《五年级进行时》,商晓娜,明天出版社,2008.4

《六年级进行时》,商晓娜,明天出版社,2008.4

《糗事一箩筐:卜卜丫丫》,张菱儿,海豚出版社,2008.4

《淘气包呐喊:电脑无罪》,张菱儿,海豚出版社,2008.4

《机灵鬼捣蛋:Q 聊惹祸》,张菱儿,海豚出版社,2008.4

《愣小子出招:网吧闹事》,张菱儿,海豚出版社,2008.4

《补习班真烦:捣蛋暑假》,张菱儿,海豚出版社,2008.4

《我的小不点儿妈妈》,沈习武,春风文艺出版社,2008.4

《班长是条龙》,李化,春风文艺出版社,2008.4

《你是我的宝贝》,黄蓓佳,江苏少年儿童出版社,2008.4

《伤花落地》,常新港,人民文学出版社,2008.4

《校外追梦》,李岫青,人民文学出版社,2008.5

《梦境再现》,李岫青,人民文学出版社,2008.5

《黑色契约》,李岫青,人民文学出版社,2008.5

《青蛙王子副班长》,伍美珍,明天出版社,2008.5

《永远的超级四班》,伍美珍,明天出版社,2008.5

《单翼天使不孤独》,伍美珍,明天出版社,2008.5

《惹我哭吧》,王勇英,明天出版社,2008.5

《老妈真好玩》,王勇英,明天出版社,2008.5

《我的雀斑会跳舞》,郁雨君,明天出版社,2008.5

《我可以抱你吗,宝贝》,郁雨君,明天出版社,2008.5

《神奇女生祝如愿》,郁雨君,明天出版社,2008.5

《子弹的呼啸》,常新港,明天出版社,2008.5

《草地的气息》,常新港,明天出版社,2008.5

《坐上警车去巡逻》,周锐、周双宁,浙江少年儿童出版社,2008.5

《生日恶作剧》,周锐、周双宁,浙江少年儿童出版社,2008.5

《和坏分数作伴》,周锐、周双宁,浙江少年儿童出版社,2008.5

《父亲节的鸡翅膀》,周锐、周双宁,浙江少年儿童出版社,2008.5

《淡香水》,李函,中国少年儿童出版社,2008.5

《放养自由》,李函,中国少年儿童出版社,2008.5

《我爱戴老师》,伍美珍,浙江少年儿童出版社,2008.5

《上课不要吵》,伍美珍,浙江少年儿童出版社,2008.5

《搞怪一家亲》,伍美珍,浙江少年儿童出版社,2008.5

《奇怪的转学生》,伍美珍,浙江少年儿童出版社,2008.5

《陆老师的秘密》,伍美珍,浙江少年儿童出版社,2008.5

《神秘的姨妈》,伍美珍,浙江少年儿童出版社,2008.5

《眼珠子在狂奔》,王勇英,人民文学出版社,2008.5

《原来老妈会魔法》,王勇英,人民文学出版社,2008.5

《做怪坏事的怪坏蛋》,王勇英,人民文学出版社,2008.5

《古国历险.祸从天降》,陈磊,四川少年儿童出版社,2008.6

《古国历险.血战京城》,陈磊,四川少年儿童出版社,2008.6

《拯救未来》,陈磊,四川少年儿童出版社,2008.6

《爱在山野》,刘先平,明天出版社,2008.6

《盐湖探宝》,刘先平,明天出版社,2008.6

《生育大迁徙》,刘先平,明天出版社,2008.6

《麝啸大漠》,刘先平,明天出版社,2008.6

《和妈妈一起长大》,庞婕蕾,明天出版社,2008.6

《天上掉下个帅同桌》,庞婕蕾,明天出版社,2008.6

《他们叫我"好男儿"》,庞婕蕾,明天出版,2008.6

《教室里下起了毛毛雨》,王勇英,明天出版社,2008.6

《侦探小组在行动》,杨红樱,接力出版社,2008.6

《淘气包马小跳系列》,杨红樱,浙江少年儿童出版社,2008.6

《校园小说系列》,杨红樱,浙江少年儿童出版社,2008.6

《笨狼旅行记》,汤素兰,浙江少年儿童出版社,2008.6

《笨狼和他的爸爸妈妈》,汤素兰,浙江少年儿童出版社,2008.6

《笨狼的学校生活》,汤素兰,浙江少年儿童出版社,2008.6

《笨狼的故事》,汤素兰,浙江少年儿童出版社,2008.6

《麻烦小丫有故事》,郝月梅,河北少年儿童出版社,2008.6

《小猪唏哩呼噜 2:唏哩呼噜和他的弟弟》,孙幼军,春风文艺出版社,2008.6

《腰门》,彭学军,二十一世纪出版社,2008.6

《快乐侦探在行动离奇失踪案》,张隆编写,外语教学与研究出版社,2008.6

《快乐侦探在行动手机短信之谜》,刘香英编写,外语教学与研究出版社,2008.6

《快乐侦探在行动谁是告密者》,周梅英、周学君编写,外语教学与研究出版社,
    2008.6

《快乐侦探在行动神秘枯井》,杜拱拱编写,外语教学与研究出版社,2008.6

《森林王子》,汤素兰,重庆出版社,2008.6

《寻找快活岛》,汤素兰,重庆出版社,2008.6

《再见了,恐龙小迈亚》,汤素兰,重庆出版社,2008.6

《红纱灯》,曹文轩,接力出版社,2008.6

《搞怪小子也烦恼》,郝月梅,河北少年儿童出版社,2008.6

《女孩也很酷》,孙卫卫,安徽少年儿童出版社,2008.7

《小女孩的大理想》,周晴,安徽少年儿童出版社,2008.7

《狼獾河:新版》,格日勒其木格·黑鹤,接力出版社,2008.7

《气死诸葛亮》,王钢,四川少年儿童出版社,2008.7

《我们是钢丝》,王钢,四川少年儿童出版社,2008.7

《天才歪点子》,王钢,四川少年儿童出版社,2008.7

《梦该怎么解》,王钢,四川少年儿童出版社,2008.7

《藏在我家的大明星》,葛竞,接力出版社,2008.7

《笑掉兔子牙》,葛竞,接力出版社,2008.7

《我不想当孙悟空》,葛竞,接力出版社,2008.7

《家有谢天谢·纯文本》,谢倩霓,少年儿童出版社,2008.8

《男班主任的鲜事儿》,赵静,人民文学出版社,2008.8

《邋遢大王与臭美同桌》,赵静,人民文学出版社,2008.8

《小女生的秘密行动》,赵静,人民文学出版社,2008.8

《聒噪大嘴的郁闷》,赵静,人民文学出版社,2008.8

《不拿男生当回事》,赵静,人民文学出版社,2008.8

《送你一匹手影马》,曾小春,重庆出版集团,2008.8

《小破孩》,葛华锋、周剑武,海天出版社,2008.8

《e 小子歪传》,童喜喜,中国少年儿童出版社,2008.8

《e 班之长》,童喜喜,中国少年儿童出版社,2008.8

《终极 e 班》,童喜喜,中国少年儿童出版社,2008.8

《绝密 e 战》,童喜喜,中国少年儿童出版社,2008.8

《天使和你在 e 起》,童喜喜,中国少年儿童出版社,2008.8

《亲亲 e 家人》,童喜喜,中国少年儿童出版社,2008.8

《同桌是个大坏蛋》,商晓娜,福建少年儿童出版社,2008.8

《擦不掉的绰号》,商晓娜,福建少年儿童出版社,2008.8

《同桌别闹了》,商晓娜,福建少年儿童出版社,2008.8

《少女的红衬衣》,程玮,江苏少年儿童出版社,2008.9

《我的闹心老妈》,赵静,四川少年儿童出版社,2008.9

《我的霸道老妈》,赵静,四川少年儿童出版社,2008.9

《我的唠叨老妈》,赵静,四川少年儿童出版社,2008.9

《我的郁闷老妈》,赵静,四川少年儿童出版社,2008.9

《我的搞笑老爸》,赵静,四川少年儿童出版社,2008.9

《猫耳朵避难所》,任晓燕、郭文峰,海燕出版社,2008.9

《学校来了个魔法师》,任晓燕、马广娟,海燕出版社,2008.9

《骑蟋蟀的老师》,任晓燕、郭文峰,海燕出版社,2008.9

《错别字王国历险记》,任晓燕、吴芷菁,海燕出版社,2008.9

《胆小鬼变青蛙》,赵亚丹,春风文艺出版社,2008.9

《一条会飞翔的鱼》,满涛,重庆出版社,2008.9

《谜团乐园》,张军,河北少年儿童出版社,2008.9

《宝印传说》,张军,河北少年儿童出版社,2008.9

《天诗传奇》,张军,河北少年儿童出版社,2008.9

《老妈是个大坏蛋》,王勇英,人民文学出版社,2008.10

《大头儿子与非常小子》,郑春华,湖南少年儿童出版社,2008.10

《我不是差生》,满涛,春风文艺出版社,2008.10

《梦见甜橙树》,曹文轩,湖南少年儿童出版社,2008.10

《开心女孩和精灵男孩》,秦文君,湖南少年儿童出版社,2008.10

《你好,马小跳》,杨红樱,湖南少年儿童出版社,2008.10

《与好孩子同行》,黄蓓佳,湖南少年儿童出版社,2008.10

《激情狼王梦》,沈石溪,湖南少年儿童出版社,2008.10

《破译非法智慧》,张之路,湖南少年儿童出版社,2008.10

《走过春天》,胡巧玲,重庆出版集团,2008.10

《来自天国的交换日记》,小妮子,湖南少年儿童出版社,2008.10

《四不像的秘密》,董宏猷,浙江少年儿童出版社,2008.11

《奇幻之城》,张军,河北少年儿童出版社,2008.11

《神秘的男老师》,满涛,春风文艺出版社,2008.11

《神龟"曹操"》,葛冰,中国少年儿童出版社,2008.11

《大地精,小地精》,葛冰,中国少年儿童出版社,2008.11

《水狼"小尾巴"》,葛冰,中国少年儿童出版社,2008.11

《海怪·鱼女孩》,葛冰,中国少年儿童出版社,2008.11

《獒魔"黑侠"》,葛冰,中国少年儿童出版社,2008.11

《绿象"大眼儿"》,葛冰,中国少年儿童出版社,2008.11

《飞熊"佐罗"》,葛冰,中国少年儿童出版社,2008.11

《魔鬼天鹅》,葛冰,中国少年儿童出版社,2008.11

《再被狐狸骗一次》,沈石溪,浙江少年儿童出版社,2008.11

《和乌鸦做邻居》,沈石溪,浙江少年儿童出版社,2008.11

《戴银铃的长臂猿》,沈石溪,浙江少年儿童出版社,2008.11

《窗台上的动物园》,董宏猷,浙江少年儿童出版社,2008.11

《虎咒》,湘女,重庆出版社,2008.12

《中华龙鸟》,沈石溪,明天出版社,2008.12

《会跳舞的向日葵》,秦文君,北京十月文艺出版社,2008.11

《恩雅的礼物》,钟墨,浙江少年儿童出版社,2008.12

《千鸟谷追踪》,刘先平,安徽少年儿童出版社,2008.12

《山野寻趣》,刘先平,安徽少年儿童出版社,2008.12

《云海探奇》,刘先平,安徽少年儿童出版社,2008.12

《呦呦鹿鸣》,刘先平,安徽少年儿童出版社,2008.12

《大熊猫传奇》,刘先平,安徽少年儿童出版社,2008.12

《走近帕米尔高原》,刘先平,安徽少年儿童出版社,2008.12

《麋鹿找家》,刘先平,安徽少年儿童出版社,2008.12

新中国儿童文学

70年

1949-2019

《寻找大树杜鹃王》，刘先平，安徽少年儿童出版社，2008.12

《和黑叶猴对话》，刘先平，安徽少年儿童出版社，2008.12

《流动的花朵》，徐玲，希望出版社，2008.12

《11 岁"老先生"的苦闷》，赵静，外语教学与研究出版社，2008.12

《美女猫拯救计划》，赵静，外语教学与研究出版社，2008.12

《遭遇"妖精"老师》，赵静，外语教学与研究出版社，2008.12

《体育王子的"罗曼史"》，赵静，外语教学与研究出版社，2008.12

《快乐侦探在行动图书馆奇案》，刘香英、朱修正编写，外语教学与研究出版社，
2008.12

《快乐侦探在行动校园涂鸦事件》，王璞、张宏一编写，外语教学与研究出版社，
2008.12

《快乐侦探在行动焰火迷案》，段白露编写，外语教学与研究出版社，2008.12

《快乐侦探在行动智解连环套》，杜拱拱编写，外语教学与研究出版社，2008.12

《借个老爸去比赛》，王勇英，外语教学与研究出版社，2008.12

《老妈乖一点儿》，王勇英，外语教学与研究出版社，2008.12

2009 年

《就这样长大》，殷建红，人民文学出版社，2009.1

《太阳花》，阎耀明，人民文学出版社，2009.1

《猫王》，翌平，人民文学出版社，2009.1

《走过落雨时分》，李秋元，人民文学出版社，2009.1

《暖雨》，毛芦芦，人民文学出版社，2009.1

《母豹出山》，沈习武，人民文学出版社，2009.1

《下雪了，天晴了》，谢良华，人民文学出版社，2009.1

《老天会爱笨小孩》，伍美珍，明天出版社，2009.1

《花蕾女孩和刺头女孩》，秦文君，接力出版社，2009.1

《校园里的"不好意思"先生》，秦文君，接力出版社 2009.1

《小英雄和芭蕾公主》，杨红樱，接力出版社，2009.1

《狼王》，凌岚，春风文艺出版社，2009.1

《飘移学校》，李化，春风文艺出版社，2009.1

《一年级的小豆豆》，狐狸姐姐，春风文艺出版社，2009.1

《一年级的小朵朵》，狐狸姐姐，春风文艺出版社，2009.1

《长不大的小樱子》，米吉卡，春风文艺出版社，2009.1

《懂艺术的牛》，常新港，春风文艺出版社，2009.1

《装在口袋里的爸爸·爸爸被盗版》，杨鹏，春风文艺出版社，2009.1

《装在口袋里的爸爸·聪明饭》，杨鹏，春风文艺出版社，2009.1

《魔法学校·精灵守护神》，葛竞，春风文艺出版社，2009.1

《我把班长变小了》，商晓娜，福建少年儿童出版社，2009.1

《酵母汤密码》，商晓娜，福建少年儿童出版社，2009.1

《乱套的教室》，商晓娜，福建少年儿童出版社，2009.1

《班里来了个怪同学》，王勇英，福建少年儿童出版社，2009.1

《变来变去的怪同学》,王勇英,福建少年儿童出版社,2009.1

《选一个人做坏蛋》,王勇英,福建少年儿童出版社,2009.1

《麦当劳秘境(上):惊疑之旅》,吴尚,福建少年儿童出版社,2009.1

《麦当劳秘境(下):巫妖挽歌》,吴尚,福建少年儿童出版社,2009.1

《跑,拼命跑》,张玉清,人民文学出版社,2009.1

《疯狂恐龙蛋》,谢鑫,河北少年儿童出版社,2009.1

《逃离疯人院》,谢鑫,河北少年儿童出版社,2009.1

《蜂场入侵者》,谢鑫,河北少年儿童出版社,2009.1

《很想很想逃学》,王勇英,外语教学与研究出版社,2009.1

《屁股岭小学的开心事》,沈习武,春风文艺出版社,2009.2

《神奇的倒霉蛋》,董恒波,春风文艺出版社,2009.2

《苏浅浅变身魔法师》,肖云峰,春风文艺出版社,2009.2

《调皮鬼在行动》,沈习武,春风文艺出版社,2009.2

《班里来个坏小子》,沈习武,春风文艺出版社,2009.2

《我的枕头哥哥》,郁雨君,外语教学与研究出版社,2009.2

《我们就像两只熊》,郁雨君,外语教学与研究出版社,2009.2

《我爱仙女姐姐》,郁雨君,外语教学与研究出版社,2009.2

《老师的秘密我知道》,葛冰,外语教学与研究出版社,2009.2

《爸爸是个捣蛋鬼》,葛冰,外语教学与研究出版社,2009.2

《柜子里的透明女孩儿》,葛冰,外语教学与研究出版社,2009.2

《神秘功夫大 PK》,葛冰,外语教学与研究出版社,2009.2

《我的超炫小说本　传奇派》,伍美珍主编,浙江少年儿童出版社,2009.3

《我的超炫小说本　可爱派》,伍美珍主编,浙江少年儿童出版社,2009.3

《我的超炫小说本　爆笑派》,伍美珍主编,浙江少年儿童出版社,2009.3

《我的超炫小说本　纯真派》,伍美珍主编,浙江少年儿童出版社,2009.3

《我家来了外星人》,伍美珍,浙江少年儿童出版社,2009.3

《二年级日记狂》,伍美珍,浙江少年儿童出版社,2009.3

《"好大胆"与"好小胆"》,董宏猷,湖北少年儿童出版社,2009.3

《红胡子小蚂蚱》,杨筱艳,二十一世纪出版社,2009.3

《大嘴巴,小气鬼》,杨筱艳,二十一世纪出版社,2009.3

《圆桌小骑士》,杨筱艳,二十一世纪出版社,2009.3

《暑假"阴谋"》,王勇英,外语教学与研究出版社,2009.4

《非常小子马鸣加精选本》,郑春华,少年儿童出版社,2009.5

《楼兰古国的奇幻之旅》,帕尔哈提·伊力牙斯著,狄力木拉提·泰来提译,新疆
　　青少年出版社,2009.5

《云裳》,秦文君,春风文艺出版社,2009.5

《好一个馊主意》,王钢,四川少年儿童出版社,2009.6

《雪豹也有后爸》,沈石溪,湖北少年儿童出版社,2009.6

《狂奔穿越黑夜》,常新港,湖北少年儿童出版社,2009.6

《好一个馊主意》,王钢,四川少年儿童出版社,2009.6

《假装我已离开》,汪玥含,明天出版社,2009.8

《我可不想考第一》,郝月梅,河北少年儿童出版社,2009.8

《作文为啥不及格》,郝月梅,河北少年儿童出版社,2009.8

《获奖的秘密》,郝月梅,河北少年儿童出版社,2009.8

《阳光柠檬汁》,周志勇,湖北少年儿童出版社,2009.9

《幸福菠萝蜜》,周志勇,湖北少年儿童出版社,2009.9

《奇趣草莓挞》,周志勇,湖北少年儿童出版社,2009.9

《满分鲜橙多》,周志勇,湖北少年儿童出版社,2009.9

《义犬》,金曾豪,中国轻工业出版社,2009.9

《丘奥德》,李珊珊,华夏出版社,2009.9

《戴铜项圈的侦察兵》,龙彼德,北京科学技术出版社,2009.9

2010 年

《真实战场》,张永军,中国少年儿童出版社,2010.1

《终极交锋》,张永军,中国少年儿童出版社,2010.1

《2009 中国儿童文学年选》,中国儿童文学研究中心主编、王泉根编选,花城出版社,2010.1

《聪明的阿凡提. 智戏国王》,艾克拜尔·吾拉木,湖北少年儿童出版社,2010.6

《聪明的阿凡提. 巧斗巴依》,艾克拜尔·吾拉木,湖北少年儿童出版社,2010.6

《艾晚的水仙球》,黄蓓佳,江苏少年儿童出版社,2010.5

《天使坐在轮椅上》,伍美珍,湖北少年儿童出版社,2010.6

《眉飞色舞的飞猪》,伍美珍,湖北少年儿童出版社,2010.6

《小女生的游戏》,伍美珍,湖北少年儿童出版社,2010.6

《无缺王子的真面目》,伍美珍,湖北少年儿童出版社,2010.6

《无聊男生飞猪》,伍美珍,湖北少年儿童出版社,2010.6

《胖妞的狂想日记》,伍美珍,湖北少年儿童出版社,2010.6

《送藏羚羊回家》,赵昱玉,新疆青少年出版社,2010.6

《羽毛女孩》,滕毓旭,大连出版社,2010.6

《9 号萤火虫》,车培晶,大连出版社,2010.6

《非常琳妹妹》,刘东,大连出版社,2010.6

《哭鼻子的大书包》,满涛,大连出版社,2010.6

《苹果传奇》,立极,大连出版社,2010.6

《天使吻过这片海》,陌墨,湖南少年儿童出版社,2010.7

《震动》,王巨成,中国少年儿童出版社,2010.7

《姐弟反斗星.1,从夏令营开始》,伍美珍,湖北少年儿童出版社,2010.8

《姐弟反斗星.2,我对老师有点怀疑》,伍美珍,湖北少年儿童出版社,2010.8

2011 年

《月亮女孩》,山山,安徽少年儿童出版社,2011.1

《心语天籁》,丁勤政,安徽少年儿童出版社,2011.1

《域外战场》,张永军,中国少年儿童出版社,2011.1

《危险任务》,张永军,中国少年儿童出版社,2011.1

《从头再来》,张永军,中国少年儿童出版社,2011.1

《特训游戏》,张永军,中国少年儿童出版社,2011.1

《特战对抗》,张永军,中国少年儿童出版社,2011.1

《无影分队》,张永军,中国少年儿童出版社,2011.1

《2010中国儿童文学年选》,中国儿童文学研究中心主编,王泉根编选,花城出版
     社,2011.1

《花熊宠物兵》,罗新,浙江少年儿童出版社,2011.2

《一年级的小豆包》,单瑛琪,江苏少年儿童出版社,2011.2

《慢慢地知道》,谢倩霓,湖南少年儿童出版社,2011.3

《拯救精灵行动》,邹超颖,江苏少年儿童出版社,2011.3

《神奇的巨型蛋》,邹超颖,江苏少年儿童出版社,2011.3

《双子星救援战》,笑晨曦,江苏少年儿童出版社,2011.3

《少年特战队.3,护航亚丁湾》,八路,江苏文艺出版社,2011.3

《侦探在行动》,郭琪,凤凰出版社,2011.3

《海边的牛》,曹文轩,湖南少年儿童出版社,2011.3

《蔷薇谷》,曹文轩,浙江文艺出版社,2011.3

《寻找的女孩》,韦伶,浙江文艺出版社,2011.3

《开心宝宝:痣仔的故事》,陈泳,广西教育出版社,2011.3

《糖果使者和小狐狸》,玖金,江苏少年儿童出版社,2011.3

《麦圈可可河姆渡历险记》,潘银浩,宁波出版社,2011.3

《想太多》,卢思浩,凤凰出版社,2011.3

《泡泡》,徐凡茹,中国福利会出版社,2011.3

《弟弟弟变成了小老鼠》,杨鹏,大连出版社,2011.3

《弟弟弟大战外星鬼》,杨鹏,大连出版社,2011.3

《幻想世界大逃亡》,杨鹏,大连出版社,2011.3

《来自未来的小幽灵》,杨鹏,大连出版社,2011.3

《百变魔猫》,杨鹏,大连出版社,2011.3

《我是你的多拉米》,饶雪莉,译林出版社,2011.4

《苏小麦和他的<草莓日报>》,商晓娜,福建少年儿童出版社,2011.4

《出征在即》,张品成,新世纪出版社,2011.4

《坏脾气的朵尼》,李岫青,晨光出版社,2011.4

《折翼天使》,管家琪,浙江少年儿童出版社,2011.4

《甜玉米和爆米花》,管家琪,浙江少年儿童出版社,2011.4

《你是我的城》,谢倩霓,中国少年儿童出版社,2011.4

《青春电影事件》,张之路,天天出版社,2011.4

《我的朋友是条龙》,沈习武,万卷出版公司,2011.4

《新同桌的烦恼》,北猫,吉林出版集团有限责任公司,2011.4

《星愿少女》,肖云峰,四川少年儿童出版社,2011.4

《伤心的试验》,张之路,天天出版社,2011.4

《追梦童年》,姚欣雨,华文出版社,2011.4

《小豆豆在中国》，林一苇，江苏人民出版社，2011.4

《准备好，去上学》，商晓娜，南海出版公司，2011.5

《天边的故事》，莫叹，少年儿童出版社，2011.5

《觉醒》，张品成，安徽少年儿童出版社，2011.5

《豹子哈奇》，李迪，湖北少年儿童出版社，2011.5

《天光海岸》，王然众，中国少年儿童出版社，2011.5

《给老师打分》，周锐、周双宁，浙江少年儿童出版社，2011.5

《神奇猫约会》，周蜜蜜，湖北少年儿童出版社，2011.5

《邪恶猫精灵托娜》，周艺文，江苏文艺出版社，2011.5

《我和爷爷是战友》，赖尔，福建少年儿童出版社，2011.5

《非洲草原王者》，王紫，万卷出版公司，2011.5

《湖底幽灵·古宅斗勇》，张立涛，凤凰出版社，2011.5

《曹文轩教你读小说》，曹文轩选评，外语教学与研究出版社，2011.5

《芳芳和汤姆》，袁静，花山文艺出版社，2011.6

《巴澎的城》，王勇英，福建少年儿童出版社，2011.6

《和风说话的青苔》，王勇英，福建少年儿童出版社，2011.6

《花一样的村谣》，王勇英，福建少年儿童出版社，2011.6

《弄泥木瓦》，王勇英，福建少年儿童出版社，2011.6

《丁香木马》，彭学军，明天出版 社，2011.6

《轮子上的麦小麦》，殷健灵，新蕾出版社，2011.6

《枫叶女孩》，李东华，江苏文艺出版社，2011.6

《和小鸡一块冒险》，郝月梅，明天出版社，2011.6

《五头蒜》，常新港，明天出版社，2011.6

《假日野花开》，谢繁，湖南少年儿童出版社，2011.6

《永远的小豆子.第一部》，肖定丽，重庆出版社，2011.6

《永远的小豆子.第二部》，肖定丽，重庆出版社，2011.6

《大声呼喊》，曹文轩，重庆出版社，2011.6

《杜夏老师》，曹文轩，重庆出版社，2011.6

《黑鸽子》，曹文轩，重庆出版社，2011.6

《石头城》，曹文轩，重庆出版社，2011.6

《流浪的暑假》，王巨成，中国少年儿童出版社，2011.7

《矮妈妈和高个子女儿》，邓湘子，湖南少年儿童出版社，2011.7

《苍狼》，金曾豪，中国少年儿童出版社，2011.7

《鸵鸟香克王的忏悔》，凌镝，北岳文艺出版社，2011.7

《向水源挺进的小象》，凌镝，北岳文艺出版社，2011.7

《我们男生和她们女生》，谷应，湖北少年儿童出版社，2011.8

《超级宇宙战舰》，杨鹏，同心出版社，2011.8

《冲出太阳系》，杨鹏，同心出版社，2011.8

《地球保卫战》，杨鹏，同心出版社，2011.8

《借我一只翅膀飞翔》，王慧艳，少年儿童出版社，2011.8

《荒岛课堂》,高国杨,湖南少年儿童出版社,2011.8

《牛小皮漫游仙境》,谢祖庆,湖南少年儿童出版社,2011.8

《平行世界之旅》,张艳,湖南少年儿童出版社,2011.8

《鬼脸妹布伊拉》,饶雪莉,译林出版社,2011.9

《风沙古堡的诅咒》,刘香英,江苏少年儿童出版社,2011.9

《丝雨花传奇》,刘香英,江苏少年儿童出版社,2011.9

《班长惹来大麻烦》,商晓娜,南海出版公司,2011.10

《不要叫我笨小孩》,商晓娜,南海出版公司,2011.10

《日记本里有秘密》,商晓娜,南海出版公司,2011.10

《同桌千万别尖叫》,商晓娜,南海出版公司,2011.10

《网络游戏闹不停》,商晓娜,南海出版公司,2011.10

《白壳艇》,李有干,中国少年儿童出版社,2011.10

《水仙们》,王璐琪,中国少年儿童出版社,2011.10

《黄想想的狂想生活》,汪玥含,现代出版社,2011.11

《六二班的故事》,陈寿昌,现代出版社,2011.11

《我们班的酷男生》,肖定丽,青岛出版社,2011.11

《淘气的大人们》,肖定丽,青岛出版社,2011.11

《都是马虎惹的祸》,肖定丽,青岛出版社,2011.11

《家有天才父母》,肖定丽,青岛出版社,2011.11

《送给未来的礼物》,商晓娜,明天出版社,2011.12

《"刺猬女孩"艾可儿》,满涛,明天出版社,2011.12

《超级无敌败家女》,赵静,新世纪出版社,2011.12

《"女磨王"的忧伤》,赵静,新世纪出版社,2011.12

《穿越天空的心灵》,伍美珍,明天出版社,2011.12

《梦神老师不可思议》,郁雨君,明天出版社,2011.12

《童年时的朋友是影子》,常新港,青岛出版社,2011.12

《我是特种兵·特工行动》,李泽民,湖北少年儿童出版社,2011.12

《妖怪电影院》,葛竞,接力出版社,2011.12

《开开的门》,金波,新蕾出版社,2011.12

2012 年

《秘密岛》,许莘璐,新世纪出版社,2012.1

《我的妹妹会隐身》,沈习武,春风文艺出版社,2012.1

《白天鹅红珊瑚》,沈石溪,少年儿童出版社,2012.1

《黑天鹅紫水晶》,沈石溪,少年儿童出版社,2012.1

《狼世界》,沈石溪,少年儿童出版社,2012.1

《老象恩仇记》,沈石溪,少年儿童出版社,2012.1

《出没现场的猫》,谢鑫,河北少年儿童出版社,2012.1

《打手语的撒旦》,谢鑫,河北少年儿童出版社,2012.1

《穿木鞋的风车巨人》,伍美珍,江苏少年儿童出版社,2012.1

《大灰狼的热线电话》,王宜振,安徽少年儿童出版社,2012.1

《花儿与少年》，李东华，河北少年儿童出版社，2012.1

《火烈马》，袁博，河北少年儿童出版社，2012.1

《讨厌鬼之非常频道》，周志勇，重庆出版社，2012.1

《七个人的偶遇》，夏有志，中国少年儿童出版社，2012.1

《燃烧的云彩》，翌平，河北少年儿童出版社，2012.1

《闪电手的故事》，刘东，安徽少年儿童出版社，2012.1

《苏格兰裙男生》，郁雨君，中国福利会出版社，2012.1

《我是你的拉拉队》，郁雨君，中国福利会出版社，2012.1

《他们叫我小女巫》，吕佳颖、李佳凝，河北少年儿童出版社，2012.1

《小浇浇的成长历险》，保冬妮，安徽少年儿童出版社，2012.1

《银杏树下》，苇枫，河北少年儿童出版社，2012.1

《坐在向日葵上的女孩》，李东华，安徽少年儿童出版社，2012.1

《唱歌儿的金种子》，葛翠琳，安徽少年儿童出版社，2012.1

《地下室里的猫》，张玉清，河北少年儿童出版社，2012.1

《骑在白墙上的童年》，徐鲁，河北少年儿童出版社，2012.1

《兔子女孩和她的薄荷田》，赵菱，同心出版社，2012.1

《王子的长夜》，秦文君，湖南少年儿童出版社，2012.1

《我们》，常新港，同心出版社，2012.1

《最后一匹狼》，杨鹏，大连出版社，2012.1

《少年蝙蝠侠》，杨鹏，大连出版社，2012.1

《2011 中国儿童文学年选》，中国儿童文学研究中心主编，王泉根编选，花城出版
社，2012.1

《经过藤萝》，钟墨，浙江少年儿童出版社，2012.2

《男孩的枪》，王巨成，浙江少年儿童出版社，2012.2

《表哥家的燕子》，吴然，浙江少年儿童出版社，2012.2

《我变成了恐龙》，杨鹏，大连出版社，2012.2

《恐怖蚁》，杨鹏，大连出版社，2012.2

《哇，怪兽！》，杨鹏，大连出版社，2012.2

《淘气包的读心术》，常兰兰，春风文艺出版社，2012.2

《巴拉拉小闹钟》，常兰兰，春风文艺出版社，2012.2

《住在你的世界里》，薛立，中国少年儿童出版社，2012.2

《海皮出山》，海飞，浙江文艺出版社，2012.2

《初试牛刀》，海飞，浙江文艺出版社，2012.2

《梅龙风云》，海飞，浙江文艺出版社，2012.2

《铁角》，牧铃，中国少年儿童出版社，2012.2

《欢乐小冤家》，莫叹，中国水利水电出版社，2012.2

《撒娇培训班》，莫叹，中国水利水电出版社，2012.2

《老少乐哈哈》，莫叹，中国水利水电出版社，2012.2

《一定找到你》，殷健灵，二十一世纪出版社，2012.2

《八卦女王的八卦经》，赵静，新世纪出版社，2012.3

《我是一根筋？》,赵静,人民文学出版社,2012.3

《班主任是个大美女》,赵静,人民文学出版社,2012.3

《好想养只小宠物》,赵静,人民文学出版社,2012.3

《"体育王子"与"奥地利公主"》,赵静,人民文学出版社,2012.3

《破军》,苟天晓,福建少年儿童出版社,2012.3

《你的心事我来猜》,陈磊,四川少年儿童出版社,2012.3

《辫子女孩桂小丫》,陈磊,四川少年儿童出版社,2012.3

《绿房子》,孙昱,安徽少年儿童出版社,2012.3

《白星星》,阎耀明,安徽少年儿童出版社,2012.3

《献给松汐岛的花》,何卫青,安徽少年儿童出版社,2012.3

《手心里的女孩》,蒲灵娟,安徽少年儿童出版社,2012.3

《校园吸血鬼之谜》,肖定丽,新世纪出版社,2012.4

《天使女孩田雯雯》,鬼马叔叔,四川少年儿童出版社,2012.4

《相约一直牵着手》,黄春华,少年儿童出版社,2012.4

《我会好好爱你》,徐玲,中国 少年儿童出版社,2012.4

《影子镇》,陈柳环,中国 少年儿童出版社,2012.4

《吸血鬼攻心计》,肖定丽,新世纪出版社,2012.4

《黑夜鸟之黑夜陨歌》,黄颖曌,中国少年儿童出版社,2012.5

《一年级的小豆包.1》,董宏猷,中国少年儿童出版社,2012.5

《吸血老师》,尹超,武汉大学出版社,2012.5

《口袋精灵.1,格拉斯精灵王子》,尤妮妮,南京大学出版社,2012.5

《口袋精灵.2,决战王牌怪》,尤妮妮,南京大学出版社,2012.5

《口袋精灵.3,四号王子守护者》,尤妮妮,南京大学出版社,2012.5

《是猪就能飞》,殷健灵,明天出版社,2012.5

《超人学校》,李志伟,贵州人民出版社,2012.5

《我和皮特有个约会》,李志伟,贵州人民出版社,2012.5

《满山打鬼子》,薛涛,贵州人民出版社,2012.5

《都市猫侠》,司空破晓,未来出版社,2012.5

《时空魔环》,紫龙晴川,未来出版社,2012.5

《食人鲨》,张剑彬,未来出版社,2012.5

《南纬十六点三度》,赵华,阳光出版社,2012.5

《苏珊的小熊》,赵华,阳光出版社,2012.5

《封神之兽》,范先慧,中国少年儿童出版社,2012.5

《大猫小猫一样帅》,李西西、童喜喜,重庆出版社,2012.6

《公主梦想舞台》,童喜喜、李西西,重庆出版社,2012.6

《收集眼泪的酷女孩》,郁雨君,明天出版社,2012.6

《谁和我跳第一支舞》,郁雨君,明天出版社,2012.6

《超时空少女》,杨鹏,大连出版社,2012.6

《复活军团》,杨鹏,大连出版社,2012.6

《安卡拉星来的使者》,杨鹏,大连出版社,2012.6

《我骑恐龙去学校》，杨鹏，大连出版社，2012.6

《A市在黎明消失》，杨鹏，大连出版社，2012.6

《太空三国战》，杨鹏，大连出版社，2012.6

《宇宙少年特警》，杨鹏，大连出版社，2012.6

《第七个钥匙孔》，车培晶，二十一世纪出版社，2012.6

《两个豌豆人》，车培晶，二十一世纪出版社，2012.6

《童年的千纸鹤》，胡巧玲，甘肃少年儿童出版社，2012.6

《超人女生》，宋别离，江苏少年儿童出版社，2012.6

《穿越四季的少年》，宋别离，江苏少年儿童出版社，2012.6

《命运城堡》，解燕燕，人民文学出版社，2012.6

《看不见的小姑娘》，郁雨君，山东文艺出版社，2012.6

《你不知道的我》，郁雨君，山东文艺出版社，2012.6

《我住过的美丽星球》，郁雨君，山东文艺出版社，2012.6

《白眼狼抓狂记》，赵静，四川少年儿童出版社，2012.6

《蛋糕裙风波》，赵静，四川少年儿童出版社，2012.6

《跺地板不如去谈判》，赵静，四川少年儿童出版社，2012.6

《翻白眼综合征》，赵静，四川少年儿童出版社，2012.6

《拒绝做才女》，赵静，四川少年儿童出版社，2012.6

《临时假扮灰太狼》，赵静，四川少年儿童出版社，2012.6

《贪玩是头等大事》，赵静，四川少年儿童出版社，2012.6

《最近成了倒霉蛋》，赵静，四川少年儿童出版社，2012.6

《摧城怪鼠毁灭记》，张立涛，四川少年儿童出版社，2012.6

《决胜机兽军团》，张立涛，四川少年儿童出版社，2012.6

《恐怖大亨的逃亡》，张立涛，四川少年儿童出版社，2012.6

《太空惊魂枪击案》，张立涛，四川少年儿童出版社，2012.6

《勇闯邪恶冰山腹地》，张立涛，四川少年儿童出版社，2012.6

《月背探奇巨型UFO》，张立涛，四川少年儿童出版社，2012.6

《选一个人去天国》，李丽萍，现代出版社，2012.6

《梅子青时雨》，韩青辰，明天出版社，2012.6

《和父亲出门远行》，老臣，明天出版社，2012.6

《风的名字叫后来》，余雷，明天出版社，2012.6

《当着落叶纷飞》，陆梅，明天出版社，2012.6

《有一个女孩叫星竹》，张玉清，明天出版社，2012.6

《墙上的鲨鱼》，周锐，新蕾出版社，2012.6

《闹钟别跑》，周锐，新蕾出版社，2012.7

《双子疑案》，周锐，新蕾出版社，2012.7

《过山车》，苏梅，安徽少年儿童出版社，2012.7

《危险的蓝胡子战士国》，雷欧幻像，接力出版社，2012.7

《猩红森林的守卫者》，雷欧幻像，接力出版社，2012.7

《一个人的嘉年华》，商晓娜，南海出版社，2012.7

《变色人》,李志伟,人民文学出版社,2012.7

《老爸的秘密》,李志伟,人民文学出版社,2012.7

《天上馅饼店》,李志伟,人民文学出版社,2012.7

《忽然同学》,王巨成,中国少年儿童出版社,2012.7

《沉睡的泰坦巨人之城》,雷欧幻像,接力出版社,2012.7

《穿越时空的怪物果实》,雷欧幻像,接力出版社,2012.7

《猩红森林的守卫者》,雷欧幻像,接力出版社,2012.7

《奔跑的兔子》,李丽萍,安徽少年儿童出版社,2012.7

《小虾民必杀技》,黄春华,安徽少年儿童出版社,2012.7

《贝壳也能当钱使》,张帆,辽宁人民出版社,2012.7

《将来我要做本地人》,徐玲,新世纪出版社,2012.8

《我做女孩》,秦文君,北京十月文艺出版社,2012.8

《阳光,阳光》,王巨成,中国少年儿童出版社,2012.8

《催眠炸弹》,李国伟编,广东教育出版社,2012.8

《天王是只猫》,常新港,贵州人民出版社,2012.8

《脚丫子的传奇》,常新港,贵州人民出版社,2012.8

《变相怪盗的小克星》,简梅梅,武汉大学出版社,2012.9

《和小精灵交朋友》,简梅梅,武汉大学出版社,2012.9

《甩不掉的吵闹粉丝》,简梅梅,武汉大学出版社,2012.9

《快活王子》,苟天晓,少年儿童出版社,2012.9

《小树宝刀》,苟天晓,少年儿童出版社,2012.9

《神笔马飞》,苟天晓,少年儿童出版社,2012.9

《春暖花开》,李楠,辽宁少年儿童出版社,2012.9

《费晓雾的奇幻天空》,袁怡芳,四川文艺出版社,2012.9

《冬天的恶魔》,王巨成,中国少年儿童出版社,2012.9

《海怪之谜》,满涛,大连出版社,2012.9

《人鱼大战》,满涛,大连出版社,2012.9

《神秘小鱼妖》,满涛,大连出版社,2012.9

《生死瞬间》,超侠,武汉大学出版社,2012.9

《神秘的班草》,龚房芳,云南教育出版社,2012.9

《奇妙的"驴行"》,龚房芳,云南教育出版社,2012.9

《报告教官》,龚房芳,云南教育出版社,2012.9

《魔力运动会》,龚房芳,云南教育出版社,2012.9

《人鱼少年》,贾月珍,云南教育出版社,2012.9

《会唱歌的鹿》,贾月珍,云南教育出版社,2012.9

《悬崖上的小丑》,贾月珍,云南教育出版社,2012.9

《橡皮小猪发疯啦》,贾月珍,云南教育出版社,2012.9

《入侵魔法王国》,墨清清,凤凰出版社,2012.10

《南瓜王的愤怒》,墨清清,凤凰出版社,2012.10

《龙族神秘信件》,墨清清,凤凰出版社,2012.10

新中国儿童文学

《恐怖食人黑影》，墨清清，凤凰出版社，2012.10

《被遗弃的鬼魂》，墨清清，凤凰出版社，2012.10

《狼谷炊烟》，格日勒其木格·黑鹤，中国少年儿童出版社，2012.10

《水边的孩子》，王勇英，中国少年儿童出版社，2012.10

《45度的忧伤》，舒辉波，中国少年儿童出版社，2012.10

《丁丁当当·草根街》，曹文轩，中国少年儿童出版社，2012.11

《我们的友谊刚刚好》，商晓娜，明天出版社，2012.12

《矮屋里的驼爷爷》，李光福，湖北少年儿童出版社，2012.12

《余宝的世界》，黄蓓佳，江苏少年儿童出版社，2012.12

2013 年

《小欣奇幻之旅》，刘旭华，希望出版社，2013.1

《跟特种兵老爸去冒险.1,吸血的"毛毯"》，八路，江苏文艺出版社，2013.1

《跟特种兵老爸去冒险.2,沙漠"魔鬼城"》，八路，江苏文艺出版社，2013.1

《跟特种兵老爸去冒险.3,西藏"毒王谷"》，八路，江苏文艺出版社，2013.1

《跟特种兵老爸去冒险.4,诡秘幽灵岛》，八路，江苏文艺出版社，2013.1

《屠龙少年》，龙骨卫，湖北少年儿童出版社，2013.1

《真假校长》，黄宇，四川少年儿童出版社，2013.1

《绑架陷阱》，黄宇，四川少年儿童出版社，2013.1

《因为我是你的眼》，陈磊，四川少年儿童出版社，2013.1

《好想长大告诉你》，陈磊，四川少年儿童出版社，2013.1

《男生女生超级大PK》，李化，辽宁少年儿童出版社，2013.1

《淘气老师VS麻辣学生》，李化，辽宁少年儿童出版社，2013.1

《校霸男生和野蛮女生》，李化，辽宁少年儿童出版社，2013.1

《教室里来了个小和尚》，李化，辽宁少年儿童出版社，2013.1

《老爸吹牛老妈懒鬼》，李化，辽宁少年儿童出版社，2013.1

《校长的非常秘密》，李化，辽宁少年儿童出版社，2013.1

《印加大冒险》，秦风吟，凤凰出版社，2013.1

《恐怖图书馆》，许廷旺，大连出版社，2013.1

《神秘传达室》，许廷旺，大连出版社，2013.1

《宿舍惊魂》，许廷旺，大连出版社，2013.1

《影子校长》，许廷旺，大连出版社，2013.1

《班里来了开心果》，李化，大连出版社，2013.1

《老师我要打败你》，李化，大连出版社，2013.1

《千万不要惹女生》，李化，大连出版社，2013.1

《顽皮组合功夫秀》，李化，大连出版社，2013.1

《尖叫的古堡》，牛车，大连出版社，2013.1

《神秘消失的淘金人》，牛车，大连出版社，2013.1

《巫师的谎言》，牛车，大连出版社，2013.1

《寻找搜救犬丹尼》，牛车，大连出版社，2013.1

《魔鬼赛车手》，牛车，大连出版社，2013.1

《2012 中国儿童文学年选》,中国儿童文学研究中心主编,王泉根编选,花城出版社,2013.1

《松林一号》,丁伯慧,安徽少年儿童出版社,2013.2

《父与子的 1934》,白勺,安徽少年儿童出版社,2013.2

《拯救折翼飞鸟》,毛芦芦,安徽少年儿童出版社,2013.2

《大人们的那些事儿》,谭岩,安徽少年儿童出版社,2013.2

《回来的路》,杨也,安徽少年儿童出版社,2013.2

《贝克街 211 号的秘密》,邹凡凡,中国少年儿童出版社,2013.2

《松林一号》,丁伯慧,安徽少年儿童出版社,2013.2

《风雨金牛村》,李有干,安徽少年儿童出版社,2013.2

《花塘往事》,张品成,安徽少年儿童出版社,2013.2

《狗鱼王》,北董,现代出版社,2013.2

《我的第一本日记——四年级的花太狼》,单瑛琪,江苏少年儿童出版社 2013.3

《叮当响的花衣裳》,周静,浙江少年儿童出版社,2013.3

《穿越楼兰古国.1,楼兰王子》,彭绪洛,中国少年儿童出版社,2013.3

《穿越楼兰古国.2,谍影重重》,彭绪洛,中国少年儿童出版社,2013.3

《穿越楼兰古国.3,危在旦夕》,彭绪洛,中国少年儿童出版社,2013.3

《穿越楼兰古国.4,逆转乾坤》,彭绪洛,中国少年儿童出版社,2013.3

《我是魔尺达人》,王钢,四川少年儿童出版社,2013.3

《石头也想飞》,王钢,四川少年儿童出版社,2013.3

《点子王的歪点子》,王钢,四川少年儿童出版社,2013.3

《丁丁当当·黑水手》,曹文轩,中国少年儿童出版社,2013.3

《讨来的武功》,周锐,大连出版社,2013.3

《沙门岛死亡游戏》,周锐,大连出版社,2013.3

《人灯人烛》,周锐,大连出版社,2013.3

《追踪龙虎坊》,周锐,大连出版社,2013.3

《幻影魔盒》,伍剑,大连出版社,2013.3

《夜访魔幻岛》,伍剑,大连出版社,2013.3

《实习魔术师》,伍剑,大连出版社,2013.3

《禁林里的秘密》,郭文峰,福建少年儿童出版社,2013.3

《颠倒八门阵》,郭文峰,福建少年儿童出版社,2013.3

《鬼谷里的学校》,郭文峰,福建少年儿童出版社,2013.3

《花湾传奇》,唐池子,湖南少年儿童出版社 2013.3

《蜡人古堡》,超侠,武汉大学出版社,2013.4

《噬卷》,超侠,武汉大学出版社,2013.4

《异螺》,超侠,武汉大学出版社,2013.4

《惟有时光》,李秋沅,浙江少年儿童出版社,2013.4

《河底的秘密》,舒辉波,浙江少年儿童出版社,2013.4

《天堂林》,阎耀明,浙江少年儿童出版社,2013.4

《蓝色翠鸟倒计时》,顾抒,中国少年儿童出版社,2013.4

《海盗的女儿》，许敏球，中国少年儿童出版社，2013.4

《少年周小舟的月亮》，赵菱，中国少年儿童出版社，2013.4

《厨房帝国》，赵菱，中国少年儿童出版社，2013.4

《红草莓》，阎耀明，北方妇女儿童出版社，2013.4

《为小鸟拐个弯》，毛芦芦，北方妇女儿童出版社，2013.4

《念书的孩子》，孟宪明，海燕出版社，2013.4

《童年的爆米花》，杨老黑，山东教育出版社，2013.4

《天堂里的微笑》，李学斌，山东教育出版社，2013.4

《与大师共进午餐》，三三，山东教育出版社，2013.4

《阳台上的女孩》，张玉清，山东教育出版社，2013.4

《针尖上的天使》，李东华，山东教育出版社，2013.4

《夜邮差》，洪晓晖，湖南少年儿童出版社，2013.5

《抹香鲸的琉璃街》，林卓宇，湖南少年儿童出版社，2013.5

《坏蛋图》，十画，湖南少年儿童出版社，2013.5

《皮休外传之兰星拯救》，谷戬，青岛出版社，2013.5

《圣诞老人是女孩》，两色风景，湖南少年儿童出版社，2013.5

《寻找一只叫兔子的熊》，龚房芳，湖南少年儿童出版社，2013.5

《剪瀑布的小巫仙》，陈天中，湖南少年儿童出版社，2013.5

《再见，水星小孩》，流火，湖南少年儿童出版社，2013.5

《麻雀打鬼子》，肖显志，安徽少年儿童出版社，2013.5

《好运气来了》，马士钧，辽宁少年儿童出版社，2013.5

《魔鬼只有一条腿》，马士钧，辽宁少年儿童出版社，2013.5

《我的爸爸是海盗》，马士钧，辽宁少年儿童出版社，2013.5

《天外来猪》，马士钧，辽宁少年儿童出版社，2013.5

《野驴挑战》，刘先平，新世纪出版社，2013.5

《雪柿子》，曹文轩，明天出版社，2013.5

《有这样一个星期六》，商晓娜，明天出版社，2013.5

《我的第一本日记——老师的秘书》，单瑛琪，江苏少年儿童出版社，2013.5

《我的第一本日记——我是小组长》，单瑛琪，江苏少年儿童出版社，2013.5

《我的第一本日记——扫地大王》，单瑛琪，江苏少年儿童出版社，2013.5

《我的第一本日记——我想当升旗手》，单瑛琪，江苏少年儿童出版社，2013.5

《奔跑的鸡蛋》，余雷，晨光出版社2013.5

《悲情咸水鳄》，张剑彬，大连出版社，2013.5

《碧海杀人蟹》，张剑彬，大连出版社，2013.5

《海豹闯危途》，张剑彬，大连出版社，2013.5

《海狮大逃亡》，张剑彬，大连出版社，2013.5

《章鱼保卫战》，张剑彬，大连出版社，2013.5

《穿越雅丹魔鬼城》，彭绪洛，大连出版社，2013.5

《西双版纳大营救》，彭绪洛，大连出版社，2013.5

《险护巴国禀君剑》，彭绪洛，大连出版社，2013.5

《追寻民国创刊号》，彭绪洛，大连出版社，2013.5

《薇拉的天空》，李东华，长江少年儿童出版社，2013.5

《并非陌路人》，唐池子，浙江少年儿童出版社，2013.6

《不会说话的证人》，郑开慧，浙江少年儿童出版社，2013.6

《咖啡店窃案》，郑开慧，浙江少年儿童出版社，2013.6

《山顶公园的枪声》，郑开慧，浙江少年儿童出版社，2013.6

《弄泥小丫》，王勇英，少年儿童出版社，2013.6

《弄泥的百草园》，王勇英，少年儿童出版社，2013.6

《嘻哈小子丁奇奇:吹口哨的外星花》，简梅梅，武汉大学出版社，2013.6

《亚特兰蒂斯的文明》，陆杨，安徽少年儿童出版社，2013.6

《三叠纪的人类脚印》，陆杨，安徽少年儿童出版社，2013.6

《米索不达亚的湮灭》，陆杨，安徽少年儿童出版社，2013.6

《侏罗纪的恐龙大战》，陆杨，安徽少年儿童出版社，2013.6

《白垩纪的生物灭绝》，陆杨，安徽少年儿童出版社，2013.6

《穆里亚的吃人森林》，陆杨，安徽少年儿童出版社，2013.6

《跑着长大》，彭学军，二十一世纪出版社，2013.6

《魔法花袜子》，彭懿，接力出版社，2013.6

《离家出走的拖鞋》，巩玉英，光明日报出版社，2013.6

《嘻哈小子丁奇奇:校园龙斗士》，简梅梅，武汉大学出版社，2013.6

《嘻哈小子丁奇奇:星孩的礼物》，简梅梅，武汉大学出版社，2013.6

《流浪狗黄毛》，符亦佳，海燕出版社，2013.6

《妙事囧事一箩筐》，杨筱艳，少年儿童出版社，2013.7

《两个死党一个对头》，杨筱艳，少年儿童出版社，2013.7

《我爱你像珍珠那样真》，杨筱艳，少年儿童出版社，2013.7

《有一个小阁楼》，金曾豪，新世纪出版社，2013.7

《美丽世界的孤儿》，格日勒其木格·黑鹤，新蕾出版社，2013.7

《紫色的猫》，金曾豪，新蕾出版社，2013.7

《白象家族》，沈石溪，新蕾出版社，2013.7

《智勇双全的侦探达人》，赵静，新世纪出版社，2013.7

《蜜桃班的变身秀》，饶雪莉，译林出版社，2013.7

《丛林学校:湖怪》，陶蓉蓉，长江文艺出版社，2013.7

《莫高窟古墓探险》，彭绪洛，大连出版社，2013.7

《沙坡头迷途奇遇》，彭绪洛，大连出版社，2013.7

《荒村怪阵惊魂》，彭绪洛，大连出版社，2013.7

《钟离山魅影追踪》，彭绪洛，大连出版社，2013.7

《格子的时光书》，陆梅，接力出版社，2013.7

《"倒霉蛋"成长记》，牛延秋，河南科学技术出版社，2013.7

《哥哥在电梯里》，彭学军，新世纪出版社，2013.7

《第一次到球场看球》，孙卫卫，地震出版社，2013.8

《萧潇雨的窗外》，刘志学，地震出版社，2013.8

《阳光下盛开的青春》，李国新，地震出版社，2013.8

《那晚那月色那河边》，凌鼎年，地震出版社，2013.8

《飞翔的感觉》，谢志强，地震出版社，2013.8

《每一片叶子都会跳舞》，韩昌盛，地震出版社，2013.8

《心愿》，沈祖连，地震出版社，2013.8

《没有年代的故事》，刘建超，地震出版社，2013.8

《谁听见蝴蝶的歌唱》，陈毓，地震出版社，2013.8

《大鱼成精》，彭懿，接力出版社，2013.8

《小铁道游击队》，刘知侠，黑龙江朝鲜民族出版社，2013.8

《紫贝天葵》，苏笑嫣，中国少年儿童出版社，2013.8

《雪地藏獒》，王跃，天地出版社，2013.9

《尖沙咀海旁的聚会》，何紫，北京少年儿童出版社，2013.9

《谁是麻烦鬼》，严吴婵霞，北京少年儿童出版社，2013.9

《迷城暗道机关》，周锐，大连出版社，2013.9

《家有忠犬》，沈习武，大连出版社，2013.9

《双鹤飞舞》，沈习武，大连出版社，2013.9

《雨林象踪》，沈习武，大连出版社，2013.9

《唠叨老妈的碎碎念》，赵静，浙江少年儿童出版社，2013.10

《想把郁闷一扫光》，赵静，浙江少年儿童出版社，2013.10

《霸道老妈霹雳女》，赵静，浙江少年儿童出版社，2013.10

《爆笑老爸挨批记》，赵静，浙江少年儿童出版社，2013.10

《家里来了外星狗》，袁晓君，大连出版社，2013.10

《丛林遇狼》，许廷旺，大连出版社，2013.10

《山地羊军》，许廷旺，大连出版社，2013.10

《变身少年》，杨鹏，大连出版社，2013.10

《吃人电视机》，杨鹏，大连出版社，2013.10

《飞碟入侵》，杨鹏，大连出版社，2013.10

《怪兽博士岛》，杨鹏，大连出版社，2013.10

《木乃伊复活》，杨鹏，大连出版社，2013.10

《尼斯湖怪兽》，杨鹏，大连出版社，2013.10

《千年魔偶》，杨鹏，大连出版社，2013.10

《神秘老师》，杨鹏，大连出版社，2013.10

《神秘男孩》，杨鹏，大连出版社，2013.10

《天外魔猫》，杨鹏，大连出版社，2013.10

《家里来了外星狗》，袁晓君，大连出版社，2013.10

《精灵带我去上学》，袁晓君，大连出版社，2013.10

《帽子里长出妈妈树》，袁晓君，大连出版社，2013.10

《红蚂蚱　绿蚂蚱》，李佩甫，上海文艺出版社，2013.10

《高昌王陵之遗落梦境》，彭绪洛，大连出版社，2013.11

《西安古城之夺宝奇兵》，彭绪洛，大连出版社，2013.11

《雅安密林之功夫熊猫》,彭绪洛,大连出版社,2013.11

《珠峰雪域之迷影重重》,彭绪洛,大连出版社,2013.11

2014 年

《疯狂戴夫的植物班》,李志伟,中国少年儿童出版社,2014.1

《奇妙的田螺》,宗介华,湖南少年儿童出版社,2014.1

《可怕的病毒计划》,汤萍,天天出版社,2014.1

《恐龙山的幽灵》,汤萍,天天出版社,2014.1

《闹鬼的旅馆》,汤萍,天天出版社,2014.1

《枭的天空》,肖显志,测绘出版社,2014.1

《和龙在一起的夜晚》,彭懿,海豚出版社,2014.1

《残猴王蛮子》,杨保中,大连出版社,2014.1

《石宝山猴王》,杨保中,大连出版社,2014.1

《兄弟猴王》,杨保中,大连出版社,2014.1

《2013 中国儿童文学年选》,王泉根主编,北师大中国儿童文学研究中心组编,花
　　城出版社,2014.1

《坡儿的夏天》,张洁,海豚出版社,2014.1

《友谊是一场信任游戏》,余雷,天天出版社,2014.2

《棉鞋里的阳光:野军儿童故事集》,野军,人民教育出版社,2014.3

《九个臭皮匠》,金利雅,浙江教育出版社,2014.3

《无畏的地球战士》,金利雅,浙江教育出版社,2014.3

《少年赵尚志》,周莲珊,金盾出版社,2014.3

《你的爱一直很安静》,夏川山,中国少年儿童出版社,2014.3

《走过拐角才长大》,周羽,中国少年儿童出版社,2014.3

《王坪往事》,张品成,四川少年儿童出版社,2014.3

《落叶是迷路的孩子》,李楠,辽宁少年儿童出版社,2014.3

《我们的故事没完没了》,满涛,辽宁少年儿童出版社,2014.3

《阿满》,贾颖,辽宁少年儿童出版社,2014.3

《绑架奇案》,杨老黑,中国少年儿童出版社,2014.3

《警犬·警猪·小神探》,杨老黑,中国少年儿童出版社,2014.3

《门墩儿背后有小人儿》,保冬妮,新蕾出版社,2014.3

《少年的荣耀》,李东华,希望出版社,2014.3

《画本魔法三国:魔法钟点工》,周锐,新世纪出版社,2014.3

《别嫌我们长得慢》,徐海蛟,宁波出版社,2014.3

《单行街》,曹文轩,江苏凤凰少年儿童出版社,2014.3

《黄羊北归》,许廷旺,浙江少年儿童出版社,2014.3

《我是一个任性的孩子》,汪玥含,浙江少年儿童出版社,2014.4

《我要努力去长大》,徐玲,浙江少年儿童出版社,2014.4

《我要好好地长大》,曾维惠,浙江文艺出版社,2014.4

《三月十三日事件》,王然众,中国少年儿童出版社,2014.4

《流浪的方舟》,翌平,中国少年儿童出版社,2014.4

《我想和你在一起》，徐玲，中国少年儿童出版社，2014.4

《逃离疯人院》，谢鑫，河北少年儿童出版社，2014.4

《疯狂恐龙蛋》，谢鑫，河北少年儿童出版社，2014.4

《蜂场入侵者》，谢鑫，河北少年儿童出版社，2014.4

《藏在闹钟里的秘密》，谢鑫，河北少年儿童出版社，2014.4

《星期天与隐身贼》，谢鑫，河北少年儿童出版社，2014.4

《"孙悟空"闹剧场》，谢鑫，河北少年儿童出版社，2014.4

《夏日邀请函》，庞婕蕾，明天出版社，2014.4

《长白山雪野之孤狼身世》，彭绪洛，大连出版社，2014.4

《神农架野人之领地揭秘》，彭绪洛，大连出版社，2014.4

《天山天池之水怪疑云》，彭绪洛，大连出版社，2014.4

《千年蜀道之惊心旅程》，彭绪洛，大连出版社，2014.4

《毒宫斗蛇大会》，周锐，大连出版社，2014.4

《铜号和一张脸》，张品成，中共党史出版社，2014.4

《再见大傻瓜》，许友彬，青岛出版社，2014.4

《我很蓝》，汤汤，新蕾出版社，2014.4

《拯救老爸大行动》，段立欣，新蕾出版社，2014.4

《小瓶盖的春天》，顾鹰，新蕾出版社，2014.4

《我在你梦里做什么》，方素珍，新蕾出版社，2014.4

《和妖精一起逃跑》，李岫青，济南出版社，2014.5

《淡白的古果》，吴梦川，中国少年儿童出版社，2014.5

《薰衣草在等待》，郁雨君著，童趣出版有限公司编，人民邮电出版社，2014.5

《成长的旅行》，王巨成，中国少年儿童出版社，2014.5

《来自星星的烦恼》，满涛，明天出版社，2014.5

《猿人谜案》，水泓，河北少年儿童出版社，2014. 5

《绣品街的奇遇》，苏梅，苏州大学出版社，2014.5

《又甜又糯的苏州话》，苏梅，苏州大学出版社，2014.5

《三个月亮亮堂堂》，苏梅，苏州大学出版社，2014.5

《甜甜》，周天籁，上海文艺出版社，2014.5

《很忙很忙的晚上》，商晓娜，明天出版社，2014.5

《幸福排列组合》，商晓娜，明天出版社，2014.5

《初生牛犊》，紫龙晴川，大连出版社，2014.6

《孤胆间谍》，紫龙晴川，大连出版社，2014.6

《天启之变》，紫龙晴川，大连出版社，2014.6

《以牙还牙》，紫龙晴川，大连出版社，2014.6

《生命之歌》，紫龙晴川，大连出版社，2014.6

《风云再起》，张永军，中国少年儿童出版社，2014.6

《风起云涌》，张永军，中国少年儿童出版社，2014.6

《愁云惨雾》，张永军，中国少年儿童出版社，2014.6

《疑云密布》，张永军，中国少年儿童出版社，2014.6

《今天要写的作业》,彭学军,海豚出版社,2014.6

《长舌巫婆的咒语》,石祥新,现代出版社,2014.6

《她从前是我深爱的人》,黄春华,中国少年儿童出版社,2014.6

《谜一样的男孩儿》,郝月梅,河北少年儿童出版社,2014.6

《魔镜魔镜告诉你》,郁雨君,山东文艺出版社,2014.6

《我和铁车》,三三,安徽少年儿童出版社,2014.6

《遇见四叶草女孩》,郁雨君,山东文艺出版社,2014.6

《黑魂灵》,曹文轩,广东教育出版社,2014.6

《二年级的花蕾蕾》,关义军,青岛出版社,2014.6

《一年级的典点点》,关义军,青岛出版社,2014.6

《五年级的花太狼》,单瑛琪,江苏凤凰少年儿童出版社,2014.6

《做梦公主受气包》,贾月珍,光明日报出版社,2014.6

《我跟乘法也不熟》,单瑛琪,江苏凤凰少年儿童出版社,2014.6

《最接近天堂的地方》,徐玲,少年儿童出版社,2014.7

《香肠班长妙老师》,郑宗弦,河北少年儿童出版社,2014.7

《香肠班长当家》,郑宗弦,河北少年儿童出版社,2014.7

《飞越天使街》,舒辉波,少年儿童出版社,2014.7

《小时候的爱情》,舒辉波,少年儿童出版社,2014.7

《半勺绿》,麦子,少年儿童出版社,2014.7

《血驹》,格日勒其木格·黑鹤,接力出版社,2014.7

《仙女的孩子》,三三,中国少年儿童出版社,2014.7

《夏日冰宫》,古梅,商务印书馆,2014.7

《冬雪里的精灵》,古梅,商务印书馆,2014.7

《小船,小船》,黄艾艾,广东教育出版社,2014.8

《流向大海的河》,翌平,广东教育出版社,2014.8

《天台上有个图书馆》,杨筱艳,二十一世纪出版社,2014.8

《少年川川的故乡》,张婴音,浙江少年儿童出版社,2014.8

《午后飞过天空》,唐池子,浙江少年儿童出版社,2014.8

《麻烦天使》,李东华,浙江少年儿童出版社,2014.8

《云的南边》,蒋蓓,浙江少年儿童出版社,2014. 8

《两个人的电影》,左泓,浙江少年儿童出版社,2014.8

《公主出没》,魏晓曦,四川少年儿童出版社,2014.8

《魔仙小小姐》,魏晓曦,四川少年儿童出版社,2014.8

《星座小骑士》,魏晓曦,四川少年儿童出版社,2014.8

《神秘的花海洋》,金旸,二十一世纪出版社,2014.8

《山路弯弯》,潘春香,二十一世纪出版社,2014.8

《鸭宝河》,曹文轩,天天出版社,2014.8

《六星社的少年们》,几何,广东人民出版社,2014.8

《放学后的名侦探》,观海之鱼,河北少年儿童出版社,2014.9

《泥鳅》,曹文轩,安徽少年儿童出版社,2014.9

新中国儿童文学

《兵马俑战士》，马华，大连出版社，2014.9

《罪童泪》，阮梅，中国少年儿童出版社，2014.10

《我不认识你，但我记得你》，张国龙，中国少年儿童出版社，2014.10

《鸟伞》，卢振中，中国少年儿童出版社，2014.10

《大洋漂流城》，汪鑫，大连出版社，2014.10

《奇奇怪史前海洋大冒险》，超侠，大连出版社，2014.10

《鲨鱼岛的秘密》，江可达，大连出版社，2014.10

《深海巨怪》，陆杨，大连出版社，2014.10

《勇闯魔怪岛》，吕哲，大连出版社，2014.10

《追电奇童》，陈天中，大连出版社，2014.10

《被追杀的鹦鹉》，周锐，大连出版社，2014.10

《我不想做一只小老鼠》，曹文轩，天天出版社，2014.11

《会飞的标准答案》，滕婧，长江文艺出版社，2014.11

《在我睡着之后》，陈诗哥，晨光出版社，2014.12

2015 年

《驴赛》，曹文轩，二十一世纪出版社，2015.1

《T恤衫之谜》，夏忠波、田宏，科学普及出版社，2015.1

《暗道中探险》，夏忠波、宋神秘，科学普及出版社，2015.1

《甜蜜的罪证》，夏忠波、吴丽娜，科学普及出版社，2015.1

《有个男孩叫商一》，曾维惠，福建教育出版社，2015.1

《古蜀》，王晋康，大连出版社，2015.1

《唐豆豆.七面幸运色子》，哈琳，大连出版社，2015.1

《最后三颗核弹》，左炜，大连出版社，2015.1

《我爸我妈的外星儿子.睡在我床底下的老大》，刘东，大连出版社，2015.1

《我爸我妈的外星儿子.从天而降的老大》，刘东，大连出版社，2015.1

《疯狂的鸡毛信》，马士钧，大连出版社，2015.1

《故事呼啦啦地飞》，王巨成，大连出版社，2015.1

《玫瑰山物语》，李志伟，大连出版社，2015.1

《未来拯救》，唐哲，大连出版社，2015.1

《雪镇四十天》，周学军，大连出版社，2015.1

《寻找失踪的舅舅》，闵小玲，大连出版社，2015.1

《云雀谷》，廖少云，大连出版社，2015.1

《地球儿女之我们是谁》，刘红茹，大连出版社，2015.1

《地球儿女之逃向何方》，刘红茹，大连出版社，2015.1

《走出黑暗：森林武士的故事》，杨茗，大连出版社，2015.1

《遥远的绿叶》，董恒波，大连出版社，2015.1

《抗战难童流浪记》，刘兴诗，海燕出版社，2015.1

《四（3）班的女神班长》，周志勇，长江少年儿童出版社，2015.1

《七品顽童》，孟宪明，海天出版社，2015.1

《男孩子就是会玩》，关义军，福建人民出版社，2015.1

《昆虫国迷雾迭起》，秦爱梅，黑龙江少年儿童出版社，2015.1

《疯狂恐龙之巅》，秦爱梅，黑龙江少年儿童出版社，2015.1

《永远的香橙树》，任小霞，汕头大学出版社，2015.1

《嘿，那匹野马驹》，卢振中，中国少年儿童出版社，2015.1

《唠叨老妈复活记》，周志勇，长江少年儿童出版社，2015.1

《急聘副班长》，周志勇，长江少年儿童出版社，2015.1

《阿紫老师变女巫》，周志勇，长江少年儿童出版社，2015.1

《我就是假小子》，周志勇，长江少年儿童出版社，2015.1

《2014中国儿童文学年选》，王泉根主编，北师大中国儿童文学研究中心组编，花城出版社，2015.1

《我想听你唱歌》，阎耀明，安徽少年儿童出版社，2015.1

《特别行动》，孙卫卫，安徽少年儿童出版社，2015.1

《戴面具的海》，彭学军，二十一世纪出版社集团，2015.1

《QQ强迫症》，徐玲，河北少年儿童出版社，2015.2

《未来没有班主任》，徐玲，河北少年儿童出版社，2015.2

《隔壁班来了个卧底生》，徐玲，河北少年儿童出版社，2015.2

《临时组长烦恼多》，徐玲，河北少年儿童出版社，2015.2

《小琪的房间》，林良，福建少年儿童出版社，2015.3

《芽芽的井》，任小霞，汕头大学出版社，2015.3

《妈妈，让我自己来》，姜哲，北京联合出版公司，2015.3

《我行，我一定行》，姜哲，北京联合出版公司，2015.3

《不存在的夏天》，曹雪纯，甘肃少年儿童出版社，2015.3

《马休斯历险记》，徐欣尧，学林出版社，2015.3

《大胡子叔叔的鱼铺》，贾林芳，江苏少年儿童出版社，2015.3

《樱桃小妹子》，许诺晨，安徽少年儿童出版社，2015.3

《羊家族的喜剧》，常新港，春风文艺出版社，2015.3

《如果远方有奇迹》，商晓娜，明天出版社，2015.3

《衣衣魔幻岛的秘密》，袁晓君，宁波出版社，2015.3

《口哨里的菊花地》，曹文芳，二十一世纪出版社集团，2015.3

《穿靴子的"女魔头"》，曹文芳，二十一世纪出版社集团，2015.3

《龙三太子流浪记》，许诺晨，安徽少年儿童出版社，2015.4

《西圆圆公主新传》，许诺晨，安徽少年儿童出版社，2015.4

《打中一颗星星》，苏梅，晨光出版社，2015.4

《大富翁》，薛涛，新蕾出版社，2015.4

《日光之城在呼唤》，张祖文，浙江少年儿童出版社，2015.4

《蓝月溪》，任小霞，汕头大学出版社，2015.4

《游戏的童年》，徐鲁，青岛出版社，2015.4

《神奇图书馆和龙族》，正宇，江苏凤凰少年儿童出版社，2015.4

《超级无敌搞怪侦探》，钟林姣，汕头大学出版社，2015.4

《再见，小恩》，徐鲁，青岛出版社，2015.4

《全世界请原谅我》，徐玲，中国少年儿童出版社，2015.5

《最后的狼族》，陈彦斌，浙江少年儿童出版社，2015.5

《冰湖》，陈彦斌，浙江少年儿童出版社，2015.5

《一抹绿色，一缕阳光》，王巨成，明天出版社，2015.5

《秋安》，高源，中国少年儿童出版社，2015.5

《噩梦成真》，水泓，河北少年儿童出版社，2015.5

《迷雾山谷》，水泓，河北少年儿童出版社，2015.5

《穿越时空的公主》，马翠萝，化学工业出版社，2015.5

《宠物也疯狂》，满涛，明天出版社，2015.5

《穿越黑暗的歌声》，郑宗弦，未来出版社，2015.5

《我是肥天鹅》，李光福，未来出版社，2015.5

《心中有晴天》，林丽丽，未来出版社，2015.5

《考试》，梅子涵，明天出版社，2015.5

《奶奶的青团》，保冬妮，希望出版社，2015.5

《满月》，保冬妮，希望出版社，2015.5

《会飞的滑板》，牛车，浙江大学出版社，2015.5

《黑洞危机：冥王星卷》，陆杨，清华大学出版社，2015.5

《一年级番外篇》，单瑛琪，江苏凤凰少年儿童出版社，2015.5

《地洞人》，彭绪洛，大连出版社，2015.5

《"迷失"的三天三夜》，彭绪洛，大连出版社，2015.5

《白虎疑案》，彭绪洛，大连出版社，2015.5

《真正的探险》，彭绪洛，大连出版社，2015.5

《空山》，牧铃，湖南少年儿童出版社，2015.5

《一只叫柚子的狗》，毛云尔，湖南少年儿童出版社，2015.5

《我们吵架吧》，李姗姗，四川少年儿童出版社，2015.5

《袜子上的洞》，李姗姗，四川少年儿童出版社，2015.5

《阿米要离家出走》，笃笃，北京师范大学出版社，2015.5

《糖果世界》，笃笃，北京师范大学出版社，2015.5

《老妈变同学》，李岫青，济南出版社，2015.5

《北川女孩的异想》，夏商周，新世纪出版社，2015.5

《一只叫凤的鸽子》，曹文轩，明天出版社，2015.5

《刺猬的拥抱》，周羽，中国少年儿童出版社，2015.6

《影子行动》，牧铃，中国少年儿童出版社，2015.6

《多多的红围巾》，曹文芳，二十一世纪出版社集团，2015.6

《大洋深处》，郑文光，大连出版社，2015.6

《鲨鱼侦察兵》，郑文光，大连出版社，2015.6

《海洋的见证》，童恩正，大连出版社，2015.6

《失踪的航线》，刘兴诗，大连出版社，2015.6

《喂，大海》，刘兴诗，大连出版社，2015.6

《月光岛的故事》，金涛，大连出版社，2015.6

《鲸歌》,刘慈欣,大连出版社,2015.6

《海平面下》,凌晨,大连出版社,2015.6

《花园盒子》,小骰,大连出版社,2015.6

《萝卜老师》,郑春华,南京大学出版社,2015.6

《影子行动》,牧铃,长江少年儿童出版社,2015.6

《格里格海的细雨黄昏》,迟子建,长江少年儿童出版社,2015.6

《红狐》,阿来,长江少年儿童出版社,2015.6

《西藏,隐秘岁月》,扎西达娃,长江少年儿童出版社,2015.6

《那个男孩是我》,毕飞宇,长江少年儿童出版社,2015.6

《生活的馈赠》,曹文轩,安徽少年儿童出版社,2015.6

《楚楚的离歌》,沈涛,中国少年儿童出版社,2015.6

《深夜吉他声》,安武林,安徽少年儿童出版社,2015.6

《是魔术,不是魔法》,萧袤,二十一世纪出版社集团,2015.6

《沙盘里有条蛇》,杨士兰,山西教育出版社,2015.6

《小魔女的自我修炼》,杨士兰,山西教育出版社,2015.6

《爱上一支老钢笔》,杨士兰,山西教育出版社,2015.6

《玫瑰裙子的姐姐》,郁雨君,山东文艺出版社,2015.6

《请收藏我的声音》,常新港,天天出版社,2015.6

《老妈是"坏蛋"》,王勇英,少年儿童出版社,2015.7

《做怪坏事的怪坏蛋》,王勇英,少年儿童出版社,2015.7

《大鹅朋友》,王勇英,少年儿童出版社,2015.7

《蝴蝶》,王勇英,少年儿童出版社,2015.7

《眼珠子在狂奔》,王勇英,少年儿童出版社,2015.7

《原来老妈有魔法》,王勇英,少年儿童出版社,2015.7

《我们的秘密》,郭姜燕,少年儿童出版社,2015.7

《深海巴士》,陈茜,大连出版社,2015.7

《风铃》,曹文芳,北京少年儿童出版社,2015.7

《喵星人》,武周彤,河北教育出版社,2015.7

《飞越城市的野天鹅》,翌平,新蕾出版社,2015.7

《大地歌声》,汪玥含,长江少年儿童出版社,2015.7

《看你们往哪里跑》,王巨成,长江少年儿童出版社,2015.7

《少年战俘营》,牧铃,长江少年儿童出版社,2015.7

《水巷口》,张品成,长江少年儿童出版社,2015.7

《巫师的传人》,王勇英,中国少年儿童出版社,2015.7

《我的老师是特种兵.1,客串班主任》,八路,江苏凤凰文艺出版社,2015.7

《我的老师是特种兵.2,军事夏令营》,八路,江苏凤凰文艺出版社,2015.7

《我的老师是特种兵.3,不一样的运动会》,八路,江苏凤凰文艺出版社,2015.7

《我的老师是特种兵.4,避难手册》,八路,江苏凤凰文艺出版社,2015.7

《海门开》,王麟,大连出版社,2015.7

《章鱼帝国》,萧星寒,大连出版社,2015.7

《高四》，吴洲星，中国少年儿童出版社，2015.7

《神秘校车.1,拾金岛危机》，徐玲，春风文艺出版社，2015.7

《神秘校车.2,星际流浪》，徐玲，春风文艺出版社，2015.7

《神秘校车.3,厄运食人谷》，徐玲，春风文艺出版社，2015.7

《斑鬣狗公主》，凌岚，春风文艺出版社，2015.8

《假如童年有翅膀》，郑丽蓉，江西高校出版社，2015.8

《流亡的天使》，毛芦芦，浙江少年儿童出版社，2015.8

《野犬王朝》，袁博，河北少年儿童出版社，2015.8

《稻香渡》，曹文轩，吉林出版集团有限责任公司，2015.8

《我变小了》，梅子涵，中国中福会出版社，2015.8

《皇马之夜》，简平，中国中福会出版社，2015.8

《妈咪的爱》，殷健灵，中国中福会出版社，2015.8

《我养了六角恐龙》，唐池子，中国中福会出版社，2015.8

《端午粽米香》，保冬妮，希望出版社，2015.8

《我们家的抗战》，陈晖，解放军文艺出版社，2015.8

《纸灯笼》，车培晶，春风文艺出版社，2015.9

《爸爸不是我的零钱罐》，钟小白，春风文艺出版社，2015.9

《学会理解让我更快乐》，钟小白，春风文艺出版社，2015.9

《妈妈不是我的大保姆》，钟小白，春风文艺出版社，2015.9

《有书不会饿》，肖定丽，海天出版社，2015.9

《恐怖的红麻地》，肖定丽，海天出版社，2015.9

《天下美味儿》，肖定丽，海天出版社，2015.9

《三条魔龙》，彭懿，大连出版社，2015.9

《老人和狗》，徐鲁，希望出版社，2015.9

《再见,大黄狗.飞奔天庭》，黄鑫，百花洲文艺出版社，2015.9

《再见,大黄狗.落入凡间》，黄鑫，百花洲文艺出版社，2015.9

《再见,青蛙.勇敢的蝎子》，黄鑫，百花洲文艺出版社，2015.9

《再见,青蛙.最后的雪花》，黄鑫，百花洲文艺出版社，2015.9

《野猫王》，张之路，晨光出版社，2015.9

《第一滴眼泪》，王天宁，中国少年儿童出版社，2015.9

《难得好时光》，杨翠，大连出版社，2015.9

《奇迹校园》，龚房芳，大连出版社，2015.9

《贝壳星女孩》，任小霞，大连出版社，2015.9

《大熊的女儿》，麦子，大连出版社，2015.9

《住进村庄的巫女》，九九，大连出版社，2015.9

《青乙救虹》，吉葡乐，大连出版社，2015.9

《鸽子树花》，伍剑，大连出版社，2015.9

《六个星期六上午》，夏有志，中国少年儿童出版社，2015.9

《羊泪》，张焰铎，中国少年儿童出版社，2015.9

《放学路上》，鲁引弓，浙江少年儿童出版社，2015.10

《周末与米兰聊天.音乐篇:两根弦的小提琴》,程玮,南京大学出版社,2015.10

《牧羊犬赤那》,许廷旺,湖北教育出版社,2015.10

《妈妈,我没你想的那么软弱》,张丽莉,北京联合出版公司,2015.10

《我要成为第一名》,张丽莉,北京联合出版公司,2015.10

《咱们一起努力吧》,张丽莉,北京联合出版公司,2015.10

《谁说我是一根筋》,赵静,人民文学出版社,2015.10

《飞向石头小镇》,张琳,大连出版社,2015.10

《突如其来的明天》,谭丰华,大连出版社,2015.10

《海盗船长女儿的夏天》,马传思,大连出版社,2015.10

《庹天》,肖显志,大连出版社,2015.10

《陆陆续续的爸爸》,谢与一,大连出版社,2015.10

《海豚的幽灵》,哈琳,大连出版社,2015.10

《起伏的蓝色》,星河,学林出版社,2015.10

《鄂斯里的粉粒》,史雷,学林出版社,2015.10

《绞杀》,余雷,学林出版社,2015.10

《大荒漠》,汪玥含,学林出版社,2015.10

《森林护卫队》,李志伟,学林出版社,2015.10

《猛犬暴雪》,牧铃,长江文艺出版社,2015.11

《带花纹的梦》,曹文轩,大连出版社,2015.11

《他没有影子》,张之路,大连出版社,2015.11

《飞鱼座女孩》,湘女,天天出版社,2015.11

《镜子里的猫》,杨翠,天天出版社,2015.11

《飞翔的七色鱼》,满涛,明天出版社,2015.11

《妈妈的爱,绕个弯再回来》,陶丽,浙江少年儿童出版社,2015.11

《他没有影子》,张之路,大连出版社,2015.11

《笼罩天空的透明鱼》,巫玮玮,河北少年儿童出版社,2015.11

《美丽新世界》,金旸,浙江少年儿童出版社,2015.11

《头羊玛喇勒》,许廷旺,湖北教育出版社,2015.11

《小火狐江秋》,许廷旺,湖北教育出版社,2015.11

《草原犬赛汗》,许廷旺,湖北教育出版社,2015.11

《青苔街往事》,杜梅,人民文学出版社,2015.12

《侦探柯小南》,朱小莉,浙江少年儿童出版社,2015.12

《皮皮不是受气包》,朱小莉,浙江少年儿童出版社,2015.12

《交换姓名牌》,朱小莉,浙江少年儿童出版社,2015.12

《笨笨女孩向前冲》,陶丽,浙江少年儿童出版社,2015.12

《浪漫同桌节》,徐玲,浙江少年儿童出版社,2015.12

《超级作业秘书》,徐玲,浙江少年儿童出版社,2015.12

《妈妈出差我当家》,徐玲,浙江少年儿童出版社,2015.12

《召唤火山巨蜥》,王路,浙江少年儿童出版社,2015.12

《深海危机》,唐池子,浙江少年儿童出版社,2015.12

《致命烈焰》，汤萍，浙江少年儿童出版社，2015.12

《神秘石蛋》，范锡林，浙江少年儿童出版社，2015.12

《极速竞赛》，两色风景，浙江少年儿童出版社，2015.12

《洞穴夺宝》，程婧波，浙江少年儿童出版社，2015.12

《神勇调皮鬼》，汤萍，浙江少年儿童出版社，2015.12

《瞧瞧我的花指头》，曹文轩，天天出版社，2015.12

《浮桥边的汤木》，彭学军，二十一世纪出版社集团，2015.12

《白鸽·雨铃铛》，王晨骅，吉林大学出版社，2015.12

2016 年

《科学家被迫装神仙》，张帆，辽宁人民出版社，2016.1

《五百年时间不见了》，张帆，辽宁人民出版社，2016.1

《南方以南》，杨也，安徽少年儿童出版社，2016.1

《偷剧本的学徒》，郝周，安徽少年儿童出版社，2016.1

《会相处的孩子朋友多　好人缘练就高情商》，赵静，北京少年儿童出版社，2016.1

《再见，小马虎　细心专注习惯好》，赵静，北京少年儿童出版社，2016.1

《考第一名的中等生　好方法成就好学生》，赵静，北京少年儿童出版社，2016.1

《人狗情未了》，夏桂楣，远方出版社，2016.1

《与雪狼共舞》，夏桂楣，远方出版社，2016.1

《稻香渡》，曹文轩，吉林出版集团股份有限责任公司，2016.1

《"公主"下乡记》，牧铃，湖南少年儿童出版社，2016.1

《小象传奇》，袁博，万卷出版公司，2016.1

《蒜头的世界》，袁敏，华东师范大学出版社，2016.1

《你眼中的星光》，马传思，大连出版社，2016.1

《山神的赌约》，方先义，大连出版社，2016.1

《拯救天才》，王林柏，大连出版社，2016.1

《梦街灯影》，王君心，大连出版社，2016.1

《白斑母豹》，沈石溪，大连出版社，2016.1

《会占卦的佛法僧》，沈石溪，大连出版社，2016.1

《吹鲸哨的孩子》，周锐，大连出版社，2016.1

《我要上电视》，郝月梅，河北少年儿童出版社，2016.1

《嘿，不要偷看我》，郝月梅，河北少年儿童出版社，2016.1

《月光下的小刺猬》，郝月梅，河北少年儿童出版社，2016.1

《塔塔国的塔》，周锐，浙江大学出版社，2016.1

《等待天偷星》，周锐，浙江大学出版社，2016.1

《和影子见面》，周锐，浙江大学出版社，2016.1

《名画案中案》，杨志强，二十一世纪出版社集团，2016.1

《开心就要笑出来》，黄春华，长江少年儿童出版社，2016.1

《扎麻花辫的女老师》，黄春华，长江少年儿童出版社，2016.1

《龅牙老师有点怪》，黄春华，长江少年儿童出版社，2016.1

《睿子的彩色黎明》，杨敏，中国少年儿童出版社，2016.1

《我的王子哥哥》，徐玲，浙江大学出版社，2016.1

《米多多日记》，陈云秋，江苏人民出版社，2016.2

《无言的夜曲》，翌平，安徽少年儿童出版社，2016.2

《纳西亚传奇》，翌平，安徽少年儿童出版社，2016.2

《加油！勇敢的心》，王钢，四川少年儿童出版社，2016.2

《班里唯一的女生》，王钢，四川少年儿童出版社，2016.2

《爸爸变成了小毛头》，王钢，四川少年儿童出版社，2016.2

《神秘的遗物》，翟之悦，新华出版社，2016.2

《熊孩子曾一君》，谢倩霓，万卷出版公司，2016.2

《乡村假期》，次仁罗布，安徽少年儿童出版社，2016.2

《神奇的十三岁》，次仁罗布，安徽少年儿童出版社，2016.2

《桑塔小活佛的故事》，次仁罗布，安徽少年儿童出版社，2016.2

《奶奶在天堂里望着我》，次仁罗布，安徽少年儿童出版社，2016.2

《我想养只狗》，孙卫卫，山东教育出版社，2016.3

《迷失的弹丸》，翌平，安徽少年儿童出版社，2016.3

《病毒，正在扩散》，翌平，安徽少年儿童出版社，2016.3

《剧场疑云》，翟之悦，华夏出版社，2016.3

《罂粟谜案》，翟之悦，华夏出版社，2016.3

《绿头发女孩》，小河丁丁，江苏凤凰少年儿童出版社，2016.3

《魔法山来的小捣蛋》，小河丁丁，江苏凤凰少年儿童出版社，2016.3

《隔壁班的小忽忽》，徐玲，万卷出版公司，2016.3

《夏迁的成长课》，王君心，江苏凤凰少年儿童出版社，2016.3

《O₃》，张小童，中国少年儿童出版社，2016.3

《天青》，李秋沅，福建少年儿童出版社，2016.3

《奋斗才能实现梦想》，刘旭华，晨光出版社，2016.3

《好成绩不能靠补习》，刘旭华，晨光出版社，2016.3

《做家务让我更独立》，刘旭华，晨光出版社，2016.3

《高飞迷途》，杨鹏，四川少年儿童出版社，2016.3

《超时空武林大会》，杨鹏，四川少年儿童出版社，2016.3

《魔幻历险》，杨鹏，四川少年儿童出版社，2016.3

《拯救火麒麟》，杨鹏，四川少年儿童出版社，2016.3

《黑蝙蝠王复活》，杨鹏，四川少年儿童出版社，2016.3

《我用歌声打动你》，徐玲，大连出版社，2016.3

《只要能够在一起》，徐玲，大连出版社，2016.3

《我不知道他爱我》，徐玲，大连出版社，2016.3

《像风一样奔跑》，邓湘子，长江少年儿童出版社，2016.3

《喜欢不是罪》，谢倩霓，长江少年儿童出版社，2016.3

《茗香》，李秋沅，长江少年儿童出版社，2016.3

《我们的小时候》，王巨成，长江少年儿童出版社，2016.3

《点点的一棵树》，林彦，长江少年儿童出版社，2016.3

《飞过城市的野天鹅》，翌平，长江少年儿童出版社，2016.3

《我们之间》，韩青辰，长江少年儿童出版社，2016.3

《小百合》，张玉清，长江少年儿童出版社，2016.4

《我捡到一条喷火龙》，彭懿，长江少年儿童出版社，2016.4

《美丽世界》，李姗姗，未来出版社，2016.4

《故事帝国》，赵菱，中国少年儿童出版社，2016.4

《洞窟求生》，王思洁，中国少年儿童出版社，2016.4

《探访最近的邻居》，童启富、童豁成，科学普及出版社，2016.4

《老爷庙水域探秘》，童启富、童豁成，科学普及出版社，2016.4

《舞蹈课》，三三，长江少年儿童出版社，2016.4

《蔚蓝色的夏天》，李学斌，长江少年儿童出版社，2016.4

《盐丁儿》，颜一烟，长江少年儿童出版社，2016.4

《芝麻开门》，祁智，长江少年儿童出版社，2016.4

《竹林村的孩子们》，竹林，长江少年儿童出版社，2016.4

《青春奏鸣曲》，肖复兴，长江少年儿童出版社，2016.4

《从滇池飞出的旋律》，谷应，长江少年儿童出版社，2016.4

《薇拉的天空》，李东华，长江少年儿童出版社，2016.4

《风之子》，格日勒其木格·黑鹤，长江少年儿童出版社，2016.4

《小师弟》，沈虎根，长江少年儿童出版社，2016.4

《停不下来的山地车》，曹文轩，作家出版社，2016.4

《头发保卫战》，曹文轩，作家出版社，2016.4

《没有底的水桶》，曹文轩，作家出版社，2016.4

《大笛子小笛子》，曹文轩，作家出版社，2016.4

《纸箱里的女孩》，曹文轩，作家出版社，2016.4

《翻过大墙》，曹文轩，作家出版社，2016.4

《黑屋子》，曹文轩，作家出版社，2016.4

《又见花儿》，曹文轩，作家出版社，2016.4

《亚布晴沙》，吴玉中，二十一世纪出版社集团，2016.4

《针眼里逃出的生命》，李凤杰，未来出版社，2016.4

《十五岁的长征》，张品成，明天出版社，2016.5

《可不可以不再见》，商晓娜，明天出版社，2016.5

《春情》，沈石溪，长江少年儿童出版社，2016.5

《迷失山海之寻找》，彭彭，上海社会科学院出版社，2016.5

《地球保卫战》，周莲珊，甘肃少年儿童出版社，2016.5

《消失的谋杀现场》，水泓，甘肃少年儿童出版社，2016.5

《超时空魔幻丛林》，吴岩，甘肃少年儿童出版社，2016.5

《我把爸爸寄出去》，郁雨君，明天出版社，2016.5

《流浪狗狗小沸点》，郁雨君，明天出版社，2016.5

《伤心的影子》，张之路，明天出版社，2016.5

《摇控者的金手指》，班马，新世纪出版社，2016.5

《神秘信物》,韦伶,新世纪出版社,2016.5

《为什么不长大》,章红,新世纪出版社,2016.5

《七年》,殷健灵,新世纪出版社,2016.5

《棕熊的故事》,沈石溪,新世纪出版社,2016.5

《勇气训练班》,管家琪,新世纪出版社,2016.5

《有一位叫木雅的女孩》,廖小琴,甘肃少年儿童出版社,2016.5

《破解天书之谜》,家裕户晓,二十一世纪出版社集团,2016.5

《淘气大王董咚咚之羚羊快跑》,许诺晨,安徽少年儿童出版社,2016.5

《我的睡大仙同桌》,肖定丽,海天出版社,2016.5

《我的朋友图坦卡蒙》,苏善,天津人民出版社,2016.5

《好兆头来了》,管家琪,新世纪出版社,2016.5

《远虑妈妈与近忧爸爸》,林茵,天津人民出版社,2016.5

《单身狗》,曹文轩,中国少年儿童出版社,2016.5

《真人》,王晋康,大连出版社,2016.5

《米米亚锚鲁猫》,廖少云,大连出版社,2016.5

《用爱拥抱世界的小男孩》,周博文,大连出版社,2016.5

《忽忽刚上学:太阳的味道》,徐玲,大连出版社,2016.5

《忽忽刚上学:我想亲亲你》,徐玲,大连出版社,2016.5

《忽忽刚上学:这是一个秘密》,徐玲,大连出版社,2016.5

《我爸我妈的外星儿子:T 星老大》,刘东,大连出版社,2016.5

《我爸我妈的外星儿子:老大的"地球隐身术"》,刘东,大连出版社,2016.5

《我爸我妈的外星儿子:我给老大当"老大"》,刘东,大连出版社,2016.5

《貘梦》,九穗,大连出版社,2016.5

《我和银扣的奇幻之旅》,赵静,大连出版社,2016.5

《绿美人》,童瑞平,大连出版社,2016.5

《重返地球》,彭绪洛,大连出版社,2016.5

《绑架外星人》,郑宗弦,江西人民出版社,2016.6

《明星班长左拉拉之千里之外》,许诺晨,安徽少年儿童出版社,2016.6

《银河真相. 星系陀螺》,李文林,安徽少年儿童出版社,2016.6

《银河真相. 光速为零》,李文林,安徽少年儿童出版社,2016.6

《银河真相. 青木入侵》,李文林,安徽少年儿童出版社,2016.6

《给你我的所有》,徐玲,中国少年儿童出版社,2016.6

《跛脚羊》,常新港,南京大学出版社,2016.6

《荒野驯狼》,牧铃,晨光出版社,2016.6

《波江座晶体》,赵华,甘肃少年儿童出版社,2016.6

《蝶舞轻扬》,九九,大连出版社,2016.6

《雪野狼踪》,牧铃,接力出版社,2016.6

《小豆芽心灵成长系列:小豆芽有了小弟弟》,贾月珍,山东文艺出版社,2016.6

《小豆芽心灵成长系列:小豆芽的海洋假期》,贾月珍,山东文艺出版社,2016.6

《小豆芽心灵成长系列:小豆芽与大墨公海鲜店》,贾月珍,山东文艺出版社,2016.6

《一颗名叫噜噜的小牙》，五妞儿，山东文艺出版社，2016.6

《河那边的小木屋》，曹文轩，中国少年儿童出版社，2016.6

《米琪乖乖淘》，邹扶澜，福建少年儿童出版社，2016.6

《萤火虫的歌》，徐永红，大连出版社，2016.6

《琉璃拼图》，彭素华，大连出版社，2016.6

《十二生肖鹅卵石》，杨胡平，大连出版社，2016.6

《透明心石》，汤萍，大连出版社，2016.6

《我们的成长书》，单瑛琪、汪奕蒙，江苏凤凰少年儿童出版社，2016.6

《喜宝成长记.100页的梦想单》，罗恩，武汉大学出版社，2016.6

《走路上学》，彭臣、崔雨竹，广东教育出版社，2016.6

《神奇药水》，黄登汉，江西人民出版社，2016.6

《魔球队长大决斗》，郑宗弦，江西人民出版社，2016.6

《无字的神龙秘籍》，东方梦工厂，浙江少年儿童出版社，2016.7

《废墟山寨》，李姗姗，浙江少年儿童出版社，2016.7

《真假千金》，徐瑞莲，化学工业出版社，2016.7

《魔镜·心玉》，汤琼，浙江少年儿童出版社，2016.7

《可能小学的历史大冒险.秦朝有个歪鼻子将军》，王文华，安徽少年儿童出版社，
    2016.7

《可能小学的历史大冒险.骑着骆驼逛大唐》，王文华，安徽少年儿童出版社，2016.7

《可能小学的历史大冒险.跟着妈祖游明朝》，王文华，安徽少年儿童出版社，2016.7

《可能小学的历史大冒险.摇啊摇，摇到清朝桥》，王文华，安徽少年儿童出版社，
    2016.7

《人鱼王国奇幻历险》，姜娜，大连出版社，2016.7

《智斗怪老爷》，朱良燕，江西人民出版社，2016.7

《少年树上的叶子》，徐雪清，哈尔滨出版社，2016.7

《谢小盟之青雾城堡》，慈琪，安徽少年儿童出版社，2016.7

《亲爱的马里奥》，潘云贵，安徽少年儿童出版社，2016.7

《居民楼里的时光》，吴洲星，安徽少年儿童出版社，2016.7

《绿烟草》，孙雪晴，安徽少年儿童出版社，2016.7

《二年级的小壮壮.我是一个好孩子》，曹延标，安徽少年儿童出版社，2016.7

《二年级的小壮壮.老师欠我几分钟》，曹延标，安徽少年儿童出版社，2016.7

《二年级的小壮壮.衣兜里的鞭炮声》，曹延标，安徽少年儿童出版社，2016.7

《收集声音的树》，陈梦敏，未来出版社，2016.7

《英雄！暗夜游侠的传说》，彭绪洛，浙江少年儿童出版社，2016.8

《神秘！地精的雷达》，彭绪洛，浙江少年儿童出版社，2016.8

《从夏到夏》，小河丁丁，少年儿童出版社，2016.8

《邀请函疑云》，家裕户晓，二十一世纪出版社集团，2016.8

《咱们偷偷做朋友》，朱良燕，江西人民出版社，2016.8

《嗨！这帮小子》，朱良燕，江西人民出版社，2016.8

《幻想世界大逃亡》，杨鹏，大连出版社，2016.8

《来自未来的小幽灵》，杨鹏，大连出版社，2016.8

《外星鬼入侵地球》，杨鹏，大连出版社，2016.8

《小人国来的大侦探》，杨鹏，大连出版社，2016.8

《呼妹妹的弄堂》，周锐，晨光出版社，2016.8

《穿过冬天来看你》，冯与蓝，春风文艺出版社，2016.8

《升旗手》，吴依薇，春风文艺出版社，2016.8

《住在山上的鲸鱼》，马传思，四川文艺出版社，2016.8

《梦想是生命里的光》，舒辉波，少年儿童出版社，2016.8

《三十三只黑山羊》，三三，青岛出版社，2016.8

《拯救雾霾星球》，桑榆，气象出版社，2016.8

《红军柳》，高洪波，解放军文艺出版社，2016.8

《爸爸的木船》，谢倩霓，解放军文艺出版社，2016.8

《壮壮老师与乱乱班》，何捷，福建少年儿童出版社，2016.8

《很大的哲学问题》，汪玥含，希望出版社，2016.8

《什么叫梦游》，汪玥含，希望出版社，2016.8

《超级谎言》，汪玥含，希望出版社，2016.8

《蜘蛛门之黑蜂盟》，刘东，中国少年儿童出版社，2016.9

《火桂花》，曹文轩，天天出版社，2016.9

《读书的孩子见识广》，高琳琳，北京少年儿童出版社，2016.9

《不磨蹭才会效率高》，香橼，北京少年儿童出版社，2016.9

《奇怪的暑假》，蔡亦青，海豚出版社，2016.9

《白马雪儿》，曹文轩，天天出版社，2016.9

《追逐风的孩子》，李志伟，中国少年儿童出版社，2016.9

《学校保卫战》，何南，中国少年儿童出版社，2016.9

《花山村的红五星》，李秀儿，浙江少年儿童出版社，2016.9

《云在天那边》，吕翼，晨光出版社，2016.9

《非常地图》，张品成，晨光出版社，2016.9

《我叫王也可》，萧袤，晨光出版社，2016.9

《灵龟》，曹文轩，晨光出版社，2016.9

《夜色玛奇莲》，顾抒，中国少年儿童出版社，2016.9

《惹事达人黑白胖子》，朱小莉，浙江少年儿童出版社，2016.9

《冲动妈和淡定爸》，朱小莉，浙江少年儿童出版社，2016.9

《巫婆与三杈树》，马传思，四川文艺出版社，2016.9

《真假秘境》，冯与蓝，明天出版社，2016.10

《地下空间》，冯与蓝，明天出版社，2016.10

《除夕的颜色：彩色注音美绘》，秦文君，春风文艺出版社，2016.10

《怪怪仙女的空中城堡：彩色注音美绘》，秦文君，春风文艺出版社，2016.10

《漂亮的舞会小皇后：彩色注音美绘》，秦文君，春风文艺出版社，2016.10

《拉岛间的大法官：彩色注音美绘》，秦文君，春风文艺出版社，2016.10

《躲不开的毒蛇生日会：彩色注音美绘》，秦文君，春风文艺出版社，2016.10

《飞来飞去的伤心梅：彩色注音美绘》，秦文君，春风文艺出版社，2016.10

《151 号古宅》，关景峰，少年儿童出版社，2016.10

《毒烟大怪》，关景峰，少年儿童出版社，2016.10

《摆渡青春》，子瑜，中央编译出版社，2016.10

《花瓣饭》，迟子建，人民文学出版社，2016.10

《格拉长大》，阿来，人民文学出版社，2016.10

《东巴妹妹吉佩儿》，和晓梅，北京少年儿童出版社，2016.10

《碧血染红金达莱》，董恒波，天津教育出版社，2016.10

《放胆白山驱日寇》，周莲珊，天津教育出版社，2016.10

《赤都心史话秋白》，阎耀明，天津教育出版社，2016.10

《楼顶上的熊》，格日勒其木格·黑鹤，青岛出版社，2016.10

《一支鸡毛飞上天》，冯与蓝，少年儿童出版社，2016.10

《永远第一喜欢你》，徐玲，浙江少年儿童出版社，2016.10

《梧桐街上的梅子（彩图版）》，张国龙，重庆出版社，2016.10

《红丘陵上的李花（彩图版）》，张国龙，重庆出版社，2016.10

《海拉湖的小棕熊》，车培晶，晨光出版社，2016.10

《阿妈拉巴的酥油灯》，丹增，晨光出版社，2016.10

《亲爱的土豆》，吴洲星，浙江少年儿童出版社，2016.11

《小侦探贝奇》，徐然，清华大学出版社，2016.11

《童年的狗窝》，梅子涵，新蕾出版社，2016.11

《十五岁的星空》，袁晓君，浙江少年儿童出版社，2016.11

《副班长的秘密》，陶丽，浙江少年儿童出版社，2016.12

《开满花的纸条》，秦文君，明天出版社，2016.12

《雨点音乐会》，秦文君，明天出版社，2016.12

《红戏》，张品成，明天出版社，2016.12

《如画》，徐玲，晨光出版社，2016.12

《都是同桌惹的祸》，李岫青，济南出版社，2016.12

《天边的彩虹》，东永学，青海人民出版社，2016.12

《小牧马人》，索南才让，青海人民出版社，2016.12

《雪豹王子》，曹谁，青海人民出版社，2016.12

《天敌》，察森敖拉，青海人民出版社，2016.12

《蓝月亮》，冶生福，青海人民出版社，2016.12

《阿里和穆巴奇遇记》，李玉梅，青海人民出版社，2016.12

《拐弯的十字街》，张国龙，中国少年儿童出版社，2016.12

《黄梅天的太阳》，毛芦芦，湖南少年儿童出版社，2016.12

《哦，香雪姐姐》，毛芦芦，湖南少年儿童出版社，2016.12

《期待一朵金蔷薇》，毛芦芦，湖南少年儿童出版社，2016.12

《幸福雨》，毛芦芦，湖南少年儿童出版社，2016.12

《很蓝很蓝的李子》，毛芦芦，湖南少年儿童出版社，2016.12

2017 年

《漫画上的渔翁》,刘健屏,江苏凤凰少年儿童出版社,2017.1

《眼睛》,刘健屏,江苏凤凰少年儿童出版社,2017.1

《初涉尘世》,刘健屏,江苏凤凰少年儿童出版社,2017.1

《无敌双胞胎》,李牧雨,四川文艺出版社,2017.1

《长长的跑道》,张之路,晨光出版社.2017.1

《钟声回荡》,薛涛,晨光出版社,2017.1

《李小鬼校园传奇》,班马,晨光出版社,2017.1

《八月就要来了》,王淑芬,晨光出版社,2017.1

《闹钟别跑》,周锐,晨光出版社,2017.1

《牛角洲旅店》,周静,广西师范大学出版社,2017.1

《e 班 e 女孩》,张弘,广西师范大学出版社,2017.1

《五个男孩一条江》,常新港,广西师范大学出版社,2017.1

《快乐星期八》,萧袤,天天出版社,2017.1

《凤之玦：九凤舞衣的秘密》,陈梦敏,浙江少年儿童出版社,2017.1

《龙之笛：我要拯救一条龙》,陈梦敏,浙江少年儿童出版社,2017.1

《亚马孙斯的身份》,宾峰,海燕出版社,2017.1

《逃走的熊班长》,宇志飞翔,少年儿童出版社,2017.1

《动物大神会》,宇志飞翔,少年儿童出版社,2017.1

《如果可以》,韩青辰,安徽少年儿童出版社,2017.1

《海鬣蜥安迪》,赵长发,黑龙江少年儿童出版社,2017.1

《回家吧！海鸥》,赵长发,黑龙江少年儿童出版社,2017.1

《椰子蟹侦探》,赵长发,黑龙江少年儿童出版社,2017.1

《咕噜咕噜,涮锅子》,保冬妮,新疆青少年出版社,2017.1

《海王号奇幻大冒险》,陆杨,海燕出版社,2017.1

《第一次出门》,刘健屏,江苏凤凰少年儿童出版社,2017.1

《海军陆战队：我是特种兵》,八路,大连出版社,2017.1

《海军陆战队：边境反击》,八路,大连出版社,2017.1

《海军陆战队：城市战斗》,八路,大连出版社,2017.1

《海军陆战队：钢铁雄师》,八路,大连出版社,2017.1

《海军陆战队：海空大战》,八路,大连出版社,2017.1

《海军陆战队：狙击精英》,八路,大连出版社,2017.1

《海军陆战队：太空战舰》,八路,大连出版社,2017.1

《海军陆战队：王牌战机》,八路,大连出版社,2017.1

《肉骨头电话》,周锐,浙江少年儿童出版社,2017.2

《用脚弹钢琴》,周锐,浙江少年儿童出版社,2017.2

《一个一个,童年泡泡》,邹凡凡,江苏凤凰少年儿童出版社,2017.2

《奔向未来的日子》,李学斌,广西师范大学出版社,2017.3

《大海茫茫》,徐鲁,广西师范大学出版社,2017.3

《竹马》,代明,广西师范大学出版社,2017.3

《小霞客游记》，吴然，广西师范大学出版社，2017.3

《星星湾》，简平，广西师范大学出版社，2017.3

《我的心在跳舞》，黄艾艾，广西师范大学出版社，2017.3

《巴岭传奇》，马光复，广西师范大学出版社，2017.3

《远山有天使》，毛芦芦，广西师范大学出版社，2017.3

《北斗当空》，张品成，广西师范大学出版社，2017.3

《野耗牛》，格日勒其木格·黑鹤，中国少年儿童出版社，2017.3

《黄昏夜鹰》，格日勒其木格·黑鹤，中国少年儿童出版社，2017.3

《斑斓蒙古牛》，格日勒其木格·黑鹤，中国少年儿童出版社，2017.3

《假话山庄》，赵丽宏，福建少年儿童出版社，2017.3

《山谷的秘密》，赵丽宏，福建少年儿童出版社，2017.3

《怪屋奇遇》，赵丽宏，福建少年儿童出版社，2017.3

《金猴小队》，孙云晓，浙江文艺出版社，2017.3

《夏当当响当当》，刘春玲，济南出版社，2017.3

《孩子的世界你不懂》，徐海蛟，宁波出版社，2017.3

《阿莲》，汤素兰，湖南少年儿童出版社，2017.3

《阳光无界》，李梦薇，辽宁少年儿童出版社，2017.3

《黑眼睛　蓝眼睛》，陈晓雷，辽宁少年儿童出版社，2017.3

《背孩子的女孩》，玛波，辽宁少年儿童出版社，2017.3

《江水静静流》，黄钲，辽宁少年儿童出版社，2017.3

《悬崖上的蓝白童话》，伍美珍，浙江少年儿童出版社，2017.4

《和妈妈一起长大》，庞婕蕾，明天出版社，2017.4

《月光下的狍子》，薛涛，二十一世纪出版社集团，2017.4

《那年夏天开始的梦》，王路，浙江少年儿童出版社，2017.4

《千万不要学魔法》，金旸，浙江少年儿童出版社，2017.4

《钥匙瓜》，余雷，晨光出版社，2017.4

《爱美之心》，徐玲，大连出版社，2017.4

《亲爱的百宝箱》，徐玲，大连出版社，2017.4

《我们的节日》，徐玲，大连出版社，2017.4

《一个好哥哥》，徐玲，大连出版社，2017.4

《神农架野人：注音版》，彭绪洛，大连出版社，2017.4

《西双版纳野象：注音版》，彭绪洛，大连出版社，2017.4

《险护巴国剑：注音版》，彭绪洛，大连出版社，2017.4

《雅安大熊猫：注音版》，彭绪洛，大连出版社，2017.4

《穿堂风》，曹文轩，天天出版社，2017.4

《滑到天上去》，徐玲，大连出版社，2017.4

《我们都是好朋友》，徐玲，大连出版社，2017.4

《自己的颜色》，徐玲，大连出版社，2017.4

《追英雄的少年》，邱美煊，福建少年儿童出版社，2017.4

《儒王庄》，赵彤，甘肃少年儿童出版社，2017.5

《开学第一天》，商晓娜，北京少年儿童出版社，2017.5

《伤心的值日班长》，商晓娜，北京少年儿童出版社，2017.5

《藏不住的秘密》，商晓娜，北京少年儿童出版社，2017.5

《让人担心的家长会》，商晓娜，北京少年儿童出版社，2017.5

《神探黑客猫》，许扬，长江少年儿童出版社，2017.5

《现代爸爸》，林良，福建少年儿童出版社，2017.5

《上古追缉》，于向昀，天天出版社，2017.5

《天地奇旅》，王国刚，天天出版社，2017.5

《月球闭合线》，李志伟，天天出版社，2017.5

《世纪之约》，汪玥含，天天出版社，2017.5

《厄尔尼诺诅咒》，周鸣，天天出版社，2017.5

《奇奇怪太空游侠》，超侠，天天出版社，2017.5

《彗核》，赵华，天天出版社，2017.5

《北极怪蝶》，程景春，二十一世纪出版社集团，2017.5

《天冷就回家》，王天宁，安徽少年儿童出版社，2017.5

《会造梦的化石》，熊静，江西高校出版社，2017.5

《会说话的古董》，熊静，江西高校出版社，2017.5

《会变身的版画》，熊静，江西高校出版社，2017.5

《长江里有白鱀豚》，吕飞想，中国少年儿童出版社，2017.5

《淳然的梦想》，兰香，河北少年儿童出版社，2017.5

《话痨将军》，兰香，河北少年儿童出版社，2017.5

《梦里梦外的孩子》，刘兴诗，大连出版社，2017.5

《陶然的神秘旅行》，常新港，大连出版社，2017.5

《会唱歌的红螺壳》，满涛，大连出版社，2017.5

《神奇的魔镜》，滕毓旭，大连出版社，2017.5

《我的宋朝朋友》，薛涛，大连出版社，2017.5

《神秘铜面狗》，葛冰，大连出版社，2017.5

《冰冻星球》，马传思，大连出版社，2017.5

《阿树》，栗亮，大连出版社，2017.5

《大唐故将军》，刘兴诗，大连出版社，2017.5

《鲸灵人传奇》，张军，大连出版社，2017.5

《小红军与大教官》，邱观潮、龚益三，新世纪出版社，2017.5

《"萌杰马"环球大冒险》，肖叶、洪亮，人民教育出版社，2017.5

《囚狼岁月》，毛云尔，安徽少年儿童出版社，2017.6

《狼行天下》，毛云尔，安徽少年儿童出版社，2017.6

《虎的暮年》，袁博，安徽少年儿童出版社，2017.6

《"大怪物"的故事》，王巨成，浙江少年儿童出版社，2017.6

《从天而降的小青虫》，王巨成，浙江少年儿童出版社，2017.6

《非常小偷》，王淑芬，浙江少年儿童出版社，2017.6

《我是怪胎》，王淑芬，浙江少年儿童出版社，2017.6

《亲爱的绿》，王淑芬，浙江少年儿童出版社，2017.6

《小木匠》，王勇英，少年儿童出版社，2017.6

《人鱼少年》，贾月珍，山东文艺出版社，2017.6

《驯鹿六季》，格日勒其木格·黑鹤，明天出版社，2017.6

《到底是谁错了》，王巨成，浙江少年儿童出版社，2017.6

《妈妈把爸爸丢了》，王巨成，浙江少年儿童出版社，2017.6

《一波三折的请客》，王巨成，浙江少年儿童出版社，2017.6

《迷失断裂谷·野狼谷的人狼大战》，清山，安徽少年儿童出版社，2017.6

《外婆叫我毛毛》，梅子涵，长江文艺出版社，2017.7

《直到你离开》，徐玲，浙江少年儿童出版社，2017.7

《蝙蝠香》，曹文轩，天天出版社，2017.7

《少年行》，徐鲁，新世纪出版社，2017.7

《那时候我还很小很小》，徐鲁，湖北教育出版社，2017.7

《放牛娃的春天》，刁德康，花城出版社，2017.8

《鱼歌》，何卫青，中国海洋大学出版社，2017.8

《凡平的奇幻森林》，黄文军，大连出版社，2017.8

《土地神的盟约》，方先义，大连出版社，2017.8

《第99颗露珠》，张琳，大连出版社，2017.8

《画镇》，彭湖，大连出版社，2017.8

《鲸鱼马戏团》，九穗，大连出版社，2017.8

《凌波斗海》，凌晨，大连出版社，2017.8

《莽原神兽》，绿蒂，大连出版社，2017.8

《时光密码》，任小霞，大连出版社，2017.8

《再见，乔安》，姚金翎，大连出版社，2017.8

《星宿海上的野牦牛》，袁博，新世纪出版社，2017.9

《从天而降的朋友》，徐玲，浙江少年儿童出版社，2017.9

《风中的少年：彩图版》，张国龙，重庆出版社，2017.9

《头长反毛的小丫：彩图版》，张国龙，重庆出版社，2017.9

《水边的夏天：彩图版》，张国龙，重庆出版社，2017.9

《许愿树巷的叶子：彩图版》，张国龙，重庆出版社，2017.9

《离开是为了回来：彩图版》，张国龙，重庆出版社，2017.9

《十四岁的三岔口：彩图版》，张国龙，重庆出版社，2017.9

《白马可心的非常夏日》，李牧雨，四川文艺出版社，2017.9

《黄花梨棋盘》，邹凡凡，浙江少年儿童出版社，2017.9

《奏乐的陶俑》，邹凡凡，浙江少年儿童出版社，2017.9

《因为爸爸》，韩青辰，江苏凤凰少年儿童出版社，2017.9

《甘珠尔猛犬》，格日勒其木格·黑鹤，吉林出版集团股份有限公司，2017.9

《猎獾犬》，格日勒其木格·黑鹤，吉林出版集团股份有限公司，2017.9

《野兔的危机》，格日勒其木格·黑鹤，吉林出版集团股份有限公司，2017.9

《飞扬的新朋友》，王鸽华，湖南师范大学出版社，2017.9

《紫风铃》,闫耀明,安徽少年儿童出版社,2017.9

《如戏》,王勇英,安徽少年儿童出版社,2017.9

《太空大巴上的第一位乘客》,徐玲,浙江少年儿童出版社,2017.9

《在无人的世界流浪》,徐玲,浙江少年儿童出版社,2017.9

《来自外星球的海报》,徐玲,浙江少年儿童出版社,2017.9

《芭蕉寨少年》,陶永灿,湖南少年儿童出版社,2017.9

《大荷花小荷花》,孟宪明,重庆出版社,2017.10

《爸爸是英雄》,曹阿娣,湖南少年儿童出版社,2017.10

《禾花》,王勇英,晨光出版社,2017.10

《补丁历险记》,张凡军,青岛出版社,2017.11

《盛夏的翅膀》,李维,人民文学出版社,2017.11

《老爸是台故事机》,李晓虎,希望出版社,2017.11

《第九个班主任》,高华芳,宁波出版社,2017.11

《吉祥时光》,张之路,作家出版社,2017.11

《爸爸妈妈请放手》,麦田,山东教育出版社,2017.12

《和补习班说拜拜》,麦田,山东教育出版社,2017.12

《变成小鱼的日子》,陆杨,清华大学出版社,2017.12

《马小虎上小学》,马小虎,武汉大学出版社,2017.12

2018 年

《想要一个妹妹》,郭姜燕,少年儿童出版社,2018.1

《做好哥哥真难》,郭姜燕,少年儿童出版社,2018.1

《风带来的音乐》,郭姜燕,少年儿童出版社,2018.1

《河神的誓约》,方先义,大连出版社,2018.1

《外星老师》,杨鹏,大连出版社,2018.1

《竹山岛》,王勇英,晨光出版社,2018.1

《我们班的戏剧社》,余雷,晨光出版社,2018.1

《寻找父亲的少年》,王勇英,晨光出版社,2018.1

《孩子与白鹭》,王勇英,晨光出版社,2018.1

《寻找彩虹桥的蓝孔雀》,杨敏,四川少年儿童出版社,2018.1

《石月亮和小银匠》,邓湘子,晨光出版社,2018.1

《请太阳的孩子》,曾小春,晨光出版社,2018.1

《月亮老师》,王巨成,晨光出版社,2018.1

《夔王归乡记》,冯桂平,大连出版社,2018.1

《形影不离》,薛涛,青岛出版社,2018.2

《怪生林旦》,阿娅,浙江人民出版社,2018.3

《做个爱笑的女生》,庞婕蕾,明天出版社,2018.3

《我的同桌有点烦》,庞婕蕾,明天出版社,2018.3

《拯救异世界》,杨鹏,大连出版社,2018.3

《十四岁男子汉》,王贤才,学苑出版社,2018.3

《沉睡的爱》,汪玥含,新蕾出版社,2018.3

《花布底片老相机》，王勇英，福建少年儿童出版社，2018.3

《逆时小特工》，王轲玮，大连出版社，2018.3

《芘娜的小屋》，安小橙，大连出版社，2018.3

《俊妍的图画本》，郭姜燕，二十一世纪出版社集团，2018.3

《奇迹之夏》，马传思，大连出版社，2018.3

《星空街 39 号》，杨紫汐，大连出版社，2018.3

《兔子的平行世界》，蓝钥匙，大连出版社，2018.3

《拯救天才之扁鹊篇》，王林柏，大连出版社，2018.3

《来未来》，史永明，大连出版社，2018.3

《拯救异世界》，杨鹏，大连出版社，2018.3

《大耳博士的房间》，石囵，大连出版社，2018.3

《萤王》，曹文轩，天天出版社，2018.3

《拥有快乐好处多》，徐玲，浙江少年儿童出版社，2018.4

《相信自己我能行》，徐玲，浙江少年儿童出版社，2018.4

《谁把时间弄停了》，子鱼，浙江少年儿童出版社，2018.4

《孤单的少校》，薛涛，接力出版社，2018.4

《狼王之路》，赵博涵，新华出版社，2018.4

《神秘的雾岛》，马传思，四川文艺出版社，2018.4

《山上的鲸鱼》，马传思，四川文艺出版社，2018.4

《绿晰蜴的海盗船》，马传思，四川文艺出版社，2018.4

《怪婆婆与三杈树》，马传思，四川文艺出版社，2018.4

《梵天城的机器人》，方先义，大连出版社，2018.4

《会刻猫头鹰的男孩》，叶莹，浙江大学出版社，2018.5

《追踪二牦》，郭长华，希望出版社，2018.5

《小射手春吉》，壹砉，辽宁少年儿童出版社，2018.5

《要不要买一个岛》，周锐，现代出版社，2018.5

《超级球迷》，周锐，现代出版社，2018.5

《蔡小米的星际历险记》，何志峰，九州出版社，2018.5

《少年的荒原》，梁安早，山东友谊出版社，2018.5

《嘟嘟奇遇记》，于文胜，济南出版社，2018.5

《香草国和种子庄园》，林梅朵，陕西师范大学出版社，2018.5

《笑着笑着就哭了》，子鱼，浙江少年儿童出版社，2018.5

《玻璃罩男孩》，商晓娜，福建少年儿童出版社，2018.5

《神钓》，张品成，明天出版社，2018.5

《黑仔星》，郝周，安徽少年儿童出版社，2018.6

《男孩的雨》，彭学军，明天出版社，2018.6

《外婆的月亮田》，肖勤，山东教育出版社，2018.6

《黑木头》，赵丽宏，天天出版社，2018.6

《蔷薇河》，李有干，江苏凤凰少年儿童出版社，2018.6

《大水》，赵菱，江苏凤凰少年儿童出版社，2018.6

《金葫芦》,金少凡,江苏凤凰少年儿童出版社,2018.6

《南寨有溪流》,郭姜燕,江苏凤凰少年儿童出版社,2018.6

《牧笛哥哥》,小河丁丁,江苏凤凰少年儿童出版社,2018.6

《小不点的大象课》,庞余亮,江苏凤凰少年儿童出版社,2018.6

《最好的天空》,吴现好,江苏凤凰少年儿童出版社,2018.6

《男生的烦恼》,汪玥含,二十一世纪出版社集团,2018.6

《会流泪的黑毛驴》,肖显志,安徽少年儿童出版社,2018.6

《天籁和回声》,赵丽宏,安徽少年儿童出版社,2018.6

《亲亲马尚》,叶萍,广东人民出版社,2018.7

《魔力短发》,韩青辰,南京大学出版社,2018.7

《我当班长啦》,韩青辰,南京大学出版社,2018.7

《我要当保镖》,韩青辰,南京大学出版社,2018.7

《瓜分妈妈》,韩青辰,南京大学出版社,2018.7

《爸爸时代》,韩青辰,南京大学出版社,2018.7

《我们都是机器人》,韩青辰,南京大学出版社,2018.7

《背上快乐的袋子》,韩青辰,南京大学出版社,2018.7

《最厉害的女巫》,韩青辰,南京大学出版社,2018.7

《送姐姐》,韩青辰,南京大学出版社,2018.7

《星星的桥》,韩青辰,南京大学出版社,2018.7

《颜料坊的孩子》,荆凡,浙江少年儿童出版社,2018.7

《妖灵王传说》,柯渔,文化发展出版社,2018.7

《海岛争夺战》,八路,大连出版社,2018.7

《海战特训》,八路,大连出版社,2018.7

《决战太平洋》,八路,大连出版社,2018.7

《偷袭彩虹港》,八路,大连出版社,2018.7

《野蜂飞舞》,黄蓓佳,江苏凤凰少年儿童出版社,2018.7

《少年黄道周》,林跃奇,福建少年儿童出版社,2018.7

《千恒·流光》,李秋沅,福建少年儿童出版社,2018.7

《旋转的陀螺》,吴昕孺,湖南少年儿童出版社,2018.7

《"熊孩子"唐尼》,姚赛巾,南京师范大学出版社,2018.7

《奇幻夏令营》,李蓉,二十一世纪出版社集团,2018.7

《魔法学校神秘事件簿》,郝天晓,吉林美术出版社,2018.8

《天使湖的味道》,胡莹,吉林美术出版社,2018.8

《双生花朵》,王天宁,吉林美术出版社,2018.8

《如水伤逝》,周博文,吉林美术出版社,2018.8

《看不见的森林》,渭北,吉林美术出版社,2018.8

《我们的六年级》,饶雪莉,天地出版社,2018.8

《谢谢青木关》,谷应,少年儿童出版社,2018.8

《我的淘气老爸》,张国龙,重庆出版社,2018.9

《黄想想的别样生活》,汪玥含,重庆出版社,2018.9

《薇薇的周记》，林海音，中国大百科全书出版社，2018.9

《变形奇遇记》，陆杨，大连出版社，2018.9

《马踏三国》，梅先开，大连出版社，2018.9

《古堡奇人》，杨鹏，大连出版社，2018.9

《妮妮有条鱼》，李铭，广东人民出版社，2018.9

《雕蛇大战》，马文秋，长江少年儿童出版社，2018.9

《拯救小雪豹》，马文秋，长江少年儿童出版社，2018.9

《神犬扎拉》，马文秋，长江少年儿童出版社，2018.9

《奇遇新疆虎》，马文秋，长江少年儿童出版社，2018.9

《疤小子》，胡婷，广州出版社，2018.9

《茶马少年行》，别鸣，长江少年儿童出版社，2018.10

《耗子大爷起晚了》，叶广芩，北京少年儿童出版社，2018.10

《禀君剑传奇》，彭绪洛，浙江少年儿童出版社，2018.10

《西夏王陵历险》，彭绪洛，浙江少年儿童出版社，2018.10

《时间规划师之路》，卫斯卡，吉林摄影出版社，2018.10

《时间追查团》，卫斯卡，吉林摄影出版社，2018.10

《放猫头鹰的女孩》，程景春，江西高校出版社，2018.10

《疯狗浪》，曹文轩，长江少年儿童出版社，2018.10

《北京小孩》，周敏，春风文艺出版社，2018.10

《南京暑假》，周锐，湖南少年儿童出版社，2018.11

《孤狼灰毛》，刘兴诗，浙江少年儿童出版社，2018.11

《丛林孤儿与黑豹》，刘兴诗，浙江少年儿童出版社，2018.11

《灵鹫复仇记》，刘兴诗，浙江少年儿童出版社，2018.11

《野象的呼唤》，刘兴诗，浙江少年儿童出版社，2018.11

《我的湾是大海》，张吉宙，青岛出版社，2018.11

《半河小鱼》，王勇英，安徽少年儿童出版社，2018.11

《泥土里的想念》，宋安娜，新蕾出版社，2018.11

《红柳花开》，周敏，知识出版社，2018.11

《变种野牛》，李绍永，九州出版社，2018.11

《纯白心事》，赵菱，重庆出版社，2018.11

《藏宝图的秘密》，彭绪洛，浙江少年儿童出版社，2018.11

《莫高窟探宝》，彭绪洛，浙江少年儿童出版社，2018.11

《和木棉花说话的孩子》，晓月，福建少年儿童出版社，2018.11

《总有一个人，陪你走过无声黑夜》，林潇，北方妇女儿童出版社，2018.12

《封神之书》，雨魔，长江少年儿童出版社，2018.12

《带外星人上学》，商晓娜，福建少年儿童出版社，2018.12

《猩王的礼物》，赵华，大连出版社，2018.12

2019 年

《甲骨文学校》，黄加佳，北京联合出版公司，2019.1

《云鹿骑士·灵魂的居所》，王君心，大连出版社，2019.1

《病毒入侵》，陆杨，大连出版社，2019.1

《雪落北平》，王苗，江苏凤凰少年儿童出版社，2019.1

《黑猫叫醒我》，常笑予，天天出版社，2019.1

《牧鹤女孩》，曹文芳，江苏凤凰少年儿童出版社，2019.1

《武松和小老虎的故事》，王利国，安徽师范大学出版社，2019.1

《天才少年训练营》，石小琳，新星出版社，2019.1

《旋转的黑天鹅》，湘女，晨光出版社，2019.1

《72变小女生》，谢鑫，甘肃少年儿童出版社，2019.1

《永远的守护者》，格日勒其木格·黑鹤，浙江少年儿童出版社，2019.1

《云有灵犀》，郝天晓，北方妇女儿童出版社，2019.1

《风舞九天》，郝天晓，北方妇女儿童出版社，2019.1

《这个"校长"有点儿疯》，苏超峰，四川少年儿童出版社，2019.1

《最年轻的爸爸》，苏超峰，四川少年儿童出版社，2019.1

《疑惑重重》，张永军，中国少年儿童出版社，2019.1

《地狱天火》，张永军，中国少年儿童出版社，2019.1

《暗战疑云》，张永军，中国少年儿童出版社，2019.1

《超级军训》，张永军，中国少年儿童出版社，2019.1

《小兵将军》，张永军，中国少年儿童出版社，2019.1

《峰回路转》，张永军，中国少年儿童出版社，2019.1

《"随身听"小孩》，林满秋，安徽少年儿童出版社，2019.3

《你在天空，我在海里》，杨璞，北方妇女儿童出版社，2019.3

《隐形巨人》，张晓玲，明天出版社，2019.3

《时光隧道里的大头男孩》，赵卯卯，浙江文艺出版社，2019.3

《赶集日来的朋友》，周静，明天出版社，2019.3

《荷香街的紫藤阳台》，刘北，山东教育出版社 2019.3

《三片青姜》，常新港，青岛出版社，2019.3

《朱妞妞的春天》，袁晓君，浙江少年儿童出版社，2019.3

《三十六声枪响》，孟宪明，海燕出版社，2019.3

《神写国》，田家村，浙江文艺出版社，2019.3

《梦想天空》，陶耘，希望出版社，2019.3

《云三彩》，秦文君，天天出版社，2019.3

《像蝉一样歌唱》，邓湘子，长江少年儿童出版社，2019.3

《深蓝色的七千米》，于潇湉，福建少年儿童出版社，2019.3

《力战椰林岛》，八路，河北少年儿童出版社，2019.4

《决战火山口》，八路，河北少年儿童出版社，2019.4

《激战野人谷》，八路，河北少年儿童出版社，2019.4

《暗战无人区》，八路，河北少年儿童出版社，2019.4

《寻找艾蜜莉》，陈竹溪，四川文艺出版社，2019.4

《文学少女对数学少女》，陆秋槎，新星出版社，2019.4

《米小扬拯救米小扬》，毛小懋，人民邮电出版社，2019.4

《神秘的纸上王国》,萧袤,中国少年儿童出版社,2019.4

《月亮背后的奇遇》,萧袤,中国少年儿童出版社,2019.4

《小蓝熊船长的奇幻漂流》,萧袤,中国少年儿童出版社,2019.4

《活宝五人组太空历险记》,萧袤,中国少年儿童出版社,2019.4

《最后一块瓷片》,萧袤,中国少年儿童出版社,2019.4

《拥抱星空的精灵》,窦晶,福建教育出版社 2019.4

《打嗝的树仙》,彭学军,二十一世纪出版社集团,2019.4

《追寻》,徐鲁,长江少年儿童出版社,2019.4

《寸锦寸光阴》,顾抒,明天出版社,2019.4

《寻找红军爸爸》,林朝晖,福建少年儿童出版社,2019.4

《黑桑》,梁安早,广西教育出版社,2019.4

《秘境通道》,冯与蓝,明天出版社,2019.4

《我的爸爸在云端哨卡》,唐明,四川文艺出版社,2019.4

《带着我的小马回草原》,唐明,四川文艺出版社,2019.4

《懂鸟语的小孩》,竹间,人民日报出版社,2019.4

《壮壮老师与何小兔》,何捷,福建少年儿童出版社,2019.4

《红旗巷的孩子们》,徐永胜,青岛出版社,2019.4

《雪山上的达娃》,裘山山,明天出版社,2019.4

《河的第三条岸》,何君华,济南出版社,2019.4

《草鞋湾》,曹文轩,天天出版社,2019.4

《焰火》,李东华,长江文艺出版社,2019.4

《青瓦高台》,郭凯冰,中国少年儿童出版社,2019.5

《泥孩子》,刘玉栋,天天出版社,2019.5

《哈哈镜城堡》,商晓娜,福建少年儿童出版社,2019.5

《泥骨布朵》,王勇英,辽宁师范大学出版社 2019.5

《我找我》,童喜喜,北京联合出版公司,2019.5

《邬家大巷》,伍剑,中国大百科全书出版社,2019.5

《小兵雄赳赳》,刘海栖,青岛出版社,2019.5

《会飞的小凉帽》,胡梅林,海天出版社,2019.5

《我爸我妈的外星儿子》,刘东,大连出版社,2019.5

《彩虹嘴》,殷健灵,天天出版社,2019.5

《作文里的秘密武器》,董宏猷,浙江少年儿童出版社,2019.5

《胖叔叔与坏小子们》,董宏猷,浙江少年儿童出版社,2019.5

《老鼠为什么爱大米》,董宏猷,浙江少年儿童出版社,2019.5

《猎狗金虎》,谢长华,中国少年儿童出版社,2019.5

《我的机器人邻居》,商晓娜,福建少年儿童出版社 2019.5

《鲤山围》,彭学军,明天出版社,2019.5

《探秘奇书山》,葛欣,浙江人民出版社,2019.5

《风过河岸》,王苗,明天出版社,2019.5

《夏至之夜》,三三,明天出版社,2019.6

《中等生的突围》,刘虎,甘肃少年儿童出版社,2019.6

《独角仙》,许海峰,长江少年儿童出版社,2019.6

《墨石娃娃》,许海峰,长江少年儿童出版社,2019.6

《巨翼鸟》,许海峰,长江少年儿童出版社,2019.6

《琴仙洞》,许海峰,长江少年儿童出版社,2019.6

《莫高窟密道》,高砍柴,山东友谊出版社,2019.6

《崆·霸主陨灭》,沈石溪,辽宁少年儿童出版社,2019.6

《澄·温血动物》,沈石溪,辽宁少年儿童出版社,2019.6

《淑·死里逃生》,沈石溪,辽宁少年儿童出版社,2019.6

《崆·悲剧开始》,沈石溪,辽宁少年儿童出版社,2019.6

《屺·擂台血战》,沈石溪,辽宁少年儿童出版社,2019.6

《泱·决战树洞》,沈石溪,辽宁少年儿童出版社,2019.6

《瀁·龙鸟诞生》,沈石溪,辽宁少年儿童出版社,2019.6

《深山有远亲》,朱桥,少年儿童出版社,2019.6

《白山岭的天空》,刘山霞,江苏凤凰少年儿童出版社,2016.6

《寒风暖鸽》,常新港,天天出版社,2019.6

《时间超市》,源娥,大连出版社,2019.6

《少年、AI 和狗》,杨华,大连出版社,2019.6

《流星男孩》,顾宏英,大连出版社,2019.6

《人鱼之约》,满涛,大连出版社,2019.6

《除夕夜的礼物》,赵华,大连出版社,2019.6

《龙湖仙梦》,绿蒂,大连出版社,2019.6

《多多有一个自由门》,木彬,大连出版社,2019.6

《星际天地》,任军,大连出版社,2019.6

《骑云豹的女孩》,曾志宏,大连出版社,2019.6

《我家的怪物先生》,杨翠,大连出版社,2019.6

《记忆花园》,王君心,大连出版社,2019.6

《秘语森林》,王君心,大连出版社,2019.6

《王尔德的游戏》,王君心,大连出版社,2019.6

《图根星球的四个故事》,马传思,大连出版社,2019.6

《我是小海军.1,最神秘的地方》,八路,大连出版社,2019.6

《我是小海军.2,穿上爸爸的军装》,八路,大连出版社,2019.6

《风的孩子》,王君心,大连出版社,2019.6

《柿子披风》,张琳,大连出版社,2019.6

《大象马戏团》,何晓宁,大连出版社,2019.6

《稻草人和田鼠爱丽丝》,翟攀峰,大连出版社,2019.6

《小熊和奇妙女巫》,任小霞,东方出版社,2019.6

《黑指:建一座窑送给你》,彭学军,二十一世纪出版社集团,2019.7

《装进书包里的秘密》,孙卫卫,未来出版社,2019.8

新中国儿童文学

70年

1949—2019

二、童话、寓言

1950 年

《玩火的猴子》，金近等，山东新华书店，1950.3

《丁丁的一次奇怪旅行》，严文井编著，启明书局，1950.6

《小黄牛烙饼》，刘饶民，山东新华书店，1950.8

《我的童话》，殷佩斯，商务印书馆，1950.8

《奇怪的地方》，张天翼，文化生活出版社，1950.9

《不劳动的没得吃》，铁青等，山东人民出版社，1950.10

《蚯蚓和蜜蜂》，严文井，东北新华书店，1950.10

《好兄弟》，张天翼，文化生活出版社，1950.10

《萤火虫的故事》，周五绶，知识书店，1950.10

《野旋的童话》，贺宜，启明书局，1950.11

《中国古代神话》，袁珂，商务印书馆，1950.12

1951 年

《农夫和蚯蚓》，何公超主编，光芒出版社，1951.1

《金鸡》，何公超主编，光芒出版社，1951.1

《假和平的狐狸》，何公超主编，光芒出版社，1951.5

《骄傲的姑娘》，秀苍，知识书店，1951.6

《快鸟》，关锋，山东人民出版社，1951.7

《蒲公英的传说》，伍今编著，商务印书馆，1951.7

《东郭先生》，辽东人民出版社，1951.9

《小朋友笑话》，王作彝编，北京宝文堂书店，1951.9

《鹰妈妈和她的孩子》，任大霖等，山东人民出版社，1951.10

《象的故事》，沈靖编著，商务印书馆，1951.10

1952 年

《猫头鹰过冬》，方春编著，大东书局，1952.1

《边区的粮食不喂狼》，惠怀国，西北人民出版社，1952.7

《田婆婆的小山羊》，任大霖，浙江人民出版社，1952.11

1953 年

《金斧头》，庄克编，广益书局，1953.5

《金斧头》，鲁风编著，少年儿童出版社，1953.6

《小姑娘和红袜子》，艾路，少年儿童出版社，1953.8

1954 年

《熊家婆》，大杰等，重庆人民出版社，1954.3

《长生塔》，巴金，平明出版社，1954.6

《北海桥》，鲁风，少年儿童出版社，1954.7

《小棒槌的故事》，兰春崖，西北人民出版社，1954.9

《老虎和狗熊》，路丁编著，儿童读物出版社，1954.9

《宝山》,董均伦、江源编著,少年儿童出版社,1954.10

《中国古代寓言》,魏金枝编,少年儿童出版社,1954.12

《三只骄傲的小猫》,严文井,中国青年出版社,1954.12

1955 年

《赵巧儿送灯台》,邵子南,重庆市人民出版社,1955.3

《铜鼓老爹》,萧甘牛编著,少年儿童出版社,1955.3

《大象的经历》,黄谷柳,华南人民出版社,1955.5

《宝盖山》,萧甘牛整理,湖北人民出版社,1955.5

《白羊姑娘》,张明祺等编写,江苏人民出版社,1955.5

《狼外婆》,周正良编写,江苏人民出版社,1955.5

《金芦笙》,萧甘牛编著,少年儿童出版社,1955.6

《蜜蜂和蝴蝶》,陈维国,湖南人民出版社,1955.7

《金元宝》,于一等编写,江苏人民出版社,1955.7

《小咪和毛线球》,包蕾,少年儿童出版社,1955.8

《天边的烟火》,严兵编写,江苏人民出版社,1955.9

《龙女和三郎》,何公超编著,少年儿童出版社,1955.10

《石门开》,董均伦、江源记,少年儿童出版社,1955.11

《大冬瓜》,贺宜,儿童读物出版社,1955.11

《苦李子》,巴紫,湖北人民出版社,1955.12

《兔子的短尾巴》,鲍维湘等编,儿童读物出版社,1955.12

《砍魔树》,兵煊整理,重庆人民出版社,1955.12

《中国古代神话》,褚斌杰编著,少年儿童出版社,1955.12

《东床快婿》,东阿,群益堂,1955.12

《虎儿》,刘威,辽宁人民出版社,1955.12

《牧童和毒龙》,史阳,少年儿童出版社,1955.12

《狼军师》,苏东编写,群益堂,1955.12

《买凤凰》,吴枌编写,湖北人民出版社,1955.12

1956 年

《小白兔和小花兔》,崔雁荡,湖北人民出版社,1956.1

《龙牙颗颗钉满天》,萧甘牛编著,少年儿童出版社,1956.1

《金鸡婆婆》,歌晨等编写,江苏人民出版社,1956.2

《狐狸和灰狼》,任明耀编写,浙江人民出版社,1956.2

《不动脑筋的故事》,张天翼,中国少年儿童出版社,1956.2

《一只想飞的猫》,陈伯吹,少年儿童出版社,1956.3

《金毛狮子和花老虎》,戴奇章、杨栋材,四川人民出版社,1956.3

《葫芦娃》,董均伦等,浙江人民出版社,1956.3

《巧媳妇》,葛翠琳编著,儿童读物出版社,1956.3

《野葡萄》,葛翠琳,北京大众出版社,1956.3

《野熊和老婆婆》,肖耕春等搜集,浙江人民出版社,1956.3

《一颗小螺丝钉的故事》,杨栋材,四川人民出版社,1956.3

《隐身草》，中国民间文艺研究会编，中国少年儿童出版社，1956.3

《太阳和月亮》，村深等，江苏人民出版社，1956.4

《金佛山下的传说》，李南力编著，少年儿童出版社，1956.4

《骄傲的小花猫》，刘锦文、宋才波，山西人民出版社，1956.4

《马头琴》，内蒙古文学艺术工作者联合会民间文学研究组编，少年儿童出版社，
　　1956.4

《壮丽的绿带》，孙云谷，江苏人民出版社，1956.4

《红水河》，萧甘牛编著，少年儿童出版社，1956.4

《叶圣陶童话选》，叶圣陶，中国少年儿童出版社，1956.5

《小青龙》，李鸿兴、高晓声搜集，江苏人民出版社，1956.5

《找仙果》，李木子等，安徽人民出版社，1956.5

《珍珠瓜》，沈寂，江苏人民出版社，1956.5

《青蛙骑手》，萧崇素整理，重庆人民出版社，1956.5

《自私的花山羊》，星星，安徽人民出版社，1956.5

《红花姑娘》，张得祥等整理，甘肃人民出版社，1956.5

《幸福鸟》，郑冠群，四川人民出版社，1956.5

《金琵琶》，丁歌，少年儿童出版社，1956.6

《鱼兄弟》，胡奇记，少年儿童出版社，1956.6

《木炭大王》，黄素兰，浙江人民出版社，1956.6

《冬公公来了》，李燕昌，浙江人民出版社，1956.6

《猴子磨刀》，湛卢，少年儿童出版社，1956.6

《割掉鼻子的大象》，迟叔昌、于止，中国少年儿童出版社，1956.6

《狗头差人下乡》，村深、蓓蕾等编著，江苏人民出版社，1956.7

《"不及格"找朋友》，金江、黄素兰，浙江人民出版社，1956.7

《乌鸦兄弟》，金江，少年儿童出版社，1956.7

《小鹰试飞》，金江，中国少年儿童出版社，1956.7

《金牛山的故事》，刘思平编著，少年儿童出版社，1956.7

《苹果姑娘》，杨骚、洗东，广东人民出版社，1956.7

《小青蛙参加鼓乐队》，之千，黑龙江人民出版社，1956.7

《魔手套》，傅霖，山东人民出版社，1956.8

《自己咬了自己的鼻子》，钱进、蓓蕾等编著，江苏人民出版社，1956.8

《三脚猫》，吴以京，江苏人民出版社，1956.8

《草鞋妈妈》，萧甘牛，长江文艺出版社，1956.8

《三只老虎》，衍一，少年儿童出版社，1956.8

《老虎和黑熊》，管桦，中国少年儿童出版社，1956.9

《奇异的红星》，黄庆云，广东人民出版社，1956.9

《牵牛花》，火苗，少年儿童出版社，1956.9

《白头翁的故事》，金江，四川人民出版社，1956.9

《地下的白银》，田海燕编写，湖北人民出版社，1956.9

《猴子充霸王》，萧甘牛，四川人民出版社，1956.9

《神笔马良》，洪汛涛，少年儿童出版社，1956.9

《煤神爷爷》，邓十喆编著，少年儿童出版社，1956.10

《熊的故事》，管桦编著，河北人民出版社，1956.10

《金指先生》，鲁速等编著，河北人民出版社，1956.10

《在哪里过冬》，罗西，四川人民出版社，1956.10

《农民和龙王太子》，田海燕编写，湖北人民出版社，1956.10

《魔灯》，万一，四川人民出版社，1956.10

《小朋友笑话》，杨继章编，江苏人民出版社，1956.10

《大林和小林》，张天翼，中国少年儿童出版社，1956.11

《乌鸦的叫声》，季能顺等，江苏人民出版社，1956.11

《一罐银子》，张宁编著，陕西人民出版社，1956.11

《小公鸡历险记》，贺宜，少年儿童出版社，1956.11

《聪明的老驴》，安徽人民出版社，1956.12

《树妈妈送孩子下山》，白欣，少年儿童出版社，1956.12

《乌鸦老博士和金钥匙》，迟叔昌，中国少年儿童出版社，1956.12

《三件宝器》，董均伦、江源编，中国少年儿童出版社，1956.12

《小蟋蟀》，金亭改编，山东人民出版社，1956.12

《卖蒜老人》，田海燕编写，湖北人民出版社，1956.12

《空中飞人》，王汶、顾启欧等编译，中国少年儿童出版社，1956.12

1957 年

《小白杨》，寇明，东海文艺出版社，1957.1

《小黄鹅》，姚震林、王林元，江苏人民出版社，1957.1

《鲤鱼告状》，余毅忠，中国少年儿童出版社，1957.1

《太阳的头发》，朱叶整理，重庆人民出版社，1957.1

《黑头顶》，陈新，辽宁人民出版社，1957.2

《慕士塔克山的故事》，管桦编著，少年儿童出版社，1957.2

《夜明珠》，洪汛涛、冯白霞，江苏人民出版社，1957.2

《十兄弟》，洪汛涛，少年儿童出版社，1957.2

《知道了》，金江，四川人民出版社，1957.2

《九个老人》，彭世福、张国钺，四川人民出版社，1957.2

《猫鼠结仇》，肖鹰编著，江苏人民出版社，1957.2

《神山上的苹果》，张少山，山东人民出版社，1957.2

《英雄格桑》，段斌编著，少年儿童出版社，1957.3

《笨鸭子战胜了小公鸡》，胡景芳，中国少年儿童出版社，1957.3

《周仓下画》，浪沙等编著，陕西人民出版社，1957.3

《牛司令小白》，鲁夫，黑龙江人民出版社，1957.3

《哪吒》，少年儿童出版社节选，少年儿童出版社，1957.3

《在疗养院里》，张福堃，中国少年儿童出版社，1957.3

《悬云寺》，芷汀、石文松整理，中国少年儿童出版社，1957.3

《火龙衣》，胡度编著，长安书店，1957.4

《百灵鸟的故事》，且中编著，少年儿童出版社，1957.4

《笛歌泉》，肖丁三搜集、整理，四川人民出版社，1957.4

《森林里的晚会》，余也，河北人民出版社，1957.4

《猫为什么怕狗》，张宁等编著，陕西人民出版社，1957.4

《两只小泥蜂》，竹马，四川人民出版社，1957.4

《癞蛤蟆与雏鸭》，左军，河南人民出版社，1957.4

《通天草》，包迪森等编写，东海文艺出版社，1957.5

《老鼠金巴》，陈家琎编著，少年儿童出版社，1957.5

《采药姑娘》，葛翠琳编著，天津人民出版社，1957.5

《鲤鱼送屈原》，刘盛亚编著，重庆人民出版社，1957.5

《半边树》，仇重，中国少年儿童出版社，1957.5

《哪吒》，山雨，天津美术出版社，1957.5

《星的传说》，盛森，浙江人民出版社，1957.5

《小飞鼠》，时间，中国少年儿童出版社，1957.5

《柳毅和龙女》，许杰改写，少年儿童出版社，1957.5

《啄木鸟和栗树》，许有为、余毅忠、李国楠，安徽人民出版社，1957.5

《时间的秘密》，杨柯，四川人民出版社，1957.5

《天河图》，赵镇南整理，河南人民出版社，1957.5

《月亮婆婆》，方轶群，少年儿童出版社，1957.6

《长耳朵的故事》，李光月，吉林人民出版社，1957.6

《哪吒父子》，仇重改编，少年儿童出版社，1957.6

《池边小故事》，沈百英，浙江人民出版社，1957.6

《小金鱼拔牙齿》，包蕾，少年儿童出版社，1957.7

《水库的童话》，佟坡，中国少年儿童出版社，1957.7

《奴隶与龙女》，萧崇素，中国少年儿童出版社，1957.7

《小贝壳的愿望》，杨谋，少年儿童出版社，1957.7

《雪花》，霭人，吉林人民出版社，1957.8

《青蛙的故事》，方一江编著，山东人民出版社，1957.8

《小花兔找食物》，洪汛涛，辽宁人民出版社，1957.8

《神异的弓》，普林，吉林人民出版社，1957.8

《三个糊涂虫》，陕西人民出版社编，陕西人民出版社，1957.8

《石牛》，唐梓桑、周世培编著，少年儿童出版社，1957.8

《骄傲的小风筝》，王崇辉，江苏人民出版社，1957.8

《夏曼湖的故事》，"延河"编辑部，陕西人民出版社，1957.8

《公鸡妈妈》，车竹隐，江苏人民出版社，1957.9

《渔夫的儿子》，S.穆福图林辑，少年儿童出版社，1957.9

《小铁人下山》，何金鲸、王景龙，河北人民出版社，1957.9

《好好先生》，金江，少年儿童出版社，1957.9

《古寓言今译》，田海燕编写，湖北人民出版社，1957.9

《渔哥礁》，王大鹏编著，少年儿童出版社，1957.9

《一块粘土的经历》,张介,江苏人民出版社,1957.9

《儿童笑话》,谈金铠编,中国少年儿童出版社,1957.9

《智慧的鸟》,胡尔查编,少年儿童出版社,1957.10

《柴郎与皇姑》,孟寅编著,河北人民出版社,1957.10

《橡胶园里的同乐会》,钱晨,少年儿童出版社,1957.10

《中国古代神话故事》,徐君慧编写,上海文化出版社,1957.10

《肚子里长树》,徐惠弟编,少年儿童出版社,1957.10

《小火车头上学校》,陈伯吹,东海文艺出版社,1957.11

《马虎虎牙大夫》,迟叔昌、王汶,少年儿童出版社,1957.11

《寻月记》,冯钟璞,中国少年儿童出版社,1957.11

《鲁班学艺》,高玉爽编著,天津人民出版社,1957.11

《七个哥哥和一个妹妹》,黄庆云,广东人民出版社,1957.11

《刘伯温的寓言》,蒋星煜编译,东海文艺出版社,1957.11

《蜜蜂和地球》,秦牧,长江文艺出版社,1957.11

《中国神话故事》,袁珂编著,少年儿童出版社,1957.11

《竹笛》,管桦,河北人民出版社,1957.12

《聪明的小青蛙》,克级、尼玛悦色编著,少年儿童出版社,1957.12

《杜鹃的故事》,刘柳,辽宁人民出版社,1957.12

《迎春花和小黄莺》,刘饶民,辽宁人民出版社,1957.12

《戴了满头花》,孙佳讯,江苏人民出版社,1957.12

《比牛还大的蛤蟆》,陕西人民出版社编,陕西人民出版社,1957.12

《金玉凤凰》,田海燕编著,少年儿童出版社,1957.12

《百鸟床》,邬朝祝、杨韵娥编著,湖南人民出版社,1957.12

《中国成语故事》,袁珂,长江文艺出版社,1957.12

1958 年

《哈巴狗和红天鹅的故事》,陈伯吹,天津人民出版社,1958.1

《鼠姑娘的嫁衣》,林颂英,辽宁人民出版社,1958.1

《猴子与核桃》,徐郁礼,山东人民出版社,1958.1

《大雨前发生的事情》,林颂茵,少年儿童出版社,1958.2

《西瓜女》,张士杰整理,河北人民出版社,1958.2

《唐小西在"下一次开船港"》,严文井,少年儿童出版社,1958.2

《后羿的传说》,孙佳讯,中国少年儿童出版社,1958.3

《金柿子》,宣风编写,四川人民出版社,1958.3

《宝葫芦的秘密》,张天翼,中国少年儿童出版社,1958.3

《中国古代笑话》,魏金枝编写,少年儿童出版社,1958.3

《蜗牛搬家》,吕德华,中国少年儿童出版社,1958.4

《河里的小房子》,石焚,江苏人民出版社,1958.4

《鸡毛小不点儿》,贺宜,天津人民出版社,1958.5

《蟹大王》,秦裕权,中国少年儿童出版社,1958.5

《南南和胡子伯伯》,严文井,天津人民出版社,1958.5

《失物招领》，张福堃，中国少年儿童出版社，1958.5

《阿凡提的故事》，赵世杰译，上海文化出版社，1958.6

《狐狸和螃蟹》，金江，四川人民出版社，1958.7

《内蒙古民间故事》，孙剑冰编著，少年儿童出版社，1958.8

《大苗山民间故事》，萧甘牛编著，少年儿童出版社，1958.9

《珍珠姑娘》，周季水编写，山西人民出版社，1958.9

《森林之王》，大麦，中国少年儿童出版社，1958.10

《机械手海里得兵器》，舒畅，河北人民出版社，1958.10

《一幅壮锦的故事》，萧甘牛整理，湖北人民出版社，1958.10

《匠人的奇遇》，董均伦、江源记，中国少年儿童出版社，1958.12

《小雁归队》，吴梦起，辽宁人民出版社，1958.12

1959 年

《吴勉》，贵州人民出版社编，贵州人民出版社，1959.1

《墨鱼的智慧》，杨文彬、王工，四川人民出版社，1959.1

《幸福鸟》，延河文学月刊编，东风文艺出版社，1959.1

《老公公做的纸花》，广州幼儿师范学校，广东人民出版社，1959.3

《小木轮出游》，杨韵娥、邬朝祝，湖北人民出版社，1959.3

《东海人鱼》，胡野檎、黄宗江，中国少年儿童出版社，1959.3

《幼儿故事》，保定地区人民出版社编，保定地区人民出版社，1959.4

《幻想张着彩色的翅膀》，陈伯吹，东风文艺出版社，1959.4

《火萤和金鱼》，包蕾，少年儿童出版社，1959.5

《字典博士》，陈永安，广州文化出版社，1959.5

《三个好朋友》，李光月，吉林人民出版社，1959.5

《小神风和小平安》，贺宜，作家出版社，1959.6

《饺子英雄》，天山文学月刊社编，少年儿童出版社，1959.6

《聪明的牧童》，朱德普，江苏文艺出版社，1959.8

《小溪流的歌》，严文井，人民文学出版社，1959.9

《芦笙是怎样吹起来的》，贵州人民出版社编，贵州人民出版社，1959.11

《中滩民间故事》，孙剑冰采录，少年儿童出版社，1959.12

《土家族传说故事选》，武汉大学中文系、中央民族学院分院中文系搜集、整理，
湖北人民出版社，1959.12

1960 年

《骄傲的气球》，林颂英，春风文艺出版社，1960.1

《湖上的追逐》，鄂华、刘兴诗，吉林人民出版社，1960.2

《小燕子为什么哭》，贺宜，少年儿童出版社，1960.2

《幸福花》，马文祥，春风文艺出版社，1960.2

《懒猴是怎样来的》，四川省民间文艺研究会编选，四川民族出版社，1960.3

《解放军叔叔和北大荒爷爷》，虞伯贤，少年儿童出版社，1960.3

《鲁班的传说》，朱心，少年儿童出版社，1960.4

《蝴蝶有一面小镜子》，金近，百花文艺出版社，1960.5

《小银宝的故事》，文川，吉林人民出版社，1960.5

《在鸭姨姨家里》，邬朝祝，湖南人民出版社，1960.8

1961 年

《小金眼圈》，贺宜等，少年儿童出版社，1961.11

《小布头奇遇记》，孙幼军，中国少年儿童出版社，1961.12

1962 年

《猪八戒新传》，包蕾，少年儿童出版社，1962.3

《圈圈战》，安徽阜阳专区文联编，少年儿童出版社，1962.5

《咕咚》，少年儿童出版社编，少年儿童出版社，1962.5

《邮票上的孩子》，钟子芒，百花文艺出版社，1962.7

《布克的奇遇》，中国少年儿童出版社编，中国少年儿童出版社，1962.9

《高山和洼地》，申均之，山东人民出版社，1962.11

《涂呀涂》，洪汛涛，少年儿童出版社，1962.12

《黄鼠狼拜年》，劲草，江苏人民出版社，1962.12

《五个月亮》，钟子芒，少年儿童出版社，1962.12

《笑话》，韩式编，少年儿童出版社，1962.12

1963 年

《小杨树》，申均之，山东人民出版社，1963.3

《大街上的龙》，任大星，百花文艺出版社，1963.5

《失去的记忆》，少年儿童出版社编，少年儿童出版社，1963.5

《金翅搬家》，邬朝祝，湖南人民出版社，1963.5

《石成求仙》，张士杰，中国少年儿童出版社，1963.6

《剪云彩》，芦管，新疆青年出版社，1963.7

《金色的小蜜蜂》，杉松，少年儿童出版社，1963.8

《聪明的兔子》，左可国整理，少年儿童出版社，1963.8

《星星小玛瑙》，贺宜，少年儿童出版社，1963.9

《小铁脑壳遇险记》，少年儿童出版社编，少年儿童出版社，1963.11

《骑虎勇士》，萧崇素整理，少年儿童出版社，1963.12

1964 年

《成语故事》，韦商编写，中国少年儿童出版社，1964.5

《帆和舵》，舸夫，中国少年儿童出版社，1964.12

1974 年

《小白兔智斗大灰狼》，严霞峰，江西人民出版社，1974.12

1975 年

《法家批儒寓言选编》，辽宁第一师范学院中文系工农兵学员法家批儒故事编写
　　组编，辽宁人民出版社，1975.8

1976 年

《智斗天牛》，林植峰，上海人民出版社，1976.6

《小金鸡的信》，杨书案，湖北人民出版社，1976.12

1977 年

《斗黑熊》,聪聪编,内蒙古人民出版社,1977.7

1978 年

《小狒狒历险记》,孙幼忱,少年儿童出版社,1978.8

1979 年

《春风吹来的童话》,金近,人民文学出版社,1979.1

《狐狸的"真理"》,金江,中国少年儿童出版社,1979.7

《童话寓言选(1949—1979)》,金近、葛翠琳主编,人民文学出版社,1979.8

《巨手》,秦牧,人民文学出版社,1979.8

《孔雀的焰火》,钟子芒,浙江人民出版社,1979.9

《太阳鸟和秃鹰》,贺宜,四川人民出版社,1979.11

《玩具店的夜》,孙幼军,少年儿童出版社,1979.12

1980 年

《没有风的扇子》,孙幼军,少年儿童出版社,1980.5

《严文井童话选》,吉林人民出版社,1980.5

《大街上的龙》,任大星,新蕾出版社,1980.7

《金鸭帝国》,张天翼,湖南人民出版社,1980.7

《猴子请客》,孙幼忱,江苏少年儿童出版社,1980.8

《猴子磨刀》,湛卢,少年儿童出版社,1980.9

《喜鹊嘲牡丹》,陈乃祥,安徽人民出版社,1980.10

《小猴吃辣椒》,吴广孝,吉林人民出版社,1980.11

《金近童话选》,金近,吉林人民出版社,1980.11

1981 年

《小狸猫刮胡子》,戎林,少年儿童出版社,1981.1

《翻跟斗的小木偶》,葛翠琳,江苏人民出版社,1981.4

《获奖童话寓言集(1954—1979 第二次全国少年儿童文艺创作评奖)》,第二次全
国少年儿童文艺创作评奖委员会办公室编,新蕾出版社,1981.6

《黄瑞云寓言》,黄瑞云,湖北人民出版社,1981.8

《黄莺和鹦鹉》,徐强华,江西人民出版社,1981.8

《猴子的舞蹈》,凝溪,云南民族出版社,1981.10

《寓言百篇》,金江,新蕾出版社,1981.11

《大毛和小快腿》,金近,人民文学出版社,1981.12

1982 年

《神秘的蚂蚁国》,孙幼忱,黑龙江少年儿童出版社,1982.1

《中国现代寓言集锦》,金江编,江苏人民出版社,1982.1

《黑猫警长》,诸志祥,福建少年儿童出版社,1982.2

《雁翅下的星光》,路展,宁夏人民出版社,1982.4

《狐狸审案》,湛卢,重庆出版社,1982.4

《燕遇明寓言选》,燕遇明,山东人民出版社,1982.6

《时间老人的期待》，孙幼忱，宁夏人民出版社，1982.6

《猫头鹰的疑问》，凝溪、梅代泉，江苏人民出版社，1982.7

《寓言的寓言》，鲁兵，新蕾出版社，1982.9

《哭鼻子比赛》，郑渊洁，湖南少年儿童出版社，1982.11

《小小的小姑娘》，贺宜，新蕾出版社，1982.12

1983 年

《中国现代寓言选》，金江编，吉林人民出版社，1983.1

《包蕾童话近作选》，包蕾，湖南少年儿童出版社，1983.4

《鸭子开会》，金江，湖南少年儿童出版社，1983.4

《中国优秀童话选（1922—1979）》，中国少年儿童出版社编，中国少年儿童出版
　　社，1983.5

《西郭先生》，申均之，少年儿童出版社，1983.5

《52 个星期天》，孙幼忱，黑龙江人民出版社，1983.5

《大头托托奇遇记》，郑渊洁，少年儿童出版社，1983.6

《春风燕语》，刘征，陕西人民出版社，1983.6

《怕羞的画眉》，林植峰，湖南少年儿童出版社，1983.8

《葛翠琳童话选》，葛翠琳，湖南少年儿童出版社，1983.8

《靴子的奇遇》，冰波，浙江少年儿童出版社，1983.10

《好骆驼寻宝记》，陈伯吹，北京出版社，1983.12

1984 年

《弄蛇者与眼镜蛇》，胡树化，山东文艺出版社，1984.1

《聪明的木娃》，孙幼忱，辽宁少年儿童出版社，1984.2

《狐狸的生日》，凝溪，云南人民出版社，1984.2

《神奇的房子》，孙幼军，少年儿童出版社，1984.3

《爱听童话的仙鹤》，金近，人民文学出版社，1984.3

《雄狮的画像》，凝溪等，重庆出版社，1984.4

《猫的画像》，金江，浙江少年儿童出版社，1984.4

《红面马猴飞飞》，沙惠荣改编，辽宁美术出版社，1984.5

《向狮子挑战的青蛙》，周冰冰，内蒙古人民出版社，1984.6

《猴子吹口哨》，金江，少年儿童出版社，1984.7

《金近童话集》，金近，山东少年儿童出版社，1984.8

《懒汉吃鱼》，方崇智，少年儿童出版社，1984.8

《魔方大厦》，郑渊洁，天津人民美术出版社，1984.9

《知识寓言百篇》，卢培英，辽宁少年儿童出版社，1984.10

《大鼻头和黑眼圈》，张之路、葛冰，中国少年儿童出版社，1984.11

《熊博士》，吴广孝，少年儿童出版社，1984.11

《无药的药方》，凝溪，四川少年儿童出版社，1984.11

1985 年

《大侦探乔麦皮》，郑渊洁，浙江少年儿童出版社，1985.1

《郑渊洁童话三部曲》,郑渊洁,北京少年儿童出版社,1985.2

《鹦鹉的诀窍》,海代泉,广西人民出版社,1985.5

《鹅女皇》,吴广孝,辽宁少年儿童出版社,1985.7

《吴广孝寓言选》,吴广孝,北方妇女儿童出版社,1985.7

《将军换马》,陈乃祥,少年儿童出版社,1985.7

《中国童话界新时期童话选》,洪汛涛主编,辽宁少年儿童出版社,1985.9

《包蕾童话选》,包蕾,吉林人民出版社,1985.9

《百篇寓言集》,李继槐,海燕出版社,1985.12

1986 年

《骑驴将军》,陈乃祥,甘肃人民出版社,1986.2

《红菇们的旅行》,郭风,江西少年儿童出版社,1986.2

《审判伊索的寓言》,湛卢,少年儿童出版社,1986.2

《小刺猬种庄稼》,许润泉,青海人民出版社,1986.5

《牧师与猎人》,陈乃祥,湖北少年儿童出版社,1986.7

《老鼠"理论家"》,金江,重庆出版社,1986.11

《勇敢理发店》,周锐,希望出版社,1986.11

《四十大盗新传》,彭懿,希望出版社,1986.11

《野猫的首领》,张之路,明天出版社,1986.12

《绿牙齿的猪》,冰波,浙江少年儿童出版社,1986.12

《冬瓜吉他》,冰波,浙江少年儿童出版社,1986.12

《拿苍蝇拍的红桃王子》,周锐,安徽少年儿童出版社,1986.12

《驴的忧虑》,海代泉,广西民族出版社,1986.12

1987 年

《将军和强盗》,戎林,少年儿童出版社,1987.1

《阿嚏大夫》,周锐,少年儿童出版社,1987.2

《凝溪寓言选》,凝溪,云南人民出版社,1987.2

《红沙发音乐城》,郑渊洁,湖南少年儿童出版社,1987.7

《怪蜗牛奇遇记》,冰波,安徽少年儿童出版社,1987.8

《舒克和贝塔历险记》,郑渊洁,少年儿童出版社,1987.8

《八十年代童话选》,汤锐选编,江西少年儿童出版社,1987.8

《皮皮鲁和童话节》,郑渊洁,天津人民美术出版社,1987.12

1988 年

《古堡里的小飞人》,彭懿,甘肃少年儿童出版社,1988.1

《小巴掌童话百篇》,张秋生,北方妇女儿童出版社,1988.1

《乌鸦开画展》,湛卢,重庆出版社,1988.2

《狮子与哈哈镜》,凝溪,福建少年儿童出版社,1988.2

《中国科学寓言选》,徐强华编,北京少年儿童出版社,1988.3

《军犬立功——献给未来将军的寓言》,凝溪,少年儿童出版社,1988.4

《长颈鹿拉拉》,冰波,湖南少年儿童出版社,1988.7

《中国童话选 1980—1986》,浦漫汀编,中国少年儿童出版社,1988.8

《斩龙少年传奇》，包蕾，中国少年儿童出版社，1988.8

《独木桥上的狐狸和狼》，吕德华，新蕾出版社，1988.9

《一副象棋三十三个子儿》，周锐，安徽少年儿童出版社，1988.8

《月亮为什么害羞》，吕德华，安徽少年儿童出版社，1988.10

《扣子老三》，周锐，湖南少年儿童出版社，1988.12

《PP事变》，周锐，重庆出版社，1988.12

《窗下的树皮小屋》，冰波，希望出版社，1988.12

《武则天与牡丹花》，石飞，甘肃少年儿童出版社，1988.12

《大头蟋蟀自述》，庄大伟，希望出版社，1988.12

1989年

《老博士和小滴答》，冰波，上海教育出版社，1989.1

《毒蜘蛛之死》，冰波，四川少年儿童出版社，1989.3

《五角星镜子》，冰波，浙江少年儿童出版社，1989.3

《白色的蛋》，冰波，浙江少年儿童出版社，1989.3

《冰淇淋太阳》，冰波，浙江少年儿童出版社，1989.3

《红宝石泪珠》，冰波，浙江少年儿童出版社，1989.3

《白云枕头》，冰波，浙江少年儿童出版社，1989.3

《中国新时期寓言选（1977年—1986年）》，柯玉生主编，浙江少年儿童出版社，
　　1989.4

《数学家的魔箱》，方崇智，少年儿童出版社，1989.6

《特别通行证》，周锐，少年儿童出版社，1989.7

《伊索与富人与穷人》，凝溪，四川文艺出版社，1989.9

《明星和替身》，周锐，甘肃少年儿童出版社，1989.9

《食品店大战》，庄大伟，甘肃少年儿童出版社，1989.9

《1988年中国寓言选》，金江，湖北人民出版社，1989.10

《怪杰阿嗡》，周锐，中国少年儿童出版社，1989.11

《包蕾作品选》，包蕾，中国少年儿童出版社，1989.11

《皮皮鲁传》，郑渊洁，学苑出版社，1989.11

《冰波童话》，冰波，明天出版社，1989.12

《梨子提琴》，冰波，少年儿童出版社，1989.12

《寓言365》，许润泉编，法律出版社，1989.12

《狐狸细加的奇特经历》，李楚城，安徽少年儿童出版社，1989.12

《当代中国寓言大系（1949—1988）》，仇春霖主编，辽宁少年儿童出版社，1989.12

1990年

《黄鼠狼的法典》，陈乃祥，江苏少年儿童出版社，1990.2

《爱的故事》，冰波，湖北少年儿童出版社，1990.3

《爱的画册》，冰波，湖北少年儿童出版社，1990.3

《喝醉的被子》，冰波，重庆出版社，1990.3

《一分钟寓言》，凝溪，中国社会出版社，1990.3

《恐龙复活记——童话列车（第一辑）》，武玉桂，福建少年儿童出版社，1990.4

《假面舞会——童话列车（第一辑）》，周基亭，福建少年儿童出版社，1990.4

《纸公主——童话列车（第一辑）》，王业伦，福建少年儿童出版社，1990.4

《吹牛大王新传——童话列车（第一辑）》，朱效文，福建少年儿童出版社，1990.4

《怪孩子树米——童话列车（第一辑）》，郑允钦，福建少年儿童出版社，1990.4

《爱讲真话的喜鹊》，石飞，中国国际广播出版社，1990.4

《中国少数民族童话》，雪犁编，甘肃少年儿童出版社，1990.6

《偷梦的妖精》，王伯方选编，四川少年儿童出版社，1990.12

《疼痛转移器》，周锐，四川少年儿童出版社，1990.12

《眼泪失踪》，周锐，福建少年儿童出版社，1990.12

1991 年

《真理的父亲》，陈必铮，少年儿童出版社，1991.1

《谈狗色变》，徐强华，少年儿童出版社，1991.1

《小巴掌童话》，张秋生，少年儿童出版社，1991.1

《最后一本童话》，金近，人民文学出版社，1991.2

《孙幼军童话新作》，孙幼军，明天出版社，1991.4

《孙悟空在我们村里》，郭风，福建少年儿童出版社，1991.4

《中国当代寓言诗精品百首》，石飞编，中国国际广播出版社，1991.4

《怪蛋之谜——童话列车（第二辑）》，冰波，福建少年儿童出版社，1991.5

《南极来的小企鹅——童话列车（第二辑）》，戴臻，福建少年儿童出版社，1991.5

《蛙国历险记——童话列车（第二辑）》，黎云秀，福建少年儿童出版社，1991.5

《小超人太空险航——童话列车（第二辑）》，李学武，福建少年儿童出版社，1991.5

《寓言新作 100 篇》，金江编，辽宁少年儿童出版社，1991.5

《寓言百篇》，陈乃祥，安徽教育出版社，1991.8

《李小乖的耳朵——〈中国新童话〉丛书》，张之路，湖南少年儿童出版社，1991.12

《金江寓言选》，金江，少年儿童出版社，1991.12

《十二生肖寓言故事》，马达，北京少年儿童出版社，1991.12

《中国寓言佳作选》，马达选编，辽宁少年儿童出版社，1991.12

《怪老头儿》，孙幼军，湖北少年儿童出版社，1991.12

1992 年

《周锐童话》，周锐，明天出版社，1992.3

《天吃星下凡》，周锐，浙江少年儿童出版社，1992.3

《变脸的斗士》，海代泉，漓江出版社，1992.5

《超人阿嗡》，周锐，湖北少年儿童出版社，1992.5

《小糊涂神儿——童话列车（第三辑）》，葛冰，福建少年儿童出版社，1992.5

《小猪卑斯克——童话列车（第三辑）》，许延风，福建少年儿童出版社，1992.5

《螃蟹为什么横行》，海代泉，广西教育出版社，1992.6

《小树叶童话》，金波，安徽少年儿童出版社，1992.6

《向明星进攻》，周锐，四川少年儿童出版社，1992.8

《狐狸吹牛》，吕德华，湖北少年儿童出版社，1992.9

《中国寓言新作选》，石飞编，甘肃少年儿童出版社，1992.9

《红蜻蜓,红蜻蜓》,冰波,安徽少年儿童出版社,1992.10
《孙小圣与猪小能》,周锐,未来出版社,1992.12

1993 年

《来自桦树林的蒙面大盗》,张秋生,福建教育出版社,1993.4
《木偶人水手》,郭风,福建教育出版社,1993.4
《三军总司令汪汪》,庄大伟,福建教育出版社,1993.4
《斗鸡裁判》,周锐,福建教育出版社,1993.4
《当代新寓言丛书》,石飞主编,中国国际广播出版社,1993.4
《铁拐李治脚》,钱欣葆,中国国际广播出版社,1993.4
《菩萨出汗》,徐强华,中国国际广播出版社,1993.4
《馋猫开会》,石飞,中国国际广播出版社,1993.4
《真理赶路》,陈必铮,中国国际广播出版社,1993.4
《老鼠明星——童话列车(第四辑)》,戎林,福建少年儿童出版社,1993.8
《哼哈二将》,周锐,安徽少年儿童出版社,1993.9
《牡丹公主破奇案——童话列车(第四辑)》,马天宝,福建少年儿童出版社,1993.9
《海豚少年》,王莳骏,福建少年儿童出版社,1993.9
《红地毯杂技团》,任哥舒,福建少年儿童出版社,1993.9
《灰灰历险记》,王东,福建少年儿童出版社,1993.9
《花背小乌龟》,冰波,海燕出版社,1993.11
《巧克力枪和糖果炮》,冰波,上海教育出版社,1993.12
《神怪童话》,周锐,黑龙江少年儿童出版社,1993.12

1994 年

《蘑菇房子》,冰波,河北少年儿童出版社,1994.1
《来了一个大怪物》,冰波,河北少年儿童出版社,1994.1
《奇怪的舅舅》,冰波,河北少年儿童出版社,1994.1
《特大的泡泡》,冰波,河北少年儿童出版社,1994.1
《星星掉下来了》,冰波,河北少年儿童出版社,1994.1
《挖陷阱》,冰波,河北少年儿童出版社,1994.1
《乱长的牵牛花》,冰波,河北少年儿童出版社,1994.1
《大西瓜》,冰波,河北少年儿童出版社,1994.1
《太阳烤面包》,冰波,河北少年儿童出版社,1994.1
《蛤蟆小姐减肥》,冰波,湖南少年儿童出版社,1994.1
《漫游童话岛》,庄大伟,大连出版社,1994.2
《架在嘴上的桥》,钱欣葆,少年儿童出版社,1994.3
《凝溪寓言 2000 篇》,凝溪,云南人民出版社,1994.5
《树上的鞋》,周锐,安徽少年儿童出版社,1994.6
《喷嚏龙》,冰波,安徽少年儿童出版社,1994.6
《周锐童话选》,周锐,少年儿童出版社,1994.8
《小燕子捡来的童话》,绍禹,福建少年儿童出版社,1994.8
《怪尾狐智斗喷嚏大王》,忻趵,福建少年儿童出版社,1994.8

《阿铁林的奇闻》，魏滨海，福建少年儿童出版社，1994.8

《画家和小鸟》，寄华，福建少年儿童出版社，1994.8

《月光下的小精灵》，田犁，福建少年儿童出版社，1994.8

《刁狐狸和傻狐狸》，金近，中国少年儿童出版社，1994.8

《会唱歌的画像》，葛翠琳，海燕出版社，1994.8

《小青虫的梦》，冰波，湖南少年儿童出版社，1994.12

1995 年

《中国寓言精选·当代寓言》，邝金鼻选析，新世纪出版社，1995.2

《蓝鲸的眼睛》，冰波，华夏出版社，1995.3

《100 个动物寓言故事》，凡夫，湖北少年儿童出版社，1995.4

《我和我的影子》，张之路，江苏少年儿童出版社，1995.7

《西游小字辈》，周锐，海燕出版社，1995.10

《树叶鸟》，冰波，海南人民美术出版社，1995.10

《奔腾验钞机》，郑渊洁，京华出版社，1995.12

1996 年

《狼蝙蝠》，冰波，江苏少年儿童出版社，1996.1

《快乐的小故事》，周锐，香港启思儿童出版社，1996.1

《小神仙和小仙女》，冰波，河北少年儿童出版社，1996.1

《度假村的狗儿猫儿》，杨红樱，江苏少年儿童出版社，1996.1

《孙小圣和猪小能》，周锐，江苏少年儿童出版社，1996.1

《神笔大侠——叶永烈神话与童话精选》，叶永烈，华东师范大学出版社，1996.1

《屎壳郎先生波比拉》，保冬妮，中国妇女出版社，1996.3

《唏哩呼噜历险记》，孙幼军，湖南少年儿童出版社，1996.3

《动物寓言 150 篇》，金江，农村读物出版社，1996.6

《挤呀挤》，周锐，福建少年儿童出版社，1996.9

《晚安，我的星星》，冰波，福建少年儿童出版社，1996.9

《中国当代儿童文学精品　寓言卷》，金江主编，海燕出版社，1996.11

《阿大阿二穿错鞋》，庄大伟，少年儿童出版社，1996.12

《龙蝙蝠》，冰波，浙江少年儿童出版社，1996.12

《孤独的小螃蟹》，冰波，海燕出版社，1996.12

《猩猩王非比》，冰波，湖南少年儿童出版社，1996.12

《阿笨猫的故事》，冰波，希望出版社，1996.12

《蚊子叮蚊子》，周锐，湖南少年儿童出版社，1996.12

《魔轿车》，车培晶，沈阳出版社，1996.12

1997 年

《绿人》，班马，江苏少年儿童出版社，1997.1

《神秘的眼睛》，周锐，太白文艺出版社，1997.2

《中国少年儿童文学大系　李凤杰作品精选　鬼窑记事》，李凤杰，太白文艺出版社，1997.2

《书包里的包老师》，周锐，中国少年儿童出版社，1997.3

《飞向迪斯尼——童话列车(第六辑)》,刘霄,福建少年儿童出版社,1997.3

《千千迷迷历险记——童话列车(第六辑)》,陈奇,福建少年儿童出版社,1997.3

《飞蛇斯斯西——童话列车(第六辑)》,杨向红,福建少年儿童出版社,1997.4

《赤兔王子——童话列车(第六辑)》,黎云秀,福建少年儿童出版社,1997.6

《咕噜岛——童话列车(第六辑)》,张力,福建少年儿童出版社,1997.6

《樊发稼寓言集》,樊发稼,甘肃少年儿童出版社,1997.6

《警察局里的特殊警官——猪的故事》,许延风,四川少年儿童出版社,1997.7

《小朵朵与半个巫婆》,汤素兰,江苏少年儿童出版社,1997.8

《一个大蛋糕》,冰波,明天出版社,1997.8

《一只红靴子》,冰波,明天出版社,1997.8

《一只魔术箱》,冰波,明天出版社,1997.8

《一个火车头》,冰波,明天出版社,1997.8

《一顶大草帽》,冰波,明天出版社,1997.8

《十二生肖幽默寓言》,吴广孝,安徽少年儿童出版社,1997.9

《天上的花园》,林植峰,安徽少年儿童出版社,1997.9

《装在口袋里的爸爸》,杨鹏,四川少年儿童出版社,1997.9

《魔术大师》,方崇智,安徽少年儿童出版社,1997.9

《YY 国出逃记》,肖显志,四川少年儿童出版社,1997.11

《傻鸭子欧巴儿》,张之路,天卫出版公司,1997.11

《红蜘蛛化石》,徐东达,少年儿童出版社,1997.12

1998 年

《我的妈妈是精灵》,陈丹燕,春风文艺出版社,1998.1

《口袋里的爸爸妈妈》,周锐,21 世纪出版社,1998.2

《大个子老鼠和小个子猫》,周锐,上海教育出版社,1998.2

《郭风童话》,郭风,重庆出版社,1998.3

《贝壳寓言》,叶澍,贵州人民出版社,1998.3

《河马的故事》,冰波,吉林美术出版社,1998.4

《鼹鼠妈妈讲故事》,杨红樱,21 世纪出版社,1998.4

《骆驼爸爸讲故事》,杨红樱,21 世纪出版社,1998.4

《魔力古棒》,杨鹏,中国连环画出版社,1998.4

《吃饼比赛》,胡树化,新华出版社,1998.5

《魔方医院——童话列车(第七辑)》,董天柚,福建少年儿童出版社,1998.5

《偷梦的妖精——童话列车(第七辑)》,刘兴诗,福建少年儿童出版社,1998.5

《小叮当和蓓蓓的奇遇——童话列车（第七辑）》,彭懿,福建少年儿童出版社,
　　1998.5

《蓝蜘蛛——童话列车(第七辑)》,戴达,福建少年儿童出版社,1998.5

《卡通鹿婴——童话列车(第七辑)》,李学武,福建少年儿童出版社,1998.5

《老鼠气球》,周锐,新雅文化事业有限公司,1998.8

《山大王和小小鸟》,冰波,少年儿童出版社,1998.8

《外星鬼远征地球》,杨鹏,未来出版社,1998.8

《火龙》,冰波,中国连环画出版社,1998.9

《笨狼的故事》,汤素兰,浙江少年儿童出版社,1998.9

《那个骑轮箱来的蜜儿》,杨红樱,浙江少年儿童出版社,1998.9

《红疙瘩催眠曲》,周锐,中国连环画出版社,1998.9

《耳朵里的城市》,杨鹏,四川少年儿童出版社,1998.11

《装在橡皮箱里的镇子》,车培晶,四川少年儿童出版社,1998.12

1999 年

《涂涂改改的梦》,周锐,河北教育出版社,1999.1

《小西游记》,周锐,希望出版社,1999.1

《水浒怪传》,周锐,福建少年儿童出版社,1999.1

《郑渊洁十二生肖童话》（全 12 册）,郑渊洁,学苑出版社,1999.1

《红鼻头小丑出逃记》,杨鹏,农村读物出版社,1999.1

《武松打狗》,钱欣葆,未来出版社,1999.3

《中国当代寓言大观　狐大嫂开店——方崇智专辑》,方崇智,未来出版社,1999.3

《中国当代寓言大观　老虎伤风——金江专辑》,金江,未来出版社,1999.3

《灵灵漫游世博园》（6 卷）,沈石溪、吴然,云南教育出版社,1999.4

《猎豹图兰多》,杨鹏,甘肃少年儿童出版社,1999.5

《魔鬼城堡》,许延风,甘肃少年儿童出版社,1999.5

《世纪末危机》,杨鹏,北京少年儿童出版社,1999.6

《微型猪芭比》,杨鹏,海天出版社,1999.7

《外星幽灵闹地球》,杨鹏,海天出版社,1999.7

《三寸福尔摩斯与弟弟弟》,杨鹏,海天出版社,1999.7

《爸爸的红门》,周锐,少年儿童出版社,1999.8

《茶壶小象的故事》,葛竞,福建少年儿童出版社,1999.8

《你好,棕熊》,车培晶,福建少年儿童出版社,1999.8

《中国科普佳作精选　"小伞兵"和"小刺猬"》,孙幼忱,湖南教育出版社,1999.8

《牛角尖中的老鼠》,金江,福建少年儿童出版社,1999.9

《春天岛》,黄瑞云,福建少年儿童出版社,1999.9

《真伪之谜》,吕德华,福建少年儿童出版社,1999.9

《狮子狗攀亲》,林植峰,福建少年儿童出版社,1999.9

《美食家狩猎》,雨雨,福建少年儿童出版社,1999.9

《伊索与"阿喂先生"》,罗丹,福建少年儿童出版社,1999.9

《躲雨的兔子》,吴秋林,福建少年儿童出版社,1999.9

《南海群猴》,叶澍,福建少年儿童出版社,1999.9

《黄鼠狼的名声》,凡夫,福建少年儿童出版社,1999.9

《时间之箭——走进恐龙幻想世界》,汤素兰,少年儿童出版社,1999.10

2000 年

《最后一匹狼》,杨鹏,科学普及出版社,2000.1

《白墙上的米老鼠》,郑春华,中国和平出版社,2000.2

《蜘蛛的本事》,刘成德,大连出版社,2000.4

《刘征文集　第 2 卷：寓言诗及其他》,刘征,人民教育出版社,2000.6

《有爱心的小蓝鸟》,王一梅,福建少年儿童出版社,2000.7

《月光和麻雀》,谢华,福建少年儿童出版社,2000.7

《有天窗的新房子》,缪启明,福建少年儿童出版社,2000.7

《宠物小贝贝》,方素珍,福建少年儿童出版社,2000.7

《最美丽的海龟绿绿》,林芳萍,福建少年儿童出版社,2000.7

《卷卷尾儿想回家》,陈素宜,福建少年儿童出版社,2000.7

《会说话的卷心菜》,梅子涵,上海远东出版社,2000.7

《塌鼻子警察》,庄大伟,浙江少年儿童出版社,2000.8

《希儿做猫的师傅》,周锐,少年儿童出版社,2000.8

《蹦蹦兔与机器狗》,刘兴诗,安徽教育出版社,2000.10

《狮皮龙船长太空险航》,杨鹏,安徽教育出版社,2000.10

《病菌集中营》,郑渊洁,学苑出版社,2000.10

《白客》,郑渊洁,学苑出版社,2000.11

2001 年

《魔术猫（1）》,杨鹏,中国电影出版社,2001.1

《魔术猫（2）》,杨鹏,中国电影出版社,2001.1

《寓言百叶》,鲁芝,明天出版社,2001.1

《掉进鸟窝里的小瓢虫》,金波,福建少年儿童出版社,2001.3

《魔法学校之怪虫危机》,葛竞,春风文艺出版社,2001.3

《电脑大盗变形记》,萧袤,福建少年儿童出版社,2001.5

《住在摩天大楼顶层的马》,汤素兰,福建少年儿童出版社,2001.5

《我的影子保镖》,向民胜,福建少年儿童出版社,2001.5

《指甲壳里的海》,葛竞,福建少年儿童出版社,2001.5

《骑扫帚的旅行》,张弘,福建少年儿童出版社,2001.5

《小超人弟弟弟（童话快车）》,杨鹏,青岛出版社,2001.5

《智齿》,郑渊洁,学苑出版社,2001.5

《小偷撞上大法官》,邱来根,少年儿童出版社,2001.5

《不会发光的金子》,邱来根,少年儿童出版社,2001.5

《锯子与手风琴的合奏》,周锐,四川少年儿童出版社,2001.6

《动物童话宝盒丛书——斑海豹吉塔》,许延风、于玉珍,金盾出版社,2001.6

《动物童话宝盒丛书——海底小信使》,许延风、于玉珍,金盾出版社,2001.6

《动物童话宝盒丛书——花花和茸茸》,许延风、于玉珍,金盾出版社,2001.7

《傻大熊开店》,冰波,朝花少年儿童出版社,2001.8

《三只老鼠做香水》,冰波,朝花少年儿童出版社,2001.8

《企鹅寄冰》,冰波,朝花少年儿童出版社,2001.8

《豆豆兵去打仗》,冰波,朝花少年儿童出版社,2001.8

《动物童话宝盒丛书——大虎鲸汤姆》,许延风、于玉珍,金盾出版社,2001.8

《动物童话宝盒丛书——蜻蜓飞行员》,许延风、于玉珍,金盾出版社,2001.8

《青蛙的故事癞蛤蟆的故事》,梅子涵,东方出版中心,2001.9

《精灵小魔猫》，杨鹏，新蕾出版社，2001.9

《动物童话宝盒丛书——抹香鲸沃克》，许延风、于玉珍，金盾出版社，2001.9

《当世界上只有皮皮一个人的时候》，庄大伟等，浙江少年儿童出版社，2001.10

《进城历险》，汤素兰，浙江少年儿童出版社，2001.10

《把家弄丢了》，汤素兰，浙江少年儿童出版社，2001.10

《奶油淋浴》，汤素兰，浙江少年儿童出版社，2001.10

《猫咪和小耗子们》，梅子涵，东方出版中心，2001.10

《骑在扫帚上听歌的巫婆》，张秋生，上海远东出版社，2001.11

《老猪减肥》，张鹤鸣，少年儿童出版社，2001.12

《捣蛋和顽皮（友情篇）》，郑春华，少年儿童出版社，2001.12

2002 年

《彩色童话列车》，桃蓉，海豚出版社，2002.1

《八哥学乌鸦》，胡鹏南，湖北少年儿童出版社，2002.1

《神枪手打猎》，钱欣葆，湖北少年儿童出版社，2002.1

《得意的大灰狼》，薛贤荣，湖北少年儿童出版社，2002.1

《古利特和罗西》，凡夫，湖北少年儿童出版社，2002.1

《猴子造屋》，金江，湖北少年儿童出版社，2002.1

《刺猬和老虎》，张秋生，湖北少年儿童出版社，2002.1

《魔法学校之三眼猫》，葛竞，春风文艺出版社，2002.1

《米球球的隐身术》，郑春华，北京少年儿童出版社，2002.1

《米球球的鬼点子》，郑春华，北京少年儿童出版社，2002.1

《米球球的大本营》，郑春华，北京少年儿童出版社，2002.1

《米球球的铁哥们儿》，郑春华，北京少年儿童出版社，2002.1

《魔法学校之禁林幽灵》，葛竞，春风文艺出版社，2002.1

《大灰狼罗克全传》，郑渊洁，学苑出版社，2002.2

《鼹鼠的月亮河》，王一梅，浙江少年儿童出版社，2002.4

《青蛙的旅行》，郭风，贵州教育出版社，2002.4

《小老鼠丁丁》，郑春华，中国少年儿童出版社，2002.5

《郑渊洁短篇童话选》，郑渊洁，学苑出版社，2002.6

《火凤凰彩色童话画册　书本里的蚂蚁》，王一梅，新蕾出版社，2002.7

《火凤凰彩色童话画册　红鞋子》，汤素兰，新蕾出版社，2002.7

《手绢送给小野兔》，王一梅编文，江苏少年儿童出版社，2002.8

《骄傲的风筝》，樊发稼，新蕾出版社，2002.9

《西瓜街 88 号》，庄大伟，湖北少年儿童出版社，2002.9

《少年探长柯北》，庄大伟，湖北少年儿童出版社，2002.9

《大人们在干什么注音童话系列——守林的老王头》，庄大伟，湖北少年儿童出版社，2002.9

《胆小的大鱼和胆大的小鱼》，庄大伟，湖北少年儿童出版社，2002.9

《妈妈生了个方蛋》，冰波，甘肃少年儿童出版社，2002.9

《阿笨猫全传（上）》，冰波，接力出版社，2002.9

《阿笨猫全传(下)》,冰波,接力出版社,2002.9

《骄傲的风筝》,樊发稼,新蕾出版社,2002.9

《"不得了号"飞船》,庄大伟,湖北少年儿童出版社,2002.9

《让我猜猜你是谁》,庄大伟,湖北少年儿童出版社,2002.9

《星语童话》(共12册),秦文君,文汇出版社,2002.10

《小小说·寓言诗》,崔书乾,中国社会科学出版社,2002.10

《阁楼精灵》,汤素兰,接力出版社,2002.12

《飞熊号魔法船》,葛竞,接力出版社,2002.12

《寓言城》,叶澍,贵州人民出版社,2002.12

2003 年

《森林里的红鬼和蓝鬼》,张秋生,湖北少年儿童出版社,2003.1

《住在雨街的猫》,王一梅,湖北少年儿童出版社,2003.1

《在魔镇度假》,薛涛,湖北少年儿童出版社,2003.1

《魔法学校之影子面具》,葛竞,春风文艺出版社,2003.1

《魔法学校之黑翼之谜》,葛竞,春风文艺出版社,2003.1

《卷毛头　饺子·背带裤》,郑春华,北京少年儿童出版社,2003.1

《卷毛头　长长的辫子》,郑春华,北京少年儿童出版社,2003.1

《和兔子们午夜聊天的随笔》,梅子涵,东方出版中心,2003.1

《中国二十世纪寓言选》,黄瑞云、凡夫、于方选编,湖北教育出版社,2003.1

《都市情感寓言》,薄怀武,成都时代出版社,2003.1

《大力神游宇宙——获奖科学寓言故事精选》,黄水清,上海教育出版社,2003.1

《小布老虎故事①》,秦文君,春风文艺出版社,2003.1

《乌丢丢的奇遇》,金波,江苏少年儿童出版社,2003.2

《春天的电话·桃树下的小白兔》,冰波,人民教育出版社,2003.3

《阿皮乡村奇遇记》,杨老黑,湖北少年儿童出版社,2003.4

《小乌龟卡尔》,王一梅,江苏少年儿童出版社,2003.4

《大力王子》,任大星,湖北少年儿童出版社,2003.4

《郑渊洁讲故事》,郑渊洁,学苑出版社,2003.5

《小巫婆真美丽》,汤素兰,春风文艺出版社,2003.5

《狼先生和他的大炮》,车培晶,春风文艺出版社,2003.5

《科学寓言》,彭万洲,四川科学技术出版社,2003.5

《挥不散的流云》,王禄鑫,华龄出版社,2003.6

《天王猫》,常新港,接力出版社,2003.6

《1+1 益智寓言丛书　谜语寓言故事》,杨啸,湖南少年儿童出版社,2003.7

《1+1 成长寓言丛书　幽默寓言故事》,杨啸,湖南少年儿童出版社,2003.7

《第十二只枯叶蝶》,王一梅,中国福利会出版社,2003.8

《人生的寓言》,白子捷,中国工人出版社,2003.9

《蓝耳朵飞船》,郑渊洁,学苑出版社,2003.9

《糊涂猪》,王一梅,明天出版社,2003.9

《外星鸟雷吉》,冰波,湖南少年儿童出版社,2003.9

《恐龙宝贝注音读物　雷龙大笨笨》，赵冰波、余晗，少年儿童出版社，2003.9

《恐龙宝贝注音读物　慈母龙妈妈》，赵冰波、余晗，少年儿童出版社，2003.9

《恐龙宝贝注音读物　鸭嘴龙做饼》，赵冰波、余晗，少年儿童出版社，2003.9

《恐龙宝贝注音读物　细颚龙学捉鼠》，冰波，少年儿童出版社，2003.9

《童话开心园（北园）》，冰波，福建少年儿童出版社，2003.10

《神犬探长和青蛙博士》，杨红樱，春风文艺出版社，2003.10

《奇怪的纸牌》，张之路，浙江少年儿童出版社，2003.10

《双目失明的射击冠军》，郑渊洁，学苑出版社，2003.10

《小老虎进城》，郑渊洁，学苑出版社，2003.11

《红汽车历险记》，郑渊洁，学苑出版社，2003.11

《满目梦》，杨明火，中国戏剧出版社，2003.11

2004 年

《珍奇动物宝宝·彩虹之橙色篇》，冰波编文，浙江少年儿童出版社，2004.1

《珍奇动物宝宝·彩虹之蓝色篇》，冰波编文，浙江少年儿童出版社，2004.1

《大狗喀啦克拉的公寓》，秦文君，中国福利会出版社，2004.1

《女孩子城来了大盗贼》，彭懿，中国福利会出版社，2004.1

《魔法学校之精灵宠物店》，葛竞，春风文艺出版社，2004.1

《2003 中国年度最佳寓言》，凡夫主编，漓江出版社，2004.1

《鲍尔历险记》，郑渊洁，学苑出版社，2004.2

《晚上的浩浩荡荡童话》，梅子涵、姚红，江苏少年儿童出版社，2004.2

《伟大权力与财富》，马长山，新疆人民出版社，2004.3

《流浪猫和流浪狗》，杨红樱，作家出版社，2004.4

《红塔乐园》，郑渊洁，学苑出版社，2004.4

《五个苹果折腾地球》，郑渊洁，学苑出版社，2004.4

《罐头小人》，郑渊洁，学苑出版社，2004.4

《龙珠风波》，郑渊洁，学苑出版社，2004.4

《西部寓言》，金雷泉，甘肃人民美术出版社，2004.4

《亲爱的笨笨猪》，杨红樱，作家出版社，2004.4

《没有尾巴的狼》，杨红樱，作家出版社，2004.4

《笨狼旅行记》，汤素兰，浙江少年儿童出版社，2004.5

《笨狼的学校生活》，汤素兰，浙江少年儿童出版社，2004.5

《化石魔洞》，肖显志，春风文艺出版社，2004.5

《拾到珍珠的猴子》，林锡胜，大连出版社，2004.5

《笨狼和他的爸爸妈妈》，汤素兰，浙江少年儿童出版社，2004.5

《穿靴子的马》，汤素兰，人民文学出版社，2004.6

《笨笨猪》，杨红樱，春风文艺出版社，2004.6

《小鸟与长城》，吕金华，中国文联出版社，2004.6

《上帝的玩笑》，方崇智，中国福利出版社，2004.7

《长尾巴小猴》，冰波，接力出版社，2004.7

《大背壳乌龟》，冰波，接力出版社，2004.8

《大嘴巴河马》,冰波,接力出版社,2004.8

《大脚板鸭子》,冰波,接力出版社,2004.8

《长头发狮子》,冰波,接力出版社,2004.8

《小老鼠的魔法书》,汤素兰,中国福利会出版社,2004.8

《花瓣儿鱼》,金波,中国福利会出版社,2004.9

《恐龙的宝藏》,王一梅,浙江少年儿童出版社,2004.9

《偷蛋龙历险记》,汤素兰,浙江少年儿童出版社,2004.9

《喷火小雷龙》,苏梅,浙江少年儿童出版社,2004.9

《书包里藏着两个多嘴的人》,任大星,中国福利会出版社,2004.10

《啄木鸟医生》,冰子,群言出版社,2004.10

《王述成寓言散文选》,王述成,中国文史出版社,2004.10

《海底科普寓言》,刚夫,广西科学技术出版社,2004.10

《书包里的老师》,周锐,浙江少年儿童出版社,2004.11

《萧国松寓言集》,萧国松,中国文联出版社,2004.11

《童话寓言》,徐强华,中国少年儿童出版社,2004.11

《动物世界里的寓言》,少军,当代中国出版社,2004.12

《旅行家和流浪汉》,林植峰,蓝天出版社,2004.12

《智慧的镜子》,邝金鼻,蓝天出版社,2004.12

《国王的神酒》,罗丹,蓝天出版社,2004.12

《小马识途》,吕德华,蓝天出版社,2004.12

《小金鱼的疑问》,汪雨,蓝天出版社,2004.12

《狮子和回声》,金江,蓝天出版社,2004.12

2005 年

《面子最重要》,王一梅等,少年儿童出版社,2005.1

《小人国来的大侦探 1》,杨鹏,书海出版社,2005.1

《小人国来的大侦探 2》,杨鹏,书海出版社,2005.1

《小人国来的大侦探 3》,杨鹏,书海出版社,2005.1

《小人国来的大侦探 4》,杨鹏,书海出版社,2005.1

《十二生肖原创注音童话　眼泪龙的宝石》,冰波,湖北少年儿童出版社,2005.1

《让中国孩子受益一生的 100 个经典寓言》,徐鲁编选,长江文艺出版社,2005.1

《猫的礼物》,凡夫,蓝天出版社,2005.1

《真理旅行记》,陈必铮,蓝天出版社,2005.1

《打败老虎的狗》,薛贤荣,蓝天出版社,2005.1

《汤祥龙黄金寓言》,汤祥龙,现代出版社,2005.1

《小朵朵在星沙城与超级保姆》,汤素兰,江苏少年儿童出版社,2005.3

《小朵朵在星沙城与半个巫婆》,汤素兰,江苏少年儿童出版社,2005.3

《小朵朵在星沙城与大魔法师》,汤素兰,江苏少年儿童出版社,2005.3

《快乐叔叔的 100 个彩贝故事》,凡夫主编,湖北少年儿童出版社,2005.3

《知心姐姐的 100 个珍珠故事》,凡夫主编,湖北少年儿童出版社,2005.3

《智慧伯伯的 100 个白银故事》,凡夫主编,湖北少年儿童出版社,2005.3

《知识爷爷的 100 个黄金故事》，凡夫主编，湖北少年儿童出版社，2005.3

《美味香口胶　感动小学生的 100 篇寓言》，刘海涛总主编，九州出版社，2005.3

《山林童话》，葛翠琳，少年儿童出版社，2005.4

《失踪 100 天》，郑渊洁，学苑出版社，2005.4

《遥控老师》，郑渊洁，学苑出版社，2005.4

《穿风衣的猫》，郑渊洁，学苑出版社，2005.5

《皮皮鲁日记》，郑渊洁，学苑出版社，2005.5

《九鼠复仇记》，郑渊洁，学苑出版社，2005.5

《思想手》，郑渊洁，学苑出版社，2005.5

《月球监狱》，郑渊洁，学苑出版社，2005.5

《隐形裁缝》，郑渊洁，学苑出版社，2005.5

《徐强华作品选集（第二卷）》，徐强华，文史出版社，2005.5

《时间神的壮举》，吕金华，中国文联出版社，2005.5

《哲理寓言集》，吴礼鑫，大众文艺出版社，2005.5

《米粒与复活节彩蛋》，王一梅，湖北少年儿童出版社，2005.6

《米粒与蛤蟆城堡》，王一梅，湖北少年儿童出版社，2005.6

《米粒与糖巫婆》，王一梅，湖北少年儿童出版社，2005.6

《米粒与挂历猫》，王一梅，湖北少年儿童出版社，2005.6

《杀人蚁》，郑渊洁，学苑出版社，2005.8

《白虎》，郑渊洁，学苑出版社，2005.8

《顽皮可爱的聪明狐》，杨绍军，二十一世纪出版社，2005.8

《想当元帅的笨笨熊》，陈忠义，二十一世纪出版社，2005.8

《活泼可爱的快乐猪》，钱欣葆，二十一世纪出版社，2005.8

《想当博士的淘气猴》，陈忠义，二十一世纪出版社，2005.8

《勇敢乐观的大力虎》，薛贤荣，二十一世纪出版社，2005.8

《团结友善的乖乖兔》，凡夫，二十一世纪出版社，2005.8

《小魔豆》，冰波，少年儿童出版社，2005.9

《大肚狼》，冰波，少年儿童出版社，2005.9

《阿笨猫》，冰波，少年儿童出版社，2005.9

《大嘴蛙》，冰波，少年儿童出版社，2005.9

《月光下的肚肚狼》，冰波，新蕾出版社，2005.9

《木偶的森林》，王一梅，新蕾出版社，2005.9

《蔷薇别墅的老鼠》，王一梅，少年儿童出版社，2005.9

《住在楼上的猫》，王一梅，少年儿童出版社，2005.9

《我给海妖当家教》，北董，春风文艺出版社，2005.9

《婴儿动物故事》，冰波，吉林美术出版社，2005.12

2006 年

《发明家金哥》，冰波，接力出版社，2006.1

《元空大师》，冰波，接力出版社，2006.1

《外星小贩巴拉巴》，冰波，接力出版社，2006.1

《来自阿尔法星球》，冰波，接力出版社，2006.1

《蜗牛旅行家》，高洪波，湖北少年儿童出版社，2006.1

《好心胖胖蛇》，高洪波，湖北少年儿童出版社，2006.1

《大耳朵聪聪和板凳狗》，高洪波，湖北少年儿童出版社，2006.1

《不不兔和马蹄铁》，高洪波，湖北少年儿童出版社，2006.1

《智者哈哈之完美家庭》，马长山，现代出版社，2006.1

《智者哈哈之好人好运》，马长山，现代出版社，2006.1

《精灵小仙女》，冰波，连环画出版社，2006.1

《泪水小仙女》，冰波，连环画出版社，2006.1

《贺卡小仙女》，冰波，连环画出版社，2006.1

《长发小仙女》，冰波，连环画出版社，2006.1

《田螺小仙女》，冰波，连环画出版社，2006.1

《人鱼小仙女》，冰波，连环画出版社，2006.1

《精灵 GG（1）》，冰波，浙江少年儿童出版社，2006.3

《精灵 GG（2）》，冰波，浙江少年儿童出版社，2006.3

《精灵 GG（3）》，冰波，浙江少年儿童出版社，2006.3

《精灵 GG（4）》，冰波，浙江少年儿童出版社，2006.3

《精灵 GG（5）》，冰波，浙江少年儿童出版社，2006.3

《精灵 MM（1）》，冰波，浙江少年儿童出版社，2006.3

《精灵 MM（2）》，冰波，浙江少年儿童出版社，2006.3

《精灵 MM（3）》，冰波，浙江少年儿童出版社，2006.3

《精灵 MM（4）》，冰波，浙江少年儿童出版社，2006.3

《精灵 MM（5）》，冰波，浙江少年儿童出版社，2006.3

《恐怖的石头》，庄大伟，湖北少年儿童出版社，2006.3

《明天要出大事》，庄大伟，湖北少年儿童出版社，2006.3

《心灵窃听器》，庄大伟，湖北少年儿童出版社，2006.3

《真假王小乐》，庄大伟，湖北少年儿童出版社，2006.3

《好孩子启蒙童话系列·小熊的北极旅行》，王一梅，安徽少年儿童出版社，2006.3

《好孩子启蒙童话系列·长手臂的报纸》，王一梅，安徽少年儿童出版社，2006.3

《好孩子启蒙童话系列·小旅鼠的冬天》，王一梅，安徽少年儿童出版社，2006.3

《好孩子启蒙童话系列·会飞的岗亭》，王一梅，安徽少年儿童出版社，2006.3

《好孩子启蒙童话系列·骨碌碌滚的啤酒桶》，王一梅，安徽少年儿童出版社，
　　2006.3

《好孩子启蒙童话系列·给乌鸦的罚单》，王一梅，安徽少年儿童出版社，2006.3

《国际安徒生奖提名奖获得者丛书·三个吃冰激凌大王》，孙幼军，接力出版社，
　　2006.3

《八仙新传》，王述成，四川美术出版社，2006.4

《塔顶上的猫》，杨红樱，明天出版社，2006.5

《想变成人的猴子》，杨红樱，明天出版社，2006.5

《狗拿耗子——杨福久二人转寓言集》，杨福久，文化艺术出版社，2006.5

《启慧寓言集》，吴礼鑫，大众文艺出版社，2006.5

《最新儿童启智寓言》，林锡胜，大连出版社，2006.5

《嘟嘟鸭星球》，冰波，河北少年儿童出版社，2006.5

《猫的演说》，王一梅，河北少年儿童出版社，2006.5

《亲亲我的白龙马》，车培晶，春风文艺出版社，2006.6

《在牛肚子里旅行》，张之路，中国福利会出版社，2006.6

《面包狼》，皮朝晖，湖南少年儿童出版社，2006.6

《野猫的首领》，张之路，浙江少年儿童出版社，2006.6

《寓言非常道》，吴礼鑫，湖南人民出版社，2006.6

《杨中先寓言》，杨中先，内蒙古人民出版社，2006.6

《酷男生俱乐部.超级"天才"呆头熊》，汤素兰，浙江少年儿童出版社，2006.7

《寻找童话作家的漂亮猪》，杨鹏，作家出版社，2006.7

《黑鸡和白鸡》，满震，作家出版社，2006.7

《给太阳洗个脸》，冰波，少年儿童出版社，2006.8

《好大的千层饼》，冰波，少年儿童出版社，2006.8

《来了外星鹅》，冰波，少年儿童出版社，2006.8

《石头说话》，石飞，中国文联出版社，2006.9

《国际安徒生奖提名奖获得者丛书·题王许威武》，张之路，接力出版社，2006.9

《老许寓言（十一）》，老许，吉林人民出版社，2006.10

《地平线作家文丛·景新寓言》，戴景新，吉林人民出版社，2006.10

《小山神》，冰波，少年儿童出版社，2006.11

《小树精》，王一梅，少年儿童出版社，2006.11

《大狼托克打电话》，王一梅，少年儿童出版社，2006.11

《坏脾气的小妖精》，汤素兰，明天出版社，2006.11

《崔宝珏寓言》，崔宝珏，大众文艺出版社，2006.11

《一千零一梦的黄金寓言》，汤祥龙，现代出版社，2006.11

《老山羊上访的黄金寓言》，汤祥龙，现代出版社，2006.11

《寻找快活林》，杨红樱，湖北少年儿童出版社，2006.12

《马晋乾诗歌精选》，马晋乾，山西人民出版社，2006.12

《狮王种草》，金江等，群言出版社，2006.12

《名著寓言》，侯建忠，解放军文艺出版社，2006.12

《寓言百则》，老莫，吉林人民出版社，2006.12

2007 年

《竖琴网》，冰波，少年儿童出版社，2007.1

《兔子萝里》，王一梅，少年儿童出版社，2007.1

《寻找我的妖怪猫》，葛竞，中信出版社，2007.1

《海底来的爸爸》，葛竞，中信出版社，2007.1

《中国宝宝第一部心理成长童话》，郑春华，吉林美术出版社，2007.1

《猪，你快乐》，常新港，春风文艺出版社，2007.1

《大拇指上的智慧——短信寓言800篇》，马长山、海滨，现代出版社，2007.1

《大头鱼在雨天和晴天》，王一梅，人民文学出版社，2007.2

《羊在想马在做猪收获》，常新港，人民文学出版社，2007.2

《一片飞翔的叶子》，邹海鹏，作家出版社，2007.2

《住到树上的猫》，王一梅，福建少年儿童出版社，2007.3

《喉蛙公主》，张鹤鸣，中国工人出版社，2007.3

《小麻雀找凤凰》，余师夷，中国工人出版社，2007.4

《不受骗俱乐部》，邱国鹰，中国工人出版社，2007.4

《中国网络寓言精品选》，马长山主编，现代出版社，2007.4

《小果果睡前故事——月亮晚安》，郑春华，中国少年儿童出版社，2007.4

《保姆狗的阴谋》，杨红樱，明天出版社，2007.5

《能闻出孩子味儿的乌龟》，杨红樱，明天出版社，2007.5

《幸福的鸭子》，杨红樱，明天出版社，2007.5

《虎皮猫，你在哪里》，杨红樱，明天出版社，2007.5

《我的老师是怪物》，杨鹏，重庆出版社，2007.6

《脑袋剃成大马路》，梅子涵主编，孙悦、吴雯莉、李慧选编，浙江文艺出版社，
    2007.6

《天空包在馅饼里》，梅子涵主编，孙悦、吴雯莉、李慧选编，浙江文艺出版社，
    2007.6

《流浪游戏最好玩》，梅子涵主编，孙悦、吴雯莉、李慧选编，浙江文艺出版社，
    2007.6

《书包写封信给你》，梅子涵主编，孙悦、吴雯莉、李慧选编，浙江文艺出版社，
    2007.6

《鼻子和你捉迷藏》，梅子涵主编，孙悦、吴雯莉、李慧选编，浙江文艺出版社，
    2007.6

《冬天躲在衣橱里》，梅子涵主编，孙悦、吴雯莉、李慧选编，浙江文艺出版社，
    2007.6

《蝴蝶站在提篮上》，梅子涵主编，孙悦、吴雯莉、李慧选编，浙江文艺出版社，
    2007.6

《香肠穿上红鞋子》，梅子涵主编，孙悦、吴雯莉、李慧选编，浙江文艺出版社，
    2007.6

《韶华人生百味寓言》，韶华，中国工人出版社，2007.6

《醉井》，张鹤鸣，中国工人出版社，2007.6

《大撇和小撇》，孙三周，中国工人出版社，2007.6

《中国寓言作家系列》（共7册），中国寓言文学研究会主编，中国工人出版社，
    2007.6

《奇迹树》，晓玲叮当，二十一世纪出版社，2007.7

《七彩斑斓的翅膀（童话卷）》，高凯、汤素兰主编，接力出版社，2007.7

《小寓言大启发：灵感是这样炼成的》，凡夫编，新疆青少年出版社，2007.8

《成长密码》，晓玲叮当，二十一世纪出版社，2007.10

《阳光的味道》，晓玲叮当，二十一世纪出版社，2007.10

《寓言非常道——吴礼鑫明迪寓言集》,吴礼鑫,湖南人民出版社,2007.10

《奇怪的帽子》,王一梅,浙江少年儿童出版社,2007.11

《海星寓言》,海星,作家出版社,2007.11

2008 年

《两只笔》,洪汛涛,新时代出版社,2008.1

《豪猪的战术》,钱欣葆,海洋出版社,2008.1

《蓝色的兔耳朵草》,杨红樱,明天出版社,2008.1

《笨鸡下笨蛋》,周锐,接力出版社,2008.1

《打倒自己》,周锐,接力出版社,2008.1

《信函透视术》,周锐,接力出版社,2008.1

《面容模糊法》,周锐,接力出版社,2008.1

《天堂树系列》,冰波、王一梅,少年儿童出版社,2008.1

《快乐的小松鼠》,葛翠琳、翌平,甘肃少年儿童出版社,2008.1

《怕热的小猪》,葛翠琳、翌平,甘肃少年儿童出版社,2008.1

《错别字王国:读故事改错字》,田梦晓,河北少年儿童出版社,2008.1

《调皮的蓝纽扣:读故事学字词》,金晶,河北少年儿童出版社,2008.1

《巧克力探案:读故事学作文》,绍禹,河北少年儿童出版社,2008.1

《为人鱼姑娘当翻译》,萧袤,人民文学出版社,2008.1

《小猴哈里流浪记》,鲁克,人民文学出版社,2008.1

《中国寓言故事 上》,任溶溶主编,浙江少年儿童出版社,2008.2

《中国寓言故事 下》,任溶溶主编,浙江少年儿童出版社,2008.2

《老鼠米来》,常新港,春风文艺出版社,2008.3

《流浪狗和他的巫婆朋友》,吕丽娜,福建少年儿童出版社,2008.3

《书本里的蚂蚁》,王一梅,福建少年儿童出版社,2008.3

《巫婆的院门》,王蔚,福建少年儿童出版社,2008.3

《小巫仙》,米吉卡,福建少年儿童出版社,2008.3

《木马快递》,流火,福建少年儿童出版社,2008.3

《魔法飞行的一天》,肖定丽,福建少年儿童出版社,2008.3

《一座颠倒的医院》,安武林,福建少年儿童出版社,2008.3

《幽灵电话你别接》,杨鹏,福建少年儿童出版社,2008.3

《牛角洲旅店》,谷子,湖南少年儿童出版社,2008.3

《忘忧公主》,漪然,湖南少年儿童出版社,2008.3

《袋鼠跳过橙汁》,疾走考拉,湖南少年儿童出版社,2008.3

《鼓捣森林》,十画,湖南少年儿童出版社,2008.3

《若若》,流火,湖南少年儿童出版社,2008.3

《小猫出生在秘密山洞》,杨红樱,明天出版社,2008.4

《一封奇怪的信——学会关爱别人》,冰波,海燕出版社,2008.5

《浴缸里的怪兽》,彭懿,福建少年儿童出版社,2008.5

《隔壁搬来一头狼》,彭懿,福建少年儿童出版社,2008.5

《鼠洞外的怪城》,彭懿,福建少年儿童出版社,2008.5

《来自外星的妖精》,彭懿,福建少年儿童出版社,2008.5

《兔子的名片》,周锐,浙江少年儿童出版社,2008.5

《口袋里的爸爸妈妈》,周锐,浙江少年儿童出版社,2008.5

《我是你的朋友大熊猫》,杨红樱,明天出版社,2008.5

《大树下的激战》,钱欣葆,海洋出版社,2008.6

《猴王的宝座》,钱欣葆,海洋出版社,2008.6

《酷蚁安特儿奇遇记:飞跃火海的蚂蚁球》,霞子,中国少年儿童出版社,2008.6

《酷蚁安特儿奇遇记:把大象搬进蚂蚁窝》,霞子,中国少年儿童出版社,2008.6

《影子不上学》,管家琪,浙江少年儿童出版社,2008.6

《妖怪的宠物》,管家琪,浙江少年儿童出版社,2008.6

《圣诞袜里的意外》,管家琪,浙江少年儿童出版社,2008.6

《家有恶龙》,管家琪,浙江少年儿童出版社,2008.6

《从漫画里跳出来的男孩》,管家琪,浙江少年儿童出版社,2008.6

《杨红樱作品精选导读　笑猫日记系列》,杨红樱,浙江少年儿童出版社,2008.6

《杨红樱作品精选导读　优美童话系列》,杨红樱,浙江少年儿童出版社,2008.6

《杨红樱作品精选导读　科学童话系列》,杨红樱,浙江少年儿童出版社,2008.6

《陈模寓言集》,陈模,中国工人出版社,2008.6

《丫形树上的初级女巫》,张秋生,新时代出版社,2008.7

《小怪龙芝麻·K蒙》,张秋生,新时代出版社,2008.7

《爸爸狗和儿子猫》,张秋生,新时代出版社,2008.7

《小镇上的森林熊》,张秋生,新时代出版社,2008.7

《喂养恐龙的老鼠》,张秋生,新时代出版社,2008.7

《黄瑞云寓言集》,黄瑞云,武汉大学出版社,2008.8

《丁香小镇的菊奶奶》,吕丽娜,新蕾出版社,2008.9

《梦想风暴》,晓玲叮当,二十一世纪出版社,2008.9

《比糖果甜蜜》,晓玲叮当,二十一世纪出版社,2008.9

《异想天开基金会》,晓玲叮当,二十一世纪出版社,2008.9

《非同凡响粉丝团》,晓玲叮当,二十一世纪出版社,2008.9

《时间宝藏》,晓玲叮当,二十一世纪出版社,2008.10

《怪老头牵手小布头》,孙幼军,湖南少年儿童出版社,2008.10

《寻找乌丢丢》,金波,湖南少年儿童出版社,2008.10

《另类动物选秀赛》,晓玲叮当,二十一世纪出版社,2008.11

《大狗喀啦克拉的公寓》,秦文君,少年儿童出版社,2008.11

《写给自己孩子的新寓言》,吴祚来,江西美术出版社,2008.12

2009 年

《小鸟快飞》,鲁冰,人民文学出版社,2009.1

《月亮上的小王子》,李志伟,人民文学出版社,2009.1

《快乐咒语》,晓玲叮当,二十一世纪出版社,2009.1

《咕哩咕哩动物园》,葛竞,外语教学与研究出版社,2009.2

《如果我也会魔法》,葛竞,外语教学与研究出版社,2009.2

《古灵精怪小秘密》,葛竞,外语教学与研究出版社,2009.2

《小朵朵与大魔法师》,汤素兰,明天出版社,2009.2

《小朵朵与半个巫婆》,汤素兰,明天出版社,2009.2

《小朵朵与超级保姆》,汤素兰,明天出版社,2009.2

《红鼻子女巫》,钟林姣,新时代出版社,2009.4

《大野狼波涛克》,钟林姣,新时代出版社,2009.4

《存梦的城堡》,钟林姣,新时代出版社,2009.4

《魔法音乐盒》,钟林姣,新时代出版社,2009.4

《好孩子故事丛书——小花猫照镜子》,邱来根,大众文艺出版社,2009.4

《樱桃沟的春天》,杨红樱,明天出版社,2009.5

《有肉汁味儿的雨点》,张秋生,湖北少年儿童出版社,2009.6

《艾迪的金手指·第一季》,小扣柴扉,黑龙江少年儿童出版社,2009.8

《艾迪的金手指·第二季》,小扣柴扉,黑龙江少年儿童出版社,2009.8

《艾迪的金手指·第三季》,小扣柴扉,黑龙江少年儿童出版社,2009.8

《艾迪的金手指·第四季》,小扣柴扉,黑龙江少年儿童出版社,2009.8

《奇迹花园》,汤素兰,湖南少年儿童出版社,2009.8

《那个黑色的下午》,杨红樱,明天出版社,2009.9

《拐弯小学的插班生》,满涛,明天出版社,2009.12

《流年一寸》,萧萍,浙江少年儿童出版社,2009.12

2010 年

《勇擒霸海章鱼》,张立涛,海洋出版社,2010.1

《手心的菠萝精灵》,艾可乐,湖南少年儿童出版社,2010.2

《又见小绿人》,金波,江苏少年儿童出版社,2010.12

2011 年

《猫流感之战》,郝天晓,辽宁少年儿童出版社,2011.1

《无脸狼的连环套》,郝天晓,辽宁少年儿童出版社,2011.1

《"狗熊杯"武林大会》,郝天晓,辽宁少年儿童出版社,2011.1

《幽灵飞贼闹江湖》,郝天晓,辽宁少年儿童出版社,2011.1

《云公主的波波花》,孙丽萍,辽宁少年儿童出版社,2011.1

《阳光小女生》,米吉卡,辽宁少年儿童出版社,2011.1

《小公主历险记》,张李,辽宁少年儿童出版社,2011.1

《青蛙公主》,十画,辽宁少年儿童出版社,2011.1

《小桃子上学记》,肖定丽,辽宁少年儿童出版社,2011.1

《唐豆豆,请坐好》,曾维慧,辽宁少年儿童出版社,2011.1

《百变魔猫》,杨鹏,大连出版社,2011.3

《小精灵灰豆儿》,葛冰,安徽少年儿童出版社,2011.3

《河马阔阔和九只小老鼠》,萧袤,安徽少年儿童出版社,2011.3

《老头老太分家记》,萧袤,江苏少年儿童出版社,2011.4

《神奇药剂绿爷爷》,周璇,江苏文艺出版社,2011.4

《住在摩天大楼的马》,汤素兰,湖南少年儿童出版社,2011.5

《刺猬猪》,郑春华,少年儿童出版社,2011.5

《汤素兰教你读童话》,汤素兰选评,外语教学与研究出版社,2011.5

《稀里哗啦和大喷嚏》,白冰,浙江少年儿童出版社,2011.6

《白云加工厂》,李志伟,化学工业出版社,2011.6

《不会跑的兔子》,周锐,南京大学出版社,2011.6

《刺猬将军》,安武林,南京大学出版社,2011.6

《乐于学习的小山羊》,葛翠琳,华东师范大学出版社,2011.6

《奇迹的翡翠城》,田运杰,阳光出版社,2011.7

《薯片猫来到侠客城》,贝海沙,人民日报出版社,2011.7

《又能喷水又能喷火的龙》,张秋生,中国福利会出版社,2011.7

《蓝鲸的眼睛》,冰波,少年儿童出版社,2011.8

《小老鼠、小猫和小饼干②.一起过生日》,郑春华,少年儿童出版社,2011.8

《中外古代寓言精品》,林春蕙、刘光红选编,福建少年儿童出版社,2011.9

《开满鲜花的小路》,安武林,湖南少年儿童出版社,2011.10

《跳蚤穿上红衣裙》,何诚斌,吉林人民出版社,2011.10

《探险四人行》,李建珍,吉林人民出版社,2011.10

《神奇手链》,李建珍,吉林人民出版社,2011.10

《电脑迷城》,剪刀妹妹,吉林人民出版社,2011.10

《来自古古怪怪镇的老师》,莫晓红,吉林人民出版社,2011.10

《小象比克与天外来客》,宦峰,吉林人民出版社,2011.10

《阿托米星球》,马成志,吉林人民出版社,2011.10

《领奖台上的风波》,曹延标,吉林人民出版社,2011.10

《七日惊魂》,朱雀,吉林人民出版社,2011.10

《变身精灵》,赵冰波,湖南少年儿童出版社,2011.11

《大力精灵》,赵冰波,湖南少年儿童出版社,2011.11

《跳舞精灵》,赵冰波,湖南少年儿童出版社,2011.11

《彩虹精灵》,赵冰波,湖南少年儿童出版社,2011.11

《果酱精灵》,赵冰波,湖南少年儿童出版社,2011.11

《倔强精灵》,赵冰波,湖南少年儿童出版社,2011.11

《骑士精灵》,赵冰波,湖南少年儿童出版社,2011.11

《小猪的太阳伞》,王志林,中国文联出版社,2011.11

《汶锦记之探寻神秘的宝典》,李汶锦,作家出版社,2011.11

2012 年

《六十楼的土土土》,汤汤,天天出版社,2012.1

《暖暖莲》,汤汤,天天出版社,2012.1

《跳舞的花盆》,余雷,安徽少年儿童出版社,2012.1

《梦幻池塘》,萧袤,安徽少年儿童出版社,2012.1

《寻找翡翠山谷》,李志伟,安徽少年儿童出版社,2012.1

《爷爷的打火匣》,徐鲁,同心出版社,2012.1

《秘密像花儿一样》,吕丽娜,同心出版社,2012.1

《和蚂蚁一起吃饼干》，商晓娜，辽宁少年儿童出版社，2012.1

《仙女打来的电话》，商晓娜，辽宁少年儿童出版社，2012.1

《小米啦发脾气》，商晓娜，辽宁少年儿童出版社，2012.1

《书包里面有什么》，商晓娜，辽宁少年儿童出版社，2012.1

《甜草莓的秘密》，汤素兰，海豚出版社，2012.1

《豌豆弯儿斗鼠记》，冰夫，吉林人民出版社，2012.1

《袋鼠的袋袋里住了一窝鸟》，王一梅，明天出版社，2012.2

《别去五厘米之外》，汤汤，浙江少年儿童出版社，2012.2

《拯救海螺世界》，范茜，南京大学出版社，2012.3

《一只神奇的鹦鹉》，葛冰，海豚出版社，2012.3

《森林演唱会》，翟英琴，凤凰出版社，2012.3

《梦幻奇案》，郑允钦，福建少年儿童出版社，2012.3

《超级大赢家》，郑允钦，福建少年儿童出版社，2012.3

《逢凶化吉号奇游记》，郑允钦，福建少年儿童出版社，2012.3

《风之国》，顾鹰，安徽少年儿童出版社，2012.3

《水界传奇》，杨奇斌，安徽少年儿童出版社，2012.3

《隐在城市中的学校》，龚房芳，安徽少年儿童出版社，2012.3

《失忆精灵》，余雷，安徽少年儿童出版社，2012.3

《驯龙记》，刘海栖，安徽少年儿童出版社，2012.3

《太空飞鱼》，李娟著，安徽少年儿童出版社，2012.3

《音乐在我口袋里》，方素珍，福建少年儿童出版社，2012.4

《寻找快活林》，杨红樱，福建少年儿童出版社，2012.4

《曾曾曾曾曾祖母的萝卜》，汤汤，少年儿童出版社，2012.5

《几乎什么都有国王》，陈诗哥，少年儿童出版社，2012.5

《卡卡丁的昆虫军团》，海蓉，江苏教育出版社，2012.5

《镜子世界的舞会》，雷蕾，江苏少年儿童出版社，2012.5

《最美丽的小花仙》，雷蕾，江苏少年儿童出版社，2012.5

《恐龙密码》，赵华，阳光出版社，2012.5

《天使小笨鸡》，赵华，阳光出版社，2012.5

《板栗雨》，李姗姗，明天出版社，2012.5

《神奇的"鸟叔叔"》，霞子，中国少年儿童出版社，2012.5

《永远的西瓜小丑》，杨红樱，明天出版社，2012.6

《永远的月亮岛》，霞子，科学普及出版社，2012.6

《美妙的生日会》，苏梅，江苏少年儿童出版社，2012.6

《两亿年前的朋友》，苏梅，江苏少年儿童出版社，2012.6

《皮皮仔与增增灵》，杨净，未来出版社，2012.6

《猪笨笨的幸福时光》，李东华，现代出版社，2012.6

《五只马蜂的故事》，赵彬，河南文艺出版社，2012.6

《汶锦记之大英雄面包兔》，李汶锦，作家出版社，2012.6

《红红的柿子树》，苏梅，现代出版社，2012.6

《小河里的老妖精》,刘兴诗,湖北少年儿童出版社,2012.7

《狐狸警长探案》,金涛,湖北少年儿童出版社,2012.7

《阿笨猫贝塔星球传.请恐龙吃饭》,冰波,湖南少年儿童出版社,2012.7

《阿笨猫贝塔星球传.最笨的发明》,冰波,湖南少年儿童出版社,2012.7

《森林——草原王国》,石永昌,湖北少年儿童出版社,2012.7

《向往蓝天的小鱼儿》,孔稚娴,湖北少年儿童出版社,2012.7

《喜地的牙》,汤汤,少年儿童出版社,2012.8

《蜘蛛的角落》,王一梅,河北少年儿童出版社,2012.8

《蟋蟀演奏家》,盛子潮,河北少年儿童出版社,2012.9

《老鼠吹喇叭》,王勇英,河北少年儿童出版社,2012.9

《谷子遇见豆子》,汤汤,二十一世纪出版社,2012.9

《耳朵里的大侦探》,杨鹏,大连出版社,2012.10

《狮心小王子》,杨鹏,大连出版社,2012.10

《小超人弟弟弟》,杨鹏,大连出版社,2012.10

2013 年

《镇长失踪事件》,谢鑫,安徽教育出版社,2013.3

《真假鱼博士》,谢鑫,安徽教育出版社,2013.3

《谎言俱乐部》,谢鑫,安徽教育出版社,2013.3

《沉船里的秘密》,谢鑫,安徽教育出版社,2013.3

《能源谷危机》,谢鑫,安徽教育出版社,2013.3

《凡夫寓言》,凡夫,湖北少年儿童出版社,2013.3

《我比你受欢迎》,周锐,大连出版社,2013.3

《坏蛋变好蛋》,周锐,大连出版社,2013.3

《天宫运动会》,周锐,大连出版社,2013.3

《烟花猫》,流火,浙江少年儿童出版社,2013.4

《野鸟之歌》,孙昱,浙江少年儿童出版社,2013.4

《西圆圆公主》,许诺晨,安徽少年儿童出版社,2013.4

《小木耳和旋转木马》,商晓娜,明天出版社,2013.4

《神秘大脚印》,苏梅,湖北少年儿童出版社,2013.4

《真假小花仙》,苏梅,湖北少年儿童出版社,2013.4

《有好几件外衣的变色龙》,董恒波,敦煌文艺出版社,2013.4

《森林恐惧症》,冰夫,敦煌文艺出版社,2013.4

《会隐身的海草》,王荣飞,敦煌文艺出版社,2013.4

《贪吃香石头的鳄鱼》,吕金华,敦煌文艺出版社,2013.4

《蜜蜂公交车》,郭文峰,敦煌文艺出版社,2013.4

《行军蚁来了》,郭文峰,敦煌文艺出版社,2013.4

《小小尘埃的困惑》,贺维芳,敦煌文艺出版社,2013.4

《再来仙岛夏令营》,林哲璋,青岛出版社,2013.4

《爱跳脚的小山猪》,管家琪,北方妇女儿童出版社,2013.5

《太空中的甜甜圈》,管家琪,北方妇女儿童出版社,2013.5

《三头龙和小披风》,管家琪,北方妇女儿童出版社,2013.5

《海王子诞生》,杨鹏,大连出版社,2013.5

《大战梦魔王》,杨鹏,大连出版社,2013.5

《鬼王的秘密》,杨鹏,大连出版社,2013.5

《智胜电鳐帮》,杨鹏,大连出版社,2013.5

《魔女的歌声》,杨鹏,大连出版社,2013.5

《最后一战》,杨鹏,大连出版社,2013.5

《爱串门的小毛驴》,张文灿,金盾出版社,2013.5

《神奇的手》,李桂芳,金盾出版社,2013.5

《我和大鹅雪雪》,林锡胜,金盾出版社,2013.5

《芦花花和她的孩子们》,黄非红,金盾出版社,2013.5

《王企鹅的幸运星》,保冬妮,大连出版社,2013.6

《东逛西逛》,梅子涵,明天出版社,2013.6

《红红的柿子树》,苏梅,现代出版社,2013.6

《宝贝最爱读的知识童话》,滕毓旭,华中师范大学出版社,2013.7

《再见,萝卜巨人》,李姗姗,浙江少年儿童出版社,2013.7

《垃圾飞上天:注音版》,周锐,大连出版社,2013.9

《装不满的吸宝盘:注音版》,周锐,大连出版社,2013.9

《高科英雄》,周志勇,大连出版社,2013.9

《锐舞王子》,周志勇,大连出版社,2013.9

《流浪狗丢丢》,葛欣,大连出版社,2013.9

《暑假乐事多》,葛欣,大连出版社,2013.9

《小默上学记》,葛欣,大连出版社,2013.9

《复制瞌睡羊》,管家琪,广州出版社,2013.9

《从现在开始》,管家琪,广州出版社,2013.9

《迷路的小鸭》,陈凯华,未来出版社,2013.10

《高飞的小鹰》,陈凯华,未来出版社,2013.10

《小鼹鼠的家》,陈凯华,未来出版社,2013.10

《小丑鱼的冒险》,陈凯华,未来出版社,2013.10

《柿子色的街灯》,陈素宜,青岛出版社,2013.10

《小小猴找朋友》,赖晓珍,青岛出版社,2013.10

《多动症小猪》,高洪波,中国少年儿童出版社,2013.10

《湿疹小猪》,高洪波,中国少年儿童出版社,2013.10

《毛毛虫小猪》,高洪波,中国少年儿童出版社,2013.10

《雪花猪》,高洪波,中国少年儿童出版社,2013.10

《咳嗽小猪》,高洪波,中国少年儿童出版社,2013.10

《小猪小猪三条腿》,高洪波,中国少年儿童出版社,2013.10

《火晶柿子小猪》,高洪波,中国少年儿童出版社,2013.10

《掉牙小猪》,高洪波,中国少年儿童出版社,2013.10

《老鼠养了一只猫》,萧袤,浙江少年儿童出版社,2013.10

《外星来的捕蝶队》,萧袤,浙江少年儿童出版社,2013.10

2014 年

《落星星的圣诞树:1B 级》,翌平,青岛出版社,2014.1

《雨街·麦垛·胡萝卜》,王一梅,海豚出版社,2014.1

《蜗牛家族的桃花梦:关于生命和成长的寓言故事》,王春正,新华出版社,2014.2

《青蛙的生活》,王一梅,人民邮电出版社,2014.3

《春天的歌》,王满夷,金盾出版社,2014.3

《黑鱼有一朵云的心》,冰波,人民邮电出版社,2014.3

《神秘的工厂》,刘海栖,安徽少年儿童出版社,2014.3

《大树的天堂》,刘海栖,安徽少年儿童出版社,2014.3

《树精和鸡精》,刘海栖,安徽少年儿童出版社,2014.3

《虫子认字学校》,萧袤,新蕾出版社,2014.4

《摇铃铛的绿手指》,周锐,江苏少年儿童出版社,2014.4

《跳跳鼠的大门牙》,王亚梅,陕西人民出版社,2014.4

《树上,有只叫西西的变色龙》,张泉淼,陕西人民出版社,2014.4

《要做勇敢的北极熊》,郑若彤,陕西人民出版社,2014.4

《鸵鸟和毛毛虫》,王亚梅、刘鹤,陕西人民出版社,2014.4

《流浪猫做客老鼠小学》,巩玉英,光明日报出版社,2014.4

《小木耳和打喷嚏书》,商晓娜,明天出版社,2014.4

《大嘴巴鳄鱼》,肖定丽,现代出版社,2014.4

《獾的葡萄酒泉》,汤萍,晨光出版社,2014.4

《五百遍呼噜咒:注音版》,周锐,大连出版社,2014.4

《葱头国空战:注音版》,周锐,大连出版社,2014.4

《今天,小熊跟往常不同》,肖定丽,少年儿童出版社,2014.5

《水柳村的抱抱树》,李潼,少年儿童出版社,2014.5

《变色龙先生》,王一梅,化学工业出版社,2014.5

《长着童话翅膀的梦》,李宏声,清华大学出版社,2014.5

《魔方大厦奇案》,余俊雄,长江少年儿童出版社,2014.5

《割不得的尾巴》,耿守忠、杨治梅,长江少年儿童出版社,2014.5

《孙悟空漫游科学世界》,郭以实、骆忍石,长江少年儿童出版社,2014.5

《拍脑瓜新篇》,励艺夫,长江少年儿童出版社,2014.5

《小问号探长》,眭双祥,长江少年儿童出版社,2014.5

《发明大王在小人国》,刘克升,济南出版社,2014.5

《被人误会的蛇蜥》,周伟,长江少年儿童出版社,2014.5

《带上童话去旅行》,金波,南京大学出版社,2014.5

《看得见风景的兔子洞》,卢颖,浙江少年儿童出版社,2014.6

《袋鼠出租车》,魏捷,浙江少年儿童出版社,2014.6

《老仙婆、精灵、猫头鹰》,王家珍,少年儿童出版社,2014.6

《春风轻轻走过》,孙建江,海豚出版社,2014.6

《猪坚强失踪谜案》,周君,万卷出版公司,2014.6

《红鼻子的樱桃老师》，刘雅萍，福建教育出版社，2014.6

《三破怪信》，冉红，二十一世纪出版社，2014.7

《误变怪孩》，冉红，二十一世纪出版社，2014.7

《打胜怪仗》，冉红，二十一世纪出版社，2014.7

《掉入怪梦》，冉红，二十一世纪出版社，2014.7

《陷进怪圈》，冉红，二十一世纪出版社，2014.7

《大蛇莫里》，王一梅，化学工业出版社，2014.7

《小猪阿罗》，苏梅，现代出版社，2014.7

《木偶的故事》，王一梅，长江文艺出版社，2014.7

《给乌鸦的罚单：精读本》，王一梅，吉林出版集团有限责任公司，2014.7

《森林王国失踪之谜》，盛如梅，科学普及出版社，2014.8

《谋杀塑料王》，耿守忠、杨治梅，科学普及出版社，2014.8

《公园里的小矮人》，陈秋影，科学普及出版社，2014.8

《红叶林和影子人》，金波，现代出版社，2014.8

《大鼻涕龙和小鼻涕龙》，周锐，现代出版社，2014.8

《我是猫也》，黄春明，现代出版社，2014.8

《小蚂蚁奇遇记》，刘琛琛，长江文艺出版社，2014.9

《冰雪传说》，李亮，长江文艺出版社，2014.9

《维克多的焰火》，周敏，春风文艺出版社，2014.9

《一句话专卖店》，王淑芬，福建少年儿童出版社，2014.9

《害羞的小水精》，吕丽娜，江苏凤凰少年儿童出版社，2014.9

《布偶徐正兴的情感生活》，谢华，江苏凤凰少年儿童出版社，2014.9

《海洋之心》，周志勇，大连出版社，2014.9

《一个跳蚤去旅行》，连城，中国少年儿童出版社，2014.10

《左左右右在颜色国》，茶茶，中国少年儿童出版社，2014.10

《织云鹤》，梁慧玲，中国少年儿童出版社，2014.10

《朱三皮》，张留留，中国少年儿童出版社，2014.10

《大风过后小心洗头》，疾走考拉，中国少年儿童出版社，2014.10

《失忆特工》，周志勇，大连出版社，2014.10

《石从天降：注音版》，周锐，大连出版社，2014.10

《无敌小神仙：注音版》，周锐，大连出版社，2014.10

《真理的衣裳》，凡夫选编，湖北科学技术出版社，2014.10

《球球国的小王子》，苏梅，现代出版社，2014.10

《熊爸爸和熊宝宝》，安武林，春风文艺出版社，2014.10

《星星伞》，边存金，天天出版社，2014.11

《童话之书》，陈诗哥，中国少年儿童出版社，2014.11

《灵狐贝比》，李恒瑞，甘肃少年儿童出版社，2014.11

《讲童话的魔法学校》，管家琪，新蕾出版社，2014.12

2015 年

《尼娜公主奇遇记》，张菡，浙江文艺出版社，2015.1

《一只会发光的羊》，代晓琴，长江少年儿童出版社，2015.1

《胖胖猪种星星》，苏梅，现代出版社，2015.1

《企鹅三剑客》，王军，大连出版社，2015.1

《快乐大搬家》，肖叶，四川少年儿童出版社，2015.1

《噼里啪啦啦》，肖叶，四川少年儿童出版社，2015.1

《植食恐龙》，潘英丽，四川少年儿童出版社，2015.1

《超能人》，郭天悦，东方出版社，2015.1

《点点虫虫飞》，汤素兰，大连出版社，2015.1

《现在是雪人时间》，陈梦敏，大连出版社，2015.1

《独耳猫和小老鼠灰灰》，耿湘春，大连出版社，2015.1

《北极之王》，赵长发，大连出版社，2015.1

《冰山下的精灵王国》，赵长发，大连出版社，2015.1

《精灵王的眼泪》，赵长发，大连出版社，2015.1

《恐怖病毒》，赵长发，大连出版社，2015.1

《浪花下的独行侠》，赵长发，大连出版社，2015.1

《漂流八千里》，赵长发，大连出版社，2015.1

《一厘米的国王》，赵长发，大连出版社，2015.1

《巧克力火山》，李志伟，山东教育出版社，2015.2

《高速营救》，星河，山东教育出版社，2015.2

《小熊贝儿的帽子》，苏梅，现代出版社，2015.2

《穷追怪魔》，冉红，二十一世纪出版社，2015.2

《气枪怪弹》，冉红，二十一世纪出版社，2015.2

《猪笨笨的幸福时光：注音版．上》，李东华，春风文艺出版社，2015.3

《猪笨笨的幸福时光：注音版．下》，李东华，春风文艺出版社，2015.3

《毛毛猴与阿阿熊》，苏梅，现代出版社，2015.3

《狐狸家族：汉英对照》，黄衣青，海豚出版社，2015.3

《布娃娃找房子：汉英对照》，林颂文，海豚出版社，2015.3

《叶子上的藏宝图》，萧袤，浙江少年儿童出版社，2015.3

《教室里的大象》，萧袤，浙江少年儿童出版社，2015.3

《青蛙不是王子》，萧袤，浙江少年儿童出版社，2015.3

《巨人的吊锅》，萧袤，浙江少年儿童出版社，2015.3

《骑木桶的人》，萧袤，浙江少年儿童出版社，2015.3

《月光城》，郭凯冰，中国少年儿童出版社，2015.4

《会讲故事的兔子》，张之路，天天出版社，2015.4

《猫人部落》，李毓佩，二十一世纪出版社集团，2015.4

《石头·松鼠·风铃》，刘哲，西苑出版社，2015.4

《喊救命比赛》，周锐，北京教育出版社，2015.4

《海洋之梦》，周志勇，大连出版社，2015.4

《麦先生的秘密》，吕丽娜，浙江文艺出版社，2015.4

《不称职家长学校》，佟希仁，浙江文艺出版社，2015.4

新中国儿童文学

《外婆是棵美人蕉》，北董，浙江文艺出版社，2015.5

《一只小鸡去天国》，汤汤，明天出版社，2015.5

《哭泣的海豚湾》，阿德蜗，未来出版社，2015.5

《鲑鱼还能回家吗？》，阿德蜗，未来出版社，2015.5

《拍花贼.1，拍平贼树平》，王晋，中国少年儿童出版社，2015.5

《拍花贼.2，魔汁》，王晋，中国少年儿童出版社，2015.5

《天神帮帮忙·黑熊爷爷忘记了》，子鱼，福建少年儿童出版社，2015.6

《小豆包养宠物》，王蕾，安徽少年儿童出版社，2015.6

《月亮上的妈妈》，方格子，浙江文艺出版社，2015.6

《香蓟历险记》，商晓娜，吉林出版集团有限责任公司，2015.6

《猫咪奥奥历险记》，苏铁苏铁，大连出版社，2015.6

《卡拉麦里的小羚羊》，于文胜，济南出版社，2015.6

《蜗牛快递公司》，钟锐，济南出版社，2015.6

《七星瓢虫奇遇记》，郭述军，金盾出版社，2015.6

《毛毛虫的梦想》，郭述军，金盾出版社，2015.6

《龙猫历险记》，伍剑，天津人民出版社，2015.6

《发出琴声的青蛙》，吕金华，北京燕山出版社，2015.6

《大泽传奇》，徐然，天津人民出版社，2015.6

《吱吱的外星生活》，李维明，中国人口出版社，2015.6

《明天就要考试了》，陈书韵，中国人口出版社，2015.6

《小鳄鱼的糖果牙齿》，王姿云，中国人口出版社，2015.6

《花园盒子》，小般，大连出版社，2015.6

《鹿奇奇与小精灵》，S希夕，大连出版社，2015.6

《肉肉狗和积木鸡》，葛竞，新世纪出版社，2015.7

《大象学校》，迟慧，春风文艺出版社，2015.7

《黑猫》，曹文轩，中国少年儿童出版社，2015.7

《打败兔子√号》，黄宇，中国少年儿童出版社，2015.7

《保卫胡萝卜》，黄宇，中国少年儿童出版社，2015.7

《谁发明了电》，韦艳华，北京燕山出版社，2015.7

《借月光的小田鼠》，李宏声，东方出版社，2015.7

《不要和青蛙跳绳》，彭懿，接力出版社，2015.7

《我是坚强的男子汉》，苏西，中国人口出版社，2015.7

《爸爸的秘密摄像机》，彭懿，新世纪出版社，2015.7

《家书》，陈晖，解放军文艺出版社，2015.8

《冰糖星星串》，苏梅，大连出版社，2015.8

《彩虹的魔术》，苏梅，大连出版社，2015.8

《守护神一个》，汤汤，少年儿童出版社，2015.8

《睡前10分钟知识童话》，刘兴诗，清华大学出版社，2015.8

《迷你童话》，翟登文，二十一世纪出版社集团，2015.8

《弹簧狗跳啊跳》，陈梦敏，浙江少年儿童出版社，2015.8

《愤怒的鱼儿》,香杰新,花城出版社,2015.8

《叮叮和咚咚》,于德北,台海出版社,2015.8

《走进海市蜃楼》,刘秋绿,开明出版社,2015.8

《外星球搬来的巨石》,周锐,浙江少年儿童出版社,2015.8

《愚兔节快乐》,黄宇,中国少年儿童出版社,2015.8

《大兔子总是很棒》,陈梦敏,接力出版社,2015.9

《布布熊的愿望册》,陈梦敏,接力出版社,2015.9

《好奇害死兔》,黄宇,中国少年儿童出版社,2015.9

《小猫不吃鱼》,龚房芳,万卷出版公司,2015.9

《"美人鱼"缺席》,杨福久,北京燕山出版社,2015.9

《麻雀想做相思鸟》,吕金华,北京燕山出版社,2015.9

《不好看的书》,周锐,大连出版社,2015.9

《大鲸鱼在海边》,王一梅,大连出版社,2015.9

《耳朵出逃》,杨鹏,大连出版社,2015.9

《峡谷小镇的紫色花》,张秋生,大连出版社,2015.9

《夏夜的梦》,冰波,大连出版社,2015.9

《天外来客》,刘秋绿,开明出版社,2015.10

《爱做好事的小猴》,凡夫,台海出版社,2015.10

《没有鼻子的小人儿》,郑春华,接力出版社,2015.10

《蚂蚁王国大冒险》,王维浩,长江少年儿童出版社,2015.10

《吞下星星的猴逗逗》,孙翠珍,新时代出版社,2015.10

《芥末日》,段立欣,大连出版社,2015.10

《小丑之王》,周静,大连出版社,2015.10

《了不起的安迪和他的伙伴们》,王林柏,大连出版社,2015.10

《刺猬英雄传》,[加拿大]童瑞平,大连出版社,2015.11

《黑猫几凡的星星》,汤素兰,大连出版社,2015.11

《没有耳朵的兔子》,金波,大连出版社,2015.11

《门上的小房子》,郑春华,大连出版社,2015.11

《童话饼》,安武林,大连出版社,2015.11

《小学生最爱读的趣味知识童话.语文》,柔萱,大连出版社,2015.11

《小学生最爱读的趣味知识童话.数学》,柔萱,大连出版社,2015.11

《小学生最爱读的趣味知识童话.科学》,柔萱,大连出版社,2015.11

《小鹿买车票》,董恒波,敦煌文艺出版社,2015.11

《智慧狗的大空调》,贺维芳,敦煌文艺出版社,2015.11

《我不是坏蛋》,郭文峰,敦煌文艺出版社,2015.11

《左脚鞋穿在右脚上》,冰夫,敦煌文艺出版社,2015.11

《冰糖爱上方糖》,王淑芬,福建少年儿童出版社,2015.11

《魔洞历险记》,林世仁,福建少年儿童出版社,2015.11

《带往火星的猫》,黄海,福建少年儿童出版社,2015.11

《收集笑脸的朵朵》,周姚萍,福建少年儿童出版社,2015.11

新中国儿童文学

年

1949-2019

《地球弯弯腰》，山鹰，福建少年儿童出版社，2015.11

《亲爱的小红枣》，毛芦芦，浙江大学出版社，2015.11

《燕子来时》，毛芦芦，浙江大学出版社，2015.11

《给南瓜搬家》，吕金华，敦煌文艺出版社，2015.12

《食品店大战》，庄大伟，甘肃少年儿童出版社，2015.12

《小行星来的大力士》，张冲，湖北科学技术出版社，2015.12

《猴尖尖耳朵里的发射器》，董恒波，北京燕山出版社，2015.12

《我跟海马是亲戚》，孔稚娴，北京燕山出版社，2015.12

《土豚和他的哨兵》，孔稚娴，北京燕山出版社，2015.12

《小毛驴出国》，金吉泰，甘肃少年儿童出版社，2015.12

2016 年

《会跳舞的房子》，陈诗哥，海天出版社，2016.1

《同甘共苦的汪汪兄弟》，谢霈仪，中国人口出版社，2016.1

《脚踏实地的水牛阿力》，谢霈仪，中国人口出版社，2016.1

《一马当先的小马斑斑》，谢霈仪，中国人口出版社，2016.1

《助人为乐的猴子阿不谢》，谢霈仪，中国人口出版社，2016.1

《别有洞天的土拨鼠小窝》，谢霈仪，中国人口出版社，2016.1

《一鸣惊人的熊猫胖达》，橘子喵，中国人口出版社，2015.6.1

《融化的冰冻图书馆》，段立欣，辽宁少年儿童出版社，2016.1

《一只猫的工夫》，冯与蓝，明天出版社，2016.1

《复活的凤凰图腾》，段立欣，辽宁少年儿童出版社，2016.1

《尖叫游乐园》，段立欣，辽宁少年儿童出版社，2016.1

《漫游蜗牛壳山谷》，段立欣，辽宁少年儿童出版社，2016.1

《太空辣椒失窃案》，段立欣，辽宁少年儿童出版社，2016.1

《江湖第一店》，范锡林，中国少年儿童出版社，2016.1

《练瑜珈的小松鼠》，翌平，安徽少年儿童出版社，2016.3

《魔术师的荣耀》，王秀梅，山东教育出版社，2016.3

《绽放自我》，古葡乐，海豚出版社，2016.3

《鸟小姐的唱片店》，萧袤，浙江少年儿童出版社，2016.4

《贪心的大口袋》，萧袤，浙江少年儿童出版社，2016.4

《妖怪来了我不怕》，萧袤，浙江少年儿童出版社，2016.4

《送你一朵如意云》，萧袤，浙江少年儿童出版社，2016.4

《不可思议先生故事集》，林世仁，中国少年儿童出版社，2016.4

《寻访歌手》，张炜，安徽少年儿童出版社，2016.4

《孤独的喜鹊》，张炜，安徽少年儿童出版社，2016.4

《再见，豆子的小屋》，左昡，新蕾出版社，2016.4

《神奇柜子莎美乐》，左昡，新蕾出版社，2016.4

《第一次出门》，汤素兰，湖南少年儿童出版社，2016.4

《朱笛的脚印：注音版》，徐长顺，大连出版社，2016.4

《鼹鼠的月亮河》，王一梅，长江少年儿童出版社，2016.4

《章鱼兄弟》,螳小螂,大连出版社,2016.5

《乌溜溜国快沉没了》,谢鸿文,天津人民出版社,2016.5

《春天里的笃笃声》,哩噜,天津人民出版社,2016.5

《亲爱的小尾巴》,顾鹰,大连出版社,2016.5

《稀奇古怪国》,曾维惠,福建教育出版社,2016.5

《面包狼开店》,皮朝晖,万卷出版公司,2016.6

《牧场囡囡狗》,牧铃,万卷出版公司,2016.6

《毛毛虫老师》,苏梅,现代出版社,2016.6

《牵着蜗牛出门去》,苏梅,浙江少年儿童出版社,2016.6

《听,鲸鱼在唱歌》,李志伟,甘肃少年儿童出版社,2016.6

《怪物校长隐形侠》,肖定丽,海天出版社,2016.6

《萧国松寓言集》,萧国松,中国文联出版社,2016.6

《虎鲸家族》,连城,大连出版社,2016.6

《喜鹊和玫瑰》,胡明宝,大连出版社,2016.6

《单翅天使》,梅瑜,大连出版社,2016.6

《变来变去的毛衣》,两色风景,大连出版社,2016.6

《幸福的密码》,任小霞,大连出版社,2016.6

《一千零一面镜子》,汪雨,福建少年儿童出版社,2016.6

《苹果树上的傻苹果》,车培晶,现代出版社,2016.7

《蛙先生和他的梦》,童子,安徽少年儿童出版社,2016.7

《女孩子城里来了大盗贼:注音版》,彭懿,大连出版社,2016.7

《爱心马戏团:注音版》,安武林,大连出版社,2016.7

《抽屉里的小纸人:注音版》,王一梅,大连出版社,2016.7

《大嘴巴河马:注音版》,冰波,大连出版社,2016.7

《狼先生的煎锅:注音版》,曾维惠,大连出版社,2016.7

《面包熊和稻壳鼠:注音版》,陈琪敬,大连出版社,2016.7

《球星狗:注音版》,葛欣,大连出版社,2016.7

《没了胡子的猫》,李仁晓,华东师范大学出版社,2016.7

《小狮子毛尔冬》,肖定丽,现代出版社,2016.8

《挖呀挖呀镇:注音版》,段立欣,大连出版社,2016.8

《疯狂动物学校》,黄宇,万卷出版公司,2016.8

《小飞猪塔塔》,赵菱,万卷出版公司,2016.8

《亲爱的宝贝》,肖定丽,海天出版社,2016.8

《花喵咪的魔法电话》,翌平,天地出版社,2016.9

《小猫柳萨》,彭怿飞,安徽人民出版社,2016.9

《木木街的大尾巴猫:注音版》,王勇英,大连出版社,2016.9

《阿弗的时钟》,杨巧,大连出版社,2016.9

《如何赞美一只乌鸦》,张之路,天天出版社,2016.10

《小鼠濮小木》,尚垒,未来出版社,2016.10

《红红的辣椒娃》,苏梅,浙江教育出版社,2016.11

《高高的枇杷树》,苏梅,浙江教育出版社,2016.11

《爱种玉米的小黑熊》,苏梅,浙江教育出版社,2016.11

《晚安的吻在路上》,肖定丽,山东教育出版社,2016.11

《河边的邻居》,曹文芳,北京少年儿童出版社,2016.11

《矮脚鸡》,曹文轩,中国少年儿童出版社,2016.12

《格陵兰岛的爱》,杨棣,辽宁师范大学出版社,2016.12

2017 年

《新小巴掌童话》,张秋生,南京大学出版社,2017.1

《来自星星的小熊》,赵华,万卷出版公司,2017.1

《宠物大师小豆子》,肖定丽,万卷出版公司,2017.1

《叶限姑娘》,王泉根主编,人民邮电出版社,2017.1

《井下仙国》,王泉根主编,人民邮电出版社,2017.1

《鹅笼书生》,王泉根主编,人民邮电出版社,2017.1

《富人的新装》,王泉根主编,人民邮电出版社,2017.1

《一行和尚》,王泉根主编,人民邮电出版社,2017.1

《湘妃竹》,王泉根主编,人民邮电出版社,2017.1

《甲壳虫地图》,晓玲叮当,云南人民出版社,2017.1

《美得冒泡泡》,晓玲叮当,云南人民出版社,2017.1

《寻找精灵谷》,晓玲叮当,云南人民出版社,2017.1

《快活的水珠》,晓玲叮当,云南人民出版社,2017.1

《欢笑博物馆》,晓玲叮当,云南人民出版社,2017.1

《忧愁国历险》,晓玲叮当,云南人民出版社,2017.1

《小蜜獾强强的才艺秀》,徐帮学,二十一世纪出版社集团,2017.1

《果子狸的南瓜项链》,徐帮学,二十一世纪出版社集团,2017.1

《小羊沙沙喝醉啦》,徐帮学,二十一世纪出版社集团,2017.1

《植物"凶手"好可怕》,徐帮学,二十一世纪出版社集团,2017.1

《瓶子草的甜蜜"陷阱"》,徐帮学,二十一世纪出版社集团,2017.1

《爱挑食的黑斑牛羚》,徐帮学,二十一世纪出版社集团,2017.1

《退出歌坛的画眉鸟》,侯红霞,二十一世纪出版社集团,2017.1

《蓝鲸肚子里的生死旅行》,侯红霞,二十一世纪出版社集团,2017.1

《动物界的富豪榜》,侯红霞,二十一世纪出版社集团,2017.1

《长在树上的旅馆》,侯红霞,二十一世纪出版社集团,2017.1

《揪揪耳朵过新年》,侯红霞,二十一世纪出版社集团,2017.1

《小人国奇遇记》,侯红霞,二十一世纪出版社集团,2017.1

《爱的拯救》,王萍,天津人民出版社,2017.1

《幸运的小女巫》,顾鹰,大连出版社,2017.1

《猫咪百货》,陈迅喆,江苏凤凰少年儿童出版社,2017.2

《蜗牛一米》,王一梅,江苏凤凰少年儿童出版社,2017.3

《小白的奇幻夜》,赵菱,江苏凤凰少年儿童出版社,2017.3

《玩具奇妙夜》,李姗姗,江苏凤凰少年儿童出版社,2017.3

《会说话的书》，孙卫卫，江苏凤凰少年儿童出版社，2017.3

《星星鱼》，余雷，江苏凤凰少年儿童出版社，2017.3

《老奶奶的新鞋子》，程玮，江苏凤凰少年儿童出版社，2017.3

《火焰城的七公主》，左昡，江苏凤凰少年儿童出版社，2017.3

《摇篮村有个女巫》，郭姜燕，江苏凤凰少年儿童出版社，2017.3

《如果上帝是个孩子》，陈诗哥，江苏凤凰少年儿童出版社，2017.3

《洞光宝石的秘密》，常怡，中国大百科全书出版社，2017.3

《小小金殿里的木偶戏》，常怡，中国大百科全书出版社，2017.3

《独角兽的审判》，常怡，中国大百科全书出版社，2017.3

《中国当代寓言二十家》，凡夫主编，团结出版社，2017.3

《七耳兔的故事》，周海宏，万卷出版公司，2017.4

《青云谷童话》，徐则臣，新蕾出版社，2017.4

《大鼻孔叔叔》，车培晶，现代出版社，2017.5

《把美梦找回来：注音版》，陈梦敏，大连出版社，2017.5

《大力士外婆：注音版》，廖小琴，大连出版社，2017.5

《讲故事的怪兽：注音版》，杨翠，大连出版社，2017.5

《来自天空的精灵：注音版》，李志伟，大连出版社，2017.5

《我们都来种星星：注音版》，赵静，大连出版社，2017.5

《小夜游游梦记：注音版》，张菱儿，大连出版社，2017.5

《唱歌的金种子》，葛翠琳，大连出版社，2017.5

《拜托，不要来那么多》，车培晶，大连出版社，2017.5

《小黑熊找妈妈》，曾宪富，清华大学出版社，2017.6

《藏在果子里的小小花》，代晓琴，新世纪出版社，2017.6

《滚草妹妹想去的地方》，代晓琴，新世纪出版社，2017.6

《食火兽》，萧袤，明天出版社，2017.6

《夜的守护神》，萧袤，明天出版社，2017.6

《胖小猪捡萝卜》，安武林，现代出版社，2017.6

《欢迎来到幸福列车》，曹雪纯，甘肃少年儿童出版社，2017.7

《长鼻子和短鼻子》，野军，春风文艺出版社，2017.7

《寻找蓝色风》，龙向梅，大连出版社，2017.8

《猫站长》，胡蓉，大连出版社，2017.8

《月球旅行》，孙英涵，黑龙江少年儿童出版社，2017.9

《了不起的熊猫宝贝》，李牧雨，四川文艺出版社，2017.10

《核桃鼠和熊爸爸》，安武林，西安电子科技大学出版社，2017.11

《母鸡九香的山茱萸城堡》，海莲，西安电子科技大学出版社，2017.11

《鲸鱼来信》，周公度，西安电子科技大学出版社，2017.11

《失踪的大公鸡》，苏梅，济南出版社，2017.11

《动物日记大 PK》，苏梅，济南出版社，2017.11

《会飞的布》，苏梅，济南出版社，2017.11

《会魔法的乌鸦》，苏梅，济南出版社，2017.11

《麦克农场的蛋糕羊》，苏梅，济南出版社，2017.11

2018 年

《面包狼的课外语文》，皮朝晖，晨光出版社，2018.1

《飞过神祠的青鸟》，途丫，新世纪出版社，2018.1

《狗宝贝成了大明星》，保冬妮，重庆出版社，2018.1

《狗宝贝来到猫城市》，保冬妮，重庆出版社，2018.1

《红红的柿子树》，苏梅，现代出版社，2018.1

《马里奇昆虫国历险记》，[德]朱奎，大连出版社，2018.1

《阿左》，郭姜燕，江苏凤凰少年儿童出版社，2018.2

《生气的小茉莉》，龙向梅，大连出版社，2018.3

《虫之语》，顾媛，大连出版社，2018.3

《芝麻绿豆阿南公》，梅瑜，大连出版社，2018.3

《南村传奇》，汤素兰，湖南少年儿童出版社，2018.3

《牛奶将军》，野军，福建少年儿童出版社，2018.4

《帮帮鸭的美德书包》，葛欣，浙江人民出版社，2018.4

《跟一半国说再见》，葛欣，浙江人民出版社，2018.4

《水瓶里的爷爷给我爱》，葛欣，浙江人民出版社，2018.4

《拇指小人特烦恼》，葛欣，浙江人民出版社，2018.4

《书虫的城市》，葛欣，浙江人民出版社，2018.4

《我与铅笔小人是朋友》，葛欣，浙江人民出版社，2018.4

《我把美梦送给你》，葛欣，浙江人民出版社，2018.4

《鹦鹉是个预言家》，葛欣，浙江人民出版社，2018.4

《五虎将与五虎酱》，周锐，现代出版社，2018.5

《藏獒之王》，葛冰，大连出版社，2018.5

《飞熊"佐罗"》，葛冰，大连出版社，2018.5

《角斗兽》，葛冰，大连出版社，2018.5

《老金毛"诸葛亮"》，葛冰，大连出版社，2018.5

《布布猴奇游记：注音版》，滕毓旭，大连出版社，2018.5

《睡呼噜收藏家：注音版》，车培晶，大连出版社，2018.5

《不吃小孩的狼：注音版》，马传思，大连出版社，2018.5

《神秘的地图：注音版》，马传思，大连出版社，2018.5

《偷沙滩的贼：注音版》，马传思，大连出版社，2018.5

《非常了不起的吹吹正传（上）》，[德]朱奎，大连出版社，2018.5

《非常了不起的吹吹正传（下）》，[德]朱奎，大连出版社，2018.5

《非常了不起的吹吹外传（上）》，[德]朱奎，大连出版社，2018.5

《非常了不起的吹吹外传（下）》，[德]朱奎，大连出版社，2018.5

《神脚镇的秘密》，张柠，山东教育出版社，2018.6

《我和小鸟有个约定》，秦文君，山东文艺出版社，2018.6

《大象桥》，少军，山东教育出版社，2018.6

《变色龙的彩虹舞》，少军，山东教育出版社，2018.7

《刺猬的友谊》,少军,山东教育出版社,2018.7

《孔雀和青蛙交朋友》,少军,山东教育出版社,2018.7

《小兽》,王默其,辽宁美术出版社,2018.7

《鼠妈妈的怪孩子》,郭姜燕,少年儿童出版社,2018.8

《小翅膀》,周晓枫,作家出版社,2018.9

《山蛋儿奇境历险记》,王少林 ,中国标准出版社,2018.11

《装一瓶月光回家》,廖小琴,明天出版社,2018.11

《章鱼先生卖雨伞》,韩煦,接力出版社,2018.11

《小雨点别害怕》,流火,明天出版社,2018.11

《爱漂亮的风》,李姗姗,明天出版社,2018.11

《特别的花蜗牛》,顾鹰,明天出版社,2018.11

《小熊布朗,你带回了什么》,吕丽娜,明天出版社,2018.11

《讲给小树的故事》,张月,明天出版社,2018.11

《听,兔子在唱歌》,陈梦敏,明天出版社,2018.11

《大便虫》,刘克襄,辽宁少年儿童出版社,2018.11

《熊班长和熊小兵:最高机秘),苏梅,现代出版社,2018.11

《熊班长和熊小兵:捣蛋部队入侵》,苏梅,现代出版社,2018.11

《熊班长和熊小兵:神奇脱险》,苏梅,现代出版社,2018.11

2019 年

《小黑熊与许愿精灵》,苏梅,科学普及出版社,2019.1

《天女》,周静,湖南少年儿童出版社,2019.1

《大名鼎鼎的大熊猫温任先生》,[德]朱奎,大连出版社,2019.1

《聪明绝顶的大熊猫温任先生》,[德]朱奎,大连出版社,2019.1

《记忆超强的大熊猫温任先生》,[德]朱奎,大连出版社,2019.1

《无所不能的大熊猫温任先生》,[德]朱奎,大连出版社,2019.1

《了不起的吹吹历险记 1》,[德]朱奎,大连出版社,2019.1

《了不起的吹吹历险记 2》,[德]朱奎,大连出版社,2019.1

《了不起的鼠毛毛历险记》,[德]朱奎,大连出版社,2019.1

《了不起的勇敢号历险记》,[德]朱奎,大连出版社,2019.1

《慢妖精送礼物》,廖小琴,大连出版社,2019.1

《奇奇怪怪的学校》,廖小琴,大连出版社,2019.1

《青蛙爱上西红柿》,廖小琴,大连出版社,2019.1

《稀奇古怪的人》,廖小琴,大连出版社,2019.1

《蓝皮鼠耳朵里的金甲虫》,葛冰,大连出版社,2019.1

《河妖的城》,郭凯冰,山东教育出版社,2019.2

《采蘑菇的小矮人》,郭述军,江西教育出版社,2019.3

《美丽的陷阱》,郭述军,江西教育出版社,2019.3

《森林里的魔术师》,郭述军,江西教育出版社,2019.3

《长在树上的水》,郭述军,江西教育出版社,2019.3

《小山羊卖瓜》,郭述军,江西教育出版社,2019.3

《生日宴会上的花瓣》，郭述军，江西教育出版社，2019.3

《小雨靴的旅行》，雪梨，江西教育出版社，2019.3

《蜗牛骑士》，赵华，山东教育出版社，2019.3

《荷花小精灵》，冰波，新蕾出版社，2019.3

《巨大的恐龙是宠物》，冰波，新蕾出版社，2019.3

《人鱼变丑八怪》，冰波，新蕾出版社，2019.3

《蚌的脾气变坏了》，冰波，新蕾出版社，2019.3

《香香的香水味》，冰波，新蕾出版社，2019.3

《顽皮的月亮娃娃》，黄庆云，广西师范大学出版社，2019.3

《面包狼的家》，皮朝晖，广西师范大学出版社，2019.3

《紫叶儿》，谢华，广西师范大学出版社，2019.3

《送你一匹飞翔的马》，李志伟，广西师范大学出版社，2019.3

《火神祝融》，萧袤，明天出版社，2019.3

《地下探险记》，葛冰，大连出版社，2019.3

《怪岛历险记》，葛冰，大连出版社，2019.3

《追踪骊龙》，常怡，中国大百科全书出版社，2019.4

《神仙院》，常怡，中国大百科全书出版社，2019.4

《土耳其浴室里的战斗》，常怡，中国大百科全书出版社，2019.4

《深海尾巴工厂》，树语，浙江少年儿童出版社，2019.4

《打呼噜打出来的童话》，[德]朱奎，大连出版社，2019.4

《懒懒的童话》，[德]朱奎，大连出版社，2019.4

《巧克力和泡泡糖》，[德]朱奎，大连出版社，2019.4

《洛和和洛克》，[德]朱奎，大连出版社，2019.4

《小胶水沉浮记》，[德]朱奎，大连出版社，2019.4

《我梦中的音乐树》，饶远，广西师范大学出版社，2019.4

《犇向绿心》，汤素兰，天天出版社，2019.4

三、儿童散文、报告文学

1951 年

《朝鲜安州煤矿少年游击队》，叶方佳，山东人民出版社，1951.5

《幸福的苏联儿童》，华南中苏友好协会，青年出版社，1951.6

1952 年

《谁是最可爱的人》，魏巍等，青年出版社，1952.11

1953 年

《我们是少年先锋队员》，新少年报社编，少年儿童出版社，1953.6

《和少年们谈苏联》，陈维博，少年儿童出版社，1953.8

《抗日战争时期的民兵故事》，王西逵，少年儿童出版社，1953.9

《苏联儿童的幸福生活》，重庆人民出版社编著，重庆人民出版社，1953.11

《墙报的好编辑》,儿童时代社编,少年儿童出版社,1953.12

1954 年

《我们都爱毛主席》,任大霖,少年儿童出版社,1954.3

《毛泽东时代的少年》,华东青年出版社编,华东青年出版社,1954.3

《我在朝鲜会见了志愿军叔叔》,刘凤琴,西北人民出版社,1954.4

《建设美好的家乡》,中国新民主主义青年团华东工作委员会宣传部编,少年儿童出版社,1954.6

《钢都鞍山》,汪聪,少年儿童出版社,1954.6

《红领巾和手电筒》,新少年报社编,儿童读物出版社,1954.6

《一个少年先锋队员访问苏联的故事》,危石,山东人民出版社,1954.8

《我们见到最可爱的人》,江芷千,儿童读物出版社,1954.11

1955 年

《红泥岭的故事》,任大霖,儿童读物出版社,1955.10

《英雄少年林森火》,董孔甫,浙江人民出版社,1955.11

1956 年

《向青年积极分子学习》,少年儿童出版社编,少年儿童出版社,1956.2

《越活越年轻的爷爷》,少年文艺编辑委员会编,少年儿童出版社,1956.7

《欢乐的节日》,中国少年儿童出版社编,中国少年儿童出版社,1956.7

《在冰雪溶化前》,朝襄,少年儿童出版社,1956.10

《英雄船长》,沙鸥,中国少年儿童出版社,1956.11

《奔驰在白云间》,赵自,少年儿童出版社,1956.11

《鞍山大型轧钢厂参观记》,顾明,中国少年儿童出版社,1956.12

1957 年

《北大荒的变迁》,邱庄,少年儿童出版社,1957.2

《在美丽的草原上》,阿拉坦,少年儿童出版社,1957.3

《我们的农场好风光》,碧野,少年儿童出版社,1957.3

《红领巾和打火机》,蓉生等,陕西人民出版社,1957.3

《还乡杂记》,冰心,少年儿童出版社,1957.4

《儿童铁路》,方青、戴月,中国少年儿童出版社,1957.4

《参观博物馆》,黎明,少年儿童出版社,1957.4

《盛利的几个小故事》,刘先煌,少年儿童出版社,1957.4

《小春访问幸福社》,龚怀源、任东流,浙江人民出版社,1957.5

《多好的人啊》,江山野,少年儿童出版社,1957.5

《无比的友谊》,李致远编,少年儿童出版社,1957.5

《天山上的探宝人》,梁学政、朱玫,少年儿童出版社,1957.5

《女海员》,代琇、庄辛,少年儿童出版社,1957.6

《地上观空战》,中国少年儿童出版社,1957.6

《美国的孤儿》,何以聪,少年儿童出版社,1957.7

《奇妙的伪装》,中国少年儿童出版社编,中国少年儿童出版社,1957.7

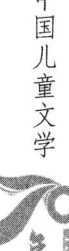

《少年运动员的故事》，向溯等，人民体育出版社，1957.8

《飞马越敌阵》，中国少年儿童出版社编，中国少年儿童出版社，1957.9

《火龙飞奔在草原上》，牧火，少年儿童出版社，1957.10

《大海里航行》，武斌，少年儿童出版社，1957.11

《日本儿童的生活》，张十方编著，少年儿童出版社，1957.11

1958 年

《边区一小学》，陈肇庠，中国少年儿童出版社，1958.3

《火焰山上四十天》，何永鳌，少年儿童出版社，1958.3

《寄自小凉山》，李乔，少年儿童出版社，1958.3

《童年》，刘大杰，中国少年儿童出版社，1958.3

《在深山密林里》，朝襄，少年儿童出版社，1958.4

《刘慧勇的故事》，李中，中国少年儿童出版社，1958.4

《小英雄马家和》，湖北人民出版社编，湖北人民出版社，1958.5

《伊犁河边的草原》，梁学政，中国少年儿童出版社，1958.5

《遥寄祖国的孩子们》，曾克，中国少年儿童出版社，1958.5

《穿云过雾造铁路》，赵荣声，中国少年儿童出版社，1958.5

《铁牛号拖拉机手》，哈宽贵，少年儿童出版社，1958.6

《汪秀娟》，梅亚文、卢冠春，少年儿童出版社，1958.6

《不平凡的投递员》，少年儿童出版社编，少年儿童出版社，1958.6

《我小时候的故事》，王权口述，袁熹写，少年儿童出版社，1958.6

《创造航海仪的人》，丁华，少年儿童出版社，1958.7

《敢想敢做的沈富生》，沈永祥，少年儿童出版社，1958.7

《十二岁的"小孔明"》，少年儿童出版社编，少年儿童出版社，1958.7

《小红军赵强》，王化幼，河南人民出版社，1958.7

《养猪能手》，杨于当，少年儿童出版社，1958.7

《三五九旅南下散记》，龚长富口述，张哲整理，少年儿童出版社，1958.8

《马家和》，武昌县文教局主编，少年儿童出版社，1958.8

《胡伯伯向你们问好》，袁鹰，中国少年儿童出版社，1958.8

《乡村投递员——李虎天》，周嘉俊，少年儿童出版社，1958.8

《鼓足干劲的人们》，儿童时代社编，江苏文艺出版社，1958.9

《壮族姑娘黄玉兰》，何公超等，少年儿童出版社，1958.9

《第一个考验》，林斤澜，少年儿童出版社，1958.9

《壮族人民的好女儿》，柳林、韦纬组，少年儿童出版社，1958.9

《童年时代的朋友》，任大霖，长江文艺出版社，1958.9

《他们在创造奇迹》，任大霖，少年儿童出版社，1958.9

《青年突击手》，沙蕾，少年儿童出版社，1958.9

《森林里的尖兵》，施雁冰等，少年儿童出版社，1958.9

《挡车女工韩翠英》，孙嘉等，少年儿童出版社，1958.9

《敢想敢做的人》，少年儿童出版社编，少年儿童出版社，1958.9

《永远向前的黄宝妹》，唐克新，少年儿童出版社，1958.9

《战斗在大雪山上》，王树人，少年儿童出版社，1958.9

《鲁佛祥老师傅的故事》，王树人，少年儿童出版社，1958.9

《风沙里锻炼成钢》，谢金标，少年儿童出版社，1958.9

《女革新家——居财女》，杨代琇，少年儿童出版社，1958.9

《工业大跃进散文特写选集》，中国少年儿童出版社编，中国少年儿童出版社，1958.9

《毛主席和"红孩子"》，中国少年儿童出版社编，中国少年儿童出版社，1958.9

《海防前线》，中国少年儿童出版社编，中国少年儿童出版社，1958.9

《苦干猛钻的人》，邓品山，中国少年儿童出版社，1958.10

《大跃进中的小英雄》，共青团河南省委员会学校少先队工作部编，河南人民出版社，1958.10

《在学习和劳动中成长》，和谷岩，中国少年儿童出版社，1958.10

《十三陵水库的故事》，中国少年儿童出版社编，中国少年儿童出版社，1958.10

《赛罗成》，白芦，少年儿童出版社，1958.11

《帝国主义难不倒我们》，冯永康等，少年儿童出版社，1958.11

《技术革新小英雄》，关锡霖等，中国少年儿童出版社，1958.11

《除四害小英雄——焦蛋娃》，山西省稷山县西社中心小学编，少年儿童出版社，1958.11

《英雄少年》，中共厦门市委宣传部编，厦门人民出版社，1958.11

《战斗着的中东》，田邀，少年儿童出版社，1958.11

《把青春献给青藏高原》，王宗元，少年儿童出版社，1958.11

《少年英雄胡春林》，张瑞莹，湖北人民出版社，1958.11

《社会主义大跃进中的小英雄》，中国共产主义青年团云南省委员会学校少年部编，云南人民出版社，1958.11

《红色少年》，中国少年儿童出版社编，中国少年儿童出版社，第1集，1958.11；第2集，1959.2；第3集，1959.3；第4集，1959.5；第5集，1959.7；第6集，1959.9；第7集，1959.12；第8集，1960.3；第9集，1960.5；第10集，1961.12；第11集，1962.3；第12集，1962.6

《山谷红旗飘》，艾苦，少年儿童出版社，1958.12

《藏族猎人阿木初》，艾影，少年儿童出版社，1958.12

《在人民公社里》，"奔流"编，少年儿童出版社，1958.12

《小英雄大跃进》，黄素绥，河南人民出版社，1958.12

《养兔能手》，嘉定娄塘中学少先队，少年儿童出版社，1958.12

《银色的火花》，李力，湖北人民出版社，1958.12

《毛主席来到红光社》，梅青，中国少年儿童出版社，1958.12

《英雄修水库》，史超，少年儿童出版社，1958.12

《钢水激流》，上海医疗器械厂工人文艺创作组集体创作，少年儿童出版社，1958.12

《劳动熔炉练英雄》，杨歌，少年儿童出版社，1958.12

《爱厂如家的找师傅》，朱赞平，少年儿童出版社，1958.12

1959 年

《惊涛骇浪里的英雄》，陆俊超，中国少年儿童出版社，1959.1

《小辛庄的少先队员们》，韩静昌，少年儿童出版社，1959.2

《沈志琪闹技术革命》，金丕操、徐善光，少年儿童出版社，1959.2

《在七里营人民公社》，孔祥贵，中国少年儿童出版社，1959.2

《人民公社好》，少年儿童出版社编，少年儿童出版社，1959.2

《英雄出少年》，河南人民出版社编，河南人民出版社，1959.3

《小米丘林》，黎路，河南人民出版社，1959.3

《白帝城下女英豪》，谷声澍等，中国少年儿童出版社，1959.4

《没翅鸟高飞》，金凤、柏子，中国少年儿童出版社，1959.4

《十五勇士战"神井"》，王孝伦等，中国少年儿童出版社，1959.4

《小发明家翟顺义》，彦颖等，山西人民出版社，1959.4

《五个铁姑娘》，中共山东寿张县委会整理，中国少年儿童出版社，1959.4

《勇敢活泼一支兵》，中共武昌县委会编，湖北人民出版社，1959.4

《毛主席视察学校》，中国少年儿童出版社编，中国少年儿童出版社，1959.4

《长颈山上的红领巾》，韦文桂，广西壮族自治区人民出版社，1959.4

《伐木工人赵大兴》，朝襄，少年儿童出版社，1959.5

《难忘的冬天》，丁仁堂，少年儿童出版社，1959.5

《海防对敌斗争故事》，福建人民教育出版社编，福建人民教育出版社，1959.5

《党的好儿子——欧阳立安》，谷小因，湖南人民出版社，1959.5

《话神农》，郭润田等，中国少年儿童出版社，1959.5

《雪里金刚》，浩然等，中国少年儿童出版社，1959.5

《红领巾的小麦领了先》，河南人民出版社编，河南人民出版社，1959.5

《少年支前活动大队》，凌墨，中国少年儿童出版社，1959.5

《在队旗下》，少年儿童出版社编，少年儿童出版社，1959.5

《肇嘉浜》，少年儿童出版社编，少年儿童出版社，1959.5

《"急诊医生"》，王景等，中国少年儿童出版社，1959.5

《碧海红心》，西虹等，中国少年儿童出版社，1959.5

《钢铁指挥员》，张欣等，中国少年儿童出版社，1959.5

《虎满堂怒打金钱豹》，陈伯吹等，中国少年儿童出版社，1959.6

《水库工地上的红领巾》，胡景芳，中国少年儿童出版社，1959.6

《八块钱办的造纸厂》，句容师范先锋造纸厂，少年儿童出版社，1959.6

《大战冰峰》，綦水源，中国少年儿童出版社，1959.6

《毛主席和孩子们》，少年儿童出版社编，少年儿童出版社，1959.6

《小炮手》，朱良义、黄进捷，少年儿童出版社，1959.6

《两个小伙伴》，河南人民出版社编，河南人民出版社，1959.8

《迎接春天》，金近，中国少年儿童出版社，1959.8

《麦田人民公社的故事》，阿犁，少年儿童出版社，1959.9

《勇敢的猎手》，艾松等，少年儿童出版社，1959.9

《天山南北好地方》，碧野，中国少年儿童出版社，1959.9

《金色的北大荒》，陈风楼等，少年儿童出版社，1959.9

《祖国的东方大门——上海港》，代琇，少年儿童出版社，1959.9

《战斗在边防线上》，丁素等，少年儿童出版社，1959.9

《万水千山不怕难》，方扬等，少年儿童出版社，1959.9

《建设的尖兵》，顾永棣等，少年儿童出版社，1959.9

《丰收花儿朵朵开》，金凤等，少年儿童出版社，1959.9

《向沙漠进军》，李崇儒等，少年儿童出版社，1959.9

《队长的工作》，刘元璋，少年儿童出版社，1959.9

《新的学校新的人》，吕榆等，少年儿童出版社，1959.9

《穿山跨海过沙漠》，绮心编写，少年儿童出版社，1959.9

《体育运动的春天》，施传萱，少年儿童出版社，1959.9

《飞跃空中禁区》，石明，少年儿童出版社，1959.9

《山上运河》，水飞编写，少年儿童出版社，1959.9

《可爱的地方》，少年儿童出版社编，少年儿童出版社，1959.9

《藏北轻骑兵》，田武，少年儿童出版社，1959.9

《时刻保卫着》，王金陵等，少年儿童出版社，1959.9

《海港上的友谊》，张书瀛，少年儿童出版社，1959.9

《将军当兵》，张文荣等，少年儿童出版社，1959.9

《前进呀，钢都》，赵名等，少年儿童出版社，1959.9

《长江第一桥》，朱彦，少年儿童出版社，1959.9

《除四害能手焦蛋娃》，裴璠、明琴，山西人民出版社，1959.10

《闪烁着共产主义光芒的人》，少年儿童出版社编，少年儿童出版社，1959.11

《洪泽湖周围》，文康，少年儿童出版社，1959.11

《太钢的故事》，冯育栋，山西人民出版社，1959.12

《永远跟着共产党》，少年儿童出版社编，少年儿童出版社，1959.12

《万里东风红旗飘》，少年儿童出版社编，少年儿童出版社，1959.12

《一浪高一浪》，少年儿童出版社编，少年儿童出版社，1959.12

《叫时间听从指挥》，少年儿童出版社编，少年儿童出版社，1959.12

《"小五年计划"的故事》，少年儿童出版社编，少年儿童出版社，1959.12

《建设长江的哨兵》，万里长江编辑部编，中国少年儿童出版社，1959.12

《红领巾城》，杨永安，广西壮族自治区人民出版社，1959.12

《跃进中的红孩子》，共青团绥德县委员会编辑，绥德人民出版社，1959

1960 年

《党抚育我们成长》，少年儿童出版社编，少年儿童出版社，1960.1

《从红领巾到红旗手》，中国少年儿童出版社编，中国少年儿童出版社，1960.1

《运动场上的小健将》，傅其芳等，中国少年儿童出版社，1960.2

《灿烂前程》，任大星，江苏文艺出版社，1960.2

《大跃进的尖兵》，少年儿童出版社编，少年儿童出版社，1960.2

《和祖国一起跃进》，少年儿童出版社编，少年儿童出版社，1960.2

《果园的春天》，少年儿童出版社编，少年儿童出版社，1960.2

《人间七仙女》，少年儿童出版社编，少年儿童出版社，1960.2

《鸡》，郑州日报"红原"副刊编，河南人民出版社，1960.2

《当代英雄》，中国少年儿童出版社编，中国少年儿童出版社，1960.3

《总路线的红旗手》，中国少年儿童出版社，1960.3

《王家车的歌声》，少年儿童出版社编，少年儿童出版社，1960.3

《天天向上》，共青团辽宁省委员会学校少先队工作部编，春风文艺出版社，1960.4

《猪舍一少年》，殷志扬，少年儿童出版社，1960.4

《在祖国的春天里》，张北清等，北方文艺出版社，1960.5

《我们并肩前进》，崔雁荡，中国少年儿童出版社，1960.5

《挡不住的洪流》，贵州省编辑人员训练班记录整理，少年儿童出版社，1960.5

《大跃进时代的小英雄》，河南人民出版社编，河南人民出版社，1960.5

《生活在友谊的集体里》，少年儿童出版社编，少年儿童出版社，1960.5

《通向幸福的金桥》，碧野等，少年儿童出版社，1960.6

《红色的文教战士》，少年儿童出版社编，少年儿童出版社，1960.6

《冰川雪峰上的战斗》，肖方等，少年儿童出版社，1960.6

《采购员》，薛淑康，少年儿童出版社，1960.7

《我们在轮船上工作》，陆品山、水市等，少年儿童出版社，1960.10

《英雄创奇迹》，少年儿童出版社编，少年儿童出版社，1960.10

《红领巾和红旗手》，少年儿童出版社编，少年儿童出版社，1960.10

1961 年

《地雷大王和神枪姑娘》，中国少年儿童出版社编，中国少年儿童出版社，1961.2

《万紫千红塔里木》，林海清，少年儿童出版社，1961.4

《苦聪人有了太阳》，黄昌禄，中国少年儿童出版社，1961.5

《老红军的本色》，李楚城等，少年儿童出版社，1961.5

《母子闹革命》，施小妹口述，代琇、庄辛记录整理，少年儿童出版社，1961.5

《我在农村落户》，王培珍，少年儿童出版社，1961.5

《星星火炬》，少年儿童出版社编，少年儿童出版社，1961.5

《战斗在北大荒》，郑加真、萧沉等，少年儿童出版社，1961.7

《英雄的古巴》，路伟，中国少年儿童出版社，1961.8

《我们是姊妹兄弟》，翁世荣，少年儿童出版社，1961.8

《在邮电战线上》，包文俊等，少年儿童出版社，1961.9

《第一面五星红旗》，少年儿童出版社编，少年儿童出版社，1961.9

《红色少年李祖锚》，少年先锋社编，江西青少年出版社，1961.9

《顾客的知心人》，庄新儒，少年儿童出版社，1961.10

《难忘的战友们》，程思西，少年儿童出版社，1961.11

《飞行员》，谢础，少年儿童出版社，1961.11

《荔枝蜜》，少年儿童出版社编，少年儿童出版社，1961.12

1962 年

《革命长辈的回忆》，江西青少年出版社编，江西青少年出版社，1962.3

《樱花的国度》，叶君健，少年儿童出版社，1962.5

《山冈上的星》,任大霖,少年儿童出版社,1962.8

《完达山中》,丁继松,中国少年儿童出版社,1962.11

《沙海绿原》,宋政厚,少年儿童出版社,1962.11

《战斗的少年时代》,廖振,广东人民出版社,1962.12

1963 年

《冰凌花》,林青,少年儿童出版社,1963.3

《渔火》,张岐,少年儿童出版社,1963.4

《鸟岛风光》,周竞,山东人民出版社,1963.4

《山野猎踪》,梁泊,百花文艺出版社,1963.5

《在"北大荒"旅行》,丁继松,北方文艺出版社,1963.6

《探望》,李冠军,中国少年儿童出版社,1963.6

《金银湖》,周竞,少年儿童出版社,1963.7

《崇明围垦散记》,燕平等,少年儿童出版社,1963.11

1964 年

《花果山》,凤章,少年儿童出版社,1964.3

《号子》,张士敏,少年儿童出版社,1964.4

《手》,巴金等原著,燕平改写,少年儿童出版社,1964.5

《祖徕山漫步》,燕平,少年儿童出版社,1964.5

《一颗红心》,中国少年儿童出版社编,中国少年儿童出版社,1964.5

《震撼人心的午夜》,中国少年儿童出版社编,中国少年儿童出版社,1964.5

《英雄小姐妹》,玛拉沁夫,中国少年儿童出版社,1964.9

《我的弟弟"小萝卜头"》,宋振苏,少年儿童出版社,1964.9

《草原秋色》,朱奇,少年儿童出版社,1964.9

1965 年

《征服希夏邦马峰》,郭超人,少年儿童出版社,1965.4

《奴隶的新生》,福建人民教育出版社编,福建人民教育出版社,1965.5

《妻子瘫痪以后》,福建人民教育出版社编,福建人民教育出版社,1965.5

《光芒万丈新安江》,福庚,少年儿童出版社,1965.6

《红孩子》,杜峻、胡南,广东人民出版社,1965.7

《难逃人民巨掌》,福建人民教育出版社编,福建人民教育出版社,1965.8

《不畏利刃的少先队员》,福建人民教育出版社编,福建人民教育出版社,1965.8

《贫农的儿子》,少年儿童出版社编,少年儿童出版社,1965.9

《大寨的孩子们》,中国少年儿童出版社编,中国少年儿童出版社,1965.9

《在祖国的山南海北》,少年儿童出版社编,少年儿童出版社,1965.10

《战斗的越南》,许行,中国少年儿童出版社,1965.11

1966 年

《人民的好勤务员》,王少荣等,中国少年儿童出版社,1966.1

《鹰击长空》,少年儿童出版社编,少年儿童出版社,1966.3

《雷锋班的故事》,沈政编著,少年儿童出版社,1966.4

《李爱民》,李志宽、张凤儒,中国少年儿童出版社,1966.5

《龙梅和玉荣》,中国少年儿童出版社编,中国少年儿童出版社,1966.5

《硬骨头六连的新故事》,魏晓冰,少年儿童出版社,1966.6

1970 年

《敬爱的毛主席,我们红小兵永远忠于您》,甘肃人民出版社编,甘肃人民出版社,1970.4

《我的好老师》,广东人民出版社编,广东人民出版社,1970.5

《捉拿归案》,江西省新华书店编,江西省新华书店,1970.5

《帮助爹爹立新功》,广东人民出版社编,广东人民出版社,1970.6

《英雄五少年》,甘肃人民出版社编,甘肃人民出版社,1970.6

《夜航石头沙》,上海港工人业余写作组编写,上海人民出版社,1970.11

《毛泽东思想育英雄》,广东人民出版社编,广东人民出版社,1970.12

《钢铁运输兵》,"一二五"工人写作组,上海人民出版社,1970.12

1971 年

《毛主席的红小兵在成长》,甘肃人民出版社编,甘肃人民出版社,1971.3

《国际主义的新篇章》,吉林人民出版社编,吉林人民出版社,1971.4

《处处想着人民的利益》,甘肃人民出版社编,甘肃人民出版社,1971.5

《勇敢机智的红小兵》,福建人民出版社编,福建人民出版社,1971.12

《野营路上鱼水情》,河北人民出版社编,河北人民出版社,1971.12

1973 年

《少年英雄李爱民》,中共武乡县委通讯组编,山西人民出版社,1973.5

《完达山之歌》,刘亚舟,上海人民出版社,1973.9

《各族人民的春天》,甘肃人民出版社编,甘肃人民出版社,1973.12

《阳光雨露育新苗》,浙江人民出版社编,浙江人民出版社,1973.12

1974 年

《永不休战》,魏格铭,上海人民出版社,1974.9

1975 年

《在温暖的阳光下》,崇文区业余创作组《在温暖的阳光下》写作小组,北京人民出版社,1975.2

《知识青年的好榜样》,赵九伶改编,辽宁人民出版社,1975.3

《雏鹰展翅》,临湘县革命委员会文教局编,湖南人民出版社,1975.4

《王安民的故事》,邳县革命委员会创作组编,江苏人民出版社,1975.6

《优秀红卫兵孔宪凤》,孔宪凤事迹编写组编,上海人民出版社,1975.8

1976 年

《远航札记》,陆品山,上海人民出版社,1976.3

《投降派宋江评析》,陆磊,上海人民出版社,1976.3

1977 年

《和少年朋友谈谈学点鲁迅杂文》,上海师大中文系等编,上海人民出版社,1977.1

《向阳屿》,张岐,上海人民出版社,1977.9

1978 年

《长河浪花集》,秦牧,人民文学出版社,1978.7

1979 年

《风帆》,袁鹰,人民文学出版社,1979.6

《长街灯语》,秦牧,百花文艺出版社,1979.9

1980 年

《太湖漫游》,艾煊,少年儿童出版社,1980.5

《奇异的书简》,柯岩,四川人民出版社,1980.5

《金近作品选》,金近,中国少年儿童出版社,1980.6

《避雨的豹》,郭风,人民文学出版社,1980.6

《她有多少孩子》,理由,人民文学出版社,1980.7

《花蜜和蜂刺》,秦牧,人民文学出版社,1980.11

1981 年

《你是普通的花》,郭风,人民文学出版社,1981.1

《古海里的北斗星》,杨羽仪,河南人民出版社,1981.1

《忆怪集》,谢璞,湖北人民出版社,1981.3

《三寄小读者》,冰心,少年儿童出版社,1981.7

《绿色的边境》,文牧,新蕾出版社,1981.8

《鲜花的早晨》,郭风,花城出版社,1981.10

1982 年

《我心上的河流》,王一地,新蕾出版社,1982.2

《中国科学明星》,叶永烈,河北人民出版社,1982.3

《天涯》,袁鹰,上海文艺出版社,1982.7

《小郭在林中写生》,郭风,少年儿童出版社,1982.8

《韩少华散文选》,韩少华,北京出版社,1982.9

《杂文集》,郭风,福建人民出版社,1982.12

1983 年

《唱吧山溪》,郭风,上海文艺出版社,1983.1

《雨花棋》,艾煊,江苏人民出版社,1983.1

《小伐木人的歌》,文牧,湖南人民出版社,1983.4

《灯火集》,郭风,湖南人民出版社,1983.4

《袁鹰散文选》,袁鹰,四川人民出版社,1983.5

《南风的微笑》,杨羽仪,百花文艺出版社,1983.9

《闪光的路》,叶永烈,福建科学技术出版社,1983.9

《郭风散文选》,郭风,四川人民出版社,1983.11

1984 年

《歌溪》,吴然,云南人民出版社,1984.1

《郭风作品选》,郭风,中国少年儿童出版社,1984.1

《笙歌》,郭风,花城出版社,1984.1

新中国儿童文学

《摔倒了自己的冠军》，韩静霆、耿小震编剧，肖杉改编，中国戏剧出版社，1984.5

《彩色的贝》，张岐，山东少年儿童出版社，1984.6

《你生命中那时光》，孟晓云，岳麓书社，1984.11

《秋水》，袁鹰，百花文艺出版社，1984.12

《任大霖散文选》，任大霖，河南少年儿童出版社，1984.12

《小小的履印》，郭风，百花文艺出版社，1984.12

《美，属于她》，刘保法，重庆出版社，1984.12

1985 年

《星星寨》，乔传藻，云南人民出版社，1985.4

《飞去的黎鸡儿》，吴继路，中国少年儿童出版社，1985.6

《早晨的钟声》，郭风，湖南少年儿童出版社，1985.8

《羊城的彩翼》，杨羽仪，新世纪出版社，1985.11

1986 年

《和年轻人聊天》，秦牧，中国青年出版社，1986.5

《暖晴》，韩少华，中国文联出版公司，1986.6

《雾中奇案》，叶永烈，百花文艺出版社，1986.7

《给爱花的人》，郭风，湖南文艺出版社，1986.9

《少年巨人》，孙云晓，海燕出版社，1986.12

《古往今来话北京》，韩少华、张继缅，中国少年儿童出版社，1986.12

1987 年

《山野寻趣》，刘先平，安徽少年儿童出版社，1987.4

1988 年

《特殊儿童的特殊故事》，刘保法，重庆出版社，1988.3

《印象与独白》，孟晓云，中国新闻出版社，1988.3

《十八双鞋》，陈益，少年儿童出版社，1988.4

《寻找英雄的足迹》，乔传藻，云南少年儿童出版社，1988.5

《生活的斗士》，李楚城，少年儿童出版社，1988.6

《流行色》，孟晓云，北方文艺出版社，1988.9

《蒲公英的小屋》，郭风，河北少年儿童出版社，1988.12

1989 年

《为了明天》，赵郁秀，中国妇女出版社，1989.1

《多梦时节》，肖复兴，中国文联出版公司，1989.3

《开窗的人》，郭风，江西人民出版社，1989.5

《中国神童》，刘保法，四川少年儿童出版社，1989.9

《英雄少年赖宁》，中国少年先锋队全国工作委员会主编，中国少年儿童出版社，
　　1989.11

《当代少年心态录》，庄大伟，希望出版社，1989.11

1990 年

《成功在于选择——当代职业高中生心态录》，孙云晓，中国少年儿童出版社，1990.1

《一个少女和三千封来信》，孙云晓，四川少年儿童出版社，1990.1

《晴窗小札》，郭风，海峡文艺出版社，1990.2

《赖宁的世界》，孙云晓，北京少年儿童出版社，1990.3

《16 岁的思索》，孙云晓，少年儿童出版社，1990.6

《少年与兴趣》，庄大伟，少年儿童出版社，1990.10

《石羊及其他》，郭风，北岳文艺出版社，1990.10

《没有橹的小船》，陈益，中国少年儿童出版社，1990.11

《孩子，抬起头》，孙云晓，海燕出版社，1990.12

《刘胡兰的故事》，李凤杰编写，未来出版社，1990.12

1991 年

《小鸟在歌唱》，吴然，少年儿童出版社，1991.1

《珍珠赋·谢璞散文选》，谢璞，湖北少年儿童出版社，1991.1

《袁鹰散文六十篇》，袁鹰，人民文学出版社，1991.3

《星球的细语》，班马，福建少年儿童出版社，1991.4

《孙悟空在我们村里》，郭风，福建少年儿童出版社，1991.4

《碧水悠悠》，韩少华，文心出版社，1991.6

《成功者的秘诀》，孙云晓，河北教育出版社，1991.6

《渴望潇洒》，庄大伟，安徽文艺出版社，1991.7

《旅踪》，郭风，中国文联出版公司，1991.8

1992 年

《凉山的风》，吴然，云南人民出版社，1992.1

《多梦季节——现代中学生的甜酸苦辣》，刘保法，少年儿童出版社，1992.1

《淡淡的白梅》，庞敏，重庆出版社，1992.3

《握手在 16 岁》，孙云晓，中国文联出版公司，1992.6

《青春社会场——当代中学生社团生活纪实》，孙云晓，四川少年儿童出版社，1992.8

《青春阶梯》，孙云晓，贵州人民出版社，1992.12

1993 年

《悄悄话》，高洪波，湖北少年儿童出版社，1993.4

《飞翔的蝉声》，徐鲁，安徽教育出版社，1993.10

《风雨花集》，吴然，浙江少年儿童出版社，1993.12

1994 年

《你的快乐在远方》，徐鲁，湖南少年儿童出版社，1994.1

《裙上的花朵》，陈丹燕，中原农民出版社，1994.4

《唯美主义者的舞蹈》，陈丹燕，上海文艺出版社，1994.8

《我们的母亲叫中国》，苏叔阳，中国少年儿童出版社，1994.8

《跨世纪的一代》，孙云晓，未来出版社，1994.12

1995 年

《青春的玫瑰》，徐鲁，海燕出版社，1995.5

《郭风散文选集》,姚春树编,百花文艺出版社,1995.12

1996 年

《邱少云　罗盛教》,李凤杰编著,未来出版社,1996.5

《雷锋　张思德》,李凤杰编著,未来出版社,1996.5

《刘胡兰　向警予》,李凤杰编著,未来出版社,1996.5

《白求恩　王进喜》,李凤杰编著,未来出版社,1996.5

《焦裕禄　孔繁森》,李凤杰编著,未来出版社,1996.5

《卓娅和舒拉　保尔·柯察金》,李凤杰编著,未来出版社,1996.5

《烟水江南绿》,艾煊,珠海出版社,1996.6

《郭风儿童文学文集》,郭风,福建少年儿童出版社,1996.9

《青梅竹马时节》,徐鲁,中国少年儿童出版社,1996.9

《遥远地方的音乐声》,陈丹燕,文汇出版社,1996.10

《一碗水》,吴然,福建少年儿童出版社,1996.10

《珍珠雨》,吴然,湖北少年儿童出版社,1996.11

《守林人的小屋》,乔传藻,湖北少年儿童出版社,1996.11

《与十六岁对话》,徐鲁,湖北少年儿童出版社,1996.11

《纯真季节》,殷健灵,少年儿童出版社,1996.11

1997 年

《龙眼园里》,郭风,上海教育出版社,1997.7

《童年的小路》,徐鲁,上海教育出版社,1997.7

《寻找布谷鸟》,任大星,上海教育出版社,1997.7

《汗颜斋文札》,郭风,海峡文艺出版社,1997.9

《还你一片蓝天——中国失足少年教育纪实》,李凤杰,湖北少年儿童出版社,
　　1997.12

《新人类的呼唤——中国独生子女教育纪实》,孙云晓,湖北少年儿童出版社,
　　1997.12

《同享七彩阳光——中国残疾儿童教育纪实》,周甲禄等,湖北少年儿童出版社,
　　1997.12

1998 年

《追随永恒》,曹文轩,北京大学出版社,1998.1

《野菊花·红田野》,秦文君,安徽少年儿童出版,1998.6

《珍爱生命,拒绝毒品——和青年谈禁毒、禁烟》,李凤杰,未来出版社,1998.6

《郭风作品精选》,郭景能编,河北少儿出版社,1998.8

《月光之舞》,张洁,湖南少年儿童出版社,1998.11

《走过心情》,谢倩霓,湖南少年儿童出版社,1998.11

《中国孩子在海外》,田珍颖、孟晓云主编,江苏少年儿童出版社,1998.11

1999 年

《一朵云》,乔传藻,浙江少年儿童出版社,1999.1

《袁鹰散文》,袁鹰,华夏出版社,1999.1

《北国少年行》,高洪波,浙江少年儿童出版社,1999.1

《于是有了一朵玫瑰》,陈丹燕,湖北少年儿童出版社,1999.5

《怪老头随想录》,孙幼军,湖北少年儿童出版社,1999.5

《孤蟹》,北董,湖北少年儿童出版社,1999.5

《童年回声》,樊发稼,湖北少年儿童出版社,1999.5

《班长下台》,桂文亚,湖北少年儿童出版社,1999.5

《一诺千金》,秦文君,湖北少年儿童出版社,1999.5

《绿人笔记》,韦伶、班马,湖北少年儿童出版社,1999.5

《小气鬼猴的诞生》,沈石溪,湖北少年儿童出版社,1999.5

《与荒原共舞的男孩儿》,常新港,湖北少年儿童出版社,1999.5

《为青春祝福》,高洪波,湖北少年儿童出版社,1999.5

《校园林荫道》,庄大伟,湖北少年儿童出版社,1999.5

《你和你的青苹果》,刘绪源,湖北少年儿童出版社,1999.5

《冬天里的红苹果》,刘保法,湖北少年儿童出版社,1999.5

《听那美丽的笛声》,曾卓,湖北少年儿童出版社,1999.5

《今天写的是明天的故事》,梅子涵,湖北少年儿童出版社,1999.5

《中国孩子的梦》,谷应,湖北教育出版社,1999.8

《送你一束紫罗兰》,刘保法,贵州人民出版社,1999.8

《夜宿泉州》,郭风,吉林摄影出版社,1999.9

《小霞客西南游》,吴然,晨光出版社,1999.10

2000 年

《我和我的孩子在海外》,孟晓云主编,当代世界出版社,2000.1

《解放孩子》,孙云晓,北京出版社,2000.5

《天使的花房》,吴然,云南教育出版社,2000.12

2001 年

《铁门与锁》,吴然,云南教育出版社,2001.5

《等你敲门》,金波,北京少年儿童出版社,2001.8

《浪漫简历》,梅子涵,北京少年儿童出版社,2001.8

《唱片年龄》,高洪波,北京少年儿童出版社,2001.8

《感恩生活》,秦文君,北京少年儿童出版社,2001.8

《打架的风度》,张之路,北京少年儿童出版社,2001.8

《扛着女儿过大江——最初的感动》,董宏猷、董菁,人民文学出版社,2001.10

《感谢往事》,金波,浙江少年儿童出版社,2001.12

2002 年

《体验成长——青少年民宿地球村报告》,孙云晓主编,天津教育出版社,2002.1

《青蛙的旅行》,郭风,贵州教育出版社,2002.4

《孙云晓少年儿童教育报告》,孙云晓,接力出版社,2002.4

《青春的玫瑰》,徐鲁,青岛出版社,2002.9

2003 年

《天鹅的故乡》，刘先平，湖北少年儿童出版社，2003.1

《迷失的大象》，刘先平，湖北少年儿童出版社，2003.1

《黑麂的呼唤》，刘先平，湖北少年儿童出版社，2003.1

《经历神奇红树林》，刘先平，湖北少年儿童出版社，2003.1

《圆梦大树杜鹃王》，刘先平，湖北少年儿童出版社，2003.1

《潜入叶猴王国》，刘先平，湖北少年儿童出版社，2003.1

《麋鹿回归》，刘先平，湖北少年儿童出版社，2003.1

《解读树王长寿密码》，刘先平，湖北少年儿童出版社，2003.1

《蓝调江南》，金曾豪，古吴轩出版社，2003.9

《轰然作响的记忆》，刘东，中国少年儿童出版社，2003.9

《白相大上海》，刘保法，上海人民出版社，2003.11

《唤醒巨人——成功教育启示录》，孙云晓，安徽少年儿童出版，2003.12

《三峡小移民》，冯绪旋，湖北少年儿童出版社，2003.12

2004 年

《藏在书包里的玫瑰 校园性问题访谈实录》，孙云晓、张引墨，北京出版社，
　　2004.4

《记得那年花下》，殷健灵，湖北少年儿童出版社，2004.4

《郭风散文选集》，郭风，百花文艺出版社，2004.9

《飞得最高的中国人——杨利伟》，董恒波编著，中国少年儿童出版社，2004.11

《心往哪里飞：作品背后的秘密》，金波，湖北少年儿童出版社，2004.12

2005 年

《幻想之美》，吴然，云南人民出版社，2005.1

《寻找幸运花瓣儿》，金波，少年儿童出版社，2005.5

《走月亮》，吴然，少年儿童出版社，2005.5

《纸风铃 紫风铃》，彭学军，安徽少年儿童出版社，2005.9

《听见萤火虫》，殷健灵，安徽少年儿童出版社，2005.9

《三峡绝唱》，董宏猷，四川少年儿童出版社，2005.11

《三棵树》，乔传藻，晨光出版社，2005.12

2006 年

《飞翔，哪怕翅膀断了心》，韩青辰，少年儿童出版社，2006.1

《老爸青春无歌》，孔祥骅，宁夏人民出版社，2006.3

《阳光校园拒绝暴力》，简平，中国福利会出版社，2006.10

2007 年

《盾神》，曹晋原、曹晋云，长城出版社，2007.6

《蓝天下的课桌》，伍美珍、刘君早，福建少年儿童出版社，2007.9

2008 年

《门缝里的童年》，林彦，浙江少年儿童出版社，2008.1

《飞鸟的天空》，张洁，浙江少年儿童出版社，2008.1

《聆听父亲》，张大春，上海人民出版社，2008.1

《驼背鱼》，英娃，福建少年儿童出版社，2008.3

《小狗笨笨眼中的动物世界》，王芳芳，同心出版社，2008.4

《蚂蚁奇奇的翅膀》，王芳芳，同心出版社，2008.4

《掉队的北极燕鸥娜娜》，王芳芳，同心出版社，2008.4

《鲨鱼虎虎的航海日记》，王芳芳，同心出版社，2008.4

《烛光师魂》，何作人主编，湖南教育出版社，2008.5

《空巢十二月：留守中学生的成长故事》，邱易东，少年儿童出版社，2008.5

《成长不烦恼》，彭楷迪，花城出版社，2008.6

《选择坚强：汶川大地震中的孩子们》，甘仁编著，江西人民出版社，2008.6

《告别未成年》，吕晗子，华文出版社，2008.7

《童年旧事》，马及时，四川少年儿童出版社，2008.7

《地震中的孩子》，《地震中的孩子》编写组编，百花洲文艺出版社，2008.8

《不灭的火焰：奥运火炬手的故事》，金晶，百花洲文艺出版社，2008.8

《陇原好少年》，甘肃省文明办组织编，甘肃少年儿童出版社，2008.9

《少年英雄——20名汶川大地震抗震救灾英雄少年的故事》，李朝全，安徽少年
    儿童出版社，2008.9

《诗仙李白》，李学斌，吉林文史出版社，2008.10

《大文豪鲁迅》，薛涛，吉林文史出版社，2008.10

《国歌的曲作者聂耳》，吴然，吉林文史出版社，2008.10

《华侨旗帜陈嘉庚》，薛卫民，吉林文史出版社，2008.10

《革命先行者孙中山》，徐鲁，吉林文史出版社，2008.10

《晚霞中的红蜻蜓》，谢倩霓，新世纪出版社，2008.11

《穿过忧伤的花季》，王巨成，明天出版社，2008.12

《为了那渴望的目光：希望工程20年记事》，黄传会，安徽教育出版社，2008.12

2009 年

《蓝天下的永恒——最美女孩熊宁》，薛保勤，陕西人民出版社，2009.1

《数学奇才华罗庚》，郝月梅，吉林文史出版社，2009.3

《国画大师齐白石》，保冬妮，吉林文史出版社，2009.3

《画坛伯乐徐悲鸿》，侯颖，吉林文史出版社，2009.3

《科学伟人诺贝尔》，北董，吉林文史出版社，2009.3

《童话之王安徒生》，侯颖，吉林文史出版社，2009.3

《夏天的喜剧》，浙江少年儿童出版社编，浙江少年儿童出版社，2009.8

《北方的家：党兴昶儿童散文》，党兴昶，辽宁人民出版社，2009.12

2010 年

《青春飘扬：中国十大杰出青年进校园采访纪实》，侯贵平主编，北京少年儿童出
    版社，2010.5

《仿佛就在昨天》，赵郁秀，辽宁少年儿童出版社，2010.12

2011 年

《吴然教你读散文》，吴然选评，外语教学与研究出版社，2011.5

《中国留守儿童日记》，杨元松，江苏文艺出版社，2011.11

2012 年

《我是一条洄游的鱼》，高洪波，安徽少年儿童出版社，2012.1

《爱仔仔的理由》，杨红樱，湖北少年儿童出版社，2012.6

《蓝色泸沽湖》，吴然，现代出版社，2012.6

《西皮流水》，高洪波，现代出版社，2012.6

《十二枝玫瑰花》，徐鲁，浙江少年儿童出版社，2012.7

《和花朵说悄悄话》，吴然，北方妇女儿童出版社，2012.10

2013 年

《有苗不愁长》，鲁景超，安徽少年儿童出版社，2013.1

《我不要长大》，桂文亚，安徽少年儿童出版社，2013.4

《彩色的篱笆》，马及时，四川少年儿童出版社，2013.4

《牵手阳光》，吴然，晨光出版社，2013.5

《金色水滴》，张洁，明天出版社，2013.5

《蓝月亮红太阳》，韩青辰，安徽少年儿童出版社，2013.8

《会唱歌的火炉》，迟子建，明天出版社，2013.8

《林中小屋》，张梅溪，明天出版社，2013.8

《为少年轻唱》，简平，同心出版社，2013.8

《探海蛟龙》，陈新，浙江少年儿童出版社，2013.10

《儿童村不能忘记》，王刚义、王秀岩，大连理工大学出版社，2013.10

2014 年

《青树上的叶子》，邱易东，金盾出版社，2014.3

《脊梁——女儿眼中的罗阳》，烈娃、刘朵格，安徽少年儿童出版社，2014.3

《天堂里不会有眼泪》，徐长顺，金盾出版社，2014.3

《隔日沉香》，陈曦，金盾出版社，2014.3

《手语》，高巧林，金盾出版社，2014.3

《蓝色的记忆》，陆樱，金盾出版社，2014.3

《心中的月光》，于梦娇，金盾出版社，2014.3

《我的乡村，我的少年》，刘泽安，金盾出版社，2014.3

《让我遇见你》，商晓娜，江苏少年儿童出版社，2014.4

《萦绕在美丽中》，韦苇，福建少年儿童出版社，2014.5

《星星点灯》，王巨成，北京少年儿童出版社，2014.6

《回到童年》，林良，福建少年儿童出版社，2014.7

《早安豆浆店》，林良，福建少年儿童出版社，2014.7

《窗外飘过两朵蝴蝶云》，丫丫，福建少年儿童出版社，2014.8

《沿着歌德的足迹》，徐鲁，浙江少年儿童出版社，2014.8

《点亮小橘灯：金波 80 岁寄小读者》，金波，中国少年儿童出版社，2014.8

《写给少年儿童的诗》，孙思堂，中国文联出版社，2014.11

2015 年

《"碎碎"平安》，张洁，安徽少年儿童出版社，2015.1

《亲爱的小孩》，陆梅，浙江少年儿童出版社，2015.1

《少年朱元璋》，管家琪，浙江文艺出版社，2015.5

《感动的力量》，曹文轩，安徽少年儿童出版社，2015.6

《青春咖啡屋》，安武林，浙江少年儿童出版社，2015.7

《风吹过，依然美》，安武林，浙江少年儿童出版社，2015.7

《致成长中的你：十五封青春书简》，殷健灵，长江文艺出版社，2015.7

《和太阳赛跑》，鲁守华，中国少年儿童出版社，2015.8

《童年时的抗日行动：纪念中国人民抗日战争胜利 70 周年》，张锦贻，远方出版
　　社，2015.8

《你好，童年》，陆梅，中国中福会出版社，2015.8

《故乡的七夕》，徐鲁，中国少年儿童出版社，2015.9

《你好，十年后的我》，殷健灵，青岛出版社，2015.9

《一个孩子朝前走》，郁雨君，安徽少年儿童出版社，2015.10

《像我这样的女生》，郁雨君，安徽少年儿童出版社，2015.10

2016 年

《从岩石路八号说起：剑桥游学篇》，桂文亚，浙江少年儿童出版社，2016.3

《雪地上的红星》，徐鲁，浙江少年儿童出版社，2016.4

《琴动我心》，徐鲁，浙江少年儿童出版社，2016.4

《永恒的灯火》，徐鲁，浙江少年儿童出版社，2016.4

《命运交响曲》，徐鲁，浙江少年儿童出版社，2016.4

《小船驶向远方》，徐鲁，浙江少年儿童出版社，2016.4

《16 岁的思索》，孙云晓，长江少年儿童出版社，2016.4

《长着翅膀游英国》，桂文亚，福建少年儿童出版社，2016.5

《天堂鸟与奶瓶刷》，夏祖丽，福建少年儿童出版社，2016.6

《哥儿俩在澳洲》，夏祖丽，福建少年儿童出版社，2016.6

《洱海大耳朵》，吴然，浙江少年儿童出版社，2016.10

《故乡的芦苇》，樊发稼，北京时代华文书局，2016.12

2017 年

《梦中的芦苇》，黄蓓佳，晨光出版社，2017.1

《如果你在，该有多好》，彭学军，晨光出版社，2017.1

《谁从我童年的窗外走过》，徐鲁，晨光出版社，2017.1

《会跳舞的精灵》，汤素兰，晨光出版社，2017.1

《美国访学游记》，邢傲楠，济南出版社，2017.1

《我的湖》，赵霞，安徽少年儿童出版社，2017.3

《床下的朋友》，冯辉岳，江苏凤凰少年儿童出版社，2017.3

《星星也偷笑》，桂文亚，福建少年儿童出版社，2017.3

《少女发丝的故事》,桂文亚,福建少年儿童出版社,2017.3

《我爱蓝影子》,桂文亚,福建少年儿童出版社,2017.3

《描花的日子》,张炜,浙江少年儿童出版社,2017.3

《新寄小读者》,王充闾,辽宁少年儿童出版社,2017.5

《偷读禁书的滋味》,肖复兴,福建少年儿童出版社,2017.5

《同桌的你》,肖复兴,福建少年儿童出版社,2017.5

《疯狂的腿》,肖复兴,福建少年儿童出版社,2017.5

《母亲和莫扎特》,肖复兴,福建少年儿童出版社,2017.5

《那片绿绿的爬山虎》,肖复兴,福建少年儿童出版社,2017.5

《守望自己的麦田》,殷健灵,安徽少年儿童出版社,2017.6

《美少年》,张炜,安徽少年儿童出版社,2017.6

《夜莺》,张炜,安徽少年儿童出版社,2017.6

《海边歌手》,张炜,安徽少年儿童出版社,2017.6

《山楂树》,张炜,安徽少年儿童出版社,2017.6

《理想的阅读》,张炜,安徽少年儿童出版社,2017.6

《狐狸老婆》,张炜,安徽少年儿童出版社,2017.6

《养兔记》,张炜,安徽少年儿童出版社,2017.6

《张炜自述》,张炜,安徽少年儿童出版社,2017.6

《八位作家待过的地方》,张炜,安徽少年儿童出版社,2017.6

《长跑神童》,张炜,安徽少年儿童出版社,2017.6

《小时候的喜欢》,孙卫卫,西安电子科技大学出版社,2017.12

2018 年

《青涩的梦》,吕金淼,福建少年儿童出版社,2018.2

《老师也曾是孩子》,郭姜燕,江苏凤凰少年儿童出版社,2018.3

《快乐的秘密》,金波,广州出版社,2018.3

《一盒什锦糖》,桂文亚,广州出版社,2018.3

《抢春水》,吴然,广州出版社,2018.3

《蔷薇盛开的童年》,陈雪花,北京少年儿童出版社,2018.4

《逆而向上的风》,黄加羽,浙江人民出版社,2018.5

《访问童年》,殷健灵,长江文艺出版社,2018.12

2019 年

《三性寓言》,张强,中国国际广播出版社,2019.4

《青春的梦,在青春做完》,苑子文、苑子豪,江苏凤凰文艺出版社,2019.6

四、儿童诗

1950 年

《四季儿歌》,贺宜,儿童书局,1950.7

《花蝴蝶》,蒋元琴,商务印书馆,1950.8

1951 年

《一滴水珠的游记》,王海,辽宁人民出版社,1951.6

《给老伯伯送镰刀》,田陇,山东人民出版社,1951.9

1952 年

《新童谣》,容彦,南方通俗出版社,1952.2

《向日葵》,田间,青年出版社,1952.2

1953 年

《儿童歌谣》,李迪生、行捷编,华南人民出版社,1953.5

1954 年

《新儿歌》,胡江非,华光书局,1954.2

《重要的小事情》,贺宜,少年儿童出版社,1954.5

《戴上红领巾的第二天》,郑马,少年儿童出版社,1954.5

1955 年

《马莲花》,熊塞声,中国青年出版社,1955.2

《小青蛙》,刘御,中国青年出版社,1955.3

《冬天的玫瑰》,金近,少年儿童出版社,1955.4

《啄木鸟和大兀鹰》,白丁,江苏人民出版社,1955.5

《苦难的童年》,丁力,新文艺出版社,1955.5

《啥也不能比》,红领巾社编,四川人民出版社,1955.7

《小队长的苦恼》,金近,少年儿童出版社,1955.7

《四川儿歌选》,四川人民出版社编,四川人民出版社,1955.7

《火柴盒的火车》,郭风,少年儿童出版社,1955.8

《北京儿歌》,央匀,少年儿童出版社,1955.8

《同学,我亲爱的朋友》,贺宜,少年儿童出版社,1955.9

《大力士》,贺宜,儿童读物出版社,1955.10

《篝火燃烧的时候》,袁鹰,少年儿童出版社,1955.10

《快乐的小青蛙》,赵晓萍,辽宁人民出版社,1955.10

《上姥姥家》,陶耶,山东人民出版社,1955.11

《桃花开》,黎锦晖,儿童读物出版社,1955.12

《潮州新童谣》,南方通俗出版社编,南方通俗出版社,1955.12

1956 年

《解放军叔叔的心》,良沛等,重庆人民出版社,1956.1

《八月的萤火》,邵燕祥,少年儿童出版社,1956.1

《煤公公》,王海,辽宁人民出版社,1956.1

《金色的童年》,儿童读物出版社编,儿童读物出版社,1956.2

《金色的海螺》,阮章竞,中国少年儿童出版社,1956.2

《红领巾》,中国少年儿童出版社编,中国少年儿童出版社,1956.2

《小鸽子》,胡景芳,辽宁人民出版社,1956.3

《骄傲的编辑》,红领巾社编,四川人民出版社,1956.3

《小石匠》,辽宁人民出版社编,辽宁人民出版社,1956.3

《奇怪的故事》,谢振宇,辽宁人民出版社,1956.3

《雁哨》,胡昭,辽宁人民出版社,1956.4

《响铃公主》,胡昭,辽宁人民出版社,1956.4

《幸福的钥匙》,李季,少年儿童出版社,1956.4

《抓雀王》,力亢,辽宁人民出版社,1956.4

《龙潭故事》,乔羽,中国少年儿童出版社,1956.4

《龙女的故事》,殊青、山川,江苏人民出版社,1956.4

《大月亮》,四川人民出版社编,四川人民出版社,1956.4

《小鸡找朋友》,分年阅读小丛书编辑委员会编著,少年儿童出版社,1956.5

《画上我的理想》,贵州人民出版社编,贵州人民出版社,1956.5

《战士和孩子》,韩笑,广东人民出版社,1956.5

《小勇和小巧》,辽宁人民出版社,1956.5

《放牧》,王玉洪,江苏人民出版社,1956.5

《儿童三字经》,辛安亭,通俗读物出版社,1956.5

《英勇的朝鲜孩子们》,刘饶民,山东人民出版社,1956.6

《兔子尾巴的故事》,刘饶民,江苏人民出版社,1956.6

《再见吧好朋友》,欧外鸥,广东人民出版社,1956.6

《小红灯》,沙鸥,少年儿童出版社,1956.6

《小鸿回乡》,申近,江苏人民出版社,1956.6

《条条大路通北京》,少年儿童出版社编,少年儿童出版社,1956.6

《山里山外都照亮》,少年儿童出版社编,少年儿童出版社,1956.6

《挖棒棰》,曾层,辽宁人民出版社,1956.6

《打兽队长》,高沙,少年儿童出版社,1956.7

《轮船》,郭风、梁吉,福建人民出版社,1956.7

《聪明的小山羊》,黄耀宗、朱中美,江西人民出版社,1956.7

《红领巾》,刘崇善,浙江人民出版社,1956.7

《农村孩子的歌》,刘饶民,山东人民出版社,1956.7

《姑娘和八哥鸟》,刘肇霖,少年儿童出版社,1956.7

《老鼠盗牛》,沙鸥,少年儿童出版社,1956.7

《绿眼睛》,吴霞,四川人民出版社,1956.7

《光荣的分工》,熊炬,四川人民出版社,1956.7

《洛东江小姑娘》,管桦,中国少年儿童出版社,1956.8

《绿化祖国的大地》,黄耀宗、朱中美,江西人民出版社,1956.8

《驴子的经验》,江舟,江苏人民出版社,1956.8

《蝉子飞》,江西文艺社编,江西人民出版社,1956.8

《蜗牛姑娘》,刘厚明,北京大众出版社,1956.8

《友谊的种子》,刘学洪等,江西人民出版社,1956.8

《儿歌集》,辽宁省民主妇女联合会保育工作人员训练班编,辽宁人民出版社,
　　　1956.8

《七色宝》，岳霄等，山西人民出版社，1956.8

《批林批孔儿歌》，《红小兵》编辑室编，吉林人民出版社，1956.9

《不落的太阳》，鲁兵，少年儿童出版社，1956.9

《幻想的比赛》，若望，少年儿童出版社，1956.9

《妈妈不在的时候》，王浩，陕西人民出版社，1956.9

《运河边上的少年》，张曼，少年儿童出版社，1956.9

《母鸡和耗子》，张继楼，湖北人民出版社，1956.9

《五个松鼠扛西瓜》，周正良，江苏人民出版社，1956.9

《寻找胜利的少年》，朱叶，重庆人民出版社，1956.9

《脚印》，刘崇善、赵晓苹，江苏人民出版社，1956.10

《打钟》，刘饶民，江苏人民出版社，1956.10

《小黄莺》，张琦，吉林人民出版社，1956.10

《牧童献宝》，张振，吉林人民出版社，1956.10

《幸福花》，张有德，河南人民出版社，1956.10

《放鹅》，赵长占，吉林人民出版社，1956.10

《小白杨》，胡敦骅等，山东人民出版社，1956.11

《四个孩子》，孔令保，吉林人民出版社，1956.11

《新儿歌》，刘曲，河北人民出版社，1956.11

《火车开往远方》，鲁兵，少年儿童出版社，1956.11

《爷爷和奶奶的故事》，师田手，辽宁人民出版社，1956.11

《黄雀年年来唱歌》，陕西人民出版社编，陕西人民出版社，1956.11

《献龙肝》，王德芳，陕西人民出版社，1956.11

《一只小白帆船》，钟锵，少年儿童出版社，1956.11

《金沙江边三只鸟》，钟宽洪，少年儿童出版社，1956.11

《十龙宝印》，朱叶，重庆人民出版社，1956.11

《丰收泪满眶》，方小珠，少年儿童出版社，1956.12

《仙乐》，贺宜，中国少年儿童出版社，1956.12

《儿歌选》，河南人民出版社编，河南人民出版社，第一辑，1956.12；第二辑，1957.9；
　　第三辑，1958.7；第四辑，1958.9；第五辑，1958.11；第六辑，1959.8；第七辑，
　　1959.10；第八辑，1960.5

《火龙衫》，李冰，长江文艺出版社，1956.12

《夏令营之歌》，四川人民出版社编，四川人民出版社，1956.12

《四川儿歌》，拓林，少年儿童出版社，1956.12

《兔场长》，阴景曙，江苏人民出版社，1956.12

1957 年

《莱阳儿歌》，柳成林，山东人民出版社，1957.1

《走了一趟外婆家》，湖南人民出版社编，湖南人民出版社，1957.1

《母鸡和耗子》，张继楼、继敏，天津美术出版社，1957.1

《小青蛙》，安徽人民出版社编，安徽人民出版社，1957.2

《小骑兵》，常青等整理编写，山西人民出版社，1957.2

《杨梅子》，大可、方里，广东人民出版社，1957.2

《金鸭滩》，段后基、矢夫，四川人民出版社，1957.2

《朝霞姑娘》，贵州人民出版社编，贵州人民出版社，1957.3

《"小兵"的故事》，柯岩，天津人民出版社，1957.3

《红领巾》，李明文等，江西人民出版社，1957.3

《排排坐》，四川人民出版社编，四川人民出版社，1957.3

《小马良》，小景、老史，浙江人民出版社，1957.3

《仙泉取水》，严冰儿，少年儿童出版社，1957.3

《神笔之歌》，张永枚，湖北人民出版社，1957.3

《农村孩子的歌》，高歌，江苏人民出版社，1957.4

《俩姑娘》，高焰等编写，陕西人民出版社，1957.4

《勇敢的驴子》，林慕汉绘、姜维朴配诗，人民美术出版社，1957.4

《木头姑娘》，沙蕾，长江文艺出版社，1957.4

《浪花》，司徒圆，少年儿童出版社，1957.4

《胶东儿歌》，徐大放，少年儿童出版社，1957.4

《我们街上的汽车》，徐青山，少年儿童出版社，1957.4

《双枪小英雄》，丹木，广东人民出版社，1957.5

《分一半给大月亮》，贵州人民出版社编，贵州人民出版社，1957.5

《春姑娘带来的礼物》，胡敦骅，广东人民出版社，1957.5

《小黄姑娘》，胡明树，广东人民出版社，1957.5

《冬青和桂花》，靳骧，山东人民出版社，1957.5

《大红花》，柯岩，中国少年儿童出版社，1957.5

《城外的白杨》，中申，浙江人民出版社，1957.5

《冬冬》，黎贡瑞，重庆人民出版社，1957.6

《花嫂嫂》，李力群，陕西人民出版社，1957.6

《金牛山》，李力群，陕西人民出版社，1957.6

《天上星联星》，刘饶民，中国少年儿童出版社，1957.6

《枣树了》，刘饶民，少年儿童出版社，1957.6

《芦管》，邵燕祥，少年儿童出版社，1957.6

《儿歌》，蒋培智，云南人民出版社，1957.7

《小河唱歌》，柳成林，辽宁人民出版社，1957.7

《小芳上学》，淑均，人民美术出版社，1957.7

《小树叶》，田地，少年儿童出版社，1957.7

《营帐边有一条小河》，张继楼，中国少年儿童出版社，1957.7

《群英历险记》，方里、大可，广东人民出版社，1957.8

《儿歌和小诗》，金近，中国少年儿童出版社，1957.8

《最美的画册》，柯岩，少年儿童出版社，1957.8

《小弟和小猫》，柯岩，江苏文艺出版社，1957.8

《十二月花》，李乡浏等整理，福建人民出版社，1957.8

《快去迎接春天》，沙鸥，天津人民出版社，1957.8

《矿工的儿子》，吴承汉，重庆人民出版社，1957.8

《瘸腿的甲鱼》，锡金，少年儿童出版社，1957.8

《小傻瓜》，小路，少年儿童出版社，1957.8

《月亮的船》，郭风，福建人民出版社，1957.9

《神仙山》，李鲤，山东人民出版社，1957.9

《种瓜少年》，刘饶民，辽宁人民出版社，1957.9

《没有顶子的塔》，刘肇霖，少年儿童出版社，1957.9

《唱的是山歌》，严冰儿，少年儿童出版社，1957.9

《彩色的幻想》，袁鹰，天津人民出版社，1957.9

《海燕岛》，李涌，中国少年儿童出版社，1957.10

《广西童谣选集》，刘介等收集整理，广西人民出版社，1957.10

《小纸船》，胡敦骅，辽宁人民出版社，1957.11

《儿童诗选》，中国少年儿童出版社编，中国少年儿童出版社，1957.11

《蒲公英和虹》，郭风，少年儿童出版社，1957.12

《书包说的话》，欧外鸥，长江文艺出版社，1957.12

《给海边的孩子》，于之，少年儿童出版社，1957.12

《友情》，邹绿芷改写，中国少年儿童出版社，1957.12

1958 年

《洗衣姑娘》，柏叶，山西人民出版社，1958.1

《小姑娘的梦》，野谷，重庆人民出版社，1958.1

《打秋千》，飞雪等，山东人民出版社，1958.2

《蜜蜂蜜蜂你飞来》，刘饶民，江苏人民出版社，1958.2

《童年》，王明，河北人民美术出版社，1958.2

《在美国，有一个孩子被杀死了》，袁鹰，少年儿童出版社，1958.3

《飞到银河上》，贵州人民出版社编，贵州人民出版社，1958.4

《石榴花》，刘饶民，中国少年儿童出版社，1958.4

《月亮明光光》，陕西人民出版社编，陕西人民出版社，1958.4

《露营之歌》，胡景芳，中国少年儿童出版社，1958.5

《中队的鼓手》，金近，中国少年儿童出版社，1958.5

《大喜报》，江苏文艺出版社编，江苏文艺出版社，1958.5

《巴吉湖灭妖记》，李南力，中国少年儿童出版社，1958.5

《从北京唱到边疆》，梁上泉，中国少年儿童出版社，1958.5

《害羞草》，刘饶民，中国少年儿童出版社，1958.5

《外婆桥》，刘饶民等搜集，江苏文艺出版社，1958.5

《一对蝈蝈吹牛皮》，天津人民出版社编，天津人民出版社，1958.5

《儿歌》，辽宁人民出版社编，辽宁人民出版社，1958.5

《螳螂挡火车》，杨平、晨阳，河北人民出版社，1958.5

《我们自己写、自己唱》，郭善庭、颜成毕编，少年儿童出版社，1958.6

《天上多了两颗星》，贵州人民出版社编，贵州人民出版社，1958.6

《大红马》，湖北人民出版社编，湖北人民出版社，1958.6

《插秧船儿两头尖》，少年儿童出版社编，少年儿童出版社，1958.6

《欢唱总路线》，少年儿童出版社编，少年儿童出版社，1958.6

《天上星星数不清》，少年儿童出版社编，少年儿童出版社，1958.6

《歌唱工业大跃进》，少年儿童出版社编，少年儿童出版社，1958.6

《歌唱农业大跃进》，少年儿童出版社编，少年儿童出版社，1958.6

《千年农具大翻新》，少年儿童出版社编，少年儿童出版社，1958.6

《农业社里新人多》，少年儿童出版社编，少年儿童出版社，1958.6

《总路线光芒照农村》，少年儿童出版社编，少年儿童出版社，1958.6

《农村新儿歌》，少年儿童出版社编，少年儿童出版社，1958.6

《工人叔叔志气高》，少年儿童出版社编，少年儿童出版社，1958.6

《别看我的年纪小》，少年儿童出版社编，少年儿童出版社，1958.6

《海洋是我们的家》，少年儿童出版社编，少年儿童出版社，1958.6

《江西童谣选》，"星火"杂志社编，江西人民出版社，1958.6

《红石》，严阵，少年儿童出版社，1958.6

《河水弯弯上山岗》，贵州人民出版社编，贵州人民出版社，1958.7

《炼钢炉，开红花》，黎汝清，少年儿童出版社，1958.7

《擦皮鞋的小彼得》，刘肇霖，少年儿童出版社，1958.7

《小专家》，辽宁人民出版社编，辽宁人民出版社，1958.7

《牛仔王》，阮章竞，中国少年儿童出版社，1958.7

《明天的农村》，圣野，少年儿童出版社，1958.7

《宣传队来了》，少年儿童出版社编，少年儿童出版社，1958.7

《狂风，你刮吧》，少年儿童出版社编，少年儿童出版社，1958.7

《数也数不尽》，少年儿童出版社编，少年儿童出版社，1958.7

《将军来到工地上》，少年儿童出版社编，少年儿童出版社，1958.7

《三个扫盲小战士》，唐可民，少年儿童出版社，1958.7

《泰山的传说》，陶阳作，山东人民出版社，1958.7

《阿玛莎》，王德成、雷建军，少年儿童出版社，1958.7

《返航》，王吉林，中国少年儿童出版社，1958.7

《英雄兵，英雄汉》，谢宗文，少年儿童出版社，1958.7

《一把小锄头》，邢远谋，中国少年儿童出版社，1958.7

《看星星》，中国少年儿童出版社编，中国少年儿童出版社，1958.7

《踏平东海万顷浪》，尹和云，少年儿童出版社，1958.7

《太行一少年》，周丽华，河北人民出版社，1958.7

《人人高唱跃进歌》，中国少年儿童出版社编，中国少年儿童出版社，1958.7

《朵朵花儿开》，河北人民出版社编，河北人民出版社，1958.8

《农家孩子的歌》，湖北人民出版社编，湖北人民出版社，1958.8

《一个爆竹飞上天》，湖南人民出版社编，湖南人民出版社，1958.8

《全家老少起五更》，金近，中国少年儿童出版社，1958.8

《男女老少齐出征》，少年儿童出版社编，少年儿童出版社，1958.8

《为孩子们写的诗》，天津人民出版社编，天津人民出版社，1958.9

《一个红薯滚下坡》，曹鉴等，少年儿童出版社，1958.9

《新儿歌》，宁静等，长安书店，1958.9

《英国佬，别卖老》，乐小英，少年儿童出版社，1958.9

《小农场》，袁飞，少年儿童出版社，1958.9

《干劲冲破九重天》，中国少年儿童出版社编，中国少年儿童出版社，1958.9

《英雄的阿妈妮》，蒲祖煦，少年儿童出版社，1958.10

《我做小车真灵巧》，中国少年儿童出版社编，中国少年儿童出版社，1958.10

《喜鹊报喜》，中国少年儿童出版社编，中国少年儿童出版社，1958.10

《我是小小饲养家》，春到等，少年儿童出版社，1958.11

《儿童诗歌选》，郭真等，江西人民出版社，1958.11

《小小伢儿赛罗成》，湖北采风委员会编，湖北人民出版社，1958.11

《小金孩》，李作华，少年儿童出版社，1958.11

《满山遍野挂红灯》，谢殿英，山东人民出版社，1958.11

《厂长打鼓我敲锣》，毛用坤，少年儿童出版社，1958.11

《毛主席来到我的家》，四川人民出版社编，四川人民出版社，1958.11

《我请雁鹅帮个忙》，四川人民出版社编，四川人民出版社，1958.11

《香香的日子万年长》，萧甘牛，少年儿童出版社，1958.11

《两个娃娃夸家乡》，钟锵，少年儿童出版社，1958.11

《儿童歌谣》，北京市公安局、北京市交通安全委员会编，群众出版社，1958.12

《大喇叭花》，飞雪等，山东人民出版社，1958.12

《小手握得比铁硬》，贵州人民出版社编，贵州人民出版社，1958.12

《金书》，蓝阳，辽宁人民出版社，1958.12

《时钟老人》，李廉等，安徽文艺出版社，1958.12

《要把河水引上坡》，冯罗铮、洪育庆，少年儿童出版社，1958.12

《小松鼠回到外婆家》，王人路，长安美术出版社，1958.12

《妹妹骑月亮》，钟华，中国少年儿童出版社，1958.12

1959 年

《勇敢的小平》，琢璞，河南人民出版社，1959.1

《树林里的故事》，贺宜，四川人民出版社，1959.1

《我们开辟的小花园》，贺宜，百花文艺出版社，1959.1

《小河也喜欢》，伊克昭，少年儿童出版社，1959.1

《新儿歌选》（第一集），陕西人民出版社编，陕西人民出版社，1959.2

《小喜鹊》，保定地区人民出版社，1959.2

《新儿歌集》，河北人民出版社编，河北人民出版社，第一集，1959.2；第二集，
    1959.4；第三集，1959.7；第四集，1959.11

《小弟和小猫》，柯岩，中国少年儿童出版社，1959.2

《三边一少年》，李季，中国少年儿童出版社，1959.2

《一枝花》，刘饶民，安徽文艺出版社，1959.2

《我爱铁，我爱钢》，陆静山，中国少年儿童出版社，1959.2

《新儿歌选》，上海文艺出版社编，上海文艺出版社，1959.2

《话儿顺着电线飞》，王鸿，陕西人民出版社，1959.2

《山歌欢唱太阳升》，赵志、韩伯，中国少年儿童出版社，1959.3

《这样好不好》，人民美术出版社编，人民美术出版社，1959.3

《余姚儿童诗选》，共青团余姚县委学校和少先队工作部编，浙江人民出版社，1959.3

《唱支歌儿多快乐》，广州幼儿学校编，广东人民出版社，1959.3

《牛背上的笛声》，贵州人民出版社编，贵州人民出版社，1959.3

《摇篮曲》，中国少年儿童出版社编，中国少年儿童出版社，1959.3

《共产主义的接班人》，江苏文艺出版社编，江苏文艺出版社，1959.3

《第一台拖拉机出世了》，洛阳第一拖拉机厂工人编，中国少年儿童出版社，1959.3

《人小志气大》，任大霖，少年儿童出版社，1959.3

《人民公社多么好》，沈嘉、朱张铭，少年儿童出版社，1959.3

《小朋友大跃进》，陈伯吹，长江文艺出版社，1959.4

《秋风吹来稻谷香》，广州市教育局编，广东人民出版社出版，1959.4

《小石榴》，胡景芳，吉林人民出版社，1959.4

《幼儿园儿歌选》，杭州市安古路小学附属幼儿园编，浙江人民出版社，1959.4

《给幼儿园小朋友念的诗歌》，湖南人民出版社编，湖南人民出版社，1959.4

《儿歌新唱》，刘云，徐州人民出版社，1959.4

《孩子们写的诗》（第1集），山西人民出版社编，山西人民出版社，1959.4

《朵朵葵花朝太阳》，吴超、蔚钢，中国少年儿童出版社，1959.4

《我家个个是专家》，盐城人民出版社编，盐城人民出版社，1959.4

《海龙王》，安徽人民出版社编，安徽人民出版社，1959.5

《红军吹号了》，边卒搜集，吉林人民出版社，1959.5

《幼儿歌谣》，保定地区人民出版社编，保定地区人民出版社，1959.5

《谁在吃饭》，迟叔昌、王汶，天津少年儿童美术出版社，1959.5

《勇敢地挥动马刀》，顾工，中国少年儿童出版社，1959.5

《新儿歌》，广州文化出版社编，广州文化出版社，1959.5

《野营之歌》，贵州人民出版社编，贵州人民出版社，1959.5

《小蜻蜓》，贵州人民出版社编，贵州人民出版社，1959.5

《唱个粮食丰收歌》，湖南人民出版社编，湖南人民出版社，1959.5

《红色儿童歌谣》，江西人民出版社编，江西人民出版社，1959.5

《白马河边》，刘肇霖，少年儿童出版社，1959.5

《我们的诗》，南京市少年之家编，江苏文艺出版社，1959.5

《韶山谣》，唐海波，湖南人民出版社，1959.5

《仙丹花》，田中禾，河南人民出版社，1959.5

《让我们快快的成长》，铜仁专区人民出版社，1959.5

《大家称我好儿郎》，周汉平，湖南人民出版社，1959.5

《儿童歌谣》，中国昌潍地委宣传部编，昌潍人民出版社，1959.5

《欢唱丰收歌》，中国少年儿童出版社编，中国少年儿童出版社，1959.5

《儿歌一百首》，刘饶民，百花文艺出版社，1959.6

《中国儿歌选》，中国少年儿童出版社编，中国少年儿童出版社，1959.6

《儿歌》,甘肃省第一保育院编,敦煌文艺出版社,1959.7

《人小志气大》,贵州人民出版社编,贵州人民出版社,1959.7

《上北京》,河北人民美术出版社编,河北人民美术出版社,1959.7

《社里处处是金山》,金近,中国少年儿童出版社,1959.7

《不妙！不妙》,柯岩,人民美术出版社,1959.7

《写给少先队员的诗》,刘饶民,湖北人民出版社,1959.7

《幸福桥》,山东人民出版社编,山东人民出版社,1959.7

《广东儿歌》,谭达先、徐佩筠,广东人民出版社,1959.7

《保卫红领巾》,袁鹰,中国少年儿童出版社,1959.7

《干干净净身体好》,中国少年儿童出版社编,中国少年儿童出版社,1959.7

《英雄小虎娃》,江全章,湖北人民出版社,1959.8

《"瓜王"送给毛主席》,吉林人民出版社编,吉林人民出版社,1959.8

《小红马》,柯岩,人民美术出版社,1959.8

《毛主席走进咱村来》,刘饶民,安徽人民出版社,1959.8

《红色歌谣》,罗宁、陈东林搜集整理,中国少年儿童出版社,1959.8

《儿童乐》,陕西人民出版社编,陕西人民出版社,1959.8

《人民公社好》,云南民族出版社编,云南民族出版社,1959.8

《我到北京去》,中国作家协会江苏分会筹委会编,江苏文艺出版社,1959.8

《幼儿园儿歌教材选编》,北京市教育局幼儿教育研究室编,中国少年儿童出版
　　社,1959.9

《祖国到处好风光》,陈维博,少年儿童出版社,1959.9

《珠玛》,傅仇,中国少年儿童出版社,1959.9

《萝卜联欢会》,金近,少年儿童出版社,1959.9

《我们的礼物》,中国作家协会译文编辑委员会编,中国少年儿童出版社,1959.9

《小水车》,吴引祺,青海人民出版社,1959.9

《自己的事自己做》,少年儿童出版社编,少年儿童出版社,1959.9

《咱公社是鱼米乡》,尤冰,少年儿童出版社,1959.9

《上海新儿歌选》,章力挥,少年儿童出版社,1959.9

《我是志愿军》,子聪,人民美术出版社,1959.9

《幼儿园里朋友多》,郑州幼师编选,河南人民出版社,1959.9

《唱个儿歌采朵花》,东海文艺出版社编,东海文艺出版社,1959.10

《桂花姑娘》,放平,湖南人民出版社,1959.10

《小号兵》,刘饶民,吉林人民出版社,1959.10

《寄到汤姆斯河去的诗》,袁鹰,人民文学出版社,1959.10

《小粗心游太阳城》,迟叔昌,少年儿童出版社,1959.11

《春天的故事》,李冰,湖北人民出版社,1959.11

《好孩子》,辽宁美术出版社编,辽宁美术出版社,1959.11

《幸福花》,安徽人民出版社编,安徽人民出版社,1959.12

《小丁和新日历》,方向,湖北人民出版社,1959.12

《卫生歌》,辽宁美术出版社编,辽宁美术出版社,1959.12

《小哨兵》，圣野、吴少山，少年儿童出版社，1959.12

《红色牧歌》，严阵，少年儿童出版社，1959.12

1960 年

《我和小牛》，马业文等，春风文艺出版社，1960.1

《农家孩子的歌》，王牧、张诚，少年儿童出版社，1960.1

《儿歌》，敦煌文艺出版社编，敦煌文艺出版社，1960.2

《儿童文学集》，贵州大学中文系、贵州人民出版社编，贵州人民出版社，1960.2

《小姑娘学飞》，黄衣青，少年儿童出版社，1960.2

《柳树枝挂月亮》，佟希仁，春风文艺出版社，1960.2

《红旗飞满天》，中国少年儿童出版社编，中国少年儿童出版社，1960.2

《天上太阳红东东》，中国少年儿童出版社编，中国少年儿童出版社，1960.2

《小牧笛》，贵州人民出版社编，贵州人民出版社，1960.3

《神奇的小磨》，金帆，广东人民出版社，1960.3

《长胡子爷爷变媳妇》，蓝丁、徐心，春风文艺出版社，1960.3

《东平湖的鸟声》，雁翼，中国少年儿童出版社，1960.3

《儿童歌谣》，崔峰，长安书店，1960.4

《三面红旗万万岁诗歌选》，共青团辽宁省委学校和少先队工作部编，春风文艺
　　出版社，1960.4

《望见北京城门了》，吉林人民出版社编，吉林人民出版社，1960.4

《石榴树》，江苏文艺出版社编，江苏文艺出版社，1960.4

《红缨枪》，江苏文艺出版社编，江苏文艺出版社，1960.4

《"小迷糊"阿姨》，柯岩，作家出版社，1960.4

《儿歌选集》（第一辑），四川省妇联绵阳专区办事处编，绵阳人民出版社，1960.4

《四川十年儿童文学选》，四川十年文学艺术选集编辑委员会编，四川人民出版
　　社，1960.4

《公社儿童》，管用和、李作华，湖北人民出版社，1960.5

《广西童谣》，广西壮族自治区群众艺术馆编，广西人民出版社，1960.5

《太阳拜节》，贺宜，少年儿童出版社，1960.5

《海边儿歌》，刘饶民，百花文艺出版社，1960.5

《海边孩子的歌》，刘饶民，广东人民出版社，1960.5

《小星星》，孙受军，敦煌文艺出版社，1960.5

《革命红旗满山岗》，少年儿童出版社编，少年儿童出版社，1960.5

《公社儿歌》，李万鹏、张见，山东人民出版社，1960.5

《人民公社万万岁》，陶耶，北方文艺出版社，1960.5

《宝宝唱奇迹》，郑拾风，少年儿童出版社，1960.5

《三岁娃娃学唱歌》，福建人民出版社编，福建人民出版社，1960.6

《星星和奖章》，贵州人民出版社编，贵州人民出版社，1960.6

《哈尔滨儿童歌谣选》，哈尔滨市教育局、哈尔滨师范学院编，黑龙江人民出版社，
　　1960.6

《河南儿歌》，河南人民出版社编，河南人民出版社，1960.6

《少年英雄吕锡三》，江全章，湖北人民出版社，1960.6

《心儿向着共产党》，少年儿童出版社编，少年儿童出版社，1960.6

《红花开得万万年》，中国少年儿童出版社编，中国少年儿童出版社，1960.6

《歌儿哪有猪儿多》，中国少年儿童出版社编，中国少年儿童出版社，1960.6

《月牙儿弯弯》，青海人民出版社编，青海人民出版社，1960.7

《我爱我的红领巾》，张有德，河南人民出版社，1960.8

《歌唱人民公社好》，湖南人民出版社编，湖南人民出版社，1960.9

《月儿船》，山草、王润身，山东人民出版社，1960.9

《小鸡生大鸡》，鲁兵，少年儿童出版社，1960.11

1961 年

《五封信》，袁鹰，少年儿童出版社，1961.3

《少年诗歌选》，中国少年儿童出版社编，中国少年儿童出版社，1961.3

《黄浦江边的儿歌》，少年儿童出版社编，少年儿童出版社，1961.4

《小红孩》，江苏人民出版社编，江苏人民出版社，1961.5

《小朋友的诗》，何梦熊等，少年儿童出版社，1961.7

《帽子的秘密》，柯岩，人民美术出版社，1961.7

《古代诗歌选（第一册）》，王易鹏选注，少年儿童出版社，1961.10

《给少年们的诗》，臧克家，少年儿童出版社 1961.11

《洪湖少年之歌》，江全章，少年儿童出版社，1961.12

《银水淀的荷花》，兰丁，春风文艺出版社，1961.12

1962 年

《花朵集》，王书怀，北方文艺出版社，1962.1

《小华和胖娃》，钟少幼编，中国少年儿童出版社，1962.4

《礼花》，陈伯吹，百花文艺出版社，1962.6

《欢乐的童年》，黄庆云，岭南美术出版社，1962.6

《胖嫂回娘家》，宛青、张路，人民美术出版社，1962.6

《大红脸》，人民美术出版社编，人民美术出版社，1962.7

《哥俩寻斧》，闪光，河南人民出版社，1962.7

《幸福的种子》，庄相，云南人民出版社，1962.7

《西瓜滚下山》，人民美术出版社编，人民美术出版社，1962.8

《马戏团演员》，于之，少年儿童出版社，1962.9

《抗联叔叔到我家》，方半林，春风文艺出版社，1962.10

《小冬木》，吕远，中国少年儿童出版社，1962.10

《孔雀和白头翁》，佟希仁，春风文艺出版社，1962.10

《我知道》，大苗诗，人民美术出版社，1962.11

《小洋号》，左可国等，甘肃人民出版社，1962.11

《青龙湾》，兰曼，中国少年儿童出版社，1962.12

《白马红仙女》，张永枚，少年儿童出版社，1962.12

1963 年

《太阳的小客人》，时间改编，贵州人民出版社，1963.1

《小玲玲的心意》，李兆德，吉林人民出版社，1963.3

《雷锋叔叔的故事》，艺山，吉林人民出版社，1963.3

《百子图》，刘饶民，百花文艺出版社，1963.5

《四川儿歌》，四川人民出版社编，四川人民出版社，1963.5

《一副手套》，大苗诗，人民美术出版社，1963.6

《为啥都要跑》，任率英，人民美术出版社，1963.6

《好歌唱给毛主席》，钟庭润，河南人民出版社，1963.6

《一挂小车跑村东》，春风文艺出版社编，春风文艺出版社，1963.7

《彩色的童年》，张继楼，重庆人民出版社，1963.7

《眯眯笑》，曹作锐，人民美术出版社，1963.8

《我对雷锋叔叔说》，柯岩，中国少年儿童出版社，1963.8

《回声》，金波，少年儿童出版社，1963.9

《天马山》，刘肇霖，百花文艺出版社，1963.10

《跨海征荒》，史莽，少年儿童出版社，1963.10

《月亮亮》，李岳南等，少年儿童出版社，1963.12

1964 年

《新儿歌童谣选》，少年儿童出版社编，少年儿童出版社，1964.2

《写给少先队员的诗》，刘饶民，作家出版社，1964.2

《红缨枪》，邵游，少年儿童出版社，1964.2

《刀》，谢其规，少年儿童出版社，1964.2

《公社孩子的歌》，关登瀛等，少年儿童出版社，1964.3

《马猴祖先的故事》，阮章竞，少年儿童出版社，1964.3.

《红军叔叔回来了》，东风文艺出版社编，东风文艺出版社，1964.3

《小熊跳高》，于之，中国少年儿童出版社，1964.3

《哥俩好》，大苗诗，人民美术出版社，1964.4

《牵牛花》，广东人民出版社编，广东人民出版社，1964.5

《花儿朵朵开》，黄庆云，广东人民出版社，1964.5

《小兵》，刘饶民诗，中国少年儿童出版社，1964.5

《二娃子》，张乐平，少年儿童出版社出版，1964.5

《红山茶》，刘御作诗，云南人民出版社，1964.7

《鳄鱼的眼泪》，曲金，人民美术出版社，1964.7

《雪莲花》，汪承栋，少年儿童出版社，1964.9

《在毛主席身边长大》，袁鹰，中国少年儿童出版社，1964.9

《铅笔头》，吕远，中国少年儿童出版社，1964.10

《太阳底下花儿红》，鲁兵、圣野，少年儿童出版社，1964.11

《儿童文学诗歌选》，福州幼儿师范学校语文组、泉州幼儿师范学校语文组编，福
建人民教育出版社，1964.11

1965 年

《红色的歌》，芦芒，少年儿童出版社，1965.3

《草原上的鹰》，杨啸，少年儿童出版社，1965.3

《地上的银河》,古歆,少年儿童出版社,1965.4

《橘林曲》,雁翼,少年儿童出版社,1965.4

《红色的花朵》,邓宸耀,江西人民出版社,1965.5

《先锋歌》,郭沫若,少年儿童出版社,1965.5

《向阳花》,湖南人民出版社编,湖南人民出版社,1965.5

《越南小姑娘》,姜维朴,人民美术出版社,1965.5

《在我们的村子里》,金近,中国少年儿童出版社,1965.5

《照镜子》,柯岩,少年儿童出版社,1965.5

《讲给少先队员听》,柯岩,少年儿童出版社,1965.5

《种菜忙》,刘饶民,中国少年儿童出版社,1965.5

《小孩子懂大事情》,任溶溶,少年儿童出版社,1965.5

《跳橡皮筋儿歌》,沈中海,少年儿童出版社,1965.5

《蜇死美国佬》,王里编,人民美术出版社,1965.5

《处处好地方》,望安,少年儿童出版社,1965.5

《海边孩子爱唱歌》,刘饶民,江苏人民出版社,1965.7

《三个少先队员》,王云笑,北方文艺出版社,1965.8

《幼儿歌谣》,中央广播电台少年儿童广播部编,上海教育出版社,1965.8

《小小兵》,梁平,少年儿童出版社,1965.9

《唐代三大诗人诗集》,邢汶若,中国少年儿童出版社,1965.9

《书包的故事》,徐日辉,湖南人民出版社,1965.9

《从小就听党的话》,中国少年儿童出版社编,中国少年儿童出版社,1965.9

《我们心中的红太阳》,中国少年儿童出版社编,中国少年儿童出版社,1965.9

《我们都叫小雷锋》,广东人民出版社编,广东人民出版社,1965.11

《廖贻训的故事》,望远,山东人民出版社,1965.11

《勇敢的小兔》,尹一,人民美术出版社,1965.11

《美国佬出洋相》,天马,中国少年儿童出版社,1965.12

1966 年

《和爸妈比童年》,黄庆云,广东人民出版社,1966.2

《走向太阳》,戈非,少年儿童出版社,1966.3

《无产阶级硬骨头——麦贤德》,滕英杰、吴敏,少年儿童出版社,1966.4

1970 年

《金训华之歌》,仇学宝,广东人民出版社,1970.4

《红小兵歌唱红卫星》,中国福利会少年宫编,上海人民出版社,1970.10

《葵花朵朵向太阳》,杭州市红代会编,浙江人民出版社,1970.12

1971 年

《向着北京唱支歌》,河北人民出版社编,河北人民出版社,1971.11

1972 年

《阳光雨露育新苗》,云南人民出版社编,云南人民出版社,1972.3

《小歌手》,江苏人民出版社编,江苏人民出版社,1972.5

《长白山儿歌》，通化地区革委会政治部宣传组编，吉林人民出版社，1972.5

《勇敢的红小兵》，浙江省纪念毛主席《在延安文艺座谈会上的讲话》发表三十周
　　年征文办公室编，浙江人民出版社，1972.5

《祖国处处是阳光》，辽宁人民出版社编，辽宁人民出版社，1972.6

《黄继光》，李学鳌等配诗，人民美术出版社，1972.8

《我是一朵向阳花》，人民文学出版社编，人民文学出版社，1972.8

《画朵葵花向太阳》，北京师范大学儿歌编创组编，北京人民出版社，1972.11

《朵朵红花向阳开》，河北人民出版社编，河北人民出版社，1972.11

《向阳花开朵朵红》，刘秉刚，吉林人民出版社，1972.11

《草原新歌》，鲁芒，青海人民出版社，1972.11

《红小兵爱唱革命歌》，商县土门庵中学安育新编写，陕西人民出版社，1972.12

《我爱毛主席我爱党》，刘秉刚等诗，人民美术出版社，1972.12

1973 年

《十粒米的故事》，李润生、任梦龙等编，人民美术出版社，1973.2

《小英雄卡塞姆》，红铁，黑龙江人民出版社，1973.3

《张思德》，李学鳌，人民美术出版社编，人民美术出版社，1973.3

《红小兵心中的歌》，福建人民出版社编，福建人民出版社，1973.5

《小兵学雷锋》，广东人民出版社编，广东人民出版社，1973.5

《小喇叭》，河北人民出版社编，河北人民出版社，1973.5

《插队姐姐来我家》，黑龙江人民出版社编，黑龙江人民出版社，1973.5

《新伙伴》，红小兵报社编，上海人民出版社，1973.5

《党是阳光我是花》，刘秉刚，人民美术出版社，1973.5

《连心树》，刘秉刚，吉林人民出版社，1973.5

《金色小铜号》，孙海浪，江西人民出版社，1973.5

《向阳花》，太原市少年宫编，山西人民出版社，1973.5

《小红军》，万青力，北京人民出版社，1973.5

《红旗一角的故事》，尹世霖，北京人民出版社，1973.5

《桥》，张崇纲等，山东人民出版社，1973.5

《儿歌》，李凯，北京人民出版社，1973.6

《我们是革命新一代》，人民文学出版社编，人民文学出版社，1973.6

《红小兵最爱毛主席》，北京人民出版社编，北京人民出版社，1973.7

《乌兰的歌声》，马达，辽宁人民出版社，1973.7

《红小兵的歌》，内蒙古人民出版社编，内蒙古人民出版社，1973.7

《红小兵最爱学英雄》，天津人民出版社编，天津人民出版社，1973.7

《火车向着韶山跑》，张秋生，上海人民出版社，1973.7

《红小兵心向党》，广东人民出版社编，广东人民出版社，1973.8

《铁树开花》，刘秉刚编，人民美术出版社，1973.8

《岳云贵之歌》，刘琦，山西人民出版社，1973.9

《我是公社小社员》，辽宁人民出版社编，辽宁人民出版社，1973.9

《少年朗诵诗集》，上海人民出版社编，上海人民出版社，1973.9

《我家住在海河边》,聪聪等,天津人民美术出版社,1973.10

《红小兵最爱韶山冲》,湖南人民出版社编,湖南人民出版社,1973.10

《青莲和铁栓》,姜金城,上海人民出版社,1973.10

《我和小树同长大》,广西人民出版社编,广西人民出版社,1973.11

《新苗》,山西人民出版社编,山西人民出版社,1973.11

1974 年

《我是公社一棵秧》,浙江人民出版社编,浙江人民出版社,1974.1

《张张笑脸象葵花》,湖北人民出版社编,湖北人民出版社,1974.2

《阳光雨露育新苗》,湖北人民出版社编,湖北人民出版社,1974.2

《扎保打虎》,何宏、李敏仕配诗,浙江人民出版社,1974.2

《帕米尔小山鹰》,白俊华编,新疆人民出版社,1974.2

《梨》,刘猛编,人民美术出版社编,人民美术出版社,1974.2

《草原儿歌》,哲里木盟文化局创作组编,吉林人民出版社,1974.3

《边疆少年之歌》,李志,人民文学出版社,1974.5

《小号兵》,人民美术出版社编,人民美术出版社,1974.5

《我们都是小闯将》,人民文学出版社编,人民文学出版社,1974.6

《工人新村的歌》,张秋生,上海人民出版社,1974.6

《三个小羊倌》,朱述新,河北人民出版社,1974.6

《红小兵的歌》,吉林人民出版社编,吉林人民出版社,1974.7

《心中有杆革命枪》,四川人民出版社编,四川人民出版社,1974.7

《长大也当伐木工》,云涛、刘希立,黑龙江人民出版社,1974.7

《小猎手》,红小兵批林批孔诗歌,福建人民出版社,1974.8

《爱学习》,广东人民出版社编,广东人民出版社,1974.8

《朵朵葵花向阳开》,河南人民出版社编,河南人民出版社,1974.8

《高举红旗夺胜利》,辽宁人民出版社编,辽宁人民出版社,1974.8

《红锦》,广东人民出版社编,广东人民出版社,1974.8

《长大接好革命班》,安徽人民出版社编,安徽人民出版社,1974.9

《向阳花开朵朵红》,滕毓旭、王代红,辽宁人民出版社,1974.9

《万岁万岁毛主席》,广东人民出版社编,广东人民出版社,1974.10

《我写儿歌来参战》,人民文学出版社编,人民文学出版社,1974.10

《唱歌的星星》,朱兆雪,人民文学出版社,1974.10

《红小兵战歌》,内蒙古人民出版社编,内蒙古人民出版社,1974.11

《批林批孔儿歌选》,人民教育出版社编,人民教育出版社,1974.11

《红小兵之歌》,达县草坝公社业余创作组,四川人民出版社,1974.12

《大家来锻炼》,龚韵,上海人民出版社,1974.12

《批林批孔儿歌集》,河北人民出版社编,河北人民出版社,1974.12

《儿歌向着太阳唱》,胡天生等,江西人民出版社,1974.12

《我是公社一棵苗》,人民文学出版社编,人民文学出版社,1974.12

《批林批孔儿歌选》,山西人民出版社编,山西人民出版社,1974.12

《红花开遍好山河》,上海人民出版社编,上海人民出版社,1974.12

《一代新人在成长》，杨本红，江苏人民出版社，1974.12

《西沙之战》，张永枚，广东人民出版社，1974.12

《红缨枪》，张永枚，广东人民出版社，1974.12

1975 年

《大红花》，河北人民出版社编，河北人民出版社，1975.1

《儿歌要比星星多》，内蒙古人民出版社编，内蒙古人民出版社，1975.1

《一代更比一代强》，上海人民出版社编，上海人民出版社，1975.1

《我是小小批判家》，王怀让，河南人民出版社，1975.1

《爱科学》，吴树敬等，广东人民出版社，1975.1

《儿歌万首滚滚来》，湖北人民出版社编，湖北人民出版社，1975.2

《红小兵爱唱新儿歌》，共青团陕西省委学校和少年工作部编，陕西人民出版社，1975.3

《天安门前去报喜》，广东人民出版社编，广东人民出版社，1975.3

《大寨儿歌选》，山西人民出版社编，山西人民出版社，1975.3

《批林批孔猛开炮》，上海人民出版社编，上海人民出版社，1975.3

《我和爸爸比童年》，田丰，黑龙江人民出版社，1975.3

《向阳花开》，丁一，黑龙江人民出版社，1975.4

《我写儿歌上战场》，哈尔滨市教师进修学院编，黑龙江人民出版社，1975.4

《祖国向前我向前》，湖南人民出版社编，湖南人民出版社，1975.4

《做个革命好娃娃》，刘猛，北京人民出版社，1975.4

《革命儿歌大家唱》，辽宁省教育局编，编辽宁人民出版社，1975.4

《高山顶上一小鹰》，秦裕权，广西人民出版社，1975.4

《小葵花》，山东人民出版社编，山东人民出版社，1975.4

《庆胜利》，山东人民出版社编，山东人民出版社，1975.4

《画朵草原大寨花》，王忠范，黑龙江人民出版社，1975.4

《新苗集》，黑龙江人民出版社编，黑龙江人民出版社，1975.5

《会摇尾巴的狼》，虞天慈改编，上海人民出版社，1975.5

《阳光哺育我成长》，青海人民出版社编，青海人民出版社，1975.5

《公社添新花》，人民文学出版社编，人民文学出版社，1975.5

《校园春色——教育革命诗颂》，上海人民出版社编，上海人民出版社，1975.5

《我们要当小闯将》，李子南，天津人民出版社，1975.5

《朝霞满天地》，镇江市文化馆编，江苏人民出版社，1975.5

《我们高唱胜利歌》，《北京少年》编辑部编，北京人民出版社，1975.6

《红星闪闪放光芒》，湖南人民出版社编，湖南人民出版社，1975.6

《我为革命唱儿歌》，人民教育出版社编，人民教育出版社，1975.6

《公社新苗》，张寿彭，上海人民出版社，1975.6

《金喇叭》，安徽人民出版社编，安徽人民出版社，1975.7

《我写儿歌上战场》，广东省教育局编，广东人民出版社，1975.7

《警觉的草原》，刘晓滨，山西人民出版社，1975.7

《紧握手中革命枪》，内蒙古人民出版社编，内蒙古人民出版社，1975.7

《矿山小歌手》,人民文学出版社编,人民文学出版社,1975.7

《我们都是向阳花》,陈友聪,福建人民出版社,1975.8

《鲜红的红领巾》,石湾,北京人民出版社,1975.8

《新儿歌》,武汉《红小兵》编辑部编,湖北人民出版社,1975.8

《雨露滋润禾苗壮》,安阳地区文教局编,河南人民出版社,1975.9

《我们是毛主席的红小兵》,共青团陕西省委员会学校和少年工作部编,陕西人民出版社,1975.9

《井冈小山鹰》,孙海浪,江西人民出版社,1975.9

《体育新苗》,人民体育出版社编,人民体育出版社,1975.10

《我是小小理论兵》,江苏省革委会教育局编,江苏人民出版社,1975.10

《抗日儿童团之歌》,吴珹搜集整理,上海人民出版社,1975.10

《向阳花》,《向阳花》编辑组编,四川人民出版社,1975.10

《从小做个批判家》,甘肃人民出版社编,甘肃人民出版社,1975.11

《长大当个新农民》,广东人民出版社编,广东人民出版社,1975.11

《鲜花献给毛主席》,贵州省群众艺术馆编,贵州人民出版社,1975.11

《高声歌唱新时代》,辽宁人民出版社编,辽宁人民出版社,1975.11

《青青小松树》,山西人民出版社编,山西人民出版社,1975.11

《椰岛少年》,张永枚,广东人民出版社,1975.11

《大庆儿歌》,《大庆儿歌》编创组编,人民文学出版社,1975.12

《工业花开朵朵红》,申璋,上海人民出版社,1975.12

《闪亮的银河》,苏辑黎,江西人民出版社,1975.12

《红星引路意志坚》,上海市少年宫编,上海人民出版社,1975.12

1976 年

《紧握红缨枪》,黑龙江人民出版社编,黑龙江人民出版社,1976.1

《我爱小矿灯》,黑龙江人民出版社编,黑龙江人民出版社,1976.1

《矿山儿歌》,董浩善,河北人民出版社,1976.2

《石油花开朵朵红》,黑龙江人民出版社编,黑龙江人民出版社,1976.2

《向阳花儿朵朵开》,湖北人民出版社编,湖北人民出版社,1976.2

《草原小哨兵》,刘正华,内蒙古人民出版社,1976.2

《小山丹》,钱璞,吉林人民出版社,1976.2

《一篮桐子》,崔笛扬,贵州人民出版社,1976.3

《花开草原》,乌·达尔罕,内蒙古人民出版社,1976.3

《祖国盛开向阳花》,辽宁人民出版社编,辽宁人民出版社,1976.3

《学校新歌》,萍之,上海人民出版社,1976.3

《向着北京歌唱》,上海市少年宫编,上海人民出版社,1976.3

《献给祖国的花朵》,人民文学出版社编,人民文学出版社,1976.3

《我爱边疆》,人民文学出版社编,人民文学出版社,1976.4

《朝阳花红》,张庆明、李木生,河南人民出版社,1976.4

《小军号》,陈官煊,四川人民出版社,1976.5

《卫生儿歌》,陈寓中改写,北京人民出版社,1976.5

《伐夏爷爷的故事》，樊发稼，河南人民出版社，1976.5

《歌唱新华西》，江阴县革命委员会文教局、华士公社华西大队党支部编，江苏人民出版社，1976.5

《进攻的号角》，《上海少年》编，上海人民出版社，1976.5

《毛主席培育我成长》，安徽人民出版社编，安徽人民出版社，1976.6

《我爱大寨花》，聪聪，人民文学出版社，1976.6

《小船摇到金水桥》，共青团江西省委学校和红小兵工作组编，江西人民出版社，1976.6

《大寨道路毛主席开》，广东人民出版社编，广东人民出版社，1976.6

《天安门上太阳升》，宁夏人民出版社编，宁夏人民出版社，1976.6

《昔阳新儿歌》，人民文学出版社编，人民文学出版社，1976.6

《学站岗》，王瑞等改编，人民美术出版社，1976.7

《海螺渡》，东方涛配诗，浙江人民出版社，1976.9

《队里添了新机器》，胡鹏南，上海人民出版社，1976.9

《革命圣地代代颂》，王森，上海人民出版社，1976.9

《金凤花开》，向明，广东人民出版社，1976.9

《一粒也没少》，陆坪，吉林人民出版社，1976.10

《果乡儿歌》，宋作人、丁奇璋，河北人民出版社，1976.10

《驯马少年》，乌兰齐日格，上海人民出版社，1976.10

《来自台湾省的阿姨》，张立俊，甘肃人民出版社，1976.10

《新生事物花万朵》，共青团湖南省委学校部、湖南《红小兵》编辑部编，湖南人民出版社，1976.11

1977 年

《民族体育儿歌》，中央民族学院《民族体育儿歌》编创组编，人民体育出版社，1977.1

《刘胡兰》，李学鳌，人民美术出版社，1977.2

《革命儿歌好》，北京朝阳区教育局等供文稿，人民美术出版社，1977.3

《人民胜利了》，北京人民出版社编，北京人民出版社，1977.3

《跟着毛主席去战斗》，宋瑞府、乔立兴，河南人民出版社，1977.3

《大寨红旗迎风飘》，陈镒康、糜佳乐等，上海人民出版社，1977.5

《铁拳砸烂四人帮》，河北人民出版社编，河北人民出版社，1977.5

《火红的朝霞》，牛明通，上海人民出版社，1977.5

《葵花永向红太阳》，河南人民出版社编，河南人民出版社，1977.5

《长荡边的战斗》，士明，江苏人民出版社，1977.5

《金色太阳永不落》，北京市东城区业余儿童文学编创组编，人民文学出版社，1977.6

《七叶一枝花》，杜炜根据同名常德丝弦编，湖南人民出版社，1977.6

《鸽哨响了》，陆志萍，黑龙江人民出版社，1977.6

《小小铁手绘山河》，民乐"农业学大寨"儿歌创作学习班编，甘肃人民出版社，1977.6

《从小锻炼身体棒》，张有汉、王振武，人民体育出版社，1977.6

《乌鸦的美梦》,北京市医疗器械厂文艺创作组郭云生诗,人民美术出版社,1977.7

《小葵花》,吴珹,北京人民出版社,1977.7

《沙田路上》,曾凡华,人民美术出版社,1977.7

《毛主席抱过的娃》,北京人民出版社编,北京人民出版社,1977.8

《董存瑞》,顾工,天津人民美术出版社,1977.8

《莺歌燕舞春光好》,贵州人民出版社编,贵州人民出版社,1977.9

《剑锋号》,胡永槐、金瑞华,上海人民出版社,1977.9

《藤篮提个金石榴》,贵州人民出版社编,贵州人民出版社,1977.9

《学习英雄解放军》,贵州人民出版社编,贵州人民出版社,1977.10

《金水泉》,河北人民出版社编,河北人民出版社,1977.10

《花儿朵朵》,罗华柱,广西人民出版社,1977.10

《瓜园里》,吴珹,上海人民出版社,1977.10

《小小炮手凯歌扬》,贵州人民出版社编,贵州人民出版社,1977.10

《我爱北斗星》,广东人民出版社编,广东人民出版社,1977.11

《草原新歌》,王树田,人民文学出版社,1977.11

《紫燕传》,雁翼,中国少年儿童出版社,1977.11

《红娃战歌》,聪聪,河南人民出版社,1977.12

《春风吹开大寨花》,江苏人民出版社编,江苏人民出版社,1977.12

1978 年

《三个胡大刚的故事》,张秋生,江苏人民出版社,1978.10

《花花旅行记》,樊发稼,河南人民出版社,1978.10

1979 年

《校园新歌》,樊发稼,河北人民出版社,1979.1

《春娃娃》,圣野,天津人民美术出版社,1979.3

《柯岩作品选》,柯岩,中国少年儿童出版社,1979.5

《神奇的窗子》,圣野,四川人民出版社,1979.6

《鸡冠花》,圣野,湖南人民出版社,1979.7

《小猴学本领》,张秋生,少年儿童出版社,1979.7

《燃烧吧,篝火》,张秋生,河南人民出版社,1979.9

《林中的鸟声》,金波,新蕾出版社,1979.11

《孩子的歌》,刘饶民,新蕾出版社,1979.12

1980 年

《会飞的花朵》,金波,四川人民出版社,1980.3

《果园儿歌》,金波,少年儿童出版社,1980.6

《小妞妞》,金波,天津人民美术出版社,1980.6

《给巨人的书》,任溶溶,少年儿童出版社,1980.6

《爱唱歌的鸟》,圣野,四川人民出版社,1980.6

《竹林奇遇》,圣野,河南人民出版社,1980.11

《金色的童年》,鲁兵,少年儿童出版社,1980.11

1981 年

《鹰和屎壳郎》，尹世霖，人民美术出版社，1981.5

《柯岩儿童诗选》，柯岩，人民文学出版社，1981.8

《绿色的音符》，傅天琳，四川人民出版社，1981.10

1982 年

《校园里的蔷薇花》，张秋生，湖南少年儿童出版社，1982.2

《少年儿童朗诵诗选》，尹世霖，北京出版社，1982.3

《我的雪人》，金波，新蕾出版社，1982.4

《大象法官》，高洪波，安徽人民出版社，1982.5

《黎明的呼唤》，圣野等选编，四川人民出版社，1982.6

《秋风娃娃》，王宜振，陕西人民出版社，1982.6

《圆圆和圈圈》，郑春华，少年儿童出版社，1982.7

《小郭在林中写生》，郭风，少年儿童出版社，1982.8

1983 年

《小柳树和小樱桃》，圣野，四川少年儿童出版社，1983.1

《在孩子和世界之间》，傅天琳，重庆出版社，1983.1

《吃石头的鳄鱼》，高洪波，人民文学出版社，1983.3

《捎给爱美的孩子》，李少白，湖南少年儿童出版社，1983.4

《有趣的动物》，滕毓旭，辽宁美术出版社，1983.6

《金波儿童诗选》，金波，人民文学出版社，1983.7

《苗苗的故事》，樊发稼，湖南少年儿童出版社，1983.10

《笙歌》，郭风，花城出版社，1983.11

《绿色的太阳》，金波，四川少年儿童出版社，1983.12

1984 年

《大海、旋风和老虎》，于之，少年儿童出版社，1984.1

《春天的消息》，柯岩，人民美术出版社，1984.1

《天上来的"百兽王"》，张秋生，四川少年儿童出版社，1984.3

《森林音乐会》，于之，新蕾出版社，1984.3

《月亮会不会搞错》，柯岩，新蕾出版社，1984.5

《雪花姐姐》，樊发稼，四川少儿出版社，1984.6

《幼儿朗诵诗选》，尹世霖，北京少年儿童出版社，1984.7

《中国当代女诗人诗选》，傅天琳等，贵州人民出版社，1984.7

《鲁兵童话诗选》，鲁兵，少年儿童出版社，1984.8

《诗人丛书》，柯岩、黄永玉等，四川文艺出版社，1984.11

1985 年

《红苹果》，金波，宁夏人民出版社，1985.2

《鹅鹅鹅》，高洪波，宁夏人民出版社，1985.3

《夏令营朗诵诗集》，尹世霖，科学普及出版社，1985.4

《花，一簇簇开了》，樊发稼，宁夏人民出版社，1985.4

《音乐岛》,傅天琳,人民文学出版社,1985.5

《写在早晨的诗》,圣野,宁夏人民出版社,1985.6

《美丽的童心》,吴珹,新蕾出版社,1985.10

1986 年

《正气歌——革命烈士诗选讲》,鲁兵编著,少年儿童出版社出版,1986.1

《绿色的梦》,滕毓旭,辽宁少年儿童出版社,1986.6

《红草莓》,傅天琳,作家出版社,1986.7

《雷公公和啄木鸟》,圣野,少年儿童出版社,1986.11

1987 年

《节日集会朗诵诗选》,尹世霖,中国少年儿童出版社,1987.3

《飞翔的童心》,白冰,广西人民出版社,1987.4

《雨铃铛》,金波,未来出版社,1987.6

《我是小乖乖》,滕毓旭,四川少年儿童出版社,1987.6

《老虎怕山雀》,滕毓旭,四川少年儿童出版社,1987.6

《喊泉的秘密》,高洪波,中国少年儿童出版社,1987.10

1988 年

《八十年代诗选》,高洪波,江西少年儿童出版社,1988.3

《神奇的旅行》,鲁兵,少年儿童出版社,1988.4

《少年儿童节日朗诵诗选》,高洪波,作家出版社,1988.5

《会唱歌的绿叶》,盖尚铎,辽宁少年儿童出版社,1988.6

《谈天说地唱儿歌》,滕毓旭,新世纪出版社,1988.6

《春雨的悄悄话》,樊发稼,湖南少年儿童出版社,1988.7

《中国小诗人诗选》,金波选编,中国少年儿童出版社,1988.8

《银亮的大树》,圣野,河北少年儿童出版社,1988.11

《荷叶上的露珠》,吴珹,河北少年儿童出版社,1988.12

1989 年

《老鼠坐上火箭炮》,滕毓旭,大连出版社,1989.6

《校园朗诵诗》,尹世霖,北京少年儿童出版社,1989.7

《在我和你之间》,金波,中国少年儿童出版社,1989.11

《带雨的花》,金波,福建少年儿童出版社,1989.11

《草青青·歌青青》,徐鲁,中国少年儿童出版社,1989.11

《飞龙与神鸽》,高洪波,安徽少年儿童出版社,1989.12

《巧嘴八哥》,樊发稼,化学工业出版社,1989.12

1990 年

《献给少男少女的诗》,王宜振,西北大学出版社,1990.5

《童话寓言朗诵诗选》,尹世霖,北京少年儿童出版社,1990.6

《我们这个年纪的梦》,徐鲁,湖北少年儿童出版社,1990.6

《我喜欢你,狐狸》,高洪波,湖北少年儿童出版社,1990.8

《在我和你之间》,金波,中国少年儿童出版社,1990.12

1991 年

《小朋友朗诵诗》,尹世霖,中国和平出版社,1991.1

《童年的相册》,滕毓旭,辽宁少年儿童出版社,1991.6

1992 年

《船长——科学故事诗》,尹世霖,中国社会出版社,1992.3

《另外的预言》,傅天琳,沈阳出版社,1992.3

《圣野诗选》,圣野,少年儿童出版社,1992.4

《林中月夜》,金波,湖北少年儿童出版社,1992.6

《会跑的山》,滕毓旭,辽宁少年儿童出版社,1992.6

1993 年

《趣味植物儿歌》,滕毓旭,北京少年儿童出版社,1993.2

《多梦的花季》,吴珹,河北教育出版社,1993.6

《森林童话》,滕毓旭,民族出版社,1993.6

1994 年

《春天的小诗》,樊发稼,新蕾出版社,1994.6

《滕毓旭儿童诗》,滕毓旭,大连出版社,1994.6

1995 年

《盛开的心情》,殷健灵,百家出版社,1995.10

《浪漫诗笺》,傅天琳,少年儿童出版社,1995.12

1996 年

《滕毓旭儿歌》,滕毓旭,希望出版社,1996.6

《昆虫小夜曲》,滕毓旭,辽宁师范大学出版社,1996.10

《世界很小又很大》,徐鲁,福建少年儿童出版社,1996.10

《让诗长上翅膀》,尹世霖,接力出版社,1996.11

《北方孩子》,滕毓旭,春风文艺出版社,1996.11

1997 年

《风中的树》,金波,湖北少年儿童出版社,1997.6

《少年英杰之歌》,滕毓旭,辽宁少年儿童出版社,1997.6

《寻找布谷鸟》,任大星,上海教育出版社,1997.7

《结束与诞生》,傅天琳,春风文艺出版社,1997.9

《云在天上走》,金波,湖南少年儿童出版社,1997.12

《中国当代儿童诗丛》(8 卷),束沛德主编,湖北少年儿童出版社,1997.12

1998 年

《红雨伞》,金波,海南出版社,1998.6

《英雄之歌》,滕毓旭,辽宁少年儿童出版社,1998.6

《希望之歌》,滕毓旭,辽宁少年儿童出版社,1998.6

《金萧情》,圣野,百家出版社,1998.7

《我是一个可大可小的人》,任溶溶,浙江少年儿童出版社,1998.9

《我们去看海——金波十四行儿童诗》,金波,浙江少年儿童出版社,1998.9

《七个老鼠兄弟——徐鲁童话诗》,徐鲁,浙江少年儿童出版社,1998.9

《独奏——东达散文诗》,东达,浙江少年儿童出版社,1998.9

《我们去看海——金波十四行儿童诗》,金波,浙江少年儿童出版社,1998.9

《我对世界说——宁珍志生活哲理诗》,宁珍志,浙江少年儿童出版社,1998.9

《寻梦少年——朱效文校园抒情诗》,朱效文,浙江少年儿童出版社,1998.9

《青春的声音——雷抒雁青少年朗诵诗》,雷抒雁,浙江少年儿童出版社,1998.9

《傅天琳诗选》,傅天琳,重庆出版社,1998.11

1999 年

《让我们远行》,钟代华,重庆出版社,1999.3

《笛王的故事》,王宜振,陕西人民教育出版社,1999.8

2000 年

《四季》,关登瀛,海天出版社,2000.1

《绿衣仙女》,关登瀛,海天出版社,2000.1

《树叶的心事》,罗英,海天出版社,2000.1

《鸟儿踩着云梯》,张俊以,海天出版社,2000.1

《清澈的声音》,毕东海,海天出版社,2000.1

《剪一缕阳光》,彭莉,海天出版社,2000.1

《温馨的世界》,钱万成,海天出版社,2000.1

《轻重梦境曲》,高洪波,海天出版社,2000.1

《心中的绿洲》,张怀存,中国工人出版社,2000.12

2001 年

《樊发稼幼儿诗歌选》,樊发稼,河北少年儿童出版社,2001.6

《滕毓旭童话诗》,滕毓旭,金盾出版社,2001.6

2002 年

《骑扁马的扁人》,王立春,辽宁少年儿童出版社,2002.7

《其实我是一条鱼》,金波,台湾民生报出版社,2002.11

《21 世纪校园朗诵诗》,王宜振,湖北少年儿童出版社,2002.12

2003 年

《母亲与孩子的歌》,谭旭东,中央编译出版社,2003.1

《节日朗诵诗》,高洪波、白冰,湖北少年儿童出版社,2003.4

2004 年

《孩子的天空》,林乃聪,中国文联出版社,2004.6

《五彩石》,陆伟然,希望出版社,2004.8

《美丽的大自然》,佟希仁,希望出版社,2004.8

《永远的春天》,姜在心,希望出版社,2004.8

《用耳朵走路》,于之,希望出版社,2004.8

《小河里的草帽》,高洪波,希望出版社,2004.8

《无声的阳光》,金波,希望出版社,2004.8

《新童谣小学版》,蔡赴朝编,北京少年儿童出版社,2004.9

《男孩女孩朗诵诗》，尹世霖，海天出版社，2004.11

《稻花香里忆童年》，圣野，中国文联出版社，2004.11

2005 年

《献给男孩女孩的诗》，王宜振，北京少年儿童出版社，2005.1

《实用行为教育儿歌》，高恩道，江苏少年儿童出版社，2005.1

《经典儿歌 301 首》，樊发稼主编，湖北少年儿童出版社，2005.1

《经典童谣 301 首》，樊发稼主编，湖北少年儿童出版社，2005.1

《经典幼儿朗诵诗 301 首》，谭旭东主编，湖北少年儿童出版社，2005.1

《用耳朵走路》，于之，希望出版社，2005.4

《无声的阳光》，金波，希望出版社，2005.6

《鱼的翅膀　鸟的翅膀》，邱易东，四川文艺出版社，2005.7

2006 年

《叶子是树的羽毛》，张晓楠，太白文艺出版社，2006.6

《捧出心中的爱》，潘与庆，少年儿童出版社，2006.6

《绿叶的歌》，樊发稼，湖南少年儿童出版社，2006.6

《樱花信》，吴然，湖南少年儿童出版社，2006.6

《大地的宴会》，金婆，湖南少年儿童出版社，2006.6

《太阳的爱》，张秋生，湖南少年儿童出版社，2006.6

《飞翔的种子》，王野，湖南少年儿童出版社，2006.6

《竹叶上的珍珠》，郭风，湖南少年儿童出版社，2006.6

《有孩子的地方》，常福生，少年儿童出版社，2006.8

2007 年

《秋天在田野间散步》，丁云，少年儿童出版社，2007.6

2008 年

《宝贝快乐童谣》，葛翠琳、翌平，甘肃少年儿童出版社，2008.1

《四季儿歌》，赖松廷，新时代出版社，2008.1

《童话儿歌》，赖松廷，新时代出版社，2008.1

《好孩子儿歌》，赖松廷，新时代出版社，2008.1

《我们在一起——抗震救灾朗诵诗精选》，孙红英主编，福建少年儿童出版社，2008.6

《中国孩子》，马及时，四川少年儿童出版社，2008.7

《金蝉唱晚》，马及时，四川少年儿童出版社，2008.7

《小水獭造屋》，高洪波，湖南少年儿童出版社，2008.10

2009 年

《写给老菜园子的信》，王立春，明天出版社，2009.4

《四季小猪》，薛涛，明天出版社，2009.4

《狂欢节，女王一岁了》，萧萍，明天出版社，2009.4

《指尖上的童年》，老柯，作家出版社，2009.4

《会写字的梧桐叶》，高洪波，湖北少年儿童出版社，2009.6

《21 世纪校园先锋诗》，王宜振，湖北少年儿童出版社，2009.6

《飞翔的中国》,商泽军,安徽少年儿童出版社,2009.6

《祖国,献您一首诗——庆祝新中国成立六十周年儿童诗精品集》,金波、樊发稼主编,江苏人民出版社,2009.8

2010 年

《春天很大又很小》,王宜振,重庆出版社,2010.1

《做文明有礼的北京人:新童谣征文大赛优秀作品选》,首都精神文明建设委员会办公室编,北京少年儿童出版社,2010.11

2011 年

《小猴学开车》,程宏明、高淑英,百花文艺出版社,2011.4

《金波教你读诗歌》,金波选评,外语教学与研究出版社,2011.5

《小河骑过小平原》,圣野,重庆出版社,2011.6

《妹妹的围巾》,林焕彰,重庆出版社,2011.6

2012 年

《中国传统童谣书系》,金波编,接力出版社,2010.6

《搭积木》,王宜振、蒲华清主编,重庆出版社,2012.12

《贪吃的月光》,王立春,湖南少年儿童出版社,2012.12

《黑夜里的旅行》,李少白,湖南少年儿童出版社,2012.12

2013 年

《滋养童心的 100 首中国经典儿童诗》,尹世霖主编,新疆青少年出版社,2013.2

《雷锋和我亲又亲——学雷锋童诗选》,圣野主编,浙江少年儿童出版社,2013.3

《维吾尔儿童诗歌》,艾尔肯·达吾提,新疆科学技术出版社,2013.5

《一个胡桃落下来》,韦苇,湖南少年儿童出版社,2013.5

《甜妮儿歌》,刘凤池,电子科技大学出版社,2013.7

《彩色的小吉普》,雪野,重庆出版社,2013.10

《雨娃娃》,王亨良,重庆出版社,2013.10

《会飞的花朵》,金波,重庆出版社,2013.10

《笨蘑菇》,任小霞,重庆出版社,2013.10

《昨晚的梦》,唐池子,重庆出版社,2013.10

《绿色的太阳》,金波,湖北少年儿童出版社,2013.10

《顶棉框的小姑娘》,佟希仁,福建少年儿童出版社,2013.12

2014 年

《儿歌三百首》,李秀英,安徽少年儿童出版社,2014.2

《蝈蝈儿》,田地,重庆出版社,2014.2

《捉泥鳅》,圣野,重庆出版社,2014.2

《迷人的星星》,鲁守华,重庆出版社,2014.5

《叶子是小鸟的书》,边存金,天天出版社,2014.5

《赵玉华童谣一百首》,赵玉华,北京少年儿童出版社,2014.8

《青蛙歌团》,林良,福建少年儿童出版社,2014.10

《月球火车》,林良,福建少年儿童出版社,2014.10

《树叶船》，林良，福建少年儿童出版社，2014.10

2015 年

《中国儿歌大系》（全13册），金波主编，辽宁少年儿童出版社，2015.1

《下象棋·丢箱子》，王清秀，河北少年儿童出版社，2015.2

《摘太阳·端月亮》，王清秀，河北少年儿童出版社，2015.2

《钓鱼·种蝌蚪》，王清秀，河北少年儿童出版社，2015.2

《猫妈妈的舌头》，高洪波，重庆出版社，2015.2

《圆梦童谣》，顾兴义，南方日报出版社，2015.3

《雪花是冬天的偏旁》，张晓楠，山东教育出版社，2015.4

《小学生识字儿歌400首》，刘畅，湖北教育出版社，2015.5

《会唱歌的红雪莲》，于文胜，济南出版社，2015.6

《童谣100句玩转中国史》，刘昪，四川美术出版社，2015.6

《金色童谣》，尹世霖，中国妇女出版社，2015.8

《新疆新童谣》，新疆维吾尔自治区文明办、新疆青少年出版社编，新疆青少年出版社，2015.8

《当鳄鱼遇见熊猫》，方素珍，浙江少年儿童出版社，2015.9

《四季的韵脚》，宋晓杰，新世纪出版社，2015.11

2016 年

《听话的孩子怎样狂欢》，邱易东，四川少年儿童出版社，2016.3

《狗尾草出嫁》，王立春，长江少年儿童出版社，2016.4

《童心的歌唱》，李少白，湖南少年儿童出版社，2016.4

《山大王　海大王》，李少白，湖南少年儿童出版社，2016.4

《摇响月亮船》，姬悦棋，北京理工大学出版社，2016.4

《少年抒情诗》，王宜振，长江少年儿童出版社，2016.4

《幼儿歌谣100首》，孙淑君，辽宁教育出版社，2016.5

《金泳泽童诗集》，金泳泽，延边大学出版社，2016.5

《轻声词童谣60首》，玄老汉，万卷出版公司，2016.6

《叠音词童谣60首》，玄老汉，万卷出版公司，2016.6

《不理发的狮子》，杨舒棠，河北教育出版社，2016.6

《中华历史人物童谣》，姜宗福，光明日报出版社，2016.6

《儿童谜语歌谣八百首》，刘彤生，华中师范大学出版社，2016.8

《喜鹊先生的信》，张道一，上海三联书店，2016.9

2017 年

《献给爱的花环》，金波，明天出版社，2017.3

《河南传统儿歌》，马志飞，苏州大学出版社，2017.3

《谁偷了小熊的梦》，聪善，福建少年儿童出版社，2017.4

《农村新儿歌》，孟元勋，山西经济出版社，2017.5

《蚂蚁恰恰》，萧萍，江苏凤凰少年儿童出版社，2017.5

《跟在李白身后》，王立春，江苏凤凰少年儿童出版社，2017.5

《小哈哈斗哭精》,任溶溶,江苏凤凰少年儿童出版社,2017.5

《柔软的阳光》,金波,江苏凤凰少年儿童出版社,2017.5

《绿叶之歌》,王宜振,江苏凤凰少年儿童出版社,2017.5

《全世界有多少人》,薛卫民,江苏凤凰少年儿童出版社,2017.5

《小蚂蚁进行曲》,徐鲁,江苏凤凰少年儿童出版社,2017.5

《大肚子蜘蛛》,高洪波,江苏凤凰少年儿童出版社,2017.5

《童年版图》,溢腾,黑龙江少年儿童出版社,2017.6

《雨点儿写字》,郁旭峰,黑龙江少年儿童出版社,2017.6

《橘子里的月牙儿》,李德民,黑龙江少年儿童出版社,2017.6

《菜园子里的赛诗会》,林乃聪,黑龙江少年儿童出版社,2017.6

《田——献给外婆的歌》,苏培凤,黑龙江少年儿童出版社,2017.6

《不听话的小路》,应拥军,黑龙江少年儿童出版社,2017.6

《太阳的味道》,凌晶,黑龙江少年儿童出版社,2017.6

《找两颗星星系吊床》,陈中苏,黑龙江少年儿童出版社,2017.6

《草原童谣》,王文明,远方出版社,2017.9

《你的名字只剩下蓝》,王宜振,西安电子科技大学出版社,2017.10

《时间住在我家里》,童子,西安电子科技大学出版社,2017.10

《长大了这样去爱妈妈》,王宜振,青岛出版社,2017.10

《萤火虫也是花朵》,王立春,青岛出版社,2017.10

《只要好听我就听》,任溶溶,青岛出版社,2017.10

《风信子和稻草人》,徐鲁,青岛出版社,2017.10

《有时不想回家》,薛卫民,青岛出版社,2017.10

《葡萄叶的梦》,高洪波,青岛出版社,2017.10

《蒲公英不说一语》,韦娅,重庆出版社,2017.10

《没有不好玩的时候》,任溶溶,重庆出版社,2017.11

《给孩子的诗歌日历》,邹进,作家出版社,2017.11

《妹妹的围巾》,林焕章,重庆出版社,2017.12

2018 年

《橘子码头》,李德民,青岛出版社,2018.3

《海的思念》,高洪波,青岛出版社,2018.3

《一首唱不完的歌》,任溶溶,青岛出版社,2018.3

《露珠打秋千》,薛卫民,青岛出版社,2018.3

《白天鹅之歌》,金波,中国少年儿童出版社,2018.4

《红蜻蜓之歌》,金波,中国少年儿童出版社,2018.4

《萤火虫之歌》,金波,中国少年儿童出版社,2018.4

《童谣唱响社会主义核心价值观》,程宏明、高淑英,济南出版社,2018.5

《王清秀幽默儿歌1661首》,王清秀,九州出版社,2018.6

《国学儿歌》,刘晓光,浙江少年儿童出版社,2018.7

《童趣儿歌》,刘晓光,浙江少年儿童出版社,2018.7

《雪莲花儿歌》,文昊,新疆文化出版社,2018.8

《社会主义核心价值观儿歌》，裴郁平，新疆文化出版社，2018.8

《杨唤写给孩子们的诗》，杨唤，天津人民出版社，2018.9

《四季》，薛卫民，人民教育出版社，2018.9

《雪莲花少儿朗诵诗》，王功恪，新疆文化出版社，2018.9

《叶圣陶儿歌一百首》，叶圣陶，浙江大学出版社，2018.11

《阳光大声地朗读中国》，薛卫民，吉林出版集团股份有限公司，2018.11

《泡泡的旅行》，黄溪哲，浙江工商大学出版社，2018.11

2019 年

《告诉你一个秘密》，祁智，江苏凤凰美术出版社，2019.3

《苏州传统童谣》，沈石，文汇出版社，2019.4

《小孩的诗》，耿媛榕等，晨光出版社，2019.4

《你好，我的晚安童诗》，谢茹，天地出版社，2019.4

《住在一朵花里》，丁云，福建少年儿童出版社，2019.4

《我在诗里养了一条鳄鱼》，闫超华，北京出版社，2019.5

五、科学文艺

1950 年

《梦游太阳系》，张然，知识书店，1950.12

1951 年

《揭穿小人国的秘密》，高士其，中国青年出版社，1951.3

《我们的土壤妈妈》，高士其，中国青年出版社，1951.3

《工业的面包》，徐庄编写，知识书店，1951.4

1952 年

《粉蝶娃娃》，鲍维湘编著，大东书局，1952.1

《小桃树讲的故事》，江芷千，大东书局，1952.1

《细菌世界探险记》，高士其，青年出版社，1952.8

1953 年

《和传染病做斗争》，高士其，商务印书馆，1953.2

《森林的故事》，江芷千，少年儿童出版社，1953.3

《海洋的故事》，朱有琮，少年儿童出版社，1953.6

《沙漠的故事》，朱有钲，少年儿童出版社，1953.8

《桥的故事》，方轶群，少年儿童出版社，1953.10

《通信的故事》，朱翊新，少年儿童出版社，1953.10

《显微镜的日记》，吕伯攸、吕肖君，少年儿童出版社，1953.11

1954 年

《地球的故事》，王仰之，少年儿童出版社，1954.3

《饭桌上的科学故事》，危石，山东人民出版社，1954.5

《小水滴旅行记》，鲁克，春秋书社，1954.5

《土壤的故事》,孙云谷,少年儿童出版社,1954.9

《太阳的工作》,高士其,中国青年出版社,1954.11

1955 年

《山的故事》,徐青山,少年儿童出版社,1955.2

《月亮的故事》,徐青山,少年儿童出版社,1955.3

《钢和铁的故事》,林力,少年儿童出版社,1955.3

《制造玻璃的故事》,张世经,少年儿童出版社,1955.3

《水的故事》,何一平,少年儿童出版社,1955.5

《水獭的一家》,初地,少年儿童出版社,1955.6

《食盐的故事》,童祜嵩,少年儿童出版社,1955.6

《动物的故事》,童一中,少年儿童出版社,1955.6

《骄傲的螃蟹》,沈百英,少年儿童出版社,1955.6

《小白兔游月亮》,魏寅生,少年儿童出版社,1955.6

《搭船的鸟》,郭风,少年儿童出版社,1955.9

《四个朋友种东西》,鲍维湘,少年儿童出版社,1955.12

《太阳探险记》,郑文光,少年儿童出版社,1955.12

1956 年

《小平的肺炎好了》,徐谷,上海文化出版社,1956.1

《到月亮上去》,鲁克编著,山东人民出版社,1956.4

《到人造月亮去》,于止,中国少年儿童出版社,1956.5

《星星的故事》,何一平,四川人民出版社,1956.6

《生活在原子时代》,庄鸣山编著,少年儿童出版社,1956.7

《小螺丝钉》,林禽,少年儿童出版社,1956.8

《野兽的医院》,孙明玖,中国少年儿童出版社,1956.8

《小路路游历太阳系》,崔行健编著,山西人民出版社,1956.9

《小河水立功》,杨谋,少年儿童出版社,1956.10

《工业的粮食》,赵世洲,中国少年儿童出版社,1956.10

《小松鼠热带旅行记》,郑锦章,中国少年儿童出版社,1956.10

《母鸡的孩子》,蓝漪,少年儿童出版社,1956.11

《黄鹂和山雀》,少年儿童出版社编,少年儿童出版社,1956.11

《矿物的故事》,王祥珩,广东人民出版社,1956.11

《小华游历没有算术的国家》,艾萍,四川人民出版社,1956.12

《别的星星上有生物吗》,郭正谊,中国少年儿童出版社,1956.12

《显微镜的故事》,潘承懿,中国少年儿童出版社,1956.12

《北京动物园游记》,仇秉兴,中国少年儿童出版社,1956.12

1957 年

《小麻蝇和翘尾巴疟蚊》,一粟,少年儿童出版社,1957.1

《蝙蝠们为什么不去开会》,少年儿童出版社编,少年儿童出版社,1957.1

《时间伯伯》,高士其,少年儿童出版社,1957.2

《两杯水》,郭以实,中国少年儿童出版社,1957.2

《蜜蜂姑娘自传》，孙公度，江苏人民出版社，1957.2

《凶猛的山鹰》，石焚，少年儿童出版社，1957.3

《火星探险记》，杨子江，中国少年儿童出版社，1957.3

《小杜鹃》，李乡浏，少年儿童出版社，1957.3

《雪白和桃红》，布文，少年儿童出版社，1957.3

《老柳树请医生》，梁实等编，河北人民出版社，1957.4

《五年计划的科学故事》，高士其，少年儿童出版社，1957.4

《大白菜的故事》，王培田，少年儿童出版社，1957.5

《牛胃的故事》，王坚，江苏人民出版社，1957.5

《神秘的大力士和魔术师》，吕志澄编写，广东人民出版社，1957.5

《好玩的海滩》，叶宗轼，少年儿童出版社，1957.6

《青田石刻的故事》，叶中鸣，浙江人民出版社，1957.6

《在好脾气的冬老人那里》，柏子，少年儿童出版社，1957.9

《小黑鳗游大海》，鲁克，中国少年儿童出版社，1957.9

《水孩子们》，于之，少年儿童出版社，1957.10

《雅库特猎人》，王更生，少年儿童出版社，1957.10

《到火星上去》，徐青山，浙江人民出版社，1957.10

《古怪的树》，少年儿童出版社编，少年儿童出版社，1957.11

《旅行在 1979 年的海陆空》，迟叔昌，少年儿童出版社，1957.12

《白鹭》，李乡浏，少年儿童出版社，1957.12

1958 年

《星星的故事》，盛森，辽宁人民出版社，1958.1

《科学世界旅行记》，郭以实，中国少年儿童出版社，1958.2

《冒牌的蚂蚁》，迟叔昌，四川人民出版社，1958.4

《失踪的哥哥》，于止，中国少年儿童出版社，1958.4

《河南星》，盛森，河南人民出版社，1958.5

《史前世界旅行记》，徐青山，江苏文艺出版社，1958.5

《孙悟空大闹原子世界》，郭以实，少年儿童出版社，1958.6

《活孙悟空》，赵世洲，中国少年儿童出版社，1958.6

《在黑宝石的家里》，孙友田，江苏文艺出版社，1958.7

《十个奇怪的人》，陈伯吹，长江文艺出版社，1958.9

《番茄试验田的故事》，倪锡球，少年儿童出版社，1958.11

《假日的奇遇》，严远闻，少年儿童出版社，1958.11

《小飞飞漫游长寿国》，韩危石，少年儿童出版社，1958.12

1959 年

《在快活的小溪上》，小慧，江苏文艺出版社，1959.5

《雨滴旅行记》，尹光显编著，河南人民出版社，1959.5

1960 年

《在城市中》，杨谋，少年儿童出版社，1960.1

《人工降雨的故事》，赵志杰、李玉崑编写，湖南科学技术出版社，1960.3

《沙漠里找宝》,刘雷,中国少年儿童出版社,1960.6

《古峡迷雾》,童恩正,少年儿童出版社,1960.7

1961 年

《成功在 371 次》,马信德、费礼文,中国少年儿童出版社,1961.4

《田野讲的故事》,杨谋,少年儿童出版社,1961.4

《南瓜山的秘密》,杨长庚,湖南人民出版社,1961.5

《风灯打猎》,鲍维湘,少年儿童出版社,1961.11

《鸵鸟的衣服》,王坚,江苏人民出版社,1961.12

《"小伞兵"和"小刺猬"》,中国少年儿童出版社编,中国少年儿童出版社,1961.12

1962 年

《五万年以前的客人》,童恩正等,少年儿童出版社,1962.2

《山野探宝记》,汪嘉熙,少年儿童出版社,1962.2

《电波世界》,俞乐编著,少年儿童出版社,1962.3

《海水闹分家》,孙云谷,江苏人民出版社,1962.4

《仙镜彩霞》,李春鲜,广西人民出版社,1962.8

《奇妙的刀》,鲁克编著,湖南科学技术出版社,1962.9

《沙漠奇观》,宋政厚,少年儿童出版社,1962.11

《地球的画像》,石工,少年儿童出版社,1962.12

1963 年

《神秘的小坦克》,嵇鸿,江苏人民出版社,1963.2

《金属的世界》,叶永烈,安徽人民出版社,1963.5

《大鲸牧场》,迟叔昌,中国少年儿童出版社,1963.5

《错误百出的故事》,艺夫,中国少年儿童出版社,1963.5

《叶绿花红》,仇春霖,中国少年儿童出版社,1963.9

《蜜蜂的故事》,王更生,少年儿童出版社,1963.11

1964 年

《小蜥蜴找尾巴》,胡臻,河南人民出版社,1964.4

《征服病菌的道路》,万景华编著,少年儿童出版社,1964.4

《答幻想飞向星星的孩子》,文有仁,中国少年儿童出版社,1964.4

《浮力的故事》,梁恒心编写,中国少年儿童出版社,1964.9

《人和宝藏》,魏伯祥编著,少年儿童出版社,1964.11

1965 年

《奇异的机器人》,肖建亨,江苏人民出版社,1965.5

1966 年

《煤的故事》,朱志尧编著,少年儿童出版社,1966.3

1973 年

《小明学算术的故事》,吴诚鸥、吴野编著,江苏人民出版社,1973.6

《猫头鹰和蝙蝠的对话》,朱志尧,辽宁人民出版社,1973.6

《防治蛔虫的故事》,李学健,江苏人民出版社,1973.10

1974 年

《小水滴和小鲤鱼》，安凤合，陕西人民出版社，1974.5

《纺纱织布的故事》，南通国棉三厂写作组，江苏人民出版社，1974.6

《广播线的学问》，严洪编著，上海人民出版社，1974.8

1975 年

《烟囱剪辫子》，叶永烈，上海人民出版社，1975.1

《地下水的故事》，朱学愚，江苏人民出版社，1975.1

《衣服从哪里来的》，《衣服从哪里来的》编写组编，上海人民出版社，1975.3

《猪场学农记》，金煊、南生，江苏人民出版社，1975.9

1976 年

《大熊猫》，袁林，上海人民出版社，1976.6

《铁马飞奔》，叶永烈，上海人民出版社，1976.8

《黑宝石的秘密》，孙述庆、曹毓侠编著，安徽人民出版社，1976.10

《找不到的伙伴》，叶永烈，安徽人民出版社，1976.12

《治虫的故事》，叶永烈，安徽人民出版社，1976.12

1977 年

《闪闪的银丝》，刘承荫，江苏人民出版社，1977.2

《一颗小水滴》，彭鑫根，上海人民出版社，1977.5

《盐的故事》，王志坚、卢思锋编著，江苏人民出版社，1977.6

《欢乐的牧场》，吴珹，河北人民出版社，1977.6

《小种子旅行记》，宋海青，黑龙江人民出版社，1977.7

《脑的故事》，黄建民，江苏人民出版社，1977.10

《原子的故事》，孙云谷，江苏人民出版社，1977.12

1978 年

《小灵通漫游未来》，叶永烈，少年儿童出版社，1978.8

《水晶宫的秘密》，叶永烈，河南人民出版社，1978.11

《五万年以前的客人》，郑文光、童恩正等，人民文学出版社，1978.11

1979 年

《世界最高峰上的奇迹》，叶永烈、童恩正等，少年儿童出版社，1979.1

《丢了鼻子以后》，叶永烈，少年儿童出版社，1979.2

《荒野奇珍》，郑文光，科学普及出版社，1979.3

《圆圆和方方》，叶永烈，吉林人民出版社，1979.3

《雪山魔笛》，童恩正，人民文学出版社，1979.3

《古代的巴蜀》，童恩正，四川人民出版社，1979.4

《飞向人马座》，郑文光，人民文学出版社，1979.5

《圆溜溜的圆》，叶永烈，广东人民出版社，1979.5

《飞向冥王星的人》，叶永烈，广东人民出版社，1979.6

《谁的脚印》，叶永烈，四川人民出版社出版，1979.6

《鲨鱼侦察兵》，郑文光，中国少年儿童出版社，1979.6

《一场新奇的球赛》，王汶、迟方，吉林人民出版社，1979.9

《珊瑚岛上的死光》，童恩正，福建人民出版社，1979.10

《未来畅想曲》，尤异，上海人民出版社，1979.10

《海姑娘》，郑文光，科学普及出版社，1979.10

《美洲来的哥伦布》，刘兴诗，四川人民出版社，1979.10

《跨越时代的飞行》，严家其，上海人民出版社，1979.11

《海眼》，刘兴诗，少年儿童出版社，1979.11

《死城的传说》，刘兴诗，少年儿童出版社，1979.11

《奇怪的病号》，叶永烈，四川人民出版社，1979.12

《飞上天去的小猴子》，郑文光，科学普及出版社，1979.12

1980 年

《谈天说地集》，郑文光，科学普及出版社，1980.5

《科学幻想小说选》，中国青年出版社编，中国青年出版社，1980.6

《古庙奇人》，郑文光，香港昭明出版社，1980.6

《神秘衣》，叶永烈，新蕾出版社，1980.6

《神秘的信号》，尤异，中国少年儿童出版社，1980.6

《儿童文学科学文艺作品选（1949—1979）》（上、下册），高士其、郑文光主编，人
民文学出版社，1980.7

《杀人伞案件》，叶永烈，湖北人民出版社，1980.7

《生死未卜》，童恩正、叶永烈等，河南人民出版社，1980.8

《会飞的城市》，刘兴诗，四川人民出版社，1980.9

《乔装打扮》，叶永烈，群众出版社，1980.11

《科学王国里的童话》，叶永烈，湖北人民出版社，1980.11

《孙悟空人体历险》，冰子，少年儿童出版社，1980.11

《客自天外来》，鲁克，科学普及出版社，1980.12

1981 年

《生活中的科学》，叶永烈，内蒙古人民出版社，1981.2

《郑文光科学幻想小说选》，郑文光，天津科学技术出版社，1981.3

《月光岛》，金涛，地质出版社，1981.3

《暗斗》，叶永烈，四川少年儿童出版社，1981.4

《黑影》，叶永烈，地质出版社，1981.4

《三大航线的故事》，刘兴诗，海洋出版社，1981.4

《海豚"阿回"》，王亚法，天津人民美术出版社，1981.5

《郑文光新作选——科学幻想小说》，郑文光，湖南少年儿童出版社，1981.5

《白衣侦探》，叶永烈，安徽科学技术出版社，1981.5

《国宝奇案》，叶永烈，辽宁人民出版社，1981.6

《球场外的间谍案》，叶永烈，浙江科学技术出版社，1981.6

《大洋深处》，郑文光，人民文学出版社，1981.7

《星孩子》，刘兴诗，四川少年儿童出版社，1981.7

《从风筝到飞机》,余俊雄,黑龙江人民出版社,1981.9

《喂,大海———一个水手讲的故事》,刘兴诗,科学普及出版社,1981.10

《小小蚂蚁国》,彭懿、吴珹,中国少年儿童出版社,1981.11

《中国惊险科学幻想小说选》,叶永烈主编,江苏科学技术出版社,1981.11

《秘密纵队》,叶永烈,群众出版社,1981.12

1982 年

《南海沉船》,刘兴诗,湖南少年儿童出版社,1982.2

《不翼而飞》,叶永烈,群众出版社,1982.5

《金星人之谜》,肖建亨,四川少年儿童出版社,1982.8

《蹦蹦跳先生》,叶永烈,四川少年儿童出版社,1982.8

《中国科学幻想小说选》,叶永烈主编,辽宁人民出版社,1982.8

《人与兽》,金涛,福建科学技术出版社,1982.8

《神翼》,郑文光,湖南少年儿童出版社,1982.11

1983 年

《西天目山捕虫记》,彭懿,江苏人民出版社,1983.1

《侦探与小偷》,叶永烈,少年儿童出版社,1983.1

《访问失踪者》,孟伟哉,花山文艺出版社,1983.4

《郑文光作品选》,郑文光,广东人民出版社,1983.5

《蛇宝石》,刘兴诗,少年儿童出版社,1983.5

《如梦初醒》,叶永烈,群众出版社,1983.8

《会飞的大头娃娃》,余俊雄,黑龙江人民出版社,1983.9

《来自新大陆的信息》,童恩正,四川人民出版社,1983.10

《西游新记》(1—3),童恩正,科学普及出版社,1983.12

1984 年

《战神的后裔》,郑文光,花城出版社,1984.9

《怪兽》,郑文光,北京出版社,1984.9

1985 年

《"小溜溜"溜了》,叶永烈,新蕾出版社,1985.4

《西游新记》(5),童恩正,新蕾出版社,1985.4

《破案的新钥匙》,叶永烈,明天出版社,1985.8

《肖建亨科学幻想小说选》,肖建亨,江苏科学技术出版社,1985.12

1986 年

《奇人奇事》,叶永烈,天津人民出版社,1986.1

《小灵通再游未来》,叶永烈,少年儿童出版社,1986.9

《飞碟来客》,王川,科学普及出版社,1986.12

1987 年

《虎孩》,刘兴诗,少年儿童出版社,1987.1

1988 年

《特殊任务》,肖建亨,辽宁少年儿童出版社,1988.5

《肖建亨获奖科学幻想小说选》,肖建亨,希望出版社,1988.5

1989 年

《辛伯达太空浪游记》,刘兴诗,少年儿童出版社,1989.2

《蓝魂在行动》,焦国力,中国广播电视出版社,1989.9

《霹雳贝贝》,张之路,少年儿童出版社,1989.11

《冷冻人》,章萍萍,安徽少年儿童出版社,1989.12

《天空的迷途者》,刘兴诗,未来出版社,1989.12

1990 年

《带电的贝贝》,张之路,新蕾出版社,1990.8

1991 年

《魔伞》,刘兴诗选编,四川少年儿童出版社,1991.1

《蔚蓝色的"土地"》,刘兴诗选编,四川少年儿童出版社,1991.1

《长翅膀的猫》,刘兴诗选编,四川少年儿童出版社,1991.1

《太空的召唤》,刘兴诗选编,四川少年儿童出版社,1991.1

《失踪的航线》,刘兴诗,安徽少年儿童出版社,1991.5

《绝望中诞生》,朱苏进,江苏文艺出版社,1991.6

《死亡星球的复活》,刘兴诗主编,安徽少年儿童出版社,1991.7

《海魔》,章萍萍,安徽少年儿童出版社,1991.8

1992 年

《古动物园》,刘兴诗编著,明天出版社,1992.2

《幽冥地府的"居民"》,刘兴诗,明天出版社,1992.3

《浮城》,梁晓声,花城出版社,1992.10

1993 年

《哭鼻子大王》,叶永烈,安徽少年儿童出版社,1993.6

《呼唤生命》,杨鹏,香港新世纪出版社,1993.7

《命运夜总会》,郑文光,湖南少年儿童出版社,1993.10

《最后一个地球人》,李小海,少年儿童出版社,1993.10

《"银河皇帝"梦》,李威,四川少年儿童出版社,1993.11

1994 年

《水下猎人的故事》,肖建亨,福建教育出版社,1994.4

《美梦公司的礼物》,刘兴诗,福建教育出版社,1994.10

1995 年

《优秀科幻小说选》,刘兴诗选编,希望出版社,1995.6

《末日之门》,乔良,昆仑出版社,1995.8

《猫城记》,老舍,敦煌文艺出版社,1995.10

《幽灵计划》,章萍萍,安徽少年儿童出版社,1995.12

1996 年

《生死第六天》,吴岩,江苏少年儿童出版社,1996.8

《星星的使者》,苏学军,江苏少年儿童出版社,1996.8

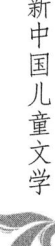

《星空的诱惑》,江渐离,江苏少年儿童出版社,1996.8

《岁月的轨迹》,刘兴诗选编,四川少年儿童出版社,1996.8

《网络游戏联军》,星河,江苏少年儿童出版社,1996.8

《来自未来的"幽灵"》,杨鹏,四川少年儿童出版社,1996.8

《心灵探险》,郑文光、吴岩,中国少年儿童出版社,1996.9

《海底记忆》,星河,中国少年儿童出版社,1996.9

《祸从天降》,新蕾出版社编,新蕾出版社,1996.12

《狼王诞生》,新蕾出版社编,新蕾出版社,1996.12

《全球撒哈拉》,新蕾出版社编,新蕾出版社,1996.12

《反重力飞船再出征》,新蕾出版社编,新蕾出版社,1996.12

1997 年

《弟弟弟与星球大战》,杨鹏,北京少年儿童出版社,1997.2

《弟弟弟在机器人王国》,杨鹏,北京少年儿童出版社,1997.2

《弟弟弟大战电脑世界》,杨鹏,北京少年儿童出版社,1997.2

《月船传奇》,刘兴诗,福建少年儿童出版社,1997.2

《异域追踪》,星河,明天出版社,1997.3

《绿林城堡的女主人》,焦国力,明天出版社,1997.3

《握别在左拳还原之前》,星河,海洋出版社,1997.6

《人造人》,韩松,中国人事出版社,1997.6

《太空三国战》,杨鹏,新蕾出版社,1997.6

《飞向虚无》,吴岩,海洋出版社,1997.7

《当心猛犬》,牧铃,安徽少年儿童出版社,1997.8

《月海基地》,星河,安徽少年儿童出版社,1997.8

《蝙蝠少年》,杨鹏,安徽少年儿童出版社,1997.8

《魔光疑影》,苗虎,安徽少年儿童出版社,1997.8

《生死平衡(中华当代科幻小说)》,王晋康,江苏少年儿童出版社,1997.8

《残缺的磁痕(中华当代科幻小说)》,星河,江苏少年儿童出版社,1997.8

《中国古代科幻故事集》,杨鹏编著,中国少年儿童出版社,1997.8

《宇宙墓碑》,韩松,新华出版社,1997.9

《A 市在黎明消失》,杨鹏,福建少年儿童出版社,1997.10

《外星人拜师》,庄大伟编著,21 世纪出版社,1997.11

《祖母绿女神》,刘兴诗,少年儿童出版社,1997.12

1998 年

《怪物也疯狂》,彭懿,作家出版社,1998.1

《天空的逃亡者》,刘兴诗,安徽少年儿童出版社,1998.2

《北京玩偶》,杨鹏,中国连环画出版社,1998.4

《神秘老师》,杨鹏,中国连环画出版社,1998.4

《童恩正佳作选》,童恩正,海燕出版社,1998.6

《魔法山的秘密》,刘兴诗,科学普及出版社,1998.6

《银河铁道之夜》,杨鹏,四川少年儿童出版社,1998.8

《光明之箭:现代科幻作品精选》,查羽龙,南海出版社,1998.9

《猪八戒与恐龙》,杨鹏,未来出版社,1998.9

《恐龙灭绝》,杨鹏,未来出版社,1998.9

《追击电脑幽灵》,星河、杨鹏,科普出版社,1998.10

《小哈桑和黄风怪》,刘兴诗,贵州人民出版社,1998.11

1999 年

《在未来世界的日子里》,张丹、小寒,海洋出版社,1999.1

《灾难的玩偶》,杨鹏,花山文艺出版社,1999.1

《电脑少女》,杨鹏,花山文艺出版社,1999.1

《外星鼠在人间》,杨鹏,花山文艺出版社,1999.1

《保卫地球》,杨鹏,花山文艺出版社,1999.1

《弟弟弟奇遇记》,杨鹏,花山文艺出版社,1999.1

《蝙蝠小超人》,杨鹏,农村读物出版社,1999.1

《米罗海上的鱼美人》,杨向红,科学普及出版社,1999.2

《诺瓦寻家记》,王扶、洪海,科学普及出版社,1999.2

《沛沛的小白船》,晶静,科学普及出版社,1999.2

《决斗在网络》,星河,四川科学技术出版社,1999.4

《桦树的眼睛》,赵海虹,四川科学技术出版社,1999.4

《爸爸从 Q 星归来》,张弘,少年儿童出版社,1999.5

《地球危机》,尤异,福建少年儿童出版社,1999.7

《试管宇宙》,俞琦,福建少年儿童出版社,1999.7

《奇遇魔鬼城》,余俊雄,福建少年儿童出版社,1999.7

《复活的宇宙飞船》,邓湘子,福建少年儿童出版社,1999.7

《太空帝国》,杨鹏,海天出版社,1999.7

《魔屋历险》,杨鹏,海天出版社,1999.7

《我骑恐龙去学校》,杨鹏,海天出版社,1999.7

《修改历史的孩子》,刘兴诗,四川少年儿童出版社,1999.8

《布克的奇遇》,肖建亨,湖南教育出版社,1999.8

《七重外壳》,王晋康,湖南教育出版社,1999.8

《追杀 K 星人》,王晋康,四川少年儿童出版社,1999.8

《抽屉里的青春》,吴岩,湖南教育出版社,1999.8

《中国科学文艺大系——科幻小说卷》,宗介华主编,湖南教育出版社 1999.8

《走下网络的恐怖脚步》,星河,北京少年儿童出版社,1999.8

《冰星纪事》,杨平,四川少年儿童出版社,1999.8

《火星来客》,金涛,四川少年儿童出版社,1999.8

《献给索尼亚的玫瑰》,吴岩,四川少年儿童出版社,1999.8

《超人的磨难》,杨鹏,四川少年儿童出版社,1999.8

《偷脑的贼》,潘家铮,湖南教育出版社,1999.8

《黑洞之旅》,许延风,新蕾出版社,1999.8

《科幻故事》,刘兴诗主编,大象出版社,1999.9

《沙漠女神有约》，许延风，希望出版社，1999.9

《神秘校园》，杨鹏，希望出版社，1999.9

《恐龙统治地球》，杨鹏，未来出版社，1999.10

《恐龙生儿育女》，杨鹏，未来出版社，1999.10

《海豚之神》，金涛主编，海燕出版社，1999.12

2000 年

《弟弟弟外传》，杨鹏，科普出版社，2000.1

《电脑天才奇遇记》，杨鹏，科普出版社，2000.1

《2066 年之西行漫记》，韩松，黑龙江人民出版社，2000.2

《蝙蝠大侠的遗愿——飞行器 99》，余俊雄，广西科学技术出版社，2000.3

《中国科幻新生代精品集》，星河主编，山东教育出版社，2000.3

《安卡拉星来的使者》，杨鹏，海天出版社，2000.5

《未来战记》，杨鹏，海天出版社，2000.5

《小学自然科学童话故事丛书》（全 5 册），刘兴诗主编，安徽教育出版社，2000.6

《超时空小子》，杨鹏，湖北少年儿童出版社，2000.8

《三眼少年》，杨鹏，湖北少年儿童出版社，2000.8

《电脑帝国》，杨鹏，湖北少年儿童出版社，2000.8

《外星老师》，杨鹏，湖北少年儿童出版社，2000.8

《玩偶总动员》，杨鹏，湖北少年儿童出版社，2000.8

《穿梭时空三千年》，苏逸平，中国社会科学出版社，2000.9

《星舰英雄传说》，苏逸平，中国社会科学出版社，2000.9

《相约之日》，高嘉薇等著，少年儿童出版社，2000.12

《颠覆校园秘密行动》，杨鹏，少年儿童出版社，2000.12

2001 年

《海底历险》，许延风、于玉玲，金盾出版社，2001.1

《玛雅考古》，许延风、于玉玲，金盾出版社，2001.1

《雅丹探奇》，许延风、于玉玲，金盾出版社，2001.1

《少年机器战警》，杨鹏，海天出版社，2001.1

《非法智慧》，张之路，北京少年儿童出版社，2001.3

《恐怖蚁》，杨鹏，未来出版社，2001.3

《龙族秘录》（上、下），苏逸平，中国社会科学出版社，2001.9

《风之子》，杨鹏主编，中国大地出版社，2001.9

2002 年

《豹人》，杨鹏，湖北少年儿童出版社，2002.1

《2001 年度中国最佳科幻小说集》，韩松主编，四川人民出版社，2002.1

《终极幻想》，杨鹏，湖北少年儿童出版社，2002.1

《闪电男孩》，杨鹏，湖北少年儿童出版社，2002.1

《疯狂薇甘菊》，杨鹏，湖北少年儿童出版社，2002.1

《时空之眼》，杨鹏，湖北少年儿童出版社，2002.1

《花神少女》,杨鹏,湖北少年儿童出版社,2002.1

《酷少年 X 档案》,杨鹏,河北教育出版社,2002.1

《拉格朗日墓场》,王晋康,花山文艺出版社,2002.1

《沙漠古船》,韩松,海天出版社,2002.1

《纳米绝密》,张赶生,海天出版社,2002.1

《翼界之旅》,顾琳敏主编,海天出版社,2002.1

《海狼居》,许延风,河北教育出版社,2002.1

《银河侠女》,郑军,花山文艺出版社,2002.1

《频道怪兽》,杨鹏,甘肃少年儿童出版社,2002.2

《生死百慕大》,杨鹏,北京少年儿童出版社,2002.4

《木乃伊复活》,杨鹏,北京少年儿童出版社,2002.4

《你好,尼斯湖怪》,杨鹏,北京少年儿童出版社,2002.4

《亚特兰蒂斯传说》,杨鹏,北京少年儿童出版社,2002.4

《极地雪魔》,许延风等,解放军出版社,2002.5

《看得见风景的房间》,杨鹏,福建教育出版社,2002.9

《卵生人计划》,杨鹏,福建教育出版社,2002.9

《少年科学历险故事——恐怖森林》,肖显志,湖北少年儿童出版社,2002.9

《少年科学历险故事——追寻野人》,肖显志,湖北少年儿童出版社,2002.9

《少年科学历险故事——人蚁大战》,肖显志,湖北少年儿童出版社,2002.9

《少年科学历险故事——蛇岛探秘》,肖显志,湖北少年儿童出版社,2002.9

《死亡大奖——中国惊怵科幻小说丛书》,王晋康,福建少年儿童出版社,2002.9

《魔鬼积木——中国惊怵科幻小说丛书》,刘慈欣,福建少年儿童出版社,2002.9

2003 年

《类人》,王晋康,作家出版社,2003.1

《豹人》,王晋康,河南人民出版社,2003.1

《2002 年度中国最佳科幻小说集》,韩松主编,四川人民出版社,2003.4

《大西国档案》,刘兴诗,湖北少年儿童出版社,2003.8

《诺亚方舟寻踪》,刘兴诗,湖北少年儿童出版社,2003.8

《尼斯湖梦幻曲》,刘兴诗,湖北少年儿童出版社,2003.8

《血祭玛雅潘》,许延风,湖北少年儿童出版社,2003.8

《寒冰热血》,郑军,解放军出版社,2003.8

《幻想教室:追寻妖精的踪迹》,彭懿,湖北少年儿童出版社,2003.9

《魔表》,张之路,浙江少年儿童出版社,2003.10

《超新星纪元》,刘慈欣,作家出版,2003.10

《异形袭击校园》,杨鹏工作室,福建少年儿童出版社,2003.10

《木乃伊同学》,杨鹏工作室,福建少年儿童出版社,2003.10

《魔鬼生化人》,杨鹏工作室,福建少年儿童出版社,2003.10

《黑衣魅影》,杨鹏工作室,福建少年儿童出版社,2003.10

《幻影少年》,杨鹏工作室,福建少年儿童出版社,2003.10

《神国豪杰 风火哪吒》,苏逸平,风云时代出版公司,2003.11

《盗墓兵团　黑客神偷》,苏逸平,风云时代出版公司,2003.11

《绝代痴恋　绝大阵幽冥之都　花开落缘深浅》,苏逸平,风云时代出版公司,2003.11

《遁行消失　麦田奇圆》,苏逸平,风云时代出版公司,2003.11

《楚星箭战纪》,苏逸平,风云时代出版公司,2003.11

《参精竹妖　芥子宇宙》,苏逸平,风云时代出版公司,2003.11

2004 年

《吃人电视机》,杨鹏工作室,吉林人民出版社,2004.1

《病毒天使》,杨鹏工作室,吉林人民出版社,2004.1

《恐龙骇客》,杨鹏工作室,吉林人民出版社,2004.1

《面具王》,杨鹏工作室,吉林人民出版社,2004.1

《小吸血鬼》,杨鹏工作室,吉林人民出版社,2004.1

《恐怖异变》,杨鹏工作室,吉林人民出版社,2004.1

《超脑》,杨鹏工作室,吉林人民出版社,2004.1

《狼人之夜》,杨鹏工作室,吉林人民出版社,2004.1

《魔种入侵》,杨鹏工作室,吉林人民出版社,2004.1

《保卫隐形人》,杨鹏工作室,吉林人民出版社,2004.1

《走出魔幻门》,杨鹏工作室,青岛出版社,2004.1

《芯片男孩》,杨鹏工作室,青岛出版社,2004.1

《最后一个吸血鬼》,杨鹏工作室,青岛出版社,2004.1

《2003 中国年度最佳科幻小说》,星河、王振逢编选,漓江出版社,2004.2

《大战外星人》,杨鹏工作室,少年儿童出版社,2004.3

《学校有鬼》,杨鹏工作室,少年儿童出版社,2004.3

《屋顶上的幽灵》,杨鹏工作室,少年儿童出版社,2004.3

《野兽插班生》,杨鹏工作室,青岛出版社,2004.4

《影子游戏》,杨鹏工作室,青岛出版社,2004.4

《展翅逃亡》,星河,湖北少年儿童出版社,2004.4

《杀人琴魔》,杨鹏工作室,少年儿童出版社,2004.4

《超人大战》,杨鹏工作室,少年儿童出版社,2004.4

《电脑也疯狂》,杨鹏工作室,少年儿童出版社,2004.4

《致命病毒》,杨鹏工作室,少年儿童出版社,2004.4

《变种蜘蛛》,杨鹏工作室,少年儿童出版社,2004.4

《狗侠》,杨鹏工作室,少年儿童出版社,2004.4

《学校奇谈》,杨鹏工作室,少年儿童出版社,2004.4

《神秘校园》,杨鹏工作室,湖北少年儿童出版社,2004.4

《极限幻觉》,张之路,湖北少年儿童出版社,2004.5

《神秘调查帮》,杨鹏工作室,中国少年儿童出版社,2004.5

《校园超速度》,星河,中国少年儿童出版社,2004.5

《海上四十二天——少年海洋学家》,刘兴诗,山东教育出版社,2004.6

《徐霞客俱乐部——少年地理学家》,刘兴诗,山东教育出版社,2004.6

《星空三十三夜——少年天文学家》,刘兴诗,山东教育出版社,2004.6

《海螺岛——少年地质学家》，刘兴诗，山东教育出版社，2004.6

《当恐龙遇上蚂蚁》，刘慈欣，北京少年儿童出版社，2004.6

《球状闪电》，刘慈欣，四川科学技术出版社，2004.7

《善恶女神——王晋康科幻小说精品集》，王晋康，上海科学普及出版社，2004.10

《红色海洋》，韩松，上海科学普及出版社，2004.11

《快乐星球之电脑奇遇记》，胡红兵等编剧，雪孩等改编，外语教学与研究出版社，
    2004.11

《空箱子》，张之路，浙江少年儿童出版社，2004.12

2005 年

《出埃及记》，吴岩，广西师范大学出版社，2005.1

《时空死结》，星河，上海科学普及出版社，2005.1

《2004 中国年度科幻小说》，星河、王逢振选编，漓江出版社，2005.1

《不容分庭抗礼》，星河，广西师范大学出版社，2005.1

《梦幻海底人》，盛飞鹤，北方妇女儿童出版社，2005.1

《无字宇宙人》，盛飞鹤，北方妇女儿童出版社，2005.1

《魔力异星人》，邵佳，北方妇女儿童出版社，2005.1

《绝命复制人》，邵佳，北方妇女儿童出版社，2005.1

《超霸未来人》，花比傲，北方妇女儿童出版社，2005.1

《黑客少年事件簿》，杨鹏工作室，少年儿童出版社，2005.1

《考试作弊大全》，杨鹏，北京少年儿童出版社，2005.1

《天工海魂》，潘海天，新世界出版社，2005.1

《快乐星球之逃出星球》，陈鹏等编剧，雪孩等改编，外语教学与研究出版社，2005.3

2006 年

《时间的彼方》，赵海虹，湖北少年儿童出版社，2006.1

《A 星球的隐身人》，杨向红，农村读物出版社，2006.1

《天军剑魂》，许延风，农村读物出版社，2006.1

《文体馆》，《中国儿童百科全书. 上学就看》编委会编，中国大百科全书出版社，
    2006.3

《九州·白雀神龟》，潘海天，新世界出版社，2006.5

《疯狂的兔子》，张之路，中国电影出版社，2006.8

《地球末日记》，潘家铮，中国少年儿童出版社，2006.9

《UFO 的辩护律师》，潘家铮，中国少年儿童出版社，2006.9

《蛇人》，潘家铮，中国少年儿童出版社，2006.9

《吸毒犯》，潘家铮，中国少年儿童出版社，2006.9

2007 年

《2006 年度中国最佳科幻小说集》，吴岩，四川人民出版社，2007.1

《王晋康合集》，王晋康，四川科技出版社，2007.1

《九州·铁浮图》，潘海天，新世界出版社，2007.3

《三体》，刘慈欣，四川科学技术出版社，2007.6

《蚁生》，王晋康，福建人民出版社，2007.8

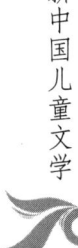

《"大角，快跑！"》，潘海天，新世界出版社，2007.11

《中国科幻小说年选》，刘慈欣编选，江苏文艺出版社，2007.12

2008 年

《2007 年度中国最佳科幻小说集》，吴岩主编，四川人民出版社，2008.1

《2007 中国年度科幻小说》，星河、王逢振选编，漓江出版社，2008.1

《三体 II：黑暗森林》，刘慈欣，重庆出版社，2008.5

《卫斯理科幻小说系列：珍藏版》（共 30 册），卫斯理，上海书店出版社，2008.10

《流浪地球》，刘慈欣，长江文艺出版社，2008.11

《白垩纪往事：魔鬼积木》，刘慈欣，长江文艺出版社，2008.11

《校园三剑客 1：吃人电视机》，杨鹏，人民邮电出版社，2008.12

《校园三剑客 2：千年魔偶》，杨鹏，人民邮电出版社，2008.12

《校园三剑客 3：变身少年》，杨鹏，人民邮电出版社，2008.12

《校园三剑客 4：神秘男孩》，杨鹏，人民邮电出版社，2008.12

《校园三剑客 5：天外魔猫》，杨鹏，人民邮电出版社，2008.12

《校园三剑客 6：木乃伊复活》，杨鹏，人民邮电出版社，2008.12

《校园三剑客 7：尼斯湖怪兽》，杨鹏，人民邮电出版社，2008.12

《校园三剑客 8：飞碟入侵》，杨鹏，人民邮电出版社，2008.12

《校园三剑客 9：魔幻头骨》，杨鹏，人民邮电出版社，2008.12

《校园三剑客 10：死亡怪圈》，杨鹏，人民邮电出版社，2008.12

《校园三剑客 11：巨猿星球》，杨鹏，人民邮电出版社，2008.12

《校园三剑客 12：怪兽博士岛》，杨鹏，人民邮电出版社，2008.12

《校园三剑客 13：神秘失踪》，杨鹏，人民邮电出版社，2008.12

2009 年

《上海堡垒》，江南，万卷出版公司，2009.1

《统治者的游戏》，王嘉，文汇出版社，2009.1

《2008 年度中国最佳科幻小说集》，吴岩主编，四川人民出版社，2009.1

《2008 中国年度科幻小说》，星河、王逢振选编，漓江出版社，2009.1

《全频带阻塞干扰》，刘慈欣，中国文联出版社，2009.3

《十字》，王晋康，四川科技出版社，2009.3

《X 时空调查》，君天，中国画报出版社，2009.4

《超新星纪元》，刘慈欣，重庆出版社，2009.4

《地球毁灭之后》，吕新，北方妇女儿童出版社，2009.6

《古墓壁画》，吕新，北方妇女儿童出版社，2009.6

《奇怪的飞船》，吕新，北方妇女儿童出版社，2009.6

《改造机器人》，吕新，北方妇女儿童出版社，2009.6

《科学怪人来了》，吕新，北方妇女儿童出版社，2009.6

《外星鬼远征地球 1》，杨鹏，浙江少儿出版社，2009.8

《外星鬼远征地球 2》，杨鹏，浙江少儿出版社，2009.8

《外星鬼远征地球 3》，杨鹏，浙江少儿出版社，2009.8

《超人特训班》，杨鹏，浙江少儿出版社，2009.9

《吃动画片的频道怪兽》,杨鹏,浙江少儿出版社,2009.9

《耳朵出逃》,杨鹏,浙江少儿出版社,2009.9

2010 年

《艺术百科》,刘思远,远方出版社,2010.6

2011 年

《大演化》,方敏,长江少年儿童出版社,2011.5

《大绝唱》,方敏,长江少年儿童出版社,2011.5

《皮皮鲁送你 100 命》,郑渊洁,二十一世纪出版社,2011.11

2013 年

《我有百变金点子》,张红樱、樊白环编著,北京少年儿童出版社,2013.3

《我能创造奇迹》,张红樱、樊白环编著,北京少年儿童出版社,2013.3

《跳舞的绿宝石》,任小霞,上海科学普及出版社,2013.6

《偷吃歌声的妖怪》,任小霞,上海科学普及出版社,2013.6

《饼干别墅和面包城》,任小霞,上海科学普及出版社,2013.6

2014 年

《大地爷爷生气了》,王磊,河北教育出版社,2014.6

《寻找失踪的伙伴》,童启富、童豁成,科学普及出版社,2014.7

2015 年

《小猪兽学艺》,王小娟,科学出版社,2015.6

《会魔术的湖》,董淑亮,南京师范大学出版社,2015.7

《小豆粒的理想》,董淑亮,南京师范大学出版社,2015.7

《〈十万个为什么〉背后的故事》,叶永烈,少年儿童出版社,2015.7

《别闹了,演砸了》,柠檬夸克,科学普及出版社,2015.8

《三思的恐龙大片》,柠檬夸克,科学普及出版社,2015.8

《发明发现的故事》,赵世洲,长江少年儿童出版社,2015.12

2016 年

《呜哇呜哇!救护车》,王潇潇,浙江教育出版社,2016.4

《唰唰唰!环卫车》,王潇潇,浙江教育出版社,2016.4

《大跳蛙的环球旅行》,刘兴诗,北京少年儿童出版社,2016.7

《孙悟空人体历险记》,冰子,北京少年儿童出版社,2016.7

《神舟飞船》,崔岸儿,四川科技出版社,2016.10

2017 年

《酷虫学校》,吴祥敏,北京联合出版公司,2017.1

《从前,有一个点:万物的起源与秘密》,常立,广西师范大学出版社,2017.1

《蜘蛛人与龙猫也不知道的秘密》,张文亮,福建少年儿童出版社,2017.3

《如何带一只恐龙搭电梯?》,张文亮,福建少年儿童出版社,2017.3

《博物馆奇幻梦》,廖尧禹,中国铁道出版社,2017.9

2018 年

《闯荡魔鬼峡》,姜永育,中国少年儿童出版社,2018.1

新中国儿童文学

《惊魂怪异洞》，姜永育，中国少年儿童出版社，2018.1

《探秘绝命沟》，姜永育，中国少年儿童出版社，2018.1

《我要当儿科医生》，刘香英，中国书籍出版社，2018.3

《我要当茶艺师》，刘香英，中国书籍出版社，2018.3

《我要当气象学家》，刘香英，中国书籍出版社，2018.3

《我要当宇航员》，刘香英，中国书籍出版社，2018.3

《续梦大树杜鹃王：37年，三登高黎贡山》，刘先平，湖北科学技术出版社，2018.7

2019 年

《奇妙的博物馆之旅：节气篇.春》，岳怡、步雁编著，陕西人民教育出版社，2019.2

《奇妙的博物馆之旅：节气篇.夏》，岳怡、步雁编著，陕西人民教育出版社，2019.2

《奇妙的博物馆之旅：节气篇.秋》，岳怡、步雁编著，陕西人民教育出版社，2019.2

《奇妙的博物馆之旅：节气篇.冬》，岳怡、步雁编著，陕西人民教育出版社，2019.2

六、理论著作

（专著、论文集、作家研究、作品赏析、文献资料、文学史）

1953 年

《盖达尔的创作道路》，爱宾，中国青年出版社，1953.8

1955 年

《儿童文学参考资料》（第一、二集），穆木天、张中义、赵智铨、汪毓馥、刘曼华编，
   北京师范大学出版社，1955.4

《童话作家安徒生》，叶君健，少年儿童出版社，1955.11

1956 年

《师范学校儿童文学讲授提纲》，陈伯吹，人民教育出版社，1956.9

《儿童文学论文选》，长江文艺出版社编，长江文艺出版社，1956.10

《儿歌》，卢冠六编写，江苏人民出版社，1956.10

1957 年

《童话创作及其它》，金近，少年儿童出版社，1957.4

《作家与儿童文学》，陈伯吹，天津人民出版社，1957.8

《儿童文学试论》，方纪生，河北人民出版社，1957.9

《漫谈儿童电影戏剧与教育》，陈伯吹，少年儿童出版社，1957.10

1958 年

《在学习苏联儿童文学的道路上》，陈伯吹，少年儿童出版社，1958.7

1959 年

《中国儿童文学讲话》，蒋风，江苏文艺出版社，1959.3

《谈谈儿童文学的写作》，陈膺浩编写，江苏文艺出版社，1959.3

《民间童谣散论》，谭达先，广东人民出版社，1959.5

《中国儿童文学（初稿）》，华中师范学院中文系师生编著，华中师范学院，1959.5

1960 年

《散论儿童文学》,贺宜,百花文艺出版社,1960.5

1961 年

《鲁迅论儿童教育和儿童文学》,蒋风编,少年儿童出版社,1961.9

《1911—1960 儿童文学论文目录索引》,少年儿童出版社编,少年儿童出版社, 1961.11

1962 年

《教育儿童的文学》,鲁兵,少年儿童出版社,1962.5

《儿童小说的构思和人物形象》,任大霖,少年儿童出版社,1962.5

《给少年写的特写》,李楚城,少年儿童出版社,1962.5

《童话的特征、要素及其他》,贺宜,少年儿童出版社,1962.6

《谈儿童科学文艺》,王国忠,少年儿童出版社,1962.9

《1913—1949 儿童文学论文选集》,少年儿童出版社编,少年儿童出版社,1962.12

1963 年

《古代儿歌资料》,赵景深、车锡伦、何志康编,少年儿童出版社,1963.12

1964 年

《童话寓言和童话寓言教学》,唐霁、周仁济编,湖南人民出版社,1964.1

1973 年

《儿童文艺创作评论集》,山西人民出版社编,山西人民出版社,1973.12

1975 年

《一个可爱的小英雄——评电影〈闪闪的红星〉》,方锷等,北京人民出版社,1975.1

《〈闪闪的红星〉评论集》,上海人民出版社编,上海人民出版社,1975.1

《一个可爱的小英雄——评电影〈闪闪的红星〉》,云南人民出版社编,云南人民 出版社,1975.4

《评电影〈闪闪的红星〉》,山东人民出版社编,山东人民出版社,1975.4

《闪闪的红星照万代——影片〈闪闪的红星〉评论集》,河北人民出版社编,河北 人民出版社,1975.4

《红星闪闪放光彩——影片〈闪闪的红星〉评论集》,河南人民出版社编,河南人 民出版社,1975.4

《要提倡为孩子们创作——少年儿童文艺创作评论集》,天津人民出版社编,天 津人民出版社,1975.5

《努力繁荣社会主义的少年儿童文艺》,内蒙古人民出版社编,内蒙古人民出版 社,1975.5

《电影艺术的灿烂新花——〈闪闪的红星〉评论集》,人民文学出版社编辑部编, 人民文学出版社,1975.5

《闪闪红星照万代——故事影片〈闪闪的红星〉评论集》,湖北人民出版社编,湖 北人民出版社,1975.6

《红星照我去战斗——影片〈闪闪的红星〉评论集》,四川人民出版社编,四川人 民出版社,1975.7

1976 年

《鲁迅论少年儿童文艺》，哈尔滨教师进修学院编，黑龙江人民出版社，1976.8

1978 年

《儿歌习作与讲评》，闸北区教师红专学院编，上海教育出版社，1978.3

1979 年

《儿童文学教学研究资料》，北京师范大学中文系儿童文学教研组编，北京师范
　　大学，第 1 集，1979.4；第 2 集，1979，5；第 3 集，1979.10；第 4 集，1980.4

《儿童文学丛谈》，蒋风，湖南人民出版社，1979.5

《儿童文学创作漫谈》，《儿童文学》编辑部编，中国少年儿童出版社，1979.7

《小百花园丁杂说》，贺宜，少年儿童出版社，1979.9

《儿歌浅谈》，蒋风，四川人民出版社，1979.12

1980 年

《漫谈儿童小说创作》，任大星，四川人民出版社，1980.2

《作家论科学文艺》（第一辑），黄伊主编，江苏科学技术出版社，1980.3

《全国少年儿童图书综录（1949—1979）》，国家出版事业管理局版本图书馆编，
　　中国少年儿童出版社，1980.5

《论科学文艺》，叶永烈，科学普及出版社，1980.6

《我和儿童文学》，叶圣陶等，少年儿童出版社，1980.8

《儿童文学讲座》，贺宜等，少年儿童出版社，1980.8

《作家论科学文艺》（第二辑），黄伊主编，江苏科学技术出版社，1980.8

《郭老与儿童文学》，邓牛顿、匡寿祥编，河南人民出版社，1980.12

1981 年

《儿童文学论文选　1949—1979》，锡金、郭大森、崔乙主编，中国少年儿童出版
　　社，1981.2

《槐花集》，孙钧政，人民文学出版社，1981.3

《儿童文学作家作品论》，第二次全国少年儿童文艺创作评奖委员会办公室编，
　　中国少年儿童出版社，1981.4

《漫谈童话》，贺宜，四川少年儿童出版社，1981.4

《中国民间童话研究》，谭达先，台湾商务印书馆，1981.8

1982 年

《儿童文学在探索中前进》，陈子君，四川少年儿童出版社，1982.2

《儿童·文学·作家》，洪汛涛，河南人民出版社，1982.2

《晚清儿童文学钩沉》，胡从经，少年儿童出版社，1982.4

《儿童文学简论》，陈伯吹，长江文艺出版社，1982.4

《儿童文学概论》，蒋风，湖南少年儿童出版社，1982.5

《儿童文学概论》，《儿童文学概论》编写组编，四川少年儿童出版社，1982.5

《幼儿语言教育法》，祝士媛，湖南少年儿童出版社，1982.6

《郑振铎和儿童文学》，郑尔康、盛巽昌编，少年儿童出版社，1982.7

《张天翼研究资料》，沈承宽、黄侯兴、吴福辉编，中国社会科学出版社，1982.8

《教育儿童的文学》,鲁兵,少年儿童出版社,1982.9

1983 年

《作家谈儿童文学》,陈伯吹等,湖南少年儿童出版社,1983.1

《茅盾与儿童文学》,金燕玉,河南少年儿童出版社,1983.1

《鲁迅论儿童读物》,蒋风、潘颂德,陕西人民出版社,1983.3

《少儿科普入门》,少年儿童出版社编,少年儿童出版社,1983.3

《俄苏作家论儿童文学》,周忠和编译,河南儿童出版社,1983.4

《儿童文学的体裁及其特征》,张锦贻,内蒙古人民出版社,1983.4

《茅盾研究资料》,孙中田、查国华编,中国社会科学出版社,1983.5

《儿童小说创作探索录》,周晓,广东人民出版社,1983.10

《中国古代寓言史》,陈蒲清,湖南教育出版社,1983.11

《诗的散步》,圣野,吉林人民出版社,1983.11

《童话欣赏》,陈子君、贺嘉等,湖南少年儿童出版社,1983.12

1984 年

《安徒生简论》,浦漫汀,四川少年儿童出版社,1984.4

《不丑的丑小鸭》,叶君健,湖南少年儿童出版社,1984.4

《圆圆和圈圈》,儿童文学园丁奖委员会编,少年儿童出版社,1984.4

《他山漫步——陈伯吹序文集》,陈伯吹,广东人民出版社,1984.5

《儿童诗散论》,汪习麟,陕西少年儿童出版社,1984.8

《给小孩子的大文学》,刘崇善,河南少年儿童出版社,1984.8

《儿童文学十八讲》,陕西少年儿童出版社编,陕西少年儿童出版社,1984.9

《童话十二家新作展》,《少年文艺》编辑部编,少年儿童出版社,1984.11

《茅盾和儿童文学》,孔海珠编,少年儿童出版社,1984.11

《先秦寓言概论》,公木,齐鲁书社,1984.12

《冰心研究资料》,范伯群编,北京出版社,1984.12

1985 年

《中国民间寓言研究》,谭达先,台湾商务印书馆,1985.2

《儿童文学漫笔》,蒋风,贵州人民出版社,1985.2

《儿童小说欣赏》,陈子君、贺嘉等,湖南少年儿童出版社,1985.3

《儿童文学论》,陈子君,河北少年儿童出版社,1985.5

《儿童文学初探》,金燕玉,花城出版社,1985.5

《儿童文学散论》,彭斯远,重庆出版社,1985.5

《周作人与儿童文学》,王泉根编,浙江少年儿童出版社,1985.5

《老舍研究资料》,曾广灿、吴怀斌编,北京十月文艺出版社,1985.7

《中国民间童话概说》,刘守华,四川民族出版社,1985.8

《幼儿文学赏析》,张文泰编著,语文出版社,1985.9

《儿童诗初步》,刘崇善,希望出版社,1985.9

《中国儿童文学理论年鉴(1983)》,浙江师范大学儿童文学研究室编,浙江少年
儿童出版社,1985.10

新中国儿童文学

1986 年

《儿童文学简论》，李培然，黑龙江少年儿童出版社，1986.1

《儿童文学的春天》，樊发稼，河南少年儿童出版社，1986.4

《儿童诗欣赏》，湖南少年儿童出版社编，湖南少年儿童出版社，1986.6

《中国现代儿童文学史》，蒋风主编，河北少年儿童出版社，1986.6

《与小学教师谈儿童文学》，张耀辉，江西教育出版社，1986.6

《陶行知和儿童文学》，李楚材编写，少年儿童出版社，1986.6

《世界儿童文学史概述》，韦苇编著，浙江少年儿童出版社，1986.8

《儿童小说·童话·儿童诗》，刘崇善，云南人民出版社，1986.10

《现代儿童报纸史料》，少年儿童出版社编，少年儿童出版社，1986.11

《小百花园丁随笔》，贺宜，少年儿童出版社，1986.12

《童话学》，洪汛涛，安徽少年儿童出版社，1986.12

1987 年

《童话创作及其它》，金近，少年儿童出版社，1987.1

《鹅背驮着的童话——中外儿童文学管窥》，高洪波，安徽少年儿童出版社，1987.2

《和粼粼谈童话》，徐燕、常斯，四川少年儿童出版社，1987.2

《幼儿文学探索》，中国出版工作者协会幼儿读物研究会编，少年儿童出版社，1987.3

《陈伯吹传》，苏叔迁，未来出版社，1987.4

《小狐狸花背》，儿童文学园丁奖委员会编，少年儿童出版社，1987.4

《儿童文学论评》，张锦江，新蕾出版社，1987.4

《幼儿文学》，华东七省市、四川省幼儿园教师进修教材协作编写委员会编，上海教育出版社，1987.6

《胡奇研究专集》，李达三、何沪玲编，解放军文艺出版社，1987.6

《儿童电影理论研究资料》，儿童电影文学创作会议汇编，中国儿童电影制片厂，1987.6

《儿童小说创作论》，任大霖，少年儿童出版社，1987.7

《儿童戏剧研究文集》，中国儿童戏剧研究会主编，中国戏剧出版社，1987.7

《第二届儿童电影文学创作会议汇编》，《儿童电影研究资料汇编》编辑部编，中国儿童电影制片厂，1987.8

《儿童文学论文选》，全国儿童文学教学研究会年会论文委员会编，云南少年儿童出版社，1987.8

《天涯芳草》，陈伯吹，海燕出版社，1987.8

《张天翼论》，吴福辉、黄侯兴、沈永宽、张大明编，湖南文艺出版社，1987.8

《现代儿童文学的先驱》，王泉根，上海文艺出版社，1987.9

《世界童话名篇欣赏》，杨实诚，新蕾出版社，1987.9

《幼儿文学选萃点评》，全国幼师普师儿童文学教学研究会编，海燕出版社，1987.10

1988 年

《贺宜文集（五）》，贺宜，少年儿童出版社，1988.1

《中国古代童谣析赏》,雷群明、王龙娣,湖南文艺出版社,1988.1

《寓言辞典》,鲍延毅主编,明天出版社,1988.1

《低幼儿童文学》,祝士媛,北京师范大学出版社,1988.2

《儿童文学》,祝士媛编,北京师范大学出版社,1988.2

《退役军犬黄狐》,儿童文学园丁奖委员会编,少年儿童出版社,1988.4

《中国儿童文学史(现代部分)》,张香还,浙江少年儿童出版社,1988.4

《童话艺术思考》,洪汛涛,希望出版社,1988.5

《杨啸研究专集》,董之林编,内蒙古人民出版社,1988.5

《叶圣陶研究资料》,刘增人、冯光廉编,北京十月文艺出版社,1988.6

《幼儿文学 ABC》,郑光中,四川少年儿童出版社,1988.6

《幼儿文学作品选讲》,楼飞甫,福建少年儿童出版社,1988.7

《中国少儿科普作家传略》,孙士庆等,希望出版社,1988.7

《世界著名童话家》,高帆,北方妇女儿童出版社,1988.7

《中国儿童文学选讲》,佟希仁主编,辽宁少年儿童出版社,1988.7

《1976—1986 中国儿童文学十年》,洪汛涛主编,海燕出版社,1988.10

《中国神话史》,袁珂,上海文艺出版社,1988.10

《中国儿童文学大系·理论一》,蒋风主编,希望出版社,1988.11

《儿童文学大全》,陈子典主编,广西人民出版社,1988.11

《论儿童诗》,陈子君、贺嘉、樊发稼编,广西人民出版社,1988.12

《中国儿童文学大系·理论二》,蒋风主编,希望出版社,1988.12

1989 年

《论童话寓言》,陈子君、贺嘉、樊发稼主编,新蕾出版社,1989.1

《中国儿童电视剧论文集》,中国电视艺术家协会、四川省广播电视学会、中国电
视艺术家协会四川分会编,四川少年儿童出版社,1989.3

《鸦鸦》,儿童文学园丁奖委员会编,少年儿童出版社,1989.5

《儿童文学写作概说》,冉红,福建少年儿童出版社,1989.5

《香港儿童文学选介》,顾兴义编,新世纪出版社,1989.5

《儿童文学小论》,周作人,岳麓书社,1989.6

《中国儿童文学艺术丛书》,于友先主编,海燕出版社,1989.7

《中国现代作家儿童文学精选》(上、下卷),王泉根选评,湖南少年儿童出版社,
1989.7

《中国现代儿童文学文论选》,王泉根评选,广西人民出版社,1989.8

《外国儿童文学研究》,四川外语学院外国儿童文学研究所编,广西人民出版社,
1989.8

《童话辞典》,张美妮等编,黑龙江少年儿童出版社,1989.9

《爱的文学》,樊发稼,安徽少年儿童出版社,1989.9

《外国儿童文学选讲》,佟希仁主编,辽宁少年儿童出版社,1989.10

《论当代中国儿童文学》,陈子君、贺嘉、樊发稼主编,湖南少年儿童出版社,
1989.10

《世界儿童小说名篇欣赏》,杨实诚,广西师范大学出版社,1989.11

1990 年

《中国少年儿童出版社图书评论集》，中国少年儿童出版社编，中国少年儿童出版社，1990.1

《中国儿童文学理论批评与构想》，班马，湖北少年儿童出版社，1990.2

《童话艺术空间论》，孙建江，湖北少年儿童出版社，1990.2

《比较儿童文学初探》，汤锐，湖北少年儿童出版社，1990.2

《童话十六讲》，浦漫汀，安徽教育出版社，1990.5

《少年小说论评》，周晓，宁夏人民出版社，1990.5

《中国现代寓言名篇选析》，孙建国、戚玉生选编，中国友谊出版公司，1990.5

《陈伯吹研究专集》，张黛芬、文秀明编，少年儿童出版社，1990.5

《茅盾的童心》，金燕玉，南京出版社，1990.6

《童话大师安徒生》，郑孝时、薛培文，希望出版社，1990.6

《浙江籍儿童文学作家作品评论集》，汪习麟，浙江少年儿童出版社，1990.6

《中外寓言鉴赏辞典》，陈蒲清主编，湖南人民出版社，1990.7

《世界著名童话鉴赏辞典》，蒋风主编，江苏少年儿童出版社，1990.7

《儿童诗论说》，樊发稼，中国文史出版社，1990.8

《幼儿文学的创作和加工》，鲁兵、圣野编，重庆出版社，1990.9

《冰心和儿童文学》，卓如编，少年儿童出版社，1990.9

《儿童文艺心理学》，姚全兴，重庆出版社，1990.9

《世界寓言通论》，陈蒲清，湖南教育出版社，1990.9

《儿童文学札记》，吴然，云南少年儿童出版社，1990.10

《火树银花——陈伯吹序文集》，陈伯吹，甘肃少年儿童出版社，1990.10

《中国历代童谣辑注》，高殿石，山东大学出版社，1990.10

《儿童文学理论基础》，郁炳隆、唐再兴主编，南京大学出版社，1990.10

《论儿童小说及其它》，汪习麟，安徽少年儿童出版社，1990.11

《叶圣陶和儿童文学》，韦商编，少年儿童出版社，1990.11

《巴金和儿童文学》，张耀辉编，少年儿童出版社，1990.12

《郭沫若和儿童文学》，盛巽昌、朱守芬编，少年儿童出版社，1990.12

《中外童话大观》，郭大森、高帆主编，东北师范大学出版社，1990.12

《世界童话史》，马力，辽宁少年儿童出版社，1990.12

1991 年

《儿童文学原理》，李标晶，希望出版社，1991.1

《中国当代儿童文学史》，陈子君主编，明天出版社，1991.2

《寓言文学概论》，吴秋林，辽宁少年儿童出版社，1991.2

《龙凤》，陈伯吹儿童文学奖委员会编，少年儿童出版社，1991.3

《柯岩儿童文学论集》，柯岩，浙江少年儿童出版社，1991.4

《少年儿童文学名篇鉴赏》，章惠、周述忠、张利群编，漓江出版社，1991.4

《儿童文学的审美指令》，王泉根，湖北少年儿童出版社，1991.5

《中国儿童文学论文选（1949—1989）》，浙江少年儿童出版社编，浙江少年儿童出版社，1991.5

《世界儿童文学名著大典　下卷（中国部分）》，张美妮等编，中国文史出版社，1991.5

《寓言欣赏》，湖南少年儿童出版社编，湖南少年儿童出版社，1991.5

《儿童文学教程》，浦漫汀主编，山东文艺出版社，1991.5

《儿童文学辞典》，韦苇等，四川少年儿童出版社，1991.6

《中国幼儿文学集成·理论编　第二卷（1919—1989）》，鲁兵主编，重庆出版社，1991.6

《眼中有孩子　心中有未来——'90 上海儿童文学研讨会论文集》，少年儿童出版社，1991.6

《苏联儿童文学简史》，周忠和，海燕出版社，1991.7

《中国当代儿童文学史》，蒋风主编，河北少年儿童出版社，1991.8

《寓言学概论》，薛贤荣，安徽少年儿童出版社，1991.8

《樊发稼儿童文学评论集》，樊发稼，明天出版社，1991.8

《梦幻岛：饶远童话赏析》，沈妙光，香港中华文化出版社，1991.8

《幼儿文学教程》，章红、李标晶、罗梅孙，浙江少年儿童出版社，1991.9

《江南草长》，鲁兵，重庆出版社，1991.10

《儿童文学探讨》，陈子君编选，河北少年儿童出版社，1991.12

《束沛德文学评论集》，束沛德，明天出版社，1991.12

《外国童话史》，韦苇，江苏少年儿童出版社，1991.12

1992 年

《骆驼的足迹——少年儿童出版社四十周年纪念文集（1952—1992）》，少年儿童出版社编，少年儿童出版社，1992.1

《献给未来的儿童文学作家》，尹世霖、马光复主编，北京少年儿童出版社，1992.1

《中国当代儿童文学作家小传》，樊发稼、林焕彰、何紫主编，湖南少年儿童出版社，1992.1

《中国寓言文学史》，凝溪，云南人民出版社，1992.1

《世界民间故事名篇精选》，宗介华、铁志英评选，辽宁少年儿童出版社，1992.1

《世界儿童小说名篇精选》（一、二、三），叶君健、张美妮评选，辽宁少年儿童出版社，1992.2

《世界儿童诗名篇精选》，佟希仁选评，辽宁少年儿童出版社，1992.2

《周晓评论选》，周晓，少年儿童出版社，1992.3

《汪习麟评论选》，汪习麟，少年儿童出版社，1992.3

《雨点集》，许评，明天出版社，1992.3

《文学育儿漫谈》，郑光中，四川少年儿童出版社，1992.4

《长长的列车——〈小朋友〉七十年》，《小朋友》编辑部编，少年儿童出版社，1992.4

《儿童文学讲析》，胡砚编著，内蒙古人民出版社，1992.4

《当代儿童诗歌赏析》，王坤德、吴发珩编，广西教育出版社，1992.6

《儿童文学教程》，江西省中师语文中心教研组编写，陕西人民出版社，1992.6

《实用儿歌鉴赏大全》，高帆主编，甘肃少年儿童出版社，1992.6

《中国童话史》，金燕玉，江苏少年儿童出版社，1992.7

《中国童话史》,吴其南,河北少年儿童出版社,1992.8

《世界儿童文学事典》,蒋风主编,希望出版社,1992.8

《中国儿童文学现象研究》,王泉根,湖南少年儿童出版社,1992.10

《贺宜作品论稿》,汪习麟,少年儿童出版社,1992.10

1993 年

《宇宙鲸鱼——新时期童话佳作鉴赏》,张美妮、金燕玉、汤锐主编,北京师范大学出版社,1993.1

《六年级大逃亡——新时期儿童小说佳作鉴赏》,张美妮、金燕玉、汤锐主编,北京师范大学出版社,1993.2

《绿蚂蚁——新时期儿童诗歌·散文佳作鉴赏》,张美妮、金燕玉、汤锐主编,北京师范大学出版社,1993.3

《异彩纷呈的多元格局》,彭斯远,湖北少年儿童出版社,1993.3

《中外著名儿童文学故事鉴赏辞典》,佟希仁主编,辽宁少年儿童出版社,1993.3

《智慧草——中外幼儿童话评论集》,巢扬,重庆出版社,1993.3

《儿童文学》,周世盛主编,贵州教育出版社,1993.4

《中国现代儿童文学史稿》,张之伟,华东师范大学出版社,1993.6

《冰心名作欣赏》,浦漫汀编写,中国和平出版社,1993.6

《儿童文学教程》,蒋风主编,希望出版社,1993.6

《少年报告文学要有震撼力:少年报告文学论文集》,《儿童文学研究》编辑室编,少年儿童出版社,1993.6

《杲向真和她的作品》,高岚编,中国和平出版社,1993.7

《儿童文化研究丛谭》,浙江省中国文化研究会儿童文化研究中心编,中国社会科学出版社,1993.7

《中国儿童文学:天赋身份的背离》,谭元亨,北方文艺出版社,1993.8

《儿童文学基础》,陈洁、黄明超主编,成都科技大学出版社,1993.8

《名作赏析与儿童文学创作谈》,曹鹏先,内蒙古文化出版社,1993.8

《寻觅童年——新时期儿童文学的一束思絮》,滕云,中国少年儿童出版社,1993.8

《中国儿童文学理论批评史》,方卫平,江苏少年儿童出版社,1993.8

《编织五彩的梦——'91 上海儿童美术研讨会论文集》,儿童文学研究室编,少年儿童出版社,1993.9

《历代童话精华》,陈蒲清主编,岳麓书社,1993.10

《走向世界:华文儿童文学审视与展望——'92 广州中国儿童文学研讨会论文集》,陈子典主编,新世纪出版社,1993.12

《论儿童小说》,陈子君、贺嘉、樊发稼编,江苏少年儿童出版社,1993.12

1994 年

《大世界中的小世界》,金燕玉,南京出版社,1994.2

《世界寓言史》,吴秋林,辽宁少年儿童出版社,1994.3

《金近纪念文集》,浙江少年儿童出版社编,浙江少年儿童出版社,1994.3

《一部金色的童话——金近传》,谷斯涌,海燕出版社,1994.4

《台湾儿童文学·诗歌论》,陈子典、谭元亨,华中师范大学出版社,1994.4

《少年文学论稿》，吴继路，首都师范大学出版社，1994.4

《俄罗斯儿童文学论谭》，韦苇，湖南少年儿童出版社，1994.5

《日本儿童文学面面观》，张锡昌、朱自强主编，湖南少年儿童出版社，1994.5

《西方儿童文学史》，韦苇，湖北少年儿童出版社，1994.5

《幼儿文学创作与赏析》，梅果主编，经济科学出版社，1994.5

《少年儿童文学的创作与教学》，胡君靖，教育科学出版社，1994.6

《儿童文学创作与研究》，罗培坤、左培俊主编，华中师范大学出版社，1994.6

《儿童文学精选读本》，黄云生，甘肃少年儿童出版社，1994.6

《游戏精神与文化基因：班马儿童文学文论》，班马，甘肃少年儿童出版社，1994.10

《人学尺度和美学判断：王泉根儿童文学文论》，王泉根，甘肃少年儿童出版社，1994.10

《文化的启蒙与传承：孙建江儿童文学文论》，孙建江，甘肃少年儿童出版社，1994.10

《酒神的困惑：汤锐儿童文学文论》，汤锐，甘肃少年儿童出版社，1994.10

《代际冲突与文化选择：吴其南儿童文学文论》，吴其南，甘肃少年儿童出版社，1994.10

《流浪与梦寻：方卫平儿童文学文论》，方卫平，甘肃少年儿童出版社，1994.10

《儿童剧散论》，程式如，中国戏剧出版社，1994.10

《儿童文学阅读引论》，陈子典，新世纪出版社，1994.11

《儿童文学创作艺术论》，陈模主编，四川少年儿童出版社，1994.11

《儿童文学美学》，杨实诚，山西教育出版社，1994.12

1995 年

《二十世纪中国儿童文学导论》，孙建江，江苏少年儿童出版社，1995.2

《饶远童话论》，韶关市儿童文学创作研究会编印，1995.2

《儿童文苑漫步》，束沛德，江苏少年儿童出版社，1995.3

《追寻小精灵——金波儿童文学评论集》，金波，安徽少年儿童出版社，1995.4

《幼儿文学原理》，黄云生，江苏教育出版社，1995.4

《童话美论》，左培俊，华中师范大学出版社，1995.4

《儿童文学使我快乐》，沈虎根，少年儿童出版社，1995.5

《儿童文学教与学》，陈子典主编，广东高等教育出版社，1995.6

《儿童文学的当代思考》，方卫平，明天出版社，1995.7

《我的儿童文学观》，任大霖，少年儿童出版社，1995.7

《儿童文学的三大母题》，刘绪源，少年儿童出版社，1995.7

《新时期儿童文学》，朱彦，少年儿童出版社，1995.8

《现代儿童文学本体论》，汤锐，江苏少年儿童出版社，1995.8

《孩子剧团抗战儿童剧佳作选》，陈模等编，少年儿童出版社，1995.11

《儿童文学面临新的超越》，樊发稼，海燕出版社，1995.12

1996 年

《樊发稼儿童文学评论选》，樊发稼，贵州人民出版社，1996.1

《儿童文学导论》，彭斯远，天地出版社，1996.2

《中国儿童文学潮》，彭斯远，天地出版社，1996.2

《当代儿童文学教学论文集》，郑光中编，天地出版社，1996.2

《黎锦晖和儿童文学》，黎泽荣编，少年儿童出版社，1996.2

《黄云生儿童文学论稿》,黄云生,漓江出版社,1996.3

《德国儿童文学纵横》,吴其南,湖南少年儿童出版社,1996.3

《中国少年儿童出版社图书评论集(续集)》,中国少年儿童出版社编,中国少年
　　儿童出版社,1996.5

《孩子剧团史料汇编:在战火纷飞的年代》,孩子剧团史料编辑委员会编,北京新
　　闻出版局内部准印,1996.7

《中国当代儿童文学文论选》,王泉根评选,接力出版社,1996.7

《前艺术思想——中国当代少年文学艺术论》,班马,福建少年儿童出版社,
　　1996.10

《浦漫汀儿童文学评论集》,浦漫汀,海燕出版社,1996.10

《陈模与儿童文学》,陈模,北京少年儿童出版社,1996.11

《幼儿文学概论》,张美妮、巢扬,重庆出版社,1996.12

《儿童文学教程》,黄云生主编,浙江大学出版社,1996.12

1997 年

《童话梦——葛翠琳和她的创作》,北京作家协会编,浙江少年儿童出版社,1997.3

《儿童戏剧艺术的魅力》,李涵,中国戏剧出版社,1997.4

《日出山花红胜火——论叶君健的创作与翻译》,李保初,华文出版社,1997.8

《儿童文学的本质》,朱自强,少年儿童出版社,1997.11

《智慧的觉醒》,竺洪波,少年儿童出版社,1997.11

《转型期少儿文学思潮史》,吴其南,少年儿童出版社,1997.11

《人之初文学解析》,黄云生,少年儿童出版社,1997.11

《西方现代幻想文学论》,彭懿,少年儿童出版社,1997.11

《中国儿童启蒙名著通览》,王文宝主编,李元华等编著,中国少年儿童出版社,
　　1997.12

1998 年

《曹文轩儿童文学论集》,曹文轩,二十一世纪出版社,1998.1

《儿童文学原理》,蒋风主编,安徽教育出版社,1998.4

《诗心与童话:论儿童文学与诗性精神》,章亚昕,明天出版社,1998.7

《童话学通论》,马力,辽宁大学出版社,1998.8

《幼儿文学教程》,郑光中主编,四川民族出版社,1998.8

《童话艺术谈》,汪习麟,明天出版社,1998.9

《陈伯吹文集·理论卷》,陈伯吹,少年儿童出版社,1998.10

《耀眼的群星:第三届全国优秀少年儿童读物获奖图书简介》,司徒舒文编,河北
　　少年儿童出版社,1998.10

《中国儿童文学史》,蒋风、韩进,安徽教育出版社,1998.10

《文海泛舟——樊发稼序跋集》,樊发稼,重庆出版社,1998.11

《少年文学与人生》,周晓,贵州人民出版社,1998.12

《少年诗话》,邱易东,伊犁人民出版社,1998.12

《贺宜评传》,汪习麟,希望出版社,1998.12

《冰心评传》,张锦贻,希望出版社,1998.12

《郭风评传》,王炳根,希望出版社,1998.12

《任溶溶评传》,马力,希望出版社,1998.12

1999 年

《幼儿文学教程》,蒋风主编,东南大学出版社,1999.1

《我与儿童文学》,叶君健,中国妇女出版社,1999.1

《人与自然的颂歌:刘先平大自然探险文学评论集》,束沛德主编,安徽少年儿童
出版社,1999.3

《未圆的梦》,蒋风,国际文化出版公司,1999.4

《当代儿童文学面面观》,周晓波,湖南少年儿童出版社,1999.4

《英国儿童文学概略》,张美妮,湖南少年儿童出版社,1999.4

《意大利儿童文学概述》,孙建江,湖南少年儿童出版社,1999.4

《法国儿童文学导论》,方卫平,湖南少年儿童出版社,1999.4

《北欧儿童文学述略》,汤锐,湖南少年儿童出版社,1999.4

《中国儿童文学源流》,韩进,湖南少年儿童出版社,1999.4

《逃逸与守望——论九十年代儿童文学及其他》,方卫平,作家出版社,1999.5

《大自然的心灵形式:葛翠琳童话创作论》,明照,河北少年儿童出版社,1999.5

《寻梦集》,黄鹏先,大连出版社,1999.8

《严文井评传》,巢扬,希望出版社,1999.8

《成人和孩子的世界:当代重庆作家彭斯远卷》,彭斯远,作家出版社,1999.9

《光荣与梦想:孙建江华文儿童文学论文集》,孙建江,明天出版社,1999.9

《儿童文学》,韩进编著,中国广播电视出版社,1999.9

《写在文学的边缘》,金燕玉,中央民族大学出版社,1999.10

《儿童精神哲学》,刘晓东,南京师范大学出版社,1999.12

2000 年

《儿童文学的教育价值论纲》,马力等,辽宁少年儿童出版社,2000.1

《韦苇与儿童文学》,韦苇,安徽少年儿童出版社,2000.3

《三代人的梦:文学使孩子完美》,圣野、晓波、天天,文汇出版社,2000.6

《百年冰心》,陈恕、舒乙、葛翠琳主编,河北少年儿童出版社,2000.8

《中国现代寓言史纲》,陈蒲清,湖南教育出版社,2000.9

《幼儿文学》,祝士媛、张美妮主编,吉林大学出版社,2000.10

《书香芬芳:樊发稼书评集》,樊发稼,福建少年儿童出版社,2000.10

《百年中国儿童文学》,中国青少年研究中心主编,新世纪出版社,2000.10

《民族儿童文学新论》,张锦贻,内蒙古教育出版社,2000.12

《奇葩纷呈:第四届全国优秀少儿图书奖获奖图书简介》,中国少年儿童出版社
编,中国少年儿童出版社,2000.12

《现代中国儿童文学主潮》,王泉根,重庆出版社,2000.12

《中国儿童文学与现代化进程》,朱自强,浙江少年儿童出版社,2000.12

2001 年

《童话的诗学》,吴其南,中国文联出版社,2001.1

《张美妮儿童文学论集》，张美妮，重庆出版社2001.1

《饶远绿色童话评论集》，王俊康编，新世纪出版社，2001.1

《小学语文文学教育》，朱自强，东北师范大学出版社，2001.2

《现代童话美学》，周晓波，未来出版社，2001.4

《生命的绿洲：胡景芳纪念文集》，赵郁秀主编，辽宁少年儿童出版社，2001.5

《儿童文学与素质教育》，雏蕴平主编，四川民族出版社，2001.6

《幼儿文学》，人民教育出版社中学语文室编著，人民教育出版社2001.7

《儿童文学教程》，黄明超主编，西南师范大学出版社，2001.7

《龙套情缘》，束沛德，北京少年儿童出版社，2001.8

《中国儿童文学五人谈》，梅子涵等，新蕾出版社，2001.9

《幼儿文学》，蒋雪艳主编，煤炭工业出版社，2001.11

《现实　文本　文本间性》，吴其南，吉林人民出版社，2001.12

《张天翼评传》，张锦贻，希望出版社，2001.12

《陈伯吹评传》，韩进，希望出版社，2001.12

《金近评传》，郁青，希望出版社，2001.12

《鲁兵评传》，汪习麟，希望出版社，2001.12

2002 年

《2001 年度中国最佳科幻小说集》，韩松主编，四川人民出版社，2002.1

《当代儿童文学的精神指向》，赵郁秀主编，辽宁少年儿童出版社，2002.8

《2001 中国儿童文学年鉴》，束沛德、高洪波主编，江苏少年儿童出版社，2002.8

《浦漫汀儿童文学论稿》，浦漫汀，河北少年儿童出版社，2002.9

《儿童文学史论》，蒋风，希望出版社，2002.10

《回眸与思考》，樊发稼，希望出版社，2002.10

《杨实诚儿童文学文论集》，杨实诚，天津教育出版社，2002.10

《儿童文学名著导读》，王泉根主编，东北师范大学出版社，2002.10

《蒙古族儿童文学概论》，哈斯巴拉等，辽宁民族出版社，2002.10

《金江文集·评论卷》，金江，中国戏剧出版社，2002.11

《郭大森散文评论集》，郭大森，时代文艺出版社，2002.12

2003 年

《外国童话史》，韦苇，河北少年儿童出版社，2003.2

《中国儿童电影 80 年(1922—2001)》，中国儿童少年电影学会、中国电影集团公司编，林阿绵主编，远方出版社，2003.3

《中国儿童戏剧史》，李涵主编，中国戏剧出版社，2003.3

《湖南当代童话寓言作家略论》，湖南省寓言童话文学研究会主编，湖南少年儿童出版社，2003.4

《文字和图画中的叙事者》，谢芳群，湖北少年儿童出版社，2003.4

《儿童文学中的女性主义声音》，唐兵，湖北少年儿童出版社，2003.4

《第四度空间的细节》，唐池子，湖北少年儿童出版社，2003.4

《卡通叙事学》，杨鹏，湖北少年儿童出版社，2003.4

《儿歌的写作修改和欣赏》，张继楼，香港新天出版社，2003.5

《儿童文学文论集》，黄鹏先，香港新天出版社，2003.5

《宫泽贤治童话论》，彭懿，少年儿童出版社，2003.5

《洪汛涛评传》，汪习麟，希望出版社，2003.7

《少年精神世界的守望者——邱易东诗歌研究》，彭斯远、郑德昌编，新疆人民出版社，2003.8

《2002年中国儿童文学年鉴》，束沛德、高洪波主编，江苏少年儿童出版社，2003.8

《守望与期待：束沛德儿童文学论集》，束沛德，接力出版社，2003.12

《让孩子着迷的101本书》，阿甲、萝卜探长，时代文艺出版社，2003.12

2004年

《中国新时期儿童文学研究》，王泉根主编，河北少年儿童出版社，2004.1

《童话人格》，柯云路，作家出版社，2004.1

《儿童文学散论》，杨锋，花城出版社，2004.1

《少年儿童文学》，黄云生主编，高等教育出版社，2004.1

《娃娃剧场开演啦——孙爷爷教你写儿童剧》，孙毅，上海教育出版社，2004.2

《儿童文学与教学研究》，刘凤鸾、杨炽均，香港广慈基金会出版部，2004.3

《当代儿童文学的重镇——李凤杰创作论》，谭旭东，中国文史出版社，2004.4

《文心雕虎》，刘绪源，少年儿童出版社，2004.4

《儿童文学教程》，方卫平、王昆建主编，高等教育出版社，2004.5

《当代儿童文学与素质教育研究》，周晓波主编，少年儿童出版社，2004.5

《美国成长小说研究》，芮渝萍，中国社会科学出版社，2004.5

《发展中的内蒙古儿童文学》，张锦贻，内蒙古人民出版社，2004.6

《语文改革与儿童文学研究：儿童文学与语文教育研讨会论文集》，霍玉英主编，香港教育学院，2004.6

《王俊康文集》，王俊康，作家出版社，2004.7

《希望的文学：苏平凡与儿童文学》，苏平凡，安徽少年儿童出版社，2004.7

《周晓评论选续编》，周晓，少年儿童出版社，2004.8

《老树的故事：孙铭勋纪念文集》，孙铭勋，新天出版社，2004.8

《渤海之歌·儿童文学的当代解读》，李利芳，黑龙江人民出版社，2004.9

《儿童文学》，于虹主编，人民教育出版社，2004.9

《岁月留香.纪念文集》，徐德霞主编，中国少年儿童出版社，2004.10

《2003'中国儿童文学年鉴》，束沛德、高洪波主编，江苏少年儿童出版社，2004.11

《儿童文学新视野》，朱自强编，中国海洋大学出版社，2004.12

《建构与解构：一个文学史现象——20世纪90年代两岸童话范式转变研究》，马力主编，中国社会科学出版社，2004.12

《中国儿童文化　第一辑》，方卫平主编，浙江少年儿童出版社，2004.12

《叶君健评传》，彭斯远，希望出版社，2004.12

2005年

《幻想之美》，吴然，云南人民出版社，2005.1

《小说儿童：1980~2000：中国小说的儿童视野》，何卫青，中国海洋大学出版社，2005.1

《幼儿的启蒙文学——金波幼儿文学评论集》，金波，接力出版社，2005.2

《守望的情结——蒋风的儿童文学世界》，周更武主编，新天出版社，2005.2

《情系花花朵朵——横店·全国中小学生影视教育研讨会文集》，中国教育学会、中国儿童少年电影学会、中国教育报刊社主编，广西教育出版社，2005.3

《浦漫汀与儿童文学》，柯岩、束沛德、金波等，北京燕山出版社，2005.4

《安徒生童话的中国阐释》，李红叶，中国和平出版社，2005.5

《通向儿童文学之路》，陈晖，新世纪出版社，2005.5

《童媒观察》，海飞，明天出版社，2005.5

《中国安徒生研究一百年》，王泉根主编，陈伯吹等编著，中国和平出版社，2005.6

《幼儿文学概论》，蒋风主编，希望出版社，2005.6

《广东当代儿童文学概论》，陈子典主编，广东高等教育出版社，2005.6

《童话与儿童素质发展之研究》，何夏寿编，中国少年儿童出版社，2005.6

《光荣与使命：2004全国儿童文学创作会议论文集》，中国作家协会儿童文学委员会选编，明天出版社，2005.7

《蒋风儿童文学论文选》，蒋风，接力出版社，2005.8

《儿童文学研究》，崔昕平、马艳萍，山西人民出版社，2005.9

《解构主义的童话文本———一项以自由为中心对〈海的女儿〉进行的哲学阐释》，郭泉，群言出版社，2005.11

《子涵讲童书》，梅子涵，少年儿童出版社，2005.11

《2004中国儿童文学年鉴》，中国作家协会儿童文学委员会选编，束沛德、高洪波主编，江苏少年儿童出版社，2005.12

《中国少年儿童电影史论》，张之路，中国电影出版社，2005.12

《中国动画电影史》，颜慧、索亚斌，中国电影出版社，2005.12

《儿童文学论》，朱自强，中国海洋大学出版社，2005.12

《中国儿童文化　第二辑》，方卫平主编，浙江少年儿童出版社，2005.12

《教育视野中的幼儿文学》，郑荔，江苏教育出版社，2005.12

2006年

《能歌善舞的文字：金波儿童诗评论集》，金波，河北教育出版社，2006.2

《中国新时期儿童文学研究资料》，胡健玲主编，孙谦编选，山东文艺出版社，2006.4

《重绘中国儿童文学地图》，谭旭东，西北大学出版社，2006.4

《儿童文学新思维》，陈洪、夏力主编，大众文艺出版社，2006.5

《陈伯吹》，中共上海市宝山区委党史研究室、上海市宝山区文化广播电视管理局、上海市宝山区档案局联合编辑，中共党史出版社，2006.5

《中国少年儿童出版社50周年纪念集》，海飞主编，中国少年儿童出版社，2006.5

《陈伯吹论》，王宜清，少年儿童出版社，2006.6

《中西童话研究》，舒伟，吉林大学出版社，2006.6

《童话创作散论》，谢乐军，太白文艺出版社，2006.6

《当代世界著名儿童文学家专访》，刘凤鸾、李佩珈，香港杨老师出版社，2006.6

《中国儿童电影的现状与发展》，侯克明主编，中国广播电视出版社，2006.7

《中外童话鉴赏辞典》，任溶溶、戴达主编，上海辞书出版社，2006.7

《儿童文化与儿童教育》,刘晓东,教育科学出版社,2006.7

《儿童文学创作论》,王瑞祥,浙江大学出版社,2006.8

《守望明天——当代少儿文学作家作品研究》,吴其南,宁夏人民出版社,2006.8

《中国儿童文学的走向》,朱自强主编,少年儿童出版社,2006.9

《精典伴读》,韦苇,湖南少年儿童出版社,2006.9

《图画书:阅读与经典》,彭懿编著,二十一世纪出版社,2006.9

《儿童文学与中小学语文教学》,王泉根,广东教育出版社,2006.10

《中国古代民谣研究》,吕肖奂,四川出版集团巴蜀书社,2006.11

《方卫平儿童文学理论文集》,方卫平,明天出版社,2006.11

《儿童剧艺术论》,李庆成,文化艺术出版社,2006.11

《童年的文化坐标》,孙建江,明天出版社,2006.12

《中国幻想小说论》,朱自强、何卫青,少年儿童出版社,2006.12

《儿童散文探论》,余雷,云南民族出版社,2006.12

《科幻文学入门》,吴岩、吕应钟,福建少年儿童出版社,2006.12

《科幻·后现代·后人类:香港科幻论文精选》,王建元、陈洁诗主编,福建少年
    儿童出版社,2006.12

《现代性与中国科幻文学》,张治、胡俊、冯臻,福建少年儿童出版社,2006.12

《贾宝玉坐潜水艇——中国早期科幻研究精选》,吴岩主编,福建少年儿童出版
    社,2006.12

《在"经典"与"人类"的旁边——台湾科幻论文精选》,林健群主编,福建少年儿
    童出版社,2006.12

《亲历中国科幻:郑文光评传》,陈洁,福建少年儿童出版社,2006.12

《20世纪中国儿童文学史》,张永健主编,辽宁少年儿童出版社,2006.12

2007年

《日本儿童文学论》,朱自强,山东文艺出版社,2007.1

《浦漫汀儿童文学序、跋集》,浦漫汀,云南教育出版社,2007.1

《浦漫汀自选集》,浦漫汀,山东文艺出版社,2007.1

《中国儿童文化　第三辑》,方卫平主编,浙江少年儿童出版社,2007.2

《幼儿图画故事书阅读过程研究》,康长运,教育科学出版社,2007.3

《儿童文学与素质教育》,杜春海,电子科技大学出版社,2007.5

《儿童文学的文化坐标》,王泉,湖南师范大学出版社,2007.6

《儿童文学应用教学研究》,曹文英,黑龙江教育出版社,2007.7

《儿童文学创作现象透视》,周晓波,中国文史出版社,2007.8

《儿童文学的审美走向》,方卫平,中国文史出版社,2007.8

《中国发生期儿童文学理论本土化进程研究》,李利芳,中国社会科学出版社,2007.8

《帮助孩子爱上阅读——儿童阅读推广手册》,阿甲,少年儿童出版社,2007.8

《2005中国儿童文学年鉴》,中国作家协会儿童文学委员会选编,束沛德、高洪波
    主编,江苏少年儿童出版社,2007.9

《陈伯吹先生纪念文集》,少年儿童出版社,2007.10

《给孩子一个美好世界:樊发稼儿童文学评论集》,樊发稼,接力出版社,2007.11

《相信童话》，梅子涵，少年儿童出版社，2007.11

《中国儿童文学发展史》，蒋风主编，少年儿童出版社，2007.12

《中国儿童文学理论发展史》，方卫平，少年儿童出版社，2007.12

《中国童话发展史》，吴其南，少年儿童出版社，2007.12

《外国儿童文学发展史》，韦苇，少年儿童出版社，2007.12

《中转·创新·责任——关于青少年读物出版的思考》，赵霞，中国和平出版社，2007.12

2008 年

《儿童文学教程》，王泉根主编，首都师范大学出版社，2008.1

《二十世纪中国文学中的母爱主题和儿童教育》，翟瑞青，人民出版社，2008.1

《中国儿童文化　第四辑》，方卫平主编，浙江少年儿童出版社，2008.2

《儿童文学概论》，朱自强，高等教育出版社，2008.3

《2006'中国儿童文学年鉴》，中国作家协会儿童文学委员会选编，束沛德、高洪波主编，江苏少年儿童出版社，2008.8

《重返孩子的世界：薛涛儿童文学创作研究》，许宁主编，春风文艺出版社，2008.9

《儿童广播：现状、研究、发展》，小雨，中国和平出版社，2008.11

《童年忆往：中国孩子的历史》，熊秉真，广西师范大学出版社，2008.11

《图像时代的早期阅读》，陈世明，复旦大学出版社，2008.11

《王泉根论儿童文学》，王泉根，接力出版社，2008.12

《中国儿童阅读6人谈》，梅子涵等，新蕾出版社，2008.12

2009 年

《张鹤鸣儿童文学评论集》，洪善新，中国戏剧出版社，2009.1

《重庆儿童文学史》，彭斯远，重庆出版社，2009.2

《安徒生童话与中国现代儿童文学》，王蕾，华东师范大学出版社，2009.6

《沉潜的水滴：李学斌儿童文学论集》，李学斌，接力出版社，2009.7

《新世纪中国儿童文学新观察》，王泉根，明天出版社，2009.7

《儿童文学教程》，王泉根主编，北京师范大学出版社，2009.7

《为儿童文学鼓与呼》，束沛德，二十一世纪出版社，2009.8

《学前儿童文学》，周杰人等，华东师范大学出版社，2009.8

《加拿大英语儿童文学概述》，胡慧峰、史菊鸿，花城出版社，2009.8

《儿童文学的三大母题》，刘绪源，华东师范大学出版社，2009.8

《童年·文学·文化：儿童文学与儿童文化论集》，方卫平，二十一世纪出版社，2009.8

《中国西部儿童文学作家论》，李利芳，山西教育出版社，2009.9

《儿童电影：儿童世界的影像表达》，郑欢欢，中国电影出版社，2009.9

《1949—2009浙江儿童文学60年理论精选》方卫平、孙建江主编，浙江少年儿童出版社，2009.9

《科幻类型学》，杨鹏，福建少年儿童出版社，2009.9

《汤锐儿童文学理论文集》，汤锐，明天出版社，2009.9

《中国儿童文学60年（1949—2009）》，王泉根主编，湖北少年儿童出版社，2009.9

《中国儿童文学新视野》，王泉根，湖南少年儿童出版社，2009.11

2010 年

《蒋风评传》,陈兰村,作家出版社,2010.1

《审美视阈中的成长书写》,张国龙,安徽少年儿童出版社,2010.1

《虚构与真实》,陈恩黎,安徽少年儿童出版社,2010.1

《追寻童话的意义》,钱淑英,安徽少年儿童出版社,2010.1

《从"高"向"低"攀登》,杨火虫,安徽少年儿童出版社,2010.1

《童年审美与文本趣味》,李学斌,安徽少年儿童出版社,2010.1

《童年的秘密与书写》,赵霞,安徽少年儿童出版社,2010.1

《图画书的讲读艺术》,陈晖,二十一世纪出版社,2010.1

《梦幻的国度:儿童图画书讲读指导》,陈晖主编,接力出版社,2010.1

《阅读与儿童发展》,王文静等,华东师范大学出版社,2010.1

《走进魔法森林:格林童话研究》,彭懿,外语教学与研究出版社,2010.2

《儿童文学概论》,宋文翠编著,山东人民出版社,2010.3

《绘本赏析与创意教学》,余治莹、王林,河北教育出版社,2010.4

《经典这样告诉我们》,朱自强,明天出版社,2010.4

《童书的视界——文学·文化·教育》,朱自强,接力出版社,2010.5

《儿童文学视野下小学语文教学研究》,孙建国,光明日报出版社,2010.5

《女性创作与童话模式:英国十九世纪女性小说创作研究》,戴岚,上海文化出版
　　社,2010.5

《尚留"小马"在人间——彭文席遗稿及纪念文存》,冰子主编,花城出版社,2010.5

《探索的步履——杨实诚儿童文学论文集》,杨实诚,湖南少年儿童出版社,2010.6

《思无邪——当代儿童文学扫描》,李东华,湖北少年儿童出版社,2010.6

《生成与接受:中国儿童文学翻译研究 1898—1949》,李丽,湖北人民出版社,
　　2010.6

《儿童文学读写之旅》,秦文君,少年儿童出版社,2010.6

《上海少年儿童报刊简史》,简平,少年儿童出版社,2010.7

《中国儿童文学悖论》,彭斯远,时代文艺出版社,2010.7

《儿童文学教程》,任亚娜编,西北工业大学出版社,2010.8

《在地球的这一边:第十届亚洲儿童文学大会论文集》,方卫平编,外语教学与研
　　究出版社,2010.9

《动物小说的艺术世界》,沈石溪,少年儿童出版社,2010.9

《鼓吹与评说》,樊发稼,安徽少年儿童出版社,2010.9

《格林童话在中国》,付品晶,四川文艺出版社,2010.9

《儿童文学作家论稿》,高洪波,二十一世纪出版社,2010.10

《樊发稼三十年儿童文学评论选》,樊发稼,少年儿童出版社,2010.10

《让童年回到童年》,余雷,云南民族出版社,2010.10

《追求梦想的童话作家——宫泽贤治》,曹雅洁、方玮编著,南京大学出版社,
　　2010.11

《再创儿童电影的新辉煌:第十届中国国际儿童电影节论坛文集》,侯克明编,中
　　国电影出版社,2010.12

《唤醒童年：金波谈儿童文学》，金波，江苏少年儿童出版社，2010.12

《学步集——关于儿童小说及其他》，李燕昌，大众文艺出版社，2010.12

2011年

《狮子座兔子的自白》，张秋生，少年儿童出版社，2011.1

《一只笑着写作的公鸡》，刘保法，少年儿童出版社，2011.1

《随风飘来的歌》，朱效文，少年儿童出版社，2011.1

《从马尾巴画起》，庄大伟，少年儿童出版社，2011.1

《我怎样摇我的童话果树》，周锐，少年儿童出版社，2011.1

《做布娃娃和写布娃娃》，郑春华，少年儿童出版社，2011.1

《踮起灵感的脚尖》，桂文亚，少年儿童出版社，2011.1

《让每个孩子都成为爱书人》，爱心树绘本馆编，南海出版公司，2011.1

《喂故事书长大的孩子》，汪培珽，广西科学技术出版社，2011.1

《培养孩子的英文耳朵》，汪培珽，广西科学技术出版社，2011.3

《目光：张之路谈艺录》，张之路，天天出版社，2011.4

《儿童的发现——现代中国文学及文化中的儿童问题》，徐兰君、[美]安德鲁·琼斯主编，北京大学出版社，2011.4

《儿童文学应用与实践教育教学集萃》，徐增敏，大连海事大学出版社，2011.4

《青少年成长的文学探索：青少年文学国际研讨会论文集》，芮渝萍、范谊编，外语教学与研究出版社，2011.4

《科幻文学论纲》，吴岩，重庆出版社，2011.4

《亲近图画书》，朱自强，明天出版社，2011.5

《儿童文学与游戏精神》，李学斌，二十一世纪出版社，2011.5

《诗缘——圣野回忆录》，圣野，少年儿童出版社，2011.5

《清末民国儿童文学教育发展史论》，张心科，北京师范大学出版社，2011.5

《束沛德谈儿童文学》，束沛德，安徽少年儿童出版社，2011.5

《风云际会》，刘海栖、王建平主编，明天出版社，2011.5

《童年的星空——2010全国儿童文学创作会议论文集》，中国作家协会儿童文学委员会选编，接力出版社，2011.5

《重要书在这里》，杨茂秀，首都师范大学出版社，2011.6

《阅读世界儿童文学经典》，陈晖主编，北京师范大学出版社，2011.6

《中国儿童文学作家群像》，安武林，海豚出版社，2011.7

《童年书·文字的儿童文学》，梅子涵，明天出版社，2011.7

《童年书·图画书的儿童文学》，梅子涵，明天出版社，2011.7

《儿童文学应用与实践》，徐增敏主编，北京师范大学出版社，2011.7

《儿童文学》，吴其南主编，华东师范大学出版社，2011.8

《儿童天生就是诗人——儿童诗的欣赏与教学》，丁云，北京师范大学出版社，2011.8

《世界图画书阅读与经典》，彭懿，接力出版社，2011.9

《世界儿童文学阅读与经典》，彭懿，接力出版社，2011.9

《儿童文学》，王杰、杨红霞、周杏坤主编，北京师范大学出版社，2011.9

《洪汛涛童话通论》,洪汛涛,接力出版社,2011.9

《中国儿童电影三重奏:文化·艺术·商品》,马力主编,北京师范大学出版社,
　　2011.9

《走进童话奇境:中西童话文学新论》,舒伟,外语教学与研究出版社,2011.10

《浮躁与坚守》,汤锐,接力出版社,2011.10

《幼者本位》,韩进,接力出版社,2011.10

《童谣与儿童发展——以浙江童谣为例》,王瑞祥等,浙江大学出版社,2011.12

2012 年

《周作人论儿童文学》,周作人著,刘绪源辑笺,海豚出版社,2012.1

《绘本有什么了不起》,林美琴,新疆青少年出版社,2012.1

《三个放羊孩子的故事:曹文轩儿童小说艺术世界》,曹文轩,少年儿童出版社,
　　2012.1

《儿歌"戚"谈》,戚万凯,大众文艺出版社,2012.1

《享受图画书:图画书的艺术与鉴赏》,方卫平,明天出版社,2012.2

《寻回心灵的诗意》,方卫平,明天出版社,2012.2

《儿童文学的基本原理与创作》,孔维民,山西人民出版社,2012.2

《童话应该这样读》,汤锐,接力出版社,2012.2

《科幻应该这样读》,吴岩,接力出版社,2012.2

《散文应该这样读》,徐鲁,接力出版社,2012.2

《图画书应该这样读》,彭懿,接力出版社,2012.2

《20 世纪中国儿童文学的文化阐释》,吴其南,中国社会科学出版社,2012.4

《大众传媒视阈下中国当代儿童文学转型研究》,胡丽娜,中国社会科学出版社,
　　2012.4

《经典绘本的欣赏与讲读》,陈晖,新星出版社,2012.5

《儿童文学(第二版)》,邱源海、胡达仁、樊遵贤编,湖南大学出版社,2012.5

《天造地设顽童心》,金波,上海锦绣文章出版社,2012.6

《论儿童文学的教育性》,侯颖,中国社会科学出版社,2012.6

《梅子涵儿童小说叙事式论》,梅子涵,湖北少年儿童出版社,2012.6

《中国幻想文学创作研讨会论文集》,高洪波、金涛等,中国少年儿童出版社,
　　2012.7

《幼儿文学教程》,方卫平主编,高等教育出版社,2012.7

《儿童文学思辨录》,刘绪源,海豚出版社,2012.9

《走进格林童话》,陆霞,四川文艺出版社,2012.9

《外国儿童文学教程》,蒋风主编,浙江大学出版社,2012.9

《中国儿童文学作品导读》,李学斌主编,华东师范大学出版社,2012.10

《心灵成长图画书导读》,熊剑锐、梁丽珍编,中国人民大学出版社,2012.11

《中国儿童电影编年纪事:1922~2011》,林阿绵主编,中国电影出版社,2012.11

《经典图画书导读》,周崇弘、赖丽玮等编,中国人民大学出版社,2012.11

《澳大利亚儿童文学导论》,何卫青,湖南少年儿童出版社,2012.11

《故乡是一段岁月》,吴其南,阳光出版社,2012.11

新中国儿童文学

《一路播撒 30 年：湖北少年儿童出版社纪念文集》，湖北少年儿童出版社编，湖北少年儿童出版社，2012.11

《民国儿童文学教育文论辑笺》，张心科编，海豚出版社，2012.12

《儿童文学中的轻逸美学》，陈恩黎，海燕出版社，2012.12

《雅努斯的面孔：魔幻与儿童文学》，钱淑英，海燕出版社，2012.12

《中国儿童文学中的女性主体意识》，陈莉，海燕出版社，2012.12

2013 年

《樊发稼论童诗》，樊发稼，海豚出版社，2013.1

《中国儿童文学史略》，刘绪源，少年儿童出版社，2013.1

《庄之明儿童文学评论集》，庄之明，香港新华出版社，2013.2

《绘本阅读时代》，方素珍，浙江少年儿童出版社，2013.2

《童心追梦》，安伟邦，河北少年儿童出版社，2013.2

《外国儿童文学作品导读》，李学斌主编，华东师范大学出版社，2013.2

《幼儿文学》，任继敏编著，陕西师范大学出版社，2013.3

《中国西部儿童文学作家论》，李利芳，中国社会科学出版社，2013.4

《中国幻想文学创作研讨会·2012 北京》，高洪波等，中国少年儿童出版社，2013.4

《杨红樱的文学世界》，乔世华，湖北少年儿童出版社，2013.5

《〈小朋友〉90 年》，彭斯远，少年儿童出版社，2013.6

《儿童电影艺术与欣赏》，周晓波，清华大学出版社，2013.7

《孙幼军论童话》，孙幼军，海豚出版社，2013.7

《外国童话史》，韦苇，清华大学出版社，2013.8

《成长小说概论》，张国龙，安徽大学出版社，2013.8

《鲁迅论儿童文学》，鲁迅著，徐妍辑笺，海豚出版社，2013.8

《担当与建构：王泉根文论集》，王泉根，接力出版社，2013.10

《与童年对话》，李利芳，接力出版社，2013.10

《思想的舞者：方卫平文论集》，方卫平，接力出版社，2013.10

《科幻六讲》，吴岩，接力出版社，2013.10

《传承与超越：孙建江儿童文学论稿》，孙建江，接力出版社，2013.10

《"分化期"儿童文字研究》，朱自强，接力出版社，2013.10

《边缘的诗性追寻：中国现代童年书写现象研究》，谈凤霞，人民出版社，2013.10

2014 年

《儿童文学的精气神》，王泉根，湖北少年儿童出版社，2014.1

《时光传奇：〈儿童文学〉创刊 50 周年纪念文集》，徐德霞主编，中国少年儿童出版社，2014.1

《中国儿童小说主题论》，王家勇，中国社会科学出版社，2014.3

《从仪式到狂欢：20 世纪少儿文学作家作品研究（上、下）》，吴其南，人民文学出版社，2014.3

《红楼儿童文学对话》，方卫平主编，明天出版社，2014.3

《早期阅读的理论与实践》，肖红、万中主编，四川大学出版社，2014.3

《文学阅读分级指导的策略与方法》，余雷，南方日报出版社，2014.4

《童话大师洪汛涛论童话教育》,洪汛涛,上海教育出版社,2014.4

《儿童文学鉴赏·创编·讲演》,隋立国编著,天津人民出版社,2014.5

《出版传播视域中的儿童文学》,崔昕平,中国社会科学出版社,2014.5

《走进国际儿童读物联盟》,张明舟主编,安徽少年儿童出版社,2014.5

《黄金时代的中国儿童文学》,朱自强,中国少年儿童出版社,2014.6

《中国幻想儿童文学与文化产业研究》,王泉根主编,大连出版社,2014.9

《美与幼童——从婴幼儿看审美发生》,刘绪源,江苏凤凰少年儿童出版社,
　　2014.10

《回顾·思考·前行:中国编辑学会少儿读物专业委员会成立二十周年、少儿知
　　识读物研究会成立二十五周年纪念文集》,雪岗主编,安徽少年儿童出版社,
　　2014.10

《中国科幻的思想者——王晋康科幻创作 20 年学术研讨会文集》,王卫英主编,
　　科学普及出版社,2014.10

2015 年

《我的舞台我的家》,束沛德,作家出版社,2015.2

《中国儿童文学概论》,王泉根,湖南少年儿童出版社,2015.3

《北欧儿童文学述略》,汤锐,湖南少年儿童出版社,2015.3

《德国儿童文学纵横》,吴其南,湖南少年儿童出版社,2015.3

《俄罗斯儿童文学论谭》,韦苇,湖南少年儿童出版社,2015.3

《法国儿童文学史论》,方卫平,湖南少年儿童出版社,2015.3

《美国儿童文学初探》,金燕玉,湖南少年儿童出版社,2015.3

《日本儿童文学导论》,朱自强,湖南少年儿童出版社,2015.3

《意大利儿童文学概述》,孙建江,湖南少年儿童出版社,2015.3

《英国儿童文学简史》,舒伟,湖南少年儿童出版社,2015.3

《澳大利亚儿童文学导论》,何卫青,湖南少年儿童出版社,2015.3

《儿童文学教程》,方卫平,复旦大学出版社,2015.3

《思想的旅程:当代英语儿童文学理论观察与研究》,赵霞,江苏少年儿童出版社,
　　2015.6

《幼儿图画书主题赏读与教学》,王蕾,复旦大学出版社,2015.8

《儿童文学与小学语文教学》,王蕾主编,人民教育出版社,2015.9

《湖南儿童文学史》,汤素兰、谭群,湖南少年儿童出版社,2015.9

《深嵌的面具:创始期中日儿童文学比较研究》,刘先飞,人民出版社,2015.9

《中国当代儿童文学关键词研究》,齐亚敏,中央编译出版社,2015.9

《小学语文儿童文学教学法》,朱自强,二十一世纪出版社集团,2015.9

《儿童文学的三大母题(第四版)》,刘绪源,复旦大学出版社,2015.9

《童年与文化:儿童文化研究小集》,郑素华,晨光出版社,2015.10

《信息时代的儿童:媒介与儿童论文集》,陈钢,晨光出版社,2015.10

《返观与重构:儿童文学论集》,胡丽娜,晨光出版社,2015.10

《童年的文化影像:儿童文化论集》,赵霞,晨光出版社,2015.10

《筚路蓝缕:圆梦中国儿童文学事业:祝贺蒋风教授九十华诞暨从事儿童文学事

新中国儿童文学
70 年

业七十周年纪念文集》，周晓波主编，浙江工商大学出版社，2015.10

《生命教育怎么教？100本图画书告诉你》，王蕾等，华东师范大学出版社，2015.11

《重新发现儿童文学：2000—2014儿童文学论文选》，方卫平主编，长江少年儿童出版社，2015.12

《童年写作的重量》，方卫平，安徽少年儿童出版社，2015.12

《从工业革命到儿童文学革命：现当代英国童话小说研究》，舒伟等，中国社会科学出版社，2015.12

《中美儿童文学的儿童观：首届中美儿童文学高端论坛论文集》，朱自强、史贻荣主编，中国社会科学出版社，2015.12

《民国儿童文学文论辑评》（上、下卷），王泉根编著，希望出版社，2015.12

《儿童文学缀辑》，蒋风，浙江少年儿童出版社，2015.12

2016年

《保卫想象力　我们在努力——"大白鲸世界"杯原创幻想儿童文学评论集》，星期八编，大连出版社，2016.1

《故事、儿童和作家的秘密：走近儿童阅读》，周益民，中国轻工业出版社，2016.2

《杨红樱现象》，张陵主编，作家出版社，2016.3

《论儿童文学幽默效应》，李学斌，明天出版社，2016.3

《论儿童文学游戏精神》，李学斌，明天出版社，2016.3

《北京新锐儿童文学作家评论集》，北京作家协会编，北京日报出版社，2016.3

《儿童文学作家论儿童文学》，沈石溪等，安徽少年儿童出版社，2016.4

《贵州儿童文学史》，马筑生，贵州人民出版社，2016.4

《儿童文学》，吴其南主编，华东师范大学出版社，2016.4

《儿童文学应用教程》，李学斌主编，中国人民大学出版社，2016.5

《儿童文学教程》，周均东主编，中国人民大学出版社，2016.5

《儿童文学的多维阐释》，李学斌编，湖南少年儿童出版社，2016.6

《中国当代小说中的儿童文化研究》，齐亚敏，经济科学出版社，2016.6

《童年书·文字的儿童文学》，梅子涵，明天出版社，2016.7

《儿童文学》，张树军主编，文化发展出版社有限公司，2016.7

《开向童年的地铁：专家带你读童话之二》，安武林，天津人民出版社，2016.7

《儿童文学（第四版）》，邱源海、胡达仁、樊遵贤编，湖南大学出版社，2016.7

《20世纪80年代中国儿童小说史论》，齐童巍，中国社会科学出版社，2016.8

《中国少儿散文创作研究》，彭笑远，中国文史出版社，2016.8

《儿童文学新探讨》，张锦贻，内蒙古人民出版社，2016.8

《中国当代儿童文学发展研究》，付玉，吉林大学出版社，2016.8

《小学语文教材中的儿童文学研究》，黄清，上海三联书店，2016.8

《现代童话美学研究》，周晓波，未来出版社，2016.10

《儿童文学的童年想象》，张嘉骅，福建少年儿童出版社，2016.11

《王泉根与中国儿童文学：王泉根教授从教30周年纪念师生论文集》，李红叶、崔昕平、王家勇主编，大连出版社，2016.11

《现代诗歌教育普及读本》，王宜振，西安电子科技大学出版社，2016.11

《儿童阅读的世界.Ⅰ,早期阅读的心理机制研究》,李文玲、舒华主编,北京师范大学出版社,2016.11

《儿童阅读的世界.Ⅱ,早期阅读的生理机制研究》,李文玲、舒华主编,北京师范大学出版社,2016.11

《儿童阅读的世界.Ⅲ,让孩子学会阅读的教育理论研究》,李文玲、舒华主编,北京师范大学出版社,2016.11

《儿童阅读的世界.Ⅳ,学校、家庭与社区的实践研究》,李文玲、舒华主编,北京师范大学出版社,2016.11

《近代儿童文艺研究》,谢毓洁,未来出版社,2016.11

《晚清五四时期儿童读物上的图像叙事》,张梅,中国社会科学出版社,2016.12

《童年美学:观察与思考》,方卫平,海燕出版社,2016.12

《儿童文学批评现场》,崔昕平,北岳文艺出版社,2016.12

《图画书的秘密:中国原创图画书论坛文集》,中国作家协会儿童文学委员会编,中国少年儿童出版社,2016.12

《走出儿童文学拘囿的安徒生研究》,盛开莉,光明日报出版社,2016.12

2017 年

《中国儿童文学:天赋身份的背离》,谭元亨,广东高等教育出版社,2017.1

《追求儿童文学的永恒》,樊发稼,北京时代华文书局,2017.1

《浅语的艺术》,林良,福建少年儿童出版社,2017.1

《纯真的境界》,林良,福建少年儿童出版社,2017.3

《儿童文学的艺术高地》,方卫平选编,长江少年儿童出版社,2017.3

《唐代儿童诗歌研究》,张靖华,天津人民出版社,2017.3

《我与新时期儿童文学》,周晓,安徽少年儿童出版社,2017.4

《生活在童话中——红楼儿童文学对话Ⅱ》,方卫平主编,广西师范大学出版社,2017.4

《儿童文学的真善美》,王泉根,青岛出版社,2017.4

《游戏精神与儿童中国》,班马,青岛出版社,2017.4

《轮回与救赎》,汤锐,青岛出版社,2017.4

《走向儿童文学的新观念》,吴其南,青岛出版社,2017.4

《思想的跋涉》,方卫平,青岛出版社,2017.4

《幻想之门》,彭懿,青岛出版社,2017.4

《童年镜像》,孙建江,青岛出版社,2017.4

《美是不会欺骗人的》,刘绪源,青岛出版社,2017.4

《文学独奏》,金燕玉,青岛出版社,2017.4

《童年精神与文化救赎——当代童年文化消费现象的审美研究》,赵霞,中国社会科学出版社,2017.4

《静悄悄的课程建设:周益民语文课谱》,周益民,华东师范大学出版社,2017.5

《学前儿童文学(第 2 版)》,周杰人、李杰编著,华东师范大学出版社,2017.6

《陈子典文集(中):儿童文学研究与欣赏》,陈子典,中国文化院有限公司,2017.6

《童书评论集.上册》,徐鲁,武汉大学出版社,2017.6

《童书评论集.下册》，徐鲁，武汉大学出版社，2017.6

《儿童文学》，王换成主编，清华大学出版社，2017.7

《成长的身体维度——当代少儿文学的身体叙事》，吴其南，复旦大学出版社，2017.7

《重返孩子的世界——回族作家王俊康儿童文学论》，马忠，北方文艺出版社，2017.7

《什么是好的童年书写：儿童文学大家谈》，高洪波主编，湖南少年儿童出版社，2017.8

《儿童文学：讲述主体与对象主体——1980—2010年代儿童文学童年叙事研究》，何家欢，中国社会科学出版社，2017.8

《儿童本位的翻译研究与文学批评》，徐德荣，二十一世纪出版社集团，2017.9

《聚焦王泉根与儿童文学》，李利芳主编，长江少年儿童出版社，2017.10

《百年中国儿童文学编年史》，王泉根，湖南少年儿童出版社，2017.12

2018 年

《图画也能讲故事》，余丽琼主编，江苏凤凰少年儿童出版社，2018.1

《发现童年：三十年儿童文学评论选》，韩进，天天出版社，2018.1

《曹文轩的文学世界》，徐妍，明天出版社，2018.2

《现代中国儿童文学主潮（第二版）》，王泉根，重庆出版社，2018.2

《幻想儿童文学的多元化发展》，星期八编，大连出版社，2018.2

《论儿童文学的诗性品质》，侯颖，北方妇女儿童出版社，2018.2

《儿童文学》，蒋燕、朱海燕、杨晓英主编，陕西师范大学出版总社有限公司，2018.3

《幼儿文学》，周杨林、李晓晶、陆潇原主编，北京理工大学出版社，2018.3

《儿童文学作品赏析与研究》，苏影、王雷、吴冰编著，哈尔滨地图出版社，2018.3

《中国儿童文学四十年》，方卫平，中国少年儿童出版社，2018.5

《奔向旷远的世界：2016儿童文学论文选》，方卫平选编，长江少年儿童出版社，2018.5

《儿童文学的中国想象：新世纪儿童文学艺术发展论》，方卫平、赵霞，安徽少年儿童出版社，2018.5

《图画书欣赏与幼儿审美经验研究》，李晓华，商务印书馆国际有限公司，2018.6

《蒋风爷爷教你学写诗》，蒋风，浙江工商大学出版社，2018.6

《幼儿文学》，贺绍华、涂拉主编，国家开放大学出版社，2018.7

《改革开放40年外国儿童文学译介研究》，周望月，浙江工商大学出版社，2018.7

《绘本之眼》，林真美，北京联合出版公司，2018.7

《儿童文学絮语》，张锦江，中国中福会出版社，2018.8

《幼儿文学》，赵润孝、徐冬香主编，中南大学出版社，2018.8

《儿童文学基础与应用》，王晓翌主编，陕西师范大学出版总社，2018.8

《中国童书出版纪事》，崔昕平，希望出版社，2018.8

《儿童文学理论与批评实践》，李利芳，长江少年儿童出版社，2018.8

《童年书写的想象与未来：第十四届亚洲儿童文学大会论文集》，龚曙光主编，湖南少年儿童出版社，2018.8

《老头子做事总不会错——儿童文学中老人角色研究》,孙亚敏,浙江工商大学出版社,2018.8

《新时期儿童文学中的生态伦理意识研究》,田媛,中国社会科学出版社,2018.9

《童书之光》,吴双英,青岛出版社,2018.9

《图画书这样读》,彭懿,接力出版社,2018.10

《儿童文学小论》,周作人,朝华出版社,2018.10

《新时期儿童文学理论批评家个案研究》,李利芳,浙江少年儿童出版社,2018.10

《玩转儿童戏剧——小学戏剧教育的理论与实践》,萧萍主编,浙江少年儿童出版社,2018.12

《洪汛涛童话论著·童话学》,洪汛涛,长江文艺出版社,2018.12

《"青春文学"与青少年亚文化研究》,张国龙,浙江少年儿童出版社,2018.12

2019 年

《新媒体动画剧本创作》,陈辞主编,南京大学出版社,2019.1

《动画剧本的创作与镜头设计》,刘洋,新华出版社,2019.1

《儿童文学与阅读》,林文宝,复旦大学出版社,2019.1

《民国儿童文学研究》,王泉根编著,希望出版社,2019.1

《中国儿童文学史(插图本)》,王泉根,新蕾出版社,2019.3

《儿童剧场基础理论研究》,赵琼,海燕出版社,2019.3

《中国儿童阅读图画书的反应研究》,宁欢,海燕出版社,2019.3

《女性文学与儿童文学浅论》,张锦贻,内蒙古人民出版社,2019.3

《武汉童谣纵横谈》,彭翔华,长江出版社,2019.3

《民国时期四部英语女性成长小说中译研究》,贺赛波,武汉大学出版社,2019.4

《走在光荣的荆棘路上:蒋风传》,汪胜,浙江工商大学出版社,2019.4

《中国少数民族儿童文学》,张锦贻,内蒙古人民出版社,2019.5

《新世纪中国儿童文学现场研究》,王泉根、崔昕平等,中国少年儿童出版社,2019.5

《中国儿童文学编年史(1908—1949)》,吴翔宇、徐健豪,南京大学出版社,2019.6

附录:外国儿童文学理论译著

1953 年

《论儿童读物中的俄罗斯民间童话》,[苏联]阿·尼查叶夫著,和甫译,中国青年出版社,1953.11

1954 年

《论苏联儿童文学的教育意义》,[苏联]伊·阿·凯洛夫、[苏联]李·维·杜伯洛维娜著,丁由译,人民出版社,1954.5

《苏联儿童文学论文集》,[苏联]柯恩编,余振等译,中国青年出版社,1954.9

《从儿童共产主义教育的任务看苏维埃儿童文学》,[苏联]杜伯罗维娜著,辛歌译,中国青年出版社,1954.9

1955 年

《苏联国内战争时期的儿童文学》，[苏联]勒·柯恩著，林学洪译，中国青年出版社，1955.10

1956 年

《苏联儿童文学》，[苏联]格列奇什尼科娃著，张翠英、丁酉成译，中国青年出版社，1956.11

《高尔基论儿童文学》，[苏联]密德魏杰娃编，以群、孟昌译，中国青年出版社，1956.12

1981 年

《安徒生传》，[苏联]伊·穆拉维约娃著，马昌仪译，上海文艺出版社，1981.5

1983 年

《儿童文学引论》，[日]上笙一郎著，郎樱、徐效民译，四川少年儿童出版社，1983.10

《我的一生》，[丹麦]安徒生著，李道庸、薛蕾译，四川少年儿童出版社，1983.12

1989 年

《世界儿童文学概论》，日本儿童文学学会编著，郎樱、方克译，湖南少年儿童出版社，1989.12

1991 年

《永恒的魅力——童话世界与童心世界》，[美]布鲁诺·贝特尔海姆著，舒伟、樊月高、丁素萍译，西南师范大学出版社，1991.12

1993 年

《世界名著中的小主人公》，[日]鸟越信著，姜群星、刘迎译，新世纪出版社，1993.10

1995 年

《童话的魅力》，[瑞士]麦克斯·吕蒂著，张田英译，社会科学文献出版社，1995.3

1997 年

《我的图画书论》，[日]松居直著，季颖译，湖南少年儿童出版社，1997.1

1998 年

《秋空爽朗：童话故事与人的后半生》，[美]奇南著，刘幼怡译，东方出版社，1998.9

1999 年

《丹麦安徒生研究论文选》，[丹麦]约翰·迪米留斯主编，小啦译，安徽少年儿童出版社，1999.7

2002 年

《真爱让我如此幸福》，[丹麦]安徒生著，流帆译，国际文化出版公司，2002.7

2003 年

《成功：解读童话》，[德]维蕾娜·卡斯特著，晏松译，上海人民出版社，2003.4

2004 年

《美女与野兽》，[英]奎尔－考奇爵士等著，安静译，中国电影出版社社，2004.2

《童年的消逝》，[美]波兹曼著，吴燕莛译，广西师范大学出版社，2004.5

2005 年

《我的童话人生》,[丹麦]安徒生著,傅光明译,中国文联出版社,2005.1

《架起儿童图书的桥梁》,[德] 杰拉·莱普曼著,苏静译,中国少年儿童出版社,
2005.4

《古罗马的儿童》,[法]内罗杜著,张鸿、向征译,广西师范大学出版社,2005.8

《长满书的大树:安徒生文学奖获得者与儿童的对话》,[德]莱普曼等著,黑马译,
湖北少年儿童出版社,2005.9

《儿童故事治疗》,[美]杰洛德·布兰岱尔著,林瑞堂译,四川大学出版社,2005.10

2006 年

《百变小红帽:一则童话三百年的演变》,[美]凯瑟琳·奥兰丝汀著,杨淑智译,生
活·读书·新知三联书店,2006.10

2007 年

《幸福的种子:亲子共读图画书》,[日]松居直著,刘涤昭译,明天出版社,2007.11

2008 年

《外国科幻论文精选》,王逢振主编,孙小芳等译,重庆出版社,2008.7

《儿童文学的乐趣》,[加拿大]佩里·诺德曼、梅维丝·雷默著,陈中美译,少年儿
童出版社,2008.12

《作为神话的童话/作为童话的神话》,[美]杰克·齐普斯著,赵霞译,少年儿童出
版社,2008.12

《你只年轻两回——儿童文学与电影》,[美]蒂姆·莫里斯著,张浩月译,少年儿
童出版社,2008.12

《理解儿童文学》,[英]彼得·亨特主编,郭建玲、周惠玲、代冬梅译,少年儿童出
版社,2008.12

第十一辑

70年儿童文学国家大奖

导　言

　　文学评奖是文学界总结实绩、标榜突破、扶掖新秀、发布新说、促进原创的重要举措。中国当代儿童文学的全国性评奖起始于 20 世纪 50 年代初。1954 年，由中国人民保卫儿童全国委员会、共青团中央、中国文联、中国作家协会、教育部、文化部等中央单位联合举办的"第一次全国少年儿童文艺创作评奖"，是中国文学史上第一次全国性的儿童文学权威奖项。1980 年又举办了"第二次全国少年儿童文艺创作评奖"。进入 20 世纪八九十年代以来，随着儿童文学创作、出版的发展繁荣，儿童文学评奖出现了奖项种类多、评奖文体多、获奖作品多等景观。除了各地作家协会、有关出版单位或报刊社不定期举办的地区性、年度性、单项性的评奖外，属于国家级的常设性、综合性的奖项有：中国作家协会"全国优秀儿童文学奖"、中国宋庆龄基金会"宋庆龄儿童文学奖"。此外，20 世纪 90 年代开始由国家新闻出版总署举办的"国家图书奖"（2005 年改名为"中国出版政府奖"）、中国出版工作者协会举办的"中国图书奖"（2005 年改名为"中华优秀出版物奖"）、中共中央宣传部举办的"五个一工程·一本好书奖"等国家三大奖中，也有儿童文学图书获奖。

　　中国作家协会举办的"全国优秀儿童文学奖"是与"鲁迅文学奖""茅盾文学奖""全国少数民族文学骏马奖"并列的具有最高专业荣誉的中国当代文学四大奖项之一，该奖自 1988 年至 2017 年已颁发十届获奖作品。"宋庆龄儿童文学奖"是由中国宋庆龄基金会与文化部、教育部、国家广播电影电视总局、共青团中央、全国妇联、中国作家协会、中国科学技术协会等中央有关部门共同主办的全国性奖项，自 1987 年至 2003 年，共颁发六届获奖作品。

本辑特辑录第一次、第二次"全国少年儿童文艺创作评奖"，第一届至第十届"全国优秀儿童文学奖"，第一届至第六届"宋庆龄儿童文学奖"的获奖作品目录，同时辑录国家三大奖中的少儿类获奖书目，以存新中国儿童文学 70 年国家大奖、儿童文学原创成就之重要历史文献。

第一、二次全国少年儿童文艺创作评奖获奖名单

第一次（1949—1953）

一等奖

《罗文应的故事》　　　　　　张天翼

《我们的土壤妈妈》　　　　　高士其

《鲁迅和他少年时候的朋友》　冯雪峰

《小燕子万里飞行记》　　　　秦兆阳

《杨司令的少先队》　　　　　郭　墟

二等奖

《蚯蚓和蜜蜂的故事》　　　　严文井

《寄到汤姆斯河去的诗》　　　袁　鹰

《铁娃娃》　　　　　　　　　李伯宁

《毛主席开的甜水井》　　　　颜　香

《果园姐妹》　　　　　　　　乔　羽

三等奖

《桌椅委员》　　　　　　　　江山野

《同桌》　　　　　　　　　　赵镇南

《小鸭子学游水》　　　　　　金　近

《荞子和格丽黄》　　　　　　季　康

《好大娘》　　　　　　　　　刘　真

《鹿走的路》　　　　　　　　白　桦

《金斧头》　　　　　　　　　鲁　风

《五个杏子》　　　　　　　　寇德璋

《陈林和我》　　　　　　　　贺　宜

《小米霞》　　　　　　　　　岳　煊

《黑头顶》　　　　　　　　　陈　新

《一滴水珠的游记》　　　　　王　海

第二次 （1954—1979）

荣誉奖

叶圣陶	《稻草人》和其他童话（选集）
冰 心	《小橘灯》等（选集）
高士其	《你们知道我是谁》等（选集）
张天翼	《给孩子们》（选集）
严文井	《小溪流的歌》（选集）
叶君健	《安徒生童话选》（翻译作品）
陈伯吹	《飞虎队与野猪队》（选集）
贺 宜	《贺宜作品选》
包 蕾	《火萤与金鱼》等（选集）
金 近	《春天吹来的童话》等（选集）
张乐平	《三毛流浪记》等（漫画）
万籁鸣	《三打白骨精》（画册）
孙敬修	数十年为少年儿童讲故事

一等奖

《海滨的孩子》	（小说）	萧 平
《吕小钢和他的妹妹》	（小说）	任大星
《妹妹入学》	（小说）	张有德
《小胖和小松》	（小说）	杲向真
《小黑马的故事》	（小说）	袁 静
《蟋蟀》	（小说）	任大霖
《我和小荣》	（小说）	刘 真
《小兵张嘎》	（小说）	徐光耀
《雪花飘飘》	（小说）	杨 朔
《五彩路》	（小说）	胡 奇
《小马倌和"大皮靴"叔叔》	（小说）	颜一烟
《刘文学》	（诗）	袁 鹰
《"小兵"的故事》	（诗）	柯 岩
《你们说我爸爸是干什么的》	（诗）	任溶溶
《金色的海螺》	（诗）	阮章竞
《神笔马良》	（童话）	洪汛涛
《野葡萄》	（童话）	葛翠琳
《奇异的红星》	（童话）	黄庆云
《小布头奇遇记》	（童话）	孙幼军
《小灵通漫游未来》	（科学文艺）	叶永烈

《飞向人马座》	（科学文艺）	郑文光
《小蝌蚪找妈妈》	（低幼）	方惠珍　盛璐德
《萝卜回来了》	（低幼）	方轶群
《小马过河》	（低幼）	彭文席
《报童》	（剧本）	邵冲飞　朱　漪　王　正　林克欢
《马兰花》	（剧本）	任德耀
《小雁齐飞》	（剧本）	刘厚明
《祖国的花朵》	（电影）	编剧：林　兰　导演：严　恭
《小兵张嘎》	（电影）	编剧：徐光耀　导演：崔　嵬　欧阳红缨
《小铃铛》	（电影）	编导：谢　添　陈方千
《大闹天宫》	（电影）	编剧：李克弱　万籁鸣
		导演：万籁鸣　唐　澄
《谁的小手帕》	（美术）	温泉源
《猪八戒吃西瓜》	（美术）	詹同渲
《小虎子》	（美术）	沈　培
《中国少年先锋队队歌》	（音乐）	作词：周郁辉　作曲：寄　明
《我们多么幸福》	（音乐）	作词：金　帆　作曲：郑律成
《让我们荡起双桨》	（音乐）	作词：乔　羽　作曲：刘　炽
《听妈妈讲那过去的事情》	（音乐）	作词：管　桦　作曲：瞿希贤
《我们要做雷锋式的好少年》	（音乐）	作词：杨　因　作曲：李　群
《我们的田野》	（音乐）	作词：管　桦　作曲：张文纲
《红星歌》	（音乐）	作词：邬大为　作曲：魏宝贵　傅庚辰
《在老师身边》	（音乐）	作词：金　波　作曲：黄　准
《燕子》	（音乐）	作词：吴　扬　作曲：马　可
《小熊请客》	（幼儿歌舞）	作词：包　蕾　作曲：陈方千

二等奖

《青春》	（小说）	郭锦文
《阿福寻宝记》	（小说）	王若望
《微山湖上》	（小说）	邱　勋
《谁是未来的中队长》	（小说）	王安忆
《小薇薇》	（小说）	瞿　航
《破案记》	（小说）	王路遥
《大肚子蝈蝈》	（小说）	浩　然
《弯弯的小河》	（小说）	程　远
《吃拖拉机的故事》	（小说）	罗辰生
《失去旋律的琴声》	（小说）	方国荣
《阿尔太·哈里》	（小说）	赵燕翼
《水晶洞》	（小说）	鄂　华
《草原的儿子》	（小说）	孟左恭

《苦牛》	（小说）	胡景芳
《小矿工》	（小说）	杨大群
《小师弟》	（小说）	沈虎根
《奇花》	（小说）	陈 模
《小红军》	（小说）	延泽民
《小金马》	（小说）	李 涌
《小砍刀的故事》	（小说）	勤 耕
《小武工队员》	（小说）	江峻风
《看路人》	（小说）	林 呐
《祖国的春天》	（诗）	田 地
《红菰的旅行》	（诗）	郭 风
《大海的歌》	（诗）	刘饶民
《紫燕传》	（诗）	雁 翼
《小冬木》	（诗）	吕 远
《马莲花》	（诗）	熊塞声
《渔童》	（童话）	张士杰
《龙王公主》	（童话）	陈玮君
《失踪的哥哥》	（科学文艺）	于 止
《谁丢了尾巴》	（科学文艺）	鲁 克
《布克的奇遇》	（科学文艺）	肖建亨
《雪山魔笛》	（科学文艺）	童恩正
《小公鸡吹喇叭》	（低幼）	黄衣青
《老婆婆的枣树》	（低幼）	金 禾 林 地
《唱的是山歌》	（低幼）	鲁 兵
《春娃娃》	（低幼）	圣 野
《王二小的故事》	（低幼）	邢 野
《奇怪的101》	（剧本）	编剧：罗 英 潘耀斌 程式如
《枪》	（剧本）	编剧：王 镇
《闪闪的红星》	（电影）	原作：李心田 编剧：王愿坚 陆柱国
		导演：李 俊 王 平 李 昂
《红孩子》	（电影）	编剧：时佑平 乔 羽 导演：苏 里
《两个小八路》	（电影）	编剧：李心田 导演：朱文顺
《半夜鸡叫》	（电影）	原作：高玉宝 编剧：张松林 虞和静
		导演：石 磊
《渔童》	（电影）	原作：张士杰 编剧：集 体
		导演：万古蟾 执笔：虞和静
《小橘灯》	（美术）	周思聪
《花儿朵朵开》	（美术）	林婉崔
《自己的事自己做》	（美术）	何艳荣
《我爱北京天安门》	（音乐）	作词：金景临 作曲：金月苓

《一分钱》	（音乐）	作词：潘振声　作曲：潘振声
《好姑姑》	（音乐）	作词：民　歌　作曲：雷　达
《歌唱吧，中国少年》	（音乐）	作词：魏　巍　作曲：苏　克
《打电话》	（音乐）	作词：汪　玲　作曲：汪　玲
《我们的生活多么好》	（音乐）	作词：白云娥　作曲：牛　畅
《每当我走过老师窗前》	（音乐）	作词：金　哲　作曲：董希哲
《小顶针亮光光》	（音乐）	作词：于秀芳　作曲：史掌元
《井冈山下种南瓜》	（音乐）	作词：孙海浪　作曲：颂　今
《少年科学进行曲》	（音乐）	作词：斯玛义·伊不拉音　作曲：哈勒斯
《小号手之歌》	（音乐）	作词：黎汝清　作曲：金复载
《我向党来唱支歌》	（音乐）	作词：少　白　作曲：乐　华

三 等 奖

《换了人间》	（小说）	徐　慎
《竹娃》	（小说）	谢　璞
《看不见的朋友》	（小说）	刘心武
《桂花村的孩子们》	（小说）	揭祥麟
《野蜂出没的山谷》	（小说）	李　迪
《伶俐与笨拙》	（小说）	谷　应
《小山子的故事》	（小说）	杨　啸
《鲁鲁和弟弟的遭遇》	（小说）	郑开慧
《白莲莲》	（小说）	尤凤伟
《爸爸》	（小说）	陈传敏
《台阶上的孩子》	（小说）	明连君
《蛮帅部落的后代》	（小说）	彭荆风
《聪明的药方》	（小说）	周骥良
《小黑子和青面猴》	（小说）	金振林
《互助》	（小说）	赵镇南
《报矿》	（小说）	戴明贤
《小粗心》	（小说）	李仁晓
《一只眼睛的风波》	（小说）	郁　茹
《铁道小卫士》	（小说）	李凤杰
《冷丫》	（小说）	严振国
《燃烧的圣火》	（小说）	奚立华
《日历》	（小说）	梁　泊
《纳拉》	（小说）	王　兰
《"强盗"的女儿》	（小说）	史　超
《找红军》	（小说）	鲁彦周
《接关系》	（小说）	郭　墟
《永路和他的小叫驴》	（小说）	宋　汛

《夜奔盘山》	（小说）	长　正
《小钢苏和》	（小说）	敖德斯尔
《龙潭波涛》	（小说）	黎　白
《红色游击队》	（小说）	崔　坪
《宝井》	（小说）	张彦平
《芹姐》	（小说）	克　明
《盼望》	（小说）	梁学政
《在森林中》	（小说）	张梅溪
《老水牛的眼镜》	（散文）	竹　林
《郑师傅的遭遇》	（散文）	崔雁荡
《天上的歌》	（诗）	刘　斌
《我和星星打电话》	（诗）	张秋生
《为庆祝儿童节，我们在地洞里开会》	（诗）	关登瀛
《帮助》	（诗）	吐尔逊买买提
《雁哨》	（诗）	胡　昭
《小麋鹿学本领》	（诗）	于　之
《兔子和乌龟第二次赛跑》	（诗）	罗　丹
《孔雀的焰火》	（童话）	钟子芒
《小雁归队》	（童话）	吴梦起
《小马驹和小叫驴》	（童话）	杨书案
《小象努努》	（童话）	康复昆
《一群小金鱼》	（童话）	杉　松
《天鹅的女儿》	（童话）	郭大森
《剪云彩》	（童话）	芦　管
《丰丰在明天》	（童话）	顾骏翘
《乌鸦兄弟》	（寓言）	金　江
《蜘蛛、蚕和桑树》	（寓言）	吕德华
《九色鹿》	（民间故事）	田海燕
《阿凡提的故事》	（民间故事）	赵世杰
《非洲魔术师》	（科学文艺）	冯振文
《小狒狒历险记》	（科学文艺）	孙幼忱
《大鲸牧场》	（科学文艺）	迟叔昌　于　止
《彩虹姐姐》	（科学文艺）	尤　异
《大海妈妈和她的孩子们》	（科学文艺）	金　涛
《蛇岛的秘密》	（科学文艺）	伍　律
《自然界的启示》	（科学文艺）	赵世洲
《黑龙湖的秘密》	（科学文艺）	赵　沛
《"北京人"的故事》	（科学文艺）	刘后一
《拍脑瓜的故事》	（科学文艺）	励艺夫
《小嘀咕》	（科学文艺）	小　蓝

《"没兴趣"游"无算术国"》	（科学文艺）	嵇 鸿
《圈儿圈儿圈儿》	（低幼）	安伟邦
《小傻哥哥》	（低幼）	李大同
《欢迎新朋友》	（低幼）	陈子典
《看看哪个好》	（低幼）	张光昌　陈衍宁
《小花开刀》	（低幼）	王毓如　石 在
《小苹果树请医生》	（低幼）	路 展
《小哈桑和"黄风怪"》	（低幼）	刘兴诗
《一张图画占垛墙》	（低幼）	张继楼
《熊猫百货商店》	（低幼）	丁 午
《梅花》	（剧本）	李 钦
《会粘唧鸟的老师》	（剧本）	欧阳逸冰
《金苹果》	（剧本）	柏 叶
《喝延河水长大的》	（剧本）	刘朝兰
《兔兄弟》	（剧本）	沙叶新　江嘉华
《老公公种红苕》	（剧本）	老 沈
《一封信》	（剧本）	郎德沣
《草原英雄小姐妹》	（电影）	编剧：何玉门　胡同伦
		导演：钱运达　唐 澄
《数数看》	（美术）	陈永镇
《金唇树的秘密》	（美术）	蒋铁峰
《小灵通漫游未来》	（美术）	杜建国
《愚公移山》	（美术）	杨永青
《蓝色的树叶》	（美术）	高 燕
《壮家少年在红旗下成长》	（音乐）	作词：曾宪瑞　作曲：钟庆林
《送饲料》	（音乐）	作词：唐晓辉　作曲：罗如鼎
《学做解放军》	（音乐）	作词：杨墨　作曲：杨墨
《小司机》	（音乐）	作词：张东方　作曲：苏 勇
《你要身体好》	（音乐）	作词：莎 莱　作曲：莎 莱
《小溪再也不孤单》	（音乐）	作词：杨鑫元　作曲：何振京
《小树快快长大》	（音乐）	作词：张如镜　作曲：杨石青　李富麟
《草原赞歌》	（音乐）	作词：巴·布林贝赫　作曲：吴应炬
《月琴为什么会唱歌》	（音乐）	作词：景 炼　作曲：肖 楣　景 炼
《小小科学家》	（音乐）	作词：任 萍　作曲：周 斌
《种葵花》	（音乐）	作词：王重农　作曲：兰 犁
《走在上学路上》	（音乐）	作词：程逸汝　作曲：刘 青
《雅鲁藏布江边的小卓玛》	（音乐）	作词：舒 扬　作曲：王玉田
《信儿捎给台湾小朋友》	（音乐）	作词：王嘉帧　作曲：史宗毅
《四季啊，我在想什么》	（音乐）	作词：晓 光　作曲：沈鹤肖
《我是公社小社员》	（音乐）	作词：烁 渊　作曲：薄兰谷

《我爱公社小羊羔》　　　（音乐）　　作词：张　元　作曲：张　元

集体荣誉奖

中国儿童艺术剧院
中国福利会儿童艺术剧院
中国木偶剧团
上海木偶剧团
上海美术电影制片厂

历届中国作家协会全国优秀儿童文学奖获奖名单

第一届（1980—1985）

（以票数和篇名笔画为序）

长篇小说

《荒漠奇踪》，严阵著，中国少年儿童出版社出版

《盐丁儿》，颜一烟著，中国少年儿童出版社出版

《寻找回来的世界》，柯岩著，群众出版社出版

《乱世少年》，萧育轩著，少年儿童出版社出版

中篇小说

《来自异国的孩子》，程玮著，少年儿童出版社出版

《紫罗兰幼儿园》，郑春华著，《巨人》发表

短篇小说

《五虎将和他们的教练》，关夕芝著，《儿童文学》发表

《三色圆珠笔》，邱勋著，《儿童文学》发表

《再见了，我的星星》，曹文轩著，《儿童文学》发表

《我要我的雕刻刀》，刘健屏著，《儿童文学》发表

《独船》，常新港著，《少年文艺》发表

《第七条猎狗》，沈石溪著，《儿童文学》发表

《白脖儿》，罗辰生著，《儿童文学》发表

《扶我上战马的人》，张映文著，《延河》发表

《老人和鹿》，乌热尔图著，《上海文学》发表

《冰河上的激战》，蔺瑾著，《东方少年》发表

《阿诚的龟》，刘厚明著，《北京文学》发表

《彩色的梦》，方国荣著，《儿童文学》发表

《我可不怕十三岁》，刘心武著，《东方少年》发表

中篇童话

《雁翅下的星光》，路展著，宁夏人民出版社出版

《黑猫警长》，诸志祥著，福建少年儿童出版社出版

《翻跟头的小木偶》，葛翠琳著，江苏人民出版社出版

短篇童话

《小狗的小房子》，孙幼军著，《儿童文学》发表

《总鳍鱼的故事》，宗璞著，《少年文艺》发表

《老鼠看下棋》，吴梦起著，《巨人》发表

《小燕子和它的三邻居》，赵燕翼著，《儿童文学》发表

《开直升飞机的小老鼠》，郑渊洁著，《儿童文学》发表

《狼毫笔的来历》，洪汛涛著，《少年文艺》发表

诗　歌

《我想》，高洪波著，宁夏人民出版社出版

《我爱我的祖国》，田地著，《儿童时代》发表

《春的消息》（组诗），金波著，《巨人》发表

《小娃娃的歌》，樊发稼著，天津人民美术出版社出版

《再给陌生的父亲》，申爱萍著，海燕出版社出版

散　文

《俺家门前的海》，张歧著，《儿童文学》发表

《醉麂》，乔传藻著，《朝花》发表

《中国少女》，陈丹燕著，《少年文艺》发表

《十八双鞋》，陈益著，《少年文艺》发表

寓　言

《狐狸艾克》，曲一日著，新蕾出版社出版

报告文学

《作家与少年犯》，胡景芳著，《水晶石》发表

《王江旋风》，董宏猷著，《少年文艺》发表

科幻小说

《神翼》，郑文光著，湖南少年儿童出版社出版

第一届全国优秀儿童文学奖评奖委员会名单

主任委员：严文井

副主任委员：束沛德、王一地

委员：马萧萧、叶至善、叶君健、任大霖、孙钧政、萧平、罗英、崔坪、黄庆云、康文信、蒋风、谢璞

附：初选小组成员名单

于景明、王泉根、汤锐、刘晓石、刘崇善、杨植材、张锡昌、张美妮、张锦贻、吴其南、陈秋影、周均功、金燕玉、姜英、赵强、程式如

第二届（1986—1991）

（以得票多少为序，票数相同者以姓氏笔画为序）

小　说

《今年你七岁》，刘健屏著，中国少年儿童出版社出版

《一只猎雕的遭遇》，沈石溪著，江苏少年儿童出版社出版

《雪国梦》，邱勋著，人民文学出版社出版

《走向审判庭》，李建树著，中国少年儿童出版社出版

《下世纪的公民们》，罗辰生著，人民文学出版社出版

《少女罗薇》，秦文君著，少年儿童出版社出版

《山羊不吃天堂草》，曹文轩著，江苏少年儿童出版社出版

《西部流浪记》，关登瀛著，海燕出版社出版

《狼的故事》，金曾豪著，希望出版社出版

《少女的红发卡》，程玮著，江苏少年儿童出版社出版

《校园喜剧》，韩辉光著，湖北少年儿童出版社出版

《第三军团》，张之路著，中国少年儿童出版社出版

《青春的荒草地》，常新港著，新蕾出版社出版

《绿猫》，葛冰著，重庆出版社出版

童　话

《小巴掌童话》，张秋生著，少年儿童出版社出版

《扣子老三》，周锐著，湖南少年儿童出版社出版

《吃耳朵的妖精》，郑允钦著，江西少年儿童出版社出版

《怪老头儿》，孙幼军著，湖北少年儿童出版社出版

《毒蜘蛛之死》，冰波著，四川少年儿童出版社出版

散文、报告文学

《小鸟在歌唱》，吴然著，少年儿童出版社出版

《16岁的思索》，孙云晓著，少年儿童出版社出版

《孙悟空在我们村里》，郭风著，福建少年儿童出版社出版

《星球的细语》，班马著，福建少年儿童出版社出版

诗　歌

《我们这个年纪的梦》，徐鲁著，湖北少年儿童出版社出版

《在我和你之间》，金波著，中国少年儿童出版社出版

《绿蚂蚁》，刘丙钧著，安徽少年儿童出版社出版

幼儿文学

《岩石上的小蝌蚪》，谢华著，少年儿童出版社出版

《快乐的小动物》，薛卫民著，中国少年儿童出版社出版

《虎娃》，鲁兵著，少年儿童出版社出版

第二届全国优秀儿童文学奖评奖委员会名单

顾问：冰心、严文井、陈伯吹、叶君健、袁鹰

主任委员：束沛德

委员（以姓氏笔画为序）：王一地、任大霖、陈子君、邵平、李楚成、柯岩、钱光培、浦漫汀、高洪波、萧平、葛翠林、蒋风、樊发稼

附：初选小组成员名单

方卫平、白冰、汤锐、刘崇善、孙建江、关登瀛、汪习麟、张曰凯、张美妮、张锦贻、陈秀庭、别道玉、金燕玉、胡鹏、柯玉生、高云鹏、高洪波、钱叶用、梅子涵、樊发稼

第三届（1992—1994）

（以得票多少为序，票数相同者以姓氏笔画为序）

小　说

《男生贾里》，秦文君著，少年儿童出版社出版

《青春口哨》，金曾豪著，安徽少年儿童出版社出版

《十四岁的森林》,董宏猷著,江苏少年儿童出版社出版

《裸雪》,从维熙著,华艺出版社出版

《神秘的猎人》,车培晶著,民族出版社出版

《小脚印》,关登瀛著,湖北少年儿童出版社出版

《有老鼠牌铅笔吗》,张之路著,浙江少年儿童出版社出版

《红奶羊》,沈石溪著,新蕾出版社出版

童　话

《狼蝙蝠》,冰波著,江苏少年儿童出版社出版

《哼哈二将》,周锐著,安徽少年儿童出版社出版

《树怪巴克夏》,郑允钦著,少年儿童出版社出版

《会唱歌的画像》,葛翠琳著,海燕出版社出版

诗　歌

《到你的远山去》,邱易东著,四川少年儿童出版社出版

《林中月夜》,金波著,湖北少年儿童出版社出版

散　文

《悄悄话》,高洪波著,湖北少年儿童出版社出版

《淡淡的白梅》,庞敏著,重庆出版社出版

《我们的母亲叫中国》,苏叔阳著,中国少年儿童出版社出版

幼儿文学

《鹅妈妈和西瓜蛋》,张秋生著,湖南少年儿童出版社出版

《大头儿子和小头爸爸》,郑春华著,新蕾出版社出版

第三届全国优秀儿童文学奖评奖委员会名单

顾问:冰心、严文井、陈伯吹、叶君健、袁鹰

主任委员:束沛德

副主任委员:樊发稼

委员(以姓氏笔画为序):王一地、王泉根、方卫平、庄之明、孙武臣、张美妮、张锦贻、
金燕玉、周晓、浦漫汀、彭斯远、路侃

附:初选小组成员名单

王路遥、汤锐、刘绍本、刘育贤、关登瀛、任哥舒、汪习麟、李春芬、杨锡、张明照、陈予一、
陈新增、别道玉、林为进、孟绍禹、周冰冰、周晓波、巢扬、樊发稼

第四届（1995—1997）

（以得票多少为序，票数相同者以姓氏笔画为序）

长篇小说

《苍狼》，金曾豪著，湖南少年儿童出版社出版

《小鬼鲁智胜》，秦文君著，著，作家出版社出版

《女儿的故事》，梅子涵著，少年儿童出版社出版

《草房子》，曹文轩著，江苏少年儿童出版社出版

《我要做好孩子》，黄蓓佳著，江苏少年儿童出版社出版

《花季·雨季》，郁秀著，海天出版社出版

中、短篇小说集

《赤色小子》，张品成著，少年儿童出版社出版

《一百个中国孩子的梦》，董宏猷著，二十一世纪出版社出版

童 话

《啧哩呼噜历险记》，孙幼军著，湖南少年儿童出版社出版

《小朵朵与半个巫婆》，汤素兰著，江苏少年儿童出版社出版

《屎壳郎先生波比拉》，保冬妮著，中国妇女出版社出版

《我和我的影子》张之路著，江苏少年儿童出版社出版

幼儿文学

《花生米样的云》，王晓明著，海燕出版社出版

《大头儿子和隔壁大大叔》，郑春华著，新蕾出版社出版

《长鼻子和短鼻子》，野军著，海燕出版社出版

诗 歌

《为一片绿叶而歌》，薛卫民著，湖北少年儿童出版社出版

散 文

《山野寻趣》，刘先平著，中国青年出版社出版

纪实文学

《还你一片蓝天》，李凤杰著，湖北少年儿童出版社出版

科学文艺（空缺）

寓 言（空缺）

第四届全国优秀儿童文学奖评奖委员会名单

顾问：冰心、严文井、袁鹰、束沛德

主任委员：陈昌本

副主任委员：高洪波、樊发稼

委员（以姓氏笔画为序）：王泉根、王路遥、方卫平、白冰、孙武臣、张小影、张美妮、汤锐、谷斯涌、金波、崔道怡、曾镇南

附：初选小组成员名单

王路遥、关登瀛、李玲、李东华、李望安、吴岩、杜保安、杨筠、杨福庆、郑延慧、郑雍庭、林为进、施亮、徐德霞、高洪波、黄世衡、詹岱尔、樊发稼

第五届（1998—2000）

（以得票多少为序，票数相同者以姓氏笔画为序）

长篇小说

《中国兔子德国草》，周锐、周双宁著，中国少年儿童出版社出版

《吹响欧巴》，黄喆生著，晨光出版社出版

《大绝唱》，方敏著，湖南少年儿童出版社出版

《属于少年刘格诗的自白》，秦文君著，作家出版社出版

中、短篇小说集

《随蒲公英一起飞的女孩》，薛涛著，少年儿童出版社出版

《永远的哨兵》，张品成著，南海出版公司出版

童 话

《笨狼的故事》，汤素兰著，浙江少年儿童出版社出版

散 文

《中国孩子的梦》，谷应著，湖北教育出版社出版

《小霞客西南游》，吴然著，晨光出版社出版

《怪老头儿随想录》，孙幼军著，湖北少年儿童出版社出版

诗 歌

《我们去看海》，金波著，浙江少年儿童出版社出版

《笛王的故事》，王宜振著，陕西人民教育出版社出版

幼儿文学

《幼儿园的男老师》，郑春华著，北京少年儿童出版社出版

寓 言

《美食家狩猎》，雨雨著，福建少年儿童出版社出版

科学文艺

《非法智慧》，张之路著，北京少年儿童出版社出版

传记文学、纪实文学

《严文井评传》，巢扬著，希望出版社出版

《黑叶猴王国探险记》，刘先平著，东方出版中心出版

青年短篇佳作

《书本里的蚂蚁》（童话），王一梅著，《幼儿故事大王》发表

《村小：生字课》（诗歌），高凯著，《诗刊》发表

《单纯》（小说），林彦著，《儿童文学》发表

第五届全国优秀儿童文学奖评奖委员会名单

主任委员：束沛德

副主任委员：高洪波、樊发稼

委员（以姓氏笔画为序）：马光复、牛玉秋、尹世霖、庄之明、张小影、张美妮、张锦贻、汪习麟、黄云生、崔道怡

附：初选小组成员名单

牛玉秋、王庆杰、王蒂俊、刘颋、刘希亮、刘涓迅、张敏、张玉国、张美妮、李东华、杜保安、束沛德、杨筠汪、露露、陈晖、陈晓梅、唐兵、徐莉萍、秦文君、高洪波、樊发稼

第六届（2001—2003）

（以得票多少为序，票数相同者以姓氏笔画为序）

长篇小说

《细米》，曹文轩著，上海文艺出版社出版

《陈土的六根头发》，常新港著，春风文艺出版社出版

《鸟奴》，沈石溪著，上海文艺出版社出版

《漂亮老师和坏小子》，杨红樱著，作家出版社出版

中、短篇小说集

《轰然作响的记忆》，刘东著，中国少年儿童出版社出版

童　话

《鼹鼠的月亮河》，王一梅著，浙江少年儿童出版社出版

《阿笨猫全传》（上、下），冰波著，接力出版社出版

《乌丢丢的奇遇》，金波著，江苏少年儿童出版社出版

幼儿文学

《吃黑夜的大象》，白冰著，中国福利会出版社出版

《小鼹鼠的土豆》，熊磊著，明天出版社出版

诗　歌

《骑扁马的扁人》，王立春著，辽宁少年儿童出版社出版

散　文

《蓝调江南》，金曾豪著，古吴轩出版社出版

纪实文学

《长翅膀的绵羊》，妞妞著，海天出版社出版

理论批评

《凄美的深潭："低龄化写作"对传统儿童文学的颠覆》，徐妍著，《文艺报》发表

青年短篇佳作

《一只与肖恩同岁的鸡》（小说），三三著，《少年文艺》发表

《追日》（科学文艺），赵海虹著，《中学生天地》发表

第六届全国优秀儿童文学奖评奖委员会名单

主任委员：束沛德

副主任委员：高洪波、张之路

委员（以姓氏笔画为序）：马光复、王泉根、朱效文、朱自强、余培侠、张小影、张明照、周晓波、彭斯远、蔡玉明

附：初选审读小组名单

负责人：束沛德、高洪波、张之路

成员：牛玉秋、王林、刘颋、刘涓迅、卢晓莉、安武林、朱效文、吴秉杰、李东华、李学斌、杜保安、杨少波、张洁、张楠、张锦贻、施亮、唐兵、韩进、谭旭东

第七届（2004—2006）

长篇小说

《舞蹈课》，三三著，接力出版社出版

《黑焰》，格日勒其木格·黑鹤著，接力出版社出版

《喜欢不是罪》，谢倩霓著，北京少年儿童出版社出版

《蔚蓝色的夏天》，李学斌著，新世纪出版社出版

《青铜葵花》，曹文轩著，江苏少年儿童出版社出版

中、短篇小说集

《回望沙原》，常星儿著，辽宁少年儿童出版社出版

童　话

《面包狼》，皮朝晖著，湖南少年儿童出版社出版

《核桃山》，葛翠琳著，少年儿童出版社出版

诗　歌

《叶子是树的羽毛》，张晓楠著，太白文艺出版社出版

散　文

《纸风铃紫风铃》，彭学军著，安徽少年儿童出版社出版

纪实文学

《飞翔，哪怕翅膀断了心》，韩青辰著，少年儿童出版社出版

科学文艺

《极限幻觉》，张之路著，湖北少年儿童出版社出版

青年短篇佳作

《选一个人去天国》(小说)，李丽萍著，《少年文艺》发表

第七届全国优秀儿童文学奖评奖委员会名单

主任委员：束沛德
副主任委员：高洪波、樊发稼
委员(以姓氏笔画为序)：王宜振、王泉根、朱自强、孙建江、刘绪源、吴然、金波、贺晓彤、徐鲁、路侃

附：初选小组名单
负责人：束沛德、高洪波、樊发稼
成员：王林、王庆杰、王慧艳、刘春霞、刘涓迅、刘颋、余人、杨佃青、张国龙、张楠、周李立、胡纯琦、侯颖、赵霞、高伟、唐池子、徐妍、梁燕、韩进、谭旭东

第八届（2007—2009）

（以得票多少为序，票数相同者按作品出版或发表时间先后排序）

小　说

《非常小子马鸣加精选本》，郑春华著，少年儿童出版社出版
《你是我的宝贝》，黄蓓佳著，江苏少年儿童出版社出版
《腰门》，彭学军著，二十一世纪出版社出版
《公元前的桃花》，曾小春著，上海人民美术出版社出版
《穿过忧伤的花季》，王巨成著，明天出版社出版
《少年摔跤王》，翌平著，浙江少年儿童出版社出版
《狼獾河》，格日勒其木格·黑鹤著，接力出版社出版
《满山打鬼子》，薛涛著，春风文艺出版社出版
《黄琉璃》，曹文轩著，接力出版社出版

童　话

《猪笨笨的幸福时光》，李东华著，上海人民美术出版社出版

《奇迹花园》，汤素兰著，湖南少年儿童出版社出版

《蓝雪花》，金波著，浙江少年儿童出版社出版

诗　歌

《狂欢节，女王一岁了》，萧萍著，明天出版社出版

散　文

《踩新路》，吴然著，云南教育出版社出版

幼儿文学

《狐狸鸟》，白冰著，中国少年儿童新闻出版总社出版

报告文学

《空巢十二月：留守中学生的成长故事》，邱易东著，少年儿童出版社出版

科学文艺

《小猪大侠莫跑跑·绝境逢生》，张之路著，浙江少年儿童出版社出版

《独闯北极》，位梦华著，中国少年儿童新闻出版总社出版

理论批评

《改革开放30年的少数民族儿童文学》，张锦贻著，少年儿童出版社出版

青年短篇佳作

《到你心里躲一躲》，汤汤著，《儿童文学》发表

第八届全国优秀儿童文学奖评奖委员会名单

初评委员会名单

主任：王泉根

副主任：刘海栖

委员（以姓氏笔画为序）：马力、王慧艳、李利芳、刘秀娟、刘颋、张陵、张楠、周基亭、赵海虹、侯颖、高伟、崔昕平、谢乐军、舒伟

终评委员会名单

主任：高洪波

副主任：杨承志、王泉根

委员（以姓氏笔画为序）：马光复、李红叶、朱自强、刘海栖、刘绪源、汤锐、吴其南、周晓波、贺晓彤、薛卫民

第九届（2010—2012）

（以得票多少为序，票数相同者以作品名称拼音为序）

小　说

《鸟背上的故乡》，胡继风著，黑龙江少年儿童出版社出版

《千雯之舞》，张之路著，中国少年儿童新闻出版总社出版

《像风一样奔跑》，邓湘子著，湖南少年儿童出版社出版

《木棉·流年》，李秋沅著，中国少年儿童新闻出版总社出版

《五头蒜》，常新港著，明天出版社出版

《丁丁当当·盲羊》，曹文轩著，中国少年儿童新闻出版总社出版

《影子行动》，牧铃著，中国少年儿童新闻出版总社出版

诗　歌

《我成了个隐身人》，任溶溶著，浙江少年儿童出版社出版

《月光下的蝈蝈》，安武林著，人民文学出版社　天天出版社出版

童　话

《汤汤缤纷成长童话集》，汤汤著，少年儿童出版社出版

《住在房梁上的必必》，左昡著，新蕾出版社出版

《住在先生小姐城》，萧袤著，黑龙江少年儿童出版社出版

《无尾小鼠历险记·没尾巴的烦恼》，刘海栖著，接力出版社出版

散　文

《小小孩的春天》，孙卫卫著，江西高校出版社出版

《虫虫》，韩开春著，黄山书社出版

科幻文学

《巨虫公园》，胡冬林著，北方妇女儿童出版社出版

《三体Ⅲ·死神永生》，刘慈欣著，重庆出版社出版

新中国儿童文学

70年

1949—2019

幼儿文学

《穿着绿披风的吉莉》，张洁著，湖北少年儿童出版社出版

《小嘎豆有十万个鬼点子·好好吃饭》，单瑛琪著，江苏少年儿童出版社出版

青年短篇佳作

《风居住的街道》，陈诗哥著，《儿童文学》发表

第九届全国优秀儿童文学奖评奖委员会名单

名誉主任：铁凝

主　任：高洪波

副主任：李敬泽

委员（以姓氏笔画为序）：王林、王泉根、叶尔克西·胡尔曼别克、包明德、冯秋子、刘娴、刘绪源、李平、李东华、李舫、李掖平、吴其南、吴然、何向阳、张莉、张燕玲、林那北、周晓枫、贺晓彤、海飞、阎安、梁鸿鹰、崔艾真、彭学明、曾小春、薛卫民

第十届（2013—2016）

（以得票多少为序，票数相同者以姓名拼音为序）

小　说

《一百个孩子的中国梦》，董宏猷著，二十一世纪出版社出版

《大熊的女儿》，麦子著，大连出版社出版

《寻找鱼王》，张炜著，明天出版社出版

《沐阳上学记·我就是喜欢唱反调》，萧萍著，浙江文艺出版社出版

《吉祥时光》，张之路著，作家出版社出版

《浮桥边的汤木》，彭学军著，二十一世纪出版社出版

《将军胡同》，史雷著，人民文学出版社　天天出版社出版

诗　歌

《梦的门》，王立春著，江苏凤凰少年儿童出版社出版

童　话

《布罗镇的邮递员》，郭姜燕著，少年儿童出版社出版

《小女孩的名字》，吕丽娜著，接力出版社出版

《水妖喀喀莎》,汤汤著,浙江少年儿童出版社出版

《一千朵跳跃的花蕾》,周静著,湖南少年儿童出版社出版

散　文

《爱——外婆和我》,殷健灵著,新蕾出版社出版

报告文学

《梦想是生命里的光》,舒辉波著,少年儿童出版社出版

科幻文学

《拯救天才》,王林柏著,大连出版社出版

《大漠寻星人》,赵华著,阳光出版社出版

幼儿文学

《其实我是一条鱼》,孙玉虎著,中国大地出版社出版

《蒲公英嫁女儿》,李少白著,湖南少年儿童出版社出版

第十届全国优秀儿童文学奖评奖委员会名单

名誉主任:铁凝

主任:李敬泽

副主任:阎晶明、方卫平、汤素兰

委　员(按姓氏笔画排序):马力、马步升、王林、王志庚、龙仁青、叶尔克西·库尔班拜克、刘琼、刘颋、汤锐、李浩、李东华、李利芳、李朝全、邱易东、张莉、岳雯、胡弦、姚海军、郭艳、崔昕平、舒伟、裘山山、潘向黎

历届宋庆龄儿童文学奖获奖名单

宋庆龄儿童文学奖设立于 1986 年，由宋庆龄基金会和文化部、教育部、国家广播电影电视总局、共青团中央、全国妇联、中国作家协会、中国科学技术协会等单位共同主办，每 2 至 3 年评选一次。至 2005 年，并入中国作家协会儿童文学奖评奖。

第一届（剧本） 1987 年颁奖

一等奖（空缺）

二等奖

《寻找回来的世界》，编剧楚雪、战楠

《一群小好汉》（1—4 集），编剧戚君

三等奖

《好爸爸，坏爸爸》，编剧诸葛怡

《心灵的答卷》，编剧张弘

《彗星》，编剧孙卓、郑凯南、易介南

第二届（科普科幻） 1990 年颁奖

一等奖（空缺）

二等奖

《神翼》，郑文光著，湖南少年儿童出版社出版

《梦魇》，叶至善、叶三午、叶小沫著，中国青年出版社出版

《大熊猫的故事》，潘文石著，湖南少年儿童出版社出版

三等奖

《乔装打扮的土狼》，树敬、树逊著，中国少年儿童出版社出版

《肖建亨获奖科学幻想小说选》，肖建亨著，希望出版社出版

《数学司令》，李毓佩著，少年儿童出版社出版

《少年李四光》，严慧著，湖北科技出版社出版

《带电的贝贝》，张之路著，新蕾出版社出版

第三届（中长篇小说） 1993 年颁奖

一等奖

《山羊不吃天堂草》，曹文轩著，江苏少年儿童出版社出版

二等奖

《少年噶玛兰》，李潼著，台湾天卫文化图书有限公司出版

《第三军团》，张之路著，中国少年儿童出版社出版

《少女的红发卡》，程玮著，江苏少年儿童出版社出版

三等奖

《鹰的传奇》，杨啸著，湖北少年儿童出版社出版

《今年你七岁》，刘健屏著，中国少年儿童出版社出版

《太阳梦见我》，李杨杨著，中国少年儿童出版社出版

《雾锁桃李》，张微著，江苏少年儿童出版社出版

《天才·鬼才·人才》，罗辰生著，海燕出版社出版

第四届（童话） 1994 年颁奖

一等奖

《怪老头儿》，孙幼军著，湖北少年儿童出版社出版

二等奖

《吴梦起童话选》，吴梦起著，辽宁少年儿童出版社出版

《郑渊洁童话选》，郑渊洁著，辽宁少年儿童出版社出版

《狼蝙蝠》，冰波著，江苏少年儿童出版社出版

三等奖

《小树叶童话》，金波著，安徽少年儿童出版社出版

《向明星进攻》，周锐著，四川少年儿童出版社出版

《怪孩子树米》，郑允钦著，福建少年儿童出版社出版

《孩子王老虎》，王家珍著，台湾民生报社出版

《新编小巴掌童话百篇》，张秋生著，北方妇女儿童出版社出版

第五届（综合）2000 年颁奖

大　奖

《草房子》（小说），曹文轩著，江苏少年儿童出版社出版

《绿人》（童话），班马著，江苏少年儿童出版社出版

《梅花鹿的角树》（幼儿文学），葛冰著，湖南少年儿童出版社出版

提名奖

《混血豺王》（小说），沈石溪著，新蕾出版社出版

《我要做好孩子》（小说），黄蓓佳著，江苏少年儿童出版社出版

《男生贾里全传》（小说），秦文君著，少年儿童出版社出版

《笨狼的故事》（童话），汤素兰著，浙江少年儿童出版社出版

《唏哩呼噜历险记》（童话），孙幼军著，湖南少年儿童出版社出版

《周锐童话选》（童话），周锐著，少年儿童出版社出版

《梦幻牧场》（科学文艺），牧铃著，少年儿童出版社出版

《星际勇士》（科学文艺），星河著，四川少年儿童出版社出版

《幽灵海湾》（科学文艺），马铭著，中国少年儿童出版社出版

《白城堡》（幼儿文学），金波著，四川少年儿童出版社出版

《星星信》（幼儿文学），谢华著，浙江少年儿童出版社出版

《三百个小朋友》（幼儿文学），林焕彰著，湖南少年儿童出版社、海南出版社出版

新人奖

向民胜，1969 年生，主要作品有《外星猫人阿木哥》等

张洁，1969 年生，主要作品有《秘密领地》等

杨鹏，1972 年生，主要作品有《杨鹏科幻系列》等

郁秀，1974 年生，主要作品有《花季·雨季》等

薛涛，1971 年生，主要作品有《废墟居民》等

第六届（综合）2003 年颁奖

特殊贡献奖

任溶溶、束沛德、蒋风、浦漫汀

大　奖

《你是我的妹》（小说），彭学军著，四川少年儿童出版社出版

《吹口琴的小野兔阿洛兹》（童话），常星儿著，福建少年儿童出版社出版

《非法智慧》（科学文艺），张之路著，北京少年儿童出版社出版

佳作奖

《天棠街 3 号》（小说），秦文君著，江苏少年儿童出版社出版

《大头儿子和小头爸爸全集》（小说），郑春华著，少年儿童出版社出版

《男孩无羁女孩不哭》（小说），常新港著，少年儿童出版社出版

《根鸟》（小说），曹文轩著，江苏少年儿童出版社出版

《电脑大盗变形记》（童话），萧袤著，福建少年儿童出版社出版

《骑在扫帚上听歌的巫婆》（童话），张秋生著，上海远东出版社出版

《小朵朵和超级保姆》（童话），汤素兰著，江苏少年儿童出版社出版

《笛王的故事》（诗歌），王宜振著，陕西人民教育出版社出版

《让我们远行》（诗歌），钟代华著，重庆出版社出版

《大自然探险系列》（散文），刘先平著，中国少年儿童出版社出版

《中国孩子的梦》（散文），谷应著，湖北教育出版社出版

《感谢往事》（散文），金波著，浙江少年儿童出版社出版

《哈玛!哈玛!伊斯坦堡》（散文），桂文亚著，台湾民生报社出版

《南极探险·北极探险》（散文），位梦华著，中国少年儿童出版社出版

《天使的花房》（散文），吴然著，云南教育出版社出版

《走进弟弟山》（散文），林芳萍著，台湾民生报社出版

新人奖

张弘、林彦、赵海虹

历届中宣部"五个一工程"奖中获奖少儿类图书

该项评奖源于 1991 年 1 月,中共中央宣传部要求各省(自治区、直辖市)党委宣传部在全面抓好精神产品生产的同时,重点抓好图书、理论文章、戏剧、电影、电视剧等拳头产品,年底从上述五个种类中各评选、推荐一部作品参加全国评选。1992 年 5 月,纪念《在延安文艺座谈会上的讲话》发表 50 周年之际,中共中央宣传部举办的 1991 年度精神产品生产"五个一工程"评奖揭晓。自 1992 年起每年举办一次。至 2005 年,根据全国性文艺新闻出版评奖整改总体方案《全国性文艺新闻出版评奖管理办法》规定,中央宣传部主办的精神文明建设"五个一工程"奖,所设子项由原来 8 个减少为电影、电视剧(片)、戏剧、歌曲、文艺类图书 5 个。评选工作 3 年一次。

第一届（1991 年度）

《孙子兵法连环画》,浙江人民美术出版社出版

第二届（1992 年度）

《爱我中华》(丛书),江苏少年儿童出版社出版
《早陨的将星》(丛书),河北少年儿童出版社出版
《百将传奇》,安徽少年儿童出版社出版

第三届（1993 年度）

《中华五千年美德丛书》,温克勤、顾传菁主编,新蕾出版社出版
《中国有个毛泽东》(青年版、少年版),钟起煌等著,江西人民出版社出版
《跨世纪的丰碑——中国希望工程纪实》,刘奇葆等著,安徽少年儿童出版社出版

第四届（1994 年度）

《跨世纪的一代——中国少年"五自"丛书》，孙云晓主编，未来出版社出版

《托起明天的辉煌——当代中国十大杰出青年丛书》，俞贵麟等编，希望出版社出版

《黑眼睛丛书》，孙幼军等著，海南出版社、湖南少年儿童出版社出版

《我们的母亲叫中国》，苏叔阳著，中国少年儿童出版社出版

第五届（1995 年度）

《中华少年奇才》（上、下册），刘彤等编写，叶雄编绘，浙江人民美术出版社出版

《赤子丛书》（共 3 册），金振林等著，河北少年儿童出版社出版

《中国革命史话》（共 10 册），夏以溶主编，湖南少年儿童出版社出版

《心灵长城——中华爱国主义传统》，张岱年主编，安徽教育出版社出版

《帅星升起丛书》（共 9 册），魏巍主编，广东教育出版社出版

《筑成我们新的长城》，江西人民出版社编写，江西人民出版社出版

《精编小学生十万个为什么》（共 12 册），杨勇翔等主编，黑龙江科学技术出版社出版

《爱我家乡 爱我辽宁丛书》（共 15 册），陈秀庭等著，辽宁教育出版社出版

《神脑聪仔》（共 10 册），接力动画部、广东丹晨设计制作有限公司策划制作，编著，接力出版社出版

《中华当代少年小说丛书》（共 10 册），曹文轩等著，著江苏少年儿童出版社出版

《青春风景创作丛书》（共 5 册），秦文君等著，安徽少年儿童出版社出版

《中小学生普法教育画册》（上、下册），霍宝珍主编，南海出版公司出版

《早年周恩来》（上、下卷），庞瑞垠著，江苏教育出版社出版

第六届（1996 年度）

《我要做好孩子》，黄蓓佳著，江苏少年儿童出版社出版

《精神之火——中华民族精神与当代青少年使命》，沈其新等著，湖南少年儿童出版社出版

《花季·雨季》，郁秀著，海天出版社出版

《光辉的旗帜》，汪玉奇等文，丘玮等画，二十一世纪出版社出版

《刘先平大自然探险长篇系列》，刘先平著，中国青年出版社出版

《中华正气歌（修订版）》，公木主编，江西美术出版社出版

《地球家园——青少年环保科普读本》，《自然之友》编，山西教育出版社出版

《地球保卫战》，杨鹏文、宋金东等画，新蕾出版社出版

《龙蝙蝠》，庄岩文，郑凯军画，浙江少年儿童出版社出版

《漫画科学史探险》，星河文，任军等画，北京少年儿童出版社出版

《宝贝当家》，秦文君著，少年儿童出版社出版

《小鳄鱼丛书》（共10册），金波等著，海燕出版社出版

《中华三德歌》，何永炎主编，安徽教育出版社出版

《你是一座桥》，田天著，长江文艺出版社出版

《棒槌鸟儿童文学丛书》（共6册），赵郁秀、韩永言主编，沈阳出版社出版

《天地无情》（"少年绝境自救故事丛书"之一），薛屹峰，甘肃少年儿童出版社出版

《汉藏小伙伴手拉手相约在二十一世纪》，张晓峰主编，西藏人民出版社出版

第七届（1997—1998）

《草房子》，曹文轩著，江苏少年儿童出版社出版

《中国读本》，苏叔阳著，辽宁教育出版社出版

《一个中国孩子的英雄喜剧》，金波等著，接力出版社出版

《神奇的雅鲁藏布江大峡谷》，杨逸畴主编，海燕出版社出版

《大科学家讲的小故事》，王淦昌、苏步青、贾兰坡、郑作新著，湖南少年儿童出版社出版

《男生贾里全传》，秦文君著，少年儿童出版社出版

《童谣童画》，金波主编，山东美术出版社出版

《我的父亲邓小平》（连环画），叶雄编绘，浙江人民美术出版社出版

《一百个中国孩子的梦》，董宏猷著，二十一世纪出版社出版

《不知道的世界》，陈海燕主编，中国少年儿童出版社出版

《红蚂蚁自然丛书》，中国科协青少年部主编，北京少年儿童出版社出版

《爱心与教育——素质教育探索手记》，李镇西著，四川少年儿童出版社出版

《鸽子树的传说》，高洪波著，安徽少年儿童出版社出版

《漫游新科技世界》，王国忠等主编，新蕾出版社出版

《红帆船诗丛》，金波主编，浙江少年儿童出版社出版

《中国儿童智力方程》，区慕洁著，中国妇女出版社出版

第八届（1999—2000）

《我和爸爸妈妈共同的话题——做人与做事》，卢勤著，接力出版社出版

《共和国的脊梁："两弹一星"功勋谱》，李迅主编，黑龙江教育出版社出版

《漫画金头脑丛书》，张开逊主编，北京少年儿童出版社出版

《蛙鸣》，陈玉谦、曲晓平著，黑龙江少年儿童出版社

《今天我是升旗手》，黄蓓佳著，江苏少年儿童出版社出版

第九届（2001—2002）

优秀作品奖

《五星红旗》，华琪编，河北少年儿童出版社出版

《解读生命丛书》，吴新智等著，北京少年儿童出版社出版

入选作品奖

《中国古代四大发明》，安徽少年儿童出版社出版

《无人区科学探险系列》，谢自楚等著，湖南少年儿童出版社出版

《芝麻开门》，祁智著，江苏少年儿童出版社出版

《院士数学讲座：帮你学数学》，张景中著，中国少年儿童出版社出版

《阿笨猫全传》，冰波著，接力出版社出版

第十届（2003—2006）

优秀作品奖

《青铜葵花》，曹文轩著，江苏少年儿童出版社出版

入选作品奖

《亲亲我的妈妈》，黄蓓佳著，江苏少年儿童出版社出版

《木偶的森林》，王一梅著，新蕾出版社出版

《淘气包马小跳系列·巨人的城堡》，杨红樱著，接力出版社出版

《今日出门昨夜归》，竹林著，二十一世纪出版社出版

第十一届（2007—2009）

《云裳》，秦文君著，春风文艺出版社出版

《走进帕米尔高原——穿越柴达木盆地》，刘先平著，时代出版传媒股份有限公司出版

《小英雄和芭蕾公主》，杨红樱著，接力出版社出版

《腰门》，彭学军著，二十一世纪出版社出版

《蓝天下的课桌》，伍美珍著，福建少年儿童出版社出版

《流动的花朵》，徐玲著，希望出版社出版

《楼兰古国的奇幻之旅》，帕尔哈提·伊力牙斯著，狄力木拉提·泰来提译，新疆青少年出版社出版

第十二届（2009—2012）

《魔法小仙子》，晓玲叮当著，二十一世纪出版社出版

《美丽的西沙群岛》，刘先平著，明天出版社出版

《黑狗哈拉诺亥》，格日勒其木格·黑鹤著，接力出版社出版

《乍放的玫瑰》，汪玥含著，希望出版社出版

《开开的门》，金波著，新蕾出版社出版

《艾晚的水仙球》，黄蓓佳著，江苏少年儿童出版社出版

第十三届（2012—2014）

《念书的孩子》，孟宪明著，海燕出版社出版

《少年的荣耀》，李东华著，希望出版社出版

《凤凰的山谷》，金曾豪著，晨光出版社出版

《美德照亮人生》丛书，韩震著，河北少年儿童出版社出版

《少年与海》，张炜著，安徽少年儿童出版社出版

《小水的除夕》，祁智著，江苏少年儿童出版社出版

第十四届（2014—2017）

《花儿与歌声》，孟宪明著，海燕出版社出版

《布罗镇的邮递员》，郭姜燕著，少年儿童出版社出版

《一百个孩子的中国梦》，董宏猷著，二十一世纪出版社出版

第十五届（2017—2019）

《焰火》，李东华著，长江文艺出版社出版

《因为爸爸》，韩青辰著，江苏少年儿童出版社出版

《雪山上的达娃》，裘山山著，明天出版社出版

《陈土豆的红灯笼》，谢华良著，吉林出版集团股份有限公司出版

历届国家图书奖中获奖少儿类图书

　　为了鼓励和表彰优秀图书的出版，新闻出版总署决定设立"国家图书奖"，于1992年10月10日制定并颁布了《国家图书奖评奖办法》。国家图书奖是全国图书评奖中的最高奖励，每两年举办一次。评奖按9个门类进行，其中包括"少儿"类。设国家图书奖荣誉奖、国家图书奖、国家图书奖提名奖三项。

第一届（1993 年）

国家图书奖（少儿类）

《365 夜故事》，鲁兵主编，责任编辑朱庆坪、茅绍颖等，少年儿童出版社出版

《大地的儿子——周恩来的故事》，苏叔阳著，责任编辑刘媛华，中国少年儿童出版社出版

《幼学启蒙丛书》，赵镇琬主编，责任编辑赵镇琬、杨宇，明天出版社出版

国家图书奖提名奖（少儿类）

《中国儿童文学大系》，蒋风、浦漫汀、叶永烈、任德主编，责任编辑陈炜等，希望出版社出版

《上下五千年》，林汉达、曹余章编著，责任编辑俞沛铭，少年儿童出版社出版

《彩绘本中国民间故事》，马永杰总策划，方夏等编文，丘玮等绘画，责任编辑杨杰等，浙江少年儿童出版社出版

《少年百科丛书（精选本）》，叶至善、遇衍滨总设计，余心言、郭正谊、朱仲玉、金涛等编著，责任编辑愚衍滨等，中国少年儿童出版社出版

《少年科学瞭望台丛书》，宋广礼、卞德培、乐嘉龙、浩勃等编著，责任编辑刘健飞等，湖北少年儿童出版社出版

《怪老头儿》，孙幼军著，责任编辑余茁芳，湖北少年儿童出版社出版

《爱我中华丛书》，孙家正主编，责任编辑张彦平等，江苏少年儿童出版社出版

《十二生肖系列童话》，郑渊洁著，责任编辑杨实诚，湖南少年儿童出版社出版

第二届（1995 年）

国家图书奖（少儿类）

《中国婴幼儿百科》（共 100 册），茅于燕、郑延慧著，责任编辑郭玉洁等，海燕出版社出版

《中华美德图说》（共 8 卷），钟起煌、浦漫汀著，责任编辑沈火生等，二十一世纪出版社出版

国家图书奖提名奖（少儿类）

《高技术战争与当代青少年丛书》（共9卷），林建超等，责任编辑孙全民等，江苏少年儿童
　　出版社出版

《幼儿德育故事丛书》（共8卷），浦漫汀主编，责任编辑于淑媛，黑龙江少年儿童出版社出版

《幼年画库》（共18册），鲁兵等著，责任编辑朱庆坪等，少年儿童出版社出版

《中华人物故事全书》（古代部分彩图本）（共40集），冯广裕等著，责任编辑雪岗等，中国
　　少年儿童出版社出版

《漫游科学世界》（共10卷），王国忠等著，责任编辑韩凤歧等，新蕾出版社出版

《人类探险史故事丛书》（共11卷），赵丹涯等著，责任编辑丛燕等，浙江少年儿童出版社
　　出版

《中国幼儿文学家丛书》（共14卷），赵镇琬主编，责任编辑王歌风等，明天出版社出版

第三届（1997年）

国家图书奖（少儿类）

《神脑聪仔卡通系列丛书》，聪仔工作室著，责任编辑黄俭等，接力出版社出版

《小鳄鱼丛书》，孙幼军等著，责任编辑姜华等，海燕出版社出版

国家图书奖提名奖（少儿类）

《刘先平大自然探险长篇系列》，刘先平著，责任编辑刘佳，中国青年出版社出版

《花季·雨季》，郁秀著，责任编辑旷昕，海天出版社出版

《少年绝境自救故事》，班马等著，责任编辑汪晓军等，甘肃少年儿童出版社出版

《中国儿童生存、保护和发展书系》，晏开利等著，责任编辑杜定纪等，四川少年儿童出版
　　社出版

《露珠丛书》，郭风等著，责任编辑张杏坦，河北少年儿童出版社出版

《精神之火——中华民族精神与当代青少年使命》，沈其新等著，责任编辑刘杰英，湖南少
　　年儿童出版社出版

《神奇的北极》，位梦华等著，责任编辑王舒妹等，海燕出版社出版

《共和国儿童文学名著金奖文库》，海飞主编，责任编辑温航等，中国少年儿童出版社出版

第四届（1999年）

国家图书奖（少儿类）

《草房子》，曹文轩著，责任编辑祁智等，江苏少年儿童出版社出版

《大科学家讲的小故事》（共 4 卷），苏步青等著，责任编辑冯小竹，湖南少年儿童出版社出版

《中国新时期幼儿文学大系》（共 6 卷），张美妮等主编，责任编辑侣承军等，未来出版社出版

《不知道的世界》（共 10 卷），陈海燕主编，责任编辑毛红强等，中国少年儿童出版社出版

国家图书奖提名奖（少儿类）

《红帆船诗丛》（共 6 卷），金波主编，责任编辑孙建江，浙江少年儿童出版社出版

《关怀》，阎景堂主编，责任编辑黄志凯等，河北少年儿童出版社出版

《三毛大世界》（共 4 册），李名慈主编，责任编辑侯春洋等，少年儿童出版社出版

《秦文君文集》（共 5 册），秦文君著，责任编辑温湲，安徽少年儿童出版社出版

《一个中国孩子的英雄喜剧》（共 4 册），白冰等著，责任编辑李元君等，接力出版社出版

《红蚂蚁自然丛书》（共 6 册），北京少年儿童出版社等编，责任编辑赵萌等，北京少年儿童
出版社出版

《少年军事百科全书》（共 12 册），李维民主编，责任编辑刘凡文等，明天出版社出版

《五十六个民族五十六朵花》，《五十六个民族五十六朵花》编委会编，责任编辑刘苹等，云
南教育出版社出版

《花生米样的云》，王晓明著，责任编辑姜华等，海燕出版社出版

第五届（2001 年）

国家图书奖（科技类）

《漫画金头脑丛书》，张开逊主编，责任编辑赵彤等，北京少年儿童出版社出版

国家图书奖（少儿类）

《好阿姨新童话系列丛书》，金波主编，责任编辑卓少锋等，福建少年儿童出版社出版

《共和国的脊梁——"两弹一星"功勋谱》，李迅主编，责任编辑王晓明等，黑龙江教育出版
社出版

国家图书奖提名奖（科技类）

《偷脑的贼》，潘家铮著，责任编辑孟可文，湖南教育出版社出版

国家图书奖提名奖（少儿类）

《大头儿子和小头爸爸》（全集），郑春华著，责任编辑周晴，少年儿童出版社出版

《生命状态文学》，方敏等，责任编辑张天明等，湖南少年儿童出版社出版

《现代中国儿童文学主潮》，王泉根著，责任编辑杜虹，重庆出版社出版

《动物日记》，孙学刚等著，责任编辑高荷美等，中国少年儿童出版社出版

《中国读本》，苏叔阳著，责任编辑刘国玉等，辽宁教育出版社出版

《世界经典童话全集》（共 20 卷），韦苇主编，责任编辑胡鹏等，明天出版社出版

《做人与做事——我和爸爸妈妈共同的话题》，卢勤著，责任编辑李元君等，接力出版社出版

第六届（2003年）

国家图书奖（少儿类）

《无人区科学探险系列》（共3册），谢自楚等著，责任编辑谢清风，湖南少年儿童出版社出版

《中华文明大视野》，袁行霈主编，责任编辑张秋林等，二十一世纪出版社出版

国家图书奖提名奖（少儿类）

《数学故事专辑》（共3册），李毓佩著，责任编辑薛晓哲等，中国少年儿童出版社出版

《大头儿子小书架》（共3册），郑春华等著，责任编辑高荷美等，中国少年儿童出版社出版

《天棠街3号》，秦文君著，责任编辑祁智等，江苏少年儿童出版社出版

《东方之子刘先平大自然探险丛书》（共8册），刘先平著，责任编辑胡光清等，湖北少年儿童出版社出版

《徐鲁青春文学精选》（共6册），徐鲁著，责任编辑于红岩等，青岛出版社出版

《阿笨猫全传》，冰波著，责任编辑余人，接力出版社出版

《彩图版中国共产党历程》，金冲夏燕月等主编、中国史学会、中国革命博物馆编，责任编辑于淑芬等，海燕出版社出版

《中国儿童文学5人谈》，梅子涵等著，责任编辑李春芬，新蕾出版社出版

国家图书奖特别奖

《预防传染性非典型肺炎》（挂图），中共安徽省委宣传部、安徽省疾病预防控制中心著，责任编辑卫敏等，安徽少年儿童出版社出版

《少年儿童非典预防手册》，四川省非典防治领导小组办公室、四川省疾病预防控制中心编写，责任编辑任正平等，四川少年儿童出版社出版

《杰仔的故事》，舒啸编著，责任编辑符绩才等，新世纪出版社出版

《抗击非典2003·中国》，《抗击非典2003·中国》编委会编，责任编辑李路等，学习出版社、晨光出版社出版

历届中国出版政府奖中获奖少儿类图书

    2005 年，全国性文艺新闻出版评奖整改总体方案公布。依据《全国性文艺新闻出版评奖管理办法》，对全国性文艺新闻出版评奖总体方案做出合并整改。新闻出版总署原有 22 个全国性评奖，整改后仅设立"中国出版政府奖"一项。下设"国家出版奖"等子项。评选工作 3 年一次。

第一届（2003—2006）

图书奖（科技类）

《潘家铮院士科幻作品集》（共 4 册），潘家铮著，中国少年儿童新闻出版总社出版

图书奖（少儿类）

《十万个为什么（新世纪普及版）》，王建磐、赵君亮、杨雄里等编，少年儿童出版社出版
《青铜葵花》，曹文轩著，江苏少年儿童出版社出版
《图画书：阅读与经典》，彭懿编著，二十一世纪出版社出版
《小肚兜幼儿情感启蒙故事》（共 9 册），萧袤、黄缨等著，明天出版社出版

图书奖提名奖（少儿类）

《乌丢丢的奇遇》，金波著，江苏少年儿童出版社出版
《足球大侠》（"张之路非常可笑系列"之一），张之路著，浙江少年儿童出版社出版
《巨人的城堡》（"淘气包马小跳系列"之一），杨红樱著，接力出版社出版
《小橘灯·美文系列》（共 3 册），张洁、彭学军、殷健灵著，安徽少年儿童出版社出版
《中国儿童百科全书·上学就看》（共 8 册），《中国儿童百科全书·上学就看》编委会编，
    中国大百科全书出版社出版
《禾下乘凉梦——袁隆平传》，邓湘子、谢长江著，湖南少年儿童出版社出版
《动物"辛德勒"名单》，罗娅萍、李湘涛著，福建少年儿童出版社出版
《哪吒传奇》（CCTV52 集大型动画系列丛书，共 10 册），中央电视台原创，童趣出版有限
    公司编，人民邮电出版社出版
《国际大奖小说·爱藏本》（共 16 册），[美]乔治·塞尔登、贝芙莉·克莱瑞等著，新蕾出
    版社出版

新中国儿童文学

第二届（2007—2009）

图书奖（少儿类）

《少儿科普名人名著书系》（共50种），叶至善、贾兰坡等著，湖北少年儿童出版社出版

《玩具论》（增订版），蒋风主编，希望出版社出版

《笑猫日记——那个黑色的下午》，杨红樱著，明天出版社出版

《红袋鼠幽默童话》（共5种），金波、高洪波、白冰、葛冰、刘丙钧著，中国少年儿童出版社

图书奖提名奖（少儿类）

《全球儿童文学典藏书系》（共40种），[瑞典]玛丽娅·格里佩、[新西兰]玛格丽特·梅喜等著，李之义、柳鸣九、刘星灿等译，湖南少年儿童出版社出版

《绘本中国故事》（共6种12册），任溶溶主编，浙江少年儿童出版社出版

《喜羊羊与灰太狼动画系列丛书》（共40册），童趣出版有限公司编，人民邮电出版社出版

《甜趣新童谣》（共4册），李秀英著，安徽少年儿童出版社出版

《你是我的宝贝》，黄蓓佳著，江苏少年儿童出版社出版

《弯弯》，张之路著，吴雅蒂插画，二十一世纪出版社出版

《当着落叶纷飞》，陆梅著，接力出版社出版

《世界经典桥梁书》（共10种），[奥]米拉·洛贝等著，[奥]苏西·威格尔等绘，王琳琳、祝然、张蕊等译，新蕾出版社出版

第三届（2010—2013）

图书奖（少儿类）

《彩乌鸦中文原创系列》（共20册），张之路、汤素兰、金波等文，吴雅蒂、彭婷、赵光宇等画，责任编辑彭学军、魏钢强，二十一世纪出版社出版

《王子的长夜》，秦文君著，责任编辑吴双英、杨巧，湖南少年儿童出版社出版

《曹文轩纯美绘本》（共6册），曹文轩文，杨春波、龚燕翎、李蓉等图，责任编辑刘蕾，明天出版社出版

图书奖提名奖（少儿类）

《绿色中国》（共10册），朱自强主编，责任编辑姚巍、阮征、宣晓凤等，安徽少年儿童出版社出版

《半岛哈里哈气》，张炜著，责任编辑董素山、潘雁，河北少年儿童出版社出版

《我成了个隐身人》，任溶溶著，责任编辑陈力强，浙江少年儿童出版社出版

《钱学森故事》，涂元季、莹莹著，责任编辑刘莹，解放军出版社出版

《余宝的世界》，黄蓓佳著，责任编辑李燕、钟小羽、郁敬湘，江苏少年儿童出版社出版

《李秀英新绘本童谣》,李秀英著,雨青工作室绘,责任编辑李玲玲、汪盎然、郝敏,黄山书社出版

《小猪波波飞系列》,高洪波著、李蓉绘,责任编辑王志宏、柯超,中国少年儿童出版社出版

《最新全彩版李毓佩数学故事》,李毓佩著,责任编辑柯尊文、王子依、易力等,湖北少年儿童出版社出版

第四届（2014—2016）

图书奖（少儿类）

《兔子作家》,张炜著,阮征、白利峰等,安徽少年儿童出版社出版

《博物馆里的中国》,宋新潮、潘守永主编,卢永琇、匡学文等编著,责任编辑焦娅楠、高雅等,新蕾出版社出版

《童眸》,黄蓓佳著,责任编辑钟小羽,江苏凤凰少年儿童出版社出版

图书奖提名奖（少儿类）

《金谷粒桥梁书》,彭懿、梅子涵等著,责任编辑张富华,明天出版社出版

《中国儿歌大系》,金波主编,责任编辑董全正、符敬等,辽宁少年儿童出版社出版

《沐阳上学记》,萧萍著,责任编辑冯静芳、岳海菁等,浙江文艺出版社出版

《一百个孩子的中国梦》,董宏猷著,责任编辑谈炜萍、张周、朱毅帆,二十一世纪出版社出版

《中国民族节日风俗故事画库》（中英双语典藏版）,陈雅丹、朱训德等绘,方素珍、汤素兰等文,胡丹译,责任编辑刘艳彬、吴蓓,湖南少年儿童出版社出版

《面包男孩》,李姗姗著,责任编辑杨迎会、许日春,北京时代华文书局出版

《王坪往事》,张品成著,责任编辑程骥,四川少年儿童出版社出版

《辫子》,黑眯文,黑眯图,责任编辑张昀韬、罗曦婷,天天出版社出版

历届中国图书奖中获奖少儿类图书

　　"中国图书奖"评奖活动 1987 年开始举办，前两届由《中国图书评论》杂志社主办。自 1989 年 4 月第 3 届起，改由中国出版工作者协会、中国图书评论学会主办。每年举办一次，从前一年出版的图书中评出获奖图书。

第一届（1987 年）

中国图书奖

《少年自然百科辞典（生物·生理卫生）》，周本湘、赵尔宓等编撰，少年儿童出版社出版

中国图书奖荣誉奖

《婴幼儿小百科》，中国少年儿童出版社出版

第二届（1988 年）

《接力书信集》，《接力书信集》编委会编，广西人民出版社出版

第三届（1989 年）

《世界童话名著》，浙江少年儿童出版社出版

第四届（1990 年）

一等奖

《少年百科丛书（精选本）》，中国少年儿童出版社出版

《中国儿童文学艺术丛书》，海燕出版社出版

二等奖

《五千年演义》，辽宁少年儿童出版社出版

《英雄少年赖宁》，中国少年儿童出版社出版

《未来军官学校》（共22册），四川少年儿童出版社出版

《一百个中国孩子的梦》，江西少年儿童出版社出版

《十二属相故事画库》，河北少年儿童出版社出版

评委提名奖表扬书目

《彩图中国历史故事》（上、中、下），江苏少年儿童出版社出版

第五届（1991年）

二等奖

《历史的启示》（丛书），耿志远主编，责任编辑王文婷、国荣洲等，新蕾出版社出版

《彩绘本中国民间故事》，马永杰总策划，责任编辑杨杰、孙建江、赵大昕，浙江少年儿童出
版社出版

《中华少年风采录》，高洪波著，执行主编金岚、温愉新，辽宁少年儿童出版社出版

《革命英雄主义丛书》，熊向东主编，责任编辑邓滨、肖飞飞，二十一世纪出版社出版

《少年科学瞭望台丛书》，卞德培、刘后一等著，责任编辑刘健飞等，湖北少年儿童出版社
出版

《中国儿童文学大系》，蒋风主编，责任编辑陈炜等，希望出版社出版

《难忘的儿童智能追踪研究》，茅于燕著，责任编辑郭克，北方妇女儿童出版社出版

评委提名奖表扬书目

《儿童的疑问——说不完的为什么》，蔡字征等著，责任编辑许道静社，福建少年儿童出版
社出版

第六届（1992年）

一等奖

《绘画本中国通史》，龚延明主编，责任编辑顾尧庐，浙江少年儿童出版社出版

《中国少年儿童百科全书》，林崇德著，责任编辑许乃征等，浙江教育出版社出版

《第三军团》，张之路著，责任编辑温航，中国少年儿童出版社出版

二等奖

《小学生丛书》,叶圣陶等著,责任编辑刘嫒华等,中国少年儿童出版社出版
《十五岁的奇迹》,吴培恭著,责任编辑李艺风,新蕾出版社出版
《女革命家丛书》,赵炜等著,责任编辑冯铁军,河北少年儿童出版社出版

第七届（1993 年）

《神奇的南极丛书》,郭琨、金涛主编,海燕出版社出版
《中国少年报告文学丛书》,卢惠龙主编,贵州人民出版社出版
《"少男少女"丛书》,《"少男少女"丛书》编辑部编,四川少年儿童出版社出版
《我是中国的孩子》,沈虹光、梁庭望等编,湖北少年儿童出版社出版
《中国孩子的疑问》,陈天昌、吴文渊等著,中国少年儿童出版社出版
《哈哈博士科学连环画》,白云、陈跃等著,中国连环画出版社出版
《彩图幼儿知识百科》,朱为等编文,少年儿童出版社出版
《幼儿彩图家庭教程》,王立科、张中良主编,广西美术出版社出版
《百将传奇》,张义生、国荣洲主编,安徽少年儿童出版社出版

第八届（1994 年）

《儿童青少年心理学丛书》,高月梅、张泓编,浙江教育出版社出版
《一只红气球》,葛冰文,吴带生图,中国少年儿童出版社出版
《知识童话 300 篇》,李名慈著,福建少年儿童出版社出版
《人类探险史》,魏丁、马风等著,浙江少年儿童出版社出版
《中国婴幼儿百科》,茅于燕著,海燕出版社出版
《中华历史名人》,陈美林等著,新蕾出版社出版
《我们的父辈丛书》,邵华、薛启亮著,河北少年儿童出版社出版
《幼儿画库》,少年儿童出版社出版

第九届（1995 年）

《中学百科全书》,北京师范大学出版社、东北师范大学出版社、华东师范大学出版社出版

《我们的母亲叫中国》,中国少年儿童出版社出版

《黑眼睛丛书》,湖南少年儿童出版社出版

《中华美德图说》,二十一世纪出版社出版

《青春口哨文学丛书》,安徽少年儿童出版社出版

《小作家丛书》,四川少年儿童出版社出版

《八桂俊杰丛书》,接力出版社出版

《小学生自然百科》,浙江少年儿童出版社出版

第十届（1996年）

《中华人物故事全书》(近代部分),中国少年儿童出版社出版

《手拉手奔向新世纪丛书》,新蕾出版社出版

《老外公的故事》,浙江少年儿童出版社出版

《中国著名科学家的故事》,四川少年儿童出版社出版

《德育故事大金库》,江苏少年儿童出版社出版

第十一届（1998年）

《三毛大世界》,少年儿童出版社出版

《一个中国孩子的英雄喜剧》,接力出版社出版

《科学王国里的故事》,河北少年儿童出版社出版

《中国当代儿童诗丛》,湖北少年儿童出版社出版

《中国最新动物小说》,湖南少年儿童出版社出版

《彩绘新童谣》,北方妇女儿童出版社出版

《莎士比亚戏剧故事全集》,二十一世纪出版社出版

《希望童话宝库》,希望出版社出版

《足球小子》,四川少年儿童出版社出版

《写给小读者》,新疆青少年出版社出版

《大型科学漫画丛书》,新蕾出版社出版

《三巨人说(漫画本)》,广东经济出版社出版

《故土丛书》,辽宁少年儿童出版社出版

《爱国主义故事丛书》,晨光出版社出版

《世界少年奇才》,浙江人民美术出版社出版

《中国大百科全书(青少年版)》,海燕出版社出版

《21世纪小小百科》,浙江教育出版社出版

新中国儿童文学

70年

2020—2019

第十二届（2000 年）

《走进心灵——民主教育手记》，李镇西著，责任编辑汤继湘、田曦、郭孝平，四川少年儿童
　　出版社出版

《我是编辑》，叶至善著，责任编辑黄伯诚等，中国少年儿童出版社出版

《中国文化名人与读书丛书》，杨牧之主编，责任编辑李玉江等，明天出版社出版

《中国通史（彩图版）》，戴逸、龚书铎主编，责任编辑乔台山，海燕出版社出版

《科学家爷爷谈科学》，王淦昌、贾兰坡等著，责任编辑陈仲芳等，广西师范大学出版社出版

《科学之门丛书》，席泽宗指导，卜毓麟等著，责任编辑张天明、清风，湖南少年儿童出版社
　　出版

《彩图少年儿童环境知识丛书》，刘志荣、余文涛等编著，责任编辑周祥雄、毕娜，湖北少年
　　儿童出版社出版

《绿色家园丛书》，朱志尧、袁清林等编著，责任编辑刘凤荣、张任等，希望出版社出版

《金太阳丛书》，陈建功主编，责任编辑张杏坦，河北少年儿童出版社出版

《金苹果文库（第三辑）》，卜毓麟等主编，责任编辑喻纬等，江苏教育出版社出版

《小霞客游记》，浦漫汀主编，责任编辑崔寒韦、刘卫华，晨光出版社出版

《感受坚强——中国女孩桑兰》，钱金华等著，责任编辑张克文等，安徽少年儿童出版社出
　　版

《世界文化与自然遗产》，苏少工作室组编，责任编辑祁智、陈泽新等，江苏少年儿童出版
　　社出版

第十三届（2002 年）

《两弹一星功勋科学家》（共 10 册），于新和主编，责任编辑孙天放、贾亚青，河北少年儿童
　　出版社出版

《赏识你的孩子——一个父亲对素质教育的感悟》，周弘著，责任编辑田曦，四川少年儿童
　　出版社出版

《世纪畅想曲·理想之歌》，金波、高洪波等主编，责任编辑温溪、王笑非等，安徽少年儿童
　　出版社出版

《蓝夜书屋》（共 7 册），金波主编，责任编辑徐莉萍，北京少年儿童出版社出版

《从小爱家园丛书》（共 7 册），王玲编著，责任编辑王昕、郑颖，海燕出版社出版

《校园三剑客科幻小说系列（第一辑）》（共 6 册），杨鹏著，责任编辑何龙、周祥雄，湖北少
　　年儿童出版社出版

《中国少年环境文学创作丛书》（共 8 册），金曾豪、沈石溪等著，责任编辑阎丽，花山文艺
　　出版社出版

《童书海论》，海飞著，责任编辑孙继班，明天出版社出版

《新版小灵通漫游未来》,叶永烈著,责任编辑谢志鸿,少年儿童出版社出版

《幼儿社会化训练》,陈会昌主编,责任编辑刘凤荣,希望出版社出版

《中国儿童文学五人谈》,梅子涵、方卫平等著,责任编辑李春芬,新蕾出版社出版

《少年普法丛书》(共3册),康树华、陈春华主编,责任编辑符绩才、熊雁,新世纪出版社出版

《南极历险·北极历险》,位梦华著,责任编辑徐德霞,中国少年儿童出版社出版

《小毛毛数学启蒙故事丛书》(共10册),安桂香、孙禹编文,唐智华等绘画,责任编辑郭玉婷、蒙力亚等,接力出版社出版

第十四届(2004年)

《图文科普·现代战争与兵器》(共9册),林仁华、赵萌主编,李树宝、李大成等编著,责任编辑李玉帼、赵彤等,北京少年儿童出版社出版

《学生探索百科全书》(共4册),[英]卡尔·麦克尔森等编著,陈琳等译,责任编辑周红,书海出版社出版

《21世纪校园朗诵诗》,王宜振著,责任编辑刘春霞、刘海燕,湖北少年儿童出版社出版

《写真童话故事集》(共3册),郭大森著,责任编辑王笠君,吉林摄影出版社出版

《唤醒巨人:成功教育启示录》,孙云晓著,责任编辑朱智润、韩进等,安徽少年儿童出版社出版

历届中华优秀出版物奖中获奖少儿类图书

根据中央办公厅、国务院办公厅《全国性文艺新闻出版评奖管理办法》和中宣部《关于中华优秀出版物奖、韬奋出版新人奖的批复》（中宣办发函[2005]69号）的精神，由中国出版工作者协会主办"中华优秀出版物奖"。"中华优秀出版物奖"设"图书奖"、"音像、电子和游戏出版物奖"、"优秀出版科研论文奖"三个子项奖，其中，"图书奖"获奖数额50个。"中华优秀出版物奖"每两年评选一次。首届"中华优秀出版物奖"于2006年举办。

第一届（2006 年）

《中国儿童百科全书》，徐惟诚总编辑，中国大百科全书出版社出版

《中国结丛书》（共 10 册），冯骥才主编，河北少年儿童出版社出版

《蒙古族通史》（绘画本），留金锁主编，内蒙古少年儿童出版社出版

《今日出门昨夜归》，竹林著，二十一世纪出版社出版

《万物简史》，[美]比尔·布莱森著，严维明、陈邕译，接力出版社出版

《新童谣》（小学版），作家、教师、学生及各界人士著，北京少年儿童出版社出版

第二届（2008 年）

图书获奖作品（少儿类）

《黄琉璃》，曹文轩著，责任编辑余人、陈苗苗，接力出版社出版

《皮皮鲁总动员系列丛书》，郑渊洁著，责任编辑敖德、林云、孙迎、孙淑慧，二十一世纪出版社出版

《喜羊羊与灰太狼》（共 20 册），童趣出版有限公司编，责任编辑莫杨、关键、田玥，童趣出版有限公司出版

《笑猫日记》（共 6 册），杨红樱著，责任编辑徐迪南，明天出版社出版

图书提名奖作品（少儿类）

《创业故事丛书》（共 6 册），吴宪、詹岱尔等著，张光宇、刘峥岩等绘，责任编辑陈德军，新蕾出版社出版

《非常小子马鸣加》（共 8 册），郑春华著，姚红图，责任编辑周晴、谢倩霓、唐池子、梁燕，少年儿童出版社出版

《虹猫蓝兔七侠传》(共 20 册),苏真主编,责任编辑姚巍、熊承平等,安徽少年儿童出版社出版

《讲给孩子的中国地理》(共 3 册),刘兴诗著,责任编辑王素琴,希望出版社出版

《文明之旅丛书》(共 4 册),陈仲丹编著,责任编辑石磊、陈泽新、管旅华,江苏少年儿童出版社出版

《音乐漂流瓶》,肖复兴著,责任编辑杨丽娟、何萌,黑龙江少年儿童出版社出版

《科幻新概念理论丛书》(共 6 册),吴岩主编,责任编辑金海燕、雷点、吴娟等,福建少年儿童出版社出版

第三届(2010 年)

图书获奖作品(少儿类)

《我的儿子皮卡》(第一辑),曹文轩著,责任编辑林云、丁筱,二十一世纪出版社出版

《你是我的宝贝》,黄蓓佳著,责任编辑章红、薛屹峰,江苏少年儿童出版社出版

《我的祖国》,张海迪编著,责任编辑吴双英,湖南少年儿童出版社出版

《中国著名儿童文学作家评传丛书》(共 14 册),汪习麟、张锦贻、韩进等编,责任编辑陈炜、傅晓明、柴晓敏、李军、张平、侯天祥、赵连娣,希望出版社出版

图书提名奖作品(少儿类)

《野孩子图画书系列》(共 6 册),熊亮编绘,责任编辑李雪竹、杨柳,连环画出版社出版

《狼獾河》,格日勒其木格·黑鹤著,责任编辑冯海燕,接力出版社出版

《幼儿文学 60 年经典》(3 卷精华本),高洪波主编,责任编辑房阳洋、魏亚西,中国少年儿童新闻出版总社出版

《不一样的杜小都》系列(共 6 册),郝月梅著,责任编辑韩蓓、闫韶瑜、季宁、孙秀银,河北少年儿童出版社出版

《红帆船抒情童话》(共 5 册),金波、汤素兰、萧萍、王一梅、冯海著,责任编辑平静、吴颖、王宜清、吴遐、陈力强,浙江少年儿童出版社出版

《冒险小王子》(共 8 册),周艺文著,责任编辑肖璐、陈冰青,江苏美术出版社出版

《世界经典桥梁书》(共 10 册),[西班牙]玛尔塔·塞拉·穆纽兹等著,张蕊、熊铁莹、王琳琳、孙瑛等译,责任编辑张昀韬、毕之莹、高彦、刘长鸿,新蕾出版社出版

《开心女孩》,秦文君著,责任编辑俞燕,少年儿童出版社出版

第四届(2012 年)

图书获奖作品(少儿类)

《奔跑的女孩》,彭学军著,责任编辑魏钢强,二十一世纪出版社出版

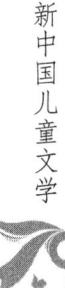

《王闹一定有办法》系列(共 6 册),郝月梅著,责任编辑孙卓然、闫韶瑜,河北少年儿童出版社出版

《红色少年读本——抗战铁血关东魂》,王充闾主编,责任编辑李姊昕等,辽宁少年儿童出版社出版

《曹文轩纯美绘本》(共 4 册),曹文轩著,责任编辑刘蕾,明天出版社出版

图书提名奖作品(少儿类)

《黑天鹅紫水晶》,沈石溪著,责任编辑孙益恒,少年儿童出版社出版

《雨雨的桃花源》,葛冰著,责任编辑左昡,人民文学出版社　天天出版社出版

《你好,小读者》,秦文君著,责任编辑姚巍、何正国,安徽少年儿童出版社出版

《世界儿童文学阅读与经典》,彭懿著,责任编辑赵轩,接力出版社出版

《文化中国丛书》(共 19 册),何兹全主编,责任编辑吴双英等,湖南少年儿童出版社出版

《中国绘》(共 5 册),梁培龙图,谭旭东、萧袤、黄庆云、梅子涵文,责任编辑翁容、李粒子、钟颢,新世纪出版社出版

《糖球儿的虫虫王国历险》(共 6 册),焦莎莎文,杨怡绘图,责任编辑黄长根,江西高校出版社出版

《感动一个国家的人物》(第 1 辑),新华社电视节目中心著,责任编辑赵力、张立新等,黑龙江少年儿童出版社出版

《麦田少年励志丛书》(共 4 册),王巨成、张菱儿、卢江良、王宗昌改编,责任编辑马姗姗、朱绯,北京少年儿童出版社出版

《中国原创图画书》(共 100 册),鲁兵、张继楼、圣野等著,责任编辑温建龙、齐菁、韦永慧等,中国少年儿童出版社出版

第五届（2014 年）

图书获奖作品(少儿类)

《丁丁当当》(共 7 册),曹文轩著,中国少年儿童新闻出版总社出版

《暖暖心儿童成长关怀小说》(共 3 册),李楠著,辽宁少年儿童出版社出版

《驯龙记》,刘海栖著,安徽少年儿童出版社出版

《中国原创绘本精品系列》(共 20 册),符文征、熊亮、萧袤等著,浙江少年儿童出版社出版

《领袖少年丛书》(共 7 册),李红喜等编著,贵州人民出版社出版

《超级笑笑鼠》(共 10 册),晓玲叮当著,二十一世纪出版社出版

《蓼花鼎罐》,邓湘子著,湖南少年儿童出版社出版

《雨龙》,李健著,新疆青少年出版社出版

《余宝的世界》,黄蓓佳著,江苏少年儿童出版社出版

《米小圈上学记》(共 8 册),北猫著,四川少年儿童出版社出版

《云朵一样的八哥》,白冰著,接力出版社出版

《叼狼》,格日勒木格·黑鹤著,晨光出版社出版

《中国历史地图绘本》,《中国历史地图绘本》编委会著,中国大百科全书出版社出版

《中国风·儿童文学名作绘本书系》,保冬妮著,希望出版社出版

《中国原创科学童话大系》(第三辑),金建华等著,长江少年儿童出版社出版

《香港儿童文学精选》(共 10 册),马翠萝等著,北京少年儿童出版社出版

《童年河》,赵丽宏著,福建少年儿童出版社出版

第六届（2016 年）

图书获奖作品(少儿类)

《寻找鱼王》,张炜著,明天出版社出版

《水獭男孩》,小河丁丁著,江苏少年儿童出版社出版

《爸爸树》(共 3 册),刘海栖著,安徽少年儿童出版社出版

《博物馆里的中国》(共 10 册),宋新潮、潘守永主编,新蕾出版社出版

《伟大也要有人懂:少年读马克思》,韩毓海著,中国少年儿童出版社出版

《中国儿歌大系》(共 8 册),金波主编,辽宁少年儿童出版社出版

《国粹戏剧图画书》(共 7 册),海飞、缪惟编写,新疆青少年出版社出版

《中国民族节日风俗故事画库》(共 10 册),汤素兰等著,湖南少年儿童新闻出版社出版

《青铜葵花获奖作品》(共 6 册),史雷等著,天天出版社出版

《少年读史记》(共 5 册),张嘉骅编著,青岛出版社出版

《"自然观察"系列》(共 5 册),廖晓东、马学军、钟嘉等,新世纪出版社出版

图书提名奖作品(少儿类)

《非常成长书》(共 8 册),晓玲叮当著,二十一世纪出版社出版

《神奇科学》(共 2 册),赵致真、王俊主编,北京少年儿童出版社出版

《牙齿,牙齿,扔屋顶》,刘洵著,中国福利会出版社出版

《一个姐姐和两个弟弟》,郑春华著,接力出版社出版

《面包男孩》,李姗姗著,北京时代华文书局出版

《满山打鬼子:全传》,薛涛著,春风文艺出版社出版

《糖果校园系列》(共 8 册),徐玲著,河北少年儿童出版社出版

《和平鸽绘本丛书》(共 10 册),星瞳文著,田东明图,解放军文艺出版社出版

《致成长中的你——十五封青春书简》,殷健灵著,长江文艺出版社出版

《小证人》,韩青辰著,浙江少年儿童出版社出版

编 后 记

中华人民共和国成立至今 70 年,是中国儿童文学发展最快、成就最大、内涵最为丰富并深刻影响与感染几代孩子精神生命健康成长的时期。为了全面系统地回顾和梳理 70 年来儿童文学的发展历程、理论思维、研究成果与重要文献,促进新时代儿童文学的进一步繁荣发展,我们特选编了《新中国儿童文学 70 年(1949—2019)》。在本书即将付梓之际,我们要衷心感谢——

感谢中国作家协会儿童文学委员会的热情帮助和指导;

感谢为本书提供论文、文献与图片资料的所有作家、评论家、出版家与有关单位;

感谢长江出版传媒集团、长江少年儿童出版集团的鼎力支持与竭诚合作。

我们要特别感谢本书策划、长江少年儿童出版集团董事长何龙先生强烈的事业心和出版家气魄,感谢高度敬业的长江少年儿童出版集团总编辑姚磊女士和所有参与编辑工作的文学室朋友为本书付出的艰辛劳动与智慧。

我们坚信,在新时代阳光、惠风的照拂下,中国儿童文学必将茁壮成长为举世瞩目的参天大树,中国必将由童书出版大国走向童书出版强国。

《新中国儿童文学 70 年(1949—2019)》编委会

2019 年 10 月于北京

图书在版编目（CIP）数据

新中国儿童文学 70 年：1949—2019 / 王泉根主编. --武
汉：长江少年儿童出版社,2019.10
ISBN 978-7-5560-9866-8

Ⅰ. ①新…　Ⅱ. ①王…　Ⅲ. ①儿童文学 – 文学史 – 中
国 – 1949—2019　Ⅳ. ①I207.8

中国版本图书馆 CIP 数据核字（2019）第 195637 号

新中国儿童文学 70 年（1949—2019）

主　　编：	王泉根
出 品 人：	何 龙
总 策 划：	何 龙　姚 磊
责任编辑：	胡同印　吴炫凝　何晓青　石 如　梅 倩　邓晓素　胡文婧　黄如洁
美术编辑：	王 贝
责任校对：	莫大伟
特约编审：	刘健飞
排　　版：	郑庭英　方 莹　刘 政
翻　　译：	舒 伟
督　　印：	邱 刚
出版发行：	长江少年儿童出版社
业务电话：	（027）87679174　（027）87679195
网　　址：	http://www.cjcpg.com
电子邮件：	cjcpg_cp@163.com
承 印 厂：	湖北新华印务有限公司
经　　销：	新华书店湖北发行所
字　　数：	4958 千字
开　　本：	787 毫米 × 1092 毫米　1/16
印　　张：	209.5
印　　次：	2019 年 10 月第 1 版,2019 年 10 月第 1 次印刷
书　　号：	ISBN 978-7-5560-9866-8
定　　价：	598.00 元

本书如有印装质量问题,可向承印厂调换。